吴汝纶张裕钊寓冀诗文选

吴洪成 选编

燕山大学出版社

·秦皇岛·

图书在版编目（CIP）数据

　　吴汝纶张裕钊寓冀诗文选 / 吴洪成选编. -- 秦皇岛 ：
燕山大学出版社，2025. 1. -- ISBN 978-7-5761-0788-3

　　Ⅰ. I215.22

　　中国国家版本馆CIP数据核字第20245G3T08号

吴汝纶张裕钊寓冀诗文选

WU RULUN ZHANG YUZHAO YU JI SHIWEN XUAN

吴洪成　选编

出 版 人：陈　玉	
责任编辑：柯亚莉	封面设计：方志强
责任印制：吴　波	排　　版：保定万方数据处理有限公司
出版发行：燕山大学出版社 YANSHAN UNIVERSITY PRESS	地　　址：河北省秦皇岛市河北大街西段438号
邮政编码：066004	电　　话：0335-8387555
印　　刷：涿州市殷润文化传播有限公司	经　　销：全国新华书店

开　　本：787mm×1092mm　1/16	印　　张：52.5	字　　数：855千字
版　　次：2025年1月第1版	印　　次：2025年1月第1次印刷
书　　号：ISBN 978-7-5761-0788-3		
定　　价：260.00元		

2023 年度河北省引才引智创新平台项目"基于深度学习的实体关系抽取及应用"（项目编号：606080123003）之研究成果

目　　录

吴汝纶寓冀诗文选

前　言

　　吴汝纶（1840—1903），字挚甫，清安徽桐城南乡高甸刘庄（今属枞阳县）人。吴氏祖籍安徽徽州，元明之际迁来桐城，居南乡高甸，世称高甸吴。其父吴元甲，字育泉，以诸生举孝廉方正。曾国藩高其学行，聘其为塾师，以教其子。吴汝纶自小随父学经史诗文及科举业，幼有文名，于经史、训诂、文辞无不博求慎取。同治二年（1863）开始应试，每试必中，当年县试、院试均列第一名。次年，赴南京应江南贡院乡试，中第九名举人。又次年入京师贡院会试，中一甲第八名进士，以内阁中书用。曾国藩奇其文，留佐幕府。曾氏《日记》曾云："吴，桐城人，本年进士，年仅二十六岁，而古文、经学、时文皆卓然不群，异材也。"师事曾国藩，与张裕钊、黎庶昌、薛福成一道被称"曾门四弟子"。1867 年，奏奖加内阁侍读衔。翌年，曾国藩由两江总督调任直隶总督，吴汝纶随曾氏至保定，经曾氏奏保改官直隶，以直隶州归直隶补用。次年，协助曾国藩办理天津教案。十年（1871）任深州（今河北深州市）知州。十二年（1873）三月因丁父忧去官，次年五月，应江苏巡抚张树生之聘，入张幕。光绪二年（1876）入李鸿章幕。

　　晚清自 19 世纪 50 年代太平天国运动以来，湘、淮系崛起，曾国藩、李鸿章等地方实力派在镇压太平军的过程中发展壮大，并因平定中的事功而受到清政府嘉奖。汉族官僚成为封疆大吏改变了清王朝以满洲贵族为中枢的政治格局。贯穿于晚清七十一年（1840—1911）的洋务运动、维新运动及清末新政改革均深受其影响。吴汝纶先后任曾国藩、李鸿章幕职，与二人关系密切，深得曾、李倚重，前后达三十余年。当时清廷中外大政，多取决于曾、李二人，吴汝纶参与其中机要，曾、李奏疏，亦多出自其手。光绪五年（1879）九月署天津知府。七年（1881），补直隶冀州知州。十五年（1889）辞官，出任保定莲池书院山长。光绪二十七年（1901）辞莲池书院教职。同年，管学大臣张百熙力荐吴汝纶出任京师大学堂总教习，他坚辞不获，意愿赴海外游历观摩教育新制后再就任。便于二十八年（1902）五月自请赴日本考察学政。同年九月返国，十月回安徽创办桐城学堂。二十九年（1903）正月十二日，溘然病逝于刘庄老家。

如果说，吴汝纶在文学、经学角度与曾国藩亦步亦趋，那么从思想、学术史及政治外交方面看，则更服膺李鸿章，以李的弟子及门人自称之用词遍于其著述文字之中。

吴汝纶勤政爱民，在河北衡水一带口碑载道，并有三件善事载入地方史志：一是编撰《深州风土记》二十二卷，被清代方志界奉为近代方志佳作。二是光复冀州新都书院，曾筹银万两，延聘名师，广置书籍，并亲往书院授课，使信都书院"文风巨变，经术文采极盛一时"，为一州五县培养出一大批"发明成业，卓然能树者"。三是治理衡水至冀州间千顷易涝洼地，修成排沥河道，引导低地积水流入滏阳河。并在河上建桥涵各八座，在入河处重建老龙亭闸一座，方便了往来商旅，又使千亩盐卤之地变为膏腴之田。

吴汝纶博学多才，一生诗文著述甚丰，著作等身。其子吴闿生编辑《桐城吴先生全书》包括了其主要论著。当代文史学专家施培毅、徐寿凯辑校《吴汝纶全集》四卷，作为"安徽古籍丛书"之一种，在《桐城吴先生全书》基础上广泛搜求其他吴氏作品，更为丰富、完善，为目前最具代表性及权威性的吴汝纶著作汇编或称集大成之典籍。"文集"由安徽省黄山书社于2002年9月印行，风行海内外，深为学界推崇和广泛引用。

作为清末晚期桐城派的文学大师，吴汝纶在继承姚鼐、方苞等桐城派前辈文论思想的基础上，根据文学理论发展的需要，提出了"文贵变"，"有所变而后大"的主张。又根据时代发展，对文学创作及评价提出了新的标准。其自身文论作品，宗法桐城，力追雄奇，"桐城诸老，气清体洁，海内所宗，独雄奇瑰玮之境尚少"。故其文章，既得桐城规整雅洁之长，又不全落桐城窠臼，风格矜炼典雅，意厚气雄。其学，师曾文正公，自训诂以通文辞，古今中外，唯是之求。上自群经子史，周秦典籍，下逮唐宋及乡先贤方苞、姚鼐诸文集，穷其源而究其委。其诗，以杜、韩为宗，笔力矫健，具阳刚之气，气势较为纵横。兼有时代气息，关注国家安危，抒发人生感慨，题材广泛，式样繁多，尤其是其时政之作颇重洋务，注重引进西方工艺制造之学，并能实际运用。吴汝纶积极扶持和激励姚永朴、马其昶、贺涛等桐城晚期作家，为桐城派文学思想在北方的传播和发展，作出了积极贡献。

同时，吴汝纶也是一名杰出的教育学家。他在长期的政治活动中，十分重视教育。史称"其治以教育为先"，"民忘其吏，推为大师"。作为一位沿着科举之路拾级而上的封建官僚，又较早睁开眼睛看世界，谋求"教育救国"实属不易。他主张：一、力废科举，善待人才。在日本考察期间，仍然写信给管学大臣张百熙，请他鼎力支持"废科举"建议，"教育与政治有密切关系，非请停科举，则学校难成，前既屡面论之，此事终望鼎力主持"。他还建议，对学校培养出的人才，要妥善安排。"学成之后，必应予以进用之路，非举人、进士等空衔可以鼓励。"也就是必须人尽其才，用之有道。二、遍立学堂，普及教育。"盖必振民之穷而使之富焉，必开民之愚而使之智焉。今之内治者无所谓富民之道也，无所谓智民之道也。循是不变，穷益穷，愚益愚。"在教学活动中强调因材施教，对青少年"其才高、可望大成者，再读《诗》《书》《易》诸书，兼讲西学；才弱者，但令学习时务，亦不至迂腐无用"。三、倡导西学，兴国富民。吴汝纶向世人疾呼："观今日时势，必以西学为刻不可缓之事"，"西学当世急务，不可不讲"。只有掌握并会运用西方先进科学知识，方能适应时代之所需，屡弱的国势方可振兴，兴国富民的良好愿望才能实现。吴汝纶的这些精辟见解，在中国教育史上具有划时代的历史意义。

吴汝纶的政治生涯、教育活动和文学创作主要集中于直隶和京津一带，直隶在当时区域管辖范围除了今天河北之外，包括北京的大部分及天津。从这个意义而论，研究吴汝纶的著述、功业及其人生活动，重点选取和探究他在河北这段时期的作为和思想是十分典型和有价值的。

通过查阅《河北地方志》的史料记载、众学者对吴汝纶的各类研究，尤其是编选该部文献资料书过程中的体验，我认为吴汝纶不仅是先进政治和教育思想的倡导者，同时也是开明地方行政管理的积极实践者。吴汝纶有关政治、水利、民生经济及地方行政管理的评述探讨材料在《吴汝纶全集》第一册编者"前言"中多有论及，此处主要从教育方面加以叙述。

　　吴汝纶出任河北深州知州后，以兴学为第一要务。他不惮贵势，排除阻力和障碍，将原已被豪绅之家侵占去的学田一千四百亩，全部收回，重新划归书院所有。还为书院追回被人拖欠的五千两银子，用这些款项及田租收入为书院购置图书、教学设备，改善师生的学习环境和生活待遇。又亲自督问书院的管理与建设，"聚一州三县高材生亲教课之"。后来以古文享誉京师的贺涛，就是他在深州书院所培养的武强县学生。官冀州后，"不求善地，不羡美仕，等贵贱于一量，委升沉于度外"，为了富国安民，仍然锐意兴学。他在深、冀二州为官近二十年，"文教斐然冠畿辅"。

　　光绪十五年，吴汝纶辞去州官，受李鸿章之聘，任保定莲池书院山长，厉行书院改革，倡博知世变，易其守旧，举中外学术于一治，以陶铸有用之才。引导学生学习欧美、日本等国的先进科学知识。为此，书院增设西学，整顿学风，注重考评，蔚为北方最负盛名的书院，步入办学的黄金时期。曰："文者，天地之至精至粹，吾国所独优。语其实用，则欧、美新学尚焉！博物格致机械之用，必取资于彼，得其长乃能共竞。"一时间吸引众多四方学子前来问教求学，就连日本汉学家梅原融田幸之助、舍子弥平、上野岩太郎等常以文学求其指点。中岛裁之、野口多内等也渡洋而来负笈受业，"请列门墙，与诸生共进退"。时人称："西国名士，日本儒者，每过保定，必谒吴先生，进有所叩，退无不欣然推服。"他在书院中首创东、西两学堂，开设英语、日语课程，聘英国教习居格豪、日本教习野口多内授课。曰："精通外语，熟习各国政治，始能宏济时变。"吴汝纶兴学重教，培养了一大批适应时代发展的人才，促进了冀州、直隶乃至全国教育的早期近代化。

　　截至目前，《吴汝纶全集》是有关吴汝纶一生作品最真实和丰富的辑编文献，因而本书主要以此为版本收录了吴汝纶在河北为官和为教时期的诗文作品，从中体现吴汝纶其人的文化底蕴和思想风采。本书收录的文体类型主要包括文集、诗集、尺牍、谕儿书、日记等。吴汝纶的文集是反映其思想的重要素材，包括众多碑文、书序和书跋，其中的《天演论序》《原富序》颇引人注目。序文中对严译名著系列中的标本之作《天演论》备极称道，推荐为"高文雄笔"。从中反映了他对西学东渐的积极态度，以及中国社会引进西学以改造旧学的踊跃欢迎心境，堪称时代潮流之代表。尺牍收录的书信较为集中地反映了吴汝纶的社会交往活动，对时事的看法，尤其能呈现他对中国传统文化和西方异质文化的复杂态度。日记也是吴汝纶研究不可多得的珍贵史料，内容较为庞杂，梳理不易。令人遗憾的是，有的日记并非完全出自吴汝纶本人手笔，属于整理者编辑者摘抄和对之所作的评论，本书虽作收录，但仍须作进一步考订。

本书在编辑整理中有如下几点应加以说明：

（一）以吴汝纶在今天河北行政区划范围内开展活动或承担职责期间所创作作品作为入选对象，在论著内容的选择和活动时间段的定位上作相应分析及判断，基本上保证其合理性和可信度。

（二）以施培毅、徐寿凯校点，黄山书社出版的《吴汝纶全集》（一、二、三、四）为编辑本书的首要与基本资料。该部“全集”对吴汝纶的作品分类十分详细，有文集、诗集、易说、尚书故、夏小正私笺、尺牍、东游丛录、日记和附录。查阅各个部分具体文献内容和作者在部分作品后的写作时间备注，可大致遴选出吴汝纶在河北所创作的具体诗文。通过其他渠道，编者搜集整理了少量“全集”中散佚的吴汝纶在河北的作品，以使所编文献内容更加完备。

（三）古文的阅读对现今的读者来说存在困难，本书对吴汝纶的作品进行了校勘，注解大多援引《吴汝纶全集》的相关注释及其他标示，其中有些校勘则由编者自己所作。尤其是“全集”中原有的一些标点符号运用存在偏差，编者根据行文语意加以重新标示；古今字词的变化较大，编者根据《通用规范汉字表》对原作字词作了一些改订，以利于读者更准确、深入理解吴汝纶的思想特点与文学特色。其中的变化以注释的方式标明，倾注编者认识的用意。

（四）编者在编辑过程中，对于一些古今汉语文字中常常可以通用的字词，保留作品原样，未作改动；基于本部编选资料具有较高专业性要求及使用的学术程度水准，所收入著述篇章中术语、典故、人物及事件不再加注释解读，其中难以辨识读音的字词不注读音，也不加以训诂释义。

本书在成书过程中，文献的搜集、查漏、整理和注释等过程是复杂的，但是选编思路却是明了清晰的，在参考诗文公牍及日语等各类题材文本内容及作者自述的基础上，主要是从吴汝纶的活动历程加以考察分析。为了明确吴汝纶的人生发展轨迹和历程，编者查阅潘务正先生撰写的《晚清民国桐城文派年表简编》和马昌华先生主编的《淮系人物列传》，选定其在河北为官和从教的时段及顺序：同治十年（1871）到同治十二年（1873），吴汝纶在河北深州担任知州，后因父母丧事返回原籍，光绪七年（1881）到光绪十四年（1888），吴汝纶在河北冀州担任知州，光绪十五年（1889），出任保定莲池书院山长，光绪二十七年（1901）辞莲池书院教职。以上可以确定1901年以后请辞后的吴汝纶已离开河北。所以，吴汝纶河北作品的选定在以下几个时间段内：1871—1873年（深州段），1881—1888年（冀州段），1889—1901年（莲池书院段）。

此外，尚有三点加以说明：

（一）《吴汝纶全集》（1—4册）所收入作品虽有适当体裁或类型方面的分类，但许多部分或不同场合仍然散漫杂乱，且其同种体裁下篇目时间序列十分驳杂。为此，编者进行了调整并重新进行排序，对同类作品的顺序也尽可能按时间先后安排。

（二）吴汝纶所作各类著述文字从文本自身前后通篇查阅，至少一半并未标明写作时间，有些只能判断其大致年份，至于具体到月及日更付之阙如。解决这一问题，无论对于考查、认识作者的社会活动、人生经历、人事交往，还是探讨其思想观点及事业成就，都有重大价值。基于此，作者试图加以考证，力求完成此项工作，但遗憾的是只实现了部分篇目的查实。因此，编选文本的篇目时间仍只能作初步大致的确立，明确的判定还有待于以后进一步探讨，方能渐臻完善。

（三）吴汝纶撰述作品历程中，有些文字著述地点及时间并不确定。他的寓冀经历中曾多次往返于山东、安徽、天津及北京；但与此同时，在上述省市的居往活动之中，也穿梭于河北衡水的深州、冀州及保定之间。鉴此，作品是否为河北地域内创作较难判断，编者对此主要依据文献内容加以选择。

本书对吴汝纶在河北时期作品的整理和编辑，其意义是多方面的：第一，进一步确立这位文学家、教育家在河北的诸多领域建树，从而丰富河北近代区域地方历史的内容，并揭示河北之于中国近代社会变迁格局中的突出地位。

第二，加强对吴汝纶这一近代著名人物在社会诸多领域，尤其是在教育学领域的思想和活动研究，作为吴氏主要人生舞台的河北的学者尤应承担此项职责，责无旁贷。第三，领略欣赏桐城派大师作品风采，从儒学学术传播、传统文化与近代文化交融嬗变的背景下，深入理解南北儒学沟通、中西思想碰撞的特定历史内涵。第四，欣赏吴汝纶雅洁气清、意厚雄浑的文学语言和创作意境，感受河北风俗习惯和风土人情，更有助于推动河北省历史文化文学艺术及教育历程等方面学校校本课程资源的挖掘与建构。

当然，编者水平有限，诸事忙碌，本书编选中存在问题肯定不少，望专家及读者不吝赐教，或给予充分指正为盼。本次编辑工作自始至终得到陈旭霞老师的指导与帮助，对她付出的辛劳及其认真负责、宽怀无私的精神深表钦佩，并致以由衷谢意。

本书是 2023 年度河北省引才引智创新平台项目"基于深度学习的实体关系抽取及应用"（项目编号：606080123003）的研究成果。

吴洪成

2024 年 4 月 28 日于河北大学教育学院

目　　录

第一编　文论卷

第二编　诗篇卷

第三编　书信卷

第四编　公牍卷

第五编　日记

第一编 文论卷

皇清诰授光禄大夫赠太傅武英殿大学士两江总督
一等毅勇侯曾文正公神道碑 代

圣清受命二百载，有相曰曾公，始以儒业事宣宗皇帝，入翰林，七迁而为礼部侍郎。文宗御极，正色直谏，多大臣之言。咸丰二年，以母忧归湘乡，遂起乡兵讨贼。自宣宗时天下艾安，内外弛备，于是西人始通中国，海上多事。未几而广西群盗起，大乱以兴，及此年放兵东出攻长沙，不克，遂渡洞庭，陷武昌，循江而下，所过摧靡。而是时天下兵大氐惰窳恇怯，不可复用，诸老将尽死，为吏者不习战阵。公既归，天子诏公治团练长沙。公曰："金革之事，其敢有避！"因奏言团练不食于官，缓急不可恃，请就其乡团丁千人募为官勇，教以兵法，束伍练技，号曰湘军，湘军之名自此始。明年，益募人三千，解南昌之围，是时贼已陷金陵踞之，掠民艘巨万，纵横大江中。于是议创舟师，制船铸炮，选将练卒，教习水战，天子嘉之，湘军水师，由此起矣。四年，成军东讨，初战再失利。未几，大捷湘潭，以师不全胜，上疏自劾。已而克岳州，下武昌，大破田家镇，断横江铁锁，乘胜围九江，进规湖口。当是时，湘军威名震天下。会水师陷入彭蠡湖，鄂帅丧师，武昌再失。公曰："武昌据长江上游，必争之地也。"急檄湖北按察使胡公林翼率偏师西援，不克，则悉锐师继之，而自留江西，督攻九江。已而悍贼石达开等分道犯江西，破郡县六十余城，公上疏自劾。卒以孤军坚拒死守，贼不得逞。六年，胡公等复武昌。明年，拔九江，军威复振。公治军谋定后动，折而不挠，坚如金石，重如山岳，诸将化之，虽离公远出，皆遵守约束不变，自九江未拔，诸军已略定江西郡县矣。

公以父忧归，累诏起复视师，不出。既逾小祥，始奉命援浙江。是时，公军为天下劲旅，四方有警，争乞公赴援，南则浙闽，西则蜀，北则淮甸，皆遥恃公军为固，虑旌旗他指。天子亦屡诏公规画全势，视缓急轻重去就之。公曰："谋金陵者，必据上游，法当舍枝叶，图本根。"遂建议三道规皖。咸丰十年，苏浙沦陷，朝廷忧之，以公总制江南，趣诏公东兵。而公卒不弃皖以失上游。是年，西夷内犯，定和议而罢兵。十一年，公既克安庆，乃分道出师，大举东下。于是公弟浙江巡抚国荃以湘军缘大江下金陵，今陕甘总督左公宗棠以楚军抵衢州，援浙江，某以淮军出上海，规苏常，水师中江而下，为陆军执援。同治三年，江浙以次戡定，而公弟等亦攻拔金陵伪都。自公初出师，至是十有三年，粤贼平，东南大定，论功以协办大学士封一等毅勇侯。开国以来，文臣封侯自公始。

公既平东南，威震方夏，名闻外国。会忠亲王僧格林沁战殁于曹，廷议以公北讨流寇。是时公所部湘军，皆已散还湖南矣。既一年，以病乞休。有诏还镇江南，中外大事，皆就决之。公所谋议，思虑深远。进规中原，议筑长墙以制流寇；策西事，议清甘肃而后出关；筹滇黔，议以蜀湘两省为根本。皆初立一议，数年之后，事之成否，卒如其说，而驭夷为尤著云。初，咸丰三年，金陵始陷，米利坚人尝谒江南帅，愿以夷兵助战；十一年，和议既成，俄罗斯、米利坚皆请以兵来助。公议以为宜嘉其效顺，而缓其师期。及同治元年，英吉利、法兰西又以为请；公又议以为宜申大义以谢之，陈利害以劝之。皆报可。廷议购夷船，公力赞之。比船至，欲用夷将，则议寝其事。其后，自募工写夷船之制近似之，遂议开局制造。自是外洋机器，轮舟夷炮，中国颇得其要领矣。六年，诏中外大臣筹和议利害，可许不可许。公议以为其争彼我之虚仪者许之，其夺吾民之生计者勿许也。移直隶总督，天津民有击杀法兰西领事官者，法人讼之朝，天子慰解之，法人固争，有诏备兵以待。公曰："百姓小忿，不足肇边衅。"从之。而密议储将练兵，设方略甚备。

先是公已积劳成疾，至是疾益剧。会江南阙帅，上知公有疾，念南洋驭夷事任绝重，度非公不可，遂命还江南卧治之。至则经营远略益勤。既一年，疾甚，同治十一年二月某甲子，遂薨于位。官至武英殿大学士，享年六十有二。遗疏入，天子震悼，赙赐有加，赠太傅，谥文正。公讳某，字涤生，世为湖南湘乡人。曾祖竟希，祖玉屏，父县学生麟书，三世皆以公贵，封光禄大夫。曾祖妣彭氏，祖妣王氏、妣江氏，皆封一品夫人。夫人衡阳欧阳氏，生男二人：纪泽，荫生，官户部员外郎，袭爵为侯；纪鸿，附贡生。孙三人：广钧、广镕、广铨，皆幼。公既薨，纪鸿、广钧皆赐举人，广镕赐员外郎，广铨赐主事。女五人，皆适士族。

公为学研究义理，精通训诂，为文效法韩欧，而辅益之以汉赋之气体。其学问宗旨，以礼为归。尝曰："古无所谓经世之学也，学礼而已。"于古今圣哲，自文、周、孔、孟，下逮国朝顾炎武、秦蕙田、姚鼐、王念孙诸儒，取卅有二人，图其像而师事之。自文章政事外，大氐皆礼家言。尝谓圣人者，自天地万物推极之至一室米盐，无不条而理之。又尝慨古礼残阙无军礼，军礼要自有专篇细目，如戚元敬氏所纪者。若公所定营规营制，参酌古法，辨等明威，其于军礼，庶几近之。至其论议规画，秩序井井，经纬乎万变，条理乎巨细，其素所蕴畜然也。丧归湖南，营葬于善化县某乡某原。某少从公问学，又相从于军旅，与闻公谋国之大者，乃为文刻其墓道之碑。铭曰：

於铄皇清，世载圣武。万夷震叠，匪臣伊主。历载二百，极炽而屯。孰排其纷，厥惟宗臣。功与时会，其成则天。惟公之兴，事乃异前。国有旧旅，云屯星罗。公曰癃矣，汰之则那。率我萌隶，敌忾同仇。舍其锄耰，来事戈矛。厥初孤立，百挫不慑。天日可格，鬼神为泣。持己所学，陶铸群伦。雍培浸灌，为国得人。孰任巨艰，剖印使帅。孰以节死，孰成孰败。决之于微，卒验不爽。朝廷乏人，取之公旁。始诏求贤，江以荐起。继才胡公，胜己十倍。陆军诸将，首塔、罗、王。二李继之，水则彭杨。皆公所识，拔于风尘。知人之鉴，并世无伦。万众一心，贯虹食昴。终奠九土，殄此狂丑。事已大毕，乃谋于海。益我之长，夺彼所恃。动如雷霆，静守其雌。内图自强，外羁縻之。默运方寸，极九万里。人谓公怯，曰吾过矣。式蛙尝胆，以生以训。大勋宜就，胡弃而殒。道光季世，夷始恩我。内患乘之，燎原观火。彼睨吾旁，雌雄首尾。曰敝可乘，附耳同起。夷啮其外，寇讧其内。不有我公，嘻甚矣惫。维昔相臣，佐治以文。武功之盛，则由圣人。留都开基，三藩定变。新疆外拓，川楚内奠。四夷奔走，唯恐在后。皆秉圣谟，群臣拱手。公起词臣，以安以攘。天子虚己，曰汝予匡。相业之隆，近古无有。开物成务，是谓不朽。退之有言：衡为岳宗。扶舆磅礴，郁积必钟。后千百年，降神尧尧。我铭不逃，以配崧高。

合肥相国五十寿序

峨峨灊岳，作镇南服。包淮撕江，蕴灵钟淑。笃生相公，为国庞臣。内奠区宇，外缉海垠。在咸丰世，有盗猘狂。窃城逋诛，洎于今皇。前江后胡，湘乡曾侯。载士以舟，扼亢春喉。东楚扬越，女丝男秬。九州上腴，财赋焉出。守臣不职，弃以资贼。乃眷南顾，圣心是恻。公起词臣，秉节开府。义旧八千，海堧寸土。旌麾始苍，潜出贼后。公私赤立，盱目张口。万夷旁睨，声言助我。挟我短长，纵则不可。公一驭之，以信以威。群酋俯趋，听我指麾。朝寸暮尺，披枝及根。卒复金汤，孰爇我藩。部曲矫矫，天下劲旅。以其余威，鱖寇徒骇。于京告功，皇帝曰俞。汝恤予家，汝遂相予。戎夷怙强，胜之不武。往戒不虞，绥我方夏。公拜稽首，对扬休命。还镇荆楚，督奸制衡。兵顿西陲，以公视师。戎哄于郊，召公来尸。洎公之来，不震不惊。民曰父母，虏曰神明。大地修广，厥里九万。国以万数，海居太半。鸟言兽心，雌雄首尾。公一謦欬，望风皆靡。夹舟为轮，入海如风。强弱相噬，乃以火攻。公究其术，以教战士。画革旁行，同书文字。东有日本，著海如丸。叩关求市，群公怃焉。公曰何害，彼来求援。我拒不纳，折而西面。盖公驭夷，厥维天资。兼取其长，折其械机。决胜制敌，文武为宪。提师十万，掉舌三寸。最公伐阅，孰与高下。宾校献寿，洗爵授斚。谠言于座，执觯皆起。天佑圣请，锡公繁祉。册功析爵，绝等百僚。擢登台铉，屈其辈曹。入拜于堂，几杖左右。皓发庞眉，宰相之母。赐履数迁，代者则兄。南海北海，节钺相望。人所难任，公荷负之。天所靳与，公具有之。永受胡福，天子是保。人亦有言，嘉我未老。群吏祝嘏，择言匪诐。作为此诗，以配江汉。

李相国五十寿序

西夷在穷海数万里外，自古不通中国。闻圣人在上，向风慕思，蚁附蜂集，踔海求互市。蛮胡轻黠，善反复，久乃诱结丑类，潜伏奸匿，负其机弩毒矢，崇长粮莠，侵欺屏懦。天子方务与吾民休息长养，不肯生事究武，悉包容而羁縻之，所以重民生、轻夷狄也。愚儒坐议，芒不问事势可不可，动以爬梳根株奋威烈为快，臣吏当事，又熟习宽厚，待若骄子，一不究切之，皆失明诏意。独今相国合肥李公能时其刚柔，因事设变，一控驭以威信，不激不衮，荒裔杂种，立受约束，即有枭桀鸷悍，不可以言语道理通晓，见公至，无不帖耳拱手，坏其机牙。其于诸夷调习制伏之，若王良之于马，卜式之于羊，若神禹铸鼎而象百物也。自当代一二重臣，语及驭夷之策，必推李公。

天子尝特命亲信贵人南北据海壖镇抚民夷；公所至，上辄罢去贵人，而以公总其任。九年，近畿之民，有私构怨于法兰西者，其酋诉之朝。诏用公为直隶总督，建行台天津，每岁冰泮居之，冰合乃还治所。在直隶一年，京畿大水，流移塞途，公为书敕属县定灾上下，设方略入告天子，自库藏之储，两税盐法之入，军校之粮赐，悉赋予贫民，截江浙漕粟为粮，自畿辅达乎江南，劝富人商贾分钱为衣。于是地瘠而财有余，岁饥而人不知困。

有问于汝纶者曰："上以诸夷在近郊，时或不戢，始召公来镇。公宜图议远略，选材武能任将帅之士，若贤俊有学术、通知今古、持大体者数人，以张国威，规百世之计。若乃呴咻部民，救灾振乏，一循吏能之，非上所以用公之意。"汝纶曰：大清受天命，威德畅，海内外版籍之隶，水土时物之贡，穷际暇陬，前古无有，岂非以惠养黎庶，度越往代，自祖宗以来，有天下二百余载，蠲振之诏岁下，方内蒙休，民气深固，用能臣服遐迹，惮詟殊域哉！凡夷狄伺候中国动静，必视吾民向背喜怒，离间动摇之。民皆感上恩德，奉法令，虽百夷狄不足撼。此乃所谓勤远略、张国威、规百世之计者也。若子所称，何足尽之！

汝纶既置此对，常以讽于人人。其明年，为公五十寿，自念辱公知荐，命为属官，不可嘿无考引，以为跻堂之献，乃序而上之。

祭丁乐山廉访文

维光绪六年秋七月日子，属吏候补直隶州知州吴汝纶，谨以清酌庶羞，敬祭于诰封荣禄大夫、直隶按察使丁公之灵。

呜乎我公，文武具宜。不有厥躬，以勇于为。淮甸蒙难，结联义故。草创徽志，恃公谋主。于东其征，回斾北指。或从或别，厥绩愈伟。元侯尹郊，求将之能，咨伯暨男，金曰公材。武节彰矣，文则未知，备兵天津，乃沛厥施。万夷睽睽，民始未定，脱危而安，克和以政。一士寒饥，若我有艰。匹妇而冤，餐未及咽。川溃于坊，起躬而当。讴谣载道，有万其口。释位以忧，诏夺而留，蠢稚咽途，车不得驱。丧始逾祥，即家诏起，公一不可，除乃即事。自公再出，益励首公。爰佐相臣，绥华威戎。式纪式纲，乃将乃明。余惠逮邻，饥哺之饷。陈枭郊畿，疑定滞决。进摄藩条，良升奸遏。

世衰宦巧，无实而名，于中有公，一鹤孤鸣。武能持危，文厝之安，谓当大施，以庇我人。吕力未耗，寿考匪多，中驾忽税，命乎谓何！凶问初承，自朝及野，或愕或叹，或泣而雨。小子无似，辱知且旧，吊祸诒书，读之身后。闻丧宜救，匍匐阙如，讠耑行叙哀，以御丧车。尚飨！

读文选苻命

司马相如作《封禅》，自汉明帝以来，不能明也，独吾县姚氏父子通其意，以为风谏之作。近武昌张廉卿益著文昌言之，其说既信美矣。吾尤惜《剧秦》《典引》，皆放依相如之意，而世乃病其撍实，而目之曰谀。夫此数子者，文采志意，盖皆望孔子为依归而后以关诸百世，其自处审矣，安有中材不屑为，独冒不韪不顾，轻妄作文字谀人者哉！

夫相如尚矣。及若孟坚之文，唐以来作者辄摈焉不载，宜其狭近易识。而所为《典引》，讥谶录之不经，图牒祥瑞之妖妄，而微见汉为尧后、玄丘佐汉等说之怪诞无稽，其立意可谓至章显，而世顾瞀然莫之辨也，又况其深焉者乎！且相如、孟坚立乎汉之本朝，亲见封禅、图谶之违失，欲言不能，欲嘿不忍，于是发愤而谬悠其词，以冀主之一悟，其可也。

子云施之莽世何为者耶？曰此非可以俗论施者也。

昔伊尹五就汤、五就桀，孟子实论定之。公山、佛肸召，子皆欲往，事出仲尼，学者不敢议耳。蘧伯玉再出近关，乱定辄返。晏子君弑，受盟崔庆。季路死卫辄之难，高柴逃之，高不苟生，则季为苟死矣。且孔子正名而二子仕卫，不亦诡乎！此皆孔子之高弟弟子，若所严事，出处如此。天下之事非一端，君子之处乱世，亦不必皆出于一途，要以洁身不为利，立意较然而已。子云当王莽时，著书盛称楚两龚、蜀庄，而身顾不欲效之；又居贫自守，无徒党，不能为刘崇、翟义所为。而所为诎身信道，载而之乎万世者，又非可苟而托也。故其封事曰："恐一旦先犬马填沟壑，所怀不章，长恨黄泉。"其称莽之事"开辟未有"，所为谬称典文，改制妄作，乃与秦燔《诗》《书》、立私议无以异，是泛扫前圣用己私，不能享祐决也。所谓祥瑞符命，徒回眛坏彻者之祅愆耳，莽乃用以掩饰盗窃，其委心积意，亡秦不足为喻。封禅祠祀，受命者不为，如莽等比宜试为之，以益其威诈而厚其亡耳。其列羲、皇、唐、虞、成周，以著"新"之为乃前古未有之变，而继以仲尼之《春秋》，则又自喻其文之所以诛乱臣贼子者。盖窃取《春秋》之义，以舒愤懑于当时，而待后世之识者，虽以此诛夷鼎镬而不悔也。岂直微文刺讥，且若相如之《封禅》死而乃上者比哉！

嗟乎！莽之不知文，刘子骏之徒之不拘子云于莽，固皆子云之不幸，而千百世之后，一有识其心而果其所待者，于子云抑何加损焉。吾又以为庄生之徒之齐物者悲也。

福建台澎道刚介孔公碑铭

同治元年，台湾枝县彰化民戴万生反，拥众号数十万。是时台湾总兵老罢不任事，知府新至，仓无宿粮，库无刀箭炮药丸弹，厩无马，城无兵。台澎兵备道孔公方病卧，闻警立起曰："吾责也！"出私钱募勇舁疾，疾驰抵彰化办贼。淡水同知秋曰觐为前行，曰觐战死。贼乘势疾进，薄彰化城下。公则激厉守者出死力闭拒，三日三夜不懈，益严。有内应夜开城内贼，麾众巷战，被大创。贼中有识公者，趋前争持公曰："吾等罪死负使君，愿送还郡。"公不可，令掖送彰化学，死孔子神位下。

初，公为鹿港同知、台湾知府，威德在彰化久，贼自为民时，知与不知皆感公，故伤公而悔云。事闻，天子曰："孔某在台湾久，民吏爱戴，有司优恤之！"荫袭骑都尉，赐祭葬，祀昭忠祠。台湾人更为请谥，建专祠，上事状，史馆立传，谥曰刚介。丧归，民老幼相扶携挽柩车送野，哭且自语曰："孔使君去矣！吾其如何！愿为神台湾福我。"归葬沛宁，沛宁人又请建祠其乡。

公讳昭慈，字文止，少力学厉节，概慕海忠介为人。中道光十三年进士，改翰林院庶吉士。大学士阮文达公深器之。散馆授广东饶平知县，母忧去官。服阕，拣发福建，补古田。调闽，历署莆田、沙二县，兴化通判，邵武同知，皆有政绩可纪。升鹿港同知，自鹿港同知升台湾府、道，凡十四年未离台湾。闽抚徐清惠公尤加敬礼，号为独立。君为政有惠爱，不妄取民吏一钱，视民利病若忧喜在己；有急则自承其危，厝人于安，不以生死利钝成亏去就也。所至尤以禁私斗、能治盗显闻。民斗者至相戒："勿贻我公羞！"得剧盗辄置之法而收其从，使名捕余盗，盗发辄得。自始至台湾，反者五六起，公一划刈之。其规画深远，识者知其有以为也。

始为台湾府，三为书上大府，论戍兵空籍之弊，请一裁汰故兵，募土人，选骁勇，团练乡堡，收实用，为说甚具。既不得请，则规固盐利，绝私贩，穿渠为溉，田课饶，谷滋益；拔取文武知名士，备缓急为国扞蔽；台湾骎骎向殷盛矣。粤寇犯闽，闽中征调急，公亦急时安危，不专私一境，悉发贤将劲卒，委输资粮相连属，度海图闽难。所遣彰化人林文察，卒以武勇显功名于闽，闽人怙赖之。然台湾自是始大空。咸丰十一年，外国大入通市，是时闽事棘矣，公犹力持不稍下，卒以沪尾闲处处外国人，使立馆贩诸物，外国无一人得至台湾城下者。

戴万生之初起也，以失意长官，潜结社聚众。公闻，数戒彰化令先事为备。令以为团练也，一不何问。会嘉义反者孙白、毛鸲为乱，公设方略捕灭之。甫灭而戴万生事起。以公之速至也，持两端，既害曰觐，不能复中立，邂逅集城下，故公及祸。卒时年六十有八。

公，孔子七十一代孙。八世祖赠光禄大夫，追封衍圣公，讳贞宁，始分大宗为别子。曾祖传炯，江南布政使，诰授通奉大夫。祖继申。父举人，候选知县广禧。自祖以下皆以公贵，赠资政大夫。自曾祖以下，由曲阜迁沛宁，故又为沛宁人。夫人郑跃。子二人：宪曾，翰林院编修；宪高，由郎中改知县，为新河知县，状公遗事，授冀州知州吴汝纶曰"愿有纪"。乃最公台湾事始末诗之碑，其词曰：

翼翼重扃，肤使是宜。孰芜不治，养俗而靡。后虽久贤，残杀不瘳。蕴毒而摇，卒陨贤侯。维此贤侯，露洽霆震。始政于沙，爰发华问。有茶者田，椎埋穴藏。扪其株根，树之谷桑。民聚说公，有闻以泣。上官揖公，谓公独立。海黉翘翘，视贿卑高。踵常随故，青衿用忉。公曰名器，不可假与。孔氏为此，曷示我后。文以德优，武烈又崇。可用外键，匪直内讧。胡阕不卒，濡人枯己。夜光隋璧，碎于一蚁。万夷嚚嚚，睨我户庭。一楹而倾，而遑众莛。谁司闲闼，来考吾铭。

清河观察刘公夫人诗序

清河观察刘公，既丧其良嫔孔夫人，悼念之不弭，乃裒其遗诗为一卷刻之，而使其属吴汝纶为之序。汝纶读其诗，至于雕刻山川，凭吊厄塞之作，以为古所称登高能赋、可为大夫者，殆不是过。而夫人故尝自恨生不丈夫行，不能助公以奉上德扬职阜人为事，赋咏所寄，累累见之，其志意尤奇也。妇人之职，以酒食中馈织纴为务，卑弱承事人为德。有能通念书册，习文艺知道理者，世则以为希矣，又况德业、材用、器量，壹仿依于男子如夫人者，岂易得哉！

中国之法，贵丈夫，下妇人。丈夫、妇人，有常名，无常行。丈夫之行也有三，妇人之行也亦有三，有职，有艺，有志。职也者，丈夫妇人分有焉；

艺也者，丈夫专之，而妇人兼之；志也者，丈夫、妇人交致焉。职则丈夫也，艺则不能丈夫也，志则不能丈夫也，丈夫名妇人行，且得而丈夫之耶！职则妇人也，艺则不专妇人也，志则不屑屑惟妇人域也，妇人名丈夫行，且得而妇人之耶！丈夫也，妇人也，是时为贵下者也。虽然，丈夫而妇人者多，妇人而丈夫者少，则其贵且下也亦宜。昔者，战国之时，有犀首、张仪者，丈夫人也，而孟轲氏宾之至夷于妾妇。张子房运筹策佐汉倔起，有天下，成帝业，功劳为多，而太史公见其图，状貌乃如妇人好女。而妇人之中，又传有所谓缇萦、洗夫人者，类不规规以弱女子自嗛，而慨然有烈丈夫之风。以彼所为，与世之大冠长裾，雍容坛坫者校功比权，夫孰雌雄焉？仪、衍、子房，自恒人视之，丈夫之雄也，下是而不如之者多矣。及如缇萦、洗夫人，千百贤妇人中乃一二而已，求一二人于千百人中，诚知其难也。而果有得焉，有不敬畏而诚服者乎？于其亡也，有不忧悲思愁而求所以不亡之者乎？

夫人之诗之美，览者多能言之。汝纶读其词，奇其志，以为殆古之缇萦、洗夫人者比也。序其诗而传之，庶夫人亡矣，犹有不亡者存。光绪某年月汝纶谨序。

范荫堂先生寿序

江出岷峨，沄沄其东，巨海会之，淑灵焉钟，宜有杰士，竺生是间。载考往谍，千岁不闻，赫赫范宗，于里斯渍。范之不朽，《春秋》是纪，蠹蚩增蹶，云诗晔史，于后希朝，有秩于唐，至宋益大，自文正公，公材命世，德敛于家。忠宣继之，条叶扶疏，子孙散处，于吴、楚、越，或出绝塞，攀龙爱发。占通州者，勋卿发闻，明社既屋，愁遗孤臣。既孝既忠，烝烝增增，明德百世，达人其兴。勋卿八传，先生实继，承兹茂族，处得胜地。天锡纯懿，亿其有谓，卒老于穷，眩者其喟。负贩驵侩，藏镪百万；高冠长裾，不能石甔。闾里小生，金门玉堂；经明行修，闭户穷乡。马医歌儿，大夫夫人；有子逢时，联轴告身。时之不谐，糟糠涂泥，尧言瞬趋，子父寒饥。谁者尸此，为此贸偾？弛张不存，易主下人！下人之眢，尚有不齐，赤白反易，三王异施。屈芰曾枣，脍炙焉加；又其甚者，逐臭耆痂。彼各有适，何丑何妍，又况造物，于人固悬？岂其好恶，一徇我民？华榱大夏，室家之庇；天曰幽汝，乃犴乃狴。好食鲜衣，口身之华，天曰豢汝，视虓负涂。靡色曼声，为乐无方；天曰鸩毒，速汝于亡。尊官重势，恩威盈握；天曰危机，汝祸踵属。匹夫好德，一乡慕善；天域之区，不化及远。功烈在世，四海归怀；天资之时，匪才独能。凡兹数者，非天重宝，随材斥予，使恣所好。惟其文章，天之缄机，文王既没，畀之圣丘，孟公熊熊，屈愤庄恢，马扬代兴，爴云拂霓，太史将圣，嗣者退之，旁逮甫白，风骚之遗，后有述作，瞠乎莫追。苟与于斯，得天盖尤，菁英千载，彼不常聚。先生一室，网有今古，其为祉福，可胜言耶！俗之美好，其与几何？吉日良辰，君子寿考。听聆高风，钦此至教。三子并学，吾识其昆。歌以侑觞，亦劵其成。

答王晋卿书

辱示《中庸说》笃守家法，搜讨滞坠，如释篇题取《广雅》"庸和"之训，及中间考论礼制，皆极精凿；其他古义至多，虽乾嘉诸老儒见之，皆当畏服，况若汝纶之寡学乎！敬佩敬佩！

往岁与武昌张廉卿商论《中庸》，连日夜不倦，以为古人著书，未有无所为而漫言理道者。子思之为《中庸》，以后世例之，盖即仲尼之行状也。其数数称述仲尼之言，若《史记·孝文纪》备载诏令者等比；仲尼布衣，无功烈显著，独其言贵耳。其称"依中庸，遁世不悔①，惟圣者能之"，"圣者"非他，谓孔子也。其言"大德必受命"，在下位不可治民②，盖伤仲尼有天子之德无其位，不能制作礼乐，徒以俟百世圣人，为不遇时也。然古之君子，不以遇不遇轻重。仲尼兼包数圣人之德，亦一天地也，至乃六合之内，有血气莫不尊亲，身世位遇，曾何足云！所谓依中庸不见知无悔者为此。盖非后

---

① 遁世不悔，《中庸》原文作"遁世不见知而不悔"。
② 在下位不可治民，《中庸》原文作"在下位不获乎上，不可得而治矣"。

有达天德如仲尼者，不足以知之矣。扬子云文学之士耳，尚有待后世之子云，况仲尼乎？此《中庸》之大归也。儒者说之失其指趣，于是《中庸》之言，与匡稚圭之文、枚赜之《伪尚书》殆无以异。独郑康成谓子思以昭明圣祖之德，此古今特识也。至其为说，小小者不能无失。如以"追王"为改葬，经所本无。又以"大经"为《春秋》、"大本"为《孝经》，皆逞臆无据。使其言然，作书者何不明称之为《春秋》为《孝经》，而乃深没其名，待后儒之解说乎？

朱子钩鈲章句，缪绕文义，不足厌后学者之心。至谓"素隐"为索、"示掌"为视，本于《封禅书》《艺文志》，不可易也。《易》言"索隐"，自与此异。犹大德小德，古多以天子诸侯为言，若此经及《论语》所言大德小德，自与他经传异言，岂一端而已。"费隐"之费为"用之广"，于文宜尔。《招魂》"费白日"，王逸解费为光貌，古"光""广"同字，费可为光，亦可为广也。此数者，皆不得以朱说为过。

孔子之道大矣！自子贡门人之高弟与闻文章，乃谓性、天道不可得闻。是后表章孔子，惟《中庸》《史记》为著。《孔子世家》记夫子之文章者也，《中庸》记夫子之性道者也。郑氏之说《中庸》以文章说者也，朱子以性道说者也。其浅深离合之数，学不逮子贡殆不足以定之。独所谓"木神仁""金神义"及"二五之精"等说，则汝纶向所不取耳。近儒如戴东原等乃欲取宋贤义理之说，一一以古训裁之，是乃执文章以议性道，盖未可也。宋贤于训诂诚疏矣，子贡不闻性道，岂亦未通其诂耶？周劢有言："子之学将尽行，愿以名母为后。"吾愿今之为训诂之学者，亦以疏解义理为后也。鄙见如此，敬以奉质。

续示《盘庚说》，与汝纶暗合者十之三，为汝纶智所不及而阁下独得之者十之三，其未敢信为诚然者乃三四而已。汝纶尘冗废学，习《尚书》卒业尚无期日。今往鄙著一册，乞不外弃，厚教之，勿以示他人，幸甚！溽暑，想为道珍重，诸惟亮察。不具。

鲍太夫人墓表

太夫人姓鲍氏，世为湖南长沙人，年若干，嫁为赠光禄大夫王公讳某之室，后赠公卒若干年，而太夫人以疾卒于京师，春秋七十有五。太夫人有子曰先谦，字益吾，成同治四年进士，入翰林为编修，始奉太夫人就养京师，于是太夫人年老矣，犹日励其子以文学自立，于后报国家。其子谨受命，乃闭门谢知友，大肆力于学。虽屡有使命校士行省，使已，复闭门力学。过其门者，不知其为京朝官也。久之，学大进，为文清劲有气。尤习于国家故事，撰著乾嘉以来圣主贤臣诏令章奏，神功伟烈，为书累数百卷。太夫人于是大乐。自今天子嗣即位，太后再临朝，务博览广包，开通言路，不偏听为治。在廷诸臣争言事；已而言者益多，经筵台谏气益厉，高者一岁九迁，后进小生，闻风慕向，各往往上章论事。或未深晓事利钝，一切排根恣意，取直声为快，至树立标志，号曰"清议"。自枢辅大臣，外及封疆将帅，下至州县吏，皆拱手承事之唯谨。益吾于是时为经筵讲官，间独以为此非国家之福也。于是拜疏称："荙言乱政，宜稍裁抑之。"疏奏，荐绅间传其语，多窃骂益吾。太夫人闻之，乃独自喜，以为有子。于是人知益吾所表见于世，乃其母有以成之也。

益吾以文学平进至某官，太夫人累封太恭人，遇覃恩晋封太夫人。太夫人生四子一女。其子曰先和、先惠、先恭者皆早卒，益吾其弟三子也。太夫人既卒，益吾谱其年为状，以书抵汝纶曰："先谦不幸婴大故，将以今年五月扶丧归葬于长沙某乡某原，惟先母逆境之艰，禀德之厚，不可以无述，子宜无辞。"汝纶按其状，则太夫人在隐约相赠公，多他人所难，皆略不著，盖观其后之成其子者如此，足以知其初矣。乃论而列之，俾镵于墓上。光绪八年十月，桐城吴汝纶表。

题王晋卿注墨子 男闿生谨按：此下二篇，皆得自传抄，恐有讹脱，未敢定云。

今《墨子》出《道藏》，而王君晋卿好其书。余读之，苦其缺脱错互，其可读者其文多剽轻猥近，又颇杂汉后人语。刘向所校书辄删除复重，今《墨子书》复重异甚，要向所未见。墨子之道，见摈于孟子，而名于后世，至与禹、仲尼并称。韩退之、王介甫皆尝有取于墨，意其言必深博沉奥以有立，而顾若是！自战国时有《墨经》，有"别墨"，当时称墨子之言以为"不辨"。为其学者有腹䵍、孟胜、田襄子、五侯相夫氏、苦获、已齿、相里勤、邓陵子之属迭传，其所谓"巨子"者，今皆不见于书。顾反捃拾《尸子》《韩非》《吕览》以附益其言，称鲁阳文君、楚惠王、子夏之徒以自引重。自太史公不能言墨子年世，若所与游名人贵公具在书如此，史公岂得不见之？且其言抑何辨也？吾意是书真出《墨子》者少，《墨子》亡久矣。

《汉志》：《墨子》七十二篇。至唐杨勍时乃三十五篇，而杜佑言兵家拒守，已不称《墨》。有宋逮明，其存者十三篇耳，而有经有论，与今书绝不类，退之、介甫所读《墨》盖此也。宋《馆阁书目》有墨子六十一篇，亡九篇，陈振孙言其脱误不属，然不言复重。世愈远，古书愈益少，宋之《墨》不应特多于唐，此好事者依附而妄增益之，晰也。今《道藏》本五十三篇，而亡者八篇，多复重，其信为宋《馆阁书》以不？吾无以明之。书之正伪难辨矣，退之读《鹖冠子》，取其辞，而柳子厚以为驳书。吾为是说，盖不复强晋卿使同已也。男闿生谨按：先公晚年颇嗜《墨子》，手写诸篇，又详为之解释，此文盖犹初时之说。

李相国六十寿诗

今上八年正月，相国合肥李公登寿六十，文武吏士宾校荐绅咸谋称寿，公固不许。其幕下士某等相与谋曰："以文为寿，于古无有，公又靳之。称颂大臣，在律有禁，勿为其可。虽然，吾等不可以嘿已。伏见往古歌诗《江汉》《常武》《烝民》《崧高》诸篇，列在二《雅》，推大方、召、山甫，以显周宣中兴之功；裴相匡唐，韩柳之徒并有述作，文辞瑰伟，识者谓能耸唐德于盛汉之表。然则褒述功伐，歌咏盛美，所以宣上威德尊朝廷也，公其可让!”辄竭尽固陋，依古作四言诗一篇，拜手稽首以上。其诗曰：

猗惟我公，登翼圣皇。远猷是经，不迷御衡。厥初中邦，有讨而逋。我旗一麾，天下密如。裨海九州，传自邹衍。古绝不通，宾之邈远。巨清受命，环海偕来。兽心鸟言，一羁縻之。叩关通市，诣阙献见。控驭一失，枕戈待变。惟公遇之，阴阳阖开。骄子悖嗔，见母而摧。边人反侧，虏啮我疆。行人失辞，将随以兵。公曰不可，自我构怨。一使之任，释师十万。倭践琉球，好言来和。独持不随，下国交贺。高丽臣顺，百国陵欺。诲以邦交，卵之翼之。凡公初画，智惊愚悸。及其既成，万口唯唯。天子命我，保厘是任。有十其年，扞城腹心。既绥既怀，自视则欿。一世之功，万世犹慊。天牖下人，鼓物者风。智巧创述，哲人是钦。惟古六艺，绝而不绪。其一尚存，是曰算数。失之中国，守在夷狄。幼眇繁赜，丰淫衍益。天地奥清，万化鸿洞。剖芒析微，糅合而用。制为械器，鱼脱于渊。守牢攻坚，富以其邻。车金其轨，掉舟以火。陆无阻修，水行若飞。雷电之气，用而置邮。俯仰万里，前古无有。天泄其奇，地呈其宝。恣意而取，财贿焉阜。凡皆微学，数之极致。公参彼己，道我方内。始人未信，公一勇趋。风俗之成，岂不自吾。前千万年，众聋不聪。开物觉后，此万世功。伊昔神圣，臣畜四海。不有浚哲，惠畴亮采。帝咨滑夏，作士命咎。禹叙西戎，式甸九州。说相武丁，殷服鬼方。周公南车，重译越裳。越宣中兴，有方有虎。叔季共主，武灵骑射。汉相博陆，外国宾服。学究四夷，厥有充国。公兼数子，而功加崇。自西遄徂，周回而东。厥里九万，极车穷舟。人迹所至，靡不怀柔。抗威敷德，横被罔极。匪直也僚，并受介福。小子狂简，登龙于门。窥见美富，百分一端。本原事功，敷告海人。而君而长，侯王之群。无恃而有，式骄式傲。散我皇明，往息尔燔。众宾序兴，侑此觞斛。作为好歌，用宏硕休。

李起韩先生八十寿序

客有以深州李起韩先生夫妇八十寿求言于汝纶者。汝纶曰：

先生之寿，宜也。天地之生，彼无所不有，凡以给养人而寿之耳矣。是故有气有形，有光有声，有化有因，有健有驯，有飞有沉，有胎有根，有特有群，有纤有鸿，有离有丛，有峙有僵，有襮有藏。是物也，人皆赖之，赖而不能遍怙取也，于是乎有少有多，有敛有侈，有唱有随，有高有庳，有危有夷，有替有崇，有专有公，有雌有雄，有短有长，有虏有王。亘万古而不能均，而争由是起焉。争则有拒有攻，有尸有从，有懦退有勇先，有与散有仇连，有初胜终殡，有小诎大信，有避而顾有，有就而益亡，有诱之辄进，有饵之不尝，有失利而不振，有得隽而愈创，有绌有赢，有坏有成，有弱有强，而得失之数，至于亿变百出，而不可胜原焉。其失则有愧有愤，有怒有怨，有忧有恨，有忮有愠，有侘傺失气郁抑不复訾省，有狂易而烦冤。其得也则有酣恣而娱游，有倨敖而骄，有积艰累勤一快而精耗，有逆亿豫度于后变而愁困不瘳。斯二者，皆所以夭阏迁落夷伤而不可聊。而天地之生，于是乎蹙焉。故生之蹙缘于有得失，得失缘于争，争缘于不均，不均缘于不遍取，不遍取缘于无所不有，无所不有缘于天地之生。故天地之所以生者，乃其所以蹙生者也。孰能外天地之生，一斥弃其诸有者，彼且与天地久生。其生也弥短，其弃也弥少。不有弃焉，吾未见其能久生者也。

先生自其少年时已能取科弟，已辄弃去不更试，归率其配贺夫人，白首事母，不一夕违左右远出。其于世显晦升绌毁誉，泊然一不以干其虑也。虽视向所称与天地久生者未知其如何，要能有所斥弃，无争于世，晰也。如是而考寿，其谁曰不宜。

汝纶为深州时获交于先生，今忽忽近廿年，身未衰老而颜颊发脱，须骎骎白矣。曩者千年之志，今消烁不复有，上寿于先生，辄自生愧。

既以此应客，继闻深州人传先生习方书《本草》，《本草》传自神农时，中多不死之药、道林养性之旨，岂古人之求久生不得，退而索于形骸之内者之所为乎？异日过先生，当就求其术，愿悉以见告，勿秘留也。

张靖达公神道碑

公讳树生，字振轩，合肥县学生员。曾祖监生世科，祖杰，父府学生荫毂。三世皆以公贵，赠光禄大夫，妣皆一品夫人。

合肥自咸丰初遭洪、杨之乱，豪杰并起，收召徒党，勒习军陈，与死贼抗拒六七年。及相国李公治军上海，诸公各提闾里子弟为军，飙起景附，从定江南，席卷中原，再划剧寇，遂为国家劲旅，天下称为淮军，公其一军也。

始诸公初起闾里，皆散处四野。公独以谓寇来无方，不得地利，不足自葆就。于是，创结堡塞，阻河山为险，尝据堡击却悍贼陈玉成。由是诸公先后仿依为堡，百数十里间连屯相望，贼豕突狼顾，不得便利，淮甸以不大鞡。皖将帅上公功，累官候选同知。先是诸公以武节相侈，快恩仇，务兼并，互为长雄。而公以诸生周旋其间，独用儒雅逊让为义，诸公多訾笑之。公既倡为堡塞，及后李相公从曾文正①公军江西，公又遣间使走江西军贻书李公，论贼形势利钝及乡勇可倚办贼状甚具。曾公见其书，大奇之，诧曰："独立江北，今祖生也。"由是公名始显闻。

同治元年，以军从李公上海，会诸军击贼泗泾，大破之。福山降贼复叛，会攻福山，拔之。遂会攻江阴、无锡，克之。会围常州，别将卒三千横截援贼，夜蹙之三河口，禽斩万计。还军薄常州，先登，克之。移师入浙，会克湖州。江南既平，积功补徐海道。

公自始起从李公上海，讫平江南，凡三年未尝离李公军，及是始释兵之官。而曾文正公督师剿捻，驻徐州，公朝夕受事。逮后陈臬直隶，曾公又为直隶总督。故公为吏，隶曾公为多。及晚，为大吏，则又与李公相资济云。李公伉爽不为谦，诸所部将帅皆果执进取或不相绌下，独公退让逡逡，与诸

---

① 曾国藩（1811—1872），晚清政治家、理学家、文学家，湖南长沙人，初名子城，字伯涵，号涤生，宗圣曾子七十世孙。湘军的创立者和统帅。与李鸿章、左宗棠、张之洞并称"晚清四大名臣"。谥"文正"——本书选编者注。

公折节交欢。既从曾公为僚，见曾公深自约敕，则倾心慕效其所为。好士亲贤，见后进有文字论议忠亮，辄馨折礼下之，唯恐不当。好推荐贤士，所荐或起家至封疆，公顾未与识面。以此中外名士飂然归向，歆公谦德。然公虽执谦让，至国家有缓急大事，则忠勇勃发，不可稍遏抑也。

在徐海未几，迁直隶按察使，与平捻乱，迁山西布政使、漕运总督、江苏巡抚、署两江总督，所至有绩。回任江苏，丁继母忧去官。光绪四年服阕，入见天子，面论二事：一停捐例，一变通绿营。时论益附。唯天子亦注意用公，补贵州巡抚，未至，调广西巡抚。以平李扬才功，迁两广总督，摘猾励廉，风改化渐。会李相公居忧，调直隶总督、北洋大臣。朝鲜乱，毁日本使馆。是时广东水师提督吴武壮公长庆防海登州，公传电谋之李公，急檄武壮东渡。武壮自登州率师三千，用一日夜径抵仁川，直入朝鲜国都，取其大院君李昰应送天津，朝鲜大定。日本海军迟一日至，屯兵海口，错愕不能发。事闻，上大贤公，进阶太子少保。九年秋，法兰西侵越南，越南人来乞师，中外士大夫断国论者皆以为当救，于是朝廷决意用兵。是时李相公已还镇天津，公方以病休假，闻越衅，即疏请出南关督师，不报，命还广东治军防海。至则扼长洲险隘筑炮垒，益募兵教练，传电西国购大炮兵枪水雷之属，自广州至龙州创设电线，规画粗具而广西关外军败挫。公闻益愤，切请解官专一治军。报可。已而奉命督师关外，又奉命援闽，而广东大吏辄疏请留公，公亦疾甚不可为，遂以十年九月卒于黄浦军中，年六十一。

遗疏入，天子震悼，宣史馆立传，予谥靖达。李相公为再疏请直隶、江苏及安徽皆立专祠。

公前娶陆夫人，生二子，曰华奎，己丑科进士，四川川东道；曰云霖，县学生员。女一，适刘某。继娶吴夫人，生一子，曰云鹄。

公终始兵间，神思缜密，临敌坚重，不为表襮。在粤东位望益高，军旦夕警，中外恃赖以无恐骇。善官文书，在军在官，决事有程。暇辄不废记览，于淮军中最为儒将。其从行间入官及擢任疆吏，亦于淮军诸公最为先达。为政务持大体，不为煦煦小惠。

汝纶少习于公，又辱与华奎游，华奎状公行来告曰："先公墓碑未刻，子无用辞。"乃为铭曰：

皇督九夷，荒遐四归。有忾怀濡，决藩内窥。伏戎乘墉，孰愒不愤。呜乎我公，虽死犹奋。予伐不究，激懦则多。彼骄亦摧，以卒交绥。匪知匪勇，兹艰孰抗。及在丑夷，则颓然丧。不卒其施，委祉其延。我铭式旌，劳臣之阡。

记太史公所录左氏义后

太史公录《左氏》书可谓多矣，然往往杂采他说，与经传小异。至其事同者，其辞亦颇有变易。又或一事分散数篇，而辞各不同。盖古人之言，无取相沿袭也。往时吾县方侍郎极称《左氏·齐无知弑襄公篇》，以为使太史公为之，且将增益数十百言。余考之《左氏》大篇，史公蔽以数言者亦众矣，文如金玉锦绣，施用各有宜称，岂可以繁约多少高下之与！班氏之录《史记》，其文能变易者盖寡，好事者犹列其辞异同为书，承学之士有取焉。若太史公书变易《左氏》，尤可观省，非班《书》比也。今依十二公年月，掇拾《史记》为三卷，藏于家。昔者尝怪子长能窜易《尚书》及《五帝德》《帝系姓》之文，成一家言，独至《战国策》则一因仍旧文，多至九十余事，何自乖异如是！及紃察《国策》中若赵武灵王、平原、春申君、范雎、蔡泽、鲁仲连、苏秦、荆轲诸篇，皆取太史公叙论之语而并载之，而曾子固亦称《崇文总目》有高诱注者仅八篇，乃知刘向所校《战国策》亡久矣，后之人反取太史公书充入之，非史公尽取材于《战国策》，决也。惜乎，吾不得知言之士与论此耳！光绪十年十一月汝纶记。

李刚介诔

刚介名槁，宣城人。父曰宣范，官终松江知府。刚介以荆门直隶州知州殉难于兴国之富池口。松江有吏能，事具《梅郎中文集》。刚介死事，名流争为诗文纪载之。其孤雯又以命汝纶，乃为之诔。其辞曰：

维咸丰初，盗始谨诹，扰我南服，鄂郛三屠。荐绅横死，堆骨成陇，事或无俚，岂曰能勇。洎贼之奸，馨竹书勋，会其成功，岂曰能军。光光李公，眇然一儒，作宰江汉，赡灾苏枯。抚我赤子，暖姝求媚，及其见敌，勇乃百倍。提剑跃入，万马之场，四顾无继，愈奋益张。当在钟祥，寇环我疆，一柱支天，厥夏四倾。贼北逾河，风折后距，分旆入楚，指江南渡。公率偏师，遏江之渚，骤胜穷追，无一脱者。惟此田镇，是曰楚门，南贼大人，公趋来援。三师成列，前行逗挠，独奋出击，贼败遁逃。追之富口，而后不继，义士八百，同日并死。英名千载，忠骨不归，招魂葬衣，呜乎哀哉！方寇之张，焱涌电过，所当立碎，无攻不破。王旅四临，殚智倾财，开府连率，相顾睊睊。民不知兵，吏怠其守，百年太平，狃习盖旧。自非名世，雄隽之才，怀抱孤愤，往辄俱糜。矧在州县，治才百里，如横一草，以障江海。知义守死，已可咨嗟，至如公者，岂易得耶？

公之用人，人乐为死，饮刃在腹，甘之如醴。取囚于伍，佩之将印，剖心相示，卒与同命。此义实古，名将之风；至其义烈，又不愧心。田镇之行，非帅指麾，权其缓急，去安就危。军之既陈，我为中权，前军不进，吾无责焉。与懦为人，毋宁勇鬼！彼坐缩手，云胡不耻？昔江忠烈，勇于为忠，不以朝命，便文自营。湘乡作铭，表其大节。较然不欺，世固难得。死所而幸，犹生之偷。唯公与江，庶其同符。

公三为县，初令公安，孝感、钟祥，乃擢荆门。荆门不至，所至畏慕，去则争留，死皆俎豆。同时循吏，黄守金公，更令牧守，御乱有功。寇大至黄，守兵才百，城陷巷战，短兵手斫。力屈赴井，赠太仆卿。夫人二女，殉节武昌。金名云门，休宁进士，与公后先，时称金李。其后十年，鄂帅奏曰：吏鄂死事，史书不绝，惟二臣尤，古烈士心，鄂人叹嗟，不衰至今。天子褒忠，皆与美谥。李公有子，厥名逾久。汉诔叔持，以命孟坚；马敦守汧，亦诔于潘。我述李公，附金义烈，匪惟告哀，以讯来哲。

录欧阳公诗本义跋

毛公说《诗》，往往通知作者微旨，郑氏非其伦也。然经之道至博，非一家之言所能尽，齐、鲁、韩之说佚矣，毛氏独行，其是且非莫由参考，其失者盖尝四五。而后之儒师为毛学者，又往往窜益其书，义疏家不能折中至善，率依阿其词，甚乃委曲附会，以成其失。学者以其近古，震而惊之，莫有明白是正之者。其故源于经师但寻章句，不足究知古人之文章。而汉唐以来，号为能文章者固灼然明其是非，又鄙夷章句而不暇以为也。独欧阳公以文章大师，平议笺传，所为《诗本义》指摘毛郑谬误，如凿精米而扬糠秕，一以古人属辞之法为准，虽时有泥于序说或疏于古训未尽宜当者，要不过什一二而已。其说讥议郑氏尤多，而毛说之乖失，亦不少贷也。今以朱字录其一二于书眉，以为治此经之一助。光绪十二年二月汝纶记。

李相国夫人寿序

光绪十三年二月，相国李公夫人寿登五十，僚吏宾校合谋献辞称寿，有问于汝纶者曰：“相国自未五十来镇郊畿，于今垂廿年，亮翼本朝，抚绥方外，群吏率职，耄耋讴咏，政治化成。退食雍容，室家和宜，子姓美好。持国秉，都将相，任事之日久矣，而貌加腴，神加王，斯天下之大福也。敢以为相公献！”

汝纶曰：“此殆不可公意也。且福者天所资予，而亦颇不暇择焉，一恒人能有之。及若天之笃生雄俊闳达非常之人，类非使自泽其身而已。自其未出，故以韫韥艰巨，悬付儋何。既奋起独立，则且为天之诤子。天地事物，亿变相缪，方坯方支，方成方亏，轶进互斗，相寻而未有已，而卒未肯一听随于天。故乃开物成务，傍作穆穆，先人而忧，先事而谋，以与造物者权胜负。智尽力剧而恐不逮，则又博求夫同乎己而不听随乎天者，并智一力而助之争。

得则小休，不得则智益劳，力益瘁，儋何益重。盖虽穷宠极崇，日处乎震炫凡庸之势，而故以遗而外之，一不以自愉慰其中也。斯则公之所为已。"

"然则福不可以颂我公乎？"

曰："奚为不可！吾尝习毛氏《诗》，其称《周》《召》二南，以为圣人贤人之化。吾意必有艰难绸缪，遐揽远驭，恢崇横被之绩，今诗乃无有，独于后夫人所为承祭祀、绥福履、宜子孙则永叹长言之，周复而不厌。非夫圣人贤人所以优劳勤闵锡福于天下者既深既远，天下之人愿欲其恺乐寿耇，永永无极，而圣人贤人则又未屑意此等，于是流闻其后夫人帏闼之行纯懿硕休，虽甚琐屑，皆乐得而传载之与？而后夫人虽贤圣，以静顺为德，不见所施为，则夫优游富贵，膺受多祉，非天所享祐福祥美善之极轨与？今相国夫人毓德名族，自其大父雁平府君以一甲第一人及弟，是后父兄群从继踵翰林，耳目濡渐，被服礼则。当相国平乱南方，夫人固未来嫔，不见出人锋镝、喋血原野之劳。始至即为一品伯夫人，有《鹊巢》'百两'之盛。及往岁乙酉，公子尚少耳，已登乡荐，诸孙赓续竞秀，有《麟趾》信厚之美。承助相公廿余年，登寿五十，康强逢吉，流庆二门，前古所未有也。所谓天下大福，意在夫人乎！坤道承乾，夫人总集福祥，归成于公。吾等濯沐我公膏泽，称是为颂，奚为不可？"

问者曰："子之言然，请书而献之，以附于《南有樛木》《采蘩》诗人之义。"

遂献以为寿。

记写本尚书后

《古尚书》百篇，今存者廿八篇，虞、夏、商、周之遗文可见者尽此矣。汉时《书》多十六篇，由时师莫能说，不传，卒以亡，惜哉惜哉！

古帝王之事与后世同，其所为传载万世、薄九阂、弥厚土不敝坏者，非独道胜，亦其文崇奥，有以久大之也。扬子云最四代之书，以为"浑浑尔""噩噩""灏灏尔"，彼有以通其故矣。由晋宋以来，士泪于晚出之伪篇，莫复知子云之所谓，独韩退之氏称虞夏《书》亦曰"浑浑"，于商于周，独取其"诘屈聱牙"者。《诗》曰："惟其有之，是以似之。"信哉！其徒李汉叙论六艺，又曰"《书》《礼》剔其伪书之伪"；盖自此发。且必退之与其徒常所讲说云尔，而汉诵述之，不然，汉之智殆不及此。圣人者，道与文故并至，下此则偏胜焉，少衰焉。要皆有孤诣独到，非可放效而袭似之者，知言者可望而决耳。吾尤惜近儒者考辨伪篇，论稍稍定矣，至问所谓"浑浑"者、"噩噩"者、"灏灏"者、"诘屈而聱牙"者，其蔑然而莫辨犹若也。于是写其文，自《典》《谟》讫秦缪，颇采文字异者著于篇，庶缀学之士，有以考求扬、韩氏之说而得其意焉。

嗟乎！自古求道者必有赖于文，而文章与时升降。春秋以还，丘明所记，管、晏、老氏所言，去《尚书》抑远矣，秦缪区区起邠荒，宾诸夏，无可言者，独其文崒然隮千载，上视三代，殆无愧色。吾又以知帝王之文之蛉蟊于后人者，盖终古不绝息也。

再记写本尚书后

自汉氏言《尚书》有今文古文，其别由伏孔二家。二家经皆出壁中，皆古文，而皆以今文读之。欧阳、夏侯受伏氏读，不见其壁中书，壁中书本古文，以传朝错入中秘，自是今文始盛行。吾疑安国与其徒亦故用今文教授，孔氏所由起其家用此。二家之异在篇卷多寡耳，不在文古今也。

太史公书言《尚书》"滋多"自孔氏。而刘歆议立《逸书》，讥太常"以《尚书》为备"。其时胶东庸生遗学，亦以多十六篇与中古文同。凡前汉人重孔氏学、称古文《逸书》皆以此。及贾、马、郑之徒出，乃始断断于古文之廿八篇，而废弃其逸十六篇，以无师说，绝不讲。朝错所受壁中书虽朽折，至哀帝时尚在，孔氏古文若废弃逸十六篇不讲，而止传伏氏所有廿八篇，则与朝错所受书何以异，且又何以大远乎今文耶？今文自前汉时立学官，有禄利，学者习欧阳、夏侯经说之成市，而朝错壁中书仅乃能传读而已。此同出伏氏一师之所传，盛衰悬绝乃如此。其于古文逸书，以不诵绝之，诚无足怪。若贾、马、郑诸儒者，诮欧阳、诋夏侯不习博士经，不徇禄利，背时趋崇古学矣，乃亦不诵逸书，何欤？帝王之文至难得也。遭秦焚不尽亡，伏氏少失焉，而复出于孔子之堂壁，可谓至幸。是后虽微弱，犹尚丝联襢续，弥留四百年，而卒废弃于诸儒崇古学者之手，自是以来，逸十六篇舍太史公所录《汤诰》外，无复遗存者矣。此可为深惜者也！光绪某年某月桐城吴汝纶记。

答张廉卿①书

垂示《三江考》，辞高而义创，类韩欧诸公，辩证经典文字章句之徒，不办为此。

三江旧迹久湮失，蒙陋之见，正大论所讥墨守班《志》以为不易者，何足以仰窥奥旨。私独以为，郭璞岷江、松江、浙江之说，与班氏无甚异同。颇怪执事既取《说文》"江水东至会稽、山阴为浙江"，以为有合于班《志》、《水经》及康成"东迤"之说，而犹以为江不通于浙，而殊异南江，使自为一江也。浙江自为一江，今所见之水道然耳。古浙江固江所自为，非别有一水。周秦人不称南江、浙江，而但名之为江。《国语》云："勾践溯江以袭吴"；又云："吴军江北，越军江南，将舟战于江"；《吕览》言"越王栖会稽，有酒投江，民饮其流"；而乐毅亦言"子胥入江而不化"。使江不通浙，则吴越境上无江，此诸书必不冒他水为江。江自吴县南至钱唐，折由山阴而东，迳余姚入海，故曰浙江。不独《说文》言之，晋灼说亦如此；郦元亦言"作者述志，多言江至山阴为浙江"，汉晋以来，未之有改也。其在钱唐右会渐水，渐水故不名浙。《说文》分列渐浙二水甚明。而《史记·秦纪》"始皇过丹阳，至钱唐，临浙江，水波恶，乃西百二十里从狭中度"。盖钱唐乃有浙江，钱唐西百廿里之狭中即非浙江矣。后以渐水归浙，亦或互受，通称而浙。

---

① 张裕钊（1823—1894），晚清官员、散文家、书法家，字廉卿，号濂亭，湖北武昌鄂州市梁子湖畔东沟镇龙塘张村人。入曾国藩幕府，与黎庶昌、薛福成、吴汝纶等被人合称为"曾门四学士"。清光绪九年（1883）至光绪十五年（1889）掌教直隶莲池书院——本书选编者注。

要为江尾，非渐渎。南江既湮，于是江不通浙，而渐水始专浙江之名而自为一江，此乃迁流所变，岂得执为禹迹哉！

且南江为江所分，固无可疑者。凡北水通目为"河"，南水通目为"江"，特后世转移通借而号之者耳。其初则江、河各为专目，非河不名为河，非江不名为江。南江非江所分，决不名江。江止二渎，但可谓之二江，决不名为三江。若北江、中江皆江所岐分，独南江乃取其旁一水首尾，不与江通者配之，而强名为江，以足三江之数；神禹主名山川，殆不若是。南江经所未言，以江之有北有中而知有南，以三江之并得江名，而知南江非别为一水，此决无以相易者。若谓经言为中江，不言为南江，则禹"厮二河"，《禹贡》固亦不见矣。况东迤之为南江，其说固不易哉！执事之为此说，徒以形势论之，谓南江道不可通，避就而为之辞耳。至讥班《志》而取景纯，则景纯之说固班说也。不独浙江即余姚入海之道，即执事引《江赋》所云"神委东会注五湖灌三江"者，亦明谓三江承于一江，是南江上流，景纯亦未为异说。独隋唐时南人乃谓大江不入震泽，而张守节遂以并阻山陆为言。窃尝以今地考之，江南诸山，来自五岭，入徽州为黄山，东行为天目，其北枝为九华。《山海经》"三天子鄣"① 即此，《禹贡》所谓"东陵"者也。今浙江出其南，而大禹南江行其北，绕九华及黄山支麓，出天目之背，以入太湖。今自石埭、泾、南陵、宣城、宁国、建平、广德诸州县，水皆钩连交注，无阻绝者，独贵池、青阳之水，不通泾、南陵耳。疑池宁比境南北数百里间必有可通之处，即使地脉连延，亦必有绝水复出，如《经》所云"过九江至于敷浅原"者。且贾让固言"大禹治水山陵，当路者毁之"矣，南江绝而水皆倒流入江，莫或考其旧迹，殆非目验无以定之，要不得毁所不见，执今水以求故渎也。

三江，班氏时固尚在，枚乘谏吴王谓"羽林黄头循江而下，袭大王之都"，北江、中江皆不得至吴都，乘所云"循江而下"，盖下石城分江水以东抵吴县南者也。班氏推表山川，以缀《禹贡》《周官》，立言至为矜慎矣。九河不详其处，于成平云"民曰徒骇河"，于鬲云"平当以为鬲津"，皆厥所不

---

① 三天子鄣，《山海经校译》（上海古籍版）作"三天子之都"。

知，未尝臆决。又往往言"故大河""故虖池""故漳"以纪迁废，至三江则各著所在之县，详其入海方所，是必前无异说，而经流见存。而石城分江水，则又据当时见行之渎名之，过若干郡、行若干里、入海何县，始末具备。此岂不知而强言者？许郑之徒勤于考索，翕然宗信，不闻一言违覆，今更千余年后，求其迹不得，遂创为一说以易之，可不可也？

执事又谓分江水班未以为南江，南江未言余姚入海。此则志文彼此互备，又不必辩者。湔氏道言江水"至江都入海"，毗陵北江不言江都，亦岂岷江、北江为二水哉？执事又谓在吴南者亦松江，讥班氏混南江于中江，此又非班氏之过，班未以松江为中江也。《水经》江水残阙，郦注沔水、述三江亦脱误难读。其言中江左会滆湖，乃轶而见于《文选》注；滆湖在常州西南，自滆湖东出直吴松口，正班《志》阳羡入海之道，皆在吴北非吴南。景纯之称松江，亦据其下口言之，为不误耳。若松江上游，韦昭以释《国语》者乃郦注南江之枝津，不得指为中江，此当据班《志》以正景纯，不当复用讥班也。

归熙甫论三江，取景纯而引宋边实所列海岸三口：曰扬子江口、吴松江口、钱唐江口；以为三江既入，禹迹无改，亦据下口言之。至上游，则诸儒未有明辩之者。康成言江分彭蠡，班《志》、《水经》皆分于石城，石城当近彭蠡矣。汉石城在今建德，见《元和志》；而言南江者，求之贵池。汉芜湖在当涂东南，见杜氏《通典》；而言中江者，求之今之芜湖。皆据后城以定前地。执事谓郦注南江在万山之中，殆亦由郦氏所称县地故城未易审知所在耳。夫执今水以求故渎，据后城以定前地，言地理者之公患也。执事尚复如此，吾且乌乎正之！

谨贡所疑，不惜更教示，幸甚！

再复张廉卿论三江书

前得惠书，极论三江事，尘冗卒卒，久不报。顷得续示，复稍稍改定尊说，且曰："师心背古，果于自用，固所甘之。"夫诚甘之，则亦何说不可，尚何取繁引曲证，前后更易纷纷之为！若返之本志而犹有未安，则汝纶请得进毕其说。

凡执事所以讥班郑者，似未尝究明二家之说。其坚持异论，不肯稍变易，固曰吾据经词、事理断之。夫谓浙而不通江而可名之为江，因谓他水皆可名江，此则于经于事无一合者。由汉以来，至于近世，自全谢山、王凤喈外，有谓浙不通江者谁乎？此何庸复强辩乎！若果不通江，又何庸强名为江乎？始吾不解执事何为必舍江而别求南江，今读来书云：经于"道江"曰"东为中江"，此南江之别为一江居然可知者；又言汉非江而被江名，证他水之可称江；然后知尊意以江为中江，汉为北江，因谓别有南江，而经未言。经曰"东为中江"，此中江之名起于会汇以东可知也。今指岷山至东陵者皆为中江，可乎？经曰"东为北江"，此明汉入江后所叙皆江渎，因箸其渎之分流耳。今谓汉入江汇彭蠡，行数百千里之后，仍独成其为汉，其为北江者仍大别以西之汉水，可乎？三江经流，分系江汉二水，何以读"东为北江"之文知别有南江，又何尝被汉以江名而为他水称江之证哉！

凡江、汉、河、济，禹所命名也。禹既名江为江，岂得又名汉为江？汉且不得为江，他小水无论入江不入江，固亦各有主名，更安得僭名为江？六艺经传，从无称他水为江河者，此何待程泰之、胡朏明始倡是说！执事又引九江亦他水，非江而名江，此又后儒臆论。《淮南王书》"禹身执藁垂，剔河而道九歧，凿江而分九路"；太史公登庐山，观禹疏九江。彼皆最初之说，目验之论，岂故不足信！若据"过九江"谓凡言"过"皆他水，"道漾"曰"过三澨"，三澨即汉水所为也，而可谓之"过"，何独至九江而疑之？九江既江水，汉又不名江，他水又不得冒为江，则南江本江所分，非别有一水，殆可循名而定。

且东迤之为南江，固无可议者。执事所好者，经之文也，请更以其文决之。经曰"至于东陵，东迤"，考之《尔雅》《汉志》《山海经》，所谓东陵者，固当西起彭蠡，而东极于太湖以东，盖南江首尾略尽之矣。而执事必令质实言之曰"东为南江"，以与"东为中江"者为俪，然犹未及其所入之委也，则又当分缀以"入于海"之文，繁委复重而不厌，否则以为孤悬隐射之语；执事以为古人之文固必如是乎？凡《禹贡》所云"东北"者，皆东行而迤北者也，云"北东"者，北行而迤东者也；然未尝曰迤东、迤北。不惟

《禹贡》，他经及《史记》《汉书》亦未见也。惟归熙甫作《李实行状》载其疏语，称"永宁迤东迤西"。而国家设官，有所谓迤东道、迤西道者；此乃后世常语，古人岂有此哉！《禹贡》"东迤"为句，自汉以来，未之有改。马季长训"迤"为"靡"。今所习孔《传》中多汉人旧说，而训"迤"为"溢"，未闻有以"迤北"连读者。即执事所引《说文》，亦不得悬定许读为"迤北"也。独魏默深肆其疏野之见，妄改旧读，以"迤北"说之，此宜渊懿君子所不道。执事虚志而读之，此经之读以"至于东陵，东迤"者为胜乎？以"东迤北"为句者胜乎？康成固不知文，何至自汉以来无一人知文，知文者乃独一魏默深也！

　　凡此诸说，皆显与本经不合。其尤无解于"师心背古"者，则谓南江、浙江之不通江也。且执事固以汉为北江矣，北江通江，南江何为不可通江，而必谓"江不通浙"者为？夫江一通浙，则景纯之浙江，固即班《志》之南江，班郑之说无可易，石城分江水无可疑，而吴县之南江为分江水自石城至余姚之道，无可置辨也。故《说文》"江水至会稽、山阴为浙江"之说，执事既尝以为合于班郑、《水经》而取之矣，今则援王凤喈之妄改者以离畔之；景纯《江赋》所云"灌三江而漰沛"者，执事既尝引用之矣，今则以其同于班氏而割弃之。《说文》之言浙江，六朝以前无异说。仆前引郦元说：作者述志，皆言江水至会稽山阴为浙江。郦氏所见方志多矣，惜其书今并亡佚耳，使其皆在，凤喈能一一尽取窜改之以成其曲说乎！执事之以浙江为南江，所据者景纯也，《江赋》与所为《水经注》一人之作，所说者三江一事也，此复何能左右而去取之哉！

　　寻执事诸说，惟以考论地势山脉者为最近理。要必真如所云万山复沓绵亘，绝无平迤中断之所，开凿无所施，而谓大江不能经行于其间然后可也。使不径万山之中，不行复沓绵亘之所，尚有中断之处，无事开凿之劳，则执事立说虽辨，其如施之非其实何？凡郦注南江所经，大抵今池、宁、太、广之境，而宁、太、广之水至今通流，独池州无水以通宁国，要亦非高山大阜盘互数百里不中断之地也。执事乃以徽、宁、池之万山丛簇者当之，自昔言南江者，何尝南涉徽州哉！经曰"东迤"，班《志》但言"石城东至余姚"耳，执事何由知为直东指吴哉？既直东指吴矣，岂又能出徽州而南绕哉？且执事考求故迹，而征之行旅商贾，尤非得理者也。行旅商贾，不出水陆二道，水行固皆今水矣，其陆行则各指今所置郡县城邑，以为都会城邑迁改，道随而变，岂能沿涉山川脉络推求昔之旧渎哉！凡此诸说，皆揆之事理而甚不合者也。

论事既失其实，读经又失其辞，则固不如墨守班郑之为安矣。班郑之说，执事固明知其合也，顾乃强索疵纇，谓吴特南江中途一县，距余姚数百里，班不应于吴言入海，自昔纪水道者，未闻若是。是又班《志》常例，钱溉亭辈殆不足知此。河至章武入海，魏郡之邺去章武逾千里，而云“故大河在东北入海”，信都去海亦数百里，而云“故章河、故虖池皆在北，东入海”；《禹贡》绛水亦入海。此皆中途一县，执事曷为未闻乎？中江自滆湖东出，执事讯仆何从得此水道，仆此道固与执事所称分江水经徽州及石城直东指吴者不同。班《志》南江在吴南，则中江不在吴南甚明。其会滆湖至阳羡入海，既在吴北，非自滆湖东直吴松口，当复由何道哉？吴南之松江，郦注明以为南江之枝津，执事乃谓自昔说班《志》者皆言吴松为中江，抑何不深考如此！禹“厮二河”，毗陵、江都之江，皆因尊论类及之，不足深辨。南江，经固言之，漯川则未之及，何论巨细？湔氐道、毗陵所纪，但问一水二水，岂与执事论扬州？且江都独非扬州乎？河于河关、馆陶再言“章武入海”，江独不可再言江都乎？凡此诸说，皆于班《志》未尝究明者也。

郑氏三江说，惟疏所引为真，执事乃征及《初学记》。《初学记》说与疏所引郑说绝异，明非一人语。其称郑玄、孔安国注，尤猥并。余考之，必徐邈所为《尚书音》中说也。《隋志》“《尚书音》五卷，孔安国、郑玄、李轨、徐邈等撰”，与《初学记》称郑孔者正同。当徐坚时，郑注《尚书》未亡，无缘伪托，惟《尚书音》杂揉数人之说，故淆乱如此。近世陋儒，识不足以定取舍，乃兼采疏及《初学记》妄合为一，执事奈何从而信之！殆亦魏默深与有责尔。此又执事之未究明郑说者也。

夫不究明其人之说，而好为异论，近世诸儒，大率如此。而全谢山、王凤喈、魏默深其尤也。不谓执事高识，俯视二汉，而所阴据者乃只谢山、凤喈、默深诸人。夫谢山、凤喈、默深诸人之说，何足以抗班郑哉！

汝纶所见如此。倘有异议，不惮再质。

答张星阶书

承示施彦士《读孟质疑》，谨以愚见平议误谬，记其眉，奉纳执事，伏维照察。

孟子游仕始末，载籍无可考，惟《太史公书》称其先游齐，后适梁，而《六国表》魏惠王卅五年大书"孟子来"，此与"孔子相鲁"皆特笔，史公所谨记者。是年齐宣王八年，周显王卅三年；既一年，惠王卒，子襄王立；又十一年，而齐宣王卒，子湣王立；又六年，宋君偃为王，是年魏襄王卒，子哀王立；又四年，当周王赧元年，鲁平公始立，而燕哙乱死；又二年，秦楚构兵；秦败楚将屈丐。此诸国事，皆与孟子相涉者。自魏惠王卅五年至是，凡廿四年。当孟子初至梁，梁惠王谓之曰"叟"，度其年当长于惠王，惠王以魏文侯廿五年生，生卅而即位，即位卅五年，年六十五矣，孟子又长于惠王，其游梁殆且七十也。又阅廿四年，及见秦楚兵事，世以此谓孟子年至高。自梁惠王未生时，文侯之十八年，受经子夏，是年为鲁缪公元年。缪公时而子思仕鲁，孟子长于惠王，而子思宜少于子夏，汉儒者谓孟子亲受业子思，度其年故相及也。孟子始逮事子思，而终见秦楚构兵之事。其前后略可考见者如此。

当太史公时，周谱盖尚在，太史公因秦记采《世本》著所闻为《表》，其年系决无误。至魏晋间所传《世本》夺乱，失魏哀王一代。于是《汲冢纪年》出，又以魏襄王在位之十六年归之惠王，为后改元，而司马温公作《通鉴》，乃舍《史记》而从之，其取舍已不详矣。及纪齐年，则又并无依据夺湣益威，以伐燕归之宣，以求合于《孟子》。于是，齐梁二国年系并失，而孟子事始末益淆乱不可明。而阎百诗、江慎修以来，诸说纷纷并起，误由弃传习之明据，奋不根之怪论，悬改千载上列国之世纪故也。如施彦士等，殆犹未足比数。以近世矜创获背前载，往往瞢不审是以非，贻误后生，故不可不辨。

伏维鉴亮。不具。

孔叙仲文集序

往汝纶始入内阁，则闻曲阜孔叙仲先生于诸舍人中为最贤，会先生已东归，愿见而不可得。又后廿余年，与先生之子厚甫同官直隶，乃得读先生之书。盖先生少师事李方伯宗传，为桐城古文学。桐城之言古文，自方侍郎、刘教谕、姚郎中，世所称"天下文章在桐城"者也。而郎中君最后出，其学亦最盛。由郎中君已上，师师相诏，更嬗递引，乡里之传不绝。独郎中君自少至老，常客游不家于乡，其流风被天下，而桐城受业者乃四五人而已，李方伯其一人也。郎中君既没，弟子晚出者为上元梅伯言，当道光之季最名能古文。居京师，京师士大夫日造门问为文法。而是时，湘乡曾文正公尤以闳文系众望，其持论亦推本姚氏。故梅曾二家，宾客相通流。先生既传业于李方伯，及入京师，则数与梅伯言、曾文正往来。其于姚氏之学既沉渐而癖好之，尝寄诗伯言，自诡出桐城门下，用相矜宠。暇则从诸公为文酒之燕，见于诗集者往往一会至数十人。今读其诗，若承謦欬于诸君子之侧，而身从其游，与之驰骤而先后之也。

方梅、曾在京师时，文章之士之趋归之，相与讲论姚氏之术，可谓盛哉！往年汝纶侍文正公时，公数数为余称述姚氏之说，且曰："今天下动称姚氏，顾真知姚氏法者不多，背而驰者皆是也。"汝纶窃自维念，幸生桐城，自少读姚氏书，姚氏支与流裔，在天下有振起而益侈大之者，而乡里后生，卒鲜得其近似，闻公言则瞿然而悚。今老矣，业不加进，无以逾侍文正公时。读先生书，考其渊源所自，茫然不自知针刺之在体也。

论 语 叙 赞

自羲皇开文，降唐迄周，宰世成务。洎仲尼所居国与政竟死不遭，垂空言。述《学而第一》。

匹夫抱一以终老，极于事天地、横四海，其唯孝乎！三王革因，俟后百君。述《为政第二》。

礼乐之用，先王以动化天下。礼失而霸，霸失而素王兴。述《季氏第三》。

大哉仁乎！发为礼让，存为忠恕，不可析铢。至德睽孤，乃传诸徒。述《里仁第四》。

性命幽微，显诸文章。历撰狂简，扬摧今古。海桴不浮，志涸身休。述《公冶第五》。

颜冉既亡，南面其雍。卓哉《中庸》。齐因鲁仍。爰诎卫南。述《雍也第六》。

精感若晤，千岁旦暮，馈《韶》寝周。圣、善不得见，抗志浮云。述《述而第七》。

曾氏载道全归，契颜惟微。厥渊源久古，自唐、虞、姒、姬。述《泰伯第八》。

龙游凤仪，天迪斯文。圣绪韫韠，爰正诗乐。述《子罕第九》。

圣莫大于时，幽闳靡窥。庙朝揖让，齐居燕坐，诞略维章。述《乡党第十》。

陈蔡既厄，四科是列。颜亡丧予。春风咏归，异僎狂且。述《先进第十一》。

克复归仁，唯礼兢兢，敬恕是阶。远哉舜汤，明哲煌煌。述《颜渊第十二》。

学而入政，正名攸先。富教、即戎，需之岁年。不得中行，吾思狂狷。述《子路第十三》。

德仁积而禹稷兴，礼乐崩而桓文出，篡弑滋起，《春秋》因是作。佞如果如，知我其天。述《宪问第十四》。

集四代制作，诞成王业，宏道者有焉。没世不名，君子羞诸。述《卫灵公第十五》。

三桓柄国政，鲁道其衰。求志达道，夷叔是怀。述《季氏第十六》。

日月不居，东周孰为，鄙夫不可与事君，法天无言。述《阳货第十七》。

山林长往，圣哲栖皇，礼弛乐坏，或入河海。述《微子第十八》。

微言既绝，大义乖裂，源远末分，道散诸师、商、偃、赐。述《子张第十九》。

尧、舜、禹、汤、文、武，传之孔子，政不百年，教乃万世，后生习传，艰哉知言。述《尧曰第廿》。

祭萧君廉甫文

光绪十四年五月廿二日，吴汝纶谨以时修之奠，敬祭于亡友萧君廉甫之灵。

呜乎廉甫，子乃尽于斯！四方上下，邈不知所归咎兮，嗟吾释子将谁尤？彼世人之美疢兮，吾故必子为无之。眸子炯炯神满弥兮，曾几日而我违。天所赋之甚才兮，岂故生之而无以为之时？初自诡其如何兮，年中道而不兹。将阴阳之沴及兮，药物又从而摧之。固寿夭任天为兮，虽圣哲莫由离之。意亦膏煎于明、木材而斤兮，坐振迅而自疲。不然，其无乃有激于中兮，愤憾佗傺郁伊而不能支。苟如是，信子过矣！彼凡常之大年兮，又岂尽泊乎其自持。呜乎！司命幽昏不能对吾问兮，茹此恨其焉推？我官于畿，子无偶侪，唯子我昵，天又不憖遗，咎匪子罹，乃以穷我为！春朝于途，已觌复失，而子遽以疾归。为书劳子，良久乃达，子目已瞑而弗知。呜乎！死生得丧之理，无为为子怵矣，追念畴昔，久要契阔，吾则何能嘿已而不悲！尚飨！

送张廉卿序

孙况、扬雄，世传所称大贤，其著书皆以成名乎后世。而孙卿书称说春申，《法言》叹安汉公之懿，皆干世论之不韪，载而以告万世者，世以此颇怪之。吾则以谓凡著书者，君子不自得于时者之所为作也。凡所以不自得者，君子之道不枉实以谀人，而当世贵人在势者必好人谀己。十人谀之，一人不诶，则贵人恶其傲己，十人者恶其异己，贵人与贵人比肩于上，十人与十人比肩于下。上恶其傲，下恶其异，虽穷天地横四海而无与容吾身，吾且于书也何有？于此有一在势者虽甚恶之，而犹敬乎其名而不之害伤，则君子俯嘿而就容焉，而以成吾书。而是人也，虽敬乎其名，固前知其不诶己也，闻有书则就求而亟观焉，察其褒讥所寓，得其疑且似者，且曰"此谤我也，此怨非我也"，则从而龃龉之矣。盖必其章章然称道叹羡我也，夫乃始慭置而相忘焉。彼君子也，其志洁，其行危，其不枉实而诶人众，著于天下后世。及其为书，则往往诡辞谬称谲变以自乱，以为吾意之是非，后有君子读吾书而可以自得之矣，安取彼訾訾察察者为！嗟夫，此殆君子所遭之不幸，其用意至可悲！而《诗三百篇》所为，主文而谲谏；孔子之《春秋》所为，定、哀之际微辞者也。楚两龚、孔北海、祢正平之徒背而易之，乃卒会祸殃，至死不悟，岂不哀哉！二子之书，意其在此。

　　吾既推而得之，会吾友张廉卿北来，乃为书告之。复书曰："子言殆是也。"盖自廉卿之北游，五年于兹，吾与之岁相往来，日月相问讯，有疑则以问焉，有得则以告焉，见则面相质，别则以书，每如此。今兹湖北大吏走书币，因李相国聘廉卿而南，都讲于江汉。廉卿今世之孙、扬也，见今贵人在势皆折节下贤；不好人诶己；其所遭，孙、扬远不如。其北来也，自李相国[①]已下皆尊师之。老而思欲南归，而湖北君所居乡，其大吏又慕声礼下之如此，吾知廉卿可以直道正辞，立信文以垂示后世，无所不自得者。独吾离石友，无以考道问业，疑无问，得无告，于其归不能无怏怏也。因取所意于古而尝质于君者书赠之，以为别。

祭方存之文

　　维光绪十四年十月八日，汝纶谨以清酌庶羞，昭祭于诰封奉直大夫五品

---

　　① 李鸿章（1823—1901），晚清名臣，洋务运动主要领导人之一，安徽合肥人，世人多尊称李中堂，亦称李合肥，号少荃（泉），晚年自号仪叟，别号省心，谥"文忠"。

卿衔枣强知县方先生之灵。

　　呜乎！同治之初，君客始旋。吾初私学，君闻谓贤。招携观游，试使为文。搜我箧藏，持献相君。学匪禽犊，有愧在颜。东南清夷，中冬科举。已试强我，人谒相府。用下敬上，干冒是惧。我官中书，贫不自存。相君爱士，甄录在门。宏我道义，博我艺文。沾以微禄，使荣其亲。始愧且惧，卒赖之缘。追维本初，非君曷因。

　　从事在行，君数来萃。相君北征，奏君试吏。聚居一城，朝夕见诲。贻书往复，日或三四。法语德言，杂以嘲刺。我悍不逊，口给为戏。相见大笑，袖还子书。子后益进，悔庸可图！我闻笑谢，后谲自如。君在枣强，我刺深州。相望百里，事必咨谋。我婴祸谗，君欲拔我。爱我至甚，忘其不可。岂我能任，党私实过。逮我再起，君归已装。期我早罢，溪山徜徉。斯言未践，君胡遽逝？我懦而羁，曾不少待？自君之去，我孤又暌。十见十诺，背辄相非。幸君无恙，千里有师。今其已矣，谁乎予规！

　　吾县文学，耸德圣清，渊源所渐，自方侍郎。韩欧之文，洛闽之蕴，并为一条，坛宇维峻。五传逮君，勇于自信。琴曾进取，愿人所訾，终其斐然，鬶孔之思。及君无恙，士亦多口，今其已矣，谁嗣君后！君吏而休，有诏起用，老学上闻，旌秩为卿。有文有书，有子克家，君其奚憾！惟是吾徒，俯仰今古，感念旧游，旷矣悲夫！尚飨！

郑筠似八十寿序

　　往余在曾文正公幕下，则闻郑君筠似畿辅能吏也，顾未及一见其人。后十余年，余为冀州，郑君奉檄来摄武邑，武邑于冀，枝县也，于是与君始相识。每过州相存问，见其为人，庞眉方口，威重缜密，余益以是信其能。

　　武邑书院废久矣，君至则议兴复之，募富人出钱，建讲堂斋舍为屋若干楹，寸椽片石，皆称量自心，左规右度，务底精好，而后即安。工既讫功，以余财为子本，收其息入为用。手定教条，聚生徒，购书迎师，恣使问学。故事：摄县率一年为限。余为请于大府，留君三年，以竟其事。自初迄终，经画井井，于是武邑之俗大化。君生平未一补官，唯在武邑为最久，他所临莅，满一岁辄代去，不能大有施为。观所粗试于武邑者如此，则其中之所蓄，其未出而尽试者多矣。

畿辅自曾文正公、今相国合肥李公相继为政，劝厉吏治，州县贤有名者大氐简拔荐擢以去，有起而秉节开府，得重名于京朝者。君在众中，治行不为后人，遇上官又尽明哲，宜若可奋起而有以自见矣，顾独浮沉三四十年未一补官，其故何也？往余在官时尝戏语人曰："事贵能持久，吾入官廿许年不迁一阶，不加一秩，出视同列，如立衢街观行路，来者辄过，无肩随者，不可谓能久矣乎？"君笑曰："视待阙四十年未一真除者何如？"盖君初入仕以举人教习，教习途最隘，当补官辄为他途所捷得，故宦久不遂如此。世辄言用人当择贤俊，此妄也。国家补官，自有资序，不能因一士贤否变素经法，势自宜耳。虽上官好贤，曷益哉！

虽然，人各有以自得，世所好美，一人不能专也。君虽未一补官，自始仕至今数十年，所见仕宦间，升沉显晦荣辱之变，不可一二指数，其与君比肩班立，未几得意高迁以去者有矣；或方迁而年不少待，或既迁复跌一落不再起，甚乃戚戚以夭阏其生者，前后相望不绝也。而君晏然犹昔，既老而不衰。余弃官且十年，君犹执板参谒长吏，数数摄剧县。谈者追论君旧事，已如隔世，而君康强纯固，方与后生少年揖让唯诺，见君者辄疑君尚是五六十岁人。然则君虽浮沉一世，无所得于时，其视世之方欢遽戚，勤一世以觊所欲有，有之而不能久其生以飨焉者，其得失果何如也？

光绪某年某月为君八十生辰，前期君宾客子姓谋所以寿君者，君固不许，既而曰"吴子知我，若必寿我者唯得吴子文为可"。于是众相率来请，遂书汝纶所知于君者以为君寿。

二 许 集 序

当乾隆时，吾县有二许先生者，伯曰鹿柴，季曰深稼，兄弟竞秀，并有文誉。尝受学于吾家生甫先生，又颇渐染于方灵皋侍郎。其为文考经证史，叙述志意，往往可喜。当时不大著，逮兹百有余年，子孙世守不失，盖其家法承传者远也。二先生世居黄华。黄华者，吾县之南幽丽胜绝处也，群山盘互，萼跗骈植。许氏居之成聚，其长老子弟率皆秀发能文，有声于乡邑。去年，云卿孝廉过冀州，出二先生书示余，使为序，固辞不能，其别也又累以书请。今云卿选全椒教谕，将南归，又为书促之。

余尝爱黄华山水，往往喜从许氏诸老人游，相与访求里鄌遗事，因以遍览奇胜。盖吾县山水名天下，其维首自潜之天柱，及龙眠、骈枝、东骞，歧出傍骛；其南折也，蜿蜒迤逦拗怒而堕乎江；未抵江廿里，为黄华，瞻顾依韦，如不欲去。余尝凭高而望大江，旋抱如玦，右顾天柱，卓立云外，意山川盘郁之气，盖未艾也。今尚有隐君子如二先生者啸歌偃仰于是间者乎？云卿之官，过故里为吾访之。他日吾归，徜徉山水间，坐石衣，掇溪毛，凭吊今古，尚庶几其一遇也。光绪十四年九月。

祭弟文三首

维光绪己丑正月某甲子，光禄君既病不起，三日成服。设奠，孤子驹哀不能文。其兄汝纶撰词以祝，其词曰：

苍天苍天，专祸我家。二亲既背，伯兄复殂，甫及十年，又夺予季以去。祖考何辜，责其丕子？曾不赦图，酷矣痛乎！叔在山东，方有郁纾，不敢遽赴，敢告。呜乎痛哉！君其临飨。

成服之明日，孤子敬荐朝奠。汝纶再告光禄君之灵：

呜乎！我杀吾弟，我杀吾弟！弟疾有牢根，不可卒拔，前四五年，时时间作，久辄复平，至去年夏秋，愈益佳善，与朋游诗篇唱和，往复不休。张廉卿、范肯堂皆称其才过乃兄甚远。弟亦自喜疾损，谓可减兄忧也。及闻吾乞退，浸寻加剧，弟素冲淡，何以至此？此无异故，家私以有官为便，弟疾以无官为苦，展转煎迫，不能去怀，又不肯告语寡兄，疾乃以此益不可为矣。呜乎！我博高蹈之浮名，而置吾弟于必死，严冬疾甚而吾曹不察知，及春困笃日加，则又惑乱方药、左误右误，不死不已！天下虽有兄弟相恶之人，不至必弟于死,吾忝读书知爱弟,乃蹈此大恶,天地有穷,此恨何极!

今八尺之堂,六尺之木,吾弟偃寝其中,馈弟弟不食,呼弟弟不应,疾苦之状,呻吟之声,且不可复闻见,何问朋游吟咏之事乎!远闻风声,恍如忾叹,清肌瘦骨,在吾目中,事至意动,辄拟咨度,翻然猛省,室已无人,遗书在床,遗药在几,寡妻悲号,稚子无色。呜乎!此哀何时弭忘,酹汝一觞,庶几在飨!

其三日朝奠荐事,以官舍将授代者,不获朝夕将事,将殡于神祠,俟定期送还故丘,汝纶为词,终致其哀。其词曰:

猗熙甫乎,子去何归乎?子将上归于九天。天公高居颇聩聋兮,自出瑰宝自毁弃而不珍。储精蓄英钟杰特兮,始生之岂非艰?宜拥护扶掖使底于成兮,乃旋而夭阙之若折一萱。吾欲使子摘擗日月,提掷星辰,使天不能神。有精英不自保兮,何用悬此空文!

猗熙甫乎,子去何归乎?子将下沉于九渊。富媪深藏不别白兮,短长善恶糁为一尘。閟玮气于厚土兮,发仅为无知之楠梓、至脆之芝兰。譬毁璧为玉屑兮,销昆吾为钱。吾欲使子掀翻大海,蹴倒昆仑。化佳人为异物兮,尚何理之可言!

天地不足恃赖兮,吾谁诉此烦冤!父母日以远兮,又谁呼而尽闻。

子尚归来!子有两昆兮或衰或羸,昆有不适兮,子乃身之。仁以达其情兮,忠以致其谋。福若固有兮,祸则惊疑。远者月有书兮,近不能以一日离。子去不还兮,夫孰问子昆之是非?

子尚归来!子有令妻兮,先姑之宗。大义夙敦兮,匪燕昵是从。恩勤婴稚兮,乃瘁厥躬。用劳致疾兮,子呻不宁。子去不还兮,子之妻恐不得生。子宁忍置兮,忍隔诀而不通?

子尚归来!子有弱息兮,能读父书。学为文字兮,佳处足以为子娱。幼不好弄兮,向学则劬。体孱不任执丧兮,子宁不图!子去不还兮,能不眷此遗孤?

子尚归来!子有娇女兮,未离保阿。幼清中慧兮,齿少而能多。子所爱怜兮,拊手而摩。子去不还兮,奈此娇女何!

兄弟妻孥招子归兮,子乃瞑目而不顾。留子骨于孤城兮,吾又将家而远去。百神哀而呵护兮，无毁伤此灵枢。秋水时至兮，吾当奉子以首路。幸中道过叔子兮，归依父母之丘墓。

呜乎哀哉！尚飨！

张筱传六十寿序

去年秋，汝纶至天津，主张侯。间与客语，客语张侯贤，且喟曰："张侯以名进士为吏部，有声公卿间，出以观察事李相公于天津，不可谓不得主，李相公遇之不可谓不加礼，尝一摄大顺广兵备，吏人讴思之不衰至今，不可谓无绩效。然而待阙于天津且十年，年垂六十矣，迄不得一补官。每一道阙人，相公求堪其官者必首及张侯，然迄不辄得。张侯得毋有所恨乎？"

余曰："凡所谓官者，出其力能以办治当时之事，使其才充乎其位者也。有其位而无所事，才力无可见，君子不以位为乐也。位之未得而事蜂起麇至，而吾才与吾力皆有以副之，君子不以未得位为忧也。今国家怀柔万国，天津为方内重镇，李相公经画艰巨廿余年矣。天子新临事，张军御侮，接待殊邻，一惟李相公是任，中外大疑大计毕集于幕府，天下瑰奇伟异之士四面辐凑，如水归壑，得相公指付一事，皆前古无有，始开之于今，可留示后者，成辄为奇功显绩，足自矜重，不论官位大小早莫有无也。张侯既为相公所加礼，又有声绩为吏人讴思，其补官固可指取而有；今在相公左右，事缓急倚张侯办治者不知凡几，其才与其力裨益于当时者甚大，以视他人之被相公矜怜、苟荣以一职者，其轻重岂不较然矣乎！然则张侯将乐且不厌矣，奚恨之云乎？"

既以此应客，及今年张侯正六十，诸客尝所往来者谋侑觞之词于汝纶，汝纶于诸客中最旧故，不可辞，遂书其语以为张侯寿。

赵忠毅公遗书后序

王君荩臣令高邑，搜访赵忠毅公遗书，得若干种，补缀残遗，属予识其事。予读其书，大抵教授徒友之作，非欲流示后世者，独所著文章可久。今王君所得文集，仅《尺牍》四卷，无他体。天启中所上疏及《味檗斋遗笔》皆别行，不入集中，而诗歌又佚不见，盖残缺不完之本也。赵公文集廿四卷载在《明史·艺文志》，乃公没后所辑录、崇祯中刻者。荩臣今所得则万历时刻本，盖公罢考功归里时所著也。方是时，公与顾泾阳、邹忠介三人者，皆负天下重望，皆以龃龉于世，退休卅余载，授徒讲学，若将终身。及泰昌、天启间，邹公与公先后起用。顾公虽未出，其在林下，故亦以天下为己任。自今观之，三公者皆非能遗世枯槁者也。考其终，各有树立，而公尤磊落俊伟，中奇祸，斥迁流离，靡顶踵而不悔，豪杰之士争慕效之，遂成一代风俗。其于生死祸福，既已漠然无动于中，则其出处进退之间，夫亦岂漫然者！然使早知其后之获祸如此之烈，其于君国曾不能少补分毫，则虽公相之荣，征聘之踵属而狎至，固将夷然而不屑以一盻也。以忠义为天下倡，特公之不幸耳，夫岂本志所及料者哉！士苟出而任天下之重，义不可以苟退，斯已耳。已退矣，则其审所自处者宜何如也？

从兄郓城知县吴君墓表

君讳某，字康之。始以孤童子徒步入京师，佣书部小吏。大学士文靖公宝鋆时为部堂，见君所书牍，善之。问吏曰："此写官谁也？吾有书使录幅一通以来。"吏曰："诺。"持归，不与君，别使人写上。公怒曰："此非前书某牍者迹也。"以摘吏。吏不得已，更持书归送君。君发视，则公所自为诗也，写幅竟，附诗一章入所写幅册中以进。公得之大喜，折节与唱和，期待甚厚。已而行役出都，以君自随，得数百金归。故事：吏从役有私入，归辄分其曹。

君不习故事，不分也。于是，吏久者交口毁议君。久之，公又出都，又以君自随，得金而归，遂自免去。入国子监，应顺天乡试，不中，弟取誊录。既试，谭端恪公迎君教授其弟。谭公巡抚山东，用君为幕客。谭公迁河督，幕下独君一人，事巨细一倚办君。于是君名大振，汴中自司道以下争慕君，愿与交。谭公还京，君遂留汴。

君始为宝公所知，有名于京师。后知谭公，历齐汴幕府，名益有闻。汝纶乙丑成进士，宝公、谭公皆座主，兄弟俱居门下，二公尝矜宠之。后谭公摄湖广总督，又以君往。已而用誊录叙劳为盐大使山东，由大使徙为知县。自是在山东廿年，历署宁阳、禹城、蒲台、武城、章丘诸县，补郓城知县，所至皆有政绩，为县人称说。先后为丁文诚公葆桢、陈中丞士杰所识拔。而张勤果公曜，又前君在汴时故人也，遇君益加礼敬。

君为人通敏能书，喜为诗，与人交和易忼爽，善谑以不忤于敌。以上不能为曲谨苛礼，为政简而有条法，断狱明恕。

君幼失母，育于吾父母，与汝纶同卧起，游处必偕。长汝纶二岁，汝纶始受《诗集传》，君为录《诗小序》于书眉，长老见者，疑为成人。江南乱，兄弟皆废书，樵采山中。咸丰戊午，吾伯兄肫甫徒步入京师就试，君随往。至汴，钱用绝，肫甫留君父执殷闲先生所，独身抵京，不中弟，且还，而君亦自汴抵京。时秋且尽，君尚衣襌，肫甫脱中襦衣君，为君营书佣，乃去。

君既幼教育于吾父母，兄弟皆若同生。君在武城，汝纶为冀州，武城与冀州枝县邻接，两人月一行县，因兄弟会饮。其在郓城，余弟诒甫令汶上，又相邻接，行县会饮如武城故事。

光绪十四年，余乞病自免去，君亦弃郓城南归，余送之济南郭外。君谓余曰：“弟用科举起易耳。吾始出绝艰阻，幸多偶合，然困殆者屡矣。近世士夫多竞进，独吾兄弟仕方得意，皆自引去，此可自慰荐者。”君抵家三日遂卒，十五年某月也，年五十有二。

君娶丰县张氏。一子馥孙，先一年卒。女适金匮廉泉举人，户部主事。君无主后，葬未有期。汝纶谨撼遗事述家状始末，异日将揭于葬君之阡。

书沧州王希岐所著切韵书后

《五方元音》，俗书也，吾未之见。而北方学者，家有其书。《四库提要》讥其并部分为十二，并字母为廿，纯用方音，不究古义，如覃、盐、咸之并入天，庚、青、蒸之并入龙，皆变乱韵部。今希岐改还卅六母之旧，自为精当。独《切韵指南》内外十六摄，今希岐定为十二摄，似尚沿十二部之说。而月、贿二摄，又皆新增。其曾、通含于梗摄，宕含于江摄，臻含于深，咸含于山，遇含于止，恐亦难免纪文达"变乱韵部"之诮。昔陆法言自序其书云："魏著作谓法言向来论难疑处悉尽，何不随口记之。法言即烛下握笔略记纲纪，博问英辨，始得精华。"今希岐冥搜默讨，用功甚勤，随口握笔，有同陆氏，倘再博问英辨，于审音之暇，更增考古之功，其于切韵之学，思过半矣。

策 问 二 首

问：《乾》彖"元亨利贞"，《文言》以为"四德"，前世明《易》者翕然信之无异词，独欧阳永叔据《左传》穆姜之辞，以为《文言》取之《左氏》，其说甚辨。然而，后之儒者莫之是也。六艺折中于孔子，而欧阳氏宋之大儒也，其致疑于孔子如此，其亦有他说乎？不然，安知非《左氏》之有取于《文言》也？六十四卦，彖词所以为占也，独《乾》称"四德"，与他卦不类。谓之"四德"，则每字为句矣，而《文言》又以"乾元"连读，一篇之中，前后异解，其说安在？朱子《本义》不依《文言》"四德"，释为"大亨而利于正"，辞义致为明捷。顾"乾元"之文，《象传》《文言》皆有之，与他卦言"元亨"者实异，则"大亨"之解，其果当乎？诸卦之"亨"有不称"元"者，又有所谓"元永贞"者，其说云何？"亨"之为"通"，常诂也。诸卦爻词无言"亨"者，独卦词有之，其果为"通"乎？扬子《法言》

又有所谓"亨龙贞利",是扬子之读亨读利皆与今诂不同。"贞"之为"正",亦常诂也。至如"利牝马之贞""不利君子贞",岂亦可训为"正"乎？诸卦又有"利女贞""利艰贞""利居贞""利于不息之贞"及所谓"利贞征凶""利永贞""勿用永贞""可贞""不可贞""小贞""大贞""贞大人""贞妇人""贞凶""贞厉""贞吝""蔑贞""得童仆贞""丧其童仆贞"，此诸"贞"之诂当为一义乎？当有数义乎？《易》之道大矣，辞之未通而能知其道，未之闻也。《乾》繇《易》词发端，而疑滞难明如此！诸生学《易》有日矣，当必有以开之。

问：太史公谓孔子作《春秋》，七十子之徒口授其传指。鲁君子左丘明惧弟子人人异端，各安其意，失其真，因孔子史记，具论其语。循是言之，《左氏》所记皆当得其实矣。今其书开卷即有"子氏未薨""归赗"及"君氏卒"等说，非所谓失其真而为异端者乎？史公所载事多异《左氏》，盖采之他书。至华元飨士，固本《左氏》矣，而云"其御羊斟不及"；古以"斟"为"羹"，其说是也。而今《左氏》则以羊斟为人名，岂史公所见《左氏》书固与今异耶？《左氏》记事之书，不主释经。其泛为释经条例，如所云"五十凡"及元凯所称"变例""非例"等，大抵皆后之经师所附益。顾或谓《左氏》本名《春秋》不名传，名传者自《七略》始。今考史公于《左氏》称为《左氏春秋》，与《虞氏》《吕氏春秋》并言。《战国策》"虞卿谓春申君曰：'臣闻之《春秋》，于安思危，危则虑安。'"所引即襄十一年《左传》魏绛语。又孙卿为书谢春申及《韩非子·奸劫弑臣》篇，皆引楚王子围、齐崔杼弑君事，皆见《左传》，而云"《春秋》记之"。是太史公以前至战国皆名《左氏书》为《春秋》，不名为传。汉儒者谓《左氏》不传《春秋》以此。若如今书，多为释经条例，则一望而知为《春秋传》矣，尚何深闭固距之有？虽然，循是说也，将杜元凯所称"发传"三体者固非其实，即《左氏》自云谓之"礼经"者，亦且不足据欤？抑史公称二传亦止曰《公羊》《穀梁春秋》，若言施、孟、梁丘《易》，欧阳、夏侯《尚书》，齐、鲁、韩、毛《诗》云耳，其书本皆传，皆释经，其称传不称传固不必论欤？要之，释经条例固必有后人附益之者。班《书》称《左氏》多古字古言，学者初传训诂而已。及刘歆治《左氏》，引传文解经，转相发明，由是章句义理备焉。

而《后书》又言歆使郑兴撰条例，贾徽从歆受《左氏》，亦作条例廿一篇。近儒以此疑《左氏》所称书法皆刘歆之徒为之，固不为无据。证以《汉书·律历》《五行》二志，所引如"不书日，官失之"，如"六鹢退飞，风也"，如"人火曰火，天火曰灾"，如"分至启闭，必书云物"等说，皆称为传文。班氏于跻僖公引《左氏》说不引传，于大雨雹，既引《左氏传》又引说，是其书于汉经师之说，不以羼入传文，分别至严。若刘歆等所为条例，其不引为传决也。然则今书中所有条例果谁为之欤？昔之知《左氏》者推扬子云、韩退之，其言曰"品藻"而已，"浮夸"而已。今读其书，知所谓品藻者云何，所谓浮夸者云何；且韩于诸书皆著其美，独于《左氏》目为"浮夸"，又何说也？近世顾亭林、姚姬传皆谓《左氏书》非出一手，果何所见而云然耶？抑二子所举之外尚有他证耶？凡为书详略有体，今《左氏》记十二公时事，独襄昭为详，其所载当世名卿大夫多矣，而独子产、晏婴事迹为详，其义安在？能详述所闻以释疑滞乎？愿闻其说。

记姚姬传平点汉书后

邑子方伯元既刻姚姬传先生《点定汉书》，余又取温明叔、张廉卿二君所藏本附益之。区区求古人于此，豪杰之士所不为也。虽然，欲开示始学，莫有过于此者矣。班氏所载奏疏辞赋，张、方二本无评点，而温本有之，今亦各附每传之后。光绪十六年十一月汝纶记。

铜官感旧图记

曾文正公靖港之败，发愤自投湘水，幕下士长沙章君寿麟既出公于湘之渊，已而浮沉牧令间余廿年，乃追写靖港之事为图，名流争纪述之。

或曰："章君一举手功在天下，而身不食其报，兹所为不能嘿已于是图也。"

或曰："不然。凡所为报功云者，跻之通显云尔。自军兴以来，起徒步，解草衣，从文正公取功名通显者，不可胜纪也。其处功名之地，退然若无与于己者，一二人而已耳。人奈何不贵其一二不多得之人，而贵其不可选纪者哉！夫有功而望人之报我，不得则郁郁焉悄悄焉寓于物以舒吾忧，此非知道君子所宜出也。且章君安得自以为功也！夫见人之趋死地，岂预计其人之能成功名于天下而后救之哉！虽一恒人无不救矣。见人之趋死地而救之，岂必有赡智大勇而后能之哉！虽一恒人能之矣。事势之适相值而不能自已也云尔，夫何功之足云。闻有功而不求报者矣，未闻不自以为功而犹望人之报者也。"

然则是图何为而作也？

曰："文正公之为人，非一世之人，千载不常遇之人也。吾生乎千载之后，而遥望千载之前有若人焉，吾不能与之周旋也，吾心戚焉。吾生乎百载数十载之后，而近在百载数十载之前有若人焉，吾亦不能与之周旋也，犹之戚焉。并吾世而生而有若人焉，无千载百载数十载之相望，乃或限乎形势，或间阻乎千里百里之远，吾仍不能与之周旋也，吾心滋戚焉。若乃并吾世而生，无千载百载数十载之相望，又且不限于形势，不间阻乎千里百里之远，而获亲接其人，朝夕其左右而与之周旋，则其为幸也至矣。虽其平居燕闲游娱登览之迹，壶觞谈笑偶涉之乐，一身与其间，而皆将邈然有千载之思也，而况相从于忧虞患难之场，而亲振之于阽危之地者乎？此章君所以作是图以示后之旨也与？妄者至谓使文正公显擢章君，是深德君援己而死国为伪；此则韩公所谓儿童之见者矣。"

章君既没，其孤同以汝纶与其先人皆文正公客也，走书属记是图，为发其意如此。图曰"铜官感旧"者，靖港故铜官渚也。光绪辛卯八月汝纶记。

诰封淑人梁淑人墓志铭

淑人姓梁氏，今总河侍郎奉新许公之侧室也。故番禺人。父战死军中，淑人幼也，鬻于南丰赵氏寡妇所。赵氏仕宦大家，怜淑人，女畜之，寝同衾，食坐同席。许公既入翰林，年长矣，而未有子，闻淑人贤，则遣媒导言于赵。

赵愕曰："是尚幼，吾且资以共命，未须嫁也。"媒者曰："若尝奇贵此女，遣嫁得许翰林今贵矣，奈何惜留之"？赵因复谩谢曰："必求是者，当持聘钱若干万来。"赵意许公贫，不办此也。媒者复命，则应曰："谨如议。"赵不得已，诺许，遂归许公。既归，通敏识大体，语多传荐绅间。

许公视学陕甘，将眷累以往，会迎考，光禄公不就养，淑人则请与嫡夫人归奉新侍亲，使公得抟心营职，绝家室累。其后，左文襄公疏言："学臣不避艰险，亲历穷边，汉回欢迎，争拜马首。"天子嘉之。许公所以能出入贼地，谕招降附，以塞职补旷试者，淑人力也。

淑人年十八归许公，卒于光绪十七年十二月，年四十有五。生五女子，无丈夫子。嫡夫人有子曰恩缉，实母淑人。淑人之封则恩缉推覃恩所得者。其卒也，恩缉哭之绝恸，至不忍闻。

许公以为义不顾私闻天下，于淑人之卒则为诗百章以叙其哀。与许公游者争为文述淑人之懿美，以塞许公之悲。好事者题之为《诒炜集》。

始淑人事嫡夫人恭甚，既为三品命妇，嫡夫人命易章服，卒不敢，终其身不易。既殁，乃以三品服殓云。

汝纶与许公俱出曾文正公门下。将葬淑人，许公使为铭。铭曰：

兰泽兮流芳，履綦兮房栊，绮丽兮绸缪，判独离兮木强。忽变兮烦冤，千辞兮万言，魂杳冥兮不闻，多文兮徒烦。一室失贤兮吁其谓何！

读淮南王谏伐闽越疏书后

淮南王谏伐闽越，为汉计谋至忠恳，而世辄以谋反少之。吾考之史，淮南之反，则审卿、公孙弘构之，而张汤寻端治之，盖冤狱也。凡史所称谋反，反形未著而先事发觉受诛者，事大率皆类此。

古无所谓谋反之律也。公羊氏之说《春秋》，乃曰人臣"无将，将而诛"。而商君治秦则有"告奸"之赏，有"匿奸""不告奸"之罪；其卒也身坐反诛，车裂以徇，曰"无或如商鞅反者"①。此亦足以明造法者之受祸烈矣。乃自是以来，有国者一循商君之法，不少改也。汉兴，高祖用之以除韩彭元功之逼，文帝用之以剪济北、淮南宗亲骨肉之忌。而淮南仍父子被恶名，陨身失国，太史公盖尤伤之。后之帝者，开创则除功臣，守成则忌骨肉，而皆以谋反为主名，亘千载踵蹑一辙，是其尤可悲者也。

昔者尝怪贾生以天下才自任，既痛哭上言，请"众建诸侯而少其力"矣，乃又欲广梁、淮阳封皇子，以导迎人主忌兄弟、信任己子之私心，且逆虑易世而后当复忌兄弟信任己子如今日也，故以为"二世之利"；此真小人逢君之恶者之所为耳。以此议法，庸有当哉！

三淮南之封，文帝徒以解惭，固非本意，贾生逆探其意而欲争止之，其说虽未行，汉君臣自是固日日以白公、子胥待三淮南矣。王安知之，故以读书、鼓琴、学养生之术自溷，使天下众知其儒柔无武节，冀可少安，乃卒不能自脱吴楚之反之不从乱；至归功国相所劫，盖不待伍被诣吏告变，而识者知其不可以终日矣。此小山《招隐》之所为作也。悲夫！

或曰：王安方以读书、鼓琴、养生之术自溷，闽越用兵，当取道淮南，安乃欲谏止其役，似恐汉知其国厄塞地利者，不益中汉朝之忌乎？曰：此国家利害，不得顾己私，是乃安之所以为忠恳也。且武帝用兵，决于英略，无敢讼言争论者。公孙弘谏伐匈奴，卒受难自任过；司马长卿欲谏开西南夷，亦不敢正言，而托谕于蜀父老；独王安于闽越之举，庄言切论，不稍避忌，此其贤于长卿、弘远矣。用刻深之法，听谗间之言，以自遂其忌克之私，至于狱成而示之天下，虽皋陶听之，亦以为不诬，而前事预计者且因以受远见未萌之誉。弘汤不足论，吾独怪贾生申商之学之祸人才、伤国体至于如此，而世且诧为奇才，群晏然而莫之省也。

---

① 无或如，《史记》中华书局标点本作"莫如"。

保定曾文正公祠堂碑记

上之元年，保定荐绅之士四十有九人聚谋曰："曾文正公来镇兹邦，遗德在人，今天下皆立公祠，保定独无有，无以寄吾民之思，请立祠以永大惠。"语闻，上可。既而阅十有一年，工不克兴。大学士、总督李公，乃以白金二千畀今正定知府陈君庆滋，使庀材营构，思公者颇以赀继。于是成前堂正室以妥灵荐诚，方续规其后隙宇为燕飨之堂，中作而辍。后六年，署津海关道李君兴锐，又以白金二千属记名提督独石口协副将陈君飞熊卒成前功，思公者又以赀继。于是后堂既成，材用有余，则又新其前所成堂室，更易挠折，饬治陊剥，犹有余财，又别为屋若干间，收其屋食以给岁事。是年冬十月，功竣。已竣，行事祠下，文武吏士在位列者，耆老大夫之退休于居者，宾校之逮事公而客兹土者，咸会于庭，相揖并进，皆曰：

"昔公膺受疆寄，南则江南，北则畿辅。公于江南，亲揃灭蛇豕，荡涤巢窟，再造土壤，还之太平，与民更始，功亦伟矣。而前无因袭，恣公自为，譬之犹操利刃割濡涂也。至于畿辅则不然，密迩京辇，事取中制，宪度久故，甚设而窳，民吏惰偷，敝极不还。公又为政日浅，敛抑勇智，投合故迹，凡所经画，率疆吏常职，无奇迹异状。独其精诚垒积，贯洪洞纤，事往神在，卒用回易听视，旷然大变，扫因循之习，开维新之化。当时观法颂治，身没数十年，余教不沫。中材以下，不知所以致之。其视江南，难易悬远。而江南自公即世，首诏建祠，以慰塞民望，名都大城，勤率祠祀。畿辅独天津有祠，保定首善，公故治所，而物力艰绌，屡为屡辍，被泽阔大，答不副施。然且穷岁累年，不怠逾奋，距公薨廿有一载，卒讫功役。由公功德湛渐，弥久益著，思公之心，人不自已，是用卒底于有成，不可以不记也。"

于是众以命汝纶。汝纶则原本邦人思公之旨，谨识其作之始末，使镵之石，以流示后之君子。已，又为之诗曰：

严严邦畿，四方是仪。四方奚仪？曾公实来。昔公未来，吏颓不兴。公既莅止，厥治蒸蒸，昔公未来，兵尪而孱。公既莅止，劲旅如云。士昔失学，民亦不泽。有娸有朴，有襦不复。孰师孰父，孰觉以煦？公既茞止，乃塾乃庚。维民维士，维兵维吏。譬病且瘵，得公并起。凡公之施，人亦貌为。畴则陶铸，一世之才。才之既成，其施逾远。八区一风，自我而转。风则转矣，施则蔵矣。归公于南，旗翩反矣。公行去汝，嗟汝无苦。公归于南，饥公汝哺。公南尚可，死谁恤我！死今二纪，公惠犹始。虽则犹始，公身往矣。我思曷已，百世其祀！

赠光禄大夫记名御史刑部郎中合肥李公庙碑

光绪十有八年某月，安徽巡抚沈秉成上言："大学士、直隶总督臣某与兄两广总督臣某力勤为国，禀训于家，其先臣赠光禄大夫、记名御史、刑部郎中某，当咸丰三年，奉文宗皇帝命归治团练，有功乡邑，往来渡巢湖拄战，合肥、巢界上二县父老，请即湖堨立庙祠祀，宜顺舆情、答忠荩、慰劳臣孝思。"制曰"可"。于是相国兄弟既合词陈谢，则简选亲吏相度经始，庀材董役，陇坚斫良，不窳不华。明年庙成，又明年有事于庙，将文其丽牲之碑，相国以命汝纶，且曰：

"先公性方严，不俯事权要。初在刑部，恤囚谨狱，刑官传其法到今。江淮俶扰，奉诏治军，屡战有绩，具在国史记，人多知者。至其忠悃奋激，以杀贼立大功报国自效，时不展其用，位不充其志，独抑塞摧郁，发愤以卒，世莫得而言也。

"始天子命吕文节公治安徽团练，吕公引某自助，先公闻，乃曰：'奈何用儿子独憗弃我？'既吕公效节，皖大吏疏留某助治军。军事日棘，淮甸益糜烂，天子南顾忧劳，用户部侍郎王公茂荫荐，诏先公归庐州治团练。命下，单车就道，至临淮，庐州已前不守。袁端敏公疏留先公联结缘淮堡寨。居数月，安徽巡抚福济又请趋先公赴合肥。当是时天子注意团练，屡诏各行省在籍大臣团结乡勇，助官军防剿。而统兵大臣皆乐用兵，不喜用乡勇，以为团练徒空名耳，郡县吏则尤忌之，主客牵制，形势沮格。而先公以一郎官与重臣名帅抗行钧礼，不相统摄，无寸兵半菽一钱可自给也，则视他团练大臣，所处又独难。既归合肥，客或请先公专葆就乡县，不轻诣群帅。先公方锐意讨贼，不谓然也。其后率所团卒会诸军进攻，出入庐巢间，时有小胜负，不足言。渡巢湖会战白石山下，败悍贼陈玉成走之，军稍稍振起矣。已而粮不继，挫衄，径挥散其众，罢归卧家。先公本自诡灭贼，一不效而军罢，郁郁不自得，居间辄剧饮酣醉，以息忘其忧。尝寄书军中，诫某：‘必灭此贼！饷不足，吾田数十亩可尽货也。’某读书心动。一夕，先公召两从父纵饮，且醉且呼酒，酒至辄尽，连尽数器，不知人，径卧，明晨遂不起。

“某自军奔归，既惊恸不及见先公，后七年某始率乡子弟起上海，转战吴、越、齐、豫、燕、秦，悉定中原，天下号曰淮军。军多先公旧卒，诸将中两广总督张靖达公树声，即先公故幕客也。军事既平，先公故不及见。又后廿余年，乃克承诏立庙。庙成，将立石系牲，宜有纪述，具著先公志事，载之石上，昭示后君子。子其无让！”

汝纶曰：“合肥自孙曹以来，用武之地也。山水奇杰，人民果劲立节概，著在前纪。旷岁千百，不闻有闳达名世君子出其间者。今相国乃始提挈义旅，猋起云蒸，荡涤河山，燀威外国。兄弟节钺相望，所荐拔文武吏士数十百人，充周列位，大氐合肥一县之士。意山川之气閟蓄久，故必昌通乎？本所缘始，则尽光禄公所涵濡而孕育也。名位啬于一时，功烈不卒于身。蕴结如彼，流风遗教，溃乎一家一乡，横被乎薄海内外，光大如此，前古所称钫躬焘后委祉者，未或伦辈。宜垂显刻，流示无极。”乃不辞而铭之，铭曰：

潜岳峣峣，其神雄尊。钟于淮淝，实生哲人。哲人之生，国步急难。视国急难，若疾痛在身。欲横一躯，塞漏九渊。不究其施，赍恨下泉。是生孝子，卒所未竟。掇辑遗旅，为天下劲。终奠九土，斡蛊承考。威风过海，万夷内首。子父绳绳，载声而久。在昔文考，决策拨乱。取民于野，是束是训。卒其成军，于湘则曾。公起于淮，是攘是扔。身仆军立，与湘代兴。居巢之湖，其水滂滂。守臣上言，即祀于旁。帝曰“俞咨！伯，嘉乃先功，其以庙享，世旌尔忠”。伯拜稽首，答扬休诏。告丕显考，亦世追孝。腾蛇天飞，其蟠在泥。河江始滥，譬带在衣。初菀不极，后焉大光。刻铭牲系，下告茫茫。

袁望清诗序

会稽陈雨樵，有友曰袁望清名河者，喜为诗，病且卒，尽举生平所为诗付托雨樵，雨樵受而藏弃之，逾十九年，乃谋刻而传之。望清弃百好，毕世而独肆力于为诗，身死骨且朽，而不能忘情于其诗之存亡，其志盖可悲夫！抑雨樵之风义，又何其近似古人也！

文章之士，类不能无待而传；老死蓬藋，名业不表于世者众矣。然且为之不止者何也？负才绝异，不能不有以用耳。穷极艰瘁，至于精变神会，上通造化，无问世远近，必有护持而嬗传之，决然不听其沉没者。是虽在千载之外，犹一室相付受也。夫然，故暗澹没世而不辞，殆宜尔矣。

旌表节烈张太宜人碑铭

长垣知县程君熙状其母太宜人遗事曰：

吾母无锡张氏，先世携家远贾，来居运漕。运漕濒大江，吾含山一都会也，熙家在焉。吾母幼警敏，尚志节，喜为诗，时时与兄弟唱和，外大父母特爱之。年廿来归先君，是时家隆盛，内外宗众多，吾母恭俭仁恕，事上抚下，曲尽妇职。咸丰癸丑，贼蔽江下窜运漕，熙家悉破，先君避地无锡，吾母挈熙与两妹继往，崎岖江关，迟久乃达，生事大窘。熙时九岁，无力就傅，吾母手刺绣，口授熙书，提携弱妹，晨炊夕汲，一身百役，劳勤异甚，薪米资用，尽出十指。性耿介，耻求人，念终不自给，遂习带下医，聚方书数十种读之，三年业成。而金陵溃围，三吴瓦解，无锡城陷。念终不能俱全，劝先君携熙远避，身独留不去。贼至，大骂赴水死，时咸丰庚申四月十四日也。享年卅有八。事闻，奉旨旌表。子一，即熙也，某科江南举人，由工部主事出为知县畿辅。女二人，适无为薛三锡、和州林述彭，遇贼时皆以小弱得脱无恙。先君讳某，以熙在工部时有加衔，赠某官，赠吾母太宜人。太宜人生

91

平诗甚多，寇燹后皆散佚，仅存数十首。其见危效节，时时形之吟咏，志盖素定。平居深自刻厉，教子有法，熙始垂髫，言动即示以规矩，不使伿错。其大节虽蒙诏褒录，其懿文高行，恐久且湮灭，谨追溯幼所亲闻见敬述一二，乞赐铭章托不朽。

汝纶曰：太宜人文节操行应铭法，是宜铭。铭曰：

士或有文，而隳于行，矜行在细，或节不光。具一阙二，群褒而贤，备有三德，丈夫实难。而况妇人，教久不敦，于惟贤母，完德于素。避乱屯寨，卒祸于寇，于义虽丰，在遇为啬。报之俎豆，而德不塞。维积维流，维后之炽。刻铭乐石，传示无极。

胡 氏 谱 序

《巢山胡氏谱》既成，副贡生胡君调燮自桐城涉江东行，浮大海，踔五千里，到保定征序于余。余问君族姓始末，君曰："吾胡氏占籍桐城自五代始，元天历旧记已称传三百余年，十有余世；迄永乐谱序，则称四百年余矣。以迭遭兵燹，谱数亡佚，北宋世系断续不可谱，谱自宋南迁以下。而国朝顺治时所为谱，又颇附益失实。吾王父考辨其谬误者，缺其遗佚，而定著其可知者为谱若干卷。族之人或起而非议之，王父不顾，而谱卒坚定。今又五十年，吾季父又继述焉，吾随而编辑焉。以先生辱与吾仲父游也，故敢来请。"

余曰："吾桐城诸著姓大抵元明间始迁，唐宋旧族今存者实鲜，独君之始祖兴于唐季五代，逮今向千岁，而子姓蕃衍，诗书庠塾，肩摩踵属不绝。传云'盛德必百世祀'，殆谓是欤？世益远，文字益残阙难纪，乃祖所为谱考于旧牒而述其可知，疑者则阙，盖其慎也。是非久而后定，当其未定，昧者窘于近闻，笃于咫尺之见，遵循谬妄而不敢稍变易，此常态耳。及其既久，未有不运移而随其是者也。君子之处宗族乡党也，盖不徒逡逡退让为也。故有一家非之、一国非之者焉。要于见事明，守义不忒，始纵怪骇，终必翕然。狂狷之所以异于乡愿者为此也。乃祖所为谱是其一验矣。

"往者，曾文正公在皖，为吾桐城置教养士夫之业，岁入以万数，久而乾没于射利龌龊者之手。一县之士，莫能谁何，子之仲父知县君与吾先兄胐甫两人者，独攘臂争救其失，县之人或起而非议之，两人不顾也。会知县君远宦于蜀，已而遽殂，而吾兄亦旋即世，事以卒不定，有识至今以为遗憾。事成否不必论，若知县君之发愤公正，棘棘不挠，夫非渐渍于乃祖之遗风者欤！乃祖文行重乡里，一时名士咸与周旋；著述多，教子孙有法。知县君既率其道不改，今子与季父又能继续其所为谱而踵成之，如此吾知胡氏狂狷之才，日新月异，盛德之祀，千岁之世泽，盖绵延未艾而不可纪极也。"

既以语调燮，遂书以告其族之人。

调燮字相臣，其季父秀才某字某；知县君讳尔梅，与余同岁乡举者也。

姚公谈艺图记

吾桐城能文诸老，率以经术道义相高，独湖南按察使姚公自少以天下自任，所至延揽人才，四方贤士，景附波属，虽颠沛不去。其在台湾，以击夷船事被逮下狱，豪杰之士知与不知，皆为扼腕矣。此图，公道光十七年摄两淮盐运使时所作，安化陶文毅公为题其首曰《谈艺图》。图中宴集诸公，盖极一时之选，如吴仲伦德旋、李申耆兆洛、毛生甫岳生辈，皆天下知名士也。是后中国多故，封疆大吏无网罗人才之意，贤俊离散，海内无此风流矣。独曾文正公在江南时，大乱新定，往往招携宾客，泛舟秦淮，徜徉玄武、莫愁之间，登眺钟阜、石头，流连景物，饮酒赋诗，以相娱娱。汝纶于时间厕末座，实尝躬与其盛。外此，不数数见也。

今天下无事，王公大人泰然群士之上，不肯稍贬威严，一问韦布编摩之业，自其宜耳。今以位论人，则在上者至少，在下者至多，至于无位则尤多焉。少者势会，多者势散，理势然也。是故在上者耳目思虑有所不及，在下者群趋而拾其遗补其阙焉。有位者耳目思虑有所不及，无位者又群趋而拾其遗补其阙焉，夫是以身臂制从而天下无废事也。横绝而不相通流，一旦有事，只在上若有位者数人遂可分形而遍给矣乎！

往者，故人刘少涂尝为余言：姚公在位时，交游族党待而举火者数十家，钱米之馈，日月以至；及被逮，自度后且不继也，则馈之各倍他日。是时行橐萧然，赖相知有力者馈赆之，乃能办装行。以故公之遇祸也，老者叹，壮者愤，妇人啼，皆若大忧之在己也。及闻其狱解而归也，则皆若有身得之喜也。盖天下之士归之如彼，乡党故旧戴仰之如此。设令当国家大任，有事疆场，振臂一呼，有不尽气交走为之效命致死者乎！惜乎公老而周旋兵间，迄不得一竟其用也。世之仕宦得意，拟富陶猗，而门下乃无一士者，何也？

贺苏生先生七十寿序

武强贺苏生先生与余同岁乡举。余为深州，贺氏群从多从余游，先生独未尝一至州宅。间遇之人家坐中，始通姓名，遽别去。居二年余，去官归，遂未获继见。顾尝自谓先生之为人，吾能以意得之。

先生之弟铁君，瑰奇人也，好读书负气，欲有以为，其言曰："周之积衰，繇周公之好文为之也。商君之法，无异三代，屏商君不道，乃曰'我欲为三代'，此妄尔！"其论议惊人类如此。人皆笑铁君，以为狂，铁君亦自负少可。顾独昵就余。余问铁君安所受学，则自先生外无他师。余固已慕望先生，以为一世异人矣。先生二子，曰涛字松坡，曰沅字芷村，自余未为州时，年皆才及冠，已同岁领乡荐。松坡渊懿而文，芷村简默有条理，皆以先生命来谒。余得二子，益叹先生之教盖多术也。当是时也，与铁君晤语，豪激卓荦，觺觺如也。松坡入吾室，啸咏终日，琅琅如也。芷村继至，沉密练核，不动声色，秩秩如也。余虽未获交先生，以夫三贤者参定之，亦安往而不见先生者！

后十余年，余为冀州，铁君已前卒。先生官故城教谕；故城去冀仅百里，松坡兄弟岁必过余。于是松坡学益邃，文章益高，余自度无以益松坡，则为书通之武昌张廉卿，廉卿得之，以为奇宝也。已而，松坡又与其弟同岁成进士。余请松坡都讲冀州，朝夕过从。舍中人往来故城，多见先生者，余亦自诡与先生皆久于其地，终得因缘一见。及余罢官教授，则距先生益远。芷村亦出翰林为令福建，在数千里外。独松坡官刑部郎，犹主冀州讲席，每岁自都还冀，或省觐故城，往来过余。余时时从松坡问先生起居而已，讫不能一至故城见先生也。今年春自山东还保定，则先生前至，余大喜过望，始相见握手一笑，则往时所接夫三贤者，皆已窅然不知何往焉。徐而听其言议，挹其风采，然后益知吾向所意得于先生者，实未能拟似万一也。

先生长余十有六年，饮啖视余加健，其寝处动作若三四十许人。余问先生何以得此，则笑曰："心无事也已。"又笑谓余曰："吾某所见子时，美好少年也，今子须发如此，亦且老矣。"余深愧之。夫以一天下之大，自天子至于匹夫，自始有知识至于老死，有一不劳其心智者乎？古之道人，所为绝殊伦辈者，孰有大于"心无事"者乎？余自顾生平于世俗声利亦颇澹忘，独其心终日卒卒不能稍暇，此余所以易老也。先生精神意度，既已涵濡孕育其弟若子矣，而皆若遗弃而扫除之，其渊然之中，杳然莫能测其所际也。盖今聚处旬日之久，吾于先生未能尽知也，向者余乃欲隃度而悬定之，不亦远乎！

先生来此，以官满当谒上官，事毕径去，不能留。吾固已思之不忘，松坡又屡书言先生今年正七十，乞文为寿，因书廿余年以至今日所得先生于心与其目者如此，且以志吾愧焉。昔岁松坡尝贻书论苏明允《木假山记》，以为自喻己与二子，吾不谓然，松坡不服也。今归寿其亲，请从容以质之先生，必有以定之矣。

题范肯堂大桥遗照

异时范君当世既丧其前夫人，哀思之不聊，则命工图其父母所家曰大桥者以寄其思，且誓不更娶。汝纶谋所以散其哀而败其誓也，见是图则深非之，又为书告濂亭翁，翁复书曰"是《易》所谓'恒其德贞而夫子凶'者也，吾助子破之"。已而范君以其私白翁，翁竟止不言，而更为君题字图上。君归，矜语汝纶，殊自得也。当是时吾县姚慕庭先生方邮寄其女公子所为诗示余，且属选婿。余曰："莫宜范君者。"于是以书径抵范君之尊甫平章昏事，词若劫持之以必从者然。复书果诺许。余然后喜吾谋之卒遂，而笑濂亭之不足与计事也。

范君既别余去赘桃氏，早暮与姚夫人为诗更唱迭和，闺阃间自为师友，于是又命工图其生平所历事为《去影图》，与姚夫人淋漓题咏其上。今年复见余于天津，间持示余。余笑谓："君今图如此，前所为《大桥图》可愁置不复理也。"君乃曰："《大桥图》子终不可嘿已，嘲颂唯命耳。"余笑谢，君则请之益坚。已别，又为书敦促之至六七。君始为是图，殆将坚持初誓，以写其哀，余既劝君令更娶，则是图之作固无取余言，故余时时诽笑是图以拒其请。今别数年，君与后夫人相得甚，前哀忘矣，不惟无事余言，即君自视兹图，殆亦若《老子》所云"刍狗"者，乃复持之以申前请，且必欲得平日诽笑是图者为之一言以为快，吾无以测君之用情之所究极也。意其中之所存，固有远而不可测者而特寄之是耶？

为记其作图后事曲折如此。

合肥淮军昭忠祠记

国家兵制，至淮军凡三变。始者旗营之制，命将出师，取兵于素养，事定则兵归伍、将归京师。川楚之役，兼资召募，不专用额兵，变兵用勇自此始。粤盗起，大学士赛尚阿募潮勇击贼，而江忠烈公以楚勇显闻。潮勇不循法度，难用；江军能战守，可用矣，亦以奔命熸。独曾文正公起湘乡，教练乡勇，倚以办贼，号曰湘军。湘军兴而旧时额兵尽废，兵之制于是始变也。

文正公之起湘中也，今相国合肥李公仍父子奉诏，出治团练淮南。江忠烈之抚皖，文正公尝贻书忠烈，言相国"可属大事也"。是时相国以编修治军，名位未显，展转无所就。及赠公没，久之，遂弃淮南军从文正军江西。同治纪元，以文正荐，募淮南义故六千五百人赴援上海。于是刘公铭传、潘公鼎新、张公树声、吴公长庆等各领数百人从，号曰淮军。军占募到皖，皖抚李勇毅公续宜名为能选将知军胜败，文正公使勇毅按视新军，还贺曰："皆胜军也，吴平矣。"相国率军至上海，凡廿九月而吴果平。于是淮军增至七万人矣。

吴平，曾文正公与相国定议：尽散湘军，淮军稍汰羸弱，留五万人，备中原捻患。于是，淮军兴而湘军又废。未几，文正公率淮军讨捻，病罢，相国代之。是时捻分东西，相国讨之，凡十月，东捻平，又六月，西捻亦平，中原悉定。是后中外大臣争建议用淮军卫畿甸，镇抚南北交故用兵处。讨捻时军颇增益，至是留者四万余人。

及相国移督直隶，治兵北海，淮军屹为中国重镇，天下有事，取兵于相国，相国辄分遣淮军每应之。刘公铭传率之至秦陇征叛回，沈文肃公葆桢又与刘公先后率之渡海至台湾御倭、御法兰西，潘公鼎新率之出广西关外战法人于越南，张靖达公树声兄弟率之北戍山西边徼、南防海粤东，吴武壮公长庆率之东过渤海定朝鲜内乱。今湖南吴中丞大澂率之北略吉林、黑龙江，周刚敏公盛波、武壮公盛传兄弟更迭随相国天津屯戍海上，而天津又间遣偏师平朝阳之盗。淮军旗鼓，独行中国者垂卅年。

始相国起湘军中，所用皆湘军法制。既至上海，见外国兵械精整过吾军远甚，于是尽弃湘军旧械不用，用外国器法勒习军，军成不留，行百战而士气常振奋者，以器利而伤亡者也少也。盖兵之制至是又一变矣，变未有已也。

兵者，逐事而具，事已而更新，不可终穷，而大要归于去所不胜以从所胜。是故八旗之战也以弓马胜；湘军起南方，与贼争长江之险，其战也以水师胜；而淮军则以外国兵械胜。外国兵械，中国盗贼所无有也。用兵之道，我能是彼不能是则我胜，我能是彼亦能是则彼我递胜递不胜，若彼能是而我乃不能是则我处于必不胜。今环海万国，强弱相制，长短相形，莫不以攻坚保危，凡战守之器法相耀，其智巧之士，瞑目而思，闭门而造者日兴月盛而岁不同；其国家之增兵益饷，备物致用、捍御攻取之策，亦百变而未有纪极。而我中国之议论，乃至今犹瞀不知彼已，欲以往旧朽钝之器，已废不用之法枝梧其间，是肉与刀竞胜，植木御斧，持薄缟当强弩也。一旦有事，乃始周章四顾，束手而无如何；甚乃从其后发奋改悟，而思所以补救之，而胜败之数已效于前矣，庸有及乎！斯国论之一蔽也。

相国之治军也，虽无事如临大敌。自中原大定以来，卅年间，闻外国有一器新出，一法新变，未尝不探求而写放之，以教练将卒。故淮军至今日，视卅年前用兵之时，其所用外国器法，又屡变不一变，而无一弹一镞之袭乎其故；设局以讨其制，立学以研其理，日习月试以究其用，凡所规为，不遗力余智矣。顾犹以中外之议论未尽同，声光气化制作之本未尽明，财力未裕，学校未广，人才未出，无智者创物之能，无通微合莫之效。西域之议吾国所为，以不能生新为歉也。而吾乃且规规焉颙己守常之为务，斯不亦远乎？《易》曰"功业见乎变"，又曰"日新之谓盛德"，自古任事之臣，所以不肯牵率于庸人之论，而必自尽其才，为国家开物而成务者，为此也。

昭忠祠之始设，以将帅之任推毂庙堂，故惟建祠京师。嘉庆中兵有召募，始诏外省立祠。湘军屡蹶屡起，死事至多，则所在奏立昭忠祠祀之。淮军以器利少挫衄，然将士战死者往往不绝，成军数十年积劳病故者又前后踵属也。旧惟江苏有祠以祀平吴战死之士，近年立祠直隶以祀北征以来将士，而合肥则淮军本所自起，祀典不可阙也。今奏立昭忠祠，巢湖雎上祠成，相国以命汝纶曰"宜有记"。汝纶则取国家兵制之变及淮军所以制胜者论之，俾后之谋国是者有考焉。

陕西留坝厅同知陈君墓铭

留坝厅同知陈君既卒之二年，陕西巡抚上其绩状于朝，有诏宣付史馆。其兄大名知府署保定知府启泰捧诏书以泣曰："吾弟幸永不死！虽然，显于朝而晦于野，即后进何观？宜得知友文字，表于墓道之阡，用昭示来祀。"遂以状授汝纶，汝纶则为之铭。铭曰：

君讳文黻，厥姓曰陈，勔庭其字，世长沙人。诸生从军，累官同知，馈饟征人，一绝奸欺。榷厘白河，人曰利薮，砥节营职，官赢商卓。补官留坝，檄摄鄠县，大开县门，哦诵经卷。民来诉讼，释卷裁决，滞狱数百，再月而绝。留坝僻陋，介万山中，西走陇蜀，绾毂其冲。民苦繁徭，吏敛孔棘，贳贷子钱，倍称取息。君一汰蠲，出钱假民，准物若衣，予期赎归。少取息钱，以更徭费，豪富失气，徭亦办治。盖君治民，首乃富之，其富无方，惟土是宜。田少食艰，教之蚕桑，募师给种，董戒使成。成丝不织，教之机杼，收價丝帛，使咸鼓舞。地力未尽，教之艺茶，茶丝并兴，倾戎走华。国家柔远，开关互市，方外瑰货，日月以至。或益军国，而害人身，胶吾利源，纳之弱贫。吾国之产，惟茶惟丝，搀杂滥恶，远贾不求。求吾苗种，挟以西迈，自植其国，与我争利。印茶倭丝，遍行西域，毡罽加非，流入吾国。厥敝曷由？由吾自病，己利不有，坐授人柄。使凡为吏，尽如君才，桑茶满衍，利权自持，为吾国重，夫岂微哉！最君吏能，异迹实蕃，丝茶之效，其尤著云。值岁大饥，躬民疾苦，便宜发粟，以活饿者。携持米钱，假与下户，冒涉沮洳，浸淫溽暑。施粥近郊，杂作佣保，舍中均食，日粥一盂。自秋徂春，流冗四归，官钱不足，私财佐之，私财又匮，继以假贷。既所救赈，民忘灾困，君负私券，至八百万。嗣是终任，一无饥岁，民以丝茶，用益饶矣。君之始至，民不知学，学附凤县，入者麟角。君倡其教，购书聘师，进高材生，而面迪之。已而横舍，学子莘莘，凤县学籍，半留坝人。大吏上言，专立学官，留坝有学，建始惟君。山邑崎岖，盗所逋逃，迹得党魁，名捕其曹。盗慑不入，入辄捕获，嗣是终任，一无劫略。武则盗弭，文乃育才，匪直富民，文武具能。留坝十年，官满且迁，遮留不可，泣绕行旐，老幼扶将，阗市溢廛。祖饯未还，遽以丧告，辍耕罢市，走哭相吊，或五昼夜，蹄九百里，会丧长安，若戚在己。控于大官，请立祠堂，载事于碑，以永不忘。胪陈治行，上之大吏，遗爱在民，至于如此。谓宜寿考，厥施大遐，年未五十，天乎命耶？君积资劳，进秩知府，授君告身，朝议大夫。君之卒年，光绪壬辰。妻李继梁，皆封淑人。存质、存实，君之二子。卜葬某原，祔以前母。状君行者，君兄启泰，御史出守，有声中外。由曾及考，以启泰贵，赠如其官，每进益大。我表君阡，匪详伊概，贤兄之思，用式良吏。

武安县孙君墓志铭

君少孤，事母孝，善居丧。丧母，十余年未葬，不官不娶，持丧服不变。除设几筵，朝夕上食如新丧，终其身一不易。始遭丧在官所，逾祥禫不能归，终日麻衰弁绖坐草土哭泣。部民争持豚肩尊酒献殡宫，泣拜受；以粟若薪蔬来饷，则敬辞；固辞固请，即不可，卒委之竟去；如是者盖数年而后归。归又不克葬，殡丧于所居堂，寝处不离次。客至入拜殡则加敬，若承异宠；退，蹑迹造门泥首谢。户内无妇人，有妻早卒。母为续聘外家张氏女，未及娶，母卒未葬，遂不娶。久之，张在室无恃赖，间往为经纪，有疾为问医求药，视如姑姐妹然。然终不娶。

其营葬且十年。始，桐城人喜相宫宅地形书，亲死不得善地，辄留丧待，不葬。君先世留不葬者凡七丧。君单传，无缌功亲，葬恐不卒期，毕葬旧丧而后及母。贫无资，亦颇信相墓说，得地，卜不吉即弃去。用此，十余年不葬，亦十余年不娶，不释服从仕，竟持丧以卒。卒时年五十五。

君桐城孙氏，讳慧基，字积甫。大父起端以二甲第一名入翰林，终某官。父某，早卒。君同治甲子举人、戊辰进士，改庶吉士。以母老求禄，散馆，自取墨沈浼试卷，得知县，选河南武安。为政有惠爱，县宅后园，有阁道抵北城，暇则从城上纵纸鸢为戏娱母。光绪二年旱饥，君为券从富家贷粟赈贫民，券文曰："知县孙某贷粟若干石"，加县印其上，给出粟者。袁文诚公保恒奉命办赈，过武安，面叹君贤，且曰："好为之，吾为君任其咎。"君坐是逋负巨万，不能偿。及遭丧，文诚公死矣。河南大府持其事累年，用此不能扶丧归，留滞官所，久乃解。君卒后，族兄子美始就君所弃地悉葬君旧丧及君若君母。君所聘夫人张氏来吊丧，遂持服不去，为君立后子。县人皆曰："非独孙君孝子，夫人亦贞妇人也。"县凡五乡，乡醵若干金，买田供君祭祀。君之门绝复立。

汝纶少与君同就试有司，又尝同出京师南归，相与共资财，最为知君。乃为铭曰：

畸耶庸耶？过耶中耶？媚俗者同耶？杰不世者穷耶？何穷何通，惟吾母之从。事则不终，厥操罔踪。

题马通白所藏张廉卿尺牍册子

呜乎！此吾友张廉卿手迹也，今不可复得矣。

往时，廉卿尝从容为余言："比者吾书乃突过唐人。"余曰："此不足多也。古人书留者，以有金石刻也。今世渐不知文字可爱重，金石刻稀少，子书即工，世不求，无所托以久，身死而迹灭矣，视吾徒不能书者奚择焉。"廉卿曰："吾归，于黄鹤楼下选坚石良工，书而刻之，凿悬崖石壁，使中空如箧，陷吾所书石其中，别用他石锢箧口四周，不使隙也，千百世之后必有剖此石壁得吾书者，子且奈我何！"

嗟乎！此杜元凯欲沉碑汉水者类也。彼自信其名之可传以久，而伤并世之莫吾知也，则发愤旷览而徼幸万一于千百世之后，以几其必不亡，贤达高世之志，其怪奇故应有是。廉卿今死矣，其所著文章与所作书具在，足以传世行远，固无俟于沉碑凿壁之为者。独汝纶老钝废学，岁月已逝，生平志事不一就，内顾无可挟以待后来，身虽未死，愧负吾友多矣，可悲也！

自廉卿别余去，余则集其生平所寄书札，装池之为六册，时时展对，以释吾思。今廉卿死，通白亦哀辑所与尺牍为一册，属余题其后。昔庄子过惠子之墓曰："自夫子之死，吾无以为质矣。"夫幭①人亡匠石辍斤者，其质死也。今匠石亡矣，求所谓成风之斤一运于幭人之鼻端者，当吾世殆无复有矣。虽其质之空存，曷益乎？呜乎悲夫！

祭汶上府君文

维光绪二十一年八月二十一日，将奉我母弟汶上府君之丧南归桐城，汝纶抱恨孤存就位，敬以羊豕少牢之奠，昭告于府君之灵。

乌乎！吾弟安往？吾弟安往？前月吾在京师，得吾弟电报，谓病不退已乞休，望兄速来商家事，以知是弟自为之语，然且疑已无吾弟，而家人故为缓词以宽我也。水陆间关，兼旬乃达，及吾至而弟已淹逝十有四日矣。弟不少待吾，吾与何人共商家事邪？使初得报即倍道疾驰，昼夜兼进，犹及生死一诀也。吾自迁缓，成此与天地无穷极之大恨，将安归尤！吾抱此恨偷息人间，弟抱此恨长閟一棺，终古不得合并。九天之上，九地之下，有道路可复会吾弟，虽狼虎在前，汤火在后，吾其往也。今年吾北归，弟露坐吾车，送我十余里，恋恋不忍别，吾促，弟言忘也，坚促弟下车。*男阎生谨按：此文得传*

---

① 幭，原作"幭"。

抄本，二句中疑有误。既下，独上高丘望我，我驱车径去不顾。使早知此别为永诀，后无再见之日，吾奈何不稍缓须臾，与吾弟盘桓歧路乎！今之来也，山川如故也，城郭如故也，人民如故也，入县宅，内外男女，下逮房室器用，飞潜动植之物，无一不如故也，顾独不见吾弟一人，吾何能忍此于怀邪！吾兄弟四人，伯季既先即世，独吾与弟相与为二人耳。岁时一来相守，晨夕相煦然，以子遗相慰劳也。今弟又舍我去，吾持此单独形骸，将安适归！弟往年举止意度，时时似先君，自今以往，不惟先君语笑不可得亲承，即求其举止意度之近似者无由复遇矣。已矣！冤苦穷极，无可言说矣！吾弟有灵，当默佑孤儿，使克成立，以承吾弟之志事，吾愿足矣，无复余望矣。天乎！谁知我心乎？尚飨。

程忠烈公神道碑

咸丰十一年冬，上海人间道至皖，乞师于曾文正公。当是时江苏全境沦陷，独上海一县借外国兵助守，势岌岌不自保。文正公疏荐今合肥李相国用道员往署江苏巡抚援上海。李相国既募淮士五千人，遂请于文正公，愿得参将程某自助，文正许之。程公讳学启，字方中，安徽桐城人。始从贼中自拔归曾忠襄军，忠襄克安庆，公功为多，忠襄进规金陵，且倚公办贼，公亦自誓灭贼以报国家。及李公募军东行，忠襄亦还湘增募军。文正知忠襄，惜留公不欲斥与人也，贻书忠襄曰："吾督江南且二载，无一兵达江苏，李君新军远涉，不可不资以健将。"于是竟以公与李公。

李公新军号淮军。公本以隶曾公为湘军，军濒行，文正令公军改湘为淮，公曰："无九帅命，不敢。"文正叹异以为不倍本。九帅者，忠襄也。

公以参将随李公东援，同治元年三月军至上海。是时江苏兵尚五六万，不能战，战辄败衄。贼张甚。赖英法外国兵代复嘉定、松江，已又弃嘉定不守。李公军新至，当勒习军阵。外国将趣新军疾战，新军将多未当大敌，独公所领千人为劲旅。李公檄公屯虹桥，不遽言战也。公行至漕河泾，卒与贼遇，败之，遂据虹桥。明日，贼大至，又破之，追至七里堡，大破之。从李公进攻泗泾，鏖战三日，解松江之围，进擢副将。与美将华尔会克青浦，自青浦还援北新泾，驰入垒与守将并力御贼，却之。移守嘉定，以总兵记名简放。贼围四江口，从李公救之，裹创力战却敌，加提督衔。公起虹桥至四江口连三大捷，皆用少击众。李公于是增公军至三千人，使进规苏州。道太仓，太仓贼乞降，察其诈，许之，严阵以待，与英将戈登会克太仓。进攻昆山，告李公曰："昆山三面阻水，一面陆走苏州，先据其陆，断苏昆要脊，贼必胆落。"从其计，克之，补南赣镇总兵，记名提督。

先是，太仓既克，李公令公总领诸军，军将人人异言，及见公临敌指挥，则皆大服。诸军统将，军中号之曰"统领"，公既总领诸军，李公令军中别称公为"统率"，以旌异公。是时前江苏巡抚薛焕入觐，太后临朝，问程统率状貌、战绩良久。而外国将初侮吾军，及是，戈登自昆山贻书李公，称公有大略，足自制贼，不烦外国兵佐助。公亦盛称戈登智勇，以为中国诸将莫能及也。

苏州城大而坚，四面阻水，自盘门至娄门贼筑长城十余里，长城内穴地为石垒以避炮，外凭水为固。公自昆山进攻苏州，连拔花江、同里，下吴江，悉平太湖洞庭山贼垒，抵娄门而军，破嘉湖援贼，自宝带桥直入，遂碎其长城。先是，剧贼李秀成守苏州，及是急援金陵，留死党谭绍洸据苏守御。长城既破，贼将郜云官、汪有为等汹惧，介副将郑国魁乞降。国魁者，云官旧识也。公与国魁单骑会云官，约以斩献绍洸头为信。已约，攻城益急，绍洸召云官、有为等乘城，有为突起，拔佩刀刺杀绍洸。贼众扰乱，击杀数十百人，夜开齐门降。黎旦，云官等持绍洸头来献，公入城镇抚。是时城贼尚廿余万，降酋八人，请署为廿营，八人分领之，让苏城之半处官军，自踞半城助守。公阳许诺，语云官等"且日出谒巡抚"，遂还军密白李公，请诛八人者以定乱。是时常州、嘉兴皆未复，李公愕然曰："杀已降不祥，且令常嘉贼闻风死守，是自树敌，不可。"公争不能得，则脱所著冠提李公曰："以此还公，某从此诀矣。今贼众尚廿余万，多吾军数倍，徒以战败畏死乞降，其心故未服也，今释首恶不杀，使各将数万人，糜军饷大万百余，与吾军分城而处，变在肘腋，吾属无遗类矣！"拂衣径出。李公急起挽公曰："徐之，吾今听若，何怒为！"公曰："苟见听，请一依某指挥。"明日，李公过公裨将营，八降人者出城屏骁骑上谒，李公劳苦良久，给总兵、副将冠服有差，留宴军中，且去，曰："吾属有公事当去，吾令此裨将代吾为主人觞。"若等八人者既谒送李公，入就坐，坐定，酒三巡，伏甲起，八人惊愕格斗，皆死。先是，公严阵入城，及八人首至，谕众曰："八人反侧，已伏诛，余人不问。"逆党惊扰，杀二千人而定。降众廿万，分别遣留，皆安堵贴服无事。苏州平。当是时，郑国魁怨公次骨，以为公卖友。而外国法尤以杀降为大禁，戈登至，欲勒兵与公确斗，逾时乃解。而曾文正公在皖，闻苏州杀八降将，叹李公明决，能断大事也。

自军到上海，至平苏州，凡十八月。苏州既平，军威益振，乘胜援浙江，拔平望，复嘉善，遂薄嘉兴。嘉兴城守不下，吾军骤胜且骄，于是公阵斩临战逗挠者守备姜宝胜以徇，士皆股栗用命。攻嘉兴匝月，城破矣，贼辄堵御复完，公募死士登城，四登四却，愤甚，突出奋身先登，飞弹贯脑，踣复起，部将继登，竟克嘉兴。奏入，天子曰："程某创甚，其加意疗治。"已而以伤卒，诸军将士皆恸哭失声，远近士民涕泣相吊，同治三年三月也，得年卅几。事闻，追赠太子太保，予谥忠烈，遣官吊祭有加礼。

公为将，纪律精整，应机捷出，阴阳阖开，神鬼眩骇。大小百余战未尝败挫，贼望公旗辄走。自到上海，见外国兵械劲利，深研潜讨，一变中国旧法，师彼长技。淮军用西域枪炮，自公倡始。李公以外国将骄蹇，难制驭，独令公挟以攻战。起太仓迄苏州，与戈登交推互服。杀八降将，议论中乖，及闻公死，戈登乃独流涕叹惜，从李公求得公战时大旗二携归英国，以为表记。曾忠襄在金陵闻公战比有功，深惜公军去己。文正亦悔，尝曰："吾湘部坐失程某一名将，吾愧吾弟。"屡檄召公还，公亦誓平吴会还军助忠襄，答知己，迄不得还，竟赍志以没。公没卅年，中国与日本战，诸将失利，李公匡居叹息曰："程方中若在，何忧劲敌为！"其遗烈在人如此。

曾祖允中，祖列义，考大林，三世皆以公贵，赠如公官，妣皆赠夫人。前夫人高氏生一子，与公同陷贼中，公自拔来归，夫人母子皆遇害。夫人之父复以季女与公为继室。后夫人高氏后公九年以同治十一年卒，年廿八，无子，以弟子建勋为主后。前后累得世袭，并为三等男，既冠，引见，用员外郎。某年某月葬公某所，二高夫人祔。建勋以墓碑属汝纶，乃为之铭曰：

运圮不反，得人则转。大盗据江，东顾席卷。海堧片土，借人息喘。李公东讨，旗始孤偃。公提一旅，单进深阻。剺贼胸膂，使解身首。掣吴会壤，复还苏抚。江东事已，藏热厚土。论功中兴，诸将未有。在公犹小，大世未睹。绝域万里，悬鬲自古。东耀厥武，械器是宝。我写而放，如鱼脱薮。试之三纪，永劲我旅。追元溯初，伊公本始。得粗画止，微漠不讨。持以应客，恃失其所。使公不死，国孰我侮。曷不愁遗，葳兹功绪。

跋五公尺牍

胡君列五，久客官文恭幕下，得诸公手书，自曾文正以下，曰胡文忠公，曰今相国合肥李公，曰左文襄公，曰彭刚直公，凡五人，联为大卷弆藏之。间以示汝纶曰："子为吾发其意。"

汝纶曰：功名之际，盖难言哉！方曾文正之败靖港，困南昌，守死祁门，岂知其后赞明中兴，盛烈如此。官文恭周旋曾、胡诸公间，当时见谓"媪相"，卒与胡公俱飨显名，血食至今不绝也。湖南初开幕府，左文襄调兵笨食，以诸葛君自待，而彭刚直徒步千里，出入贼中，以赴曾文正之急，皆烈士也。功有鸿杀，各非偶然者。二公之论外事，皆以持和议、购船炮为非，越南之役皆领兵用旧法防海，未遇敌而兵罢，亦云幸矣。然世或多二公威望，谓能固圉走坚敌也。曾文正既殂，今相国合肥李公独膺艰巨，经营远略垂卅年，天下想闻其风采。及国兵挫于日本，中外归过焉。盛衰有时，岂人力也哉！权势既替，历聘方外，周游九万里，所至国君优礼过等，他国使臣望尘不及，皆曰："此东方毕士麻克也。"毕士麻克者，德国名相也。西国人旧以李公配之，东西并峙焉。国兵新挫，而宿望故在，其是非之不同如此。中国《诗》《书》之说，《春秋》功罪之律，殆非海外殊方所与闻知也已。

黄来庭墓表

始余为冀州，求士于前政，今山东巡抚李公，得二人焉，曰李馥堂某，曰张楚航廷湘。馥堂年已七八十，有大议，时来会州宅，余尝礼于其庐，而不复烦以事，事大小一倚办楚航。于是谗谤朋兴，楚航欲自引退。余尉荐劳谢之，而时时从楚航访求贤士。楚航矜慎其选。当是时，每得一士，虽战胜而得一国，不足喻其喜也。最后乃得黄凤翙来庭。

来庭，光绪丙子举人，教授闾里，楚航数数为余道其为人，顾不可强而致。久之，闻余经画书院有起色，又得贤师，乃始一涉足书院中。余从众中望见来庭，端静沉毅君子也。坐与语，合意，来庭自悔相见晚。自是，月一会书院。是时，余所得州士并来庭，数之已十许人，凡有施为，便不便，兴革于民，必与此十许人者共之。此十许人者，其视一州之事，皆若家事然。先事则商较利病，事及则均劳逸，忍谤怨，争难趋险，竞智献力，不稍观顾畏避葸缩也。其风类动挠，旁逮邻州比境，与余久故者皆来会事就功。武强贺墨侪孝廉、深州张溯周秀才其尤著也。

余待罪是州，州有期会，诸君劝趋不倦，而吏此者反偷假安拙，坐享其成，余以是深愧之。而来庭于其间狷介呐口，遇事殚尽诚悃，勤求善敝。其始出由楚航，而论议趋尚，不为苟同。性好学问，尤昵就余，时时相从论学。及余引疾去州，诸君意恋恋不忍决舍。余后尝偶过州下，来庭与向之十许人者，即夜惊喜传相告以来会，黎明四面而至，乐饮三日，脱车輹，藏马鞯，不令骤去也。嗟乎！昔浮屠不三宿桑下，余独何能恝然于诸君子耶！

是后，余久客保定，楚航与诸公往往以事来省余。独来庭授经不出，未尝一来。间遣其子锡龄就余问学，已而亦散去。去年七月，余有弟丧，会丧于汶上。九月，还保定，楚航来唁余，则闻来庭死矣。悲夫！

余去冀八九年，来庭迹虽疏阔，心则倾向余。凡吾旧政，有所变易改革，来庭辄不可于意，传语谢余，耿耿若有不释然者。余既无移德于是州，其一二遗迹，皆已陈之刍狗，何足复顾藉！而来庭独眷眷于此，则吾于聚散之感，亦何能无概于心，又况重以生死之戚乎！

今年，锡龄状来庭行义年征文表墓，余于来庭其何能已于言也。来庭以光绪廿一年九月五日卒，得年五十有一。其葬祔黄氏先兆，在冀州西北若干里。曾祖有起、祖立泰、父万清。妻尚氏，子三：锡龄，戊子举人；锡荣、锡祺，皆州学生。

荣成孙封君神道碑铭

荣成孙卿葆田，将葬其考孙封君于潍县草庙之阡，先事走保定，以所为事状授汝纶征铭。会汝纶有弟之丧，未及为而失其状。逾年，更写状以来，贻书曰："葆田始闻吾子名，自武昌张先生；张先生与先人为兄弟交，葆田获从游。先人之没，乞铭于张先生，未及为而张先生卒。惟先人屯蹇抑塞于生前，必求光显于后，将吾子是赖。"

汝纶读其状曰：府君讳福海，字镜寰，世为荣成人。祖如维、考苑翔皆县学生，皆赠荣禄大夫。府君少有文誉，为诸生，屡试不得意，即弃去，改用宛平籍入宛平学，举道光廿三年顺天乡试，又久不弟。咸丰三年以知县拣发湖北，始还籍荣成为荣成人。是时，洪秀全反，湖北列城多失陷。九月，贼犯武昌，君缒城出迎饷，中途，以便宜发练卒擒贼百余人归。分守东南门，总督吴文节公夜巡城，天寒，见府君衣裳薄，解所服狐裘以赠。围解，文节公将上其功，会殉节黄州，不果上。是后，湖北先后大吏如胡文忠公、新繁严公、曾忠襄公，皆伟视府君。历署随、谷城、汉川、天门、汉阳、钟祥、蕲、兴国诸州县事，所至有名绩，然卒不补官。累加同知衔升用同知，赏戴蓝翎，加运同衔换花翎俟补同知，后以知府用，然未实升一级。在谷城，百姓立碑颂德。以失守夺职，以汉川捕蝗力复官。在天门三年，天门人为立生祠。时方用兵东征，财用急，以岁歉催征不力夺职，以穆宗登极恩复官。君居官持廉，不有其官一钱，于进取泊如也。再夺职罢官，屏居武昌郭外，筑小楼栖止其间，命曰亦爱楼，为文以记，脩然自得，色不加戚。既复官，署汉阳事，色不加喜。于民生利病兴罢，若祸福在己，不勇趋避，不肯即安。先是在天门修钟祥、汉水堤几万丈，民赖之。及在汉阳，又筑汉口堡寨长九百余丈，民又赖之。大府亦习知府君能，稍稍向用矣。去汉阳未几，遂署钟祥。汉阳、钟祥，皆附郭名县也。会任柱、赖文光等率党自豫入鄂，辖黄安、云梦等县，陷天门，分军犯安陆，府君与知府觉罗同某登碑守御，凡五十余日。先后储备兵械刍粮薪炬之属，犒赐之费，累巨万金，由是通负以万数。

107

会援军并集，围始解。先是府君官湖北十四年不将家到官，任钟祥，夫人始率子妇尽室以来，城围方急，得知府谓府君："吾等妻孥在围城中，乱人意，奈何?"府君曰："民室家尽入城就保，某已戒家无敢去。"知府然之。是岁钟祥大水，府君完堤振灾，钟祥人又立石纪绩。然自是迄府君之终，钟祥逋负竟不能偿，所遇多阻抑矣。尝一再署蕲、兴国二州，然无益也。已而遂以疾卒，卒年六十七，光绪元年十二月四日也。贫不能敛，卒后，所逋负大府始释不问。府君先后历八邑，当官直道正行，人亦无忤，虽困约不言贫，尝称处患难不能乐道，必非知命之士。习吏事，条理秩秩，尝上书胡文忠论天门钱漕积弊，文忠从其议。断狱明决，在汉阳，有某总兵使奴客贾汉口，奴客奸利置石箧中，告逆旅主人窃箧金，计赃巨万，府君验箧石非汉口物，一讯引服。其亭决疑滞多此类。其他服官行迹，葆田兄弟随侍日浅，不尽知状，述其耳目所熟闻见具如此。

武昌张先生者，鄂之贤人也，名裕钊，字廉卿，曾文正公高其学行，尝寓书先生，以"韩孟云龙"为比。先生之贤在道德文章，其在众若无能者。文正尝荐之胡文忠，文忠客礼之。文忠公薨，先生不容于鄂，文正聘至金陵，竟文正薨，留金陵不去。继文正治江南者多贤帅，左文襄、沈文肃其尤也。然于先生皆不能有加礼，众人之而已。后去江南之保定，依合肥李相公。老而归鄂，鄂帅又贤也，而先生卒以无所合，转徙襄阳，流落关中以死。盖贤之难容于世也如此。君在钟祥，迎先生至官舍，尊事之为上客，遣子葆田从先生游，葆田以此有名于世。其识足以知贤，心又能笃好之，近今未有伦比也。世所称贤者，智名耳，勇功耳，智名勇功之贤，接迹于天下，而天下卒以不理者，无道德文章，不足持世变故也。有其人如张先生者，人又以粥粥无能忽弃之，盖非识足以知贤，又心能笃好之如君者，贤故未易得也。是故君之吏能在当世为至高，而识者尤多君知贤能得士，以为不易及，谓君惟能礼贤士，故在所有名绩如此，而恨君位不充其能为可惜也。

君子四人：长曰葆源，附贡生，江苏知县；次即葆田，进士，由刑部主事出为宿松知县，既引退，大臣多荐其贤，天子降诏褒其笃行，加五品卿衔；次叔谦，举人，祥符知县；次季咸，选拔贡生。葆源、季咸皆早卒。孙男三人。君始授朝议大夫，以葆田官刑部，遇覃恩加四级，封中宪大夫，以叔谦加三品衔，封通奉大夫，叔谦又输财助饷，封君为荣禄大夫。状所称屯蹇否塞于前而光显于后者，庶其在此。君凡再娶，前夫人王氏早卒，事不大传；后夫人于氏，在家能配君之义，在官能成君之化。自葆田以下皆于夫人出。君之葬也，两夫人之丧皆祔焉。汝纶既慕君名绩，又嘉君能得当代贤人，乃不辞而铭。铭曰：

猗唯君，儒起家。吏八城，氓大苏。世弃贤，敝屣如。为君得，性命俱。治巫闻，宜蒙嘉，垂翼飞，施不退。家两子，分遗余。昆声高，弟绩多。身不有，后之奢。撼功行，告远者。

汪星次墓铭

汪星次名应张，汝纶第二女婿也。年廿中光绪壬午科举人，又九年，客死于怀庆。

始，星次父布政司衔署河南南汝光道景度，尝从吾父学。吾为深州，布政公入觐，枉道过吾州，定昏而去。吾遭忧在家，布政公亦携星次归桐城，是时星次年十五六，见余于张氏园，丽皙瑞丰，伟然大男子也。其后吾宦天津，布政公时时寄星次文字见示，未之奇也。补官冀州，遣吾弟诒甫送女至汴梁归汪氏，赍赠贫薄，布政公至惭，其僚稍稍补益之。星次曰："父母爱我甚！"益自刻励向学。其秋，江南榜发，则闻星次中弟矣。又后数年，星次挈吾女宁冀州。州宅内外宗无老稚疏戚，见星次皆加敬爱；幕下宾友无愿黠通介与星次游处，退皆曰："星次端谨君子人也。"好学，自力为文，读之，知其学日进而未止。考其行义，知其于道近而欣然有慕于中也。其道未成，其文未大鸣于世，而宗亲徒党见其人，退敏其所业，皆意其后之必将有以为也。孰谓百不一酬，而竟以夭死，悲夫！

君死怀庆，父母皆前卒，吾女自汴奔丧，不及视含敛，欲相从死，不得，亦未忍赴告余也。久之，君弟茂生始以君丧告，且曰："嫂骨立，惧不得活！"时诒甫解官汶上，家济宁，遣子弟迎吾女，而吾兄弟乃北至天津，未相见也。居数月，女还汴，又再逾年，余始迎女至保定，得间辄欲觅死。素不习为文，恫其夫早死，乃学把笔为夫行状，以求文于当世能言之士。余悲其志之慸而思所以弛其哀，乃追为之铭。

星次无子，有二女，皆幼。其长女吾为许字太湖余氏，直隶候补道文炳之次孙。文炳，吾友也。星次死以光绪十七年五月，其葬在武陟某地，以十八年十一月。至廿二年，弟茂生生子，以为星次后。铭曰：

孰不夭阏，于子则酷。孰后必昌，而子独驳。既优以生，又速之成。谓远于到，而固不赢。厥积弥加，而流不遄。颠而更牙，报其是耶？孤茕靡依，天乎其奈何！

诰封一品夫人叶母徐夫人墓志铭

夫人怀宁徐氏。父大咸，武安县典史。咸丰四年，粤盗陷武安，以身殉城，予云骑尉世职。夫人以道光廿七年年廿一归叶氏，为诰封光禄大夫、布政使衔河南南汝光兵备道讳某之冢妇，诰授光禄大夫、陕西巡抚讳某之配，而今直隶候补道某之母也。于重亲为孝妇，于夫为良媵，于子为贤母。自初迄终，生长贵富，被服饮食，以俭为荣，大盛不矜，小约不卑。始来归，祖姑赵太夫人春秋高，方伯公时守南阳，命子孙妇更休番上娱侍亲舍。夫人宴语从容，赵太夫人大欢。及赵太夫人遭疾，夫人昕夕在视，方伯公称其至性。咸丰元年，方伯公遭赵太夫人之丧，尽室归怀宁。未几，粤盗辗扰安徽，怀宁附郭县一夕数迁，夫人转徙逶邅，而厄匜甘滑，必躬必虔，不假他手。方伯公还汴服官，夫人率先介妇承事尊章，馨羞洁膳，不怠益谨。既，移所以事赵太夫人者以事舅姑，及姑某太夫人卒，则又并心一力以敬事君舅。先后色养廿余载。中丞公少离二亲从军旅，不内忧子职缺者，夫人力也。

其后，中丞公已补清河道，夫人犹留汴侍亲。久之，方伯公趋令北之官所，于是移所以事舅姑者以宾事中丞公。中丞公自保定至陕西，自按察使至巡抚，夫人一随左右。中丞公时或盛怒，夫人屏息潜伺，纡徐谐婉，譬解万方，威霁愉还，乃后退止。中丞公勤官事，肩寄任，不内顾家者，夫人匡助为多。

夫人慈惠谦约，服御无文绮之饰，言容无急遽之节，助贫振难，力不遗余。而自敕益严，不逾寸尺。中丞公既捐馆舍，又移所以匡助中丞公者以诚敕良子。观察奉母来官直隶，直隶中丞旧地，寄惠犹在，夫人安之。于是夫人老矣，持操如初。观察持身持事，望实崇起，上下允洽，翳夫人之教训也。

光绪廿年，夫人年七十，观察称觞召客，夫人以为汰也，而禁约之。资性冲挹，隆于慈孝，厚德载物，内外和宜，用能备享成劳，膺受多福，图史所记，罕与伦比。以光绪廿二年八月考终正寝，春秋七十有二。先是夫人康强无疾，观察如天津白事大府，而夫人暴得疾，二日遂不起。观察扶服归，不及视含敛。用是哀恸深至，泣血呼号。既急而息，则以幽堂之刻，宜有以图永久，于是以状授汝纶，使为之铭。其葬以某年某月日，卜兆于某地。丈夫子五人，殇者二人，观察其冢嗣也；次元泽，官郎中，先夫人卒；次元佐，孽也。女一人，适同里姜保治。孙二人，崇质、崇朴。铭曰：

朝洁而飧，夕衽之安。一瞬不在侧，周呼使前。违离旬日遂终天。天乎人乎，知乎闻乎！孰闻孰知？勿灭性以悲。生受成福，没有声施，方伯之妇，中丞之妻，观察之母，实永贞于兹，世世万子孙利赖之。

左文襄公神道碑

赠太傅二等恪靖侯、大学士、谥文襄左公者，湖南湘阴人也。讳某，字季高。曾祖某，某官；祖某，某官；父某，某官，三世皆以公贵，赠如公官。

公少有大志，使气喜为壮语惊众。年廿一，与兄宗植并举于乡，三试礼部不弟，遂绝意仕进，究心舆地兵法，讨论国闻，名在公卿间。当道光时，英吉利构祸，公已深愤国兵之不竞，当事之泄沓恇怯。顾不肯苟出。年且四十，顾谓所亲曰："非梦得复求，殆无幸矣。"会广西盗起，始佐湖南幕。在幕府以诸葛亮自比，与人书辄戏自署为亮，人亦以亮归之。麾兵四援，尤以策应曾文正一军为己任。常曰："曾公办贼之人，不可不赴其急。"胡文忠在鄂，屡谋劫公出助。而文正曰："湖南吾根本，不可无左公，慎安无动。"是时公名日盛，文宗虚己待公，知编修郭嵩焘籍湘阴，召问嵩焘："若识左某乎？何久不出也？"已又问："年几何矣？"对曰："四十七矣。"上曰："过此精力且衰，当及时为吾出办贼，汝可为书告左某，谕吾意。"于是胡文忠闻之喜曰："梦得复求时至矣。"会有为蜚语上闻者，文宗察其诬，而下诏曾公谋所以用公者，于是命以四品京堂从曾公治军。已而蜀事急，又命公治军入蜀，公曰："蜀缓吴急，吾当从曾公。"乃以五千人东助曾公。

初，曾公创立军号曰湘军，湘军制四哨为营，营凡五百人，诸军遵用之。独王壮武公鑫不用，别为营制。公所募五千人参用壮武法，有营，有旗，旗凡三百廿余人，不称湘军，别自号为楚军，楚军名由此起。公既成军而东，胡文忠为书告湖南曰："左公不顾家，请岁筹三百六十金以赡其私。"而曾公见公所居幕狭小，为别制二幕贻公。寻请以公为帮办，率师援浙。上命曾公节制浙江，曾公固让，荐公督办浙军。杭州陷，荐公为浙江巡抚。已进闽浙总督，仍兼巡抚，浙事平，然后谢巡抚事，入闽视师。

公起湖南幕府，提五千人出襄曾公军，转战江西、皖南，入浙江，遂复杭州，剪翼披枝，以助成金陵之功。由浙而闽，四封清夷，卒聚歼穷寇于嘉应，使粤盗滔天之祸根株铲绝。盖金陵之功，于是始竟也。

先是曾公、胡公谋取金陵，以今相国合肥李公为北军，出淮阳；以公为南军，出皖南。其后，李公自上海取苏州，公自徽婺取浙，而金陵平，如其初议。于是，上嘉公功，封一等恪靖伯，移督陕甘，授钦差大臣；督办陕甘军务，与李公会兵平捻逆张总愚，加太子太保；关内肃清，补协办大学士；回疆底定，进封二等侯。自公始出领军至是，在军中凡十有八年。始曾文正以大学士封一等毅勇侯，公本以异数由举人入相，至是亦以大学士封二等恪靖侯。湖南先后两相侯，世以为荣。

自英人构祸后，外国既数数生衅，俄罗斯乃安坐割地，而方内叛者迭起，粤盗最剧，次者捻逆，次者回。公皆手芟剃之，收其成功。而塞外平回，朝廷尤旌宠焉。塞外回，其酋曰帕夏，本安集延部之和硕伯克也。安集延故属敖罕，敖罕为俄罗斯所灭，安集延独存，帕夏畏俄逼阑入边，据喀什噶尔，稍蚕食南八城，又攻败乌鲁木齐所踞回，并有北路诸城，收其贼入。及陕回白彦虎被剿，窜处乌城，臣属帕夏。帕夏能属役回众，通使结援英俄，购西国兵械自备，英人阴助之，欲令别立为国，用扦蔽俄。今上初，公既平关陇，而海防议起，论者多言：自高宗定新疆，岁糜帑数百万，此漏卮也。今至竭天下力赡西军，无以待不虞，尤失计。宜徇英人议，许帕夏自立为国称藩，罢西征，专力防海。公曰："关陇新平，不及时规还国家旧所没地，而割弃使别为国，此坐自遗患。万一帕夏不能有，不西为英并，即北折而入俄耳，吾土地坐缩边，要害尽失防。边兵不可减糜饷！自若无益海防，而挫国威长乱，此必不可！"当是时，文忠公、文祥当国，独善公议，遂决策出塞不罢兵。既克乌城，进规南路，帕夏聚党抗拒，会道死，二子争立，内乱，群回解体。兵至喀城，而帕夏长子自立者帕克胡里与白彦虎皆遁逃入俄，兵不血刃而塞外平，新疆复矣。

公用兵规远势，防后路，尤善审机，随贼势变迁，不常其方略。筹西事尤以节兵裕饷为本谋，军始西征，虑饷由各行省协拨不能如期约，请一借贷于外国商贾人，得成数济军，令各省关分偿债子本。许之。及决策出塞，会滇中杀英人马嘉利，海防戒严，饷匮，公乃议借外国债千万，用十年分偿。沈文肃公尼其议。诏曰："左某以西事自任，国家何惜千万金。"为拨款五百万，敕公自借外国债五百万出塞。凡廿月而新疆南北城尽复者，馈饟饶给之力也。

公初议西事，主兴屯田，闻者迁之。及观公奏论关内外旧屯之弊，以谓挂名兵籍，不得更事农，宜画兵农为二，简精壮为兵，散愿弱使屯垦；然后人服公老谋，以为不易及。

国家承平久，武备弛不振。而海外诸国，近百年以来，日出其算数气化光电之学，用之治兵制器，争以武节相侈，神怪捷出，每变益新。虽中国屡平大难，彼犹私议以为脆弱也。至公平帕夏，外国颇稍稍传说公，而公与曾公等自始治军时即欲稍取外国长技，用自辅益。公尤不耐久忍诟，顾内忧未艾耳。内平，行且事外务，欲一振拔抗国家威棱。先是俄人乘回乱入据伊犁城，公既恢复新疆，国家因遣使赴俄，议交收伊犁，议久不决。有诏备边，公亦席累胜之威，亲出塞至哈密整军待发。顷之，召公入备顾问，公入而伊犁还，俄事定。遂命入值军机，兼值译署。居数月，引疾乞退，命出督江南。法人攻越南，自请赴滇越督师，檄故吏王德榜募军永州，号曰恪靖定边军。法人议和，召公入，再值军机。法人内犯，诏公视师福建，檄王壮武子诗正潜军渡台湾，号曰恪靖援台军。诗正至台南，为法兵所阻，而德榜会诸军破法兵于谅山。和议成，再引疾乞退，以其年七月癸亥薨于福州，年七十三。明年，归葬于善化之某里某原。

公性刚行峻，不为曲谨小让。始未出时，与曾公、胡公交，气陵二公，出其上。二公皆绝重公。公每语人曰："曾胡知我不尽。"三人者相与会语，公辄题目二公，亦撰语自赞，务压二公，用相嘲谑。又尝言："当今善章奏者三人，我第一。"余二人，谓二公也。公与曾公内相倾服，至趣舍时合时不合。既出治军，交欢无间矣。及金陵平，又以争是非不合。后曾公薨，公西征在肃州，闻之叹曰："谋国忠，知人明，吾不如曾公也。"中兴诸将帅，大率曾公所荐起，虽贵，皆尊事曾公，公独与抗行，不少贬屈。厥后与曾公位望相埒，俱以功名终。

曾公议外交常持和节，公锋颖凛凛向敌，士论以此益附。顾志事未竟。初平粤盗，即建议在福州设船厂，购机器，募外国人造船；设求是堂其中，教子弟习外国语言、文字、算数、测绘法。移陕甘，且行，奏起沈文肃公主船政。西事既定，在兰州设织呢局，购开河机器，治泾水上游。在江南，议购船炮防海。视师福州，又请增制船炮。

公精吏事，所至恤民，兴学，理财，治水利。闽浙裁兵加饷，各行省援用为法。而于制造船炮，尤兢兢。议者惜公材用之未竟其志也。

公娶周夫人，先公卒。侧室张夫人。子四人：孝威，举人，以荫为主事，先公卒，旌表孝行；孝宽，郎中；孝勋，兵部武选司主事；孝同，候选道员。孙十人，冢孙念谦，袭侯爵，通政司副使。曾孙五人。

汝纶辱与孝同游，孝同以公墓碑见属，乃为铭曰：

维清有家，袭圣其延。在乱而拨，执竞有人。完瘝药赢，爰始曾公。谁其代兴，公功与朋。在文穆世，盗群附连。腹蛊其已，或啮于边。勣者旁睨，相市欲剖。公曰吾故，弃则不可。飚发霆击，吾封有堑。国功斯葳①，公志未慊。彼敢吾濒，吾熠不焄。忍此敦槃，死愧在颜。鞯弓踠马，万古一棺。世高公功，公志或覆。无恃而憿，挟公自张。偏指傲权，岂公谓臧！课所已施，

---

① 葳，原作"藏"。

威谋孰当。英霸之略，中试而藏。谁起九原，为国巨防。镵诗贞石，下告茫茫。

送陈伯平太守入觐序

扬子云云："古者高饿显，下禄隐。"或曰："禄饿之于隐显，迹而已，高且下焉，无以为也。"或曰："以厉夫尸素者也。"

夫禄隐之于尸素也异趋，尸素者食焉而不事其事，有难而循循焉避之者也。禄隐者盖有意乎其事矣，而或从而尼之，甚乃摧之以败其成也，排之以危其生也，而禄焉者自如也，以败且危者任之天，以若尼若摧若排者任之人，不以厝吾意也。然卒不能事其事，则以是为隐焉而已。士各有时，于是时也，虽使古所称志介者当焉，亦不遽激而为饿也，不遽激而为饿而且饿，虽饿不显矣。时其难也，尸素者循循焉避之，禄隐者于此，又不惟饿之一途也。盖有汤镬以徇之者矣，有乞假以援之者矣，有阳狂以逃之者矣，有厉哑以报之者矣，有师旅以兴之者矣，有缱绻以从之者矣，有委蛇以俟之者矣，有艰贞以维之者矣，有濡忍以悲之者矣，亦有穷饿以持之者矣。是故时乎饿而饿，不知其显也；时乎禄而禄，不必于隐也。夫何高下之纷纷乎？杨子之为是论也，为东方生言之也。东方生之拙夷而工惠也，浅之乎论夷惠也。或降且辱焉，或不焉，孔子论定之矣，斯扬子所从折中也。虽然，扬子之持论如此，即其身之出处，宜有以实其言矣。汉之祚潜移，而扬子之禄焉者自如焉。后之知扬子者，顾以谓扬子之视势利盖泊如也。

或曰："扬子之道，合于箕子之'明夷'。"或曰："于时为不可去，必去，则扬子所知小矣。"

是二说者，其于所云"高饿显下禄隐"之旨，其亦有合乎不乎？此殆未易以迹求也。由扬子之言，以观扬子之道，苟其于势利泊如也，虽时乎其难，而不必于饿。况时之不遽激而为饿者乎？

保定知府长沙陈伯平仕有道之时，出入有名绩，扬子之言与其道，皆不足比附吾伯平。而伯平向者之论议，尝有取于汝纶之早退，今伯平政成入觐，

115

而先奉其母夫人归长沙，或者殆将不出乎？士之慕望伯平者合文辞以宠其行，汝纶为之举扬子之说以进，亦谓吾二人之相与，固不必遇之以迹乎！伯平有弟曰觐虞，与余游最亲以善，是行也，与伯平俱南，将以知府待阙于浙江，伯平其以吾言示之，且以为何如也。

　　光绪廿三年六月朔桐城吴汝纶敬上。

潘藜阁七十寿序

　　国家岸江海开关，通市海国，遣重臣分领海事，而上海、天津最为南北都会。上海遥隶江南，去京师远，不专决事，事以故稀简。天津则大臣旄节所驻地，卅年来，中国取资西法，开新造大事，咸集于天津，方外商旅，朝夕请事，地又近京师，内外取决，视上海剧且十倍。官其地者，非有长才，更变多，则或毛发事失机宜，至胥一国受其敝，往往然也。

　　知府之为官，上海所无，独天津有之。其职通上下，关中外，安迩绥远，迹微势巨，利害所系，惊创谲变。自大臣及关道思有所未通，议有所未符，谘诹访问，皆将于知府焉决之。而知府或老于仕宦，不暇问五洲之遐迹，有约诸国之何名；或新进后生，不亲见同治以来国家交邻轻重得失之已事，骤当其任而不知所以堪之。于是中外议者，一责望于大臣关道，不复论知府之有无也。

　　光绪廿三年，吾友潘君藜阁，以保定遗缺知府补天津知府，于是君年七十矣。众谋所以寿君者，皆曰："潘君自少官江南，居上海最久，佐上海关道有劳最著；后改官天津又廿年，尝历任宣府缘边州县，所至有绩，而官满辄还天津，与闻海政，信可谓才长而更变多者也。同治以来邻国交际之已事，皆所目接而心识，五洲遐迹有约诸国之人才风教，皆所饫闻厌见而习知也。以是而为政于通市之都会，足以堪其事，大臣关道之有遗漏，足以备顾问。知府于是得其人，议者不得视其官若无有。"大凡众所称愿具如是，是足以寿潘君矣。

　　汝纶交潘君久，独于潘君不能无私望也。盖自甲午用兵以后，外国之使益骄，吾国困于因循，无以易乎其故，士大夫众知中外之不可以复隙也，则一切以濡忍容纳之。夫不习外国之情势，而谬欲相抗以武勇，是之谓偾强；偾强则为国生事，生事不可也。不习外国之情势，而一切以濡忍容纳，是之谓恇弱；恇弱则为外国所轻，且益召侮，召侮愈不可也。凡与国之交，无过强弱二策，今二策皆不可，则所处殆益难。虽然，因变赴势以曲中其窾却，当必有在。譬之操钱入市，物有定价，问价者不能得，或过焉，或损焉，则贾者且百售其欺，得其价则相视以解。此固大臣关道之所有事，而知府与有责焉者也。潘君通敏英断观时变，且老而始莅事，其有以得其要领矣。汝纶远隔数百里外，不获跻堂称寿，与观新政，他日从君游，尚当操几杖负墙避席而敬问之。

送季方伯序

国家专阃之任，寄之督抚，而常储其选于两司。布政之视按察，相差也，而剧易悬绝，按察使治理效乃擢布政，每行省巡抚缺，必于布政乎取之。故布政迁阶也。

督、抚之任有内政，有外政。内政者踵常途已耳，受成事已耳，一平世三公优为之，顾不足以治外。外政之成也，有长驾远驭之才焉，有缔交伐谋之智焉，有折冲御侮之威焉，有尊主庇民之术焉，有开物成务之能焉，有转移风会之用焉，有陶铸人才之器焉，有日新月盛之绩焉，有取长翼短之益焉。非得文武干略能拨乱持世变之材，未有能充乎其任者也。今国家之势，急外政矣，言者顾谓其本在内。海上兵罢，世之号能内政者，朝廷往往拔而置之督、抚两司，专其责以治内，而内卒不加治。凡内治云者，非今之所谓踵常途、受成事而已也，盖必振民之穷而使之富焉，必开民之愚而使之智焉。今之内治者，无所谓富民之道也，能不害其生斯贤矣；无所谓智民之道也，能成就之使取科弟于有司斯才矣。民固穷也，吏虽不之害，其穷犹若也；民固愚也，虽成就之使掇科弟，其愚犹若也。又况不能成就之反害之者天下比比也。循是不变，穷益穷，愚益愚。今外国之强大者，专以富智为事，吾日率吾穷且愚之民以与富智者角，其势之不敌，不烦言而决矣。而所以富智民者，其道必资乎外国之新学。是故外政之不修，欲求内之独治，不可得也。督、抚之任兼内外，布政则专职乎内，外之不修，吾无责焉。由其为督、抚之迁阶也，故必兼明乎外政，而后望与实乎，而有以裕乎其用。虽然，能此者罕矣！

光绪廿有三年六月，朝命以直隶按察使江阴季公为福建布政使。公之内政既闻乎朝廷矣，今且虑材属役，议兴建学堂，以讲明外国之新学，议甫集而迁命下，众谓新学且中辍也，公则毅然独任，手定其规制而后授代。识者于是知公之外政，又将大有立于世也，其继是而膺专阃之任，有不优衍而绰裕者乎！

始公自长芦运司迁福建按察使，未行，改直隶，今又有福建之迁。或曰："公大父督闽、浙有遗惠，天固将用公趾前美也。"或曰："闽褊迫，不足展公能，宜有后命。"公皆无成心也，且行，谓汝纶曰："何以赠我？"遂书公之明于外政者以为天下贺。

天 演 论 序

严子几道①既译英人赫胥黎所著《天演论》，以示汝纶曰："为我序之。"

天演者，西国格物家言也。其学以天择物竞二义，综万汇之本原，考动植之蕃耗，言治者取焉，因物变递嬗，深研乎质力聚散之几，推极乎古今万国盛衰兴坏之由，而大归以任天为治。赫胥氏起而尽变故说，以为天下不可独任，要贵以人持天。以人持天，必穷极乎天赋之能，使人治日即乎新，而后其国永存，而种族赖以不坠，是之谓与天争胜。而人之争天而胜天者，又皆天事之所苞。是故天行人治，同归天演。其为书奥赜纵横，博涉乎希腊、竺乾、斯多噶、婆罗门、释迦诸学，审同析异，而取其衷，吾国之所创闻也。

---

① 严复（1854—1921），原名宗光，字又陵，后改名复，字几道，福建侯官（今福州市）人，近代著名翻译家、教育家——本书选编者注。

凡赫胥氏之道具如此，斯以信美矣。

抑汝纶之深有取于是书，则又以严子之雄于文，以为赫胥氏之指趣，得严子乃益明，自吾国之译西书，未有能及严子者也。

凡吾圣贤之教，上者道胜而文至，其次道稍卑矣，而文犹足以久；独文之不足，斯其道不能以徒存。六艺尚已。晚周以来诸子，各自名家，其文多可喜。其大要有集录之书，有自著之言。集录者篇各为义，不相统贯，原于《诗》《书》者也。自著者建立一干，枝叶扶疏，原于《易》《春秋》者也。汉之士争以撰著相高，其尤者太史公书继《春秋》而作，人治以著，扬子《太玄》，拟《易》为之，天行以阐。是皆所为一干而枝叶扶疏也。及唐中叶，而韩退之氏出，源本《诗》《书》，一变而为集录之体，宋以来宗之。是故汉氏多撰著之编，唐宋多集录之文，其大略也。集录既多，而向之所为撰著之体，不复多见。间一有之，其文采不足以自发，知言者摈焉弗列也。独近世所传西人书，率皆一干而众枝，有合于汉氏之撰著。又惜吾国之译言者，大氐夐陋不文，不足传载其义。

夫撰著之与集录，其体虽变，其要于文之能工，一而已。今议者谓西人之学，多吾所未闻，欲瀹民智，莫善于译书。吾则以谓今西书之流入吾国，适当吾文学靡敝之时。士大夫相矜尚以为学者，时文耳，公牍耳，说部耳。舍此三者，几无所为书。而是三者，固不足与于文学之事。今西书虽多新学，顾吾之士以其时文、公牍、说部之词译而传之，有识者方鄙夷而不之顾，民智之瀹何由？此无他，文不足焉故也。文如几道，可与言译书矣。

往者，释氏之入中国，中学未衰也，能者笔受，前后相望，顾其文自为一类，不与中国同。今赫胥氏之道，未知于释氏何如？然欲侪其书于太史氏、扬氏之列，吾知其难也。即欲侪之唐宋作者，吾亦知其难也。严子一文之，而其书乃骎骎与晚周诸子相上下，然则文顾不重耶？

抑严子之译是书，不惟自传其文而已。盖谓赫胥氏以人持天，以人治之日新卫其种族之说，其义富，其辞危，使读焉者怵焉知变，于国论殆有助乎！是旨也，予又惑焉。凡为书必与其时之学者相入，而后其效明。今学者方以时文、公牍、说部为学，而严子乃欲进之以可久之词，与晚周诸子相上下之书，吾惧其舛驰而不相入也。虽然，严子之意盖将有待也，待而得其人，则吾民之智渝矣。是又赫胥氏以人治归天演之一义也欤？

祭翁大家文

惟节大家，宗党光映。在属虽疏，我君所敬。惠在小子，年十而竟。一昔顾言，在耳犹听。如何委化，百古一瞑！大家之兄，昔官西江。宾筵我君，以其子从。我君归言：翁生齿弱。受经其姑，旁逮选学。姑始归我，嫠乃兄恃。从兄于官，若丈夫弟。节行既厉，兼学识才。求之闺阃，吾见则希。小子识之，九宗女师。兄死官下，归骨京辇。微大家力，鬼羁室散。小子北试，登拜于堂。顾我一笑，谓嗣而翁。别廿载①，问旷不闻。女兄之依，谁能恕分。姊丧甥穷，老乃顾我。相从羁旅，侍奉实惰。谓长寿恺，胡疾忽婴！年岂不遐，我志不赢。乌乎！我君背弃，音徽已矣。见所敬礼，謦欬犹迩。大家今谢，典刑谁征！猗嗟小子，于何谘承！

祭姚漪园文

乌乎！君年我齐，貌乃少我。我尝戏君，弟畜其可。吾后百年，当一付君。孰云壮佼，一昔溘先。去秋饮君，法郎名酿。醉卧大吐，山摧泉放。迟明送君，不及前麾。孰云少别，而永长辞！君之为县，守时我即。郡十四属，荐君第一。人不暇给，君需有余。听览燕闲，出《诗》入《书》。我乖于时，君独私好。单词只文，藏弄谓宝。施及我子，谓可济美。召与游遨，宿疾尽已。得此于人，平生盖寡。君今死矣，继君谁者！丧车来临，子泗妻沱。凭棺叙哀，不闻谓何。乌乎哀哉！

---

① 此句原文如此，疑有脱字——本书选编者注。

王中丞遗集序

齐河令王敬勋以其考中丞公遗集示汝纶，汝纶受读之，既卒业，作而言曰：

乌乎！世运之迁流，非深识之君子，其孰能早知于未然，而谨持其变也哉！道光中，英吉利始称兵犯海上，已而媾，天子慨然以海事为忧。方是时，中国狃恬久安，法令毛析，部曹小吏，凭借簿书，持中外百执事长短，国恩不究宣，民骎骎蕴乱。兵制尤窳敝，在位者懵不知改。为其势不可以复持久，譬之若聚鸿毛炉炭之上而伏火其下也，特潜吹而未发耳。未几，天下卒大乱，反者蜂午而起。赖义烈众君子踵相蹑芟剃之，大乱以平。凡变之既至，从后而挽之，使还其故，其势逆而难。变之未来而预弥其却，潜扶阴救，使久支不坏，其势便以易。易为而不为，而后大变驯至。其有人焉踵相蹑芟剃祸乱者幸也，幸不可恃为常也。前变之未来，相与维匡之，护之，开之，补之，而变无由生矣。其视变起而为之所者，用力少，成功大。然而莫之为者，何也？无深识之君子，莫能早知于未然故也。

夫变之既至，挽之使还其故，其势故难矣。要其为变皆众著于耳目之前，当之者无不知也。变之未来，众人安坐而议，以为太平无事耳。然而机伏于未形，祸蘖牙于未兆，一旦猝发，其患莫测也。是故变至而始知者，众人也，变之未来而知之于先事者，非深识之君子，则错愕而无以为。中丞公抚吾皖七年，当英人新受款之后，上下额手相慰劳，幸危殆复安，公独私忧深霒，若大祸之在眉睫。睹氓隶罢困不收恤，官吏奉文法唯谨，务苟小，浸失本意，于是思所以厚民生，阜财谧刑，使不散为盗，而于整戎经武，尤兢兢数为天子言之。文宗御极，应诏陈八事，皆隐忧祸变之可翘足待，欲急起争救之，近今名奏议也。乌乎！若中丞公者，信可谓深识之君子，能早知未来之变，而谋所以谨持之者已。

公既内召，又量移江右，上方向用公，而竟以疾不起。齐河幼孤，有兄早世。遗稿散佚，又掇拾残遗为若干卷。他所为杂文诗歌，其言皆急本根，

121

缺然不自足，尤零落不能什一，然大要章疏为最著云。今之世去公益远，变亦愈甚，未有以已也。庶几有早知而谋所以谨持之如公者乎？又岩穴之士所引领而跂望之者已。

平江吴氏两世孝行赞

吴颖芝编修荫培，其先世宋承节郎临安府昌化县巡使铉，字声甫，自休宁迁雁塘；传十六世曰邦瓛，再迁吴县；又五传为编修之祖，讳仁荣，附贡生。咸丰初元，举孝廉方正，不就，既没，以孝行旌门。生光禄寺署正衔廪贡生讳恩熙，编修之考也，亦以孝行旌。编修介满城陈孝廉之焕征文于汝纶，曰："吾宗也，自诡必当得一言。"乃为赞曰：

仍世再儒潜不曜，以义业家家绩劭，公多阴德子维肖。厥声天飞天有诏，曰余汝嘉维世孝，旌门表幽未云报。振古恺弟神所劳，不于其躬后则焘，侍从中禁文虎豹。出当荦荦收儒效，君亲一源以躬教，巨流满海一泓导。

会里朱氏族谱序

会里之朱，迁自新安。其先世有曰瓌者，仕南唐李氏，官制置茶院，尝以兵三千戍婺源，因家焉。子孙最为蕃衍，徽国文公其后也。徽国五世祖曰维甫，维甫兄曰维则。维则十一传，当宋元之际始迁桐城，仍世三徙而居会里。会里朱氏既与徽国同祖茶院，茶院后裔分散东南数行省，而徽国之后，新安、建阳皆立博士。明嘉靖中，诸博士会合四行省廿一县之朱联为一谱，是时会里朱氏尚未能别为谱，逮万历世，会里谱始具。是后朱氏长老，时时修葺。盖自始居会里，传五六百年，族姓源流，具在图牒矣。独茶院已上叙次派别，颇多疏失，今为考正，著在左方。

朱曹姓以国氏，自仪父至桓公，竟春秋后灭于楚，遂去邑为朱氏。或曰：邾后改为邹；邹氏，邾苗裔也。朱之先殆小邾乎？或曰：小邾之后，别为郳氏。而《虞夏书》有朱虎，得氏前二邾且千余岁。二邾未亡，《鲁论》有朱张，朱之世系辽远矣。战国时魏有朱亥，齐有朱毛，楚有朱英，秦楚时有朱鸡石，汉初朱氏侯者三人，轪侯都昌、进[①]侯中邑、濞侯鄢陵。见于《汉》《史》者：家，鲁人；建，楚人；买臣，会稽吴人；大司农邑，庐江舒人；赣，颍川人；云，鲁人，徙平陵；博，杜陵人。朱氏始居沛国相县，其后分散，或居吴郡丹阳，或居谯郡永城，或居义阳。居义阳者，传或言其本宋氏，国亡奔砀，改宋为朱。汉光武时有尚书令晖，晖孙冀州刺史穆及建义大将军祐，皆南阳宛人，皆义阳派也。司马晋有平西将军焘，生豫州刺史序，序生益州刺史谌，谌子荆州都督修之，皆晖后改宋为朱者也。居吴郡者祖都昌侯轪，其后为买臣，三国吴有前将军桓，桓子大都督异，异从父骠骑将军据，至唐有谏议大夫子奢，皆吴人。其别子居上虞、钱唐、山阴。上虞有俊，汉太尉；俊子皓，豫章太守。始居钱唐者宾，汉光禄勋；宾者，云八世孙也。其后有巽之，齐吴平令；生异，梁侍中。唐有仓部郎中延庆者，异曾孙也。山阴有凯之，晋左卫将军；生扬州主簿涛，涛生百年晋亡，隐会稽南山。曰山阴，曰钱唐，曰上虞，皆吴徙也，而钱唐最盛。庐江舒之朱，自大司农邑后无闻人，至唐季乃有延寿者为寿州刺史、奉国军节度使。而朱氏最本者沛国相县汉大司马长史诩，生新息侯浮。其后有司徒质，生三子，长禹为司隶校尉、青州刺史，坐党锢被祸，子孙避地丹阳，由是为丹阳朱氏。三国吴有安国将军治丹阳，故郫人丹阳派也。质次子卓，留处沛国，司马晋有建威将军腾，生西阳太守绰。绰二子龄石、超石，犹居沛。而腾裔孙建，后周太子洗马，生隋睢阳太守僧宁；僧宁，唐宰相敬则大父也，居谯郡永城，为永城朱氏。其后有光启，为户部尚书。曰永城，曰丹阳，皆沛国之别也，而永城最盛。朱氏在唐为相者二人，敬则相武后，居永城；朴相僖宗，居襄阳。襄阳之朱，不知其本所起。司马晋有广威将军伺者，安陆人，张昌之乱，割安陆东境而贯焉，襄阳其别也。又有太康朱氏，源于后汉朱岑，其姓不大著。唐以前朱氏，略可考见者具如此。

自沛国而分者，丹阳、永城；自吴郡分者，上虞、钱唐、山阴；自安陆

---

① 进，《史记》《汉书》中华书局标点本均作"通"。

分者，襄阳；不迁而分者，庐江、太康；由他姓改者，义阳。凡朱氏十二望，而最本者沛国。由南唐已后，新安最盛，而本其始自永城，永城始自沛国焉。

今年会里续为谱，其族长老惕斋、海门皆吾故人，介吾弟绍伯求吾文为序。尝读欧阳公《与曾子固书》，考论曾氏至详审，本欧阳公之旨，为发其义，使复于朱氏。

翁大家墓碣铭

大家宛平翁氏，年廿五嫁桐城诸生吴恩光为继室，嫁六月而寡，依母兄以居凡廿年，依姊黄太宜人凡廿五年，居姊丧三年，依恩光宗人汝纶十年，年八十三而卒。大家父霖，国学生，赠某官。恩光父雨梅，江西新淦知县。

始，大家兄延绪由翰林院庶吉士散馆为江西武宁知县，时粤盗未已，留其孥京师，挈幼子及大家以行，筐箧细碎，一倚办大家。已而病数月，则官私大小，悉取大家可不。兄没官下，贫甚，大家力与经纪，卒持孤遗，水陆四千里归骨先兆，遂依姊氏。久之，姊子瑛奎补官石碑场盐课大使，随姊之官。尝至天津，汝纶请归老夫家，曰"吾不忍去吾姊"。姊卒三年，始依汝纶。

性挚识明，辞令娴雅，年逾八十，犹勤女红，刺绣文工甚，得者宝畜之，有得绣绢尺，酬以一狐裘者。兄官武宁时所挈幼子立德，从先君子受学，后亦成进士。立德幼时，十三经、《文选》皆大家传业。先君子归自武宁，时时为汝纶兄弟称大家。汝纶迎养大家，犹先君子志也。

初，大家归夫骨安徽，其族以前室祔葬。及疾作，顾言曰："葬吾父母墓傍，姊子焕奎送吾丧。"皆如其言。大家尝立后子曰敦骏，年十八殇，遂无后。其卒以光绪廿四年正月，在保定。其葬以是年八月，在京师东郊十里亮马桥父母墓西百步。兄子立德，姊子焕奎相与临穴视窆。即窆，汝纶为铭曰：

是闺阁中一文丈夫，过者下车，居者毋樵苏！从父母兄，永奠厥居。

广昌县城隍神庙碑

邑子钟念慈为广昌三年，政和岁丰，乃与邑父老贤俊谋葺城隍神祠而新之，以都司袁君占魁督其役，凡六阅月毕工，用钱三百万；又衰其赢余，购地征租，以持其敝。既成，以书告汝纶，求文为记。汝纶乃为祷祠报塞乐歌贻之，俾刻石以教肄侲子。其辞曰：

伓伓兮朱甍，肃肃兮回风。絜斋俟兮辉光，灵栖迟兮未渠降。繁会兮箫鼓，酒盈樽兮肉在俎，飞龙翩兮其来下。朱衣兮中央，曹椽侍兮雁鹜行，傅爰书兮听直誓，将讼理兮阶之侧。山沉沦兮为渊水，填阔兮成田莽，终古兮烦冤，灵安能兮尽闻。愤不舒兮可奈何？愿灵保兮有以。为绣画兮关河，祖规兮孙随，不骞兮不亏。忽百妖兮千怪，纷竞进兮潜噬，目睒眙兮焉求，狨猊陆吼兮鼍鲵川游，雄雌兮首尾，中兀立兮余几。沥肝心兮上诉，冀吾灵兮一瘳，弹压四濒兮纽绝纲，振威棱兮射天狼。火山兮刀树，血池兮膏镬，聚不若者兮歼之，亘吾圉兮清夷。倘若兹兮神武，蒙灵祐兮遍下寓，旱无干兮水不溢，毒虫远逐兮猛鸟佗适。击灵鼓兮烹羔羊，岁时报祀兮罔有斁忘！

记古文四象后

右曾文正所选《古文四象》，都五卷。往时汝纶从文正所，写藏其目次，公手定本有圈识，有平议，皆未及钞录。其后，公全集出，虽鸣原堂论文皆在，此书独无有。当时撰年谱人亦不知有是书。意元书故在，终当续出。今曾忠襄、惠敏二公皆久薨逝，汝纶数数从曾氏侯伯二邸求公是书，书藏湘乡里弟，不可得。谨依旧所藏目次，缮写成册。其评议圈识，俟他日手定本复出，庶获补完。

自吾乡姚姬传氏以阴阳论文，至公而言益奇，剖析益精，于是有“四象”之说。又于四类中各析为二类，则由四而八焉。盖文之变，不可穷也如是。至乃聚二千年之作，一一称量而审定之，以为某篇属太阳，某篇属少阴，此则前古无有，真天下瑰伟大观也。顾非老于文事者骤闻其语，未尝不相与惊惑。文之精微，父不能喻之子，兄不能喻之弟，但以俟知者知耳。此扬雄氏所以有待于后世之子云也。公此编故自谓失之高古。夫高古何失？世无知言君子，则大声不入里耳，自其宜矣。文者，天地之精华，自孔氏以来，已预识天之不丧斯文。后之世变，虽不可测知，天苟不丧中国之文，后君子读公此书，必有心知而笃好之者。是犹起姚氏、曾氏相诺唯于一堂也，岂不大幸矣哉！公又尝欲分古近体诗亦为四属，而别增"机神"一类，其后盖未成书。独于所钞十八家五言古诗，尝刻四类字朱印本。诗之下曰气、势、识、度，情韵皆与文同，曰工律则与文异，而无"机神"之说，盖仍用四类也。今并缮写附著卷中，读者可以隅反也。

都司白君墓志铭

咸丰三载，都司清苑白含章字可贞，从故大学士侯琦善出师湖北援扬州，与粤贼搏于宝山，力战死之。上闻，褒恤如例。易州张生廷桢与白氏世姻也，以状来乞铭。铭曰：

大炉铸人，如金受冶。執铮有声，厥惟健者。胡每不祥，而摧于刚。匪刚匪寿，匪邦于光。觥觥白君，古豪杰徒。释书而射，以善射著。爰始擢用，不食于家。自微而巨，以次膺誉。洊升守备，泊国多故。道光中年，海氛成霾。英人蹶张，大艘载来。君跃而登，抗辩雄哉。辩协谋矣，英无尤矣。君之才辩，时誉归矣。相侯琦公，款夷面觐。夷语骄蹇，公嗫不复。君乃大愤，以为国辱。有刃在胁，欲割其腹。公虑挑衅，止之以目。嗣涉夷事，屏君弗与。君嘿发愤，涕下如雨。泊官都司，益矢凤心。甘为国殇，以救蒸林。洪秀全反，蔓西刜南。君闻悼叹，中寝而兴。持丈二殳，冀清丑凶。淮海维扬，控大江东。猝与贼遘，贼熠愈汹。肉搏城隅，堕炮而终。臣身虽终，臣鬼则雄。天阴叫号，助国抗棱。畴归君丧，绥昌易冒，皆君犹子，阐君之光。帝褒精忠，下诏太常。君行高世，讵惟大节。撼君遗事，又孰与匹。或杀运丁，

126

金哗几殆。君往谕止，家勖人诚。或讦不轨，诬致之死。君立平反，户讴岂弟。天诱其成，鉴此坚定。失足沧澥，分死而生。瞑发轮艭，转殆为平。胡佑不卒，委命坚城。嗟乎！君初赴军，婚始及月。临出诀妇，以二亲说。女代我职，虽死犹活。君志卒仇，妇代有终。以逮君子，子顺妇贞，维君是从。娶张续石，子曰际昌。君今瘗矣，有炜幽宫。我铭以质，凡百职事，下彻九幽，与天罔极。

通州范府君墓志铭

通州范氏，有宋资政殿学士文正公之后也。当明之季，世有官九卿讳某者，见世乱告归，守节著文，子孙化习。入国朝，皆劬学逃名不仕。传至君祖考，代有诗歌写藏在箧。

君讳某字某，受学于父，亦有能诗声。为人孝慈天挺，洁清自将。始年十三，丧母。殡宫火起，焰上屋梁，君骇愕罔措，登柩叫号，人至火灭，拖扶下柩，气绝不属，良久乃苏。丧除，以食贫，谋分父任荷，弃儒而贾，挟书哦诵市列，大惊市中人，主者改请授经温养，以济州人。徐清惠公开藩两浙，罗君幕下，心动思父，号泣谒归，慰留百端，不顾径去。徐公起家抚闽，书币继至，君不肯离亲远客，又畏避孝名，托辞教子，坚卧不赴。是时君三子皆尚幼，君由是早莫亲舍，洎亲没不出。其后，三子禀君彪训，皆以成学知名。三子者，长当世，次钟，次凯。而当世最著，始出，通人张廉卿得之，狂喜，为书告汝纶曰："公当贺我！"三子继起，公卿好士者传客之，得鲜衣美食，竞归献君，君一斥不御，曰："吾父所未尝有，不敢有加也。"三子所入，尽分之兄弟宗党。交游间，不私名一钱，曰："此吾父夙志也。"临财不苟受取，曰："不敢坠吾父清德也。"病且作，晨过其友张师江，出番币四十，令为粥食饿者。师江怪君贫窭安得此，已而廉得之，则先一日有馈君币固辞不获者。其清峻好济物多此类。且卒，顾言以复义庄为诚。卒年七十有几，光绪廿四年十二月也。祖讳某，某官；父讳持信，州学生。君娶成氏，能配君之孝。当世岁贡生，守高不应有司之试；钟，进士，山东知县，凯，选拔贡生，河南知县。

君生长旧门，行义立身，世有法守，习成其性。受先世成书，传付厥子，不负顾托以恢廓前绪，世以为难。既卒，邦人士友相与撰君孝行，列上有司，请旌门于朝。用诱进乡里。当世以书及里长老举孝事状来告哀，且曰君以三月晦葬东郊新茔，"敢请铭"。汝纶则为铭，铭曰：

前世儒后有文子，中优游弗躬厥美，尚得牵连传示世。况文与行不中圮，如身承首下嬗趾，伟哉达者继奋起。余福不备不内馁，时之所荣又奄有，善行报施古孰比。举孝旌门人所侈，孝子衔恤终莫慰，慰以此辞诏无止。

裕寿泉中丞六十寿序 代

巡抚河南中丞裕公莅河南之三月，有诏迁盛京将军，公闻命固辞。既入朝，又辞，久之，遂回成命，还公于汴。谈者谓公有济变大略，而河南无事，奉天与俄界，边备旦夕警，朝廷听公固让，就夷易，避险难，殆非公驰驱报国本志也。

或曰：不然。凡大臣受任，当内审己量宜称，非可苟焉就迁擢为荣观而已。在昔汲长孺辞郡，请留禁闼，王宏中掌制，乞外自效，彼各求所信守，不颛颛顺随，诚自知明也。今百执在列者之于宠禄，来则受之，不闻辞免，往往才不充位，彼其骇异公也固宜。《记》曰："事君量而后入[①]，不入而后量"，公其有焉。

且夫夷险无常形，难易无成势，今谈疆事，于奉天辄动色相戒者，岂不以迫切俄患，非知兵习俄事不足胜任愉快也乎？兵者，经国之大业，应变赴机，彼有专能，非可强为。公之始莅汴也，席未暖、餐未下咽，而皖边乱作，祸且及汴。公新至，无兵无饷，空拳垂橐，不动声色，奸邻盗，折乱萌，此可谓知兵矣。虽然，兵凶战危，晁错有言："以大为小，以强为弱，在俯仰之间耳。"故达识者慎之。今天下万国，尽智极能以究兵事之变，而不轻用兵。

---

① "事君"下当有"者"字。

俄又与我结约久，将帅临边勒兵，常持和节，虽不习俄事，中固①自有之权利未应失也。万一疆埸违言，主客责怨，近今故事，又皆谘禀乎国论，取决乎中旨，非疆臣所得专制。夫以治兵已效之能，当久和不战之敌，不可谓"险"；加又事不专决，仰秉上裁，不可谓"难"。谈者震慑奉天，未既其实已。

国家怀濡方外，同仁遐迩，四方行省，大氐华戎杂居，变端亟闻，独河南至今远人罕至，然殊邻莫不甘心焉。自咸同以来，四方行省往来，承兵燹之后，一切与民更始。独河南犹怃承平时故迹，文具张施，阳趋阴拒，老奸大蠹，窟穴其中，舞智自恣，吏治惰颓，而民气愈益凋刓。夫民穷而无教，则抵死不顾法禁，吏方相与涂饰耳目，以投合乎当时之文法，此其势至岌岌，内一不靖，则外患乘间并起。今一因循旧故，是畜乱宿祸，不可为也。旷然大变，其始必使民衣食滋殖，乐生兴事；其既也必使之亲上死长，不劝诱而之他；而其要归，必为之慎选良吏，一洗惰颓涂饰之痼习，而无劫持之以文网，庶其有以待未来之变乎！此殆非一手足之烈、岁月间可收绩效者。语云："泉竭中虚，池竭濒干。"夫濒干，内水犹若也，中虚则立枯矣。今奉天不治，"濒干"之说也；河南不治，"中虚"之祸也。此果孰夷而孰易耶？惟公前尹奉天，开藩直隶、四川，皆有良政，而直隶凡再至，治功尤彰以久。朝廷知公能以治直隶者治河南，用是改命还镇。唯公亦审所自任，不复引急病让夷为嫌，夫岂耳食之徒坐而定其缓急者乎！

公既还镇逾月，介寿六十，畿辅僚寀之获事公者，咸相率征词于某。某以非才适承公后，惧前规之不随也，述所闻以导扬盛美，所不辞云。

柯敬儒六十寿序

儒之术以用无不效为量。难焉而沮，不可焉而自已，迁焉而失其故，虽命为儒，而只益诟厉，彼必非真儒。久矣夫真儒之不数数于天下，而其效不

---

① 固，疑或为"国"。

显白于世也！

汝纶自少释褐游京师，见公卿大夫在廷百执事，凡由科第起家者，无不命为儒，从而叩之，亡如也。已而囊笔从军，获事通人，然后知儒之必效于世，大异于向者之为。最后浮沉州县，所见闻于僚友间起科第命为儒者，不可一二数，又怪儒之从宦，其绩效何其少也！

胶州柯敬儒先生，简靖而沉毅，多学而勇为。自其尊人锜斋先生从闽儒者陈恭甫编修受学，学有经法，事具国史。先生能世其业，又从母夫人学为诗歌。长而游诸侯，交天下贤士，所业益恢以邃。著有《州山堂集》若干卷，《史记》《汉书》皆有说。年逾五十，始以进士为县安徽。安徽群士，争慕趋之，交推互伏，以为儒者也。谈者尤盛称先生贵池清赋之政。其言曰：先生始为贵池，适今鄂抚于公来藩安徽，下令清赋。先生则手定教条，详延父老，勾考综核，奸滑吏洗手奉法，为之八阅月，赋籍坚定。于是贵池一县岁增赋一万数千金，尽安徽一行省六十州县清赋奏课，先生独为第一，赋所增人，于一行省六十州县得四之一焉，而县民所纳赋反减其旧。盖贵池田赋失额久，自粤盗傥扰，故籍尽失，至今卅余年。胥吏倚欺隐为生者至二百余家，滂逮城坊，士庶皆有染。令始下，沮事之议百端；不可，则盘互把持；又不可，则连豪民，通长吏，飞谤相倾。先生一不动，持益坚，卒底于成。既成而后，一县士民乃始交口称颂，皆曰："活我者柯公也！"号其赋册曰"柯公册"，用志不忘。已而先生幕客过贵池界上，入市饮食，市人不取直，曰："此贤君之人，何直之可言！"其遗爱至如此。

又曰：先生去贵池任太湖，承饥馑之后，一意与民休息，课农艺桑，兴水利，修学养士，其视贵池之治，若出两人。盖贵池以严闻，而太湖则用宽为治云。

汝纶曰：凡儒之效之大异于俗吏所为者，其皆出于此乎？使吏之治一毗于刚与柔，则必无以因时适变，能试于贵池，用之太湖则折矣；政行于太湖，施之贵池则弛矣；此迁焉而失其故也。清赋非令典也，事本起于秦，秦始令黔首自实田。其后宋熙宁中乃有方田均税手实诸法，尤为世讥病。而邵尧夫语其徒乃曰："此贤者所宜尽力时也。"今大吏以清赋为美名，而不知其为闾阎滋病。为州县者才不足堪事，或废格不行，或稍稍行之而遽止。此所以令下三年，而六十州县仅倍于贵池一县者二三，而闾阎骚然，烦费不可以臆计。吏其土者，稍能自爱，则皆难而沮，不可而自已。如先生之增于官而减于民者，百不一二人焉。得非所谓贤者之尽力者乎！夫能尽力于病民之政而厝之于不病，如此而有不能因时适变，以神明其刚柔之用者乎！此汝纶向所不数数见者也。以是，乐与两邑人传道之。

虽然先生之治在两邑，先生之业则遍传乎江介，非郡邑可限。今年八月，先生六十生辰，安徽群士之传业先生者，咸介吾友方伦叔征余文为寿。余与先生有连，昔柳子厚送崔群云："吾与崔君有①外党之睦，然吾不以是合之。"汝纶不佞，窃附子厚之义，为测论真儒者之效如此。异时先生官益尊，效亦益广，皆不足为先生言，独先生千秋大业，必且继世入国史。汝纶虽老矣，倘得南归故土，肩随群士一闻余论，所忻慕焉。请以此文为他日相见之赘，其可也？

赠内阁学士东海关道刘公墓志铭

公讳含芳，字芗林，贵池刘氏，广东巡抚瑞芬之从父弟也。大学士肃毅伯合肥李公始誓师上海，巡抚公实从在军，主军械。公少孤，往依巡抚公。已而去从程忠烈。忠烈战骤胜有威，每战，公辄随军往观，胆气英壮。李相公籍公名，檄公转运军械。苏州既克，设局苏城，兵攻常州，移局无锡，北征任、赖、张总愚等贼，移局清江、蒋坝、张秋、济南，随军所向。贼平，累官江苏知府。逾年，从李相公军入陕。相公移督直隶，公治军械天津，遂以道员留直隶补用。是后凡十有四年，不离军械。

自军事起，海内诸军，大氐守中国旧法，独李相公所部用外国械器。外国械器岁变更，新兴则故嬗，李公求之至勤，闻一新械出必疾购博储，以肆将士。公能助成英略，凡各国岁出若干械，械若干类，一械析之材大小若干具，名物标识皆外国语文，缭戾诘屈难记，公对客口别指列，如数家珍。同

---

① "有"下，《柳河东集》有"通家之旧"四字。

时诸将帅皆李公元从立功士，或贻书论难新械理法，或习用便求多自予，公日与诘辨，诸公初多龃龉，后卒以此服公。公既久治军械，因益穷览西国制器、练技、简阅之法。西士来游者，吾文武吏习西事者，遇辄谘诹讨论行军御敌攻守机宜，尽得其要领。李相公尝以人才论荐公，称公久治军械，讲求外国练兵制造诸学，既博既精，临事有胆识。朝廷嘉之。

李公兴立海军于旅顺、大连湾、威海，筑炮垒、武库、船澳，设学堂造士，通电线，制药弹，凡所经画，资公之力为多。光绪九年，始立鱼雷军，以公统之。而旅顺、威海防守诸工以次兴，公又兼其任。明年，遂去军械，移屯旅顺。是后凡十有一年不离旅顺。在旅顺，海陆诸将恃公为蓍龟，凡有缓急，必先谘度而后从事。于是，又兼海军及缘海水陆营务处。尝一摄津海关道数月，自请还旅顺。十七年，补甘肃安肃道，李公奏留旅顺。十八年，补东海关道，仍留旅顺，逾年乃到官。初旅顺、威海皆荒岛，公营构十年，至是屹为重镇。

公始以孤童从军，能自力于学，急世要务，识时通变，又尽心公牍文字。随李相公至天津凡廿五年，主军械十四年，屯旅顺十一年。遇所治办，抟揖神志，贯彻事始终，不顾问流俗诽誉。盖名实之眩疑于世也久，近百年来，世以蹈常守故为贤，以媚俗避难为智。曾文正公起，一洗旧习，破庸论，冥心孤往，艰苦百折，以济世持变，其于文牍，巨细亲裁，必切中事机会，不为颠顶肤说；自江忠烈、胡文忠已来，至李相公，皆祖其风尚。李公去位，文正治事之学歇绝于天下矣。而交际外国，讨军实，长驾远驭，李相公尤擅专能，能过于前数公。操国柄卅年，四方吏士为僚属去来者，或闻誉蔼郁，临事不副名；或为小官有声，大受则蹶；李公一不假借。其间才足戡事任，思深力沉，不要功利，自为不巧合取时誉如公者，三数人而已，皆随李公久，尝所挤掇而成就之者，外论者不能识也。

公到官数月，日本衅起。政府以李相公为非，不用其议。于是公所营构旅顺、威海诸要隘皆失守。公在烟台，持危定难功为多。而山东巡抚故李公所拔识，亦驻烟台，方附政府倾李公，谓公李公与也，龃龉之异甚，久之，诇刺无所得，顾心弗善也。尝约与公死守，已而自避去，益愧媚，构公于政府百端。和议定，李公内召，公知不容于时，且引退。李公以谓时多难，人才少，贻书慰留。公居数月，竟谢病归。归数年，病卒，光绪某年某月日也，年几十几。既卒，前在旅顺海陆诸将存者及僚吏遂者凡卅有二人，具公功绩，请直隶总督奏上。得旨：宣付史馆立传，赠内阁学士，荫一子入监读书，期满以知县选用。公四男子：世琰，殇；世珍、世琼、世璘。二女子：适候选道员建德举人周学熙、太仓举人顾思义。娶俞氏，继娶郝氏，皆封夫人。侧室李氏、黄氏。曾祖某，祖某，父某，三世皆以公贵，赠如其官。公性义侠，朋友死，辄经纪其家。既与从父兄巡抚公合置义田赡族，又倡修池州孔子庙。他义事多弃财为之。世珍等将以某年月日葬某所。汝纶为铭，铭曰：

世如波腾，才若草横。究极力用艰厥成，抉去下比蝉翼轻。众杙挺挺，谓我楹兮。天祚我室，永不倾兮。十盲嚊一瞭，汝何故明兮？公纵不死，安能功兮！乌呼！

龙泉园志跋

古今好山水者众矣，而谢康乐、柳柳州名独著，岂非以文采照烂，足与山水相发哉。顾遁栖之士，又往往弃离言说为高，何也？夫山水之美，奥如渊如，入之既深，其精神意趣，与彼之峻且清者冥合为一，即人世间震耳骇目，极曹偶所睎慕之事，曾不足当其一昕，则无问言说有若无，其风尚一而已。虽然，耸当世则以风，诒后世则以文，人往矣，声迹绝矣，闻其风者爱之，则愿传之，而不传则怅悒尔矣，相与低徊故处尔矣，又久之，故处邈焉，则无闻尔矣，不其惜与夫？是故遁栖之士不自文，必将于其徒友之文者赖焉。

畿之东有高士曰李江观澜者，以进士为郎，已而弃去，入蓟州之龙泉山，为园以居，曰龙泉园。既一年，其友曰王晋之竹舫者，亦弃官相从以隐，园于龙泉之侧，曰问青园。二园者，比相次也，而龙泉特胜。当是时，京师名公卿多高此两人，两人之风既耸动当世矣，其道皆有以自得，其文翰时时散落人间，好事者收弃焉，顾非其意所极，读焉者无以见其趣操之高，然则二先生之风，其殆浸息矣乎？

蓟之士有李髯者，二先生之徒友也，善为诗，从游于龙泉、问青间，最习且旧，惧园之久且无闻也，志其胜者焉。志成，而园内外一草木、一岩石，皆若为二先生者出也。而二先生亦恍然若常游偃乎园间。斯文之有赖者类已，抑李髯之意其犹未忘言说者耶？后之览者，其能追二先生之仿佛耶？呜乎！谢柳之饷遗远已！

裕制军六十寿序 代

尚书裕公，以国家世臣，自枢廷出临畿甸。畿甸为某旧所领地，文武士元从者多皖人。公既与某交善，又自始出陈枭皖疆，洎后秉节开府，凡十许年未尝离皖，视皖人士若一家然。临畿甸逾年，与其配赫舍里夫人同登六十，诸子及寮寀咸谋称寿，公固不许。皖之吏兹土者、将校在军者，自以为获私于公，不可以嘿已，则相与走京师谒辞为寿。某维公方广集忠益，以毗辅国家，皖人士之获私于公，盖不足为公道也。

凡天子大臣，皆与国休戚一体，而世臣隆替，则运会升降，恒必由之。公之先世，从龙入关，代有簪绂，及公高祖资政公，实诞育孝淑睿皇后，膺三等承恩公之封。曾祖荣禄公与弟敬慎公宣力中外，为天子亲臣，不专倚外戚为重。群从子姓，多登显秩。至公烈考，巡抚湖北，受任危难。弃养之日，公兄弟皆孤穷无藉，家骎骎不振矣。已而皆秉母教，持身持官，焯有誉问，而公尤以肃谨见重当时。今公用清德宿望，当封圻师长之任，而公兄寿泉中丞，同时开府中州，旌节相望；弟寿田尚书，控驭藩服，累奉衡文之命；门庭贵盛，开国以来，未之伦比也。而公寿已六十，风采英壮，犹似中年，为国肩荷艰巨，未有弛息。公又多子，诸子长者已继为令仆，有声于时，稚者或承袭世爵，流恩后昆。前世之荫庥，及身之通显，后嗣之鼎贵，大福具美，他人求其一端，且不可必得，公尽备有之。古史论列公侯为撰世家，如公者可以无愧矣。

昔汉之金张亲近宠贵，至于七世内侍，汉史荣之，以为美谈，谓其比于外戚。夫非国家隆盛，根本深固，安能使功臣戚里世世被恩泽、承卫天子也乎！今时方多事，传曰"主忧臣辱"，爵位愈高，责望愈大。公固不懈于位，亦世忠孝，某独顾视公诸子之振振济美，因以兴百年树人之感也。我国家景运绵长，其犹当汉武、宣之盛时乎？祝公寿考，益不能不抃喜而为国家颂也。不其祧矣！

方晓峰八十寿序

贵池方云畊以知县待阙保定，尝见材于上官，已而罹所后母忧，服阕，则向之材云畊者皆已去，后来者不能知云畊。云畊奔走其间，往往不合，由是郁郁。间过余言："吾之汲汲于求禄也，子得毋非议我乎？吾二亲今年已八十，望吾仕益勤，吾欲少得而归为亲寿，塞其望也。顾久不得，吾无以慰吾亲，惭可言耶！"

余告之曰：子惭宜也。凡仕宦得失，贤者不以撄其心。独父母之于子，虽豪杰亦不能不以之戚喜。孟子言：亲之欲其贵，爱之欲其富。韩退之大儒也，为诗诫子，独举通显之事歆动之，其述欧阳詹事，以为詹在侧虽无离忧，父母不乐也，詹在京师虽有离忧，父母乐也。岂惟欧阳氏，凡父母尽然。近代曾文正公，闳达伟人也，望子得科第，以赐荫举人为耻。此皆人之至情，故昔人亲在不择禄为此。

虽然，求禄以养者，情也；禄之得不得，得迟若速不齐者，时也。时者，非可以力而变，不可变而强欲变，君子谓之不知时。时逆顺相倚若环然；人莫不喜顺而恶逆，天则异是。庸人喜顺，天不稍靳也，独好用逆焉者淬厉贤哲。艰难困厄，庸人畏焉，贤者亦岂有乐于是？时适相直，则相与安之，因以自扩其识，遍历乎生平所未更之变，以增长其能，以为异日缓急之用。庸庸者虽身历之，亦无能有以自裨益，天亦以是靳之不轻予也。且时之为道，固未有往而不返，诎而不信者也。是故知道之士，莫大乎安时。吾闻子之亲孝义著闻于闾里，今老矣，而康强如少年，夫妇乐善不倦，殆非知道而安时者不能然也。知道矣，安时矣，其于子之禄仕早莫，又安能以动其心毫末也哉！子持吾言归献子之亲，因以为亲寿，吾知子之亲必且以吾为知言，子又安用惭为！

仁和王尚书七十寿序 代

大臣之职，以容物为量。自唐之牛李结党相倾，荐绅被祸，人才衰耗，而唐社以墟。宋世范吕交恶，党论遂起而不可复止。欧阳永叔一代宗师，区区典礼空议，至为言路所不容。而王荆公以奥学鸿文，得君至专，锐意变法兴治，时论既群起而攻，后之议者，且以宋之倾危蔽罪新法。及若秦桧、贾似道，史家尤诋为误国权奸矣。乃或见亮于后贤，谓为救时良相，或叹誉于敌国之兴主，而深器其才，何诡异至如此！此人虽秉心殊趣，操术不同，要皆倚办一时，乘权据势，顾盛则群伦慕仰，如水赴壑，衰则庸人夫妇随声而詈辱之，岂倚伏之理固然欤？抑国之善败，有时非可以人力推挽与？亡意亦其器量所极，不能纳异为同，有以致此者也。

今军机大臣、户部尚书仁和王公，性通识明，老于政事，其遇物无同异一接以和，盖器量有过绝人者。中外扬历，再直枢廷。故尝受知于沈文定公，其初入政府与文定同列，而尤为恭忠亲王所倚任，会异论浸起，公乃见几谢归。及再入执政，人望益隆。于时朝政屡更，豪士竞起，新旧乘除，而公以一身周旋众变，党仇眪分，无不容纳，人亦无忌嫉之者。古所谓"其心休休"者，公殆其伦欤！使公处牛李、范吕之际，必不激而为朋党之祸，使公当欧王之任，必不见訾于众多之口；使公入南宋之朝，不为秦贾之专，亦必无其詢厉之辱，晰也。

某获交于公，至笃且旧。初督湖广，公为湖北按察使，始识公而荐之朝。逮公由湘抚召入枢廷，某近在畿辅，戮力交欢。甲午兵起，朝命自云贵总督召公北归，助某视师。某既内召，公实受代。某在畿辅久，兼治军海上，事绪浩穰，部曲星列棋置。公至，一蹑故迹，文武吏士不知帅之易也。今公去畿辅又年余矣，某旧时部曲及文武吏士尝事公者，犹思公德不衰。以公今兹十一月某日登寿七十，佥谋走京师取文寿公，某不得辞也。则本公之独有得于容物之量者推论之，俾进献于公。盖大臣之纳异为同，非直为荣名而已。才之为类，至不一也，必容纳异类，而后善类尽植；善类尽植，而后缓急足倚。某老矣，尚庶几因我公盛德，一见人才之振兴也夫！

盐山贾先生八十寿序

盐山贾生恩绂始从余游，治《仪礼》，有家法。既别而举于乡，顾时时来省余，每见，辄道其尊人贾先生相慕望异甚。今年诒书，言先生正八十，亲故欲为寿，一谢绝不许，恩绂以先生之昵好余也，求余文，将持归以献。余未及为，恩绂则又来谒而固以请。盖以文为寿，知言者每病其非古，余尝以为不然。礼之用因时为变，今之上寿亲堂，岂不贤于古之冠子之礼乎？冠子而字之则有辞矣，奉觞上寿，称辞而祝嘏其亲，独何为不可？若乃文之体制之起于近今，以此为非古，则韩、柳氏之文之所为赠序者，故亦起于唐世，非前古所有也。凡文之能者，亦各用当时之体，追古风而为之辞尔，岂必古人有之而吾乃为之也哉！独言之非实而施之非情所安，则固不可。今恩绂之称先生既不敢溢其实，而余于先生又有情不能嘿已者，尚安得以不文辞！

恩绂曰："吾父少勤苦，躬锄薪，以余力治学，学皆冥获，无师友之助。既成，而邑先达孙莲塘侍郎、刘南莊先生咸相引重。生无它好，独孜孜文学，以为至乐。今八十矣，神明不衰，时作细字，锋画韶腴类少年。天既以寿考报有德，顾惟不遇，子又不肖，缺然无以慰其亲，愿赐之一言！"恩绂之称先生如此，可谓无溢量矣。虽然，遇不遇何足道！天所矜异而不可必得者，年尔。使先生得遇于时，或且苦身焦思，耗损其天得，欲自适于文字间，而年已不逮，以此易彼，未必先生所愿也。世日益废学，余少时见乡里前辈终身读书，至老不厌息，多与先生事相类，盖皆有乐于是。近今后生，中岁以往，辄束书不观，彼则何由得乐！恩绂思所以慰其亲，亦惟视先生所至乐者加之意而已。

余未得一识先生。往年，恩绂持先生所为文一篇示余，传命委余审订。是时先生七十余，不自满假，过而取决于余，余何以得此于先生哉！盐山与山东之阳信邻接，异时，余弟诒甫尝摄阳信令，余往省弟，道过盐山，未及一访先生。余弟既去，而先生适授经阳信，寄书恩绂，道余弟去思不容口，恩绂亟以告余。余弟拙，宦不见知于时，先生独传播其政声，非其心之昵好余，视余喜戚若在己，不言此于父子间也。夫以先生之笃学老寿，顾独昵好余与为喜戚如此，而余于先生之寿，乃反靳区区之一文，以为非人情，故于恩绂之请，不能不答其意。恩绂学《礼》有得，因并论上寿冠子今古异宜之义，使归质于先生，亦因以取决焉。

记校勘古文辞类纂后

姚选《古文辞》旧有康吴二刻，而吴本特胜，惜元板久毁。好是书者将谋付石印，余既为是正讹夺，遂遍考古今文史同异，记其荦荦大者，间复兼纠康本违失，俾览者慎择焉。姚选特入辞赋门，最得韩公论文尊扬马本意。而《楚辞》至为难读，因颇发其旨趣著于编，用质后君子。学问之道之益于世者，博矣，独沾沾为此，殆《尔雅》注虫鱼者比也。虽然，欲治文事者，倘亦有取于斯。

胡问渠墓志铭

胡生问渠名源清，直隶永年县人，今山东按察使胡公景桂之冢嗣也。以优贡生充八旗官学教习，期满得训导，不就，入赀为内阁中书。光绪廿有五年八月之望，卒于京师，得年卅有三。自始至今，凡居京师八九年。按察公视学甘肃，尝侍母挈弟妹到官，已复还京师。按察公遭忧家居，服除为侍御史，出知宁夏府，擢宁夏兵备道及今兹陈臬济南，生率常在京师，不随侍，亦不以家室自随。按察公中外仕宦，夫人时还里居，性素严，生岁时归觐，约束妻子，尽瘁于孝弟。还京师，倮力于世故，于朋友挚以和，长老多折节与交，其卒也，哭之多哀戚，若失亲子弟然。妻王氏闻赴，自济南奔京师，迎丧归永年，将以明年某月日葬胡氏先兆。子长生、长顺，皆幼。卒之曰，妻妾皆有遗腹及生云云。

始生与邯郸李生景濂同谒余受学，李生痛生甚，状生行乞铭。汝纶曰：京师，人才林薮也。士去闾巷岩穴来游处，观国光耀，若脱泥沙而云飞焉。而外行省方面吏亦各往往遣子弟宦学京师为中诇，高或镌磨事业，奋发以有为。其他广交游，识形势，追荣趋变，以扶进家声者，不可选纪也。生于其间，独逡逡为退让君子，眷厚穷交，不颢造请高门。出为贤士夫，入为良子弟，众见其进而未止也，而竟中道夭死，悲夫！

铭曰：不赢其年，尚芘赖其嗣人。父兮母兮，能无悔恨以悲？於戏！

诰封太夫人陈母熊太夫人墓志铭

云南迤东兵备道署云南布政使陈启泰伯平，既遭母夫人之忧，自长沙撰事状为书抵保定，征铭于汝纶曰："将以某年月日葬某所。"

汝纶读其状曰："太夫人善化熊氏，年十九继室于赠公讳某。先是赠公之王父讳某为山西某官，数辇家赀财给官用，家由此多宿逋。太夫人既受家政，综核细碎，出内有经，诸子或携或婴，室无婢妪，烹饪烦撋剪制之事，一自己手，晨先众兴，晦后家息，时未几，尽偿逋负，舅姑以是归其能。叔尝有官逋，追呼急，祸且倾家损门望，赠公又远客，举室惶遽，不知所为。太夫人从容定议，请鬻宅以偿。宅故太夫人与赠公夫妇戮力铢寸累积而得者，至是折券已债，一夕尽。赠公归，以是义其决。太夫人生丈夫子五人、女子子二人而寡。寡时，长子启泰才十六岁耳。太夫人斥佩服资诸儿使学，幼者躬授之经。卜葬赠公，迎养母氏，娶妇嫁子，以次营办。居虽敝，洒扫必洁，衣食虽粗恶，宾祭必丰。十年而有子通朝籍，又十年而中外就养，飨有丰禄，家骎骎光大矣。而所至必诚敕其子以廉介续祖风，以惠爱为国，利养元元。屡斥千金振他行省饥馑，而躬俭素一如寒畯家，一刀一镪，往往五六十年物。宗姻党里，以是服其善教。光绪廿五年正月朔日卒，寿七十有七。"状所列具如是。

是宜铭。铭曰：

猗夫人，禀惠纯。毓名家，嫔德门，生五子，三有闻。长兵备，摄大藩，守三郡，以能迁，起侍御，天下传，恩封母，太夫人。次文黻，为吏循，史有纪，墓有文。季文玑，郡守官，多闻识，佳翩翩。余二人，半亡存，推已显，知皆贤。本曷由？母教然。初在约，能自振，后处丰，俭又仁。教诸子，敕申申，卒所就，为劳臣。最懿淑，琢贞珉，告后昆，陈氏阡。

光禄大夫刑部左侍郎袁文诚公神道碑

公姓袁氏，讳某字某，河南项城县人。咸丰初，广西盗洪秀全等反，天子诏各行省在籍大臣治团练，其在朝者遣归其乡。于时团练纷起，于湖南则曾文正公，于安徽则吕文节公及今大学士合肥李公父子，于河南则袁端敏公为最著云。公，端敏公冢子也。道光卅年进士，改翰林院庶吉士，咸丰二年授编修，三年谒假归觐，端敏公请留公助治军，天子许之。是后端敏公三奉诏督师，公一随军，军中呼为少帅。当是时，南则粤盗，北则群捻，二寇蔓延交通，钩联根据。端敏公提一旅饥军，浮寄淮颍，搘拄贼间，不摧不折，十有余年，中外恃赖，公与有劳焉。

端敏公不使子弟与将士分功，有功辄寝不奏。七年，钦差大臣胜保始论列公颍亳间战状，天子嘉之，加侍讲衔花翎。后会诸军破贼于太和，河南巡抚恒福上其功，赏伊勒图巴图鲁。会端敏公奏事至，手诏批答曰："汝子奋勇冲锋，可嘉也。"九年，端敏公奉召还朝，公随入，充文渊阁校理，顺天乡试同考官。未几，端敏公再出视师，仍命公赴军。入对，温语移晷。十年六月，会攻定远，帮办军务。穆腾阿移书端敏论公功，端敏持不可，疏言仍世受国恩，死无以报，臣子不取与诸将争爵赏。优诏褒美，且诫曰："后有功绩无引嫌！"端敏公卒坚持初节不变。故公在端敏军中功最多，终不得论。

十一年，会克凤阳、定远，有旨："遇缺题奏。"则文宗特简也。同治元年，擢翰林院侍讲，转侍读，迁詹事府右春坊右庶子。其秋，端敏公谢病，诏公留抚其众，丁继母忧归。而端敏公复起视师，又诏公佐军。逾年，端敏公薨，擢公侍讲学士。是时，淮上已平，兵事粗定，公虽在忧，感上恩知，急自效，上疏言八事，其一为屯田。久之不报。其明年，复抗言："臣前所条淮南北募民屯垦，议未即行，请诣京师，与廷臣面论事可否。"诏责公"过自信"，又坐擅发驲递，左迁鸿胪寺少卿。

公侍端敏公在军久积功劳，浸为上知，忠悃勃郁，思得当以报君国。而户部尚书罗惇衍、顺天府尹蒋琦龄又先后荐公才可大用。会群捻张总愚窜畿辅，公以端敏公治军久，志事未竟，今皖豫诸将多先臣旧部，请赴军自效。诏赴合肥李公军。李公以为行营翼长，尽护诸将。诸将或淮或皖豫，咸与公交欢。寇平，诏嘉公克成端敏未竟志，还公侍讲学士，加三品衔。又以公志在治军自效，命赴左文襄公军。文襄优礼而靳之权，朝廷知公可倚，命管西征粮饷，得专奏事。十一年，擢少詹事，转詹事，赏头品顶戴。十三年，升内阁学士兼礼部侍郎衔。大军出关，诏公襄左公转饷，迁户部左侍郎，兼管三库事务，稍重其权。以与左公异议，光绪元年，召公入。公自少随端敏公治军，端敏薨，先后佐李公、左公，不离军旅廿余年，至是始谢兵事。朝廷且大用公，命兼署吏部右侍郎。二年，调刑部左侍郎，充顺天武乡试正考官。

公性疏朗，好持议，议皆国之大事。在官必举职，官户部时欲仿古人国计簿，月一册，使出入相准，绝奸欺，未成，移刑部。在刑部，日与曹司治律，狱必再三反。是时中外多言台湾海门户，当以时经画，绝外国觊觎。公建议设台湾巡抚，专责成，而省福建巡抚官并其任于总督。廷议从之。它所言多远虑，类如此。

于是河南旱饥，诏公往赈。时公私耗竭，公所以筹策之百端，事垂竣而公遽卒，光绪四年四月六日也。遗疏入，优诏矜恤，赐祭葬，予谥文诚。卒后五月，河南巡抚疏言："去年灾，故刑部左侍郎袁某粗衣粝食，旦夕忧劳，拊循饥民，杂处吏胥间；其乞贷各行省书，读者泪下。卒之日，饥民妇孺皆痛哭失声，请河南省城建专祠，其陈州则附祀端敏公祠。"诏从之。已而安徽、江苏所在请附祀端敏祠。子世勋用荫补户部员外郎。

初，端敏公与曾文正公交，善其治军，声势相倚，曾公以故人子视公。汝纶尝见公于曾文正坐中，听其论议飚发澜翻，甚可伟也。曾公殂谢，左文襄公、合肥李相公并负天下重望，公于左公不为苟同，于李亲善矣，至持议亦不尽合。而朝廷卒向用公者，以公忠诚有以孚格上下也。公始随端敏公积苦兵间，后恸父功不成，辄欲以兵事自效。周旋李左军中，卒未一信其所志，而劳勚于振灾以死。死时春秋五十有三，曾不登于中寿，悲夫！

端敏公讳某。自端敏已上三世，皆以端敏公贵，赠漕运总督。公前后二母皆陈氏。娶王氏。皆一品夫人。侧室杨氏，以子世勋贵，赠淑人。女二人，皆适士族。孙三人，克绍、克益、克忠。光绪六年七月，葬公陈州城南之袁氏新阡。廿三年三月，王夫人祔。又二年，公从兄之子慰庭侍郎巡抚山东，谓汝纶曰："公墓碑未有刻，子无用辞。"乃为铭曰：

抑抑端敏，以子随军，子父蹈危，而功不论。光光文诚，用忠为孝，平进九列，而志未效。才之不究，寿亦岂多，垂成天厄，况人谓何！维后之昌，维宗之强，世其孝忠，以永不亡。

赠道员直隶州知州陈公墓碑

公讳簧举，字序宾，石埭陈氏，少以诸生师事宗人虎臣征君艾，艾治宋儒者义理之学，负重望于乡县。曾文正公治军，所至收召贤俊，至江南，甚优礼艾。公避寇转徙，久之，客艾所，艾进言公于文正，文正用公管江西建昌盐鹜，征入倍旧额。闽边民贩盐为乱，钩联粤盗，张甚。江西吏以五百人属公往讨，公曰："彼聚党横行，倚粤盗为声援，今如此以五百人往，徒损威，何益！"辞不往。后他人往，竟遇害。文正闻，独大伟公。公因请裁建昌盐鹜局，节经费，文正从之；改用公管榷。萍乡有乱军劫榷局，榷钱尽失。陈松如者，虎臣征君弟也，方提调江西牙鹜。江西牙鹜，文正公尝疏争于朝，主客异心，松如又方介，与江西吏忤。有为蜚语者，谓公松如从子，侵牟榷钱，诡以劫失闻，江西吏信之，文正公又督师去江南，公祸且不测。会今相国合肥李公代文正，闻公事，喟曰："是不尝用廉能著声耶？安得此！"既直君冤，复喟曰："几陷此贤！"当是时，曾李交欢闻天下，两军吏士相通流，李公由是檄公还江宁，使在军主计。从李公治军山东、河南，持节镇湖南、北，视师陕西，移直隶，驻旌麾天津，廿余年，公一随军主计，不他徙。在天津，与刘含芳、吴汝纶、张子伟数人者尤相善。

公为人冲夷澹定，在祸不栗，见利不趋，于事尤剧，尤能悉心综核。顾不乐仕宦，在军累官河南直隶州知州，殊无意往。已老，僚友强之入引见，改发直隶，且持版参衙入仕矣，逾年，遂以疾卒，卒时年五十有一，光绪九年闰五月六日也。顾言诚子孙读书，守先绪，毋妄觊宠荣。李公疏闻，诏赠道员，荫一子，以州判注选，给银五十两治丧，直隶、江南、湖北所在祀淮军昭忠祠。

公在军主计廿余年，手所出内数百千大万，军中将吏，愿黜新旧，交薄厚不同，言及公，无不服其清洁；虽尝被公裁抑，皆敛退逊谢无怨。光绪初，直隶、山西大旱饥，振救之费倾天下。李公一委任公，芒粒无漏失。海防议起，李公规画益远，费益蕃，饷源益绌，剂盈虚掊注，军用取给不匮乏，公之力为多。公卒后，李公用公子惟彦嗣主军计，檄曰"勿坠家声"，其重公如此。

公好学，熟于《资治通鉴》。喜方书，治疾多效。配沈氏，封淑人，慈俭有礼，处丰约不变，后公一年卒。公曾祖策，江苏萧县典史。祖楚宝，浙江典史。父鹤龄，祖、父皆以公贵，赠如其官。子惟乔早卒，惟彦贵州开州知州署黎平知府，惟庚、惟壬并县学生，惟壬荫州判以知县用，惟真，惟奎。孙九人。某年某月葬某所，越若干年，惟彦诒书征铭。汝纶与公同客天津，相友善者也，最为知公。铭曰：

昔公执友，曰刘、张、予，暇辄走语，语忘所趋。后散四乖，日胸往来，谓盛当复，而公先萎，张刘相次，尽于一纪，虽予愍遗，曩游邈矣！三子在世，有显有晦，既出世间，谁与控揣。惟善有后，于天可必，有子翼飞，公其不坱。

江安傅君墓表

往余从曾文正公客金陵，闻江安傅君好聚书，书多旧本精椠，遂与往还，得异书辄从君借校。是时江表新脱寇乱，书多散亡，人持书入市，量衡石求，售价轻贱如鸡毛比，行者掉头不顾。君职事冗，俸入薄少，独节缩他用，有赢剩尽斥以买书，不少遴，以故藏书至富，入则窟处书中，出则所至以车若船载书自随。于是金陵朋游中拥书多者，自莫征君子偲外，众辄推傅氏。

其后，余宦游畿甸，而君远涉关陇从左文襄公军，不相见者数年。及再见君天津，则君已老颓，书故在。方傀居斗室，室无内主，聚从子若诸孙五六学僮，蓬头跣跳，啸歌讽咏其中，人书杂揉。时余至则相从考问章句，余故心异之，以谓天津嚣市中无有也。未几，则闻君向所聚五六学僮者连岁收科弟以去；又久之，则皆以文学有名公卿间。盖今贵州学使、翰林院编修曰增清者，君冢孙；戊戌庶常曰增湘者，君第三孙也。而君第二孙增濬，从子世鉁，亦皆举孝廉有声。傅氏骎骎鼎贵矣。回忆傀屋天津时蓬头跣跳若翁傍，岂知其后各腾达如此！

或曰："君所聚书留贻子若孙，固宜有是。"或曰："君之留贻郁且厚，不专在书。"盖传所称藏书家多矣，或及身而失者有焉；或一传再传，书益散乱，子孙持书入市价，十百不能一二者有焉；凌杂缺脱，半在半不在者有焉；或不幸遇火患尽于一炬，或兵燹毁弃又往往有焉。以余所闻见，聊城杨氏、潍徐氏、定州王氏、乐亭史氏，家多宋元旧刻，子孙有秩于朝，或取甲乙科弟，亦云盛矣。其尤著者武强贺氏，能尽读家所藏书，以述作自表见，世号为文章家。其在蜀则江安傅氏，其流亚云。夫藏书一也，或书放绝不守，或仍世有名位而功不在书，或尽发先世之藏，睎慕成名于后世，其子孙之自为得且失不同如此，则谓其祖父留贻，阔狭悬绝，顾专在所聚书未必然也。

君为人孝慈端悫，无文饰；好扶救人；与人语，唯恐伤之；见人有过，不面折，积诚感之，使自悔；或遭侮欺，不校也。常悬小刃胸臆前，象"忍"字，用自警省。少好读书击剑，其友王祉蕃孝廉，曾文正公仕蜀时所得士也，文正视师江南，驰书召王君，且曰："乡邑有贤士夫可与俱来。"王君则以君东，既至，与莫子偲征君、涂朗轩制军，黎莼斋观察、今蜀中周玉山方伯交善。已而左文襄公闻君贤，撰书辞备礼招君西。居久之，辞去，复东从合肥李相公于天津。自同治以来，曾、左、李三公狎主兵事，进退天下士，君于任事勇，不顾望避就，于名若利独逡逡退让，若有羞畏然，故三帅交辟更召，争先得。而数十年不进一阶，官终北河通判。古人有言："位不称德者有后"，君殆其人已。斯乃君之所以留贻子若孙，而子孙所由鼎贵也欤！

周公为津海关道时请公自助，一夕卒，年六十四。君讳诚字励生。祖凤龄，父登奎，以君贵，赠如其官。子世榕，有父风。二子在翰林，不尊己居荣，方以知县待阙保定，用吏能显。世鋆殇。世铨、世铎，候选州判。女二人，皆适士族。孙八人，曾孙五人。余客保定，与知县君游，增潘、增湘又从余问学。君之卒也，归葬于长宁之岩峰寺。既葬之十有三年，而知县君征文刻石，遂书君之留贻以有后者具著其本末，俾后有考焉。

诰封夫人张方伯夫人墓表

夫人桐城董氏。父举人思陶，能诗，有《比竹集》行世，官定远教谕，洪杨之乱，徇节死官下，尸不得，刻木寓象以葬。夫人年廿一嫁今江西布政使张公绍华，太保文和公五世孙也，逮事祖舅姑。张董世姻，夫人于祖姑董太夫人，其属则兄孙女也。伯姒董夫人，在母家亦群从姊弟。比归，上下欢洽，舅姑交贺。咸丰三年，桐城陷贼，祖舅殉难，赠公父子随丧在贼中，布政公夜缒城逃，绳绝，坠城外死人上，伤足，以手行，遇樵人内筥芦中，负入山，以免。已而赠公亦脱归。未几，定远赴至，家国祸衅，二门艰厄，生事攫穷，忧伤劬瘁。于时重亲在堂，契阔供养，六亲仰则，尽室归仁。布政公奔走险艰，不分心内顾，夫人有力焉。江表乱定，布政公连取甲乙科弟，仕宦中外，自吏部郎改官道员，署大顺广兵备道，补通永兵备道，擢江西按察使，就迁布政使，家骎骎隆起矣。光绪廿二年二月，夫人方南发从公江西按察任所，不幸得疾，道卒天津，春秋六十有七，以某年月日归葬某所。

夫人生长名家，来嫔旧门，擩染忠孝，明慎仪法，在难不悚，处丰不骄。布政公居室雍和，巨细躬裁，夫人佐以简肃。时人为之语曰："张氏诸子，慈父严母。"子二，诚，癸巳江南举人，户部员外郎；承声，分部郎中。冢孙家骝齿弱，有文。夫人性淑德丰，食报未终，劬躬余祉，庶委在此。

李勤恪公墓铭 代

公合肥李氏，讳某字某。曾祖赠光禄大夫，讳某。祖赠光禄大夫，讳某。父赠光禄大夫、刑部郎中，讳某。刑部府君有子六人，公为之长，以选拔贡生为知县湖南，至武昌见总督宫傅裕泰公，公奇之曰："他日继吾位业，必李令也。"历署永定、益阳。益阳不至，以洪秀全围长沙，改署善化，守南门天心阁有功。曾文正公出治军，檄公主饷馈。在军积岁，遂自江西吉南赣宁道调广东督粮道，就迁广东按察使、布政使。是后为巡抚者三：湖南、江苏、浙江，而江苏不至。为总督者四：湖广、四川、漕运、两广，而四川、漕运，至皆数月辄别徙。前后督湖广最久，再署任，再实任。丁太夫人忧去官，家居六年，再起督漕，遂督粤。凡为楚督十有二年，粤督七年。告归，又五年，薨于里弟，享年七十有九。上闻震悼，予谥勤恪。子十一人，某，某官；某，某官，余未仕。孙六人，曾孙三人。

往年，某视师中原，拜楚督之命，以公往署，兵事平，某归镇受代，公始抚浙。居二年，某被命征黔征陕，公又来署楚督。逮某量移直隶，遂以楚督授公。兄弟更代累年，太夫人不移武昌官所，盖圣朝之优宠臣家至矣。时人便谓朝廷缘某薄立功伐，赉及元兄，此过论也。始某与公皆师事曾文正，而公从文正军独久，文正数称公能，尝疏上公绩状，而胡文忠荐公之疏亦至。文宗以胡所请特优，手诏批答曾疏谓"已可胡奏"。文忠欲得公自助，文正惜不予。江西牙釐、广东榷饷，皆军中重任，文正一倚办公。是时朝廷求人，辄视文正所左右，公以此平进开府。其后膺疆寄久，习知民情伪、事可否利病，所至敛抑才智，投合经法，无近功显名，而士夫虚骄浮嚣之习尽屏不用。顾公一出以和，不甚为时怨妒，其亦往往见诋者，则由某非才而久负重，有以牵累而中伤之也。在楚督时，忌者寻端龃龉，会以忧去，犹穷竟党与，卒不得公丝发咎，庆乃止。及在粤，遇日本构衅，倾资以济海防。和议成，国论大哗，公亦乞骸骨归矣。

方事之未定，公贻书戒某，约事已共告归。某自念柄用久，当与国休戚，不敢归难后人。故公归徜徉山水数年，而某独留不去。今公已殂谢，某亦颓老，适来粤继公后，循览前政，辄用慨然。诸子将葬公于合肥东乡大刘村，以夫人某氏祔。弟某谨掇公官位治行志事本末，勒石幽隧，用告后千百载来者。

深州风土记叙录

昔韩退之不肯作史，区区用才于一州一县，搜讨故实，穷年恒岁，则豪杰有志之士，虑皆摈弃而不为。深州自明以来，志乘少可因袭，州中故人曩以修志谇诼，既不获让，则为之掭摭前载，网罗放失，庶几辨章乎文献，传信乎一方。牵于宦学人事之扰，娄作娄辍，迄于今兹，补葺于乱离之余，乃克成书。凡卅九万余言，都廿二篇。篇大者析为数卷。穷日力于此，良可惜已。顾吾文不足行远，焉敢谬附于昔人。

周秦到今，地制不常，名号数更，域分不区，人文曷条。纂《疆域第一》。

常山东迤，散为鸿原，大河故渎在焉，后沙唐滋，前阻漳滨，中有虖它，决徙为患。纂《河渠第二》。

河弃而去，民田其土，杂植果蓏，强半潟卤，取之有制，民用不扰，国朝定法，多袭明故。纂《赋役第三》。

尊事素王，立学其傍，彎被圣文，开我颛蒙，学失道散，以愚长乱，庙祀虽严，序塾虽殷，自同獠蛮，异学之不如儒乎儒乎！纂《学校第四》。

恒瀛东西，其地四战。五胡继唐，割裂畔换。有明家祸，阵夹虖它。后隶近郊，少窃之忧。大清隆平，偃革休兵。粤盗剽轻，歼我忠良。流冠再謸，墨守以完。维廿六载，畿甸乱起。乘舆蒙尘，颠覆四海。黔黎喁喁，司牧伊主，不慎召戎，慎退强虏。纂《兵事第五》。

前世分职，后多变革，考录官簿，人亦附著。纂《历代官制第六》。

明及昭代，官吏差备，谱其年月，不知盖阙。纂《明以来职官表第七》。

吏贤能者，祀名宦祠，未祀而有绩，孰轩轾之？并列名宦，为后之规。

纂《名宦第八》。

著作之才，代不多有，汉晋诸崔，蔚为选首。洎乎隋唐，孙魏李张，并辔联镳，与崔抗行。明清作者，盖不逮古，一卷之成，未忍割舍。有录无书，不可选数。先士精爽，倘式凭此。纂《艺文第九》。

故城废亭，津渡镇堡。考古攸资，甄录示后。村墟宅墓，凭吊之处。魏齐寺观，阅岁逾千，名胜遗留，有裨观游。纂《古迹第十》。

典籍散亡，证之碑刻。乡曲时有，六朝旧迹。近代掌故，逾时而湮。佚在贞珉，或补方闻。纂《金石第十一》。

安平之崔，古之著姓，汉唐千载，系久愈盛，表其枝别，读史者资焉。爰及庶氏，并逮时贤，开兹谱学，以饷州人。纂《人谱第十二》。

州在前明，代有闻者，尚侍卿贰，后先踵武。我朝浸微，幽潜弗耀，百年显宦，刘张暨赵。附著科第，盛衰有考。纂《荐绅表第十三》。

荣显于时，出入有立，考览遗绩，光于篇笈。纂《名臣第十四》。

士有文采，川泽为辉。百朴一秀，孤英在枝。敛英入实，乃荷道德。皓首一经，亦云有得。西学东来，始明季晚。杂揉造化，算数焉本。士不一流，州尽有之。纂《文学第十五》。

燕赵慷慨，高上节侠，明季义死，僵尸鳞接。我皇威远，臣力师武，爪士濯征，归荣牖下。威同再骇，毒我闾里。纂《武节第十六》。

贤人位高，于民旷辽，吏于郡邑，惠虐立效，出宦迹著，可祭于社。纂《吏迹第十七》。

孝为天经，中庸鲜能，秉彝之好，乡县熟称，推仁滂逮，任恤是宏。纂《孝义第十八》。

诗画一艺耳，成名则艰，寓公声高，胜迹斯留。纂《流寓第十九》。

门内治失，妇不染学，天挺清淑，乃钟贤孝，缘夫及子，垂声在史，贞信之节，皭若霜雪，身轻义重，激为英烈。纂《列女第廿》。

川原莽苍，怪丽非宝，磅礴郁结，泄为殷阜，物土之宜，爰居爰有。纂《物产第廿一》。

维深州既升为直隶，三县来属，与州而四。自汉元到今，余两千岁，遗闻故事，散在诸史传记，文物富，声明备，厥有佚坠，间见于金石。文字既缀辑而条次之矣，独有书无图，览者病诸。异时，天算宗工海宁李公荐其弟子方柏氏熊，私聘不可，白之疆帅，移书同文，以使事来为州测绘，刻以再期，主人愦眊，三月而罢，后遂莫能图，惜哉！惜哉！谨谱明以来州县修志诸君姓名年世，考其终始，因论列今所纂目次，为《深州风土记·叙录第廿二》。

马佳公梦莲诗存序 宝琳

马佳公定州之治，今湖广总督张公在翰林时既为之碑，公子理藩尚书绍祺，副都统、驻藏大臣绍诚，又写定公遗诗藏传之为世业。今年余居都下，尚书二季户部郎绍彝、兵部郎绍英奉公诗谒序于是。

都统公有子世善方奉命出守衢州，而是时京师久沦陷，天子蒙尘，畿内州县多蹂于兵，求如马佳公之吏绩，邈不可复得，以是益重公遗文。公故不欲以诗人自居，题其集曰《诗存》，谓因诗存事。始公考礼部尚书勤直公立朝有风采，传诗法于仁和金雨叔修撰牲，亦名其集曰《诗存》。公治行文术，多本之家学，其诗不为浮靡丽艳，读之恳恳乎孝忠人也。蕴积厚则传嬗也远，宜公后之多贤哉！

国家以八旗禁旅取天下，辽沈故家，世食旧德，寅亮登翼，代兴更盛，汉诸臣不能及。唯天子亦嘉与旗人朴忠，数数以渐染汉官文弱习俗为戒。自开国逮乾嘉，武功焯赫，尽出八旗。虽时时用儒业起，顾弟不专重。咸丰用兵，将卒始多汉人。是后满蒙勋旧，流风遗泽稍陵夷矣。及今兹之乱，谈者至归咎近臣无学，惜哉！惜哉！读马佳公遗诗，上溯勤直公家法，退考公子若孙名业之著白百年，世守蝉嫣不替乃如此，因益慨想国家隆平时世臣贵戚流衍之蕃且久，文武随用，中外有立，是用暨声教、振威棱有余思焉。呜乎！盛已夫！

诰授武显将军总兵衔京城左营游击王公墓碑

公讳燮字襄臣，顺天宁河县人。曾祖刚节公锡朋，安徽寿春镇总兵，道光廿一年死定海之难，恤荫骑都尉兼一云骑尉。传袭至公，又以难死。刚节公殉难，岁在辛丑；今公遇难，岁在庚子十日；十二子相配，六十年而复，公家仍世再死国变，若天数云。祖承泗，山西代州知州。父楫，早卒。卒时公年十一，两弟皆婴稚，母华太夫人励节鞠三子，督使学。公学古为诗歌文辞，年廿，补县学生，屡以古学冠顺天。廿五属应试士，以贫故用袭职出身，而教其两弟皆成进士。以久次补京城右营都司，管永定汛事。张勤果公曜一见奇之，勤果巡抚山东，将奏公自助，辞以母老不往。以劳迁左营游击，加二品衔，以巡漕有绩加总兵衔。仓场侍郎论荐公有文武才，引见，以参将升用。庚子，畿辅乱，遇难死。死后廿有四日，京师陷，两宫出守。久之，大臣以公死事上闻，照参将例赐恤。

公巡漕尽祛积弊，隐民既畏恶之。游击宅在东便门外，通惠河南，始乱，乱民坼近畿铁轨、断电线，以为尽外国物也。公出，立马郊原对众言："此皇家物，有敢截电线一寸者死。"军民圜听悚息。自是他电竿尽圮，独东便一线岿然存无恙。其后，乱民益横恣，红帕首，手刀，连臂过市，大群千人，小群数百人，胁戕旗汉官，所至焚杀，尸交横衢巷。五月廿五日，公驰马渡河出巡漕，乱民抽刃圜拥公数匝，鼓噪讙哗，挥刀乱斫，俄倾间遂醢公。已，复举公骸骨焚焉。家人从灰土中拾余骨，归葬某所先人兆次。

始，武强贺刑部涛居京师，以治古文名，学文者争归刑部，刑部数贻余书，称公文也。后余至京师，公以所著文见示，多可喜，尝藏其文一首行縢中。与之语时事，多与人意合。已别，不复见。见公他兄弟多奇气，恐其难免于乱世，谓公故坦夷，当幸全，及乱作而公竟惨死！公之祛漕弊，弊者故皆不便，要其祸不至若是酷，是类有连累而嫉害之者假手于乱民，以快其私愤，而其意殆不在公也。悲夫！

今兹余来京师，公少弟吏部君焯字某，为余言：公遇难，所著文尽失，但诗三卷在瓦砾间，余因以所藏文一首归之。嗟乎！兄弟之累之痛于心也，甚矣哉！公妻某氏，子某。吏部请铭，余不可以辞，为铭。铭曰：

唯愚蕴乱智祸丁，公卿横死鸡鹜轻，与及夭枉夫奚惊！同根共本相亏成，飞幸网脱伏罗婴。丘渊夷实理亦常，独从右职以文鸣，与骨灰烬邈尽亡，谁与怜者嘤友声！

祭李文忠公文

男闾生谨按：元稿辑韵下有"欲取彼长，使失所挟"八字，定本无。

呜呼我公，国之蔡蓍。老谋长算，勤往谤归。卒安天下，名故不隳。上海誓师，死地背水。贼笼全吴，王土无毦。望公旌旗，风靡气死。乃疆乃理，南东渐海。分功金陵，牢让不有。再清中原，卒事徒骇。群公环师，劳孰与齿。洗兵解甲，于京告功。出镇荆楚，有事梁雍。偏陴幺麿，褒我全锋。诏卫郊畿，兼控海邦。于时天下，交口誉颂。大地五洲，强国麻立。挟其长技，款关竞入。公一怀柔，谈笑和辑。上自宫壶，亲贤枢密此韵依东坡。倚公扞城，棱威四詟。

公功所积，谤亦丛集。众聋独昭，毁异安习。附者妒能，污者横击。期欲败公，而国岌岌。开怨近邻，败若朽拉。出疆议和，遇刺及睫。生归困谗，威脱权劫。衔命远聘，环历地圜。名王大豪，过礼益虔。下逮走卒，僮儿妇人。一见矜宠，圜道笑欢。国威新挫，由公而尊。归复伤馋，功不得论。命听外政，通蔽柔骄。又以谤退，不近愈疏。广州之行，我闻有命。维匡弥缝，不阅国问。祸变卒发，銮辂蒙尘。有诏敕公，"旋乾转坤"四字诏语。勇入九军，定盟珠槃。还我天下，再厝之安。

在咸同世，中兴四佐。曾公称首，次胡次左。公师曾公，与为唱和。耸身山立，视世少可。曾公即世，巨艰独荷。强力忍詢，旁无助我。鄙儒小拘，持冰入火。有舌烧城，用忌蕴祸。闳毅之谋，败于丛脞。几如是为，而国不挫。盖公外交，厥有专美。五洲推高，屈一二指。维昔三贤，治兵方内。及若交邻，皆所未逮。公功与并，益以驭外。远抚长驾，嫠独公最。彼昏不瘳，挠成使败。已败缩手，救乃公恃。今之媾和，存亡攸系。沮事之议，尚兹纷起。一任誉毁，爰竣爰济。谥公曰"忠"，公论斯在。

我承凶问，戒车在行。一市窃语，交走相惊。曰"吾且死，赖公有生。公今已矣，谁与嗣公？"不佞在门，或仕或止，迹疏意亲，谓公知己。弥天一棺，伤曷云已！粗述硕休，用侑歆祀。尚飨！

辨程瑶田九谷考

程瑶田所著《九谷考》，世多宗信之。余顷细绎其说，文辞曼衍多枝叶，大旨以今之所谓高粱者为古之稷，以今之所谓谷，所谓小米者为古之粱。而讥唐苏恭以穄为稷，启后世之误。又谓秦汉旧书，多溷粱于稷，惟许郑二家为可据。是说也，吾甚惑之。以高粱为稷，从古无此说，独瑶田一人私定之。究其所以敢于专辄者，则以《说文》谓稷之黏者为秫，适合于今人呼高粱为秫之称。吾谓高粱为秫，土俗谬称，岂可据为典要？《说文》谓秫为稷之黏者，今不论黏不黏，通呼为秫，此岂得援《说文》为证？苏恭以穄为稷，今北人犹沿之，通呼穄为稷。程氏谓北方穄稷音相迩，穄夺稷名，承讹日久。同一土俗谬称，于穄稷则讥之，于高粱为秫则信之，是予夺自为矛盾也。

吾意高粱古时未有。王桢《农书》："蜀黍，一名高粱，一名蜀秫。"《博物志》："地节三年种蜀黍[1]，其后七年多蛇。"此殆中国初得蜀黍种之，故以蛇怪为蜀黍所致。《农书》言种来自蜀，其说盖信。武帝时蜀始化服，至宣帝，《地节》中乃有蜀产之谷流入中夏，故名蜀黍、蜀秫。而程氏引《尔雅·释山》"独者，蜀"，《释兽》[2]"鸡，大者蜀"及戎葵为蜀葵之说为证。使蜀黍、蜀秫之名三代已有，则程氏以古训解之为当，若汉代始有，必不用古义为名，则蜀为巴蜀之地无疑。今蜀黍之名，汉晋始见，《尔雅·释文》："秬，黑黍"或曰"今蜀黍"，明古无此物，故名之曰"今蜀黍"。物起近代，

---

[1] 地节，《四库》本《博物志》无"节"字。
[2] 释兽，此处应作"释畜"。

而名用古诂，必不然矣。程氏又谓，询之蜀人云：彼土宜稻，不食高粱。以此定种非蜀产，尤非其理。《水经注》九真太守任延始教耕犁，知耕以来六百余年，火耨耕艺，法与华同，交土如此，蜀可推知。今二千余年之后，见彼食稻，乃谓前无蜀黍，岂非夏虫语冰之比哉！

稷之视粱，则粱上而稷下，若乃贱者食稷、沐稷、醷粱等说，则皆以稷多易得为言，不必以稷为粗恶。谷以稷为长，故祭祀主稷，谓之粢盛粢稷也，而古之农官，谓之为稷，若使稷为粗恶之谷，则祭品官名，安得舍美好而专取粗恶哉！高粱至今于谷为贱，其不为五谷之长甚明。《月令》之"首种"，《淮南》之"首稼"，谓之为稷可也，谓为先种之高粱不可也。程氏询之耕农，谓高粱先种，高诱谓百谷惟稷先种，足见后汉时高粱尚未盛行。若循其本言之，则首种首稼，自主一岁中先收获者为言，当从蔡中郎"宿麦"之说，不得据首种二字为高粱即稷之证也。

以稷为稷，始于苏恭，程氏斥为误解，当矣。至谓《吕览》《淮南》，秦汉旧书，言稷不言粱，言粱不言稷，意皆以粱稷为一物；自班固、氾胜之、郑众、服虔、孙炎、郭璞之徒，皆冒稷为粟，惟《说文》于黍、稷、粱三事尤了然，而郑君说九谷稷粱兼收，与《说文》相表里云云。此则一人私言，门户之见，未足深信也。夫黍稷与粱，淆溷难辨，其误殆始于陶弘景。陶生南方，少见此三谷，故不能区分而明辨之。《尔雅·释文》言相承以稷为粟，《本草》稷米在下品，别有粟米在中品，又似二物。此陶氏博收之误。陆所云：《本草》皆陶氏别录所增，非古《本草》也。陶既列粟米矣，又列青粱、白粱、黄粱，又列黍、丹黍，而下品又有稷，不知其所谓粟米，当是何谷。陶说诸谷不明，遂启苏恭以稷为稷之误。陶以前诸儒则皆以稷为粟，未有异说。即陶亦云粟米或呼为粢米，是犹旧说之未变者。盖粟非谷之一种，乃谷之大名耳。以稷为粟，犹《说文》以粱为米，此有何误？而程顾以为冒名耶！秦汉以来，稷粱不并举，似本一物，则当据秦汉旧说，以定稷粱之种类，不当自立新说，而谓秦汉以来千余年说之并误也。岂有《吕览》《淮南》，班孟坚、氾胜之之徒并不识稷粱二谷之理？又岂有自周秦以来众不能明，独许郑二君能明之理？此尊许郑亦太过矣！故曰门户之见也。许郑学虽赡博，以视班孟坚，则不如远甚，又况《吕览》《淮南》去古未远，何至不辨五谷，反不及一程瑶田乎？然则诸书稷粱不并举者，实以粱不能外稷而别为一类，故《三仓》云："粱，好粟也。"《左氏传》云："粱则无矣，粗则有之。"以粱对粗为文。而《国语》"膏粱之性"注云："粱，食之精者。"王逸训《楚词》之"芬粱"，亦谓粱为菰米之美称。据此，则粱特稷中之精好者耳。若韦昭训稷为粱，则粱乃粢之讹，转写失之，非直以稷为粱也。《礼经》稷粱并举，非谓谷有二类，乃谓用其粗者，又用其精者，所谓贵多品耳。贾让言"故种禾麦，更为粳稻"，粳不能别于稻。《魏都赋》言"水树粳稌，陆莳黍稷"，粳不能别于稌。《诗》云"黍稷稻粱"者，粱不能别于稷。皆属词之同类者也，岂得因诸经稷粱并见，遂谓秦汉旧书不并见者之悖经而失实耶？《内则》言"黍稷稻粱，白黍黄粱"，粱者白粱，《三仓》所谓好粟也。黄粱者，氾书所谓黏粟也。且许郑亦非与秦汉旧说有异也，许若不同旧说，必见于《五经异义》，虽元书久佚，义疏家必递引之，郑许为异为同，亦必备列之，不应不见一语。班氏谓"稷者阴阳中和之气，而用尤多，故为五谷之长"。许郑皆同其说。氾胜之书谓粱是秫粟，即《说文》所云"秫为黏稷"也。许之说粱，但云米名，而互备其义于秫，谓稷之黏者为粱耳。以氾书证许说，非有异也。《内则》"粱秫惟所欲"秫粱并言者，凡黏皆为秫，故陶渊明种稻亦云种秫。《内则》之秫即稻秫。言固各有当也。郑司农说九谷：黍、稷、秫、稻、麻、大小豆、大小麦。后郑变秫言粱，粱即秫也。二郑义同。先郑注钟氏丹秫为赤粟，后郑因仍其说。亦即孙炎"秫为黏粟"之义。不然，先郑说九谷无粱，其说六谷又有粱，何自相乖戾如此？后郑说六谷依先郑，其说九谷则不依先郑，又何自相乖戾如此？许郑说稷粱，并未创为新说。而程氏欲援许郑以自坚其高粱为稷之谬论，遂妄谓黍稷稻皆无米名。不知郑所谓"六米"者皆何等米也！以禾专属之粱，则所谓"取成周之禾"者为专取粱，不知《说文》所云黍禾属者，亦谓黍为粱属耶？谓明粢不得为祭谷用稷之专名，则显与《甸师》注粢稷为长之义悖矣。谓饭用不黏，故有扞黍之仪，则与《说文》禾属而黏之诂悖矣。程自谓目验田野，亲询野老。而于《管子》日至百日黍秫之始，不知北人有黍谷一种与粟同时种埴之事，又其考之不详者。然皆非论稷粱之要义，不必深辨。

丁维屏编修所辑万国地理序

丁君译此书，文甚简直明赡，于学术研习为善本，使初学之士粗知国于五洲者若是之多，亦稍戢其虚骄之见，而于天演家所谓"物竞天择"二义，或者其有惕于中，是亦进化之一助也。

盛衰存亡，何常之有！综数十年百年观之，往往有小弱易而强大者。今之列强，其锋殆不可犯，数十百年之后，又安知今之仅仅自立者，不起而与目前所谓强国更盛代兴，而莫测荆凡之孰存亡也？独并世者不及待耳，呜乎！

原 富 序

严子既译斯密氏所著计学书，名之曰《原富》，俾汝纶序之。斯密氏是书，欧美传习已久，吾国未之前闻，严子之译，不可以已也。

盖国无时而不需财，而危败之后为尤急。国之庶政，非财不立。国不可一日而无政，则财不可一日不周于用。故曰国无时而不需财。及至危败，财必大耗，欲振厉图存，虽财已耗，愈不能不用。故曰危败之后尤急。中国士大夫以言利为讳，又怵习于重农抑商之旧说，于是生财之途常隘，用财之数常多。而财之出于天地之间，往往遗弃而不理。吾弃财不理，则人之睨其傍者势必攘臂而并争，于是财非其财。吾弃财不理，而不给于用，则仍取给于隘生之途，途愈隘而取益尽，于是上下交瘁而国非其国。财非其财，国非其国，则危败之形立见。危败之形见而不思变计，则相与束手熟视而无如何。思变矣，而不得所以变之之方，虽终日抢攘彷徨，交走骇愕，而卒无分毫之益。

中国自周、汉到今，传所称理财之方，其高者则节用而已耳，下乃夺民财以益国用已耳。夺民财以益国用，前所谓取给于隘生之途是矣，此自殡之术也。节用之说，施之安宁之世，能使百政废缺不举，而财聚留于不用之地。施之危败之后，则节无可节，废缺者不举而亦无可聚留，循是不变，是坐困也。所谓变之之方者何也？取财之出于天地之间者条而理之，使不遗弃而已矣。取财之出于天地之间者条理之，使不遗弃，非必奇材杰智而后能也。然而不痛改讳言利之习，不破除重农抑商之故见，则财且遗弃于不知，夫安得而就理！是何也？以利为讳，则无理财之学；重农抑商，则财之可理者少。夫商者，财之所以通也。农者，生财之一途也。闭财之多途，而使出于一，所谓隘也。其势常处于不足，尚何通之可言！

古之生财之途博矣，博而不通则壅，故商兴焉。禹之始治水也，既与益、稷予众庶稻及他根食矣，又调有余补不足，懋迁化居以通之，是商与农并兴验也。专农一途，故不需商。禹于九州田赋既等而次之，至其贡篚，则皆所鲜所多相通易之物，凡畋之所猎，渔之所获，虞之所出，工之所作，丱[1]人之所职，举财之出于天地之间者，无不财取为用。夫是故劝商。其每州之终，必纪诸水贯输，则皆商旅所以通之路也。是安有重农抑商之谬论乎？禹之理天下之财至纤悉不专农如此，而丱利尤远。盖荆、扬之金三品，至周而犹盛，故《诗》曰"大赂南金"。及汉武而后，乃稍衰歇。史公有言："豫章黄金，取之不足更费"，其证也。然上溯神禹时已二千年矣。禹之兴丱利如此，又勤勤通九州贯输之水道如此，使神禹生今时，其从事于今之路矿，可意决也，况乃处危败之后！则若周宣之考牧，卫文之通商惠工"騋牝三千"，盖皆奉神禹为师法，而可以利为后而讳言之乎！

今国家方修新政，而苦财赂衰耗。说者谓五洲万国我为最富，是贫非吾患也。而严子之书适成于是时，此斯密氏言利书也。顾时若不满于商，要非吾国抑商之说，故表而辨明之。世之君子，倘有取于西国计学家之言乎，则斯密氏之说具在；倘有取于中国之旧闻乎，则下走所陈尚几通人财幸焉。

黄淑人墓铭

淑人讳学仪，字令嫆，安化黄氏宁夏知府自元之弟之子，宁夏以为己子，

---

① 丱，据字书，即"矿"，吴文"丱""矿"互用。

嫁为今刑部员外郎湘乡曾君广镕之妻，前兵部郎中讳纪鸿之介妇，而太傅文正公之孙妇也。太傅贵兼将相，而教其家如布衣，配欧阳侯夫人，以清德名江介最著显。汝纶少从事太傅幕府，习其家，闻兵部之配郭夫人续有壸彝，能承舅姑志。其后久之，与曾氏旷绝。光绪二年，偕兵部同客故李相公所数月，顾不及问家事。今又廿六年，来京师，见刑部君，闻其新失偶。已而刑部以淑人事状来，受读之，叹太傅家法至今未坠也。

淑人通《毛诗》《小戴记》《尔雅》《文选》，能书画，有诗集三卷。其事姑若夫翼翼然，持家政井井然，遇内外宗卑尊戚疏雍雍然。光绪庚子正月廿七曰，以疾卒于京师，年若干。生男女各一人。男曰保能，生八年，有宿慧，淑人卒后五日亦殇。丧归湖南，宁夏公为卜葬地，与舅兵部墓域相望也。刑部君既丧良嫔，又失良子，恸之逾时不能弥。乃乞文于汝纶。汝纶间独以谓近五十年大清祚命，皆太傅公所挽而全，今太傅遗泽在天下者浸衰歇，独其家风教累数传尚遗存不休，是可喜也。传曰"人亡政息"，又曰"君子之泽，五世而斩"，盖得其人继守之，未可以世数限；不得其人，则亡而息不留也。若淑人者，其于太傅家法，非所谓得其人者耶？惜乎其早死也。今太傅客在者独汝纶一人，刑部之请，宜不得辞，乃为铭曰：

维古治本基刑家，晚乃高阀失妇模。阴教东渐恶荒遐，婉婉邦媛世岂多！毓德盛族嫔名夫，圣相三世绵前谟。施移嘉种光厥间，中道坛折吁谓何！

刘笠生诗序

吾县自刘才父学博、姚姬传郎中以诗学轨则传后进，是后学诗者滋益，多客游四方，往往持诗卷赠人。天津徐菊人编修，外家桐城刘氏，尝辑其外祖笠生先生遗诗六卷示汝纶，卷中唱和往还，如曾宾谷、吴山尊、侯青甫、汤雨生，皆海内名宿，而同县诗人尤多。汝纶自少宦游，于邑里文献不能多识，卷中诸老，不尽知其行义年，独刘孟涂开、吴铁莲恩洋、方四铁诸、吴春麓赓枚、徐樗亭璈、叶伯华琚六七公，习闻其贤。而许农生丙椿、吴卓仁廷康皆大年，同治中尚健在。农生与先征君游甚久，汝纶通籍，卓仁自浙中寄法书见贺，此年辈相及者。诸公各有遗集，今自《孟涂集》外，他皆不大传。孟涂尝受诗法于姚郎中者也，文学承传，其渊源所自，顾不重与！菊人将刻先生诗，俾汝纶为序。先生诗出，爱而读者必多，无俟乡县后生之私誉。观先生所与游，足以知其学矣。桐城多名山水，先生诗数数称大龙，大龙尚非奇绝处。菊人念外家，他日过桐城，遍游龙眠、浮渡间，穷览幽胜，登高而赋诗，其赏会且益瑰怪。汝纶幸倦游不死，岩壑之美好，尚当与菊人共乐之。

题叶氏家诫诗册子

昔万石君善教其子，诸子多以孝谨为大官，其家法自齐鲁诸儒莫能及也。万石君之教不以言，以躬行，世谓教固当尔。然吾观曩哲所传家诫文辞多矣，彼皆不愧万石君，万石君要自少文，用所长耳。

夫竦于时而流示于后，非文辞莫属哉！余来保定，识怀宁叶冠卿观察，以谓石建庆兄弟间人。其尊人湘云先生尝写寄所为《诫子诗》，观察受而谨藏之，出而示其僚，俾皆序之。余观先生之善教，与万石君埒，又有文采振之，以竦于时，以流示于后，则万石君所未有。而观察又从而张之，可谓不失世守者也。不观赵简子之事乎？简子书训戒之辞为二简，以授二子伯鲁、无恤，三年而求之，伯鲁失其辞，遗其简，无恤则习诵焉，而奏简于袖中。简子之训辞不传于记，其当否姑不深论，独君子之受父命，其于伯鲁、无恤二子者，殆将何从也？

遵旨筹议折 代

奏为遵旨筹议事。窃臣前奉去年十二月初十日谕旨："饬军机大臣、大学士、六部、九卿、出使各国大臣、各省督抚，各就现在情形，参酌中西政要，举凡朝章国政，植养民生，学校科举，军政财政，当因当革，当省当并，或取诸人，或求诸己，如何而国势始兴，如何而人才始茂，如何而度支始裕，如何而武备始修，各举所知，各抒所见，通限两个月详悉条奏以闻等因。钦此。"仰见殷忧启圣奋发为雄之至意。臣为国家承办交涉四十余年，日以变法求才为事。无如中国政治，自秦汉至今，前后沿袭二千余年，安其所习，骇所不见，积重难返，驯至酿成去年之祸。今和议幸成，若非改弦更张，势难久自撑拄。古人一成一旅，尚能再造中兴，今虽挫衄之余，苟能上下一心，旷然大变，犹可及时有为，行之十年廿年，必当渐收成效。或言因循已久，百度倾颓，骤谋振兴，无从措手。不知事势有轻重，设施有缓急，固不能横骛别驱，举数十年难竟之功，责效于一旦，尤不能急遽无序，慕诸强国已成之绩，倒行而逆施。但使区画得宜，庙谟坚定，办成一事，再办他事，革去一弊，再革他弊，不必遽求速效，固已日起有功，环伺诸邦，亦且刮目相待。

抑臣又有请者：窃愿朝廷先定国是，而后一切要政乃可次第举也。中外历次和约，多定于用兵之后，不无损失利权。但无深智沉勇，不量彼己短长，甘蹈景延广、韩侂胄覆辙，万口和附，谬诩清流，误国实非浅鲜。昔汉文贻书匈奴，自谓"汉过不先"。今迭起祸端，均由中国臣民挑衅，浮议浅谋，以君国为孤注，言之痛心。前大学士曾国藩奏称："道光时朝和夕战，遂至外患渐深。同治时守定和议，绝无改更，用能相安无事。请坚持一心，曲全邻好。"此诚老成持重之见。今已形见势绌，若再举棋不定，后患何可胜言！又国家兴立一事，往往与任事之臣谋之，采局外之论而忽败之；初意断决而行之，不逾时又改图易虑而遽废之；凡皆国是不定之咎。应请嗣后尽祛疑贰，持久不变，以宏远谟，天下幸甚！

谕旨垂询诸政，骤难遍以疏举，谨就微臣阅历所得，揆度今日时势所能施行，条列上陈，用备采择。

一曰养人才。国之强弱，视乎人才；人才之兴，在乎作养。今日之积弱不振，不在兵败，不在饷竭，而在吾国人才不足与外国相抵。及今再不作养，永无人才足用之时。

养人才之法，首在兴学。今中国失学已久，外国化电声光之微眇，格致制造之奥邃，内治、外交、兵谋、商政、公法、国律之权变，无一不出于学，无学不适于用，凡皆中国所无。今欲逐事研求，非广立学校不可。开办之始，不能尽如西制。又中国旧学不能废弃不讲，应仍于京师设立总学堂，分请中、西教习；学堂功课分专攻、兼习为二端，其专攻则深造之，其兼习则浅涉之。中学专攻经史百家明体达用之业，而兼习西国经世有用已译之书，以收救急治标之效。西学则专攻语言文字普通粗略之业，而兼习中国蒙塾入门易解之书，以培大学专门之基。中西均分别学问阶级，作为生员、举人、进士，予以仕宦途径，以资鼓励。其外省州县，一时尚难普遍兴学，惟省会、大郡、通商口岸，均令先立学堂，与京师总学教法一律。州、县劝募立学、绅民集资立学，均予优加奖叙。其在京翰林部曹，在外候补州县，均令分班分日赴学与教习讨论政治学术，使广见闻。其余聪明才俊之士讲求西学已有门径、散在各省者，应请一切破除党论，收召录用，以示海涵天覆，爱惜人才之意。如此则贤智争自濯磨，人才不可胜用矣。

次则译书。西国书籍繁富，其中政术法令尤为切要。中国所译有限，又多专门艺术，不得师授，未易骤通。嗣后应多译行政立制、兴化富国、公法律令各书，俾有志西学者得资考览。又西国精要之书，日本多已繙译，东文易于西文，诚使中文通畅诸生肄习东文，数月之间，即能通译日本已译之西书，尤为事半功倍。译书既多，颁在各学，易使讲贯成才，备缓急之用。是又育才之捷径也。

次则阅报。东西各国，无事不有报会，无人不阅报纸，不出户庭，而五洲国势人才，无不罗列目前。以此通国士民，尽识时务。其上等报馆，往往为政府所取裁。中国沿海，售报已久，内地阅者尚稀。近则上下以禁报为事，耳目益形闭塞。报馆文章，虽未尽善，其人大率通敏多闻，熟习西事，议论有余，纵或时有刺讥，方在朝廷好察迩言之时，宜师子产不毁乡校之意。中国办理外交六十余年，民智未开，国论未定，良由阅报人少，故步自封。今若大举兴革，则翰林掌院、六曹长官、风宪大僚，均不能不略通外事。兴学译书，但为造就后生而设，至若官高年长，惟有浏览报纸，可以拓充见闻。拟请嗣后自京师外省都会要津，悉听广开报馆，官为主持，务令销流畅旺。上自公卿百执，下逮庠序生徒，人人皆限令阅报。庶冀风气一变，锢蔽稍开，裨益实大。

次则游历。西国专门之学，中土尚无传授，各国名家，皆效用本国，未能远来。生徒普通小学卒业之后，自应出洋求师，就各国专门学堂，分途肄学。自余近支王公及大臣负才望者，贵游子弟之有志进取者，皆令携带译人游历各国，愿留学者官给资费。俄与日本变政之初，皆以游学为先务，今亦略宜仿行。

凡此四端，皆养人才之大略也。

二曰理财政。近年经费入不敷出，税厘大款，皆划抵国债，此次赔费甚巨，杼柚已空。整顿一切，动需大宗帑项，实属无从措办。但事在必行，岂能束手坐废。西人每谓中国为五洲最富之邦，徒以经理失宜，地多弃利，人多中饱，今难遍行综核，先其所急，约有三端：

钞票。宋元旧法，我朝顺治时尝行之。咸丰间行使未久而辄废者，病在无实银为质，而欲以方寸之纸为币。今西国畅行银票，大率如钱庄之用钱帖，推行无弊，足以济金银之穷，而权国用之赢绌。至于开设银行，鼓铸银元，中国亦已兴办，而不尽合法，尚应渐次改良。钞票本与银行相维，惟西国银行与银票部自分而为二。则银行未整顿时，不妨先行钞法。又西人谓我岁入至微，无以充一国之用。外国有营业税、印花税、房税、人税等目，今国用无措，似可于以上诸法，周谘博访，择其一二而审行之。如营业税，今京师、天津，外兵画界分守，略已施行。客军退后，踵而行之，亦因势利导之一法。南方厘金，西人每病其烦苛，异日加税裁厘之后，繁盛都会亦可推行营业税，以资济要需，此有益于国计者也。

富国本谋，足民为急，植养民生，以经画丝茶棉三业为最要。今养蚕、缫丝、制茶、纺布，南人已仿用西法，应加意保护推广。丝、茶中国大利，不宜坐视败失。中国棉花，视他国独少弃质，日本买华棉出口，纺为纱线，复入口售之华人，获利甚厚。我若纺织大兴，利益不致外溢，此有益于民生者也。

路矿大利，近虽多为洋人所夺，中国物众地大，绅富欲集资开办，仍自绰有余地。但使文法稍宽，不加拘制，工业竞起，利归国家，收效虽迟，为益实大。其外国已占之路矿，中国必应均摊股本，与之均权共利。譬如成本千万，中外各入五百万。此事关系绝重，中国财力虽十分艰窘，亦必勉力筹措，不得敛手让人。此又两益于国计民生，主客强弱所专注者也。

至若裕国大源，尤以节用为本，其道必始自宫庭。此次车驾蒙尘，道路勤苦，微臣每一念及，寝馈难安。伏愿圣明无忘此变。昔周宣中兴，更为俭宫室小寝庙，卫文复国，衣冠布素，前世以为美谈，今当奉为师法。此外常例度支，不无浮滥，请饬部臣详议，删汰撙节。其八旗、绿营各兵饷，乘此变通裁革，尤能杜塞漏卮。

凡此，皆理财政之大略也。

三曰饬军备。国无军备，无以自立。外国兵学，极重船炮枪弹，尤为兵家利器。臣前在天津建设制造各局及武备、水师各学堂，意谓风气纵未大开，军国不可无备，去年之变，皆已扫地无余。今外国又有禁运军火之议，饷源涸竭，无力大举。但军旅，国之大事，不可听任废弛，无论如何支绌，治兵之费，必不可省。又内地盗贼，无兵禽治，外衅即由此复开，安危关系尤重。今于万难筹画之中，勉筹三事：

一为陆军。就各省现有兵力，扼要驻防，弹压地面，有事豫备征调，无事督率操练。虽与西国兵制不符，犹有昔人作内政寄军令遗意。但旧营训练不精，实由将才缺乏。西国将帅必由学堂造成，不似古时英雄可以崛起草泽。拟匀拨要款，再立天津武备学堂，用资造就。其前时肄业生徒，今皆流离星散，拟设法收召，和局定后，送入日本学堂，俾造诣益精，储备将帅之选。此筹办陆军之策。

一为海军。中国海面，尽为各国兵船所据。吾国现止两船，不能成军。惟在船将弁，皆系学堂高等生徒，教练多年，一旦散弃，人才可惜。自应留此二船，以当海军学堂之用，令诸生练习风涛，讲求驾驶，精研海战权略，以为传衍接续之机，异日财力稍充，仍可就此拓大，不致无人可用。此豫留海军之策。

一为制造军火。外国军火不来，吾国不能不自行制备。天津各局虽毁，南中制造，尚足应用，近年枪械日精，本不应仰给他人，恃为长策。在局员匠，经此次逼迫，倘能动心忍性，增益不能，未始非工艺振兴之朕兆。外洋军火，年限届满，仍必运购流通。学堂人才渐多，亦不难自制新器。惟三数年内，务令各局制造足用，以应急需。此激励制造之策。

凡此三端，皆饬军备之大略也。

他如科举不改，士皆专心八股，无暇他学，最足败坏人才。但近年诸臣议改之法，似亦未能尽善。考试得人，全在考官，若考官难求，考试又无善法，不如因和议停考五年之说，令各直省一律暂停五年，俟学校毕兴，并科举于学堂，尚为不失中策。

又如官制当有并省，律例当有删定，一法不备，不能振兴。但当俟人才足用，乃可徐议及此。今皆不遽渎陈。

谨条列三事，析为十目，仰恳睿裁核定。果遵实事求是之谕，即此三事十目，已非仓促所能就功，托付一不得人，势必敷衍具文，有名无实。然欲指付必堪其事，又须有闳达命世之材为之主持提挈，乃能纲举目张。微臣老矣，环顾斯世，似尚少胜任愉快之贤。惟有仰恳宵旰侧席旁求，中外大臣亦均以人事君，庶冀集益广思，宏济多难。臣无任翘跂盼祷之至！

所有微臣遵旨筹议缘由，谨具折陈奏，伏乞圣鉴。再，总税务司赫德在中国年久，熟习情形，条陈多可采用，理合随折代呈。谨奏。

尾 崎 字 说

尾崎先生名济，请字于余，余字之曰止斋。《毛诗传》"济"之训为"止"。夫成事之谓济，兵行而又益之之谓济，而吾于尾崎独有取于"止"者，何也？日本自明治维新以来，士大夫人人有进取之志，其国之盛强，人才之勃兴，军律之所往必胜，皆始基于此。此吾国人所愧谢不逮者也。而尾崎君居吾国都，所事独贤劳，尤昕夕不少休，虽然，吾惧其进而不已，而势且至已成而又益之，而后将不胜其敝也，故以"止"之义进焉。《易》曰"知进而不知退"，为亢者言之也，故曰"升而不已必困"，物不可以终动，止之。士之立德，国之立政，盖皆不越乎此，此文武张弛之说也。尾崎君将别，为之说以饯其行。

抱 一 斋 记

西村君构斋于居，而问名于余。余闻君好道家言，名之曰抱一斋。君闻大喜，为余言：其国有名僧曰抱一上人者，死且百年，人至今敬慕之不忘，今斋名同此僧，宜有说也。余谓西村：中国之教，儒为上，道次之，释又次之。"抱一"之文始老子，老子道家宗，吾子好道，有取焉宜也。上人学佛，佛之说与道绝异，乃不用佛说为号，独取道家言，其殆逃释入道者类耶？逃释入道，国之人且敬慕之百年，又况其进而益上者乎！吾因此有甚望于吾子矣。或曰：释氏自有所谓"一"者。西村国人多通佛理，其归也试为我访之。光绪廿七年二月清国退士吴汝纶记，时日本明治之卅三年也。

跋西师意所著书

金城先生为书十章，名之曰《古意新情》，凡所以激励吾国人者至深切，其云：八股文虽废，而人心之八股未易改。何其言之湛至而警绝也！国家新挫于兵，墠地赤立，先生所决策期之百年不倦，此非法之难行，意亦行法之难其人也。岳渎英灵倘犹不遽歇绝乎，当必有起而荷负巨艰，得先生之言而力而见之行事者，虽国耻未遽雪，其于救亡振败，或庶几焉。斯则衰朽小儒所延跂而祷祝者矣。

第二编 诗篇卷

澹斋将求官淮上，赋诗为别。余弟熙甫依韵和答，以留其行。因次元韵，兼示熙甫 四首

昔随使节薄游燕，十月寒风破浪船。垂别赠言慰羁旅，相期携手入林泉。空山猿鹤挑新怨，合眼江湖缔旧缘。寄语醉翁门下客，骑箕傅说已升仙。

垂老新弹冠上尘，公卿动色旧延宾。孤云远出千山暮，旭日初升四海春。白璧轻投知有意，青衫早脱岂无人。君行若向淮阳郡，莫漫端居叹积薪。

修眉半额细腰死，太息横流翰墨场。万卷藏胸思健笔，千金垂肘问良方。高秋今见盘鹰隼，旧梦曾闻吐凤凰。近喜惠连有佳句，永嘉山水趣应长。

水来端坐使君穷，公自注：用东坡诗事。卖剑仍惭渤海公。作郡愧当前辈后，论文倘可一樽同。行过冀野思空马，飞入青冥更羡鸿。会与丑君归却扫，故山桂树已丛丛。

题拙存集刘焞诗稿

闲栖小巷藉疏豁，枉过高轩辱重寻。大句就订多怪骇，小知何计补高深。却惭少日姜芽手，忽忆南丰香瓣心。碧海鲸鱼成底用，看君憔悴出商音。

和王晋卿杂感元韵 三首 以下冀州作

异时帷幄借前筹，真拟阿胶止浊流。尽调黄金供买斗，眼看白手取封侯。天骄忽复收螳臂，海气悬知扫蜃楼。返璧章台君莫喜，会看让颇盛名留。公自

167

注：《史记》："退而让颇名重太山。"

皇明远烛日所入，航海梯山尽向东。蒟酱旧闻贪汉物，好冠寻已慕华风。荐绅介胄议每异，深目多髯俗大同。自笑腐儒空恤纬，安危从古仗元戎。

当年从事通侯第，待士风流宾馆开。边计屡闻高论出，宗臣一去壮心灰。只今拓落为时弃，厌见艰虞触事来。剩欲题诗寄孤愤，悲歌对子不能才。

依韵送范肯堂南归

道适前无古，才横空所依。心知非力强，目接似君稀。巨海收清淑，幽灵饷苾馚。耸身蹈霄汉，落笔有天机。鬼物穷艰怪，烟云炫是非。一诗初北走，三载怅南睎。男闿生谨按：先公初知范君，因见其一诗，属张濂翁招致，三年而范君始至。圣远嗟迟暮，行孤取骂讥。懦心怯深汲，短鹝且卑飞。旧学行将落，疲氓岂易肥！文孱逃劲敌，吏隐堕重围。尚得登音喜，谁能郢质违。望深才一聚，欢浅遽言归。觐省知何乐，康强那更祈。近怜文度返，久忘长公饥。轼辙家全有，丘轲后可几。青衫明日脱，为道欲抠衣。

晋卿用韩孟会合联句韵见寄，依韵奉酬

作吏百罚满，得友一州重。颓心委冥会，强力觌潜勇。夫子名家孙，绝代高杵耸。堆眉秋岚浮，堕胸春浪涌。万生困陵暴，六籍恣培壅。抽秘得缄縢，蹑险无趾踵。开今辟夷途，网古私断垄。水浅蛟龙拳，霆迅儿童恐。顾余戢翼栖，见此汗血种。古心强自鞭，世累徒苦冗。初从亚夫营，远吊要离冢。纍鞯属清夷，珪组谢荐宠。国栋颓一木，夷居错百栱。孤愤郁不展，群策淆愈恟。蹉跎徂岁华，展转糜月奉。观身成支离，于世若瘿肿。专城得王都，削牍坐事拥。谈玄舌已矜，问道手谁捧。老子噤寒蝉，诸生杂吟蛩。运

斤勤朴斫，求艾药微燺。明珠娱赵德，香瓣爇曾巩。岂惟海螟蛉，庶用砭偏懡。音尘一瞻近，耳目百震悚。槁乾被浸灌，勾萌攒葑茸。充佩纫兰荃，在席聘璧珙，分张欲追韩，会合甚得陇。欢惊缺月完，离思悬河溶。从赋鱼纵壑，守官囚荷奉。治安方厝火，诗礼尚发家。无益笺虫鱼，自缚等魊蛹。吾衰甘沉冥，子出必腾踊。会当凌云霄，慎莫竞毛氄。寄诗晨压阵，受敌夜筑甬。尚想鉴然音，一洗市声汹。

次韵谢星阶送菊 二首

薄领昏昏阅岁华，风光输与野人家。何当解带寻荒径，闲采东篱旧莳花。

敧帽吟风老孟嘉，偶携胜侣访田家。剧怜官舍丛猥甚，分似樊川满鬓花。

次韵再答星阶

恢奇欲变风骚体，杂出《虞初》小说家。见说道人能叱石，问羊径欲到金华。

星阶欲结诗社，依韵答之

诸公好句灿朝霞，应胜河阳一县花。我愿三章先约法，追逋慎莫到贫家。

晋卿垂示新诗，依韵奉酬

王侯方闻学复努，宴坐书林失寒暑。六籍膏腴厌含咀，更有奇文如好女。

公自注：山谷诗"斯文如女有正色"。乾嘉老生名嗜古，朘龙作鲊劈麟脯。叩关欲揖天仙语，蓝缕百结吴凤补。仙人大药掏万杵，玉膏石髓非人煮。汝无灵气神骨腐，眼见琼浆如泼乳。一滴不与返泥土，独与王侯沁脾腑，前对仙官相尔汝。

次韵王晋卿蝎

王生得蝎声聋聩，有若扬觯晋屠蒯。黄帝淳化失虫蛾，受命独尔君安怪。捉汝咒汝放汝归，魏勃虽勇军立溃。巧噬未厌蜗牛腹，捷取但饱黄鸡喙。君不见死骨已寒蚁得计，皓质未污蝇起秽。蚊虻附热只取憎，虮虱处裈吁可憨。耳目所遇徒纷挐，恩怨于人谁向背。蓄蛰摇毒事易妨，阴妒潜狙众尤昧。彼贯不罪此磔死，计有一二容少悖。歇兮，照壁一喜岂恒有，汝怵忧不悛后何瘁。

依韵奉酬廉卿 二首

张叟用文娱百忧，风涛入笔倒江流。溪山辽落能孤往，诗句纵横问旧游。轺传使端穷日母，楼船武节事东欧。感时默解行藏理，愧子纤尘禹九州。

颇怪当年韩退之，镌劖造化使风醨。文书正复自传道，将相从来不俯眉。一发千钧危莫续，九州双鸟意尤悲。蹋尘街里余侯喜，何日相从理钓丝！

题姚伯山木叶庵图 二首

宦成归作湖山主，老木萧萧荫满门。请剑除奸前日事，罢官还犊去时恩。白云终古留前岭，黄叶江南失旧村。一幅画图无限感，百年遗老几人存。

秋风江上逢君弟，话旧衔杯一惘然。辛苦城南犹有宅，桑麻杜曲已无田。父书盈尺今谁读，兄鬓如丝宦不迁。家世诵芬知未坠，士龙应住屋西边。

题刘拙莽雪滩行李图

异时马上酬恩手，江海歌吟成秃翁。赤舌能烧楼雉上，丹心未死画图中。今知桔梗时为帝，古有辛毗不作公。我欲拈毫添雪景，莫从泥爪认归鸿。

范无错生日，次韵奉贺

颜生得依归，钻仰失生理。贾子伊管才，少谪乃长已。世士好耳食，人古因妄喜。无错希二子，二子易与耳。大化孰终始？配者实尊已。坐驰天不宜，徇名意故俚。退之不解事，三十落牙齿。不闻至人说，万物乃一指。身后贤与愚，百里五十里。抵死媚后人，计拙望空侈。我嘿公哓哓，用意各有以。二途将一可，往问张夫子。

答范肯堂诗四首

庭槐更荣枯，吾衰久矣夫！废学窃微禄，两失空居诸。薄德天不祐，谴告当休居。三年蝗欲起，今兹复蠕蠕。小人无远图，萌芽忽若无。纵之使坐大，顾乃以禳除。我急往视之，稍稍开其愚。尚虑安厝火，未能穷根株。无事岂不好，事至难濡需。仆仆君勿欤，何时还故吾！

我行经垄麦，农事方未休。弥望如波涛，强半登车篝。天地积不公，难可测其由。富者获连畛，贫无寸草收。妇人以孺子，遗滞争穷搜。咄哉彼妇人，不耕焉有秋？从人丐残余，宁能存立不！父老前道吾，东垄复西畴。去

171

年滏水溢，高浪掩禾头。今岁麦颇丰，幸给旦夕求。天事不可期，宁当无后忧？笑谢汝父老，天者吾不谋。民生勤不匮，不勤今何尤！

穿渠四十里，三年役未已。渠成宁足多，不成讵非耻！或云地势限，成亦难可恃。浚深时逢源，那无蛟龙起？滏水西南来，到海东迤逦。中流挽其颓，浸灌穷无止。芒芒神禹迹，明德绵千祀。此邦故漳绛，涓滴无今水。成败皆自为，变迁无定理。但恐久窴阏，疏瀹从今始。

山川无新故，弹压要人文。不才食瘠土，岁久空纷纭。公来破其荒，龙虎生风云。莘莘媚学子，淳如苗怀新。道高辄惊众，耳语犹断断。岂知千载胸，岱岭看浮云。平揖呼乔松，并坐分中庭。下视悠悠人，杯水旋螺纹。我虽老不学，稍稍尝其旛。日对绝尘足，愧无十驾勤。昨日示新作，对案来杜韩。弱才那能和，聊使诸生闻。

范君大作，弟姝皆有和章，老夫亦不能再嘿，勉成一首

江湖多风波，山林有独往。范子尔何为，怀书方十上。要津策高足，仆病未能强。不见李公儿，衰墨卧榛莽！乃翁人中豪，诗语颇惊创。一跌九幽底，死去今无两。高文又何用，那能脱尘网！不见武昌翁，赤手狂澜障。操瑟立竽门，万言徒粪壤。逝为沉冤鬼，生有飞来谤。岂况麋鹿性，能乏云山想？茆檐旧松筠，绿净恣幽赏。欲去径须去，谁使归期爽？吾宁伴聩聋，奈已兆光响。眼中不羁人，天赋实闳放。高步骋天衢，逸气凌莽苍。回翔翎翮劲，决起风云壮。终期汗漫游，对酒追昔曩。

酬张采南兼呈肯堂

来者无穷年，古人嗟已往。茫茫君子心，突兀万夫上。扶摇与榆枋，所知焉能强。我昔少年日，读书真卤莽。周旋命世豪，选耎稍一创。终古无特操，愧对景罔两。是时多艰虞，妄欲纽坠网。上拟勤远略，下犹乘一障。此抱郁不展，沦落遂尘壤。优游美文史，瑟缩忍讥谤。夫子古狂狷，斐然有深想。倾家散黄金，折节恣幽赏。邂逅陶谢手，摇豪方竞爽。贱子病求息，懒复逐声响。会成集验方，僭比宜与放。宿无三月春，果腹游莽苍。高问应叱避，退笔那能壮。大业付公等，努力继前曩。

诸公倒用前韵，要和勉答盛望

吾州枉众宾，今兹乃过曩。岳岳二三子，入笔波涛壮。荒城俯平皋，极目天莽苍。不有文字娱，僻陋吾安放。羔雁得范子，大音无细响。散声入混茫，譬挹西山爽。三年苦独唱，空结千岁想。吾弟病新已，颇蒙击节赏。高论惊凡愚，那顾群儿谤。张侯自东来，光怪压穷壤。酒肠若无底，诗心绝尘障。李生最后至，雏凤落吾网。援戟各成队，挑战舍偏两。吾其为得臣，收卒冀少创。松坡久无作，幽思堕渺莽。颇似欧叔弼，已被子瞻强。寄声趋赵叟，诗务宜速上。过此欲少味，去帆如鸟往。

次韵答肯堂采南

颇闻比夜秉烛游，吏卒守人苦未休。坐思万里云卧壑，更忆千年人倚楼。秋雁涵江开笑口，晚莺系马惊遨头。婆娑老子今无似，惭愧能诗两盛流。

次韵奉和锡九，并呈采南肯堂

衰容自诧发星星，尚倚余酲傲晚晴。远客意方求胜迹，小臣心未死神京。乘槎四道分天使，歃血三年议越城。圣主怀柔殚率土，会看云海一澄清。

次韵奉酬锡九 二首

一官朝罢夕奇穷，赢得新编晚益工。孔翠未嫌笼局促，蜉蝣终妒树崇隆。苦言良玉攻宜火，岂识灵犀病在通。好语报君乡信至，龙眠千嶂翠横空。

平原无地上崔嵬，僻处难逢好客来。乳臭儿童今坐大，公自注：到官时儿未绝乳。马曹官职忝非才。那期旧友犹存问，况得新诗有别裁。方李萧张相次了，吾徒健在莫辞杯。

锡九叠韵见示，敬再奉和 二首

因君颇怪邮无恤，诡遇弗为真贱工。少不低心今五十，家留绝学自乾隆。苦吟政复成蛇足，荣愿宁当付马通。烧却新编逐年少，不然解缚与谈空。

西山远翠耸崔嵬，拄笏时看爽气来。新凿小渠才可漕，手移嫩柳亦能材。知非吾土情相得，再读君诗恨莫裁。松菊田园尽芜废，载醪空倒客中杯。

锡九用杜公遭田父泥饮韵赋诗见赠，时适闻廉卿将南归，忽忽不乐，勉成和章

日余客金陵，缘江看花柳。六月玄武湖，烂醉舸船酒。主公千载人，声灵震九有。携客恣觞咏，湖山落吾手。盛事纷在眼，奄忽未云久。九京不可问，众宾自荣朽。高者蜚刺天，下乃曳泥走。贱子落燕赵，公等相然否？却忆濂亭生，与俗殊舍取。醉翁门下客，褒然子为首。高卧沧江隈，新文满人口。夜吟或达卯，朝讽时及酉。朅来游郊畿，燕婉两穷叟。今当舍我去，兀若臂离肘。少年多俊彦，谁复顾老丑。姚侯君勿尔，虚名但箕斗。

送薛南溟南归

薛郎有奇抱，眸子青荧荧。听谈大九州，交注如建瓴。又如墨善守，百道摧攻棚。逸足不受鞚，奇翼不噱绂。吾欲挹其盈，揽祛坐寒厅。寒厅何所有？有万书百经。圣者骨虽朽，糟粕有光精。掉弃不回顾，远营无四溟。大钟閟奇响，枉汝径寸筳。邂逅得范子，高焰铄群轻。众中骇一见，谓此不听莹。至宝久缄镭，徐徐开其扃。大投逞夜博，余沥析朝醒。牛羊满四野，诡变示羸形。阅时但俯仰，新光稍发硎。鱼背脱长鬣，鹤翅生修翎。至教不束缚，小知徒蝎萤。范子于老夫，真若罍与瓶。谓子且勿去，看祝果赢蝶。昨晨遽言别，去若鸾鸿惊。韩公咏柏马，抗颜收后生。尚有不挽驾，人事未易评。范子今韩徒，贤豪难合并。舍去尚不惜，我言安足听！若翁殿瓯海，殊邻钦德声。文度不在膝，附书望归舲。咄此难可留，雏婴促文绋。为吾谢若翁：别久心怦怦。我颜老可鄙，窃食专孤城。盛年不再返，蹉跎百无成。少壮足可惜，老大空屏营。

送朱舜琴南归

峣峣天柱擎霄汉，东望吾庐西望君。自少年时通孔李，敹三百里接风云。早知墓侧宜焚誓，谁使山庭更勒文。马鬣松楸无恙否？凭君北旆一相闻。

和赵铁卿七夕诗，诗七夕次日所作 戊子七月

君题怨句报佳期，却忆前宵插竹祠。天上一欢犹未易，人间百巧欲奚为。不如更远都忘别，纵复能求岂遽施。自笑乖逢真有种，双星去后始生儿。公自注：儿子七月八日生，今十年矣。

次韵答秦昌五即以留别 四首 戊子十月

少日扁舟兴，淹留暗自惊。抢榆时欲起，刻楮竟何成。老乃还初服，归应愧后生。更防旧相识，问雁但呼卿。

万事坐不理，守官愧在颜。行年今已化，谋食未应闲。纵酒高歌地，浮岚迭翠间。何时近乡县，松竹望还山。

令弟官清汝，言登孔子堂。百思难缩地，一割已专场。余病今求息，君情定许长。风谣行欲采，东向问舟航。

为问神仙尉，吾行果是非。翻缘苦相恋，未忍遽言归。圣代才难弃，闲官病又微。无为事高洁，去住暂因依。男闿生谨按：昌五，冀州吏目。

次韵答赵铁卿兼别诸子 二首　戊子十一月

四十九年事事非，从今湔祓瀹新机。极知笼鸟无高树，久别江鸥忆旧矶。
经雪晴郊天澹澹，向人梅蕊总依依。子廉仲蔚皆千古，那用狐疑使愿违！

近为州人迎赵德，粗令荒学染知闻。多情径结王生袜，衔袖频惊汉氏文。
师友平生各龙象，流传著作入烟云。东家贺老今强健，会挹微言乞与君。

棣村咏堂前丁香，赋此和之 以下莲池作

昨夜海棠风祟死，丁香两株坐自如。绛衣径欲哙等伍，玉质真乃相如都。
三月艳阳不借汝，临风倔强能久居。收香归根养秋实，散落繁花君莫恤。

汪菊坡名如金，持示刘海峰赠其大父汪宝书先生诗册，乃海峰手迹，属为题跋。时客济南，作七古一首

乡邦文献天下宗，老刘诗语尤瑰雄。晚作枞阳老祭酒，儃何绝学开鸿蒙。
汪侯岂是姚王侣，赠句自写银钩工。私印荧荧署老翁，公自注：卷有印章，文云
"老翁何所求"，又卷自署云"时年七十有五"。问君那得垒块胸。佞谀今古一丘貉，
干人何事烦诛攻？区区贾谢谁齿数，伊吕亦会时命通。百年太平盛文物，梁
栋先后百十公。双凫乘雁能多少，五鼎半菽将毋同。不如文采照后昆，收藏
片甲皆虬龙。又恐残墨有剥蚀，终亦变灭随云风。古人已抱不传死，嗟岂糟
粕能为功！我过枞阳吊耆旧，欲访手迹知无从。兵燹摧残见此本，恍游东序
窥钟镛。泰山毫芒慎守宝，当令一线延无穷。

前赴冀州扶亡弟熙甫之丧，至天津，附海船南还，作诗二首，以抒余哀

抵　冀　州

秋花犹发去年丛，不见题诗病阿同。落笔岂论千载后，弥天今在一棺中。郊畿池馆娟娟好，西域医僧数数通。独有九京扶不起，泪河迸血洒晴空。

海　　上

冷露凄风送旅魂，一船同卧死生分。极知万古均斯恨，可奈中途失此君。秋老霜天横断雁，悲来勃碣拥颓云。草堂检校何人事，他日吾归窟子坟。

余居莲池，姚锡九用杜公何氏山林韵见赠十首，久不暇和，山东道中依韵答之

平泉流入苑，乱石叠成桥。石上藤箍月，泉傍树拂霄。古人矜此胜，世务苦相招。心迹苟双贸，山林未是遥。

空澹一池水，风光相与清。撷蒿喂驯鹿，倚树听流莺。鹥首青蛾舫，驼峰翠釜羹。俊游亦何限，终愿此间行。

翠华昔临幸，树羽曜金支。累圣垂鸾藻，群公列凤池。棱威重译震，盛事百年知。即自成新故，遗文万过披。

昔忝为州日，春归不见花。坐曹难记马，画地那成蛇。归梦江湖好，长

征道里赊。休居且泉石，江总未还家。

我有缘坡竹，茆堂曲径开。低垂交矮栝，斜倚得寒梅。三友两先化，昔游今未来。作书谢群从，护取映苍苔。

少日游吴会，家家好石泉。名花繁胜锦，芳草软于绵。占宅能依郭，倾资不论钱。漳滨惊岁晚，南望渺平川。

冉冉新荷出，盈盈一水香。花繁衰又盛，气静暑能凉。绝艳清波上，深根厚地藏。芳菲长不绝，冰雪任穹苍。

姚生江海兴，苦爱习家池。得酒轻鱼袋，迷花倒接䍦。看君饮燕市，骑马似并儿。适有贡公喜，吾游能骤随。

薄暮归深树，群乌飞蔽云。后栖随月影，高出点星文。黑白生来异，雌雄竟孰分。争巢众雏事，毛血已纷纷。

故人时问讯，屏迹意云何。信美非吾土，羁栖未足多。不成遂初赋，那是采芝歌。一笑吾无答，空阶白月过。

客有持钱田间，自写诗数首示余者，敬题一绝

颠木抽萌事可伤，数诗哀怨意苍凉。君看三百年遗烈，草泽书生耿未忘。

摄任丘令君张琴府，以东坡雪浪石铭属题，为题七古一首

至人发兴真卓诡，以画喻石石喻水。埋盆激水写离堆，坐揽岷峨五千里。岷峨到眼归不得，海上石芝行可食。鹤峰雪浪舞阶砌，高斋法供无消息。阎浮一沤身一叶，嗟石与人谁主客。奇章平泉真大惑，不见北齐冢中石，去入谁家作阶城。公自注：张君装池苏铭为圆图，图中实以北齐墓志，亦定州所得者，张君告余云："此志石近已为人取去！"张侯也是好事人，藏此纸本如奇珍，岂会东坡思两孙？意亦故山聊心存。平山堂下君家园，树石幽好泉娟娟，何时宦成归林泉，百株石林对洼尊，仇池九华安足论！

王晋卿自蜀寄所为止园杂忆十首见示，中有一首为见忆之作，依韵答之，不能遍和也

昔我为冀州，拥彗迎经师。暇辄事幽讨，得失争毫厘。圣神久徂伏，百家日纷歧。舍要捃碎琐，后生滋眩疑。君才实天挺，为人作蓍龟。顾我无一能，相欢忘嘲嗤。一别五千里，前踪今安追？

次韵和姚锡九二首

世事当年略管窥，九关虎豹已长辞。田园尚负他年约，泉石聊成此段奇。束笋书来赏高趣，生花笔退剩枯枝。昨非谬意今当是，一水宁分上下池。

苦忆平生老惠连，一官清汶浊河边。滞寒便恐长身瘦，小舞难容广袖旋。兄弟他乡各异县，公自注：令弟畴九亦官兖郡，情怀极地复蟠天。从今岁岁治行

具，为采风遥券两贤。

题吴兰石画册

尝闻太白言：为草当作兰。作兰复何好？有香能远闻。北方地气冷，芳草生不蕃。久与吾宗处，满室堆奇芬。颇疑好事人，移兰自南垠。围绕数百本，异香纵横熏。又疑天力能，化茆为荃荪。花花自馥郁，叶叶互翩翻。谛视乃不见，见之纸墨间。吾宗笑语我：此花吾后身。古人成一艺，传之永永年。子称豹留皮，吾皮此焉存。掷笔走劝君，收汝爪指痕。当世不相识，谁能待后昆？覃思供覆瓿，吁嗟扬子云！

题赵赞臣桃源图

渊明霄汉人，目睹山河改。所遇当代贤，玄风扇两海。持国乞与人，博此蜉蝣采。欲去无逃门，腥臊知何奈。缅怀在三古，桃源寄遥慨。今君值明盛，公卿交慕爱。方有贡公喜，图此意安在？得无神仙境，惝恍心有会？岂伊再往迷，一入且有待。输与弄渔人，棹音闻欸乃。

题姚慕庭诗集册尾，即用集中见赠元韵

海内论诗竟孰贤，狂花客慧各薪传。使君门望欧居士，为政风流黄颍川。尽扫浮荣同脱蹝，独留新句抵囊钱。玄文覆瓿寻常事，谁辨清泠玉磬编。

181

题姚书节西山精舍图

诗翁载酒寻披雪，飞屐悬崖客兴豪。旧事重论真梦幻，名家再世自风骚。画图便拟兔三窟，志业终看鹤九皋。独有潜夫归不得，摩挲短幅叹霜毛。公自注：披雪，洞名。

和范肯堂元韵

愚儒不决事，须人裁可否。虽得劝驾人，当行乃反止。说在景冈两，行止有待耳。我老日颓懒，万事废不理。谁令穿木檠，牛铎哄一市。往年喜晨游，近亦旷不趾。尚余濠梁想，欲追惠庄轨。大范今健者，笔阵可横使。九天咳珠玉，洒落在墨纸。并时驰骋人，闰位蛙与紫。别君逐混浊，得麻失文绮。相望三百里，谁能久遣此！妇翁吾畏友，周旋逮群纪。跟跄今北来，韬颖入囊里。亲弗两追随，玉树花交倚。念此愈欲往，刻日笃行李。世事谁料得，濒去担复弛。失马有再归，然灰行复死。勇进乃退耳，昔疑今信矣。会合良有以，迟速君当俟。平生久要心，岂在一晌喜？倘见徐伟长，并取一喏唯。

藤花一岁再开，用欧公镇阳残杏韵，示姚叔节

去年大雪冬苦寒，花树屃赑根干顽。春到不自解困劣，开落草草惊莫原。过时岂复有生意，枉沐膏雨飞流溔。老藤千岁久盘礴，得气怒发殊未阑。留芳坐待群卉尽，嫣然孤笑青林间。我知精气故未竭，顺时自止仍轩轩。虽然乘机妄发岂不耻，收汝浮采无为繁。高花已阅年代久，顾此一瞬谁汝攀。君

知此祥果谁为，笑与英少簪华冠。

依韵酬姚仲实 二首　癸巳七月

蔼轴乖素抱，羿牡求亲友。逢迎惜才难，离索惊衰久。君自储梗楠，吾方贼杞柳。谁知千载心，复此一樽酒。如何尚羁旅，怅然怀广受。

端策命太筮，保名遂能飞。岂知精已亡，虚此芰荷衣。君家好兄弟，盍能饮上池。残经何足守，往济艰难时。

次韵答姚叔节

有客霜须鬓，浩歌行路难。鸿鸾新侣换，鸥鹭旧盟寒。昔我相亲友，要予不入官。只今九折臂，与子觅心安。

季皋公子属题相国临本圣教序册子三首

会稽遗迹久烟芜，院体流传失楷模。照眼龙蛇忽惊矫，只疑写论付官奴。

河洛少年成饿隶，昭陵此论未渠公。劝君火急临章草，若问家尊故不同。

那见仲将题殿榜，却看内史换鹅群。儿郎自厌家鸡甚，得暇求书誓墓文。

寿徐菽岺

万马蹂尸裹革还，先公高节薄云天。崇祠真见辉千祀，遗息何曾庇一椽！两海东西游迹在，九河雷雨舌澜悬。堂堂将种风尘老，赢得文章徼外传。

山谷口字韵和姚慕庭

君昔飞声章贡口，光气熊熊上牛斗。不能束带督邮前，扁舟尽载琴鹤还。我时短衣看射虎，与子徜徉山水间。披雪悬流青壁上，剖嚚喷沫追幽赏。振衣石壁顶上行，我欲餐霞凌赤城。剜苔旧刻看题宋，带索老翁疑姓荣。江山清空有如此，谁能老作浪游子？我今离山向二纪，君亦进退更忧喜。尔来又抱疏越弦，古声持向今人弹。南海北海取会合，山中萝葛谁当攀。公相争迎等闲事，与子忍饥还故山。

前韵和范肯堂

有夫白皙又甚口，世才一石君八斗。谪仙雄笔乞与君，问君久假何当还？遗我新诗十七纸，使我置身开宝间。元凯论才霄汉上，草茅珍怪知谁赏。似闻姓字动公卿，劝子怀书入凤城。可能白发无甘馔，忍子区区半菽荣。子言人生各有志，安用建鼓求亡子。使我鸣驺树两旌，未必亲堂加燕喜。我闻子语为爽然，取子小文为子弹。焦明已自翔寥廓，网罗薮泽宁能攀。鸡虫得失孰非幻，江上君看千叠山。

附　元　诗

男生谨按：此诗先君所深赏。初，先君未识赵公，遣人赠以《写定尚书》及《姚氏平点汉书》，来诗具述此事。"区区求古人于此，豪杰所不为"，《平点》本中识语也。

世人去官苦太早，俊流翻厌风尘老。天街昴壁方青云，高斋夜发蝌蚪文。手剔奂蟫别朱紫，冢疑壁漏徒纷纷。秦灰不到伏家女，斯文更炫西京史。时贤评本有余爱，兴来写尽银光纸。设尊衢术自兹始，乃言"豪杰不为此"！登之四译吾所闻，同心渺渺嗟涣群。双鱼落空雪如掌，松窗大蟹沙沙响。蹬然馨欸若有人，款门戴笠来相枉。苍茫四顾已针芥，上下千载能铢两。岁阑天末容忆人，凭虚使我离怀长。何日青山皖伯台，漆书大简从君往。不尔荆高市上逢，删除游侠寻吾郦。

次韵姚慕庭冬柳

道是枯荄不作丝，春来定有绿归枝。那堪骚客悲秋后，更遇神龙入蛰时。往日浓阴成瓠落，向来生意让冰澌。盘空孤秀何为者，谁问寒凋有后知。

为诒甫和范肯堂冬柳韵

冉冉年华悔却迟，根深那便气流枝。病才萧瑟非关地，老未龙钟已后时。轻薄繁霜严胜雪，圆通流水晚成澌。摧藏敬避当春絮，陡起因风不易知。

北 行 七 哀

只道羁游易别离，那知一诀戚无涯。可怜浅草经行处，犹似停舆怅望时。身后丘坟谁得问，公自注：吾兄弟四人，旧约死葬一冢。他生缘分杳难期。君看此地成何地，辕马哀鸣仆涕洟。公自注：过汶堤。是亡弟五月中送别处。

苦身徇职能无恸，前死休官亦自豪。入手林泉阻行迹，惊心尘土谢儿曹。欲归未得情多感，对我无端气忽高。最忆临歧肠断日，遣奴缘道问疲劳。公自注：过东阿。别时弟遣人卫送至此县乃返。

拙宦频抛腰下绶，负疴来对雪中床。人言马失庸非福，汝觅心安不问方。早识浮休归定数，可能跋涉拜医王。今朝旧路单车过，飒飒秋声在白杨。公自注：过茌平。往年弟再离官所。吾劝弟往天津就西医疗疾，行至此县遇雪，弟困甚。

解缆乘流如昨日，谁令一夕感人琴。休论语笑难重得，纵复幽忧那再禁。方死方生知是幻，九天九地欲相寻。河公不管人冤愤，一水盈盈自古今。公自注：过德州。往年与亡弟赴天津，自此改水行。

一骑流传颂交让，公自注：先曾王父兄弟四人相友爱，家畜一马，无仆圉牧养也，兄乘马出门归，则诸弟争持马解鞍饮秣，以为常，里闾传诵至今。百年胏蔮有前模。我从远道贻神骏，君蕴奇怀爱屋乌。肯为食贫谋鬻骆，公自注：弟去官，有议鬻马者，弟以余赠物，不卖也。鬻骆，白香山事。却怜齿长等亡虞。扬标飞鞚谁能忍，乞与街东碧眼胡。公自注：马。

戆仆他时帐下收，东行曾遣从君游。三年奔走劳元在，一语差池去即休。堂燕自来归故主，征骖昨与过西洲。汝非骨肉胡为尔，洒袖沾鞍泪泗流。公自注：仆。

北临燕赵东齐鲁，此道君曾力疾过。千里弟兄忽相见，三年离别已云多。只今旧事从谁说，后日孤生可奈何。书上彭殇元一贯，眼前哀乐自殊科。公自注：自景州以北，弟初去官时从此道至保定视我。

答姚畴九元韵

娟娟微月随云流，借问仙斧何年修。圆光一缺不易补，却挂疏影当危楼。坐久清寒忽似秋，雨沾蒋径失羊求。素娥自戏青冥里，不管人间风雨愁。留君不住归亦得，会与乘月娱沧州。

元韵答姚锡九

君家兄弟非常流，夹河为令路阻修。峄山令君能学我，弃官共此酾南楼。太行山色横高秋，能专一壑吾何求！在官更尽丘壑美，对酒焉知羁旅愁。嘉招欲往不得往，宵来客梦落江州。

再 和 畴 九

中国山川东北流，要荒职贡以时修。款关求市遍鞮象，海蜃突兀成高楼。陛下端居千万秋，梯航四集阜财求。觊觎神物谁敢尔，那用寒儒浪自愁！期君入市访屠狗，暇辄相就谈瀛州。

依韵答燊甫兄 二首

小时妄意画凌烟，老觉狂谋百不然。绕树看花风送雨，褰裳投岸浪吞天。可能绝世成孤愤，谁把牢愁问大圆！君见长安冠盖地，何人发迹自祁连。君来自都下。

十年宾客散如烟，独有园林尚蔚然。榆柳当檐成旧隐，藤萝映月惯秋天。极知荫薄复谁茈，空使瓝刜未遽圆。远道相存休更别，故乡真与白云连。

锡九用黄公觞字韵寄弟，见示索和，畴九和章亦复见及，勉和一律

园沼花光阻谈笑，县门山色入壶觞。极知心与冰盘彻。那藉秋生碧树凉。有弟能归吾面叹，新诗欲犯子颜行。莫疑奉倩神思减，乳燕娇莺也断肠。男阍生谨按：时畴九断弦，有侧室，故末句云云。

依韵酬燊甫

士无廉蔺气，三尺唾非夫。望古空惆怅，安身辄龃龉。老知兄弟重，病有鬼神扶。情至能疏阔，吾方杂易于。

晏诚卿廉访出示曾文正公寄其大父彤甫
都宪手书册子，属题

异时国步仗元功，一代人才驾驭中。岂直大名并诸葛，更持豪翰逼涪翁。
九原逝魄今谁起，沧海横流会有穷。乔木旧家文物在，吐茵衰客泪珠红。

日本川崎三郎远赠丁禹廷军门遗墨册子，属寄一言
相闻，赋此答谢。川崎君本欲道保定见过，
得急电回国，将有欧州之行。其友中岛成章
从余游，拙诗即请成章转寄

从来唇齿要相亲，谋国宁争一战勋。虎斗卞庄矜坐获，雉经燕将中飞文。
英雄成败难深论，敌国收藏喜远分。自愧腐儒无寸补，寄声海外谢殷勤。

日本梅原融为其国文学寮教授英文，
寄示近作诗十许首，却寄

昔闻晁监挂帆东，摩诘新篇入褚中。公自注：王右丞有《送秘书晁监归日本诗》。
遂使国人能汉语，到今诗句有唐风。凿开浑沌传新业，掣出鲸鱼策圣功。八
海澜翻一词客，万言杯水为谁雄。

凤荪持令祖画像见示，为言乱后失而复得，敬题一绝

一画流传自劫灰，恍如别久怅归迟。当年朝士今谁在，为想沧溟未变时。

往岁六月藤花再开，戏用欧公镇阳残杏元韵，作诗示姚叔节。今年六月多雨，藤又再花，仍用前韵志喜，且示畴九

陂塘一雨六月寒，阴阴万树坐瘠顽。老藤后时贾余勇，造化机变谁能原。往年藤花岁再放，亦值夏雨流淙潺。我时哦句为花寿，怪花失势心不阑。岂其妄发不自敛，强争妍媚俄顷间。故知凭飞偶一泄，有若得宠不敝轩。岂期今夏袭故迹，雨中烂漫仍红繁。心知非时愿久假，过跟飘堕难追攀。留香忍待明岁发，为召婚友罗衣冠。

日本有前田九华者，少通佛典，今为本愿寺法师。见余所寄梅原融诗，以为善，欲介中岛裁之而交余。中岛来书，附寄前田见寄诗一章，即次拙诗前韵。兹叠韵奉酬

积水焉知沧海东，只疑黑子骇涛中。已惊绝域传新学，更喜高材擅古风。千岁一游麟有德，八区竞逐狗分功。二途自昔才难并，为问禅师定孰雄。

日本西京本愿寺教学参议部总裁武田笃初，绩学有文，介中岛成章来访，持日本宝刀见赠。赋此奉谢，儿与诸生可共和也

故人过海夜相存，去复领客来凌晨。客口倭言胸汉文，谬籍虚誉以身亲。手持宝刀古莫干，语我铸此今千年，镣有铸人名自镌。拔鞘闪闪光烛天，逼视不敢矧敢扪，公自注：客言扪则锈涩不能久藏。有欲淬厉出海垠。公自注：客言中国不能淬厉当寄日本。当其铸时逃深山，斋戒百日断爱恩。千辟万炼功十全，久乃成此秋水神，试人濡缕沁血痕。年深至宝多埋沦，只今存者价莫论，市乡三十骏马千，王藩故社争流传，贵主窈窕以文身，爱客脱赠比龙泉，今以似子致拳拳。我闻客语愧在颜，以何当此希世珍！尝闻良冶火精纯，断发剪指入炉燔，古法浸失归海人，操戈入室骇未闻，多客重惠良殷勤！天地四方多贼奸，猰貐凿齿连为群，有备孰敢蹀吾藩，利器入手胆轮囷。岂惟示戒卫不然，逝将持此酬恩冤，周行江海清波澜，万一两鲛夹我船，我老虽非佽飞伦，尚能入水屠腥膻。善刀寄声谢吕虔，冲天剑气君试看。

吴振斋同年出其尊人家诫册子属题，即祝其七十寿

有伟一夫古须鬣，环列儿孙尽玉立。看缀文章等泼水，连收科弟如摘叶。寸金片玉尚矜嗟，大贝明珠今杂沓。问君何修群秀苗，云宦不达余委集。世皆信此吾不凭，君即得志后犹接。虫虫横目谁官禄，鸡窠无凤但鹅鸭。过六百石免亦宜，那用儿郎相补缉。昨朝示我乌丝册，细字亲书摹晋帖。册中言语皆何等，乃公家诫藏什袭。上言生日宴非古，下言戒杀本佛法。用身作则砭聋俗，使后长保如世业。亲舍上寿众宾贺，清坐相看庸有合。我知明哲有微旨，满眼欢华守屠怯。被褐怀玉青牛经，著铠入障白马笈。神劳伛偻生明

达，鬼瞰高明出僝僽。家风敛退不坠失，宜有贤俊踵相蹑。君之有后端在此，谓阙必遂义犹狭。乃公作诚正七十，君今年龄亦逮及。哦诗诵芬作生日，公自注：苏诗"但愿白发兄，年年作生日"。更拟犯严沾一呷。

日本诗人本田幸之助自号曰种竹，自本国闻余名，今由都下来访。席间询楼桑村易水所在，又历数吾国诗，自汉魏至国朝乾嘉诸老，谓皆读其本集，能言其得失。越日遂行，赋诗送之 二首

君过楼桑陵易水，遍寻胜迹吊英雄。得贤赤手能兴国，报主丹心有贯虹。河岳精灵终不歇，沧溟秘怪会应穷。衰迟懒复成孤愤。用韩非事。惭愧虚名敌国中。

吾国诗坛岁再千，看君屈指溯渊源。人才近颇包新旧，大雅何当更讨论。岂有高文能负国，但愁客慧失专门。忽逢照眼风骚客，坐觉皇明散海垠。

日本上野岩太郎，春间自辇下来保定见访。已而，介野口子励先生寄其国理学士山上万次郎所撰《大地志》二册，手书曰："昔吾国人汗漫西游，黄金购诗，流为佳话。愿以一诗见惠。"汝纶虽不能诗，不得不少答其意。爰赋一律却寄

异书断取异山川，席上从教卷大千。遂觉长房真缩地，更呼邹衍坐谈天。中分蜗角蛮触，一掉鳌头炫海田。怪底鸡林还好事，黄金方拟购新篇。

曹深州出其师陈兰洲先生手札属题，札中多论吏治，为赋一律 庚子避地作

平生师友尽雄杰，青眼高歌属楚狂。回首交游今老大，侧身天地独苍茫。论心每愧无徐剑，治郡仍闻有盖堂。伤别伤春正无限，更堪愁对越人方。

日本金子弥平见示近作二诗，索和次韵。赋此即送其归国

竞欲留灵璨，谁能补衮衣？高天疑径醉，远海且群飞。边马嘶丹地，宫花锁翠微。园陵佳气在，管葛未应稀。

君居海外州，西渡几春秋。我有隆中策，归烦问仲谋。

题龚仲勉心钊瞻麓斋古印征

把卷璨琳琅，渊然思古情。嬴刘坐包越，一技谁争鸣？印史始宣和，缪篆留遗形。导源六一公，集古收纤闳。岂惟益多闻，千秋今合并。贤哲所用意，动有后世名。自从宣和来，搜罗遍九阬。元人尤耽此，重之比连城。区区卫青印，虞吴歌再赓。公自注：谓伯生渊颖。后出滋益蕃，流风逮巨清。珍閟等禁脔，错列同侯鲭。膺鼎苦纷挐，鉴别难为精。譬如用恭显，时一厕萧生。晚得龚仲子，醉古如宿醒。示我印征编，古光浩纵横。印玺辨周汉，论说坚且明。向来篆籀家，古法宗收京。陵夷典午降，迁流忘旧型。汉刻存者希，摹印犹铮铮。近代完白翁，李蔡思抗行。家藏汉印章，

累累堆满籝。公自注：完白嗣君邓守之先生为余言如此。艺成良不易，法古其先声。尝闻方外学，弃旧求新程。如何冠带伦，视古后且瞠。龚侯信好古，请与古争雄。创获九鼎重，前模刍狗轻。吁嗟此篆刻，壮夫故不争。可怜扬子云，覃思竟何成！

咏 秋 草

秋来积雨百草死，浮浪花蕊犹白红。汝才岂能争气候，看汝相随断烂中。

寄题湖南俞廙轩中丞卧游图

猿鹤休嫌未拂衣，紫泥鸾鹊有光辉。径须一棹西兴去，借取晴岚满载归。

张振卿侍郎、耿鹤峰太守各用拙题卧游图诗韵投诗见赠，依韵却寄 二首

九天春色映朝衣，炉有香烟烛有辉。绿尽大明湖畔草，王孙远别几年归？
公自注：寄张。张，历城人。

玉塞金台绽几衣，风尘十载损容辉。儿郎正复传高斫，不得玄珠不肯归。
公自注：寄耿。耿为四川知县，罢议去，今有子又为四川知县。

赠别马通伯 二首

故乡五百年文献，散失多君一网收。先士已随飞鸟往，丹心尚与劫灰留。

更怜燕市悲歌客，愿结卢敖汗漫游。来者难诬知不逮，勉旃吾子勿中休！

倦游曾记卧柴关，看子张军学校间。千载相期有青眼，一名未得损红颜。高天但见群飞刺，大海宁闻逝水还！惜别只谋文字饮，莫牵新恨泪潺湲。

第三编　书信卷

上李相国 同治十年

接奉钧函，荷蒙训迪，并以州境被水，垂注拳拳。忝窃一官，分应尽心民瘼，乃以牒报稽迟，上烦清问，惶悚莫名。此州历来受滹沱溃决之患，前此河水南趋，州南各村被灾甚剧。同治七年，河忽北徙，分为二支：一支北入安平，一支东入饶阳，皆由深州经过。本年淫雨为灾，两支之外，另辟一口，故被水村庄，较上年尤广。某查阅境内河道，皆浅狭如沟，不能容纳全河之水。水长，即漫入平地，一望粘天；水退，而地复发碱，不生禾稼。急应开浚宽深，使容正溜。至今年新决之口，自束鹿入境，并未刷成河槽，游衍泛滥，毫无归宿，急宜堵塞决口，以遏横流。惟核计工程，所费甚巨，民力断不能支。将来如议有把握，再行请款兴修，寓工于赈。惟治水之法，必先自下游兴工，州县各有分地，不能越俎。闻目下天津迤南王家口一带，汇为大湖，诸河受病，皆由于此。尾闾不畅，患及腹心，势所必至。师门多有异域材技之士，可否委派通习算法熟于测量者，前往查勘，先筹去路，并即周历全河，逐处测量高下。就现在河身，用西洋治河之法，随宜疏浚，当冀安澜。近年议治滹沱，每欲从上游逆挽，使南归故道，此不识水性、不测地形之过。若使河流顺轨，在北何异在南；若令四出横流，故道何殊新道。吾师奏留南漕，赈济灾民，若用之濒河之民，使各开河筑堤，计无不踊跃从事，似属工赈兼资，一举两得。刍荛之见，不识可采否？奉到《联捕章程》，具见各上官留心捕务，惟分报四邻，传遍通省，一处遇劫，通省惊扰，驲马邮夫，昼夜不停，疲敝难支，于实事无济。散报与拿贼，自是两事，失案而不散报，散报而不拿贼，皆无凭考察。拿贼之法，全凭购线，不在散报。近来盗贼之多，由定例处分过严，使人讳盗不报，因得盗而不能治。今宜稍宽例限，使得各治境内之盗。内盗既除，外盗自不能入，似不必多立条教也。

上丁乐山观察

接八月十四日惠示，以老亲遇风受恐，拳注殷殷，感任无已。敝州书院生息一款，前函尚未尽意。来示谓冯恩绶借钱，不能勒令冯守诚还账。不知涿州引地，系属冯恩绶旧业，冯守诚何以承充？冯恩绶既有承业之人，即有还债之主。八年，涿州郝牧致前刘牧一函，内称：冯守诚家本系参商，蒙各宪怜悯，留涿州一处，以为养命之源云云。是涿州引盐，为冯恩绶旧业之明证也。郝牧函内又称：该商亲老眷众，祖遗债累繁多；该商性情颠顸，又无得力亲友云云，是冯守诚为恩绶后人之明证也。郝牧为该商游说，乃一函之内，已得二证。该商虽有百喙，安能置辩！兹将郝牧来函抄呈宪鉴。另禀谓参商隐瞒抄产，仍请查封，以为查抄匿产者之戒。该商声气广通，非切实办理，难期到案，仍求鼎力玉成。承派炮船护送二亲，其哨官遇难认真，不避艰险，晤徐传宗时，并达谢忱为荷。

与磁州牧张受之 光绪□年

昨肃一函，计已达览。即维台侯康愉，顺时纳祜，至为跂颂。前函探询漳滏形势，缘畿南各属，均以无水为虑。鄙意有一妄论，欲借漳水之有余，以补滏水之不足。于贵治境内二河相近之处，开通一河，于所开之处，建一石闸。冬、春水落，则开闸引漳，俾通滏水，于下游舟楫既利，而贵治农田，获益尤大。若遇夏、秋水长，滏河水已足用，则闭闸分流，仍使各归各河。如此办理，似但得水利，而不受水害。漳河虽属湍悍，然闻水涨之时，亦不甚出槽。此语究竟确否？查昔人引漳以灌邺下之田，则彰、德、磁、邢之交，漳水自古有用，不以为苦也。弟于今正以此策面陈傅相，相意颇以为然，惟以无费为虑。弟谓此项经费，自宜出之盐商。近已遣人纠合商人，众情踊跃，八九望成。弟又与上游陈明，拟不请道府大员，即正印亦不派用，专请熟习河工之佐贰，择其才具练达、操守可靠者用之，以便吾与阁下驾驭驱遣。吾两人世交契好，上游亦已知之，谅此意当有同情。舍五弟前来查勘，即望指示一切。筱传近有信，仍捐直隶否？不具。

上 张 制 军

天津迎谒，屡荷温言，更赐宴间召之密坐，旧意深轸于帷盖，高情下逮于刍荛，礼数独宽，悚惶并至。初承明问，不知所云，退竭愚蒙，敢无一得。窃谓法越初约，中国若为弗闻，致有今日之役。事至而后为谋，此鞭马腹之说也。铁路未开，电线未设，征兵调饷，动辄濡需，而侈口言防，无谋人之心，而为人所备，此至拙之计。将才未得，饷需无措，不惟水陆练兵若干支之说，徒托大言；即云两广、云、贵，未雨绸缪，亦适为外人所窃笑耳。某私独以为，中国目前之患，不在弱，而在贫。自古及今，未有富而不强者。今求自强而不知致富，是恶湿居下之类也。然则自救之策，应以开采云南矿产为第一要义。果能筹借洋债，行文出使诸公，在外访聘名师，更得读书明时务有血性者主持其事，三年之后，必有成效可观。贾人百万，不足计事也。矿产既出，即于开矿近处设立局厂，专学洋人炼冶之法，计亦不过数年，可以尽羿之道。由是闽、沪、天津各局所用铜铁，不必购自外洋，一皆取之滇产，而以其余委输海外，则中外大利，尽归于滇。制器练兵，绰有余地，转弱为强，易如反掌，盖不必待经营之成也。即甫经缔造，而敌国窥吾志量，固以望风而沮，逆折萌芽矣！不得此术，而纷纷议兵议防，徒乱人意而已。愚虑如此，未审有当万一否？某违侍旌节，倏已九年，狂瞽犹昔，而揽镜自顾，已成老翁，徒以学无成就为憾，绝不敢妄言时务。昨劝盐商修浚滏河者，缘窃禄此水之濒，窃见畿南各属，均以无水为患，舟楫不通，钱谷不流，地方穷瘠，正坐此弊。漳滏旧本合流，漳分而滏又得滹沱之助，濒河颇受水害。及滹沱淤填南泊，改道北徙，滏源本弱，孤行一渎，磁州、邯郸处处截水灌溉，涓滴不到下游。欲令邯磁放水，既嫌农末倒置，若于他处通漳，则二水相去，动逾百里，工费浩大。故私议拟于磁州分漳入滏，建闸启闭，以资节宣。俾上流灌溉，下游舟楫，交受其利。前曾陈于前督宪，又令胞弟汝绳私赴磁州，周历查勘，得其涯略：漳岸浮沙甚多，惟三台村南二里傍岸无沙，北抵磁州南关之老君庙，共计廿里，本属人行小路，地势南高于北，约及丈余。若自三台村南开浚，引河至老君庙入滏，施工不难，为势亦顺。至于漳流湍悍，汛涨仅止数日。此数日中，虽无引河，漳滏固时时混而为一，大汛既落，势平性定，仍自顺势安流。闸之开启，必在汛落之后，不以湍悍为虑；引河浅狭，亦无夺溜之虞。滏河每遇水发，舟楫间亦通行，河槽仍未满溢，今于水落时开闸引水，但令其水适如滏水涨发之时而止，下游河身，固自可以容纳。据汝绳所勘论之，似属利多害少。惟磁州官民，皆以曲防壅水为得计，饬令磁州勘度，彼必以为难行。其实开通此河，固于磁人无损。至于经费难筹，最为棘手。查同治十年，通纲商人禀请挑挖西河，估用银五万余两，拟借用款三万两，不敷之款，各引地就近凑办。是年司详即在征存帑利项下，先行筹拨一万五千两。其后，商人旋即随引捐交，归还库垫，仍复存有捐款在库，此盐商借拨库款，不致拖欠不还之明验也。光绪六、七两年，由运库提拨银万五千金，闻即系该商等捐存之款。今若修通西河，则他处拨用该商等捐款，自应拨还应用。倘运库再能如同治十年借垫三万成议，计已得四万五千金，再有不敷，亦请仍照同治十年各引地就近凑办之议，当不难于集事。又如磁州煤窑、磁窑，亦可少集捐款。经费有着，此功保可必成。磁州复禀，计必危词沮事，伏求执事断而行之，十世之利也。某职在一州，而出位言事，良以所领州境百姓奇苦，地土碱薄，推原其故，皆由无水所致，故不敢以搀越为嫌。现令胞弟汝绳，趋谒阶下，呈请回避领咨赴部验放，倘可望见颜色，则彼系亲往目验，必能言其梗概也。

答 方 存 之

久不作书，正深驰系，顷奉来教，如获瞻依。执事宦成归里，提唱宗风，后进仰流，辐凑并进。吾县故老余韵，赖以不绝，甚盛事也。承示姚仲实、叔节兄弟，某在里早已望而畏之；怀宁刘仲仪及阮心如、高仲奎、邓绳侯、鲁生诸公，皆前时未闻，足见好士高义。某才拙学浅，少不自力，今冉冉将老，百无一成，方当羁屑一官，趋走尘土，师友在望，无可质明，展省来示，益自惶悚，乃谓所称数子得名师如不佞者导之必望有成，此岂正言若反，深讥某之不学而好为人师邪！实则自知谫劣，凡遇英俊，皆不敢妄自抗颜，前时马通伯颇施厚礼，某则逊谢不敏，为先容于张廉卿，是其明证。师道废久矣，谬者乃执退之《师说》为例，甚或一见其人，便欲罗之北面；又或执途人而为生徒，私心常引为炯戒，不轻师人，亦不敢为人师，来示奈何姗笑若是！往年好放言高论，自台从南旋，郢人之质已丧，往往端居守口，无处发挥。廉卿隔在数百里，与千里同耳。王晋卿专攻汉学，多所发明，惜其兼领志局，每岁聚处，不能半载。廉卿文集出世过早，亦疑存者过滥。叔耘志在经济，于文事固有所不暇。海内人物渺然，似世运之忧也。昨闻朝廷访求人才，凡经大臣论荐者，皆开列姓名，付外查询，而执事与赵惠甫皆与其中，或者当为冯妇乎！

与宗老松云

别已数载，未通书问，良由夙昔契分，不在形骸，想垂鉴宥，即审台候多福，凡百馨宜，至为跂祝。佺补官冀州，地瘠民贫，为通省之殿。英雄无可用武，遂至百废不举，绩状未闻。本年更值水灾，孤城片土，宛在水中。辖境被灾者四分去一，流莩①塞路，无术抚绥。苏州有愧于俸钱，子瞻无爱于官职，南中来者络绎不绝，何以应之！将欲勉吾清操，即难好行其德，不求谅于流俗，或当见许于亲知。粒叔莫齿②远行，责望之意颇巨，留此数月，深悉我艰。惟祠宇工程，本先兄唱首，不料兴修未竟，遽已亡姐。是后亲支不和，是非蜂起，越在异土，鞭腹未能。粒叔每谈及此，深抱古心，并不坚持初见。侣山兄素鲜乡曲之誉，其经理祭田，适遇讼端迭起，百用浩繁，实未

---

① 莩，安徽省图书馆藏《吴挚甫先生函稿》（手抄本，下简称《函稿》）作"殍"。
② 齿，《函稿》作"肯"。

尝干没公款，且与先兄同共患难，某于此断不敢稍有厚薄，致论议失平。家庭争讼，久则交绥，独惜无人居间，未遽融洽。先父兄每遇保庆公事，无不锐意经营，设有纷争，力为排解。吾叔同此襟抱，特以两造各在盛怒，则其势不可遽干。今幸彼苍悔祸，均愿息争，敢请鼎力劝和，俾大局坏而复全，宗亲散而复合，则祠堂未葳之工，亦可协力和衷，观成有日。笃培四兄始终在事，力为其难，感激不可言喻。二公或推或挽，吾知动必有功，区区之忱，敬以奉恳。往年负土，仰赖惠借钱财，食德数年，未能仰答。兹寄上白金十两，略解歉衷。将军山虽系废举，而圣环诸公，均为鄙人受累，兹亦寄呈十两，请吾叔为我分散。鹅毛之敬，取其意可耳！

与朱敏斋太守

检予同年解款临州，传述尊旨，并接戴厚余来函，敬悉此次各节一一仰赖鼎言。其拟办河闸二事，弟所踌躇而不敢上达者，亦蒙宛转代陈，足征平日眷顾之深，及委曲成全之意，感何可言。闻傅相今岁不令州县筹办工抚，盖诚以筹款为艰，深虑州县之借端妄费，有名无实也。弟向日亦谓：工抚之说，工不成工，抚不成抚。此次所以计出于此者，实以此闸方敏恪时发帑兴修，疏导河流，冀衡洼地，皆成沃土。及嘉庆之季，闸坏河淤，道光初，仅用二三千金，略疏此四十里河道，殊无成效。李鉴堂用官牛资本京钱八百串，用民工千人，挑挖七八日，旋以经费难筹，功未及竟。某本年春间，上禀傅相时，曾拟请款修河。其时傅相南行，曾面谕武邑汪令，俟北还再定。及七月间，匆匆禀见，未获再申前请。今幸承藩宪特恩，勤求民瘼，筹发冬抚，自应宣布上惠。惟戴厚余去后，弟旋传五分村各绅，询其各村情形，与之商论，谓：今岁穷民，如实在艰难，即应冬间散抚；如察看各户，尚可勉力支持，则拟待至明春，而将上发之款，存为工抚之用。该绅等面称：今冬散抚，民间自各感念。惟本年早谷，幸多抢获，而水久潴积，二麦不能入土，明春愈过愈难，请留至二三月间青黄不接之时，再行散放，较为得力等语。弟因告以"如此则吾意决在办工开河修闸"。该绅等欣然乐从。因纷纷为之召匠估工，屡估屡精，最后估计改撤闸底，落底四尺，方能泄冀州洼地之水。连购石、购灰、购油、购闸板及石木各工共需银二千三百余两，复加核计，尚属核实。已遣人赴获鹿采买石料，就冬令运回，以便开春兴办。至河道四十里，既议修浚，必须宽深如法，可资蓄泄，方不虚糜巨款。此间百姓，无熟习土工者，办理生疏，然修闸但系兴工，于抚无与；若开河则灾村穷黎，精壮者皆可出力得钱，老弱因之蒙惠，此于抚恤，实可兼尽。傅相不准工抚，此事专赖藩宪成全耳。惟河道四十余里，河工浩大，春间原拟半资民力，今则被灾之后，断难望之灾民。惟有吁求上宪，宽给春抚，俾可凑集办成，是藩宪复成方敏恪之功，而执事恩泽亦滂流冀土。今来函闻有六千之说，此则万不敷用，仍求执事委曲力陈，明春求给八千金，则吾事济矣。又此四十里中，冀州止十余里，衡水境内廿余里，必应州县合作。冀州既蒙抚恤，衡水未便向隅，况该处各村，亦宛在水中，即不办工，亦应求给春抚。可否再借鼎言，为求衡水春抚四千金，通归开河之用。此则全恃执事大力，非弟之愚陋所能仰邀渥泽也。闸功尚不必有人相助，至修河，则道里辽远，必须耐劳勤奋之员为之照料。戴令暂署安平，若兴工时，仍欲求其回任，襄助一切。宝令人亦明敏，惟系积累之身，此缺不足调剂，可否酌调稍优之缺？不尽。

答 程 曦 之

法人蚕食，吾无安枕之日。边帅皆无边材，乃附和清流以固荣宠。人既云亡，邦国焉得而不殄瘁！傅相必宜以老成坐镇之，不宜为其所摇，目前是非，不足顾也。

答 朱 敏 斋

前接惠示，具悉鼎力始终成全，感纫无已。藩宪允发六千，合今冬存款为八千之数。非执事朝夕缓颊，决不能得此，此尤心感，非笔墨所能达也。

来示饬令劝办盐商，缘未悉拟修之河，并非盐商经行之道，但为民生利病所在，故决意议修。若盐船则溯滏河西行，李家庄落厂去冀城四十里，盐商西去，此河南来，两不相涉，碍难劝办。至本地绅商，则均系饥荒家数，更可免开尊口矣。顷复具禀，求藩宪于所允六千之外，加拨四千金，为冀州、衡水两属春抚之数。此工实关民生利病，并非某好大喜功，专望执事为我力求，俾得此数。外不敷尚巨，容弟随时设法，就近筹措。目前官款支绌，决不敢浮报冒销，此则执事所可相信者也。宝岚村在此甚为尽心，其人亦明敏可用，惟精神较短，处无事之时，则可从容布置；若照料工程，与佣保杂作，则未免强其所难。故区区私意，欲请饬戴令还任，戴较结壮耐劳故也。武邑汪令，在任亦甚尽心，藩宪前时有不令久闲之语，昨送大计册结，便中禀荐，欲令再加调剂，不识能否允准？王检予同年，来此共事一月，诸赖指教。此公明练精实，才大心细，每发一议，皆某思虑所不到，诚僚友中不可多得之才。渠颇自重，不肯妄求，执事所处之位，当为藩宪进达贤员，如检予者，不宜久令屈抑人下。弟向不肯阿谀，即同年私交，亦往往疏落，此次折服实深，故敢渎呈左右，想胸中冰鉴，早已物色及之矣。

上宝相国

去岁家弟汝绳到京，曾上一书。汝绳还冀州，备述师门曲加晌睐，汲引勤勤，感激下忱，有逾身受。数月以来，依恋函丈，无时暂弭。徒以尘俗情状，无可上言，又念密勿勤劬，不敢以小夫竿牍，仰尘清重，是用奏记阙如。伏想苓躬万福，珍卫咸宜，私用跂祝。某废学谋官，进退失据，徒劳之职，尤非所堪。顾念百口衣食，不能不窃禄自营，真黄鲁直所云"食贫自以官为业"者。所领之州，民穷多盗，土瘠不毛，郊畿之间，最号难治。某才力棉薄，大惧不能勾当，贻笑同僚。私立课程，以听断为主，每月结正讼狱约在四五十起，庶冀穷民少清讼累，不为胥役所鱼肉，此外则尽心整顿书院，培养士人，欲化其朴陋之习。本年奉檄清厘差徭，某细加考究，冀州差徭不重，而民间殊以为苦，则皆不均之病，现定为按亩摊差，每亩制钱八文。邻境士民，皆谓为至轻至平，舆情尚为协服。至于清查盗源，则督令各村办理联庄，搜访正人为之分任，略师保甲之意，而去其无益烦碎之事。近数月来，闾阎亦尚安堵。才力所到，止此而已。至于家计，殊不能了，不揣冒昧，拟令汝绳出山，稍分担荷。东明保案，既荷九鼎重言，俾得徼幸过班。今勉措赀用，令其入都引见，晋谒阶前。汝绳质性朴厚，阅历殊浅，荷蒙拔识风尘，俾离于污浊，自生羽毛。天地生成，物不言感。伏自维念，寒门兄弟，并获负墙，宝三受知于前，汝绳被荐于后，全家尽归于恩地，群从并望于光风，揆之昔人，如此盖寡。一官羁屑，不获抠衣谒谢，自揣无可报答，惟有自力文章，歌颂功德而已。临纸无任驰依之至。

上 李 相 国

前月奉到钧谕，敬悉——。冀州被水各村，前勘三分、四分者，现已一律涸出种麦。惟五分十余村，因海子涨满，而衡水老母庙缺口，掣动全河大溜，闸口宣泄不及，又穿开闸旁堤埝，仍属消不敌长，现仍汪洋一片。海子旁近顺民庄等村，不但冬麦不能入土，即来春亦难望布种。徒以大秋早禾，幸皆收获，今冬尚可支持。来年春夏数月，愈过愈难，前禀所以敬求多拨春抚者为此。寻绎钧谕，筹款艰窘，春抚更难设措，方虑匀拨有限，必致杯水车薪，幸藩司勤求民瘼，委员复勘，因即于冬间先请四千两，想可仰邀允准。其来春数月，必应倍增此数，庶可稍辑流亡，仍求垂悯瘠土灾黎，预为措注。又查新河、冀州、衡水、武邑四属境内，滏河东岸，有民埝一道，道光三年[①]、咸丰三年，皆经缺口。咸丰时，正值粤逆北窜，颇赖漫水阻隔，贼未入境。事后以军务倥偬，亦未筹抚恤。道光初，则连岁大赈，至道光四年，行知奏稿已云"罗掘一空"矣，而冀属沟渠堤埝，仍拨给二万七千余两，以工代赈，良以冀属奇穷，虽民埝兴工，仍须官款接济也。今自吾师莅直以来，灾赈河工，惠利浃于畿甸，实为百年以前所未有，而冀属被泽，独少于他处。

---

① 三年，《函稿》作"二年"。

目前通属滏河，堤埝废坏，再不修理，必致夷为平地。拟明春通饬一律兴工。窃见官款难筹，此堤向系民工，仍拟派自民里，不敢援道光四年领款成案。惟衡水之闸，系方敏恪公所建，专泄冀州海子之水，初时开有河渠，自海子达于闸口，嘉庆、道光皆有疏浚此河成案。其后闸被河冲，损坏二孔，闸板亦经遗失，于是填土成堤，而冀州之水遂无出路。李升州曾浚海子北去之河，而限于经费，仅起人夫八百余名，兴工不及十日，是以未能收效，而闸工则更不暇议及。某春间冒昧上言，欲请赐拨防军，疏浚河道，寻方敏恪之故迹，亦拟开河之后，徐图修闸。今既被水潴浸，则河、闸二工不容偏废。昨衡水戴令奉委来州，属其核估闸工。复书谓尚不难，倘得二千金，便可整理。区区之意，拟于春抚之外，求拨二千金，以为闸费。其开河之费，则即用抚恤之款，兴工代抚。再有不足，仍请借拨营勇，兵民分段协修。似此办理，费省而功可成。钧谕谓州境少见水灾，似河、闸均在可缓。然河决大水，虽数十年一见，至如沥水贯注海子，则常年所有。且河道开成，有闸蓄泄，不惟有水可冀速消，即无水之年，亦可引水入内，借收灌溉之饶、舟楫之利。窃谓赈抚之术，计口授食，乃一时补苴之小惠，为之甚难，而全活甚少。若开河建闸，实可惠济一方，相度得宜，可收数十年之利。故愚意所及，每欲轻抚恤而重工作也。当此筹款支绌之时，某何敢市惠偏隅，虚糜帑项，凡所私拟，皆欲以一文之钱，破作三四文之用，且冀将来收此一文之利。平时求领官款，势有难行，惟乘此被灾之后，庶冀仰荷矜怜，来春抚灾、兴工，必且大烦荩画，但于他处匀拨，便可挹彼注兹。故敢晓渎干求，伏望矜许。其劝捐一事，冀州尤难办理，另禀请给功牌，不识可行否？某所筹开河修闸，妄意必行，惟须与衡水通力合作，宝令恐难任此。昨衡水县绅民禀求戴令还任，亦为转达上闻，可否仍请饬戴令还任襄助一切，为幸。

答 康 之 兄

承示《致桐城新官函稿》，弟不谓然。闻陈公乃皖省循吏，吾兄弟与之初无交谊，甫通一书，便关说讼事，适为有识所轻。此事在吾宗则为公事，在县廷则为私托。彼为本乡官长，亦岂吾辈一纸书所能迫以必从。万一性气刚方，则且谓吾等多事，抑或指为左祖亲支，甚而激使偏断，则非徒无益，转有大损，吾于彼固无相临之分也。此亦一是非，彼亦一是非，我辈悬隔数千里外，臆决如此云云。无论县官不听，即便见听，正恐士林、如山等，自此结讼方长。吾辈远官异乡，乃令伊等控抚、控督，牵累及我，未免太无防身之智。左侯相在南遇事风生，虽合肥李府尚相检制，倘令士林等乡试时，在督院控诉，非美事也。如果吾兄不肯俯纳，必欲致书，则请勿署弟名。兄于此事，前未经手，泛论尚属可行；若弟则系倡议之人，前有议字，尚在合族手中，不可前后自相矛盾。如山、怀春、士林，固皆前议修祠时各有分领之事者，今忽指为无赖罪魁，彼持原议告官，我将何辞以对！又况如山虽无乡曲之誉，近年管理公事，实无弊端，先兄引用以制族中蛊毒。今先兄骨犹未寒，而乃弟反眼挤之死地，此则九泉之下无以见先兄者。兄之本意，谓粒叔、燊兄较如山、怀春等为亲耳①，不知弟于先兄较粒叔尤亲也。有此数端，故愿勿署弟名，是为至恳。

答　程　曦　之

承惠秋石，谢谢。越南边计，朝旨持议正大，足为中国增气，惜未能内度己力耳。天主教民枪炮火药，为法内应，此案某殊不信，恐系好事者文致之。天象，某亦不信，但卜之人事足矣。敝处明年工费短绌尚多，傅相允拨万二千之数，稍可壮胆，此事有望于左右故人矣。不具。

答　方　存　之

《深志》以公暇为之，至今未成，所谓十日五日一水石者也。《冀志》则

---

① 怀春，《函稿》作"仁甫"。

不复插手矣。阁下官成早退，闭门课孙，极人生之乐事。下走赋命穷薄，自揣此生无复归休之日，倘所谓鞠躬尽瘁者耶！大著刻成几何？植翁《昭昧詹言》尚拟校勘开雕否？此书启发后学，不在归评《史记》下，或乃谓示人以陋，此大言欺人耳。陋不陋，在学问深浅。学浅，虽诹经考史，谈道论性，未尝不陋；学深，虽评骘文字，记注琐语，亦自可贵。故鄙论尝谓植翁此书，实其平生极佳之作，视《大意尊闻》《汉学商兑》为过之，幸存鄙言。不具。

答 程 曦 之

昨接二月十一日手示，具悉一一。吾辈书问疏阔，竟至消息不通，毫无闻见，是懒者之弊也。太夫人福体违和，近想早占勿药矣。鄂事究竟何如？得毋为人龃龉乎，尚希密以见告。琴生既经奏调，自以幕府为宜，奈何愿教读而不愿书记耶！鄙意请其不必假旋，望以鄙说告之。执事来书，较前笔墨特简，此入幕进益之一证也。往时曾相幕中，最磨折人，而人才由曾幕出者不少，如弟之始终故我者，不多见也。然则幕府何负于人哉！叔耘不欲还幕，实亦为贫所迫，春初有禀牍，自言不欲沉埋幕府。傅相亦摘以为言，笑曰：幕府岂沉埋人之地耶！叔耘此言未是。以弟所知，渠在曾幕可云沉埋，若李幕则名利皆有获矣，叔耘真拙于立言者也！以吾兄相厚，聊为言之，勿示人也！不具。

答 朱 敏 斋

贵州志书，久不卒业，殊为愧报，大吏督催，亦何足怪。来示有复归前好之说，弟与执事至密且旧，岂有丝毫纤介！况逐年以来，台端筹款、议人，不遗余力，他人岂能如此，私衷方感佩之不暇，夫何嫌怨之敢存！所以决计辞退者，实自揣才力日形短绌，冀州官事，已自不了，每日竭蹶不遑，殊无余功可以拟稿。一州之志，数年不成，若再霸留独办，迁延数月，告成无期，大宪督责甚严，岂能听不佞优游岁月。又闻存款将罄，前此筹款，煞费清神，书未及成，又复议捐经费，其谁应之！万一仍行越俎，眼见人钱两尽，弟虽欲成，亦且无法可成，届时执事无可如何，情见势绌，终归不成，则不如早退之为愈。台端卓异人员，迁擢即在指顾，若令迟久不成，至于执事高迁以后，代者岂能恪守萧规。有此数端，故因奉檄严催，借此辞谢，断非稍存意见，尚乞鉴原。至谓弟已承办数年，此时遽易生手，头绪纷如，无从着笔，致令执事为难，此则又无庸过虑。敝处未成各门，子贞、梅侪，均已拟有底稿，规模略具。弟既辞谢，将来设局，即在贵处书院小寓，仍请子贞、梅侪始终其事。彼皆本地绅士，义难推委。目下子贞恐无暇及此，弟欲令其秋试之后，专力办此，今冬必可告成。弟固不敢冒然谢绝，不为深州筹画也，良由有贤可荐以自代耳。若由弟办理，则穷年累月，直无了时。以此愧赧而退，望勉徇鄙请。

答程曦之

久未通候，驰系无已。顷接手示，具悉一一。执事保案，业经部准，至为额庆。天下有事，功名多途，此不过发轫之始，将来正未可量。叔耘得关道，足为幕府生色，不知何时赴官？弟与有姻连，竟未肃函申贺，疏懒之咎，无以自解，专望叔耘知我，不以此等挑斥耳。承示内意拟以傅相为海务大臣，驻扎烟台，此议未必果行。移节烟台，不如在津拱卫京辇。果行此议，于声势殊无益处。至拟调不佞之说，不过一时戏言，足见相意期待良厚。惟自揣年衰智浅，不堪幕职，所以往岁曾蒙傅相面谕，仍令入幕，力辞不敢。今栖迟此州，意在吏隐，不复挂怀时政，亦无意于升迁。昔王宏中入掌制诰，不欲复治笔砚，愿求一道自效。弟素乏吏才，窃得一官，了无自效之处，岂敢谬附昔贤。然其不乐笔砚，则古今适有暗合。凡随相节者，约有二端：一则志在利达，以幕僚为借径；一则自负材智，将欲有为于时。某自揣性迂才拙，不适世用，州县之职，已非所堪，虽有志树立，其所施措，乃无以过于庸人，若令徼幸荣显，不过一身富厚愈于今日耳。其声名绩效无可表见，则寸衷怀辱，不可告人矣。向来不肯竞进，尚属自知之明，少时奋发有为之妄见，消磨略尽，此其藏拙之意一也。又久涉世途，知穷达之有命，富贵之不足为荣，营营者未必得得矣，而所获不如所亡，甚或年命不延，祸福并域。久远者不必论，自某释褐以后，所见此等，不下数十百人。苏诗有云："深恐造物怪多取"，有味乎其言之也。故某于仕途，不求善地，不羡美仕，等贵贱于一量，委升沉于度外，其所以贪恋微禄者，徒以眷累众多，衣食无以自给耳。为贫而仕，分应辞尊居卑，又况骨相屯蹇，无载福之器；性情狷介，无逢时之术。倘仕进得志，必且不免祸殃，纵无远识，独奈何不知自谋，此其止足之分二也。又有大不可者，生长山野，不喜与贵人往来。平生游好，官至道员以上，便绝迹不通问讯；于朝贵要人，尤多所不可。与叔耘相处最久，叔耘则执政公卿、封疆大吏交章荐列。仆所遇者，前惟曾文正，后惟傅相而已。假令仆再入幕，不惟才力不如叔耘，即后来名位，亦安敢望叔耘哉！自处已审，虽有傅相檄召，亦惟有自守所见，自行所志，不敢率尔奉令也。铃阁之下，英俊辐凑，何至强不佞以所不能！傅相海涵地负，虽上方成命，吾料其必蒙容宥。万一谈论之余，再及贱子，务求执事与翰卿、琴生诸公，婉达鄙志，俾自遂其私，不胜屏营待命之至。或谓海上有警，迁延不赴，是为避危而就安，避劳而就佚。窃料时局要归，仍在和议，附托后车，亦无奔命之苦。此固决无危机，亦无劳役，明者皆能知之，无俟仆觏缕也。不具。

答章琴生

昨接手示，敬悉一一。前书自负料人，乃以诙嘲取趣，执事无烦深辩，更无须嫁祸曦之也。请款蒙拨万五千金，在上官实为逾等矜全，惟师书有已得四万五千金之说，今再禀请示，则实止四万耳。欲运署添拨五千，断难允准，而敝处竭蹶，尚不仅争五千有无，此非师相无能鉴察苦衷。来示谓"在上已为竭忠尽欢"，师相来谕，亦有此语。弟则以为不然。凡所谓竭忠尽欢者，朋友相伙助之辞耳。今所养牧者师相之民，所办者师相之工，虽求师相之财至再至三，不得为竭忠尽欢。惟当库储支绌之时，师相筹拨巨万，自系挪东补西，大费经画，岂敢不知进退，作无已之求！无如短绌过多，不能集事，舍师相实无他处可求。至于用款，则必竭尽愚忱，逐事撙节，决不稍有浮糜，上负知己也。执事在师相左右，专望九鼎一言，玉成其事。若谬相推荐，则正似巨源之待叔夜，不知其有"七不堪"也。前已作书与翰卿、曦之，略论鄙志，倘师相忆及贱子，必望婉切言之。自揣才分，为一州已不能称，决无求进之志。性情议论，皆非能效用于世者，稍进，必将一跌不复能振起。今世所亟需者，宏济时艰之才，若弟则自知其不逮，不惟弟自知之，凡师友之深相契许者，亦无不共知之。忝颜窃禄，乃山谷所谓"食贫自以官为业"者，故仆之冠不遽挂，亦不敢弹。敬布腹心，伏维亮鉴！不具。

答 马 质 甫

宋子潜到冀，接奉手书，知现经傅相派入军械所。此差计不过少与回翔，异日当别有倚任，安之可也。吾辈官职卑下，逐处随人，今之贤者，犹吾大夫有志当世者，正复小屈大伸，随时龙蠖而已。承示边事书报，越南形势，了如指掌，论兵亦中肯綮，惟后幅议近空疏，此举固无长策也。当今要人，得此书，必当诧为奇才，不致淹滞枳棘。前经僭为点定，五舍弟见而爱之，携至济南，以此久不报书，至为歉悚。执事所记越中风俗，原稿沉失，代为惋惜，顷已追补编录，甚善甚善！来书词旨过谨，殊涉客气，与执事累世通家，岂宜如此！弟陆沉州县，于时政都不挂怀，中外显达，亦多与异趋。君平弃世，世弃君平，于台端愧无以相益，惟念执事有才如此，不患不得意，但当束身寡过以间执谗口耳。

答 程 曦 之

海防大臣，有名无实，责重而权轻，傅相必以辞谢为上策。若弟则久无大志，陆沉州县之职，心诚乐而甘之，不愿稍复干进。此非矫语廉退，实阅世已久，自知才不足有为于时，又不甘以庸人自处，故以下位藏短，虽不称职，而害不及远，是其便也。必望我公与翰卿诸君，婉达鄙志，且言其年未老而心已颓，气不足以任事，弃置乃所以爱之，汲引实足以害之。如今之势，非闳奇卓荦，迈往无前之士，安能有所损益哉！不具。

上 李 相

　　前奉札饬，加拨银一万五千两，令即就款撙节，不得再请增益。旋以运库五千两，前后牵算未明，运库亦不再增，合计仍得银四万两。敬遵"不得再请增益"之谕，已于下游侯田村西南，筑坝截水，迅速开工。禀请何锐、章兆玉二员，亦已先后南来，广集忠益，群策足用。惟河闸并举，通筹工费，实在不敷。现因方价刻苦，招夫不到，然合之水工、卯夫、局用杂费融入方价，每方已合四百六七十文，上游尚恐加增。坝上之水，现虽未涸，迭经乘船测试，与下游高下只在一二尺之间，土方势难大减，而银价日贱，赈局公砝合之此处市平，所短甚多。开工之初，先就现有之数，撙节动用，稍纾筹度。开坝之后，势须多集夫役，一气速成，届时万夫在役，不能停止待费。筹思再四，惟有仍求俯准，加拨银二万两，俾不致中作而罢，实为私幸。前禀估计六万两，专就土方言之，闸工尚不在内。又开河若不筑堤，则两岸沙土随流入河，旋就淤塞。堤不碾，则松浮无用；两岸有堤，而下无涵洞，则堤外之水散漫无归。河长四五十里，河东之民种河西之地，河西之村赴河东之集，车马往来，未应断截。拟作木桥三处，桥头接修叠道，此工尚未估计。新渠浚至冀州南关，其西关以西洼地十里，仍应修筑叠道，上接高岸，方可承引新河、南宫两县来水，障入新渠，此亦雍正时已办之成迹，前未估计。现计开坝放水，约需停工十日，在工水夫，既不能闲，又不可散，拟乘放水时，修此叠道。又衡水老母庙缺口，民间无力堵筑，亦拟于放水时拨工坚筑，以宽民力，而期巩固。此两工约需京钱三千余串，应俟工竣时并案报销，合并陈明。其木桥拟俟河成之后，再行请示办理。惟堤下涵洞，现在河堤并成，不得不预筹工料。堤上碾工，亦不宜过缓，恐堆土成堤，一雨仍复归河也。

总之，某禀请之款，惟虑先从约估，后复求加；决无浮报虚数，先求多领之事。其所筹之工，必万不得已乃肯举办；所购之料，必万不能损乃肯买用。故在工各员，皆病某之局量狭小。区区之心，实欲慎节官款，若请领不得，则将废于半途，殊可惋惜，伏惟垂鉴而矜全之。

与 赵 式 斋

三年不见，前月获奉法言，饥渴一解。徒以匆匆还州，未罄衷曲，近想台候多福，公私称宜，至慰跂颂。高端甫名承绶，前就敝幕及萧廉甫兄弟之幕，其品学均可敬佩。近自南来，穷困实甚，其妻孥留滞厦门，无以为生计，待馆甚迫，前承慨允转荐，必望费神，亦解倒悬之惠也。敝处例行公事，袁鹭翁精心检察，深匡不逮。数年以来，上幕无咎无誉。近日道幕，突于月报折内，长篇大论，嬉笑怒骂，不知何人手笔。如敝处押犯较他属为多，乃到任时，面禀中堂，以为窃盗无可惩办，若每事详办罪名，则轻罪不足畏，重罪不易服，且死刑之外，彼皆玩而狎之，以拟定发配，无不逃还，此其常也。若真正是贼，而辄予开释，则民间无安枕之日矣。欲办不可，欲放不能，计惟有久与羁押，尚不失为中策，中堂深以为然。故数年以来，均系如此办理。其词讼案件，向不管押，偶有押者，则必地方极恶棍徒与犯赌者耳。究竟管押人则本官须给与饭食，每日所费不赀，巧宦所不为也。凡此等皆弟之愚拙过人处，并非近日始行多押，道宪又非近日新换，忽然长批讥讪，旁敲侧击，令人不解。又敝州判署被劫一案，悬赏购线，约费三千金。所得多系大盗，细加究诘，其为此案正贼则未能信心，以此悬案不办。若照近日真贼假案办法，则敝处破案久矣。要之，杀人必求无愧于心，不可但为宽免处分起见。此案初起，弟意不获真盗，即拟自劾罢官。后接翰卿来函，谓相意不允，令勿再以此渎陈，遂听信而止。若例议处分，则又有级可抵，岂以为畏途。所以不肯揭送职名者，实为保全同城文武起见。初报此案时，即已禀明，意欲竟归外结耳。今道署迭催此案职名，竟若劫吾所短，亦可怪也。此事究以外结为省事，尚望台端主持，至以为恳！不具。

答杨蓉初

津郡一别，忽复六年，展转尘埃，久阙书问，猥承手毕，恍接音尘。王逸梧学使，续选古文，下走未有涓埃之助，学使雅意宏长，齿及姓名，非实事也。承委作二徐祠记，文笔谫劣，不足仰承荣命。执友范无错名当世者，海内作手，未见匹俦。曾为执事代求，顾尚未蒙允诺。王宰区区画一水石，尚不易求得，负能事者固大氏如是耶！玉度谋一学幕，竟不能副望。昨得令外舅手书，神采犹昔，独羁穷可念耳。惠书久稽作答，缘闻台旆南旋，未审何时还都，故且任懒慢，想见赦原。

答孔亦愚

前日枉临，疏简为歉。吉座允升，新猷式焕，下风引企，以听颂声。下车伊始，奉派陵差，贤劳可念。承示差期甚迫，不及清查，此次自以循照旧章为是。差旋后，若能改为按亩，则差徭均平，民间蒙福不浅。其事并不难办，但查明向来应差民间实在出钱若干，吏胥、官署、乡地、衙役暗中分得若干，得其总数，按照征粮红簿所载各村亩数，每亩应摊若干。其余一切按村、按牌、按烟户、按人口、按牲畜等章，尽行裁革不用，至简至便。事前则内断于心，事定则大张告示，百姓决无异言。俟尊处举办时，弟当随时参酌，兹抄敝处告示一件、禀稿一纸附呈。不具。

答张廉卿

前接惠书，并张季直函件，均读悉。肯堂不再娶，若私有禁令，严不可破。得惠书，与共读之，乃曰：“吾师易与耳。”吾言稍切，则谬曰：“得延卿为媒乃可。"不知肯堂再娶，干延卿何事，而其私意乃若与延卿有成言，不可复背负者。公为我问讯延卿，且诘究之，事之济否，在延卿一言耳。又闻肯堂尊人，令延卿作书与阿郎，劝令更娶。延卿书乃阳劝而阴讽之，亦不解何谓也。近时肯堂归觐，退无以自娱，但致厚于故妻之党。母夫人调之曰："自大娘故后，外戚群从，皆赐爵一级也。"其梗概如此，而肯堂方始兢兢以为得计，且其意尤忽我公，此愈可诧者。来书谓：它日相与力破此惑，不患不听从。恐亦徒为大言耳。《南宫学记》尚未上石，昨已传语陆公，严督刻手，务令精好。正恐高手难得，诸公亦未必能检料此事。令兄小山先生馆事，昨亦荐之陆公，陆公见允，并附闻日本《左传》莼斋藏有校语《导岷》，倘能为我借来传抄，至以为感。拙文经改定者，晋卿已否缴还？希掷赐为恩。冀州生来谒，敬希有以教之。公今岁曾至津否？至念至念！不具。

答薛叔耘

前由天津递到手书，知去年六月曾惠一函，竟未拜读。承示筹防撤勇、驾驭远人各节，深佩布政优游，培植佳士，长袖善舞，岂比狭地不足回旋。弟承乏一州，思不越畔，海军规画，殊未挂怀。去冬至津，但闻翩联卅七将军而已。转移风气，以造就人才为第一，制船购炮，尚属第二义，洵为确论。第目前人才，正史公所云使端无穷争遍言外国奇怪利害、妄言无行之徒者也，不得谓之为才，且亦尚无造就之法。窃谓各关道当聘请精通西学能作华语之洋人一名，更请中国文学最高者一人，使此两人同翻洋书，则通微合莫之学，辅以雄俊曲雅之词，庶冀学士大夫，争先快睹，近可转移一时之风气，远可垂之后代，成一家言。惜乎此二人者，未易多觏也，执事倘有意于此乎！云石山房之举，自分清俸，课试经古，甚盛甚盛。都讲如去年南元之张謇，便是佳人。倘春试报闻，即可为执事药笼中物。此君幕才，尤为高出时流，前曾妄荐之傅相，而不知其中有不合也，情怀郁郁。令郎归觐，略附寄北物数事，伏俟处分。不具。

答 郑 云 史

方新甫来州，知执事为政勤勚，书院经费，尤为苦心经营，钦佩无似。汪次南前次捐成未缴之款，此次追缴，系属应办之件，倘有为难之处，自当随时襄助。祥村上控解犯车辆之案，敝处于十年五月批县议详后，未见详复。旋于是年闰五月，奉藩宪札：据吕明耀等呈控前情，饬州议详。当于七月廿九日遵饬详复，久无批答。顷三月初七日，按司批谓敝处所议按亩派办改用骡车之说为未协，令即转饬尊处，酌核妥拟。同日，奉司批粘抄吕明耀等续呈，并批一纸，均经转行在。案武邑以上控为能，此案应请执事悉心核拟。查改章之后，犯随车回，全无窒碍，亦无守候之事。五属均遵，而一村上控，殊出意料之外。独其州控所称，伊等一村，独办此差，且止牛驴车辆，其说是否属实？其两次司控，并未言此，疑其亦妄言也，请一并查明见示。如本非牛驴，则亦无庸议改骡车；如本非偏累一村，自亦无庸改为按亩。究竟武邑此项车辆如何派办，何以他村安然无事，而祥村独迭次司控，岂果派差偏累，抑系逞刁妄诉？今州中改章，业已三年，决无因吕明耀等上控，复还旧例之理。然必如何而后允惬，自亦吾辈之责，统望悉心筹度，衷诸至当，是为恳祷！不具。

答 郑 筠 似

祥村之案，执事谕以两策：其一，系阖村商议，有骡之家，帮同穷民雇送，而学院进京借用车辆，由县另外设法，不向该村借派，最为平允。计学院进京车辆，虽非常年所有之差，要其每次花费，必不在少。学院车辆，所省甚多，而令富户帮贴穷民，当不甚难。若能澈底考核其学院车辆每年摊派与解犯车辆所费，究竟能否相抵，解犯虽无定准，然通五年计之，可得大约；即学院车亦以五年计之，二数大凡，较然可观也。其第二策，于长雇车辆五十千之外，酌量加增，包给差役，亦尚平稳。计每差一分，出钱十千，则该村七分五厘，应出七十五千，今虽酌量加增，未为苦累。惟包给差役一层，上详时可不必提及，恐司中议驳也。至州署随到随审，行之数年，已成定例，后虽换官，不至改成延缓。缘书吏奉为故事，而前后任交代，亦以此层为至要之件。凡官决无不爱民之理，人之欲善，谁不如我；况此事在州署，乃不费之惠，绝无丝毫费力之处，何至图片刻之懒，令穷民受累耶！万一有此等情事，不妨于此次详文中明定章程，永远立案，后任稍有改变，仍准穷民上控也。该民人等预忧此层，系属过虑。总之，敝处此次新章，虽为体恤州民，亦岂肯故令县民受累乎！统俟尊处议定示知为荷。吕明耀等既未上控，应取供结。不具。

答 郑 筠 似

顷接手示，并祥村结底，具悉一一。富户一律出钱，则前策自作罢论。差役包办，为价过少，势难遵行。尊议祥村照常解至衡水交替，而由衡水解赴州者，另行领派四门轮流当差。弟于武邑向章，不甚了了，不知所谓每年五十余两六十余两者，系属何项？岂另有过路人犯，不专解州审转一项乎？若解州之犯，每年不能有五六十次之多，尊示所云经年无多不致偏累者，盖指解州审转一项而言，则祥村具结所云解至衡水交替者，岂谓过路人犯乎？若系解州审转之犯，令祥村解至衡水，又令四门由衡水解州，则似一犯二车，抑或尊论所谓四门轮流当差者，系令四门津贴祥村乎？弟于此中情节，未能明晰，不能遽参妄议，尚请明晰示知为荷。不具。

上曾相 辛未六月二十二日

违侍后，行抵清江，察看运河浅阻，舟楫不通，遂奉二亲舍舟登陆。四月廿一日行抵天津，寓舍难觅，眷口多病，在津勾留一月，五月廿六日始至保定。方伯催令赴任,以六月初十日到州受代。数月以来,奔起尘土,行踪无定。及到任之始,所请幕友未及偕来,几于一身百役,用是叩违许久,未上一书。伏维福躬万安,私用企祝。吾师还镇江南,神人豫悦,公私称意,不问可知。伏望珍摄玉体,稍节劳勚,高年精力,迥异前时,不宜过自勤苦也。直隶司道大员,下至州县,言及吾师,无不感激依恋。南来旧人,固自应尔,乃至范廉访、恒都转、费观察、恩太守等,或相从未久,或众人相遇,与之聚谈,如子弟之候问父兄。依依之情,溢于言表。皆若致憾于某别久不能具悉起居者,下至乡野老父,亦有问曾侯何在者。吾师在北,无赫赫之名,而去后之思如此,不独久居门下者闻之欣慰也。承委以翰泉求还事,致命李相,据云:"津案未久,时有余波,目前断无赐环之望。翰泉既系同乡,又有循绩,苟可援手,无不尽力,知其无济,不可妄为,曾师办理此事,本未过当,不必时抱歉衷。"并令致书翰泉,属其少安勿躁。某到保定,亲询翰泉家属,知成所尚不甚苦,该处将军颇以优礼相待。惟风土殊异,怀思中国耳。直隶今年雨水极多,有七十、八十老人皆谓生平未见之水,滹沱、猪龙两河,泛滥于深州、安平、饶阳之交,几汇为泽国,而雨势未止。初登仕版,遽遭灾岁,真属莫知所措。此州民风敦朴,胥吏无甚黠猾者,绅士无出入请托者。某初到,词讼稍繁,然民不刁健,判断尚易。苟非饥岁,勉竭心力,抚循当不甚难。被灾则贫民极多,无术绥辑矣。

上李相 <small>壬申二月二十三日</small>

惊闻湘乡相国竟已薨逝,骇愕无已,子瞻云"上以为天下恸,而下以哭其私"。某以草茅后进,承曾相招之门下,扶植而裁成之,至六七年之久,私恩亦云至矣! 甫别一年,遽成永诀,痛何可言! 而又会当今元老,惟师门及曾相两人。方之周、召,不复多让。今曾相沦亡,吾师以一身任天下之重,前望后顾,无与共济之人,所处信难。念及此,又不仅某等区区私感山颓木坏之悲也。史副将回,具悉师旨,即日遣该副将前往致吊,仰见笃念旧义,崇重耆硕之意,曷任怅慰。光浦云:劼刚意求师门一奏,钧意以饰终之典,已极优渥，欲徐俟异日。窃谓当今已无作史之才，虽间世伟人，一入庸手作传，便至黯黮无光，以不能得其人精神气象也。知曾相深者，惟吾师一人，似宜速办一疏，俾宜付史馆，以为百世实录。曾相之于胡文忠，亦是意也。至如乞恩录后，不足为曾相重轻，固亦可急可缓。栗诚无论如何施恩，总以勿赏科第为贵，此曾相意也。

上李相　壬申十一月十八日

本年水灾过广，师门办理赈务，殚极心力，非独惠养苍黔，所以为国家培植元气者至深且远，听于下风，曷胜舞蹈。畿甸今岁盗贼较往年为少，盖穷民相率就赈，不复生心劫夺，已有明效。深、冀一带，有史副将练军，搜扑积贼，极为出力；入冬来，某亲谕各村轮流支更，一家被贼，合村齐起。务令各村自保本村，近尚安谧无事。此州旧俗，一村有乡长一人，有月头十二人。月头率系殷富之家，分领人户，有条不紊，得保甲遗意，此善制也。州境义学，凡二百余座，皆乾、嘉时所置，从前规制极善，近则百弊丛生：有豪民侵占学租移作他用者，有劣师识字有限每岁把持者，有移丘换亩匿多为少者，有捏造师生指无为有者。某拟稍加整顿，择其地亩较多者留之。其地亩少者，则数处归并一处，务令足给膏火，用书院考取之寒士为之师。其废坏难复者，即将学租查归书院。义学散无统纪，不如书院之易于查察。凡子弟真欲读书，未有送入义学者，书院则经费稍裕，必可造就人才，故私意区划如此。惟此举为奸民所不利，不无怨谤耳。滹沱正流由深泽入安平，其枝流由束鹿入深州，本年改向南趋，系在束鹿境内，现在未刷河漕，应俟明年，方识水势定向。

与李采臣廉访　癸酉正月

某承乏深州，毫无绩效，外惭知己，内负生平。到官两载，并遇河溢成灾，流冗塞途，抚绥无术。夏间捐置孔庙乐器，召募佾生，设局肄习。其琴瑟埙箎排箫等器，近世渐已失传，稽之载籍，得其造法，并可鼓吹。肄成之后，共用八十八人，请一律作为佾生。及学使按临，执乾隆旧例，谓止可用四十人，嫌佾处用人过多，坚执不许。不知所谓四十人者，乃当时六佾之数，外备四人更替耳，歌工乐工，固皆不在此数也。折腰尘土，行止不得自由，令人生拂衣江湖之想。

上李相 <small>癸酉三月二十二日</small>

初五日燕郊拜违，初八日返深，家严病已危笃，下州荒僻，医药两不就手，竟于十四日申刻，奄弃诸孤。此由某罪恶盈贯，上祸所天，摧肝裂心，百身莫赎。丁忧禀牍，计已上达钧览，目下殡敛成服，草草办事。专俟新任受代，即当扶丧侍母，南还营葬。惟两年承乏深州，荷吾师逾格优容，毫无报称。所可告慰者，未肯朘削灾黎，以饱囊橐。全家数十口，绝无负郭之田，服官以后，未尝增置一金之产。此次南旋资斧，现尚一筹莫展，迢迢数千里，无计谋归。曾经入官受禄，告贷又复无路，若全家留滞北方，父丧不能归葬，此则断断不忍！赋命穷薄，遭此闵凶，反复思维，智尽能索。上负知爱之恩，衔哀叩谢，草土瞀乱，他无可言。

上张中丞树声 <small>癸酉九月十五日</small>

昨由刘俊卿观察遣使赍送惠书，诵悉爱注勤拳，相厚之意，无有纪极。六月江行，荷蒙派拨轮船，老母免受风涛之恐，感切次骨。来教谕以苏省情形，谦冲过度，仰见大君子励精图治不自满假之盛怀。朝廷眷顾南服，倚界我公。良以财赋要区，表里江海，非得老成硕望，有文武威风如执事者，不足继轨曾、李，镇抚华夏。执事精心密运，日昃不遑，吏道蒸蒸，元气苏复，文通武达，恢恢有余，仍复谦怀下问。虽以至愚极陋如某等，亦且不鄙在远，思欲网罗门下，令献其抔土，裨益泰山，若唯恐其不至。某何人，曷克承兹矜宠！往时辱荷曾文正之知，谬参油幕，其实于世事多不通晓。文正之意，不过谓"孺子可教"而已。执事若采虚声，强令厕居幕下，大惧才智谫劣，上负知己之求。加以斩焉衰绖，分应祗奉几筵。昔范希文居丧教授，尚为贤者所讥，况乃参谋帷幄？无论世人谤讪，方寸亦实不安。唯三年薄宦，不名一钱，老母就衰，无以为养，不能不奔走衣食，亦势之无可如何。小祥之后，仍须出营甘旨。目前营葬一节，迄未就绪，乡里绝少葬师，买山亦无资斧，奉安兆域，未卜何时。尘俗纠纷，未能即赴宠召，尚希曲谅鄙衷；一俟窀穸有期，定即趋赴铃辕，稍伸谢悃。

答汪毅山观察 癸酉九月十六日

手示诵悉。前在北时，曾拟三年读《礼》，不肯奔走衣食，此意已为合肥所知。既不留滞北方，亦决不薄游梁、宋。惟罢官以后，不名一钱，朝夕饘粥无以自给，不能不思长计，来年恐当求人耳。

答黎莼斋 癸酉十月三日

勉林来信，言阁下致渠书云："至甫堕入火坑"，谅哉，如吾莼斋者，可谓知我矣！薄宦北上，往返资斧，已破数千金，所尤抱痛者，牵率先子，羁魂异乡，瞻望松楸，此恨何极！日来欲卜兆域，而不知其方，精此术者，亦未获一遇，祸福不足论，吾先君体魄，岂可奉人蚁泉之区邪？归家后四壁萧然，方忧饥寒之不暇，亦以此自慰，内可以令先子瞑目九京，外可以无愧于曾相。然衣食之课，究竟不可置之度外，斩焉衰绖，将恃何术以为生耶？

答李少郏 癸酉十一月二十九日

弟接齐澹翁来信，传述李相之言，招弟入幕。先子尚未安葬，不能远离。自七月以来，江苏张振帅三次函请，义难推谢。前于澹斋信函未到之时，敝处复书振帅，已许以小祥之后当即赴招，则明岁恐难到北。将来窀穸事毕，定即投奔李相，以报知己耳。

复李相 癸酉十一月二十三日

奉到冬月望日赐谕，猥承垂注，感激涕零。某前禀缮发，迭接振轩三函见招，情谊恳至。复书许以期月之后，出而相从。赐谕饬令北行，传教门下，既以稍酬知遇，亦可借秉钧诲，于仕于学，均望进阶，私计可谓至便。虽坚辞振帅，渠亦不得以成约在前，便相鄙薄。惟先君葬地未得，不敢弃丧远行，拟于来春竭力营求。倘能早卜宅兆，大事告竣，即当趋谒马前，敬效奔走。由一时猝难就绪，则拟暂在南方栖迟，便于往来求索，庶亲棺不至久停。某此后功名学识，一奉函丈为依归，趋侍日长，只以亲丧自尽，伺候稽时，悚皇何极！

与兄弟 庚辰二月十五日

花朝接陈二来信，内称吾兄病势甚重，令五弟回家一行，当拟将五弟留在北方，弟自遄返。逾一刻许，又接汝维送来七弟亲书手迹，据云病势十退八九，医谓万无一失，因又商定不归。惟祝我兄病日痊除，方可免外间悬念。此病自系外感，误作内伤，妄下补剂，遂致加重。汤、陈二公所用之剂，是否对症？至为悬悬，尚请七弟寄信稍勤，是为至要。顷于二月初三日交卸天津篆务，是日曾作书寄银三百八十余两，不识何时收到？兹二兄如此大病，谨再措寄二百两，暂敷调摄之用。交卸后，补署略无消息，囊中空空。

与熙甫 庚辰三月

前因吾弟止勿南旋，谁料竟与伯兄永隔幽明，伤何如之！伯兄以穷愁抑郁不得志，赍恨而死。诸弟皆多隐憾，死无以见先人于地下矣。二亲殂谢，独恃兄弟无故，尚有生人之趣。今伯兄遽弃诸弟，吾等将若之何？弟系病躯，千万自保，勿过伤为属。兄意伯兄如此，吾三人不宜南北分隔，父母支下不能不全行出来。弟知吾意，可料理出门计。吾与五弟或同归，或一人归，均难在家久居，故先以见告。来书字迹，手战不成笔画，病耶？伤耶？

与两弟 庚辰五月十三日

七弟谓家中不能无人，全眷不宜遽出。此乃为兄规划长算，出于爱兄之至诚。兄言不能缓者，亦全为七弟不宜劳累，不欲久离而设。吾性爱读书，于官不相宜，每念李、杜穷困而能辞荣，今人则姚、梅诸公亦能之，高山景行，不可及也。官直隶者，前有赵惠父，近日闻方存之亦已辞官，吾甚羡之。而吾方移家北来，此岂吾心所安者！徒以事劳，实逼处此耳，念之怅然。

与王晋卿 辛巳闰七月十七日

鄙抄《尚书》，实以《史记》为主，史公所无，乃采后贤之说。窃谓古经简奥，一由故训难通，一由文章难解。马、郑诸儒，通训诂不通文章，故往往迂僻可笑。若后之文士，不通训诂，则又望文生训，有似韩子所讥"郢书燕说"者。较是二者，其失维钧。若汉之相如、子云，文章极盛，小学尤精，盖于诸经无不淹贯。惜《凡将》《训纂》诸制，后人不得见耳。子长文字与六经同风，又亲问故于孔氏，盖不徒习传师说，兼有默讨冥会、独得于古人者，惜不得此才解说全经。其采摭《尚书》，但自成其一家之言，故不能多载。然则其偶有解释，其可宝贵，岂复寻常。自汉以来，经生家能通文章者，独毛公一人，其说经独多得言外之义。其释《采芑》云："陈其盛美，斯劣矣"，此文家之微言也，他说经者不解此义矣。文事之精者，不欲以经生自处，所谓"《尔雅》注虫鱼，定非磊落人"也。唐宋文人，于六经能抉摘隐奥矣，其所短则古训失也。朱子于理学家独为知文，其说得失参半，又其文事未深，故古人微妙深远之文，多以后世文字释之，往往不惬人意。我朝儒者鄙弃其说，一以汉人为归，可谓宏伟矣。唯意见用事，于汉则委曲弥缝，于宋则吹毛求疵。又其甚者，据贾、马、许、郑而上讥迁《史》，蒙窃未之敢信。凡鄙意之于《尚书》，其说如此。又汉人最重家法，当时老师宿儒，各有承授，后生笃守，不迁于异说，是其长也。然豪杰之士，如叔重、康成，则皆欲奄有众长，不能墨守一先生之说。今世后学，实无专师，古书具在，乃不能观其会通，而斤斤于汉儒之家法。此非子骏所谓"专已守残而妒道真"者耶？尊论"不知训诂能得义理"其说精矣，至"不欲离训诂与义理为二"，则本亭林之论，于鄙心尚有未安。乾嘉以来，训诂大明，至以之说经，则往往泥于最古之诂，而忘于此经文势不能合也。然则训诂虽通，于文章尚不能得，又况周情孔思邪！故鄙意于学，谓义理、文章、训诂，虽一源而分三端，兼之则为极至之诣。孔、孟以后，不见其人，自余则各得偏长。如谓训诂与义理不可离，则汉之儒者，人人孔孟矣，恐未然也。《尚书》说中，鄙言多系一室之见。所示各条，皆极精当，容再细读。日来初到官，尘冗不及一一。

上李相 辛巳闰七月二十五日

某自七月廿八日上船，此月初五日行抵郑口，以道路泥泞，车马难觅，初八日始至州城，初十日接印视事。连日访询李守地方情形，承蒙倾怀见告，大约地瘠民贫，盗贼出没，枭盐遍野，李守颂声载途，尤以治盗威名为最。某吏材寡薄，承乏其后，大惧不能继踵，有点①门墙。唯有竭尽思虑，振刷精神，以期减免尤悔。来时经历道路，及接事后因事下乡，所见禾稼，尚称中稔。至私盐充斥，实亦了无善策；平毁盐池，既属势所不能；化私为公，亦属窒碍。李守在此，宽小贩而严禁大帮，最为得法，某亦拟恪守萧规。李守所用建勇，诇察巡逻，甚为得力，某现与商留数人，拟试行仿办。但赵广汉钩距之术，他人不能仿效，倘用之不善，其弊滋多。将来随时察看，若无甚益处，仍即随时遣散，免致"画虎不成"。所幸杨西园所派哨勇，队伍精整，该哨官夏殿邦老于行伍，约束严明。目前南宫、新河、衡水各该县令，均办道差，州属守土之官，出境者居其大半，地面尤为吃重。现与该哨官议定，分队住扎巡防，随时策应。唯该哨兵力过单，地段过远，饶阳、安平已由杨西园另檄他哨就近巡缉，似可无虞疏懈。南宫南与临清接界，枣强东与故城、景沧接界，均需不时梭巡，以期周密。年谷顺成，盗贼较少，但能访准的线，禽治著名剧盗数人，便可静谧无事，固亦无须多兵也。李守在此，革除钱粮包揽积习，章程尚称妥洽，前与谈及差徭不均，该守颇以有志未逮为慊。某前在深州，派办陵差，改按地亩摊派，百姓颇以为便。今年陵差，亦宜改用按亩章程。深、冀风气略同，惟深州改章，系到任一年以后，官民相信，今初到即行改章，未识能否踊跃耳。

与赵君坚　辛巳十月二十二日

此州书院，经费缺少，若②无明师。近颇存幻想，欲屈王晋卿兄来此都讲，不唯州人得师，即某亦借叨教益。晋兄倘肯屈就，无论经费支绌，其山长修脯，应由敝署足成四百金。至畿辅志局，晋兄分纂何门，仍可携来控著，于通志实不相妨。不识此外晋兄尚有别事否？务祈台端为我探询，为我游说。

---

① 点，此处疑为"辱"。
② 若，此处应作"苦"——本书选编者注。

倘晋兄见许，其黄寿翁处，我请执事为我先通关节，再由敝处切实函商。老弟足智多谋，饶有乃翁之风，想可成此盛举。晋兄如何方可俯从，寿翁如何方可见听，老弟必能得其要领，密以见告，即可恪遵，一心皈依。专恃季布一诺，是为至感！

与赵君坚 辛巳十二月四日

鄙事迭费清神，感纫无极。寿翁来书，颇含怒意。此事小子无礼，岂敢妄有触犯！黄丈、黄丈！天下事岂不容商量邪？来示缕述情势，指授一一，某便当举国以从，诸请卓裁主政，总勿令功败垂成，是为至恳！事成，吾唯子之赐；不成，吾唯子之怨。专求示一准信，勿再作可成可不成之局，至恳至恳！

上李相 辛巳十二月二十三日

前聘王晋卿，缘往返函商，迄未决绝，故敢上渎。及读钧示，知寿翁坚不放行，已作罢论。后又接赵世兄实来书，则前寄关聘，渠为转交，谅已商明寿叟。书院山长，无取过高，缘欲根氏稍深，究以帖括为主。此州经费短绌，束脩已拟捐加，然膏火无资，来者仍属有限。现请以五县每岁捐款酌提十年，可得千六百金，在各属不甚为难，在书院不无小补。又各县所捐江南灾赈，为数止二百余金，既无益于恤邻，又无当于报德，亦拟归入书院。二事另有禀牍，不识是否可行？深、冀一带，赌风最盛，某于词讼曾无罚赎之事，惟拿获赌犯，则于枷责之外，辄以罚惩科断，冀稍补益书院，分文不入署中。缘奉檄禁止私罚，用敢附陈。此外则僧尼不守清规，庙产亦查归书院。皆因齐民瘠苦，不能不为此牵萝补屋之计。今冬止得微雪一次，阳和早泄，来年恐再遇旱蝗。本年秋间，蝗蝻已处处闻见，入春纵下令搜掘蝗子，亦恐不能一律净尽，私衷尤为隐虑。

与赵君坚 壬午二月六日

鄮州师席，深荷一言九鼎，终始成就，足征见爱逾等，感何可言！更闻以此见忌侪流，尤为蹴踏无已。惟丈夫作事，但冀称心而出，不愧师友，众人谤誉，固不关怀，想贤哲固早已及此。鄮州人士，虽云固陋，至闻晋卿大名，则皆倾怀悦服，近日扫除书院，敬待师尊，仍请执事迅为劝驾，俾得早临。

与刘荟林 壬午二月十日

此州地瘠民穷，一无可为。顷有鄙议，欲自磁州开漳入滏，以该州二河相距不过廿里，施工甚易。滏河来源本少，加以磁州、邯郸等属节节截水浇地，涓滴不到下游，用是顺、德、冀、赵各属，舟楫之利尽失，而盐商受害尤甚。向来芦纲专走滏河，今滏河无水，众商改走运河，盘运耗费，比走滏河多至十倍。成本既重，销售愈难，私枭愈益充斥，此盐政之大患也。若行敝策，则盐商获益不赀。有以"下游水多、恐漳、滏合流，河身不能容水"持以相难者，不知开漳入滏，即于所开之处议建石闸，以资启闭。水长之时，下游滏水亦自足用，无须借漳，则闭闸以分二流；至水落之时，滏河干涸，始开闸以资利涉。此于下游全无障碍，不足疑虑。又有谓"漳、渭入运，若截漳入滏，则运河无水，有碍漕运，必为上官所持"，则某又有说以解之。开漳设闸，水长之时，仍令漳水入运，计南漕过河，总在盛涨之日。黄河发水，漕船方能北渡；黄河未发盛涨，则漕船尽隔在河南。运河有水无水，与漕船无涉。一经涨发，则黄水足资浮送，亦无赖于漳。又况开漳归滏，全系水落之时，补其不足。此则于运河毫无妨碍也。正月谒见傅相，略言大概，傅相但言无费。鄙论则谓此项经费，应须出自盐商，盐商能筹费则事必可成，不能筹则徒为画饼。既以此答傅相，因查往年盐商曾经公禀修治滏河下游，系由通纲按引派捐，缴入运库，先由运库筹垫，拨济要需，收捐归款。其时议已奉准，因同治十一、十二等年连岁大水，已有水运送，遂作罢论。当时仅治下游，尚系通纲筹款。今自磁州开通，则上下游一律畅行，其应通纲合筹，自不待言。且盐务修河，派之通纲，不仅一次。查前修府河，亦系如此办理，况某所筹滏河，实关芦纲大局者耶？此事但得上官允可，则固盐商所祷祀而求者，亮不致推委观望。务求不惜齿牙余论，怂恿众商，俾成此举，则沿河州县十世之利也。至于水通之后，引水以灌盐池，堵私之策，无妙于此者矣。

答张季直 　壬午七月十七日

前在天津，过从屡数，千里闻声，三年愿见，忽复瞻对，快慰何如！离天津日，于车中接手书，告知范君已襄助廉老撰辑《湖北通志》。前议料应中寝，遂未奉复。兹接六月十日惠书，敬悉一一。吾子学赡而性通，得当代大贤而师事之，泂海内瑰玮雄俊士也，乃于下走引坡、谷为比，此何敢当！吾意公当为当代少陵，仆虽才谢王、李，而卜邻求识，窃有微尚耳。铜士《鄂志》之役，自不宜辞，若肯惠顾，当令遨游张、吴之间，修志固不必朝夕追随，即敝处之馆，亦岂肯终岁羁绊。鄙意如此调停，似属一举两得，北方孤陋，知张叟当亦怜我也。

与吴小轩军门 　壬午八月三日

昨得天津书，知高丽内乱，上轸庙堂，雄部已抗海深入，兵志所谓"先人""夺人"，此行殆庶。未审近来彼中何似，耽耽旁睨之徒，不致蹈瑕抵隙否？计旌麾所指，必当传檄而定。闻丁、叶二公拔队并进，是否并归统辖？若各树一帜，则并力一向，正未易言，幸今时海道捷速，内秉庙算，当无杨仆、荀彘之事耳。

与丁雨亭军门 <small>同日</small>

一别三载，台端远使西域，巡抚东藩，所至皆他人不能为之事，勋望鼎盛，附在游好，深用私幸。海上水师，得名将练习，一洗从前孱弱之气，不惟铁舰足埒西邻也。钦佩钦佩。顷得天津书，知朝鲜内乱，旌旆已横厉浿水，成军伊始，发硎之刃，就此奇功。仰以张中朝远抚之威，俯以练海军生力之效，此行实御侮全势，翘盼捷音，将腾歌颂。

与张季直 <small>同日</small>

昨闻五师东征，筱帅当执牛耳。高丽内乱，不难应时敉定，独外患未易消弭。能者处此，必有歃血定从之才，口舌之功，终当在行阵之右。

答张季直 <small>壬午十二月三日</small>

朝鲜论功，执事临组不缧，对珪不分，真有古人风节。独其临事龃龉，欲寻赤松者，究果何由？得闻其梗概否？东藩人才稀少，国势岌岌，不可终日。执事六策，皆膏肓箴石。吾见其来使上国者，大率儒缓柔懦。昨在保定，与其大院君一谈，其人尚有英气，其才当十倍郎君耳。今东南二边，颇费经画，似中外老宿皆无良策。鄙意当得英鸷将帅，分往而征二王入朝，因改两国为行省，变易政令，犹可有为。惜吾达官中，亦无堪办此者。朝廷习于仁义，亦决不肯乘危邀利。然循此不变，终为他人有耳。时局如此，非虮瑟小臣所可妄测也。铜士既有《鄂志》之役，自难北来，执事谓其弟仲木，颖敏介絜，工骈文，能诗，闻之令人敬慕。廷试时能一至冀州，无论屈留与否，皆慰饥渴。近日李相、振帅同意聘请廉老都讲莲池，廉若不来，鄙人尚拟自

231

媒，倘得此席，吾可以终老矣。廉老处弟亦有函劝驾，渠来亦吾所深愿。此二策者将必有一可。

与李佛生 癸未年

今秋直隶大水，吾州三十年不见水患，现亦水围城郭，数月不消。缘自州北至衡水地势迂下，现因衡水民埝决口倒灌，数十里汇为巨浸，皆古时葛荣陂故地也。今则庐舍田墓灿若列星，水之吞噬，无复干土。州之西境，则新河民埝亦决，弥漫四野。被灾百余村，虽经分别勘办，而杯水车薪，何足全活灾黎！

与周玉山观察 癸未年

伏查此州，自闸废河淤之后，下游十余里日就高仰。闸口筑成堤埝，内水全无出路，内洼地雨，高于滏阳河底，竟至丈余。故区区愚见，决以浚渠泄水为有益。既请官款数万，尤欲慎重其事，必开浚宽深，乃望可以持久。而经费短绌，不能如其私意所期，此诚固陋之心所踌躇而却顾者也。尊示出入恃此一沟，终恐清浊相顶易淤，洵为老谋卓见。尚幸滏水清流，向来平静，内洼潴水，所以浸渍生碱，亦正坐清而不浊。现拟两岸筑埝，不令沙土随流竞下，淤塞或可稍迟。又滏流微弱如线，常年一涨便消，横决甚少，水大之年，会合他河，乃有溃漫之患。冀州并所属新河、衡水、武邑三县，民埝绵亘数百里，冀州埝工，视三县尤为坚固。本年谕令州县一律加高培厚，滏水涨发，开闸引入新渠，不致决入洼地。若雨多水大，新渠与滏河并涨，究如来示内水消迟，滏落较速，终以开泄为是。鄙虑所及，敬以上陈。边事日棘，朝局一变，坐论者于邦交之道不量彼己，新进者鄙老成之谋以为迂懦，终恐无计收拾。公等力为其难，傅相势成孤注，蚍虱小臣，徒恤螯讳而已。

与张廉卿 癸未十二月十四日

所筹之工，亦系古人成迹。冀州北境，直抵衡水，地势洼下，乃昔时葛荣陂也。乾隆时方恪敏公建石闸三孔，宣泄得利。嘉庆以后，闸废河淤。弟现拟将闸底移深，改为一孔，而浚此四十里河渠，使可通舟楫。不惟沿渠得灌溉之饶，将使荒城渐成繁富。私计如此，不敢必其成效也。

与萧廉甫 癸未十二月二十三日

前接惠示，荷蒙执事于运宪前一一代陈，仰邀允诺，照禀筹垫，一面劝谕西河各商，按引摊捐。运宪此举，真古之豪杰所为，近时大吏所无也。身被恩泽者，宜如何感恩诵知己耶？抑非执事知契夙深，齿芬光被，某何人，安得结知上官如此！不惟小人敬拜仁言之赐，即冀属生灵，亦当焚香顶礼，世世不忘，此非口笺夸谀也。昨接运宪来示，细询此工能否收效，河水能否敷用，私贩能否杜绝，语语均关切要，益佩运宪才智缜密，实事求是。因胪陈所见，略无饰词，致负知己，笔墨冗长，未能尽意，仅为执事备陈一一。州北地形迂下，积水潴停，致成碱土。凡盐碱皆生于旧时河泽之区，往年敝州西路，迭被河决之患，碱土最多。近时碱性渐变，土可种植。而东北各村，因衡水闸坏，填塞口门，水无去路，停积不流，遂至斥卤弥望；方四十里，地不生毛；于是东北私盐，为一州最多之处；州西各村，间有私池，仍多潜赴东北洼地、振起碱土者；此目前实在情形也。今所议开之河，专欲灌溉东北碱土，内水一过遂出，外水一涨遂入，常有活水通流，决无生碱之理。不徒淹浸私池之功，使四十里中碱土得水，变为沃壤。纵令私池不能尽淹，而无处掘取碱土，虽有私池，亦属无用。故前禀以为拔本塞源之计。敝州西南，地多膏腴，其所以著名贫瘠，则徒在此数十里，斗大之州，乃有方四十里不毛之地，安得而不穷困？至于滏水来源本弱，原难敷用，然自非大旱，则每岁必有涨发之时。乘其盛涨，引水入内，闭闸蓄留，灌溉略可足用，便商便民，无逾此者。至如私贩，则各属皆有，弟所敢保者冀州，不能使他属尽绝也。此时由运宪垫发，将来劝办商捐，则西河各商，弟所习知，良莠颇为不齐，众论未易符一，惟有运宪主持办理，伊等决不敢抗，敝处此工，其益各商者实非浅鲜，各该商固所习知也。"造浮图者当合其尖"，此事仍专恃我兄左右赞成，俾不惑于浮议，至为恳祷！

与王晋卿 甲申四月四日

接读三月廿八日手示，敬悉一一。弟本无百里之才，谬处劳人之职，不能镇摄一城，传笑寮友，内省负疚，惭不可言。执事儒风侠骨，代筹雪耻，感纫敬服。直以为古之石交，非近今所尝见也。刘永胜已承代招，不啻绛侯之得剧孟。项已遵示作函，请姜晴川商借，即请饬交，并寄去刘永胜盘缠二十金，亦希转给为荷。王岐山为至宁晋、藁城、赵州、高邑、元氏、晋州、束鹿、深州、安平、武强、衡水等处，并无消息。敝处各役分赴南宫、威县、隆平、巨鹿及山东临清州、恩县、丘县、武城、德州等处，亦无消息。衡水所获之刘二磨，供系李矬子为首。现将李矬子获案，讯无头绪，此不足凭信者。昨有人查缉，谓是周家口来者，亦已遣人赴彼访缉。又静海扑役任国安，弟曾用过。近闻其屡获巨盗，已由天津各道赏给职衔，虽遣人召募，恐未必来。此案逾许久，遍访不得踪迹，至为愤恨。刘永胜倘为破获此案，其能名远在数百里外，不仅照格给赏也。河工民夫多受累潜逃，目下外县熟悉工程之夫，陆续到者千余人，昨赴工查看，伊等条理整饬，人可挑工两方，惜坝下不能多用工役，恐开坝放水时，无工可以位置之耳。开坝之后，意欲多招，以期速蒇，已遣各夫头分投招致，或不致裹足不前。贵县有久领工作之夫，亦可代为招揽，其来时脚价，由局给发，民夫每名三百，外来路远，尚可从优。

上宝相国 乙酉三月六日

前岁胞弟汝绳入都，渥承训诲，是后久违杖履，笺记阔疏。伏审动止康愉，餐居百适。招子房赤松之侣，开晋公绿野之堂，荣观超然，襟怀弥邕。大谢所称"兼怀济物，不婴垢氛"，昔闻其言，今见斯旨。某伏见往代遗迹，每当季末，则上多幸位，下有遗贤。独近岁以来，二三元老，方且弘济为怀，顾瞻百寮。乃绝无通晓时势之选，钓名射利，附托清流，但望位望之飞腾，不顾典型之颠覆，涓涓不塞，驯致一变而无复之。如去年之局，乘除新旧，乃二百余年希有之局也。往年从曾文正军中，泛论人才，独于太冲有微词，某尚以为颇杂恩怨。近岁入朝，闻其设施议论，不禁兴步兵广武之叹。其余年少劣生，以口舌得官者，更不足论。此辈布满中外，安望抚绥四夷，控驭得理哉？吾师于此时洒然解释重负，真奇福也。近闻法、越之衅，似可渐息。倭又乘间要求，将来之变，更有大于此者。蚍虱小臣，正多恤纬之虑耳。某承乏冀州，倏及五载，民贫地瘠，无可表见，惟于断狱、弭盗二事，稍竭愚忱。前年滏水溃决，州境汇为大湖，请于上官，得银五万余两，于境内开渠建闸，经营旬月，始克告成。州人朴陋少文、为筹增书院经费，延请名师教授，比年以来，似收小效。惟缺分瘠苦，私亏岁增，私计殊难自了。贫者士之常，忝附弟子籍中，决不敢苟贱不廉，钻营升调，以辱师门。吾师当国时，绝不敢以鄙状上渎，恐涉望援干泽之私。今乃絮聒及此，诚师弟子之情，湮郁既久，发为衷言，遂涉笔不能自休，不自知其词之冗也。

与王逸梧同年 乙酉三月

往年委撰老伯母墓文，曾由驲寄长沙，并论及叙述阃德，昔人所难，不善为之，易入尘俗。故不敢删拾年谱，而别出一义，冀稍脱凡近，迄未读覆示，犹以为道远莫致。及去岁阅朝报，知台从业还都下，亦未奉到惠音。恐前稿中道浮沉，未经达尊览，敝处亦未存稿，兹追忆缮录，敬呈左右。文既不足观采，立议又颇涉愤世，无周身之防，不足出以示人。执事取其意旨，不须勒石墓道也。

与张竺生 乙酉四月

中外大局，近闻似归和议，此幸事也。今时上下俱穷，此次轩然大波，无论和战，均以财用为亟务。阁相开源节流条教，恐难尽推行，行之亦未必尽益。去冬无雪，今春无雨，吾辈州县，深恐年不顺成，则抚绥无术，所谓忧国愿年丰也。

答张廉卿 丙戌七月六日

承示姚氏于文未能究极声音之道。弟于此事，更未悟入。往时文正公言："古人文皆可诵，近世作者，如方姚之徒，可谓能矣，顾诵之而不能成声。"盖与执事之说，若符契之合。近肯堂为一文，发明声音之故，推本《韶》《夏》，而究极言之，特为奇妙。窃尝以意求之，才无论刚柔，苟其气之既昌，则所为抗队、诎折、断续、敛侈、缓急、长短、申缩、抑扬、顿挫之节，一皆循乎机势之自然，非必有意于其间，而故无之而不合；其不合者，必其气之未充者也，执事以为然乎？汉《郊祀歌》，今不能识其何声，执事以为皆司马长卿所为，皆讽刺之旨，则亦有可疑者。《青阳》《朱明》等，《汉志》以为邹子乐者，固当为邹阳之辞。其《天马》《宝鼎》《芝房》《白麟》《赤雁》篇，《汉志》皆记作歌岁年，又皆载之《武纪》中，吾疑此诸篇皆武帝自造。其余或有枚皋、东方朔等所为，未必尽出长卿。长卿卒在元狩五年，其后事，长卿固不及见。《华烨烨》篇所云"施祐""汾阿"，盖是汾阴立祠后事，汾阴脽上立后土祠时，长卿卒已五年矣。凡此似皆不得归之长卿。独《练时日》篇与《甘泉赋》"屏玉女""却虙妃"同旨，惟《太元》侈言福应，而微及用兵。《天地》，讥淫祠新声；《日出入》，讥求仙、求马；《天门开》类《大人赋》。此数篇者，疑非长卿不能为。弟私意所测疑如此，敬以奉质，希教之，幸甚。近日微感暑湿，体中不快，并奉闻。不具。

答张廉卿 七月十一日

月初，已与肯堂定计谒候矣，会闻北邻深、束、河、献及属县衡水，皆有贼徒啸聚，恐其阑入为害。因饬令民间整顿联庄，又闻道途阻水，不得不稍从稽缓，当须道通乃能赴约耳。前书谓八月中有所适，未悉将何适也？不相见已及一年，跂想何极！《郊祀歌》已承指教，肯堂门徒，近依尊说，抄《易·大象》为一篇。读之，不惟文字奇倔，即《易》道因以粗明。弟向不信汉人"十翼"之说，窃谓《易传》中可指为孔子作者，独此篇与《文言》耳。《文言》似犹有后人附益，不如此篇之完好也。独不知学者以爻传为《小象》而附入《大象》，起于何时。以愚见论之，卦辞、爻辞，决为一人之作；卦传、爻传，决为一篇，古所谓"象传"者此也。阁下《易》学精深，倘写定一书，以惠来学，亦盛事也。不具。

答孙筱坪 七月十四日

承惠景德寺经塔拓本，感谢无似。《永清志》虽系续撰，其旧志义例，尚可寻求。独章实斋以文史擅名，而文字芜陋，其体裁在近代志书中为粗善，实亦不能佳也。弟前因深州修志，欲访借一观，其书既难得，鄙意亦不过为物色。执事惠此续撰本，得睹章书都凡，足以副夙愿矣。

答王晋卿 九月朔日

《大玄·坎》《离》《震》《兑》，皆入节气中，乃是京氏《易》。京氏《坎》《离》《震》《兑》用事，自分至之首，皆得八十分日之七十三；《颐》《晋》《井》《大畜》，皆五日十四分，余皆六日七分。自《乾象历》以后，皆因京氏。其谓《坎》《离》《震》《兑》为四正，六爻，爻主一气而不入节候者，乃孟氏《易》耳。近儒考之不详，乃以孟《易》为京《易》，其说之不明久矣。然京氏配用，不均一行，议之良是。子云以《应》准《离》在芒种夏至，以《疑》准《震》在秋分后，以《沈》准《兑》在寒露前，以《勤》准《坎》在大雪后，则又与京氏自别。西汉《易》家之说，后人未见，不知子云所主何家？要必视京为精。及许翰注《玄》，乃依孟氏四正卦分统四时之例，妄改《玄经》，以《应》准《咸》，以《疑》准《观》，以《沈》准《归妹》，以《勤》准《蹇》，而《坎》《离》《震》《兑》四卦，乃不见于《玄经》中，此乃无知妄作，而朱子反以为然，是其失也。吾谓不明《历》而妄议《玄》者，正此等耳。承垂问，敬以奉质。不具。

答方存之 九月九日

久未启候，驰系无极。前闻游娱林下，撰著益侈，私心跂羡，以为里闬耆旧、畿辅同寮福履闻望未有及执事者也。又闻郎君已入县学，尤为喜忭不寐。凡文学官位，皆我所自为，独子弟贤不肖，由造物默定，豪杰无能为力。故自古贤哲，不闻继世，盖非积善流衍，未易得之。今夏接奉惠书，神采犹昔，独非自作之七分书耳。借悉尊体康健，手口近有微恙，犹复手不释卷，真乃庄生所谓全人也。承惠大集，敬读一过，文之懿美，实有雍容揖让、纯任自然之观，盖他人所百思而不能惬适者，公独沛然而有余。其义理之正大，政事之通敏，交友忠而处事审，巨细毕备，读其书如见其人，此尤卓卓可传者。至校刻之精好，则又有贤子者之一快也，敬佩敬羡！枣强政绩，识者皆知为儒效，后来诸公，无能继美。某窃食于此，业已数年，而绩状毫无可纪，私计亦仍旧竭蹶，以此凤负均尚未还，歉歉！不具。

答张廉卿　丁亥正月十八日

郑武邑自保定回，接读手示，于鄙论《易传》，意殊不以为然，而词最婉妙，不肯轻疑古书，洵吾徒药石也。妄论亦不敢遽自是，特心有疑滞，不欲自秘，于执事一决是非耳。《易传》即非孔子之书，亦岂宜轻诋哉！前书谓班氏始称为《传》，今思之，亦殊未然。太史谈受《易》扬何，而拳拳欲正《易传》，意所欲正者，不独今《系辞》也，盖必并《彖》《象》《文言》而皆名之为《传》矣。特《传》为大名，而《彖》《象》《文言》等为分名，不似后儒所称《彖传》《象传》云云耳。班氏《艺文志》称此十篇出自孔氏，而不直系之孔子，则立文固自矜慎也。近作《李相夫人寿文》，思窘辞塞，才力日退，以北面事我公久矣，虽不足教，亦不可不请业，故录呈，必望斧削，以开示茅塞。鄙意以为寿屏之作，不重文而重字，贺客遇屏，读其全文者甚少，但见字佳，则以为善。不独今之寿文然也，凡前代碑记志铭遗留今日者，亦皆字工而文劣。欲求执事降屈椽笔，为我书此寿文，则文劣正自无妨，不忧李氏子孙不奉为传家至宝也。此事在弟，如晋文之召天王；在执事，则如夷王之迎觐者。极知用意之谬妄，而同人皆赏为妙策。倘邀折节之惠，即请俯诺所请，如斥其诞妄，则不敢强也。来示谓所闻之事不可形之笔墨，此乃必无之理，岂似王敦密疏，畏人见耶！往来信使，料无王允之其人，又何讳匿之有！若云笔述不如面言，则请自践金诺，即于此月枉临，借纾积思，尤为至望。若又首鼠两端，则吾且奈之何哉！不具。

上周玉山都转 正月廿日

去冬奏记，极感筹画此州河工岁修之意。以为内虽谬荷曲施，外则一付公议，此乃经猷闳达，动合机宜，感且不朽。某在此，即拟岁岁动工，以为后来者之先导。缘官事不令间疏，一年乃可持久不变，若逾年一办，则两三次后更恐渐改渐疏，故今春即拟办岁修也。此事必求于执事任内定议，新都转恐不易求矣。前奉钧示，令转饬所属官幕购买《约章类纂》，虽州县中少能知此书之用，而生今之世，稍欲留心时政，自不得不读此书。执事刊刻之意，本以嘉惠僚属，造就人才，使讲求实用。谨仰体盛意，请颁发十六部，交军械所文案委员吴令调鼎，觅便转寄。其价直通由某汇齐呈交，以归简便。不具。

答姚仲实 同日

见委择昏一事，不佞知交殊少，惟通州范肯堂，文学优长，前曾略为言及。渠坚持不续娶之说，兹拟作书，问其尊人，且说明府廷家世及贵女弟才德，看其如何见复。尊大人来书，俟范氏有复音后，再行裁答。令弟馆于王学使，尚为得所，学业亦当更进。执事已将《汉书》中佳篇成诵，进德之猛，洵可爱畏。班《书》自惜抱及曾文正所选诸篇外，似亦无取多读也。承询《易》义，某废学已久，此经尤未究习，向于汉宋二途，皆所未安。即如开卷乾、元、亨、利、贞，究作何解，执事能言其义乎？不具。

答 汪 毅 山

令郎归汴，弟适奉役山陵，未及简料，人还，奉手书，具悉一一。所须

《通商约章类纂》，谨借便奉呈。此书缘起，乃李筱荃制军遣张藕舫赴北洋查抄成案。其时弟在北洋幕中调查档案，凡有可以为交涉案据征引之处，皆饬承摘抄。其后，藕舫又以意去取，弟属其归鄂后誊本刊刻，以原稿见还。其后，制军罢官，藕舫作古，此书亦遂展转流落，入于张靖达之手，转属周玉山观察刻之，而徐椒岑实任校刊之役。今检其书所载成案，往往始末不备，盖诸公各有去取矣。然通商数十年，章程成案，多与条约不符者。拘守条约，不能办事，则此书为不可不刻之书。执事志在匡时，奉此以为山海之助。不具。

上李相国　闰四月廿一日

衡水郑魁立叩阍之案，前在差次，即已闻知，以久未奉文，未敢妄渎。此项工程，虽由戴故令与某商度禀办，而迭次赐拨大宗巨款，即系奉宪办理之工，于地方居民有利无害，未闻民间有怨望者。未开河以前，四十余里不毛之地，中间盐池林立。某周历勘估，全照旧有河身开办估册。中有老河刨空之土，又于衡水境内掘出古时沉溺之船。在事员役、沿河居民，共见共闻，尤为旧河之确证。郑魁立所居赵常村，距河尚远，家无半亩，乃妄称有九亩被掘，毫无影响，本不足虑。惟衡水王令，识见狭小，去年初到任时，闻有上控之谣，乃允为转圜，由不知所开系不毛之土、旧有之河，疑其真占民地，故有此议。及某告知本末，乃始恍然。而刁徒闻有转圜之语，遂生侥幸之心，此所以河成四年，官换三任，突有叩阍之举也。此河某所开，司委若与某会查，自不虞别生枝节。今司札令该县会同委员详查，仍虑该县尚持初意，则刁民得志，诸多掣肘。此河有益农商，独淋晒私盐之家，皆实失其素业。若令麇聚男妇，痛哭哀求，虽有君子仁人，尚或恻然心动，该县委等岂能确有定见，此虽未必遽然，然亦不得不防者。司札饬委员就近讯取供结，今原告本止一人，无可传质。若令该原告呼朋引类，则向日私枭，必且附和同辞，何以辨其真伪！此某所以深摹太息，恨不得起戴故令于九京，而与之共事也。计臬司摘提要证核审，必以此次县委查讯者为根，深恐因此小波牵动大局。

某威势一挫，即恐此河且为私枭所持，正绅、良民从而瓦解。仰求施九鼎之惠，主持一切，严究诬告一二人，决无冤抑。郑魁立仅止六十，而妄填八十二岁，实为图脱反坐起见。密查赴京者，实止二人，其余皆坐观成败，首鼠两端，即民情可知矣。原告之意但止借名渔利，不望准理，故河口止宽八丈，而控称宽四十余丈。此等尚复捏造，何论其他！凡开河，苟有旧河，必不舍而另创，为其循照旧迹，可以刨空省土也。冀衡大洼，三海连接，弥望斥卤，并无民田，此久在洞鉴之中。即使新河改道，亦但侵掘海干荒土，岂能占夺民田！况明有旧河形迹，可以省节土方，何为改从高处自寻烦费！当时勘估，专循旧河，自为刨空省土起见，亦决未计及占地不占地之说，不谓今两岸成田之后，竟以占地被控。枭司饬检原卷，盖疑其前有控案，不知州县两署，皆未控过一次，实无此项卷宗也。但望明哲之上，就事实分别是非，幸甚幸甚！

与景翰卿 同日

前肃一函，计达尊览。衡水郑魁立叩阍之案，昨始奉到司札，计委员不日当来敝处。河工办理四年，从无一人控诉，方自以为私幸，今忽有此一举，其案本末及下走指趣，略具于上师相函牍，无庸更赘。此等小事，某辄以去就争之，师相必笑其褊急，而嫌其激昂。然县委回护原告，则属意中之事。某之此工，实乃为人所忌。王令去年所以有此议者，即系疑为占夺民地，欲借此以收声名。渠来此既晚，不及见数十里斥卤弥望不生一毛之时；又不知修河必寻旧河，乃能省减土方，是以冒然发议。及某告以实系旧河，外虽戛然而止，其后相见，仍以河间去年蠲除民粮之案，引以激射。今与委员会查，倘存此意，在彼仍托爱民之声，枭宪何由辨之！此则狮子搏兔，不得不用全力也。果如此，亦非该令故与州中为难，正坐所见过小耳。原告并无一亩，乃敢称有九亩，若该令与州意见相同，亦自不难审实，诚恐稍涉含糊，则事不在某手，一听客之所为。又，该县民间，时有假印之案，而私雕之印，迄未追缴，亦恐私捏印契，积伪眩真。凡地方良莠不齐，吾河虽有益农商，实大不利于枭盐。若使群枭赴案，为原告作证，县委信为舆论，则亦必倒乱是非，此又不能不长虑却顾也。吾河掘有旧河中沉溺之朽船，绅民共见。拟令该县讯实此层，以为确系旧河之据，亦恐其不为讯实。某办此工，以为重大事件，数年以来，专心致意，以就是役，虽旁人讪笑，不稍游移，今岂肯被郑魁立一人挑翻大局！一不如意，舍挂冠归田，尚有何策哉！往年在深州，追查已废之义学，归入书院，迭经禀陈利弊，奉师相批饬泐碑刻志，永不许拨还，可谓结实矣。其后一人买折安参，而朱敏斋、李鉴堂遂复查还义学，仍归各村私囊。彼其查还之时，固亦托为美名，而不知弊端之不可究诘也。今日之事，深虑其如此，世间那有公论也！成事如拔山之难，败事则不费吹灯之力，某每锐意立事，真谬算也。惟师友知我，随事保全，乃可稍行其志耳。琐琐奉渎，伏望鼎言，左右其间，俾是非分明，不胜大愿，并求示我一切，至恳至恳！

答张廉卿 闰四月廿九日

昨接复书，知化臣现未在省，改荐白君，以应枣强之聘。今新河拟定五月初十日开考，仍令奉迎化臣，不识近日化臣已至否！凡尊处属荐之人，往往不能赴约，即此足见山长之威令也。三江之事，不知穷庞何在，似以交绥为善。范肯堂已为媒说姚慕庭之女，范府亦允诺矣，执事能不佩服我乎！韩宏之事，向谓当以韩碑正史，不得用史讥韩，与尊说小异。董状似亦未失铢两。

答张化臣 七月朔日

新河匆匆把晤，一解饥渴，约定事毕枉过，后竟未践此诺，至为怅恨。读来示，于不佞拳拳爱注，不以世俗州县见待，其奖借溢量，尤非所堪。某学既荒落，从宦又不能其官，进退两无所据，而马齿已忽忽将老。居常自戏，若见学徒，吾当以官傲之；若见仕宦人，吾当复挂笏看云，睥睨人外，此特务为欺人语耳。究之东食西宿，实乃食宿两亡，既用自笑，又大惧贻笑有识，不谓执事尚复谬相收录如此，得非误听濂亭翁阿好语乎？愧悚何似！抑执事词旨微妙，愚心尚有未尽领会者，所称闻诸道路，当是何等语！若闻下走骂声，则亦颇自知过。执事既有嗜痂之癖，嗣是尚请直言，弟当虚心以改。若闻诸友中有求全之毁，则某于取友一节，尚能自审，所友皆胜己十倍，悠悠之口，不足尽凭，所贵流言止于智者耳。辱执事厚爱，略陈固陋，非相见不能尽所怀。

与王逸吾 七月十七日

往岁论荐姚君，猥蒙示谕，收录门下，并示及搜刻经解义例，窃愿惠寄书目，以广见闻。阮太傅原书，虽未尽当人意，要为闳博巨观，资益学林不少。独其门户之见，使后来变本加厉，海内学者，专搜细碎，不复涵泳本经，究通文法，此其失也。执事文章宗匠，取舍精审，此编出，必当远过阮公。未识经费何如？分校之士有几？成书何日？刻手若何？远在下风，无任驰仰。江南人士，得大师造就，才俊当日出不穷。近时当以何人为最？算数之学，为时政所需，尚有后进之士足步武李壬叔①者乎！

与张廉卿 七月廿三日

前复书再论三江文理陋劣，不足发其意，要其说不可易，虽以执事雄文，固不能强争也。函内《李宪卿行状》，误写李实，殊失检。其他所辨证，皆有依据，不于乾嘉诸儒门下乞生活也。《韩宏碑》《董晋状》，以为刺讥，蒙

---

① 李善兰（1811—1882），原名李心兰，字竟芳，号秋纫，别号壬叔，浙江海宁人，中国近代著名的数学、天文学、力学和植物学家。

终不喻。宏初起，乃两河旧习，其不和蔡郓，亦未必乃心王室，独其释兵入朝，为可风厉诸镇，其得失皆见于篇，亦何庸刺讥为！若董公，则韩尝依之，如其好祥瑞、不知兵而酿乱，故不能稍阿私之。然谓微文刺讥，则当贤哲之用心宜尔哉！韩公故多深旨，此二篇则恐未如尊论也。某于文字，窥寻殊少，不敢妄有异同；至心所未喻，亦不敢委曲附和，尚希开示大义。《尚书》写本，前托范秋门代缮已成，将用石印成帙。拟书后二首呈教，自揣不如门下诸贤之下下者，必望痛加改削，幸勿因其老而无成一切宽假之。改定或欲附刻，缘见近人刻书，不敢置一词，心又不谓然也。顷者禀调贺松坡，托朱敏斋于方伯前催其速办，公暇日相见，亦可一代询也。不具。

与贺松坡 七月廿六日

别后两奉手书，并承惠《杜诗》一部，迄无一字奉谢，素有懒癖，想见原也。吾与执事，不得合并，此最憾事，虽作函百纸曷益乎！本年冀州阙山长，州人专信向阁下，举天下之宿儒硕学无以易执事也。因忆往年成约，谓得缺在远必当相调。遂以此意面启上官，久蒙许可，尚恐尊甫意不谓然，昨经肃笺奉商，亦已俯诺矣。缮禀上闻，计八月初可得批答，届时当即飞送，兹先遣书院绅士张增艳前往奉迎。大名诸生，虽受教至渥，不欲他徙，但此事上下定议，不可中变，能于八月到此为望。不具。

与姚慕庭 七月廿六日

七月廿六日，由筱船观察寄到贤乔梓手书。仲实来书，六月八日所发；尊书则五月十五日作也。得书迟滞如此，远道殊可怅惘。所论范宅姻事，前因执事及仲实屡有书见托，并言不嫌远省，但计人才，故敢为之导言。今范公来书，虽立言婉转，要已允诺，其所以委曲言之者，实缘肯堂故剑情多，誓不更娶。前时范公屡令更娶，并托肯堂深友从旁讽谕。肯堂坚持初见，自为前夫人墓文，仍以不更娶为词，其父不能夺也。其二子，大者闻不过十六七岁，小者约十岁，因不续弦。所聘妇闻视其大郎稍大三四岁，其前姻家，大率是通州近处人，其详某亦不能尽知。其父子兄弟间，慈孝之谊，迭见于诗文中。范叟盖一老儒，曾在福建抚院幕中。其先世，自明以来多达人，范文正之后裔也。其家清贫，然肯堂及其仲弟，皆以文学知名公卿。其季弟，文笔亦雅健。范公来书，乃其季弟手笔也。其兄弟竞爽如此，殆非久贫者。目前虽窘，亦未必仰给前姻家。阁下见范公之信，种种致疑。窃谓上有公姑，下有前子，亦续弦之常事，且亦安得无公姑之家而与之议昏哉！范氏本无议昏之心，而某因执事谆属，驰书劝之；既有诺矣，而尊处又若不甚见信，使某无辞以谢范，殊觉为难。执事及仲实前书，专以此事见委，肯堂所闻知也，今若改议，亦苦难于置词。鄙意议昏专以择婿为主，其他皆在所轻，执事初见最是，若左顾右盼，长虑却步，则必至淑女愆期，交臂而失佳士。今海内文笔，如范肯堂者，某实罕见其对。恃执事前书相委之专，为之作合，自谓不负诓诿。执事阅人多矣，知人材之难得，尚望采纳鄙言，旁人忌才嫉能，或多为诽议，不足听也。某前与薛宅议昏，系独断于己，其后传言，亲家夫人至为严刻，亦引为私忧；及小女嫁后，其姑怜之，乃过于己女，以此见传言之多妄，薛宅即其明征。今范氏昆弟，文采奕奕，其老翁亦隐德君子，其可议者，但坐一贫字耳。贫非士君子所忧也。必不得已，则范公书中所云拜认前姻以存旧谊者，乃世俗之常例，贤者不必循之，此尚可从中缓颊，其他则实有某所难中变者，敬求亮鉴。仲实文字笔记，因闻其秋间当来，故未即拜读。女公子大作，亦未阅定，他人未令见也，后当续寄。本日有人赴津，附便奉复，不及寄文卷矣。与执事交谊，不后于范氏，范公肯采鄙言，料尊宅不致待我不如范也！不具。

与萧廉甫 八月九日

两年以来，再出府缺，而不及执事，此岂公论耶！自执事荣莅正定，迄无一书，私谓吾与廉甫，心中之言，殆非文字间所能尽达，不如蕴之以待面馨，想彼此当同情也。蒋都戎来此，曾述尊旨，远劳问讯，当请转达鄙诚，计当述及。述不述，亦殊无损益。高秋新凉，伏维珍摄加意。某窃禄此土，遂已七遇中秋，久任而无成功，自愧夙昔。每私计得衣食百口，便当解衣挂冠，不复涸迹仕路。今幸五舍弟调补汶上，已定此月内赴任。将来阿弟可以自立，或可从阿弟丐一闲身乎！此亦见卵而求时夜之说，惟吾二人可相闻，不足以示外人也。不具。

与姚仲实

在津盘桓数日，深敬深敬。大著匆匆读竟，所附记者，大抵得于所闻，非有心得相益。文事利病，亦有不必人言徐乃自知者，从此不懈，所诣必日进。桐城诸老，气清体洁，海内所宗，独雄奇瑰玮之境尚少。盖韩公得扬、马之长，字字造出奇崛。欧阳公变为平易，而奇崛乃在平易之中。后儒但能平易，不能奇崛，则才气薄弱，不能复振，此一失也。曾文正公出而矫之，以汉赋之气运之，而文体一变，故卓然为一代大家。近时张廉卿又独得于《史记》之谲怪，盖文气雄俊不及曾，而意思之诙诡，辞句之廉劲，亦能自成一家。是皆由桐城而推广，以自为开宗之一祖，所谓有所变而后大者也。说道说经，不易成佳文。道贵正，而文者必以奇胜。经则义疏之流畅，训诂之繁琐，考证之该博，皆于文体有妨。故善为文者，尤慎于此。退之自言执圣之权，其言道止《原性》《原道》等一二篇而已。欧阳辨《易》论《诗》诸篇，不为绝盛之作，其他可知。至于常理凡语，涉笔即至者，用功深则不距自远，无足议也。

与贺松坡 丁亥七月二十六日

吾与执事不得合并，此最憾事，虽作函百笺，曷益乎？本年冀州缺山长，州人专信向阁下，举天下之宿儒硕学，无以易执事也。因忆往年成约，谓得缺在远，必当相调。遂以此意而启上官，久蒙许可，尚恐尊甫意不谓然，昨经肃笺奉商，亦已俯诺矣。缮禀上闻，计八月初可得批答，届时当即飞送。兹先遣书院绅士张增艳前往奉迎，大名诸生虽受教至渥，不欲诡徙，但此事上下定议，不可中变，能于八月到此为望。

与诒甫 丁亥七月三十日

知吾弟遂已补官，喜不可言，此祖考降祥，非人力也。此后益当努力学治，勉为贤吏，以仰承前休，俯弥乃兄之短；更望保养气体，使骨力坚强，以耐勤苦。州县之吏实不易为，如《皇朝经世文编》及《牧令书》，宜稍稍读之，略师前哲之遗法。得意之时，慎勿以矜喜之色对人，识者讥为器小易盈，亦易致失意者之怨忌也。吾既深喜过望，又颇疑家运未必大兴。得此喜便恐日中则昃，此虽过虑，亦望吾弟时存此心，相与兢兢业业，以持盛满。

与康乐 丁亥十月八日

诒甫昨于八月十七日接印视事。愚兄弟往返函商，拟冀、汶二署各出五百金，共成千金，寄南散放近亲乡里，稍体先人敬宗睦邻之意。唯此事不易分散，恐兄难以支应，特著时成玉速即回南，请吾兄先将尔昌公支下极贫之户查明开单，次贫之户亦按名开列。而高军涧保之穷苦无业者，即非尔昌公支下，只系高甸吴氏，亦必按极贫次贫开列附后。仍著时成玉速即送来，由愚兄弟按名酌分寄回，交兄照散，由外间定准，方免阁下为难。不然，恐洪庄屋亦难保矣。俟吾兄查清开册，即行兑银回家，万勿迟滞为要。

唁李玉度兄弟 <small>同日</small>

接读讣音，惊悉尊甫以今年七月仙逝，下走以南北暌隔，至十月乃知。亲交沦谢，伤恸累日。尊甫以一代人豪，遭遇不偶，晚节穷然羁旅，无人存问，最为人世不平之事，乃复啸咏自娱，襟抱浩浩。仆每内度，脱易地而处，殆不如远甚。常愧棉力不能相濡，然亦不谓天遽夺之年，使之赍志以终古也。逝者瞑目无憾，茫茫四海，无人一荐孝章，此恨庸有已邪？嗣是唯望贤昆仲勉力自奋，从学谋宦，不堕清芬，侍奉太夫人，以终尊甫未竟之志而已，他复何言！附上奠仪百两，以襄大事。适在扃门试士，恐河水将合，驰此奉唁。

与诒甫 <small>丁亥十一月六日</small>

吾弟到任未久，循声卓著，良以为喜。愿常常自勉，无堕始基。至于休养精神，保重身体，亦不可不讲。部中前催卓异引见，顷又催俸满引见。兄意则将欲引退，不拟引见也。但私帐至今未清，又虑归后无善处自托，家乡恐不易居，尚待踌躇。州县不宜久，上进则更不愿，此则士各有志。若令我早归田，稍理文字，将来或冀有闻于后，岂非计之最得者哉！

上李相 <small>丁亥十二月四日</small>

前月旌节还辕，当拟抠衣祇谒，以学使按临期近，诸需简料，未获瞻依。州内冬令尚属静谧，得雪二次，宿麦借得滋润，春收可望。所开新河旁，斥卤大半变腴，穷民各就近处垦种，共二十余顷。其衡水所属，长三十余里，亦少隙地，远乡纷纷乘贱买河旁地者。斥卤愈化愈少，月异而岁不同，趋向未定，来年或更有迁变。若欲以人力堤塞决口，则恐难与水争，与其以全力堵于郑州，不如专保淮、扬二郡膏沃之地。似闻曾宫保于彼处疏浚支河，若黄河下清口，则淮、扬运河细若衣带，单堤如线，下流各属汇为大泽，支河安用？以愚见度之，似不如闭天妃闸，而自清江以东至云梯关筑一道长埝，御水南趋，空其北而不筑，使水得游衍，南埝纵不能坚，尚可不致冲决。如此则淮、扬二郡尚可保全，较之堵塞郑州大溜，及下游广开支河，似为得计。否则转瞬春汛涨发，建瓴下注，四渎合而为一，千古奇变，其被灾必且十倍今日。一室之见，是否有当，伏候采择。

与景翰卿 同日

州境托庇粗平，监狱近已空无一人，殆数十年来未见之事，不过班管人多耳，此可谓囹圄半空也。上师相书，妄有论列。向来耻条陈时务，今见忧端宏大，谬竭愚虑，蓥不恤纬。执事视所言有不当者，可一开示，以广见识。此州文报不通，未审当局近来如何擘画，亦祈惠示一二。南中今年水旱两荒，与五舍弟共筹五百金接济乡里。署中拮据，乃向来所未有。舍弟新得官，亦是自顾不暇。卓异催引见，花二十金止之，今又俸满催引见，未审何以待之，弟不望升官，决意不入都也。

与张廉卿 丁亥十二月二十三日

某近读《楚辞》，以文正师谓《惜往日》为伪作，实不易之定论。尝私识别其类句，取文正所识参对之，乃大同小异，颇用自喜，因以私意辨之，知《远游》乃后人仿司马长卿《大人赋》而为之者。洪、朱诸公乃谓长卿袭屈子，真颠倒之见。《悲回风》文亦后人吊屈子之文，皆非真屈子之言。真屈子容尚有亡佚之篇，《汉志》"屈原赋二十五篇"，与今绝异，如《招魂》不入二十五篇中。其误殆始于王逸。愚又疑《九辨》《九歌》，皆依夏启乐歌为之，当系一人之作。古本《九辨》在前，《离骚》第一，《九辨》第二；王逸《九章》注云，皆解《九辨》中；其东方朔、刘子政所拟。皆《九辨》，非《九章》；《九章》非一时之作，乃集录者从而为之名，犹言"九篇"也。《九辨》《九歌》皆不必为九数，故《九歌》十一篇。而《九辨》则朱子更定篇章以合九数，非其书本然也。自潘安仁、杜子美皆称《悲秋》为宋玉，由王逸误之。某为此说，肯堂信此为然，且云《九辨》若果宋玉，必不袭用屈子成句。是亦一显证也。执事以为不谬否？

与孔亦愚 戊子二月四日

先公碑虽创成初稿，迄未收拾，中有必应修改者未经改定，故未即奉上。弟文笔陋劣，又苦不自力学，少负空志，垂老而不能成。执事谬采虚声，以阐扬先德见委，深愧无以副盛旨。来书奖许过当，对之汗颜。

与诒甫 戊子三月九日

吾决不引见，缘时时萌归志，无意进取。又吾无上交之才，无左右游扬之人，无冒耻干求之术，虽引见亦无升官之望，徒多此一举耳。

与诒甫 戊子三月十九日

闻买洞宾泉，兄实不喜。吾兄弟平日全无不合意见，唯吾两弟时时欲买田宅，乃与兄大剌缪。吾料及吾身不致饥寒而死，若留与后人，则后有贤者，彼能自立，若皆不肖，虽有田亦岂能守？此妄见也。今吾弟得官未久，他务未遑，而惟置田之为急，志气亦殊不高，传之乡里，又非美名。如兄弟并为州县，而能不增产业，归时仍系饥寒，则世间可贵之事，莫大于此，何足患哉！孰与抽有限之钱，置不急之业，以求不洁之名，买无穷之累也哉！

与史光普 戊子四月一日

顷读手示，风采焕发，如亲瞻近。凡文正旧人，十年以来，无不腾骧要地，其久次不迁者，独使君与孤耳。新正于侯邸淹留十日，闻之羡甚。弟以风尘小吏，不敢时时扳援。只去年侯节东还时一通问讯，嗣于陵差幕次，承侯遍加访询，获在公所一见，立谈数语。差竣赴京一日，专为晋谒侯门，而侯又奉差出城矣。怅怅而返，亦未通启候，卑官不得不以形迹自处也。近日侧闻曾、李之交，又似稍疏，未悉底蕴。窃谓此两人和衷共济，天下之幸也。下走陆沉州县，无由往来二公之门下，一陈陆贾之策，然私心炯炯也。狂论希秘之。

与潘艺亭军门 戊子四月二十九日

萧廉甫遂作古人，闻之惊悼无已！某昔在曾文正幕下，与廉甫起居相随，其后离合不常，彼此关爱至切。环顾同僚中，相好如吾两人者，盖未有也。廉甫自负其才，而际遇不遂，以此愤憾伤生，有心同喟，其身后萧然，无以为敛。某前时困乏，廉甫时时周济。数年冀州，尚未能清结前款。去秋廉甫来书，欲为其子纳资赴选，某复书劝其举办，并允今春以五百金相助。前十余日上忙征毕，因兑往五百金，计此函到时，廉甫已不及见矣。接来函补告，愧无以襄助，谨具赙金百两附寄，请转交是荷。

与张廉卿 戊子五月二十六日

前为孔叙仲文序，实为漫率，执事指教，顿开愚蒙。顷为祭萧太守文，仍求指示。年长矣，岂望自进于此道！但有直谅之友，使不致执妄自误，亦是一乐耳。

与孙海岑 戊子六月十二日

方存翁遽已殂谢，吾桐城不能再见此人矣！乡里后生喜谤前辈，盖棺论定，如此翁之好学能文，虚怀下士，岂易得哉！拟作一文志吾哀，衰退废学，久不能成。

与张廉卿 同日

李佛生世兄和度，自京来此，取道天津，据述在京闻莲池有定请丰润之说，过津乃不闻此语。吾意此传不妄。居数日，果接来示见告前事。目前深、冀二州读书之士，意欲挽留在北，由此二州醵金为寿，亦如莲池之数。虽由省城下至外州县，俗人以为左迁，而大贤固不屑屑校论此等。缘恐从者南返，北士从此失师，不复能振起，非有他意也。执事倘见许，乞密赐一复示。二州人当自上书傅相乞留，续自具书币造门请谒，于上游决无妨碍，于执事亦无轻重，不过于北方学者有无穷之益，而弟乃坐收渔人之利耳。江汉一席，迟速必为君有，故乡亦不须急谋归计。用则施诸人，舍则传诸其徒，自古君子皆然也。书所不能达者，敝友张采南兄名颉辅，壬午孝廉，久慕盛业，与肯堂至交。顷来冀匝月，与松坡诸君往还酬唱，亦最款洽，与闻论议，愿面谒执事，一仰威仪，并口陈曲折，询之可知详也。

与诒甫 戊子九月

吾弟在汝，贤声滂达四驰，实过乃兄甚远，京城、天津及南方来者，无不具述颂誉。初官得此，实无价之宝也。吾近来每念兄弟并为州县，恐祖宗余荫，自我辈而尽，时欲利济宗族乡党，求持守先泽减折咎责之道，惟有失财散积，庶几近之。所志如此，不复计小小利害。来年春必应有赈救饥人之举，乃与今年所为相称，无使人笑我兄弟为惠之不终，此又冀力所不逮，专望于汝耳。

与诒甫 戊子十月二十二日

吾本淡于宦情，尚不拟即行告归，今月初至天津，适保定莲池书院尚未有人，因思他日告罢，未必得有佳馆，不如仍理旧日成说。立谈之间，遂已定计。遂于津郡具禀乞病，以就此席。上下惊叹以为奇事，倾倒一城，此欧公所谓"不惯见事"者。古人谢病还山，仅一寻常小节耳，何足异哉！归与七弟言之，七弟虽以家计为忧，尚云"先君必当许可"。吾自觉此事十分合理，惟仓卒办理，有不合吾弟之意者二端：一则弟意望我官场得意，升阶腾上，不望我及早抽身；一则家境甚难，吾弟一力难支，吾今退闲，弟或胆怯。此二者吾筹之熟矣，以吾自揣才力，视今之州县之有名者，未肯遽让。即视今督抚司道，吾亦无甚愧焉，而久于州县，则意颇不平。不平而不欲露，又不欲求人，则徒自抑郁，终无能伸之日，何由升而愈上乎？若以我与古人较，则一州一县八九年而未尽职，吾惭多矣，久居惭地而不知退，吾安得一日自安乎？所以七弟平时嫌我精神不旺，常若愁郁者此也。州县尚不能任，吾敢更求进乎？吾自少时，心中不甚羡人荣贵，以为一命之士与王公大人，并无高下，善则一命犹荣，恶则九锡犹辱，平生不俯首，正坐此处把持得定耳。今人升官发财之术，吾尽知之。吾若欲得意，非弃吾所学而学焉，万万不可。吾老矣，安能改节事人哉！是弟所期望于我者，我适背道而驰，负吾弟久矣。至于家境之难，专以委之吾弟，此实私心所踌躇而不敢遽决者。向无莲池一席，吾决不孟浪乞退，今莲池岁得一千六百金，节缩用之，需汝上接济当亦有限。若令在官则每岁所亏反多，仰接济者反巨，是弟之难不难，不以吾进退为轻重也。吾家福分浅薄，近日同堂三人并为州县，吾常懔懔畏惧。七弟自来冀州，一病五年，此乃美中不足之验也。祖宗德泽倘尚未遽竭，吾今节约而承之，料吾弟在官必当顺适。譬之一树，两枝并茂，今砍去一枝，则所存一枝必更茂郁，此自然之气数也。至于七弟之病，换易新地，必且渐愈，尤可预决者。吾家有一实任官，辅以千六百金之馆，何至十分竭蹶哉！此又家事之无足深虑者也。弟之爱我，在古亦不多见。吾以有官为忧，出亦愁，入亦愁，一旦脱去，寝食为之畅适。想弟之望我官高，不敌望我身健之为甚也。今事已定局，无须多谈，所以详告弟者，恐弟闻而懊恼，不解吾意之所在。尚恐笔墨不能尽达，特遣李和度面说。和度本拟一见吾弟，弟亦亟欲一见和度，吾书所不详，和度尚可口述也。

答张廉卿 己丑三月十五日

前在冀州接手书，未及奉复，昨至保定，又接都下转递续示，敬悉还鄂后动止佳胜，德望弥崇，至慰企慕。弟别后方以得遂私志为喜，讵料门祚顿衰。七舍弟久病不愈，竟以正月十六日去世。五舍弟承乏汶上，颇闻舆颂，上官辄令还省，昨二月二十五日解印矣。从兄康之任郓城，今亦以子死乞休。数月之间，人事变迁如此！他皆不甚关虑，独七舍弟清才至性，皆非今代所有，遽尔殂逝，伤痛不可为怀。门中向少欢趣，唯兄弟相守，以为至乐，顿遭此变，折臂偏枯，不足喻此悽楚，犹复强颜酬对，苦不可言。五舍弟方郁郁而不得志，至今不敢讣告，恐其忧忧相接，更生灾咎。每书来必问疾状，吾竟无以答之，此哀更无可告诉也。冀州以二月初二日授代，十三日挈孤幼就道，过津郡，二十五日抵保定，眷累四十余口。老荒寡学，愧此皋比，三月初五日补斋课，昨已出榜，时文或尚能了，古课则极盛之后，无能为役矣。

与景翰卿 己丑四月十一日

五舍弟闻七舍弟之丧，千里奔视，相见悲痛，非人所堪。渠亦自抱疾恙，某亦新得咳血之病。兄弟相守，彼此隐忧，都无欢趣。此间书院园亭之乐，全省所无。弟以冀州易此，真乃舍鼠穴而归康庄也，此近日一胜事耳。

答马月樵 己丑四月二十一日

闻讲求贤义理之学，弟前在都时，倭、吴诸公当道，都中理学成市，弟颇厌之。及再入都，则诸老凋谢，求一理学而不可得。故有志之士，学不为人，当为于众人不为之时，乃可贵耳。今则都中贵人以小学金石考订为号，趋者鱼鳞杂袭，执事乃退藏于密，归依宋贤，可不谓豪杰特立不惑之士欤！尚望博通载籍，以矫理学空疏之失；贯通大义，不涉近人琐碎之藩；终为命世伟人，可以副见慕之徒区区私望。

上李相 己丑五月十三日

某自二月二十五日抵保定，应酬部署，于三月初五日补二月斋课，十五日加考古课，二十二日考三月斋课，直至四月十五日始行阅毕。书院规矩，自李铁梅先生以后，皆习为宽纵，官斋两课，从无扃试之事。某改于斋课日亲率提调，扃门坚试，竟一日之长，以二更为度。诸生均恪守规矩，寂静不喧，未至二更，均已纳卷出场。足见北方士习之善，迥非南省所及。书院藏书颇富，尚恨说部多而集部少，古今名集流传益希，良由高才竞尚口耳之学，述作之才渐少故也。此间诸生为古学者已有数人，造诣颇不凡近，恨经费过少，不足以养育成就之。为举业者讲求未精，科第减色。缘官课各署取舍不同，而斋课每次奖银共止八两，又不足示鼓励。凡书院振兴，舍宽筹经费，盖无他法。若令斋课今古二途每岁共增千金，在通省公款所省有限，而诸生受益无穷，人才必有起色。若徒守旧来规模，难望成效，为师者亦深惭尸素也。大约莲池培养士子之费，尚不及冀州耳。

答施均父 己丑五月十四日

惠示文字懿美，期待良厚。某在官时，先生诏书勖以吏事，退休则先生勖以文事。先生交友，何其近似古人邪！抑某不能为吏，病而求息，始衰之年，迫以忧患，废弃书册，自同农圃。闻先生高论，怵惊心魄，茫然不自知身世之何归，愧负愧负！来示"文字愁苦易好，能自制感愤不平之气，一出于和平，视学道之所至"，亮哉斯言！非世士之所与知也。抑又有难者，文字工拙，别有能事，能者居富贵而声益闻，不能者在贫穷而气愈馁。是故愁苦之遇，耳目所常接，而文之好者，旷代不一逢，其亦各视其人之自处而已。愁苦而感愤，动为叹老嗟卑之词，否则睥睨一世，骂讥笑侮，无所不至，自以为独出冠时，追古人而相与唯诺，而不知其鄙陋殊甚，有道君子所深耻也。然窃观自古文字佳者，必有偏鸷不平之气，屈原、庄周、太史公、韩昌黎皆是物也。昌黎至特为一书以昌言之，以为"物不得其平则鸣"。彼其感愤，视世之褊衷者，虽有深浅大小之不同，要不得谓为和平之音。彼其于道，岂皆概乎未有闻哉？有宋儒者，舍文而言道，道则是矣，而文乃疲苶而不可复振，此又何说也？某少不自力，今忽忽将老，而胸中茫无一得，自揣不复能追扳曩贤，将为君子之弃矣。先生道德满衍，尤潜心于千秋大业，方追取世资，究极当世之用，必有迭起斗进、纷纭乘除之变，接于心而决于气者冥然若失，而一发之于文，将李习之所云"文理义三者兼并"，惟于执事是望，勉率所业以副夙期，幸甚！

与王晋卿 庚寅四月二十三日

在冀州时，接到蜀后惠书。是年秋试时，曾肃一函，托王用仪在京转寄，其函内并封有施均父所刻诗集，及奉寄书函，用仪向来办事结实，吾以此函为必可到矣。用仪试后以疾归，未几作古。又数月，某亦乞病去冀州，七舍弟又在州殒逝，五舍弟补官汶上，又以解任闲居。弟到莲池，疲于校阅，视在官为尤苦，诸友书札，往往不报。八月至冀州，扶亡弟之丧至天津，附轮船南去，弟即由津至济南省视五舍弟。在济南留连数月，颇与施均父往来，读其未刻之诗，视已刻者更进，方劝其续刻，而均父入都展觐。今年正月，五舍弟奉檄回任，弟遂随至汶上，小住兼旬。比归保定，已及闰月。此两月中，校阅之疲，过于去岁，曾不能伏案一理旧业。年过五十，每日竟不能多作事，以精神才力，事事迟钝也。山东来书，谓均父出都，甫还济南，遽已作古，殊可痛悼！当今诗才，如此人者甚稀也。曾劼侯近亦薨逝，尤为天下惜之。

与萧敬甫 辛卯三月十六日

弟近选时文教初学，又考定姚氏《汉书平点》，此二者，皆石印成书，兹各奉呈一册。王鼎臣想时时通问，曾忠襄薨后，鼎臣尚作金陵寓公否？其所著《湘军志》，亦久欲得之。因读王壬秋所撰，不甚惬意，不知鼎臣所为何如耳？有人传说，张廉卿今年已辞江汉书院而就襄阳府书院。文人薄命，垂老失所，可叹也，但未审此事真妄。又久不见廉卿书，阁下倘知其详乎？希告我也。弟今年顿老，远不如去年矣，蒲柳早衰，深用自憾。执事近来何如？令郎读书能承家学否？昨见贵局所刻《西医大成》最为奇制，程曦之一序，十得八九，曦之近日何如？渠与贵局赵君元益相善，赵君长于译书，兼通化学，曦之能怂恿赵君，邀能化学者，将《伤寒金匮》中药品，一一化分，考其质性，则为功于中土甚大。执事为我问曦之，倘可展转一行吾言否？王薛二君所赐书籍，有便希掷下为荷。沪上有奇书否？日本尚有旧书来沪否？

答范肯堂 四月十日

前接傅相书，深以得名师为幸。旋接来示，敬悉宾主款洽，傅相英雄人，最善待士，世人往往谬议，正坐未见事耳。吾为执事作合，乃自揣文学不足以阐扬傅相志业，将以千秋公议付之雄笔纪载，以正后来国史，不区区为目前计也。

答范肯堂 五月十五日

承索两儿文字，均以抱病未愈，不能写寄。蒙示令郎大作，亦俟迟日奉缴。某处此馆三年，旧时交游，凡有请托，一概谢绝，不敢出位妄言，人亦谅之，相安若素。近有一事，不能不一破例上闻者：署定兴令李传棅，亦执事所识，其兄李佛生，家口留滞金陵，全恃该令一官。近为一小事撤任，弟极知其无过，以为上官方在研鞫，虚实不难分明。顷闻当道竟欲先行参革，归案审办，实则所坐之罪，全无左验，但凭原告一面之词，遂欲文致重劾。某与其弟兄，交游廿余年，佛生孤子，尚有代为教育者；亲见其全家百口将坠落不测之渊，不能不恻然于心。欲求执事，转达师相，稍缓其狱；即欲严参，亦求俟定案之后，再行具奏。万求开一面之网，勿先行参革。罪若难逭，某断不敢代求偏恩；若所坐无验，谅当道亦难锻炼成狱。惟先行参革，将来便欲以"业经革职，应无庸议"八字了案，则未免过冤耳。某事师相数十年，窃见属僚有过，从不轻上弹章。虽有重情，不过撤任示儆。缘州县最畏撤任，撤任足以制其死命，此诚澄清吏治之要术，不必奏参革职始为执法。近时号为锋厉者，动以参劾属员，博整顿之虚声。实则所参不公，吏治愈坏，何如师相之不恶而严哉！某近无言事之责，不敢干与公事，独李令之兄，与为至交，从前曾屡为师相言其受谤之非实，今之所求，亦不敢屈师相之法，求伸一己之私情，惟事前勿遽奏参，统俟定案时奏办，不过暂缓须臾耳。但千万勿漏泄此书，恐为不知者所诟厉也。

答萧敬甫 六月晦日

手示尊体自去冬十月起病，今五月中尚未平，殊为系念。吾兄体素强健，何以如此？此殆为服药所误。今西医盛行，理精凿而法简捷，自非劳瘵痼疾，决无延久不瘥之事，而朋好间至今仍多坚信中国含混医术，安其所习，毁所不见，宁为中医所误，不肯一试西医，殊可悼叹。执事久客上海，宜其耳目开拓，不迷所行，奈何顾久留病魔，不一往问西医耶！岂至今不能化其故见耶！千金之躯，委之庸医之手，通人岂宜如此。试俯纳鄙说，后有微恙，一问西医，方知吾言不谬。张廉卿绝学孤鸣，其不得志乃意中事，丈夫决不穷死，赵孟其如吾何！欲求执事代购前所校《三唐人文集》，及书局无注各经。弃官从学，乃复未能伏案，殊可自笑。

答马月樵 七月十四日

孙季海过保定，交到惠书，所示营求葬地，确有据依，佳城吉卜，令人跂羡，何时一面聆大教始惬夙怀耶？弟于此事，疑信参半，以为殃庆之至，有不可究其所由然者。福善祸淫之旨，尚未敢信其必然，况不凭人事，而一决之于兆域，安可必乎！独地中泉蚁，不能不避。而从地上冥察数尺之下，定其泉蚁之有无，此其人必别有聪明，不尽恃乎书册，而深惜前葬亲时，未遇此等精微之士，苟焉以当大事。今读来示，益令我嗒然若失，而继之以悲。执事新自故乡来，倘见有精通此术者乎？希告我也。通白、俊民诸君，近日闻均以营葬为事，皆颇究知其说否？承惠寄《近溪语要》，弟向未涉猎宋明儒者之藩篱。今读是书，未能窥测深处。近儒摒绝姚江，愚意常疑其过当。执事乃欲提唱绝学，其用心固自超越流俗，敬佩敬佩！

答章觐瀛 同　八月望日

前接惠书，奖饰过当，而意思肫恳，使读者不知所以为报。某老荒寡学，辱命以文事见推，非所敢任也。至述及贤尊靖港之役，又有不可以不文辞谢者。承示左文襄公、李方伯元度二文，以二公皆亲见其事，所言必翔实。某读之，亦尚有未尽当者。文襄时时欲与文正争名，李方伯之于文正，盖不能无稍宿憾。文襄之言曰："靖港守虚寨之贼非多"，此妄也。意殆谓文正短于将兵耳。当是时，贼大举犯湖南，以靖港为巢穴，支党分窜宁乡、湘潭，谋夹攻长沙。使靖港为虚寨，无多人，则贼为无谋，主帅亲率师，出全力以争贼虚寨，则文正为无谋，此皆必不然之事也。且是役也，水军败于风，固不论贼众寡也。文襄又曰："公即死，谓荡平东南无望于继起乎！"是则然矣。凡功名之成否，存乎时；规摹之广狭，存乎量；流风渐被之远近，则存乎学。天祚盛清，贼虽剧必灭。遇当其会，功固必成，乃若兼包群才，遐迩慕赖，简拔贻饷，逮及后世，量足容之，学足师之，寥乎邈乎，微文正，吾谁适归乎？此殆难概望之继起矣。凡此皆文襄之言之未当者也。李方伯之言曰："文正既免，犹不食，移居妙高峰，再草遗令，将自裁，会湘潭告捷，乃笑曰：'死生盖有命哉！'"此决非事实。文正公生平趣舍，一不以利钝顺逆撄心；其治军，不以一胜负为忧喜。靖港之役，至忿焉取决于一瞑，固烈丈夫所为不欺其意者。业已遇救不死，又闻湘潭捷书，则固将审己度世，不欲为匹夫之小谅矣！然亦安有方决志自裁，骤闻一捷，遽粲然发笑自庆更生者哉！吾决知是言妄也。文正草遗疏、遗令，文襄谓是既败后在舟时事；李方伯则谓出师濒行，以遗疏、遗令相授，是未败时作。二公皆言一事，而权牙不合如此，以理测之，似文襄是而方伯小失也。此皆于文正事未合者。其于尊公，则李方伯似为之发愤，亦传所谓浅之乎为丈夫矣！某之事文正也后，不及亲见靖港之战，不能深知当时军曲折。承命撰一文，题跋是图，且告之以不能久待，谨依尊旨草草报命，未识有当万一否？伏望财幸。

与薛叔耘 以下八首男阎生补录

弟所闻，即系闻之傅相，彼欲请傅相自改，傅相辞之，彼乃言请某公改定云云。弟昨已于傅相前，明请其另求某公代作，不必改也。此函尽可呈傅相一阅，但傅相视此等为寻常耳。弟必以取回为是，若谓代作便可，改则不然，吾代傅相，傅相不用可也；若傅相改而后用，则弟亦不敢再代矣。然则虽傅相改定，弟尚有后言，况本家乎！彼既能改，又何不可另作，此事于幼樵一面无损也。若谓与傅相言明，则傅相既非自作，又何不听人改之有！弟则亲执笔构思，以为不合而复改之，是以师自处，而以弟子视仆也。仆老矣，不愿多师，如以此开罪幼樵，不以为悔也。辛毗有言，纵与孙刘不平，不过使我不为公耳。吾兄但为弟索还，无庸代为弟过计，即候复示。不具。男阎生谨按：此书为丰润张君墓文而发。

答范肯堂 辛卯十月

大作《濂亭寿文》，实为奇作。所请陪客，与主人全不相涉，有如时文家所谓无情搭者。文乃错综变化，尽成妙谛，诡谲多端。此由才气纵横，体格雄富，用能因方为珪。遇圆成璧，令我俯首至地，纵欲以文寿濂，读此不得不焚弃笔砚，佩服佩服！承下问恳至，谨贡鄙见。以为合肥、瑞安等字，即所居县为称，似非古法，大率起于明代。古人就所官之地为称则有之，似未尝以籍贯为号。然此固小节，不足为文字轻重也。拙作不能成体，大类时文，来示所批文尾，乃谬加饰誉，且有兄事师事之说。马齿稍长，呼兄自不敢辞，若师之名称，则冀州初见之时，尊论已极可佩，今岂忘之！律以昌黎"庸知年之先后生"之说，则吾当北面，今亦不复云尔者，以获交有年，不欲中变也。

答马月樵　壬辰五月十二日

某于形法家言，既未真知，因亦不甚信。向移建考棚之说，私心以为造端闳大，未敢主张。里中诸公，又不以某一言为重轻，用是踌躇却顾，不敢遽发。窃尝以为风鉴三元之说，宜以元运为主。卅年为一世，吾县科名衰退，已一世矣，其将复兴，后科行见之矣！长府旧贯仍之可也。

答饶阳县令袁敬孙　闰六月二日

惠书商刻州志，可谓留心文献。此书竟无舆图，自是憾事。西洋绘测舆图，乃专家之学，尺寸不爽。执事交满天下，测量机器，可以借得。其水师学堂测绘学生，虽不能遽比西人，要自实过中国前辈。若果成此图，实深州不朽之业，下走未竟之志。执事与州属人士，妥筹定议，弟亦当致书于州中一二旧识，怂恿成之。

与东海关道刘芗林　闰月廿五日

前闻移官东海，即思驰书奉贺。继又念津都使院有事，当可借图一见，俟面贺未晚，无取浮词相鬻。昨赴津小住十日，不得一迎台旆。计伯夫人殡期，群公麇至，大驾亦必来会，而下走届时又未必能往与其盛，久别谋会，缘悭若此！量移之举，人人以为大幸，某尤若与有荣施，不自解其何故。闻履新尚需时日，执事胸次，固不以迟速婴心也。某罢官后，百无系念，惟时觉吾皖人才，此时适逢极盛，深恐后来难乎为继，要须先达诸公，加意培养。近来各省皆有古学书院，皖省独无。前年曾上书傅相，劝为创建。今闻吴学使、沈中丞有意为此，并各捐二千金，又遍致书吾皖诸公，劝各捐助。傅相亦概捐二千两，计尊处必亦得沈公劝捐之函。沈欲淮军捐助，傅相自难从命，某窃谓大帅劝捐，自有未便。至淮部诸帅，无不欲子弟之从事文学，所谓"将军不好武，稚子总能文"，此门第之盛事，则各视其力之所能，量捐若干，以共成此美举，似亦无伤大雅，但无人为之苦口奉劝耳。昨与周廉访论及此事，以为伯夫人殡期，诸公毕集，请廉访劝办，廉访亦已慨允，又恐诸公不肯多出，止略出少许，以塞廉访之意，则亦无济于事。不揣冒昧，欲我公广为化导，必使多多益善，乃为有益。人亦何处不用钱，何惜金资以作育全省人才乎！或谓省城书院，止近县受益，此殊不然。现由学使倡办，学使按临所至，拔取高才，送入书院，优给膏火，则无远近厚薄之分，无庸疑阻也。

与范肯堂 同日

使院盘桓最久，与公兄弟晨暮留连，可谓极欢，别后犹系念不忘。季皋待我至厚，尤可感。渠百日后，当理旧业，吾意欲请其纂修师相年谱。前时名人莫年，多有自为年谱者，师相公事少暇，固不能自撰，亦不肯沾沾自喜。然生平所办皆大事，关国家安危，他人传述失真，则心迹易晦，莫若季皋于问业之暇，日记数则，由执事润色而呈之于趋庭之时，以决定事理之是非。此在季皋为莫大之著述，而在吾辈亦有先睹为快之愿，异日国史不能得英雄深处也。请公裁酌，以为可行，则请即行之。

答许仙屏河帅 七月二日

某谨拜奉书总河侍郎先生阁下，违离十许载，前闻阁下出分闱寄河江南北，所至有声。濡迹尘埃，不敢冒昧自通，愿言之怀，徒郁梦寐。比持节巡河，而下走业已投劾乞退，语默殊分，益复不敢相闻。每从朋好所获读疏议条教，一扫百年积弊，毅然独任艰巨，使上下张目缩手，不敢引故事说成败，一听我公变置涤濯，莫敢枝梧。未尝不私幸文正公身后数十年，而遗风余教至今尚在天下也。独恨举世波靡，有似文正所称"一虎众猱，更无同明"者与之相照耳。《易》曰："泽灭木，大过。君子以独立不惧，遁世无闷。"盖必有遁世无闷之素而后能独立而不惧。此大君子之所自得于学问中者，他人故未必尽知，小人不佞，窃自谓能窥见万一也。承示追悼曾门故人，半登鬼篆，而谬引下走为同调。文正诸客，莫不垂光青史，劼侯尤为有用之才，年之修短，盖不足复问。独某孤负大贤期待，少不努力，老而无成，既无吏能，退而读书，文采又不足自发其意，殊自悼也。承示《诒炜集》，见梁淑人贤行卓卓可传，委作墓志，恐芜笔不足阐高行，然不敢固辞也。

答余寿平 九月廿六日

接闰月惠书，奖借逾量，渐戢无已。就悉承明著作，望实两崇，至慰跂祝。前闻皖中议创古学书院，抚军、学使，倡率捐输，某用为私喜。诚见中兴以后，各省皆有学古之士，独皖中颇希，亦从无先辈接引，深恐淮壖武节，极盛难继，一传之后，阒其无人。今得大吏振臂一呼，不难风云协应。旋闻贵绅多不愿捐，皖中又少公帑，此事便当中止，意甚惜之。大约庐州、池州诸公，皆谓省城书院，仅止安庆一府受益，以此观望不前。今安庆苦无显宦，仰成他府，自不易言，不如一府专办，或尚易蒇事。已与南中诸公函商，欲请抚军于安庆一府，按亩派捐，以成此举，似尚不甚竭蹶。尊意如以为可，欲请转商洪朗斋、赵伯远、朱舜琴昆季、徐铸庵同年、吴季白、王问山诸君子，公作一书，径请抚军，饬派亩捐，一壮任事者之胆，计可怂恿成之。此书院若成，则后来才俊，日起有功，出则蔚为国华，处则教授徒友，吾皖人士不患不蒸蒸日上，为惠不可胜言。往年弟尝劝合肥师相倡办此事，师相意不在此，而漫谢以山长难得。今武昌张廉卿，海内硕儒也，在鄂不合，流转襄阳，今闻将有入秦之举。此君年七十而入关谋生，盖亦无术自给，出此下策。弟昨谋之南中旧游，意欲纠合十余人，人出百余金，延此公入皖，以为乡里后进师表，则文章之传，当复有寄。明年集腋为之，又明年亩捐事成，则无烦各出囊橐矣，谅乡里好义之士，必当响应。即使此议难成，亩捐之策，决不可废。但令有资以给师生，固不忧无人为山长也。区区愚见，窃谓时局日棘，后来之变，未知所底，帖括之学，殆不足以应之。将欲振兴人才，宏济多难，自非通知古今，涵茹学识，未易领此。不佞日夜念此至熟也，用敢诵所闻见，仰达左右，倘不见谓迂阔否？童巽卿儿子之师，但能代谋，惟力是视，恨所处之地，不能有少益于童君耳。舍弟解任之后，借便赴津，一诊旧疾，于私计亦正自不恶。宦途升沉，则有默为主持者，不可强也。

与吴季白 同日

令侄还京后，幸尚就西医治之，可望复壮，勿听他人沮败也。皖中旧无古学书院，今年沈中丞与吴学使拟创为之，劝捐于皖绅，苦无应者。鄙意深惜此举之不成，拟请姚叔节南归时，商之六皖绅士，公请抚军饬派六县亩捐，以成此举。计民力不甚拮据，而士风得此，当焕然丕变，无价之宝也。尚恐中丞不敢派捐，欲请我公与六县京朝官，公商作书，劝中丞奉行，如此则八九望成矣，不知诸公以拙议为然否？此间有友人得刘仲鲁书，谓张廉翁已定入关。前日冀州人来，携有贺松坡致同州府一书，属为转递。询其书中何事，则云张会叔有书属松坡，为渠父谋同州书院。据此，则秦中尚无遗席以处廉卿也。弟拟日内作书致廉卿，告以吾皖人欲延聘之意，并劝勿入秦，未识有当否？张廉卿之文，必传于后，今世人不知之，后世必有扬子云能知之也。今人多讲口耳之学，故自与为异趋耳。文章自有真传，廉卿死，则《广陵散》绝矣，区区之意，所为必欲罗而致之皖中也。

上李相国 十月十五日

保定曾文正祠堂遂已落成，众以碑文见属，义无可辞，撰成一稿，未识可用与否？前闻俄人据洪文卿所刻交界图，进据吾地，不知其地何名，后闻津郡人言，地名雅什里库里。查阅洪图，其火字第七幅、土字第七幅，皆有雅什里库里，又不知何处被俄侵据。《万国公报》称其地为拍密尔，谓即华人所云葱岭者。葱岭固是中俄界首，不知其越葱岭又侵地几何也？查中俄边界，最难明晰，条约有说无图，今洪图则又无说；地名译音，又彼此乖异。近以《中俄交界图说》命题课士，士无能确凿言之者。《朔方备乘》成书数十卷，而于新疆旧界并不能确指。黄子寿使其徒依条约绘成界图，附《朔方备乘》以行，其意甚善。然乌里雅苏台所定界约，图中失载，则亦未可据依。查每次议界条约，皆有界图，图皆俄人所绘。今条约刊行，令人人通习，具有成就人才之意，而图独收存不发，殊为缺典。可否由师门函商总署，将咸丰以来每次定界之图发出石印，与界约并行，左图右书，一览了然，为益不小。若云幅员日蹙，不便宣示，则条约已具，岂秘其界图人便不知，况外国无人不知，但瞒中国何益！愚见如此，不识有当否？

与范肯堂 十月卅日

昨承惠书，深喜文字间有辅仁之友，犹还冀州时旧观，此吾徒之至乐也。拙文疵累，曾不自知，其诗辞平列四事，蹇滞可笑，执事所教皆是。今改云："士昔失学，民亦不泽。有娪有樸，有襦不复。孰师孰父，孰觉以煦。公既莅止，乃塾乃庚。"以上八句，不知可用否？乞教我为幸。昨阎鹤泉检讨来此，据云孟绂臣与直隶诸公商定，欲为某请加京衔，殊可骇怪。彼谓议发之师相，吾窃料其不然。吾事师相数十年，师相待我，向不如是之浅。如当道诸公，嫌我官职下，不堪任此讲席，则我可即日辞去，又何必作此等转折！往年天津道吴香畹保我一知府衔，吾闻面辞。香畹谓文牍已详院矣，吾乃至幕府，请景翰卿调查此件，文牍来，吾自将贱名删除。其后在冀州劝赈，胡云楣观察又议定列奖，吾度不可辞，乃怒激之曰："君岂欲收我为门生耶？"胡公乃已。此皆在官时事，岂有在官不欲加衔，去官处馆反须加衔之理。若云宾主不称，亦未闻主人延宾，必求与己敌贵之人。今师相贵极人臣，又安所得一贵极人臣者为之宾哉！鹤泉佳士也，闻吾言乃笑曰："吾窃料其不可，当作书告绂臣尼止之。"继又闻绂臣并有书致提调宋君，吾问宋君，宋君亦言，已复书告以勿办。据此，则此议当可中寝。万一不能中寝，则吾惟有弃馆而逃之一法，吾岂为汪仲伊、崔岑友哉！执事知我，尚望设法劝止此事，勿遽逐我远去也。

附　张小船来书

傅相幕府，自翰卿谢世，赞理乏贤，虽得替人，亦仅敷衍例案，难助高深。傅相近七十之年，任天下之重，精神智虑，实恐稍一疏虞，有关全局。台端抱济世之具，守高蹈之怀，不欲逐髦参短簿相与周旋，凡在知交，同深钦服，即傅相亦未便过事縻维，有违雅量。然窃计阁下之与傅相，师友廿六年，谊深道合，值此孤立无相助之际，又当新政严切之时，万一举措稍乖，致生异议，则执事皋比坐拥，亦必踧踖不安，翻焉思起。夫匡襄于事前，与补救于事后，功效短长，不待辞说。阁下风义敦笃，夙驾东汉而上，智珠在握，定有权衡，如蒙俯允所请，傅相当扫榻以待，何幸如之。前郁山兄力赞阁下却聘，弟等深以为然，兹则目击时艰，进词劝驾，梼昧之见，实匪计一身一家，所恃君子有时中之道而已，鹄候示复。

答许仙屏河帅 十一月十一日

来教奖掖逾量，只增惭汗。某少不努力，老而百无一成。曾文正门下，乃有驾下如某者，岂不惭负圣师期待乎！来示述往年文正见爱语，文正当日，固不料某了无成就如此也。今虽欲勉踪古人，而年过五十，精力有退而无进，殊用自伤。命撰梁淑人墓志，顷始匆匆脱稿。文笔芜陋，不足发明淑行，不必果用上石也。近刻《尚书读本》，系石印，颇不损真，附呈一册。盛意欲删定《曾文正集》，此诚盛事，但鄙浅无学，不能究知文正深处，难胜重任。又，此事未易急切整理。往年方存之所定本，吴清帅刻之天津者，但取在京时诸疏，后来在军则专主论事，不存文字之见。鄙意方本甚善，但在外诸疏，有不可不录者，此又非通读全疏，不能率尔定也。若今集中畿辅、天津诸疏，则诚多下走拟稿，不可以鱼目混珠也。书札中可存者较少，然亦有实为至文不在集中者，不可不编入。一人之见，恐不能尽餍人心，是以不敢草草应命，他日稍暇，或检点全集，抄一目录，寄呈是正可耳。

答贺松坡　壬辰九月十日

寄示大作《冀州新渠记》，某为州，颇涉喜事凿渠之举，用上下银十万。曾不十年，已有将废之兆，意甚悔之。执事乃极意刻画，读之增惭。但就文字论之，则气力弥满，声势闳伟，议论亦道着深处，此等文字不惟老夫甘拜下风，窃计方今海内，自濂亭而外，盖未有能办此者。此河不足道，得执事此文，乃真数百年不朽耳，感甚，惭甚！年来颇趋衰老，日甚一日，以此殊自惭恶。近作《张靖达碑》，此文一出手，将必有刻石传播之事，不得不请知己者是正，用特附呈。务求倾怀指疵，勿以客气相待，勿以老人渺我，是为至要。昌黎云："术业有专攻，弟子不必不如师"，勿伪让也。

答贺松坡　癸巳三月廿三日

得手柬，并寄示所为《论左传》一首，其谓左氏书但纪述事始末，而未尝为之条例，以解诂《春秋》之文，其条例而解诂之者，浅学自喜者之所为也。此诚卓识闳议，鄙人私蓄此疑于胸臆久矣。往与张廉卿论《郑庄克段》篇，廉卿摘文中段不弟数语，谓为飞鸿点雪。仆以汉人谓左氏不传《春秋》，若开宗明义便如此云云，则愚人亦知为《春秋》传矣。盖尝疑之而未敢信也，今得大论，为之一快。凡此等于文中增窜语言者，盖不可一二数。《史记》载：华元飨士，"其御羊斟不及"，古以斟为薰，羊斟为羊羹，而非御者之姓名甚晰。今左氏乃有"君子谓羊斟非人也"等说，此必经师讲论时，有疑羊斟为人者，而其师知斟之为羹，故曰羊斟非人，岂知后之浅者，入此语于左氏书中，而赓续之以"私怨珍民"云云者哉！此与《郑庄克段》篇，皆文中搀杂肤受浅说，尤为谬乱，恐全书中，此类尚多，尤能疑误后学。安得如执事者，一一辨白而删剃之，如柳子厚之于《国语》，岂不快哉！至谓其事出于刘歆，则愚心尚未敢附和。歆虽引传文解经，略如费氏之于《易》，未必遽有移易窜改。杜元凯《序》称"刘、贾、许、颖"，刘杜相去二百余年，刘所为书，杜犹及见之。若果改易左氏本书，杜岂不知，而顾从而阿顺之，曾不一为致疑而辨诤之，尚得为左氏忠臣哉！《僖五年》正月"视朔，登台观，书云物"，羼入晋杀太子申生文中，使与前年所书事离绝不属，其为后人搀入者无疑。而《汉书》已引之，其他释经条例，或在歆前，或在后，今殆无能确证。要之，非左氏本然，此可决知者。刘子骏学术故自渊懿，孟坚盖深服之，于其父子间议论异同，时时右子骏。观所为《让太常书》，其毅然自守，嗜古而嫉俗，岂非真知古今闳博大雅之君子哉！班氏爱其文学，而惜其附莽，斯其为不隐恶、不虚美之信史。非如后君子恶其为人，则虚加之以恶名，而诋诬之以本无之事。若望溪之以《周官》为刘歆增窜者，则尤为无实不根，一人之臆说，不足引为深据也。鄙见如此，未识有当否？有异同，可相违覆。去年得手书，论苏氏《木假山记》，鄙意亦微有不同。尊公寿文，稍迟当竭棉薄以副雅属，但恐文陋劣，不能称其为人耳。数月来，卒卒未尝读书，至如著文，则尤不敢，昔尝自署为没字碑，今果然矣。

与吴季白 <small>三月廿五日</small>

令侄还京后，想益调摄强固，是否尚服西药？每恨执事文学精进，而医学近庸，但守越人安越之见。不知近日五洲医学之盛，视吾中国含混谬误之旧说，早已一钱不直。近今西医书之译刻者不少，执事曾不一寓目，颛颛焉惟《素问》《伤寒金匮》《千金》《外台》等篇，横亘于胸而不能去，何不求精进若是！平心察之，凡所谓阴阳五行之说，果有把握乎？用寸口脉候视五藏，果明确乎？《本草》药性，果已考验不妄乎？五行分配五藏，果不错谬乎？人死生亦大矣，果可以游移不自信之术尝试否乎？以上所言，吾将斫树以收穷庞，未可以客气游词争胜，愿闻所以应敌之说。

与王西渠　四月廿五日

在济南接读尊公手书，辞旨谦挹，奖借过量，多不敢当。以归无定期，又无附书之便，久稽作复。昨三月廿日，始还保定。越日，贺苏翁先生自尊府回，敬悉近状，并闻尊公偶尔违和，渐已平善。后数日，苏翁专差问疾，得令兄复书，则前恙良已，至为跂慰。眠食不能如常，此乃好读书不自调摄之病。尊公与下走相反，下走终日游衍，束书不观，倚席不讲，用此体中殊健，即偶用医药，则尊公笃信中医，下走笃信西医，又相反也。前与苏翁言：西人养老扶衰之品，以牛肉精为最。尊公之病，但服牛肉精四五十日，必当霍然，不知旧疾之何往。近时贵人，如李傅相、恭醇二邸，皆以此物为至宝。穷而在下，与某游者，平日或讲理学，或讲文章，无不遵服此药，以其真有奇效也。尊公若肯俯纳鄙言，遣人赴天津，向洋行大字号购此物，不过廿余金，足以去疾复常。若云我中国人当服中药、用中医，则尊处所用之医，不过如赵铁卿及李洛生之友某公者，此诸人，即论中医之学，尚当逊下走一筹，所用皆乡愿药品，何能益损于毫毛哉！叔节先生与仆皆悬系执事，而久不得消息，深泽又僻左不通邮递，以此南望郁郁。兹特专人往问，并献刍荛，是否采纳，即从实见告，铁卿若在府，可以此书示之。

与弓子贞　四月廿七日

今正寄到志稿，今考定金石一门，元以前已粗就绪，其明以来，颇有碑文关于掌故者，吾意必应详载。欧赵集录金石，止于五代者，其书以搜辑古文字为主，故略于近人。然五代即宋所受代，不似今人采金石而止于元世也。又况欧书收李西台，则在建隆以后；赵收郭忠恕，迄于乾德五年，是皆录至当代而止。今吾辈为一州志书，而自明以来五百余年金石大文，尽弃而不录，

271

殊非所安，吾意决当载之。但金石以立碑年月、撰人、书人官衔姓名为要，而旧志所载诸碑，则年月官衔及书丹人皆弃不录，无从考论，不成金石家体制。往年遣人抄出明以来诸碑，定成一册，不知尚在尊处否？其中有旧志所未收者，吾今尚欲录之。柳林寺《冯保碑》，张江陵撰文，此乃此州至大之文，岂可不载！如前所抄碑册，已失柳林寺之碑，执事当遣人拓本寄来为要。此外记有张伯良厘定差徭一碑，亦要物也。饶阳旧志载碑尤少，亦是缺典。

与李勉林 五月七日

曾祠已有书丹人否？如实难求，则李佛生之五郎字和度者，其书颇有六朝笔意，曾为某写《尚书》一册，去年用石印二千本，津郡多有之。执事向罗稷臣观察索观，如以其书为可用，仍可由敝处寄稿，请其缮好，双钩入石可也。

与范仲林 同日

别后遂不启候，依依之思，不可弭忘。从执事寄哲兄函中，获读大著，记其所测知者于每篇后，不知其有当否也？去年和诗，勉强学步，尊函中乃复谬如赏爱，执事岂欲使弟闻而自壮乎！不然，则仲林好妄叹，不如曹子建远矣。令兄又示陈伯严所著文，见伯严自跋云"欲附于不立宗派家数"。吾告肯堂曰：此殆以曾文正自命者也，伯严闻此以为有当乎？近作想又成帙，吾辈早成没字碑，洗眼看公等文书传道，并不自愧恨，但微妒耳！令兄今年相见，兴会甚好，想常通书问也。

与王小泉 五月十一日

前闻贵恙，虽相望数百里，然已深悉梗概。执事之病，可无药而愈也。至来示谓脾胃受伤，饮食以匙计，畏药如闻惊弦，惟坚守勿药，以俟复元。以此拒绝中医，实为卓识。独于牛肉精亦屏之不用，则殊失算。牛肉精并非药物，即牛肉之精华也。缘天下至养人之物，无过牛肉。牛肉入胃，消化较他肉为速，以其劳胃经消化之力少也。然衰疾老罢之身，亦往往不受牛肉，西人于是用机器搜取牛肉之汁而弃其渣滓，又用他药，制造此汁，使之入胃即化，不复使胃家出力消之，以此为调养衰老至精之圣品，此乃饮食类之一物，非药也。不但非峻厉之剂，亦非寻常补养之方，乃饮食中扶养衰胃之要物耳。来书饮食至以匙计，可谓极少。所以不能多食者，胃弱无力消化也。他饮食虽以匙计，其渣滓多而精华少，其用胃力，常苦其剧，其裨助之益，则不过三分匙之一耳。若能进牛肉精一匙，则其养血助力之功，足抵平人服牛肉七八两之用，而吾胃仍安然不劳，然则何惮而不用乎！来书谓俟饮食渐多，足胜药力，当酌量服之。不知早服牛肉精，乃能使饮食早加，若饮食愈少，则服牛肉精尤为刻不容缓之事。君家购此等尚不费力，何妨妄听鄙言，先购试尝，如有效，即日日服之，计服五十日，必当健壮复常矣。如无效，即弃不用，而以与嫂夫人为养老之物，不致空费，而牛肉中和之品，偶服不致废命，此亦夫人能知者。执事何妨一采刍论，抱疾忌医无为也。

与高端甫 五月十九日

薛云锦师故后，渺不知其家消息。昨薛师令孙名绍彬者，远来相投，据称：其弟绍庆，于光绪十七年八月，以索债口角，被李东升杀死，凶家贿通衙署，撰出情节，谓绍庆殴伤李东升之母，东升救母，夺枪扎伤绍庆。实则绍庆索欠，李东升约日归还，及期往索，李仍推抚，绍庆拉与理较，东升与弟东川及同党宋磨、牙虎等群殴，出其不意，扎伤小腹脊背数处。绍彬迭以实情具控，未蒙准理。及十八年七月唐县换官事在唐县，又复具呈，县批：此案经前县讯拟招解，毋庸饰词多渎。十九年正月，赴臬司呈控，臬批：李东升扎伤薛绍庆，越日身死一案，由县审明，将李东升拟绞监候，是薛绍庆冤抑已伸，毋庸再行呈诉，着即知照。薛绍彬痛弟情切，必欲翻案，现拟赴京叩阍。弟见其所抄呈稿，内附李东升供词，自称：母罗氏，并没兄弟，有女无子等语。实则兄弟二人，生有五子，此是欲办独子留养。至县详未经抄出，其该县原禀则可驳者甚多。其云：据地方徐万均禀，据童生薛绍彬投称云云。并无其事。地方为李东升捏禀，薛姓岂肯自诬！县禀又云：并据尸亲呈同前由，亦无其事。尸亲在县迭控，皆有案据，岂有一言与地方所禀相合者。初八日受伤，当即喊禀，初十身死，又经喊禀。正堂仅委典史往验，而县禀称：随带刑仵亲诣，如法相验，亦系饰词。致命二伤，小腹锚伤，肠出；背后锥伤，而县禀云：合面右脊膂，刃尖伤一处，围圆二分，深不知几分。夫既深不知几分，岂得为刃尖伤！如系刃尖，而围圆仅二分，则深亦何能不知几分乎！既云夺枪，则凶枪自在，而县禀乃云"凶枪无获，无凭比对"。既云薛绍庆将伊母殴伤，则伤痕何得含混！而县禀乃云"李罗氏左手背、右手腕各一处，均用药敷护，不便揭验"。以上各节，均县禀之可驳者，而其禀尾结束，乃申明：讯系救母情急，夺枪扎伤薛绍庆身死云云。想其详文，大略类此。惟是此案已隔两年，恐已办过秋审，是否尚可翻案？现定绞监候，而照实情，能否办成故杀？亦或不能必其得胜，而但执定李东升并非独子，不令留养，有可稍伸冤抑否？敬请我兄一一细商，指示明白，并求速复，至恳至恳。

与牛蔼如 五月廿日

薛瀛仙世兄来保定，具悉取道棠境，过承优礼。瀛仙人极朴实，尚有先师遗风。先师云锦先生，历官鄂皖，所至循声卓著，其于兄弟，尤为友爱。官中禄入，尽之昆仲。身无私财，妻孥常告不足，不顾也。不意殂谢之后，子孙凋零如此。瀛仙有弟绍庆，为仇家所杀，瀛仙南北奔走三年，刻刻以复仇为心。今之来也，欲京控以雪此愤。弟查阅两造呈稿，以为死由斗杀，汴中定谳，凶手绞监候，系属照例办理；虽再控，无以复加。若欲办抵偿，未易改拟，不如听当道之所为，息事宁人之为得也。兄弟之仇不同国，瀛仙暂可不归，以避凶焰。且闻其家业陵迟，衣食不能自给，廉吏子孙，遽至如此，此令人寒心。鄙意拟为瀛仙谋一出路，将来或在津、通等处，谋一差使，以资事畜。惟现时绵薄之力不能独任，欲转告他人，彼不知吾师者必漠然置之。执事闻与薛府有连，不揣冒昧，欲求借助百金，凑集狐腋，捐一典史，以便谋差。想侠骨义风，必不以此言为孟浪也。

与贺墨侪 同日

志稿略一阅。贵州人士切盼此志之速成，而州官钱刺史，则又颇怏怏，于去年设局，以为欲为熊君道地，此事现甚掣肘。侧闻钱刺史与诸绅，亦微有龃龉，吾尚欲先和解官绅，后徐议志局。昨姚锡九奉差到深，毅然以和解自任，并云欲先邀执事议之。兹锡九又委署青县，恐不到深州，前议又成画饼也。冀州书院、河工，皆有巨款交绅经理，责任重大。乃闻牛蔼翁到任，即借公款千金，不知为河工款乎，抑书院成本乎？曾访之松坡，松坡不知也。凡公款，最不可开私借之例，纵蔼翁必还，而此例一开，将来必有借而不还之事。前人铢积寸累，而后人胠箧探囊，岂不令人寒心！吾方疑所闻不实，乃昨得张楚航、张雪香来书，公然告我云：去年牛公在河工租息存款内，借用银八百两，大约不久可见还云云。不知我以此等巨款托付若等，适以资之使为结纳新官之用乎，殊可骇怪，我竟不能作复。若率吾意言之，则必愤恨切齿，言或漏泄，牛公必结怨于我，我又何必。若客气不言，则彼且以为借与新官，乃分所应为，故吴某亦不怪也，以此无言可复。但自恨在冀许久，所用失人，本地方事如此，我当时竭力为怨府以积此款，可谓大愚，真自笑也。

与川东道张蔼卿 六月廿六日

往年誙逓，以先靖达公碑文见托，岂敢以不文辞！但执笔为当代伟人作碑，深惧才力薄弱，不足揄扬万一，有负执事之盛意，以此迟久不为。及在津相见，其时适傅相迫我再入幕府，因求我公排解，于是有以彼易此之戏言。及公成行时有书见惠，知其事已解，自应有以偿惠。其后景翰卿物故，傅相又遣张筱传观察作函相招，辞益恳到，事益难解，其时某在济南，我公又已入蜀，无人缓颊，于是自作一函披露肝胆，幸蒙傅相矜鉴下忱，始邀赦令，而靖达公之碑，仍以不敢造次，迄未报命。令弟翰卿观察传述盛意，敦促速构，某不敢再延，谨依尊撰《行状》以为蓝本，草草成文。昔人谓：太史公书，其所据依、采摭皆高文，故易佳。某谫劣，何敢自同昔人，独所采摭，则史公底本殆无以远过，是为私幸耳。文成经年，尚以草稿未定，迟久不上，昨经检阅元稿，稍稍更定，谨录稿呈教，伏候卓裁是正。蜀中相知甚希，求代抄二分，一以示黎莼斋观察，一以示王晋卿大令，均求一言评定，胜千里面谈也。又有请者，康刻《古文辞类纂》版本，在都下得之甚易，自此版归府第后，遂不见康刻元版。坊间所行翻版，陋恶不堪，倘蒙不遗在远，用黔蜀有绵性之纸，印廿部见赐，俾得分惠子姓，传散徒友，则感荷大惠，胜锡百朋，无任临楮跂望之至。

与吴季白 七月三日

手书所论西医，谓须通德文，乃是谬说。各国皆有医书，其文字则英文通行各国，法文尤为精者。苟通英法文字，皆可读西书，何必德文哉！且医道旦夕所需，而外国文字则学之数十年而不能精者，必欲通外国文字而后学医，此犹管仲言封禅，必东海致比目之鱼，西海致比翼之鸟，而后用事太山者也，何能及事哉！至谓今所翻者皆西医之糟粕，此又不然。外国书多，诚不能尽译，所已译者固皆有用之书，但有详略之殊，并无精粗之别，即信为糟粕，亦何不可先览其糟粕而后徐图其精华乎！执事于医学，所见如此肤浅，劝君且止此事，但可作举子业。今年取乡荐，明年入馆选，岂非用君所长乎！医道一事，从此闭口勿言可耳。

答李季皋 七月九日

惠书并寄示师相临摹圣教一册，宝气怪发，照曜池馆，真旷代奇珍也。往年与曾栗诚私论吾师书法，栗诚以为最有驱迈淋漓之气，吾尝叹为知言。今又垂廿年，师门老而好学，日进无疆。近年所见人家屏幛，辄疑是唐人手笔，吾师不惟功伐盖世，即偶尔飞翰，故亦当代一人。春间过使院，曾私属侍史，排日窃取所临圣教见赠，当有重谢。侍史对以诸公子分日索书，不可得也。方拟仰求分惠，忽蒙赐观，展册传示徒友，恍与右军大令父子诸惟一室也。承命跋尾，敬题三绝句以志私慕，真乃持布鼓过雷门，可共发一笑耳。尚有私求，执事收藏甚多，必望割爱，惠我一分，俾得流传子孙，知不佞曾出大贤门下，亦一段奇也。惠书文采高妙，佩服无似，已什袭藏之。

答贺松坡 七月十六日

得来书，极论《左氏解经凡例》为刘歆所附益，反复诘难，有似老吏谳狱，真乃不愧刑官。老夫废学已久，岂能当此劲敌，敬服无似。鄙意二刘经术，非汉他儒所能企及。班氏盖深服之，故尝讥"谷永于诸经，泛为疏达，与杜钦、杜邺略等，不能沇浃如刘向父子及扬雄也"。以此观之，刘扬诸公不致妄窜经文附益己说决矣。执事殆亦知其然，故谓刘歆所为，而贾逵以人之传，欲蔽罪刘氏，而更旁累贾君，尤近莫须有之狱，鄙人不敢妄附也。歆时，博士谓左氏不传《春秋》，此所谓以不诵绝之者。尊论《解经凡例》，谓作于歆前、歆后皆不可。蒙意则似经师赓续为之，前后皆有，不得臆决其作于何人。如"陈侯鲍卒，以甲戌己丑为再赴"，此说经者曲说，不出左氏甚明，而《史记》已载之，此尚出史公前，岂但前于刘氏乎！如"人火曰火，天火曰灾"，班氏引为左氏说，而今皆入传中，此又明出班后，不但在歆后矣。班引左氏，有传有说，如"跻僖公"，引左氏说，不引传。如"大雨雹""华弱出奔""陈灾""郑灾"等，引传，并引说，是班于汉经师之说，不以羼入传文，分别至严。若果刘歆所为条例，其不引为传甚显白矣。而《汉志》所引，不书"日官失之""六鹢退飞，风也"等说，皆称为传，且此数事，《史记》亦已载之，安得谓歆前无说乎！班氏引二刘，必称"刘向以为""刘歆以为"云云，而引左氏说不云刘歆，是左氏说必非歆作。班谓"歆后章句始备"，执事乃云"解经始于刘歆"，非其实也。鄙说"分至启闭，必书云物"乃后儒所云，"五十凡故"疑非左氏文，执事乃疑五年"晋侯使来告"之语为后人增入，因割"伐蒲"事隶其后，此与鄙说"羊斟非人"同一悬解。然考《晋世家》，申生自杀与使兵伐蒲已分系两年，似左氏旧文，本不相属，若"视朔"为左氏书，虽无"晋侯来告"之语，"伐蒲"事已在视朔文后矣。凡此所疑，皆鄙意所未安者，其余尊说，则皆善矣。扬刘同一仕莽，班氏于扬则深恕之，于刘则深罪之，持论似未尽公。朱子则皆深罪之，某则皆深恕之，此等非得颜、冉、游、夏诸贤，未易折中定论。若谓治经，则不必尽以其人之出处衡定是非也。凡考证之文，但取议论允当，证据精凿耳，似本不可言文。前人用以入集，亦不过充篇卷数目，虽欧、曾诸贤，此等文字，吾犹以为未为佳文也，要自不可尽弃耳，执事以为然乎？前论《木假山记》，亦别有说，俟相见论定之。台从不来，吾不说也。石印《尚书》，尚有脱误处，欲修改再行奉呈。近日读《易》，颇多新说，此书成，欲与朋友共订是非。小来愿留心文事，今老矣，无能有所成就，乃区区欲注虫鱼，可伤也。

答贺墨侪 七月十九日

冀州公款，鄙人千方百计、千辛百苦存积，以待公用，实爱惜护守之。交二张管理，以其共事多年，知吾根底。一丝一粟，皆此两公所同见，以为他人或视之不甚惜，二张君当不然也。不谓我去才逾几年，尚未死，亦未远离直隶，遽已如此，岂不令人寒心！仆不在其位不谋其政，虽全行干没，吾亦止有瞪目浩叹已耳，焉能有所损益哉！此事愚心实不能甘，要亦非于二张君有所芥蒂也，自恨其前此之愚而已。故者无失其为故，吾亦不为此事与二张君绝交也。今得执事为之挽救，冀绅集议善后之策：官提一钱，大家并力以拒；不告于众，经手人自赔。如此办理，后患自可尽绝。深感执事斡旋之力，即请为我转告二君，言我心本空洞，此后更可释然。楚航今又殇孙，闻之悼念无已。雪香向来失之和柔，吾久知之，亦不深咎也，但望此后能守吾所积之款耳。《深州志》，吾本切盼其成，钱公在津在省，乃托李相及方伯等催我速成，殊不可解。吾已成《金石志》，意欲续明以来金石，现尚未采，不能不停笔以待。至于此门未成，又纂他门，则贱性所不能也。前与钱公言：今志局既撤，无人相助，所成底稿，只得雇人抄录，大约一月不过六金八金。已蒙钱公应允。今接钱公书，考订此项誊手，应自何月始，何月止，为时几许，则吾又穷于置对。若预计止日，则现在尚须停工待料，岂能刻期告成；若悠悠无期，亦殊非钱公所乐。若有稿时觅人誊写，无稿时即行停给，则吾前所觅者，不过在此谋馆之人，停给薪水，彼必远去，后再觅人，未免纷纷更换，而不能应手。此间种种碍难，现拟函告钱公，无须薪水，较为直捷耳。溯周闻欲来此相助，吾九月即当赴阳信，现时无稿可写，溯周似可不来。殉难节妇等，亦拟请钱公速采收入志中，以免不知者之垢厉也。

答牛蔼如 中秋日

惠书并寄到薛款百金，感同身受。容即代为上兑，以成此义举。冀境得执事镇摄，安静无警，闾里晏眠，真乃生民之福。前闻广开沟渠，尤为匡弟之所不逮。桥工由河租动支，自是正办。明春请款开淤，禀中着笔，尚须斡旋，恐上游仍令以河租济用也。弟前专以岁修工程仰给于运库之二千金河租，虽列在章程，而公事中略不提及，止恐上游知有此款，以后便不肯多发库款。又欲使州绅妥协经理河租，望其年年存积，愈积愈多。十年之后，可不借助库款，此鄙人初见也。今已数年，河租不见增益，颇虑愈久而渐坏，今用之动工，系题中应有之义。但此等工程，前事不必禀请批示，后事亦不必禀报工竣。缘上游以库款津贴岁修，乃非其本心所愿，若时时提醒，使知本地存有租项，必且从而生心，是亦不得不防。明年请款禀中，必须叙及河租业已用尽，现无存余字样，方为妥洽。抑或先不必提及，俟上游问及河租，再行禀复，卓裁以为何如？书院值年，由众绅推选；监院由肄业生中推选，载在公事章程。来示谓办事非楚航、雪香不可。仰见台端用人与下走略同，不以不佞倚任二张为谬，殆是暗合人意者。楚航家计拮据，连年丧失子孙，兴味可想。若长年在城内，赔累火食，殊非所堪。尊意书院每年止更换一人，拨给楚航薪水一分，自是体恤二张之盛意。揆之用人之道，亦属心安理得。来示属令筹商，且戒勿客气，用是悉心核议。窃谓执事此议，二张必将固辞。缘当时议章，值年一年一换，监院二年一换，不肯专倚一人。实因书院成本既重，应需合境周知，所举十六人，尤宜人人练习；其或有事未明，必当访问熟手，若人不得力，亦可更议贤员替换。但一人久管，则他人必且退缩不前，此一人者，即或一尘不染，仍难免旁人谤议，此皆必至之理。当议章时，皆已预料及之。二张同议此章，决不肯躬受指摘，开此弊端，故知二君必且执章程以固辞也。又此等载在章程之事，一经改易，则章程必成废纸，无人遵守矣，此亦二君所见及者。不特此也，即河工值年绅士，正绅薪水六十两，副绅四十两外，亦难多支，所以防旁人訾议也。尚幸章程中有，"承修之绅，自请帮办，事竣酌量酬劳"之语，如嗣后承修之绅薪水不敷，尚可于帮办酬劳项下稍示通融，亦不必于章程外另支也。又承修正绅薪水六十两，来示云京钱一百千，似不足六十两之数，岂后来于章程之中，又有议减之事乎？仍依原议正绅六十、副绅四十之说为较妥也。又章程内载：堤坡、堤顶，不准耕种，亦不准侵耕内外堤根。现闻民间不守此章，可否由执事饬绅查禁，申明章程，从实办理，以惩效尤，大才酌之。仰承下问，倾困倒廪而出之，未识有当否？

答张筱传 九月三日

薛世兄入赀一节，承属敝处先为上兑，执事自任结费验看，感同身受。但薛世兄入仕，衣履亦不能少，敝处前欲止筹二百余金，请执事任三百余金，约计非六百金不办，而鄙况艰窘。欲望知己稍宽其力，亦管鲍分金，而多自与之说也。来示既委弟先为上兑，共用银三百余两，兹将捐局收条送阅。据云重阳可得实收，弟本拟领实收后再行函告，惟弟意欲早赴阳信，薛事未清①，不能弃之而去。兹先专差奉闻，务乞惠赐三百金，交去差领回。薛世兄现经朱敏斋委令查灾，不得分身亲领，求速颁所惠，即由此间入都验看，办竣再行谒谢，幸勿再迟，至恳至荷。来示谓弟受知遇最深，寻绎我公此语，似少年争名之见，至今介介于怀。当时薛师谬赏不佞，实系一时偏见。然薛师于文字间不肯自用，全系王晓峦一人高下其手，执事于晓峦尚且师事②，足见风义之厚远过下走，其于薛师自当倍于晓峦。况薛师所取前十名，一律爱若骨肉，故龙兆瑞在十人之末③，而薛师爱之不减某，是则名次虽有高下，赏爱实无厚薄。譬如乡、会座师，岂得云榜首一人受知独深，其余便同泛泛哉！愿我公无悻悻于此。又况当时名次，弟忝卢前，今日仕宦，则公独显贵。汲引寒畯，乃显贵者之专责；酬答旧恩，亦惟显贵是望④。我公岂可略师弟之至情，托部民之遗爱乎！来示属弟先上兑，原止为暂时松劲，且明告以于薛世兄功名无碍，仰见季布一诺，重逾黄金。现又迁延两月，想尊处于此等，尚是小小款项，弟谬托石交，亲见我公富贵如此，岂得不生妒心，又岂能不望分润！今公助薛世兄三百金，即作为助弟之款，是亦一举两得。缘弟受薛师知遇，人所共知，若今力能独任，则决不观望同人。即今力实绵薄，亦当展转乞贷，政使我公往时不出薛门，今既谬荷折节下交，弟亦必仰乞微生之

---

① 清，《函稿》作"靖"。
② 晓峦，《函稿》作"王晓峦"。
③ 兆，《函稿》作"升"。
④ 显贵，《函稿》作"显贵者"。

醮，转贷监河之粟，区区之请，必望俯从，无任翘企待命之至。

与贺墨侪 九月十日

昨阳信转寄都中郭以箴致舍弟之函，有一案件，系杀母之奸夫，东省引例不合，由部改正，舍弟承审之员，科以失入处分，当得降调，不准抵销。郭函大略如此。舍弟幕友来函，则谓汶上原办不如此，经首府研审，添改情节，致为部中所持。兄初疑郭公尚因上年之事，未能得意，不肯甘心，故又兴此一波。及闻郭公不但致函敝处，兼有函告济南府，以首府复审处分亦颇不轻故也。然则此案不尽由前事未遂，必思有以偿其所愿矣。于是，请教于此间院幕陈雨樵。雨樵则云：东省所引者正办也，部中所改者比照别条也。《处分则例》云"承审官拟罪，系引律例正条，经刑部酌复案情，比照别条改拟者，无论失入失出，承审官俱免议"云云。东省未检此例，郭函尽可置之不理，万一真须议处，则必由刑部堂司移咨吏部，查取职名，届时东省咨送职名，一面开明《处分则例》中此条，函托吏部书吏，尚可消弭。若刑部不移咨吏部，吏部不查取职名，皆无从议处，料刑部此等改正，不致移咨吏部云云。雨樵之言如此，闻之心胆一壮。既又思郭公处竟不理会，恐其积羞成怒，怂恿堂司，移咨吏部。又恐吏部书役与刑部勾连一气，则愈难收拾。兄颇不能自决，兹将郭及东幕各函，专差送老弟一阅。即请为我悉心决之，如可置之不问，则用陈雨樵之说；如防郭公有他，则欲仍由老弟为我作函致郭，即告以《处分则例》中此等本皆免议。既在相好，似不必如此相吓，亦必有以尽情，与之开诚布公，似较妥惬。此二策者，孰是孰否，望智囊决之。抄去函件，仍请发还。王次康选得安徽祁门，前夏间过此，颇道艰穷，吾今无以报之，奈何！

与六皖京朝官 九月廿四日

昨桐城诸君来书，述及京城拟创建六皖会馆，大才主持其事。其地基系文昌馆，乃桐城旧业，明季因左忠毅公遭祸，变卖以救其难，前辈每以赎回此业为志，而苦无机会可乘。今此业已为吾皖所有，商赎于吾皖，较前倍易，欲请执事情让此地，俾桐城圆全旧业，而别择善地以为六皖会馆。如此一转移间，桐城完其夙愿，而六皖会馆亦可速成。似闻我公等皆有难色，属弟再为婉商。桐城人大指如此，以愚见论之，忠毅名在天下，非一郡一邑之人，以奉祀而论，与其私于一邑，不若公之六皖。惟业为桐城旧业，百年以来，前辈均以不能赎回为未竟之志，则此次商求情让，亦属义所应有。若为六皖计，则愚见亦有一得，愿备刍荛之采。吾皖尚少商贾，但有仕宦、应试两途，凡会馆缘起于商旅，其后繁盛郡邑建之，以为美观。今吾皖物力不足，自难与繁盛之区争妍斗富；又无大商名贾，往来会合，与其建立会馆，不如改立试馆，专为嘉惠士林，为功较巨。试馆，则宜设于内城贡院左近，乡试诸公，得此免赁小寓，其益无穷。至于外城文昌馆嚣喧之处构立会馆，将不过借与他人娱宾宴集而已，无大益也。以此权之，则即让与桐城，于六皖似亦无损，此一说也。会馆虽已得地基，至于营构之费，似尚未易筹措。缘六县有大小贫富之不同，地大者多派，地小者少派，此定理也。其多派之县，不能不出而与闻其事，若听其与闻，则彼此意见不能悉合；而不令与闻，则出资在前，议事在后，势必心不能甘。心不能甘，则出资必不能踊跃；出资不踊跃，势必致到处谋资，不复分别流品，苟能出资，皆将引而进之。至于流品不分，则前之不遵派者，反得有所借口，而皖且从此为四分五裂之郡矣，似亦宜长虑而却顾者也。苟惩此弊，则不如听桐城赎回此业，从此戮力同心，以谋别建六皖试馆之为得矣！此又一说也。兼此二说，似宜从长计议，某身在局外，故敢自贡所疑，幸执事勿以为桐城人而疑其言之有所私也。

与贺墨侪 九月廿七日

牛公于冀州事，必欲改章，二张从而附和之，并欲强我画诺，真不可解。如河工银两，至今并未归还，乃诡言现已珠还。去年河未挑淤，今年又不挑淤，料此等情形，明年仍不拟开淤也，计河底当淤填盈尺矣。河款尽作无益之支销，且为融销私借之地，执事谓吾心安否也！备籴银两，刊入章程，乃怂愚王前任报入谷数，是早已违废章程。今则更欲将此款修仓耗用，是我但为后任充当一库房，存积多款，以待新官之动用而已。愚心实有不甘，欲求执事一赴冀州，苦劝诸君，稍顾小生薄面，庶冀多支数年，免致立即废坏，不识有暇否？

答姚叔节 甲午四月月廿七日

前见会试榜，大名并未与列，为不欢者累日；已而私喜，以为今年仍可屈尊，是吾县之不幸，而愚父子之私幸也。昨由通白函告，以为执事当来，属韶甫为看房屋，尤喜良晤在即。次日又由通白送到手书，则知执事方谋禄仕，不拟复事卑栖。展书怅结，不知所措，遂致积思成怨，以为执事可就武邑书院，而专辞弊处，是沾沾校量馆金之多寡以为去就，贤者当不如是。既复转计，执事家贫亲老，我乃欲以菲薄之敬，久羁千里之足，势必不能，又况重以贤尊有命乎？丈夫欲去则去，安事周旋！来示立言至婉，尚未超然埃壒之表。古人云：争名者于朝，争利者于市。天津人物辐辏，固士大夫之市、朝也。执事托迹于此，得其所矣。犬子羸弱多疾，不能读书，执事所深悉，虽日侍名师之侧，亦何尝能排日用功。今年加有痼疾，不可遽疗，废书不读者数月矣。台从即来，儿子亦未能上学，鄙意径不必挂名读书，从此不迎他师，以极盛难继也。来示举贤自代，以赎私憾云云，本无可憾，固亦无庸谋代。某于执事爱之重之，前时奉屈二年，亦止借谋长聚，并不必望子成名。

杜公笑渊明，以为"有子贤与愚，何其挂怀抱"。某虽不及古人，亦不敢轻犯昔贤之姗笑也。久聚遽别，能无依依！幸相望数百里内，每岁道途所经，会面殊易，与我公以千秋相勖，岂区区于旦暮从违耶！

与张楚航雪香 五月十日

此案本系争堤，缘汶上在郓城下游，郓有十二连洼，放水灌汶，汶即泽国，于是汶筑堤阻之，盖自明至今二百余年矣。前年曹府断案，令汶堤缺者不补，听任风雨摧残，如此则此堤废矣。而郓人仍迭控不止，去年署汶令与郓会禀，欲开河以息争，上官赏之。其实往年有王统领者，创为开河之议，原亦左袒为郓，旋经舍弟面禀抚院张勤果公，折之以三难，略谓：下游通南阳湖者为赵王河，今已淤成平陆，民间种植禾稼，若骤添郓城十二连洼之水，势不能容，若先疏下游，所费不訾，非民力所能办，此一难也。汶民保堤二百余年，今决开此堤，生开一河，毁坏汶民膏腴之田，以泻郓城积潦，价买民地，豁除钱粮，种种窒碍，此二难也。计所开之河，自郓至济宁，长数十里，事隔三境，若仅成浅狭一湾，一二年间便复淤成平地，力为其难，终归乌有；若开掘深通，则用方价、人工不在少处，民力拮据，官帑支绌，此项经费，出于何处，此三难也。张勤果公事明白，舍弟又颇见赏，故闻言立罢此议，今则曹府最有势力，舍弟前岁撤任，即系曹府所谮；去年两县会禀开河，即系迎合曹府意旨。舍弟此次回任，不敢预存成见，若仍持前次面禀张公三难之说，则见在上官，不能虚心论事，反谓舍弟挟持成见，故初谢委时，请悉心勘估，再行禀复，以三月为期。乃郓令屡次禀催，藩札即屡次催办，其实非汶上官民之所愿为。吾恐舍弟意有偏执，劝令照札细勘，倘能开河，未必无益于汶；若勘明实在窒碍，则据实禀明，上游亦不能怪，此所以上烦执事一行也。谨附告底蕴，伏望密存。盘费车辆价开由汶给。

与范肯堂 七月二日

病中成《淮军昭忠祠记》一首，自知漫率不成文，通白颇有议删之处，兹录稿呈政，务望痛加改削。海上多事，而吾辈乃从容而议文事，真乾坤腐儒也。大诗谨据所窥测者，记注眉端，以识私叹，未能得其深处。前议《光禄碑》，容迟再奉复。相公此时军国事重，吾此二文但成稿，俟事小定再献上耳。日本此争高丽，蓄谋已久，特乘俄人铁路未成时发难；俄路成，则日本无可惜手，日本得之，则俄必拱①手分地，而吾国大势去矣。高丽不能立国，无②愚智皆知之。往年黎莼斋在英时，吾尝寄书莼斋，谓越南、高丽皆当改为内藩，遣督抚治之，否则必为他人所得。黎复书服吾论为英伟，而亦不敢坚持也。高丽亡久矣，此廿年来赖相公经营保全之，是以弥留不绝，今难以虚声③守矣。诏旨诘责，言路纠弹，相公惟有忍辱负重，支此负局耳。不具。

答李勉林 七月九日

近来日本之议如何？来谕谓非口舌所能争，最为卓见。但吾海军不如日本，事当奈何！陆军添募，而渤海不能独管，终无益也；况陆军亦未必能应敌乎！

与范肯堂 七月廿一日

东事轩然大波，尚未识如何结局。周公都统诸军之举，径罢为善，周固

---

① 拱，《函稿》作"措"。
② 无，《函稿》此字下有"论"字。
③ 声，《函稿》无此字。

非都统之才也。近年欧洲各大国，无不增兵增饷，增船增炮，独我国以外议庞杂，不许添购船炮。一旦有事，船炮不及倭奴，遂至海军束手，渤海任他人横行，则虽陆军麋集平壤，何能济事！又况军械不能足用，士气孤怯！来示谓：山海关形势单弱，未必有备。某未识何术备之，且恐形势孤弱，不止山海关一处也。某久游相公门下，今军事孔棘，而某卧疾①保定，不克一趋辕门，又平日深讥他人以山长而条陈要政，随节航海，今日不欲效尤。且此事失疏在于平时，及至两军相当，愚见亦自无可献之策也。独默计时艰，中夜太息，不能成寐，不知相公七十之年，旁无同心赞画之人，何以搘柱危局耳！

答陈静潭 八月一日

惠书辞旨恳到，兼悉数月来驺从行止，至慰阔怅。来示谓：自少好经世大略，无以为养，始刻意于文，实用为深耻，具见志意雄俊。"文章一小技，于道未为尊"。执事用心近似古人矣。至用为深耻，则似矫枉过正。鄙意文患不工耳，诚工矣，则虽将相之尊，旗常之绩，不足以易吾乐。夫何不足而当用为耻乎！来示又谓湘军人才以左文襄为独奇，鄙意亦不谓然。功名成否，各有天命，筦兵万里，不必皆可喜也。承示《上伯行星使书》，雄才大略，于朝鲜形势尤能了然。似闻诸将进据平壤，拟招朝鲜人教练成军，用为前导，朝鲜旧臣亦有愿归驱策者。其措注规画，略如尊旨矣。但倭奴已全据其要害，我军未易得势。且吾海军不如倭，渤海近为倭所专擅，我船不敢枝梧，南北运道已绝。目前用兵与往昔不同，专以军械新旧分胜负，国家威势，专以所辖海面广狭为强弱。我国士大夫不明洋务，李傅相制购船炮，访求新式枪弹，此本谋国良图，而中朝士大夫交口讥弹，连章参劾。朝廷深入其说，近数年未尝添置一船一炮，以此海军遂无精进之观。倭奴廿年来，切实讲求西人兵法，兵轮多于我，其统领水师将帅，皆深明西学，研究驶船开炮理法。故其水师一出，遂能横行渤海。我军不能海战，纵陆军获胜，犹不足恃也，又况

---

① 疾，《函稿》作"病"。

陆军并不能胜哉！此目前事局所以难于宏济也。鄙见如此，敬以奉质。来示称弟尝荐杨伯衡于李筱泉尚书，则并无其事，传之者妄也。诸惟珍重。不宣。

答姚叔节 八月朔日

中倭兵衅既开，颇难收拾。来书谓事势之坏，由才杰不谈洋务，谈者皆势利小人，临事张皇，一无足恃，诚为卓论。鄙意不谈者，未必才杰；谈者，亦不尽小人。从古士大夫，持论有清浊二流，泥古者多介，识时者多通。介者，未必果贤；通者，未必果不肖。要其议既不同，遂至彼此冰炭耳。至谓当局好疏正人、亲憸士，目前西学未兴，人才不出，正人、憸士，同归于无用，是可叹也。执事念鄙人孤寂，拟来此一相存视，至慰私望。至赎罪之说，则未免过言。前有一书，介通伯转寄，大旨谓：吾辈相与，不在形迹之疏密，鸾凤所栖，岂在枳棘，争名于朝，争利于市，况执事亲闱在津，膝前文度那肯远离，此皆人之至情，何敢复羁骥足。执事若用此为歉，殊可不必。丈夫去就磊落，安事周旋乎？静潭垂爱至深，来书代筹鄙况，欲令自谋皖中讲席。吾此席已属自荐，岂可屡以毛遂自处。自坚辞李相幕府，当时已有始终相周旋之说，李相无谢客之意，某亦不便悊然。缘李相知待已深，未宜掉臂径去，此区区师友之爱，非眷恋此鸡肋也。

上李傅相 八月十日

久不上书，传闻旌节巡海，精神矍铄，定将军罢剧不能从，私用忭颂。五、六、七连月小疾，将愈复病，神智困惫，百事废阁。日闻倭奴肇衅，势颇汹汹。伏念苌筹勤勚，群策群力，皆涓埃小助，难裨山海。而某复早自退伏，但谋自逸，不与闻石画深微，拳拳之私，无以自解。间独默念时局，窃谓倭若吞朝鲜，俄必不许；俄欲得朝鲜，英必不许。东藩片壤，必仍旧属我，乃可以息各国之争。目前强与枝梧，终必以和解交绥而退。惟事定之后，海军船炮，必应增加，勿以浮议沮格。武备、水师各学堂，广益经费，力求振奋，以收实效。而朝鲜政令暴乱，万国交非，实宜为之改弦更张，以塞众望。其国主昏愚，亦宜为之废昏立明，庶免他人乘间抵隙。凡此固皆荩虑所已及，某特以管蠡之见，不敢自閟，故敢一妄言之。拟撰《光禄公庙碑》《淮军昭忠祠记》，因闻海事日棘，不欲尘渎清鉴。近闻彼我相持，莫敢先发，料指挥肃定，整而能暇，谢傅却敌，不废围棋，谨录稿呈览。昔司马相如当汉武用兵之际，不与公卿国家之事，徒多虚辞滥说，某今者适有类于是，独了无文采，深用自愧耳。

答王西渠孝廉 八月十二日

倭奴不靖，我军由海道至仁川者，倭人攻其不备，并击沉英船一艘。目前彼此相持，其势均恐难久，吾疑必交绥耳。都下言兵事者至多，要皆不知而强言。今日海陆各军，用器尚新，而将领无西学，此忧方大。

答许仙屏河帅 八月十三日

来示以去年往来书札稀，疑下走得无少望。不肖退伏草野，为世外闲人，岂宜时以无谓虚辞，干渎公卿大臣！若执事，则河事忧劳，退食少暇；在他人，则更无余闲与韦布寒儒赠答情款矣。执事书札，乃时逮潜夫，每荷手简，折节忘分，跌宕酣嬉，诙嘲杂下，今之王公大人，罕见伦比。小人之归依宇下，正在此等，岂以书问疏数为进退哉！去年拙文过蒙奖饰，至更以先德铭章见委，词气恳切，令人不敢固辞，洵侍郎之工于言也。果承示行状，敬当勉竭绵薄，以塞盛望。《文正公文集》可汰者，兹先附去一目，请酌定。刘才父所选诗，已在上海锓板。选本专以圈点启发后人；所恶于圈点者，村学俗儒之为耳；若乃名家评点，政当奉为典则，乌可去哉！才父读书，尤以圈点擅长，敬遵来教，并评点刻之，不遗一字。《王节妇诗》真传作，公之表章节义，不遗余憾矣。永定河旧以为难治，文正师往岁尝以治此河自任，后竟未及奏绩，节麾一莅，河灵效顺，真快事也。回汴奏疏，仍拳拳此河，公之精诚，故应感通河伯耳。海上事起，中外责望傅相，不知廿年海防应办之件，大率为局外浮议所牵，不能放手真办，一旦有事，而责成效，岂不大难。

答贺松坡 八月十六日

惠示《祭廉卿先生文》，矜练缜密，气甚遒迈，祭文中能品也，谨评识附还。廉翁葬秦中，闻与横渠墓相近，可谓得地。将必思为一文，顷尚未落笔，大作出，亦使吾阁笔也。前论《司马相如传·子虚赋》后无是公言天子"上林广大"云云，乃言长卿作赋之意，最为卓见。其训"删"为"定"，仆前抄《一切经音义》所引《声类》之诂亦有之，乃梁玉绳《史记志疑》所说，大约训诂之至是者，必当于人心之公也。至孔子删《诗》之说，则吾取《史记》三千余篇之言，文各有当，不必专取一诂也。某老荒不学，今年为李相作二碑，钞成台览，乞指正为荷。知德者稀，幸无相疏外也。肯堂近年诗益高，文则不常作。

答范肯堂 八月廿日

大诗所诣益高，赋品当在鲍江之间，此乃追还古风，非时俗所有。吾读竟，不以为君喜，乃反怨恨，既叹老颓，又深惜执事诗赋益奇，益复无人知者，奈何奈何！近日内意，似不信人，想师相意绪不能佳。窃谓此等皆在意料之中，豪杰当事任，惟有不顾是非福祸利害，专力于吾所能为而已。独惜国论如此，决无胜敌之理。举朝愤愤，将有石晋之祸耳。丰润所处极难，今番之劾，似非怨家，殆亦专与师相为难者。闻日内有战事，曹子建云："权家虽爱胜，全国为令名。"惜乎，今之议者，不能通此义也。

答张筱传　八月廿五日

潞河工程，经执事督率有方，获庆安澜，至为敬佩。倭人生事，吾内外异议，似非"师克在和"气象。台端以为宜添大枝水师，购铁舰十二只，需款二千万，需时廿年，诚为笃论。无如中朝不能知此，大率景延广之流，将以十万横磨剑自许，宜其于前敌情形隔阂也。近闻平壤失陷，左军伤亡，海军血战于鸭绿江，彼此战舰，皆有伤损，此后战事，恐无休时，胜之不武，败则不可收拾矣，此漆室所为隐忧也。

与诒甫　八月廿七日

开河事，请本道覆勘，尚是转关，若本道以汶勘为是，则此事似尚可挽回；至下游嘉济，应须会商统筹，通力合作，此乃一定主意。若赵王河下游不畅，则开河必无益有损，此理亦自易见，似可昌言及之。中倭海军开仗，我击沉倭船三只；倭击沉我船一只，焚烧二只，击坏一只，余船亦多被伤者。陆军先据平壤，为倭人所败，现已退至奉天界上，自守境内，不知此后尚有战事否？朝中不信李相，颇有意摧折之，幸太后尚倚重耳。然军事棘手，君臣之间，亦在危疑。李相心绪不佳，吾与之情谊素深，虽不在位，亦不宜恝然漠视，拟九月初至津一见，并在彼小住数日，以示绸缪之意。归后再挈子侄到汶。

答张季直　九月廿六日

手示并惠寄卷策，敬当袭藏珍贵。执事高文硕学，倾动公卿已久，此次褒然举首，盛流折服，非取胜临时者可比。闻始立朝端，便有藜藿不采之望，军国重要，动见咨访，公才公望，殆将兼之。独时局益难，人才日少，识时俊杰，已不多觏；宏济伟略，未见其人，未来之变，不可胜穷。公名位日高，则所处将日难耳。某退伏草野，理乱不知，惟闻国进一贤，则喜不能寐；朝失一士，则忧形于色。成败利钝，坐观局外，昭然易知，若乃人才兴替，则有天意主持，非可以人情妄测矣。

答黎莼斋

夏间由萧敬甫交到惠书，盖自往年却还二百金之赐以后，遂阔绝书问，至今年始续古欢，喜慰何极！并承惠寄大集两册，敬读一过，深服执事于文字所入，益深且邃。集中如《曾太傅别传》及《古佚丛书·序》《跋》，则皆早能熟诵。今得全集，则佳篇至多，其体势博大，动中自然。在曾门中，已能自树一帜，非廉卿所能掩蔽。某尤服《余编》内、外，以为尊著极盛之诣，非他家所有。曾张深于文事，而耳目不逮；郭薛长于议论，经涉殊域矣，而颇杂公牍、笔记体裁，无笃雅可诵之作；余子纷纷，愈不足数：此数百年不朽之大业也。其内、外二编中，大率皆淳意高文，择言驯雅，足以辅《余编》而行远，有文如此，即功名不著，亦不为虚生；况如我公，树立磊磊，足以振荡区宇者乎？钦服无似。垂询某近作，阔别廿余年，风尘扰扰，岁月遽逝，终年不作一文，偶有所作，自知其陋，辄弃稿不复存录，以此绝无可呈请大教者。近十年来，自揣不能为文，乃遁而说经，成《书》《易》二种。说《书》，用近世汉学家体制，考求训诂，一以《史记》为主，《史记》所无，则郢书燕说，不肯蹈袭段孙一言半义。当其得意，亦颇足自娱，不知其为《尔雅》虫鱼之弋弋也。廉卿见而善之，名之曰《尚书故》。其说《易》，则用宋元人说经体，亦以训诂文字为主，其私立异说尤多，盖自汉至今，无所不采，而亦无所不扫。此书成于廉卿别后，未尝示人，人亦恐不谓然也。此皆经生结习，不足上告知己。所以晓晓者，要令故人知我无志于文，乃别出他途以自溷耳。前年所印《尚书写本》，中有脱误，拟购日本纸，如印《古佚丛书》者续行上石，改为大册，然后奉呈。兹承函索，谨将先所印者检呈十册。欲用日本纸续印，当须军事定后再徐议之。天下多事，吾辈沾沾于此，真乾坤腐儒也。执事志在匡时，今大局至此，能无浩叹！然使早如尊疏，练战船百舰，修筑铁路，亦安有此变！倭人坚苦卓绝，廿余年日进无疆，我乃漫不经心，朝野皆以用夷变夏为耻。一旦衅生，又茫然不知彼己，惟以战为美名，曾不思战败之后，何以自处，岂惟如太史所讥，虑患不深，殆必胥天下为夷而后快！古所云"人之云亡，邦国殄瘁"，岂是类耶！某退伏草野，理乱不知，至宗周将陨，则蝥亦无暇恤纬，是重可叹也。廉卿身后，闻赖大力经纪，并以墓文自任，风义可佩。某自夏入秋，久病不痊，尊书到后数月，不能裁复，职此之由。九月以后，始乃良已。

与王佩卿 甲午四月二日

令郎文学甚佳，大可造就，惟身体羸弱。去年初到时，见其每食不过半碗，面无血色，心甚忧之。又闻有头痛旧疾，每发辄椎床呼号，此病中医不知其故，西医书则称其脑气受累所致。缘脑气所以受累者，则因人之聪明知慧皆出于脑，每日用功，必有休息闲适之时，然后脑不受累；若才力不及，而强令完课，竭蹶不遑，脑必累而成病。家乡读书，以贪多为事。令郎幼时，尊公课之读书，过于贪多，非所能任，致有此病，则必令其荒弃所业，时时游闲，乃能望痊。去年场前，令郎不肯荒功，及至试后回来，愈益困敝。及冬令，则闻有梦遗之疾，此病中医亦不知其缘由，西医则谓亦系脑气不安，与头痛系属一病。现令服西医之药，颇见功效。必病愈乃望身强，身强始可以用功。至培养之品，以牛肉精为最有力，惜其药过贵，吾与执事，皆无力购办。若场前买牛肉精一打、两打培补之，可令身速强而病速愈也。

答范肯堂 乙未闰六月朔日

大诗纯乎大家，此数诗尤极纵恣挥斥之致。文二首，风味翛然，盖养到之候至，陈义皆有为而发。读来示并《寄秋门书》，知将北渡，复托辞以归，鄙意殊不谓然。执事去年南归，其时后事不可知，盖受人托孤重寄，去就不宜太轻。若缘世人讥讪，则流言止于智者，虽在近亲密友，尊闻行知，各有所守，不必同也。且与人交分，岂得当群疑众谤之际，随波逐流，掉头径去哉！吾谓台从，仍以北来为是，非徒吾二人欢聚有私快也。沿海筑堤办团，以为御倭妙策，此种儿戏举动，吾国仰为祥麟威凤；他国三尺之童闻之，未有不喷饭者。削国殃民，至于此极，而朝野议论，颠倒眩瞀，愈昏谬则愈得民誉，天下安得有是非！吾辈会观其通，俗所是者殆未必是，俗所非者殆未必非，则亦何必断断于其间哉！导岷竟已作古，廉卿后人，何以如此，此真令人憾愤！秋门欲以百金赙之，君家兄弟，真能轻财，吾所万不能逮者也。吾子姓似三桓子孙，而君家诸季鼎盛如此，霍氏世衰，张氏兴矣！

与陈右铭方伯 闰月十一日亥刻

顷承枉过，引与谈说近事，至为荣幸。鄙论创立海军，在醇邸既出之后，欲证二王进退，自发清议，未论李相是非也。执事遽有孝子慈孙等说，声色俱厉，傍观错愕。某深知执事忠愤勃郁，痛恨国耻，积不能平，有触辄发。但声色加人，施之敌以上，则为气节、为正色不挠；施之敌以下，则为嫚骂。若某者，以退休下吏，留滞此土，又不自揣量，僭与诸公分庭抗礼，非荷优容，何敢忘分攀附。跧伏草野，于世事多不通晓。尊论谓不佞以浊流自处，亦殊不然。近来世议，以骂洋务为清流，以办洋务为浊流。某一老布衣，清浊二流，皆摈弃不载，顷故以未入流解嘲也。前接范肯堂信，谓执事甚知不佞，异日去留，当为执事稍一踌躇。肯堂知某以家事将谋南归，故来书及此，士伸知己，闻此亦为气王。某虽皖人，未受李相荐举，其来直隶补探州，乃曾文正所成就；丁忧服阕，例补冀州，则李相疏题耳。然窃观李相措注，无甚刺缪，若国势积弱不振，殆非一人之咎，私怀此议已久，要未敢辄陈于执事之前者，以其为不入耳之言也。某自少孤立，无先达相知攀联于时，生平知遇，前惟曾文正，后惟李相。今虽外议籍籍，某诚不能随众波靡，为吹毛之讥诎。但已退之人，无心富责，岂复作权门之孝子顺孙哉！谬据此席，久惭忝窃，若执事因愤恨吾国败辱之耻，积怨李相，无所发怒，迁怒不佞，则某窃知罪矣，请从此辞，进退①唯命。

答陈右铭 闰月十二日

昨奉上一书，惶悚待命，深以见弃君子为惧。顷承来教累纸，反复开示，一豁蓬心，至为佩仰。某此次北来，实以获侍大教为喜，岂肯遽思离索！前函所称请辞者，深恐以党护李相，见摈贤哲，不如早自回避。不谓执事不欲以居停自处，乃有薄人于险云云也。执事以小丈夫自嘲，若下走所云"请从此辞"者，虽非仁人谊士之所为，揆以小丈夫之义，似亦有当万一。来教既深讯此语，殆反言激之，使不得自申前请，又岂敢坚执初见。至开示李相各节，多某所未及知，岂敢妄辩，独谓淮军之败，并无戚容，似非其实。某闻平壤之败，李相痛哭流涕，彻夜不寐，此肯堂所亲见，某亲询之者。及旅顺失守，愤不欲生，未闻其无戚容也。倭②事初起，廷议决欲一战，李相一意主和，中外判若水火之不相入。当时倭③人索六百万，李相允二百万，后增至三百万，内意不许。及平壤败后，英俄两使居间，则劝出二千万。其时清议，皆谓李相通倭，业已积毁销骨。李相面告二使谓："大皇帝决计开战，某系领兵大臣，和议非所与闻，请入都与恭邸议之。"其后议卒不合。及十月初，不佞再至天津，其时旅顺岌岌，询知各国皆守局外，不复排解；有言和者，则倭人已索五万万矣。以上所言，皆某所亲见。旅顺、威海既失，海军覆没，中国决无能守之望。此时言和，直乞降耳！乃欲以口舌争胜，岂可得哉！去冬已索五万万，今春乃减至二万万，此非李相口舌之功，乃入境被刺，倭恐见讥欧洲，兼得割地之益，乃减为此数。至此次和约之不容于清议，则西人已先事知之，不谓吾国士大夫，竟不出外人所料也。俄人代争辽东，此自别

---

① 进退，郭立志编《桐城吴先生年谱》（下简称《年谱》）引此函作"退速"。
② 倭，《年谱》引此函作"东"。
③ 倭，《年谱》引此函作"敌"。

有深意，岂吾国之福！倭①之许俄，正其伐谋妙策，此亦与吾国无干。若和约未定之先，则彼皆束手旁观，决不肯代出一言，以违公法。倭②人不遽入关，并非力有不足，去年内廷深恐倭③入沈阳，李相料其决不深入，以其行军全仿西法，辎重在海，不欲远离，后果如其所论。若谓关内防守至严，倭④不敢入，殆非笃论也。中国不变法，士大夫自守其虚骄之论以为清议，虽才力十倍李相，未必能转弱为强。忠于谋国者，将何以自处！李相之欲变法自强，持之数十年，大声疾呼，无人应和，历年奏牍可复按也。今断国者，持书生之见，采小生妄议，必欲与之为难，使国事败坏至此，反委过于外，不闻有一人议其非者，乃群集矢于李相，而隐托正论以自附于政府，其意殆别有所为，岂大贤而亦为此，必不然矣。鄙见如此，知必不为执事所许，要不妨各尊所闻，各行所知，不必强人同己。至于辩论讙争，古人所有，执事之异于时贵，亦正在此，但拂衣径去，使下走罔知所措，故不敢默已。既承来教，顿开茅塞，清恙不及走候为念。

答王子翔 闰月十六日

来书具悉——，旧病未愈；启儿亦然。此由脑气不足，非药物所能为功，宜自知调养。若辛苦用功，亦不相宜，故年来不劝用功者此也。家贫亲老，自以负米营养为急务，但甥年尚稚，乃翁所望，在读书成名，不遽望甥营养；而老夫则并不欲督责功课，专望养身却病，以为病已则百事可为。韩退之诗有云"丈夫身在百无念⑤"者是也。身强则能用功，学富则能自立，何必汲汲谋馆！此时书启教读馆地，每岁不过百金。得之，则朋友聚处，游谈送日，或相率为荒嬉之游，百损而无一益。所得馆金少，不节制则随手耗尽，于亲于家，皆无分毫之助，此何为耶！况得馆与否，全视运气，甥视吾近年何尝

---

① 倭，《年谱》引作"日"。
② 倭，《年谱》引作"日"。
③ 倭，《年谱》引作"日"。
④ 倭，《年谱》引作"日"。
⑤ 念，《函稿》作"害"。

能为人荐得一馆，无能者不计，如李玉度、杨幼甫、赵铁卿诸人，欲谋一馆，皆不能成，非吾不为尽力，实亦机缘之不凑也。马玉斋为大名令，中道丁忧，上官因其亏累，用伊兄马璧如代理遗缺。故玉斋全眷在彼未行，非处馆也，现璧如交卸，玉斋亦无所归矣。至如近来营务，则方在遣撤，更难荐新人，此皆吾力所不逮。甥果欲①馆，即在南方托人谋荐，但运气可得，即能荐成；若运气不得，荐主无能为力。若依愚见，则年内优游养病，泛览书籍，病渐轻减，着实加功，以求养志之孝②，此上计也。甥才质可以深入，但坐见闻少而途辙未明。吾无他长，于学问途辙，颇有闻见，必能于甥稍有裨益，劝甥无诱于势利，凡在贱求贵，用贫求富，皆势利之见。豪杰之士，安于时命，不忧贫贱，但一志力学。学有三要：学为立身，学为世用，学为文词。三者不能兼养，则非通才。非奉教贤哲，刻苦求进，不易成也。吾所望于甥者如是，若乃以姑息相爱，非所能也。

与范秋门 闰月廿五日

前日病中，接傅相电约过谈，病愈匆匆买棹，不及走辞。比到此，傅相迎笑，并言："闻与陈方伯争和议是非，至欲辞馆，有之乎？"答言："此皆书生结习，以争为戏耳，未至失欢也。"傅相因言："方伯矫矫不群者。"某对言："方伯正人也。"傅相又云："往年郭筠仙屡函称道陈君，吾以此知其贤。"某言"方伯谈次，固甚佩郭公"云云。一时问答如此，不知吾与方伯往返函札，何以遽传至津郡？然察傅相之意，始终甚敬方伯，鄙意颇欲令方伯知某并非苟同，所以拳拳者，以方伯伟人，不欲其随俗是非，亦私爱方伯之意也。至于道路谤议，或不明心迹，或不知事实，何足用为依据哉！此函可持与方伯一阅也。临行时令小儿走谒，即请以师道自处，为之讲授文艺。渠居两江会馆，造谒甚易，但须戒阍人勿拒，便可常请益也。

---

① 欲，《函稿》此字下有"谋"字。
② 孝，《函稿》作"学"。

与桐城县令龙赞卿 九月二十六日①

久离乡井，未获仰挹清芬。每闻父老传述神君惠问②，殆数十年来未见之贤父母也。仁风渐被，百口一辞，无任私庆。敝乡文物凋谢，家鲜盖藏，礼义不兴，老成典型，日就废坠，习俗濡染，未易改弦。幸赖执事莅临，惠利疲氓，扶持善类，风气飒然一变，此十世之利也。时局多艰，去年兵役忽兴，遂至一败不可收拾。近来执政诸公，无御侮之才，惟以汲引廉洁自好之士为务，意谓拨本塞源，端在于兹。不知法令繁碎，束缚人才，贤者无可表见；又况强邻环伺，自非高视远揽，驰域外之观，岂易坐谈宏济，咫尺之士，焉能为有无轻重哉！某才识浅陋，自知无补于时，不敢雀鼠太仓，早谋踯伏，门祚衰薄，有弟窃禄汶上，近复无禄，鹡鸰之痛，不可弭忘。一家数十口，满目孤孀，势不能远客殊方，捐弃不顾，行当治装南返，借可亲炙高风。良觌匪遥，弥殷翘企，行人南去，附呈旧藏《通商约章类纂》一书，伏望察入。此书所辑诸章程，某前在北洋幕中，颇与采掇之役，惜光绪七年以后，尚无续纂。至如教务一门，则腹地官绅，所尤宜致意者也。

答姚叔节 九月廿七日

九月自济宁北还，省八月十二日手书，词旨恳到，具征爱注无已，至感至荷。某七月初，李相招令入都，念其徒党散尽，治装径往。到京二日，即接汶上急电，舍弟以病革乞休，属令速往。匆匆遽出，道途水阻，八月始抵汶上，则吾弟已于七月廿一日溘逝，不及相见矣。多年宿病，身已衰弱，及命尽之日，乃是时气泄利之疾。受吊时，吊客纷纷持牌伞衣旗，有挂扁者。

---

① 二十六日，《函稿》作"十六日"。
② 述，《函稿》此字下有"如"字。

讯之，则皆生存时坚拒不受者也，此亦赆赠之仅见者，知吾弟服官，不苟偷寸禄也。缺本著名，近已凋敝，负逋至五千金，不知如何设措！先将眷累及丧枢遣归，九月十六日南发，某即于是日北行。兄弟死亡尽矣，老朽孤生，痛不可言。诸事废阁，所负数千金，亦以无可如何，暂置度外。此间馆事未定，保定眷口，亦须运还，全家妇孺，不得不思南归照料。欲谋南中栖托之地，则江湖内外，大抵皆须归命于某公，下走又格格不相入也。眷口众多，吾力不足以存活之，愈老愈困惫，此身恐以忧患碎矣。衮衮诸公，腾骧并起，吾辈困厄，固其宜也。大诗大文，以心绪纷乱，久未伏读，顷匆匆展读一过，略献所疑，知无当于万一，独其知无不言，或为贤哲所不弃耳。

与姚叔节　九月廿八日

近作《孙积甫墓志》，录呈左右，希与通白及陈君时彦诸公共阅之，指其疵病，以便改定。此事乃吾辈公事，不必各怀退让，如以为不必改，则请朋友之能书者，书丹刻石，树之墓上。古人墓志，有刻之冢外者，不皆纳于圹中，亦不必藏之庙室也。元稿仍望点定发还为荷。所示宿疾疗瘥，甚慰，不信西医者，皆愚人也。

答徐椒岑　十月十三日

六月，在津见尊恙，至为悬系。其后再过津郡，均匆匆不及走候，惟询知台候业已康复，用为私慰耳。顷接九月廿八日手示，以亡弟之丧，远劳慰问，哀感无已。弟家事势已不了，汶署眷累，扶丧南返。保定全眷，向恃汶上接济，今接济已断，不能久留此间，开春即须送归。弟既不能分身，又无亲丁代劳，殊乏善策。馆事亦缘穷迫，不敢决然舍去。弟之愈老愈穷，前乞休时，便已算定，但不料亡弟弃我如此之速耳。昨诸生中，有老亲处馆阳信者，为述亡弟阳信去思，父老至今爱恋，盖前后任皆不能逮，故遗爱尤永。

此生系在都会试时，接其老翁家书，非面谕也。其在汶上，前后三至，民皆喜其来、惜其去。今之归也，乡民来吊，有挂匾公堂者，有持牌伞衣旗，若吾弟尚在者，盖他处不见此等事也。其亏累，则去年已亏二千金，今年漕前病故，又增亏三千余金，乃无可如何之事。前在京接电报时，已逆知其如此，傅相谓："不如听其参追"，某不忍也，当徐徐设法耳。

答潘黎阁 十一月六日

李傅相惠赠千金之说，当时似闻将在外所积存项下动支，某当即坚辞。近闻夔帅于外所加派亲知会办，曾经盘查局库，见积存甚多，敬佩傅相公私划然，自谓不能仿效。传闻如此，果尔则不宜因下走艰穷，转累傅相清声。此事不可再提，执事幸勿为我渎求。近于姑息之爱，得少失多，是大不可。即蒙允许，亦终必辞谢。鄙意以为舍弟亏累，实属因公，并非挟赏归家，饱其私橐。近闻去年兵差，又裁去帮价，汶上又增累千金。帮价者，东省兵差，以运载之日为正价，以回空之日为帮价。去年李鉴帅奏设车局，声明立局州县，照新定车价奏销；未立局州县，仍照旧例，分别正价、帮价造报。今又复裁去帮价，明令州县赔垫，汶上加此亏空，何以堪之！鄙意弟离冀州后，仍为冀州筹备万金，若使现任冀州牛牧，禀请赈局收数，以凭请奖，则可抵汶上亏数矣，但未易上下游说耳。

答姚慕庭 十一月廿七日

来示云前有书言陈石铭事，并附诗章，迄未拜读。大诗当可续赐。其云陈公事，不知何等事也。岂闻人言弟与陈公面争是非耶？此乃旋争旋和，如小儿嬉戏，非遂决裂。陈与弟有旧，弟又忝窃讲席，彼亦安能盛怒及我，此不足挂虑。至我相某君，乃一盗虚声之名士，为吏殆非所长，以其未闻曾文正治事之教，故所至欲取为名者行之，要不能有所成就，政府欲用此等以为救时之器，此南辕而望至燕者也。

上李傅相 十二月十三日

八月在汶上，肃上一书，略陈贱状，是后以私事怫郁，不欲时时以苦语上闻，遂不复奏记。但展转探询起居，敬悉赞元经体，宴处超然，用慰私系。前承燕语，拟俟日本商约定议后，即欲请老南归。某妄意吾师近日所处，与前不同。前时当大有为之任，而迫以不能有为之势，徒为不知己者诟厉，不如遽释重负，以自适其适。近则贵而无位，高而无民，向之忌嫉诋諆者，亦已志得意满，而相安于无事，似可无烦乞去，转涉悻悻者之所为。又况位尊望重，有道大莫容之虑。设有闾里小事，牵涉府中厮养，复遇孙佩南之流，故与相持，非计之得也。某愚见为函丈熟筹，以为不如养安京辇，师长百僚，平时虚与委蛇，追东山绿野遗躅；一遇险难，群公错愕相顾之会，犹可时出绪余，解纷排患，自效其忠荩为国之素，此公私两益之策也。区区愚虑，不识有当否？前日潘青照自都下寄书，传述眷顾盛旨，并谆谕勤恳，谓垂惠千金，乃至诚相与，不令饰辞。方在徘徊之际，又接李赞臣来书，谓奉季皋函，属拨兑千金见寄。某私自惟念，每遇急难，辄荷提携；今兹解释威柄，又承惠赐橐金。在师门，自率其推解之常；在某，则为贪冒之受，既不敢过自疏外，应即怀惭拜领，以副盛旨。

与袁慰亭观察 十二月廿二日

去年之败，由陆师仍中国剿办内匪之兵，全未讲求西法。其水师船少炮旧，不能御敌。今经此大创，一切矫而反之。闻雄部专以西法教练，此最目前要务，若果练成劲旅，即远邻窥伺之渐可以潜戢，此国家缓急足恃之长策也。诸将能一变中国自是之旧习，肯低心学西法，便是中国转弱为强之兆。草野下士，无任翘勤。

与袁慰亭观察 乙未十一月廿二日

秋初在李相坐中，获接清尘，旋以私事，匆匆出都，未得时亲大教。九月，自山东还，传闻钦承简畀训练强兵。中国新受大创，若令师旅遽燼，一蹶不振，此百世之耻也。苟将帅不得其人，则屠军滥竽，无横草之用，徒拥筇鼓自卫，适足为方外笑柄耳。执事久护属藩，经略素裕，又激于去年挠败之辱，奋然以练兵自任，取资西法，奖率军人，行见苍头特起，大振棱威，使长城高与云连，小丑皆知汉大，非执事其将谁望，抃贺无已！

与河南南阳府太守濮青士 丙申三月十四日

去冬接奉惠书，辞旨勤拳，虽在数千里外，若青士先生履声橐橐来吾耳也。来书示以身世之感，至为沉郁。外人但知执事剧郡老手，比烈龚黄耳，谁知家庭侍奉、茹蘖承欢、君国忧虞、身闲心苦，有什百寻常，而非浅人所能窥测者乎！前岁日本之役，应待失机，遂致溃败不可收拾。中国积弱不能振，专以虚骄之气应敌。当未事之先，西国人士，众知日本之日进无疆，而中国之因循坐误也。口口言之，盖已大声而疾呼矣，吾国士大夫闭目而不一睹也。及至事起，自应审量彼己，不得轻于一发。而中外以和为耻，不度德量力，攘臂言战，一败再败，至于遣使行成，割地殚财，而始得厝火片刻之安，则又洗手无事，上下相与优游暇豫，以奉行故事为务。由此观之，人才不兴，政令不改，习俗不变，殆未有可以转危为安者也。

答李季皋 五月廿六日

来示所述贵师范君之事，若果有之，殊可骇怪。来示"绝交不出恶声，矧从游三载，得益良多，何敢妄言讥诽"等语，足见执事笃于师友，风义可佩。某以贵师平日为人卜之，窃恐亦有传言过实之处。当今中外贵人，皆以诋排师相为事，贵师进谒时贵，唯唯否否，不欲触犯，则诚恐不免。以贵贱交谈，稍有拂逆，则立见龃龉，吾皖人往往与人面争，若江浙人则断无此事也。若谓推波助澜，并欲痛诋执事以影响之谤，似出情理之外，疑肯堂不宜出此。弟前闻肯堂谒某公，欲图馆地，而黄某毁之，目为李党，若果痛诋师相，则黄潜必不行矣。即无黄潜，亦恐无益，何也？今之贵人亦具相士之例识，若甫离门下，遽反眼骂讥，岂不惧闻者心薄其行乎！故疑告者之增益而附会之，以成此谤议也。姚慕庭本年在京相见，口诵近作数诗，皆为师相发愤，去岁寄函谓师相向读曾文正挺经此文正戏言，皆无讥谤之意，不似去春议论，似亦肯堂有以易其故见之确证也。李刚已得赐百金，至为心感，且云"何敢言取百金为寿，但可持归为亲荣耳"，渠自有函谢也。师相近有电报否？念念！索居孤陋，有新闻随时见示为荷。孙慕韩常相见否？

与晋州牧李萌堂　六月三日

贵治素称多盗，近来各属捕役益复贫困。盗强捕弱，积习难回，舍联庄一法，别无良策。执事商论及此，足见卓识过人。但联庄亦多弊端，得人尤难。鄙人有一言以蔽之曰：择殷富者为首，隆以礼貌，三征九聘，苦口婆心，当可出而相助，不然彼不肯出也。既出，则事事令其公议，官不持成见，一惟绅士公议是从。庶几良民气伸，盗风稍息乎？敬贡所知，用备采择。

与萧敬甫　六月十三日

昨接方伦叔来书，云骖从曾过渠家，神采犹昔。至慰远怀。近想校书多暇，著述日新。往年承惠《徐骑省集》，并未细读。昨岁又承见惠，始行翻阅，乃知朱仲武元校，执事又复再校，视朱益精审，近今盖无此等精校。抑某以为此等书，古今多有，其存久者特幸耳，骈俪家并不谓骑省为名手也。欧阳永叔《论李淑札子》云："自古有文无行之人，多为明主所弃，只如徐铉、胡旦，皆先朝以文章著名于天下，二人皆以过恶废弃，终身不齿"云云。据此，则《骑省文集》盖亦不足珍重，未可因其小学名家，遽尔旌异。执事费日力于此等，校雠虽精，未必为世所传宝也。刘选诗现刻若干？何时可成？望之若渴。

答李季皋 七月九日

外间传言，师相归仍还旧镇，此诚国家之幸。吾辈重托宇下，尤为得所依归。去年夏，师相曾面约下走入幕。其时以师意郁郁，兼晦若等又离左右，未敢固辞。其后，入阁办事，前议遂寝。今若复还旧镇，晦若等相从数万里，自必重入幕府，无庸更呼下走。万一师相恋恋旧人，则仍拟守其初见，力辞辟命。缘弟离官场久，于幕府不能称职，兼素性迂拙，今复衰朽，无复问世之志。既无益于师相，则止有藏拙之一法。即师相为某计，亦不如投之闲散为得宜也。久忝讲席，诸生安之。师相有召，即随时往侍，或旬余，或数日，均无不可。国家有大事，弟有所见，必当竭智代谋，沥陈管见，不复守出位妄言之戒。前年倭事初起，弟筹之甚熟，独以小疾淹留，不肯妄有论献。其后似闻左右诸贤，无能出一策以相资助，曾无宏益之效，心甚愤之。后当改辙，不复自守局外，此亦所以报师相也，何必羁之幕下，始为相得哉！区区微旨，敬先奉陈。

答洪翰香 七月十八日

来示谓默观时局，非人人从卧薪尝胆着想，殆无振兴之望。卓识宏议，惊心动魄。中国积习难变，朝野安于故见，未易转移，不仅贵局为然。然水师学堂自是建威销萌之要政，未便听任废弛，倘实事求是，则学堂之益当较新建诸军为大，宜执事废寝忘食，力图振兴，而歔欷愤慨于人心之不同也。傅相八月可以返津，此次七十老翁，环游地球，行程至为迅速。闻各国优礼有加，极一时之盛，斯行于邦交不无裨益也。

答严幼陵 同日

前接惠书，文艺至高，不鄙弃不佞，引与衷言，反复诵叹，穷于置对，因此久稽裁答，抑执事之微旨何其深远而沉郁也。时局日益坏烂，官于朝者，以趋跄应对，善候伺，能进取，软媚适时为贤。持清议者，则肆口妄诋诳，或刺取外国新闻，不参彼己，审强弱，居下讪上以钓声，窃形势，视天下之亡，仅若一瓶盆之成若毁，泊然无与于其心。其贤者或读儒家言，稍解事理，而苦殊方绝域之言语文字无从通晓；或习边事、采异俗，能言外国奇怪利害，而于吾土载籍旧闻、先圣之大经大法，下逮九流之书、百家之异说，瞑目而未尝一视，塞耳而了不闻。是二者，盖近今通弊。独执事博涉兼能，文章学问，奄有东西数万里之长，子云笔札之功，充国四夷之学，美具难并，钟于一手，求之往古，殆邈焉罕俦。窃以谓国家长此因循，不用贤则已耳，如翻然求贤而登进之，舍执事其将谁属！然则执事后日之事业，正未可预限其终极，即执事之自待，不得不厚，一时之交疏用寡，不足芥蒂于怀，而屈贾诸公不得志之文，虞卿、魏公子伤心之事，举不得援以自证，尚望俯纳刍荛，珍重自爱，以副见慕之徒之所仰期，幸甚幸甚！尊译《天演论》计已脱稿。所示外国格致家谓顺乎天演，则郅治终成。赫胥黎又谓不讲治功，则人道不立。此其资益于自强之治者，诚深诚邃。某以浅陋之识，妄有论献，亦缘中国士人，未易遽与深语。故欲以外国农桑之书，遍示人人，此亦迂谬之妄见也。尊意拟译穆勒氏之书，尤欲先睹为快。献书称官，此自古法，奈何欲易之！惟鉴察，不宣。

答李季皋 八月四日

奉朔日手示，知师相将临。来示谓复命之日，即抗疏乞休。某则谓此时局势，又与去年不同。吾师所处，凡一身毁誉是非，皆可置之度外，但视于国家轻重何如耳。此次远聘殊邻，凡以联邦交也，若政府能识大体，则复命之后，必应重任师相，乃于邦交有益；若归国即投闲散，则是我国以废退不用之人，出聘诸国，尚何邦交之可联乎！此朝廷不放归之一说也。闻师相所至，必考其国政兵谋之得失利害，又颇定购船械，此乃尽瘁之诚，老而弥笃，环顾同列，殆如赵充国所云"无逾老臣"者矣。国事虽不可为，师意仍夙夜匪懈，归朝以后，倘两宫倚畀，计必矢孟明拜赐之言，成廉颇用赵之志，决不甘退老林园，终留遗憾，此师相不能恝然于国之又一说也。有此二端，虽执事几谏劝休，亦恐于事势不甚切当。万一还朝之后，内意仍信先人之谗，弃之散地，届时再徐图引疾，故自不迟。初归抗疏，愚意诚不见其可。

答贺松坡 同日

接六月手书，寄还拙文，评语过当，似泛交酬应语，非知己之谈。《程公碑》，于争杀八降酋事，移易删润，最惬适，惜他处并不赞一词。来示谓收束苏州事后，宜缀以克复金陵数语，使文势阔远，自是卓论。鄙心有所劫，盖功名之际，至为难处。政府自来成败论人，当苏州克复后，金陵尚未到手，朝旨严催李公会攻金陵，文正函檄并催，而意旨则深知沅帅足办此事，金陵固且垂克，惟虑李相果来分功，而忠襄不能无介介也。李公知之，左右支梧，不肯遽往，已而金陵成功，其事始解。故文字中，欲将苏州专属之李，金陵专属之曾，使二事分明。程公事中，不敢涉及金陵功绩者以此。拙诗无足观，久留尊处，恐为书院诸生所目笑耳。来示云：别写一纸寄来，亦未收到。范史再读一过，更精，乞钞本见示，意欲坐享其成，亦自揣才力不能遍读诸史也。洋务，国之大事，诸生不可不讲。今新出之书，有《泰西新史揽要》，西人李提摩太所编，而华人为之润色者。其书皆百年以来各国转弱为强之事迹，最为有益于中国。又有《自西徂东》一书，所分子目甚多，每篇皆历道中国盛衰，而结以外国制度，亦甚可观。至若《中东战纪》，西人亦归入蓝皮书中。蓝皮书者，西人掌故书也。然所纪颇乖事实，亦少叙记之法，盖非佳制。其余则同文馆及上海方言馆所译诸书，皆可考览，而尤以阅《万国公报》为总持要领。近来京城官书局有报，而上海又有《时务报》，皆可购而阅之。

答贺心铭 同日

考韵以博为贵，汉、魏、六朝有韵之文，及《艺文类聚》《初学记》中，零编断简，无一不当采，惟不采伪书耳。《史记序》余篇中亦往往有韵《汉书叙传》亦勿遗之。仆老钝，他人一日可办者，仆三四日不能尽之，竟是天地间一废物。

答廉惠卿 八月八日

手书阅之狂喜，具悉数年以来起居梗概。又知舍侄女现留桐城，三家嫂平安。执事新官户曹，未及一月，遽能集资创办义赈，好善之性，兼济之量，皆过越伦辈，至佩至慰。近时风气，喜持高议，而苦不通达，坐令中国罢敝不振至于如此，安得任事之人，尽如执事等，笃志利物，推展所学，立见之施行，迈往敢为，不少回疑，如是之通决哉！不佞尤愿执事潜心大业，博涉五洲教养要政，究其兴坏利钝，不为小廉曲善，救吾国于水火之中，而予以全安之术，则后来推暨之所终极，必自今日所施为发轫之始也，幸甚幸甚！敝眷欲南归，甚思在南得一馆，而南中大官无知我者。去年，凤颖观察王公荐我于皖中丞，而敬敷一席，已为捷者先得。今时于方伯甚负清名，而绝口不谈西学，仆性喜以西学引掖时贤。则操术不同，亦无人荐达，通白力不足，无能为役也。婚嫁未毕，颇以为虑。相望二三百里，不获把手为歉。

答萧敬甫 八月九日

惠书悉老兄去冬还家营葬，旋得心疾、头风等病，今年四月始平善，复到上海。六月初四日奉上一书，未识达览否？来示为我谋，至为忠告。伦叔城宅，不能见假，近欲于原宅左右，添屋数间。现尚有三支眷口在北，岁不敷用，如遣归，则宜在南谋馆。南中大官，无知我者，用此保定鸡肋，亦不敢轻于一掷。至皖中作馆，洵属利少害多，今亦无路谋之。主讲所在为家，终非长算。莼斋，近之贤俊，病归可惜。其书资未寄，止可听之。前过通州，晓船为言执事劝令入股后，弟即函申前说，渠近日曾寄交未？晓船今岁河工，闻颇赔累，恐又将支吾也。刘此书若一一求专集勘校，恐不易办，一人校对，又难之难者。元本多删节，此是方刘习气。请依曾文正刻《孟子要略》之法，仍照元书付刻，而钩乙于所删之处。如疑此非刘元书，则请照刘本刻之，而分注所删之句于行间。王阮亭所选，亦有删剃者，翁覃溪刻本，一照阮亭，而附注所删之句。以上二者，请择一而用之。至元诗有自注，自应刻入；若他人所注，可不刻也。此等亦是唐宋大家，当兢兢致意，若元明以来小家，即不得本集对勘，不为缺典。元书既无序目，可别为子目，附在全书之尾。古人目次，本在书尾，况今之目录，并非才父手定，乃执事增为之，故退在书尾，目后附跋，较为大方，尊意何如？

上李相国 八月廿一日

津郡传到电音，敬悉使节遄归，跂望慕悦，若身有私喜。自春间谒送旌麾，其后仅于各报中，窥见俄、德、法、美诸国待以殊礼。他国使臣，不能得此异数，非吾师数十年勋望久已震动欧美二洲，何能使所至国君倾倒如此。

此行使吾国增重，为功不细。又闻尊体康愉，大海惊浪，如履衽席。窃料海气既大益于肺家，又广收五洲风土之变，时时更换，去故纳新，皆为养生最有益之事，高年所极难之奇遇。尊候近日必较去时加健，面部所被枪子，闻用西医新法，照见留藏处所，曾否用法除去，抑果无庸过问，至为私系。向来中国使臣，不能得外国要领，纵或留心觇国，亦只得其粗迹，不能悉其深处；只能言其所居之国，不能遍揽全球。吾师此行，虽耆老远役，无复文字之见，计必偶有记载，合之电报各节，亦可辑录成帙，裨益后来。伯仲两世兄，及从行诸公，计必各有日记，汇成大册，亦海内巨观也。某本拟前赴天津迎候，借亲风采，兼广异闻，私事纠缠，不克如愿，东望怅结。旌从在津，想不久住，人情冷暖百态，计此次还辕，酬对较春间加冗，亦无清暇与迂生闲谈，惟依依之私，不能暂释耳。某郁郁居此，杜门谢客，暇辄手吾师奏稿一编，近卅年国故，备在尊疏，亦治国闻者之要删也。

答李季皋 <small>同日</small>

《奏稿读选》粗定，分手钞录，尚未蒇事。卅年中经手者不一人，辑录者不一例，大约办理军务时，往往但留正折，不收清单；到直之后，则往往不注日期；至光绪十三年以后，则止有奏稿，不见所奉谕旨，此皆由幕府诸人不知公事，各以己意裁定，故有此失。弟知到直以来，奏稿或付之幕僚，总署信函则必断自亲裁，不假他手，其中多交涉要政，最为师相加意之件。此外，则亲笔信稿，多英雄议论；批答公牍，多应变机宜。设立电报以后，则所有电报，亦皆亲裁决者，并乞检交为要。

答潘黎阁 <small>八月廿六日</small>

傅相此次在津，计不久留，恐无休养十余日之事。弟已作函，言明不赴津迎候矣。傅相去年之约，弟虽未坚辞，亦未遽允诺。幕府，津要之地，非少年锐气、耳目聪明、心手敏捷者，不能胜任。今不佞朽钝不堪，旋看旋忘，时复若聋若瞆，岂可持此衰庸，干与重要。此实肺腑之谈，无一言半词客气。虽傅相再三见约，终必不敢应命。弟之执拗，傅相知之最深，故向来不肯强逼。执事与弟至契，万勿为我代陈。弟与傅相上下相与之际，实非他人所能参与。若由执事预陈，则傅相疑为吾两人已有成议，必将坚其罗致之心，实则执事与弟，议并不合，若再三强逼，止有弃馆逃归之一法。弟虽不入幕府，尚欲借傅相余光，谋书院馆地，以自存活。今因执事欲引而进之，反令远引而逃，穷饿故里，此必非傅相与执事所忍为也。然则执事倘真爱我，当保全我，慎勿于傅相前说及贱名。万一傅相问及执事，但云曾函约来津，渠自有家事，不能分身，属为代致拳拳。如此不深不浅，最为得体，弟即受庇无穷。若必劝傅相召我，是但为傅相计，全不为我计，且不能深知鄙陋之愚心，而强以其所必不从。此曾、李所不能得之于不佞者，徒驱我于沟壑而已，嵇叔夜所以致憾于山巨源者此也。若经此次披露肝胆，执事尚坚持初见，全不为下走熟筹，是直不以我为朋友也，吾亦岂敢曲从哉！来示又欲使弟居幕府而兼书院，此则往年傅相亦尝说及，弟答以如此垄断贱行，是犯天下之不韪，万不可从。今在书院久，知此席亦决无遥领之理也。弟决计不入幕府，亦非恝然于傅相。此后倘闻有重大利害之事，弟有所见，必当竭尽愚虑，效其一得。若有命召，亦必速往，决不置身事外也。

答孙慕韩 八月廿八日

手书语重意深。去年夏，在津得交哲弟仲峙先生，聆其言论，心折气夺，诧为英流。仲峙顾慊慊不自足，独推崇阿兄不去口，当时颇以无因缘一见为憾。仲峙条议学堂、报馆二事，仪叟相公称之为小英雄，顾不知发自乃兄。今读来书，乃叹元方、季方二难竞爽，某何幸两年之内，先后周旋于执事兄弟间，与闻转移风会之高论乎！深用自贺。《时务报》为中国报馆滥觞，条议二事，已行其一，惟望推行渐广。保定知好中，颇多购觅，惜某相知不多，不能遍振聋瞆。育才馆即条议中之学堂，但嫌少耳。经费支绌，中国通患，内地尤难得师。鄙见以为中国欲学堂林立，莫妙于即用欧美教士为师。所授者以西文、西语、算数、天文为主，与之言明，但学此数事，不学邪苏天主教法，不用礼拜赞美教例，彼人乐见其长，无不愿为。但须政府与各国使臣定议，上谕明发，宣示天下，如此则所费不多，而学者鱼鳞杂袭而起。入门者既众，由是而深求之，格致专门之师，亦将渐出，或择尤资送，使学于各国，必较今时为深入。不行此策，学堂决不能多，虽使二三成学之士，略明中外交涉情势，究其所得，不过与吾曹略同，不能大有宏益也。铁路之举，鄙意谓容纯父条议，请令美国包办，而收其赢利，以还国债。五十年后，全国铁路均归吾国，此议最善。不用此议，而令华商集资办理，不令西商入股，此筑室道谋，必不成之事也，未识卓见何如？津榆铁路为津郡重要大政，执事身任之职事，似未宜听任泄沓，以事权不专属自解，而令旁观者谓执事身入局中，亦无能远过寻常流辈也。承询书院肄业诸生，大率略览西书，以自拓旧识，不足膺育才馆之选，此间皆内地，风气故未开也。

答李季皋 九月四日

昨保定太守陈伯平自津还，传述师相在外国一二事，能使我积弱之国，重若泰山；又述师相风采益加焕发，精神益加强固，至慰私系。执事前赴东瀛，亦能驰域外之观，此将来出使大臣发轫之始也。计师节在津，当小休旬日，入朝复命，约在何时？尚求见示。弟近得令师范肯堂来书，于师相及我兄，皆甚殷勤。又自言去年见张香帅，一论及师相，彼此便参差不合。肯堂称师相家资贫薄，香帅哂之，次日一城传笑此言，以为阿附云云。凭肯堂书意，似无违言，旁人是非，究恐莫须有之事。肯函又言湘抚处，渠不通一书，酷肖不佞。肯知不佞于薛叔耘官贵之后，不通一书，故以自比。现时肯堂穷居乡里，不能自给，庐州书院一席，倘有更换，弟意欲请执事改荐肯堂。彼未托谋馆，而执事为之荐馆，于师友风谊，可谓至厚。人如肯堂，似不宜遗弃也。

答贺松坡 九月十二日

蔼翁欲立西学，此时殊难得师。且苦经费无出，若不能别筹经费，但就现有之款，则不能有益于西学，转大有损于中学，似非计也。且西学至难，若但购已译之书阅之，则书院中高才生已优为矣，然无大益。其专门之学，宜弃百事为之，乃可望成，且非有师授，不能冥悟。而得其中西交涉，及西国政法各书阅之，可以增长识见，不为迂腐守旧之谈，若持此以任国家大事，仍无当也。但为目前计，仍以令书院诸生加西学一门功课为简捷办法，若别立书院，不惟得师难、经费难，即学徒亦不易得。我今年在此，欲令诸生兼习西文、西语，先请中师，后改请西师，而诸生颖异者，亦且进锐退速，深畏其难，至蠢拙者，更无论矣。故西学捷径，但读已译之书，其弊则苦于不能深入。其导源之法，则必从西文入手，能通西文，然后能尽读西书，能尽读西书，然后能识西国深处。即此一端，吾国才士，已不暇为；其不才，则为之而无益。若乃天算、化学、制造、格致，则皆所谓专门者，非风气大开，决无专习一业之人；非风气大开，即有一二人能习其业，亦于国无能损益也。鄙见如此，可代达于蔼翁。别有复蔼翁之函，亦略及之。范书点定本，承寄到，甚感。其评语，仍望续寄，吾两人尚何容其避讳哉。

答牛蔼如 九月十三日

胡中丞请变通书院，并课天算、格致等学，自是当今切务。然不改科举，则书院势难变通；不筹天算格致出仕之途，虽改课亦少应者。至云不悖正道，兼取新法，收礼失求野之近效，峻用夷变夏之大防等语，则皆未能扼要。天算、格致等学，本非邪道，何谓不悖正道！西学乃西人所独植，中国自古圣人所未言，非中国旧法流传彼土，何谓礼失求野！周时所谓东夷、北狄、西戎、南蛮，皆中国近边朝贡之藩，且有杂处中土者。蛮夷僭窃，故《春秋》

内中国，外夷狄。《孟子》所谓"用夷"，夷谓荆楚。楚，周之臣子，而僭天子，宜桓文之攘之也。今之欧美二洲，与中国自古不通，初无君臣之分，又无僭窃之失，此但如《春秋》列国相交，安有所谓夷夏大防者！此等皆中儒谬论，以此边见，讲求西学，是所谓适燕而南辕者也。政府不能明其所言之是非，照例通行，上下以名相应耳，不能大收实效也。即如书院减额一节，势所难行。中国书院专讲应试之学，国家以此取士，士之学者日众，止能扩充，不能裁减，来示所谓先多窒碍，自是卓论。至欲别兴西学，自应别筹经费，近时民穷财尽，筹款亦岂易言！西国教师，在沿海尚且难求，在内地万难聘请，若但欲聘中国人为师，则恐非驴非马，如龟兹王之学汉语矣。计惟有招延西国传教之士，又恐骇人观听，激成他变。且非诏旨允行，转恐教士因来教学徒，要求广行彼教，是则利少弊多，又不可之大者。现时各属，力所能为，止有购置已译之书，入之书院中，高才生兼习之，似为简易可行。而日前所译各处西书，又分两种：一为西国专门之学，如原奏所谓天算、格致等书是也。此等若无师授，终不能升堂入室，又须购买仪器，乃可传其理法，学之有成。国家尚无能考验高下之人，既成而无所用之，于身于国，两无益处。故胡中丞以购买此等书为急务，其实皆可缓图也。一为西国富强政治之书，如上海所译《防海新论》，同文馆所译《富国策》等皆是。而西人自译，若《自西徂东》《泰西新史览要》《西国学校》《万国岁计》诸书，至为有益。此外，则购阅各报，尤为切要。弟所知者如此，尚希卓裁为幸。其书则天津格致书室皆可购也。不具。

答廉惠卿　九月十六日

高公卷子书就。冯公索书，亦勉应之。《左传举要》前曾拜登，此次用日本棉纸印者尤佳。然鄙意尚有未尽惬心者，元书有圈点，新刻不应削去，此好古之过也。往时金陵刻姚氏《今体诗钞》，削去圈点，亦张啸山、唐端甫诸人之过也。古书刻圈点，诚不免陋，若昔人论说文字之书①，奈何亦去圈点乎！今尊刻虽附果亲王本圈点，然《举要》又自不同，且其评语亦自著圈点，不如仍之之为愈也。拙刻《尚书》俟装定后当奉上，以供清玩。劝捐助赈，深佩执事之勇于为善，寄来募册，恐未能报命。仆近年杜门谢客，此间官绅多穷匮，前皖人好事者，寄来募册十分，属为转募，吾无处分送，至今尚留两分在敝处，无可转交，即送出之八分，亦恐垂橐而还。缘此邦不如江南之好义，年年捐赈，久已数见不鲜，皖册未已，继以尊属，殊觉无从措手也。永定河不治之病，曾文正初来，即以治河自任，及亲往勘验，亦竟束手。前年，李傅相遣西人周历上游，欲于山峡中节节作坝拦沙。此西人治浑河之定法，而为许仙屏中丞、周玉山廉访所阻。今舍西法而别筹畜泄，则列圣所无奈何，而曾、左、李三相所无能为役者，后贤未必遽得奇方也。来书谓吾国于西法，为之者徒尚皮毛，此良不谬。但必如何而后不皮毛，吾恐今之议者，并皮毛之未得也，此非可空言袭取。若云综贯本末，洞达中外，如贵乡薛庸庵者，似未必遽无其人。至真能主持风气，转弱为强，则吾闻其语而已。执事年力正强，当博览西书西报，勿遽求用世。不具。

与萧敬甫 十月五日

我两人均已衰老，执事去年得心疾，又患头风，中医当以为两病。若西人论此，则止是脑病。脑病者，由于用心过度。医治之法，不专恃药，但要心闲无事，不读书、不作文，不寻章摘句，仍宜在旷地游览，及良朋谈心，并自寻乐事，如此优游岁月，可望良已。若不知调摄，日日用心，虽暂时就痊，仍恐复发，不可大意。但执事近方经理刻书，勤于雠对，恐无不用心之日，无已，转托一知交辅佐成之。因许久不得消息，至为悬悬，妄论及此，望寄我一书，并告近状及刻书曲折为荷。

---

① 若，《函稿》此字下有"刻"字。

答李季皋 <small>同日</small>

师相入觐，计两宫圣人天颜有喜。惟内用总署，无从展布。某意谓内意向用不过回任，今时人财两空，亦难指麾如意，则回翔总署，未为失计。但愚心所不能遽释者，以师门左右，有失意之人，必且谗构于外，而吾师素日言论风采，咄咄逼人，京城见者，目骇耳回，久之不能相安，便恐有语阱心兵、含沙射影者。执事在左右，应请随机进言，劝以虚与委蛇，彼为无町畦，与之为无町畦。吾师近来好《庄》文，必且会心于此。孙仲谋、周公瑾，英风壮采，宜少从韬晦也。过庭之暇，傥可以鄙意上达乎？执事与仲兄，宜十分谨慎，幸勿倒持太阿。弟言语切直少忌讳，希鉴原为幸。前求积年师相与总署函稿，及其他亲笔信稿，吾师磊落迈往，视此等不足介意，究竟传示后世，全在此区区者。国史、方略等，皆不足仗。退之有云："文书自传道，不仗史笔垂。"正谓此也。

答潘黎阁 <small>十月十五日</small>

南行不作假旋，制军于执事，自是爱惜人才，特垂青眼，殊可感也。过泰州，晤周玉山廉访，为我致声。自倭事起至今[①]，傅相为中国士夫所唾骂，此由政府扬其焰，而后进之士，闻声和之。弟以为傅相经营远略卅年，前十年事具在奏稿。中十年，则奏稿尚或假手幕僚；至总署信函，则全系亲笔。后十年，则机要事件，皆在电报，亦不肯倩人代办，必出亲裁。现拟将此三者辑录成书，则历年支持危局，力求富强之苦心，具在简册，亦止谤之一道也。辑成之后，拟请周玉山廉访、刘香林观察，分任刊资，似亦二公所乐为者。

---

① 倭，《年谱》引此函作"东"。

答王制军 同日

前蒙示谕：津郡育才馆兼授中西学术，欲以淹通之业，期之童蒙，造就匪易，具仰为国储才，长养教育之盛心。中国学术衰微，人才不振，今始初引端绪，诚难遽望成材，操一豚蹄，祝满篝车，宜未可也。但三辅首善，群州承楷，若令渐以岁月，通国慕效，学舍成林，不患英才不能蔚起。近闻保定亦议创建学堂，官长提唱，风气渐开，此诚转弱为强之关键，腐朽贱士，拭目俟之。

答孙慕韩 十月十七日

承示盛公铁路之举，译署议令招齐商股，借定洋款，再拨给官款，此中朝支展常态，必使任事者皆出于敷衍，然后即安。近日保定议设学堂，闻其大略，不拟请洋师，以中学为主，中学又以理学为主，亦恐其难收实效。吾国士大夫，见闻既少，人人自以为是，又事未开办，先立一成见以为条例。下走在世，旁观数十年，大约不任事者多，其任事则往往如上所云。前书欲请各州县通立学堂，以为今初开风气，苦于无师，必欲求师，舍西人无可胜任者，故欲即用彼国教士。凡教士多能束身寡过，中国喜造蜚语，皆奸民好生事者之所为，以此彼教激怒，将成不测之祸。鄙意深欲中外化尽畛域，故妄拟此策。果不持成见，教士喜为官长所用，必竭诚教导。其他学，或未深究；至若语言文字，则固生长于齐而为齐言者。又西人他学皆专门讲授，独算数、天文，则无不知者。彼中视此等皆若吾国蒙养之书，所谓《三字经》《千字文》等等耳。何忧不能设教，独吾国成见，万不能化，则此策亦自万不能行耳。区区之见，终谓舍此则中国一时无导师也。李傅相处时通音问否？为傅相计，则以在译署为得计。吾国人财两尽，若出而施展，未必尽如人意，是又将成蛇足也。独政府不思改弦，诚虑势难支久，此非一手一足之烈，欲俟学校成材，则恐吾侪小人，朝不及夕，不能坐见河清矣。

答廉惠卿 十月廿五日

凡读书处世，皆易涉客气。客气者，未能真知而强言也。昔曾文正尝告不佞："君知英雄何解乎？"对曰："不知也。"文正曰："见事过人数层谓之英；办事力量过人数等谓之雄。"后持文正此语，以相天下士，则合者殆寡。近今则风气愈嚣，求如文正时而不可得矣。杜公云："眼中之人，吾老矣，今于平日知好相与亲切者，往往不能无奢望。"亦此旨也。都下士夫，绝少真知灼见，由其阅历少也。执事勿遽痛愤，当竭思罢精，以求所以过人数等之具。今天下事变无穷，果有其具，不患不能见用，但恐一朝用世，而我无其具耳。率意妄言，惟高明采择之。

与曾重伯 十月廿七日

阔别向廿年，今春始获重见，慕慰无似。及闻尊论，读所平议《毛诗》，义多创获，越俗惊众，敬佩敬佩！临别承惠借讲《易》二家，此两君于《易》皆能自出新义，一空前儒障翳。但时时武断，不能矜慎以求密合经旨，似亦通人之一蔽也。前奉询《四象古文》，执事谓到南当可检得。此编为先师文正公晚年定本，全集中既漏刻，昨检《年谱后跋》，亦未列入。疑当日辑录者，未见此书，所谓四象云云，书中亦未标此名目。敝处往年钞有目录，惟《庄子》多节钞者，当时未记所钞起讫。其节钞《史记·自序》，记仍与《古文约选》同起讫，但未能确记。又文正公论文深处，非近人所及知，此书圈识评议，皆与《经史百家杂钞》互异，尤宜流示来哲。今将元目寄呈，乞照目细检。记此书曾寄与忠襄、惠敏二公，又有自留之本，不应同时散佚。倘得元书，务望将《庄子》《史记》节钞之篇，记明起讫，仍望将评语及圈点起讫，依王少鹤《归方史记》之例，照录一分见寄，以便校定付刻，补全集之遗憾，是为至感。《尚书》呈上四册，以供讽览。世变多故，吾徒无志于世，乃斤斤自守其旧学，殆亦齐门挟瑟，然结习所在，不能遽易也。

答廉惠卿 十一月十三日

顾氏《毛诗订诂》自是佳著，独其间时时杂用俚俗语，亦是一失，此王荆公所云"言之渊懿，而释以浅陋"者也。我朝诸儒，往往如此，亦不独顾氏然也。萧敬甫校刊刘选《历代诗》，闻其遍考善本专集，又无他人相助，以此不能克期竣事。

答李季皋 同日

吾师相虽光明磊落，无瑕隙可窥，然新处疑忌之时，不得不包周身之防，鄙心所拳拳者在此。肯堂拜赐，弟如身受。此君文字，在近日诸名流之上；师相久留宾馆，自宜有以始终之；执事亲执弟子之礼，尤宜有以振其饥寒，或为谋道地。鄙言无私，不妨时时达之亲舍也。

答姚叔节 十二月五日

仲实在扬，接执事之馆，自系两得。独肯堂穷困，我竟无力振之。士不得志，则谗毁百端，以尼其际会，不必问其所自来，知道者亦置之不辨。当今文学无出肯堂右者，其穷固其所也。大著敬读一过，鄙人所爱，又不知范马诸君以为何如？人好恶各不同，文章得失，公自内信于心可也。于方伯在皖，自是励精为政，但清丈地亩，实出下策。孙佩南亦非必有高识，然且辞不赴召，诚知其事非善政也。通白既为方伯所重，独不可婉言以劝沮之乎？通白与执事皆讲宋儒之学，此吾县前辈家法，我岂敢不心折气夺，但必欲以义理之说施之文章，则其事至难，不善为之，但堕理障。程朱之文，尚不能尽餍众心，况余人乎！方侍郎学行程朱，文章韩欧，此两事也，欲并入文章之一途，志虽高而力不易赴，此不佞所亲闻之达人者。今以贡之左右，俾定为文之归趣，冀不入歧途也。

答吴实甫 同日

本年台端在敬敷书院肄业，大府整顿文教，延学成行修之士为之监院。潜山方广父先生，吾所未知；若畏甫，则髫龄执友也，来为诸生楷则。有志之士，可以闻风兴起矣。执事近读诸经注疏，以阮刻为主，此卷未终，不开他卷，此最为善学，古人所谓"读《易》者如无《诗》"，正谓此也。有得辄记录，亦古人读书要法。诚能铢积寸累，继以无倦，必有贯串群书之日。有暇辄从诸学长讲求身心性命之学，此真知本。仆生平于宋儒之书，独少浏览，然略识为学涂辙，大率入德之始，以无诱于势利为第一要义。势、利二者，有一著于胸臆，根株不断，不但身心性命无从讲贯，即读经缀文，亦不能深入。老弟自恨前时失学，今既以自爱自立为事，尚希于势利二端，稍留意焉。勉行其言，吾宗之兴，可数日而待也。仆近益衰惫，生平志事，无一成就，后生可畏，愿以老夫为戒。

答王合之 正月廿一日

绥臣灾病应退，某岂敢贪天为功！但平日灼知中医之不足恃，自《灵枢》《素问》而已然，至《铜人图》，则尤不足据，《本草》论药，又皆不知而强言。不如西医考核脏腑血脉的有据；推论病形，绝无影响之谈。其药品，又多化学家所定，百用百效。而惜中国读书仕宦之家，安其所习，毁所不见，其用医术为生计者，又惟恐西医一行，则己顿失大利，以此朋党排摈，而不知其误人至死者，不可胜数也。今绥臣用西医收效，自此京城及畿南士大夫，庶渐知西术之不谬，不至抱疾忌医，或者中土庸医杀人之毒，其稍弛乎。

答李季皋 正月廿七日

津保谬传甚多，得来示乃知其尽妄，亦足见当轴①不关心时务，居此者如坐委巷，一任俚夫爨媪传述新闻，一语不考实，真可笑也。某公为南北所公荐，窃疑其多议少成，未必能收实效。乃政府遂以为天下无双，举维新大政，付之一手，若舍斯人，无可属者，亦适形其药笼之空空而已。抑衮衮诸公，固不知此责之重，苟以荣其所私，以为光宠耶！人物如此，凡所营构，成效可睹。师相在京邸第，宜速成议，议定后，在何街、何城，并求见告。

答阎鹤泉 二月四日

尊论欲考定《易》韵，兼写异文，用意深美。《易》自宋贤考定古本，迄未能合十翼之说。鄙意《象》与《小象》皆解释经词，今既离传于经，又离《小象》于《象》，使一卦之词，必分三番，读之殊为不便。不如仿《乾卦》之例，附传于本卦之后。往时张廉卿不以鄙说为然，谓《小象》之韵有通数卦为一韵者。愚意终欲便读，不欲拘拘求韵。康成注《礼》，辅嗣注《易》，仲师注《楚辞》，皆往往用韵，既非自成一文，何为不可分散哉！独《大象》自为一篇文字，宜与《文言》皆各自为篇耳。《易》之异文，张、马两家，搜采略备。今但择其胜于今本者从之，而注明从某本校改，似较简洁也。鄙著《易说》，专求文句晓析，中多私创之言，惜不获写呈执事，共定可否，抑谓此等皆退之所谓"《尔雅》虫鱼"，非磊落人所为者。中国之学，有益于世者绝少，就其精要者，仍以究心文词为最切。古人文法微妙，不易测识，故必用功深者，乃望多有新得，其出而用世，亦必于大利害大议论皆

---

① 轴，此处应作"局"。

可得其深处，不徇流俗为毁誉也。然在今日，强邻棋置，国国以新学致治。吾国士人，但自守其旧学，独善其身则可矣，于国尚恐无分毫补益也。老朽蛰伏，不能不高歌青眼属望故人矣。

答洪翰香 二月七日

前与孙慕韩观察妄论西学无师，非取材于外国教士不可。慕翁不以为然，下走则确有所见。今国家若徒托空言，并不真兴西学，则蒙不敢知；若诚欲造就人才，以收实效，则不得但设三数西学而止，势必使各行省、府，县县各有学①，学校林立，乃望有真才出于其间，充异日政法之用。如此则非多得良师何由立教！今中国风气未开，偶有能通西学者，必在通商口岸，其内地州县，无由访觅，然则舍彼国教士无从得师。前与慕韩书，谓须与定明，但相从讲西学，而不入彼教。所谓定明者，不必由朝廷与之立议，即地方官面论②，彼必乐从。何也？中国民教不安，由于主客不相融洽。今官府有事见委，彼固祷祀求之而不得者也。鄙论出后，旋见《万国公报》中，西人亦有此论；又见日本人自论学校沿革，亦持此论，则固非下走一人之私言也。但学师取之教士矣，立学而无经费，又将奈何！各属州县，求立书院，尚苦无资，何从得此巨款以兴西学！则鄙人又有一说于此，盖非筹议亩捐不可。亩捐之说，中朝持之甚严，以为加赋之弊，明之所以亡也。我朝列圣悬为大禁，谁敢干之！然当此民穷财尽之时，欲兴大事，不取之亩捐，岂能推行！天下所恶于加赋者，为其虐民也。今取民之钱而培民之子弟，视其家塾延师，所省何止百倍！名为取之，其实与之，亦何惮而不为哉！不行此策，则所谓兴西学者，恐亦所谓"岁为此语，以至于亡"者也。西学筹费，亩捐最为上策，其次则取之僧道庵田，然不如亩捐之可以通行无滞矣。鄙议二策，皆非拘牵文义者所能取也，执事注爱异等，故一发其狂言。

---

①　县，《函稿》作"州"。
②　即，《函稿》此字下有"由"字。

答严幼陵 同日

吕临城来，得惠书并大著《天演论》，虽刘先主之得荆州，不足为喻，比经手录副本，秘之枕中。盖自中土翻译西书以来，无此闳制，匪直天演之学，在中国为初凿鸿蒙，亦缘自来译手，无似此高文雄笔也，钦佩何极！抑执事之译此书，盖伤吾土之不竞，惧炎黄数千年之种族，将遂无以自存而惕惕焉，欲进之以人治也。本执事忠愤所发，特借赫胥黎之书，用为"主文谲谏"之资而已。必绳以舌人之法，固执事之所不乐居，亦大失述作之深旨。顾蒙意尚有不能尽无私疑者，以谓执事若自为一书，则可纵意驰骋，若以译赫氏之书为名，则篇中所引古书古事，皆宜以元书所称西方者为当，似不必改用中国人语，以中事中人固非赫氏所及知。法宜如晋宋名流所译佛书，与中儒著述，显分体制，似为入式。此在大著虽为小节，又已见之例言，然究不若纯用元书之为尤美。区区谬见，敢贡所妄测者以质高明，其他则皆倾心悦服，毫无间然也。惠书词义深懿，有合于《小雅》怨诽之旨。以执事兼总中西二学，而不获大展才用，而诸部妄校尉皆取封侯，此最古今不平之事，此岂亦《天演学》中之所谓天行者乎！然则执事故自有其所谓人治者在也。大著恐无副本，临城前约敝处读毕，必以转寄。今临城无使来，递中往往有遗失，不敢率尔，今仍命小婿呈交，并希告之临城为荷。近有新著，仍愿惠读，肃颂道履。不宣。

答王合之 二月十日

中医之不如西医，若贲育之与童子。来书谓仲景所论三阳三阴，强分名目，最为卓识。六经之说，仲景前已有，仲景从旧而名之耳。其书见何病状，与何方药，全不以六经为重，不问可也。西人之讥仲景，则"五淋"中所谓"气淋"者，实无此病；又所谓"气行脉外"者，实无此理。而走于支饮、留饮等病，亦疑其未是。此殆亦仲景以前已有之常谈，未必仲景创为之也。盖自《史记·仓公扁鹊传》已未尽得其实，况《千金》《外台》乎！又况宋以后道听途说之书乎！故河间、丹溪、东垣、景岳诸书，尽可付之一炬，执事尚谓其各有独到，窃以为过矣。

答李季皋 三月三日

疏稿详本已缮就，简本尚未及半，若发刻，则鄙意以简本为善，此亦略如用兵，在精不在多也。刻资，台端意欲独任，具见孝义高怀。窃谓此举若自府第付刻，则正以与两昆公办为善；独身任之，转令两昆猜忌，以为独专其名，是本志独为其难，而反为不美也。鄙意欲令门生故吏出资刻之，则无须虑此。但来书谓所储千金，若不用刻书，即欲移赠下走，此虽见爱高谊，某万不敢当。所以纠集刻资者，以为师相门徒满天下，不宜无人任此事，而一一仍取之本家也。若如尊意，是下走所以广纠刻资者，皆将为自利地也。此于义于名皆所不可，且执事与其举千金以惠所识穷乏，又不如用之以刻家集之为当矣。是受者、与者，两有失也。请勿复预计及此为幸。弟此次不过选择整齐，于元稿未敢点窜，以当时定草，均经师门亲裁，固无甚须改定者。后当再为检料，若偶有未检之处，即用己意参酌，但可依元本，亦即不必多事也。

答贺松坡 三月六日

惠卿来函，拟三月间南去，闻其家揭债至三千金之多，而去冬乃欲为深州刻志书，岂非孟浪！《深州志》有书无图，不为完璧。近时杜溯周在家，似可由四属公议，请其出为画图。往年由总署请出熊三峰为贵州绘图，系求人于李壬叔而得此公；又由北洋大臣咨调而出，其难如此。而贵州官绅乃见谓无用而辞谢之，及仆服阕入都，则总署改章，不能调人出都矣，鄙意每恨此举不成。然李壬叔当时本谓熊三峰画图，为第二等人才；其第一等，则杜溯周，惜其已随朱肯夫学使往湖南矣。据此，则杜高于熊，若乘杜公退居时，请其出办此图，将来为中国第一种志图，其书或因图而行远也。此议请公与墨侪诸公妥商办理，何如？前示谓都中徐氏藏韩文两宋本，绝难得。仆老矣，无志于此。公今年到京，似可将此两本借出一校，所藏本留传人间，亦一佳事也。

与薛南溟 三月七日

丝茶二业，中国好搀杂巧伪，以此年逊一年。近来外国于此等事，考究绝精，我若欲兴此业，则向来各弊，均应痛除，而别求制胜之术，否则不能争胜。以西人于商学至精，皆由学堂而出，不似中国但凭资性、运气、心计也。去年，廉惠卿来函，谓贤昆仲欲以尊公墓文相托，此事我亦难辞，但未见贤昆仲来函，未识惠卿所言是否确实耳。

与贺松坡 四月朔日

前书欲请杜溯周先生绘深州图，似是难遇之嘉会，但恐今时州中难筹经费耳。绘图之说不成，则深州或冀州敦请杜公为算学教师，似亦近日开办西学之要务，未识二州官长其有意乎？仆不知算学，徒以信李壬叔耳。壬叔不予欺，则杜公真今时所须也，故出位言此。公与墨侪诸君，能不河汉此言乎？今议欲开西学，西学重专门，而以算学为首务，他学必以算学为从入之阶，明算而后格致诸学循途而致。今既不得通外国语言文字，则学算亦本务矣。他处方苦无师，深冀有师，岂宜掉头不顾耶？

与李赞臣 四月十六日

近闻俄使将来，颇责优礼，国弱而不肯降尊，必开后隙。又闻国债尚短一万万，无从筹借①，政府谟谋何以支柱，得毋大祸即在眉睫乎！吾辈腐儒，尚昕宵占毕，殊可自笑。往年罗稷臣欲求得吴刻《古文辞类纂》之石印，发各学堂，亦借流传孤本，甚盛举也。属某为求白纸初印者，数年不能得，去冬得之，送书至津，而罗已远使，询之石印局，止肯印五百部。昔曾文正公自谓文字之传，得之姚氏，其于惜抱自著之文，尚非倾心佩服，而独服膺此选，屡为后生言之。今读曾公书牍，亦仍可复按其旨。世间多行康刻，康刻乃未定之书，独吴氏此刻，为姚公晚年定本。姚公即世，管异之、梅伯言之徒，校刊此书，其于康本，实有《雅》《郑》之别。其篇第去取，亦多不同。板存金陵，毁于粤盗，南北藏书家见吴氏元刻者甚少，石印必得白纸，而吴本白纸者又加少焉，此所以求之数年而不能遽得也。窃谓救时要策，自以讲习西文为务，然中国文理，必不可不讲。往时出洋学生，归而悉弃不用，徒以不解中学，而去年王制军来书，亦谓讲求西学必得中学成材者，乃为有益。中学门径至多，以文理通达为最重。欲通中文，则姚氏此书，固彻上彻下，而不可不急讲者也。今石印局既不肯多印，鄙意欲商之执事，可否上达制军，请由官发印，似所损于官款有限，而嘉惠士林者无穷。倘因公款支绌，无暇为此等不急之务，则拟集股付印。据石印局开示估单，印千部约须千七百余金，多印则价可减，愈多愈减。计此书印出，发售每部四金，不为昂贵，则集股者取倍称之息，似可为也。津中自执事外，如孙慕韩、汪君木、张翰卿诸公；其穷而好文者，如刘丹林、邵班卿诸公，似可转请集股同印此书，使吴刻已毁之板，复存世间，中国文字一发千钧之系也。以上二说，求择用其一，并望见示为荷。

---

① 借，《函稿》作"措"。

答刘仲鲁 四月廿三日

执事称谓，谦挹过当，使受者无以自容。此次惠书，并寻一甄别录送之，据以伸其初说，可谓圣于立言。但下走尚不敢以穷庞自处，窃谓谬拥皋比，本极可愧，尚幸此等师生名号，本系沿缘成例，并非有退之所称"传道授业"之实，则虽师不贤于弟子，仍可稍安于愚心。然必曾应斋课，有欣赏奇文之契，乃敢窃此等沿例之号，不得借造册送考，便欲抗颜坐大，此愚智所共明也。执事前在保定，旧有往还，交分早定，故初函执谦，亦只自署为愿学弟子。不谓恳辞至再，乃反变本加厉，遂真欲以西河、子夏相奉，不顾其后之叱避，而退无以自全，此岂爱我者所宜出此！子厚有言：为他人师且不敢，况吾子乎！弟今适有类于此。曾文正尝言："弥谦弥伪。"执事之谦，固不能妄测为伪，但硁硁之守，有不可夺，尚望仍依往年保定往还之旧，无任私幸，伏希鉴察。

答贺松坡 四月廿四日

杜公为李壬叔入室弟子。今方开倡西学，必以算学为开宗明义第一章，则杜公不可失之交臂，国有颜子，岂可不知乎！昨晤牛冀州，询及延杜教算应须修脯几何，吾告以当斟酌杜公境况，可与我公及墨倅熟筹之。牛以为然，归州当面论也。《天平沟记》文字似唐贤，非宋以后伎俩，佩畏无似。跋、注奉缴，《左碑》送上，又作《黄来庭墓表》，苦无生发，遂涉沾沾自喜，亦呈览。老懒失学，文笔冗弱不振，负题多矣。此事天下公器，不可以年辈骄人，望阅后发还，并望指正疵谬，勿参客气为幸。《临川集》明刻已足珍爱，《姚选》付印，集股尚无多应者，此本近今不急之务，我自迂计耳。

与周玉山 六月三日

别后相念无已，执事出处大节，远媲古人，以此时时往来胸臆间，视在此聚处时，情谊尤亲也。鄙意近来国史猥杂，中兴诸公事业，皆当仗所著文集以传远。合肥在诸公间，于洋务独擅专长，其办理中外交涉最专且久。近为编辑奏疏，分详简二本，皆以洋务为主。详本则兼及直隶河工赈务，以此二事皆合肥定力所注，他人有办不到者。至平吴、平捻，大要已见于《钦定方略》书中，即所奏捷书皆可从略。私见如此，未识尊见以为然否？现计钞成详本卅册，简本十四册，其中盖多执事底稿，以其有关大计，正不必尽出合肥之手。又某前在幕中，知奏稿时时假手他人，独总署书函，必亲笔起草；后来闻总署书函，亦不尽亲笔，独电报不肯假手于人。奏议之外，拟再钞总署函稿、电报稿二种，此皆有关卅年国家方略掌故，不能不具见集中。此外，则自治军以来书札文牍，亦应搜采，闻多有阙佚，其批答公牍，则已离本任，无从搜罗。闻盛太常前欲成《洋务长编》一书，曾设局办理，于合肥公牍文字，均经钞出成案，欲求我公向盛公函询，属其代钞副本。如卷帙过多，可否径将元钞底本寄至莲池书院，由某选择钞录。此事最为要害，务求我公展转熟商见复为荷。某区区欲删定合肥文集，不欲使贤相身后令名淹没于悠悠之口，以为功名本末具在此书也。

与刘芗林 同日

下走区区之意，以为合肥在中国决为不朽之人。编纂文集并不颟颟为一时解谤，当与后之知人论世者考求心迹，使是非昭然具见本集，无所容其阿附也。至于身后之名，窃谓五洲自有公论，非中国一国所能任意高下，惟一时自谓清流者，全未识老臣颠末，亦不得不宣布其生平筹略，使有心者公共平议也。

答日本中岛生 六月廿五日

顷读惠示，猥荷眷爱，词义勤勤。曩挹楢原风采，今接中岛笔札，何贵国之多才也！承示慕仰素王，读《易》学古，敬佩敬佩。方今欧美格致之学大行，国之兴衰强弱，必此之由。吾国周孔遗业，几成绝响，一二腐朽书生，断断抱残守缺，于身世何所裨益！方自笑托业之迂谬，不谓吾子乃复垂意兹事也。顾荒陋失学如某者，内顾毫无所有，又何足仰副期望，远劳下问，只增惭戁耳。太史有言："同明相照。"道与文二者，天下公物，非可敝帚自享，七八月间，倘惠然见过，敬当与吾子商榷旧闻，证明新得，钦迟无似。不宣。

与张筱传 七月十一日

时事日非，吾乡人才益少。往年劝合肥公培植敬敷书院，竟未大慰私望。桐城书院若依鄙意，尽将公租归入，尚可延聘名师。当时议者必欲遵照曾公教养二端之说，迄今观之，二事皆无益处。此已成之事，不复追论。今事变方新，而我邑诸公，尚颟顸守其旧见，此由通材稀少，见闻狭隘之过，抑亦读书不多，墨守咫尺之义故也。执事邦之先达，倘可提唱邑子广其耳目，则为惠不小。其术但从添筹书院经费起点，古学、时务，皆可纳于书院之中。其要端则厚给束脩，务得知名之士为之师长，仍宽与膏火，使子弟膺选入院肄业，多购书籍，恣其采获，浸润久之，必有一二宏识出乎其间，则乡邑之大幸也，执事其有意乎？

答萧敬甫 七月十七日

《五周先生集》收到，展诵，感怆无似。先师兄弟，皆一时人杰，今独季贶先生健在，而后嗣复不昌，"文章憎命"，其信然耶！舍侄婿廉惠卿，年少喜事，与马通白游，欲刻桐城人文字而附拙文其中。弟以谓桐城三家文，在海内无须选刻；其余诸公，功力多未至，若尽刻本问世，转足减桐城文价，计未得也。通白在北，曾力止之而不能夺其初见，因取卷中拙文抽去。惠卿不会此旨，今又录以示公，殆欲终灾黎枣，鄙意不敢奉还矣。江浙好古者多，能集资一刻日本所储北宋《史》《汉》乎？此真海内鸿宝也。

与周季贶 同日

萧敬甫寄到家集，展读一过，百感交集。见大诗累累与敬甫赠答，往年先师过爱，屡敕游闽一见老叔，私心倾向，余卅年迄未一副愿见微抱，敬甫何幸，辄承折节也。老叔诗学精深，晚乃尽阅他体，独以五言律问世，盖作者之不欺其志如此。某于诗了无所得，但见大诗字字酝酿，句法雄深，篇体精融，气骨苍劲，近数百年间，殆无此作。少时不趋谒门下，一执卷请业，良可追悔。先师才名，横绝一世，生平纂述，弟子曾未多见，往年见所题张中丞《北山归隐图》卷子，每恨未录副本，今读賸稿，此篇竟成脱简，恐难再见全璧矣。先师官事，某未得梗概，今读集中《去粤诗》有"载来薏苡谤书讹"及"八关别署党人科"等句，盖皆有事实可指，极知雅道陵夷，翰弃周鼎，要亦各有借端。老叔倘能备知底蕴，尚乞详晰见教，至为感荷。读冒鹤亭孝廉所为《后序》，知云将世兄竟已殂谢，遗孤又复夭阏，老叔文字大业，必传于后，则此等只可达观。见今先师立后子否？记老叔挂冠，似是丁雨生所龃龉，亦不得其详，并求惠示。敬甫传述盛旨，敕为弁言，不敢以固陋辞。先师倚声、老叔五言，决皆不朽之作，似亦无待不知者之强聒也。

与左子异 七月十九日

承属撰拟《文襄公神道碑》，湖南能文之士视他行省为独多，自揣谫陋，不敢诒笑有识，用此久未报命。继念盛旨不可久逆，文襄公俊功伟伐，宜有贞石铭刻，以示后世，某虽谫陋，自少从事文字，挂名丰碑，与有荣幸。谨采摭近人纪载，证以旧闻，勉竭思虑，构成墓碑一首，录稿奉呈，候卓裁进退。倘得善书者大书深刻，或亦借传久远。自东汉、北魏以来，所传碑刻大抵字佳而文劣，以此知金石刻之传不传，在字不在文也。

答何豹丞 七月廿四日

大著《尚书札记》所释，皆此经滞义，其疏通证明，往往能匡孙渊如、王伯申之所不逮；援据典籍，具有酝酿，一洗汉学买菜求益、市瓜取肥之陋习。出以问世，足使老师宿学卷舌不谈，甚盛业也。间有愚见不合口者，标记书眉，伏候采择。李相国，吾乡人望，一代宗臣，诸人崎龁，不使复得权势，年已笃老，脱权下威，未为失计。至欲毁其盛名，或乃求改其已行之法，务欲怒出其上，此蚍蜉撼大树，不自揣量者耳。在都时时谒候，足以开拓心胸也。尊体羸弱，宜略阅西医书，稍明养身之法。在京西医，有曰满乐道者，美国人，与仆旧识，若访之美国使馆，必知其住址，李相国亦必知其所在。会试行止均可，独身体必宜珍重，若一身不自理，何论天下哉！

答潘藜阁 七月晦日

前函欲得小站田二百亩，吾兄桑甫可以任田工。吾欲以本年脩脯，春间持为田本，秋后连利收回，则我一年所入，仍应一年之用，不致有所耗失；

若秋后不能收回元本，则吾无余力为此也。俟燊甫到津后，逐细筹画，再行定计。下走此策，诚因燊甫奔走穷老，病而求息，故为此兄弟助救之举。然农学，中土失传，外国近以化学格致新理为之，初若烦费，要其终，则省力省财，本少而利大。南中近开农学会，苦无闲田以试其术。小站有田，而田者率用吾国旧法，不足尽利通变。故前函欲集公司购机器为之，若行此，则非二三百顷不可。惜乎，吾无力以开此风气，而言不足见信于世也。

答萧敬甫 八月十一日

大文敬读一过，与敬甫交若兄弟，岂敢自外。此《跋》附刘书行世，来书属勿客气，尤不肯稍存漠视。凡鄙意所疑者，均注记稿册中。并僭以私见，妄为删节，伏希采择。至《校刊凡例》，鄙意殆可不载。元书选诗微旨，尚无序例，今区区校勘，反多为说辞，未免近陋。万一欲刻，则弟所删诸条，似决不可载。第三条，刻一目录，尚著在《凡例》，何其不惮烦若是！第四条《高青丘集》圈点，不宜补入卷中，但恐刻本已成，无从追改，专集圈点，与选本不同，仍请改从选本。其评语，则选本所无者，仍行划去，似尚易办。六、七两条，皆于刘书无关。各本异同，本可不必广校，以刘无校语，我无庸画蛇添足，止照钞本付刻。其字为钞手所误者，为之改正；若各本不同之字，刘所据本系何字即用何字。若读者必考各字之异同，彼自能遍检各本，吾无暇为之考校。且人心不同，好尚殊异，虽古之多闻博识，亦难别白而定一尊。执事所从之本，弟即不敢附和，我两人已不能合，况欲驱天下学徒趋于一是，岂可得哉！执事倘不谓然，则请自为校勘，附之卷后，亦但当如玉勾草堂之例，某字注明某本作某而已，不必为之分别是非，听读者自择可也。其刘所平点《高青丘集》中平识，执事倘不肯割爱，亦可附入《校勘记》中。以理论之，刻刘书之校勘，止宜校刘公平点之异同，其各家诗句之异同，于刘无与，不必校勘。弟为我兄不肯废弃数年心力，故为上此策，劝作《校勘记》，则如《高集》圈识平语之异同，乃是正文；而遍考各家诗集之异同，当是余义。故《校刊凡例》中与刘书相关者，尚可附列；其泛论各字之善否，则歧中之歧，决宜删削也。又刘所删节之句，校勘中不可不载，其不能全得专集者，姑阙不妨，此亦校勘中之正义也。其余鄙意不安者，均记在文眉，不更赘论。拙著《三江考》，在儿辈箧中，俟试归再录呈也。执事既有刘书《后序》，弟可借以藏拙，往年刻《归氏史记》，亦但廉卿为跋，弟不更作，此等只宜一篇也。不具。

与薛南溟 八月廿五日

传闻去年行商耗折，至为悬悬，亦不得源委。甥行商闻系缫丝，去年丝商均系折阅，以愚见揣之，大率数端：西人商学精深，中国全无商学，欲与争胜，譬犹以弓矢与外国机器、火器、炮弹开仗，决不能敌，一也。印度、新加坡、锡兰等处，皆讲缫丝，日本尤为极盛，中国丝业日坏，西商买丝必取精美，华丝为所唾弃，二也。各报中论无锡买茧之弊，甚属痛快，不能改除积习，线业决无起色，三也。所用华人，用钱浮滥无节，坐蚀成本，于商业并不精通，四也。窃料商务去年之败，四者必处其一，此乃中国通患，非一人一家之失计。外国国家保护商业，中国官场全不体察，全不顾惜。吾甥今年闻再办理，想已默识其利害所在，改弦而更张之。鄙意欲求国家保护既不可得，欲兴丝业，似宜仿照外国考察蚕子之法，以清其源，仍与西商合立公司，彼有成本在内，乃不至群起相挤，即挤，亦有术以御之。又须延精于商学之西商为之经理，务求工艺精好，丝业成色过乎他国，乃望畅销。如宁波税务司康发达，颇具深心，欲兴中国丝业，不知尊甫在宁波时，此人已在彼否？曾相识否？渠曾上总署条陈，欲国家筹数万金，便可整顿华丝，而诸公置之不理。甥当与此人往来，能罗致局中，必得大益，虽一年折阅，必可使后来大获。愚见如此，未识有当否？甥有函见予可详告我。他人谓仕宦家不应行商，乃妄说。甥此举，具有大志，我所佩爱，不足为墨守旧法者言也。但行商之术，亦应用能手，讲新法，不应守旧耳。吾今年将三女遣嫁，得婿为名人，最为快意。自兄弟凋谢，无人助我，全眷在此，不能存活。今已一律遣归，于本月廿二日，雇定回空粮船，本日由保定坐小船至津，此亦脱卸虮子袄也。贱体粗平。不具。

答李季皋　丁酉人日①

闻师相置买邸第，已成议否？愚意近虽在朝，本无多事，无庸乞退；即退，仍以不离京师为得，故置第为不可缓也。或传今年仍有出使英国之行，虽未必果信，然在朝无出使之头等钦差，他人所不敢为者，即欲属之吾师，亦在意中。为吾师计，有使命亦即祗役而已，叔出季守，不足论也。环大地全球，无不尊敬，独吾国欲抑使不伸，入朝见嫉，岂不可喟！

上李傅相　同日

去秋星轺还津，某未获亲谒；归朝以后，养安京辇，似非小人初意所及。但以近日人材局势论之，则固非意外事也。传闻吾师在都下置办邸第，此最得策。身系天下安危三四十年，虽脱权下威，究宜不离辇毂，备不时顾问，不得悻悻便入山林；绿野平泉，故当于京邑求之耳。保定到京，不过三日程，而消息乃不时通。某近选婿得柯编修绍忞，拟今春送女入都，届时借便候侍。柯生文学甚有名，倭事起，举城若狂，柯生独不随波而靡，可谓特立有识之士也。某现编辑尊疏，尚未蒇事，拟钞详、简二本，先以简本问世，此事门人弟子之责，无可辞让，惜某年未六十，精力日衰惫，不能精校，恐不尽当人意也。

---

① 人日，《函稿》作"八月"。

答潘黎阁 九月廿日

来示屡以制造之法下问，此西人专门之学，不惟下走向未研求，窃谓中国未开学堂，似一国无人知此。日本请西师开局制造，三年后，则局中人皆精通其术，辞退西师而自为之。殆由总办先明其学，兼能实事求是，劝励有方，故能尽羿之道。中国总办全不经营，往年李勉林与郑玉轩办理沪局，郑不管事。吾到沪局，李引观各工，吾问："有高手能及西人否？"李云："不能遽及西人，但高于中国者则有之。"吾问："如何激劝？"李云："无可激劝，高者或酌保千、把，薪水加十余金。"若平日全不究心，恐所谓高者，仍未必真高也。吾在冀州，欲用西法修闸，傅相派东局工头高手曰吴启者，往为相度。吾问其月入，则止卅金，官则把总。未几，则闻吴启返粤矣！中国办事用人率如此，略举二事，执事可知其大凡也。今欲遽明制造理法，恐难骤得门径，若加意考求，赏罚不谬，则亦渐有起色矣。窃恐中国习气不能尽除，欲改弦更张，亦宜需之岁时，未便操之过蹙。中国办事，向系外行管内行，不仅机器为然。我兄不甘外行，其中包有算学、化学、重学、形学，及其他各学尚多，今欲得其一学，亦不多见。自某涉世以来，惟闻李壬叔精通算学，徐雪村略知化学而已，其余未有闻也。今李、徐殆又不可复得矣，奈何奈何！

与柯凤荪 九月廿六日

朝阳蠢动，料聂军足以了之，虽有小挫，正自无忧。京朝无知军事者，中国风气不开，新学不出，与西、东邻国交战，决无能胜之理。至若内地匪徒，则湘淮诸军，皆优为之；又况聂袁诸公，近皆操练英德枪炮，此如爨鼎燎鸿毛耳，何足介意哉！中国之忧，正坐势弱财匮，骎骎为强者所朘削，无人挽回，不在此等癣疥微疾也。冬间能枉顾，至以为望。

答李季皋 同日

　　近有日本学生来从问学，据称渠国仰我师相，如祥麟威凤，言论丰采，朝野奉为仪型。有文士取五洲古今圣哲雄俊百人为百杰传，师相与焉。刘省三附入传中，不数余子。弟令其索一本来华译出，以示后生而觉迷惑，亦一快也。

答廉惠卿 十月十五日

　　南溟旧岁折阅。传闻中国之丝，近以美国为销场，美国新总统将更易金币。去年方在交替之际，美商以货币未定，观望徘徊，不肯购丝。华商以此失利，事或然也。中国不明商学，恐难与欧美争利。商学固非仅恃聪明，商纵有学，而利与不利又尚有命运存焉。命运之说，西人所深不取，然故不可易也。

与贺松坡 十一月十七日

　　《送晋卿序》必望见示。还故城时，驺从能否过我？今年颇有文字数篇，欲望为分佳恶也。德人寻衅，乃题中应有之义。谋国略似治病，病至甲午，势极矣，不转轻，则必速愈，无中立之理。彼静候两三年，知确无转机，则相与速之，愈固宜尔也。

答柯凤荪 同日

韩文，祝方二宋本，皆恐海内更无藏者，贵友兼而有之，执事允为借校，至以为幸。但尊意拟校《考异》一过。窃谓《考异》所未载者，必仍多异同之处。仅据《考异》，尚未全备，不如即用敝处所寄之五百家为底本。遇方祝两家与五百家互异者，各注异字于本字之旁，似为简而不漏。惟《举正》乃《考异》所据之本，似《考异》不载者已鲜，或可径校《考异》。要之，执事既校《考异》之后，亦望为我校改五百家，乃副鄙望耳。拙著《尚书故》，本旨专以《史记》为主，史公所无，乃考辨他家，以此与孙渊如多异。又往往自造训诂，以成己说，执事当悉心纠正，以衷一是。经学乃天下后世公物，不可以一人浅见，悬定是非；亦不宜稍存瞻徇阿党，以留缺憾，执事裁之。近时业此者希，偶有一二人，万不可复用世情相待。何豹丞欲一读吾书，亦望借与，并转告以鄙意，不必以年辈为疑，过示疏外也。

答何豹丞 同日

尊论《尚书》古训舍《史记》无由考，惜近代经师，不能通太史公书。此最卓识。仆说《易》以《太玄》为主，说《书》以《史记》为主，向来私旨与大教略同，此可仰攀以自慰也。鄙注《尚书故》，中多郢书燕说，已告知凤荪，令持与老弟一阅，但我所臆说，如"绥"之为"告"，"迪"之为"逃"，"惠"之为"谓"，与"自"之为"於"，"丕"之为"兹"等诂，皆古人未言，亦无字书可证，悬空臆决，未必有当于人心。此类至多，私心不敢自信，愿与同学商榷，公有所见，幸勿秘不告我。学古以彼此切磋为要，正不得好人同己也。医学，西人精绝，读过西书，乃知吾国医家，殆自古妄说。执事官知府，视州县为易，然欲成就学业，自以京朝官为宜。

答李季皋　十一月十九日

德国山东教案，似闻近已议有端倪，李、刘一律，闻已成议。闻者以为失体，失体自刘已然，不从李始。国势日坏，此种无识生事、要名阿世之徒不用，自是佳事。国事披猖至此，粉饰太平之事，仍复举国若狂，此辈必断送中国乃为快足，吾且奈之何哉！今年使者载宝献媚，而不遂所欲，师相归朝以后，益复慑于群小，正宜一笑置之，此曹尚足置胸臆间哉！虽国家大事，亦止有问则对，否则一听群公之所为而已，公论自付之后世也。

答陈序东　十二月十五日

鄙论国债须由中国君臣士庶于两年中自行筹还，始可为国，不如此则日就危亡。以中国之大，还此区区，不致大伤元气，但在政府毅然行之，并须得贤经理涓滴归公，此非朝廷有振作之才不能办到。傅相所谓"言易行难"者此也。若仍前不振，京尹谓"十年内将不能了"，吾谓目前便见近祸，何待十年！德人占我胶州，传闻有五十年奉还之说，省城了不闻交涉大议，如坐鼓中，乃至汇报中亦不涉及胶州一字，时多忌讳如此，亦非佳事。执事开办农算学堂，最为识时要务，但欲有成效，则农事须通化学，中国无此师范也。

与于桐山赓桐兄弟　十二月十七日

日本士人，好讲中国之学，其来吾国从师者至多，不足为异，亦非不佞负海外盛名也。《中庸》之书，昔人皆谓子思之作，今谓汉人托为子思，似过于专辄。外国早有圣教流播，然欲令其崇信吾学，一扫他教，则今尚非其时。算学吾未明，闻之晓算学者，则称梅氏之书，尚为浅学，近日李壬叔之学，空前绝后，其书盖未易读。此学最有等级，不可袭取，不可强不知为知。闻有席翰伯者，壬翁高第弟子，不知近日尚在总署同文馆否？西人教幼童，便先习算，精如壬翁者，欧美盖亦无有，要其学堂人人知算数也。来示解《论语》"举隅"之说，谓是算家商隅，义甚新创。至解"何有于我"，引"礼让为国"，及"三子从政"为证，尤为精凿。谓"默识"章与下"修德讲学"为一章，亦最得旨趣。"学则不固"，引郑《曲礼》《祭义》二注，释为"固陋"，犁然当于人心，孔注正自如此。"居不容"之"居"，训"居"为"坐"可也，"居则曰"句，则"坐"义为滞。哀公问政，孔子答词当止"蒲芦"句，以下皆《中庸》之文，故后又引"子曰"，不得以数十百言，均认为孔子答也。以此定《中庸》为汉人作，未敢附和。其余或愚心所未遽同，要见读经用心，不暧姝于一先生之言，可谓好学深思矣。某老荒失学，在此虚拥皋比，豪俊之士，往往见所见而去。近年高才裹足，而犹强颜据席，私用自愧。贤昆仲久困闾里，少兑泽之益，殊恨境地限人，惜吾力不足振拔推荐，惟望来春得意，使壮志得稍发舒，幸甚幸甚！时局益非，德人攘我胶州，恐遂牵动大局，夷甫诸人，安得不执其咎。

答柯凤荪 祀灶日

来示于德人胶州之事，至为愤切，疏论七事，未识何等，颇欲一见疏稿。柄臣误国，自难辞咎，但以今日人才观之，即使尽换政府，亦恐犹吾大夫。贵同乡公递呈词，合臣未上，亦欲一读底本。德若不还胶州，则瓜分之局立见，甥欲回籍团练，具见孤忠报国。以愚见论之，尚宜三思，事势未可径情直往，团练止能防御小贼。如往年粤捻剧寇，则团练使已无济，若用以抵御外患，直儿戏耳。以乌合之众，当节制之师，以血肉之躯，当猛烈之枪炮，皆万无徼幸之理。甲午之役，坐论者但知责兵将之败逃，其实如卫达三之陆战，丁雨亭之海战，皆竭力死拒，故倭人至今以此两人为忠臣。无如中国倒乱是非，竞尚空谈耳。近年时局，不能复战，三尺之童皆知之，而李鉴帅乃以敢战为号。此违道干誉，以求媚于清流，不顾事之是非，直一妄人而已。而贵乡诸君子，若深信其真能御侮，将自京至满城，一见其人，鄙意深所不取。胶州为贤甥邱墓之乡，一旦沦为异域，无怪裂眦腐心。但贤哲举事，宜参彼己、策成败，未宜奋不顾虑，专为往与俱靡之策。执事好古诗，如陶渊明、杜工部，当兴亡之运、乱离之时，岂不欲一泄孤愤，而退甘穷饿，展转流离，绝不图力所未逮之功者。彼诚知所自处，而不肯轻于一掷也。又况团练之举，将以保卫乡井也，若溃败不可收拾，则为山东造无穷奇祸，而国以危亡随其后，噬脐之悔，岂有及哉！尚望勉抑忠忿，俯纳鄙言，幸甚幸甚。盛怒岂能遽解，以婚姻之好，不得不竭尽拳拳。

答柯氏女子 同日

德人攘我胶州，乃深知我不能战，为此强霸之举。俄法连和，英倭连和，暂事旁观。若胶州竟归德人，则四国各有分割之势，吾国自此亡矣。此是敷天大愤，祸不专在一省。近来欧洲各国，不但枪炮日益新奇，其将帅之才出自学堂，用兵方略，各有师授。以西国兵法考之，吾国自秦始皇以来，历代用兵，都是浪掷人命，全无纪律，全无学问。若两敌本领略同，胜负尚可得半；若以吾国烂漫之兵，与外国精兵抗，譬如贲育之与童子，岂能敌哉！国家惩于甲午日本之祸，今知一意议和，决不言战，此是政府识见长进，而凤荪犹持故见，以不战为非，至欲回籍团练。团练之不可用，稍知兵者，皆能明之，若凤荪果行此策，不但自捐躯命，并为国与民造成不测奇祸，万万不可。吾书略陈鄙意，恐其不信，吾儿当朝夕劝阻之。兵戎大事，岂可以不料彼己，而冒然舍此身命哉！

与李季皋 同日

保定僻陋，不闻时事，胶州大事，传闻异词：或云德纵反间，不令吾师与议；或言政府信德人秘密之说，掩耳盗钟。下走好与异国人往来，彼等于此事，亦皆动色相惊，深恐稍失机宜，瓜分之势立见，而于俄入旅顺，尤视为危机。皆言俄若在中国稍得便宜，英决不能坐视；日本挟英为重，亦将相因并起。盖德之攘我胶州，乃德主面商于俄，故俄一听客之所为，将乘机自逞所欲，此英之所大忌也。外国议论皆同心疾俄，以谓吾国和俄，不如改而和英与倭。英、倭无割地之心，特见俄、德、法之割分而食，则亦不能善刀而藏，若恃俄为援，必至四分八裂。俄志在得地，诸国亦且各分一脔。今因俄不能为我保全胶州，一变前议，改结英、倭之援，不过内地通商，英之志愿已足，吾国尚可瓦全，不致遽分崩离析也。论五洲万国，无有能敌英者，吾国结英自固，亦多历年所。徒以甲午之役，英人坐观成败，邦交由此而疏。究竟俄之代索辽东，其祸心乃更不测，今吾复和于英，英乐于我之弃俄，必能助我一臂，虽因而结倭，亦不为失策。刘先主败于孙氏而死，武侯不以此怨吴，反更与之连和，谋国之道，因时变通，不必拘牵旧怨。今我无海军，诸国战舰群萃于吾国海上，一国得地，诸国并起而争，明春海上必有轩然大波，此乃贤愚共见。己不能自立，则全视择交，所谓择交而得，则民安，择交不得，则民终身不得安者也。存亡之机，间不容发，不知师相谋谟所主，外国似尚视吾师如何措注，若上下不交，嗫不得画一奇、出一策，则大事去矣。若犹可靖献，则鄙见所列，有无可采，望密示二一。若所言未合，亦望详告底里。栋折榱崩，侨将压焉，况神州陆沉，亦岂独夷甫诸人之责乎！天下强国莫如英，而包藏祸心于中国者莫如俄，奈何不审择所从，以蹈不测之患！某一室妄议，不敢自秘，欲借以上闻于师相以取裁，幸辱教为盼。不具。

答李季皋 十二月廿五日

廿三日由王小航礼部便寄一函，计可达览。保定如在漆室，时事毫无闻见，故函内所云皆未知。胶州已有定议，廿四日奉到十八日来示，则胶澳租五十年之说果信，是吾政府奉人以刀，使割分吾土也。欧阳公序唐六臣奉社稷与朱温以为后戒，不料今日重见此事！前见津报言此，方疑其妄传，不知竟成实事！窃谓教案出于盗贼，虽非疆吏所及防，究属不能保护，曲尚在我。至无端盗据胶州，此则公法所不容。我但以恐各国效尤为词，终不听许，并以许其六条不许胶州之议腾播各国，求强大为之转圜，料彼必不能因我不许遽行开战，何必唯命是听如此！明春英、倭、俄、法环视而起，又将何以待之！且此事正当下询之臣民，旁访之邻国，而始终秘密，但由翁、张两人断送与敌，何其视卖国如弈棋之易如此耶！俄欲得吾渤海，此最为英倭所忌，恐不独定海、琼州画归英法，倭人必将重理辽东旧说，大肆要索，以求抵制俄权。我虽一一听从，诸国分割不平，势且激为战祸，而以吾国为战场，从此吾徒无噍类矣，哀哉！近年结援俄人，本为失策，及今改与英倭定盟，似尚未晚，但恐未易转移耳。弟终谓改联英倭，尚可缓瓜分之局，不知师论如何？上无变法之日，下无振兴民权之人，黄炎之胄，将无孑遗，尧封禹甸，沦为异域，岂不痛哉！

答洪翰香 戊戌二月朔

国势日蹙百里，似闻俄、法、英诸国海军麇集东方，此险殆不可测。吾小人不敢知国，窃谓吾中国士农工贾，从此皆无生存之机，真切肤之痛也。且五洲动植群物，皆有以自遂其生，独吾黄、炎、虞、夏神明之胄，至渐灭以尽，岂不可哀矣夫。私独以谓国家振兴图存之策，自有元凯盈庭，若乃民权之何以自振，则必自富民遍立公司始矣。公司遍立，而后推其中贤者，以为公司之董事；又推各公司董事之贤者，以为群公司之长；又推群公司之长之贤者，以为公议之首，久之庶有可以维吾权利者出其间乎①，未可知也。若如今日民势之涣散，不可控持，吾知其为波斯、哀兰之续而已，不胜愤愤之私，聊一奉质。不宣。男闿生谨按：此两书皆论民权，皆谓民间所当奋迅自为之事，与今之言民权者迥殊。至如流俗畸、邪之论，先君固所痛嫉，见第三卷《答方伦叔》、第四卷《与桐城绅士书》中。谨附辨于此。

---

① 维吾权利，《年谱》引此函作"为民主"。按《尺牍》出版时，曾经其哲嗣吴闿生删改，此处似系吴闿生对"民主"一词有所顾忌所改，虽拘于形势，却掩盖了吴汝纶思想之不凡。

答马通白 二月九日

方孝朗来，为言执事著有《庄子古文稿本》，已寄至北方，将以问世。《庄子》最多古训，注家未能尽明。尊注成，自当先睹为快。往时写藏曾文正《四象古文》目录，《庄子》中多节钞，今不知所节起止，问之曾家子孙，皆不知有此书；其《年谱跋》尾，历数公所著书，亦不载《四象古文》。记执事前言，曾所节抄《庄子》，既不得其元本，不能确知所抄起止，大可以意为之，使此书复行于天下。仆近拟抄成定本，付之石印，依尊旨以意定其起止。但恐文字之见不深，不敢以一人私见为定，遍告朋友知文者，使各以意定，将用其长者，而附记诸友之见，使读者择焉。执事既用力此书，曾文正《四象目录》想已有藏本，今摘出《庄子》诸篇寄呈，望以尊意详考其起止，注明示我，是为至荷。

答廉惠卿 二月廿四日

时事无复可言。鄙意恐黄种将绝，颇思振兴民权。中国民愚无能复振，其始起当自立公司肇端。公司之法，当详采外国章程，一公司成，必于众股中立数人、数十人为董事，此诸董事皆由股众推选，各家身命所寄托，其选必精，不似铨部之选官、乡党之选饮宾也。近来士大夫百务皆可徇情，独居官之帐房、居家之管租人，则必真知灼见，用不当其材者，乃绝无而仅有焉。以此推之，公司董事之必能得人也。一公司如此，推之十公司、百公司无不如此；则又合百十公司而推举数人、数十人为总公司之董事，此总董事必其分董事之智且能者，其材智轶出乎群众，无疑也；则又合群总董事而推择一二人以主持民权，如此，则民权之振兴有望，而吾民族之利害可以推行无滞。而其术必自先立一小公司始，不然，则西人之士农商工，无事不足以兼并中民，中民安所托命哉！执事匡居忧时是也，至竟不应试，则吾不谓然。越南亡久矣，去年仍有考试四书五经题备录在报纸，其所发策问，比吾国发策者为高。盖欧洲公法假仁假义，虽取人之国，犹不绝其宗社，是以越南已灭之后，守旧之法仍行于士民也。执事奈何遽绝意仕进乎！

答严几道 二月廿八日

接二月十九日惠书，知拙序已呈左右，不以芜陋见弃，亮由怜其老钝，稍宽假之，使有以自慰，至乃以五百年见许，得毋谬悠其词已乎！鄙论西学以新为贵，中学以古为贵，此两者判若水火之不相入，其能熔中西为一冶者，独执事一人而已，其余皆偏至之诣也。似闻津中议论，不能更为异同，乃别出一说，以致其媚妒之私，曰严君之为人，能坐言而不能起行者也。仆尝挫而折之，曰天下有集中西之长，而不能当大事者乎！往年严公多病，颇以病废事，近则霍然良已，身强学富识闳，救时之首选也。议者相悦以解。传闻南海张侍郎，因近日特科之诏，举执事以应，诚侍郎之爱执事。顾某以为特科徒奉行故事耳，不能得真才，得矣亦不能用。愿执事回翔审慎，自重其才，幸勿轻于一出也，卓见何如？前读尊拟万言书，以为王荆文公《上仁宗书》后仅见斯文而已，虽苏子瞻尚当放出一头地，况余子耶？况今时粗士耶？独其词未终，不无遗憾，务求赓续成之，寄示全璧。虽时不能听，要不宜惩羹吹齑，中作而辍。篇中词意，往复深婉，而所言皆确能正倾救败之策，非耳食诸公胸臆所有。某无能裨益山海，承诱掖使言，则一得之愚，谓宜将所云计臣筹数千万之款，及杭海西游之资用，扬榷而言之，使读者知所筹皆切实可行，乃不为书生空谈。又如前幅"所治之学与所建白，有异于古，非陛下与内外大臣疆吏所尝学，无以知其才，而区别贤否"。此某所以决特科之为奉行故事，不能得真才，而劝执事之慎于一出者为此。虽然，此不可形之封事中，以为不知己者之诟厉，彼大臣虽万不能知，万不能区别，而有一人揭其不能之隐，则恨之次骨，此绛灌所以腐心于贾生也。则吾虽明知其不能，而必且遁为他说，以使之容纳吾言，而无中其所忌。此在凡上言者皆尔，况执事精通西学，奈何使谗间者得太阿之柄，而谓我自炫所长，以历诋公卿乎！

此虽近于不直，要有合于与上大夫"闻闻"之旨，亦用世者周身之防，似亦不宜不一厝意也。愚见如此，未审有当否？斯密氏《计学稿》一册，敬读一过，望速成之。计学名义至雅驯，又得实，吾无间然。《天演论》凡己意所发明，皆退入后案，义例精审，其命篇立名，尚疑未慊。厄言既成滥语，悬疏又袭释氏，皆似非所谓能树立不因循者之所为。下走前钞《福本篇》，各妄撰一名，今缀录书尾，用备采择。吕君已视事，想少清暇商榷文字矣。

与李季皋 三月五日

近闻官场言：俄据旅大，英、倭各派兵轮来争。师与张侍郎劝俄退还，俄不见允。昨美国人言：《西字报》称英倭各发电询俄廷，侵据旅大，系何主意，限三日见复。俄置不理，而向法人借船，载其海参威陆兵来守旅大。相此形势，殆必出于一战，而后决胜负也。顷见邸钞，师与张侍郎皆召见，自历聘还朝复命之后，久无召见之事，今之召见，计必为旅大事件；次日又止张公一人召见，未识何故？以私见揣之，去年胶澳不折一矢、不烦一兵，拱手奉送，已开新例。今欲以口舌争回旅大，虽圣者不能为役，惟有英倭联兵合战，幸而获胜，庶可使俄人暂退。英不攘我旅大，倭亦难独犯不韪，我或尚可苟安。但欧洲各国，近皆因船炮日新，惮于首发难端，虽作势构兵，临时或仍交绥而退，未必真战。英之沙倭之伊藤，又皆愿守和局。英则爱尔兰、埃及、印度在在有事，无暇东略；倭又国小财匮，力难结怨，以此度之，战事未必有也。为吾国计，则望其一战，若果不战而定约，则瓜分决矣。此真存亡呼吸，未识师相老谋，如何决策？尚望密示一二，以豁蓬心。抑有愚计，窃见国势急，当国者未尝出国门一步，实属不知外事。师相似尚在嫌间之际，且春秋高矣，当为国求得替人，今本国无此选也。窃谓师宜劝朝廷招延往年所请之福世德来华，处以总署首席，俾之斟酌邦交，随机应付，或尚可以图全，师仍左右卵翼之，应有少益乎。伏望转请裁幸。不具。

答吕秋樵　戊戌正月廿日

闻荣摄天津，某乃独私喜，非以县事剧易为将来乔迁地为足贺也，以谓时事日棘，非长才不足宏济。如执事辈，明习外国利害，屈在州县，以为失所。况又置之褊小下县，使百无一施，直是用之不尽其材。故应处之海疆要津，略可展所蕴蓄，是足喜耳。独近日官中升沉显晦，别有际会，不在当官能否。倘所取于执事者，在明习外国利害，而所以考验而进退之者，乃在熟软媚耳目、识趋避形势、酬酢语言，则吾又未见公此行之果足喜也。特吾徒之得志与否，自有时命，不足置忻戚于其间，尽吾所得为者而已。闻去冬寓严几道所，想日相娱嬉，有聚合之乐，甚羡甚羡！《国闻汇编》中，多几道新著，《天演论》亦拟排日付印。几道欲某代为销售，近日阅报者尚不能多，又阅者未必深通中国古学，不过略猎书史，得《时务报》也已拍案惊奇。如几道之《天演论》，则恐"大声不入里耳"，知德者希，难冀不胫而走，似宜凭借威力。请夔帅札饬各属购阅，仿香帅主持《时务报》之例，乃望畅行。乞转达几道与王观察裁幸！

答方伦叔　三月二日

时局日非，胶澳拱手让人，使瓜分之局早定。台湾以屡败之后，奉命割弃；又海外岛屿议甫出，劾者如蝟。今胶澳乃海防要害，南北咽喉，德人借教案要挟，并不敢真据为己有。此等强暴之行，他国均不谓然，初不料我之唯命是听。此其重于台湾，不啻百倍过之，而朝野无一人有异议者，吾国士论之可怪骇竟至如此。此由全不晓事体，他国人人有学，唯恐民愚，务瀹其智；中国不唯民愚也，乃至满一国尽愚士、愚卿大夫。奉国与人，尚唯恐他人搀与，必以我手恭送为得，可不谓大哀矣乎！近闻俄据旅顺，英倭兵船困集，总署乃力请俄人退还，俄不允也。既以胶澳为例，俄事尚可以中辍乎！

英倭与法又可晏然默已乎！吾辈无他才能，但知作八股文取科第，国家不用，即退而以八股盛业传诸其徒，以自给身口。自今以后，此盛业者，等之刍狗矣，吾无术以自给身口矣！天倾非杞人私事，衣食无所，真切近之灾也。然尚有自慰者，去年各报载越南考试四书五经题，并发策二道，其所问视中国策问为胜。越南亡久矣，此等考试犹依旧为之。盖今欧美诸国，假仁假义，名为不灭人国，国已归他人，而其故俗仍不遽改。审如此，则虽瓜分已竟，而吾辈时文事业仍不废，即衣食如故也，但如越南，则锢蔽愈益可伤耳！

答姚慕庭 戊戌三月廿三日

昨得仲实书，知近调南漳，想渐入胜地，老福故自昌大也。仲实以洋人行教甚多为累，此事幸勿大意，往来须有礼貌。其人多闻见，有学识；其教以爱人、谦逊、求改过为要，此亦何恶于人。而地方官吏，乃欲墨守旧见，深闭固距，以致激成事变，而国以危亡随其后，此何为者耶！往年四川全省滋事，独黎莼斋川东道属下无一教案，西人感而颂之。莼亦无他谬巧，不过西人往来过夔府者，莼斋以礼接待，治酒食以款洽之而已，而其效已能使属境无教案。故凡滋事之处，皆官长激成之也。胶澳去，则大事已去，分割之势已成，而其肇衅之始，则由教士被戕。此盗贼所为，非官之过，然推其来由，则李鉴帅不接待西人，牧令揣摩风气，西人积不能平，故一发莫制如此，岂不伤哉！望我公为国下心，稍宏伟度也。吴刻《古文辞类篡》，元板已毁，近欲集资付印。曾文正公一生佩服惜抱先生，于其自作之文，尚有趣向乖异之处，独于此书，则五体投地，屡见于书札、日记及家书中。中国斯文未丧，必自此书，以自汉至今，名人杰作，尽在其中，不惟好文者宝畜是编，虽始学之士，亦当治此业。后口西学盛行，六经不必尽读，此书决不能废。而康本孤行，又复翻板，以吴刻校之，实有雅俗之别。此乃公家旧物，鄙意欲求多分鹤俸，勉人数股，以为之倡，可乎？

答柯凤荪 同日

接二月来书，具承一一。久不裁答者，以子翔云有尊疏底本，而久未见寄，欲读过再奉复也。昨经子翔寄到，大致平适，其谓聂军儿戏，亦诚有之；独保荐董福祥，仍是耳食。董福祥至今军中尚操练白蜡杆子，其为儿戏，殆又甚于聂军。政府倚此人为大树，孟浪已极，而尊疏亦推荐之，此其识亦何以加于政府哉！柄臣误国一疏，想不轻以示人，未知伟议何如耳。

与方剑华 闰三月二日

别后未识何时长揽军门，至为悬系。北洋海口，尽为远邻分据，我无斗水寸土，何以自立！论者动称法祖，我祖宗艰难辛苦，栉风沐雨，所得土地，乃今不甚珍惜，朝割一地，夕送一图，遂使沿海要害之郡，尽归勍敌，祖宗成法，顾如是乎！董尚书威棱远耆，移节正定，拱卫京辇，管钥之任，非公莫属，其如何变旧为新，翳我公是望。

答河南额方伯 同日

某闭门教授，理乱不闻，似闻北洋海口尽为强邻所踞。近今各国疆界，以管辖海里多寡为强弱，若吾国三边际海，北海尤为畿辅门户。今至渤碣海隅，无升斗之水可以自擅，尚何以自成为国，此诚谋谟诸公之计左也。庙谟专讲逊让，封疆之吏纵赤心为国，勤求吏治，何能裨助万一乎！元老盈廷，衮职无阙，寒儒踡伏，何用浪愁，惟有温习旧书，稍用遣愤。

与山西胡中丞 闰月六日

拜送旌麾，迭更年龠，远闻威望，气势一增。间从各报中获读先后大疏，具仰荩画渊深，变通尽利。山右自中国视之，殆是贫瘠省分，而外国则视为至富之国，非宏材通识，岂易创兴大利。但惜执政不明外情，好以旧议牵制任事者筹策，不令一事顺成，最可浩叹。日本铁路费绌，遣人至英招股，而吾国开矿修路必严禁外人入股，岂非过虑也哉！至海疆要害，则又随人指取，一何颠倒轻重至此！今山东矿利、路工，已举而拱送他人矣，长此不变，吾恐执事功业未及就，而山西矿利、路工又将敛手让人也，奈何奈何！今他不见作为，惟董军移屯正定，显露西迁微旨，谁为朝廷画此计者，国家事去矣。伏读大疏，论北边屯垦，文尾似亦隐含此意，自系与闻密计，窃以为此举果成，颠隮翘足可待也。某踪伏草野，不敢妄测庙谋，惟于平生故旧，未敢恝置默已。南中近刻成《五周先生集》，欲与《五窦联珠》后先辉映。《五集》之中，昀师词学，及季况先生五言律诗，尤为必传之作。文章憎命，先师既失路于粤西，季公又诖误于闽海，家业凋零，子弟微弱。季公老而无归，将依爱女以终老；而闽中旧事复发，坐赃被逮，急追逋负。闻其狱事本冤，既奏当定谳，今已无可置辨。但以廿余年旧案，又经奉旨原宥，谓无侵蚀情事，徒以未能核实，勒令清缴，又迭经恩诏，与豁免条例相符。季公年近古稀，无子无孙，羁系闽省，行见幽忧以死。某身居下流，无能为役，欲望大云远被，怜先师人亡家破，仅孑然惸留爱弟，仍不免刑网横加，至可哀痛。可否致书闽帅，开一面之网，矜恤穷儒，奏结前事，俾获赦原，此上策也。万一大吏碍难平反，亦求稍与宽假，或令取保就医，以不了为了，亦可衔结为报。总之，大吏若肯矜全，不患无词宽贷。兹将季公坐买蚊船亏累元案本末，抄折奉呈，并附呈《五周先生集》一册，伏乞惠览。昔敝友坐一冤狱，桐城县令已锻炼定罪，某自深州缄寄此友所著诗稿四册，曾文正立饬平反其狱，今又妄干执事，欲再邀曾文正之惠，惶悚无已。不宣。

与福建李勉林廉访 闰月十九日

远违光霁，倏忽三年。承闻莅政闽中，吏风不变，时事日棘，尤重本图，曷任忭庆。渤碣之间，风云变色，事势相激，未测所极，安得正人得位，尽如闽疆哉！季方伯北地旧僚，情好素笃，南辕骖靳，亮能相与有成，尤跂颂也。某自我公荣迁后，郁郁久居，杜门谢客，校阅课艺之暇，时复以师友文字自娱。近抄录曾文公所选《四象古文》，此书辑《文正日记》者皆未及见，故历数公生平著述，不及是编。前年在都下亲访之重伯编修，亦茫乎未有闻也。某往时抄有目录，恐久且散失，今照录写定，将付石印，以广其传。南中近刻成《五周先生集》，今呈上一册。五周先生者，敝师昀叔先生昆仲合集也。先生为文正公高第弟子，庚戌朝考，以"山虚水深"命题。文正公击赏先生试贴二句云："鹤舞空崖月，龙吟大海潮"，以为此真诗人之作，拔置第一。归告庞省三，庞时在公邸教授，与先生为同年，闻而走告先师，及揭晓，都下哄传此事，以为艺林佳话。先师在翰林台谏数十年，声名大振。周荇农先生以才自诩，独心折昀师。今遗稿零落，存者泰山豪芒耳。其季弟季况先生，五言诗尤妙绝时人，殆是必传之作。今闻以蚊船亏累旧案，羁系在闽。某不揣冒昧，欲求执事解网施仁，使孤穷蒙泽，感同身受。某未深悉季况获咎本末，惟闻事在廿年前，曾经奉旨原宥，谓无侵蚀情事，徒以未能核实，勒令清缴，又迭经恩诏，与豁免条例相符。夫以读书士人与市侩交易，其未能核实，自在情理之中。今年垂七旬，无子无孙，孑然一老，家破人亡，有一女远隔江介，此真天下穷民也。仁人君子，可无一援手而出之水火之中，使得宽然自遂于化日光天之下乎！昔某在深州时，桐城有儒生陷狱，某函封此生诗稿，送呈文正公，文正公立饬皖中平反出狱。今于季况之事，不能不以文正旧德望之我公，乞加矜悯财幸为荷。

与福建季士周方伯 同日

昨岁叩送旌麾，倏忽遂逾旬月，侧闻春风和畅，荣莅闽疆。先公之寄惠未亡，人吏之迎观犹昔，比房氏之承太尉，似蜀人之戴葛侯，退迩讴吟，威惠沾浃，至慰私颂。台端在此开办学堂，顷间业已落成，规模宏敞，据一都之胜。山长已延定沈子封编修，此月可到。畿辅首善，为他行省开倡风气，邦人颂明德于不衰矣！学堂以中学为主，中国颇不悦学，遇有学者，多无保全之惠。闽中前廿年，有蚊船亏累之案，案中周守星诒字季况者，先师昀叔先生令弟也。昀叔先生为曾文正高第弟子，兄弟皆有才名，而先师尤爱季况。某乙丑徼幸时，先生属令游闽一见季况，某不果往。后闻其有买蚊船亏累之事，后又闻奉旨原宥，谓无侵蚀情事，然犹以不能核实，勒令清缴。今事隔廿年，迭经恩赦，季况既无侵蚀，似是公罪。今孑然一老，无子无孙，年且七十，无家可别，止一女远在如皋，而季翁负罪，羁系闽峤。少年时风流儒雅，亦颇以才见重上官，岂知穷老成一累囚，文章憎命，至于如此，中学培才，正复何用！某窃哀先师兄弟多才，今皆老死，仅存季况一人，又负罪嶂乡，不揣冒昧，欲求执事悯其奇穷，核其狱词，能否解一面之网，言之大府，准予奏结此案，俾获赦原。周氏诸才鬼必皆衔结为报，万一碍难奏结，亦乞准令取保就医，是为全恳。昔某有友陷于冤狱，赭衣就逮，某以其诗稿封送曾文正公，公檄皖吏，立予平反。今附呈《五周先生集》一册，亦欲明公再施曾文正之德，感且不朽，冒渎死罪。不宣。

与廉惠卿 四月四日

奉烦代校元刻《荆公集》，始终未见俯允，至为悬悬。闻甥闭门读涑水书，涑水书不如《荆公集》远甚，世人右马而抑王，皆目论也。执事若肯校王集，于所学决有新获，所谓"渠成亦秦利"也。

答李季皋 四月六日

董军调入畿甸，直督为主粮台，当年内地用兵，无此办法。董军专练白蜡杆，人有讽令用新式枪炮者，辄瞪目骂曰："吾以此物平回，何物外国，岂能过于回逆哉！"政府倚任此军，真来书所谓"酣睡不醒"，了不知目今五洲是何世界，此最可恫。外议啧啧，谓董军将为西狩护跸之用，恐亦揣测之过。乘舆一动，畿辅非我有也。国不能自立，亦何地可逃威乎！畿辅新立学堂，由当道诸公自谋之。顷见定章以中学为主，中学又以理学为主，延沈子封编修为院长，亦是师相幕客，其议论颇近清流，昨已开考取四十人入堂教习，耳目间新事如此。

与贺松坡 同日

湘帆示文数首，笔力劲悍，学韩有得。来书屡称其可畏，自非妄叹。《四象古文选本》，曾文正自谓文过高古。当时侍侧，未及请教，如《羽猎》《长杨》《报孙会宗书》，在气势上编；《子虚》《上林》《报任安书》，反在气势下编，颇不解其意。文正殆谓子云纯阳，两司马兼有阴柔之美乎！执事倘得其旨，亦望示我。

答柯凤荪 同日

海靖飞电，赔修孔子像，我以为大事。彼视此等至轻，又可借收士心，何惮不为！吾以为自胶澳奉让，东省路工、矿务尽归德人，精华已入彼手，山东非我有矣。区区一偶像，何关得失！但东抚谓无其事，究竟是非岂可倒乱如此，得无传闻果失实乎！国家长此不变，梦梦如昔，天下将裂，岂惟山东，吾等皆不知终归何所矣。

与阎鹤泉 四月十七日

时局益坏，恐遂为波兰、印度之续，士大夫相见，空作楚囚对泣状。南海康梁之徒，日号泣于市，均之无益也。惟亟派亩捐立县乡学堂，庶冀十年五年，人才渐起乎！无人才，则无中国矣！不具。

与李季皋 五月十五日

近日朝局一变，使人目眩神惊。韩公云："不善为斫，血指汗颜，巧匠旁观，缩手袖间。"今古一律。端午诏书，竟废去时文不用，可谓大快。某窃有过虑，以为舍时文而用策论，策论之不足得人，仍恐不如时文，以其茫无畔岸，人竞抄袭，而考官皆时文出身，不能辨策论高下。宋世本号策论为时文，策论敝极，乃改用经义；今复策论，不过一二年，其弊已不可究诘矣。弟素主持废时文者，至废时文而用策论，则私心又不谓然。正如陆放翁一生不主和议，至韩侂胄北伐，则放翁又深议其非，此未可以皮相论也。今朝臣寡学，彼既不能知时文之佳恶，又乌能以策论取人！窃谓废去时文，直应废去科举，不复以文字取士。举世大兴西学，专用西人为师，即由学校考取高才，举而用之，庶不致鱼龙混杂。西学未兴之前，中国文学亦由学校选取，似较用无识考官决得失于俄顷为稍愈。然此亦恐学校之师，未能尽如人意，是故此事未易得手。言之甚易，行之实难，今一旦张下新诏，得失固应参半耳。

与周玉山廉访 五月十六日

朝局倏忽一变，国师黯黮南归。然此三年中，所失不小，以三尺法论之，似仍是情重罚轻，不足相抵。惜人才希少，继之者未必胜之。郑五作相，时事可知，顾念时危，恻然心悸。端节诏书，径废时文，五百年旧习，一旦廓清，为之一快。但舍时文而用策论，知二五而不知十，策论不足取才，与时文等耳。以时文出身之考官，骤而使校阅策论，彼安能定其高下佳恶，虽经济科、常科，亦恐无益处，狙公赋芧，朝三怒而暮四喜，良可悯也。某前承优礼，后来相循不改，近则试事改弦，窃恐此鸡肋终当弃去矣。抑国势倘遂不振，则黄炎苗裔，同归于尽，士农工贾，一丘之貉，岂独下走伥伥无之哉！

与李季皋 五月十八日

寿州孙相国主持大学堂，最为幸事。诏中言采取西国学堂条规，此最扼要。中国人好自是，不肯取资西国，多以己意别立新章。西人尝论其失有云："章程不善，总办虽得人，不能善也；总办不得人，章程虽善，亦无益。"此二语最中肯綮。日本初开学堂，遣使赴欧美，遍访学堂章程，归而折中之，仍复屡兴屡废，屡成屡改，然后乃能合法。今若名为采用西人学校章程，实则仍是以己意为主，此必无效。又，诏中有所谓总教习者，须兼通中西之才，此等人目前无有，若必求其人，必至鱼目充珍珠。且此等议论，必谓以中学为主。主中学，势必不能更深入西学；若深入西学，亦决不能再精中学。既不能兼长，何能立之分教习之上，而美其名为总教习哉！鄙意不立总教习，中国之学，亦在分教习之列。庶使众教习相安无事，不致相形见绌，望转达师相与孙相熟商为要。

与南乡绅士李与仙柏松如 五月廿六日

科举改制，国家注意西学，策论取士，亦决不能久。昨读上谕，天下书院尽改为学堂，民间社学、义塾，一律讲习西学。风气大变，吾皖尚沾沾守旧，不能作新人才，此大患也。智者谋事，当先机独断。若至众人同见，则已措手不及，今天下已汲汲谋新，岂可默守故见。窃闻白鹤峰书院两兄主持经理，其新生小洲，日有增益，计岁入当不下四百金。今拟遵照廷旨改为学堂，专讲西学，以应国家之求，此区区入款，若延请西师，万不敷用。若尽此四百金作为脩膳之用，延请日本人为师，日本风气俭朴，必有能手来应吾聘，此是穷家办法。尽吾所入，以供教师，其学徒则各自备资斧来学授业。近来西国学术，日本皆已精通，且能别出新意。西师难请，东师易聘，其功效正复相同。如行鄙策，拟此学堂以农、商二业为主，学之三年，必有成材可观。高可以为国效用，下亦可以为乡里致富卓财。缘外国以机器代人牛，以化学培地力，一岁之收，可比吾农顿增数十倍。外国商学至精至微，非如吾国令幼童入市肆为仆隶，而前后辈实无传授之要法也。商学既通，能合众力以取大利，鸠集股本至万股、万万股，而不虞彼此欺侵者，则商事精能而章程美备也。吾国所苦，在民愚而穷，先学农、商，足使愚者智，穷者富，此实救时之良策，视聘师校阅策论课卷，其奏效之孰虚孰实不可以道里计矣。策论取士，不如时文；时文废，而策论亦不能久。士子能读书，则策论可无学而能；不知读书，虽得名师校阅，不能使之入彀。故策论不必延师校课，即使不废策论，假如人家有子弟三人，但遣一人从日本人讲求农商，余二人仍可在家作策论应试，不相妨也。但恐后来国家取用者，仍在此讲求农商之一人，不在学策论之二人。又如策论一废，则彼一二人者，必又伥伥无之，而此讲求农商之一人，则无论国家用与不用，皆可自立于不败之地，不待烦言而解也。惟一岁所入，尽数以与教师，他项用度，尚有力不能省者，必至立窘。然此不过初开办之始年为难，次年则新洲所入，必将又增，可以敷其少用；又逾年，则所入又增，如此三年五年，不惟凌杂用度之足敷，并可加增脩脯，别延大师。是由微而巨，由狭而广，曾文正公有诗云："滥觞初引一泓泉，流出蛟龙万丈渊。"此之谓也。望我两兄断而行之，使后来乡里富盛，其端开自阁下，岂不伟哉！主意一定，即请详晰示复。弟近有日本学徒，可以托其延访教习。至如学生，则由各大姓选殷实家聪俊者入学，不致艰于资斧；且约定三年或五年卒业。后开诸公，请以此函示之，如以为然，则各书知字为荷。

答柯凤荪 五月廿九日

手书并寄还拙著《尚书故》四册，粗阅一过，中间承是正谬误至多，容当遵改。其有鄙见不到，为执事独得者，亦拟采尊说入鄙著中。初为此书时，乃深不满于江、孙、段、王诸人，戏欲与之争胜，并非志在释经，故即用诸公著述体裁。性苦不能广记，区区私旨，但欲求通古人文辞，不敢拘执古训，往往有私造训诂处，虽见非于小学专家而不顾也。要只可藏之私塾，不敢出而问世。今执事乃颇不鄙弃，断断为之商榷，且感且幸。至谓"阐明史迁古义，及证《书序》出《史记》后，皆过他家"，恐执事亦阿好之词，要自得下走用心深处。久知执事经学确有家法，与其待异世之子云，何如问并世之敬礼。拙著尚有《易说》稿本，容再检寄就正。朝旨焕然更新，天下书院尽改学堂，吾辈谬专讲席者，不得不叱避而退。独谓朝廷张下新令而学堂无有着之款，西学无传业之师，恐但能使我曹失馆，而于开化仍无实济。欲令一年幼无知之梁启超翻译西书，删定中学，此恐人才因之益复败坏耳。

答郑薪如 同日

来示谓新政多改旧法，劝弟乘时再出，此未知我。往年弟若不退，自有进阶，不必俟改用新法，亦可得意。今虽焕然一新，而来示仍为纸上空谈，然则如弟等者，纵冒耻求出，亦何用于世耶！年力久已衰退，上无知己，新政纵非空谈，吾亦无能再起。弟之浪负时名，皆虚誉无实，当空谈之世，既非上之所须，若遇实事求是之时，又在所必弃。今书院改为学堂，兼习中西之学，弟前系主讲书院。书院已改，则巢痕已扫，素无西学，自应叱避而退。拟勉终今岁，辞馆南归，此后海内更无地能容吾辈废物矣。

与冀州绅士 六月三日

书院尽改学堂，未知有无窒碍；松坡本欲辞馆，恐加此一层，愈复难留。其实，中学仍须讲求，但当筹款加请西学之师耳。现任官不得不设法增成本，似不宜裁减师生旧人以为新学也。西师实不易得，奈何奈何！

上李傅相 同日

都下近多新政，初疑吾师与谋，及见所拟章程，则皆少年无阅历者所为。如议改书院为学堂，兼习中、西之学，外省府、县书院，束脩不过三百金，以之分请中、西两师，决无一人应聘。若用一人兼席，则耳目中尚少兼通二学之贤。通商都会之地，间有其人；若腹地则风气未开，安得千七八百兼通中、西之师，以兴新学！若不聘名师，但恃译书，则自师门在沪开方言馆，先后所译西书不少，海内何人读而通其说者！西学专门名家，精深微妙，非得师指授，安能入门！日本近来教授初学，专用译出之书，以省讲习西文之劳。此等新生，不通西文，将来成就，决不如前辈之盛。顾其国近已多通西学之师，但凭译本，即能教授。若吾国则无人导引，虽有译书，谁能心解，且亦未有不通其学，而能译其学中之书者也。为此说者，不识西文，乃为之辞曰：仅通中国语言文字，不得谓有中学，则仅通西国语言文字，亦不得谓有西学。其言似亦甚辨，但使不通中国语言文字，能通中学乎！然则不通西国语言文字，能通西学乎！且西人能通中文，不得谓无中学，华人能通西文，岂得不谓之有西学乎！此等边隅之见，使之议章而颁行天下，那能推行无滞！又况欲荟萃经、子、史之精要，取菁华去糟粕，勒为一书，请旨颁行，此亦谈何容易！窃谓此等大政，不筹有着之款，不延名家之师，即京师大学堂尚难猝成，何况各行省、州、县，此必不行之局也。昨保定沈守，持清河观察一函见示，谓书院既改，必应筹议章程，以凭详请奏令。该守商之某，某告以议章乃公等主政，某前系主讲书院，今书院改为学堂，某自应叱避而退，即请转达。沈谓书院虽改，院长仍可照旧。某谓新章应实事求是，某不通西学，岂敢觊冒云云。某前蒙吾师招主此席，今巢痕已扫，尚欲仰借知爱，别谋栖止，归田尚不能自活也。

与李季皋 同日

新政焕发，耳目改观。尊论谓目前中国大患在穷，近日广西土匪连陷数州，两广防兵一再裁汰，不能速灭；恐法人借保商、教为名，派兵自安南入桂，代平内乱，此端一开，后患不可胜言；内乱因穷而起，无兵以制内乱，亦以穷故；非一开学堂，考特科，遂可禁民不乱等语。英词伟论，足以推倒豪杰，开拓心胸。康有为等虽有启沃之功，究仍新进书生之见。总署所议大学堂章程，多难施行。《国闻报》所录，有荟萃经、子、史，取精华去渣滓，勒为一书，颁发各学堂等语，皆仿日本而失之。此东施捧心，以效西子者也。日本本国，学问无多，可以撮为简本，使学者易于卒业。中国旧学深邃，康梁师徒，所得中学甚浅，岂能胜删定纂修之任，斯亦太不自量矣！邸抄所刻，似无此层，岂总署删汰之耶？学校取人，自较科举决得失于一夫者为善，要必学师得人，乃能拔取真才；若仍目前世风，则情托贿取，其弊不可胜穷，前函以为得失参半者谓此也。目前中国无师，又无可措之款，遽云立学，是亦画饼充饥之说耳。至如乱生于财匮，不佞私忧之久矣。中国之大，不患无财；甲午以后，理财政者，一筹莫展，至有今日。循是不变，坐而瓦解，执事以为当何如而可？抑尝闻诸过庭之训乎？愿闻大略。书院改学，兼习中、西，下走不通西学，岂敢强作解事！昨已托保定沈太守代辞，但本年之局，不可不终。已禀知师相，欲别谋一馆地，但恐滔滔天下，无地容此废物耳。寿州尚书重任，似物望不归，无师而立学，岂房屋能启诱人耶！历聘掌故，敬闻命矣。

答贺心铭 六月六日

科场不用制艺，书院改为学堂，圣主一意兴作，自是盛事。惟议事者，未尽中肯綮。学堂无经费，无西学之师，徒待译书，无从入门，势必有名无实。三场以史学为头场，二场发策，若问时务，彼此抄袭，若问专门，尚无应者，且亦无此考官；知亦如前此之考算学，奉行故事而已。执事所谓府、州、县未能加意者，又天下皆是也。徒使向日所谓举人、秀才者同时失业，而学校得人之效，科举进用之才，皆茫如捕风。缘议事者并不知为政纲要，奋其私智，以一人炀灶，何能曲尽事理。执事若求应试之法，吾亦不能知，但谓策论之学，以文笔为先，倘熟读《姚选古文》中《国策》数十篇、苏氏策论数十篇外，益以《文献通考·小序》，似足应敌，其余则皆流览之学也。

答傅润沅 六月廿八日

春试揭晓，得见大名，喜不能寐。虽未问鼎，鼎固不足轻重也。前接手书，谓改试策论未必贤于时文，最为卓见。科举之得人与否，全在考官，近日时文之滥恶，亦非学时文者之咎，考官不识好恶之咎也。策论不足取人，虽韩退之、苏子瞻应试之论，亦皆平平，况余子乎！若果改去时文，自宜如吾曹考古学之法，各体并试，以求真才。但若仍用向日之考官，彼尚不识时文，又焉能决古学之得失！且诗赋亦不可废，如汉赋、如汉魏以来大家之诗，皆中国之奇宝，奈何以词章少之！若末流难处，则策论之末流，庸独愈乎！此等议论，正坐无学耳。世俗不足责，若朝廷大臣所议改革之法，乃与康梁书生不晓事者略等，此何说耶！外国专门之学，中国尚无其人，何能以之试士！且所谓专门之学，必有专门师授，国家亦遣专门考官赴学堂考验，岂如中国以之出题作文，与他业并责之场屋间哉！此议之谬，众所共见，即所云外国时务，见之各报章者，亦仅九牛之一毛，何从窥见全豹，此亦不能用以试士也，此二场之谬也。讲求中国史学，若廿四史，全责人强记，即令通才入场，若不怀挟恐亦不能角胜。然则史学固当区别，如《史记》《汉书》，则与六经同风，此必应熟读者也。若《晋书》以下，至于宋元各史，则皆止可供浏览之用，能记不为功，不记不为耻，安得概以史学尊之。今之读史者，不知史裁之高下，所求者往代事迹耳，则当如礼部初议，以《御批通鉴辑览》为主，既系国家颁定之书，又卷帙无多，中才可以为力。若不择精粗，不知要害，专以多难人，虽闳通之才，不能与其列矣。往代史籍，未可尽通，其难已如此，若乃国家政治，则其书藏之中秘，通都大邑。求《平定粤捻方略》且不可得见，穷乡僻壤，岩穴之士，安能？金匮石室之藏。凡若此者，皆故示赡博，以折难士子，非国家培养人才之本意也。此由误信顾亭林"科场之法，欲其难不欲其易"之二语。亭林固亦书生之论，不能尽见之施行也，此头场之谬也。头二场难至于此，苟一场可取，即作为举人进士，犹可言也，乃皆不用为凭，而专决于三场之经义、四书义，何其颠耶！彼固谓吾用欧阳公之法也，不知欧公先考策论，后改诗赋，乃先易后难。今乃先难后易，适与欧公相反，何谓用欧！且其斤斤于经义、四书义，而不名为论，亦殊不得其解。若谓欲反求明成化以前之时文乎，是强膏粱文绣之民，而使还其茹毛饮血之事也，而可乎！来示谓科目登进，必尽改为出于学堂，吾初亦持此议，继思此亦难行。学堂荐举，是欲反科目为选举，其蔽不能胜诘。中国之试士，不离文字，文字之业，止可试之场屋，不宜用之选举。即云以平日考试等级为凭，要自可行贿赂请托于其中也。窃谓中、西之学，终须分途。其由学堂荐举者，止可由西师试西学；为中国之学，仍以考场糊名易书之法为之耳。京师求考差者不得，而以进退人才大权，委之退居林下之山长，固亦无此政体也。但如诸人之议则甚不可耳，既设为挫折士子之法至于如前所陈，乃又谓变法之初宜稍宽其格，以示骏骨招贤，此又矛盾之说矣。彼所悬之格，一不能及，则皆抄袭旧文，或竟草率完卷耳。苟宽其格，何所不至，此决不可。吾所虑者，如其法则一省不过二三人，多则十人八人，而彼则谓所取仍如旧额。苟如此，则向所谓抄袭旧文、草率完卷者，皆在必取，则悬格虽高，仍与向来三场策问略同，尽是有名无实耳。何也？考之以难，则应之以伪，必然之势也。以下走愚见，考试三场仍如旧法，头场易八股为论，经、子、史各一题；二场试策，经、史、时务惟所命；三场诗赋，或他杂题，文体多而不必全作。要在慎选考官，考官不得人，无论何法不能得士，惜无人以鄙说上闻者。必惮于更张，则仍诸公所议而小变之：史学以《史记》《汉书》《通鉴辑览》三者为主，而不考国朝政治；二场问时务兼及中外，而不考专门之学；三场考经论、四书论，而不名为经义。仍三场连考，不用欧公去取之法，庶乎其可也。因来示而漫及之。大学堂总教习，若求中西兼通之才，则无以易严幼陵，今奏用许公，未满人意，近日添请丁韪良，则得之矣。或又谓丁久在同文馆，固无成效。效不效，仍在经理何如，非教习所能为力。保定书院，下走不足道，得师如张廉卿，岂曰非贤，其成效究亦安在！今议改学堂，下走无西学，岂宜冒领此席？吴生笈孙归，道执事为见合肥傅相，商留下走。寒士不轻去馆，若果当轴挽留，则拟为延一西师，与之分任。现尚未知当轴意究何如。执事为学，自当潜究政治得失，勿询世俗常见为要。

答廉惠卿 七月四日

学堂开办，康公首唱大议，不为无功，惟其师弟于世事少阅历，皆以一人室中私见，遂可推行天下，是其失也。其谈中学尤疏谬，其欲将经、史、子、集荟聚一书，以授西学学徒，亦步趋日本故步。但中学不易荟聚，梁公恐难胜任。今管学大臣驳议此节，持论自正。然未筹西学新徒应读何书，若令遍读四部，决为精力所不及。鄙意西学诸生，但读《论语》《孟子》及曾文正《杂钞》中《左传》诸篇，益之以梅伯言《古文词略》，便已足用。史则陈榕门所辑《纲鉴正史约》，但与讲论，不必读也。愚见如此，似尚不疏不陋，至于振兴国势，则全在得人，不在议法。王莽最好改法，何救于亡哉！

答严几道 七月七日

惠书并新译斯密氏《计学》四册，一一读悉。斯密氏元书理趣甚奥赜，思如芭蕉，智如涌泉，盖非一览所能得其深处。执事雄笔，真足状难显之情，又时时纠其违失，其言皆与时局痛下针砭，无空发之议，此真济世之奇构。执事虚怀谦挹，勤勤下问，不自满假，某识浅，于计学尤为梼昧，无以印测渊懿，徒以期待至厚，不敢过自疏外。谨就愚心所识一孔之明，记之书眉，以供采择。其甘苦得失，则惟作者自喻，非他人所能从旁附益也。尊著《万言书》，请车驾西游，最中肯綮，又他人所不敢言。其文往复顿挫，尤深美可诵，自宜续成完书，不宜中途废止。所示四事，皆救时要政，国势陵夷，万法坐敝，条举件论，不可一二尽。又，风俗不变，不惟满汉畛域不能浑化，即乡举里选，亦难免贿赂请托、党援倾轧之弊。而土著为吏，善则人地相习，不善则亲故把持。此皆得半之道，非万全之策，似不如不复枚举。但以劝远巡为一篇归宿，斟酌今日财政，于何筹此巡游经费？便是佳文，若国政之因革损益，似尚非一篇中所能尽具也。尊论利济之说，一人功成，必千因万缘与之为辅，断无举世乖违而能成事，最为通识。至于舟壑潜移，牛哀化虎，则尤有不忍言者。近日议法之家，皆自奋其室中之见，楚中所议科举，尤为难行。今之秀、孝，虽未必果材，然国家一切屏弃不齿，恐亦有不测之忧。吾恐西学不兴，而中国读书益少，似非养育人才之本意也。《国闻报》中有治事、治学为两途之论，几道所为无疑，他人无此议也。

与弓子贞 七月十日

时文废后，后生应科举，欲求外国时务，舍阅报无从问津。保定势须别立章程，以经费过绌，恐亦止敷衍了事。此举本为兴西学而设，窃恐西学未兴，而中学先废，亦中国之奇变。诸公轻率献议，全不计其利弊，国无转移风气为物望所归之人，愈变必且愈坏，吾辈垂老见此，殊非幸也。台驾能来一倾积愫，至慰私望。承询后生读中国书，窃谓初学以《论语》《孟子》《左传》《战国策》为主，辅以《纲鉴正史约》陈文恭公手辑本。中才进业，则以《古文辞类纂》《经史百家杂钞》《通鉴辑览》为主，上材则六经卒业，《史记》《汉书》《庄子》又必读之书也。若西学则无师不度。

电答荣相 七月十二日

諈诿重大，轻才惧不胜任。钧示酌定额数，添筹经费，延聘教习，购置仪器，与京师大学堂章程一律，要言不烦，实已洞中肯綮。惟莲池经费过绌，延聘西教习，非重金不能得，合省学堂额数不能过少，开办若从简略，将来必归敷衍。今欲上副朝旨，下育真才，则添筹经费一层，尚须仰烦擘画，容遵示与当轴熟筹，俟有端倪，即行赴津谒候，面请裁定。再天津大学堂章程，求饬抄见示，用备参酌。

与萧敬甫 七月廿四日

小儿过上海，将所寄《刘诗选》十部携来。《刘选》似专以明清两朝为主，故明以来各家，较唐宋大家所录尤多，似颇以贪多为累。弟就尊校之本，用家所有各集复校一过，寄去校勘十三纸，用备采择。周季况事，恐竟难为力，文章憎命，竟无可相助。时局日新，我公守旧党主自难适时，弟颇以开化为意，然亦不能投世局。但时文既废，科举用策论，亦恐不能久。将来后生，非西学不能自立于世。吾乡尤未开风气，皖中大吏亦无以此事自任者，三五年后，吾皖竟无一人可以出而问世，亦吾辈之责也。前有函寄南乡诸君子，欲将白鹤峰书院改为农商学堂，请日本人为师，较西人为省，亦尚未得复示，想诸君不以为然。然今已奉旨改立学堂，则吾书固得风气之先矣。

与康乐 同日

初三日，接绍伯弟六月廿三日来信，问后生应读何书。请抄读《古文辞类篹》中所选《战国策》及苏氏策论，便得门径。其西国交涉政策，近日新报甚多，可结成会社，遍买各报，大家同阅，此开通知识之第一要义也。

与山西胡中丞 八月五日

卢汉轨道，比商闻系借名，股本出自他国，恐道成之后，利权不能自操，附道矿利亦将尽失。此事甚费擘画，而近日新政旁午，独未筹及收回权利善法，似是舍其大而谋其细。变法之要，首在得人，以所闻见揆之，似今日断国论者，尚非宏济之选。即如各省学堂，今之急务，不筹经费，不得教习，但下片纸，便谓事已兴办，岂非孟浪！执事之议武科，洞中肯綮，小人不解，朝论于武科既如此博问周咨，其文科应更郑重，何仅于仓卒之间，遽行定论。专门之学，通国尚未讲求，何得用之试士。但信顾亭林"科场当为其难"之说，不知过难便涉虚伪，亭林书生之议，不足据也。此间改立学堂，尚无章程，亦缘经费难筹。某学识谫陋，愧领讲席，近日皖中招令归皖主讲，以其便于家私，赧颜应聘。但习中学，或可滥竽，若欲通西人门径，则非得西士教习，决难造就真才。惜各省皆以惮于筹款，置为缓图也。前见敝门人安文澜奉差赴沪，置备书籍、仪器。窃佩执事开倡风气，不遗余力。安生见闻该洽，后来之秀。今又有敝门徒李生刚已以即用分发山西，其诗、古文辞，皆有心得，识解甚超。执事试陶冶裁成之，无任私幸。周季况先生之事，始终仰仗法力，为之拔出苦海。先师门下有此力者，惟执事一人，更无他人可为旁助，奈何！

答孟绂臣 八月六日

汴中开办学堂，执事为之教习，最为得人；延聘西文教习，亦最为扼要之论。开办之始，无多分教，计一师之力，不过能教卅人，一日两班，铺前铺后，不过能教六十人。但华人能西文、西语者，多强作解事，吾辈皆系外行，不敢深信。日本近设大同学校，欲造就华人，其所请西方教习，乃系广东人，是中国自有深通西文之人，苦吾辈无从识其深浅。去年《时务报》载：日本人讥诮华人蓝顶、花顶，称系俄文翻译，及与之作俄语，竟一言不能答。今年保定教案，有姚观察携一法文翻译，事后法教士告余，谓此翻译全不能法语。安翰卿自晋来言：晋省去年请一楚人教英文，自谓在楚月得千金，于是司道子弟皆往从学，及后有英人到晋，胡中丞请此君与谈，乃一句不能对答，宾主相顾失色，不欢而散，后遂叱避而退。吾前为诸生请一粤人，云在香港学堂考取者，诸生以其所传，质证英人，则皆歧误，因此亦相率辞去。此皆所见所闻之近事，今若欲请华人，诚恐鱼目混珠，转多贻误；若延聘西人，则必须筹有巨金。京师学堂初议，教习每月三百金，后持以访问倭使，倭使谓三百金决无高手来应，必每月六百金乃可，各省恐难筹此巨款。鄙意有二法：若聘西人，则谋之教士。去年法教士托我荐教习于畿辅学堂，谓每人止须岁脩二百余金，但须三人同行，岁费不过七百金，如此则便宜极矣。今年荣相令仆为议章程，鄙意拟用法教士所荐之三人，无如当道不愿，事遂中止。今若舍教士而别延西人，则非岁俸七千余金不可。不知明及国初，所用之利玛窦、南怀仁、汤若望、熊三拔等，无一非教士也。极其流弊，不过广传彼教耳，今日彼教，实已通行，岂尚能防遏哉！此法不行，则只有聘日本人讲求东文之一法。东文若通，即能渐通西学，以西学要书，日本皆已翻译，其专门艺术，日本人皆已究通故也。请东人即学东文，不可学西文于东人，恐其源远末分，渐失故步。欲请东人，计每岁亦不过五六百金，即可访得。缘日本俭仆，又居处饮食，与吾略同，不须自远购运，所以岁俸能廉，此亦至便之一法也。北方学堂，均无头绪，此间以无经费，兼多守旧之党，尚未开办。某近缘皖中见招，已拟归主皖席。莲池诸生，虽甚依恋，无如寒舍无人，不得不割舍此席。明日拟到京一谒李相，面辞荣相，将经手事件简料清楚，便当作计南还。上春弼臣为我偿还钱铺积欠，昨始知此款仍系往年诸公佽助之款，仆前坚辞不受，今竟暗中使用，惭愧无极，诸公义风可感，下走适成一喻利之小人而已。

答萧敬甫 重九日

李义山《杜工部蜀中离席》，谓：当从一本作"辟工部"。此谬说也。工部京衔，岂可云"辟"！"辟"者，辟幕僚；若幕职所带京衔，岂可妄加"辟"字，此乃后人臆改，万不可从者。别纸所示郭泰机《答傅咸诗》，谓：当作"呈"，引傅咸答《诗·小序》为证，所据甚当。至韩公"长沙千里平"、杜公"江南好风景"，则必不可改为"十里"、为"江潭"，此字有生死、仙凡之别，虽有据，不可曲从也。太白五古、杜公五律，所选均不多，放翁七律虽稍滥，然陆集诗多，选者势难过少，亦不为病。独其选明以来则嫌过多，弟读之不得刘意指之所在，故谓其以明清两朝为主。若唐宋大家，止于此数，则明清诸家，可去者多矣。若非主选此两朝，则鉴裁不得为精，繁简似颇失当也。刘喜删古人诗，于明清诸家，所删则皆允当，于李、杜、韩诸公，则往往不应删而删，盖其学识不及作者，则以私意去取，不能餍人人之心。故不佞前请尽抄元诗，而于刘所删之句，上下勾乙，以识其处。如此，则读者不以妄删为病，方氏《古文约选》即用此例。今径删削本诗，而但注删几句于下，实使读者不快，殆此书之一憾也。弟又为北方所留，不能南去。

答裕制军 九月十一日

昨过天津，匆匆未及上谒。伏念大公祖扬历两司，讫于秉节开府，皆在皖疆，覆焘涵濡，至优至洽，凡皖人士女，久在怙冒之中。今某留滞郊畿，适逢执事辍邠魏之谋谟，膺保厘重任，托庇宇下，私幸何如。徒以旧学荒芜，皋比谬拥，不能对诸子之问，久应叱避而退，会皖帅传电见招，庄舄吟多，长卿游倦，遂拟翩然南返，兼顾家私。明知荣戟新临，亦皆背弃而不顾者，以皖土为我公旧地，皖中子弟皆我公所长养而煦育。揆以欧公思颍之心，度某去我公而还皖，亦大贤所远闻而心许也。不谓执事过采虚声，款留至再，昨由李道竟成寄交书币，不敢固执初见，敬谨拜登。韩公山斗之崇，乃礼先于赵德；徐孺草茅之贱，实愧谢于陈蕃，不获谒陈，无任悚仄。

与洪翰香 九月十二日

近读《国闻报》，知康某仍有求救英国之谋，此非胜算，转恐倒持太阿，大局愈益决裂。近日英倭先后入都，觇吾动静，俄使又由英政府牒请更换，吾执政似不能束带延宾，徒拘拘复还旧章，甚无谓也。万一云蒸龙变，津保皆难安枕矣。

与李季皋 同日

阅报谓英遣拔尔法入都，日本又遣前使矢野入都，盖皆窥吾动静。又闻俄使多独断独行，英已请俄更换，似事势将有变更。吾国无持危济变之才，岂能持杙作楹，强与支柱。又闻康某尚有求救英人之谋，是速之使干与内事也，患益不测矣。但望报纸所言不尽足信耳。旧政尽复，惟时文最为虐政，后生朝夕业此，无暇复读有用之书，此公患也。谁为国家画此计者，其将不得善终乎！眉叔诸公，想时时聚谈，深用艳羡。

与刘博泉侍郎 九月廿七日

夏间书院议改，谬承执事期许过当，率先贵乡京朝官致书撜帅，推奖下走，欲以学堂见委，内顾惭悚，惧不克任。会皖中传书招延，既内顾家私，求南归自便，又恐无实而获浮名，久窃皋比，终必仰负期望，以此决计南返。皖帅议聘，介绍于合肥、寿州两相，书院诸生亦即电请合肥，代为挽留。某恐事或中变，于是有都下之行，其时归志已坚。微闻贵乡诸公，日夜商榷羁留之策，以此不敢造门请谒，即贵乡诸公见过，亦适未及迎晤。不谓公等老谋，竟有斫树收穷庞成算，委曲百折，卒取必于当途，仍令老荒失学之身，觍据讲席。公等厚爱诚过越伦等，独施之非其人，无以仰答盛谊，是为惴惴耳。朝局一还旧贯，时文复用，窃谓于取士无甚损益，于长育人才实有妨碍。缘后生朝夕揣摩此业，即无余暇可以兼习他学，不惟西人艺术，不获窥寻，即中国文史，亦复不遑探讨，无以造就成才。莲池虽向有学古课程，诸生往往取给临时，并不能屏弃帖括小文，潜心研悦，且时局多变，后生为学，若不问津西国，终难成有用之才。鄙意仍拟请执事与同乡诸公，熟筹妥商，贻书当轴，再申前议，添筹经费，开倡西学，为之于举世不为之时，其获益必无限量，且省会学堂，固诏书所许立，不为妄发也。区区愚虑，未识有当否？伏候裁示。某承过爱款留，愧书院旧章，不能有益于问学诸子，故敢妄贡一得之愚，惟亮察是荷。

答何豹丞 十月四日

承示日治《禹贡》，并示以"胡氏《锥指》征引极博，而下断未精"，最为卓议。胡氏于《禹贡》地说，初凿鸿蒙，又不似后儒专分汉宋门户，当为此经功臣。后来说者往往抵其间隙，要皆自胡引其端绪，开创之与守成，功相悬。成氏《班义》，吾未究观，其主用《汉志》，则与鄙见暗合。其人于经学似未甚湛深，当时意颇轻之，孰知其身后乃有高名也。欲随合肥相公行水，志意甚壮，愚见以为，合肥此次治河，亦无长策，终归敷衍，执事纵得身与其间，不如都下治经之为益大也。

与吴赞臣 同日

昨日邸抄，合肥相公有巡视黄河之役，此为吾国要工，但守潘靳旧法，恐不足弭患淡灾。谓宜师法西国治河新策，乃为有济，他人不能取资方外，独合肥能裒集中、西之长。庙堂此举，殆审慎出之，不识此项巨款从何筹措耳。

与曾君和袭侯 十月十日

前在都下，获觐光采，至慰十年慕望之私。近审侍履绥愉，望实兼茂；家传忠孝，国畴爵秩；海内慕仰，朝列让能；矧在旧游，钦迟何极。某自接清言，旋复踵门投刺，未获瞻近，次日即检行箧所携文正公《四象古文》目录封缄送呈，不审已否察入？此书为前时刻集者所未知，即编《年谱》者亦似未见。今旧人星散，恐再阅数十年无从寻觅，故鄙意定议抄成洁本，石印传世。惟趣味一门，有节录庄荀诸子，当时未记起止，不知所节何章，必欲求得元书，乃得庐山真面。又元书皆有圈识平议，亦宜一一照录，未宜向壁虚造。前蒙面示，谓文正公著述，皆藏之铁柜，此书必在其中，蒙允寄书湘中，属司书者启柜检视，倘已检得，务乞确寄保定交某收领，以便照对付印，是为至恳。

与李季皋 同日

师相近奉治河之命，严冬巡视，少年且不堪其劳勚，何况七十六七老翁！但师相英雄气概，向不辞劳，内意视河事为重大政事，有非我师莫属者，洒湛淡灾，在此一举。窃料中国旧法不能使此河顺轨，必应采用西国治河之策，延聘西国河工熟手，方望河定民安。此非宽筹经费，无济于事，目前时绌举赢，恐亦徒托空言而已。东省京朝官闻吾师视河，皆惊喜相告，以为东省一大转机。曩为胶事欲疏请师驾履勘定界，未能如愿，今得乘节治河，吾东人庶有瘳乎！其言如此。山东赈务，弊端百出，长吏漫不经心，现由绅士劝募赈款，自行散放，不经官吏之手。其官办赈务，亦欲求师相一言，劝东抚慎择廉勤实心任事之员，分途认真办理，扫除积习，洗手奉公，此皆东人士子仰望师相者，敬以奉闻。又言已革道员张某、黄某等，脏私狼藉，声名恶劣。七月间，贿属张樵野奏保东人官京师者，公疏劾之，庶子陈秉和又专疏劾之。太后训政后，陈秉和与御史王培佑又先后疏劾之。此次治河，恐其营谋到工，欲求师门拒绝，且以开国承家，小人勿用为言。鄙意君子小人，本无定论，黄公不知何如，若张公则平日颇以河事著名，方在用人之际，恐不能一切拒绝。要是东省众恶之人，若并无治河实效，似亦不必犯彼都人士子公忌，故为之一一转达，伏求过庭时微言及之为幸。

答柯凤荪 十月十八日

闻筹办东赈，大费擘画，来示居然能集廿万，可谓盛举。但如外省，则已数见不鲜，势难多集捐款。晤梁敬之、孔亦愚等皆以劝捐不易为虑。鲁阶在一州，恐亦不能多筹，则绅募一层，未必能如所期；至绅放，则尤不易言。廿余年以来，闻江苏诸公劝办义赈，行之不懈，著有声绩。其用人至慎，无一户不亲查，无一文不亲数，实少弊端。今欲概由绅办，第一以得人为要。不惟主办者得人便可无虑，凡在事者无一人不当慎择，其本地小董事亦必博访正人，即未十分廉洁，亦应遴选富家，为其有资产，不敢不自重，且万一有弊，易于罚办示儆也，此用人之难一也。其次，则以查户为要。赈款虽多，散之各户，则每名所得无几，势难每人而悦，当以全活生命为主。能全一命即有一命之益，然非每名能与以三月之粮不能救命。欲人得粮三月，则必严核贫户，不惟有余之家不得冒领，即饥寒之未极，不至朝不保夕者，皆可删除不给，户口愈少，则每名所给可以从宽。故非亲往查验，严加删汰，则户口必滥；户口既滥，则贫者每名所得必少。往年山东办赈，吾尝过而问之，每人不过京钱数十文，此不过敷此人一二日之食耳，何能济事！究其所以失，则全在不核户口，遍予滥恩之故。委员、司事，以此本善举，不肯以严核结怨，于是有求必应，而款项止有此数，于是减应赈之钱，以匀给求者。此等办法，不过市好善之虚声，毫无救人之实济，徒耗巨款，无补流亡，蒙所深不取也。然欲严核户口，固须不避劳怨，又必明敏精干，乃能行之。不明敏，则或将应振之家扣除不给，所给转系便家，以一失也。不精练，则扣除者哀求不已，甚或结党喧哗，无术镇压，易致生事，此又一失也。此事乃分任查户之员之专责，人性宽严不同，若非办事者之立一较然画一之法，必至此宽彼严，往往比邻户口此得而彼不得，如此，则谤声易起，此又一大失也。凡此皆查户之难也。又其次，则办事条理贵乎预定，即如此时已届隆冬，诸公尚在筹捐，无人议及查户，则冬赈已不及办理，不过来年春赈耳。春赈至迟二月初旬当给散矣，然腊正之交，必应将户口查清，应赈之户各给三联执票，将来照票给赈。此票内不得预告以应给数目，易启争端，止应载明某姓名、男女、大小几名口，分注次贫、极贫而已。昼日挨查，暮写造册，非得勤明人员，不能办也。至如灾所被者几县，县几乡，乡用几人，此等人非博访周咨，决不能得。若尽派主办者之亲友，虽可相信，势不敷用，又有倚亲作弊之失；若取之本地，则向来地方承办此等事者，率系出入衙署交通胥役之人，万难倚用，若欲尽去此辈，别用殷实正人，则耳目难周，延访难确。此万难尽得贤员，虽使侧席而求，亦止拔十得五。初访之时，于所分之县，访出一县仰望佩服者一二人，由此一二人分举数人，又由此数人各举所知，庶少不肖滥竽。其慎择之法既如此，又须预选数人，以备查有弊端，随时更换，乃可不穷于用。依此法求人，岂可咄嗟立办者！今诸公至今十月，尚未议及用人之法，将来捐款大集，必致取具临时，仓卒之间，安得如许善良，为公分任！必致主办者一腔热血，徒供分任者之侵渔，不可不预为筹及。至得人之后，即令所得之员，公议散放章程，此亦非旦夕可就，是又预定条理之难也。至于易银为钱，各就附左村镇钱铺存储现钱，开具每户应得钱票，定明足数制钱；凡搀杂小钱，或钱不足数者，分别议罚；经手者查有染指情弊，分别罚惩；此又临时散放之难也。若不依此策，则捐款集成之后，纵由绅放，而所用之董事，仍经办官赈之人；所给之户口，仍据官赈所造之册，则绅办与官办，未必大有高下，不过任事者自谓尽心而已，未必真有实效也。不佞所见如此。救荒自古无善政，若云弊绝风清，则尚未敢定也。合肥似未必有善法治河，鄙意当用西人、行西法。款不在少，目前安得如许巨款！风闻慈圣自任筹款，或者不至竭蹶。此事诚山东第一要政，合肥出办，则各国皆拭目而视，若终归敷衍，则外国益复轻量中朝，所关不细。赈务积弊难去，合肥纵有言，亦难尽除积习，已将尊意转致。另示所言之二君，亦为力言。但张君素有能治河之名，正当用人之时，恐须弃短用长，未全以邪正分畛域，窃谓近时公论所谓邪正，亦自未为定评也。

上浙江刘景韩中丞 _{同日}

刘公《历朝诗选》所取各家何体，即全收其佳篇，不似他人不问长短，亦无详略，使读者一代中何人最著，一集中何体最工，皆瞢不了悉，故选本断推此书为大观。闻清操卓绝，极欲开倡西学，惜汴中风气未开，不能大展伟略。浙中则士大夫见闻甚广，工商诸艺，皆颇振兴，得大贤提倡于上，必能焕发新猷，一新耳目，无任翘勤。

与李子木 _{十一月八日}

傅相东行，贤劳逾等，赖有我公在济，可为东道主人，料有宾至如归之乐。河患自是吾国大事，历来治河家亦止陈陈相因，从无制胜之策。以愚见论之，殆非取资西法，不能奏效；非傅相任事，无人能用西法。果使宫庭能筹发巨款，持以岁月，委任西国能手，不摇众议，而责其成功，则傅相此行，不惟足淡东省鱼烂之灾，兼可逆折西人鹰瞵之气，洵亦国家内治之第一要义也。目前三帅会议，诸生分途测绘，计已得有端绪，究应如何施设，尚乞不时示及，以豁蓬心。济南全省，路矿大利，已为德人所攫，官方民事，一切皆受劫持，非上下抟心戮力，难冀挽救万一。

与李季皋 十一月廿九日

师相到济南，闻荩躬康胜，河事想已勘有端绪。周玉山义应一出代劳，此行差强人意，但玉山坚守中法，若长此不变，恐于河无大益处。若采用西法，而使玉山主持，是使御者操舟，而用渔人猎兽，必龃龉而不相入，况济南群吏，不服玉翁，主客凿枘，难冀收效，是可虑也。幸河工经费难筹，周公亦在备而不用之列耳。师驾还朝，恐尚未定局。目前似闻俄人经营东边若自治采地，而英则六十年来无似此次之预备者，此岂无为而为，又岂能中作而辍！我以不闻不问，处之晏然，坐朝论道，安飨太平，即师相秉节行河，亦似有忌者出之于外。"仲山甫徂齐，式遄其归"，诗人所以发爱莫助之之叹也。师门春秋益高，千里远役，公兄弟竟无一人侍行，窃为明公不取。若来春不即还，执事单骑东行省觐，此乃一定办法。师相总署海军函稿，皆已抄竣，现抄抚苏函稿，有不能过事简略者，以战功奏疏从略，即函稿不能不稍详也。

与李仲彭 同日

令郎擢立双玉，昔人所称"诸谢奕奕"，殆是此等，忻爱无似。闻我公督责过严，读书课程过密，无休暇时，拟代贤郎求乞宽假；张而不弛，文武不为。今西人学堂，功课不过四点钟，尚兼用打球、盘杠、上秋千架诸戏，使之练习身体，此皆吾国书塾所悬为厉禁者也。窃谓公家讲习西学，似不妨稍稍采用之，必于少年有益。刍荛之见，未识有当否！

与李侣仙 同日

舍中家事，近年专恃汶上府君夫人，居然吾一弟也，不幸早世，今吾无一助我者矣。远客不归，以家事百孔千疮，付之斯人，为我力为其难。盖他家所无之事，他妇人所不能处之境，渠乃忍垢负重，口不言劳。我近年所遇渐窘，诸人多怀怨望，及归见李宜人，赤心相为，亦皆潜消怨怼，一无异词。固由斯人善体吾亡弟平日爱兄之言，亦缘府中家法，濡染有素，使斯人贤声流于二门。独舍中失此贤，无与维持百口，而下走不能内顾一家，致贤者焦劳致陨，私憾何有穷已耶！委令为传志，虽不文，亦无可辞。兄弟中多欲为文，皆久不构，甚以为难事，亦老荒失学之咎也。书院考时文，实无益处，前函实当务之急。若谓杂用须有所出，弟尚别有筹措。此时所遇之世变，乃古来所未有，不宜安常守旧。吾县人才，视他邑尤少，正坐一穷字。苟行吾说，贵仕则不敢知，十年之后，要使后生学问足以救穷，则我兄与松如诸公创始之功，诚非浅鲜，幸勿河汉鄙言为望！

与贺松坡 十二月四日

闻目疾今年稍加，深为悬系。又闻近服中药，医者侈言服百剂当还旧观。前属张楚航等传语，倘已服百剂，其言不效，则幸勿再服。缘中医所称阴阳五行等说，绝与病家无关，此尚是公理，至以目疾为肝、肾二经，则相去千里。吾料公今所服药，大率皆治肝补肾之品，即令肝、肾皆治，要于目光不相涉也。况中药所谓治肝补肾者，实亦不能损益于肝、肾也乎！然且劝公勿久服者，中药性质，言人人殊。彼其所云补者不补，其所云泄者不泄，乃别有偏弊。而《本草》家又不能知，特相率承用之，而几幸其获效，往往病未除而药患又深，此不可不慎防者。尊甫先生不甚通西医之说，其于中医似颇涉猎，尝抄撮经验良方，令我传抄，今若语以中药之无用，必不见信。然目疾所谓一方痛耳，若因药而致他病，则全体之患矣，此不可以尝试者也。吾劝公时时闭目自养，虽不能望复旧，要可不再加重，则犹为能至之势也。

与刘进之 十二月六日

大文二首，敬读一过，佩服无似。谬加平识奉缴，私心相爱，不能已已。抑有怀疑欲上献者：执事有文如此，顾不甚服左氏、韩公，而有取于太冲《三都》，何持议之惊众若是！仆则以为中学以文为主，汉以后，子长、退之，文家两雄，后人无能几幸万一者。太冲自是魏晋健者，其赋才踵蹑孟坚，孟坚学子云，而柳子厚推服退之，以为过子云，彼知言之士不为妄叹。今进太冲而退退之，恐此论未公。左氏之文，开子长先声，其史裁全在记大战诸篇，曾文正所选《叙记类》，左氏高文略尽，其变动出奇，有若鬼神造化，不如执事所讥也。因佩服大文，遂略贡所疑，伏维财幸。

答赵湘帆 己亥正月十日

大著新文三首，读而深味之，把纸开合数四，诚不意执事所造，遽已至是，下走所望而却步者也。三义皆绝俗，《论秦》尤骎骎入古。仆在北久，所见诸少年多英伟，各有胜处，独文事则颇少悟人。唯松坡门下诸君，皆有法度，能入古，由讲授明也。执事在松门，又褒然称首。老夫不足道，行当与老松分席而坐，不悚不慑，来书乃复谦挹不自足，若未尝学问者然，何雄心锐进如是！为文下笔苦繁，不尔，则一无可说，此文家常态。辞赋，汉氏已登峰造极，后之能者，不肯轻为。柳子厚谓退之未作子云四赋，作则决加恢奇。彼恢奇有加，且不肯作，吾曹姑愁置之，似亦可也。斫髋髀而屡折刃，循理解而苦不入，意者"不疾不徐"养之以俟其至，仆故终身未彻未悟，愧无以相益，承切问，只益为惭耳。

答孟绂臣 正月十六日

前与博泉侍郎书，妄议宜兼西学，乃烦群公致函制军，制军遂屡以见属。惟目前守旧之局，牢不可破。鄙意前拟选材俊子弟，每日出南关，赴英人贝牧师处问学，必为当道所怪。若延请西人传教者，修俸可不须多，止七百金，可延三人，众又以为不可，闻有欲以去就争之者。下走在此，本一客耳，何必无事自扰，取憎于人！故近日立定主意，不复承手，想执事为我熟筹，亦必以谢绝为是。见博泉侍郎时，希为我婉达鄙意，不再作书奉复矣。凤苏归籍办赈，义勇可嘉，闻集款有限，恐于灾民无大益处。

与李季皋 同日

顷见师门致栋雨樵书，尚拟亲勘河工，再行还京，计二月似尚未能言旋。又谓用西法须数千万，无款可筹。某窃谓朝廷用吾师行水，自应吐弃庸常之论，不必校量用款多寡，必以用西法为宜。若中法治河，则前此河帅著名者，各已竭尽才力，今即熟筹慎择，似未遽远过前人，随事补苴，何必元老大猷始能谋画哉！且即中法，计亦不下数百万，百万、千万，同一难筹，与其无大绩效而所费仍复不訾，不如决计大举，虽未一劳永逸，要当胜于安常守旧万万也。西法之数千万，谅非一岁办成，似必分年筹备，倘中法办工，数年之后，又复横决，则堤决之费，与民间漂没耗失之费，赈灾之费，合计数者所损，当亦不下西法之工资也。愚见专主西法，若限于财力，不能举行，此非勘工者之过也。师相举事立议，要使外国闻而敬服，不在牵就时贤咫尺之见。区区愚见，尚望辗转上闻。

与冀州绅士 正月十七

去冬在北戴畅论时事，楚、雪二公以为不谬，惜旋吉未与闻知。救之之法，必以士大夫讲求西学为第一要义。使我国人人有学，出而应世，足以振危势而伐敌谋，决不似今日之束手瞪目，坐为奴虏，万一不能仕宦，而挟吾学术，亦足立致殷富，自全于败乱之时。救种之道，莫善于此。但穷乡僻壤，欲讲西学，无路问津，即通都大邑，欲得西人为师，亦苦财力不继，盖西人来此就聘，非月俸五六百金不能得也。由是中国议立学堂者多聘华人为师，其学之浅深，聘者不得其底蕴，如农家延师向学，一听荐师者之意为高下，安能责效于生徒哉！下走自去岁春夏以来，即为诸生提唱西学，适有英人客此间，平日往来契好，因欲请其便中传授西学，此君竟已慨允。其学为此间西人所群推，鄙人闻之有素，因与议明，每日以一两点钟为度，事忙即停课一日。拟招学徒廿人，人出二金为月俸，所费有限，此诚难得之机会。无如此间风气未开，视此为不急之务，殊无信鄙说者，惟冀州为吾旧地，诸君与我若有宿缘，决无不信之理。闻旋吉已有函与弼臣商论，有子弟二名，欲来从受西学，每月薄修尚不难出，自应及时定议，勿稍游移，并望三君子广劝州人有力之家，相率偕来，开此风气。人家有力者，往往为子弟捐纳职衔，以为荣耀。吾谓职衔特冠服外荣，而所费不訾，其中固无有也。西学，敏者三年，钝者五年，必能有成。五年所费脩金，不过百余两，而使子弟有学，可贵可富，其为门户光宠，比之职衔身外之荣，其相去岂可以道里计哉！望诸君俯采鄙言，并希速劝早来，无任翘跂。

与方剑华 正月廿九日

八月入都，其时董尚书所部，闻在海淀，未获往谒。现想兴居多福，筹笔襄勤，至为跂颂。国势日棘，治军者大率景延广一流人物，独董尚书所部，闻士气尚新，但不知御外侮之法，与内靖萑苻者迥异，似亦智者之所宜拾遗补艺者也。近日侧闻意大利索我浙江，英人索我河南，彼皆用口舌定议，吾纵有雄军强将，亦英雄无用武之地矣。庙谟深远，未识若何应敌也！

答严几道 正月卅日

惠示并新译《计学》四册。斯密氏此书，洵能穷极事理，镌刻物态，得我公雄笔为之追幽凿险、抉摘奥赜，真足达难显之情。今世盖无能与我公上下追逐者也。谨力疾拜读一过，于此书深微，未敢云有少得，所妄加检校者，不过字句间眇小得失，又止一人之私见。徒以我公数数致书属为勘校，不敢稍涉世俗，上负詷诿高谊，知无当于万一也，独恐不参谬见，反令公意不快尔。某近益老钝，手蹇眼滞，朝记暮忘，竟谆谆若八九十，心则久成废井，无可自力。因思《古文辞类纂》一书，二千年高文略具于此，以为六经后之第一书。此后必应改习西学，中国浩如烟海之书，行当废去，独留此书，可令周孔遗文绵延不绝。故决计纠资石印，更为《校勘记》二卷，稍益于未闻，俟缮写再呈请是正。元著四册奉缴。不具。

答聂功亭尚书 二月十日

去冬由李赞翁交到惠书，降屈威棱，与一介小儒酬答为礼，反复议论，开豁蓬心，想见轻裘缓带、雅歌投壶之风度；至攀援戚公，歉然不足，窃谓挢谦之过。戚公所为，乃中国之旧法，执事所当之敌，则前古所无。自行军用兵之道，下至一俊、一能、一器、一械，若稍牵于往古迂论，即颠蹶翘足可期。愿明公时以外国名将为师，不惟戚公不足挂怀，即韩、白复生，亦不足为吾国轻重也。若乃胶州之变，旅、大、威、广之辱，此乃政府主持，非封疆所得参与。外台虽谋臣如云，猛将如雨，势难攘臂而争。来示又谓，倘干戈相见，不敢稍有瞻顾，此自烈士素抱。窃料时势所极，不致复见干戈；

果有斯变，则社稷生民之寄，非区区一死遂可塞望。愚以为目前治军于无事之时，即宜刻刻如临大敌。外国兵略，出自学堂，至于训练齐整，则不过数月，便可告成；独将帅本领，则必预储于平日。今吾虽立学堂，尚止武备初桄，未能研究深处，必得有雄才大略之士，资之多金，使遍阅五洲军政，得其本源，究其变化，而后归而授以兵符。纵不能折冲雪耻，但令自立于不败，使敌心知我国之有将才，则一将之任，贤于十万之师。又或力难为此，则宜广求外国武备学堂中精深微妙之书，聘我国之能文有古法者，与外国之通习汉语能明武备者对译之，使主兵者从而授读。其徒知诵读不能超悟者，仍屏而不用，所用皆得其精华，弃其糟粕，其聪明机警，又足以展其所学。如此而后，我军壁垒焕然一新。不能如是，则平日操习步伐，足以警动耳目，万一有事，仍宜为国养威，勿轻言战，其亦庶乎持重之选矣。国政颓放，仅军旅有人，仍难振起国势也。执事治军严整，深得士心，蔚为长城之望，翕然同辞，乃复折节下交，与布衣憔悴之士往复问难，用敢献其所闻，伏维鉴亮。不宣。

与冀州绅士 二月十六日

前奉上一函，请劝诱冀属后生来受西学，许久未得复示，即旋弟令郎亦不见来，现已春半，急欲开学，殊为跂望。时局变迁无定，将来恐富者反贫，时文亦终无用，不如及时为学，求能自立，此生员切己之事。张香帅，畿辅伟人也，送其文孙赴旧本讲求西学。若使西学无用，香帅肯令伊孙远涉大瀛为此不急之务乎！若论专门之学，日本已与欧洲抗衡，若论西文西语，则从师日本，不如亲学英人之为得也。今吾国风气未开，专门之学尚难遽尔问津，当从言语文字入手，则与其远赴日本，不如近依英士，此理之至明者也。中国之学，往往费数十年之力，而不能必成。西人语言文字，期以五年无不成者。五年之内，所耗束脩止一百余金以每月二金计算，五年之外，即可大发财源。本小利大，莫过于此，望将以上各节切实劝导，并望迅速示知，慎勿惜墨如金也。

答范肯堂　三月廿一日

考终自寿数所极。读来示，起病即前后溲痛不可忍，此下部生疮，而医者乃定其名曰伤寒，此如不知文者见古诗号之曰此时文也。以此治病，亦安得令人活！虽有割股心何益！君尚有老母，后当戒慎，勿用此等医为望。命为文志墓，葬期急，得书迟，又老朽不能文，辞则义所不可，谨为此急就章，呈君兄弟，聊当挽幛、挽联之用，不必果刻石也。

答严几道　二月廿三日

得二月七日惠示，以校读尊著《计学》往往妄贡疑议。诚知无当万一，乃来书反复齿及，若开之使继续妄言，诚谦挹不自满假之盛心，折节下问以受尽言。然适形下走之盲陋不自量，益增惭恶。来示谓新旧二学，当并存具列，且将假自它之耀以祛蔽揭翳，最为卓识。某前书未能自达所见，语辄过当，本意谓中国书籍猥杂，多不足行远。西学行，则学人日力夺去太半，益无暇浏览向时无足轻重之书。而《姚选》古文则万不能废，以此为学堂必用之书，当与六艺并传不朽也。若中学之精美者，固亦不止此等。往时曾太傅言，六经外有七书，能通其一，即为成学；七者兼通，则闲气所钟，不数数见也。七书者：《史记》《汉书》《庄子》《韩文》《文选》《说文》《通鉴》也。某于七书，皆未致力，又欲妄增二书：其一姚公此书，余一则曾公《十八家诗钞》也。但此诸书，必高材秀杰之士，乃能治之；若资性平钝，虽无西学，亦未能追其途辙。独姚选《古文》，即西学堂中，亦不能弃去不习。不习，则中学绝矣。世人乃欲编造俚文，以便初学，此废弃中学之渐，某所私忧而大恐者也。区区妄见，敬以奉质。别纸垂询数事，某浅学，不足仰副明问，谨率陈臆说，用备采择。欧洲文字与吾国绝殊，译之似宜别创体制，如六朝人之译佛书，其体全是特创，今不但不宜袭用中文，亦并不宜袭用佛书。窃谓以执事雄笔，必可自我作古。又妄意彼书固自有体制，或易其辞而仍其体，似亦可也。不通西文，不敢意定，独中国诸书，无可仿效耳。来示谓行文欲求尔雅，有不可阑入之字，改窜则失真，因仍则伤洁，此诚难事。鄙意与其伤洁，毋宁失真。凡琐屑不足道之事不记何伤！若名之为文，而俚俗鄙浅，荐绅所不道，此则昔之知言者无不悬为戒律，曾氏所谓辞气远鄙也。文固有化俗为雅之一法，如左氏之言"马矢"，庄生之言"矢溺"，《公羊》之言"登来"，太史之言"伙颐"。在当时固皆以俚语为文，而不失为雅。若范书所载"铁胫""尤来""大抢""五楼""五蟠"等名目，窃料太史公执笔，必皆芟剃不书，不然胜、广、项氏时，必多有俚鄙不经之事，何以《史记》中绝不一见。如今时鸦片馆等比，自难入文，削之似不为过。倘令为林文忠作传，则烧鸦片一事，固当大书特书，但必叙明源委，如史公之记平准，班氏之叙《盐铁论》耳，亦非一切割弃，至失事实也。姚郎中所选文，似难为继，独曾文正《经史杂抄》能自立一帜，王黎所续，似皆未善。国朝文字，姚春木所选《国朝文录》较胜于廿四家。然文章之事，代不数人，人不数篇。若欲备一朝掌故，如文粹、文鉴之类，则世盖多有；若谓足与文章之事，则姚郎中之后，止梅伯言、曾太傅，及近日武昌张廉卿数人而已，其余盖皆自郐也。来示谓《欧洲国史略》似中国所谓长编、纪事本末等比，然则欲译其书，即用曾太傅所称叙记、典志二门，似为得体。此二门，曾公于姚郎中所定诸类外，特建新类，非大手笔不易办也。欧洲纪述名人，失之过详，此宜以迁、固史法裁之。文无剪裁，专以求尽为务，此非行远所宜。中国间有此体，其最著者，则孟坚所为《王莽传》，若《穆天子》《飞燕》《太真》等传，则小说家言，不足法也。欧史用韵，今亦以韵译之，似无不可，独雅词为难耳。中国用韵之文，退之为极诣矣。私见如此，未审有当否？不具。

与柯凤荪 三月十八日

去岁承是正拙著《尚书故》四册，当时匆匆一阅，深服辨证精审。近日复校一过，凡鄙说之是者，经执事为之广引古义以证成之，其穿凿失实，则旁考博征以诤救之，皆他家所遗漏失检。以此见执事见闻该洽而能折衷至是，真学有经法，非依傍人门者比也。仆于经学殊疏，往因《尚书》无善本，近时江、王、孙、段亦未尽惬人意，遂发愤为此。初意但欲与江、孙争名，故袭用其体例。异日风气变迁，此等固亦不贵，要在训诂精凿，或亦后之治经者所不废，但恨执事未尽抉摘谬误耳。顷已将尊说添注册中，亦仍有鄙心未安者，于吾凤荪而不互质是非，更当于何取正！谨条列所疑于后，以当面论。

"曰若稽古"，尊引伯喈《东巡颂》，已补入拙说中。至谓《鲁灵光赋》六字为句，则似未然，王赋实亦四字句也。

"嚚讼"，马作"嚚庸"，亦读"庸"为"讼"。孙渊如谓马读"嚚"一字为句，"庸可乎"三字为句，此未明古人造句法，执事同之，盖未审也。

尊意：依郑、孔以"四岳"为四人，用"师锡"为证。蒙谓："金曰鲧哉"，史公释为"群臣四岳"，此"师锡"亦当同彼，故《史》称"众皆言于尧"，若使"四岳"为四人，则洪水之咨，其对自是岳言，何为横加"群臣"二字！彼"金"为兼群臣，知此"师"亦兼群臣，非谓四岳同言明矣。《国语》载太子晋说以四岳为共之从孙。又云：胙四岳国赐姓曰姜氏，曰有吕。《史记·齐世家》云："其先祖尝为四岳，佐禹平水土，甚有功。"此皆四岳为一人之确证。执事谓非古义，过矣。郑、孔分为四人，于后"廿二人"说，皆不能通。各以意去取，而终不当于人心，何若从《国语》《史记》之为善乎！

王氏父子谓："以孝烝烝"为句，"克谐"上属为句。蒙初亦信之，后疑"克谐"不应上属。蔡氏《九疑山碑》"克谐顽傲，以孝烝烝"，彼檃括经义以就韵文，不可据为经读。又得《史·酷吏传》云"吏治烝烝，不至于奸"。于是定依旧读"烝烝乂"三字为句，"克谐"四字为句。盖必如此而后文从字顺，执事据蔡文而依王读，似未安也。

"乃底可绩"，孙据宋本《北堂书钞》灭"言"字，虽是孤证，要其合于《史》文"谋事至而言可绩"，蒙深有取焉。若经本如今书有"言"字，则《史》诂为失经义矣。尊论谓：乾嘉人好据误本改正本，又喜诡称宋本。盖诚有之，至此文则非其比。孙所据《书钞》，今广东已付刻，以其合于《玉海》所引《中兴书目》卷数，故定为宋本。其书高邮王氏、林海洪氏、乌程严氏皆尝校勘，似难作伪。此条则严氏据《史》文证之，如孙欲作伪，以入所著《尚书疏》，严未必相为容隐也。孔传本有"言"字，虞在唐初，或据郑本，未可知也，既有合于《史》文，何反疑为妄乎？

如"五器卒乃复"，鄙谓五玉不专为器，又为币。为器，礼终还之；为币，则不还。执事引《周礼》驳正，谓小行人之称"六币"，因用币帛配玉。蒙意未安，"圭以马，璋以皮"，岂皆币帛乎？先郑释太宰"币贡"为"绣帛"，后郑改云"玉马皮帛"，此玉为币之明证也。且小行人以"六市"对"六瑞"为文，岂得舍玉而言其所配，尊论器币并陈，乃享礼，非朝礼，受币还器，与周之朝礼、享礼均不合。吾意此自虞礼，似不必引唐律以断汉狱也。凡云币者，其本训为币帛，其引申则财用之通名，故《平准书》称"龟贝：金钱、刀布之币"，又云"虞夏之币，金为三品"，是币固不得专以币帛为言。又朝享不可分为二礼，朝必有享、觐。礼，三享皆束帛加璧，璧帛即币，觐礼即朝礼，故觐礼以巡守终焉。虞之巡狩固明言"觐四岳群牧"矣。受币还器，周之朝享，亦略同虞也。《白虎通》"还珪留璧"，所云珪者，通五瑞言之，不专谓二王之后。执事谓享用珪璋，乃二王之后，非常礼，亦似过拘，岂《白虎》所云"还珪"止还二王之后，诸侯皆不还乎！必不然矣。

"格于祢祖"，尊论以亲疏为次，究为名称不顺，经典罕见。《史记》"谁能驯予上下草木鸟兽"，尊论谓驯、顺通，是也。但驯兼二义，上言"谁能驯予工"，此以顺为义也。此言"驯予上下草木鸟兽"，《秦记》"调驯鸟兽"，即本此经，是驯又为调驯矣。

"孔壬"，尊论以《史记》"九江甚中"，训孔为甚，故此不再见，是也。但《老子注》，孔有大训，则大佞较甚佞，其训为捷。

"氏道嶓冢"，尊论据《水经注》称班固《地理志》言汉二源：东出氏道，西出西县之嶓冢，定班《志》"氏道"下无"嶓冢"字。蒙谓：《水经》之义，不足见班《志》"氏道"之无"嶓冢"，况《水经》明云"漾水出陇西氏道县嶓冢山"，何以必《汉志》之不同《水经》乎！近人于唐宋诸贤所引书有异文者皆不信，而以为误，岂古人读书尽如此疏陋！蒙谓：近儒好诋前人，自是一失，即如蔡传此条云：嶓冢山，《地志》云"在陇西氏道县，漾水所出"，又云"在西县"。蔡传所引明确如此，何得尚谓其误乎！

孔疏："《地志》无大别""在安丰者"。尊论：郑云"庐江安丰"，据东汉郡国言之，孔检班《志》，庐江"无大别"，不复详考。孔乃唐初通儒，若如尊论，是直儿童之不如矣。就令如此，亦止可言庐江无安丰，不得言《地志》无大别也。孔文引杜预解《春秋》云："大别阙不知何处，或曰大别在安丰县西南。"若班《志》有明文，杜何以不知何处，又不引《地志》，而云"或曰"，岂杜亦如孔不能细检《汉志》乎！元凯地学最精，尚不知其所在，其为《汉志》无文明甚。续志盖采郑说以补前志，不得谓尽本班《志》也。

《史记》所载《汤誓》，自是古文简脱。尊论依《史》立说，如"有夏多罪，天命殛之"，与上"非敢称乱"文势衔接，今接"予维闻汝众言"于"有夏多罪"之下，殊失文理。后又云"今夏多罪，天命殛之"，又与"不敢不正"句不相承。至"舍我啬事而割正"下复接"汝其曰夏罪，其奈何"，反复凌躐古人，决无此文理。尊解"割正"依旧传云："专行割剥害民之政"，亦甚迂曲。

执事谓："使壁经颠倒讹衍，当时今文盛行，史公何难据以改正！"此亦未然。《尚书》初出屋壁，朽折散绝，刘子骏固言之矣。今文之行，则所谓博士集而读之者，盖久而后定。史公时或尚无定本，或今文家已能属读，而史公自传古文，存其真本，如《春秋》郭公、夏五之类，不得以此为疑。要之《史》载《汤誓》不如今《尚书》传本之文从字顺，则夫人而知之，不可易也。

"兹予大享于先王，尔祖其从与享之"，此为功臣配享甚明。尊论据《大传》以为祭于采地之庙。蒙谓：采地不得立庙。叔孙通作原庙，尚见讥于史，诸侯采地，安得有庙！且《大传》亦止谓"不黜采地，使世守以供祀"，并非谓采地有庙。《周礼》："祭于大烝。"郑云："死则于烝先王祭之。"亦明谓配享先王。《诗·长发》历叙殷先王，末章叙及阿衡，此尤配享之明证。《通典》高堂隆云：《周志》"勇则害上，不登于明堂"，言有勇无义，死不登堂而配食。据此，则配食之为古训义久矣。执事谓为后世之礼，殆未然也。

"乃训于王"，尊论：祖己述武丁，以诫祖庚，王谓祖庚。据《书·肜日》雊雉，武丁时事。祖己训王，即因雊雉进训，不得为述武丁诫祖庚。《史》谓此篇书祖庚作，不谓祖己，诫王亦祖庚时事也。

"无丰于昵"，尊论：盘庚尊亲庙。亦似牵于旧说。"尊亲庙"不为失，《史》但言修政事曰修德，曰以祥为德，并无亲庙之说，后人何从知之！《大传》亦言"反诸己以思先王之道"，是今文亦无"尊亲庙"之说。盘庚以弟继兄，乃殷家世及常事，非后世旁支入继，无私亲庙，载籍亦无盘庚尊亲庙之事，直经生望文为说耳。

"今尔无指告予"，尊论："无"为语词。则"指告"乃成后世俚言，恐非是。谓《史记》"故"字为"致"之坏字，亦涉改字之弊，此文本明，似无烦立异。"以容将食"，解者多迁谬，故鄙说以"乏祀事"为言。尊论：容为小屏之乏，非匮乏义。蒙意：本义为反正之乏，引申为匮乏之乏，似亦可也，不然，则此经难读，直当阙疑。

我旧云"刻子"，尊论据《墨子》有"贼诛孩子"之文，谓马本作"孩子"为是。蒙谓：此经无"贼诛孩子"之意，马训"侵刻"不作"孩"，作"孩"者《论衡》，其云：纣为孩子之时，微子睹其不善之性，性恶不出众庶，长大为乱不变，云云。义既浅鄙迁曲，又误以此经为微子之言，何足据乎！"好风""好雨"，尊读"好"为"畜"，训畜为从，最得经旨，于下月之从星正相符合。但此乃中国古说，今西法行，风雨于星月固无与也。

"公乃自以为功"，执事取洪说，借"功"为攻，"攻"为太祝六祈之一，郑注"攻"说："以词责之。"蒙谓：如洪说，则"自以"二字为剩语矣，不如以身为质义长。

"予仁若考能"，尊论依《述闻》训为仁而巧能。鄙意如《述闻》则"仁"为自美，其义为俭。初用《广雅》"仁，有也"之训，训"若"为此，谓有此巧能，似亦可通。继嫌其立说新巧，改训"仁若"为柔顺，或当仍用初说乎？请代定。

"弗吊"，尊论"不吊天"为句，殆用孙说。蒙谓："不吊天"三字，不成义句，孙氏不知文，故为此妄说，执事不宜仍之。

《莽诰》"天明威"，尊论：当作"天用威"。按：段依景祐本作"天明威，肆哉、尔庶邦君"。尊论：旧传亦十字为句。武亿说"哉"，同姚说，而在姚先。蒙谓：孔不明"哉"字之义，武与姚同时，而学不如姚甚远，应舍武引姚。

"朕其弟"，尊论引周公曰"王若曰"谓：《康诰》周公"洪大诰治""王若曰"与彼同，周公顺王命以告，不嫌称弟。蒙谓：周公顺王命，当称叔父，何能称弟！后文"寡兄"，承文王言之，若周公自称，是为蔑弃武王，故文王之下，便及己身，此大不可。且"王若曰"，"若"不宜训为顺，若顺王命，当言"若王曰"，不当言"王若曰"。此皆近儒用古训，不顾文义之失，执事不宜同之。至"洪大诰治"以为《康诰》之首，其前言"作洛"为剩语，于文无关，决为他篇错简，昔人多是妄移。独鄘说为《大诰》末二简错夺在《康诰》篇题之下，但移《康诰》二字于此二简下，便还其旧。又有"大诰"二字为《大诰》篇语之证。古书每篇皆有缘起，独《洛诰》与《大诰》，其叙述缘起，皆在文尾，此似无可疑者。尊意倘不谓然，尚求互质。经有"朕弟""寡兄"之文，其为武王无疑。

蒙解《尚书》，专以史公为主，至此篇史公《管蔡世家》谓：武王克殷，封功臣，康叔、冉季"皆少，未得封"。蒙亦未之敢信。《周书·克殷篇》：卫叔封传礼，《史记》亦言：康叔封布兹，康叔在克殷时并非幼，则"少未得封"之说，非其实也。孟坚讥史公分散数家事，或有抵牾，殆此类耶？《三王世家》载：丞相青翟、御史大夫汤奏曰："康叔之年幼，周公在三公之位，而伯禽据国于鲁，盖爵命之时，未至成人。康叔后扞禄父之难，伯禽殄淮夷之乱"云云。据此则爵命在前，而禄父之难在后，封卫又在禄父难后，然则始爵命在克殷时决矣。此汉初古义，当得其实。史公《卫世家序》云："牧殷遗民，叔始封邑，申以商乱，《酒》《材》是告。"是史公亦以《康诰》先作，而《酒诰》《梓材》在武夷乱后。所云"牧殷遗民"，即克殷时始封。姚姬传谓："初封于康"，非臆说也。其后封卫而命以《酒诰》《梓材》，故宁武子谓为成王、周公之命祀，则康国除而移于卫矣。此虽与史义不合，而仍有史说足据。若谓成王时作《康诰》，则"朕弟""寡兄"之说，万不可通者也。"在今后嗣王酣身，厥命"，尊论："酣"字句绝，不成文句，未敢附和。"不克畏死，辜在商邑"，尊论："不克畏死辜"为句，拙著初亦如此读，后思商无饮酒死罪之令，无死罪可言。"王启监"，尊校：《论衡》作"王开贤"。蒙谓："贤"，显然误字，可不引。"予乃胤保"，尊论：蔡训"保"为太保，不辞。蒙谓：既可称保，爽即可单称。"保"，尊读"胤保大"句绝，云"继前王保大之功"，蒙疑增字太多。"我二人共贞"，马训最善。尊论：二人共占之得吉。蒙疑增字太多。最后，尊说"贞"，问也。二人共问。此训简直，但在"卜休恒吉"之后，不必更言。"侦问弗克庸帝"，尊释：庸，用也。蒙谓：此常诂，因上文降格为谴告，故从《小雅》偿训以西邻责言不可偿为证。"大淫屑有辞"，尊据《大传》后夫人侍君之礼，为淫屑之反证。蒙依江读"大淫"为句，读"大"为泰，训"淫"为侈，此经似无淫色之义。"襄我二人"，尊引《墨子》"敬哉无天命，惟予二人"，而无造言。蒙谓《墨子》脱误难读。"崇乱"，尊论："《释文》作重乱，崇乃卫包所改。"蒙谓：《释文》自释孔传，非经文。"不蠲烝"，尊论："马，烝，升也。义长。享、烝，皆以下进上之义。"蒙谓：马训"蠲"为明，明升，不知何义，不敢从。"其在受德暋"，尊读："暋"字下属，谓《尔雅》代为词之代，犹发语词，以《书》"暋不畏死"及此经为证，最为有据，已见尊著《尔雅义疏》。蒙谓：语词为代，旧训更代，似可两存。此成汤陟"桀德、受德暋"皆相对为文，郚说亦可与公两存。"上宗奉同瑁"，尊论：虞意《尚书》本作同，误作冒，传本遂二字并收，郑不觉定，反训瑁为杯，非谓经无瑁字也。蒙谓：虞言古曰似同，从误作同，不云同误作冒。虞说不见二字并收之意。蒙据虞翻说郑本无瑁，孔疏引郑注："一手受同，一手受瑁"，殆非郑说，疑是王肃说，传写误为郑。尊议：孔疏先引郑注，后释郑义，毕乃云王肃亦以"咤"为"奠爵"，则上义非王注明矣。蒙谓孔疏说"咤"为"奠爵"之义，距上郑说已远，与同瑁之解无干。尊论：同为玺，为杯，均无他证。以文义定之，确为盛酒之器，疑"上宗奉同瑁"，"同"为衍字。"异同受同"当作"异瑁受瑁"，"瑁"即圭瓒，"异瑁"璋瓒也。蒙谓：同为玺，说本《白虎通》，当是古义。郑易新说为酒杯，恐未可据。爵乃笾实笾豆之事，则有司存，今天子宰相入庙行礼，各拳拳于一杯，非所闻也，且不名为爵，而名为同，果何据耶！郚说："乃受同瑁"，瑁，衍字。尊论：同，衍字。彼此各一是非。至谓瑁为瓒，虽有郑仲师说可据，仍与酒杯异名同实，不如受玺为传重器，与《顾命》辞事相称。"祗复之"，尊论："牿马牛"及勿逐马牛、"诱臣妾"，所云马牛臣妾为居人所有，非军中所有。最为卓见。惟"祗复"为敬复于居民，恐未然。"追孝于前文人"，尊论："前文人"，即显祖。蒙谓：

如尊说则词义为复，当依旧传。"邦之阢陧"，尊论：贾逵、徐巡，皆治《古文尚书》，所说皆《尚书》义。贾训"陧"为法度，于此经无与。"高宗梦得说"，《小序》。蒙谓："得说"非《说命篇》中之文。尊引《国语》白公、子张说，谓当是《说命》中文。考《国语》云："武丁于是作书。"贾唐云：即《说命》；韦云：非也。是韦已不以为《说命》。据郑说，傅说作书，亦非武丁作也。

以上诸条，敬以鄙意奉质，愿闻后命。不具。

与河南景月汀中丞 星 三月廿二日

时局近日益艰，外侮几难抵拒。尊论内治为急，自是探源扼要。窃谓内治大端，千条万绪，而大旨归于教养。吾国教养之法，大抵有名无实，上下以文书从事，闾阎不见实际，则内治源本当以为国得人为第一要义。天下事变无穷，人才亦各有长处。某窃见近世贤哲，往往取才偏隘，大半好人同己，己好俭朴，则以豪侠为非；己好绳检，则以通方为病；己无文学，则不喜书生；己无见闻，则恶言西法。窃谓匡时济变，必应广揽英流，而才俊之归与不归，必视用才者器量之广狭。若乃非常奇伟之士，则非破除常格，不足以羁系之，倘或施之非其人，则其祸尤烈。是故相士之识，为在上位者之先务也。以执事折节下交，故敢进其一得之愚，伏维财幸。承命为先师文靖公诗序，义不敢辞。愚见更有进者，欲求执事抄示国史馆本传，并《谏幸木兰疏》，同年似闻有《谏罢园工疏》，户部当有档册可查，此等皆生平大节，似不宜略。倘大事略备，鄙意欲撰一神道碑，刻石墓前，以垂久远，似较诗序尤为重要也。

答马通白 同日

去岁接手书，并抄示《改设学堂公呈条议》，至以为喜。惜此呈上达未久，时局遽复变革，谅当事早作罢论。乡里父老与当国诸公，遥相应和，似是应运而生，吾辈徒作杞忧何益。近劝此间诸生，自备束脩，附从在保定一英士学英文、英语。苦劝数月，得廿人，但在位不为提倡，殊难振作。凡外国有益民生日用之学，与富国强兵之学，皆是一源，皆由化、电、格致入手。此等邃学，名师尚无来吾国者。吾国小学未明，此等专门之学，亦无从问津。故虽在位者尽力倡办，办理得法，亦非十余年外不能造就成才。今举国不以为事，束手待亡，吾属子孙，恐无噍类矣。保定英士，学问颇为其国来游者所重，与仆素相往来，愿为代教。吾令学徒每名月奉二金，此最便宜。他处偶有办西学者，辄自立禁例，不用洋人，吾知其终无成就也。现与诸生约以五年为限，五年之后，或出游外国，再学专门；或自出应务，以博升斗之人，均听其便。惟五年之内，不得半途而废。吾若不离此席，或当照办，一有移易，又作罢论也。大著悉心一读，某老朽，于文事已无可望。朋友中，范肯堂困于贫病，贺松坡目已失明，惟吾通伯尚复精进不懈，近作益复劲悍矜练，力矫凡庸。某既深心折，亦遂强索疵瑕，以附诤友，兹附上察收为幸。文章不宜谈理，此前哲微言。执事最不信此语，究其谈理之作，实亦不能工也。

与方伦叔 同日

敬敷一席，竟未获就，私衷懊恼。然小恐乡里众口难调，当道未易交合，颇望而畏之。独投老远客，魂梦不安，家事全不能顾，大有夫差争长黄池之象，是可虑耳。今年闻请汪仲伊，想可振作。马通伯前有公呈，改办桐城学堂，其事如何？皖中风气难开，其议想成画饼耳。时局如此，将来西学必兴，先学先得利，皖中孤陋，事事落人后，亦其宜也。马议不行，执事在省，当与同志诸公商办一学堂，若能凑集岁脩四百金，不能请西人。若日本人，则尚可来就，弟颇有相识者，可为延聘。缘日本于西学皆已深入奥窔，西书精者，皆有译本。吾国后生，不出洋则学西文甚难，若学日本文，殊易易耳。公所往来，多吾皖俊杰，若尚不能提唱，则他人更无望矣。凡讲西学，不请西人，亦必请日本人，若不化去中外畛域，而欲请中国人为师，此妄耳。譬如英国，欲学中学，而不请中国人，但请英人可乎！弟观今日时势，必以西学为刻不可缓之事，汪仲伊所学之兵、农、礼、乐，皆后图也。幸秘之，与我公妄谈取谐谑耳。

与王子翔 _{同日}

拙作古文，千万不可付刻。古文最难成，我所作甚少，皆凡下无卓立者。刻本必能自成一家方可传后，若为有识所弃，则所谓播其恶于众，岂相爱者所宜出此耶！吾说《书》《易》二经，自信过于诗文，以说经易而文字难也。然冀州人欲为我刻《尚书故》，我尚坚辞不敢敢问世，岂敢遽刻拙文，以贻讥后贤！惠卿必欲为此，非我徒也。其代抄拙文，应令小儿留之，不复寄还。我一生未能大彻大悟，方深自愧恨，岂可益我惭耻。不但生前不刻，死后如启儿等欲谋付刻，亦非吾子孙，鬼若有知，必不福汝。吾祖、父皆积学，所著诗文，皆未刻以行世，我亦不敢谋刻，但写藏家塾，留①示子孙可耳。文章若能传后，此莫大之荣，吾一生无望，尚望后世子孙，有能继志专精，真能与于文家，则吾不虚此生，否则死即速朽，凭吾著作不足久留世间也。此事得失自知，岂他人所能代谋，幸为我力阻惠卿，勿为我献丑，使我魂魄不安，至要至要！

与贺松坡 _{四月四日}

见楚航等寄到清单，前次诸公醵财相助，执事家境不宽，亦慨助重金，尤以为愧。至乃执事门徒，向与下走无甚渊源，亦均出资救助，情理所无。当时实不敢领取，并不发视，不谓宋弼臣代为收存。去年与钱铺结帐，弼臣一手结算，不由分说，径为拨兑。生平辞受取予，深托古义，不欲尚财，孰

---

① 留，原作"流"，据《函稿》改。

意乃籍以巧取于朋友间，败名失节，莫过于此，又不惟我公竭蹶佽之助之内疚于心也，为我遍致谢忱，兼道歉念。此事诸君各为君子，独某成一无耻小人耳。西学已劝励数月，始得廿人，尚是冀州为多。将以四月开馆，均约定五年为期，虽得英人为师，尚嫌日力殊少，然限于财力，无如之何。此不过为内地嚆矢，若深究专门之学，大收功效，则仍俟之来哲也。

与裴伯谦 四月七日

姚选《古文》为古今第一善本，曾文正一生佩服此书，亦屡见于日记、尺牍，言之详矣。通行康刻本，系李申耆所校，其晚年定本与康本时有异同，吴氏据晚年定本，又请管异之、梅伯言等勘校，视康本尤精。乱后板毁，沪上传有翻刻，讹谬异甚，此下走欲议石印之本旨也。康刻有圈点，吴刻为其近俗，复刊去之。敝处藏有晚年圈点，与康又复不同。今拟附刻圈点起止于后，又遍考诸书文字同异为吴刻《校勘记》，亦附于后，俾便于学者之参考。于是姚氏一家之学，可以复存于世，后之学者，必当有赖于是书。元刻印本流传已希，纸无佳者，今改用倭纸，焕然改观。若公等仕路中用作赠送之礼，则尤极好人事。执事近归本缺，计财力当可稍纾，望仍允照元议，入本三股，以成此举。又有请者，贵治距丁雨生制军家，想不甚远，丁宅藏有世彩堂《韩文》，为东雅堂祖本。往年曾文止见此书，叹为海内仅见之本。次日，丁公举以赠曾，曾公传示，一幕诧为奇宝。留之三日，仍复奉还丁氏。其后，某曾请合肥相国，向丁公索此书，以付石印，合肥不甚留意。及丁公即世，愈难办理，但恐此书不能久传，殊为可惜。公履任后，可否设法从丁宅访得此书，集资石印，则宝物复出世间，为益尤大，务乞留意为荷。近来时局日变，某犹区区以此二事奉商，可谓过阔。然窃料世变虽甚，中国文学不亡，则此二书必应流布世间，以药近日儒生庸陋之病也。

与程尧卿 四月十一日

近知有锦州开金矿之举，此事得法，则在国为利薮，在家为世业。但须一仿西法，不可参用华人旧章。凡矿利，五金不如煤，而黄金又不如他金，以其易漏难防。故必一用西法，一惟西人是从。吾国士大夫无真明矿学者，倘强作解事，则彼中能手，不欲攘臂其间，必且掉头以去。想执事考求有素，必能驾驭西人，翘盼成功，无任廑系。

与陈云斋 四月十四日①

桐城来书，有一公事，欲仰求鼎力玉成。缘桐城五乡皆有书院，某所居乡曰南乡，其书院曰白鹤峰书院，有书院产业曰玉版洲者，近有无赖子欲妄争此洲，诉讼已至藩署。敝乡诸绅，力持正论，不令无赖得意，闻已呈县，请详定立案，想长吏当为书院作主。万一讼久不息，争诉到皖②，尚求我公转达邓大公祖，片言折狱，永断葛藤，是为至感。现时正案未定，又生枝节，书院绅士到府呈诉，府尊遂欲于此洲入息内提拨二百千为省城外救生局之用，此则万难从命。白鹤峰书院入款本微，此洲获利有限，每年入不敷出，并非有余，一经分提，书院立败，不可一也。救生局虽系善举，比之书院育才为国，大小悬殊，岂宜刻削书院附益救生。亏彼成此，是谓顾小失大，不可二也。府尊视省城近地，以桐城下县为远，实则均隶嶙嶂，不宜显分厚薄，奈何夺桐城养士之资，为怀宁循例公事之用，不可三也。且救生局即能认真办理，亦为仁术，究竟能救几人。桐城亦在江滨，书院之傍，有七里矶救生局，每遇风浪，活人不少。然止地方富绅捐办，好官亦解囊相助，并未闻提拨公

---

① 四月十四日，《函稿》作"四月十八日"。
② 皖，《函稿》作"院"。

款以附益之。况如书院，则官绅向来皆视为重大之事，方虑无款增补，岂肯夺其已有之业，以拨归救生局哉！本县之救生局，尚不得提用书院之款，何况邻县，不可四也。有此四不可，即令一二绅士迫于府尊之命，不敢抗违，或向府尊面许，要之此洲系一乡公款，非一二人所能主持，府尊若欲整顿怀宁救生局，亦何处不可提款，万求勿提白鹤峰书院洲业。弟于府尊，向无渊源，不便冒昧言事，敬求我公俯念一乡文教所关，转劝府尊，收回成命，异日造就成材，府尊之赐也。

答柯凤荪 四月十五日

昨接十三日手书，欣悉十二日未刻得一男子，此德门大庆事。世俗例行人事，不足达忭喜私抱也。抚育勿过珍重，但料检饥饱寒温、动定节宣之法，不可专依吾中国乳妪旧例，当随事询问西国女医。彼土料理婴儿，将养爱护，曲尽性理，家喻户晓。其谓吾国妇人，愚蠢不达事理，往往用为笑柄，名为爱之，其实害之。故必以勤问西法，为养婴之要诀。其大端则《妇婴新说》亦粗得梗概，但太简略耳。吾常过一西人，不令入常时见客之室。吾问何故，答言小儿寝此室中，彼昨暮眠睡，偶不如常，今昼寝方酣，恐客人惊醒耳。其于眠睡一节，尽心如此，其他可以类推也。

答柯凤荪 端午

沂州事究竟如何了法，能知其详否？威海已为英踞，则所谓杨马岛者，亦不值一争。毓中丞此等抗法，殊于大局无济，况并不能争转也。九龙已割，又听民间之生事，大吏奏牍，至有良民忠君爱国之语；为英人所持，遂有改索黄浦之举。国家尽此等大吏，安得不日蹙百里耶！

与李季皋 五月十一日

时文寿命不长，今年选得诸生十余人，同从英人曰贝格耨者学习英文，小儿与焉。约以五年为期，五年之内，不许告退，或望有学成者数人，亦渐于学校中开此风气。畿辅学堂所聘之英文教习，曾与英美人谈天。吾问英美人，则皆言其说话尚未通也。中国官场，坚执不用西人，吾皖中闻亦聘同文馆学生往教，大概与畿辅学堂等耳。见报纸言师相近延西教士教文孙等，自去年八月以后，大约京城中止师相一家；书院中兼习西文，亦恐止莲池一处也。近又有一愚计，窃见淮军公所岁脩之费，每年入数甚多，出数甚少，盈余之数，易为经手人所干没。虽目前委令叶少韩经理，系属得人，将来更易他手，终恐不能经久。鄙意拟请命于师相，就存款入息中，每岁提四百金，以为学堂经费，教皖人子弟，令习东文。畿辅诸生，有愿附学者，令少出束脩，以资补助。惟皖人则不须别筹束脩，庶冀寒家易于从学。师意如以为然，即请告之叶少韩，照数提出，以为学堂之用。至东文教习，则弟有一日本学生曰中岛裁之者，其人于东学、西学皆已卓立，而中学亦甚可观。今请其教习东文，亦以半日为限，余半日各生仍自归本家讲习中学，此乃中、东兼习之法。东文苟通，即西书皆有倭文译本，吾可遍览广学，又可赴日本研习专门之学。皖人文武子弟，倘有造就成材者，其为功效，比淮军公所之经理得法，更为远大。此事最为惠而不费，于公所不致有侵蚀之弊，而学堂受教育之泽。就某在此时创立，规模当较各处所立之学堂为有实济而少弊端。务请过庭时代禀下情，静候还答。近日曾以此事商之叶少韩，少韩亦甚赞叹，但必得师命，乃能放手耳。

与方伦叔 五月廿一日

某近见后生所遇变局，实前古所无。人家父兄之教，必须稍与变改。现在，此间劝诱诸生出城，从英国人名贝格耱者讲习英文，共得十七人，小儿与焉。此十七人者，月各出二金为束脩。贝君与仆相好，情愿代教，且不问束脩有无，每日以一点钟教授，而诸生归后，仍在书院大楼聚而同习，以两时为限。今已月余，由弟督率，甚属踊跃。昨令放热假月余，俟七月再接再厉，此事甚有味。前日又作函李傅相，请将保定淮军公所岁脩生息余款中，岁提四百金，开一东文学堂，专教皖人在北者子弟，傅相欣然乐从。已函约敝门徒曰中岛裁之者，请其来为教习，料其必乐于从事。保定一城，由下走开成东、西二学堂，并不甚多费，颇以此自喜。转恨故乡至今尚无闻见，子弟斤斤于小讲半篇，欲求一游泮水。一朝时局改变，无处求食，即恐黄种难存，此最伤心事也。

与千里 五月廿四日

汝堂上属买燕菜、鹿茸等物，一时无人携带。自西医研精物理，知燕菜全无益处，鹿茸则树生之阿磨利亚，及骆驼粪中所提之阿磨利亚，皆与茸功力相等，而价贱百倍，何必仍用此等贵物乎！西医不但不用鹿茸，亦并不用阿磨利亚者，为其补力小也。汝平日不考西书，仍以鹿茸为补养之品，何其谬耶！少年人病愈，则气体自复，若欲调补，则莫过于鸡、鸭血肉之品。吾以为日日清晨出外行动，其补益过于日食一鸡，恐汝母子颟愚守旧，不信鄙言耳。

与劳裕初 五月廿八日

辱惠大著《等韵一得》，源流明备，思深义显，卓然名家；创分夏、透、轹、捺四韵，发古人所未有。昔江慎修谓：卅六母总括一切音，欲增减移易者，皆妄作也。吾乡方素北据品介孺说大唐舍利创字母卅，后温首座复益六母，若谓温法为定则，舍利不当止用卅字，明此法固可增减。陈兰浦考《广韵》切语，上字为四十类，明非卅字母所能包举。今大著益为五十八母，以校卅六母，仍复部居整饬，有条不紊，音之至者，固将暗合天籁，敬佩无似。来示委查那文毅奏疏中义和门教名目，今查抄呈览，他书并未理会。嘉庆中查办教案，仁宗谕旨有云："此时所诛者，系谋反之人，至寻常习教者，不过乡愚无知，被其诱惑，间有拿送到官，罪止发遣，并未滥戮一人，此众所共见共闻者"云云。具见先朝用法宽平，不欲严治习教。弟昔从曾文正时，适湖南哥老会滋事，文正告示云："但问为匪不为匪，不问在会不在会。"其用意正与仁宗皇帝先后同符，盖不惟事理宜尔，亦所以安抚反侧，解散党与，不使相率煽诱，滋蔓难图。今义和拳无论邪教与否，但外国传教，迭奉谕旨保护，彼等专意与之寻事，亦只问其滋事不滋事，不必究其邪教不邪教。此亦解散胁从，不令团结之一道也。刍荛谬见，伏候采择。不具。

与萧敬甫 <small>同日</small>

海峰诗已刻成，至慰私望。尊跋遵示用朱笔校过，谓刘晚年自改定者，乃我公一人之见，旁无他证。当在疑事无盾之列，故憣易为归之姚定，似是传信之说。尊论两先生所造之境相同，不分彼此。鄙意亦不敢附和。窃谓姚公所诣，过刘甚远。故姚七言律诗，曾文正定为国朝第一家，其七古曾以为才气稍弱，然其雅洁奥衍，自是功深养到。刘虽才若豪横，要时时有客气，亦间涉俗气，非姚敌也。此《跋》将与后世知言者告语，故妄删易此说，仍请卓裁。鄙意又有未安者，大著每称惜翁，此沿方仪卫之误。仪卫及见姚公，用当时语称之，如赵秋谷称阮亭为阮翁例耳。究亦尺牍笔记中语，若行文虽同时人，亦不宜为此俗称，况后生乎！窃谓当以所居官称之为姚郎中，抑或称姚先生，乃为宜称。今于大稿中，惜翁字虽改为惜抱，鄙心仍以为未安，故略贡所疑，希酌定。

答王次康 七月朔

　　人来传语，问冀州联庄章程，前谈后即作函属寄，至今未到。目下往来便少，恐寄物需时。大约鄙意以得人为主，必访得其人为善良，乃可信用；若难尽信，则以用富人为主，贫士虽有贤声，不可轻用。又十村八村为一团，欲联此一团，则须先用名柬请此十村八村之牌头、甲长、耆民等，来坐客厅，与以限期，令归各自议举村主。必富为该村首出者，万一第一富家人不足用，不得已乃用第二家。村主既定，一村应用若干人相助，由村主自定自举。其同团各村，村主公同议举本团能服众望者一人为团长。如此办理，必可得善良，少弊端。但日日帖请村民与之坐语，彼谓官与体面，亦必归而感奋。公议如此，办不能求速，宜由近及远。十余日之后，则已四乡传播，虽未尽来，而已村村预备矣。一县大约四乡，一乡须得有乡望之人为此一乡之总团长。规模既定，则虽办理未齐，而台端或有事入省，此一乡之总团长仍可代官劝办，不致松懈也。若不依鄙说，但用差役，持谕帖下乡劝办，则必至敷衍从事，不能着实。团长、村主既已得人，其要端则旗帜为先。旗帜要大幅，小则不威，一团换一样，五色间杂，此团红地白边，彼团即青地黄边，使行我境者，团团耳目一新；合操之时，分明不乱。团旗最大，村旗略次。同团之村，同一旗式。此物最壮声势，故须先办。其次，每村须有马匹。大村四五匹，小村一二匹，最下之村，亦须有驴一二匹。凡马，令向窝户借用，无事时各家自用，一闻警报追贼，立即鞴用。无马，即骡亦可，倘借马倒毙，村众共摊赔偿，惟不准有马不借。一团合力追贼，有马廿余匹，各执村旗，随团旗之后，便成马队。一军用一健马，环巡路口，知贼何向，虽贼去，一时两时，仍可追得。缘贼步而我骑，迟速异也。若贼本马贼，则追贼尤非马力不可矣。此乃下走独得之策，他人所无有也。至于临警，金声为号，或锣或钟，各听民便。惟村中丁壮，须令村主挑选记册，不必造册交官，恐乡愚疑有征调，反不肯办。村主必有丁壮册，一闻贼警，立即齐集，何人骑马，何人步行，皆平日预定。有警则何人把截路口，何人骑马知会邻村。同团之村，闻一村有警，亦皆立即步骑并出，同到出事之村，再行合队前追。但查明贼行何路，虽追至天明，追至翌午皆可；或追至邻县，追至邻府皆可。如此穷追，决无不得之理。此联庄防贼之实效也。此皆平日与联长、村主三令五申，必须照办。有一户一人不如令，则必议罚，不服罚者，禀官究治。凡办联庄，专为防贼一事，其余一切公事，皆不以烦扰团长、村主。其详细章程，由各团自行公议，官与作主。凡冀州章程，大略如此，先以奉闻，余俟州绅送到刻章再行奉达。

附　冀州联庄事宜

每一联庄，联长一人，在各村公正富户中推选。

每村，村主一人，在本村公正富户中推选。

每牌，牌长一人，用本牌良善殷实者充选。

以上应议之人。

每夜，本村打更，牌长与牌户轮流拨夫；单丁孤寡，不必派夫；老人、小孩、妇女及无业游民，不准充当更夫。由村主及该村公正人等每夜稽查。

每一联庄，多则十余村，少则六七村，不可太少，太少则声势孤单。务令一村有贼，四邻各村围住兜拿。

村主与村主，彼此相联；联长与联长，又彼此相联。此联庄边界之村，与彼联庄边界之村，互相救援，不可稍分畛域。务令每村皆有四邻团团护救。

以上应议之事。

每一联庄，大旗一面。无事插在联长门首，有事追贼，联长执旗前行，各村主领村众随之。

每村，村旗一面。无事插在村主门首，有事追贼，村主执旗前行，牌长领牌户随之。

号锣一面。

马若干匹。向富户借用，须于平时查明村内有马几家，可借者共几匹。

器械各人自带。

以上应办之物。

十家为牌，牌内九家互保，所保户内，有人作贼，并罚。互保之家，其无人互保者，即归入另户，随时稽查。

积匪滑贼，合村公举，如本村不敢公举，知会邻村公举。如同联各村不敢公举，知会四邻联庄公举。

凡车马人客夜行者，由各村禁止。

以上清查之法。

一村鸣锣，传号各村，人马齐出，把截各处路口，不令贼党脱逃。要迅速，要整齐，不可忙乱，不可迟缓。如贼去已远，各村齐集，询由何路，鞴马跟追。其传号之锣，一村传一村，须令愈传愈远，不可因失事之村相距较远，遂不接续传锣。

以上救护之法。

罚章：

不拨夫打更：	每户每夜罚
打更偷睡：	每人每夜罚
打更半夜卧家不出：	每人每夜罚
雇用无业游民打更：	每村罚每户罚
村主公正不稽查：	每人每夜罚
村主公正容隐弊端：	每人每夜罚
闻锣不出：	每村罚每户罚
闻锣出村不远便还：	每村罚每人罚
追贼退缩不前：	每村罚每人罚
闻锣不接续传锣：	每村罚
牲畜伤害禾稼：	每牛骡驴罚每羊猪罚
放火烧人谷稼柴草：	查出罚
车马践踏青苗：	每次罚
偷秋：	每人罚
无故毁坏青苗：	每人罚
地邻见人偷禾不问：	每人罚
偷窃树木：	查出罚
窝藏匪人：	查出罚

勾引外村匪人：	查出罚
销卖赃物：	查出罚
屠户买杀被窃牛驴：	查出罚
开局聚赌：	每局罚每人罚
招娼：	每户罚
开设烟馆：	每户罚
使酒骂街：	每人罚
遇集滋生事端：	每人罚
村主公正瞻徇不罚：	每次罚

凡罚，不可短少分文，实在穷苦无力认罚者，令照所罚钱数，罚令做工，男罚男工，女罚女工。

凡一户一人受罚者，其罚款充本村公用。

凡一村及村主公正受罚者，其罚款归联长充联庄公用。

凡用罚款，将出入账目张贴通衢。

凡应罚不认罚者，准禀究。

联庄赏格：

凡巡更人，于贼初入村，扭获一名者，赏钱三千；扭获二名者，赏六千；获三名以上者，赏十千。

凡贼已入室，有挖孔拨门形迹，村邻当时同起救护，捉获一名者，赏十千；捉获二名者，赏十五千；获三名以上者，赏廿千。凡贼已行窃，携赃出村，村众登时齐出，步行追获正贼三名以上，夺回原赃无失者，赏卅千；贼去已远，传知同联各村，同骑骡马尾追拿获正贼三名以上，夺回原赃无失者，赏五十千。

凡被窃失脏甚多，一二日内查获真赃、正贼、窝主者，赏五十千。

凡明火打抢、骑马路劫，及拒捕伤人之贼，各团齐出兜拿，追获正盗五名以上，夺回原赃无失者，赏一百千；追获十名以上，夺回原赃无失者，赏二百千；一二日内查获真赃、正盗，并搜抄盗窝者，赏三百千。

凡追贼被伤者，如获住真赃、正贼，除前项赏数外，每受伤一名，赏汤药十千。贼赃无获者，由各村自行酌给养伤之费。

凡捉获赃贼，均由各该村主公正通知联长、联总，公同送案，以凭照格给赏。无联长、联总到案者，不给赏。其有挟嫌妄拿、栽赃诬陷者，该联总、联长等，查实驳回，不得听任弊混，致干反坐。

与周缉之 七月十二日

《刘公墓志》拟稿奉呈，中多忌讳，以韩公撰王宏中、张孝权、胡良公、李邢、张署等墓文，皆不假借曲讳。墓文盖将告后之来者，非以告当时，藏之名山，传之其人可也。

与 严 逸 亭

逸亭仁兄大人左右：

恕谷馆事，昨经童巽伯兄苦口劝导，恕谷要求甚多。大约坚执不去，故出难题：目下正征收吃紧之时，既请幕友不得，俟上忙毕事，始行到馆。鄙意恕谷不去，亦即不敢相强。但我必遍告同乡诸公与恕谷校论曲直，仍凭大众说定。嗣后恕谷兄弟馆事，永不与汝纶相干。其家无论如何为难，不得再令汝纶过问，则汝纶从此谢天谢地。至此馆去与不去，两言而决，即请其本日回话，以便改人。琐琐奉烦，即颂道安，不具。弟汝纶顿首闰月廿四日。

与 徐 椒 岑

椒岑仁兄世大人左右：

省城相见，旋复执别，积愫未宣，殊为怅悒。献岁发春，即谂侍福绥愉，顺时纳祜，至为跂颂。使来，接奉手教，并见惠茶、镜二事，荷承垂注，盛纫曷任。谨拜詧佳茗，以答盛意。洋镜一具，借使奉缴，聊伸受餐返璧之私。

近时有志远略者，每好研穷西学，一器一物，必皆珍爱玩弄，探讨其制作之源。所谓不入虎穴，不得虎子，非贵异物也。我兄识器闳远，以此物见惠，知爱实深，惜蒙陋无以副此。然辱承雅眷，亦不敢过自疏外，既慰得陇之私，复起发棠之兴。前在省时，与方俊民搜求《惜抱轩集》，俊民谓尊处藏有两部，不自揣量，欲求以一部分赐，不识能割爱否？弟去岁归觐，揭债以充行橐，抵家未久，遂已不名一钱。现拟刻期首路，而办装无资。平生徒友，绝无钱财可赴人急者，颇自恨向来取友之不精矣。询来使，知正月未必出门，倘能枉驾过我一倾怀抱不耶！来示奖饰，非所敢承。至以节俭相规，则挚爱勤拳，教当佩为韦弦，书之衣带。弟本无仕宦之材，徒以二亲头白，甘馔不供，坐令山灵勒移，书册尘网，真乃山谷所称"食贫自以官为业"者。师友期望过厚，大惧隕越贻羞，愧负知己，念此令人忸怩不安者累日。阁下清贫似我，而谋食更艰，苟可稍资事畜，自应虚与委蛇，志局以勿遽辞退为是。书之成否，尚未可知，毋以大名贯耳为虑。扬州事成，改图固善，万一左右陇断，世有鲍叔，亦未必以我为贪，此不可悉裁以濂洛关闽之法也。承属令亲事，敬当竭力代谋。刘省之不喜人强项，近时自待益高，来示车笠之盟，乃传者之误。前数年相与，所谓人自敬丞相长史耳！其与弟特所谓君子之交淡如者，作函恐属无济。郭、周两处，倘可相机一言，北行时必与相见，成否再行报命。日内能临敝庐，吾以脱粟饭相待。异时或北走燕赵。则吾州虽小，尚可为北道主人，后会正自易易。抑吾辈所以相与者，竟似别有因缘。虽踪迹乖张，书问疏阔，而兴来情往，针芥同符。此岂山阻川深所能间隔耶！别后各宜努力为啖饭之学而已。张廉卿前日过皖，匆匆一见。今岁闻在金陵据凤台书院一席。萧敬甫迄未相见，不知渠何以如是之忙。跧伏茅屋，颇以索居为苦，若得手书，喜不可言，而拜领厚馈，又深惭无物为报，窘极愧极！手肃奉复，即颂侍祉，并贺新禧，不具。世小弟吴汝纶顿首，人日上状。

　　寄到名条一纸，收存弟处。又及。

致 某 书

□宪大人左右：

昨见致翰□□书，鄙件仰赖鼎言，虽上官不肯俯准，私感高义，有同挟纩。至谓冀土遇此，尚有沾润，则汝纶亦有所闻。窃疑此语未然，且因新往受代，稍欲示德耳。格于宪意，无可复言矣。所须先君墓志，谨呈上一分，伏乞察纳为幸。汝纶旋津数日，张罗尚未到手，约在此旬间定行南发，至迟以廿六日为定。水道程途，碍难刻期，拟由滏河前进，较运河近数驿，□□初八日，当可接篆。减差之事，上宪为政，接篆之期，下宪为政，不能恪遵宪饬也。桐孙竟为公孙瓒，至以为快。灭瓒者，袁本初也，不知之乎？书肆倘遇钱竹汀《史考异》，务求代购。否则下次相见，又当挟续文苑以去也。匆匆上闻，并求将敝处行期转告杨西园统帅，请其转饬夏君先行拔队前进，式兄同此致声，亦请其将敝处接印日期告知袁鹭翁，俗冗不能一一致问，不及另函。即烦勋祉，不具！汝纶顿首。

与 某 某

前过保定，一接清谈，至慰饥渴。旋见《大计报》，欣悉荣膺卓荐。在执事固不以此加荣转，幸官评尚有公论，是时局之大庆也。家兄某前蒙推爱，适馆授餐，至以为感。近日某长男自南来省觐其父，谓亲年已高，某喘嗽殆是痼疾，宜居南方和暖之地，不宜久留北土，惟家贫不能无馆，情愿代父服劳。查此子前在汴梁依其外舅许硕甫幕中，于征收帐房皆有阅历，而人亦诚朴不浮，如蒙爱注，允令为父代庖。俾某得南归养疾，而贵幕仍留榻相待，是始终成全，为惠匪浅。荣迁在即，此子仍可追随左右，勉供驱策，不胜翘跂待命之至！兹令持函奉请勋安，伏希鉴录。不宣。

答陈云斋 <small>七月十三日</small>

惠示并抄示院司批详，敬悉一一。先是未奉惠书，家乡绅士已有公函，言及官场已定议提拨，执不敢遵。在京师及外省者，人人愤怨，攘臂欲争。来示："案已批结，似可无须计较"，具纫忠告厚谊。某宦游卅余年，于乡里公事从未敢妄参末议，独此事则乡里故人以文教所系，责望颇深，亦遂不敢隐情惜己。皖中当道，又无可求援者，平生知旧，惟我公一人，不得不再陈鄙议，仰求九鼎一言。为我转圜于中丞公。小秋大公祖，曾于曾文正公处有一面之缘，今不敢冒昧上言，亦求我公婉为缓颊。事成，吾惟子之赐①；不成，吾惟子之怨矣。中丞、方伯两公，若有意赏还，今虽已经批结，绅士再行呈请，仍可就势转圜，不以反汗为嫌也。昔汉高刻印销印，瞬息变改，苏子瞻反深赞其美，以激厉②神宗曰："何尝累高祖之知人，适足见圣人之无我。"此可谓善论事矣。书院为造士之区，名士巨公无不重视。桐城初整书院，在道光时，中丞、方伯皆分俸倡捐，事具《江坝纪略》书中。曾文正驻节祁门，查出地方闲款，归入书院，徽人至今受其赐，此皆前事之师也。太守但忧救生局经费无措，亦何尝欲亏书院以成救生。闻有府工房张姓者，妄献此策，即诳骗桐城一诸生冒为李世鸾，谒见太守。据府详，此生折开书院入款，共计洋数百元云云。若果书院经手绅士，何至不知确数，但称数百元，此足见其难据矣。李世鸾老病伛偻，难于谒贵太守③，若信前见某生即为李世鸾，不妨传李世鸾到署一证，是否前人；若前所面诘并非李世鸾，则此生认缴二百千，不得执以为据，且太守所诘，固不难置对也。书院成本，愈多愈善，白鹤峰原有经费止三百余元，全望新洲增涨，以便扩充，岂得谓洲息溢出原定，遂提拨他用。若令李世鸾进谒，何难从容辨解，何至遽尔允提。弟前闻有此事，故前函言一乡公业，一二人私许不能算事，不谓府详竟执为

---

① 吾惟，《函稿》作"惟吾"。
② 厉，此处应作"励"。
③ 难于谒贵太守，《函稿》作"难于谒见贵人，太守……"。

拨款之据也。来示谓"提拨有限"，不知洲息本微，今提去二百千，已及强半。府详谓："尚有四百四十千归书院，而以一三折合洋元。"现今皖中，洋元无此贵价，此四百余千中，尚有无名耗费，岂能通归书院！此犹其小小者。江洲坍涨无定，今既提拨洲息，万一洲再加涨，必且照股增提，若使洲复坍陷，犹将照数追缴，是不惟剥削书院，又贻后日无穷之累。仁人在上，何得缄口坐受其患乎！窃谓方今国势削弱，正坐人才少耳。今虽金陵裁撤学堂，某以为欲养人才，不得不兼资异国，取长辅短。某于去夏康有为未管事之先，曾致书乡里故人，欲将白鹤峰书院改为东文学堂，讲求农商致富之学。乡中复书谓经费不足，俟一二年新洲若能加涨，当可如教云云。今不但不能讲异国之学，即欲诵习中学，亦岂三百元、四百千等之所能为役。求长甚难，分拨甚易，使非府详、司详，则南乡书院之产，尚不能拨与北乡，何况异县！推大救生局冠以省城，他事，省城首善，泽及全省，若江干救生，则处处有之，止可谓一乡一里之善事，不得以为全省公事。盖论被救之行人，则不惟本省，尚有他行省之经过者，此亦处处如是，不惟省城为然。若论办理善举之人，则止濒江三五首事，并不得谓一县公事，何况全省。且纵事关全省，亦当六十州县通力合作，不便专提桐城一县公款也。书院、救生，孰轻孰重，在位有道君子必能辨之。区区愚见，欲求我公怂恿中丞、方伯，自他处拨二百千以办救生，而以洲息赏还书院，则仁言利溥书院，当尸祝我公无有穷已，望垂鉴。不具。

与白鹤峰首事诸公 同日

前闻玉版洲租入，有府提办理救生局之议，其时私意不以为然。因院幕陈云斋系属旧游，曾经作函详论书院、救生轻重，意欲云斋为我出力，一面由家乡诸公具呈上诉，或冀提款之事因而中止。昨得云斋复书，谓已经院批结案，并抄寄司详、院批各件，告以"所提有限，不必较量"等语。弟又复书云斋，再与力争，未知云斋能否为力。窃谓白鹤峰成本不足，专望洲涨息增，可稍加展拓，不愿提归他用，兼因救生乃怀宁善事，应由怀宁筹款，不应拨桐城书院公租为怀宁救生之用。又况一提之后，势且照股分租，洲若加涨，彼必加提，将来隐患更无底止。窃意官场虽定议分提，绅士则不宜照办，欲请公等公同定计，决意争回。争回之法，县、府、司院，层层具呈，总以仰求垂念书院经费不足，议提之二百千，仍准赏还。县则请其转详，司则求其饬改。上下控诉，周而复始，不准不歇，料官场不能予以罪名。萧蔚甫为七家岭一事，纠缠不已，卒能争回批定之案。岂可以白鹤峰一乡文教所关，反不如七姓烟火琐屑之产！又岂可以兄等文章经济之贤，反不如萧姓一老布衣！然则此事之宜力争，不待再计。但府详有"李世鸾面允提拨二百千之语"，弟知侣兄决未谒府，然府详亦必非捏造，计必有到府允提之事。此次控争，应先和衷商办，则请前次到府允提诸公，不复出头，而令李侣兄具呈"并未赴府谒见"，使府详中所称李世鸾面允之说，竟成子虚，则书院争回之举，不为无理。府若又提前次面允之人，则决计不到，其详文止言李世鸾面允，则于旁人无干，彼不能指他人为李兄也。鄙意如此，侣兄真伪，止于呈诉院司词中说及；若在府具诉，则但求赏还，空空立说，不提李兄真假之辨。即院司呈中，亦止轻轻带叙，莫说作十成死句，务使上台知李世鸾之说，实不可靠，而不致严传前次面允之人，乃为立言之妙。若止一两次行文提质，则止须赴县呈明"某某等外出幕游"，便可交卷也。诸君如以鄙说为然，则今秋之租，即决勿交府。府来文到县提租，则其时必应在院司已经呈过，即赴县呈复。谓方在院司呈求赏还，俟控定再行呈缴租息。谅彼不能雷厉风行，万一追呼迫促，则请议人至金陵具控。金陵弟尚有人，可以先与通函，令其为我先容于制军，不致黑打。如此到处呈诉，必以争回为事，纵令不能遽行争回，仍可留为将来张本。首府一经换人，必可呈请拨还。又退一层着想，日后纵不拨还，洲倘加涨，亦不致按股加提，则是目前之争，虽似无益，实亦未尝无益也。弟离乡数十年，向未干与公事，此系文教大事，不敢不言，敬请兄等公同采择，斟酌行之。不具。

答柯凤荪 七月廿三日

承寄惠多珍，谢谢。新外孙尚未命名，此自是乃翁事，欲以见属，请名之曰"毛"，欲以谢超宗相期待也。前承示《尚书》诸说，尚有未奉覆者，则《顾命》在庙传命一事，尊论"周人殡庙"，此创为新说，殆欲援旧传以通史义，仆不谓然。《檀弓》："周朝而遂葬。"《仪礼·既夕》记迁柩朝祖之详，不得谓非典要。其云"设盥于祖庙门外"，"烛俟于殡门外"，文尤分明。左氏"不殡于庙"，当依服义。《杂记》"至于庙门"，《大戴》"诸侯迁庙""从至于庙"二注，皆以庙为殡宫，《丧服小记》"无事不辟庙门"① 注亦谓庙为殡宫。《郑士丧礼》注："凡宫有鬼神曰庙。"《士虞礼》注："鬼神所居曰庙。"此诸说皆与服同。独旧传以殡宫释《顾命篇》之"庙"则为失耳。郑说左氏"殡庙"为"变"周文从殷质，自是曲说，然亦见周世无殡庙之事，故以从殷为言。杜注说为"朝庙"，皆不如服说之当。崔氏"侧庄公"注："不殡于庙。"庙亦当谓殡宫。若晋文公之殡于曲沃，则失礼之事，不足为据。周无殡庙之事，此《顾命》在庙行礼，专为传受顾命，所行皆吉礼，故篇末有释冕丧服之文。是礼也，后传为天子诸侯即位之礼。何注《公羊》"桓公即位"云："即者，就也。先谒宗庙，明继祖也。还之朝，正君臣之位也。事毕而反凶服。"何说如此，正据《顾命》为义。后儒不明天子诸侯之礼，专以士礼推论，遂妄意《顾命》为礼之变，此殊失考。执事又欲曲证旧传"殡宫"之说，益使古义不明，不得不辨。前书漏未及此，今更续陈，倘有疑滞，可互质也。时事日棘，正坐士大夫无致用之学。吾辈于此，乃相与斩斩于章句之业，殊自笑也。

---

① 辟，原作"解"，据《丧服小记》改。

答柯凤荪 八月四日

昨接惠示，辨论"殡庙"一事，据《杂记》"至庙门，不毁墙，入适所殡"。以殡庙为天子、诸侯礼，不殡庙为大夫、士礼。愚意郑于枢尸"自外来"言之至详，其云枢自阙升自西阶，尸入自门，升自阼阶，皆殡于两楹之间等说，似当时皆有确据，决非臆定。若使有"殡庙"之文，郑必不改庙为殡宫，若郑已不见有"殡庙"之文，今更二千年，不宜悬定有"殡庙"之事，此诚下走所不敢曲徇。至《顾命》为在庙行礼，不至殡宫，则《史记》明言二公"以太子钊见于先王庙"，此史公问故于孔安国者。旧传以庙为殡宫，显违《史记》，不宜迁就。且君臣皆吉服，决不可行之殡宫。若使殡宫在庙，则棺殡于西阶之上，与牖间南向之坐相左，进退无据。既传顾命于殡宫，史公不得以为先王庙矣，此可决知其不然者也。尸之有无，可不论也。经文"同瑁"，据虞翻所纠，则郑本止作"同"，训为酒杯，而虞定为"冃"。若本作"同瑁"，虞何得以"同"为"冃"！《大传》"天子执瑁"，何以知为说此经！今文家训"同"为副玺，盖别有说，不关偏傍有无。虞谓今经益金作铜，知本为"同"字，"同"、铜一文，非谓铜玺。但称"铜马"云"大同天下"，此正释同为玺。若酒杯但一筐实，所谓笾豆之事，则有司存，何用王与太保兢兢奉持传授，又何大同天下之足言乎！秦前，人人用玺，此"同"自是天子之玺，《大传》云"汤取天子之玺"，是其证也。且今文所谓副玺者，自是用汉人语释古文，岂经有玺字乎！何问典玺有无耶！此二事，愚意仍自是其愚，不敢附和，敬以再质。新外孙用"毛"为名否？古人名"毛"者正多也。

与野口多内 八月十六日

野口先生执事：

前与敝友姚石泉谈及拟设东文学堂，其后石泉自京来书，盛称执事，并谓执事不鄙弃下走，可来教习。当经复书，谓已远招敝友中岛，中岛不来，即欲奉屈执事。已而中岛因在贵国办理同文书院，不能远来，因托廉惠卿部郎代致鄙忱，又属孟绂臣宫赞续为劝驾。其应读之书，亦由惠卿转请代购。何日光临，不胜翘跂之至。不具。

附　东文学堂章程

一、此学堂为李傅相创立，提准军公所岁脩余款四百金为教习脩膳，此外有韩蔼轩大令岁捐杂支零款，专以造就皖中后进，望诸生努力向学，勿负前辈教育盛心。

一、脩膳四百金，系属薄少。外省附学诸生，不得不少出脩金，略资补助。今议定外省附学，每名每月脩金保平足银二两。

一、学生额数，因系初创，不能多收。今议皖人以廿名为限，外省以十名为限。

一、凡学必期于成，不可半途而废。今定入学以五年为限，至速亦须三年。在学愈久，成就愈大。三年、五年，听各生父兄自认。不满三年，不得他往、辍业。违者，无论皖省、外省，一律罚出五年脩金，照每月二两核算。

一、学业能成，有益于国，有益于家，幸勿惰退自画。现聘之教习，与同文馆教习相善。现拟一年之后，挑选高等生送入同文馆三班学堂；二年之后，挑选高等生送入同文馆二班学堂；三年之后，挑选高等生送入同文馆头班学堂。一入同文馆，不惟月有膏火，并为入仕径路。每届钦差出使，必酌带同文馆学生数员。愿出洋者，即可随往历练，储为使才之选。其不送同文馆留堂肄业者，但能用心精进，不患无仕进之路。

一、每日入学出学，必有一定时刻。今定以下午一点钟齐集淮军公所。在学受业，应由教习酌定时刻。其出学，冬令以下午五点钟为率，夏令以下午六点钟为率。春、秋照此加减。

一、东学不似中学人读一书，同学二三十人，皆应合班受业。其有敏钝不齐，应分两班者，亦由教习酌定。无论一班、两班，皆应同班共学，不得一人落后。虽风雪阴雨，不得旷功不到，不得以家有事端，或借口小病，率行请假。惟房、虚、星、昴放假一日，夏令暑热放假，年终官中封印时放假，至开印销假。

一、本生或患病，或有昏丧大事，必应告假者，假满应暂停中学。每日上午亦讲习东学，加班勇进，庶冀追及同班，与之共学。以中学人执一业，进止可以自由，东学则同班共读一书，先后不可参差也。

一、学生中、东兼习，学堂则止课东学。以下半日为东学课程，限其上半日应由各生在家讲习中学。但学堂宗旨，以东学为主，每日课程，虽中、东各半，其资性平钝者，日间所授东学，入夜仍应自行温习；本日未熟者，次晨仍应温习，方不致退后落班；不得拘定半日中学，致令东学疏旷。一则东学与人合班，不似中学之自行自止；一则东学三年、五年可望必成，不似中学之遥遥无期；一则东师课严，不似中学之或作或辍。若拘定中、东各分半日，徒令东学满限无成，而中学亦未必遽能有得，此是两失。若东学能成，虽中学尚浅，亦不害为有用之才，愿学者三思。

一、学成东文、东语，已可膺专对之选，可读东人已译之西书，然尚非大用之器，自应精通外国专门之学，乃为至美。但此时方立初基，不能躐等，应先从语言文字入门，其粗浅格致理法，日本所谓普通之学，应由教习视学徒日力能否宽裕，酌量讲授。

一、学生自家至学，路有远近，诚恐参差不齐。今议特立提调一员，督率进退。每日提调到后，倘有学生未到，应遣人立追。其散归时，俟学生毕归，提调始去。凡教习有委办事件，提调或回明公所总办，或与值年司事量力代办。

一、此系创办粗定之章，如有未妥未周之处，随时修改。

答劳玉初 八月十七日

手教并抄示禀牍、告示各稿具悉。正辞示禁，逆折乱萌，无任敬佩。委查那疏拿获滦州石佛口邪教王姓一案，已遵照抄呈。其传习义和门一事，似皆略一涉及，不甚注意。然亦见此等乡曲无知之习，早遍郊畿，特有犯案不犯案之分而已，殆无甫睹萌芽之处也。来示以不涉教案为不触不背，窃谓未然。近年迭奉明诏，保护教堂，凡敢于废格诏条，以仇教为号者，皆奸民也。即无义和门等事，亦岂可曲宥哉！敬以再质。不具。

与李侣仙 八月廿二日

玉版洲竟被府详提租入救生局，陈云斋来函，谓事非伊手，拙函到时已批定，劝我勿再争。弟接陈函，当又作函力争，料皖中不能挽回。鄙意拟遣人至金陵控争，金陵有朱仲武者，曾文正旧客，刘岘帅亦优待之。弟拟函托仲武，先为疏通，然后具呈，名正言顺，不宜退让。目前勿遵批交租，一面上下呈诉，兹将弟寄陈云斋第二书抄稿呈览，具呈大旨。不外弟前后两书中词意，诸公别有高见，亦望广思集益。此事得间在我兄未到府，而府详乃以兄面允为言，此是彼一破绽也。不交租，计不大妨事，我方呈诉，则案自未定，无租可交，即以此租为讼费可也。

与朱仲武 同日

惠书并是正拙印《尚书》二十九则，仰见考证精确，足以匡谬纠违，感荷无已。就中"三考黜陟"句绝，其读本之史公《尚书》"幽明庶绩咸熙"，史公释以"远近众功皆兴"。鄙说《尚书》一以《史记》为主，故置《谷永传》而不从，此微旨所寄也。其余，则皆当仰依尊说矣。李傅相奏疏，弟为编辑十二册，李公又自将使俄、勘河各疏，附为末卷。兹寄呈一部，乞察收为幸。弟近有一事奉求：敝县南乡有白鹤峰书院，经费不足。近年新生一小洲，父老呈请上下各官，以此新洲租入，归之书院，历有年所。今年安庆府署书吏张姓，向书院绅士索借银五十两，绅士不与。该书吏遂怂恿知府，提洲息二百千为怀宁救生局之用，详司达院，奉批允拨。敝县绅士大家不服，以为书院之款，不应移之救生；桐城之款，不应提之怀宁，业已一再呈诉。

皖中大吏，护短凭愚，无有以振起文教为事者。群士聚谋，欲赴诉制军，必求赏还书院，恐制军以为数有限，不肯改易成议。欲求我公谒见制军时，一言先容。昔曾文正公，所至必查取闲款归入书院，今乃以书院之款提作他用，制军与文正公先后同符，谅亦不取此等。弟客游卅余载，乡里公事，向不妄搀一言，独此事未敢默已，伏希鉴察矜许。不具。

拟白鹤峰经费免提公呈稿

　　为沥陈书院支绌，再求赏还提款事。窃生等桐城南乡白鹤峰书院洲息，经安庆府提作救生局用，前经联名呈诉，未蒙俯允，合再详陈颠末。查桐城五乡，各有书院，惟南乡之白鹤峰书院，经费短少。自光绪元年，本县详请各宪，以新生之玉版洲租息归入书院。其时洲息有限，不能大有裨益。近年租入稍增，正拟厘定章程，扩充脩膳膏火，适有钱谦恭等争佃妄控。本府以省城江岸办理救生局，筹款维艰，遂提桐城书院之款为怀宁救生之用；其钱谦恭等，断令不准干预洲事。书院方感德，岂料遽以提款索偿。今钱谦恭等讼争虽止，而救生局之攘夺旋生，斯乃变暮四而为朝三，夺乌鸢以与蝼蚁，其于损书院一也。书院为国家养士大政，惟患经费不充，自来大吏宽猛不同，刚柔异用，从无将书院经费改拨他用者。况白鹤峰经费支绌，全赖玉版洲渐次增涨，可冀扩充。现虽入款小增，尚难大加整顿，一经抽提，书院立坏。此即官中别有重事，亦不应亏此成彼。至如救生局，虽亦善政，较之书院为国造士，轻重悬殊，岂宜顾小失大。救生一局，能救几人；书院养成一士，救济生灵何限！他事省城首善，泽及全省，若江干救生，则处处有之，止可谓一乡一里之小善，尚不得为一县公事，何况全省！且即事关全省，亦应六十州县通力合作，不得专提桐城一县公款；纵提一县他项公款，亦不应刻削书院。书院经费纵充，尚不应刻削，又况仅止数百千成本之书院，此皆事理之灼然易辨者。玉版洲归入书院，已二十余年，今司详摘叙案由，但云："桐城县详送勘丈南乡接续增涨玉版洲地四至弓口顷亩银数清折图记，并请花息拨归白鹤峰书院，以资膏火，而培人才"云云。似若今年始议拨归书院者然，其实乃书院数十年之款，今忽提作别用也。司据府详，有不可者四事：府详云"救生局经费支绌，该洲花息丰饶，自可酌盈济虚"。窃谓此洲乃是民业，各有专主，此县不能移之彼县，此款不能移之他款，并非官中公项，可以由官通融。桐城五乡书院，此乡有余，尚不能拨补彼乡之不足，况以桐城之款，拨归怀宁，比如安庆府官俸，亦可拨归他府公用乎？不可一也。府详称："玉版洲柴价，核与原定及加升共钱六十串，已溢出十余倍之多。"查书院入款愈多，成就愈大，当日以此洲详归书院，正望租息岁加，岂得以原定六十串为额，一有溢出，即当别提！他处书院，盈千累万，尚不为多，此洲租入，纵令果如府详能得六百余串，岂遽敷师生之用，奈何视为丰饶，垂涎攫取！不可二也。府详又谓："该县勘估花息，仅值钱四百三四十千，绅士折报二十四年分实收洋五百十六元，一三折钱，合六百七十千零，数目悬殊。饬县申复，称系据该董等口说约估，致受欺蒙。"查绅报收洋五百十六元者，系柴价毛数。内有炮洲之费，看青之费，收获工价之费，又有无名之费，一一开除，实得四百三四十千，为租入净数。县详绅报，并无不符。府文严厉，县中不得不依违登覆。书院如此贫匮，事事实用实销，何所用其欺蒙。又府详以洋合钱，用一三折算，近今皖省洋元，无此贵价。若依市价九百余文折算，五百十六元不过五百千上下，毛数、净数，未大悬也。又安得除完课外更余三十千，备洋价跌落不敷之需乎。果如府详，是直欲废弃书院。不可三也。府详又称："面加诘问，即据该绅李世鸾等认缴省城救生局每年经费二百千文。"查近年书院，委系生李世鸾经手，但世鸾老病伛偻，不肯谒见官长，并未一入府署，何从面加诘问，又何从认缴救生局用乎！书院一乡公款，纵令经手之绅一人允提，亦岂能执以为据；又况张冠李戴，何足为凭。不可四也。总之，书院之款，不能提作他用；桐城之款，不能提归怀宁。救生之事，与造士之功孰急！济渡之善，与学校之业孰要！昔曾文正公所至，提地方闲款，培植书院，名臣所见，大抵略同。用敢联名渎恳，伏求俯念白鹤峰书院经费竭蹶，咨行皖省，饬令安庆府退还已提之二百千，仍充书院公用，其省城外所立之救生局，另筹经费办理，实为德便。

与盛荇荪 八月廿八日

昨论移树之说，仰见造育盛心。窃谓时艰孔棘，非出群之材，不足宏济。今时士人，多虚憍之气，得少便自足，若造成大用之器，非送至外国就学，不能深入。外国附学，又非先从小学、中学，不能遽入大学；又非先学语言文字，不能躐等求进。愚见无论移树栽树，必以十年为期，且须传授得人，别无速化之术。至法术、政治，最为当务之急，但其学能冒浅为深，不似天、算、化、电等学之不可伪袭，故必至外国专门学堂考得凭据，乃可信任。人才之真伪，全视教育者之得诀不得诀。此处得失，真乃毫厘千里。若数年之后，尽得似是而非、强作解事之徒，则大势万无能挽之理，此区区之愚虑也。

答贺松坡 九月二日

前呈文稿十许首，深望指示疵谬，虽老衰无进境，亦欲明晰利病以为乐。今虽未见元稿，读来示有分抄讲说之语，谅仍推而远之，非数百里寄文本意也。承赐寿文，文佳而不对题，高议固由心得。中国尚无能当此任者，下走何人，敢受此本无之美耶！又寿文之作，当施之贵富之家，若乃山林枯槁之士，断无生日宴会之事，得高文将复何用！此又施之不得其地之说，故他文必妄加评议，敬以奉缴。此篇虽佳，直付之不论不议之列，亦不复寄还元稿也。

答陈琢堂 九月五日

济南时局，近年屡变。德人传教之外，又擅有筑路开矿利权，与我共土而治。官斯土者又率以不习西事为高，以尊周攘夷为学。是彼欲瓜分，而我乃拱手而授之刃也。祸悬眉睫矣！吾辈偷息林下，正恐啖饭无所，后辈学业尤非专专一国便能自立也。锡会一明府转告，执事谓亡弟至今遗爱在民。盖棺已久，论或不谬。但死者长逝，空留身后悠悠之名，亦复何益，念之恻心！去年七月，弟妇李宜人又已物故，仅遗孤无恙，闻长齐书案，略识之无矣。

答金子京 九月八日

国势屡弱，非尽当国者之过，乃吾辈学校中不能培壅真才，所学不能应时用，以此致贫致弱。鸦片之毒，往年受者皆下等人，近来则自命为名儒名臣者，皆公然好之不为讳，更何以惩戒。虽江河日下，亦缘学问不讲，无能知其非者。变易风气，诚非居下者所能为役，若各尽其势所能，则惟相勉为有用之学，庶其近之。其西国格致之术，实能弥补造化，剖析微芒，中国尚无此等良师。至如治国之政策，则有学术智略者，皆能任之，国无中外之可分也，执事傥然吾言乎？

与余寿平 九日

承示大学堂初章未善，随时更定。许公管学，意重西学，先求语言文字，最为扼要。人无兼材，中西势难并进，学堂自以西学为主；西学入门，自以语言文字为主，此不刊之宝法。他处名为西学，仍欲以中学为重，又欲以宋贤义理为宗，皆谬见也。丁冠西久在同文馆，其学亦博涉多通，亮不愿欺蒙为事，徒以章程未善，不能展所欲为。中国积弊，好以外行管内行，许公虽在外久，窃谓学问途辙，恐尚不如丁君之明。学堂功课，宜一任丁公主持，但勿令中学教习牵制，必能徐收绩效。来示云督责西师之权限，蒙疑可不必斤斤致意也。

答柯凤荪 九月十三日

惠卿赍到手书，并寄赠石印二种。《朱竹垞手稿》尚未是奇，盛君考证《阙特勤碑》，至为精审可佩。本应肃函致谢，缘近二十日应酬鲜暇，兼有两课试卷，堆积案头，而来书于《顾命》"在庙"一说，虽已尊信史公，至"同瑁"之文，仍与鄙见稍左，非可仓卒奉报，以此久稽答覆。案《国志》注引《虞翻别传》云："古冃似同"，郑从误作同。据此则虞所见本经无"瑁"字，虞以冃为瑁，而讥郑误冃为同。若经本"同瑁"连文，虞复读同为瑁，其词当云"乃受瑁瑁"。虞虽至陋，必不为此谬。读钱辛楣《三国考异》言本不误，但言仲翔谓古文止有冃字，而郑作同，乃误说耳。不知古经止有同字，虞读为冃，今文读为铜，而郑训为酒杯，由虞说推知郑本亦无瑁字。段茂堂乃据《正义》，谓郑注云：王既对神，则一手受同，一手受瑁，定古文兼有同瑁二字。郑注《尚书》，今无可考，若孔疏所云"一手受同，一手受瑁"，明是唐人义疏谫陋之语，不似汉人文义。况郑君注经，词皆简奥，岂有此等鄙俚文句哉！疏前申经旨，亦有"一手受同，一手受瑁"之说。此明是仲远语言，岂得混入郑注。段但因上有"郑玄云"三字，吾见疏文传本，时有脱字，妄意"郑玄云"下，脱一"然"字，盖疏本云同是酒器，故受同以祭。郑玄云然，而后来传写疏文，脱去"然"字，遂以"郑玄云"三字贯下"王既对神，一手受同，一手受瑁"为文。于是，遂疑郑本兼有"同瑁"二字。使郑本"同"下有"瑁"，虞何能复改同为冃而读为瑁，此理甚明。吾谓疏脱"然"字，虽是臆说。然决知"一手受同，一手受瑁"为义疏家俚语，断非郑注，此以文义定之者也。因仲翔议郑本"同"为"冃"误，知郑"同"下无"瑁"，此以古籍证明之者也。若来书所引《白虎通》，天子即位改元章云"吉冕服受同爵"。敝处所藏陈立《白虎通疏证》本，无此文，但有"吉冕服受铜"，"释冕藏铜"之语。"吉冕服受铜"者，即此经所云"乃受同"，虞所谓"今经益金就作铜字"者也。此亦经本无"瑁"字之一证也。"释冕藏铜"，经不见"藏铜"事，"藏铜"，即"太保降收"之诂也。至《白虎通》引《尚书》乃"受铜瑁"，段氏尝引以证今文之有"瑁"字。但《白虎》此文，当是浅人妄改。《通典》引白虎通文，作"授宗人同"，陈校云："俗间本作'乃受同瑁也'。"小字本、元本，俱无"瑁也"二字。然则段引误本《白虎》，不足据也。马义"大同天下"，见虞引单文，执事何以知马本亦"同瑁"连文乎！总之，班与马郑说此经，均未一涉"瑁"字，知今古文并无"瑁"，"瑁"乃虞翻妄改。伪孔乃增"瑁"于"同"下，疏家因为"一手受同，一手受瑁"之说。仆释此经，以"同"为副玺，正据今文遗说，与班"受铜""藏铜"义合，即马所云"大同天下"者，亦是副玺之名义。执事谓马释"同瑁"，犹言"介圭"。吾未敢信"酒杯"之说。前书略尽鄙意，深所不取。郑君说经，时有迂滞，不必尽宗守也。贱生辰为诸生所嬲，届时脱身独游以避之。不具。

与廉惠卿 九月廿日

令四弟如系肺疾，应就西医，并宜移居海滨。借海风所涵碘质，以补益肺家，服麦精鱼油，以调养肺体，仍戒勿用心，勿受外感。此病甚不易治，中医不解，亦无征效之药，其云可治，乃隔膜之谈。若西医用闻症筒细心审听，决为可治，乃足信耳。

答李季皋 同日

寄呈尚书挽联，聊申悱恻。尊示以文正为比，文正往时，有包做挽联招牌，每一联出，都下传诵，下走何敢窃比老彭耶！文正诸学，今皆绝响，独公牍文字，我师相足与抗行。目前电报尚未抄竣，独公移、批答，竟难抄辑，殊属缺典。昨盛京卿过此，允将前所抄公牍底稿见与，私以为幸。公倘与盛卿相见，请征前诺，并请其寄交尊处，以凭转领，是为至望。

答贺松坡 九月廿四日

来示据鄙论今之寿礼胜于古之冠礼，以折难不佞不敢称寿之说，可谓以矛攻盾，乘间抵巇。但寿礼之胜于冠礼者，为人子上寿父母言之，若虚生一世，至且衰老，乃复沾沾自喜，召客宴会，此决非君子所为。即朋友间以文为寿，谬推以其人所未有之善，相与标榜，震惊庸俗耳目，似亦史公所称"好声矜贤"者之所有事，非君子爱人以德之旨。乃一文之不足，又益以寿幛大幅，不愈侈乎！既称尊公之命，不敢固辞。诸生又各称师命，多为诗文以刻画无盐，令受者赧汗不安，此何为者也。

答严几道 九月廿七日

往年闻有怨女赋诗云："九月桃花三月菊，大家颠倒作春秋"。岂惟女怨，凡中国声利所在，无不尽然。吾安得夫忘言之人而与之言哉！庄生之旨远矣。盛京卿前过此，谈及我公，亦深相敬服，要亦空赞已耳。敬爱无已，忽发狂言。

与江紫霞舍人 同日

近来译署公事已得要领未？念念！弟尝谓国势积弱，咎不在执政大臣，而在学校。学校不能造就人才，何以备缓急之用，世人当不以鄙言为谬。近闻安庆方太守提吾乡白鹤峰书院租息，为省旁江岸救生局之用，此事颇骇物听。现拟纠合南乡京、外官，联名赴金陵呈诉督院。想我公亦愿争此事，一诉再诉，不得请不已，免人笑我乡士气不振。此一乡文教兴废所关，与他项干预公事不同，辞直气壮，不愁败挫。仕宦在各行省者，皆可往返函商，不以人不在籍，嫌以盗名也。闻太守与孙相公有姻，执事若谒见孙相公，能否得相公一书寄太守，属其别筹救生局经费，仍将书院洲息拨还我乡，俾得振兴文教。太守为政，必以得人心为上，勿以予言莫违为务。昔汉祖刻印销印，俄顷变转，东坡尝论其事云："何尝累高祖之知人，适足见圣人之无我。"孙相公倘能致书太守，复还书院已失之业，群士慕仰太守，感德相公，岂有穷已哉！因光炯孝廉便道入都，附论此事，伏惟鉴亮。不宣。

与陈雨樵　庚子八月一日

两宫蒙尘，荣、崇二公在保定；京师无人与敌议和，但远恃傅相，恐误大事。傅相年老，幕内有西人，部下无兵，陆行甚难。若海行，则此时西船不肯运送，彼自避求和之嫌也；我船又不能行，盖非和议粗成，西船决不载傅相北来。此时求和，必有反首拔舍、肉袒牵羊之概，亲赴敌军，自服前过，乃能动敌情而挽奇祸。若京师无人与议，徒有一老翁安坐上海，电告各国政府，彼直一笑置之，何能济事！大计宜速定。愚意以为，宜请荣相、庆邸等转求援手于赫总税司，请其设法挽救，一面托赫转商西使，准令招商船只护送傅相北来，以便主持和议，如此似尚有一线望转。若各纷纷散走，无人与客一言，不但酿成瓜分，且恐彼族安顿就绪，便复搜剿败将，以宋帅在省，遂有保定一行，则直隶全省震动矣。以上各节，如尊意以为不谬，似可择其最要者为护院一陈之。此时存亡呼吸，机括甚微，不宜安坐熟视。杞忧如此，不惜时示一二为荷。

答王子翔　八月十八日

男闿生谨按：时乱方亟，冀州牧借口办防，欲坏书院成本，绅士不能抗，故作此函教之。

差回接手示并柯、赵各函，又得二张来函，具悉一一。州中乍阴乍阳，二张、刘、马问计于我，而自明主见，不欲显与为难，以为善后之计。吾谓不与为难，则书院存本不尽不止，决无善后之法；欲求善后，非大众同声抗拒不可。二张口讷，如彼言各县皆动书院之款，岂能专预州事。二张似已无词。不知各县书院，不如州书院获效之大；州所议请各县之绅，在本县不皆管书院，故县事尚可坐视，而州书院则责无旁贷。又五属考书院者，身受州书院之益，视州书院过其本县书院远甚。今但闻衡水妄动，他处未动也。且州城办防，而动用五县公款，太失众望。但使国事不坏，书院万无可灭，书院不灭，则提去如此之多，明年用款于何取偿？与其事后设法弥补，何如目前设法办防。若弥补系属空言，则是书院立废。当时州县各议管理之绅，正为彼此牵制。五县绅士，今日众口不允，即州绅不能擅行提动。虽州中严办吾二人，坐以把持公事罪名，此款仍不能提动。若如此立言，彼亦何以折我。今虽许以千串五百金，迟日又将再提，几如是为而不立尽？前次邀请诸绅不到，系属作字奉邀，今若欲令大众同到，应由张楚航、马玺卿二人同坐一车，家家到门，与之面约，定准期日，同到州中会议，不许爽约不到。其来往盘费车力，一切由书院开支。彼既不费钱文，又迫于张、马亲来约会之情面，势难推脱。大家同到，必办理有眉目再行散归，否则聚而不散。其聚会火食，亦由书院开支，与其任人提用，不如绅士自用也。总之，书院若仍保全，不可不大众同力，若竟不保全，公等岂无爱惜此书院之片念乎！吾谓不但成本不可再提，并请早将山长留定，庶大局不致糜烂。若果有桑海大变，书院竟归敌人，则无可如何。若中国尚存，书院仍不可无山长也。松坡虽有目疾，士子自为得师，若松坡辞去，他人虽有目，恐于士子无益。近来失业者多，松坡一辞，彼等必皆钻谋而至。如是则虽能保全，仍与提用无异，此尤不可不知。诸公幸勿游移！留此书院，留定贺山长，地方必多得读书有识之人，则州为望州；若学废师去，则冀州仍还旧日朴陋故态，岂不可惜！若后日再遇一愚拙任事之吴挚甫，恐急切不易再得，是此次一坏，难望复振，所关于地方兴坏，非小故也。公等所畏，谓州县权重耳。贺墨侪前与吾书，谓"乱世绅权，不减于官"，此豪杰之见。若和议速定，傅相早来，则州中所欠之数，必可令其如数偿补；如傅相不来为总督，则州官亦恐无处为官矣，又何权势之足云！故目前官民相接，仍止"理"之一字可以相维，舍理而论势，殊不足以控抟也。又如州中所募勇，计不过八十名，两月以来，约用一千余串足矣，何以已提六千，尚急急续提？此帐亦可与一算。若不求撙节，而任意挥霍，此等穷地，何法供之！铸炮殊可不必，土匪不须用炮，洋人则非土炮能防，皆可告之。不具。

答贺墨侪 同

省中得刘岘帅初四来电，颇惊惶，兹将刘电寄阅，阅后可转寄冀州。吾疑所言未必确实，若果各国调兵，自为瓜分起见。岘谓德攻山东，所见甚浅，欲向护院窥探圣意，尤为隔阂。但京陷多时，举国无谋，傅相请庆、荣、张、刘会办。昨闻有旨令荣、刚二相会同议款，用刚似尚是端邸主见。不知彼此牵制，万无成议之一日，此尚是吾国内情。若问敌情，则我到国破君出，尚无低首下心之一语，彼岂遽肯俯就！是我迫之为瓜分之局也。吾前函告院幕，谓傅相一时不能北来。此间应奏请庆邸、荣相入都求成，一面肉袒牵羊，犒劳诸国军士；一面转求赫德代为转圜，不可专恃傅相。院幕复书，谓护院小事尚无主见，此等大议，岂肯听从。况与幕客甚疏，无可转达，遂作罢论。今若各国纷纷调兵，似已有成竹，而傅相尚呆守各国政府回信，是守株待兔之说也。愚见大局甚危，《深州志》草草补完，便思南去。虽道路难行，恐愈迟愈险，殆非长策，老弟为我决之。冀州专差已还，昨闻护院令直省州县，每处自练一营，则练勇提款，自是宪意所深许。备六、儒珍若上控，必遭斥驳，一发不中，州中必又鸱张。吾欲令绅士、考生仍持定见与抗，不问大宪何如，但诸绅一气，必期得手。此事吾辈经始之人，不欲目睹其坏，尚是第二义。独冀州书院为外府州第一书院，成本一失，岂可再还。此实一方大局所系，鄙意尤为注重。亦知冀绅之不足有为，要不敢坐视成败。尊见如何，望专差告我。不具。

与冀绅　八月十九日

书院成本，前经提用六千串。昨接楚雪来函，又拟给二千串、银五百两。官不肯歇手，绅不肯拨回，眼见书院扫地以尽，鄙人从旁伤心。今幸李傅相于廿一日启程来直，将来已提之数，亮可由官及经手之绅照数摊还。惟现允之银五百、钱二千串，如尚未缴，应请扣留勿发；如已呈缴，必应请其指定何款偿还，否则恐不能脱然无累。此事，专望诸公同心僇力，为我保全，幸甚，幸甚！

答贺墨侪　同

傅相已北来，仆拟将志稿匆匆定正，便当赴京探候。以傅相曾电询下走，私情不容已。若锐身入局，则吾不肯，吾宁曳尾泥中耳。

与陈雨樵　八月廿日

傅相计已至津，接篆后当即入都议款。传闻西人已列有数条，皆难著笔。弟拟俟道路稍平，即北去一谒傅相，此是私情。若今日大议，非草野所能妄参。娄公所望于下走者，往年傅相曾面言之，辞甚苦恳，而吾驾已不可回。今老矣，国又颠危，岂敢更入瓮耶！近日情势如何？希密示。

与贺墨侪　同

乡团剿匪，最为安良要策，"拳匪"亦不能不惩，一惩即散。营勇不敢赴小范，若县官同行，则必前往矣。省中兵力，恐难远来，当激厉乡团自剿之。良民一齐动手，彼必冰消瓦解也。

与贺松坡 闰八月二日

书院诸生，智虑横生，动中要害，足见此州有人，至为欣慰！捕匪是今日要务，本省竟无兵力，袁军恐亦难来。鄙意仍主团练乡兵，但亦未易办成。兄现尚不欲遽行入都，以方有大议，草野不欲干与也。

答冀州双牧 同

省城往还，未获瞻近。顷奉惠书，敬承御侮功高，见几智远，至为跂佩！承示各节，足见局中任事之难。前时外患鸡连，内忧蜂午，地方守御，变在瞬息，自不能不移缓就急，迅速赴机。今已竭力张罗，归补公款，不肯贻人口实，稍碍旧章，具见经权互用，磊落光明，敬佩何已！某罢官已久，留滞不归，十余年来，理乱不闻，只谈风月。冀州虽旧游之地，早视同已堕之甑，久扫之巢，尘影梦痕，绝不关虑。来教乃有传闻指示之语，惶悚无地。此恐是彼州绅士托词相告，乞勿信为衷言。提款既属因公，筹补自应量力，此中张弛缓急，皆执事自有之权，非局外所敢干与。某不在其位，不谋其政，岂得效辈冯妇，攘臂其间？幸我公鉴谅！至贻书诸绅，代达尊旨，则敬当设词排解，用副盛怀。天气渐凉，伏维珍重。不宣。

与贺松坡 同

杨儒珍归，鄙人丁宁相告，仍令再接再厉，众口一词，即不能解彼私囊，亦可索其罚款，弥补公数。罚款万难入己，部章严切，彼纵前已私用，此时缴出，既借补公款，又借免私罪。此乃不费之惠，两利之术，岂儒珍直如东风马耳？顷得双书，径向我说情，并有"传闻""指示"等语，岂冀人自家书院，反诿为鄙人之事？岂下走密函，尽以告双？岂恨我力持，反欲嫁祸？真令人无从索解！明年吾拟南去，此等皆刍狗陈迹，岂足关怀！但使不能南归，则双款不清，恐经手者不得脱然无累耳。此事即一字不涉老夫，彼亦恨我刺骨。今乃全诿于我，使彼谓撤任系吾所为，日日向我烦聒，求为道地，岂非令我为难乎！此果恕道乎？无处发泄，惟公可与深言耳。

上李相 闰月八日

前得保定来书，知承眷注，寄电访问踪迹，至为私感！变乱既极，朝野仰望一人，万口一声。似闻行在诸公。锢蔽犹深，无以执强邻之口，师门独为其难，未识何日始能定议。国家成败，非草野所敢与知，惟拳民至今啸聚，殊为近忧。闻雄县已为该匪窃据，近又据郑州，中有称王者三人，专欲抗拒官兵。祸起于某军进至任邱，遽折回省城，云系护督檄调，止留三营在任邱。前此不过各村谋聚，自某折回后，顿聚万人，似宜迅速扑灭。此辈未可轻视，他处拳民易打，以无器械也，至文雄、任霸之拳，则皆裕制军给予新式洋枪，人人挟以自雄。闻某所部多徒手无械，有洋枪者不及一半。某向人自言，兵不能打，盖其气已馁。愚意此时急打，尚可著手，愈迟则气焰愈增。缘拳民党虽众，洋枪虽多，其中八九皆是胁从，官兵一意进剿，此辈必望风解散；但恐狐鼠进退，转致为彼所乘，则且不可收拾。某军约束不严，意不坚决，非严饬速剿，必致观望误事。非令沙汰无械徒手之兵，增加精壮之饷，不能转弱为强，亦实不宜轻战。以某所闻，某军似难专恃，不如令与梅东益夹击，或易收效。梅军屡击拳匪，皆甚得力，与之结仇已深，决不中立；又其纪律亦较严，故足恃也。避地外县，见闻较真，故敢出位妄言。至深、冀则拳党已散，其不散者，则向来无赖行劫之徒，此等兵至则逃，兵去则返，无法剿办，惟有少派得力兵弁，与州县会查首恶诛之，即可不至复聚也。欲不履国门，旌节闻当到保定，一俟双旌莅止，敬当遄归趋谒，一望清光，私解饥渴。

答双牧 闰月十七日

前得书院众绅复书，知书院款目已遵台旨议结，至以为慰。承示交替后道过深州，拟枉过一谈，敬当拱候大旆，一展良觌。来示外封标题："钦加三品衔赏戴花翎候补府正堂"，敝仆不敢接收，以为误投。弟闻来自冀州，乃知决无谬误。惟弟不敢谬冒如此升衔。弟赋性孤冷，自同治中请改外职以后，数十年来，上下无交，未尝加一阶，未尝进一衔。良由不善事上，虽平日相知之上官，亦且淡漠相处，其不相知者，更无论矣。罢官十余年，益复理乱不知，黜陟不闻，以此溷迹燕赵，借以偷安。今事势日棘，行当由此南归，伏处田野，与交游远隔，如胡马越鸟，不相闻问矣。敬用附陈。不具。

与陈雨樵 同

傅相视事以后，是否仍入京师？地面公事如何措注？窃谓此时大事，以剿平内乱，接修电线为最急。又闻两宫仍复西幸，如此则恐和局又变，彼固见可而进也。傅相行台，应须支应，当由省城筹解。前闻俄人供应，此不可长，且诸国共事，不宜独亲一国，转生枝节，亮省城当道，必早筹及。傅相身旁何人参谋？厦已倾矣，一木支拄，殊抱杞忧。赵君固过此，匆匆便去，未能多谈，但劝其不必养勇。费无可出，又难驾驭；冀州城内四街有逋勇，足以卫城；闻正定派马勇二百名，足以弹压地面；本官宜时时出巡远乡，以慑伏土匪。未知赵君能俯采刍荛否耳。

与日本使署员野口多内 九月朔

野口先生同学执事：

远蒙下交，相处数月，殊未尽宾主之谊，私衷阙然。别后遽尔有桑海大变，实非意料所及。往者已不可谏。前日侧闻各雄国本意，似尚有楚庄存郑之意。今乃放兵四出，略地畿辅，小人浅识，未测所由。军国大计，非草莽所敢知。但昔贤至交，虽在异国，皆可私尽衷言，左氏所称晏婴、叔向，其成例也。吾相李合肥，年已笃老，聪明不及前时，得毋坐失机要？窃谓两宫蒙尘，京师失守，若剪以赐寇仇，或剖分而食，皆唯命是听。若尚存大惠，申桓、文之高义，辅垂尽之微国，使邢迁如归，卫国忘亡，则不惟敝国宗社之灵获蒙威福，即中土黄、炎以来神明胄胤，亦荷绵延不绝之嘉赐，此固欧美大国优为，尤贵国恤邻救患，爱同洲、悯同种之本愿。今顿兵已久，忽复侵略，自缘我当败亡之后，应接乖舛所致。但我国臣民，迄未开化，其所以乖舛之故，尚苦不能自知，专望诸大国有以教诲之。尤望我同洲同种之雄国提携而训戒之，使得自知罪戾，请改事君。今将帅大臣不肯告导我李相，欲令吾国自悟，意固曰此之不知何以立国耳。窃以谓不知而不以诚告，亦教者之有未尽焉。若明告之而不能改，是终负教者之盛心。由是而懟弃之，庶几教人者、受人教者彼此两无憾也。若又不肯为，则以吾两人之私交，可以无隐。执事英识雄抱，计众国深谋密画，无不洞瞩胸中。下走老朽林泉，国家成败，非敢越俎，倘蒙指告一切，借豁蓬心，使知所趋避，亦良友之大贶。若使小人与知各雄国意指之所在，可以密语李相，令其仰体而顺从，则闾阎早获安堵，遗黎得早定喘息。吾知薄海苍生，托命于仁言之溥利，岂复浅鲜也！不然各雄国诚欲脔割而蚕食之，此亡国之大夫，尚何足当得俊者之一盼，即挥而去之，不复与言可也。窃料诸雄国义声所树，必不忍出此。以吾子惠爱下走之夙契，亦决不以《扬水》卒章之四言相谢也。敬布腹心，伏望示教。廉惠卿、厉卿昆季，若未死于乱兵，必往谒见，今何如？乞并示。天渐寒，惟为道为国珍重。不宣。

与李季皋公子 _同

前闻师驾北来，当作一函上达，其时未知执事曾否随侍，故未获奉书，昨始审知台从侍行。下州僻左，消息难通。近则外国兵四出略地，行李愈益裹足。下走滞留燕赵，遭此祸变，进退不得，结辕如何。师门此次议和，智勇举无可施，惟有听客之所为。彼若不留余地，我无可以口舌为功；彼若鹬蚌相持，终不能平争均势，或尚共扶微国，在我止有拱手仰成。但得全权主议，应如何接待合机，师相自有权衡。以愚见度之，必以一视同仁，无所左右为要义。圣驾西狩，议自难定，但行在有始祸怙乱诸公，避寇惟恐不深，决不肯改辕东首，又况赵、董诸人，皆以西行为有利于己，不知幕焚则燕巢亦俱焦也。此次各兵四出，似是示形以相吓制，尚非决计不和。我国并未开化，究应如何自处，始能使各国相约而退，存亡继绝，尚可集众思广忠益而成此奇谋乎？毕德格似已不在幕下，西国律师，想不肯应聘，西史不熟，更无能借资游说之材。败而不亡，非内外皆有宏识远略命世之英，不能挽狂澜于既倒。今欲以一木支此倾厦，吾知其难也。议若猝难就绪，可姑辍置，径还保定，一观变乎？某在北眷口仍复不少，五月变起时，已雇船将赴津杭海送眷，适开战封海，不能行而止。其后拳祸大作，转徙近县，将赴冀州，乃闻拳党遍至，冀绅与某契好，各家搜求，欲得而甘心，因此暂留深州。今深州又闻法兵将自献县来办拳教之案，以深州教民死者最多，教堂又尽焚毁也。人心竟日惶骇，小妾又携新妇避至饶阳，而两小女则六月中已先避兵至冀。一家数处，不相顾盼，欲归不得。有新事希密示。不具。

与吕秋樵 _{九月二日}

六月初匆匆问计，尚未肯遽出。及闻北关美教焚杀无遗，知必不可不出，遂于初五日微行出城，从此书问乖隔。顷得弼臣来书，借悉此次联军来保定，深赖执事左右维持。事经有识之君子承办，虽万分棘手，亦皆有脉理可寻，恨国家专用愚谬小人耳。现所急欲知者：严幼陵如何情形？两令婿现在何处？卢木斋曾否在省？其所挟幼陵《原富》底稿七册未遗失否？至念！至念！闻联军以"诛四凶人"为名，恐尚不能遵办。各军追赴行在，似亦未必果行。保定已与京津同一分城而守。又东至河献，西至正定，似皆略地之举。窃料此时各国划分一城，尚是可进可退，若终不能如其意望，则恐议定瓜分，万无挽回之术。傅相果能得诸国秘计所在，斟酌依违，以潜消吞并之谋乎？抑阴拱以听彼诸国之自定乎？西国军谋国论，往时苏、张纵横之策，无可复施，若明习公法，深悉各国所利所忌，又熟于西史，未必无可游说。恨吾国无一人能资忠益，执事具有机权，能率意见诲，一开启蓬心乎？行在有消息否？即希示复。不具。

与宋弼臣 九月十日

傅相外国声名，不如曩日，实由英俄相忌，报馆肆为蜚语，殊多失实。此次北来，一视同仁，无所左右，是一定办法。前书言俄人供给，傅相挥却不用，足见与俄无私。至各国以形迹疑忌，皆妄相猜度。路牧师来居书院，彼等随事留心，不似中人之浅，闲谈中无意流露，谓傅相有与仆密书。此次北来，以"一视同仁无所左右"八字为主。仍为细解八字之义，使之涣然冰释。谓从前傅相谋国，一倚英交；甲午之役，英颇左袒日本；朝廷德俄人为索还辽东；傅相为太后旧臣，因此外人疑傅相于俄人有所左右，其实不尔。至此次则群雄联军，虽三尺之童，皆知各国邦交彼此一律，岂傅相老于谋国，尚复阴有厚薄，致误大事，决不然矣！美国之交，则始终无间，即中国守旧之党，亦且知之。虽此次保定美人被害特多，中国自应有以相恤，而美国家并不因此泄忿，尤为大德，可敬可感。尚求牧师转托美使及全权大臣、领兵大帅，为之密地排解，俾不致傅相十分为难。群雄既肯留中国于五洲，总望有余地以处中国，若名存而实灭，不如其已也。以上所言，特谈说之大略，若何润色，在老弟辩才，但说为我将意，若有谈时难答之语，不妨以转告下

427

走宕之。外国世法平等，虽牧师亦可与将帅抗席深谈，故我辈无意游谈，亦或有涓埃之助于国论也。

答刘苹西 _同

目下献县西兵已还天津，仅留百人保护教堂；省城则英兵已还京城，他国兵亦有还京之说，闻止留德兵三百，俟和定再去。而张登附近，颇有焚掠，则因拳党所聚，欲以兵威震慑之耳。深、冀似暂无他虑，唯武、衡、枣故拳党仍敢啸聚，非官出捕剿，必将为地方生患。下走暂不赴京。京城因端、庄、刚、赵处分太轻，傅相与庆邸会奏，请向重处，方能开议，现仍未见批旨。倘如所请，似尚可议和；若因循不决，恐遂激成奇祸，亦在意中。仆与野口以私交横议，子翔妄为传播，无益于时，有损于己。仍望执事密戒贵门徒勿妄传以重下走诟厉。其冀州诸君，有写此稿，亦令相与秘之，是为至要。州县抚恤教民，当各相地制宜，无他奇策。凯臣作古，可伤！鄙状粗平。不具。

与吕君止 _同

接本月五日惠书，具领一一。执事展转世途，借摅忠益。傅相左右，似少智勇深沉一流，吾意当招伯行公子、严幼陵、马眉叔诸人，似较胜时辈。毕德格岂因此次开衅辞去耶？抑先已他适耶？各国所派全权即驻京公使耶？抑系统兵大臣？既经派使会议，似不致坚持不和。两司皆已被困，道府宜时时遣人与傅相朝夕通函。若能接整京、保电线，尤为至便。但恐库被敌夺，我遂无财力及此。然此等要举，不应不办。电旨答复，计由保定经过，此事似不致过迟。倘有所闻，仍求续示。万一不能重处，尚有何法可救？此时亿兆所引领者，独有开议为一线生机耳。傅相北来，似堕俄人术中，近闻英、德诸国，颇疑傅相私厚俄人，应若何解释？窃谓今日和议，系群雄主政，非傅相主政，傅相虽有偏厚，于俄何益？俄虽得傅相之偏厚，于各国何损？似俄与傅相皆不若是之愚。惜无人以此等言语为傅相一解纷耳。

答贺松坡 九月廿日

惠书具悉一一，和局仍无头绪。昨接李季皋来函，钞寄台览。教士与宁晋裴大令，定有赔偿房屋、赈济口粮章程，冀州似可仿办。此间曹刺史，前颇有风谣，谓洋兵欲与为难。其后，曹公径自作函，寄献县葛教士，告以前后办理拳教颠末。该教士复书与之从长商议，绝无要挟之说。足见地方官当与教士往返函商，教民布散流言，不足信也。

与宋弼臣 九月廿一日

执事与路君所言，为傅相排释外国蜚语，最为洞中肯綮。路果能以公言流布各国，实于大局有益。谓俄先撤兵，意欲俟各国撤兵后独出要挟云云，酷肖傅相声口，亦足动各国之听，真有苏、张纵横之才，至佩至佩！路问傅相议和有何宗旨，殆是旁敲侧击，以审定傅相与俄交谊。请告以傅相并无宗旨，议此次之和，全是各国主政，傅相无能为力，不过静听各国定议如何待中国而已。料各国既不肯分裂我土，听我仍成完全一国，自当使我有以自立，不致名存实亡。诸国中有贪狼无餍者，尚赖仗义雄国，力持公理，不令各遂己私，是傅相所仰求于各雄国者也。至外议谓傅相私厚于俄，断无其事。傅相厚俄无益于中国，俄厚傅相无益于俄。谋国之策，不能若是之愚，此亦不烦言而解。然而各国之疑，不为无因，此次傅相北来，俄人保护到津，以后俄人待之甚恭，他国耳而目之，安能不疑！窃谓此乃俄人谲谋，务使各国不信傅相，和局不定，彼得遂其私愿耳。诸雄国谋臣勇士，幸勿堕俄人术中。此则傅相不能明言之隐；彼方私厚于傅相，傅相岂能明拒以开新隙，又岂可以己之不受俄人牢笼遍告各国，显与俄人绝交哉！惟望各国释此疑窦，速行会议，愈速愈少他变，此实傅相所祷祀而求者也。各国所欲办之四人：刚已病故，赵亦已自尽，庄乃为从之人，并非首祸，首祸端邸，论法自应重办，论情则中国律例有议亲之条。又此时两宫意旨，一时难定。然闻两宫入秦，不令端邸随往，与庄邸均留潼关，是已疏而远之，将来亦必有以副各雄国之意。但必因此事未定，遂不肯开议，坐令各国老师糜饷，岂非不忍小忿而乱大谋者乎？愚见所及，路君既可进言于群帅，似可怂恿诸公速行定议，主客两利之术也。闻各国皆有望我两宫早日回銮之议，事理自应照办，但此中亦有苦衷。京师沦陷，我国家惊魂飞越，和未开议，不知敌情如何，岂敢以身试险！今保定径行杀我藩司、城守尉及带兵营官，两宫闻此，更以远避为得计，尚有劝令东首者哉！窃谓此二事皆难急定，要不必因此遂相持不定，久稽和议也。执事试以鄙说转告路君，其未尽者，再以尊意补救之，视路如何进策群帅可也。仆入都无补，暂拟不行。

答李季皋 _同

展读九月十一日惠函，如亲瞻对，文理事理，冰解雪亮。师相门庭，自有替人，洵可佩颂。前函请"一视同仁，无所左右"，来示谓"彼实情形有别，我乌能一视同仁"，名论不刊。弟意因师相北来，系俄人保护。在津又闻俄人致敬尽礼，深恐英、美、日诸国窃言是非，所献八言，料亦师相熟筹，无烦聒耳。得保定信，美国教士路华德与敝门徒宋朝桢相善。路谓师相近年外国名望，不及曩时。此次联军诸帅，均疑师相前与俄定有密约，今来北议和，又独私于俄人。以此各国怀疑，不能开议。宋云：此乃欧洲报馆揣度，英俄相忌，为此蜚语，以污吾相。甲午之役，朝廷感俄人索回辽东之事，诚不免有毗轻毗重之心。傅相则素与英交深，知俄诈而英直。此次无人保护，实难北行，俄既保护，又复殷殷致敬，岂可拒而不纳，致开新隙。至偏有厚薄，则傅相谋国老臣，岂能如此之愚！何也？此次之和，非中国所能自主，全由各国主政。傅相厚俄，于中国既无益有损；俄厚傅相，于俄亦不能独得厚利。然而各国徒见形迹，不能不疑，智者当有卓见。窃谓俄人之厚敬傅相，固由平日习知吾国仅此一人，亦借以示形各国。意谓中国独厚吾俄，非尔等诸国所及，使各国怀疑，和议迄不能定，彼可独笼大利。此用间之一奇也，愿诸国勿堕俄术中。路闻此，若憬然大悟。彼诸国皆世法平等，教士可与群帅深言。此生所论，似与拙函"无所左右"之说，有同符契。宋又云：刚、赵已死，庄乃为从，其首祸端邸，论法自应殒灭，论情则中国之法有议亲之条。然闻端、庄均留潼关，已有疏斥之意，将来必能副各国之望。又两宫不回銮，并非意不求和，徒以京城失守，惊魂未定，和不开议，不敢以身试险。近日吾藩司、城守尉、带兵营官均遭杀戮，两宫闻此，益以远避为得计，安肯回銮！以上二事，皆非可急切办到，若缘此不肯开议，致诸国在此守冻，老师糜饷，岂非不忍小忿而败大谋？愚窃以为不便！路亦允以此议转达群国当事，是亦涓埃之助也。来示以教育英俊、宏济时艰为勖，具承厚期。但恐来年财用匮竭，并无教育英俊之地。窃谓中华黄炎旧种，不可不保，保种之难，过于保国。盖非广立学堂，遍开学会，使西学大行，不能保此黄种。其最难者二端：一则财力不给，一则师资无人。而扼要尤在章程得当，办理认真。傥能依鄙见所及，或尚为蓄艾三年之计。否则早晚同归于尽，虽暂留一线残喘，终无益也。

答刘润琴 同

拳匪初起，消灭甚易。当道极力酿成，今则贤智束手，不特下走无能献一筹画一策也。傅相批牍，乃数年来未言之隐，实则一字不妄。和未开议，尚不知如何结局。后有新事，仍望示知一二。

答廉惠卿 同

乱后不得消息，孟宫赞、柯凤荪皆不能言其详。吾有函在保定，久不能达。六月以前，数寄书，亦不能得报。拳民在京纷扰，继以兵围使馆，窃恐吾贤夫妇子女，遂不可测。昨得来书，知平安无恙，喜不可支。傅相处胜友如云，执事竟不厕身其间，亦能审所自处。前书所云"一视同仁，无所左右"，此自在傅相度内，不待鄙言。外国因傅相此来由俄国保护到北，俄人又缪为恭敬，以此愈怀疑忌，不知此乃俄人用间之一奇也。各雄国若因此致疑，即正堕俄人术中。和议不定，俄将求所大欲。不如各国迅速成议，俄亦不能违众，即吾国受惠大矣。傅相自有成算，左右不能赞一辞，此仆所习知，故幕客亦不尽妙选。此等大事，尤非书生之见所能襄助，下走自知甚明，入都无甚裨补，故不为上客，亦不愿焦头烂额。两宫惊皇未定，岂肯回銮！近闻保定藩司、城守尉骈首遇害，更以远避为得计。和议一日不成，銮辂一日不返。祸首刚、赵已死，庄亦夺爵，皆可蔽辜；端邸闻留潼关，不随扈入关，自是渐示疏斥。国家懿亲，当在八议之列，将来自有以慰各国之心，但难咄嗟立办。执事与野口、荒木诸公游处，日本闻极力眷顾中国，似可从容请诸公转说公使，与欧、米各国妥筹熟商，早日开议，免致旷日持久，士卒淹留。若必待二事办妥，始行开议，似是所争者小，所损者多。执事此次免于患难，全赖中外交游。令弟并未荒废学业，尤以为幸！

答王子翔 九月廿二日

昨差计已还冀。京省函均寄往，当已入览。无甚危险，谣言不足信。献县至景州，乃是进兵，不是退兵。刘苹西言景州并无西兵，武邑与景邻封，时时通函，惟闻有数西人随官兵往景耳。赵公约乡村绅士来议筹款安插教民，亦是正办。但立期半月，过于迟缓，宜改期以五七日为限。又宜先与献县葛教士通书商办。葛为人甚和平，又秉承京师总主教樊国梁意旨，决不与地方官为难。兹将宁晋议章抄寄，似可仿办，即有小异，要可大同，但不可恝置不问。法兵留省以保教为名，官不理事，则法兵来劫制，亦在意中，须令赵公知此意也。地方安插教民，是目前急务，官不得力，可由绅士自行集议，与教士婉商，以速为妙。不具。

与张春元 九月廿六日

　　傅相北来，至今和局尚未开议，缘各国欲办者端、庄、刚、赵四人，现今刚、赵已死，庄亦无足轻重。惟端邸系属懿亲，两宫踌躇难答，以此尚未停战，不过我不敢与敌耳。兄六月以后，颠沛流离，现今眷口分寄深、冀二州，以道路梗塞，不敢遽行遣归。明春和议一成，便当携眷南返。此时国力极弱，由于上下无人。人才之兴，必由学校。我国以时文为教，万不能自保种类，非各立学堂，认真讲求声光电化之学，不能自存。中国现无师范，办理又不得人，有名无实。其尤难者则在经费。执事与李光炯极力筹整白鹤峰书院，并欲控争洲业。现今官无远识，不肯相助。兄五月间接光炯来信，正为函纠北方诸公。旋因大乱突起，各自逃散，不识光炯所谋，能否有成。乞以此函示之，知吾乱后尚在也。时局虽大变，学堂要不可缓，望勿退缩为荷。

与康乐 同

　　自五月以后，畿辅大乱，六月初，保定已不能安居；七月，遂有京城沦陷之事，两宫蒙尘西狩，由太原而西安。李傅相北来月余，和议尚未开办。缘各国联为一气，皆谓端王首祸；其长君逢君者，庄王、刚相毅、赵尚书舒翘三人为尤；必尽去此四公，乃可开议。现今刚、赵已死，庄王尚易处置，惟端邸系属懿亲，两宫迟久不决，以此和局不定。揆度大势，各国连横并进，或无割裂中土之心，惟中国自主之权，从此恐遂尽失。国既不振，即难保民，民欲仍留种类，非处处设立学堂，讲求外国新学不可。若依前愚陋，则黄炎苗裔，从此断矣。此开辟以来未有之变也。弟自六月初出保定，转徙数州县，辄无宁土。现今身及妾子妇等，滞留深州，二四两女，逃在冀州，均属依人苟活。久不得南中只字，计驹儿等当有家书问吾生死，但道路梗塞，浮沉未达耳。

答王子翔 九月廿七日

正定教堂与献县教堂，系属两事。正定之兵护正定教堂，献县之兵护献县教堂，深、冀皆归献县教堂，那有正定兵来深、冀之事，勿听此等讹言。深州谣言最多，昨经曹刺史亲赴献县武、饶二县令随往，与教士联络，彼此情通意洽，决无兵祸。安抚教民，可免兵灾，望绅士遍谕联长，勿以为冤钱。保定各属，现均深被兵祸，岂可视为等闲。法兵本不多事，德兵在正定者，闻已还保定。不具。

答宋弼臣 九月晦

美外部佛司德，乙未马关定约及交割台湾，均蒙襄助，曾劝傅相改正中国律例。又尝入都遍见军机总署诸公，亦深望我国之能振兴。出而慨叹，谓我部院堂官不明外事，翰詹科道徒读死书。此公宏识远量，盖五洲有数人物也。若得其扶微定倾之力，和局不久可成，但恐其不遽纳路君私议耳。德、法军中采买诸物，本议自发物价，今虽德任半价，尚为受窘之道，似可依傅相批答，与之从容另议。安民示稿，尚请抄寄一观。保定罚绅士十万，官不必悉索敝赋，李代桃僵。彼习知中国叫价多虚，名索十万，及真不能交，亦自可议减。官款日后难得如麟角，奈何出其暗钱乎！国事虽败，救败仍须有才识，不应诸事张皇。陈、吴二公，既屡致意，请转达鄙说可也。

答冀州赵牧 十月四日

接奉惠书，敬承一一。拟亲赴献县与葛教士面商，安抚教民，最为要策。武、衡拳匪最多，自宜随往。武邑有伤害西教士之事，尤宜往商。葛性和平，教士被害，又非陆君任内，无妨径去，不必疑虑。若避匿不见，转恐后滋口舌。州官函约，当无不随侍同往之理。教堂赔修，深州亦尚未定局。前与葛教士面约，俟献县议定章程之后，深属遵照办理。目前曹君招抚教民，归者到州，人给五百，系官自解囊。又谕令本村殷富，暂借房屋安身，每二人借屋一间，其无屋者，暂借粮，俟献县章定，再行定局。所闻如此，伏候卓裁。

与王甥 <small>同</small>

粮厅代理枣强，请执事往助，自可如约。但宾东须以血性相待，又须自知分际，不可过恃交谊，反生芥蒂。吾见主客始相契合，终至相忌相谤者多矣，皆彼此不相谅之过也。此殆是短局，尤宜善始善终，不计修金多寡也。到后亦以安插教民为要政。思虑所及，必以闻之居停。步氏群从，可以询民间好恶。不具。

答赵铁卿 <small>十月五日</small>

寄示近著《大鼠行》，愤郁之旨，寄之诙嘲，最为奇谲。书词亦至为眷厚，徒以无人传书，久不作答。昨又接读来示，以拙书寄野口所言为无益，其尤明快之论，则谓傅相当无外人相厚，若不佞之于野口其人者！此等卓议，真乃不烦言而解。下走顾瞢瞢于此者，则所谓不容已之心，不可以事理论也。目前各属要政，以安抚教民为开宗明义第一章。闻近来天主教樊教士、耶苏教都教士，与傅相商定民教相安之策，皆以解释前仇为主。此间曹刺史昨往献县教堂，与葛教士面论办法，亦皆平情核实。俟献县与该教士议有定章，他属皆可仿办。惟大局迄未开议，正恐夜长梦多。行在无晓事能主持定见之人，多行迂道，此亦中国积病也。某自六月出省，转徙数县，卒羁屑此州，官绅皆礼以上宾，大有公子安之之意。在此无事，因将《深州志》稿收拾完备。每日偷食安坐而不能事事，迟暮情状，一钱不值。

与赵湘帆 十月七日

本日见上谕，端邸圈禁，正如外人所请，和事当可开议。近无省信，未得其详耳。贵州安抚教民，恐终须借用仓谷。昨复楚航书，亦略及之。此为安民免祸起见，富人亦当共谅，不宜太看实。且不问京师，但看省城附近，富家已多不保，此可危也。高邑拳民尚聚，官吏岂皆木人耶！《深志》增明以来金石，颇以多为嫌，别增"物产"一门，遂草草卒事，公来当为我是正。不具。

答王子翔 十月八日

献县法兵，并无到深、冀寻仇之说。枣强有费四五千，宜专用为安抚教民之资，不必供张犒劳，耗财于无用之地，尤不必托人保险，一则恐撞木钟，一则恐调起痰火，无益有损。弼臣今日来函，抄稿寄阅，其扼要之论，则路牧士言洋兵决不到深、冀，此是定盘星，耶苏堂得钱五万串赔修，当可无事。耶稣教决不与地方为难，路牧士有告白，但令地方照数赔偿，不准教民借端讹索。枣强之五万串存之，俟有教士到后，妥商办理，不必往找也。

与天主教杜教士 十月廿日

杜大司铎执事：

前得惠示，谓现今假冒教名甚多，不知教民何人，似难察究。近已出示晓明，不许教民私寻衅端等因，具悉一一。执事爱人如己，真贵教所以盛行之源。但中国入教之民，不能仰体和协民教之美意，往往私行横恣，谅执事闻之，亦必深恶痛绝，奈无人肯以奉闻耳。昨祁州刺史潘公来书，述及祁州各村，颇受东闾教民扰累，如王里、建安、王文等村，皆无辜被焚；其东、西柏章送银各四百两，衣物称是；东、西佛洛皆送粮卅余石，事犹未息。以上各村，均无拳匪，而教民任意索诈，良民不能安枕，无以为生，潘公无如之何。因不佞素与执事往来，属为转达一切，欲求严禁东闾教民，不得再行讹索。仍遣祁州举人崔子余谨前赴保定，谒候台端，听候裁示。潘公稍间仍拟亲来领教，属为先容。此系闾阎安危所关，用特代陈，万乞鉴谅。不具。

答潘文涛 _同

崔子余来访，赍到惠示，具悉一一。执事诛夷拳匪，在未奉诏旨剿办之先，仰见仁人之勇。东闾教堂焚掠泄愤，波及西柏章等村，此风万不可长。杜神甫向来交分殊浅，既由子余远来见托，重以鼎言諈诿，谨为作书代达，未识能否有济。蒙谓此事当由执事亲往教堂，与杜面商办法。祁境拳党本少，教民闻亦不多，东闾教民，借端寻衅，使良民被祸，在我理直气壮。即使拳匪猖獗时，各村殷富间有被劫出资冀图免祸者，究非甘愿助拳。现在办法，以和解民教为第一要义。为教士计，亦止宜妥筹善后，不宜追究从前，使人人自危，亦非传教者之本意也。深州教民最多，拳党焚杀最甚，前时谣言四起，谓献县法兵必欲与深州为难。曹刺史亲往献县教堂，与葛教士面商办法，又推诚以待来深之教徒，竭尽思虑，安插教民，现今教徒深心感激，诸事易办。此与教士联络之成效也。我公欲境内安谧，似往见教士，加意联络，为题中必不可少之义。此外，则安抚本境被难之教民，与之三令五申，不准私相报复。如此，则外来之教民无端寻衅，可保其必无，万一有之，不难知会教士，秉公惩办。至于土匪假托教民，肆行劫掠，则又当整顿捕务，认真办理联庄，庶几良民气固，匪徒敛戢。鄙见如此，伏候卓裁。此次子余先往教堂，将来必应屈驾一往，至要至要！不具。

与宋弼臣 同

祁州崔子余，因东间教民到处讹索，祁州各村被害不少，今亲往教堂见杜神甫，意欲保安地面，须杜一言，而求拙函抵杜。杜交谊泛常，屡寄书言事，未必有益。但杜来片曾言，不许教民私寻衅端。彼所谓私寻衅端，尚指有拳各村，乃得谓之有衅；若凭空讹索向无拳匪之村，重者焚掠，轻者娄索重金，乃是无衅生端，尤当严惩，以和民教。若知外县如此被害，杜亦必思设法查禁。此时地方不敢拿办教民，全望教士压服。仆恐拙函无力，望商之路公，如何能激动杜氏恻隐爱人之心，使之乐于约束教民，不令四出讹诈。又代杜设策，如何乃能令行禁止。必望先为子余打通关节，然后迎刃而解。平心论之，前时殷富纵有被胁出资供拳之事，此时亦当一切不问，乃能协和民教。此善后要策也。

答刘治琴润琴兄弟 同

接读手示并抄件，敬悉一一。治弟暂馆路氏，自中国守旧之徒观之，必以为失所依归。吾谓中国开幕延宾诸公，于幕客殆无裨益，视馆金去就耳。外国士各有见闻，能使我耳目日新，其益甚大。但各为其国之心不可移而渐失耳。日内和议云何？两弟有所闻否？傅相及行在有文报。不惜时时见示为荷。

答宋弼臣 十月廿五日

藩、臬欲送关聘，此时大局未定，岂宜及此！执事面请暂缓，最为卓见。现已鸟焚其巢，窗格板片为之一空，书院已无居止之地。来年练饷局之千金，恐亦无从给发，书院会须旷废。仆十余年来，实为时文所苦，近益颓唐，无此精神，书院一席，万难胜任。若畿辅学堂，则更无此本领，专领一席，尚非所能，岂有一人兼领二馆之理！拟俟道路通行，一见傅相，商求南归之策耳。

与李季皋　十月廿三日

传闻皋方伯接师相手札，和议不日即定。又闻吕军门奉有师电，德兵游弋，东不过沧州，中不过河间，西不过正定。今闻德兵侵略运河缘岸各县城村镇，吴桥因闭城被攻，穷辱县官，扰及官眷；东光官绅内眷避入教堂，德兵旋至，县官贿求翻译，官眷幸免于难，绅眷则无一免者。南皮闻被祸尤烈，各属闻风惶恐。前接保定来书，屡言联军定议不到深、冀，今出扰天、河各属者，系屯驻天津之兵。未识何故四出游弋，并不遵元约，扰及沧州迤南。其未到各州县，百姓仓皇无措，官绅均欲仰求师相商之德帅，不令德兵四出淫掠。庶孑遗良民，稍得安堵。似现时和议即定，外兵不得仍如未停战以前纵横自恣。近来正定以东，河间以西，惟深、冀尚未被祸。故此二州官民，尤愿仰仗师相一言，保兹残遗。冒昧奉闻，伏乞裁示。不具。

与廉惠卿　同

闻京城业已开议，和局将成，而德兵肆扰濒运河各州县，攻破吴桥，辱及官眷，东光、南皮，被祸尤烈。前闻德帅与傅相定议，德兵不过沧州、河间以南，今竟爽约。执事在都，所往来大率美、倭之士，未识能展转以达德帅，令约束部伍不出扰县城村镇，以安我孑遗黎庶，则功德甚大。伏望卓裁。和议有可密探见示者，乞寄示一二，以广见闻，为属。

答李幼珊 _同

前接惠书，猥以勤恪公墓志寄声见谢。某老颓才退，不能为文，迫于师命，不能藏拙，亦不敢泛泛谀墓，知不足阐扬盛美，荷蒙齿及，只益惭惶。执事材谞冠时，早已闻声钦服。此次随侍仲父，谋谟所系，动关黄种存亡，自开辟以来，中国大事无过于此。经此阅历，其他国家政制、中外交涉，皆"一览众山小"矣。某铨伏草野，大议未定，不欲攘臂其间。一俟款定之后，即当趋谒师门，借图良觌。目前方在歃血定盟，其间节目，计当昕夕图议，以冀广思集益，违覆得中，其大端倪可密示一二，以豁蓬心，无任翘跂。墓文曾否入圹？有拓本能惠寄十纸为感。

与宋弼臣 _{十月廿八日}

联喜来，接读手示，并洋字护照一纸，领感无似。曹深州于廿四夜往献县教堂，是夜城关惊恐非常，居民逃徙一空。廿五日，洋兵攻破束鹿旧城，深州无官，仆怂恿教佐绅民等备礼迎犒，别无良策。教堂中有潘凤台者，自宁晋之唐邱回，未到州城，闻旧城已破，即夜抵法军。随军有正定鲍教士，不愿洋兵肆扰，苦无阻止之术，适潘到旧城，力言曹官近来安抚教民，无微不至。鲍因领潘往见法帅巴尧，面陈一切，具言曹公先事传谕各村为教民筹借房屋，招回流亡，每名到城，捐给京钱五百文，派人送还本村。又每名发给仓谷八斗，以敷口食，俟与献县教士筹定章程，再行照章抚恤。又先借银千两，交潘某为还逃徙逋欠之债，教民甚为感激等语。巴帅闻言，顿改初意，令潘回深查看情形，飞速函告。潘至州西之杜家庄，作函寄鲍，谓深州城门四开，州官已赴献县，住城官兵，亦已远避，现在城中官绅，预备礼物迎劳等语。洋兵本定廿六日早九点钟拔队赴深，潘函八点钟送到，巴尧得信后，竟自折而西还。此次化险而夷，系潘凤台一人之功。潘之所以出力阻止法兵者，则曹公联络安插，有以感动之也。省城传言，曹曾助拳，传者过甚，以致法兵专来与曹为难。今之临境复返，则又闻曹之善而解前憾。盖曹之后功，实足掩盖前过，阖境生民阴受其庇者不小。吾屡见献县葛教士与曹通书，皆甚洽协。潘尝寄书告葛云：曹官办理教民之事，无微不至。其背地之言如此，故此次十分出力，意在解曹之纷，而使教民速归安业也。新任吴公，亦自教堂得有葛函，送与巴帅，然已在廿七日，法兵西还已逾日矣。此函所言情形，可摘要一禀方伯，以释悬系。

与宋弼臣　十一月八日

迭接十月廿六、七及晦日及本月二日四次来示，具悉一一。方伯所遣弁勇，持函见招，断无不往之义。因此间诸友纠众苟留，遂定缓数日，期以初八就道。诸公又远谋之墨侪，墨侪授以锦囊，谓强留之术，只以不说情理为宗。于是诸公既环守不去，又迭赴州署，不令鄙宗代雇车辆。因此初八之约，又成画饼。弁勇数人，势难久候，只得先遣还省销差。俟后诸友留客之意少懈，再行由此间雇车北行，亦不必再劳遣使。此次所赍盘费银保平足纹四十两正，请由尊处所存束脩内照数拨还为要。将来启程，应自备资用，不敢拜领车价也。廿六日来书，传述方伯转告曹刺史之言，至为可感。晦日来示云：吴直刺上藩、臬函，称曹刺史由献县教堂南扬，方伯谓从此畏葸不前，恐难再望得缺。查曹虽于见教士后暂行南去，乃系暂避凶锋之计，现在曹已还深，仆劝令赴省一见方伯。曹于官场顺逆，尚不甚关怀，惟阖境绅民感戴，盼其回任，而惟恐其去，则万口同辞。教民亦倾诚仰望，其会长夜赴旧城，说止法兵，实因感曹公，冒险为此。仆前函所述，无一字虚饰。来示述巴尧言：止兵乃为阖县，非为曹公一人。此乃门面语，自盖其闻言不审耳。当时临境复返，实因闻曹公安抚教民，法意并美，乃始还辕西迈也。来示又云：法帅是否宿怨，尚须斟酌。以愚见论之，法帅决无宿怨，各国公使不问教案，傅相有明文矣。联军借保教为词，实则教务与国家无涉。此次法兵之出，系勉徇教士之请，将帅胸中，本无恩怨之说，尚何宿怨之足云。葛教士面告曹公，谓束鹿旧城、魏牌、辛集等村，声言欲拒抗洋兵，故出示以军威。其到深与否，则尚未定云云。据此，则于深实亦无怨。然兵出以到深为号，则亦有故。教民在深被祸者实多，人人欲借外兵以图报复，怂恿葛教士请兵，而巴尧又葛之门徒，其事易行。但此皆曹公未见葛教士及教民未复乡土以前之事。故十月初六，李季皋来书即谓法兵将到深州，劝我速即携眷赴都，渠已代看馆舍，并由张燕谋京卿展转函告，法帅派兵护行等语。是谋赴深州，早有成说。及曹公与葛相见之后，彼此意见融洽，其会长来深，曹亦倾心联络。潘、杨等不忍相欺。查教民被毁房屋，较乡村自报者反少三分之一。其私约束教民，谓曹公于吾教中尽心如此，不得一毫相欺，亦不得以一事相繁聒，静候处置云云。此非感服其心，岂易至此！此等情形，该会长亦已达之葛教士，特葛未将曹之善转告巴尧，故兵仍止知前时所闻刻期赴深耳。不然，即潘凤台一言，亦未必遽能止兵也。由以上所言，不惟法帅无宿怨，即教士教民亦均无宿怨决矣。弟可将此情形达之方伯。缺之有无，不足为曹轻重。独上官用人，遇此等循绩卓著之员，不宜久置闲散耳。来示恤教从厚之说，吾不尽谓然，要贵持平定乱而已。王合之来函，其词甚苦，所望于仆者，求保险护照。吾谓洋兵已据有渠宅，护照何用。另求三事：一不占渠房；一典铺已被抢掠，县官仍催促生息，欲关说当道；一求函以见法教士，免教民之讹诈平民。前二事难办，后一事似尚可展转设法，吾令与老弟面商，请随时方便为望。

答高仲英方伯 _同

差至接奉惠书，并寄到重币，招令还省。违离已久，跂慕良殷，虽未折束，亦拟装束首途，近依宇下，况重以盛意之勤拳乎！奉缄后，即拟随使就道。乃此间故友，坚不听行，再四婉商，始约定初八日登车北发。因暂留使者，静待行期。初六、七两日，留行者益众，不论情理，一意苦留，所至前后围绕，不令他适。又选纠约往州署，恳州官勿为雇车。不得已，只有暂不成行，先遣弁勇还省销差，一俟留行者之意少懈，再行雇车旋省。承发车价四十金，借使奉缴。此次寓居此州，大类庚桑楚之居畏垒，老氏之所诃也。

尚幸客军未去，诸生流离未还。纵遵召速还，亦无所事事，以此稍可自解。惟有方使命，殊为罪歉。廉访相见，并求道意。不具。

答李季皋 同

本月初二日，奉到十月初六日手书，以法兵即至深州，属令迅速赴京，已为代定馆舍；又属张燕谋京卿，展转函达法武官，请其派兵护行。词旨迫遽，具纫挚爱逾常，感德无既。此书道途稽滞，直至上月抄始由北仓教堂遣人走送。法兵上月初亦竟未来。惟十月廿四日，忽接省信，谓法兵自保定出，转由正定，拔队即到深州，与州官曹刺史为难，并送来敝处护照一纸，冀可自免兵祸。廿五日，已闻攻破束鹿旧城，距深州廿余里，定于廿六日早九点钟拔赴深州。弟坚属州城官绅备礼迎犒，而属曹刺史自赴献县教堂，请教士设法止兵。久之，兵不至，已而闻深州教堂有会长潘凤台者，夜往旧城见随军之正定教士鲍某，力陈曹刺史安抚教民，周密妥善。鲍即领潘见法帅巴尧，尧闻潘言，顿改初意，但令潘回州查看情形。潘至州西十里之杜家庄，即作书遣人送军，言城中官绅备礼迎犒等情。法军八点钟接到此函，遂折而西去。此次深州之不被兵，全由潘凤台一人之功。潘之所以冒险止兵者，则由曹深州联络教士，抚恤教民，有以感动之也。曹之抚恤教民，招令归复旧业，其安抚章程，尚未议定，其初归先给抚费，州官自行捐廉，每名五百文；其无房者，令本村殷富借房栖止；又开仓赈济，大口谷八斗，小口半之。以此，他属教民往往讹诈良民，动辄成千累百，深州教民，安堵无事，民教相安，人人感念州官不置。潘凤台又向曹君借银千两，偿还教民在外逋负。此其所以感戴恩德而冒险止兵之由也。曹之于教民如此，而法兵早有赴深之谋，何也？则由深州教民被拳民之祸独甚，教民远避者，争传曹官助拳攻教；流言既多，人人欲挟洋兵之势，以图报复。此其计皆在教民未复业以前，及后受曹官之惠，而请兵之举已不可追改。故执事作书时已言法兵将到深，及十月下旬，仍有赴深之举。赖有老潘一说，而免百万生灵之难。盖曹刺史以虚名召戎，而以实政退虏。某居此半载，熟知曹之为贤。前时拳民猖獗之时，各属牧令，多受拳民欺侮，曹独以峻刑处之，拳民到案，动辄笞责一千二千，甚则立毙杖下，此乃畿辅全省所无。弟所以转徙数县，卒久淹于深州者以此。今虽要结教民，至议赔偿教民房产，则拟与之力争减少，盖深念今年收成歉薄，民又遭乱失业，不忍重累平民。其所以要结教民，全为减少赔款起见。弟颇敬其实心爱民，所见甚大。事未及成，适有法兵来攻之信，高方伯撤曹离任，意在保全。然骤换新官，凡曹所经画一切，尽付东流。又务与曹相反，一切惟教士是从，派累顿多，民已惴惴。此如临敌易将，其害大矣。曹非独办理教案尽心也，其威足以除暴，其惠足以安良，故穷乡僻壤，妇人孺子，无不称颂。此不尽煦煦之惠，盖亦实有吏才，近畿数百里耳目所闻见，殆皆不及曹君。若令久置闲散，势且大失民望。此时暂屈无妨，将来师相必宜有以振拔之。某虽无似，若久与人处，遂以好恶为是非，变乱黑白，则生平所不为。其所以缕缕如此者，欲令贤吏不壅上闻，亦以代达士民借寇之郁思也。法兵即未到深州，化险为夷，旅客之幸。高方伯亦遣使持书币招令还省，将赴召矣，而此间故人再四苟留，至环守不令偶出，恐乘间驰去。自笑此行大类庚桑之居畏垒，道家所不取也。以此，执事及惠卿见招，亦暂不往，将俟留者意倦，再行北去。畿南近尚安谧，州县近时畏教民，与六七月间畏拳民无异。国家不开新学，官场有识者稀少，不足怪也。

与宋弼臣 十一月十五日

仆既被诸公苟留，今亲督刻工，计腊月初十可以竣事，当谋印书。弓子贞诸公，志在惜费，不欲用好纸。吾谓若专为惜费，则刻固不必精，即编纂亦当如道光时三月成之，何必迟至数十年，及刻板又多方加价乎！若欲书成善本，则不惟坏纸不可用，即刷印亦须良工，装订亦须如法，事事非多费不可。此间诸人，待我可谓至厚，独此事未甚同心。又遇丧乱之后，好纸难得，必不得已而求其次，则山西毛头尚有棉性，近时亦难多求，拟明日遣人赴新集求之，俟新集归得纸若干，再遣门斗还省。李树棠力言省中有棉连纸可用，或言棉连但价高而棉性亦少，未识除棉连外，有他项棉性最多而印书合用之纸否？望老弟为我预防，当续托代购也。

答贺松坡　十一月廿一日

外兵阑入①，蹂躏近郊，深州濒危出险，居人之幸，旅人并受其福。乃州中士民谬归功于鄙人，自笑平生浪得虚誉，大率类此，不谓来书亦徇俗谬奖，本无其实，敢居其名乎！教案须款过巨，似可与之软磨，不宜听派听出。深州前由教堂交到吴桥议章，曹刺史尚拟与之磨礪，适会谢事，未及办妥，真一憾事。冀州既安抚有绪，此事尽可徐商，彼断不能因议数不合，遽请法兵来劫也。

与宋弼臣　十一月廿四日

和议定自全权大臣，无批驳之理。属在败后求和，尤难任意。闻法兵专拆书院，因何不能阻止？岂阻止便至失和耶？若竟不能阻，似应禀明傅相，与法使臣面论之，不宜听客之所为也。日内当北发。不具。

答郑觐侯　十一月廿七日

乱后书问阻隔，顷得来示，至以为喜。方伯护院，执事当望佳音。在省无论何差，总以兼讞局为要。讞局民所系，吏治最切之关键，足以练习民之情伪，于断狱尤可增长吏才，他差不过津润身家，此差实能辅成才识，究心于此，人己两有裨益。近来时局大变，教务尤宜留心，所至当与教士浃适，遇讼案一秉大公，不激不随，专以情理为主，乃可中外持平，卓见以为然乎？

---

① 阑入，一本作"入关"。

为李相致安徽王中丞 _{除日}

近奉朝旨，兴革庶政，凡学校科举，皆将改弦更张，作养人才，用备缓急，宏济时艰，以此为第一要义。闻桐城南乡大江中，有新涨洲地，为邻近之涂水洲业户所影射霸占。前臬司赵次山将涂水北邻新涨勘丈归公，名为习艺洲。上年本地衿保，又因涂水洲东佃妄争南邻新涨之野鸭、柳条二洲，控诉不休。呈请将该新洲地亩勘丈，或提办省城善举，或充入本乡书院。台端批饬该县勘讯，将各洲地应作何办结之处详悉具详覆夺等因。经该前县龙令一再勘量，议定归书院矣，未及上详，遽以忧去。现署任王令，亦照龙任办理。八月堂判称，涂水洲银正只一百卅余两，本洲之地已有赢余，何能再占隔渚溇之野鸭等洲云云。该乡士夫，交口称颂。后忽详请委员覆勘，至生枝节。查此次和议幸成，公私皆万分耗竭，兴立学堂等事，势必无款可筹，此项突涨新洲，既经该令等讯系完课之外未起科之地，议归该乡书院，自系正办。讼棍拨弄手眼，无理妄争，时日愈多，枝蔓愈甚，应请执事仰体内廷变法育才之意旨，俯念穷乡筹款兴教之艰难，立斩葛藤，特秉英断，批饬定归该乡白鹤峰书院。经费稍充，得以兼习中西学术，养成国家异日有用之才，则执事宏长之风，为功甚大。往时曾文正到处查提公款，拨归书院，实吾辈前事之师。惟委员勘丈洲业，最易沾染腥膻，应请遴委廉正大员将涂水洲地照课银勘丈。此外罩占沙滩水影未起科之地，无论为新涨为隐匿，一概查照例章，勘丈归公，勿任刁徒借旧占新，以绝讼端，而兴文教，实为至幸！又闻赵臬司所立习艺善堂，久已废歇，其勘丈归公之习艺洲，应请一并批饬，拨还该乡书院。嗣后书院应增东西专门各学，成本愈多愈善。闻该乡尚有正绅肯任事，谅不孤负贤大吏开化兴学之盛心也。

与陈云斋 辛丑正月二日

此次两宫西狩，道途所经，往往以供张不办获罪，独哲弟立斋兄毁家以佐宫廷之急，用此高迁，足见忠孝之家，坐获显报，至为佩贺。某以六月初离保定，展转数县，卒乃留滞深州，寄家于深、冀二郡。顷以十二月初十日，携小儿自深州赴保定小住十余日，以廿七日到京谒见傅相。鄙乡书院，请将新洲归公，以充膏火，闻爵堂中丞，至为关注，深以为感。此由我公不弃鄙言，为之转达一切，乃能使乡曲下情，得上闻于疆帅知己之前，不复以虚词相谢，但铭颂而已。此事现任王大令初意甚厚，堂判数语，传诵数千里外。似闻幕僚不甚同心，县详数千言，处处与堂判相背，遂使覆勘之委员翻尽前案，死力为刘。今傅相缘欲兴立学堂，深恐坐失美利，特以所闻函告中丞，谅事出因公，英雄所见略同，中丞亦必乐成其美。惟虑委员勘丈业已不实，必且辩言乱政，以阻其成。其勘丈后详文，以上下书吏均被刘姓勾通，秘不见示，某不获一读其稿。窃料其立言大旨，必以鱼鳞册丈尺为根据，以九月县详为蓝本。上官若专听一面之辞，似亦娓娓可信。要其不根沮事之言，一经明眼人寓目，其破绽必不能逃，初无待于摘发。独傅相大意专以兴学为主，以为转无用为有用，自属当道所优为。鄙意则谓，如使争执者有一线之可原，亦不宜强夺私财以济公事。今就九月县详观之，殆无一事可以自圆其说。因条列明辩，使知鱼鳞丈尺之不足恃，决当以完课银数为凭。又使知县详之委曲回护，处处矛盾，则诸洲之为新涨，毫无疑义，似亦足为中丞断案之一助。谨将愚见开折，具呈台览。此事始终全仗知己鼎力，想大君子乐成人之美，必不河汉鄙言，仍望造塔合尖，此亦得陇望蜀之常态也。

与李光炯 同

翼亭来，得老弟手书万言，并抄件图说等，一一读悉。县判神明可佩，忽复变而之他，不知何故。县详与堂判矛盾，处处左袒为刘，因逐条辨驳，寄云斋，属其转达中丞。俾得据理驳斥，不令讼棍强词夺理，变乱是非。翼亭归，当抄稿奉寄。元旦博相作函寄王爵堂中丞，兄亦作书寄云斋。此案势在必争，执事独为其难，旁无他人相助，惟纬臣、晴川相与决策，皆寒畯，兄亦不能以财力相资，止有八字奉赠，曰："沉船破釜，筑室反耕"，以坚忍之力，行持久之计，不得当不止。纬臣、晴川倘皆能在省得一馆，则尤善也。

答卢木斋 正月十五日

并科举于学堂，弟亦力主此议，但欲列之此次和约，则事不相涉。若谓借外力以成之，则中国百政废弛，岂能尽借外力？且改科举不能遽兴国也。改科举以后，育才之政尚多。若我所立之学堂，仍用中国人才，中国政公，则仍止敷衍具文，纵得外力而改科举，于育才仍无分毫之益。若学校中事事皆借外力，恐此次约章，不能具载。又鄙意所虑失自主之权者，不在科举学校一事，恐其由此而一切之权尽失，则利少而害无穷，是速亡之术也。学校纵得人才，亦徒制于主持者之压力，与印度、埃及等耳，岂能出而有为于世乎！纵能出而用世，亦英、俄、德、法之人才耳，岂能尚属中国乎！国虽危亡，但使能归自主，尚有复振之望；自主权失，则迟速一归于灭。此下走之所私忧过虑，而谓此中机括甚微，不可不慎。至来示谓杀僇黜陟之权失，此则归之战例，非平时尽如此也。海关则我借才异地，未失权也，厘金未入他人之手，此后恐须裁革。赔款议定，各国恐须代理财政。此因赔款未清，代祛弊蠹，亦尚不为失权。窃谓吾国实无能除财政积弊之人，若有其人，彼亦必不越俎，故曰不为失权也。尊论借外力以改科举，诚忧时愤激之危言，可自陈说，鄙意未安，故不代陈。美人近得小吕宋，亦岂真心爱中国者！台从岂即日成行乎？

又 正月廿二日

改废科举一事，诚当务之急。风气未开，恐仍前顽固。尊论必欲列入此次和款，此乃我自治之事，彼无所用其要求，势难列入。即如来示所拟数语，仍系责成中国大臣，大臣中谁能力任此事？我徒托空言，彼亦不因载在条约，催迫使办，以其于彼无利害故也。又如所拟五年以后，内政外交，应用学堂考列高等之人襄理，十年以后，应全用学堂出身、已经历练之人。窃料作育人才，纵事事得法，亦不能如此之速。即使成才真速，欲国家尽弃旧人而用新士，此则万难办到。士无贤不肖，入朝见嫉，此风岂能骤变！盖非有秦皇、汉武之为君，商鞅、李斯、王荆公之为相，未易扫除而更张之，而欲以条约数语籍制，而使之必从，岂可得乎！西人于外交之策，极为分明，凡彼我交涉之事，归之约章，若他国内政，自非藩属，绝不过问。来示谓此次草约，以行新政为纲。查草约并无此语。其云总理衙门必须革故更新者，谓欲改换总署堂官，止用一员，非指改行新政。此虽内政，然与惩祸首、理关税、抵押厘金诸事，皆在彼此交涉之列，非科举学校之比也。来示引华盛顿、毕士马，以为人才之效。吾谓必有华盛顿、毕士马，然后能振起人才；且有此等英雄，亦不必载内政于约章矣。至学堂报馆，势必开办，但敷衍与否，不得而知。若变科举，则赫德近有条陈，亦不主其说，盖难言之也。不具。

与周玉山方伯 同

昨日拟谒谈，未果。赫德数十年来为中国办事，忠实有谋，独其欲开办土药税一节，似有为印度畅销洋药之意。前见报纸，近三年洋药渐旺，即系土药加税之故。土税虽与国尚无实效，而委员司事巡役，烦苛讹索，已能使土药滞销。土药本不如洋药，土药滞则洋药畅，自然之理。傅相往年请弛禁土药，正与赫税司加税之意相反。窃谓此节最宜慎取之，但不必揭破赫公本指耳。此节不行，则不如改收坐贾之税，日本所谓营业税也。现今各国多行此法，联军在京在津，亦略施行。联军撤后，即踵行之，尚不甚难。惟南方推行此法，当俟厘金裁革之后。若恐扰民，则全在办理得人。厘金，虐政也，曾、胡及傅相在南，多用笃实君子为之，绝少弊端，其明效也。

为杨濂甫观察致许久香太守

前肃上一书，并与皖中在北诸公联名致函汤小秋，欲劳旌从，一勘桐城南乡新洲。去后，旋由吴至父传述：爵棠中丞于公函未到之先，业经遴委我公，与公函暗合。具征望实兼懋，遐迩允孚，至慰慕赖。至父近得南电，知尊意亟欲禀定，当经电请暂缓，即拟详晰奉闻。昨傅相接余寿平来电，意颇不惬，复电请合端逐细勘丈。闻皖中传播风言，并谓野鸭等洲实系民业，谅我公未必深信。若本系民业，无端强争归公，此天下绝无之事，谁肯冒此不韪。若审非民业，则举而赠之旁近之民户，与提归兴学公用，其为功利，孰大孰小，不待烦言矣。上官作养人才，即酌拨公款，且在所不惜，今则惠而不费，亦复何惮而不为！宗旨既定，浮言自不能入。至应如何办理，固槃才所优为。去冬，勘丈委员先入为主，挟有成见，以此未能持平。闻其时刘姓聚众逞强，势欲滋事，委员颇有戒心，因遂草草勘量，殆亦无足深咎。但欲执其偏徇粗略之弓数，据以定案，则书院绅士，万难甘服。涂水洲载在鳞册，野鸭、柳条，后来新涨，不在册内，本土居人，万目共睹。刘姓初次司控，亦云洲南现渐接涨，其后屡换讼师，呈词中忽称野鸭即涂水正身，忽称野鸭拨补涂水，其词屡变而不能自圆其说。前委径将涂水、野鸭混为一洲，又为改柳条之名为新生白沙，此皆变乱万目共睹之情状，曲徇刘姓一家之偏词。今来电所言，似是过信前委。若果依此定案，不惟诸绅不能允服，即远近乡民闻知，亦且讪笑官府之易于蒙蔽。执事此次覆勘，似应尽弃前委原勘，不必更为回护，乃能水落石出。查鱼鳞册内，涂水一洲，分列熟荒九等，熟有上地、中地、密芦、稀芦、中草、下草之分，荒有泥滩、水荡、白沙之目，各有顷亩细数，当时必皆分等细丈。今欲勘丈明确，自应每等划清段落，以一长三横之法丈量，则熟地六等所量弓尺，应有十八横科。前委混连荒熟，以长十余里之洲，仅量三横；又皆从狭处下弓，则顷亩实数，减失过半。加以牵缠、印灰、订桩，触处舞弊，所丈弓尺，何能凭信。今凭鱼鳞册核实勘丈，绅委两无偏徇，自是一定办法。丈量专重熟地，其未起科之荒地，虽未便径照诸绅所请，一律归公，但册中荒地顷亩，当时意在罩占，其后垦熟不报，例有充公明条。即令丈弓小小不符，谅刘亦不敢过执，似可无庸细丈。丈量既据鳞册勘丈，又复入细，涂水、野鸭是一是二，坦然可知。若本系两洲，刘姓自难影射。若涂水实并野鸭，诸绅亦无词再争。野鸭既定，柳条不辨自明，此决疑定滞之捷法也。又丈洲弊混最多，在事丁役，稍不妨闲，能使多地变少。去冬所用丁役，应请一切屏除。府工书张某，前与书院诸绅有嫌，书院始终被其暗害，去冬随同丈量，今请删汰勿用。量地以藤条为善，麻绳、纱线，愈牵愈长，不可用也。书院绅士李光炯、黄纬臣两孝廉，皆读书君子，非公正不发愤。若欲多约数人，可向李、黄索之。凡此皆芨虑所已及，仍复缕缕强聒者，恃契分夙深，惟恐执事之纤毫不得当也。

与李光炯 四月朔日

勘丈条议至妥。委员谓鳞册顷亩，有余方能归公，系属正办。尊议专重隐匿，上官决不肯照行，反予人以口实。此次傅相请委员照鳞册熟荒九等，逐细尺量，若无弊混，涂水必能符鳞册丈尺；野鸭、柳条，决在鳞册丈尺之外，此不必疑虑。但熟地六等，必应分段细丈，其荒地未垦者，不妨粗略勘丈，纵有短少，势不能因荒地短绌，遂拨野鸭弥补。故相电、杨函，均以查照鱼鳞册熟荒九等段落逐细勘丈为主。若野鸭果在鳞册弓丈之内，则吾辈势难多争。吾料其决不如此。犹恐地真不足，故请其专重熟地，于荒亩不必细丈，正劫其隐匿之短，使之不敢妄争隔滗也。至隐匿充公一层，止可作为轻笔，不宜专用为主，使官场谓我太过。至勘丈核实，必以水落时为宜；若现今江水已涨，则请缓至秋后勘丈，亦自无妨。

与 周 方 伯

省南之乱，非悬赏购线，缉获拳首，不能平定。若云解散，非破获首要，亦别无解散之法。去年成此大祸，至今民间首匪未办一人，安有不滋事之理！闻现今聚党横行，未受大创，谓为逃①散，殊难深信。此股乱党不除，其余未起事之处，皆潜相勾结，隐为应和，诚不宜姑息苟安。目前州县财力，不足办此，谓宜由各统将出资购线给赏，准其作正开销。至何县拳首，本县官役皆所熟知，即逃匿何方，亦必有可踪迹。购线之资，出身各营，所用之线，仍索之州县。访线不准，严议处分。若恐空文行知，阅者不知缓急，可遣深州知州曹景郕驰往各军谕意。曹君才力，足可胜任。凡深州、安平、饶阳、武强、武邑、衡水各拳首，曹尽知其姓名，不致诬良为匪。其口辨亦足以怂恿统将，使之专主缉拿贼首，一意破灭，不复宽纵议抚。此议似宜速定。近来匪党千百成群，尚恐一时未能尽殄。顷所论荐之孙万林，实可倚办此事。傅相谓某阿其所好，其实不然。某向来与人不易猝合，近年不在宦途，各军统领，并不相识。吕道生、郑舜卿皆去年在深时军过相见。孙万林驻深，亦仅一月，不过两三面之交情，何至遂有阿好。诚见其治军严整有威，兵丁畏法，绝不骚扰，操练又勤，用以平定土匪，必能胜任。虽前有攻打使馆之失，而非其罪。且使功不如使过，其饷又不须代筹，近来愿归直隶，不愿东还，以为可用，故敢缕缕，伏望卓裁。不具。

与曹深州 四月十六日

所事自以到处求得大首，为平定之第一要义。其于教民，亦宜有以结纳之，乃能公允。再能使统将俯听，整顿营规，申严约束，使民不被扰，则功

---

① 逃，一本作"匪"。

德无量矣。此皆我公智虑所已及，以相爱故，又缕缕。

为杨濂甫答余寿平

来示桐城洲产一节：涂水、野鸭、柳条三洲，子母相生，不能分剖，隐匿荒亩，概提充公，即特旨压下，亦恐非剿洗便办不到；续垦荒亩，只能升科，不能充公等语。傅相颇谓执事主张太过。野鸭、柳条如果实系民业，强令充公，则来示所云"虽特旨压下亦须剿洗"云云，自非过论。究竟涂水为坍为涨，野鸭应公应私，此两洲是一是二，非秉公细丈不明。今尚未勘量，已执定"子母相生，不能分剖，只办升科，不办充公"为说，似是先挟成见。既不充公，即勘丈何用；既不分剖，则三洲通指为民业，复用何地充公。傅相本为充公兴学，故函电频仍。吾辈在此诸君，亦因相意所注，故公函远渎，实非专为至父一人私见，大众为出全力代争民业也。傅相深望执事通官绅之情，明公私之辨，助成兴学之创举，请勿坚持初见，故与相违。野鸭若非新涨，书院虽横，岂能强争！若明系新涨，自应查丈归公，不得因民已私种，听任始终霸占。总之，执事之信为民业，专以前委为凭。前委果足为凭，今即何须覆丈。若坚信前委，即令再往履勘，亦且与前委所丈不相上下，是终无定案之日。惟目下夏令已深，江水盛涨，非丈洲之时，已由曾敬贻传述相意，电达王爵帅，请饬秋后分洲细丈。合并奉闻。

与 余 寿 平

白鹤峰控洲一案，闻去冬委员汪某到处为刘淦游说，虽桐城知好，亦多信之，无怪我公疑为公论。书院诸绅，虽切盼覆勘，勘洲弊端百出，可使多地变少，少地变多，故非案中源委洞明，勘丈亦难得实。若汪某之言先入为主，此案源委亦始终不明。皖中当道，似未必不信书院诸绅，不信下走，不信傅相，不信周方伯、李侍郎及公函所列诸公，而许太守亦不信素好之杨濂甫观察、龚景张太史，而专信一刘淦。此天下是非之所以难明也。明如我公，又近在皖省，案中虚实，岂待赘陈。傅相及在北诸公可谓全力相助；南中无人，可倚所恃惟我公一人。公若亦先入汪言，即下走更复何望！独来电寄相、来书寄杨为词甚坚，下走实悚骇无极。来书谓涂水、野鸭、柳条三洲，子母相生，有图有案，不能分剖云云。既系三洲，因何不能分剖？野鸭、柳条不在鳞册，所云有图有案者，图系何时？案系何事？近时例章，凡江心新涨及子母相生之洲，均应勘丈归公，不容各洲业主借旧占新，匿报擅垦，亦安见子母相生遂不能分剖乎？今欲我公深明此案源委，即首在分剖不分剖一事。若知涂水民业，野鸭新涨，则新旧截然，万不能不分剖。若依刘淦混两洲为一，则必不主分剖，乃可通指为刘淦之私业。此节一定，以下迎刃而解矣。汪某不欲改议，此乃护前之积习，不足怪也。执事与久香太守，亦谓不能分丈，则下走无处告诉矣。又来示"只能升科，不能充公"之说，亦应分别办理。凡涂水本洲界内私垦之荒地，应由官府办理，升科充公，一听裁断。凡野鸭新洲界内已垦未垦，应一律充公，不能但以升科了事。故此案必以两洲分丈，为第一要义。涂水、野鸭，确系两洲，前县龙大令均系分丈；其混同一丈，自汪某始。汪某禀称混成一片，遂以此语遍布上下，故来书亦有不能分剖之说。自来讼牒均称系两洲，即刘淦呈词，亦分为南埠北埠。汪某所言，盖视刘淦自言为尤甚也。恃相爱故敢缕缕，专望执事为我主持，至恳！至恳！

与袁慰亭中丞 四月十八日

去年之乱，我公屹然砥柱，韩公所云"四邻望之若坊之制水"者，乃今亲见之，其为慕望，岂可言说！上月从周玉山方伯传得执事筹议新政大疏，闻岷帅欲与联衔，傅相亦极口称赞，此不待踪伏草莽者之导扬盛美矣。大疏于学堂、报馆，言之最为切至，此二事洵为今日开宗明义之第一章。舍亲廉郎中泉字惠卿者，去年乱时，无资出避，亦赖美和两国多有交游，相与保护无恙。及傅相入都，惠卿日号于众，以学堂、报馆为事，其学堂已开办三月，学者二百余人，总教习一人、分教习六人皆聘自日本；学堂高才生，已能自译东文，收效至为捷速。惟经费支绌，曾由周玉翁致书，欲求倡捐相助，计复书必应有以成就斯美。惟报馆系拟集股创办，至今数月，应者寥寥，止集成四五百股每股五十元，拟集成二千股。傅相、周方伯现皆无此权力。因思我公既陈言及此，今北方开办于首善之区，尤为刻不容缓，亦较外省事半功倍，谅亦大贤所乐观其成。愚昧之见，欲望于山东官绅商旅中，登高一呼，计必闻风响应。此不惟惠卿及下走所拳拳仰望，凡维新徒友，亦皆同声颂祷。盖得士心而系物望，全在于此。所关不细，故敢敬相劝募，幸勿度外置之。其办理章程及收到股本收条，谨遣敝门徒吴笈生亲赍抠谒，敬领诲示。不宣。

与桐城南乡书院绅士 四月十八日

接光炯来函，知诸公均以书院争洲一事来省，各抛私事，同心为公，敬佩敬佩！此案自去冬印委会丈偏袒刘淦以后，甚难著手。我辈临小敌怯，正自未易即定，要当破釜沉船，筑室反耕。野鸭本为新涨，力争不得，势不干休。但望大众一心，有进无退。我辈为一乡公事起见，决无分毫私心，不愁不能取胜。诸公老成练达，必不众前独却。此亦一大事，决无随手顺成之理，必且叠起波澜，垂成复挫。惟冀办事人百折不回，不持意见，所谓师克在和也。凡同事诸公，下走未知台衔者，请同此致声。不具。

答严几道 同

《原富》大稿，委令作序，不敢以不文辞。但下走老朽健忘，所读各册，已不能省记。此五册始终未一寓目，后稿更属茫然。精神不能笼罩全书，便觉无从措手，拟交白卷出场矣。惠卿郎中拟以报馆奉烦，不知张京卿以煤矿相托，窃料此后报馆不致仍前阻挠。其能久持不折阅与否，则全视办理得法不得法，若起手谨慎，渐次拓充，当可自立不败。至报纸议论，下走颇嫌南中诸报客气叫嚣，于宫廷枢府肆口谩骂，此本非本朝臣子所宜；但令见地不谬，立言不妨和婉，全在笔端深浅耳。若无微妙之笔，亦不涉议论，但采撷各国议论而译传之，似亦可也。廉郎所以仰烦者固在报馆主笔，尤欲得大才译英美要删奇书，以为有此一事，足以维持报馆。台端所译，又可压倒东亚，其意如此，能否俯就，专望见教。兹附去报馆章程，乞是正，幸甚！

与曹深州 四月廿六日

本日法钦差遣人持法文信函示傅相，内言巴尧来书，述曹公何等不好，率领拳匪攻打教民，又主买教民妇女十余人；州中匪人为曹立碑，业经打毁，此等人万不可用。今闻派往安平查办教务，我等欲得而甘心，请速撤回等语。傅相告以曹某在深，该州绅士，人人称颂。法人云："此皆不好绅士。"傅相云："汝何得使我废绝一切绅士而专信教民之言乎？曹某之事，吾深知之，由后任官欲得其缺，布散恶言，以证成其过。不然，曹某之碑，巴尧何能知其处、读其文而毁坏之乎？汝勿信此等谗谤也。"法人云："如此则中堂应查明办理，如系前任不好，应办前任；后任不好，应办后任。"傅相应允查办，法人始去。既去而弟往，傅相一见，谓弟颠倒是非，因历述与法人问答如此。已而又属致书我公，令谨避法兵之锋，勿被法兵禽去云云。后又请周方伯告之，如告弟者。周云："去年拳匪盛时，州县实有难处。"傅相云："此不得回护，彼皆胸无定见，随上风而靡耳"云云。弟顷接安平军中廿二日来书，谓法兵廿三日又到安平，不知是否与我公寻衅，至为悬系。周云得高公书，知法兵有相仇之说，已属公深居吕军，勿遽出等语。究竟不知近状何似，望飞函见示为要。

答张楚航 四月廿七日

教堂既垂涎，乃附骨之疽，无时可去，吾辈时时须防，应如何画定长策，使不能觊觎，望速筹之。清河、威县、南宫、新河连接垒头、冯家庄等村，聚众抗官，此是乱萌，经赵公到乡劝解而告示谕定：四月初一以后，两教不得再告一人。釜底抽薪，最为得法。南新再能解散，地方之福也。天主教索廿二万缗，定议十万七千；耶苏教索四万八千，定三万八千。具见磋磨之力。雪香、旋吉皆病，独执事力为其难，至乡人唾骂，此由鄙人劝驾而得，深抱不安，然造福正自无量。不具。

与李伯行 四月廿九日

昨由师相垂示家书，内附许久香太守叙述桐城洲案一函，并抄师相与余寿平往复电语，具承一一。惟师电称去冬委员勘丈不实，今许抄改为勘丈本实，系属误字。若前委勘丈本实，则亦无烦覆丈矣。许公见师电误本，信为本实，故全据前委勘丈为词，似无足怪。伏查涂水民业，野鸭、柳条皆新涨，三洲截然不同。前桐城龙大令往丈二次，涂水、野鸭两洲，均系分丈。至去冬，委员听信涂水业户，始混而为一，均指为民业。余电、许函，因有止办升科；不办充公之说。若知野鸭、涂水系二洲，则涂水续垦，应办升科，野鸭隐匿，应办充公，乃一定办法，无待书院呈请矣。此前委之不实一也。涂水顷亩载在鳞册，有熟荒九等，科则以一长三横之法计之，应有九长廿七横。今以长十余里之洲，前委止量三横，又皆从窄处下弓，地亩减失太半，因谓野鸭、涂水二洲不足鳞册涂水原额，须用柳条拨补，而三洲通为民业矣。此前委之不实二也。近年例章，无论江心突涨，子母相生，一概勘丈充公。皖中议论，不肯充公，自是认定民业，民业应有契载四至丈尺，不得专以鳞册为凭，何难调查质证。为今之计，只有仍请许公遵师相前电，俟秋冬水涸，分洲细丈，归公归私，一丈自明。我公既与许公相善，敬求转达下情，勿持成见。杨濂甫、龚景张二君，均极称许公吏事精能，能了此案。某实深慕望。民间滞狱，专赖大吏长才，听决明允，道路悠悠之谈，岂足据为定论！至了案之法，请通俟勘后妥议。缕缕上陈，伏望鉴察。不具。

答李光炯 五月四日

接芜湖电，知翼亭被押，此事竟出情理之外。翼亭性虽激烈，此等陵辱，止可一笑置之，来书所谓虽辱犹荣也。现在办理此案，止有二法：一则置翼亭不顾，我仍始终坚持俟覆丈再请核断，此时亦不就讯，亦不具呈，谅彼不能一味横霸，与之久持，必有得直之时；一则内顾同事诸公，未必始终一心，加以有此挫折，各家捐款愈复难齐，无兵无饷，势难对敌，凡我所以求充公者非为私，且欲仰仗上官明理，乃望伸理前委之诬罔也。若上下一气，无理可说，则亦不必危身以与官抗，求伸于昏乱之吏，终无能伸之一日。由前之说，一心为公，虽百折而不变，此有进无退之说也。由后之说，知难而退，明哲保身，此善败不亡之说也。仆远在数千里外，不能互相救助，所识有势位之君子止傅相一人，又无多钱以济困厄，故画此二策，惟卓裁进退。不具。

与康乐 同

严翼亭为书院公事被押，料书院诸公必皆退缩不前。翼亭血性男子，其家赤贫，他人可以袖手，弟则与之交深，不可不救。当今惟钱穷急，请兄迅速措办五六十元，即日送省，以济急用。至恳至盼！不具。

答贺松坡 五月十八日

五月十二日来示，并寄韩生殿琦文二首。此生笔端有劲气，盖私淑我公已久，非旦夕骤进者。谨平议附缴。枣强齐生立震究何如，望续示知。世乱文字绝响，公独以古文立教，其感召兴起乃如此，钦服无量！小儿昨于十五日东游日本，意欲令在彼印吴本《类纂》，而元书二部尚在沪，无妥便北寄，因令赍《四象古文》往先印。曾选此二书，皆今世所不用，而曾选非入古已深者不能读。又其书始出，距公没已卅年，恐难行也。鄙意西学当世急务，不可不讲；中学则以文为主，文之不存，周孔之教息矣。故必欲兴之于举世不为之会，要不能以一二人之力争胜天下，吾且奈之何哉！州志必望指疵谬，后世谁相知订吾文者耶？和议成，计必传布约稿，此时难得。新河、南宫迤南，民团联络抗官。愚见临以兵威，获其大首，乃可望平，恐无人领此。旋吉去世可悼，楚航孤掌难鸣。请其于李备六、杨儒珍、刘世斌诸公中选举一二人自助。三生入东学已收录。不具。

与法国濮吉飏　五月廿六日

我公早事戎行，历游中国，操语纯是华人，自去岁办理权理司，剖决如流，听断平允，远近称颂。现今和议垂定，贵国旋师，虽尚展缓一月，计亦不肯久留。敝国百废待理，雈苻不靖，亟须敉平。吾傅相卅年来，日以变法求才为事，无如风气未开，一傅众咻，必欲反其所为，遂酿去年之变。今欲挽回祸乱，图存危国，自非借才异国，难冀收功。傅相近闻我公肯相匡助，良用钦迟。惟用人当得其心，不使有支绌之虑，而吾国财力殚耗，恐无以奉给远宾。未识执事岁奉，自饮食用度并赁住房屋一切，应得洋圆若干，然后可以敷用？务乞先行见示，以便酌度进止，实为至恳。前函所论，业蒙允拟结。谢谢！

答萧敬甫　六月十二日

尊论《深州志》无图，洵属憾事。中国测绘殊疏，北方平地，邻封犬牙，全凭经纬线度。往年求人于李壬叔，壬叔为荐楚人熊方柏字三峰者，谓精测绘，然不可私请，因呈由北洋大臣咨明总署调出，为深州绘图，可谓狮子抟兔，用尽全力矣。熊君既出，为买测算仪器，送赴深州，然后南归，营葬二亲；及再出北游，则闻熊君冬令以水凝不能测算，归还总署，与深州官绅约定，次年二月遣车迎出。及期而迎者不至，后遂废阁。缘官绅皆不晓事，谓熊君所画，彼亦能之，不必月费重金熊月奉由弟定明三十金，以此不副前诺。及弟到京再商之壬叔，则谓总署新章，虽外省咨调，亦须断资，熊君不能复出矣。此事弟所深憾，《志》尾《叙录卷》末幅，曾叙及无图颠末，执事试一检阅，可知其崖略也。《世彩堂韩文》，为中国至宝，执事奈何轻之！东雅堂虽仿世彩，实乃康瓠周鼎之悬绝，何可同日并论。执事谓无异同，亦恐未细勘。东雅版本有此叶上半与彼叶下半合为一板者，其讹误百出，不可胜校。吾往日随曾文正到丁府同阅此书，精光夺目，诧为瑰宝。以《韩集》本天下至宝，康氏贵富，又不惜重资，雕印精绝，南宋刻本中，尤为至宝之至宝，是以曾文正爱不释手。曾公所阅宋本书多矣，彼岂妄叹哉！执事所称北宋大字本《史记》，吾未获见，不敢妄论。但知近世人多以明刻为宋刻，徒为书贾所卖，若真得北宋《史记》，岂非尤物哉！若乃《大戴》小册，《家语》伪书，何得与《韩集》同论。此书现在沪上，有沪人高闻钦者，新自日本归京，闻此书。遂托人询之当主，答云：可以转当。惠卿即借重金，请执事购赎，可谓盛举。恐执事不愿访查，故聊为驳议。高君近函告渠友某君，令与执事商办，仍望玉成其事为幸！

与李光炯 六月十三日

书院结语，前半甚佳，独谓"勘丈为地方官事，书院不愿干与"为最坏。又谕令老弟丈时勿往，恐刘用武，此层万不可遵。刘若经官弹压，安敢用武。丈洲必应眼同两造，岂可使书院不往！案之是非及官吏之高下其手，全在勘丈。将来书院诸绅，必应同往，且须预约明于丈洲者同往监视。丈量不用麻绳，麻绳渐拉渐长，此吾办河工时亲自阅历者，当用藤条或铁丝；又每量一次再换时，手法有伸缩，地面有挪移，印灰有变换，一不留心，弊端百出。又须多插旗号，使对面相望，取平取直，不插旗或牵藤稍斜，便损失地亩。果再勘丈，许虽聪明，一耳一目，不能防弊。正赖两造当场，乃可大众防察，奈何不使书院同往乎！此层将来必须改也。北方诸公，因余、许坚执为民业，有谓我理不直者，有谓我势不敌者，又有本不愿与闻者，独傅相始终相助耳。书院废兴，一乡衰王，吾辈亦止能勉力为之，成否不能预定也。

与郭子余 <small>六月十四日</small>

昨周方伯为民教事，欲用绅士，兄荐溯周及执事办理民教事宜，想不久当有谕单也。报馆之事，前次机到后，即拟择日开办矣，后因大和所用回国办印机之人为上田，不商他人，径在日本请一姓中西者来为总办。印机买价，中西为多，及到此知大和未入股本，遂将印机勒住，不与大和同办。鄙意大和虽同办数月，但无成本，不能以虚名应之；中西若为总办，则反客为主，倒持太阿，吾辈坐失权利，亦非细事。因执定不与中西合办，拟自购印机，而别用日本人西师意为伙友；此人学问性情，皆比大和、中西为高，不至与我争权。惟集本尚微，自购印机则不敷开办，缘初办时事事先须赔垫也。弼臣建议，深、冀共集二百五十股，保定、河间共集二百五十股，有五百股足可办事。望老弟仍广托亲友，再行劝集。其三县有可劝者，并望转劝为要！

与贺墨侪 <small>同</small>

法兵过武强，潭府无恙，甚善甚善！某自去腊来京，因客军久据保定，不能开课，遂淹留不还。近闻法兵廿前可退，周玉山方伯亦指日履新，下走亦当再理讲席矣。和议大端去年已定，其中最要者赔款，赔款定则大局悉定。前已议四百五十兆，四厘行息，惟年限始议四十五年。后经张香帅、刘岘帅争议，改少年限，近始定议四十年为限。此事幸已结局，两宫七月十九日启銮，河南、直隶各省，极力办差，不顾外国嘲笑。此等局势，中国殆永无振新之望。京城顽固之习，尚未少变。舍侄婿前与日本人大和商办报馆，吾以为京城向来未有之事，欲助之成事，现由深、冀、保定等处募集股本约二百余股。大和遣其友上田回国办理机器，机器既到，拟即日开办。而上田不与他人商议，径在本国请一姓中西者来为总办。中西一到，即欲挤去大和，先将机器据为己有，然犹欲与我合办。鄙意京城报馆，当用中国人为总办，中西不得以总办自居，若太阿倒持，流弊甚大，不欲与中西合办。现拟别购机器，不与日本人合股，但延一日本人西师意入为伙友，然不集日本股分。如此，则权利均自我操，无反客为主之患。但前拟中东成本各半，故股本已足敷用。今退去日本，则成本遂缺一半。欲自购机器，则现款开办，尚嫌不足。弢臣建言，深、冀、保定共办五百股，足以集事矣。深、冀二百五十股，冀则张楚航、马仁趾主之，深则执事与子贞诸公主之；保定、河间共二百五十股，弢臣任之。此事筹画半年，各国报纸皆已喧传，若因与日本人撤伙，遂致中辍，殊为外人所笑。现已骑虎难下，且此乃中国不得不办之事。回銮以后，计不能仍前固执，士大夫亦皆以阅报为广见闻之一助，则首先开办者，其势决可畅销。老弟如以为然，尚望共成盛举，于州及饶、安各属，并河、献、任邱等处，凡有知交，皆请广劝，此人己两益之道也。

与张楚航 同

周道生太守履新，肃上一函，计已达览。道生情形不熟，必欲自行募勇，吾力阻之，彼恐不吾听也。万一募勇，彼言定自解宦囊，不向地方筹款。此层必与先行议定，若敝处所留书院、河工，决不听任动用也。弢臣来言，州人前时甚谤执事，近则转谤为颂，公道自在人心也。报馆自大和等从日本购到机器，已拟即日开办，不料办机器人自在本国请一姓中西者来为总办，中西一到，即挤去大和，而据机器为己有，仍欲与我合办。鄙意报馆总办当用中国人，于是有为中西两总办之说者。吾意亦以为一舟不可两舵，于是遂议与日本分开，不合股，免致权利为人所夺，众议皆以为然。但既谢去倭人，成本顿失一半，弢臣建议，深、冀办二百五十股，保定办二百五十股，得五百股，足以集事矣。保定弢臣自任，深州墨侪、子余、子贞任之，冀州则请执事与仁趾诸君任之。用特专函奉商，并请转告仁趾，协力相助，且望速成为盼！股本虽无倭人，馆内仍请日本名手西师意帮助通译、访事诸职，收外人之利而去其弊，似为善也。不具。

与李伯行 同

许公前徇道路之言，坚称野鸭洲为民业。此次会讯取结，遂有新洲旧洲必俟水涸勘丈，及鳞册顷亩外有增涨，应充公之语。良由我公九鼎一言，真有黍谷生春之妙，感何可言！许太守亦真才吏，南中传述太守堂讯时，恩威不测，喜笑怒骂，阴阖阳开，书院诸绅罔知所措。此乡间秀孝之常态，从此足征诸绅非健讼之徒矣。此案师相最明其颠委，迭次函电，令人感激无地。究竟判断全在皖中官长，若审知所争野鸭系属新涨，又肯培植书院，自不难断令充公；若执持成见，或中多顾忌，不欲与前委歧异，自不难断成民业。此所谓"官断十条路"也。似闻皖中长官微旨，欲筹钱一千二千缗归书院，以了师相一面，而洲地仍不肯充公，以符前案。师相与某本意欲开新学耳，若得一千二千，岁息一二百，何足济事！极知执事不欲干与吏事，缘此案既烦师相出为一言，不敢听其挠败，欲求我公为缓颊于许公，必求善全之法。窃谓野鸭虽系新涨，丈量之后，亦岂肯尽提归公，或提太半，或仅得半，均听官长裁夺。今无论官断私了，能得野鸭之半归书院者，上也。其或野鸭必噤不肯予，而以习艺、柳条二洲归书院者，次也。习艺则余寿平迭次函电均予书院，柳条则许余皆已定为新涨，此二洲归书院，似非官吏所靳。但一系沙洲，一顷亩有限。又有愚计于此，闻官长谓凤皇洲系属私垦，传佃断罚一千五百缗。愚意欲请将凤皇洲未垦荒沙、水影拨归书院，与习艺、柳条三洲连结，亦自成片段，目前虽无花息，将来尚可生发，于书院不无小补。此固不敢与官长固争意见，听其以野鸭为民业，别出一息事章程，似属不触不背，亦免以傅相之尊严，博取一二千之缗钱以塞书院之口。此实平心论事之下情，伏求执事展转玉成，至恳至荷！

与萧敬孚 六月十五日

世彩堂《韩集》，实中国至宝。惠卿必欲转当此书，不可交臂失之。世人好宋元书，多伪少真，又往往无用之书，以旧本珍重，此皆强作解事。若《史记》、韩文，得宋椠精本，则真不多存之奇珍也。费公所买北宋《史记》不知有何凭据？若真北宋本，则前辈皆未见，岂非大喜耶！韩文殆必以世彩堂为人间第一本，万望速图。不具。

与周玉山方伯 七月十二日

京城警察学堂，庆邸留日本人川岛浪速，实则办理学堂、竭尽思虑者为伊藤俊三。某数与伊藤接谈，知其人办事血诚，条理缜密。昨至保定，闻曾谒见台端。顷来告辞云：于中历此月十六日回国。某因此人长于警察之学，因与细谈。彼谓中国改行新政，当以警察为首务，内地安谧，外人无从生心。立论实能扼要。因问若设立一学堂可教百人，岁应经费若何？彼筹算久之，谓得万元足矣。某窃谓官中勉筹万元，可使新政开行，地方平静，保全实大。今日能行此策，舍我公其谁望！不揣冒昧，将伊藤所谈节略，摘呈台览，如以为可行，即求于十四日电覆数语，以便转达。幸甚。

设警察学堂教育百人，两月可成。中提廿人学监督、巡捕，三月可成。成以分布管内各县，又接教数百人。如此三年，直隶全境皆已布满，可推行外省。此内治之要策。每教百人，用日本三人，每月共薪水四百元。中国教习六人，共百八十元。百人火食，每日止须午食一餐，月需百八十元，合薪水火食，共七百六十元。一年通用九千一百廿元。初年冬夏衣帽靴刀等，应多费数百元，加以日本三人杭海盘费，所须不能不多。惟学成之后，当于学生中选最高者为总领。今京中学成交步军提督，提督不能知此学，则进退失当，后必至有名无实，此可为戒也。右伊藤俊三所谈节略。

与刘铁云 七月十四日

东文学社，全赖我公开基，其后财力竭蹶，下走达之傅相。傅相注意此学，以为都下初办此学，不可听其中辍，于是命杨艺芳都转月筹百金，此举赖以不废。此不过承我公之绪而赓续之，其开创之功，断归执事一人。道路传言，谓我公近欲别立学社，谓中岛宗旨与执事不符，前所斥私财，仅给其半，此后拟不再给。又有谓公本议请伯弓为监督，伯弓中道辞谢，亦使倡议者灰心，以此半途而废。又有谓执事近状殊穷，别无异议。传者妄测，皆失实也。某窃料三说皆不知执事者之言，决不足信。中岛教肄东文，苦心孤诣，实向来所未见。本拟学生六阅月可以译书，今始三阅月，而诸生能译东文者已十余人。其收效之速，亦从来未见。其每日讲授，多欧美历史、政治、宪法诸学。我国闾里诸生，固有生未见，即翰林部曹中能文好学、留心西法之士，亦且闻所未闻。此等教师，岂得谓为不合执事宗旨！至以多为贵，来者不拒，则正开化要策。所谓日暮途远，不妨倒行逆施，不得与寻常守旧之徒共议之也。此宗旨不符之说之不足信者也。伯弓监督，实是干才，中岛与之臭味参差，伯弓善刀而藏。人固各有本性，非可强合，仆与我公，皆无能为力，止可各行其是。我公倡此大业，岂为伯弓一人！议者以浅见窥测伟抱，直可一笑置之，不足深辨。此又浮议之不足信者也。执事英风豪气，远媲古贤，太白所称“千金散尽还复来”，于公见之。今虽穷窘，岂能因暂时竭蹶，遂使见诸公牍之言，竟致不复自践？此非季布百金一诺者之所为也。万一真不能月付二百，即改为月付一百，亦无不可；再不能，亦望但得执事一言相告，谓前所列之千数决仍如约，则弟与惠卿，亦可暂从他处通借。俟公财力赡足，再行拨还。然吾以为万不至此。若乃废现有之学社，别立一东学社，是狐埋狐扣、朝成暮毁，且又安知后立之学社，其教习必能贤于中岛乎？徒使各国报纸讥吾中国办事之无恒，止一鼓作气，再衰三竭而已，窃为我公不取也。中岛到后，即须开学赁房及制备器具等，已无款开支。弟谓此事兴废，有关大局，故敢冒昧上闻，伏希卓裁示复，无任惶悚待命之至！不宣。

答何豹丞 七月十九日

阔别数年，中更离乱，书札下逮，恍见故人，慰悦何似！想执事游宦汴中，不见都下铜驼荆棘之苦，亦无新亭对泣之伤，此最幸矣。今虽和约画押，乘舆东归，道路传言，汴中尚有稽留。此时望见属车清尘，亦迥非太平游幸可比，计亦有感愤悲切不能自已者。傥亦见之诗歌，发为文辞，以鸣其不平者乎？此又下走之拭目而俟者已。去年六月以后，某转徙数县，尽室流离，尚幸多有故人相与容隐，最后逃至深州。此州志乘，仆属草稿，数年迄未竣事，遂因避地成此一书，有便当奉赠一部，以当一夕之谈宴。不具。

答方伦叔 七月廿五日

日本在上海、金陵所开之同文书院，其中无相识之人，不便保送。公何妨邀集数家有余力者，立一私学堂，请日本教习，计每家不过数元足矣。视上海用费，不能多也。科举已改，但策论更难得人，又苦无考官。吾谓非废科举，重学校，人才不兴，但学校又难认真耳。公约即日画押，俄约一时难定。

与萧敬甫 同

朝廷已废时文，但用策论取士，亦难得真才。近时竟无考官。愚意当径废科举，专由学堂造士，用外国考校之法，较有实际。但非得人办理，亦终归虚文。学校不兴，人才不出，即国家有殄瘁之忧，此变不小，奈何！

与言謇博 七月廿九日

去年一别后，乃变端奇幻，遂至荆棘铜驼，无可复说。数月来朋游消息不相通，但遥知彼此无恙而已。汴中风气未开，士大夫尚以锁国为主，未识老弟在彼，不至越俗惊众否？直隶乡间秀才，似已渐知吾旧法之未能强国，不得不改弦更张。特州县长吏，知德者希，不能因势利导，尚是恨事。此次大创之后，朝政不改，国必亡；士学不改，种必灭。存亡呼吸，机极危微，私心忧天，无与告语。去秋冬避地深州，今春夏溷迹都下，所见群公，大率人云亦云，未有大彻大悟，以存保国种为意者。舍亲廉惠卿郎中，独津津以学堂、报馆二事劝诱时贤。学堂自春间已开一东文学牡，始议不过欲收生徒卅余人，其后来者不止，先后竟收得三百余人。惜助财者少，不能大加拓充。自此学开成，其后英文学堂、工艺学堂，接迹并起，是亦风气渐开之兆也。报馆必多集成本，乃能开办。始议与日本人合伙，凑得二万元，便拟动手。其后，日本人自相攻击，因改议不与日本伙办，由中国独开。远见之士多谓此举为最是，但华款仅得万余元，仍是捉襟见肘。已请吴箓孙兄弟在山东劝办，令弟想亦与知。独汴中无友可托，意欲执事在彼于知交中广为劝导，能多集资本，此事必能早成。仆出都时，已呈请两全权批准立案。兹由叶文樵寄呈章程若干，望持示有力诸公，众擎易举，幸勿观望。不具。

与李季皋 八月十三日

闻师相小疾经旬，近想起居安念，天祚大清，宗臣一身安否，天下系之，故非一人一家之私祷也。某还书院后，肄业诸生流亡未复，然颇有官场应酬。师相临别时垂询学堂、报馆二事，知下走在都数月，区区以此二事为私任。学堂生徒极盛，经费极细，所恃仅师相每月饬拨杨都转百金，实不敷用；此外无可生发，殊无持久之术。报馆陆续集股一万四五千元，业已竭尽愿力。

临行所上呈词，师相违和，稽阁未批，目前可否批示？无任跂望。其外部一呈，前经面交进斋侍郎。窃意外部必俟师相批后再行批发。顷接京信，称有外部司员王清穆者告人，言报馆此呈已批饬缓办。此事经营半载，近始有成，若竟批令缓办，则股东纷纷解体，未免可惜。欲求执事转恳进斋侍郎暂压外部此批，俟师相批准之后，咨会外部，再行批答，是为至恳！都下经此大变，各国皆引领以望报馆之成，皆谓此举为至要之件，岂宜再事瞻顾，为此闭塞聪明之故习！报馆中有倭人在事，若果批禁，不过改悬日本招牌，照旧开办，则外部所能禁锢者，徒空名耳！徒为渊驱鱼耳！于实事初无损益，而徒使中国股东纷纷退散，实于中国大局有关。区区之意，不知王清穆所言似否属实。万一真有其事，必望执事设法挽回于进斋侍郎前，俾不致与师相办理两歧，实为私望。一面仍求转告幕府，速拟批示，无使夜长梦多，至恳至荷！

与薛南溟 同

大孙入学已三年，似太早。小孩须八岁方可入学，太小则读书识字，易伤脑气。凡书生多得头痛或风眩或颠狂等疾，皆脑筋受伤之验也。蒙师好者甚难，敝友有严翼亭名钊者，执事可与一见。此君不能为时文，颇学古，所著文甚可观，为人亦介洁不苟。仆发蒙宗旨，以先读五七言唐人绝句之易解者，后读汉乐府之易解者，及白香山诗之小孩皆通者，再后则《论语》《孟子》及《国策》中小品。凡《诗》《书》《易》《礼》诸经，皆缓读。《孟子》卒业，勿读《学》《庸》，且读《左传》，讲陈文恭所编《纲鉴正史约》及胡文忠《读史兵略》，此诸书聪慧者不过三年可以卒业。此后可令自阅南中浅近之书。其才高可望大成者，再读《诗》《书》《易》《三礼》《庄子》《史》《汉》诸书，兼讲西学。才弱者，但令学习时务，亦不至迂腐无用。至小孩入学，每日不过三时辰，其课毕则任令在外游玩，千万不可竟日关闭。此诸法翼亭皆所熟闻，无庸临时指授，尊意喜新厌旧，宗旨不谬。但生在中国，必应先通中文，吾法最为捷速。至南中所刻《新学歌括》，小孩皆不能遽明。如梁启超等欲改经史为白话，是谓化雅为俗，中文何由通哉！凡此，皆不可误信者也。余不具。

答王甥　八月十六日

执事在京候见傅相，自是正办。往年学堂之不得奖，乃是王夔师改变旧章，执事止可自怨运气，未及躬逢其盛，岂可以前时之不得奖，为后来求保之口实！试用知县，补缺无期，原属非计，但欲过班为直隶州，则通天之下，止卅余缺，补缺更难若登天，此则万万不可。至欲下走代求，乃是执事不通世情。当时若捐他省，如山东等处，不惟我可作函，并可代求傅相一函，到省不无小益。今捐归直隶，我虽不为一言，傅相、方伯必皆谓我无亦如季孙之讥子叔，疑己既不用，又使子弟为卿。前在京时，曾将执事捐归直隶，告之季皋，季皋便不谓然。我在此主讲，而执事即捐归此省，明是恃我为援。上官深忌此等，我尚何能开口为汝谋差、谋保举哉！执事欲得保举，止可自求郑统领，以前曾相助也；若欲求吕军门，则应由执事自作函属弼臣，请曹东屏转求吕公，万不可露我意。梅军我无交，姜则令叔已保，不能再求。若求傅相，则万不能得。求保止可求归候补班，万勿求过班为要。杨儒珍处，仆函告济生劝慰，又径函告儒珍劝勿介意，亮可解释嫌怨，相与有成。曾文正每以忍诟负重为言，此办事人秘密藏也。存心如此，然后能用人之长，若骄傲不俯首，此必无能成事之人也。济生昨函言外务批呈有饬令缓办之说，是报馆又遇阻力。同事诸人以和为贵，杜诗云"记忆细故非高贤"，旨哉！

上李相　八月廿四日

谒辞时钧诲殷殷，垂询学社、报馆二事，深知某恋恋都下，专以此二事关系甚大，欲观厥成。今东文学社生徒二百余人，可谓极盛，每月仅恃饬拨盐务之百金，万不敷用。某前年曾禀准用淮军公所岁脩余款内岁拨四百金，在保定立一东文学堂，今畿辅学堂方谋整顿，保定之东文学堂无烦再设，可否即将此项准拨之四百金改给京城之东文学社？如蒙俯允，乞饬叶道照议支付，以资津贴。报馆，前濒行时代上呈词，请批示立案。其外部一呈，即面交徐进斋侍郎，值苶躬违和，久未裁批。而外部呈词，传闻饬令缓办。欲求鼎力成全，或于庆邸处一言解脱，无任私望。不具。

答中岛裁之 同

昨得手书，具悉学堂近益鼓舞生徒，来者不止。执事代延诸君为我国教育后进，俾渐窥贵国学术一斑，诚吾士子之至幸。惟经费支绌，无以发摅盛意，惟有仰求执事俯念敝国筹款艰难，每月所用总不出百金之数，庶冀可持久不败，是为至望。不具。

与刘铁云 同

前临行时匆匆，未及走别，至为歉悚！学堂捐款，前经代付百元，计惠卿当已转达。今惠卿南行，仅送两月用度，交司事薛君经理。惠卿若过两月不来，学堂即有扣锅之势。吾辈首事之人，不得束手坐观。执事近虽稍穷，惟尚存米二千石，万一现时尚无进款，欲请拨米百数十石，以践春间千元之诺，使吾党向风慕义，诵执事之德不衰，岂非豪杰举动哉！学堂衰王，系公一举，鄙人刮目以俟后命。

答杨儒珍 八月廿七日

炉房两禀皆佳，竟能邀准陈奏，足见文章之妙，足以挽难挽之变。惟徐谓报馆题目为小，殊属守旧迂论。改助畿辅学堂，自是盛举。学堂筹款，乃当道之责，于下走无与。炉房之得傅相主持，系属下走开路。傅相本已允可，徒以幕府未通请托，致批中小有波折。仆又先与傅相面言，炉房必再渎请，必得请而后已。傅相亦径首肯。然则后来之准奏，无论何人出力，下走究为首功，似不能弃下走而不问。况前此银条尚存敝处，炉房既能开办，报馆二百股之诸不能不践，不践则仆将持银条索银。此事始终由执事经手，尚望与炉房迅速定议为要，不得以学堂二万影射也。

与周方伯 九月四日

学堂一事，尊意拟大办缓办，某不敢妄议。惟诸生盼开学甚切，而陆学使又欲推行府县，遍立学堂，拟请省城畿辅学堂，暂改为师范学堂，即请日本人为教习。师范学堂皆取成学之士，教以普通之西学，每数月即可教成一起，费用既不甚多，诸生之望可慰。将来各属筹有的款，议定开办，亦不患无师，似为简便可行。伏候裁定。

与常济生邓和甫杨儒珍三君 九月十三日

初十日李季皋公子来函，谓庆邸意俟回銮后奏定报律，再饬举办，是以谕批从缓云云。外部欲定报律，正不知何时。鄙意欲求公等向西师意觅求报律，译交徐侍郎，求其俟回銮后即行速奏为要。报馆未开，诸君已支领薪水火食，各股东皆不愿意。不如乘此暇时，请王麟阁、西师意诸人，将应译之西书先行译稿，公等删润成文，缮写清本；此外则拟作多篇议事之文，预备开办之用，则现今局费，不为素餐。若袖手安坐，游谈送日，恐非各股东所愿闻也。

与徐进斋侍郎 _同

别后遄返保定，八月遂已开课。十余年来，深以校阅文字为苦，今还理旧业，都乏欢悰。追溯在都时屡接清言，渺不可得，乐事一往，无可追逼，怅结何已！所呈开办报馆一牍，前闻庆邸俟回銮后奏定报律，再行准办。现知邸意亦无欲定报律之事，旁人往往妄传。窃谓定报律一说，不过防报纸妄讥时政，此外无须定律。敝社议章，本守庶人不议之例。《春秋》之法，以讳国恶为礼，同社皆读书明理之士，决不似上海、广东诸报，肆为狂悖之言。某等议开报馆，业已旬月，东西各国报纸，久已喧传，外国人相见，无不佩此举之善而劝其速成。今若竟被外部阻止，必且贻笑强邻，以此卜吾国之不能兴革。此虽小事，似亦有关大局，仍求我公缓颊，言之邸、相二公，俾得及时开办，不令社众解体，实为至幸！

与陆伯奎学使 _{九月十七日}

在都获挹清芬，慕仰无既。轺车临保定，猥承折节下交，至感至感！定州试士，拔识真才，颂声雷动。闻试竣仍传集荐绅，饬办学堂。王合之进士现赴都下见过，谈及曾属其速归。王古愚孝廉，现馆清苑，亦劝其还州与议。前承属开列学堂书目：外国之书，应由外国教习自行酌定；现天津译局虽自上海运到译书七百余种，但中国译手，往往谬附己意，西人见者辄诧为失真，不敢据为定本。至中国文学先后次第，不宜紊失，贻误后生。窃谓学徒致力之书不能过多，以韩退之之高文，其所称举，六经之外，不过《庄》、《骚》、《史记》、相如、子云数家。今人好炫博赡，实则徒事记览，无益心才。昨见报纸谓礼部议覆举场章程，拟以"九通"试士。穷乡下里，难得此书，又卷帙浩繁，不易卒业，就中杜、马二家最善，然马书唐前尽袭杜文，渔仲纪传全抄正史，皇朝"三通"，彼此因袭，并非不刊之典。学者不读正史，则

"三通"乃凌杂丛碎之书，不能得其要领。若先攻廿四史，再读"九通"，则无此日力。且用功烦难，而获效殊少。使学徒尽能记识历代制度沿革，亦只已陈之刍狗，谓遂成为政治之通才，未必然也，而况绝无尽记者乎！且"九通"制度之书，固非政治之学也。求政治之学，无过《通鉴》，而毕氏《续编》及国朝儒臣所编《明纪》，又不逮涑水元书远甚。今不以《通鉴》试士，而用《御批通鉴辑览》，岂不以《通鉴》繁重，学者难读，不如《辑览》之简约而易竟哉。"九通"卷帙之多，过《通鉴》倍蓰；今史学用《通鉴辑览》，而政治用"九通"，一何用意之自为矛盾如此！愚见史学试士当用《史记》《汉书》。李习之有言："前汉事迹，传在人口，以司马迁、班固叙述高简之功。学者读范《书》、陈《志》、王隐《晋书》生熟，何如左丘明、司马迁、班固书之温习哉！"以此言之，后代之史固不足熟读，则亦不足以考人。必以详备为事，则马、班之书之外，益以《通鉴辑览》足矣。其政治之学当以国朝为主，国家纪载流传者希，无已，则于皇朝"三通"择用其一，使习国家掌故，庶亦可也。论者谓历代以文取士为下策，不知科举所取，舍文字更无他策，必去文字，莫如废科举而专取之学校。今学校初立，所谓大、中、小学三等，皆未能如法，莫若先立师范学堂，取成学之士，延外国教习，教之以粗浅图算格致普通之学。盖不过期年旬月，可望速成。成以散之县乡，俾以次为中学、小学之师。庶冀推行渐广，不以求师为难。窃谓当今急务，莫先于此。敬贡所疑，幸辱教焉。不宣。

附 学堂书目

小学堂七八岁入。此学一乡一家所必设，即谕旨所称"蒙养学堂"，非一县设立之小学堂。

经：《论语》《孟子》《大学》《中庸》二书勿遽读。

子史：《韩非》难一、难二、难三、难四。《国策》小品选每章百余字，或数十字读之。

诗：唐人五七言绝句，如"床前明月光""松下问童子""少小离家老大回""独在异乡为异客"之类，凡意深者勿读。汉魏乐府，如"日出东南隅"

"孔雀东南飞"之类，难解者勿读。元、白歌行，张、王乐府，皆取其易上口者。

学写字

西学：狄考文所撰心算法、笔算法、西学启蒙问答、地理问答等类。

中学堂十二三岁入。

经：《左传》《公羊》《穀梁传》《礼记》。资性钝者皆选读。《左传》或即用曾文正公《经史百家杂钞·叙记门》所选诸篇，左氏高文大篇，粗具于此。《礼记》选读其全篇成文者；村塾删本不可用。《大学》《中庸》入《礼记》中。

史：曾选《通鉴》诸篇在《叙记门》，附《左传》后。陈文恭公所编《纲鉴正史约》此书简而不陋，又有句读。村塾袁了凡、王凤洲《纲鉴》及《易知录》等书，不可用。日本人所编《清国史略》亦简明。

文：姚姬传氏所选《古文辞类纂》。先读《论辩类》中欧、曾、苏、王诸论及《奏议下编》两苏诸策，后读贾、马、韩、柳诸论及汉人奏疏对策。

诗：王阮亭《古诗选》，用闻人氏笺本，虽解释未精，当要便初学。五言先读曹、陶，七言先读杜、苏。姚氏《今体诗选》。五言先读王、孟，七言先读杜。王、姚二选，金陵有合刻者，苦其难读，教者应并阅方植之所著《昭昧詹言》为之讲授。

学作诗文

西学：《天文图说》、《地理全志》、《地学浅释》、《省身指掌》、《动物学》、《植物学》、《百鸟图说》、《百兽图说》、《化学卫生论》、《孩童卫生论》、《居宅卫生论》、《万国史记》、《泰西新史揽要》、《几何》前六卷、《形学备旨》、《化学鉴原》、《运规约旨》、《万国舆图》、《西学启蒙》十六种、《海防新论》、《临阵管见》、《东方交涉记》、《大英国志》、《俄史辑译》、《法国志略》、《米利坚志》、《日本国志》、《德国联邦志略》、《万国公法》、《公法便览》、《公法会通》、《格物入门》、《儒门医学》、《西医举隅》。学绘图。学一国语言文字。

大学堂十六七八岁入。

经：《诗》《书》《易》《周礼》《仪礼》。资性钝者，去《仪礼》；更钝，去《周易》；更钝，去《周礼》。

史：《史记》《汉书》资性钝者，选读各数十篇或十余篇。《通鉴》资性钝者，阅《通鉴辑览》，讲授胡文忠公所辑《读史兵略》。《大清通礼》《简本会典》《蒋氏东华录》《圣武记》《湘军志》《淮军平捻记》《先正事略》《中兴将帅传》朱仲武撰《海国图志》《通商约章类纂》《正续瀛寰志略》。

文：《古文辞类纂》。读序、跋、书、说、赠、序、杂记诸门。

诗：王、姚诗选。五古读阮公、二谢、鲍，七古读李、韩、黄诸公，五律读杜，七律读小李、杜及宋诗。

西学：本年新译《万国史要》、《西国哲学史》、《世界文明史》、《西国事物起原》、《海上权力史》、《欧洲外交史》、《世界国势要览》、《博物教科书》、《植物教科书》以上皆新译日本书、《谈天》、《几何》后四卷、《重学》、《各国交涉公法论》、《法国律例》、《英律全书》、《西国律例便览》、《西医内科全书》、《西药大成》、《天演论》、《佐治刍言》、《原富》南洋初付刻。

中国专门学廿岁以后入。

经：《十三经注疏》、《易》、李鼎祚集解、欧阳公《易童子问》、程传、汉上《易传》。《书》、吴文正公《纂言》、阎氏《尚书疏证》、孙氏《今古文注疏》。《诗》、欧阳公《诗本义》、吕氏《读诗记》、陈硕甫《毛诗传疏》。《仪礼》、朱子《经传通解》、《钦定义疏》、胡竹邨《仪礼正义》。《周礼》、王荆公《周官新义》、《钦定义疏》。《礼记》、卫正叔《集解》、《钦定义疏》、夏氏《训纂》。《左传》、顾氏《杜解补正》、顾氏《春秋大事表》、李氏《贾服注辑述》。《公羊》、孔氏《通义》、《穀梁》钟氏《补注》。《尔雅》郝氏《义疏》、《论语》、《古注集笺》、朱子《集注》。《孟子》、朱子《集注》、焦氏《正义》。《大戴礼》孔氏《补注》、《逸周书》卢氏《校本》、《说文》、段氏《注》、朱氏《通训定声》。《广雅》王氏《疏证》、《韵学》《广韵》、《集韵》、吴才老《韵补》、顾氏《唐韵正》、《佩文广韵汇编》。群经。秦氏《五礼通考》、王氏《经义述闻》。

史：《后汉书》、《三国志》、《新唐书》、《新五代》、《明史》、《通鉴纪事本末》、李焘《续通鉴长编》、毕氏《续通鉴》、《明纪》、《宋名臣言行录》、《贞观政要》、《唐鉴》、《国朝开国方略》、《三朝实录》、《十朝东华录》、《国朝名人碑传集》、《三通》、《大清会典》、《两汉纪》、《唐六典》、《开元礼》、《唐律疏议》、《明律》、《大清律例》。

子：《老子》《庄子》《荀子》《楚辞》《韩非子》《吕览》《管子》《淮南子》《法言》《太玄》。

集：《文选》、《古文辞类纂》、读碑志、词、赋、哀祭。曾文正公《经史百家杂钞》、《十八家诗钞》、王姚诗选、增杜、韩五言古，韩致尧、元遗山五七律。韩集、柳集、李习之集、欧集、王集、曾集、三苏集、归太仆集以上文；曹子建集、陶集、杜集、李太白集、李义山集、杜牧之集、黄集、陆放翁集、元遗山集；以上诗，韩、柳、欧、苏等诗已具文集中。《陆宣公奏议》，程、朱、陆、王集。右所列诸书，一人已不能尽通，学者各执一门可也。此外，书虽多，不读之不为陋也。西国专门之学，则各有师授，虽有已译各书，不能强列。

与刘铁云 九月廿一日

前肃一函，未蒙示复，甚惶惧，岂有所开罪耶？东学堂当时实因执事慨捐千元，遂尔开办。曾见执事与李季皋公子谈此事，谓千元用尽傥无人继起，尚可续捐。仆当时心壮其言，以为真今代之豪杰也。七月中，仆尝上书切论此事，复书允即措交。其后相见，则仍用鄙函先为代借之策。仆以为与贤者语，不可失信，比筹得百元，交惠卿付学堂之用，惠卿计已奉闻。惠卿前办学堂，卓凳系借天德木厂，今该厂索欠甚急，欲划抵敝处存款，敝款又急欲递寄东京。执事虽穷，此区区者尚不至窘手难措，岂前时面戏，谓必须唾骂然后筹缴乎！今请伯弓兄为弟向公恶索，不得不休，亦正以辅我公使践形之公牍之宿诺，而不使不知者诟厉其后也。不具。

答方伦叔 九月廿五日

洲案之不得直，固由敝乡诸君才力薄弱，亦缘强有力者豫为宣播谣言，倒乱是非，使官场自护前非，执以为是。曹子建所谓"苍蝇变白黑"者，此辈是也。大吏不顾曲直，专恃压力，国家何时得望振兴！弃此大利以与奸民，止坐意见用事耳。弟前书不敢复望野鸭，但得柳条、习艺，亦稍有济，此皆余寿平先生所默许明许之件，究竟能否见与？至南乡之凤凰洲荒地，则与刘淦案绝不相干，意欲请县官丈量，禀归书院，似不至再起葛藤。我公为我便中一询探当局微旨，见可而进，不敢造次也。学堂最难在经费，子弟赴上海、金陵，均不及本乡有学之便。南洋公学，闻弊端百出；金陵格致书院，疑亦非马非驴；广方言馆新开西学，弊端尚少，郎君既经考取，不必舍而他求。英文成熟甚难，东文稍易，日本同文之国，即不能倭语，亦可数月而通其文字，文通则彼国已译之西书皆可读矣，故以此为最捷之径。至日本政治之学，喜用西人张民权、主革命之说，用之吾国，易长疾视长上之浇风，少年习闻其语，无益有损，不如习通西文，能自读西书，择其宜于中国者传之，为有益而少弊。西文又非一国，英、法、俄、德各有文字，不相通流。而俄文今时尤切。从语言文字入门，乃一定之阶梯，独生徒学此，十年八年，不能遽通，更无暇研究专门之学，此其难也。下走又有愚虑，见今患不讲西学；西学既行，又患吾国文学废绝。近来谈西学议政策者，多欲弃中国高文改用俚言俗说。后生才力有限，势难中西并进。中文非专心致志，得有途辙，则不能通其微妙，而见谓无足重轻。西学畅行，谁复留心经史旧业，立见吾周孔遗教，与希腊、巴比伦文学等量而同归澌灭，尤可痛也。独善教之君子，先以中国文字浸灌生徒，乃后使涉西学藩篱，庶不致有所甚有所亡耳。若乃邑子之好学者欲读西书，吾谓西国专门之学，必得师授，不能徒索之书。吾辈所能教者，但欧美历史、公法、政治等门而已。本年新译，多日本之书。西学贵新厌旧，则凡新译之书，不可不一购求也。承垂问，略陈鄙见，未知有当不？

答萧敬甫 九月廿七日

　　本日闻傅相业已薨逝，即当赴京一吊。傅相办理外交，五洲数一数二，同列故与龃龉。今海内不复有此人，大局会当糜烂，大厦将倾，似非坏木所能支柱也。惠卿到申，竟不买《韩集》，此希世宝物，恐竟流落失所矣。承告以弟现行辰运，属善自保，深荷厚意。但子平之说，殊不足信。莲池书籍无恙。不尽。

答马通白 _同

久不通问，然时时悬君胸臆间，以为简札酬应无为也。昨得手书，并寄示大著《易注》，具悉一一。大著采掇详赡，鄙说亦多滥厕其间，恐涉阿好。仆尚未细读，私以为今世《易》本非复费氏之旧，大著以费氏学为名，窃谓未安。又子夏传乃伪书，似不必称引。书既伪作，纵有一二可采，亦不足复收。此经鄙意所得，非面论不明。久客不归，故人招隐，殊难为怀。今傅相薨逝，北方不拟久留矣。日日与俗士对语，何如与吾通伯聚处耶！小儿锐志学文，遂得肺疾，令其东游日本，来书辄言身健，亦姑妄听之。吾国文学将成刍狗，但望儿子不夭折，不求能文也。

答袁行南观察 _同

前接惠书，具承盛谊，兼荷袁宫保、周方伯诸公不弃衰朽，群拟以校士馆监督见委，并由宋提调函告，明年关聘，已由台端送交该提调，属即专使赍送。传述执事及袁、周诸公，维絷殷殷，下走何人，岂可不量分际，妄思方命！惟闻我公方有迎扈之役，而事理又非面言不能尽意，是以久未裁答。昨缘小女病危，闻警遄归，宋提调即欲面致关聘，不得不稍达下忱。某在北二十三年，未一归省先人坟墓，近年兄弟姐谢，满门孤寡，无人主持门户，思归之心真似痿人欲起。此犹私事，不敢径求自遂，上拂高情。独袁宫保方兴新学，必以得师为贵，某于旧学门径尚略有窥寻，至如外国新学，则殊无心得，不足靦颜为人导师，幸稍有自知之明，万不敢谬当盛礼。即李文忠在日，屡以此事相推，皆逊谢不敢承命，周方伯实所闻知，非至袁宫保受代而始思退避也。但文忠与周方伯意不令去，某自揣不可一日无馆，以此尚少迟回。文忠薨后，屡托周方伯为我婉辞，方伯辄不见许，私旨亦无可奈何。今幸文忠诸郎君招令南归，以文忠遗集编校需人，非下走莫属。某亦自揣生平荷文忠知爱，纂辑遗文，俾信今传后，谊不容辞。遂不谋于朋友，不俟于三思，径以一言相诺。想袁公保、周方伯闻此，亦乐观厥成，而不复以棉力所不胜之学堂相强也。关聘仍令宋提调赍缴台端，并求我公于袁宫保、周方伯前，将下情曲折婉转代呈，俾不致以违戾开罪，幸甚幸甚！未尽之意，容俟晤谈。不宣。

与郭子余 十一月廿六日

前承护送敝眷，多方保卫，有若亲枝，因归府匆匆，未及申谢。敝眷在李宅前后所用银钱，承诸公不令缴还，具见公等高义，适形下走之贪，此古人所谓独为君子者也。鄙心万不敢安，必不得已，其借之志局者，尚可勉循尊议。其借之李宅者，必应算清归还，无令鄙人抱歉。况李宅两院太君，待敝眷十分优厚，米面柴薪，朝夕相继，不令缺乏，自小孙以上及于全家，人人为制冬衣，真有推食食我、解衣衣我之风，足令受者永矢不忘。其帐房借用之款，岂可又不归赵！应请弟照帐算结成数，以便奉缴，至恳至恳！闻敝眷来时，两院太君及男女少年，无不洒泪而别，情谊深美，何其有加而无已也！但愧老朽无以为报耳。

与张溯周 同

敝眷在州，屡承太夫人枉驾惠顾，不时馈赠礼物，感谢不尽。及启行来省，执事又亲劳护送，情谊勤拳，尤令人铭泐不忘。弓子贞、景崔乔梓，费财费力，尚未及道谢，请先为我致声。某以四小女病危，电召还省，相守四日，小女竟以此月廿日亥刻殂逝，不胜下流之爱，哀伤无已。日内仍拟入都。明年，李氏昆仲邀令南归，编辑文忠遗文。此事舍某莫属，以平生契分论之，亦万不容辞。而下走得借便归家，展谒先人坟墓，营求兄弟窀穸，皆责无旁贷之事。袁宫保虽再四挽留，不能径回吾驾。归南约在春末。鄙心所不能恝置者，北方相从问学诸君，过从已久，一旦远离，不可为怀。而执事及弓、贺诸公，尤有布衣昆仲之欢，南中难得如许石交，不能不相恋恋耳。此后惟望风气日开，讲求新学，后生可畏，跂予望之。中学之当废者，乃高头讲章、八股八韵等事。至如经史百家之业，仍是新学根本。贵州得赵湘帆为师，乃数百里千里所无，不可听其辞去，望与贵州诸绅坚定此意。鄙人实为贵州谋师，非为湘帆谋馆也。

谕儿书 五十七则

凡为官者，子孙往往无德，以习于骄恣浇薄故也。吾昨闻汝骂苓姐，说伯父不配作官，汝父作官有钱，欲逐出苓姐，不令食汝父之钱等语。伤天伦、灭人理莫此为甚！世人常说长兄当父，长嫂当母，子有钱财，当归于父，弟有钱财，当归于兄。吾与尔伯父终身未尝分异，岂有分别尔我有无之理！伯父在时，吾不能事之如父，今亡已八年，不可再见矣。吾常痛心，故令汝兼继伯父，望汝读书明道理。岂知汝幼稚之年，居心发言已如此骄恣浇薄哉！伯父才学十倍胜我，其未仕乃命也，何不配之有！作官之钱，皆取之百姓，非好钱也，故好官必不爱钱。吾虽无德，岂愿以此等钱豢养汝曹、私妻子哉！兄弟之子，古称犹子，言与子无异。苓姐，吾兄之子也，与汝何异！我若独私汝逐苓姐不与食，尚为非人，况汝耶？且汝亦为伯父继子，若尽逐诸侄，则汝亦在当逐之内矣。凡为人先从孝友起，孝，不但敬爱生父，凡伯父、叔父，皆当敬爱之；不但敬爱生母，凡嫡母、继母、伯叔母，皆当敬爱之；乃谓之孝。友，则同父之兄弟姊妹，同祖之兄弟姊妹，同曾祖、高祖之兄弟姊妹，皆当和让。此乃古人所谓亲九族也。读书不知此，用书何为！童幼有时争言，吾亦不禁，独令人伤心之言，不得出诸口，校量钱财有无，悖理行私之事，不可存于心。将吾此书熟读牢记，以防再犯，并令诸兄弟姊妹各写一通。丁亥驹启两儿览：接汝等来书，具悉一一。驹儿字不整齐，启儿字用笔重拙，各宜自矫其弊。子翔言启儿面白，不及去冬尚能发红，牛肉精万不可不服。吾令汝服此以养病，非自薄其身以姑息汝也，奈何违吾此命哉！用功不可过劳，每日必宜有闲适时。必精神余于事外，乃能长进，养身养德，以此为最要，慎之！夜不可用功，至要至要！挚翁手谕。甲午二月十八日

接韶甫表弟手书，劝我节哀，群儿来禀，亦均以为请。吾年五十余，不能胜丧。举家数十口，幼子童孙，全赖吾一身抚养，岂肯因哀自毁。虽无来书劝解，亦自知以身为重，可无过虑也。乙未八月十四日

告启儿：汝近因病，不读《通鉴》，不记日记。昨阿大夫劝勿用功，当静养，习手足之小劳，骑马出城，但皆勿令疲乏，不可因吾索观日记，复加功读《通鉴》也，应仍停记日记。汝年未冠，所学已胜吾未冠时，纵休息一二年，俟身强复学未晚也，万勿求速效。丙申五月

告启儿：嗣后每晨遣连喜持水瓶来取滤过之熟水。若前日之水未罄，则别用玻璃瓶口有塞者盛前日之余水，而持空瓶以来。若饮药必用此水，虽冷无妨，若有余，则可用以瀹茶也。夜仍寒，每夜可衣洋绒，早点后脱去，我近即如此，甚安适。十八日晨，父书。

两儿览：廿八日接汝曹初到一函，至慰至慰！昨又接廿七日来书，知山居颇适。西人以夜为一日安息之期，以夏为一岁安息之期。汝曹此行，吾意正令汝安息，无庸勤苦读书，亦勿时时课诗文。驹儿病在拘谨，当稍稍放旷；启儿肺疾未愈，尤以闲适为要。有暇在山中阴凉处游行最佳，或借马还署中，与笃良诸公轰谈，借侍姻伯，不必日手一编，日课一诗也。能早晚时时骑马尤佳，但步行骑行，均勿劳乏。食不必勉强求多，要令易消化。至夜，则慎勿受寒，启儿则医生尤戒勿受寒。驹函谓寺在四山之中，启函谓多蝇，吾疑其地亦尚郁热。然汝两人皆言其清凉可乐，想自是胜地。有暇可访西人，闻清牧师现亦移居山上也。启儿鱼油每月服若干瓶，现存若干瓶，牛奶牛肉汁

每月服若干瓶，现存若干，后函详悉告我。汝等函感姻伯笃爱，照应至周至厚，又感良先生照应，便当时时亲近，但避热时耳。汝等来诗皆阅过，启儿求黄诗选目，兹附去，但止可自适，勿颛颛以此为事。六月朔日，乃翁白。

接汝二人来书，具悉一一。相距不远，无庸过相念。十日八日无书，寻常事耳，何用忧悬乎！山居最能益人，不惟启儿宿疾望瘳，即驹儿亦当加健。闻之西人谓获鹿秋后最能养人，若尔等在彼苗壮，可至八九月再还保定，想姚姻伯不汝嫌也。他处有山，无人为主，此是汝等之福。若启儿肺疾大愈，可以解吾深忧。西人谓山居三四月，可良已也。启儿书中述山行之乐，令我欲弃人事，往游抱犊绝顶。自灵岩至彼，往返垂卅里，闻山中有驴可骑行，能步游自善，以勿劳乏为度。早晚在近山恣意游行，上下山能健筋骨、益肺气也。西书论面之养人，过于大米，以其质有戈路登，戈路登者，麦之粘性也。能食面最佳，发面尤善，可半面半米，胃既强，自无物不能入口，勿忧常食面后便不愿食米也。青道人既知医，起居动静可时时咨询之。与西人言论往来，最增长识见。男儿当志在四方，顾父母、念亲戚，乡曲小行耳。太史公父在时，周游天下名山大川，若恋恋膝前，安有此壮志哉！身体宜修洁，汝等不自整理，此所谓囚首丧面而谈诗书者也。一身不自理，尚能理他事哉！吾为汝曹忧之。后八日一剃发，三日一澡身，勿违吾诫。汉郎中令周文期为不洁清，史公讥其处诟，何为效之？但勿过事修饰边幅耳。诗不必多作，小楷宜学。父手告。十三日

吾案头《十八家诗钞》中，杜公七律，汝曹何人携去？遍觅不得，可恶已极！此书有副本在汝曹手中，何以定须取吾手应用之本，又不告吾？前年王子翔持吾《汉书》半部南去，至今人在北方，书在南方，不能见。今年吾所用汲古阁《史记》，又被子翔取去，问之乃言，不问不告也。吾甚恨之！此风乃驹儿所开，时时将吾书乱抽乱架，又复持入私室中，使我遍觅不得。汝等应读之书不能读，乃往往与吾争书，此何意也？嗣后凡吾书室中书，不许汝曹私持去，有欲览者，必先禀吾命。吾赐汝书，汝乃受而藏之，不得将吾书私为己有，此一家法也。若乃不问不请，见书辄持去，此是目无老夫，

此风何可长也！前日驹儿来书云："《唐诗鼓吹》携往获鹿"，至十八家中杜公七律，何以并未言及？应即回复，毋使余悬悬。并将此函转告子翔，吾急欲索《史》《汉》还也。并戒后勿复尔！六月十五日，父告两儿。

《礼记》不必求熟，但须求通其辞。度汝所不能明者，或是古人制度，姻伯处有注疏可借阅，再不明，亦可作书问我。读书不必过急，循序渐进可也。前改"对镜排千嶂"，仓卒为之，不为佳，其意则儿说之是也。但求身旺，不忧学荒，身不健，两日不及他人一日功也。六月廿二日

顷与罗大夫自美国回华谈启儿在山养病，拟七月回省。罗问去几何时，吾答以五月，罗言"七月莫归，此间尚郁热，且养息非一月余便可得益也，甫转头不宜遽至炭气多处"。此语最有见。六月廿八日，父手告。

姚姻伯来书，仍留汝曹不放归。吾以山居最不易得，欲汝曹多得山中养气，罗大夫亦言须多在山数月。今纵不能数月，独不可俟八月秋清再行来还乎？驹儿似尚不甚思归，启儿似已不可耐，汝性如此急迫，宜渐学宽闲，于养身养德皆有益也。所寄诗皆阅过，附还。吾体甚安适，勿为念。七月初六日，乃翁言。

吾前书欲汝曹八月再归，今两人皆言十五前后定即还省。吾读驹儿书尚不甚着急，独启儿似已寝食难安，不知我及汝母皆安适，家无要事，何为如此悬系？此等骗衷，若不改从宽缓，将来能干何事乎！肺之为物最脆，既有病兆，即宜销患无形，此大事也。今在山未久，虽若小愈，一入城郭，与炭气为缘，仍可立反旧恙。往年无病，今年尚忽得肺疾，现已曾受病，安能保其一愈不复反乎！故必在山稍久，得养气稍多，肺渐结实，乃望不反。此吾日夜深忧，欲启儿在山多住一日，多得一日之益也。今既下山，自难再行入山，但在获鹿城中多住数日，借可久侍姻伯。每日早晚借马或驴出城，至山外一游，亦较保定为胜。汝早归是不遵吾教，吾心不乐也。汝迟归是能顺亲旨，吾心安矣。何去何从？汝言寂寞，山中不知家中景况，此心焦燥。十日

五日一信，何为不知吾等平安，何用焦燥。初八日，翁白。

姻伯及汝曹信，皆言汝等近日健王，为山居之益，能使启儿肺疾去根，则大善矣。但健王亦不足恃，要时时善自将养，身固宜珍摄，心尤要宽缓和平，乃不生疾也。用功不必汲汲，身强则一日有兼人之功，弱则反是。慎之！七月十二日。

接汝等十四日来书，知再入山寺，兄弟和好，为慰！每日游行山中，宜在外稍久，每行以三四里为度，亦勿过远。驹儿心宜活泼，不宜助长。袁简斋骈体亦好，汝视心所善者读之可也。学骈文，《文选》而外，庾子山、李义山两家最高，袁文流览可矣，无庸熟也。汝以学时文为主，勿贪多技。启儿二文已阅，兹附去。不具。廿日

启儿览：天津问黄老伯如何处置家事，籍记之，到家各处皆可访问如何处置，各籍记之，从其长策。经所谓"好问察迩言"者，是此类也。乍离骨肉，独行数千里，身体要自检点，万勿随处倒身卧，卧必先自覆。津郡必携金鸡纳丸，遇地不洁、人稠、天时不正，皆可服之，须问屈桂亭每服若干丸，不可以意增减也。戊戌三月十三日

汝每日清晨仍宜出城一游，每日功课必应有休息时，勿令头晕再歇，有伤身体。读功仍宜稍加，泛览之功稍减，字亦宜习。初七夜，挚翁告儿。戊戌八月

忍让为居家美德，不闻孟子之言"三自反"乎？若必以相争为胜，乃是大愚不灵，自寻烦恼。人生在世，安得与我同心者相与共处乎？凡遇不易处之境，皆能长学问识见。孟子"生于忧患""存乎疢疾"，皆至言也。

告阿启：本日闻中外业已失和。廿一日，俄、意、日、比、英、法、德、美凡八国下战书于制军。制军计无复之，遂请拳民头目，给予军火，令与敌

抗。开天津狱纵囚，令打头阵，水会继之，拳民又继之，官兵在后，即于是日开仗。是后日日开仗，天津市上死者甚多，而紫竹林迄未焚毁。既失和则紫竹林乃敌国财物，以能烧为美，而拳民竟无一能。当路恃之以自速灭亡，岂不可叹！日内外兵必且入都，无可复挽。保定暂可无事，但妨拳民败而不散，退据省城，则难免惊惶耳。当相机趋避，汝等无庸悬悬。到满城，定侯诸事关爱，宾至如归，至为感纫，汝应在彼照顾，不必速思还省也。满城如知汝到，则不妨出门拜客。不具。挚翁书五月廿七日。庚子

告阿启：前函所述时事，皆未得实。后见娄椒生致陈雨樵书，则津郡已与西人开战获胜。昨见邸钞中上谕，则痛发积年西人欺侮之害，而力夸义民之御侮。昨暮又得传闻，谓官兵又败挫，聂军门不知下落，通永镇阵亡，大沽协受重伤。虽未必果实，要无安静之时。京中亦有杀各使臣之说，京津皆难免惊惶。保定暂可无事。当道近与拳民联和，津战之胜，亦系官军与拳民合力之故。天主堂已借与官场作为守望局，亦不致延烧之恐。若西人得胜，则京师危险，此间亦不致被兵，乃传檄而定之局。故吾在此，决无他虞。独定侯来言：其家送信言满城人谣传我系奉教，家眷移满，满人受累等语。定侯劝吾儿朔日赴城隍庙行香，以释众惑、止谣言，似可照办。吾拟觅妥车将汝等送至冀州，未行之前，可往拜郭仲轩，托其代觅城中房屋，以为狡兔三窟。郭前闻吾移居，劝至满城，自任觅房保护。儿须往拜，告以本欲藏名易姓，故初至未上谒也。不具。挚翁言。廿九日。

告阿启：定侯送到来书，具悉一一。津郡自廿一、二、三开战获胜以后，战事未已，然大沽已失，则海口归于敌手，大门撤矣。近日西沽武库为敌所据，则军械火药尽失，吾无战具矣。京中杀死德国使臣，京师危险已极，保定则暂尚安堵。闻官场欲联络拳民，拳民一入城，势必反客为主，与涿州无异。吾必于渠辈未入城时，先行出城，不以身试险。保定无事时，满城自亦无事，若西兵入京，则上下张皇，匪徒四起，保、满皆非久安之地。我欲送汝曹至冀者，非能保冀之不乱。以我在冀久，朋友可为我耳目；又冀州城坚，以防土匪似有余；避乱则转徙难常，不宜安土重迁。儿以李君相待殷勤，不

欲他徙。吾意在满止定侯一人足依，郭令君亦必眷待。冀则朋旧较多，城坚足恃，虽州官无交，吾到彼固亦不恃官相卫也。此时车价已贵，若至急时再往，则车价必数倍，此时尚难得车，此移冀不宜过缓之说。至父子暂隔，此是小事。冀人到保定，月必数番，吾料大变不远，则吾至冀亦在目前，不能过久也。子翔辈尚未他去，将来亦拟送至冀州。大米难得，即可改食麦与杂粮。初六、七冀州有车来，吾即欲雇送汝等，可早豫备，日日整装待行，勿作久安计。余俟后书相告。不具。挚翁六月朔书。

昨匆匆附数字托定侯寄汝。吾本拟与定侯同赴满城，窥定侯之意，似慑于街巷流言，生怕我再到满。我思小心为是，亦即不复赴满矣。昨日臬司收抚拳民，逾时便往烧福临园，无得脱者。闻有一人骑骡飞奔，追者不及。然亦恐所到辄穷。罗大夫闻被拳民断去一臂而死，伤哉！时局至此，满城不可久居。有人劝入山中，吾恐将来土匪蜂起，山中亦非乐土。我意定往冀州，似较他处为安稳。小乱小惊，仍自不免，吾取朋友较多，尚觉有恃。目前车马难觅，省城则官京师者纷纷来徙，皆苦无车可觅，乡村则更难雇。吾来此令刘福父子为觅车两，渠初言可觅，后则言村中大车皆于昨日赴获鹿，尚有一二两在家者。又因雨后农忙，不肯远行，直无从觅。我意欲求郭令君代觅，不知能行否？吾现仅有银八十两，重价又难出也，本日仍函请弼臣在省代雇，恐须略迟，不能迅速耳。儿自察看满城情形，倘三数日尚无惊扰，即定侯、弼臣代雇可也。吾今晨出城，雨行到大激店刘福家，此村无教民，无拳民，甚属安静。拟暂在此勾留，俟将汝等送往冀州，车行过此，吾再他适，亦不与汝等同行也。不具。六月初五日，挚翁书。

顷发一函，拟在此勾留数日，去后有人自省来，传闻吾晨出后，有拳民六人追我未及而反。虽未必可信，亦不得不防。我明日拟冒雨至唐县王古愚处，汝等不可久于满城，必应速出。缘满城与省城消息甚捷，故亦危地。车甚难雇，无论如何为难，可将人口先行，但带薄薄行李换洗衣服，余物暂存，可徐徐续运。天雨路泥泞，重车亦万不能行也。吾令刘福送汝，渠老成，北半途人眼极熟。不识王觐岩处，能匀出一老练人否？渠深州人，南半途亦必熟也。汝作家信，不必正楷，即行草可也，不必多，即数行可也；检点上道，不必作书，已至途打尖时，可作一书，专差送唐县，以释悬系。父挚翁，初五日酉刻作。

外寄去银卅两，到冀零用。以后可由旋吉函告楚航、雪香通融，于省城递还。此次途费车价，均由刘福借钱带去。

告阿启：吾本日冒雨到唐县书院，古愚请暂将眷口移至唐县，俟农务稍闲再定行止。或赴冀州，或竟不赴冀州，并欲为我觅车，亲赴满与汝伴送眷累。现以车不易觅，遣人赴清风店觅车，纵不能得车，亦令此人赴满送吾此信。缘一时赴冀农忙难得车，吾托宋弼臣与刘福为我办车，纵或办得，亦贵不可言。刘福谓倘不得车，即暂移大激店近村。今古愚议暂移唐县，似较刘福议为善。但勿告人所向何处，止言有友请入山可也。车旗写户部廉。不具。挚翁初六日唐县书院发。

告阿启：吾来唐县住书院，古愚以上客相待，每食必具酒肉，左右侍坐服劳，令我十分不安。已在此代租房屋。唐境教民甚少，城内则拳、教皆无，似较他处为安。此时雨后农忙，兼道路纷乱，赴冀一策，自宜从缓。满安则暂不动，满危则觅车赴唐，不过一日程耳，尚易办理。可与张、杜随时妥商，吾亦不复遥制。院幕来信，附去一阅。弼臣来书谓津郡拳民四散，京中有议和之势，云得自藩署。挚翁书。初八。

启儿览：汝书谓我南归先告汝，吾意欲汝多行海道，缘海水有碘气，最能养肺，故欲携汝南归。来还后又请中岛伴至日本，日本有佳山水，风土最宜养息，且可拓眼界，接名流，有益见闻，故必欲汝一往游。但我南归恐不能遽出，必以三月为度。汝随吾南，则恐四五月间不能北来，应仍以不随南归、专游日本为主。家眷仍依南庄，有警仍托子余，与南庄同行同止可也。二月十一日，挚翁书。辛丑

俄约笼占东三省权利，傅相以为可许，为国力不能争也。张、刘及沪绅

电请勿许，谓他国效尤，则中国主权尽失也。现闻日本电俄止此约，俄若不听，势必相持，恐当开国使会议之。汝体宜自小心，大风大雾勿出，昼日勿睡，睡必盖覆，勿受寒，勿焦急，勿怒。挚翁十二日作。

再密谕汝：吾天津所失，不在意中，且多内惭，既冒浮名，又欲营少利，天地不容，所谓造物怪多取也。又吾兄弟在时，以不私一钱为义，今天津之款，汝诸叔母所不知，虽恐其滥用，亦一蓄私之渐，与平日所行矛盾，是亦神明所不许也。十三日父作。

俄约经南中力争，现未画诺。诸公亦无办法，徒与俄绝交而已。和局因此仍迁延。余不具。二月廿二日，挚翁书。

大孙目疾，若中药虽可见效，吾不主用。缘中药难恃，恐贪其效而忽其敝。中医不能深明药力之长短，孙儿障翳，苟不碍瞳人，即可置之不问，久亦自退，较胜于用不甚知之药。观西医不见病不肯给药，则知中国欲以一药医百人，其术甚妄也。汝出后眷口以仍寓深州为宜，彼处洋兵未到，民间尚是安静气象，一动不如一静。若保定、京城、天津，皆与洋兵杂处，时有危机，非安地也。挚翁二月廿七日书。

汝病总以不再见血为佳，若见血，亦不必瞒我。肺病宜防感冒，一感冒则病归于肺。廉氏姊多年咯血，近年已愈，昨感冒，又复见血。惠卿吾去冬相见，谓其渐肥，肺病已愈，昨感冒发咳，数日又复瘦削，皆由肺弱易病。闻无锡有丁福保者，前因用心过度，得咯血症，众以为必死，丁竟以善自调摄而愈。吾昨请惠卿致书丁君，问其如何调养，详晰见示，此汝与惠卿夫妇之师也。大约养肺以常得空中清气为要，故每晨出游，为养生第一义。次则饮食宜得易消化者；又次则运动以不受累为要；次则信医生之戒，勿读书，勿作诗文。其他起居一一自加慎重，勿着急，勿恼怒，勿愁，勿作损身之事，大风大雾勿出。张荫千前曾咯血，将成劳瘵，竟以调息养好。汝能师张师丁，必可复壮。但丁、张二公，皆废弃百事，一意养疾。张告其母曰：母无以儿为尚存也，直以为已死，诸事不复关白，儿自饮食、便溺外，一概不与闻云云。此其破釜沉舟之志，足以生矣。汝北来似即不绕道亦当不妨。挚翁初四日书。三月

接汝两信，知以五月卅日抵东京，彼中多雨，颇阻游兴。每月用度若止十余元，并不为多。吾意恣儿游，则车船之费亦不必省。儿此行专为养身出游，比读书有益。诗亦不必多作，此事不能游戏得进，俟身健学之不迟。来诗姑阅定寄还。吾无所作，唯作王小航之兄王襄臣碑一篇，今寄汝。汝日记似太多，每日随笔杂记，多则劳神矣。吾尚未出京。行在定期七月十九日启銮，河南、直隶官吏，仍照平时巡幸办差，真为外国所笑。闻近日乱民已消散，但为首者不痛惩，恐将来仍复滋事耳。汝此游本无事，来信屡以作何安顿听中岛，中岛何处安顿汝邪？吾意到处辄止，不必求安顿也。身健旺，久居交接人多，或亦有位置处，若劳心费神之事，虽有之亦勿就也。吾意汝先事遍游，游兴既阑，即在东京照料石印《四象古文》。小川君既照应汝，汝可诸事就商。在家仗父母，出门仗友生。深州信即寄去。挚翁十四日作。六月

吾五月十五日以后至六月十三日记，前已寄汝，未识何时达览。今荒川归国，将六月十四以后至廿七日记托荒公寄汝。吾近十余日之事，得此可以览知大略也。汝性褊狭，事有不如意者辄缭绕不去怀，不然则与人不平，见于词色，此皆病痛，宜自检点改过。古人言诗书变化气质，若气质不变，诗书何益乎？此次东文社师生同行，尤勿与人稍存意见也。吾令汝东游，专以养身为宗旨，汝万勿大意。鱼油不可间断，每日伸手向空，不可间断。中学可姑置之，东语欲学，亦勿累心累神为要。东京若人烟稠密，便不相宜，以时出郊游为善。住房必通空气，饮食不合宜者勿食，夜勿受寒，白日勿偃卧，卧必引被自覆。东京有高医必应往问，起居衣食，唯医生之言是听。肺家既弱，时时防其受病，勿自谓无病而生忽略。汝欲换西装，亦无不可，但倭人宴居，亦仍服旧装。入冬易寒，兹请荒川携去皮衣二件，宴居时可服之，较西装为暖也。不具。挚翁跋日记后，十八日。

在外游览，虽耗费不足惜。汝现居之地，恐不便郊游。倭人言东京多花园，甚有清旷之气，汝可时时往游，以排遣乡思。中岛别为儿谋居浅草区本愿寺，闻寺本现在东京养疾，本愿寺多有他学，不专释理，其人大可交。吾念汝现不能东语，又无西学，不如访人之讲汉学者相与往还，较为有味。莼斋在彼，甚有誉望，即是为讲汉学者所慕爱故也。小石川用度虽多，有同人之乐。浅草区虽有车马之费，似比东京人烟稠密之处，于养身为宜。二者皆有佳处，正不必以多费为忧。吾岁入千余金，力尚足供汝此游，但望汝身健病已耳。东京闻多高医，汝可就问旧疾，兼访将养之法，起居饮食应如何而后得益，此千金难买之方也。若汝徒知惜费而身益羸弱，吾岂乐哉！民权革命之说，质言之即叛逆也，中国不可行。勤王亦是倡乱之议，有损无益。张棣生、黎伯颜不肯附和，至为有见。汝与此两人交，不但两世通家，亦是择交得人。日本人自是喜交游，我不宜动与相依，交情深浅，自有分际，并非彼人难与长合。宫岛父子既甚相爱，可常往还。和局垂定，傅相无恙，传言不足信。不具。挚翁作，七月初三日。

吾不愿儿以读书伤身，又恐儿无书不能度日，于市中得《归氏史记》，兹寄去一部，暇时将前所熟读之篇，偶一温诵，未尝不可，万勿劳苦伤累为要。汝肺弱，将养为要。凡肺病，夏日必轻，秋冬必重。汝宜于东京求名医一诊，并访问将养之法。挚翁七月初六日作。

儿即在小石川，不必依人。交浅而累之过深，必将生隙。小川、宫岛、手岛等，皆勿深倚。彼果倾心结交，吾随分应之可也。同留诸君，并在彼往还之中国诸贤，皆勿与之开嫌，不与人争名，不占人颜面，即可久好。责望人不必过深，有拂意者以大度处之。汉高帝能成大事，止是大度二字。史公以"意豁如也"四字形容之，极为得理。杜诗云："记忆细故非高贤"，虽利害得失所关，尚可一笑置之，况如来书并无丝毫为难之类者耶？儿此行以养身为主，必求高医使之诊治。若须往伊豆山热海，即可自往居之，或得一二友同行尤佳。身若改壮，病若良已，则年尚少稚，将来何事不可为！此时慎争脸伤身，吾所望在此。前托田中先生寄《史记》与汝，后甚悔之，恐汝又理旧业，忘医家所戒也。回銮改期八月，并闻有在汴过太后万寿之说。大氐行在议论，俄约不定，不敢遽归，要亦无近患也。吾因法兵未退，未还保定，今不久当归书院矣。父书。七月十四日。

昨稻叶来言，见《大阪日报》，知李相欲荐吾为帝师云云。吾前所记季皋问答，或季皋泛论，或傅相有此议，皆未可知。然未明言，岂可传播外国，使吾国人在彼者纷纷传述，致成谣言，此大不可！即宜使该馆自行更正，但云前闻不实可也。汝现同居诸君，以蒋君为最贤，名位才望，皆为时所重。汝宜敬之，勿与以琐事开隙为要。凡出门交友，须广取众长，不求人瑕疵，不好人誉己，不争名，不忌胜己者，则自家器局扩大，可以兼集众长。若喜同恶异，则量狭而多褊衷，非大器也。汝勿时时忧贫，吾力自可供汝此游，汝尚未涉世，何必以无用为歉。譬如在家衣食一般，今尚是用钱之时，非出而自食其力之时，不但此时为养身而出。即令身体渐健，血不再发，医家谓可自由矣，仍当为费财向学之时，不宜求博锱铢，以饷父母，为此汲汲小成计也。此养志养口体之分，童而习之，岂遽忘邪？汝到东京，从未一访名医，此非我遣汝出游之意也。宜求医家高手，为汝一诊，后可时与往来，即令肺疾真除，后当如何摄养，乃冀强壮，一切惟医之言是听。孟绂臣即能如此，所以如彼大病，不久良已。今汝时时多忧，一忧己不能自给，取资于父；一忧学不进，恐成浪游。此二忧皆与吾意相远，吾专求汝健壮，后可任艰重，汝所忧皆舍其大而谋其细。外国学堂以卫生为第一义，汝试访之。周玉山方伯昨电请我归莲池，吾已定于此月廿六日还保定。七月廿四日，挚翁书。

天气渐寒，起居宜慎，早起运动，饭后服鱼油，善矣。仍以常在空旷少人之处散步游行为要。凡步行，勿令吃力，吃力反不能养人。医士著名以大医学堂为最上，访问之，即述其言以书告我。儿亦宜一切惟医言是听，此为东游主义，视学倭语尤切要也。学倭语幸勿累脑伤神为要！《史记》稍温习熟文尚可，万勿探研深处。二戴已东行，沈诚甫亦随去，均恐渐染恶习。儿与相见，皆时时以正言奖掖之为要！汝所寄牛肉汁，吾每日服二次，此是达汝之意耳，吾全不需此。到保定仍有洋铛可蒸牛肉汤，汝若再寄，则吾不服矣。归保定仍不赴宴会，平日不饮，汝勿过忧。汝日记中因西师意言我思汝，遂起思亲之念，西师意实妄言，吾素不为儿女子态，汝年少正当远游以自壮，岂可常依父母为凡儿！丈夫必以高掌远蹠为贵，恋家非俊杰所为也。不具。挚翁八月廿二日作。

　　汝屡书言饭量增长，体加胖，果尔，则是肺疾就愈，虽不问医可也。路牧师言肺病不在医药，全在得清气养气，善自将息。渠当时锄地得效，每日止锄一点钟，不必久，用力反伤气，但要不用心耳。日本房室，宜夏不宜冬，汝可豫交长崎友人，冬令往长崎过冬。彼地略与江南同纬线，必温和宜冬，尤宜养肺。汝肺既弱，不宜冷地，幸勿安土重迁。吾前诗所称"缪篆"，汉大司空甄丰定书体有六，其五曰"缪篆"，所以摹印。乾隆时曲阜桂馥，字未谷，尝集录古印文为《缪篆分韵》一书，此"缪篆"来历。前撰王襄臣碑文本不工，老衰笔退，殊不称意。其起叙曾祖死难，因与襄臣事相发，故揭明，其收笔言兄弟之累者，乃一篇微意。襄臣，小航之兄，小航乃新党。吾疑去年襄臣死事之惨，乃旧党深恨小航，波及其兄，故纵拳党毒害之。然不可明言，故前言教其两弟皆成进士，小航其一弟也。后言已别不复见，见他兄弟多奇气，恐其难免于乱世。所谓他兄弟者，即小航也。小航不可露，故于其少弟之痛其死，借论兄弟之累。此所谓草蛇灰线文法，但恐未能佳。其铭诗归重文字，则是吾与襄臣相交之迹。铭诗与前文固可不别出一意，此亦古法也。日本有清国史数种，望择其佳者购寄回华，以便学堂之用。驹儿七月初三日有信寄汝。九月初七日挚翁作。

　　儿书言学堂事，劝吾委蛇处之。此事因方伯意尚观望，未知何时开办。吾在客位，自不必过于攘臂，迟速行止，一听主之所为而已。汝肺病吾深以为忧，故令汝东行。肺病全在得养，儿果能长食量、面加腴，即病愈之证。但自行辄廿余里，气力用过，便能伤人；饮食太俭，亦不能补益气血。吾寄洋铛，可每日自炖牛肉一斤，肉但洗净切细，不用加水，将铛盖固，不令走气，炖至半日，取汤半碗，此汤乃气水所成，最能养人。后半日入水半茶杯再炖至暮，又可得汤半碗。计每日费钱有限，而身体受益甚大。儿勿惜此小费，使吾心不安。每日炖此牛肉汤服之，他饮食虽俭，亦不妨碍。吾前函欲汝到长崎过冬，彼处温和宜人，汝可设法往游，为望！不具。父寄。九月廿一日。

吾离京城，不甚知世事。闻东三省俄约尚未开议，似俄人不甚为难。傅相八月中小病，甚淹绵，愈后，闻精神甚爽健。昨廿日庆邸自京至保定，告人云：十九日傅相以大溲不下，遂吐血发汗，眊不知人。昨省城电询疾状，晚得回电云：血止、气平、神清矣。西医言血止即可调养云云。八十老翁，疾病间作，似非佳兆，尚幸傅相平日神明不衰。西人常言傅相遍体皆老，独脑气不老。此公关国休戚，祝其长生者，殆遍天下也。挚翁又告。同日

阅儿日记，知先后两医，均言儿肺无病，吾半年隐忧，为之顿释。但儿肺家本弱，前次罗大夫劝游获鹿，此次远游日本，皆系已见病征，赖游而愈。此后宜稍习体操：吾每晨跳舞，即体操之意。儿能习拳，今年春习拳颇累，近日身若果健，不知能再习拳否？若习拳仍累，则勿习也。医令半日出游，此最善法，亦以勿受累为贵。韩公诗："丈夫身在百无念"，太史公魏豹赞云"独患无身耳"，皆英雄胸臆语也。嗣后仍时时以养身为念，勿再使肺家受病为要！汝寄阿驹书，日内当附往。余不具。十月初九日，挚翁作。

儿在同文书院，万勿过劳累。天下事多矣，不能尽学，要以养身为第一义，身强则百事可为也。十一月七日，挚翁作。

吾十一月初五、初八两寄汝书计已达览。初十日李伯行昆仲要予南归，收拾《李文忠遗集》，照莲池束脩。吾欣然乐从。是时袁慰帅已将明年关聘送交书院，惟将书院改为校士馆，山长改名监课，因奉旨改书院为学堂故也。今月初三，吾以李文忠建祠，节略须查案创稿，前未办完，复来京办此事。莲池诸生李佑周、王古愚等先来京，要同乡京官作书致袁慰帅，请仍留余。佑周等又亲见季皋求留。及吾到，季皋兄弟问吾，吾仍决归计。会张冶秋尚书百熙，奉命管理京师大学堂，议请吾为教习，亲来先施，执礼甚恭，逾日

又来拜跪以请。若张尚书之折节下士，近今盖未有也。然吾学不足为通国大师，京城风气非我所宜，又久退，岂宜再进，以此不敢承命。袁慰帅亦留之甚坚。吾因伯叔皆无葬地，家事尤不易了。南中书来，无不望吾归者，吾意仍主南返。慰帅关聘，前已缴还。惟张尚书如此殷殷，当婉辞。而朋友则皆劝就，不知吾才力不能任此也。吾南归亦当在三四月间。腊月初十日，挚翁。

吾日记久未写寄儿，今自保定取来格纸，始抄往。迭接儿书，具知在彼情状。所寄二文，不似前时，但知遒达，笔端有斩截，味在文外，往往句势雄远，似常读《史记》，故文笔大进。文如此，乃能入高古，又当时有纵肆处乃佳。汝但求身强，学文当不难，吾不愿汝贪学伤身。近虽无病，若中文日语两途并进，脑筋不能胜任，则病易入，故必以养身为主义。东语以优游入之，勿拘急，苦自厉，非养身之道也。汝到日本无多日，不能作日语，何伤！何为自怨恨形于言色乎？既学日语，即中文当且悫置，身王则学易进，何取两途并骛！故余见汝文字进，反不乐也。吾年前恐不能还保定，正月再归，料理行装南归，当与李宅偕行也。腊月廿六日，挚翁书。

南归之计，因汝伯叔及汝嫡母均未葬，乡里求葬地甚难，此事责无旁贷。又家事纠纷，有来书辄望我归。吾欲归久矣，止以失馆便穷，不敢轻辞耳。适李氏兄弟约吾南归，许以照莲池束脩，此难得之机会，故决计辞北归南。乃张冶秋尚书不通商量，遽行奏荐，恐吾再辞，渠之奏为卤莽，因允暂不言辞。

（张虽见爱，其办事尚少阅历。我言衰老精神短，彼乃为我觅帮办，帮办不由我请，张自用人，岂能帮我？且两人同办一事，必至各执意见，或相忿争。世言督抚同城，教官同印，妻妾同夫，皆成仇敌，故办事必一人为主，乃可成也。万一就之，学堂既不能有效，我将为中外唾骂。满学皆张公自用之人，而我以一老翁周旋其间，安能有所作为。目前彼以"劾己于廷"为词，即难过执己见。虽云"俟章程出再议辞受"，便恐竟不得辞，终受其累耳。我尝告张尚书，谓"科举不废，学校不兴"，张云："今时虽孔孟复生，亦不能废科举。"吾又言执事用我一年，四五月方开办，其高才者必皆专意科举文字，直至十月榜后，不能著实程功。张言科举用策论，与学堂固一条鞭也。张不惜倾心下士，亦但为名耳，其主见固亦自是而不能虚心者也。又其人出荣相之门，再与我相见，皆云荣相亦以请我为然。前与我言，将奏加三品卿衔，今赏加五品卿衔者，闻荣相谓初来不必过优。吾早无意世荣，李文忠往年曾与孟绂臣等谋为奏加卿衔，吾闻之极力恳辞，以为"在官不求荐达，岂罢官之后，仍以区区加衔为荣"！文忠乃止。若斤斤于三品、五品之间，真腐鼠之一吓耳！然足见其人唯荣相之指麾也。李希圣妙才也，张尚书欲用之，荣相指为康党，遂止不敢用，张、李湖南同乡，然尚如此。)①

吾此举必以能脱为贵，若不能脱，非幸事也。汝所译和文，吾视之甚明了，中岛亦以为善。廉惠卿欲寄上海排印，与汝均分利。日户胜为调查文部省之中小学书目甚善。吾意欲请日户君再为调查大学堂书目，能办到否？留学生所拟译之中学校教科书目，亦甚简要。学中增英文、算学，功夫愈多，则脑筋愈受累。中国书宜且废阁，幸勿数道并进。体操若身羸弱觉吃力，则无益有损，或学者，软式可也。汝问国事，似难骤有兴革。太后满意维新，政府究少辅佐。东三省俄约，李文忠故后，我全权颇思翻悔，既而无可商量，仅推敲于字句间。近闻美国照会，谓俄若得东三省利益，彼国皆欲一体均沾。而英、日联盟六条，汝当已知其宗旨，亦专阻俄约，未知究竟如何结局。袁制军索还天津，前闻各国似已允许。近日问日本参赞郑永邦，则尚无还期。彼等固视吾进化与否为行止也。学堂功课多，课毕即当休息。以吾意论之，英文与算术宜去其一，俟日语精通后，再加一事。若博涉则难专精，兼恐身体不能耐。无论功课如何繁多，每日必以半日游闲为要。力学与养身，二事较量，则养身为重。身强然后能力学，否则因学而病，病必废学，岂非求速反缓哉！况身伤又有性命之忧，何暇论学，戒之戒之！正月十一日，挚翁作。壬寅

汝为科举欲归，吾意汝文自可中，倘不中则命也。汝祖高文，一生不中，我乃侥幸得之，吾家恐难世得科第。今改策论，而考官无学，阅八股尚不知

---

① 括号内文字，家刻本原无。据郭立志《吴汝纶年谱》所引补入。

高下，策论则向所未学，何能定其佳恶，不过胡乱取中而已。"九通"数百卷，谁能悉读，以此考人，直是谬妄。上海近印此书，吾已为汝兄弟各购一部，考时须携此入场。其余外国政艺各学，亦非怀挟不可，中不中听之，不足为轻重。吾料科举终当废，汝若久在日本学一专门之学，由学堂卒业为举人、进士，当较科举为可喜。以其用实学得之，非幸获也。但通日本语便可入专门学堂，不必学普通。若英语并学，甚费脑力。能通两国语文自佳，但无专门之学，尚不为有用之大才。或但求读英文，不求能语，尚较易也。化、电、格致，恐性不相近。若政治、法律、理财、外交，吾疑读其书便可通，然用处甚大。理财、外交，尤吾国急务，或择执一业，汝自酌之，学成一门，便足自立也。吾不愿汝强学，但愿汝身健，宜体吾意。二月五日，挚翁书。

　　吾所称专门学，不过臆想，究竟志愿由汝自定。去年，山根武亮谓吾国人人欲学宰相，语谑而论自精。阅西师意所记阁龙、牛董、芙兰克林、华德诸人，皆由格致成名。汝所记 X 光镜等艺，皆中国所短。但为学当择性之所近，若性不相近，徒劳而鲜获。汝可时时访问通人，内度本性何者与己相近，既习专门，则他事即暂废阁。《庄子》云"用志不纷，乃凝于神"者是也。此事恐须归应科举后再定。至养身则时时可行，勿一日忘也。大学堂开办决无效，吾决不愿就，但张尚书已奏奉俞旨。昨与陈伯平言，尚书知爱如此，岂有不感激图报之理。但鄙意学堂当以西学为重，重西学则中学不必探索深处，止求文理通畅足矣。故自揣生平微长，学堂实无用处。若聚高才生与之研究中学，彼等必尽废阁西学而相从问中学，是直守旧而已，无开化之效也。仆退闲十余年，今为尚书再出，出又无益于时，则何敢不自量乎！惟张尚书垂爱至殷，亦不敢恝然相忘。自择一事，稍答知己，则拟为尚书往游日本，一访各学校规制，归告尚书，以备采择，则可为也。至学堂教习，则实不敢承命。若尚书恐无以上陈，则东归后以病谢可也。二月初五日，挚翁又作。

　　昨书告以将游日本，查询学堂规制。本日李亦园希圣来言：张尚书甚以为喜，即问何日成行，吾告以当先回保定，料理眷口，再行赴京定期。大约此行已无改易矣。俟后定期成行，再预报汝。惠卿肺疾久不愈，将挟之同行也。二月七日，挚翁书。

汝所论大学多设专门，用翻译讲授，甚有见。汝信多以学无进境为歉，此殊不必。为学当有得意时兴会乃高。吾近日诸事未定，先寄书答汝，余俟迟日续告。二月十八日，挚翁作。

汝日记"夜不成寐"，此由用心过度所致。古人论学，藏、修、息、游，四事并列。今知藏修，不知息游，易致生病。刘宗尧昨来一书，言脑病甚苦，自料不起。吾寄书劝来保定就医，若不能来，则此人休矣。勤学伤身，究有何用！汝曹年甚富，但得身健，不愁学问不成。若学成而身亡，已为不值，况学未必成耶？吾屡书皆诫汝养身，谓身较学尤重也。观汝所译书，数日中即成一册，用功过猛。若再不休息，将来恐不止不寐，又且现他弱象。且不寐亦正非小故也，后当切诫，勿狃于积习，视吾言如秋风过耳，为要！三月初九日，挚翁言。

吾还保定，忽忽四十五日。以十四日入京，十六日张尚书遣人来言，东游之举已定，但请自定期成行。吾告以约在廿五六日。中岛持邮船表来示廿五日有船开行，而迫不及附。五月初二船行过迟，须十余日始到。初四日官船不能附客，欲附官客，闻需行文知照。若不能行，则须候初九日始有船行到，更迟缓矣。此事吾二月发议，张尚书初颇欣然，后忽告以从缓。吾问缓至何时，则云需陵差。及差竣吾作书请以四月初十前定议，尚书乃答以尽四月内。后乃展转见告，请缓至秋后，吾欲南归，乃始定议派往。今则欲速而阻于船矣。汝家书以寄译书局为妥。挚翁。四月十七日。

与曹履初兄弟 壬寅正月九日

昨承履弟持张尚书函见示，劝驾甚殷。市中遇敬弟，亦劝勿再辞。暮①归，则中岛伯成在寓静候竟日，亦为尚书游说。小生不敢率尔应命者，厥有数端。京城大学为天下观法之地，必得中西兼通之儒，乃能厌服众望，某万不敢当，一也。开创伊始，造端宏大，非神明强固，不能综理缜密，某精气衰亡，难自敦率，二也。赋性拙朴，不能阿曲事人，不通知世情，不识形势，使居京师，尤与风尚背戾，三也。学堂英少，及贵游子弟，虑无不振厉矜奋，难可检制，某来自草野，不足涵育珍怪，四也。京城大政，出自枢府，虽张尚书盖犹有不能自主者，某欲参末议，岂能骤望推行，强羁其身，有何裨补，五也。某无实而窃浮名，尚书过听，必欲罗致，若见其临事迂塞，将唾弃之不暇，徒累尚书知人之明，使下走蒙纯盗虚声之诮，彼己两失，六也。学堂始立，不能遽臻美善，要在见弊即改，至其收效，则在十年以后，若责效过急，或且废于半途②，世必咎张尚书用人之不当，与其终累尚书，不如慎之于始，七也。欲开倡西学，必应遍采欧美善法，择其宜于中国者仿行之，此未可咄嗟立办也，某于中国文字，稍有窥寻，至于西学，则一无所知，何能胜总教习之任，八也。退闲已久，忽辱卿衔，靦颜为京师大学堂之师，出处草草，九矣。袁参政再欲挽留，某再欲却聘，本谓衰老思南归耳，今留北应大学堂之命，何以谢袁公，去就失据，十也。有此十虑，以故不敢自违本志，曲徇尚书。尚书若勉从鄙请，是谓重士；某曲徇尚书，是谓慕势。与其使某为慕势，不如使尚书为重士。尚书引屠君事为比，窃谓不同。屠君膺荐，将入仕也。使不欲仕，可无赴行在，既应征而起，乃复偃蹇自遂，是两失也。又展觐乞退，相距未久，贻累举主，固然无疑。某纵应诏入学，尚非从仕，又未尝觐见，进退仍自裕如。自奏荐至开学，为时尚宽，其间纵稍变迁，何

---

① 暮，一本作"薄暮"。
② 半途，一本作"中途"。

渠上干呵谴乎？但尚书既称下走再辞是"不翅劾己于廷"，某被尚书知待，岂敢令尚书为某受过。即拟暂不言辞，冰泮南归，未归时学堂章程议定，当视章程中总教习积事如何，内度材力能堪与否，再议辞受。乞鉴察！不具。

与李伯行 正月十九日

前屡面论洲案，均蒙采纳，并允致书许太守及王少谷兄，至感至感！此案前经许公讯结，虽主义已定，究必丈后乃能结正。许公讯后，余寿平先生因同乡京官函托和解，仍将书院老绅柏栋才唤至省城，议以柳条州给予书院。其后闻许公因前委详情将柳条拨补涂水，方伯已据以转详，碍难改拨，以此议遂中止。是后静候水落勘丈，无人置议。昨接皖中书，知许公现有要差，丈洲改委敝县令君。虽然鄙意仍愿仰托许公，以其明晰事理，且有意文教，究与他长官不同。此案又甚费清神，亦当一手了结为慰。不过勘丈易人，未便攘臂。鄙意终归调解，故必欲请王少谷诸公居间。少谷虽不以下走为然，下走固深知少谷。且彼所不谓然者，谓争野鸭也。今自许公堂讯之后，知野鸭已难妄争，仅尊余寿平先生拨给柳条之说，似尚易了。野鸭并入涂水，涂水顷亩加多，决无不足之虑。虽元详有拨补涂水之说，事势变改，似可从商。若事经王少谷、余寿平诸公议息，再请许公代为婉求方伯，当可望其照准。谅许公正人，亦乐成人之美，用敢以此仰烦执事。至习艺洲所入甚少，余寿翁屡次函电，均允拨给书院，谅可仍符前议。此外则南乡之凤皇洲，其冒垦之地，已经罚款充公；其未垦之白沙，欲请由县公勘丈，详归书院。此于涂水业主无干，想上官亦无难俯允。事本无须声明，惟私垦凤皇之户，曾经传案断罚，即与全案亦少有牵连。议息诸绅，倘并议及此，亦望许公一力成全。总之，某于此案，始终愿出以和平，决不敢强人以所难，尤不敢妄言以欺文忠公。今文忠虽已薨殂，其未定之议，仍专仰仗执事。不具。

与陆学使 三月十八日

久不启候，只缘去岁九月以后，多在京师，人事卒卒。方辞莲池欲南归，又被张冶秋尚书论荐，百方求放还；私事未定，又值旌节按临南三府，相去益远，以此书问遂尔阔疏，幸鉴宥也。南府尚有高材生否？河间近时人才亦希，然尚不绝响。伯乐一顾，良马空群矣。张尚书为言：得执事书，以下走坚辞，卜学堂之不能得法。此则眷待过高，骇汗无似！某衰退寡学，潜伏草野，已十有余年，一旦令入学堂，学堂开创之始，天下之所仰望，而以不学无识之下材攘臂其间，使方外轻中国，甚无谓也。开学当以西学为主，所以取人之长，辅我不足。士人聪明，不宜泛涉，既专力西学，即中学不可不稍宽假，但使之文理粗明足矣。若令讲中学者为之师，相与渐摩研切，彼皆有越人安越，楚人安楚之性，必且群舍西师，竞求中文。此于立学开化之本旨稍背。某自揣不过中学略窥门径，西学则茫无所知，靦颜为师，有损无益。此又一说也。至欲学校成才，则科举宜废。今入场数日，操数寸之管，书数番之卷，便可钓取举人、进士，又为时论所荣。彼何为埋头束身，腐心耗神，费十数年、数十年之日力，以博学堂无足轻重之寸进哉！故鄙论以为，国家宗旨不定，议论不折中，学制不划一，欲立学育才，此必不可侥幸于万一之事也。此又一说也。有此数虑，加马齿垂暮，精气销亡，已成天地间一废物。驽骀罢老，百鞭不能一起，实不堪为世用。今欲办成一事，精神意气，不能贯注全局，而欲其事之成，不可得也。若使之优游伴食，垂拱仰成于同事诸贤，又何为哉！凡某之不敢草草应命者，大略如此。因张尚书知待良厚，不敢漠然相与，因拟为东游日本，一考学制。此行成否，惟张尚书之所命。前荐新河韩殿琦，乃诸生，误童生；童生乃枣强齐立震也，请改正。任丘籍忠寅、肃宁刘春堂皆俊才，并闻。不具。

答张小浦观察 四月九日

学堂章程，经执事与小沂舍人创议，必臻妥适，某何敢妄赞一词！张尚书折节下士，谬采虚庸，实乃千虑之一失。某了无一长，惟尚有一隙自知之明。自分荒陋，未闻西学，学堂教习万不胜任，不敢贸然应教，上累尚书知人之识。此乃称心之谈，绝无矫饰。又恃有执事果锐有为，足以助尚书长育之化，无取老朽滥竽。必若广置数师，则新学有闻者甚多，如伍光建者，西学既高，汉文亦极研习，皆胜某十倍，举以自代，不为失举，尚乞转达尚书，幸甚！东游本无聊之极思，不过借端以酬知己。既蒙以冒暑远涉为念，行止悉听尚书裁决。但京邸消夏，亦非所安，拟即附轮船南归，一理私事，并求代陈鄙意，亦尚书久经奉允之一端也。余容晤罄。不宣。

第四编 公牍卷

答王鼎丞方伯 光绪十年四月五日

久不奉启候。前则拘于形迹，以龙蠖殊科，将有笺记，分应谨肃；多年不作楷，倩人作简，反涉疏外；此亦烂漫性成，不能自改。及图南暂息，竟未悉行旌所在，更末由寄声相闻。然前承惠赠集画赞联语，久藏箧笥，及闻我公去位，乃取而张之厅壁，识时务者，顾而笑之。仆乃以为此大类庄生濠上之观：子非鱼，不知鱼之乐也。所读朝报章奏，所以齮龁我公者不复有余地；市人窃骂侯生，某心知其妄，及方公去官，其迹尤明，今得惠书，乃备闻颠末。此等于执事何尝加损毫末乎！吾知前时声实隆起，执事固不以为荣，即今日塞草边风，亦自不以为苦。端居多暇，撰著自娱，安知造物者非禁其为彼而开其为此乎？谪居两载，太夫人竟不及知，大有曹成王拥笏垂鱼之风。近今人不办为此。明年家庆，计当彩衣献觞，道此事以为笑乐耳。某自量不谐时俗，乞得微禄，足食九人，材力浅薄，不能取名当道。内顾百口，尚有栈豆之恋，时时自悲。数年以来，殊无治状，惟有书院筹增经费万余金，招名师教授，选其少年俊才，使在院肄业，士风稍振。去年被水，现筹得四万余金。开河建闸，泄水入淀，方在兴役，尚未竣事。此工若成，可澹冀、衡两属沈灾。又北人苦徭役不均，某为摊差于地，百姓颇以为便。余无可言者。近数年忧患之余，心颓如翁，时事都不挂怀。少时颇欲究心文字，今冉冉将老，知已无能为役。惟国朝人矜言训诂，人人自以为康成，家家自以为叔重，某尝略读诸家之书，疑其可传者殊少。暇日著《尚书故》一书，以史迁为主，妄自以为不在孙渊如以下，要亦敝帚自珍耳。

与潘藜阁 四月二十三日

判署盗案，目前尚无端绪。弟临民不威，至不能镇摄一城，有此大失。执事强词慰藉，无以解我内惭，届限不获，岂澳涩恋栈！来示谓汉代循吏，不过治盗得法。弟现正苦未得法门。召募远县干捕，每苦迁地弗良。执事向来获盗，皆由购线得力，以盗求盗。今自失事以后，购求此辈，州境著名盗魁李鉴堂所屡捕不获者，皆已展转募致，甘心尽力。而分投出访，许久仍无准信。甚哉，破案之难也！弟到任时，山东武城，本省故城，连出抢署之案，皆未破获。去年南宫城内被抢，亦未捕得真盗。山东曹州则去腊今正，两抢府署。若各处无一破获，贼胆愈炽，必将不可收拾矣。故弟立志誓获正盗，以雪此耻，未识究能争气否！中法和议如何？尚希随时示悉。

答程曦之 同

敝处盗案，处分轻重，本不挂怀。惟前任缉捕有名，弟乃城内出案，相形见绌，内惭难解。故前禀此案不获，决计病免。现虽四出访缉，究竟尚无端绪，殊为焦灼。法兵直捣中坚，内意改从和议。果如此，尚是亡羊补牢之策。恐执政新发于硎，未必甘心出此耳。然事机至此，诸公决已无胆言战矣。

与张廉卿 四月二十八日

久不通书问，缘敝州判署失盗之后，自愧临民无状，传笑同僚，兴趣大减。遂已束书不观，偶一披检，心不能入。向无抑郁情状，今乃惘惘如此，不惟无居官之才，自识入道亦浅。故遇事不能自持，至于如此也！河工官款，顷已迭增。先拘工抚之说，但用本地民夫，究竟不能得力，现复改用官夫。转瞬麦秋，即恐河水涨泛，不能竣事，而远夫来者寥寥，心甚忧之。心绪既纷，而官事正不易了，古称州县为劳人之职，岂不信然！铜士至今无消息，不识何故。弟此盗案不获，方拟怀惭自退，故亦不望铜士北来。武强贺松坡孝廉涛，久欲登龙，现因选授大名县教谕，到省领凭，借得执贽门下。昨来此索弟一函，因弟欲久留客，旋即乘间逸去。其文有可造之才，而又得师友指授；其人品则甚清洁，心境亦极光明，幸辱收之，为望！

答王晋卿 闰月二十五日

本日天气晦昧，心为之郁湮。拟走谈未果，方有公事，殊笑人也。拙著多郢书燕说，承指示数条，蒙惠无似。双声之误，容即遵改。《顾命》中所引后汉礼制，云"三公奏《尚书·顾命》，太子即日即天子位于枢前，请太子即皇帝位，皇后为皇太后，奏可"。其文在"东园匠，武士下钉衽，截去牙。太常上太牢奠"之下，则正大敛毕时之事，似非敛之明日，其前文"夜漏，群臣入。昼漏上水，大鸿胪设九宾"云云，乃在敛前，及就位"伏哭，王公升自阼阶，安梓宫内珪璋诸物"，其时尚未盖棺，岂得言为敛之明日？故鄙著以为汉人即于殡日即位也。其"三公奏《尚书·顾命》，太子即日即天子位于枢前"者，乃称引《顾命》旧说，其"请太子即皇帝位"，乃说汉事，以此见当时公卿说《顾命》为即日即位于枢前，与《史记》"在庙"不合，亦与郑说大敛明日为不合也。至鄙著所论即位有四：一为即丧主之位，崩日行之；一为即继统之位，殡后行之；一为逾年改元，次年正月行之，《春秋》所书即位是也；一为除丧后告嗣位丧毕听政之礼，三年后行之。《诗·烈文序》所称是也。《白虎通论》颇见此数事。儒者但见即位之文，混四事为一事，于是经传皆不可通矣。鄙说如此，敬以奉质。《盘庚说》呈上，其《禹贡篇》则后有改本，仍存廉卿处，执事到保定代为取还可也。陶诗并无批点之本，偶参妄见，亦不敢遽笔之书。文章之事，随时进退，故不欲遽执为是。弟处劳人之职，满怀尘土，于文学自知无望。《左氏传》写本附呈一册，请视其体例如何，并望交贵门生吴、刘二君同校之为荷！

答博野县令孙筱坪 六月十六日

顷在衡水工次，接到手书，具悉一一。乖违经岁，情好弥亲，至为感绋！敝处闸工现已告竣，高至二丈六尺，观者指谓直省最高之闸，惟闸门请制造

507

局依洋式为之，现尚未到。河工地段绵长，连倒三海，远县招工来者寥寥。自春徂夏，中经雨水，至今未成，然亦未遽停工。秋汛在即，恐难久持，当俟秋后观成耳。承示各节，具征抚字心劳，本任珠还有期，执事莺迁，计亦不远。以执事之才，而久不得善地，用人者不能无憾。承示丰、玉各缺，恐有捷足先登，尊意属望，鄙人苟可尽力，岂敢有爱！惟守官偏州，不敢出位妄言，致滋群谤。去年共事一方，荐列乃为吾职，今则分处两地，时异事殊，若遇进谒上官，尚可泛论及之。现苦无因缘，尚幸鉴宥鄙衷，非敢方命也。抑又以私意料之，丰、玉两席，纵未敢为执事预期，若至授代之时，上官必应有以处执事，且断不至再屈瘠区。此理势之必然者。请存鄙说，以为后日之券。某谬以曾为丞相长史，颇为僚友所忌，其实则于要津殊疏，偶有禀函，绝无私语。此乃可质神明者，并非欺蒙良友也。由衷之言，敬以沥布。

答巨鹿令赵星甫 六月十七日工次

顷奉手示，㧑谦过度，展对滋惭。就审量移雄县，交替在即，执事循声卓著，所临有迹，往往困难见功，上官用意良厚。但恨今时州县，遇易处之地，则所入弥优，遇艰巨需才之区，则私入愈绌。虽贤哲居官，不斤斤校量多寡，然使人劳心抚字，而禄入不足仁其三族，亦殊为非制耳。“盘错以别利器”，古语岂尽然哉！来示谬加谦版，令人骇怪。州县同班，其官级高下，真乃孔、颜未达一间，王、公相去一阶，奈何置我于肉食之流，使以斗大一州，夜郎自处耶？如承不弃，万勿再施为恳！

与张廉卿 七月六日

本年尘事劳人，不惟诗书已束高阁，即平日所严事如我公者，亦复久疏启问。书院最为鸡肋，然以执事简于人事，知必一室啸歌，自适其适。去冬寄示诗篇，如许之多，今年新著，当亦称是。惜室迩人远，不获一相对展读耳。敝处河工，以来夫过多，伏汛前不及竣事。中间以暑雨非时，正拟暂行停辍。旋见天时亢旱，恐今岁不成，明年便难议及，因复鼓众进作，志在必成。盗案尚在密缉，不敢必能禽获。诸烦远注，惭不可言。目下境内蝗蝻迭起，凡去秋被水之处，往往皆有。旬日以来，日日逐村督捕，虽尚系初起，扑灭不难。而民间各惜禾稼，恐遭践踏，不顾虫灾，专以讳匿为计。虽严惩不改，以此疲于奔命，真有日不暇给之势。属县枣强、衡水等处，并有此孽，他处闻亦多有，恐此物遂将成灾，正用忧灼。莼斋见寄《古逸丛书》，正以先睹为快。吴筱轩竟已作古，近今良将也。

与程曦之 七月十八日

敝州工程，六月间并未停工，现逾白露，夫役来者颇多，秋间必可竣事。惟闸用洋式规模已定，现又奉文改用中式，殊多窒碍。闻海疆多事，暂时不肯以不急之务晓渎师相，边警小定，当徐争之。请先转致翰卿，为我道地。敝州判之案，虽访有端倪，究竟尚未破获，某于此事，私费不少矣。

与李云门刘稼鱼 同

海上多事，尚不知事势所极。今之议者，习为南宋人之见，古来成败，全未闻知。此乃人才不出，隐忧方大，蚍虱小臣，徒恤蝥纬耳。风便不惜时赐示为荷！

与张筱传 七月二十日

海上兵事，恐将来未易收拾。现在津海及各省防务，究竟缓急足恃否？彼既决欲开衅，而久不动作，此于声实之说，岂尚有别情？善窥敌者，当能见之。敝州河事，下月可望见竣。其盗案虽有踪迹，究未到手。近奉公牍，知上官整顿盐务，最为加意。敝处斥卤弥望，自议开此河，不时查禁，私池本年约比往年少去十之八九。然欲遽行禁绝，实不敢期。前接运宪札，饬化私为官，此议前人屡经拟办，均以运署阻阁。今运宪檄令妥议，诚千载一时，某以事关大局，未敢率尔禀复。揆运宪之意，以私池编列字号，所出之盐，由纲商配运，期在恤商、便民、裕课，三者并筹。若见其利不见其害，知其一不知其二，仍非上宪殷殷垂询之旨。窃谓私不化官，官商虽有销引之名，实则官引不为私盐所夺。此等有名无实之举，整顿亦属空文。运宪盖深有见于此，今改私为官，国课自应照纳。惟别岸行商，未易令其配运，且私盐出产，衰旺无定，殊无成数可稽。鄙意但令冀州坐商行售，较为直截。该商既行售此等小盐，则芦纲额引，应请勿责令捆运。而视每岁所收小盐多寡，以芦纲补其不足，其芦纲科，则并请不令该商摊派。如此试办有效，再行徐图定章，则商力不至竭蹶，可望推行无碍。此非得实心任事如当今运宪者，未易筹及此也。至如民间私池，所在多有，奉文严禁，稍稍减少，一经弛禁，则为者益多。编列字号之后，仍恐再行私设，查察难周。则鄙意拟令列号之池，就池征课，其无字号而私开者，即由列号之家，自相稽察。庶冀人人可为耳目，不致漫无检制。又向来私盐专销私贩，今既改为官物，自应严禁私销，而开池之处，既无要隘可以扼守，又无畛域可以画分。诚恐私既成官，又将有官外之私，与之跌价相挤。然此等弊端，则产盐之处皆所不免。而永七属不行芦纲，此弊计当更重，不识该处如何章程，欲求台端将鄙议所及，一一转达于运宪，并求由运署查抄永七属缉私章程，以凭仿照办理。再此事不可与纲商计议，缘化私为官之举，便民、裕课、恤商，三者皆有可望，独于芦纲额引小碍，伊等必不愿为。究竟纲商亦未见到真处，每年私盐出销，从无存积，而官引所销几何？民间决无淡食者，化私之后，与化私之前，何尝稍异乎？杨毅山观察于此事最为究心，并求转为请教也。

与萧廉甫 <small>八月一日</small>

敝处工程，拟禀报石闸工竣，便笔叙及河闸过估，现在缺费，望款甚急等情。即使不行，吾为公事见忤于上，所不恤也。

答吴棣村

前承示及乡里公事，当经肃函奉寄，计已达览。目下如何情形，未蒙复示，悬念无已。风俗颓敝，吾邑变故尤多。自先兄见背，弟已灰心绝望，但欲闭门自了。僻在远地，久而相忘，棉力亦不足以决计，此执事所共谅也。弟陆沉此州，殊无绩状，废学从官，两负生平。自顾冉冉将老，羁此一职，未能脱屣远去，即无猿愁鹤怨，亦觉愧对良知。去年州境被水，因建修河设闸之议，经营三时，此月内始望竣事。瘠土疲萌，以尸素临之，神明内疚，可胜言耶！海上兵起，天下行当骚然。深羡公等之藜藿自甘，跌宕文史，弄儿床前，看妇机中，为足乐也。

与王茂卿 <small>八月二十七日</small>

前求代拓风洞《华严经》，承已拓得，但宜以全本为佳。贾人往往不肯合拓，非有人督率，不能全也。此碑拓资不在少处，吾兄岁入，不能敷此等应酬，请开价寄示为荷！至《碧落碑》《郭有道碑》，不足贵也。敝处兴办河工旬月，近始垂成，尚幸用财节慎，款不虚糜耳。前属作老伯寿文，本应遵命，亦缘经画此工，奔走鲜暇，不能执笔。此不过侑觞虚文，娱亲之道，固不在此，谅不以负约见责。

答王泰卿 _同

大令兄与仆廿年契好，申以昏姻，苟能尽力，岂敢有爱！无如令兄之事，必强有力者乃能汲引，而某于当时贵要，久已疏阔。即如此次属荐刘省三爵帅，往年在曾文正幕下，往来亦殊欢洽。前岁刘公过津，语言之间，不敢逊让，虽暂相优容，嗣后便尔绝迹，亦无书问往来。今若不知分际，冒昧荐人，岂有推情之理。令兄谓我与刘交厚，此乃据往年为幕客时言之，不知情随事迁，今昔殊态也。

答王佩卿 _同

来示具悉——，台从近拟渡海从戎，与张静亭协戎同往，属弟作函推荐刘省三中丞。弟与刘公早有交分，本可冒昧一言，惟近年踪迹殊疏，实数年不通音敬，一旦作书荐士，必难见听。韩昌黎有诗云："几欲犯严开荐口，气象崔嵬未可攀"，正鄙人之谓也。阁下所云张静亭者，弟不知其人，如素为刘部骁将，中丞向垂青眼，则此次渡台，必可录用。张公有事，则吾兄与之同行，亦必有以位置，不须上求中丞，尤不须鄙言为之轻重。惟近来营中将弁，退闲者多，刘部更属人才济济。倘张静亭并非刘公器重之人，则此行空劳往返。不惟弟函无力，即有力之书，似亦无大益处。刘子微军门，似无渡台之信。将帅得位乘时，视仆等渺然丈夫，何足轻重。执事欲得荐书，必须求当代要津，弟自揣无能为力，不然则弟与执事，决无吝惜一言之理。想平日性情心术，亦久在洞鉴之中，若力能言事而故作艰难，不肯为人道地，此施之泛交且不可，况我兄乎！中外开兵，实非幸事。彭、刘、二张，皆非能了此事之人。来示所云"布置严密"，不足恃也。敝处以去秋被水，经营相度，开河建闸。旬月以来，始有告竣之日，尚须筹画善后。小官作事，触处为难，惟过来人深知其味耳！

与桂礼堂 _同

前岁承惠纨扇法绘，尤为墨宝。奉扬仁风，倏已三载，明珠投赠，愧无瓜李之报，用是因循不谢，疏简之咎，复何可言！前闻台从办理大名河防，近见邸抄，知黄流又复横决，窃疑下游为患，咎在山东，不识究竟形势如何？尚乞详晰见示。计此工今冬必应办理合龙，得大才经画，固不至再有后患矣。某承乏冀州，土瘠民穷，才智陋劣，无可告慰。去年被水之后，今岁请拨巨款，开河建闸，经营旬月，近始垂成，河成之后，于一方民田，不无小益，然上源无水，恐亦涸时多而有水时少耳。海上事起，中外从此多故，正恐崔符草窃，乘间窃发。吾辈尸禄百里，惴栗无似。军国大计，非蚊虻小臣所能与闻，料当国大臣正多焦虑耳。

与景翰卿 _同

久不奉候，只缘河工未成，不欲琐琐上渎。七月中石闸竣事，目前全河已成，惟河底尚未一律修平。正拟禀请验收，适任国安父子自河间解到贼犯六名，皆沧州回回，供认敝州判署劫案月日赃件及上盗情形，均已符合。惟伙贼姓名，彼此尚有参差，此辈均系极猾熬刑。据任国安等坚称：早经访实，不致犹疑。现已令任国安等就供出赃衣所在，先行查取。弟于此案，必以起获真赃为凭，倘无真赃，决不凭供定案。任国安之子任裕升，前因屡获巨贼，傅相赏给尽先把总，已补咸水沽经制外委。镇军留津办理地面盗案，募带练勇，现已遣散。奉饬访缉杨柳青劫案。兹据来冀面称，已将杨柳青之案访获正贼，交县审讯。此人于缉捕一道，可谓世家。杨柳青把总，闻已因劫案撤任，渠既访获正贼，可否代求傅相，即将此缺准令任裕升拔补，实于激劝之道，大有裨益，务请鼎言玉成，至恳至荷！弟近日正在研审盗案，而衡水烧锅部控之案，又蒙方伯檄委谭子韩太守来此查讯。烧锅商户，名虽控告戴令，实乃与弟为难。缘去冬奉有首府县转述上宪谕指，属令劝捐烧锅助济赈款，今正又奉行知，因查冀属烧锅，衡水最著。当令饬县劝捐，直至三月，各户抗不遵办。因即札县停烧，其后遵捐者十余家，立即准令开市，就中八家，纠集部控，妄捏情节，匿去劝捐一层。户部牌行该县，一面咨请委查。此八家中旋有两家认捐，其余六家又行赴部续控。所捐并未多派，而各商刁抗如此，殊为怪异，闻其中有衡水劣绅主持。究竟此案系属奉文饬办之件，州县似可无过。惟行县停烧之札，摘叙刘御侍原奏停止烧锅之语，冠以部文字样，戴令照札出示，近见部文，似欲以此为柄，持而摇之。谭公昨到衡水，于商户轻描淡写，将来回省禀复，尚不知如何著笔。司详到院，惟州札县示摘叙部文一节，必望大笔斡旋，其余各节，则皆可质天日。其所控杜、马二绅，皆河工得力之员。谭公不究烧锅之捏禀，伊等含冤未伸，颇怀郁抑，然无可如何也。至敝处工程迟缓，实因遇事撙节，又连倒三海。每遇吃紧之际，辄逢阴雨，盖天时、地利、财力三者合糅而成一迟字。就中石闸原估过少，造成竟费八千金。原估止二千余金，材料工价，既皆过估，又兼先后开槽两次及改河道。又河之上游，傅相批令减深，当时水未消涸，原估不准，水涸之后，测量地势，则上下游均已加深，又添南关至西关长五百余丈，皆原估所无。又老母庙决口，及西关以西十里开沟叠道，前禀虽已及之，究亦原估之外。以上数事，合而计之，原拨之款，实已不敷甚巨。今拟禀请验收之后，仍请续拨万金，以弥补挪垫及欠发各款。此亦需执事为我成全之，至为私望！敝处所请员友何锐、章兆玉，皆傅相所深知。此外，有桐城人巡检张利训，系张铁珊之弟，亦精于办工。今来襄助旬月，薪水既少，又拟不请奖叙，殊觉无以酬劳。欲求傅相派此三人随同堵塞黄河，冀将来可望请奖。如蒙俞允，则请即札令由冀前赴大名，以损往返盘费。如此，则曲全尤至。再敝处之闸，高至二丈六尺，监工各员，称为直隶第一闸。其闸门闸桥，至今未办，缘前蒙傅相饬令机局匠头来此监造洋式。后为机局所持，不肯代办，而敝处洋式已成，不能改还中法。拟工竣到津面恳，必欲得请乃已，即乞执事为我先容。程曦之现已南去否？前函属荐通州秀才张季直名謇，此人实幕府美才，前在吴小轩幕中，今小轩已故，大可罗致，何妨上达耶？

与萧廉甫 同

敝处河工已一律竣事，惟河底尚未一律划平，通计所短，仍在万金以外。除挪用仓谷及书院成本外，尚有欠发各款。拟禀请验收时，仍求续拨万金，以归挪垫。尚有不敷，容自行筹补。通计敝处用款，实属异常撙节，除所请委员外，凡深、冀二州绅士，皆系不领薪水者，其他可知矣。

与张廉卿 九月三日

执事校阅滥恶文字，清兴自当少减，但衣食累人，昔贤不免。弟所以恋此鸡肋不能决然脱去，深用自恨者也。莼斋寄到书，可谓海外奇宝，校刻亦非宋以下所能。其未刻者，尚有《庄子》《杜诗》，皆人所必读之书，世间难得精本，必望怂恿速成。王晋卿议其所刻多非逸书，不宜名为《古逸》，殊为有见。然此固亦小疵，不足深病，刻书如此，足以名世矣。弟因《左传》分章割裂，近欲校定一本刻之，执事能代招前刻《史记》写手否？张季直近时何在？范铜士近有消息否？弟因盗案未获，进退狐疑。今案有端倪，仍拟书币走聘也。

上李相 九月七日

数月以来，因工程久未办竣，耻于晓渎。今幸获告成，而挪借书院仓谷，势难久假不归，不得不渎求矜许。此次求得银万两归还借垫之款，通计仍止六万两，拖延时日已经八阅月，而浮费仍属有限。前承钧批，令于上游减深，原为就款撙节起见。及水涸之后，逐细测量，不惟不能减估，且较原估加深。缘此州所云海子者，皆系浅洼，不过中有高处阻水，遂致停积不流，非有深洼也。今闸底移深九尺，计闸底距地面一丈二尺，今各段加深，仍以限于经费，不能与闸底取平。若来年更得万金，凡现深一丈者，加至一丈二尺，现八尺者，加至一丈，现深七尺，加至九尺，乃可与闸底齐平。本年已难加工矣。至办理迟延，缘三海联注，致多棘手。又每当工程吃紧之际，辄被雨冲淹，以此多有耽阁。然海子之地，有数十年不种。本年新加耕耨者，冀州盐商向某，言今年私池比往年约少十之九，是亦开河之小效也。某承期待优厚，凡所鉴宥，均视他州县有加。惟有清白自持，奋勉趋事，以仰答万一。州判盗案，现获贼讯有端倪，饬役查取赃物，倘无真赃，不敢率尔禀办。武邑钱粮控案，咎在民不在官，其原告多非善类。该县征价较他属独昂，然行之已久，不自凌令而始。前萧守来此，曾为言武邑之缺，所以好于衡水者，全在粮价，若煦煦为仁，减价征收，民间受惠有限，而缺愈贫瘠。能吏不甘守此瘠区，罢软之吏处之而不能振作，则受害无穷。区区之心，诚愿顾全大局也。至凌令久官州县，病在儒缓，于此地不甚相宜。该令亦自愿他徙，但本年当刁民京控之后，万勿更调，一经动摇，则奸民刁风愈长，难乎为后。此亦深有关系，尚求采纳刍荛，地方幸甚。侧闻时局多变，擘画尤勤，边材竞爽，万口一谈，人人以经营八表自命。新进少年，未更事变，不足深责，至有七十老翁造言生事，不知将欲何求也！海防戒严，则内地崔符难靖，正定练军马队分防各属，幸无别调。近日南宫、衡水、武邑，各求分队防守也。

上盐运使 同

前奉札饬，内开西河商人晋有孚禀称：西河向来艰于挽运，该州开河引水入洼，恐上游断溜等情，饬俟定议后详细具覆等因。遵查阜州所开之河，但至州城而止，水无分去之路，由闸引入，仍由此闸泄出，始终仍归滏水，何至使滏河断溜！若令上游断溜，岂复有水入闸！滏河有水之时，分涓滴以入新河，新河下流，并不旁泄，此于滏河无损甚明。若滏河无水之时，新河自亦干涸，彼此同归无水，又复何伤何碍！至滏水源少流弱，自李家庄至衡水，常年每苦断流。谦恒益、绍德恒等请将新河开至李家庄，中设三闸以蓄水，正为滏河水少时筹画挽运之法。该商等辄行议驳，谓该河不至无水可通，今又称河水干涸，难于挽运，立说自相矛盾。又芦纲旧章，修理河道通纲，按引派捐，历有成案。同治十年四月通纲，商人请挑浚西河，其原禀云：照府河章程按引捐交，西河各岸每引六分，其余各河每引一分云云。当时此禀，由司详院。今该商等乃称向章某河需费，皆由该河商人按引摊捐，他商向不摊捐等语，果尔则挑浚西河，何以有西河每引六分，其余各河每引一分之议？此等确有成案之事，该商等尚欲颠倒其说！宪台试捡同治十年卷宗一查，便知鄙言不妄。某自到冀州，即欲以通河济运为意，究竟盐运通塞，于卑境渺无干涉，诚为出位妄谋。独笑近时纲商，但知吝财，不知力筹运道，宜各商之日形疲累也。纲商如此，西河商人如晋有孚等所见，又复如彼，岂足与言大局耶！此议已被驳，应即作为罢论。卑州开河之后，商人绍德恒面称：本年私盐比往年已去十之九，若再更数年，卤气愈刷愈淡，必可渐变膏腴矣。屡承札饬，禁用河剥船运盐，乃运到李家庄者全系河剥船。该船户沿途偷盐洒卖，既于盐务有碍，卸载之后，往往即在此间守冻。上岸偷窃，无所不为，驱之不去，尤为贻害地方。惟有仰求宪台，严行禁止，不令该商等私雇剥船，实为德便。某屡承筹拨银两，感激无似，故敢以刍荛之见，披沥上陈，尚求鉴其愚瞽，实用私幸！

再上李相 同

再者，窃见近日诏书，广求人才，窃谓当今急务，莫切于此。中外奏保各员，就某所知者，虽不足当人才，要皆有一长足录，使皆量才器使，亦各有可观。今已入仕途者，材具高下，均在夹袋之中。惟其未通仕籍者，或尚有未经题目之员，敢举所知，以备采择。武强举人候选知县贺嘉楠，追随某历有年所。贺氏家法最善，子弟多才，本年选授大名乡学训导贺涛，好学能文，为全省不可多得之才。嘉楠即其从侄，年长于涛，文笔视涛为逊。至其识略优长，材力果锐，遇事迈往敏决，不避险难；其智足以驱遣曹辈，驾驭群流，而根器正大，实为有体有用之才。某相处最久，知之最深，若令保奏

517

出身，必可储备缓急。又通州秀才张謇，志趣高奇，器干英峙，某初不相识。前岁在津，张謇不通姓字，排闼直入，踞坐深谈，时露英气。其文学颇有师法，又能究心时务，尝依吴小轩戎幕。至朝鲜后，寄示所拟朝鲜善后六策：一曰通人心以固国脉，二曰破资格以用人才，三曰严澄叙以课吏治，四曰谋生聚以足财用，五曰改行阵以练兵卒，六曰谨防圉以固边陲。其议颇多可采，虽更事少浅，言论未尽中节，稍加磨砻，即成国器。昔永叔疏荐明允，录其《权书衡论》，今观其文，亦是空谈难用，而永叔荐之者，亦赏其志节，知非凡庸也。以上二员，某皆确知其人，贺嘉楠才足有为，张謇学期有用，冒昧之见，欲求登之荐剡，似亦以人事君，不遗草泽之意也。贺嘉楠近在咫尺，如蒙采纳，可令其趋谒一验试之，张謇近不知所在，然可访询也。冒昧妄言，伏求垂鉴。

答方伦叔 九月八日

数年暌隔，久阙书问，昨接手书，文采可观，足征学业益进，钦佩无似。承寄所刻《屈子正音》，自属家宝。惟原书体例，略似顾氏《诗易音》，邓嶰筠及植之先生又互加考证。今应仍存元书面目，而嶰、植之说附刊书后，别为一卷，乃为得体。执事以后人之说，搀入本书，但加圈识为别，则一条之注，诸家杂揉，殊非善例。不知旧时刻本已如此耶？抑执事创为之耶？弟以州境去秋被水，因请于上官，开河建闸，经营八阅月，始获竣事，诗书已束高阁。尊甫先生康胜否？枣强后人，不能继也。家乡人物姚慕庭，家世学行，卓绝一时，前岁寄怀二律，骨格高洁，至今不敢酬和，似小巫见大巫，闻其诸郎，多不失世守，心甚念之。

与景翰卿 九月五日

昨肃一函，不识已达否？坝工程报竣，已禀请委员验收。惟挪用之款，必应筹还。虽先挪后禀，专辄之罪，不敢逃免。惟各夫踊跃趋事，支发工价，朝不逮夕，实不能坐待禀命。此万不得已之举，想可邀傅相鉴宥也。所挪之款，系书院成本，及存仓谷石，非求拨款归还，吾无面目见冀州父老。此事仍望台端鼎言，必求见许乃已。前函所云德怨各居其半者，今能为我求得此万金，则前怨尽解，而感德无有穷期矣。至为盼祷！正初禀求六万，而上书执事，实以七万为约数，今前后领到四万一千，再得万金，亦仅五万一千金，合之私筹万金，乃六万上下耳。办理八阅月，所用仍未过原估，其工之加于原估者至多。挑河之夫，宁挑宽一丈，不愿加深一尺。今视原估，加深二三尺不等，为此至难，办工者皆知之。至敝处之河，自始至终，不离水活，则尤他处所无也。又前求将敝处在工三员，派办东明河工，不识能否允许？今何锐业已旋津，倘蒙檄委，至属便易。章兆玉、张利川二员现尚留此，待验收后方可旋津，倘不能檄委，某拟自荐于督办东明之员，但督办何人，必望执事速示，恐其工速成，则此举已成后著也。敝处办工，比他处尤为艰苦，各委员襄助半载，诚欲代谋黄河一保案，以酬其劳。如鄙说多窒碍，应如何办理乃能列保，尚求执事为我画策，详悉指示为荷！衡水酒坊控案，委员敷衍了事，其意亦劫于弟之矫称部文耳。此等措词失当，引用部议，不合原文语气，研究如何处分？如不便斡旋，弟亦甘愿议处，向来不顾忌此等也。但戴令承奉州札，必望代为洗刷，万勿使渠被牵，渠等不能不顾忌矣。

又 九月九日

初六日禀请验收，附呈一函，计已达鉴。顷接初三日来教，敬承一一。工费已经廉甫代陈傅相，允给八千，其余二千金，仗鼎言左右其间，无令画饼。本地贫瘠，真纸尽笔枯时也。验收指请宋子潜兄，以其关切敝事，且深明工程，望其来验，一以慰朋友关切之情，一以示拙作呈政之意。如蒙允许，即请将所请万金，饬令便解，是为至恳！工虽勉强交卷，究以限于经费，不能尽惬鄙愿。廉甫代陈之语，乃是阿其所好，徒令人惭汗耳。海疆日棘，敝处闸门，自不暇及，拟俟军事解严，再求饬造。其材料坚厚重大，中土匠人不知机器者不办为此；中土木材亦难坚致。来示属弟自行续成，殊多窒碍，但尚可缓图耳。何、章、张三公札赴东明，昨于初八日已接到行知，深以为感！又有求者：敝处办工各员，尚有数人，将来拟不请奖，以原系未奏之工，即令给奖，亦无足轻重。今此三员赴东明办工，而他员向隅，殊失平允。私意拟将来奏奖时，将敝处办工各员附入东明案内请奖，虽属张冠李戴，要是真有办工劳绩，并非欺骗功名。且敝处工程，实是艰苦，春初雪虐风饕，盛夏炎天赤日，中间带星督役，冒雨趋公。加以始终不离水活，首尾全系生河，工程虽小，而各员辛苦过于他处大工数倍。持此仰邀附奖，足可当之无愧。故私拟通融办理，尚望执事有以成全之。如蒙傅相许可，弟即具禀立案，专侯示遵。

答萧廉甫 九月十日

顷接初二日手书，知前有驿寄惠函，竟未收到。弟疑曦之久去，昨得翰卿书，言其未行，亦曾驿寄一函，浮沉未达。中国血脉不通至于如此，而侈口言与人战，岂不可笑耶！敝处请验收禀，系初六缮发。执事于傅相前谬加奖饰，深用汗颜。请款已蒙代争八千，感何可言！今不敷实在万金以外，而但请万金，亦仍不敢尽情妄请。此工实因限于经费，不能尽如人意。如河身间段见沙，若加深一二尺，便得胶底。今头段加深，实实如此，欲全河加深，则核计又需万金，乃与闸底取平，不惟经费难筹，时令亦难再举。若明春为之，原无不可，但年年见弟求款，终恐不能求得也。武邑禀稿，敬已读悉，虽属实情，而当功令严切之际，非我兄岂肯为人昭雪如此。前与执事筹及，凌令性情和缓，与地面不甚相宜。但本年万不可动，一有动摇，将地方刁风愈长，愈为难治矣。尚望谒见上官时，将此层为之缓颊。弟为地方起见，缘闹署一节未经上闻，将来难大惩创，则官决不宜动，此事理之确然者也。闽省船厂，为中国局面所关，鸡笼山为台湾菁华所萃，失此二者，则小胜不足偿大辱。鸡笼，今往来文牍竟改为基隆，恐成铁语也。曾文正《劝诫浅语》内戒书生言兵，天下庶事，非阅历已久，不能知其甘苦，况兵事尤变化无方者乎？

上李相 十月十九日

宋倅厚山，运解续拨银一万两下州。某方在扃试，试毕陪同查验河闸，尚蒙许可。钧示河底虽未能与闸底取平，已可泄水，不必再行加浚。某私拟必望能引能泄，乃可经久。本年秋冬，滏水未经涨发，而新渠已见水尺许，虽再加浚，用工当不甚多，明春必当相度周详，然后动手。武邑钱粮征价稍昂，钧示将来仍应量减，容当察酌遵办。伏查此次部控，实止三数刁民，并非出于公愤。其中姜起秀一名，系已革代书，有靳邦彦在辕辕呈控，姜洛秀唆讼，凌令奉文传姜洛秀到案，遽纠多人哄堂滋闹。此事未经上闻，而京控已奉旨查讯。现姜洛秀解州管押，其聚众哄堂一节，上署既未立案，不能予以罪名。今哄堂既不办罪，而粮价又复核减，则刁民得计，地方愈难整理。又有愚虑：窃见武邑粮价，近年久已如此，民间均亦相安，各属征粮，均收足钱，而武邑独征九八，官吏亦各相安。凡上下相安之事，似即无庸改旧。国朝州县，并无应进之款，而缺有肥瘠者，陋规少则瘠，陋规多则肥耳。州县于民，如乳母之于赤子，欲乳母之善养其子，而刻待乳母，未有能全其子者也。故凡瘠缺州县，难得好官，有才者决不求瘠缺，上司亦不以瘠缺相处；其得瘠缺者，大抵罢软无能之流，此好官之难得一也。到官以后，其贤者无可自给，束手尸位，其不贤者则必于例入之外，取偿于民，此好官之难得又一也。平余之增加，即陋规之一事，以正法论之，岂不可恶！然时谚有云："裁陋规者伪君子，卖陋规者真小人"。良以循旧取之，官可自给，民不甚病，贤者足以自立，不肖者不至别生他意，此不失中策。若矫矫自好者，举而裁之，取一己之浮名，而不顾后日之腠削，祸仍中于百姓，此所以为伪君子也。武邑向系瘠缺，民风刁悍，好讼多盗，历任难得好官，粮价平余，稍有沾润，实仍贫瘠。若并此而靳之，则自此以后，明干之员，愈复裹足不前矣，此非地方之福也。私意将来止可稍减，不能与他属一律也。台湾围急，省帅恐与此土俱弃，国论尚无变计耶？

与张筱传 同

台湾围急，不可久持，内意似应早定，不宜坚持初说。顷闻本月初三日，刘省帅生擒孤拔，其果然耶？筱轩云殂，振帅继逝，宿将益少，新不如故，其将奈何！

与景翰卿 同

海防近日何如？台湾围急，闻无盐无军火，最是棘手。昨接省中信，有谓本月初三日电报刘省帅于前月底生擒孤拔之说，疑其妄传非实。若孤拔不死，刘公恐与台湾俱弃，内议岂至今尚守故见耶？傅相所处极难，蚍蜉小臣，徒怀愤切而已。张幼樵败后若何气焰？左相如何布置？粤东防务及南边军情，想可告知颠末。

与戴孝侯 同

自津沽祖饯，别已数载，音问稀阔，而依依之怀，良不可任。是后某偷禄偏州，而执事成功绝域，度量相越，岂可以道里计邪？清帅治军有法，声实并茂，良由执事为之匡赞，此远近所共知。目前以久经训练之师，调回防海，自当坚若长城，曷任仰望！抑有疑于鄙心者：南宋以前，从无以和为耻者，若不量彼己而妄思一逞，则当时咎之，史册讥之。此汉武所以不取狄山，季布所以欲斩樊哙，而景延广、韩侂胄之徒所以贻羞后世也。今之清议，可谓但知其一，而清帅亦颇臆决唱声，究竟兵端一开，胜负姑置勿言，利害果孰轻重？明于谋国者，似不宜忽天下之安危，但求成一身之名已也。现闻闽中败挫，台湾围急，守此不变，岂可复支！而中外以为得计，吾不知其何说也。李傅相规模闳远，虽限于时势，不能御侮折冲，要其明于利钝，老成持重。窃谓自曾文正以外，罕见其匹。而新进小生，群起而挤排之，虽出其门者，亦皆入室操戈，以自附于清流。悠悠者不足言，盖张振帅、潘琴帅尚不免于此，甚矣其惑也！蚍虱小臣，出位妄论，恃惠子知我。倘有不然，尚希辱教为幸！某承乏冀州，了无绩效，而公私窘迫，平日厚自期许，实乃无以过于庸人，惭对知己，惟贱躯尚顽健能劳而已。

答张廉卿 十月二十九日

接读大诗，愤切沉痛，乃知时势迁转，适为作手寻觅诗题。惜某今岁满身尘土，不能勉和来章耳。承示明岁新正拟辱临敝邑，不惟某私慰饥渴，将使一州人士获瞻当代师表，其为荣幸，岂可言状耶！求书者众，均已各购名纸以待侍史矣。铜士明年当望北来，兹有书币奉迎，即求转达为荷！盗案虽获供认，究未起获元赃，是以未肯详办，然尚可因端竟之。独读书之志，益复孤负，至于述作，则将成一没字碑矣。拟抄《左传》付刻，乃无聊之极思，亦缘子弟将读是经，嫌传本割裂文字，遗误后学。南中写手，倘能来此，即拟仿《史记》板心行式，使左、马合璧，亦佳事也。敝州于世事了不相闻，保定近得台湾消息否？

与范铜士 同

前岁接奉惠书，三年不报，非敢故为疏阔，缘数年以来，处心积虑，必欲一枉高轩。而时会所值，至不能自决进退，用此含意未伸。及廉卿先生北来，则又私心自喜，以为铜士在吾术中矣。不谓人事牵系，尚复沉吟至今，踪迹之合并，以不信有主之者耶？朋友道衰久矣！悠悠者追趣逐耆，以相取益，卯亲酉疏，甚者争为朋党，私立标帜，倾动时人，究乃人各一心，虽日与连欐而居，抵掌而谈，而腹有山河，咫尺千里。若吾二人之南北暌隔，言论不一接于耳，风采不一接于目，而声气相感，兴往情来，尽不必足音跫然，而已若胶漆之不可离别，斯已奇矣。来岁倘能北来过访濂亭，幸以鄮州为北道主人，俾某获遂数年夙愿，私心快慰，岂有量耶！奉上白金五十，为执事膏秣之资，迟速唯命。万一鄂事未了，固亦不必亟亟北行，需之数年，不难更缓数月，幸勿因志稿未竣，掷还往物为望。孤城寂寥，无与晤语，官事羁屑，都已废书。廉卿近在三百里内，而不能请益。执事闻所闻而来，仍恐见所见而去耳。

与景翰卿 十一月二十二日

　　所开之河，外议每以上无来源为病，鄙意尚不忧此。缘浚河本意，原以疏泻积水，使海子得有去路，民地即可获益。若新河底深，能与滏水取平，则滏河有水，新河即不愁无水。此数十里间，舟楫通行，荒城渐望起色，虽无来源，不足为病。现所浚者深皆丈余，浅亦七八尺，料不能便淤成废。所修闸底，业与滏深相等。惟上游河身，不能与闸齐平，水落之时难通舟楫。以此仍拟来岁加深，惟经费难筹耳。现先就地设法，竭尽棉力之后，再当沥词上言。本年办理迟久，虽事事搏节，不无虚糜之处。如各夫先后逃骗铺底，核算京钱，便已九千余串，虽迭经关移传追，迄无应者。他处工程，铺底一追即得，缘办工多系大员，威势易行。以州县办事，则一经隔属，便觉智勇俱穷。然以敝处筹款如此拮据，则此九千余串，敢肯听其干没，来年尚欲动工，若令此款追还，于事不为无济。故不揣冒昧，欲凭仗傅相威福，尽力一追。谨遣分州候补巡检连长赏赍禀赴津，即求傅相札委该员，遍历各该州县催传追解。并求分札各州县，饬令认真比追，冀不致空劳往返，其各夫姓名、住址、欠数，均经开折禀呈。连巡检人尚稳练，属其先谒台端，面领指示，仍求鼎言玉成。此举以速为贵，冬令无日，追比全在年内，一过新年，则各夫又将四出揽工，不能到案矣。此虽琐渎傅相尊严，实乃不得已之策，想可原宥也。

与姚铁珊 十一月二十三日

哲弟惠寄所刻书数种，敬谢敬谢。执事有此令弟，殊可乐也。世人好行小善，不知皆无益处，惟广刻好书，嘉惠无穷。向谓今世贵人，不解此乐，不谓近见君弟，请为我致声，兼道钦佩之意。公家姬传先生，一代宗匠，其遗书多未刻者。往年弟在江南时，刻其《老子章义》，此板后归金陵书局。近年徐椒岑刻其《庄子章义》及书录、尺牍三种，亦为士林宝重，尚有选明七子律诗，最便初学。若哲弟欲刻此书，弟当为求底本，校字奉寄也。

与景翰卿 十一月二十七日

两月迭次干渎，殊嫌猥琐。昨遣敝处候补巡检连松坪赍禀求札委催铺底，计已达览，谅可玉成。兹威县官眷遣丁来报，署令汪丙吉次南，已于本月廿五日作古，其家妇女孤幼，无计可施，逐年负债，已有八千。署内无亲近可倚之人，飞函敝处及枣强吴仲先大令，求为援手。仲先旋即来州面商，亦谓无能相助，惟旅榇不归，妇孺无倚，止有出位代求上宪，委一同县密友来威接署，庶可托其饮助。汪令于怀宁同里中，惟王令华清与之最为莫逆，欲与弟分求津省上宪云云。弟查汪令丙吉，前在静海武邑，与弟两次共事，于州县中实为出色之员。武邑至今尚有去思，去年交缺，弟曾为代求傅相、方伯予以一县，俾得及时自效，皆蒙许可。今年汪令迭函求援，弟以业经交缺候补，恩出自上，非吾辈所敢妄论，屡辞不肯。及赴任威县，过鄠州相见，殊为私慰。不意到任未及三月，遽尔殂谢，寒士挈家谋禄，一朝物化，百口无归，深可悯恻。遗孤客鬼，吾辈无力振救，仲先所称欲得亲友接署，稍可代筹送丧，其言虽属私谋，实亦仁人恻怛，慈惠者所不罪。况汪令华清，候补资格已深，其才足可有为，上宪似亦不宜久弃。若令接署威县，于地面不无裨益。该处与敝处南宫毗连，威县敉平，即南宫亦可安枕，此又公私兼济之说。某于汪令共事既久，重以吴令面商，又苦与广平太守素无往来，即方伯前亦不敢作此出位私请，只有仰求台端婉陈于傅相之前。实为哀恤故员起见，并非有私于王令华清也。《诗》言："凡民有丧，匍匐救之。"收恤孤羁，昔人所重，故向来不敢为人干请，今揆度再四，不能不披沥上闻。所言虽私，而用意则公，必望执事代为力恳，汪令有知，亦当衔恩地下。

答束鹿县令溥履庭 十二月一日

顷接专差来示，敬悉一一。二境交界，赌风最甚，此拿彼窜，无可究诘。执事拟会衔出示，不分畛域，认真查拿，虽在邻境，一律拿犯移送，如此则两境有若一家，此类无可逃匿，办理极善。即请台端会挈敝衔出示晓谕，仍希将张贴村庄开单见示，是为至感。赌匪狡猾难拿，其弊由于差役，凡开场聚赌，则必与差役言定陋规。署中有一举动，该差等必暗中送信，及至开赌之处，则伊等早已闻风先逃矣。若拿犯严讯，署中何人包庇，同城何官知情，该犯苦于棰楚，不能不供。供明则严惩一二，即可惩一儆百，敝处曾经如此办过，故以奉闻。近日但访明何村有赌，何人开局，即差拘讯追，不必拿有赌具也。孟家庄之赌，系已革生员苏姓为首忘其名，此人托在绅士之列，故旁人无可如何，若提拿该革生，决不诬良，旁人自知儆畏，希大才酌度。不拿苏某，该村赌风不息。同年至契，故敢妄言。

与刘翊文 同

前月匆匆逾垣，殊未尽欢，使人怏怏。执事经术湛深，骈文驯雅，又得濂亭为师，必当郁为著作之才，乃过承谦抱，执礼于不佞，自维谫劣，何敢抗颜！徒以来意坚牢，不肯回变，不得不勉副盛旨。公子侯门，市人固应窃骂；王生结袜，廷尉遂以成名。逊让不遑，惭戢何似！承示大著，解识特高，气足以土其声，敬爱无量，妄跋文尾，聊志奉质之私。两汉经学，两司马、二刘、扬子云，迥乎莫尚，所谓"惟其有之，是以似之"者也。《诗传》解识文字，非经生家言，鄙论适与执事暗合。若元成以后儒者治经，实不及后汉许、郑诸贤远甚。小戴与何武同时，今人以彼所记跻之于经，而子云、相如、太史所录，反弃置不道，首足倒乱，戴公能无惭色乎！后汉小学，本自杜林，林自谓不及郑兴而过于卫宏，盖林之学传自张竦及其父邺，而兴则传业于子骏，师授固有高下矣。孟坚品藻诸公，以为谷永、杜钦、杜邺于经书泛为疏达，不能洽浃如刘向父子及扬雄也。林正文字过于邺、竦，故世言小学者由杜公。据班此言，足知扬、刘之学过于诸儒远甚。叔重虽受学于贾逵，至其序《说文》称引张敞、杜邺，皆著杜林古学所自，然则《说文》固亦多本杜林，不仅尉学为杜说也。今人得《说文》奉为经典，其视《凡将》《训纂》何如耶？许之学出于贾，而郑《周官》亦本郑、贾，郑、贾皆刘歆弟子，然则东汉诸儒，皆祖子骏。近人往往好毁刘氏，尤非笃论。鄙见如此，并以奉质。

答张廉卿 <small>十二月十三日</small>

前接长至日手书，并寄示范函，敬悉一一。某于此君，梦想三年，迄未合并，此次作书奉招，而范已决计北行，可谓神情契合。南有南皮而不往就，此则老兄在北，使弟得如孟德挟天子归许下耳。舍弟等所求屏联，均已拜领。每嫌执事奖许不佞太过，自识无以克副，只滋内惭。今所书与家弟者，皆波及阿兄，览之汗下。某不能自努力，年就衰老，于文字茫无所得，终当为同、光间一庸人。本年尤束诗书不观，满怀尘土，恋此一官，不能决去，意每郁郁。子厚在永、柳，永叔在夷陵，官事不废而文字愈精进，更有游宴之娱，信哉！人之度量相越之远，不可以道里计也。河工成后，勾稽出入，又会学使临试，供给伺候不暇。近乃小有寒疾，益自恨体气尪羸，不耐老如此，岂复可自期望于后日耶！本图今冬到保定谒上官，便与执事一聚。今计学使启行在十七、八日，已逼岁除，不欲往，开岁当成此行。欲与执事约偕赴天津，由天津偕行到冀州，即招李南宫来会，如此则侍谈可以一月计，亦一快也。

已在天津购到玉版宣纸煮槌笺、红蜡笺多幅，供法家挥毫；求者甚众，正恐应接不暇，此乃执事自有膻行，勿尤人也。刘翊文真快士，其骈文及考据之学，异日必能有成；马通白近寄其母行状，乃不惬人意。吾县文脉，于今殆息矣。敝处盗案，获犯八九人，有供而无赃，不欲结定，仍遣人别缉。此事已私破二千金而不成，信吏才如此，真可笑人！时事已不欲挂齿，台事未已，东藩又乱，此变非目中诸公所能办也，视国家天命而已。

与景翰卿 同

倭事不致开衅，至以为幸。台事恐来春不复可支。北洋防务足恃，虽有战事，当无大警。然不若知难而退之为愈。岂开仗数月，彼己胜负强弱尚未了然邪？

与王逸梧 十一年七月一日

《汉书》颜注未厌人意，执事稽合古本，荟萃众说，为之补注，此盛业也，何时卒业？先睹为快！近刻数种：《续古文辞类纂》可以究观国朝文章源流得失；故友遗诗数种，尤征交态之厚；《魏书》校勘，合诸贤考索之力，使人人得见宋本，读史者有助焉；而郑公谏录，执事致力尤勤，洵古今善本也。某作吏数载，仕学两废，数年以来，竟未能撰著一字。近来州县本亦无可施为，某材智又短，无可著见，徒增訾謷耳。贫士求官，亦欲利其私人，自庇宗亲，某居此债累岁积，若不处瘠地，营求迁调，又有志者所耻为，私计殊不自了。

与藩藜阁 七月五日

河工侥幸粗成，一昨居然有津郡货船来泊西关，殊以为喜。零星各工，尚未全毕。闸桥前求机局拨料，中堂屡准，机局坚不肯与。弟之见恶于上，即此可知。现亦自在近地购办，其沿河各桥，渐次并葳，闸房亦经修盖，又沿河涵洞，方在兴办。以上各事，均河工未尽余功。本年州境禾苗甚佳，但前此飞蝗过境，虽未伤损禾苗，所遗蝻子，现均蠕动，正在尽力搜捕，不识能不成灾否耳！

与新河县令言应千 七月十二日

新河小邑，有屈高才，民风朴勤，讼狱稀少，若骤欲展布，则闾里穷匮，未易措施。惟退食委蛇，与民休息，官无苟政，案无留牍，日计不足，月计有余，斯即地方之福也。蝻子最宜留意！雨后禾地泥泞，颇难插足，然吾辈视此事最重，或不令其遽致成灾，若听民自便，则彼皆目为神虫，讳饰不问，未有不自误者也。

与张逖先 七月十五日

承赐法书折扇一柄，书法风流倜傥，不见摹拟北碑之迹，佩服无似。承允缮写《左传》，兹寄上稿本一册，格式一纸，请即用书扇之法书之，传仿北碑之有锋棱者，其结体亦仿古碑，以有态度为贵，忌似近时卷折楷法。纸用薄者，取可上板。此格板心稍小，作字以满格为贵，字画以肥匀为主，将来印本墨色便浓。其夹注则仿汲古阁《史》《汉》之例，每大字两格，即容小字三字，较为大方。鄙意因儿辈授读此经，每苦现行之本误分篇章，致左氏文章结构，瞀不知晓，故妄定一本，不顾人之是非。又因经传分年，经苦难读，故不从经传别行之古法，而沿《通鉴纲目》之俗例，以便童子诵习。既别刊一本，因即取各本异同之字，分注本字之下，间有改从别本者，注明今作某字，从某本校改，略资考证。署中苦无书，手稿本字迹狼藉，又往往覆改章句，涂乙不明，请细心检校为荷！此书虽不载注文，窃谓读本之最善者，得执事缮写，尤为可贵，将来开雕，每卷之末，请注明桐城张某缮写，亦执事一盛事也。

与衡水绅士马仁趾刘老玉 七月十九日

仁趾、老玉尊兄同览：前日老玉来署，述及乐芝田欲将闸口堵住，吾当告以"闸上无绞关石，水至丈余，无法下版，且修闸费八千金，槽口易坏，堵闭稍不如法，必将闸槽损伤，何人包赔此闸，即准闭塞"等语。何以不信吾言，竟将闸版擅下六片？水深一丈五六尺，六片之版，有何用处！现闻此版斜插其中，既不能下，又不能上，如此则闸槽必坏。芝田是否包赔修闸，抑或尚有他人包赔？老玉并未回信。遽尔擅动，可谓藐视敝处，轻信民间浮言。吾三令五申，饬守新堤，民间置若罔闻，任听奸徒私掘。及新堤既开，则洼地水已灌满，庄稼全被漂没矣。乃妄欲闭闸，闸即能闭，于洼地有何益处？徒使满洼之水，永无出路，新添雨水，更加涨溢而已。此可谓天下之至愚也！况今仅仅下版六片，闸水仍然流通，徒伤坏槽口，此何说耶？版既横亘闸中，日日过溜，其势必将此闸槽戕损，万万不可久待。为今之计，止有先请闭闸者赔此六片闸版，立刻将版锯断，庶可保全闸槽，若再不行此策，必系老玉回县未将吾言达到，吾必重究老玉；若老玉已达此言，而芝田不信，致令此闸损坏，恐芝田未易当此重咎。水退之后，吾亲往验，一有伤损，虽芝田荣履新任，吾必禀调赔修，庶使民间知官闸之不可轻动，借以惩后。此致，即俟复示。芝田兄统此致声。

与徐椒岑 九月二日

前闻倪公招延嘉客，宾主甚欢，不识何以掉头复去，楚筵辞醴，抑自有由，然执事老矣，奔走不休，今世大人公卿，好士者希，良可念也。领到所刻惜抱文，谢谢！惜无诗集，令人阙然。承属弟为续刊，目前私事促促，未暇谋此，想当谅我。州县吏不足为，北方则尤无谓，为其公私无益，如弟则废学谋官，所失尤大，何时得如存之宦成投劾耶？承问及犬子，今已七岁，才授《孟子》，天姿甚鲁。举家以吾止一子，过加怜爱，骄儿不孝，岂能有成！尝佩杜公讥渊明云："有子贤与愚，何其挂怀抱"，故不以置胸臆间。其能长年与否，亦未可定也。偷禄此州，了无绩状，愧对故人。寄白金四十两，聊作薪刍。何时南归？并问。不具。

以上皆冀州尺牍，稿本为友人持去，顷始寄还，兹刻入《补遗》。又从廉惠卿处抄得若干首附焉。男阎生谨记。

与 廉 惠 卿

近年学业当大进。妙年时最以伏案为要，无论人事繁简，必以每日立定功课为主，稍不检束，便自烂漫，成就大小，全系乎此，不可不慎！丙申六月廿七日

纳采之礼，女家似无多事。敝处谨检出归评《史记》、姚评《汉书》二事，欲为答礼之用，兹借便呈交台端。如须有增益之件，即请执事随时代筹，事后见告，所须资用，随时缴纳。前仲鲁转述柯君之意，拟诸事两家从俭，此尤下走所愿，不敢请者。舍中先后遣嫁诸女，皆以二百金为度，今仍勉备此数，以成嘉礼。世间所谓必需之用，苟出吾此数之外，则一从删汰也。十一月廿七日

柯昏定议，执事与贺松坡凡为我者皆以为喜。小女付托得人，亦深自慰幸。以相隔在远，径请执事代主，殊抱不安。至谓异日闺房讲习，则仍谬采虚誉。小女幼颇聪慧，然尚不及吾兄女也，其后年渐长大，遂不复令亲笔墨，有何术业可以讲习。乃翁一生过蒙虚誉，至今内惭，不谓女儿曹乃亦与父同病。今得名士为婿，此正愚鲁人福分。但虚誉行将自破，恐亦不免怀惭耳。十二月十六日

曾重伯一函，早经写就，函内开明文正公所选古文目录，请其在南查检。其分类隐用"四象"，而名书未必用四象。仆深惜此书不传，以其为晚年定本也。若曾府查检不出，他处无可寻觅矣。敝处藏有目录，而《史》《汉》《庄子》多有节抄者，当时未记其起止；又文正自有圈识，足以观文正之心得，而启发读者之神明，敝处亦未照录，皆系缺典。重伯意不甚在此，执事好文，望亲访重伯，投仆此函，并面致访求此选之意，是为至属！十二月十九日

明年得意，固是长局，万一不遽得意，亦宜在都用功，争名于朝。我国不改科举，终以八股、八韵、小楷为吾辈安身立命地位，舍此他求，皆旁门也。春秋鼎盛，功名心不可遽淡，此关福分，少年时不宜多作颓唐语。若部曹之无公事，同僚之无人才，则固前知其如此矣。孙封君碑文已脱稿，但老荒文笔败退不足观，况在佩南先生处，真所谓弄斧班门者也。丁酉三月三日

柯宅昏期已定。执事前为仆议亲迎保定，已得柯君复书，谓不便出都，遂议定送女矣。孟绂臣乃言出都不妨，虽告假十日可也。行礼以在保定为省费，料柯未必沾沾以考差为意。独孟所谓省费者，仆深取之，亦恐柯意不谓然，为其皇皇言利也。蒙则以谓昏嫁从俗耗费未必是，而不随世例，毅然以简便为务，未必非豪杰举动也。前书言柯病新愈，而咳嗽未已，近来如何？又言中西药皆不用，此似是而非。中药不足恃，不用宜也，若不用西医，则坐不知西医之操术何如，仍中学在胸，不能拨弃耳。实则医药一道，中学万不可用，郑康成之学，尤不可用，中医之谬说五藏，康成误之也。咳嗽一小

疾，然可以误大事，中医无治咳嗽之药，亦不知咳嗽之所关为至重，此皆非明于西医者不能自养。但柯之咳嗽，病后余波，此时当良已，不足深虑耳。至卧内宜通空气，窗宜常开，则无论咳与不咳，皆宜宣通疏豁以养肺，家中人知德者希。北省入冬尤以固闭为事，室物熏黑而谓可养人，此通病也。知医者盖深怜之，不能转移也。廿三日

薛公与仆交卅余年，铭墓文字，自不宜推委。但南溟吾甥也，乃不以此见托，则亦置之可也。近为从兄郓城公作一文，亦殊不惬意，迟日当录稿奉览。四月朔

康君自是时贤中俊杰，但所谓学会者，意欲振兴孔学，实乃夷宣圣于邪苏，吾不谓然。其徒所出《时务报》，谓西学不必讲西文，谓军国要务不在船炮枪弹，皆舍急需而求枝叶，全未得其要领，而举世推重，不知其于世务全未阅历也。陆放翁论诗云"秋毫未合天地隔"，岂独诗为然，凡为学为治，无不如此。康公于学，颇能乘间攻瑕，独袭方望溪、刘申受诸公，以古书之伪归狱刘歆。康公尤大放厥词，悉扫两汉大师，而专主一何休，历诋诸经，称之为伪，而专尊一公羊。彼讥纪文达之攻宋儒，而不知己之横恣，过文达又百倍，惜世无正言以斥其非者。其论学偏驳如此，倘异日得志于时，必以执拗误事无疑也。因来书示及，聊一发狂言。戊戌闰月廿一日

《吕氏十七史详节》，恐系宋时书坊所为，假托东莱为名。今仅六种，似是不全之本，然是正德时刻。当可校定今时史本，暂存敝处，终当奉还。己亥正月廿三日

咳嗽有血，不可大意，殷医既云可治，望一切惟医之言是听。用功劳神，思虑烦恼，皆于此病有妨。至食物之有益身体而易消化者，合信书中曾胪列之，此外略见于化学、卫生论及《省身指掌》，可查阅也。窃料麦精鱼肝油尤为咯血要药，牛肉精或牛液粉皆养身妙品，不可惜费不服。此外，则以信医为第一义，一起居，一服食，无不惟医之从。孟绂臣前在保定养病，其信

医最不可及，用此医者亦愿诊治，以故日起有功。夏日移居山中或海滨，最能养肺。现服殷医药饼见功否？念念。三月十七日

执事抱用世之志，常苦不得借手。吾国之以天下为己任者，盛公其尤也，其爱才真有性命之好，故才俊之士，归之如水赴壑。昨过保定谈次，殷殷以求才为急，老夫举执事以告，公拟入朝时折节先施。鄙意执事当执后进之礼，怀刺进谒，倘遂收入夹袋，亦侯喜之遇陆长源，而不佞亦与有荐士之荣施矣。公见执事，倘有访问，亦可敬举所知。方今时事多艰，自去秋以来，贤者率多韬晦，若长此不变，谁与支拄危局！区区愚见，必以宏奖名流，俾归实用，为匡时第一要义也。八月廿八日

东学社为中国京都首先开办之学堂，事之成败，与国家荣辱有关。教习之尽心如中岛者，亦势不能多得。其所请分教，在中国视之，以为太多，若在外国学堂，则尚是极少。教习不能汉语，虽是一憾，然不过中岛一人过劳。学生本学东语，教习不能汉语，亦自无碍。况此乃穷家迁就之举，若彼皆能汉语，则索价绝高，岂能不送束脩乎？凡局外议论，多是忌克、欲沮败学堂之人，惠卿万勿轻听。若果自立学堂，岂能如中岛之盛？若一师教廿卅人，于吾国何益？此理甚明，惠卿首事之人，岂宜数月之间遽尔中变！中岛局面虽大，要令每月所费不出百金之外，则吾固可供应，不必多忧；若误信他人摇惑之言，则立见败坏。不惟中岛减色，惠卿亦有何光！徒使五洲笑吾国之不能成事，非小故也。惠卿岂可专信他人浮言，不信下走之忠言乎？万勿游移为属。辛丑八月八日

韩文流落失所，执事前议以董书《史记》易金购此书，其议甚善。后忽改而中止，良可惜。董书《史记》之与韩文，犹敝屣之与珠玉也。十月八日

禀请束鹿改属深州由 以下深、冀州，天津公牍

为援据古制，厘正疆域事宜。窃照国家设立府州，以统辖州县，原以大小相维，收运臂使指之效，虽疆土瓜裂，究必条分件系，挈领振裘。若在远而遥制，则虑浮寄孤悬；处近而不辖，又苦形格势阻。二者之弊，或绝而不属，或杂而不贯。皆足令守土之吏，呼应不灵，非体国经野之本意也。深州自雍正二年升为直隶，以武强、安平、饶阳三县来属，广袤百数十里，屹然为畿南屏蔽。惟西南一隅，与保定府之束鹿县接境，犬牙错处，而不相管摄。在深州则出城西行才廿五里，便入束鹿境上。声教不及，政令不加，举手摇足，动多牵制，所谓形格势阻者是也。在束鹿则四邻无同府之县，保定各属，星罗棋布，均肉薄府城。独束鹿一邑，远在深、定二州境外，越国鄙远，不相附丽，所谓浮寄孤悬者是也。综言其弊，约有数端：一曰关提讼狱。深、束境上，或一村之中，州民居其东头，县民居其西舍；或一顷之地，州民耕其北陌，县民耕其南阡。小涉忿争，动辄构讼，文移提讯，展转稽延，隔县传人，十不一到，此方悬案以待，彼或置若罔闻。此一弊也。二曰捕逐盗贼。自古三辅近畿，盗贼多于他郡，汉朝循吏，在京兆抚风者，大率以治盗课最是也。比来深、束之交，尤为逋逃渊薮。盖袭唐季藩镇之余习，风气犷悍，千岁不泯。深州之孤城村、王家井，束鹿之和末井、孟家庄等处，时有匪徒啸聚出没，十百为群。一盗入室，十家不敢谁何；匹马截路，百夫望而惊溃。州县捕贼，各有分地，一越本境，势须文牒关缉，而匪徒逃捕，但在举足左右。逃藏既易，聚散不常，商贾裹足不前，良懦供其鱼肉，民贫地瘠，职此之由。此又一弊也。三曰申覆文案。州县之政，治民全在听断。事上则多恃文书，文书往来必取迅速，朝发夕至，乃有遵循。束鹿距保定较远，往往县牍上府禀问机宜，迨府符下县，事已全变。至如审解人犯，尤以近地为宜。由县解府，狱事往往未定，一有驳斥，府复发县。若道里过远，则押解之役，起解之囚，均不胜其烦苦。此又一弊也。四曰兴发工役。滹沱横决，自古以为巨患。修浚既无善策，其工程浩大，亦非一州一县所能。节节而为，深州

各属，正当其冲。百数十年以来，或南或北，皆自束鹿入境。南趋则深、武被灾，北决则饶、安受患。近日饶阳唐令修浚本境河身，工未成而水已至，未及葳事。以愚见论之，水即不至，唐令工亦不成。何则？上流来源，下流去路，彼既不得而治，但从中道施功，从古无此治河之法也。现奉宪札，令深州转饬安平，保定转饬束鹿，俾上游一律兴工，通力合作，荩虑极为周详。惟上游两县，既分属府州，发号施令，已虞扞格，欲令同时并举，共葳巨工，殊难预必就。治河一事，而其余工役，概可类推。此又一弊也。五曰控制形势。守牧之职，平时则专表率之责，有事则取驾驭之权。欲令辅车相依，势须秉其厄塞。今深州所属三县，均在东北，已为失势。其西南定、冀各属，尚有本管州就近统摄。惟束鹿介处偏陲，当深州之门户。该管上司，既鞭长莫及，州官又无相临之分，呼吸不通。此如四枝具存而右臂忽折，卧榻之旁而他人酣睡。一有疏失，咎无所归，居安忘危，习不为怪。此又一弊也。以上诸弊，有深、束交受其害者，有深、束分受其害者。若非变通旧制，五弊必难骤减。考深之为州，置自隋代，而束鹿来属，则起于唐时。陆泽，深之旧治，其故城乃在束鹿界中，今所称旧城镇是也。宋世州领五县，其州治静安一县，明代已省，余四县则束鹿及今三属县是也。征之旧史，自唐以迄金、元，束鹿皆隶深州，未尝改属。迨乎元季，始以武、饶、安割隶晋州，束鹿割隶祁州，而别以衡水来属，明代因之。我朝州升为直隶，辖境略同宋时，唯束鹿一县，尚未还属。盖未详考唐、宋以来之旧制，徒以束鹿先隶祁州，祁属保定，束亦从属。不知祁州原领深泽、束鹿二县，自深泽改属定州，则束鹿与祁已隔绝不通，何能更属保定。今按之地形，稽之史籍，证以地方利病，束鹿一县，应以改属深州为宜。合无仰恳宪台俯允、具奏厘定，以正经界，而重职守，实于国制民政，两有裨益。伏乞垂鉴示遵。

禀请裁并义学整顿书院由

窃查州治书院，旧时经费颇饶。自咸丰三年城陷以后，盐当歇业，发商生息各款顿失厚利。而冯商拖欠巨万，挟入涿州，书院几于废弛。见今山长束脩，不足供脂秣之资，生徒膏火，不足偿纸笔之费。每岁只能考试七月，师生相见，曾无几时。一暴十寒，为益盖寡。州内自嘉庆丙戌以来，遂无一人登进士榜者，文运本已不振。近则上无宏奖之人，又鲜栽植之惠。读书之士，伏居乡曲，徒友寥寥，见闻寡浅，志趣凡近，既无砥砺观摩之乐，各怀求田问舍之谋。于是举人多不会试，秀才多不乡试，科第愈益稀少，风气愈益朴陋。亟宜诱之上进，激厉奋兴。前奉中堂札饬兴修书院，教以劝捐输、查废产二事。此州绝无殷富有力之家，加以兵荒水旱，仍岁不登，各有自顾不遑之势。故本年州境西北河水偏灾，虽有志抚绥，亦不肯劝谕捐输，致滋扰累。前与州人相语，曾以宪札为词，劝各量力购书，存留书院，闻者皆有难色。虽由俗多俭啬，亦缘家鲜盖藏。此则劝捐一说，已可弃置不论。至如查产充公，则自乾隆时知州尹侃，道光时知州张杰，先后查出废产为书院、义学、留养局诸政之用。张杰又驱逐僧道，添设义学至二百四十五处之多。自此以来，境内废产搜刮殆尽，而党庠家塾遍乎四野。此诚良吏之遗惠，旷代之盛举。惟义学如此之多，当时规制未详，皆系民间自行简料，散无友纪，查检难周。闻在张杰时，已有村民伪造地亩、学舍册籍，虚应官令，而村内实无义学者。传之愈久，百弊丛生。于是委员稽查，则委查之弊又起。其后禁止委查，则不查之弊更大。驯至有名无实，百不一存，往往地亩占为私业，学舍鞠为茂草。一遇查验，或借人家学堂，指为义塾；或倩村内长老，冒作塾师。即有尚未废坏之处，而先生据案，未必识丁，弟子入塾，有如点卯。此等虽留之永久，收效亦属甚微，若不稍与变通美利，殊为可惜。拟请核实稽查，分别裁并，视其地亩较多，规制未坏者，酌留数处。其地亩较少，经费不给者，则数处并为一处。必子弟聪颖，读书可成而无力延师者，方准送入义学。仍由考试书院时录取寒士，以为之师。每年各学岁入，必将成数报官。即视先生文学之优劣，以定义学脩脯之高下。其余废坏难复之学，久为豪民所干没者，一概罢去，而以查出地租，尽归书院。如此一转移间，义学弊窦渐除，可冀徐收实效。书院经费素裕，必能大振士风。利弊相权，厥有数事：义学散在各村，难于查察。书院则一州四属，共见共闻，一有弊端，群起究诘。义学由各村经理，官不与闻。书院则由官催租，由绅士经理钱财，彼此牵制，莫能侵蚀。义学极其效验，不过略识之无，稍记名姓。书院则经费苟裕，更延名师主讲，必可造就成材。凡此皆利害较然，彼此悬绝。惟人情安于所习，皆惮变更。此州义学，亦系数十年之善制，一旦尽与改革，奸民无能侵牟，固且怨讟横起。即有读书晓事之人，亦将震于义学美名，不能卓然无惑。不知古无不弊之法，善政既久，即成弊端。昔朱子社仓规条极备，及黄震通判广德军时，则已颓坏难理。或以始自朱子，不敢轻议。震曰："法出圣人，尚有变通，岂以先儒所为，遂不敢救其流弊！"如震此言，可谓能识大体。而庸俗之见，终难家至户说。故今所区画，亦只分别裁留，不欲行之过骤，操之过急，但令核实办理，计数年以后，此州文教可冀稍稍振兴。则虽初行之时，利害未彰，卑职以一身丛毁，固所不惜，而昔贤初政孰杀兴歌，亦可援以自慰者。区区之见，是否有当，伏乞训示遵行！

禀修理乐舞请将肄习各员作为佾生由

窃考州县各立孔庙，始于有唐贞观三年。自后千有余岁，笾豆之加，佾舞之数，每代增益，备用天子之仪。逮乎我朝，尊崇尤至。《学政全书》内载："文庙祭祀，不许沿用民间俗乐，凡乐器有未制备者，准地方官动项成造，拣选通晓音律，娴于佾舞之人，召募生童专习，以供丁祭"等语。盖以孔子为万世礼乐之宗，非可以绵蕝之仪，苟且将事，所以崇秩祀而隆文治也。深州近在郊畿，孔庙乐舞阙焉未备。每遇春秋丁祭，祀事简率，俄顷而退，登降拜跪，官吏不能习其仪，节麾羽籥，士民不能识其器。其庠序生员，无事可执，遂无一入庙之人，卑职心窃病之。自仲春释奠之后，即议修复乐舞。查畿南州郡，惟定州庙学，自道光季年前知州宝琳修复乐舞，至今未坠。因招延定州乐工以为之师，募人肄习，名曰肄礼局，卑职仍率同僚佐日日考验。未及一月，歌舞声容，已尽得定州之术。其凤箫、琴、瑟、埙、篪等乐，则定州皆已失传，无从访问。往年尝见浏阳老儒丘之稑所著《律音汇考》《丁祭礼乐备考》二书，乃缀辑《御制律吕正义》及《圣门礼乐统类》，附以心得，证以实用，纂述成书者。其于律吕声字，贯穿今古，制度尺寸，累黍不失，左图右说，实事求是，号称精审。南方孔庙礼乐，首推浏阳，皆丘君倡之。往年曾文正公克复安庆、金陵，由浏阳招致丘君生徒二人，有意修复礼乐，其后迄未果行。卑职既获见丘氏之书，又尝与其徒游处，习闻绪论，得其涯略。盖凤箫廿四管，为诸乐之纲领，律吕之大全。凤箫之制不定，则诸器失度。而制器之法，必以周尺为准。昔朱子门人潘仲善，从会稽司马侍郎家求得周尺，丘氏图之于其书中。卑职尝从独山举人莫友芝所得古尺数等以校丘氏之图，则周尺长短不合。然制器之合乎中声，则以丘氏之尺为定。州治有生员王家范，娴习今乐，兼通勾股，因令其召募良工，截竹为箫，分别律吕，先制凤箫。其诸管长短分寸，悉依丘氏之图，既成而吹之，宫商并协。由是埙、篪诸器，皆依图制造，音节高下，无不和谐。至如琴、瑟之音，则丘氏皆就孔庙乐章，著之为谱。王家范略明指法，令其按谱操缦，教习生童。以上数者，皆定州无传，考校而得者。诸生肄习，又尽一月之力，然后众乐粗备，差可观听。计自四月开局，至七月竣事。中间购造乐器，动逾旬日。肄习之功，仅止两月。选募乐舞生八十八人，礼生四人，购造乐器，给发火食，由卑职自行捐备。其听断词讼，遇有赃罚，亦间以充入。共用京钱一千九百四十一串。肄成之后，八月丁祭，四邻州县耆儒老生，争集庙门，扶杖观礼，皆若以为异数。惟查向例，考取佾生，应以文理为凭，亦无一定员额。此次肄习乐舞，系专校论音容鼓吹，虽或文理未优，但令性近乐律，亦皆取以入选。所有选募之八十八人，应请无论文字工拙，一律作为佾生，并请照例优免本身地卅亩。谨将各生姓名及购造诸器，开单呈请查核。其礼生四人，专肄丁祭仪节，可否咨请赏给鸿胪寺叙班职衔之处，伏候钧裁。大凡事在创始，人各奋兴，奉行数年，便恐渐就废弛，非议成定章，筹出经费，不能垂之久远。查州境旧有田塘隐匿抄产八十亩，经前升州刘牧讯明入官。又已革生员刘奉璋把持义学地亩，经卑职追罚地九亩四分六厘八毫充入书院。以上二项，地共八十九亩四分六厘八毫，应请并行拨归乐舞经费。每年租入，由书院绅士经理，为丁祭、给发佾生火食及随时修理乐器之用。其乐器收存文庙，由学官掌司管钥，由绅士查验修补，以防窥敝。至乐舞各生执事文庙，是其专职，倘有丁祭不到者，仍即随时革退，另募充补。其人数仅敷临祭之用，数年之后必有短缺之虞。此次肄习既成，仍责令每人转教二人，于明春丁祭，率同到学，由卑职考验，酌选卅二人，作为额外佾生，每人优免十五亩，并令入庙执事，以期娴熟。倘佾生有事故出缺，即令额外之人，挨次充补。额内每补一人，额外即添募一人。以后额内八十八人，额外卅二人，请即作为定额。如此厘定章程，庶冀历久不废。是否有当，尚乞批示遵行。

禀请饬教士不得干预讼件由

窃卑职昨于四月十九日接教士徐博理来信，据云：向居献县，兼管深州教务，深州教民田泽老实安分，屡被张学文欺侮，今又结讼，属为讯断，以免拖累等情。查中国人犯罪，由中国官治以中国之法，载在条约，遵行已久。中国之法，地方官不得受人属托公事，律有常刑。教民者，中国之民也。乃一经涉讼，即恃教士为护符，教士一闻教民与人争讼，即以属托公事为急务，是使中国官员，不得用中国之法以治中国之民，而条约所载为虚文矣。外国之教得行于中国者，以条约为律令耳。若使条约为虚文，彼复何所恃以传教乎！中国之民习知属托公事之有干厉禁也，凡彼此争讼，无有敢为先容者。乃一遇教民，见彼教之属托公事，竟视为家常便饭。直谓中国之法，止以治平民，不能治教民。盖不待讼案之毕，而已愤懑填胸矣。而谓其疾视教民之心，能一刻释乎！教民之奔诉教士，教士之作函关说，皆不待本官讯断，遽尔张皇。各地方官贤愚不等，大约不出强弱两途。其弱者遇教民有理之案，固惟教士之言是从，即遇教民无理，亦或因教士委曲偏徇，而唯恐其决裂。如是则教民常胜，平民常屈，平民屈则其恨教民愈甚。其强者遇教民无理之案，固置教士之言于不问，即遇教民有理，亦或因教士属托，矫枉过正，而转至于失平。如是则平民常胜，教民常屈，教民屈则其恨平民亦愈甚。夫教民深恨平民，则挑唆教士以与州县为难；平民深恨教民，则抑郁既久，必思一旦大泄其不平之气。此各省教案，所以迭起衅端，推原其故，皆由教士曲庇教民、关说讼件而起。今欲筹民教相安之法，则莫若严禁教士之干预词讼。教士不干预词讼，既可变教民倚势恃援之习，又可解平民深怒积怨之嫌。即或教民争讼得直，在平民亦共知地方官据理讯断，并非由教士作函属托之所致，皆将帖然心服，此两全之策也。若教士关说之函不止，则强弱皆可激变，曲直皆可招尤，此两伤之道也。前奉行知粘抄总署原奏，内述英使之言，谓中国轻慢外国官民云云。平心论之，中外和好，臣民周知，苟外国不予人以可轻，亦谁肯故存轻慢。若如属托公事，干预词讼，虽以中国官绅行之，亦必为人所鄙薄。卑职到任以来，凡遇有关说案件之人，未尝接见，遇有关说案件之函，未尝裁复。此固不论中外，视为一体。彼教士者亦何乐而为此？岂自以为据情代诉、不得已之举邪？不知教虽外国之教，民犹中国之民；若因系教民，遂存歧视，是弃吾民于化外，而使之去此适彼。稍知大体者，必不为此。即如该教士属托田泽之案，系张兴泰家失物在田泽家获赃，而田泽实非盗物之人。此案于三月廿八日报官，四月初五日即行断结。而该教士之函，至四月十九日始由天津寄到。若待此函而后讯断，则民间拖累久矣。盖田泽一经兴讼，即行奔告教堂，追至天津始见教士，故稽延时日如此。试思教民有理，即无教士之函，亦未必负冤，教士亦何必代为过虑。譬如父母养子，而邻人忧其不慈，岂不谬哉！和约既载明中国人犯罪由中国官治以中国之法，是外国传教，原不欲干预词讼。今教士等肆行干预，不惟挠中国之权，亦并不守外国之法。应请宪台转饬各领事，严禁教士：嗣后遇有民教互争案件，不许妄行属托。一以自存身分，一以保全教民。其有函说讼案者，即由各地方官禀请究办，以肃中外纪纲。卑职系为妥筹民教相安起见，可否如此办理，伏乞查核示遵。

禀请提存赈米二万石以备津邑散放由

窃查前奉宪札，饬将津邑赈抚事宜，责成卑职办理。遵即遴选委员，分投查户，拟俟户口查清，再请拨款。惟挨村挨户核实稽查，一时未易竣事，而外属前经派定之款，近复纷纷请增，若待户口既毕，深恐愈拨愈少，致津邑不敷散放。窃见本年各属派定赈米，略以村庄多寡为凭。究竟各属村庄有大有小，并非一律。卑职近见文、大、霸、保查户各员，询及该处情形，大率皆无甚大之村，故查户亦易速蒇。至如津邑被灾，虽止一百一十二村，以乡甲局户册考之：如杨柳青五千廿三户，宜兴埠一千七十六户，北仓一千三百四十七户，丁字沽七百六十九户，其余四五百户之村，指不胜屈。村庄大小与各属悬殊，似难以灾村之众寡，定赈米之多少。伏查同治十年，津邑被灾二百八十五村，极、次贫民小折大口，共卅五万一千三百二口半。今岁水灾，不如十年之广，灾村约减太半，照十年村数口数比校类推，极、次贫民大折小口，从严查核，料不下十三四万口，减之又减，亦应在十万口以外。闻本年文、大、霸、保四属，极贫二斗五升，次贫一斗五升。今欲比照此章，就灾户十余万口约算，当用米二万数千石。仰体赈款支绌，所望不敢过奢，拟请提存二万石预备散放，俟户口查清，酌量匀派。近日迭据塌河淀旁近及北运河两岸各村绅民来署，联名禀求速抚，皆言连岁失收，民生不聊，流冗塞路。本年水势浩汗，弥望无际，既无食米，又乏炊薪，釜上釜下，昂贵相等，房屋倒塌，棺柩冲漂，惨目伤心，情词哀恻。目前户口虽未查清，而约数大略可睹，所求赈米二万石，仍属有绌无赢，若使再与核减，将来灾户众多，米不敷用，届时援照外属禀求续增之例，宪台痌瘝在抱，即难恝然坐视，而存米皆已他用，必致无可拨增。卑职赋性朴愚，抚绥无术，惟有蹈汲长孺故事，擅发仓谷，以救垂死之民，虽严批不准，亦不敢畏罪而止。查每年赈抚津邑，以近在耳目，必较他属稍优。今各处纷纷续拨，不但不能稍优，且恐因之大绌。唯有吁恳宪台，俯赐鉴核，准予提存二万石，无论何属续请，不再拨给。庶津属灾黎，不致转徙沟壑。出自逾格，恩施无任，迫切待命之至！

禀为按亩均差报明立案由

窃查上年十一月奉宪札，内开各州县应派常年地方杂差若干项，每项计本色或折钱若干，是否阖境按地摊派，抑系分村办理。饬令据实开册，通详立案，不准丝毫含混。至衿户免差一节，今昔情形不同，应查明向章，参酌现在情势，如何分别等因。当查冀州差徭之弊，不在繁重，而在不均；不在多取，而在中饱。州署所派除号草之外，并无他项差徭。每年各村共派号草若干斤，均系发价采买，每斤实发价若干文，本非借资民力。惟所发系属官价，草束贵贱不等，其价既往往不敷，加以交草领价，向系衙役承办。官发之价，民间丝毫未领，民办之草，更复折价交差。于是发价采买之件，变为借资民力之差，行之既久，已成故事。此外则州判衙门，兼理河工，有谷草、秫秸、苇箔、桩橛、栽柳、修埝、保充、督工等项之差；吏目衙门，管理监狱，有马草、条砖、土坯、麦糠、苇草、荆棘及出查蝗蝻、修理壕墙栅栏等项之差；又有狱门、夹道、贴里、大堂、马号、四门更夫、炮手共六十六名，工食派自各村，及禁卒、更夫、乡地保、充点验等项漏规之差；营汛衙门，则有坐路更棚、查理蝗虫等项之差。以上各署差徭，名目猥琐，近在同城，彼此不能通知。然关佐贰本缺自然之利，其势不能裁革。以本境之民，养本境之官，亦尚不至甚病。病在书役承票乡地催交，民间每岁应出几何，官不能知。官中每岁应入几何，民不能知。上下相蒙，展转干没，所谓弊在中饱者此也。至于民间派差，则合境几百几十几村，分为五十七官村，官村又分上、中、下三等，上官村几村，中官村几村，下官村几村，一官村作为十分。其所领各村，大者计分，小者计厘；一村之中，又分数牌，或三四牌，或十余牌，轮流值月。每遇差徭，先按官村上下，再按各村分厘，再按各牌轮值。自明至今，旧例如此，其大较也。原其始初，村牌上下分厘必以贫富为准，即轮月应差，亦未始非与民休息之意，本制未尝不善。无如穷久不变，昔之上村，今已转为中下，昔之牌分相等，今则高下相悬。而村中恪守旧规，于是富村富牌，每亩不过数文；贫村贫牌，每亩派至数百，此不均之弊一也。各牌轮流值月，此月差多，轮应贫牌，彼月差少，轮应富牌。甚至春秋谒陵大差，专轮贫牌办理，流移逃亡，大半坐此，此不均之弊二也。既按村牌分厘，则豪强之家，捐纳职监，往往影射蒙混，贫弱下户，专受其累，此不均之弊三也。民间既苦不均，官中又多中饱，虽以此州简僻，差徭稀少，而闾阎苦累，盖已不堪言状矣。某自去秋到任，即拟改定章程，旬月以来，随事考察，密加访询，始能得其端倪。本年派办杂差，不论村牌分厘，改为按亩均派。大张告示：每完粮大亩一亩派出制钱八文，不准丝毫多索；各署差徭，均取于此八文之中，此外别无他项差徭名目；其书役催交点收，亦并无分毫规费，上下两忙，分期交纳，随粮并征，每钱一千，以十分计算，州署三分，州判三分三厘五毫，吏目二分七厘五毫，营汛九厘。自出示晓谕之后，官民上下，彼此通知，既无中饱之虞，有地则有差，无地则无差，富户不能规避，贫户不致偏枯，亦无不均之患，民间颇以为便。至如向来各村派差私例，有取之公地者，有取之集市者，沿河各村，有取之盐船过境津贴者，均准仍照旧章，不得派入地亩。其他按人口、按丁口、按烟灶、按牲畜各章，一概革除，专以地亩为主。前次详覆差徭情形文内，声明绅民一体办差，系属历办旧章。现拟将举贡生员各免本身地卅亩，以示优异，仍不准包揽影射。其捐纳职衔从九、监生、庙员人等，仍照旧不准优免。又州境内有孔村，称系圣裔；军屯等八村，称系明代屯户；周三庄三村，称系循吏之后。向年均不办差，此次按地均差，似未便与以偏恩，且恐滋诡寄包揽各弊。据孔村呈到族谱谓，宋高宗时，金兵阻隔，家于南宫，至国朝雍正年间，乃始赴阙里合谱。当宋高宗时，孔氏大宗从宋南迁，小宗留守林庙，载记所传，未闻有南宫支派。考其谱系，自宋至今数百年中，并无闻人。今乡曲小生，三世以前，便不能自言所出，而冀州孔姓，乃于数百年后知其派别源流，使其信然。则元代混一之时，何不归宗合谱，直待雍正之世乃始追溯？显系攀附圣族，规避差徭。况下博本有孔氏，载在《元和姓纂》，冀州之孔，乃近舍下博而远宗阙里，亦其不学无术之一证。查孔氏虽在曲阜，其辨别枝派，则有外院之分，其优免差粮，则有例地之限。今远省一闻孔姓，便与优恩，殊非均役恤贫之道。拟请冀州孔姓有读书应试者，即准免差，以示优隆圣裔之意。其农民工贾未读孔子之书者，仍不准免差，稍示限制。至军屯八村，以有功明代而优免，于国朝事尤无稽。前称屯地亩小，尚属近理。然他村屯地，亦多未闻免徭，该村何得独异。拟请将屯地折成大亩，令其按亩交差，较为平允。其周三庄以某时曾出一循吏，百年以来，优免三村，亦殊过当。拟免其后裔嫡支一户，其余概不准免。该村他姓尤不得蒙混免差。以上三事，卑职系为均摊徭役、宽恤贫民起见，是否有当，伏候宪示祗遵。再卑州号马菽豆及祭祀牛羊豕等，向系取之集市经纪，不累民户，今仍照旧章，发价采买。又车两一项，署中往来运送人物及委员过境，均由州官自雇。其派自民里者，长车惟解送钱粮、眷录两事，短车惟递解五县人犯一事。乡会眷录，非常年所有，五县人犯，又每年多寡不定，难以预计。卑州向无车行，一经改章自雇，转恐车难骤觅，贻误要差。如州署有事雇车，必较民价加倍，尚不能随时应手，即其明证，是以此项车两，亦仍照旧按村轮派，合并声明。

禀请新河言令酌委优缺由 光绪十二年

　　窃查光绪五年，奉宪檄议定：直属文安等县十六瘠缺署事人员，一年无过，准予调署优缺一次，通饬遵照在案。又直隶定章：署缺不及三月，交卸后仍行补委等因。兹查卑州所属新河县，系在十六瘠缺之内。该前署县言令家驹，于光绪十一年六月廿七日到任，至十二年正月十七日交卸，在任仅及半年。下车伊始，时值飞蝗入境，继以大水成灾。该令捕蝗救堤，查灾办赈，昕夕勤劳，未尝一日在署，仍复捐廉赔贴，绝不少顾私计；审理大小案件，随到随结，平反史遂太冤狱一起，而舆论仰其神明；严治地棍孟新德一名，而阖境畏其威猛；自出重资，雇募勇役，梭织巡缉，盗贼无从窃发，地方得以安谧；创立义学二座，招延名师教读。该令仍不时亲往查考学徒功课，颇有两汉循吏之风。莅任未久，新河父老即经来州呈请久留，当经据情转详在案。交卸以后，士民依恋不忘，馈遗酒食者，不绝于门，禁之不止。该令以候补穷员，署此瘠苦之缺，又往往因公捐廉，授代之日，囊橐萧然，其应解内结正杂银两，一一措交现任代解清款。回省无资，典质衣履而后成行。凡此皆该令实在政迹，卑职耳目切近，不敢壅于上闻。查十六瘠缺准调优缺，以一年为限。该令则甫及半载，署缺交卸，仍行补委，以三月为期。该令则已及六月，准以定章，两不相合。惟其捐资致匮，则计其私入，不如他人署事三月之多。然其政绩，可纪甚多，则虽署事逾年者，或不能次第举行，固不仅于无过。卑职为贤员难得起见，合无仰恳宪台，比照定章，给予前署新河县言令首先酌委优缺一次之处。出自逾格鸿施，他人署理瘠缺半年交卸者，仍不得援以为例。庶于激励属员之道，不无裨助。区区愚见，是否有当，伏乞宪示祗遵。

河南按察使洪公夫人陆氏陈请旌表由

窃见前河南按察使洪某继室命妇陆氏，浙江山阴人，宋陆放翁廿二世女孙，道光戊子科举人、冀州学正某之女。年廿归洪氏，事舅姑至孝，其舅赠公某作尉新田，随侍任所，及洪前司官叶县令，仍留该命妇侍养翁姑。道光丁未，姑程太夫人病呕逆，缠绵半载左右，扶持侍奉汤药，衣不解带者数月。及见姑病益笃，深夜潜祷，愿以身代，叩头抢地，额为之肿。祷毕，因取剪刀割左臂和药以进，姑病立愈。方割臂时，异光满室，涌现佛像。及姑病既解，事渐闻于赠公。赠公惊叹，称其笃孝，必兴洪宗。其后同治戊辰，洪前司抱病甚剧，昏不知人。该命妇日侍汤药，夜祷神祇，一如前侍姑疾之日。病势寖亟，又割右臂和药疗之，又愈。戚党传播，拟列其事状，禀请上闻。该命妇闻之，力辞曰："是彰吾过、愧吾心也。"乃止。先是咸丰癸丑八月，洪前司在江南治军，粤逆犯晋，赠公徇节新田，以该命妇明敏识大体，前事预诫曰："风鹤之警，一日数至，吾有守土责，义与城存亡，汝宜奉姑携子出避。吾儿远在军中，吾以此委汝。覆巢之下，苟能保全，是汝之力，亦洪氏之幸！"该命妇涕泣不忍行。城且陷，赠公厉声挥之，始仓皇就道，携其家所藏端溪砚十三方以出。至距城若干里之交里桥，遇盗数十，辈横刀前阻，舆从怖悸失色。是时程太夫人车在前，该命妇恐惊其姑，搴帷坐车前，从容语群盗曰："若等所需财物耳，吾出城未及办装，前数车空无所有，可听先行，吾车中所携重物，当留示若等。"盗信之，及前车行渐远，该命妇叱诸奴破箧示之，则十三砚也，群盗错愕散走。于是戚党又称该命妇不惟至性过人，其明略亦非人所易及。洪前司雅性恢阔，不事家人生产，门内之政，一委命妇。罢官以后，家徒四壁。南中姻族，间关千里，转徙相依，老弱孤寡，恒数十人。该命妇甘苦与共，亲疏无间，人尤感之。今年四月，以疾卒于津寓，得年几十几。伏查该命妇仁能恤贫，智能济变，表其一节，皆足维风。至其事姑事夫，刲肉疗病，竟若习以为常，实属奇节卓行。虽其生存之日，不欲以此邀名，要其精诚动天，孝义成性，足以风励薄俗，纲纪人伦。洪前司流寓津郡，某等生同乡里，该命妇生平事迹，闻见最真。用敢胪列上陈，合无仰恳宪恩俯准奏请旌表，以彰贤孝之处。伏候宪裁。

吴恩光妻翁氏陈请旌表由

某等窃见侨寓保定节妇吴翁氏，顺天宛平县人，国学生翁霖之女，年廿五岁，嫁为安徽桐城县吴恩光之继室。恩光父雨梅，为江西新淦县知县。既卒，恩光客游京师，素有羸疾，以道光廿一年九月入赘翁氏。其冬疾发，该氏刲臂疗治不效，逾年三月病故。该氏年廿六，矢志守节。以翁姑已故，夫家远隔二三千里，仍寄母家，脱簪珥，斥衣被，以归夫骨于安徽。又择立继子敦骏，自安徽迎至京师，躬自授读。是时敦骏八岁，始授四书，该氏幼所曾习；渐及五经、古人诗文，则幼时未读者，皆新从母兄翁延绪问知章句，转以授子；其后学遂大通。延绪远客十年，该氏奉母教子，兼教延绪二子。其季子翁立德幼时所读十三经、《昭明文选》，皆该氏口授。立德后中光绪壬辰进士，始终皆该氏所成就也。该氏初依母家，尝口占言志云："良人痛早殁，飘泊如萍梗。宝镜久尘薶，不照孤鸾影。所以苟延者，慰母桑榆景。母也终百年，将逐清流迴。"及道光卅年，继子敦竣年十八，暴殇；其冬，老母亦终。于是，该氏誓不复生，绝粒十余日，其兄守泣其侧。该氏惧其兄有伤也，乃复强起。咸丰十年，兄延绪以庶常散馆授江西武宁县知县，该氏随兄之官，筐箧细碎，一倚办该氏。虽明练幕客，不能逮也。十一年四月，粤逆大至，助守孤城，贼势过盛，武宁失守，兄及该氏皆投水，遇救。兄旋募勇，克复县城，逾年三月，遂以积劳病故。其时囊橐空虚，该氏为之清厘交代，携持孤幼，不惮劳瘁，跋涉险阻，扶柩回京，归葬先兆。葬事既毕，该氏复投御河，入水久浮不沉，复遇救免。其嫂恐其再死，送之姊家，自是姊弟相守廿五年。姊亦贫寒，该氏授经自给。久之，其夫族吴某知冀州，欲请之官，该氏以姊老不肯远离，及姊没，终丧，乃始至冀。今随某侨寓保定，年七十五矣，聪明强健，仍教群女。暇辄精勤女红，晨夕不懈，如三四十岁人。某等伏读乾隆卅年上谕："国史列传以人不以官，虽烈女中之节烈卓然可称者，亦当核实兼收，另为列传等因。钦此。"四十六年，复申前谕，仰见圣朝敦崇风教之至意。又考前史所载列女，不惟嫠媚高行，凡贤明才辨，各以类聚。今节妇吴翁氏，苦节五十年，孑然孤立，无可依赖。所为既已独难，加之学可传经，才能佐治，揆之前史列女，实亦罕见比伦。于上谕所云"卓然可称"，殆已无愧。某等生同郡邑，服官保定，见闻翔确，用敢合词胪陈该氏事迹，伏求俯赐查核，具奏恳请旌表，实为至幸。至该氏佐兄为县，授经以终，皆与寻常节妇不同，可否陈请宣付史馆之处，伏候宪裁示遵。

贺李相秋节 以下骈体

窃某曲荷裁成，谬承甄录，邀丞相一过之顾，叨令公三接之香。兹际璧月扬辉，金风荐爽，恭维宫太保中堂功弥九域，威弭百蛮，标铜柱以弢兵，挽银河而洗甲。军前草木，识范老之威名；海外蛮酋，问温公之安否。天子倚公为左右手，远夷归化若东西州。镌碣石以为碑，书功不尽；洒大瀛而为泽，流德无涯。翘企慈云，无任颂祝。某昔惭散木，今愧劳薪。阮公之眼偶青，陶令之腰遂折。捧毛生之檄，只以娱亲，弹贡禹之冠，实惭知己。倚晚晴而弄笛，未忘万里归船；对美酒以当歌，敢负一年明月。

贺 方 伯

窃某自违乔采，倏换商飚，未通殷浩之一函，已满陈遵之百罚。顾恩知感，抚序增惭。兹际璧月扬辉，金风荐爽，恭维阁下履绚集祜，簪绂翔华，九重邀特达之知，上相受荐贤之赏。昔岁驰驱江介，乞师则事类秦庭；厥后终始兵间，转食则功符萧相。丝纶宠贲，屏翰勤宣。综周官九赋以均财，术羞桑孔；法汉代六条而察吏，人学龚黄。翘企慈云，无任颂祝。

贺　廉　访

恭维口碑播颂，肺石达穷，判事重若南山，鼠原可劾；励节凛如秋水，马亦能斋。往时棠舍恩多，召伯留未伤之树；此日柏台庆衍，于公有必大之门。受福无疆，迟如绸如纶之宠；致君有术，兼读书读律之长。

贺　观　察

恭维簪裾集福，履綦翔华。早充观国之宾，老作诸侯之客。谢安掩口，知不免于苍生；贡禹弹冠，适见援于知己。鸾章宠贲，豸服勤宣。上相荐贤，谓有人伦之鉴；群公让德，推为政事之宗。

与王检予同年

台从东行，实由知己之感。侧闻委属深至，以国士相期。薛宣阁下，暂屈朱云；葛亮幕中，竟疲君嗣。髦参短簿，岂宜久借雄才；窃料中丞，必有密疏论荐。一入山公之牍，遂弹贡禹之冠。鹰隼终出风尘，鲲鹏自通变化。不至拘牵常格，似亦无庸眷恋旧痕也。家兄康之，谬承青眼，每谈伟度，辄激私怀。渠在东省，长子老身，同时辈流，后来英俊，无不腾骧竞起，厉翮刺天。康之乃短羽卑飞，长途中宿。子瞻所云“独立斜阳数过人”者，庶几近之。虽亦屡被恩知，数临剧邑，而半通墨绶，即之愈离，舵近三山，风辄引去，优昙一现，曾不须臾。仕宦升沉，果关命数，郁郁久处，亦剧可魂销矣。

与定州牧陈鹤云

暌违光霁，迭易寒暄，只缘尘冗纠纷，遂致久稽笺候。前闻中朝论荐，召对金门，喜近天颜，欢腾人口。昨阅省报，又悉荣任中山，曷胜额手。此郡尚含旧德，每迟黄相之来，比邻幸借余光，再睹淮阳之治。前此书腾荐鹗，汉柱题名，今滋望溢登龙，周行溢颂。弟分辉东壁，待锡南箴，抚字无方，愧昔人之下考，师资在望，仰令德之高言。

唁许观察孙

接读讣函，惊悉令祖大人骑箕仙逝，骇愕无已！大雅云亡，儒林安放。执事性成纯孝，遭此鞠凶，未识若何摧迫。惟念令祖大人，凤池誉溢，豸绣风清。科名传之子孙，诗卷留于天地。金门射策，收"卢前王后"之名；玉尺量才，罗"九墨八儒"之彦。以禁中之颇牧，作边徼之乔良。谷出莺迁，海随鹏运。识者待以公辅，后生仰若神仙。固已备致硕休，靡遗缺憾。尚祈节哀顺变，勿过毁伤，是所切祷！某获奉音尘，谬承接引，乌缘屋爱，龙借门高，扶柳羁官，生刍缺奠。谨具挽幛一悬，聊申敬悃。南望结辚，无任依依！

唁　罗　君

顷奉讣音，惊悉令祖母太夫人遽已仙逝，骇愕无已！阁下至性纯笃，骤婴此恸，摧迫如何。惟念太夫人寿届七旬，身兼五福。亲见阁下官成名立，色养重闱，早陈令伯之情，更撰《陇冈之表》。孙曾绕膝，喜气充闾。花诰迭膺，兰陔致乐。固已纤毫无憾，含笑九京。尚祈准礼抑情，勿过哀毁，是为至祷！弟猥以鱼劳，未随鹤吊。曾记凉秋踯躅，同趋使节之风；更伤寸草萧条，久失春晖之荫。

唁山东布政使王方伯

接奉讣音，惊悉太夫人鱼轩弃养，骇愕无任！执事至性纯孝，骤失坤荫，未识若何摧迫。惟念太夫人天资奇福，母育名臣，为列女之宗师，实熙朝之人瑞。固已生无遗憾，没有余荣。又况封大夫年考益高，不任忧戚。若令莱衣骨立，转使庄缶神伤。伏望勉抑哀情，上娱亲志，是为至祷！

唁正定县贾令君

顷接讣音，惊悉太夫人驭鹤仙游，曷胜骇愕！阁下潘舆亲御，色养无方，至痛骤婴，衔哀何已。惟念太夫人告身联轴，叠拜金花，绕膝充闾，都成玉树。备箕畴之五福，逾花甲之一周。含笑归真，纤毫何憾。尚祈节哀顺变，勿过毁伤，是为至望！某迹滞鱼劳，分宜鹤吊。深愧生刍一束，未趋读礼之庐；更伤寸草三春，徒剩缝衣之线。

唁张靖达公嗣君

昨接讣闻，惊悉宫保大人山斗忽颓，曷胜震骇！伏维宫保大人，国家柱石，倚界方隆。解组治军，完邻走敌。伏波横海，正指挥初定之时；朔雪炎风，并威惠滂流之地。大星遽陨，薄海同悲。执事至性过人，大故骤婴，未识若何摧迫。惟念宫保大人崇闳勋伐，震铄华夷。虽武溪哀咏，方留后竟之功，而梁甫高吟，早著先筹之笔。固已碑题岘首，画入云台。执事庆袭韦平，望隆瓌颐，家列三槐之荫，国旌万石之门。尚望哀节苦庐，礼循墙翣，勉当大事，用妥先灵。弟正忆往时，曾依严武；近瞻高阁，又吏朱云。渺骖驾于珠江，冷星辰于肥水。顾怀恩地，曷极瞻依！

唁平山县令黄哲生

顷接讣函，惊悉尊夫人驭鹤归真，蓬山远隔，感怆曷任！伏维阁下欢洽鱼轩，德孚燕寝。秦嘉情重，方成赠妇之诗；潘岳才多，忽赋悼亡之句。流芳遗挂，触事伤怀，宝镜金钗，宛然在目，仪形仿佛，能勿悢悢！弟以尊夫人四德垂型，二门流庆，承告身于纶綍，毓绕膝之芝兰。固已笑入重泉，毫无遗憾。尚冀强宽怀抱，勉击庄生之缶，勿伤奉倩之神，至以为祷！

唁人失妾

前闻如夫人久抱沉疴，正深悬系，今读来示，惊悉秋间别后，遽赋悼亡！伤良嫔之云徂，念诗人之已老。含愁明月，照中妇之流黄；薄命朝云，别东坡之经卷。流芳遗挂，触事伤怀。弟念如夫人克嗣徽音，著声彤管。维摩天女，各解禅关；通德伶玄，久成福地。识修短之有数，在贤哲之达观。况有王氏贤郎，早致牛心之誉；岂似张家公子，徒闻燕尾之歌。尚冀遣闷娱忧，勿过悼怛，是为至恳！

贺秋节

远怀良夜，时复裁笺。却看四卷纤云，正喜一年明月。辰维庭除气爽，襟抱秋清；桂子初飘，散人间之香界；广寒新奏，舞天上之霓裳。翘跂乔晖，无任藻颂。弟连城坐拥，几度清秋。方登庾信之楼，今宵大好；知泛袁宏之渚，佳兴还同。

又

方值良辰，远违壮采。适怀人于两地，共明月之一宵。敬维勋望益崇，威声弥邕。风清刁斗，旗连上将之星；野宿貔貅，令肃中天之月。干城在望，塞草知名。弟坐拥方州，却逢秋序。引杯看剑，时泛渚于清宵；雅歌投壶，想流觞于公宴。

上署布政使丁方伯

窃某夙叨汲引，早通尺水之波；再隶峥嵘，弥切斗山之望。屡抠衣而上谒，接画戟之清香。礼数既宽，悚惭交集。恭维阁下家声仪廙，公望皋苏。簜节宣勤，黄丞相重来之地，柏台奏绩，于廷尉必大之门。膺汉宫题柱之知，钦周雅维藩之任。广传忠益，争传诸葛之教条；宏奖风流，竞入山公之题目。行见高牙大纛，节钺威崇；即看玉检金泥，丝纶宠贲。大云在望，小草沾荣。某鸟倦曾还，柳眠又起；欲注天官之籍，恐见放于长名；将污相府之茵，讵解嘲于短簿。恃王阳在上，再弹贡禹之冠；倘督邮见过，且束陶潜之带。

上直隶布政使

窃某仰托峥嵘，叨承昒眛。属高牙之远藻，挹画戟之清香。忽传雁足之音，遂捧鹤头之版。恭维阁下屏京作镇，毗世维桢。家传"水薤"之规，国有《甘棠》之颂。二十年霖雨手，远媲潞公；五百里侯甸邦，重来黄相。令下而腾万口，流传诸葛之教条；化行而肃百城，矜重山公之题目。黄图三辅，丰纳总纳秸纳稓之财；丹陛九重，迟如丝如綍如纶之宠。大云远荫，小草滋荣。某才术疏芜，行藏迂贸。奋十驾于驽马，缺一割于铅刀。抱尹何学制之思，愧宰我难雕之质，缪随官牒，复忝州符。在斥卤之区，当循良之后。深惭疲茶，上负恩知。惟当勉竭屠微，不敢自离陶冶。承荣思称，附下考于阳城；戴德知归，笑空函于殷浩。

贺清河道史观察寿

窃某昨蒙钧复，倍沐挹谦。方占天地之心，更晋冈陵之颂。恭维阁下岁星表德，乔岳钟灵。览初度于行年，识一阳之当运。十一月珠联璧合，映彩树而流辉；千万家赵舞燕歌，杂斑衣而胪庆。五纹添线，买丝而绣平原；二首如身，问字而推绛县。玉检金泥之宠，与日俱长；苍松翠柏之姿，在冬转茂。引詹孙阁，徒谢乔凫。某离局未遑，跻堂有愿。上履长之颂，袜线知惭；称介寿之觥，车茵欲吐。

贺崧方伯赴任

凤殷慕蔺，未遂瞻韩。属荣轼之遥临，幸幨帷之近隶。恭谂阁下碧幢移建，紫甸承宣。迓九陛之丝纶，作百城之冠冕。抗棱威于要服，五管垂声；郁公望于郊畿，十行承宠。鸣珂丹阙，识喜气于天颜；秉节黄图，腾欢声于人口。大云在望，小草滋荣。某任愧劳薪，材同散木；有怀十驾，敢忘策蹇之勤；引领双旌，徒轸登龙之愿。

答大名道刘观察

久隔光尘，惭疏笺记。礼数既宽于阮籍，书札复逮于潜夫。恭维牙纛宣威，履绚笃祜。动扬州之诗兴，新观东阁之梅；媲莱国之军声，旧重北门之钥。引詹吉蔼，企颂无涯。某清愧悬鱼，俭知斋马。朱出墨入，积若山高；左诗右书，多成笋束。人有龙蛇之虑，吏成雁鹜之行。和诗不见羊何，讲肄未逢祖谢。徒满陈遵之百罚，谁闻酅蒇之一言。时挂笏而看云，亦停琴而仁月。尚冀频颁诲矩，俾得仰禀官方。区区之私，不胜大愿。再顷奉大檄，知舍弟前列荐章，已遭驳议。在大贤宠荐下辈，必将曲成而不遗；在小人辱荷深知，又且渎求而无已。昨得幕府景翰卿来书，知全案各员，均请卓裁核定，未识已否议覆，再作发棠之请，曷任望蜀之情。临楮不胜屏营待命之至！

与大名镇徐军门

暌隔云麾，弥怀霁月。敬维韬钤望重，裘带风高。家声远媲乎中山，军令久严于外阃。一韩一范，早著威神；七纵七禽，尤工水战。天雄建节，人望允符。某忝领专城，瞬将半载。劳形簿领，只惭鹈梁。企足铃辕，欲飞凫舄。尚冀指南远速，俾成坐右新铭。是为至祷！

答永定河道

忆隔樽辉，晌迁桐润。忝竹符于白壤，辱琼饰于丹函。庄诵回环，感惭交并。伏谂桑乾著绩，棠舍宣勤。旧闻北平盛秋，弥飞将白檀之节；今见宣防万福，诵武皇《瓠子之歌》。朝廷已知弱翁，苍生竞待安石。弹冠结绶，适会昌期，挂笏看云，恐乖雅素。身归魏阙，悬子平江海之思；人在羲皇，掩陶令田园之径。请存鄙说，暂抑高怀。某鸟倦曾还，柳眠又起。执版而趋大尹，束带而见督邮。方勤北山之移，未誓右军之墓。承闻风旨，深愧山林招我之篇；欲息尘机，徒绊州县劳人之职。

贺大名道秋节

窃某皈心棠宇，未白一笺，屈指蓂阶，又青八荚。恭维阁下骖帷笃祜，豸绣翔华。早传圮上之书，更射霸陵之虎。围棋别墅，待霖雨于三年；廉问大藩，吟风烟于左辅。某猥以凡材，膺兹剧郡，承循良之后，当斥卤之区。虽远慕乎悬鱼，欲操左券；恐遗讥于维鹈，愿锡南针。

贺署布政使寿

窃某拜违三月，奏记一笺，附递庚邮，计尘乙览。属绮筵之介寿，在清节而为秋。恭维乔岳钟灵，岁星表德。国倚保厘之任，家承元老之猷。醉看工部之蕐，明年更健；笑插东坡之菊，四海知公。孙阁宏开，珠履登龙之客；谢庭祝嘏，斑衣集凤之才。一德承恩，百僚胪庆。某跻堂有愿，离局未遑。谅称觥蜕节之时，正奉使乌耘之次。波流华馆，诵陈思《公宴》之篇；衣惹御香，赓何逊《乐游》之咏。

贺史观察夫人寿

窃维萸囊错彩，露承仙掌而多华；菱镜开奁，月映慈颜而常满。当珠斗建杓于戌，正璇闺设帨之辰。恭维阁下三锡承荣，六珈偕老。修眉齐乎梁案，瑞气充乎谢庭。醉月生花，弛金吾而听漏，采珠拾翠，召玉女而投壶。福备人天，欢腾士女。某祝鸠心切，介兕身羁。近愧彭宣，未听后堂之乐；远方曼倩，欲偷王母之桃。

贺雄县令王庆云新任并谢送吊礼　改作

名场附骥，宦辙联骦，闻仙凫之荣骞，属尘辙之远隔。辰维宓琴高谱，尹锦新裁。雏凤哕声，庞士元才非百里；梦牛兆瑞，蒋公琰器是三公。日上黄堂，风前丹祝。弟莲池匿迹，谬拥皋比，方赓拊缶之歌，顿抱鼓盆之戚。

远承盛意，繐幛遥颁，泉壤沾荣，感纫何极！

答南宫县令陆培亭唁函 改作

荆室摧残，蓬衷缱绻，承华函之下贲，荷繐幛之遥颁。泉壤增光，殁存感德！敬维棠甘花茂，锦美琴和。旧地重临，等颍川之得黄相；小儿迎候，类西河之待细侯。引跂升猷，曷胜豫祝。弟行同坚瓠，坐拥皋比。未成偕隐之谋，遽有生离之感。虽操别鹤，未伤奉倩之神；远辱双鱼，一解安仁之悼。

答阜平县令觉罗介纯 改作

久疏话雨，倍忆停云。荷朵翰之先施，感因时之记注。缘羁游迹，至缓裁笺。辰维升华日懋，政祉春融。循声听民口之碑，官真佛子，宠眷握帝心之简，福自天申。莺转黄堂，凫惊素祝。弟莲池坐啸，泉石栖迟。谬拥皋比，空悬绛帐。抚年华之易逝，老大徒伤，迟治术之宏敷，歌谣载道。

答冀州牧容乐亭 改作

新尹旧尹，夙托交亲，雄风雌风，顿分飞伏。荷音书之远贲，属游迹之遥羁。敬维祥迎鹿毂，绩奏鱼符。一官标长者之风，万姓就使君如日。尽五属县，比一臂一指之相随；自九重天，拜如綍如纶之迭沛。升迁指顾，忭颂无涯。弟投劾还山，杜门却埽。虽借藏夫鸠拙，仍难免于鱼劳。初无角艺之能，窃据谈经之席。羡青云之有路，愧白首之无成。

答南乐县令曾祥阶 改作

一别光风，倏更燧火。欣凫飞之吉莅，劳鲤简之先施。缘系游踪，用竭作答。辰维花树新栽，棠荫广植。政传治谱，喜听《五裤之歌》；诏奖官方，行荷十行之宠。双旌五马，一岁三迁。弟宦海抽身，学林抗席。赋韩公之复志，愧扬子之谈经。徂岁骎骎，徒惜驹光之易过；诸公衮衮，坐看鹏翮之高骞。

答叶曙青军门 改作

驹光迅速，虎帐迢遥。辱音问之因时，属游踪之在远。稽迟作答，歉仄殊深！敬维峻望风腾，英声雷动；抗棱紫塞，鹰隼高骞；驻节白檀，貔貅野肃。妇孺熟其姓字，草木识其威名。麟阁图形，凫惊忭舞。某幸还初服，谬拥皋比。志盛年颓，愧壮心于烈士；怀人触景，忆小队于元戎。

贺高邑县令观祜郎君乡举

迭奉惠书，久稽裁答。辱郎君之喜报，增贱子之欢惊。恭维即事多忻，因时纳祜。一经传子，撷桂蕊之秋香；千佛题名，光杏林之春宴。家袭韦平之庆，国收枚马之才。分毛逮及于超宗，置膝略同于文度。远闻吉语，忭颂无涯。弟养拙园林，寄情毫素。驹过光而不驻，马增齿以逾衰。愧书问之频颁，混研媸而刻画。深荷大云远庇，曾因爱屋而怜乌；更看喜气充闾，谁敢到门而题凤。

答山东福方伯

去夏启问起居，旋承展觐新归，天颜有喜。伏审宠渥丝纶，威惮河岳。国倚韦平之望，家传关洛之书。吏畏民怀，风行草偃。方拟裁书上贺，窃料苍躬勤勚，密勿为劳，未敢以无谓肤词，仰干清重。入冬以后，遂东行省。弟栖迟汶署，涉历冬春，昨二月杪始归莲池，检发签记，获奉惠札，捧函怃慰，若接清言。降王公之尊，与韦布抗礼。书札逮于潜夫，门馆留乎揖客。徒以小人之僭妄，愈成盛德之谦尊。引跂吉晖，无任悚息！某弃官从学，志盛年颓。未成蘧伯玉之卷怀，适等子叔疑之垄断。顾惟志事，深用惭惶！

贺山东福中丞

某前岁旅游济南，侧闻搢绅私议，群谓大吏中能膺专阃重寄众望允孚者，惟我福公一人。是时我公名位，尚有相与雁行者，而士大夫归仰称羡，万口一辞已如此。某亦屡进客阶，望见颜色，亲承謦欬。窃佩阔识伟度，一望而决为巨人长德，益信舆论之公，非私誉也。昨见电传朝命，欣悉荣膺特简，开府山东。以数年物望所归，操九陛王言之券，天人交庆，遐迩同歆，况如某者远附慈云，眷怀恩地，其为忭跃，何可胜言！山东承张公恢廓之后，公私匮竭，嵩武之残军难戢，河工之滞役方兴，自非我公综练阔才，驾轻车而就熟路，易以他帅，未有能得其要领者。鲰生于此，益颂朝廷之得人。羁屑幽燕，不获抠衣谒贺，谨驰芜柬，借达颂忱，无任翘勤忭跃之至！

唁李相悼亡

传闻电信，惊悉伯夫人已于昨日午刻宴驾。骇愕无极！近年侧闻伯夫人旧疾良已，福躬康愉，何意遽有此变。伏维夫子中堂一门禔福，备极休祥。方当美意延年，遽尔内失良佐，悼逝之感，知难为怀。惟念伯夫人毓德名门，作嫔圣相，附元功而传千载，腾茂实而遍五洲，子舍鸾翔，孙枝鹊起，实无毫发遗留之憾，非复寻常闺阃之荣，纵或未享大年，亦已垂及中寿。尚望旷怀观化，珍重柱石之躬，勿过悼伤，致妨眠食。是为至恳！

代汶上君唁李相悼亡

窃某伏谒墙藩，渥承训诲，拜违杖履，弥切驰依。讵知鲰生东返之时，适传王母西游之问。伏维中堂刑于起化，威如反身。衡石之殷，日劳于裁决；筐篚之碎，有赖于赞襄。伯夫人结发如宾，齐眉相友，使我公一心为国，从不贻内顾之忧，膺圣朝五等告身，允足配元功之德。若人不淑，君子如何？惟念伯夫人女史垂光，母仪留范。本状元家世，持宰相门庭，备闺阃之休声，贻子孙之福荫，生无遗憾，死有余荣。又念中堂军国劳神，中外系望，曾无暇日，况在高年，惟求颐养天和，解释心累，深识悲哀之无益，勿令眠食之少妨。区区下忱，无任私祷！某勉从仕路，愧少吏能，屡获愆尤，均蒙庇覆，曲加渥被，不惜吹嘘。远望师门，方深惭戢，近聆钧诲，更自奋兴。岂贰过而犹原，或众恶之见察。抚恩滋报，感德知归。兹以远役初还，不获拜展灵几，谨呈挽联一悬，稍申哀慕。伏维垂鉴。

唁 李 伯 行

昨承伯夫人仙逝之讣，旋经匍匐赴津，奔问师门安否，借知台从当俟交替使事，始获遄归。窃念执事仁孝性成，既再失坤荫，又迫欲承趋庭之欢，郁郁候代，未识若何哀慕。继又念伯夫人福为人世所无，德与吾师相配，夫使社稷新数中兴，子为国家出使绝域，淮将讽经而顶礼，海国下旗而志哀，固已含笑九泉，毫无遗憾。尚求星轺内渡之日，抑哀循礼，以弭师相击缶之悲，是为至祷。

答深州牧钱伊臣馈桃

每得来书，绮语瑰词，凌纸怪发，齐勇欲贾，秦风坐雌。人至辱承华翰数番，侑以仙桃百颗，喜展来禽之贴，狂呼烹鲤之童，好春盈眸，余芬在齿。恭维阁下腾实载路，飞声成蹊。更分瑶池会里之珍，远惠濯锦江边之客。烦醒径解，不求哀仲之梨；瘦骨能仙，疑啖安期之枣。仰同至味，深纫遥芳！某昔忝兹州，曾殖此树，重题仙观，尽老郎去后之花；欲问前津，失渔父再来之路；蹉跎归计，无临江之千木奴；飘泊游踪，愧近岸之一土偶。来岁更舒锦绣，慎毋再馈贫家，只今未报琼瑶，何物能申永好。附呈石印《写定尚书》及姚氏《汉书评点》二种各一册，聊供清玩，伏望笑纳。

与山东福中丞

前读邸钞，敬悉旌从入京展觐，天颜有喜，特加异数，进秩尚书。既侈国恩，益绵家庆，八坐起居于辇辂，双旌导从乎板舆。以开府之荣，致循陔之养，斯人间之至乐也。还镇以来，想威惠滂流，望实兼棘，至为跂颂。某前过津郡，闻驺从计日出都，满拟迎候道左，瞻近光尘，徒以书院课期，屡经迟误，春光垂暮，势难再稽，未亲前马之劳，徒郁登龙之望，无任结轖。舍弟汶上交卸后，求得出省差使，张罗交代，幸已竭蹶措齐差用，仰纾厪注。其赋性迂谨，但知尽心为民，殊不通于事变，材既绌于肆应，知复短于周防，乃蒙逾格优容，矜全备至。昨经迎谒津郡，恭承训诲，家书中传述盛旨，俯念草野迂生，因而旁逮其弟，远聆温霁，感激涕零。嗣后再荷壅培，获沾微禄，唯有兄弟相诚，益矢慎勤，庶冀仰答恩知，借获减轻罪戾。

与荣仲华相国

侧闻旌节来镇郊畿，千里腾欢，百僚迎贺。下车伊始，酬对纷纭，宾校阗门，文书堆几，未敢以小夫竿牍，尘渎威严。涉旬以来，计已从容简料。伏维中堂，仍世忠贞，冠时勋望。折棰笞虏，记范老子之临边；款塞问安，识司马公之入相。惟天子得贤辅弼，标铜柱于封隅；祝我公抗国威棱，定珠槃于坛坫。皇明远烛，公望允符。某素乏师资，久尘经席。时逢好事，载醪错比乎扬雄；谬附新知，解榻远惭于徐孺。

答 柯 敬 舆

夙仰名门，托葭莩而有幸；远承豪翰，比珠玉之交投。抚序怀贤，发书益智。即维高文侈富，惠问溁流。缘参军新妇之初归，迟阿大中郎之宿望。为政有神明之誉，遍传皇甫谧之乡亲；方今无六一之贤，谁识黎眉州之经学。口碑载道，远闻骑竹之迎；宫柱题名，应有赐衣之咏。引詹吉蔼，忭喜无涯！某谬附通家，幸邻封境，苦恨年年作客，转若飘蓬；会须数数通书，多如束笋。

与刘际唐 己亥四月四日

见赵湘帆与执事书，想博览详辨，斐然述作，近来佳著几何，便中示我为盼！时事日棘，后生衣食，殆非西学不可。朝方守旧，野尤惷愚。此次议办学堂年余，劝得卅余人，临时畏退者居四之一，言之可喟！中学久无传授，国朝儒生，每蔑视有明，吾谓明人能诗文者，皆高于我朝远甚。汉学以耳目为功，其行文尤可鄙笑。今自濂亭逝后，海内遂空。昨岁将此间课艺，自濂亭已来，择尤付刻，寄呈十册，以供清娱。不具。

与刘际唐李佑周 庚子十二月二十日

际唐、佑周仁弟左右：接公函并见李君传述各节，具悉一一。巨鹿廖君及新庄各村，均能击败拳匪，实为畿疆所罕，谅由二公激励之力。目前县公方在议恤教民，而太守竟与教士悬定价款，过于县君勘验拟议之数。本年农田失收，四民因乱失业，财力至艰，难胜苛派，闻之悯恻。李君持示呈稿，意欲控之权理司。仆与弼臣熟商，以为权理司习见保、正、河、献、深、冀各属，动至赔偿六七十万。其视巨鹿制钱百余缗之数以为至少，似难望其伸理，不如不控之为愈。西人现据京师，保定所行多不合公法，未可以平时交际绳之。又见县君按亩派钱逐亩递加之法，甚属允当，因劝李君归县，遵示办理。盖此事由太守武断，不先询县君，又闻观察亦最蒠懦，而教士又极骄蹇，只有勉徇之一法。若后来有足以钤制之事，仍可与之力持，不至因此次忍让，遂事事束手也。某此月十日始返保定，莲池亭台林馆，皆已夷为平地，不留寸木片瓦，触目感伤。

第五编 日记

经　学

近读王荆公《周官新义》，爱其文，惜元书已佚。馆阁诸公，自《永乐大典》辑录而存之，其缺佚不全者多。若元书具在，则篇篇皆完文，尤可宝贵也。古之传者，若《公羊》《穀梁》之《春秋》，《易》之《彖》《象》《系辞》，《小正》之传，《礼》之《冠》《昏》《乡饮》诸义，无不自成一文。汉以来，毛《诗》、郑《礼》为精，然文不足比拟昔人，独董仲舒《繁露》中所说《春秋》为最善，是后则欧阳公《诗本义》及荆公此书而已，程朱诸公不能逮也。近世搜求异诂以为汉学者，盖又不足道矣。文莫懿于经，而学者以陋辞说之，可乎！

——己丑年以后

《士昏礼》"昏礼下达"者，自公侯大夫达于士一也。公侯大夫无冠礼。郑君注大夫或时改取有昏礼，是冠礼，但据士言之，昏礼则自公侯大夫通于士。故曰"昏礼下达"，明与冠礼异也。

妇乘以几姆加景

郑注谓："'景'之制，盖如明衣加之以为行道御尘，令衣鲜明也。"汝纶谓："景"，若为"行道御尘"，则当加之婿"奠雁""降出"之时，今加"景"在"婿御妇车授绥"之后，则所谓"景"者，当自车上自障蔽之物。《昏礼》记父醮子之辞，全用《荀子》，是记礼者在《荀子》之后决也。《昏礼》"敢请女为谁氏"，敖继公谓"谁氏"为女之伯仲，盛世佐谓如"大任戴妫，《诗》曰'仲氏'最为得之"，郑君注非也。

《仪礼》崇酒

郑说亦未安。崇、加，《尔雅》同训。"崇酒"，犹言加酒耳。是礼之节非有谢辞，故后又有不崇酒之文。《乡饮》《燕礼》均有"诸公"在大夫上，此"诸公"字自是春秋以后之称谓，周初无此称也。《仪礼》非周公之书于此益信。《乡饮》《射》《燕》"宾出奏《陔》"，郑君注《陔》谓《陔夏》。《陔夏》，天子之乐，而诸侯大夫僭用之。盛世佐乃谓《陔》非《陔夏》，康成不应混而一之。且引郑司农《乐师》注云"今时礼行于太学①，罢出以鼓《陔》为节"。谓《陔》之音节至汉犹存。夫既"至汉犹存"，则郑君以为《陔夏》，必亲见之矣。岂得司农时尚在，而康成已不知乎！况《燕》《聘礼》纳宾亦奏《肆夏》，则《陔》为《陔夏》明矣。独《春秋传》穆叔如晋不拜《肆夏》，明谓三《夏》天子享元侯之乐，使臣不敢与闻，而《仪礼》乃用之纳宾，僭乱实甚，此礼必出孔子之后，不见正于孔子也。不然则三家歌《雍》又何讥乎！郑君知其难通，乃谓：卿大夫有王事之劳，则奏此乐神，本文不言王事。郑殆曲说也。《勺》之诗为告成《大武》之乐歌，而《燕礼》以为《万》舞，此又何说乎！吾以此知《仪礼》之后出，殆乐崩之后，犹存数诗，故肆礼者习而传之，非孔子《雅》《颂》得所之旧也。向深取太史公以《关雎》为刺诗之说，而朱子《诗序辨说》援《仪礼》难之，今而知礼家所记不足深据矣。宾为苟敬，戴东原引《说文》"苟，自急敕也"。其说最是。

周秦诸子说《易》者始荀子，《荀子·大略篇》云："善为《易》者不占，善为礼者不相。"又曰：《易》之《咸》，"见夫妇之道不可不正也。君臣，父子之本也。咸，感也。以高下下，以男下女，柔上而刚下。聘士之义，亲迎之道，重始也"。《非相篇》曰："好其实不恤其文，是以终身不免坤污庸俗，故《易》曰'括囊无咎无誉'，腐儒之谓也。"《大略篇》曰："'复自道，何其咎'，以为能变也。"荀之外，说《易》而善者则《吕览》，《吕览·务本篇》亦引"复自道，何其咎"，曰："以言本无异，则动卒有喜。"《应同篇》曰："平地注水，水流湿均。薪施火，火就燥。"《慎大篇》引《易》"愬愬，履虎尾，终吉"。《召类篇》引史默《说苑·奉使篇》作史黯。说"涣其群，元吉"曰："'涣'者，贤也；'群'者，众也；'元'者，吉之始也。'涣其群，元吉'者，其佐多贤也。"荀、吕之外，见于《史记》者，则

---

① 礼行，阮刻《十三经注疏》作"行礼"。

蔡泽言"亢龙"之义，"上而不能下，信而不能诎，往而不能返"。又，春申君言"狐濡其尾"云："始之易，终之难。"凡此皆周秦遗说也，记于此，俟他日考之。

临九二《小象》未顺命也

《本义》未详。愚按：《左氏传》"不行之谓临"，《临》之为卦，盖阴阻阳而不能遽进之象也。故《太玄》①拟之为《狩》、为《羡》，其《首》辞云"强内而弱外"、云"未得正行"，皆是义也。阳长而至于二，其志进而未已，卦以不行为义，而我"志在行"，故曰"未顺命也"。诸儒多以二、五相应为言，于义俭矣。

《仪礼·聘礼》反命曰以君命聘于某君，某君受币于某宫，某君再拜以飨某君，某君再拜

云"某君受币于某宫"者，谓聘礼受玉当楣再拜也。"以飨某君"者，谓飨礼束帛加璧，公再拜受币也。以、已同字，"以飨"，谓既享也。其礼如"为介""三介"。"为"，读去声，"为介"犹待介，言主人待小聘之宾如待大聘之介也。若"为"读如字，则"为"字可省，但云"其礼如介"足矣。"三介"云者，此篇所记乃侯伯五介之聘礼，经云"上介奉束锦，士介四人皆奉玉锦"，是五介之证。侯伯大聘五介，若小聘，则三介也。

《觐礼》侯氏裨冕释币于祢

经明云"祢"，而郑君谓为"行主迁主"，亲之故云"祢"。此由欲贯串他经，泥《曾子问》"天子巡狩，以迁庙主行"之说也。以情事考之，行不载祖祢而载迁庙主，不亦舍亲而及远乎！

方明之制，殆非吉也

虽《汉志》引《伊训》有"诞资有牧方明"之语，究不知其何解，若《觐礼记》所称，决为附会《伊训》而为之辞。其六色配上下四方，皆战国时五德终始之说，如《吕览》《月令》所言五帝等比，非周先王所制甚明。

古人礼服之学，有专家师法，今匆匆一读，未能尽明也。他日当以《通典》及《读礼通考》等书证明之。

---

① 太玄，原作太元，盖避康熙讳改，今改回。

《礼·杂记》云：恤由之丧，哀公使孺悲之孔子学士丧礼，士丧礼于是乎书

此《仪礼》非西周时书之确证。郑君云："士之丧礼已废久矣，孔子以教孺悲，国人乃复书而存之。"吾谓：如《戴记》之言，则此礼非孔子所言，亦当为孔门诸子所书，决非国人书之者也。或问：士丧礼未废时，必有周公制度；已废矣，苟无书传之，孔子亦安能明其节文以告孺悲乎！郑书谓"国人复书"者，明此篇乃周公之旧典也。吾谓：郑君之意或如此，而非《杂记》之本旨也。《杂记》云"士丧礼于是乎书"，则是创始于此，而非复录旧典之谓矣。周公制度不可复考，孔子之学周礼必有自得于典籍之外者。今所传之《士丧礼》，直缘起于孔子，不必更溯周公，如《春秋》经孔子笔削之后，亦不必更求何者为鲁史旧文也。若如郑说，则礼废而书存，孔子直以其书授之孺悲足矣，何云"士丧礼于是乎书"耶！

《大学》格物之格

解者多望文生训。李萧远《运命论》云："彼四贤者，名载于篆图，事应乎天人，其可格之贤愚哉！"注引《苍颉篇》云："格，量度之也。"此"格物"之确诂矣！

《乡射》笙入立于縣中西面

郑云："縣中磬东立西面。"汝纶按：郑此注后人多未明之。上文"縣于洗东北西面"，注云："'縣'，谓磬縣于东方辟射位也。但縣磬者半天子之上无钟。"考《小胥》"士特縣"，乃天子之士，此诸侯之士，半天子之士，但縣磬无钟，经无明文，郑当有所授。《乡饮》之"縣"，亦与此等，但《乡饮》縣在阶间，当是北面，故笙入立于磬南北面。此辟射位而縣在东方西面，故笙入立于磬之东西面也。谓之"縣中"者，中，内也；上文"縣于洗东北西面"，"面"，前也：以西为前，故以东为内也。敖继公谓"縣中为磬西"，盛世佐谓"縣中为磬南钟北"，皆非是。

《乡射》宾主弓矢倚于东西序

此序在堂下。《士丧礼》"主人降自西阶""袭绖于序东"，是其证。此经言宾主由其阶降，乃各于堂东西执弓挟矢，明弓矢在堂下也。释弓于东西序，亦先降阶揖，则序在堂下益明。太史公言礼自孔子时，而其经不具。孔子生

时，尝与弟子习礼大树下。孔子没而鲁诸儒讲礼乡饮、大射于孔子冢。接乎汉兴，二百余年不绝。诸儒修其经艺，讲习大射、乡饮之礼，其时鲁高堂生能言士礼，而徐生以善为容，为礼官大夫，子孙世传其业，或能通《礼经》，或为容。其为容，则堂室阶序诸制，亦必如叔孙通为绵蕝之仪。其后传徐生之业者，皆习为容。是古者堂室阶序之制，汉时人皆能明之，沿及郑君，盖无异说也。今学者不由师承，动指郑说为非，乌乎可也！徐生虽善为容，要能通《礼经》，其经盖即《大射》《乡饮》诸篇，皆传自孔氏弟子。鲁诸儒所习于孔子冢者，自孔子以前盖莫得而纪。而儒者辄目为周公之书，甚矣其专辄也。

韩退之有《诗之序议》，蜀本《韩集》妄删之，《考异》从蜀本，故今佚此篇。欧公《诗本义·诗解·统序篇》云："唐韩文公最为知道之笃者，然亦不过议其序之是否，岂足明圣人本意乎！"此据《诗之序议》为言也。

《丧服》夫为妻期

《左传·昭十五年》"六月乙丑，太子寿卒。秋八月戊寅，王穆后崩"。叔向曰："王一岁而有三年之丧二焉。"《墨子·非儒篇》引《礼》曰："丧父母三年。妻后子三年。伯父叔父弟兄庶子其<small>即期字</small>。戚族人五月。"其《公孟篇》云："丧礼，君与父母妻后子死，三年丧服。伯父叔父兄弟期。族人五月。姑姊舅甥皆有数月之丧"云云。据此，则《墨子》所称之礼，与叔向说同，而与今《丧服传》不合，岂《丧服传》乃孔门所改定欤！

旅酬

宾"阼阶上酬主人，主人降席立于宾东"。主人席在阼阶上也。主人"适西阶上酬大夫，大夫降席立于主人之西，如宾酬主人之礼"。则大夫席似当在西阶上矣。而主人献遵礼云"大夫西阶上，拜进受爵，反位"，是位在西阶上之明证也。经于"遵"者但云"席于宾东"，不云于室东也。而说者谓大夫席在室户东。《记》云"若有诸公，则大夫于主人之北西面"，似皆非事实也。

《易·丰》九四遇其夷主

"夷"，即彝字，常也、法也。初以二为妃主，四以五为夷主。

《尚书·微子篇》父师少师

《史记》"父师"作"太师",旧注:"父师为太师。"《礼记》疏引《书传略说》云:"大夫士七十而致仕,大夫为父师,士为少师,教于州里。"然则《书》本文当作"父师",史公释为太师耳。余刻《尚书》径从《史记》作"太师",殊为专辄。又按:依《史记》不误,若经本作"父师",史公无缘改为乐官之太师。

孔疏"唯兴之日三世,即从新国之制,孔子去宋既久,父为大夫,尚冠章甫之冠。送葬皆从殷制者。熊氏云:'案《钩命决》云:丘为制法之主,黑绿不代苍黄,圣人特为制法,不与常礼同也。'"又"有世妇有嫔",疏云:"周礼则嫔在世妇上,又无妾之文也。今此所陈,与周礼杂而不次者,记者之言,不可一依周礼,或可杂夏、殷而言之。郑注《檀弓》云:'舜不告而娶,不立正妃,但三夫人。'夏则因而广之,增九女,则十二人。所增九女者,则九嫔也。故郑云:'《春秋说》云天子娶十二人,夏制。'郑又云:'殷增三九廿七人,总卅九人,所增廿七世妇也。周又三廿七人,因为八十一人,则女御也。'""天子建天官,先六太。"郑云:"此盖殷时制也。周则大宰为天官,大宗曰宗伯,宗伯为春官,太史以下属焉。""天子之五官",郑云:"此亦殷时制也。周则司士属司马。""天子之六府",郑云:"此亦殷时制也。周则皆属司徒。""天子之六工",郑云:"此亦殷时制也。周则皆属司空。"疏云:"郑注《大传·夏书》云:'所谓六卿者:后稷、司徒、秩宗、司马、作士、共工也。'今此记上非夏法,下异周典,为殷礼也。""大夫祭五祀",郑云:"此盖殷时制也。祭法曰:天子立七祀,诸侯立五祀,大夫立三祀,士立二祀。谓周制也。"疏云:"以天子诸侯大夫同云祭五祀,既无差等,故疑殷时制也。"案《王制》云"大夫祭五祀",文与此同。而郑云:"五祀谓司命也、中溜也、门也、行也、厉也。"此《记》注云:户、灶、中溜、门、行也。与此不同。《王制》之文,上云"天子祭天地,诸侯祭社稷",大夫祭五祀,既有尊卑等级,疑是周礼,故引《祭法》五祀以解之,与此不同。郑此二经注,汝纶皆不谓然。"天子建天官"以下至"诸侯失地名灭同姓名"乃是一篇。郑自"五官之长曰伯"以下,多引《周礼》《春秋传》释之,又引觐礼、聘礼,则皆记周制矣。独其前六大、五官、六府、六工为殷制,一篇之中,忽殷忽周，必不然矣。五祀谓殷，以祭法七祀、三祀、二祀不同也。然《王制》之五祀又云周礼，是自乱其词矣。实则《王制》与此经不异，此云天子祭天地四方山川五祀，诸侯方祀祭山川五祀，大夫五祀，士祭其先，乃遍举之词。《王制》云"天子祭天地，诸侯祭社稷，大夫祭五祀"云者，不遍举而各举其重者言之：非有异也，奈何分为殷周二代哉！王伯厚据《周礼》，天子亦止五祀，《仪礼》士亦祷五祀，则郑说不足专据矣。

——丁酉四月

郑《檀弓》注："文王之立武王，权也。微子适子死，立其弟衍，殷礼也。"孔子曰"立孙"，"据周礼"。汝纶谓：殷礼无明文，果微子用殷礼，则文王亦可用殷礼，不专为"权"矣。郑注"拜而后稽颡"云："此殷之丧拜也。"注"稽颡而后拜"云："此周之丧拜也。"疏云："《士丧礼》既是周礼，所以主人拜稽颡，似亦先拜后稽颡者。"汝纶按：疏疑之，是也。后释云"《士丧礼》谓拜之时先稽颡，《丧大记》每拜稽颡，与《士丧礼》同"云云，则是阿附郑说。郑分殷周，亦谓拜之时先稽颡，并非拜与稽颡异时也。后疏以稽颡而后拜为凶拜，拜而后稽颡为吉拜，说比郑义为长。郑注《大祝》云："吉拜，齐衰不杖以下。"故曰"三年之丧，从其至者"。然则此乃凶拜、吉拜之分，无关殷周也。

郑注"古者①墓而不坟"云："'古'，谓殷时也。""'封之'，周礼也。高四尺，盖周之士制。"此亦臆说。

郑注"士之有诔"云："周虽以士为爵，犹无谥也；殷，大夫以上为爵。"疏云："《掌客》云：'凡介、行人、宰史②，皆有飧、饔、饩，以其爵等为之牢，礼之陈数。'凡介、行人皆为士，而云'爵等'，是士有爵也。""《士冠礼》云'古者生无爵，死无谥'，士冠，是周礼而云'古'者，知是殷以上。"此疏足证注文。

① 者，阮刻《十三经注疏》引作"也"。
② 宰史，原作"掌史"，误。《周礼·秋官司寇》"掌客"条及阮刻《十三经注疏》孔疏均作"宰史"，据改。

郑注舜"三妃"云：帝喾立四妃，"帝尧因焉，至舜不告而娶，不立正妃，但三妃而已，谓之三夫人。《离骚》所歌湘夫人，舜妃也。夏后氏增三三而九，合十二人。《春秋说》云'天子取十二'，即夏制也。以虞夏及周制差①，则殷人又增三九廿七，合卅九人。周人上法帝喾，立正妃，又三廿七为八十一人，合百廿一人。"疏云：帝喾四妃，"用《帝系》之文"，及注《诗·生民篇》以姜嫄是高辛之世妃，"用《命历序》之文"。舜三妃，"《帝王世纪》长妃娥皇，次妃女英，次妃癸比。《山海经》以为二女，此云'三'者，当以记为正"。"郑注《尚书》，帝乙妾生微子，后立为正妃，生纣。殷已有后者，谓三妃里之正妃仍无后也"。汝纶按：《帝系》之言未必可信，《帝王世纪》尤不足据，郑注《书》明与此注不合，疏妄证之。

郑"古者不降"注云："'古'，谓殷时。"又云："伯文，殷时滕君。"汝纶按：滕为周同姓之国，似非殷旧国。

郑《王制》注："此地殷所因夏爵三等之制也。殷有鬼侯、梅伯，春秋变周之文，从殷之质，合伯、子、男为一，则殷爵三等者，公、侯、伯也。异畿内谓之子。周立五等之爵，增以子、男，而犹因殷之地，以九州之界尚狭也。"疏云："《公羊传》郑忽出奔卫。忽何以名？春秋伯、子、男一也。""张逸问：殷爵三等公侯伯，《尚书》有微子、箕子，何郑云：'微子、箕子实是畿内采地之爵，非畿外治民之君，故云"子"也。'""《礼纬·含文嘉》云：'殷爵三等，殷正尚白，白兼正中，故三等。夏尚黑，亦从三等。'案《孝经》夏制而云公、侯、伯、子、男，是不为三等也。《含文嘉》之文不可用也。"汝纶按：郑云从因夏三等，正据《含文嘉》为说，疏谓《含文嘉》不可用，明与郑违。太史公云："殷以前尚矣，周封五等。"据此，则殷以前盖不可考，而纬家定为三等，郑君用之，不可执为定论。三等之外，又有畿内之子，则四等矣。若信三等之说，则当云侯、伯、子耳，《公羊》"伯、子、男一也"，何休以为"从殷之质"，盖谬说也。《春秋》记周事，何得从殷邪！

---

① 差，阮刻《十三经注疏·檀弓上》"舜三妃"郑注"差"下有"之"字。

郑注"州建百里之国卅"云："此大界方三千里，三三而九，方千里者九也。其一为县内，余八各立一州。此殷制也。"疏云："以夏时万国，则地余三千里，周又中国方七千里。今大界三千，非夏非周，故云'殷制'。其实，夏之末年，亦与殷同方三千里，故下云'夏末既衰，夷狄内侵，土地减，国数少'是也。郑注'天子之县内'：'"县内"，夏时天子所居州界名也。殷曰畿，《诗·殷颂》曰"邦畿千里"，周亦曰畿。'"汝纶按：皆无文以证其必然。秦汉称天子，始曰县官，夏之称县，盖无征也。

郑注"凡九州千七百七十三国"云："《春秋传》云：'禹会诸侯于涂山，执玉帛者万国。'言'执玉帛'，则是惟谓中国耳。中国而言万国，则是诸侯之地有方百里，有方七十里，有方五十里者，禹承尧舜而然矣。要服之内，地方七千里，乃能容之。夏末既衰，夷狄内侵，诸侯相并，土地减，国数少，殷汤承之，更制中国方三千里之界，亦分为九州，而建此千七百七十三国焉。周公复唐虞之旧域，分其五服为九，其要服之内亦方七千里，而因殷诸侯之数，广其土，增其爵耳。《孝经说》曰'周千八百诸侯，布列五千里内'。此文改周之法，关盛衰之中三七之间以为说也。"疏云："必知此《王制》之文以为殷制者，正以百里、七十里、五十里之国与周不同；又千七百七十三国，与禹万国数复异：故知大略皆据殷而言。云'因殷诸侯之数'者，案《洛诰》传云：'天下诸侯之来，进受命于周，退见文武尸者千七百七十三诸侯。'其数与此同，是周'因殷诸侯之数'也。"汝纶按："万国"，犹言万民，举其多者言之，汉儒实为万数，似未然也。《王制》之为殷制，亦臆说耳。郑"州有伯"注云："殷之州长曰伯，虞夏及周皆曰牧。"汝纶按：郑下注引《周礼》"九命作伯"，则周亦称伯，周召二伯，是周伯也。疏云"虞亦称伯，故《书传》云'惟元祀巡此四岳八伯'。"据此，郑说非是。

"天子三公、九卿、廿七大夫、八十一元士"，郑云："此夏制也。《明堂位》云'夏后氏之官百'，举成数也。"疏云："《王制》之文，郑皆以为殷

575

法，此独云夏制者，以《明堂》殷官三[①]百，与此百廿数不相当，故不得云殷制也。"此亦臆定。

郑"三公一命卷"注云："虞夏之制，天子服有日月星辰。"疏云："以《皋陶谟》是虞夏之书，故云'虞夏之制'，其实虞也。"汝纶按：《史记》释《皋谟》云"予欲观古人之象日月星辰，作文绣服色"，盖言欲法天文以制章服，许郑皆误读"古人之象"为句，以"日月星辰"为章服，非也。

郑注"大国之卿不过三命"云："卿命则异，大夫皆同。"疏云："此夏殷制也。"

"爵人于朝"，疏云："谓殷法也，周则天子特假祖庙而拜授之。"

"刑人于市"，疏云"亦谓殷法"，"周则有爵者刑于甸师氏也"。

"屏之远[②]方"，郑注："已施刑则放之、弃之，役赋不与，亦不授之以田。《虞书》曰'五流有宅，五宅三居'是也。周则墨者使守门，劓者使守关，宫者使守内，刖者使守囿，髡者使守积。"疏云：引《周礼·掌戮》文"欲明周家畜刑人异于夏殷法也"。汝纶按：此《记》乃言流刑，与《掌戮》言肉刑者各异，不得谓周无流刑也。

郑"三年一大聘，五年一朝"，注云："此大聘与朝，晋文霸时所制也。虞夏之制，诸侯岁朝；周之制，侯、甸、男、采、卫、要服六者，各以其服数来朝。"

郑注"五年一巡狩"云："五年者，虞夏之制也。周则十二岁一巡守。"疏云："昭三年《左传》，郑子大叔曰：'文襄之霸也，令诸侯三岁而聘，五岁而朝。'按：《左传》文[③]诸侯相朝之法，此经诸侯之于天子，郑此注唯据

---

① 三，诸本作"二"，惟闽、监、毛本作"三"。阮刻《十三经注疏·校勘记》云："监毛本作'三'"，误。

② 远，阮刻《十三经注疏》本作"四"。

③ 左传文，此节所引，删节甚多，"《左传》文"为《左传》文公三年之省文。

文襄，则诸侯朝天子与自相朝同也。《尧典》'群后四朝'，郑注：'四年①四方诸侯分来朝于京师'是也。"

"小学在公宫南之左，大学在郊"。郑云："此小学、大学，殷之制。"疏云：周"则大学在国，小学在四郊，下文具也。"汝纶按：疏又以下左学、右学为此大学、小学，云"左学小，右学大"，似臆说。

郑注"岁三田"云："'三田'者，夏不田，盖夏时也。"又注"大绥""小绥"云："'绥'，当为綏，有虞氏之旌旗也。"疏云："郑此注取《春秋纬运斗枢》之文，故以为'夏不田'。何休云：'《运斗枢》曰"夏不田"，《穀梁》有"夏田"，于义为短。'郑释之云：'四时皆田，夏殷之礼。《诗》云"之子于苗，选徒嚣嚣"，夏田明矣。孔子不敢显然改先王之法，若其所欲改，具②阴书于纬，藏之以传后王。《穀梁》"四时田"者，近孔子故也。《公羊》正当六国之亡，谶③纬见读而传为三时田，作传有先后，虽异不足以断《穀梁》也。'"疏又云："《明堂位》'有虞氏之旂，夏后氏之绥'，郑注云'有虞氏当言"綏"'。旌旗无旒者，周谓之大麾，于周则春、夏田用綏，故郑答赵商云：'春、夏用大麾，秋、冬用大常。'此云'佐车止则百姓田猎'，谓冬猎之时，然则大綏小綏者，是夏殷之法，秋、冬皆用綏，异于周也。"汝纶按：郑以四时皆田为夏殷之礼，当有据。盖三代所同也。疏云"佐车止则百姓田猎为冬猎之时"，盖缘下经"豺祭兽，然后田猎"，《夏小正·十月》"豺祭兽"，故以为冬猎。其实，此经所云"天子杀""诸侯杀""大夫杀"者，皆为猎时行猎之先后，四时皆然，即所谓"佐车止则百姓田猎"云者，亦止谓百姓之猎在大夫猎后耳，亦四时皆然，非至冬而百姓始猎，与下经"豺祭兽然后田猎"意不相蒙，而疏误合为说，遂以冬猎用綏断为异于周制，乃夏殷之礼，则歧中又歧矣。

---

① 四年，阮刻《十三经注疏》引郑注作"四季"。
② 具，阮刻《十三经注疏》引作"其"。
③ 谶，原作"纤"，刻误，据阮刻《十三经注疏》引郑注改。

"天子不合围，诸侯不掩群"。《下曲礼》云："国君春田不围泽，大夫不掩群。"皇氏以《王制》为夏殷礼，《下曲礼》为周礼，此亦沿郑说而失之。

郑注"天子七庙"云："此周制。殷则六庙：契及汤与二昭二穆。夏则五庙：无大祖，禹与二昭二穆而已。"疏云："《礼纬稽命徵》云：'唐虞五庙：亲庙四，始祖庙一。夏四庙：至子孙五。殷五庙：至子孙六。'《钩命诀》同。"

郑注"与太祖之庙而三"云："太祖别子始爵者。"疏引《郑志·答赵商》"此《王制》所论皆殷制，故云虽非别子亦得立太祖之庙；若周制，非别子之后，虽为大夫，不得立始爵者为太祖"。又"赵商问祭法云：'"大夫立三庙"注："非别子故知祖考无庙"，《王制》注"太祖别子始爵，虽非别子始爵者亦然"，二者不知所定？'郑答赵商云：'祭法周礼，《王制》之云或以夏殷杂，不合周制。'是郑以为殷周之别也。"汝纶谓：礼家各记所闻，不能尽合。郑于其不合者，辄以为夏殷之制，又无他书确证，未敢妄附和也。

郑注礿、禘、尝、烝云："此盖夏殷之祭名，周则改之：春曰祠，夏曰礿，以禘为殷祭。"疏云："其夏殷之祭又无文，故称'盖'以疑之。""《祭义》曰'春禘'，郑注直云夏殷礼"。"案《宗伯》云'以祠春享先王，以禴夏享先王'"，"《公羊传》曰'五年而再殷祭'，《春秋经》'禘于太庙'是禘为殷祭也。""知五祀是司命、中溜、门、行、厉者，郑以此及《祭法》俱是周礼，有地者祭五，无地者祭三。《下曲礼》大夫祭五祀，谓户、灶、中溜、门、行，以为殷礼。"汝纶按：此一简之中，时祭则记夏殷之礼，五祀则记周礼，岂可信哉！

"五岳视三公，四渎视诸侯"，疏云："郑注《礼器》，侯伯无别，三公与子、男同。今此《王制》则三公尊于诸侯。《夏传》云'四渎视诸侯，山川视伯，小者视子、男'，是伯与侯别。"又，"郑注《夏传》谓其'牲、币、粢、盛、笾、豆、爵、献之数，参验上下，并与周礼不同，此《王制》所陈，多论夏殷之制'。郑之所注，当据异代法也。"汝纶按：此等并是记礼者立文乖异，非关异代改制。郑据纬文，谓殷爵三等，《夏传》所云则备见五等之尊卑，疏乃云"郑注《夏传》据异代法"，异代尚无五等，安有视子、男之事乎。是亦自为矛盾矣！

郑注"祜、礿、祫、禘"云："周改夏祭为礿，以禘为殷祭也。"汝纶按：礿、祠等盖记人各记所闻，非关改名。郑据《礼纬》谓三年一祫，五年一禘，为百王通义，则夏殷已有大禘，非周始为殷祭矣。

郑注"诸侯礿则不禘"云："虞夏之制，诸侯岁朝，废一时祭。"疏云："从南方始。南方诸侯春礿祭竟，夏来朝，故阙夏禘。西方诸侯行夏祭竟，秋来朝。北方诸侯行秋祭竟，冬来朝。东方诸侯行冬祭竟，春来朝。""郑谓'天子先祫而后时祭，诸侯先时祭而后祫'。此等皆殷已前之制，《礼纬》云'三年一祫，五年一禘'，郑云'百王通义'，则虞夏及殷皆与周同。皇氏取先儒之义以为'虞夏祫祭每年皆为'，又云'三时祫者，谓夏、秋、冬，或一时得祫则为之，不三时俱祫'。然郑《禘祫志》云：'《王制》记先王之法，祫为大祭，祫于秋、于夏、于冬。'周公制礼，祭不欲数，如郑此言，则夏、殷三时俱殷祭。皇氏之说非也。"汝纶按："岁朝废一时祭"之说，无文以证，似皆臆度。"三时俱祫"，"不三时俱祫"，亦不见所本。

郑注"古者公田藉而不税"云："'古者'谓殷时。"疏云："'市廛而不税'以下，或兼虞、夏、殷以言之。""'关饥而不征'，此夏殷法，周则有关门之征。""'圭田无征'，此殷礼也；周则兼通士田税之。"

"六礼""七教"，疏云："并是殷礼。"

郑注"简不率教"云："中年考校。"疏云："乡大夫三年大比，彼据乡人，故三年一举；此据学者，故中年考试：殷周同也。熊氏以此中年举者为殷礼，乡大夫三年举者周法，其义非也。"汝纶谓："中年"，即三年也。

郑“狱成告于正”注云：“‘正’，于周乡师之属。今汉有正平丞，秦所置。”疏云：“《汉百官表》：廷尉，秦官，有正。宣帝地节三年初置左右平。郑见古有正，连言平耳。此《王制》多是殷法，秦则放殷置之。”汝纶谓：此记秦汉人所为，故有正耳，非殷法也。

郑注：“大乐正，于周，宗伯之属。市，司市也，于周，司徒之属。”疏云：“与周礼不同，故以《周礼》明之。”汝纶按：称大司乐为乐正，称司市为市，广异名耳。古多言乐正，少言司乐，故有以乐正为姓氏者，不得以称名小异，遂定为异代之官。

郑“六十养于国，七十养于学”注：“‘国’，国中小学，在王宫之左；‘学’，大学也，在郊。小学在国中，大学在郊，此殷制明矣。”疏云：“下文‘殷人养国老于右学，养庶老于左学’，贵右而贱左。小学在国中，左也；大学在郊，右也：与殷同也，故云‘此殷制明矣’。此篇虽解为殷制，无正据可凭，因此小学大学虽殷制不疑，故云‘明矣’。”汝纶按：此经“国”对“乡”为文，又以“乡国”对“学”为文，则所谓“养于乡”者，谓就其所居之乡而养之，不必在乡学。“养于国”者，如《诗》所谓“适馆授粲”，不必在国学。至养于学，乃在学校耳。郑云“‘国’，为国中小学”，殊无左验，因是定为殷制，尤为武断。卢王皆谓此养庶人之老，“养于乡”，云“不为力政”；“养于国”，云“不与服戎”，似胜郑义。

郑“兼用之”注：“备阴阳也。”“阳用春夏，阴用秋冬。”疏云：“《郊特牲》云：‘飨禘有乐而食尝无乐’，‘飨’与‘禘’连文，知飨在春；‘食’与‘尝’连文，知食在秋。彼不云冬夏者，彼是殷礼；此言冬夏者，据周法也。”汝纶按：“饮养阳，食养阴”，其说本无义意。阳阴不能相离，安有专养此不养彼之理！就如其说，岂非春夏不食、秋冬不饮乎！又因不言冬夏，定为殷礼；兼言冬夏，定为周法：则愈支离诞漫矣。

《异义》：“《礼戴记·王制》云：‘五十不从力政，六十不与服戎。’

《易》孟氏、《韩诗说》：'年廿行役，卅受兵，六十还兵。'《古周礼说》：'国中自七尺以及六十，野自六尺以及六十有五，皆征之。'许慎谨按：云五经说皆不同，是无明文，所据汉承百王而制卅三而役，五十六而免，六十五已老而周复征之，非用民意。"是许以周礼为非，郑驳之云："周礼是周公之制，《王制》是孔子之后大贤所记先王之道①。《周礼》所谓'皆征之'者，使为胥徒给公家之事，如今之正卫耳。六十而不与服戎，胥徒事暇坐息之间，多其五岁，又何大违之有！"汝纶按：此诸说不同，明是各记所闻，郑必以为周与异代异记，殊无征验。

郑注："周之小学，为有虞氏之庠制，是以名'庠'云。"疏云："庠则后有室，前有堂，若夏后氏之序及周之学所在序者，皆与庠同制②。其州党之序，则歇前而已。序则豫也，故乡射云：'豫则钩楹内，堂则由楹外。'彼郑注：'豫'，读如'成周宣榭火'之'榭'。是也。"此疏有讹脱。

郑《驳异义》云："三灵一雍在郊者，熊氏云：'文王之时，犹从殷礼，故辟雍大学在郊。'刘氏以为周之小学为辟雍在郊。"

郑注："凡冕属皆玄上纁下，有虞氏十二章，周九章，夏殷未闻。"汝纶按：虞不能文于周，云"十二章"者，由误以日月星辰为章也。《虞书》明言五服五章，奈何妄增之！凡臆说前代礼制多此类，皆强不知以为知也。

郑注："凡养老之服，皆其时与群臣燕之服。有虞氏质，深衣而已。夏而改之，尚黑而黑衣裳；殷尚白而缟衣裳；周则兼用之，玄衣素裳，其冠则牟追章甫委貌也。"疏云："《仪礼》'朝服首著玄冠'，玄冠即委貌，以此推之，则殷之朝服皆著章甫，夏之朝服著牟追。"按：此条是。

---

① 道，阮刻《十三经注疏》引作"事"。
② 同制，阮刻《十三经注疏》引作"制同"。

郑《月令》"乘鸾路①，驾仓龙"注云："凡此车马衣服，皆所取于殷时，而有变焉，非周制也。"疏云："虞夏之制，有日月星辰十二章之服，辨已见前。周之制，朝祀戎猎车服各有殊，故云'取殷礼'。殷时木辂，此'乘鸾路'，变殷而乘虞路也。"汝纶按：鸾路明非殷制，则"取殷礼"为郑臆说矣。

郑"迎春"注云："王居明堂，礼曰出十五里迎岁，盖殷礼也。周近郊五十里。"汝纶按：迎岁岂能拘近郊五十里之说，不得以此证十五里为殷。《月令》参有秦法，郑知太尉为秦官，又以秦岁首衅龟策与周异，而必以殷礼为说何也！

郑"奄尹申宫令"注云："奄尹，主领奄竖之官也，于周则为内宰。"疏云："身非奄人，故云'于周为内宰'，内宰非奄也。"汝纶按：郑云"于周"，则意亦以此为殷官，下经"大酋"，注云："大酋者，酒官之长也，于周则为酒人。"郑意亦谓大酋殷官，特疏皆未申郑义耳。

郑"饬国典"注云："和六典之法也。周礼以正月为之建寅而县之，今用此月，则所因于夏殷也。"汝纶按：此月饬论之，至建寅之月布之，非有异。

郑《曾子问》注："'入自阙'，'阙'，谓毁宗也。柩毁宗而入，异于生也。所毁宗殡宫门西也。殷柩出毁宗，周柩入毁宗，礼相变也。"疏云："《檀弓》云'毁宗躐行'，殷道也。"汝纶疑此等郑必有据，疏盖未得其确证。

郑《文王世子》"瞽宗""上庠"注云："周立三代之学：学书于有虞氏之学，典谟之教所兴也。学舞于夏后氏之学，文武中也。学礼乐于殷之学，

---

① 路，原作"轮"，按阮刻《十三经注疏》引作"路"，下孔疏亦均作"路"，据改。

功成制定与已同也。"疏云："学舞之时，春夏学干戈而用动，秋冬学羽籥而用静，皆据年廿升于大学者，若其未升大学之时，则春诵夏弦，在殷之瞽宗也。""虞之学制在国兼在西郊，郊则周之小学也。夏殷之学亦在国，而郑注《仪礼》云'周立四代之学于国'者，合周家为言耳，故与此注不同。夏后氏之学在上庠，即周之大学为夏之制也。学书于虞氏之学，则周之小学也。夏后氏上受舜禅是为'文'，又下有汤伐①是为'武'，故云'文武中'，以兼有文舞、武舞故也。""先师以为三代学皆立大学、小学，今按：下'养老于东序'，是周之大学夏之东序也。又《王制》云'养老于虞庠'，是周之小学为虞庠也。又此学，虞学也，学舞于夏学，学礼于殷学，若周别有大学、小学，更何所敩也。"汝纶按：《释文》谓"上庠，虞学名"。疏以上庠为夏学，二说不同。后疏又谓"周之大学夏之东序"，以虞庠为周之小学。其云"此学，虞学也"，"此学"，谓上庠也。疏文有阙脱，其义可推知也，则疏与《释文》正同。其云"夏后氏学在上庠"者，误也。郑《王制》注以小学在国、大学在郊为殷制，则殷有小学、大学。据《孟子》，夏校亦小学，虞虽无文，以夏殷推之，亦有大学、小学明矣。疏驳三代皆立大学、小学之说，殊未明晰，义亦失之。

郑"成均"注云："董仲舒曰'五帝名大学曰成均'，则虞庠近是也。"疏云："成均，则虞庠也。"又云："以无正文，故云'近是'也。"汝纶按：郑以董说证虞庠之为成均，经变虞庠而称成均，疑难合为一。

郑"侯于东序"注云："谓得立三代学者，释菜于虞庠，则侯宾于东序，鲁之学有米廪、东序、瞽也②。"汝纶谓：经但云"始立学"，未言立三代之学，此东序即学之东西两序，非上文所称东序也。侯宾与释菜当在一学，岂宜分在两学乎！

---

① 汤伐，原作"汤代"，武舞与征伐相联结，与时代无关，伐、代形近，字当为伐，显系刻误，径改。

② 瞽，阮刻《十三经注疏》引郑注"瞽"下有"宗"字。

郑《礼器》"朱绿藻"注云："'朱绿'，似夏殷礼也。周礼，天子五采藻。"疏云："郑据经非周法而云'似夏殷'者，夏殷①无服礼文，故云'似'也。熊氏云：'朱绿以下夏殷，其天子龙衮，诸侯黼，大夫黻等皆周法无嫌。'熊氏之义，逾于皇氏。"汝纶按：前疏言周礼上公亦衮，侯伯鷩，子男毳，孤卿絺，大夫玄，今言诸侯黼、大夫黻，杂明夏殷礼也。但夏殷衣有日月星辰山龙，今云龙衮者，举多文为首耳，日月之文，不及龙也。崔云然也。十二旒，诸侯九、上大夫七、下大夫五、士三者，言夏殷也，周家旒数随命数，又士但爵弁无旒也云云，此皆以夏殷为说，殆是皇义。疏以熊逾于皇，一简之中，忽为夏殷，忽为周，殆未然也，皇义为胜。但郑以朱绿为夏殷礼，本无确据，疏又并前后文皆定为夏殷，则武断矣。皇说盖亦未当，周之五采藻，士之无旒，此皆记礼家各纪所闻耳，安得定为夏殷礼哉！又愚尝据《史记》定日月星辰不为章服，已见前文。

疏释"牺尊"云："先儒云：'刻尊为牺牛之形，用以为尊。'郑云：'画尊作凤羽婆娑然，故谓娑尊也。祭天既用陶匏，盖以瓦为尊，画牺羽于上，或可用牺为尊，是夏殷礼也，周用陶也。'皇氏以为'牺尊，即周礼牺象也'，而'祭天用陶匏'者，谓'盛牲牢及酌酒器'，其义非也。"汝纶按：用牺为尊为夏殷礼，此非郑义，因郑以大路为殷路，遂生此异说。

郑《郊特牲》"春禘"注云："'禘'，当为禴字之误也。《王制》曰'春禴夏禘'。"疏云："依礼，三代无春禘之文，周则春曰祠。《王制》夏殷之礼云'春曰禴'，今知'禘'当为禴，此经所论，谓夏殷礼也。"

郑《郊特牲》注曰："白牡、大路，殷天子礼也。"疏云："诸侯祭用时王牲，今用白牡。""诸侯合乘时王之车，今乃乘殷之大路，并是僭礼。"此说是。

---

① 殷，原作"礼"，据阮刻《十三经注疏》引孔疏改。

郑"薄社北牖"注："薄社，殷之社，殷始都薄。"疏云："周立殷社为戒而屋之，塞其三面，唯开北牖，示绝阳而通阴，阴明则物死也。"又云："《春秋》'亳社灾'，《公羊》云'亡国之社盖掩之，掩其上而柴其下'，是鲁有之也。《襄卅年·左传》云：'鸟鸣于亳社'，是宋有之也。《穀梁传》云'亡国之社以为庙屏戒，或在庙，或在库门内之东'，则亳社在东也，故《左传》云'间于两社为公室辅'。鲁之外朝在库门之内，东有亳社，西有国社，庙廷执政之处，故云'间于两社'也。"此条是。

郑"乘素车"注云："素车，殷路也。鲁公之郊，用殷礼也。"疏云："《公羊传》云：'周公用白牡。鲁公用骍犅。'周公既用殷之白牡[①]，故知用殷礼也。"汝纶按：《公羊》不言郊，不足证郊礼；鲁公用骍犅，亦不足证白牡之用殷礼也。

郑"诸侯有冠礼，夏之末造"注云："言夏初以上诸侯虽有幼而即位者，犹以士礼冠之，亦五十乃爵命也。至其衰末，未成人者多见篡弑，乃更即位则爵命之，以正君臣，而有诸侯之冠礼。"汝纶按：此经盖言夏初不继世立诸侯，而注云"诸侯幼即位冠以士礼"，疑非经旨。

"继世以立诸侯，象贤也。"疏云："此释夏末以来有诸侯冠礼之意也。"汝纶按：此疏与前注不同，足以明经义，补郑之失。其说疑采自王子雍，视注为长。

郑"古者生无爵死无谥"注云："'古'，谓殷以前也，大夫以上乃谓之爵，死有谥也。周制爵及命，士虽及之，犹不谥耳，今记时死则谥之，非礼也。"疏云"'周制爵及命士'者，按：《典命》云'小国之君，其卿三命，其大夫再命，其士一命'。命即爵也。"汝纶按："古""今"对文，"古"谓殷以前，则"今"当谓周，若"今"谓作记时，则"古"当谓作记以前，不

---

① 牡，原作"社"，误，据阮刻《十三经注疏》引孔疏改。

得越周数百年而追谓殷为"古"。郑为此迁说，但缘周爵及命士，与经不合耳。蒙谓：此经但言士不应有谥，而谓古者惟为大夫乃有谥，故"生无爵则死无谥"，然则爵谓大夫，他经爵及命士不得援以证此经也。郑注"妇人无爵"云："'爵'，谓夫命为大夫。"亦不涉及士爵。

郑注"古者尸无事则立"云："'古'，谓夏时也。"疏云："由世质故耳。"汝纶按：此等皆无确证。

郑《玉藻》"关梁不租"云："'关梁不租'，此周礼也，殷则关但讥而不征。"疏云："王制云'关讥而不征'，《王制》是殷礼。"汝纶按：郑以殷礼释《王制》，本无确证，今竟定为殷礼，稍专擅矣！

郑"玄冠紫緌，自鲁桓公始"注云："盖僭宋王者之后服也。"疏云："以祭周公用白牡、乘大路，是鲁用殷礼，故疑鲁桓公用紫緌，僭宋王者之后。"汝纶按：鲁用殷礼本无据，僭宋尤为臆决。

郑"朝服以缟自季康子始"注云："亦僭宋王者之后。"疏云："《王制》云'殷人缟衣而养老'，燕服则为朝服，宋是殷后，故'朝服以缟'。"汝纶按：朝服自应从时王所尚，康子用缟，记失礼之始，但必谓为僭宋用殷礼，然则缟衣綦巾，郑人亦僭宋邪！

郑《明堂位》"乘大路"注云："大路，殷之祭天车也。"疏云："以祭天尚质，大路一就，故知是祭天所用也；以尊敬周公，故用先代殷礼：牲用白牡，车乘殷路。"郑"牲用白牡"注云："白牡，殷牲也。"疏云："尊敬周公，不可用己代之牲，故用白牡。"汝纶按：殷告天用玄牡，非用夏牲，则周用白牡，岂得目为殷牲乎！五路备具，唯所用耳，亦岂必用殷礼乃乘大路乎！

郑"大路，殷路也"注云："汉祭天乘殷之路也，今谓之桑根车也。《春秋传》曰：'大路素。'"疏云："《桓二年》左氏云'大路越席'，越席，是祀天之席，则大路亦祭天之车，以祭天尚质，故郑云'大路素'。"汝纶按：前注谓大路为殷之祭天车，乃以汉礼推得之，郑云"大路素"，疏不得其所出。

郑"大璜"注云："大璜，夏后氏之璜，《春秋传》曰：'分鲁公以夏后氏之璜。'"

郑"有虞氏官五十"注云："周之六卿，其属各六十，则周三百六十官也。此云'三百'者，记时《冬官》亡矣。《昏义》曰'天子立六官，三公、九卿、廿七大夫、八十一元士'。凡百廿，盖谓夏时也。以夏周推前后之差，有虞氏官宜六十，夏后氏宜百廿，殷宜二百四十，不得如此记也。"疏云："引《昏义》者，欲证明夏官百廿。"汝纶按：郑谓"盖夏时"，亦以意定耳，不足证明也，前后之差，亦殊无考。

郑《丧服小记》"男子称名"注云："此谓殷礼也，殷质不重名，复则臣得名君。"汝纶按：此"名"字，疑为号名之名。郑云："周之礼，天子崩，复曰皋天子复；诸侯崩，复曰皋某甫复。"曰天子、曰某甫，亦号名也。

"妇人书姓与伯仲"，疏云："复则妇人称字，此云'书姓及伯仲'，是书铭也，此亦殷礼也。周之文未必有伯仲，当云夫人也。""书氏如孟孙①三家之属，亦殷礼也。殷无世系，六世而昏，故妇人有不知姓者，周则不然，有宗伯掌定系世，故必知姓也，若妾有不知姓者，当②称氏矣。"汝纶按：疏云"复则妇人称字"，伯仲，即字也。疏既云"妾有不知姓者"，则亦何定为殷礼哉！

郑《少仪》"贰车者，诸侯七乘"注云："此盖殷制也。《周礼》贰车公

---

① 孟孙，"孙"原作"氏"，误，据阮刻《十三经注疏》引孔疏改。
② 当，原作"常"，当繁体作當，形近致误，据《考文》引宋板及《卫氏集说》改。

九乘，侯伯七乘，子男五乘，卿大夫各如其命之数。"汝纶据《典命》则当六乘，岂卿车顾多于子男邪，知《周礼》所载，亦互有乖舛。

《乐记》[1]"散军郊射"疏："郊射，射于射宫，在郊学之中也。皇氏云'于东郊'，熊氏云：'《王制篇》云"殷礼小学在公宫南之左，大学在郊"，武王伐纣之后，犹用殷制，故小学射貍首，大学射驺虞也。'言为射宫于东郊者，据大学也。"汝纶按：郑但言"左东学也，右西学也"，疏家乃以左为小学，右为大学，非郑义。郑下注云"周名大学曰东胶"，既曰东胶，知非西学矣，且此于殷制盖无涉也。《祭义》注又明言："西学，周小学也。"疏云："谓虞庠。"

郑《杂记》"天子饭九贝"注云："此盖夏时礼也，周礼天子饭含用玉。"疏云："以非周法，故疑夏礼[2]。《典瑞》云'大丧共饭玉含玉'，是周礼天子饭含用玉。按：礼，戴说天子饭以珠、含以玉，诸侯饭以珠，此脱含。大夫、士饭以珠、含以贝。此等皆非周礼，并夏殷之法。《左传·成十七年》'子叔声伯梦食琼瑰'，《哀十一年》'齐陈子行，令其徒具含玉'，此等皆是大夫而以珠玉为含者，以珠玉是所含之物，故言之，非谓当时实含用珠玉也。"汝纶按：郑于非周法者往往指为殷礼，此独舍殷称夏，当时盖必有说，然郑固不质言，则亦未必有确据也。疏所载戴说与《典瑞》亦异，《左传》所载又与戴说不同。疏谓"当时大夫非实用珠玉"，如非实用，则"子行具之"何为乎，此为强解矣。

郑《祭义》"春禘"注云："春禘者，夏殷礼也。周以禘为殷祭，更名春祭曰祠。"疏云："《王制》云'春礿夏禘'，《周礼·大宗伯》'春祠夏禴'，今云'春禘'，故云夏殷礼。案《王制》春曰礿，此云春禘为夏殷礼者，《郊特牲》以[3]注禘当为礿，则此春禘亦当为礿，于《郊特牲》已注而破之，故

---

① 乐记，原作"学记"，误，《乐记》有"散军而郊射"语，《学记》无，所引疏语亦出《乐记》。
② 礼，原作"殷"，误，据孔疏改。
③ 《郊特牲》以，惠栋校宋本、毛本作"以《郊特牲》"。

此不言也。"汝纶按：郑以大禘为百王通义，则非周始改甚明，说已详《王制》。此疏前依注为说，后复破禘为杓，与郑本注乖违。分载两说，不相关通，此盖杂采旧疏，非出一手矣。据《郊特牲疏》，则前说熊疏，后说皇义也。

"禘有乐而尝无乐"，疏云："周礼四时之祭皆有乐，殷则蒸尝之祭亦有乐，故《那》诗云'庸鼓有斁，万舞有奕'。下云'顾予蒸尝'，则殷秋冬亦有乐。熊氏云'殷秋冬但有管弦之乐'，又云'烝尝全无乐'，其义已具《郊特牲篇》。"汝纶按：此疏杂引殷秋冬有乐，周四时有乐，与此经"禘有乐，尝无乐"不合，此可见礼家各记所闻，不能并为一条也。

《郊特牲》"飨禘有乐而食尝无乐"疏："熊氏云'此夏殷礼。秋尝无乐'。而下文云'殷人先求诸阳'，则秋尝亦有乐者，谓殷人春夏祭时有乐，秋冬即无也。举春见夏，举秋见冬也。若周则四时皆有乐，故《祭统》云'内祭则大尝禘'，'升歌清庙下管象'，是秋尝有乐也。周四时皆用乐，故《文王世子》云'凡大合乐必遂养老'注云'春合舞，秋合声'，下云'养老之礼遂发咏焉，登歌清庙'，是秋时养老亦用乐也。"汝纶按：熊言"殷秋冬但有管弦之乐"，又云"烝尝全无乐"，今皆不见《郊特牲篇》，则疏文缺脱也。

郑注"羞肝肺首心"引《明堂位》文云："有虞氏祭首，夏后氏祭心，殷人祭肝，周祭肺。"疏云："皆谓祭黍稷之时兼此物祭也，故《郊特牲》云'祭黍稷加肺'，谓周法也。"

郑"天子设四学"注："四学谓周四郊之虞庠也。"疏云："谓设四代之学：周学也，殷学也，夏学也，虞学也。""天子设四学以有虞庠为小学，设置于四郊，是天子设四学据周言之。"此疏未明晰，当有脱误。"皇氏云：四郊皆有虞庠①。"虞庠但在西郊，以为祀先贤则于西郊，皆与郑义不合。

郑"右社稷左宗庙"注："周尚左也。"疏云："桓二年，取郜大鼎纳于太庙，何休云'质家右宗庙尚亲亲，文家右社稷上尊尊'，说与郑合。"汝纶按：郑云"周尚左"，明殷尚右也。然则殷亦右社稷左宗庙，但所尚异耳。此等要皆无文可证，齐召南云：恐三代通礼左为阳右为阴。赏于祖，戮于社，自夏已然，何说不足据。

郑《祭统》"古者不使刑人守门"注云："谓夏殷时。"疏云："此作记之人以见周刑人守门于祭末，又何恩赐与刑人，故明之云'古者'。夏殷之时，不使刑人守门，虽是贱人，所以得恩赐。"汝纶按：此疏非郑义。上经明云"阍者，守门之贱者"，"以其余畀"此四守，岂得谓恩赐不及刑人，经言古之阍非刑人，而周之阍则刑人，要其得受余畀，则刑与不刑一也。

郑"凡祭有四时：春礿、夏禘、秋尝、冬烝"，云："谓夏殷时礼也。"汝纶按：此疏不申郑义，以前已屡见。

《中庸》"吾从周"，疏云："案赵商问：'孔子称"吾学周礼，今用之，吾从周"'，《檀弓》云'今丘也殷人也'。'两楹奠殡哭师之处皆取法于殷礼，未必由周，而云"吾从周"者何也？'郑答曰：''"今用之"者，鲁与诸侯皆用周之礼法，非专自施于己，在宋冠章甫之冠，在鲁衣逢掖之衣，何必纯用之！"吾从周"者，言周礼法最备，其为殷周，事岂一也。'如郑此言，诸侯礼法则从周，身之所行，杂用殷礼也。"汝纶按：疏失郑义。郑云周礼法最备，故大体从周，其间经曲至多，则从其长义，故云"其为殷周，事岂一也"，何得谓诸侯礼法与一身所行之异哉！郑释"今用"，谓鲁与诸侯皆用周之礼法，非专自施于己，其词甚明，疏乃不甚了了，何也？

---

① 皇氏云："四郊皆有虞庠"，案此皇氏云云乃孔疏引语，下云云则非疏语，疑乃吴氏按语。

《冠义》"醮于客位"，疏云："若依周礼，适子醴于客位，今云'醮'者，或因先代夏殷之礼。"汝纶按：《士冠礼》云："若不醴则醮"，是三①者皆可行，何必撰为先代夏殷之曲说乎！据《昏义》疏，则醴之与醮止不饮与尽饮之分耳，无甚区别也。郑注《士冠礼》云："'若不醴'，谓国有旧俗可行，圣人用焉，不改也。"疏家因以为先代之礼。此疏云："以周礼之法，适子则以醴礼之，庶子则以酒醮之，若先代之礼，虽适子亦用酒醮之。其于周时，或有旧俗行先代之礼，虽适子亦用酒醮。"此皆推测郑说增衍成义，蒙谓：此经之"醮"，即仪礼之"醴"，立文各异耳。《士冠礼》所云"不醴则醮用酒"于客位云者，盖行礼繁简之间，何关异代哉！

郑《昏义》注："三夫人以下百廿人，周制也；三公以下百廿人，似夏时。合而言之，取其相应有象大数也。"疏云："周三百，此百廿人，延于百数，故云'似夏时'，以无正文，故称'似'也。"汝纶按：郑此注殊牵强，岂有合两代而取相应象大数之理耶！

以上郑以夏殷之制说礼。

梁武《答臣下神灭论敕》称："孟轲有云'人之所知，不如人之所不知'。"此殆《孟子》外篇语。

明堂制度，自汉以来，疑莫能明，吾少时作《明堂考》，颇见赏于曾文正，今其稿已佚。窃谓：郑君言明堂与庙寝同制，此说必有所受。《明堂位》云："太庙，天子明堂。"《大戴·盛德记》或以为明堂者，文王之庙也，又云此天子之路寝也。而蔡邕直谓清庙、太室、太学、辟雍，与明堂异名同实，虽未尽然，要皆同制无疑也。《考工记》世室、明堂皆有五室。叶时《礼经会元》云："《夏官》'隶仆掌五寝'，郑以为'五庙之寝'，是也。明堂有五室，故有五寝。"汝纶按：叶以五室为五寝，是也。宗庙有五寝，寝宫有六

---

① 三，疑当为二，醴与醮。

寝。《天官·宫人》①"掌六寝",郑云:"六寝者,路寝一,小寝五。"贾疏"路寝制如明堂",则小寝五者,亦如明堂之五室也。路寝为大寝。宫有小寝、大寝,庙亦有小寝、大寝。"隶仆复于小寝、大寝",郑云:"小寝,高祖以下庙之寝也;始祖曰大寝。"明堂之有五室,犹宫庙之有五寝,而郑解世室之五室乃云"堂上为五室,象五行",此必不然之说矣,故王荆公驳之云:"堂上五室,南北三室不过六丈,东西不过七丈,每室之间,修不过丈八,广不过丈,八尺加三而太室所加不过一尺耳,曾不谓宗庙之室所以安乎神灵,而王之所以为裸者,即丈八之地而可为乎!"王氏辨五室并在一堂之说甚当,而陈氏《礼书》笃守郑君堂上为五室之说,至创为太庙路寝与明堂异制之野言,岂知郑云"堂上为五室以象五行"者,乃解世室之五室,世室即太庙也,岂得专属之明堂哉!郑既为庙、寝、明堂同制之说,而又称五室象五行,则施之庙、寝皆不能合,缘郑君贯穿群书,左右采获,往往自违其义,而明堂异说已久,《盛德记》明堂凡九室,室有四户八牖,卅六户七十二牖,九室十二堂,宫方三百步,盖亦以九室为并在一堂,此盖秦制,故《月令》同之。隋宇文恺引《礼图》曰"秦明堂九室十二阶,各有所居",是其明证。汉世因之,故《东京赋》称"八达九房"也。《大戴》九室,《考工》五室,二说判然不同,至后魏贾思伯乃浑而一之,其说云"青阳右个即明堂左个,明堂右个即总章左个",而不知《月令》之左右个实本秦《图》之九室,其与《考工》五室绝不相涉。而《考工》五室则世室、明堂所同,实与《宫人》之六寝、《隶仆》之五寝同制。决不似郑君"五室象五行"之怪说,此固未可并为一条者也。

"四旁","旁"读为房,正室之左右为左右房。房之南为东西厢,凡四房也。秦之阿房宫即阿旁宫也,是房、旁通借之证。但东西厢即东西夹室也,若在房南,则《聘礼记》云"升受负右房而立",又云"宾退负右房",房南有夹室,不能负房而立矣,或《礼》所云"负右房"者即右夹室与。《书》

---

① 天官宫人,原作"春官宫人",按宫人不属春官,属天官,所引"掌六寝",正出《周礼·天官·宫人》。据改。

孔传"西房，西夹室；东房，东夹室"其证也。

"两夹，窗白盛"，当从俞荫父断"两夹"为句，"窗白盛"为句，此两夹即东西序也，非夹室，夹室在前经"四房"之中。

汉司徒马宫议云："夏后氏益其堂之广百四十四尺，周人明堂以为两序间，大夏后氏七十二尺。"按：此西汉旧说，隋牛弘引之而云"未详其义"，蔡邕《明堂说》亦云"堂方百四十四尺"，则百四十四尺者，汉人定说也说具后。古者八尺为步，十步为八十尺，十四步为百十二尺，益以三步半为廿八尺，凡百四十尺，未明古人算法何以多四尺也。然此皆据堂修二七推算，宇文恺欲改堂修二七为堂修七，云"古书并无二字"，殆未然也。马宫又谓"周以百四十四尺为两序间，大夏氏七十二尺"，则与经不合。疑经当如《尚书大传》作东西九雉、南北七雉，而雉亦不得为三丈也。复按：大七十二尺者，东西九筵当八十一尺，南北七筵当六十三尺，以长减广为方，当七十二尺，然则周之九筵、七筵，乃于夏之百四十四尺之外，又益以九筵、七筵也。推是言之，殷之九寻、七寻，亦于夏之修广更加九寻、七寻也。

按：魏李谧云："五室，凡室二筵，置五室于斯堂，令三室居其南北，三室之间，便居六筵之地，而室壁之外，裁有四尺五寸之堂，岂有天子布政施令之所，宗祀文王以配上帝之堂，周公负扆以朝诸侯之地，而室户之外，仅余四尺而已哉！""若东西二筵，则室户之外为丈三尺五寸矣，南北户外复如此，则三室之中南北裁各丈二尺耳。记云'四傍两夹窗'，若为三尺之户，二尺之窗，二户之间，裁盈一尺，绳枢瓮牖之室、筚门圭窦之堂，尚不然矣。假令复欲小广之，则四面之外，阔狭不齐，东西既深，南北更浅，屋宇之制为不通矣！且凡室二筵，丈八地耳，然则户牖之间不逾二尺也。《礼记·明堂》：'天子负斧扆南向而立'，郑注：设斧'于户牖之间'，而郑氏《礼图》说扆制曰'纵广八尺'，以八尺扆置二尺之间，此之叵通，不待智者较然可见矣。且若二筵之室为四尺之户，则户之两颊裁[①]各七尺耳，全以置之，犹自

---

①　裁，原作"截"，误，《魏书·李谧传》作"裁"，据改。

不容，矧复户牖之间哉！”又云：“堂崇一筵，便基高九尺，而壁户之外裁四尺五寸，于营制之法自不相称，以此验之，记者之谬，益可见矣。”

贾思伯云：“《孝经援神契》《五经要义》《旧礼图》皆作五室。”

隋牛弘云：“郑注《玉藻》亦云：‘宗庙路寝与明堂同制。《王制》曰“寝不逾庙”，明大小是同。’今依郑注，每室止有一丈八尺，四壁之外，四尺有余。若以宗庙论之，祫享之时，周人旅酬六尸，并后稷为七，先公昭穆二尸，先王昭穆二尸，合十一尸，三十六王①此四字未详。及君北面行事于二丈之堂，愚不及此。若以正寝论之，便须朝宴。据《燕礼》‘诸侯宴，则宾及卿大夫脱屦升坐’，是知天子宴，则三公九卿并须升堂。《燕义》又云‘席，小卿次上卿’，言皆侍席。止于二筵之间，岂得行礼！者②以明堂论之，总享之时，五帝各于其室。设青帝之位，须于太室之内，少北西面。大昊从食，坐于其西，近南北面。祖宗配享者，又于青帝之南，稍退西面。丈八之室，神位有三，加以簠簋笾豆牛羊之俎，四海九州美物咸设，复须席上③升歌，出樽反坫，揖让升降，亦云隘矣。据兹而说，近似不然。”以上数说，辨难甚当。

王介甫之说已见前。此外，朱子亦尝疑之。《语类》：“李丈问太庙堂室之制。曰：‘古制是不可晓，《礼说》士堂后一架为室，盖甚窄，天子便待加得五七架，亦窄狭，不知周家卅以上神主，位次相逼，如何行礼！’”室在堂后一间，从堂内左角为户而入西壁，如今墙土为龛，太祖居之，东向，旁两壁有牖，群昭列于北牖下而南向，群穆列于南牖下而北向，堂又不为神位，而为人所行礼之地，天子设黼扆于其中，受诸侯之朝。

今按：夏后世室，古皆以为方百四十四尺，周之明堂，修广又于方百四十四尺之外加七十二尺，则基址不狭。五室三四步者十二步也，五庙之寝，贾公彦以为五寝平列，此十二步即五室平列之长数也。古者八尺为步，十二

---

① 王，中华书局标点本《隋书》作“玉”。
② 者，中华书局标点本《隋书》作“若”。
③ 上，原作“工”，席工升歌不词，据中华书局标点本《隋书》改。

步则九十六尺也。四三尺者墙也，《考工》又云"墙厚三尺"，五室平列，中有四墙，墙皆三尺，故曰四三尺也。或曰：五室承堂修广言之，后经又有"九阶"，亦据堂言之，则五室当依郑说在堂上矣。堂上中为庙，合左右房、左右夹室即为五室，何必舍庙而以后寝为五室哉！应之曰：后经"四旁"，即言左右房、左右夹室也，此五室又谓左右房与夹室，岂非言重辞复乎！若"四旁"不读为四房，则四旁为俚语，不辞甚矣！且以后经"凡室二筵"推之，则此五室长广均齐，假如三四步为室之长，则每室四步，郑云"夹室在序外"，两序之内止四步之广，以为堂广，则不足周旋行礼其间矣，故知非也。

今考定制度：夏世室、堂修二七，广四修一。马宫云"夏益其堂之广百四十四尺者，古者以周尺八尺为步，修十四步为百十二尺。广四修一者，谓广四步修之一步，而广四之是为四步，不曰四步而曰广四修一者，文家修辞之体然也"。韩退之《画记》云"橐驼三头，驴如橐驼之数而加其一焉"，不云驴四头，即其例也。四步不足以为广，故知为加于修之数也，为尺卅有二，加于百十二尺，故为百四十四尺也。五室三四步者十二步也，为尺九十六，此通五室所占堂之广而言之，非谓室方也，盖室东西尚有余堂各廿四尺矣。四三尺者，记云："三尺为墙"此谓室之墉，五室则当有四墉，是为四三尺也。门堂三之二，室三之一，此皆谓修也。门堂得七十四尺，室即上五室也，得卅六尺矣。上言室广，此言室之修。或谓此室为门堂之室，非也。门堂即东西塾，盖不得又有门堂之室矣。周明堂东西九筵，南北七筵，马宫云"周以百四十四尺为两序间，大夏氏七十二尺"，今按九筵当八十一尺，七筵当六十三尺，以修减广方之，得七十二尺，然则周之九筵、七筵，于夏百四十四尺之外，又加七十二尺之数也。凡室二筵，亦加数也。殷则所加盖六十四尺，以此见夏之卑宫室矣。

张孟阳《鄙酒赋》云："鉴往事而作戒，冈非酒而惟愆。哀秦穆之既醉，歼良人而弃贤。"此殆《三家诗》说，以三良之歼为穆公醉时所为也。

《曲礼》云："礼闻取于人，不闻取人。"郑注："谓君人者。取于人，谓高尚其道；取人，谓制服其身。"汝纶按：记不言人君，郑以"君人者"释之，非本经所有。其分"取于人""取人"，亦未明了。疏引熊说与注同失。

皇说则与下"来学"①"往教"义复,《记》无烦两言之矣。此当谓取与之节:"取于人",谓财物为人所取;"取人"者,谓我取人财物也。非以一人养天下,乃言礼之撙节退让之道也。

段茂堂谓《微子篇》"若涉大水,其无津涯","涯"字衍,历举事证。余读潘安仁《伤弱子辞》云"仰崇堂之遗构,若无津而涉川",亦其一证也。

——戊戌（1898 年）

师挚,《汉表》以为纣时人,郑康成以为周平王时人。《礼书》云:"仲尼没后,受业之徒,或适齐楚,或人河海。"即隐括《论语》为文。何注《论语》引孔安国云"鲁哀公时人",与《礼书》正同,然《礼书》非史公作,似当以郑说为定。

廉惠卿说《诗》,谓《抑》之篇前七章词气贯注,体格相同,下则文义迥别。《桑柔》前八章吞声自悼之词,后八章正言相责之语。前八章似乱离之后,后八章则当在乱前,不知何以牵合为一云云。其言甚创,记俟再考。

蔡中郎《协和昏赋》云"《葛覃》恐其失时",此《三家》义也。如其说,即"黄鸟于飞"三语皆非漫语,独末章则既嫁之词矣。又,中郎《释诲》引"速速方毂,夭夭是加",亦与今《诗》文异。此二语承上"利端始萌,害渐亦牙"为文。张说《徐齐聃碑》"夭夭是椽",周益公校云:"'椽',《集》作'虡',非。"

韩公《诗之序议》,集中不见,盖久佚矣。明顾起元《吕氏读诗记序》云"韩文公谓子夏有不序《诗》之道三,疑汉儒所附托"云云,似是曾见韩公《诗序议》而采其说。

——辛丑三月

---

① 来学,原作"来说",误刻,来说与往教不能对举。《曲礼》作"来学",据改。

史 学 上

读《通鉴》第五十六卷。窦武等之败，在谋事不密，及优柔不断，及尹勋、山冰奏收节等，使刘瑜内奏，此宜侍中主持，武奈何出宿归府，坐令朱瑀等盗发武奏耶？及后屯都亭营府兵尽为王甫所招降，则平日之未能抚循北军可知矣。段颎平东羌，不用招降之说，规三岁之费用五十四亿，已而未及两年，费用四十四亿，而羌遂就平，可谓能将。温公谓："羌所以叛，为郡县侵冤，叛不即诛，以将帅非人。"极为正论。至谓使"良将驱逐塞外，择良吏牧之"云云，而以"段纪明之为将，虽克捷有功，君子不与"，则非笃论。羌人数叛数服，自赵充国、马援不能绝后患，夫岂驱之出塞足为功耶？其始未叛之先，郡县不相侵克，尚可无事。至于既叛之后，又岂良吏所能为力者。国家有事，至于命将出师，则无取乎仁柔之为，而为将之道，则惟以克捷有功为职。今谓"虽克捷有功，君子不与"，然则将令天下将帅相率而为招降之说客乎？自班勇死后，东汉之将才绝少，大率狃于不杀之说，日以招降为事，此实兵不能战、将不知兵之故，其效验可睹，惟纪明之将，焕然改观，温公非之，其亦宋儒之议论也夫。

——壬申

读《通鉴》五十七卷。张奂、段颎前争击羌事不相得，奂将略不如颎，其后奂以党罪禁锢，而颎则与王甫同诛，清浊显判。吾意当时诸名士，必不以征讨四夷为然，而宦官则力主征伐，以为为国宣威。观后年王甫议遣兵击鲜卑，大臣多有不同，蔡邕力陈得失，可知朝臣、中官意旨之所在。今奂以讨羌无功征还，其议论自与大臣相合，而段颎以立功征还，又必为宦官之所重。虽然，当时被罪多属诬陷，党锢不尽党人，而与中官同诛，不尽宦官之党。若以事迹观之，则颎附宦官，殊无证验；而奂初至京师，遂为宦官所用。

知而为之，是为不忠；不知而为之，是为不知：而史家于奂多恕辞，而颍独有讥议者，恐非直笔也。即谓颍欲逐奂归敦煌而害之，此谁为颍之心腹，知其未言之意耶？至杀苏不韦①事，其详不可知，亦未足定奂颍之优劣。吾谓史册不足据，仍当以当时事迹定之。吕强陈事，深言曹节之祸，而称段颍武勇冠世，勋烈独昭，为之力讼其冤，则颍之不附宦官不著明乎？或曰阳球始为司隶校尉，便收诛王甫等所谓鹰鹯逐鸥枭者，而吕强谓颍为球所诬胁，岂为定论。不知球非端人也，前既倚中常侍程璜为外舅，遂诬陷蔡邕，又使刺客要之于道，及临考王甫养子萌，萌求以先后故，假借其父。球谓萌"罪恶无状，死不灭责"。萌乃骂曰："尔前奉事吾父子如奴，奴敢反主乎！今日临厄相挤，行相及也"云云。此与楚子围齐庆封之事相类，球非端人明矣，宜范蔚宗入之酷吏也。

——癸酉

读《通鉴》廿三卷。昭帝始元五年，男子成方遂诣阙，诈称卫太子，隽不疑引《春秋》辄距蒯聩事断之，可谓能断大事者。其言并不疑为诈，直以为卫太子罪人，不得诣阙耳。此其识过人一等，至是而人心之疑定矣。程子谓其引经为误，非也。不疑所引，本于《公羊传》，当时治经重家法，并非创为意说，即谓误，亦《公羊》之误，不得谓引经之误矣。史称霍光知时务之要，盖即轻徭赋，与民休息，是即承武帝后海内虚耗时之要务也。知时务者，贵视其时之所敝而矫而反之。元凤元年，征韩福五人，赐帛遣归，诏令修孝弟以教乡里，当时儒者率迂疏寡效，若申公、辕固之流，皆无所表见。盖学优者才每不足，若国家尽用此辈，必不能通达时变也。然有学行之士，用之教化乡里，则乡里素所敬服，其效可立著。而有才者，则往往无乡党之誉，是故有才者可以致用于朝廷，有德者可以致用于草野。汉世风俗之厚，后世莫及，然其在朝大臣多出于小吏，其能厚风俗之由，则用经术之士教化乡里之效也。吏民上书言便宜，辄下杜延年平初，复奏"可"者为县令，或抵其罪法。"可"者用为县令，此不为过，不可者抵其罪法，后尚有敢言者

---

① 韦，原作"幸"，形近刻误，据《通鉴》改。

乎？不知此但论可否之实何如耳！吾导人以言，欲求至言也；妄言不息，则至言不出，抵罪者皆妄言，此固进言者所甚愿也，何为而不来乎？武帝轮台之诏，极言其不可田，其效著见于十数年之后，若霍光用赖丹田轮台，遂为龟兹所杀，此以见光之才识不如武帝远矣。他若使范明友击乌桓，使傅介子刺楼兰，皆失大体。光盖善于抚循中国，而不能驾驭四夷者。

——十二月辛巳是月庚辰朔

读《通鉴》八十八卷。凡风俗之所趋，必有偏胜，文弊质穷，天运然也。豪杰之士，必能特立于一时，而不为风气所囿。晋世清谈相尚，陈頵独持正论，力矫时趋，遗王导书极言当时先白望而后实事之弊。又上言琅邪，以谓"流风相染，驯至败国"，所论皆切中时病。使琅邪君臣能用其言，晋俗其蒸蒸丕变乎！呜呼，頵可谓豪杰之士，不从时俯仰者矣！周玘纠合义旅，三定江南，可谓侠士，卒以谋诛执政事泄忧卒，传所谓有勇无义者，其殆是乎？然南士北人，各为风气，盖自此始矣。王浚，庸才也，石勒为之劲敌，强弱显见，无端甘言相绐，虽妇孺亦知其伪，而浚顾信之，何其慣耶！浚初所恃者段氏耳，石勒还末休，不杀一人，以结一国之怨，而段氏遂附勒矣。然则匪独自强之难，即连结强邻亦非豪杰不能也已。刘聪妻刘娥谓"忠臣进谏，不顾其身；人主拒谏，亦不顾其身"。所言独为痛切。

——辛巳

读《通鉴》廿四卷。龚遂谏昌邑王，谓"大王诵《诗》三百五篇"，"王所行，中《诗》一篇何等？"又称：《诗》谓之陛下之《诗》①。王式则以三百五篇为谏书。此见古人读书必求一书之用，即隽不疑引《春秋》断卫太子，夏侯胜用《鸿范传》知臣下谋主，亦皆各得所从学之益，不似后人但沾沾于口耳间也。杨敞夫人谓敞于霍光废立事，"犹与"，"不疾应"，即"先事诛"。此英雄之见。凡处大事，定大计，皆当明决，未有不以迅速成、以游移败者也。昌邑王之废，盖由骤封昌邑从官，而定策功臣未加恩泽，又亲近昌

---

① 《诗》谓之陛下之《诗》，此处《通鉴》原文为"龚遂曰：陛下之《诗》不云乎"。

邑群臣，在朝诸人失望，故谋废立。张敞知之，故谏王以"国辅大臣未褒，而昌邑小辈先迁"者，意谓此也。宣帝知之，故霍光归政而不受，所以安大臣之心耳。文帝入立，即夜拜宋昌、张武，又驱退绛侯，皆君臣之交未固，各生防豫之心者。昌邑愚不知此，宜其及祸。其罪状恐亦非尽事实，要其骄溢失度，乃汉世诸侯王之积习，不足君天下，废之固不为过也。宣帝高材好学，然喜游侠斗鸡走狗，以是具知闾里奸邪、吏治得失，此宣帝之器量宏远也。其后讲求吏治，皆自此中来。凡在田野者，皆可随时留心实学，何必迂板读书耶！魏相论霍氏封事因许广汉上之，或曰：相所言是也，其上自许氏，则实门户之私矣。余谓：霍山是时方领尚书事，汉制上书必由尚书先发其副，所言不善辄屏去，使非由许氏上之，安得达帝前哉！相防壅蔽，尚白去副封，议者乃谓不当由许氏，此不识时势者也。

——壬午

读《通鉴》八十九卷。石勒之取王浚也，其术极疏：悬军千里，袭取人国，以火宵行，士卒困敝；刘琨及乌桓、鲜卑，徐窥其后，幽州将士，拒敌其前；直可使只轮不返，进退失据：使王浚稍有知识，必不信其无故之甘言。况勒至幽州，所借以为言者，奉上浚尊号耳，诚上尊号，夫亦何必自来耶！此其奸诡，无难洞烛。勒之此举，虽徼幸成功，实危道也。又所取者，止浚一人，至于蓟城，终不能有，徒为段氏驱除耳。刘琨不知连和幽州，快浚之亡，至于蓟城既破，始知大惧，唇齿之国，听其丧亡，其于纵横之术，盖概乎未有闻矣[①]；故石勒之雄视河北，亦所遇无勍敌也。刘聪荒淫暴虐，视前代亡国之君，盖有甚焉，所恃者，惟一石勒，而勒之潜畜异志既久，其于聪略如曹马之如汉魏也。彼其国乱如此，使晋稍有谋臣，安能使之得志哉！摧枯朽者易为功，于兹益信矣。

——壬午

读《通鉴》廿五卷。备患之道，无全策也。高帝备功臣，而祸在诸吕；

---

① 矣，原作"矣矣"，当刻衍一矣字，径删。

武帝备匈奴，而祸在太子；宣帝备霍氏，而祸在许史：是患常生于不及备者。用人之道，唯上所好。文帝务节俭，而贾晁画策。武帝好文学，而枚马侍侧，务征伐，而卫霍远涉；其后也务息农，田赵并出。宣帝精吏治，而龚黄作牧。是人才常视乎上之所好也。司马公论霍光不知进退，及宣帝少恩，皆极正大。余意宣帝之备霍氏者久矣，盖将求一当以剪除之，岂尝欲相全哉！废立者，后世之大变也，而光身行之，宣帝虽其所援立，得毋鉴前车而生畏惧乎！观其初不取霍氏女，知霍光吏治严峻，召用黄霸，饬傅介子勿事匈奴，其行事固多不合，而不听其归政，当亦隐忍而不能平矣，光死而祸乌能不发哉！史称霍氏之祸，萌于骖乘，可谓识微之论。若宣帝欲全霍氏，则徐福三上书，何为皆报罢邪！武帝斥逐诸羌，不使与匈奴相通，此为御夷狄之要策也。义渠、安国，不知事势，听任先零渡湟，其后边患之兴，从此日多，则羌胡交通之害也。今之言驭夷者，率言离间诸夷，使相残灭，然用间之术，又自难言，恐其事亦害多而利少。要之夷狄无亲，彼见吾多事之日，合而谋我，以图万一之利，我能善固吾圉，彼或久无所得，亦未尝不转而相攻，固无借于用间也。

——癸未

《隋志》"《史记》八十卷。宋南中郎外兵参军裴骃撰①。"《宋书》《南史》本传俱云"南中郎参军"，宋齐之世，四中郎将皆以皇子为之，得开府置官属，外兵，其一曹也。南中郎者，所仕府之名，外兵者，所署曹之名也，参军，则其职也。

——光绪甲申

读《通鉴》九十五卷。胡身之谓："陶侃在西藩颠末，岂有非望之图，晋史所记'决指'之事，'折翼'之梦，庾亮之党傅致之耳。"余谓石头之役，陶侃为首功，故封讨峻之功，当时以侃为首，史所言陶侃犹豫不进，温峤力劝，及后峤求粮，侃欲回军云云，盖皆庾亮之党为之也。侃讨郭默，投

---

① 撰，《隋书·经籍志》作"注"，此处疑注字笔误书为"撰"，或"撰"下刊刻时夺一"注"字。

袂而起，讥宰相为遵养时贼，其生平义烈，盖可想见。即讨峻之役，考其事实，则固戎服登舟，子瞻丧，至不临矣。其后温峤求粮，则又分五万石米以饷峤矣，岂有几微不合者？史家不能改其众著之事实，乃更为当时之议论以诬之，议论不可知之事，此不足凭也。盖当时侃与庾亮不相能，故亮至使温峤备侃。其后庾亮见侃，侃曰："庾元规乃拜陶士行耶？"又曰："君侯修石头以拟老子，今日反见求耶？"云云，可知其前此嫌隙，实自亮开。至如温峤，则素重庾亮，亮败逃至寻阳，峤犹推奉之，分兵给之。庾氏深德峤，故此次大功，遂欲全归于峤，而诬侃以不忠，以见前此备侃之非无见也云尔。不然，侃既有异志，峤应潜防，乃求粮不予，遂有"义旗指公"之言，侃岂肯受哉！且侃闻命登舟，子丧不临，是乃急于公义者，而峤书反动之以慈父之情、爱子之痛，岂事实哉？以是知其伪托也。

——乙未

　　读《通鉴》廿六卷。兵事"百闻不如一见"，难以遥度。赵充国之击先零羌，直至兵诣金城，渡河过四望陿，抵西部都尉，皆未始先有成见，其后坚持释罕①开，专击先零之策，朝廷数责问而始终不易。自后人观之，谓先零恃罕开为助，先零为主，当释其从而击其主固矣，然使罕羌以死力助先零，则先零被罕羌急援，是不破罕羌，先零未可图，朝廷之议，未为失也。然而不如此者，则充国招降罕开，实至西部都尉而深悉虏情始决计为此，非漫无把握也。史言"罕开豪靡当儿，使弟雕库来告都尉，曰'先零欲反'，后数日果反"。都尉者，西部都尉也。夫先零方结罕开共举，罕开乃输诚于汉，是其受约束于先零者，特为先零所劫，非情实矣。虏之交本不固，吾从而携之，故招降为上策。盖先降罕开，则先零之羽翼尽失；并攻罕开，则二虏俱诛，合而谋我，当时之情事然也。使非有罕羌先告都尉之事，则罕开之志未可知。吾意充国之策，必更有所出，而不必坚持招降之说矣。后人漫无确见，矜言招抚，明季之事，朝降夕叛，可为殷鉴，是皆不知充国之意而误袭其迹者也。夫以充国之老于兵事，非身至西部都尉府，见罕开之来告先零，尚不肯突突

---

① 罕，《汉书》《通鉴》均作"罜"。罜，罕本字。本篇中"罕"同此。

决事，而当时朝臣乃欲以胸臆之私，悬断军谋，岂不误哉？又况后世行军方略一禀于朝廷，即不禀命，而朝廷遂加严谴，其于兵事又何如耶？

——丙戌

　　夜读《通鉴》六十一卷。光武以庞萌为社稷之臣，曹孟德敕家人依张邈，二人旋皆以反闻，甚哉知人之难也。吕布之屯濮阳也，曹公尽失兖州，城守者唯东阿、范、鄄城三城耳，乃言布不能据东平而屯濮阳是无能为，此非料敌之言，乃安抚士卒之言也。英雄举动，固不易测，曹公尤好用此术。濮阳之战，曹公为布骑所得，给以乘黄马走之，乃得释归，是知前言吕布屯濮阳为失计者，诈也。惟兵败身虏，突火而出，仍复自力劳军，促为攻具，此乃百折不回之气，自古成事者皆有此慨。余尝谓项羽之败，以立义帝，为其不能下人，固不可立君自制也。东汉之末，袁绍不从沮授迎帝之计，至为曹公所先，绍之无成兆于此，是与项氏相反。何也？彼本无君，而自立一君，不足以号召群雄，徒自损威，故立君为非计；此本有君，而当时豪杰起事，不过以诛群小为名，故得君则重，失君则轻，所谓挟天子以令诸侯者此也。然使袁绍迎帝，必不能久留不杀，则又以身为兵质，不如不迎之为愈矣，此曹公所以能雄一世也。北方书疏，归美张昭，孙伯符闻之欢笑，以管仲为比，此非衷言，正其驾驭英雄，使人人自安之术也。宋太祖于赵普受金事，与此相类。

——二月丙戌是月己卯朔

　　读《通鉴》九十一卷。段氏、宇文氏、高句骊三国攻慕容，慕容廆坚壁不出，而独送牛酒犒宇文氏，离人之交，莫善于此。吾见自古数国合师，未有能败敌者，惟乐毅常用六国之师以破齐，而其得计，则在一战而克，遂遗散诸国之师，而独以燕师傅齐城，盖知诸国并进，必有胜不相让，败不相救之患，彼此疑忌，功必不成，故先为遣散，所谓能发之，能收之，乐君所为奇才也。慕容廆之策三国，谓"军势初合，其锋甚锐，不可与战"，"彼乌合而来，既无统一，久必携贰"，又曰"待其离贰，而后击之，破之必矣"。此正可与乐毅事参证。祖逖镇雍丘，听河上诸坞两属后赵，时遣游军伪抄各坞，

603

以明其未附，可谓善于怀服者。石勒下令幽州修祖氏先墓，为置守冢，斩其叛吏，送首于逖，以懈其推锋河朔之谋，亦所谓攻心为上也。羊祜、陆抗相持，其事略于此相类。究之两敌相守，未能相下，亦其心先为折服，故气不能激愤，越王之式怒蛙，盖异于此矣。

——丙戌

读《通鉴》廿七卷。孝宣为治，号称综核名实，而地节三年，以"流民自占"褒王成，而成实伪增户口。黄霸以颁行条教，户口岁增，治行第一，神雀数集，及为丞相，至欲以张敞舍鹖为神雀，然则其所为治行第一者，又可尽信乎？张敞谓："长吏①守丞，畏丞相指归，舍法令，各为私教，务相增加，浇淳散朴，并行伪貌，有名无实。"是盖有为言之也。然则宣帝之治，所谓综核者可知矣！上好声则饰耳，上好色则饰目，下之所为，皆视上之所好，而乘间抵隙以尝之者也，岂易言综核哉！

——丁亥

读《通鉴》六十二卷。曹公欲图袁绍，先议取吕布，结韩马，此司马错伐蜀之策也。高祖先定巴、蜀、三秦、燕、赵，光武先定渔阳，兼定山东，皆此类。盖能成大事者，其规模宏远，自非并时所敌。

——丁亥

贡禹被征，上书请崇节俭，元帝嘉纳。司马公谓"优柔不断，谗佞当权，当时之患，禹不以为言，恭谨俭节，孝元素志，禹孜孜言之"，是不能"先其所急，后其所缓"。余谓：是时孝元新立，禹亦始进，其后优柔之弊尚未著，禹不过自就其性之所近，拜献而已，元帝嘉纳，则言合于志也。史著此等，正见元帝之仁柔，于禹尚无大失。至其后进用之久，谗邪并张，而禹犹以节俭为言，则真不知缓急矣。郅支请还侍子，深怨汉不助己，汉遣侍子还国，虽不送至庭可也。谷乃言弃捐不畜，不便，"愿送至庭"，可谓不知敌情

---

① 吏，《通鉴》作"史"。

者矣。至云若"加无道于臣","必遁逃远舍，不敢近边"，不知郅支不敢窥边者，以有呼韩邪为汉屏蔽耳，彼果畏汉，则必不杀使臣；已杀使臣，必非畏汉。其后西居乌孙，则畏呼韩邪之强；而就康居之迎，岂因杀使负汉哉？谷吉徒自送死，无谓也。孝元酌宗庙，欲御楼船，而薛广德谏使"从桥"，至以死争，此开后世谏官激烈之习；当时可争者多矣，广德未闻有一言，而区区一船一桥之间，何关轻重，至以死争，果何取哉！孔霸之再四让官也，非仅谦退，不好权势，盖见元帝之柔懦、群小之擅权，不欲以身试祸，深有鉴于萧望之之死，有托而逃者也，可谓明哲保身之士矣①。

——戊子

读《通鉴》六十三卷。汉末群雄割据，百姓凋敝极矣，故其败也，半由乏食，惟曹操用枣祗屯田之策，从卫觊盐官之请，盖其立国之本已异矣，其成非幸也。程昱以七百兵守鄄城，当袁绍十万而不肯益兵，盖徼幸绍之不攻耳，此非可以为后世常法也。彼行之为是者，以益兵必不能多，其为亡与不益等耳，岂得已之为哉！孙权之才，不及乃兄多矣，策不死，盖将力争中原，孙曹鹿死谁手，末可定也。权乃自安江东，其局量之狭可知，然才实不及，而欲强为，则其祸可立至。权能明于自处，是即其过人处也。荀彧止操退军，谓"以至弱当至强，若不能制必为所乘"，又谓"刘项莫肯先退"，以为"先退则势屈"，此数语实能见成败之大势者，曹公人才自以此君为巨擘。

——戊子

读《通鉴》九十二卷。周顗磊落丈夫，救王导而不言，盖犹祁奚、叔向之遗风也。然卒以见杀，此知古之道不可行于后世矣。

——戊子（1888 年）

读《通鉴》廿九卷。匡衡《劝戒疏》为元帝痛下针砭，可谓至矣，然其语言文饰，不肯切指事实，第为泛论之辞，帝虽嘉纳，岂能知其指哉！京房

① 本条乃《通鉴》卷二十八元帝初元元年事。

之晓元帝，几于孟子之晓陈相，反复陈难，使之自悟，而元帝犹久之不寤，彼于衡之言宜其不相关也。然衡得自免于元帝之世，位极人臣，未始不由此；抑衡之无所表见，从容偃仰，亦未始不由此也。是日客多，廿九卷未竟。

——己丑

读《通鉴》六十四卷。刘备在季汉，才智不逮群雄，而曹公许为"天下英雄"者，盖知其志气之远大也。备依刘表，尝于表坐起至厕，慨然流涕，以髀里肉生为伤，此其志量固远胜袁刘，所以终成偏安之局也。曹公既破袁绍，欲击刘表，则荀彧劝其遂定河北。已攻谭尚，取邺城之麦，欲乘胜攻之，则郭嘉劝令南向荆州，以待其变。其后辛毗为谭诣曹请救，则荀攸又劝其渡河北伐。此见事势之变，不可一概拘泥。袁绍未死而遽移师南向，则绍必乘其后击之，故不如进军急定。谭尚不和，急则相保，故宜蹔归以待变。及谭来请救，则变事已出，不可后时，故又以速进为宜。当时谋臣，能识时合变如此。至荀攸，以天下有事，而刘表坐保江汉，知为无志四方，尤为善于觇敌也。行军以水运为最利，操前进军官渡，先治睢阳渠，其后进攻邺城，先过淇水入白沟，皆以运粮为先务也。邺下北连幽燕，据河为固，南向以争天下，实据形胜之区，袁绍得之而不能定，才不足也。操自言"任天下之智力，以道御之，无所不可"，其后踞许都四战之地，而卒能成功者，才大也。故办事以才为主，才胜则无不可为者矣。孙策收恤袁术之家，曹操祀袁绍之墓，而慰劳其妻，皆英雄大度，非匹夫小恩怨之为也。操用陈琳，尤为人所难。荀悦精于论古，而应敌设变不如彧攸，故读书而不晓事，皆废才也。

——己丑

读《通鉴》九十三卷。温峤在东晋，为第一流人，虽其机警，亦非诸人之所及。在王敦府中，则深结钱凤，可谓善自为谋者。丹扬尹缺，首荐凤，所以诱凤使荐己也。既知凤小人，不可常保，去后必有谗构，则先以手版击凤帻而侮慢之；盖前之结凤，他人或亦能为；后之侮凤，则非恒人所及矣；此神明于操纵之术者也。陶侃言："生无益于时，没无闻于后，是自弃也。"其言极为沉痛，古人兢兢于三不朽者，正为此耳。王导受明帝遗诏，进玺之日，乃称疾不朝，盖以庾亮权势在己之右，故不乐耳。庾氏外戚，固非王氏之比。

——己丑

匡衡在当时号称名儒，史丹谏元帝，谓"器人于丝竹鼙鼓之间，则是陈惠、李微高于匡衡"，即此而匡衡之有时誉可知。石显之奸，在善自附于名士，知贡禹以明经著节，深自结纳，荐为九卿。匡衡之致位丞相，盖亦显力。甘陈之诛斩郅支，衡至与显同议，盖其交固矣。及显败，而衡等乃条奏其恶，衡非卑琐之士而何，善哉王尊之劾之也。

——庚寅

曹公所以得破灭袁氏，剪除幽并者，实由刘表但知自保，不能出江汉一步。使曹公方攻谭尚，表即乘虚袭许，则袁氏必不能即定。袁氏不亡，则袁刘犄角，曹公不得安枕矣。使曹公北击乌桓，表信刘备袭许之策，则曹公虽善于用兵，而远水不救近火，精兵已至幽燕，许都必不能顾，是天下方为表所得，曹刘胜负，未可定也。失此二机，使操得扫除河北，还师南指，表即不死，亦必亡矣。甚矣，景升真庸才也！方议征乌桓时，曹公亦深知许都可危，所以冒险北讨者，正料景升无此方略，苟安江汉，故欲先定幽并，以除后患，然后根本既固，可以一意南向耳。此意惟荀攸、郭嘉好谋之士为能见之，故前征谭尚，攸言表无四方之志，今征乌桓，嘉目表为坐谈客。他人或不尽知，则谓先击刘表，蹔释乌桓，此属最平之策，故操归而赏言者也。操枭尚首，令三军，敢有哭者斩，牵招设祭悲哭，操义之，此阴求义烈之术，其石祁子沐浴佩玉之说乎！刘琮既降，或劝刘备攻琮，备以景升托孤，不肯背信自济为言，非衷言也。当时操军势盛，备所难者，不在不能胜琮，而在胜琮之后不能御操，知荆州不可得，遂托为信义之言耳。隆中对问，君臣垂涎荆州久矣，此其可得，岂肯让人耶？习凿齿美之，不足知备矣。又备到当阳，或劝其速进，备谓人既归吾，不忍弃去，此亦伪耳，当日必势不能速进也，其后长坂之败，妻、子不保，使力可速进，岂顾从人哉！诸葛使吴，辞命必非当日之旧，彼方谓英雄无可用，请权处置豫州，其时权并无倦意，何得遽以束甲按兵北面而事之说相激，此虽拙于辞令者不为矣。此陈寿不如马班之处。

——庚寅

读《通鉴》三十卷。薛宣因黄雾四塞，上言："吏多苛政，部刺史不循条职，举错以意，多与郡县事，开私门，听谗佞，求吏民过谴呵及细微，责义不量力，郡县迫促，亦内相刻，流及众庶"云云。是时成帝初即位，吏治如此，则仍孝元之积弊也。孝元优柔不断，而其下乃竞为苛求如此，则宣帝遗之患也。冯逡①言："屯氏河塞，鸣犊口又不利，一川兼受数河之任，虽高增堤防，终不能泄。"数语深得治河之要。当时匡衡不能用，而河果北决馆陶，南决金堤，水害一一如逡所料，故凡言之切中事理，不可违也。匡衡屡劾陈汤，前则阿附石显，后则忌害功能，如薛宣所称"责义不量力"者矣。汤于兵事，可谓深知，如乌孙围段会宗，汤独策其不足忧，其引《兵法》"客倍而主人半然后敌"，乃千古之定论，而所称"报仇之兵，非救急之用"，尤为切中。不知用兵有报仇、救急之异，未足以言兵矣。王延世塞决河，卅六日而堤成，速则速矣，吾恐其工未固也。武帝瓠子之决，经数年而不能塞，延世以卅六日成之，能无草率乎？其后未及二年，至河平三年，果再决平原、延世与许商等再治，则六月乃成，其前之速者，可尽恃乎？谷永、杜钦议不受匈奴使臣伊邪莫演之降，可谓深悉虏情，其谓"贪一夫之得，失一国之心"，则所见大矣。后世贪近功小利者，岂足知此。永等言"汉初设金爵之赏，以待降者"，以匈奴"数为边害"，今"既享聘贡之质，不得更受逋逃之臣"，尤为明于事势之变，可知议事当揆合其时势，不可一概借口也。刘向所以异于匡衡、谷永、杜钦辈者，匡衡在宣帝朝阿依石显，而向则极陈谗邪并进之害，而劝元帝行诛；永钦在成帝朝依附王凤，而向则极论外家专权之失。盖经术之士，必以能秉正嫉邪为要，以刚直有气不肯逶迤从俗为贵，匡衡等启后世伪理学之渐者也。成帝与王章谋去王凤，及凤乞骸骨，复强起之，此犹可言也，至使尚书劾章下狱致死，此则出人情理之外，所谓自去其手足者

---

① 逡，原作"浚"，《通鉴》作"逡"，下引亦作"逡"，据改。

矣。景帝杀晁错，成帝杀王章，情事相同，然错有罪而章无罪。薛宣不以吏
道教子，其言"能与不能，自有资材"，此实名论。元帝制于宦官，成帝制
于外戚女祸。

——辛卯

　　读《通鉴》六十六卷。周瑜劝孙权徙备建业，分关张各置一方，此公瑾
雄志大略，其实非计。吴蜀犄角，乃可敌曹，先自除其羽翼，则操且坐得渔
人之利矣。权非操敌，瑜即不死，亦非操敌也。公谨谋略，过鲁肃远甚，此
事则鲁肃之见为长。权劝吕蒙从学，曰："孤岂欲卿治经为博士耶？但当涉略
见往事耳。"此英雄之见，盖借古人以自证其处事之合否，与占毕经生自属不
同，不然则读书何益耶？操言"战在我，非在贼"，此最用兵之要。知此则
敌人军械虽利，不足畏矣，特不得以不能者借口。刘备言：与操水火，不以
小利失信义。此非宋襄、项羽之见也，特托以为名耳。其入益州，不遽袭璋，
谓"此事不可仓猝"，又曰"初入他国，恩信未著，此不可也"。则备之深思
密计，盖较庞统、法正为更精矣。和洽谏崇俭，陈群议复肉刑，皆不易之理，
绝大之议，魏不惟谋臣之多，其群下深达治体，亦非吴蜀所及。法正谓许靖
为获虚誉而无实，"然主公始创大业，天下之人不可户说，宜加敬重，以慰远
近之望"。此最收拾人心、网罗名士之要。孔明谓法孝直辅翼主公，"翻然翱
翔"，"如何禁止孝直使不得少行其意"！此又驾驭英雄之要也，拘牵之士，
皆不知此。

——辛卯

　　读《通鉴》卅一卷。王凤秉政，未甚失德；王音则颇有忠节；史家以后
事恶及前人，至当时名流不弹劾凤者，虽他所言切中时弊，亦不见许。如谷
永、杜钦之言女祸，谷永之谏微行，皆谓其有为而言，此殆曲笔。成帝时，
外戚之盛，未大过于许史也。其弊则后宫骄宠，百姓穷困。观百姓数谋反，
可知当时吏治之坏；观张放宴乐，可以知当时宠幸之横恣。盖事事隳败，其
端皆伏于隐微，后世见王氏篡窃，遂归百恶于外戚，不知当时外戚，苟无王
莽，则凤音等辈，仍未必能乱天下也，成帝亦安能预料新莽之变而为之防哉？

609

谷永疏"许班之贵，倾动前朝"，则班姬在飞燕入宫之前，亦颇骄宠，不过失宠之后，供养长信宫，深得明哲保身之义为可敬耳。班《书》加意摩拟，恐亦为亲者讳。朱博为郡，常令属县各用其豪杰，此治盗之要法。梅福言"能言之类众多，而指世陈政合时务者，亦无几人"。此观言之法。

——壬辰

　　读《通鉴》六十七卷。吴蜀连和，以抗曹操。此意，在蜀惟诸葛知之，在吴惟鲁肃知之，他人不能见及也。关羽守江陵，与肃邻界，羽数疑贰，肃常欢好抚之，肃之高于羽者远矣。操平张鲁，不进攻蜀，不惟其兵士劳役，已属强弩之末，且恐孙权乘虚谋魏，则操危矣。不然，操之智岂不若司马懿、刘晔哉？其后操闻"蜀中一日数十惊"，复问刘晔曰："今尚可击否？"盖欲以观晔之谋略，非真欲攻，而晔对以"今已小定，未可击"者，盖亦窥知操旨，不欲坚持前议也。胡氏谓"晔觇备守蜀，不可犯"者，殆未知其深处。

——壬辰

　　郭舜言"康居骄黠"，"都护吏至坐之乌孙诸使下"，"结配乌孙，竟未有益，反为中国生事"，是汉后为匈奴降服耳，非能尽降西域也。然康居既遣子入侍，虽明知其诈，亦不可绝，舜请"归其侍子，不复通使"，失抚夷之术矣。段会宗之召杀番邱也，致乌孙之围，屡请而后得免，可谓辱其国矣，乃还奏受封，又奏立难栖为坚守都护，不已甚乎！虽然，当会宗受围之时，吾意必约以立难栖为都护，乃能得请，盖不得已而为之者也。夏侯求地匈奴，大失国体；囊知牙斯诘问，咄咄逼人：其败衅而能久存者，则其单于多有英才故也。"刺史位下大夫，而临二千石"，最得大小相制之意。翟方进奏罢刺史而立州牧，于是官多于上而下不理，亲民之官，权轻望减，事上之事多于接下矣。

——癸巳

　　读《通鉴》六十八卷。军务、吏治，自古不能相通。会稽太守淳于式，表陆逊"枉取民人，愁扰所在。"逊乃称式"佳吏"。孙权问之，逊曰："式意在养民，是以白逊。"可知行军不能尽顾民人，而为吏亦不能尽济军事也。李严为犍为太守，辟杨洪为功曹，"严未去犍为，而洪已为蜀郡；杨洪举书佐何祗，洪尚在蜀郡，而祗已为广汉太守"。于此见诸葛用人不循资格。曹公谓"为将当有怯弱时，不可但恃勇"，此实深于兵事之言，所谓大勇若怯也。许靖本刘主所不欲用，及为汉中王，以为太傅，太傅之职，尊而无权，盖自汉已然矣。三国大势，定于诸葛隆中数语，鲁肃深知此意，教权以"曹操尚存，宜且抚辑关羽"。吴蜀之衅，起于荆州，权羽之隙，开于拒昏。权初知连蜀拒魏之计，故不从周瑜而借荆州，其后用吕蒙之策，不取徐州而谋取蜀，此寻小嫌而忽大计也。蒙之图羽，其计可谓极工，其论形势，谓取徐州，陆地必不能守，"取羽，全据长江，形势益张"，亦为极当情事。然论天下之大势，则不然矣。是时魏为最强，吴蜀协力抗拒，犹惧不克，赤壁之役，合二国之谋臣猛将，仅乃克，今不谋合拒强寇，而自除唇齿之依，可谓得计乎！凡两弱自相攻者，皆下庄刺虎之说也。即以利害之近者论之，和蜀拒魏，不失与国之义；和魏破蜀，遂有称臣之举：其为得失，不已较然乎！权谓"子明图取关羽，胜于子敬"，谓"子敬内不能辨，外为大言"，盖深以图羽为得计，而不知其为敌国之谋臣策士所料而得之者也。方操谋徙许都时，司马懿、蒋济等谓"关羽得志，权必不愿，可遣人劝权蹑其后"，及吕蒙既袭江陵，赵俨遂谋更存羽以为权害，而曹公亦恐诸将追羽。由是观之，吴蜀相攻，非魏之大利乎？

——癸巳

读《通鉴》三十三卷。张放闻成帝崩，思慕哭泣而死。荀悦曰："放非不爱上，忠不存焉。故爱而不忠，仁之贼也。"余谓放安知爱上，其所谓思慕哭泣而死者，盖知成帝爱己，虽远出而尚欲召还，帝死则不惟永无还期，将必致诛绝于后，忧惶致死而已，荀氏不知放之心者也。定陶傅太后不宜入宫，孔光之论自正，何武浅人无识，请令居北宫，遂酿丁傅之祸，凡大祸无不始于无识之小人者。诏罢乐府官，仅存郊祭乐及古兵法武乐，"然百姓渐渍日久，又不制雅乐以相变，豪富吏民，沉湎自若"。余谓是时即制雅乐，亦断不能相变也。古人制乐所以宣导郁滞，自必就当时人之所乐而为之，使当时人亦好今乐，古人必不故为淡薄之音，强人以所不愿矣。且乐之可以治天下者，为其化人心愁苦之气，使之不至积而为乱，其本如此而已。若后世，则国政、民事不甚讲求，愁苦之气已积于下，岂区区声乐之所能化哉！故制乐于后世，而谓可以化天下者，皆无识之言也。刘歆《七略》有益于经籍者甚大，《汉书》本之作《艺文志》。仲舒名田法不可施行，古人皆知之。余由此推三代井田之法，盖不过田操于上，百姓人口著籍上之人按籍拨田，随其人户多寡，以为授田多少之率，盖即名田意，孟子所称"一夫授田百亩"，此不过扬榷言之耳。后人说井田，几真成一井字，可谓刻舟之见。中黄门给使王莽家，此大失也，名器不可假人，中黄门不更甚于曲县繁缨乎！耿育讼陈汤云："汤功累世不可及，汤过人情所有。"此最得议功之意，后世功臣，坐微罪犯法者，皆朝廷不权功过之轻重也。解光奏赵昭仪杀成帝子事，请罢赵钦，此自正论；耿育谓不宜扬成帝之过，亦自近理：两者盖不相妨。然吾疑耿育之言为有人属托，特寻出先帝为题目耳。傅太后德赵后，赵后亦归心，当时傅氏权重，不竟赵氏之狱，必傅氏意也，育所言即无属托，亦恐为希旨矣。师丹谏立恭皇庙，为议礼者所祖，正论也。成帝讽杀翟方进，哀帝策免师丹，待大臣无礼极矣，乱世则事事有取亡之道也。冯太后因史立言当熊事，知为傅后倾陷之效，可谓识微，自杀不受奸史之苦，其神勇盖犹见当熊之概。

——甲午（1894 年）

读《通鉴》六十九卷。司马温公论正统精矣，九州分裂之日，其智力本不能相雄长，当时各帝其国，而后人乃强之使帝天下，此何可哉！后世史书，好擅予夺，此学《春秋》之过也。不知古所谓良史，不过据事直书，其恶自见耳。至乃从百世之下，私拟妄测，以为某贤吾褒之，某不贤吾贬之，此岂有当哉。吾尝谓《春秋》有详略，无褒贬，读者见其善而以为褒，见其恶而以为贬，褒贬之说，生于读《春秋》者之心耳，故后世学《春秋》之过者，读《春秋》之过也。至如正统之说，尤为无据，古人所未言，即有其说，亦当就其时天下之一与不一为定，不当从后世分其贤不贤为定也，司马氏之说无以易矣。虽然，彼谓不能使九州一统，皆与列国无异，不得尊奖一国。当矣。而又谓"不可无岁时月日以识事之先后"，遂取魏、宋、齐、梁等十二朝年号纪事。此仍未安。夫既用一国年号纪事，则余国虽同为列国，而已似有正闰之辨矣。然则如何？曰：不相统一之时，则以甲子纪年可也。汉世灾异，策免三公，此不过谓三公之职当调燮阴阳耳，其实则不学之过也。当时习闻此说，故《丙吉传》有不问人斗而问牛喘之事，此可笑也。魏文稍知向学，故诏"天地之眚，勿复劾三公"，自是除一秕政。孙权能下人，亦是英雄之一体，其受魏封，则以高祖受项羽之封为解，其于魏求珍宝，则具以与之，大略与冒顿之于东胡相类。盖其国势介在江表，于魏蜀必宜有所与，既欲拒蜀，不得不和魏也。陆逊不救孙桓，周亚夫不救梁孝王，皆具有不可震撼之气，将兵当知此义。

——甲午

读《通鉴》九十四卷。庾亮议征苏峻，首发难端，其事略同晁错。一战而败，弃军而逃，置人国于不问，真可谓大罪极恶矣。温峤之讨苏峻，盖忠愤激发，以一人而独成此功，真中流砥柱也。然陶侃独如此犹豫者，非尽心无忠勇，亦庾亮视之为贼，故激而盛怒耳。议迁都，以王导之言为最得理，真有大臣之识。议"敬"王导，或者非之，愚谓犹存古者"师无北面"之义，后人习见尊君抑臣之世，遂以为非，此马肿背之说也。

——甲午

读《通鉴》三十四卷。哀帝策免彭宣曰："前有司数[①]奏言，诸侯国人不得宿卫，将军不宜典兵马，处大位。"又曰："子前娶淮阳王女，婚姻不绝，非国之制，其上左将军印绶。"成哀之世，大臣去位，多不以其罪，盖危乱时事前后一辙。平当不肯强起封侯曰："所以不起者，正为子孙。"盖知时乱难免于祸，可谓明哲保身之道。王嘉《请重二千石疏》所论官吏积弊，可谓洞悉，然亦未可泥定，自宜相时势之重轻。嘉之言，在西汉之末，则为至计，若在唐时方镇之变，则为为虎附翼矣。故议事以识时为贵。

——乙未

---

① 数，原作"敷"，误。《通鉴》作"数"，据改。

　　孙权改元黄武，疑即以是年称帝，是时魏蜀皆已称帝，吴前未称帝，则以方称臣于魏也，是年与魏不合，遂改元黄武，则非称帝不改元矣，俟考。吴主信任陆逊，实能开心见诚，"时事所宜"，至令"逊语诸葛"，又"每与汉主及诸葛书，常过示逊"，"有所不安，每令改定，以印^①封之"。此则昭烈之于武侯，有愧色矣！马谡论南征，其切中在知"其今日破而明日复反"耳。武侯器重，盖亦善其能得虏情如此类耳。至如"攻心为上"等语，乃兵家常谈，不足奇也。武侯平定南夷，即其渠率而用之，曰若留外人，则当留兵留饷，"今吾欲使不留兵、不运粮"，此诚抚安夷狄之要。我朝拓开新疆时，惜大臣无识，不能以此法治也。读《通鉴》七十卷。

——乙未（1895 年）

　　读《通鉴》第卅五卷。王嘉谏哀帝，劝其"慎己之所独乡，察众人之所共疑"。此约束身心之法。人必有独乡之事，盖即嗜好之谓，凡天下之专心一意以治之者，皆嗜好之谓也。至于众所共疑，则举事时可见，特恐身在下位，则人皆置之不议；身在上位，则又人所不敢议耳。元寿元年，日食之变，王嘉以为董贤之咎，杜业以为丁傅之咎，然当时董贤之权势实过丁傅，观董贤沮丁傅之封，帝即信从可知。要之临危之世，百祸并伏，固非一端之所能尽。当时因日食求言，始举贤良，而贤良对策，冤讼王莽，是亦国家之妖孽也。王莽得权，自哀帝丧事始，当时董贤归省之后，举朝已无一正人，即使无莽，汉亦无不亡之势。成哀二主，得意恣睢，适为新莽驱除耳，观于举朝诵莽功德可知矣，人之云"亡邦国殄瘁"，不诚然乎！彭宣、何武、公孙禄、傅喜亦稍于莽异者，要其势孤力微，不能为役，为莽者固可以肆行无忌者也。或谓莽欲取汉而褒赏宗室，设有起而为难者不已自树其敌乎？是不然，莽之奸正在此等，不惟收天下心，即刘氏亦无不牢笼，则诡谋为最狡矣。其所立者，大抵已除之国，其子孙昏庸无耻，但以得侯为幸，方且感莽不已，宁有他患哉！观其立帝，独取中山王，则诸侯王子孙有精明达事者，必不为莽所立矣。申屠刚议迎中山太后，准之人情则得矣，天下岂有髫龄之人可以离别其母者？然自

---

　　① 印，原作"卬"，盖刻者破字致误，《通鉴》作"印"，据改。

吕后以来，武帝杀钩弋，哀帝迎傅后，其得失昭然可见，刚之言固情合而理屈，当时廷议不直刚宜也。不知王太后临朝，其势已与吕后、傅后无异，刚请召冯卫二族，以抑患祸之端，此正分吕傅之权，而保卫平帝之要。又况新莽当国，则吕傅二后时所无，冯卫若来，犹剪其羽翼，此大计也。后人疑其欲用狼驱羊，吾谓恐仍使羊驱狼耳。若果冯卫为狼，莽可立去，而局势又当稍变矣。

——丙申

武侯街亭败后，诛马谡，拔王平，赏罚不失，而其所谓"校变通之道于将来"者，尤属补过之要法，处事从学，皆可用也。魏文帝以妻弟有罪，不能得请，积忿而杀鲍勋。又从曹洪贷绢，不称意，恨之而免其官。吴主则少时私用，吕范必关白伯符，周谷乃为傅①著簿书，及即位，独信任范，以谷能欺，而不用，此足见两主度量之相越矣。读《通鉴》七十一卷。

——丙申

读《通鉴》卅六卷。王莽始以事母、养寡嫂、抚孤侄得名，其后则杀其嫂、侄，甚且母死不持丧。吾谓莽之于嫂、侄，犹可言也，其于母丧，则千古奸人所不能为者矣。虽然，非莽之所得已也。彼自知罪大恶极，覆载不容，朝臣虽皆阿附无耻之徒，无言不从，无意不附，至持丧退处，则权势一去手，突起而持其长短者岂少也哉！此其不能持丧之苦衷也。乌乎，奸人之为如王莽者，实朝三暮四伎俩，无足忌也。乃始则欺尽天下，而继遂至自欺其亲，祸亦烈哉！莽求玺太后，太后不予，《辑览》谓"太后实亦愚人耳目而已"。余谓太后之罪，在始引莽治哀帝之丧耳，其后则莽所为，未必尽关太后，不过挟以自重而已。其拒王莽求玺之辞，极为沉痛，盖至是始悟莽之意，此愚妇人之常情也。又莽所下诸诏，率非太后所与闻。观太后闻翟义起兵，谓左右曰："人心不相远也，我虽妇人，亦知莽必以此自危。"可知太后为莽所制诸，非其心之所安矣。

——丁酉

---

① 傅，此字《三国志·吕范传》作"传"，《通鉴》作"傅"。

读《通鉴》七十二卷。孙权能信任人，潘璿，蒋婉姻党也，卫旃奏其密使相问，而权决其不为，封旃表以示璿，既使谗间不敢再试，又使被谗者感而图报，此所以用人之要也。手笔书疏，大臣最宜慎重，武侯之徙李平，即出其书疏前后违错，而表上其罪也。汝纶前随曾相在军时，有某帅来，相公戒以书疏不可不留意，其后果以此致败。魏主患台阁禁令不密，请属不绝，至作迎客出入之制，以恶吏守寺门，见于杜恕奏疏，君子知曹叡于是不君矣。近有某藩司虑属吏贪墨，每署吏，辄令至神祠自誓不贪一钱，始令之任，此皆与曹叡略同。司马懿自知不能御武侯，坚守以老其师，至贾诩等嘲其畏蜀如虎而不动，武侯遗以巾帼之服而不耻，甚乃佯怒而请战，此正其将略之长，为能知己知敌也。曹公所谓"为将须有怯懦时"，正自如此。

——丁酉

读《通鉴》卅七卷。严尤论伐匈奴，其议事翔实，略如赵充国，其谓"周得中策，汉得下策，而秦为无策"者，盖不尽然。猃狁内侵，至于泾阳，而周宣北伐，尽境而还者，当时事势已不可尽知，要苟可以深入，必不以为劳民而止可知也。尤以为其视戎狄，"譬犹蚊虻，驱之而已"，夫蚊虻，驱之复来，不可卒去。设宣王但期驱敌出境，兵甫凯旋，而敌又入寇，则骚动天下，必无已时，安在其能得中策哉！汉武雄才大略，又值文景富庶之后，选将练兵，深入远戍，中国虽罢，卒使强虏大创，匈奴之不振，武帝之力也。议者徒谓武帝用兵，民穷财尽，不知汉无武帝，边患不息，征兵调粟，不能稍息，以彼较此，未为失策。故凡昭宣之世，所以府库充实，百姓给足者，亦皆武帝之遗之安也。此如富人，前世但知积钱，有才子出，则散其累代所积，广置田宅，人但咎其用祖、父之财，而不知其贻子孙之业也，则以为破家之子，不亦缪乎！然则汉伐匈奴，又不得遽谓下策矣。至若秦氏筑长城以限中外，其后匈奴入寇，由长安入者盖寡，其利享之百世，无频年征讨之烦，而有万年疆场之安，计诚得也。至其社稷陨丧，则由于暴虐中国，岂为筑诚所致哉！由是观之，秦亦安得谓为无策耶？虽然，尤虽无论古之识，而其五"难"之属，揆度情势，虏在目中，则固千古边防之大要矣。

——戊戌

读《通鉴》七十三卷。杨阜召杖御府吏，考其后宫人数，颇有大臣风范，其谓"国家不与九卿为密，反与小吏为密乎"？其言亦中古今通弊，宋真宗①行青苗法，不信韩琦、富弼，而信二中使，亦此类也。魏主以马易珠于吴，吴主曰："此皆孤所不用，而可以得马，孤何爱焉！"当国者宜皆识此意。冒顿不爱千里马及爱妻，以事东胡，皆识利害之轻重而已。《书》曰："尔有嘉谟嘉猷，则入告尔后于内，尔乃为训于外，曰：'斯谟斯猷，唯我后之德。'"此非君子之言，小人欲献媚于君者之所为也。使君子为之，断不肯如此委曲。将用之贤君耶，贤君必不掠人之美以为己名也；将用之庸主耶，则彼本不能辨谋猷之嘉否：夫安知不以小忠小信导谀阿容者，为有合于此言耶？其说始于伪《尚书》，而后世效之，于是有削谏草、焚奏议之为，其人大抵非光明磊落之士。陈群居位拱默，见讥于时，正始中，诏撰名臣奏议，朝臣乃见群谏事，前史书之，以为美德，此信伪《尚书》之过者矣。魏明帝未死，而定庙号为烈祖，不学之陋，至于如此。当时若王肃、何晏之徒，以通经知名，皆未闻议及，知其所通者，不过章句训诂之末，不能见其大也，然即以世俗论之，此举亦左氏所谓"豫凶事"者，君子知明帝之不寿也。

——戊戌

读《通鉴》卅八卷。严尤论迎须卜当事，以为"当在匈奴右部，不侵边，单于动静，辄语中国"，迎"置长安藁街，一胡人耳"。议事利害灼著如此，而莽不能用，莽之智盖童稚之不若也。尤又言：可后匈奴，"先忧山东"。亦一定计策，明季反之，遂至于亡。莽诸子，皆莽所自杀，奸人自绝于天者，昭昭可畏如此。莽之讳盗，与秦二世略同，然其情则异。秦之讳盗者，赵高欲以蔽主也；莽之讳盗，则恐大臣握兵难制，又疑诸臣欲弄兵而以盗贼为说，是乃备臣之过也。故上下相蒙，其国必败。田况、严尤皆深悉虏情，廉丹能死难，公孙禄能持大体，皆仕于莽，此诸人之不幸，而莽之大幸也。乃弃而不用，固由天夺其魄，而莽之昏庸无知，亦可略见。伯升得计在联络新市、平林，又要约下江兵以自广其声援，然当时方略已不可知，要必有能

---

① 宋真宗，按行青苗法者神宗，此真宗当为神宗。

驾群雄之才，故人愿归心如此。

——己亥

　　读《通鉴》七十四卷。蜀大司农孟光曰："天下未定，智意为先。"问蜀太子于郤正曰："如君所道，皆家户所有，吾今所问，欲知其权略智谋何如也。"又曰："储君读书，宁效吾等为博士探策讲试耶，当务其急者。"此与孙权教吕蒙学事正相类。吴步夫人卒，追赠皇后印绶，此与魏主预定庙号事乃相反，皆异闻也。追赠之制，当始于此。吕壹将去顾雍，谢宏①问壹，代顾公者，得毋潘太常乎？因言潘太常切齿于君，今日代顾公，明日便击君矣。壹惧，遂解雍事。此以诡道待小人，极为权变，以此事君、处同僚，无不可者。廖式②反，吕岱在武昌闻变，拜表即行，孙权之于诸臣，可谓委任不遥制矣。

——己亥

　　读《通鉴》九十九卷。桓温伐秦至霸上，伐燕至枋头，皆逼其国都，而不肯进围者，盖劳师远伐，惟当以先声夺之。至于敌能固守，而顿兵坚城之下，则危道也。王猛见温，谓"长安咫尺，而不度灞水，百姓未知公心"云云，乃史家不知兵要，以温不围长安为怀异心，故托为是言耳，非猛之言也。

——己亥

　　读《通鉴》第七十五卷。司马懿奸邪之最劣者，真鬼蜮耳。闭城拒爽，举事不顺，使曹爽信桓范之谋，奉天子诣许昌，发四方兵以自辅，范又自携大司农印章，可以征调谷食，如此则以顺讨逆，意当时王陵、令狐愚、毌丘俭、文钦之徒，必有从而响应者，司马之事，未易成也。然爽之不能，懿实知之，故敢于如此。观其不听桓范，而更信懿客归罪之劝，可谓大愚不灵矣。无惑乎桓范有"曹子丹佳人，生汝兄弟豘犊耳"之哭也。诸葛恪盛气轻才，

---

　　① 谢宏，原作"谢玄"，误，据《通鉴》改。
　　② 廖式，原作"廖武"，误，据《通鉴》及《吕岱传》改。

骤当大任，卒以骄戾致败，然其谋吴，不可谓不忠矣，知齐王奋之难制而徙之，其遗笺相戒，深为恳切；及恪卒，而齐王反诛矣。吴自孙权既老，毫无远略，诸臣琐琐，不知大计，恪独志在平魏，屡谋出兵，事之不集，则天时未得，武侯亦不能有功，此不可议也。独其根本未安，治国无术，违众兴兵，乃宣尼所谓"未信而劳民"者，群小从而齮龁之，悲夫！

——辛丑

史　学　下

欧阳公《论李淑奸邪札子》云："自古有文无行之人，多为明主所弃，只如徐铉、胡旦，皆先朝以文章著名于天下，二人皆以过恶废弃，终身不齿。"按：《宋史·徐铉传》："庐州女僧道安，告铉奸私，事下吏治，道安坐不实抵罪，铉亦坐贬。"

——甲午

《国史·高堂隆传》隆疏引贾生策"可为长叹息者三"，今作"六"，殆误。此传又载景初中魏明帝诏云："闵子识原伯之不学，荀卿丑秦世之坑儒"，秦坑儒时，荀卿尚存，亦异闻也。

赵充国《屯田奏》：万二百八十一人，用谷月二万七千三百六十三斛，盐三百八斛。以算法计之，盖一月人得谷二斛七斗一升有奇，盐二升八合有奇，皆有不尽之数，恐是传写人谷盐各数有讹字也。

《史记集解·秦本纪》张晏注"列侯见《序例》"，张晏有《序例》，他书未见，盖久佚矣。

——丁酉

史多不足据。《梁书·沈约传》：梁武篡齐，约劝成之。范云与约同策，约期云同入，而己先独对。此诬也。约《谢封建昌侯表》云："陛下投袂万里，拯厥涂炭，臣虽心不吠尧，而迹沦桀犬。此则王业始基，臣所不与，徒荷日月之私，竟无蒸烛之用。[①] 虽复备数乐，推与同讴颂，而诚微弱草，效阙

---

① 据清严可均辑《全上古三代秦汉三国六朝文》（商务印书馆 1999 年版）之《全梁文》卷三十七所载，该处文字有所省略，在"竟无蒸烛之用"后有"天命玄鸟，非止今日，受命作同，其来久矣"——本书选编者注。

纤尘，遂班山河之誓，叨佐命之赏，亦何以慰悦帷帐，酬报爪牙。"据此，则约无劝成篡齐之事矣。表为当时所上，岂得变乱事实。梁武始终不悦沈约，亦以此也。独其齐臣归梁，无贞介之节，是可议耳，至以决策谋篡诬之，则过甚矣。至于范云，亦未与参密谋，梁武特以乡里耆旧待之耳。任昉为云《让吏部封侯表》略云："臣衅等离心，功惭同德。泥首在颜，舆棺未毁。缔构草昧，敢叨天功。而隆器大名，一朝总集。顾已反躬，何以臻此。正当以接闲白水，列宅旧丰，忘舍讲之尤，存诸公之费，俯拾青紫，岂待明经。"①是亦无功于革命者。表又云："近世侯者，功绪参差：或足食关中，或成军河内；或制胜帷幄，或门人加亲；或与时抑扬，或隐若敌国；或策定禁中，或功成野战；或盛德如卓茂，或师道如桓荣；或四姓侍祠，已无足纪，五侯外戚，且非旧章。而臣之所附，唯在恩泽，既义异酬庸，实荣乖儒者。"此明门人加亲、与时抑扬、定策禁中等事，云皆无之，何得有劝进之事。表又云："去岁冬初，国学之老博士耳，今兹首夏，将亚冢司。"梁武禅齐，在四月也，详沈任二表，足以正史文之失。

郭景纯文学，在晋为有数人物，风烈尤著，而晋书多载卜筮、小数不经之事，使后世疑为方术之士，此史氏之失。孟坚于东方朔，乃能辨其附会失实之事，不以入传，史才之高下，洵关学识哉！庾信"江表王气，终于三百年"之说，乃郭语，而读者亦不知其所出，史亦不载此语。

傅咸上书禁奢云："昔毛玠为吏部尚书时，无敢好衣美食者，魏武帝叹曰：'孤之法不如毛尚书。'"此虽史所不载，然《国志》云："贵宠舆服，不敢过度，武帝叹曰：'用人如此，使人自为治，吾复何为！'"正与傅所引事相发。傅《陈选举书》云："正始中，任何晏以选举，内外之众职，各得其才，粲然之美，于斯可观。"《国志》以晏党曹爽，故多微辞，当用傅《书》正史之诬妄也。然咸父玄，谓晏好服妇人服，以为服袄，是平叔纵诞处亦自可议。

傅玄《水旱上便宜疏》云"昔汉氏以垦田不实，征杀二千石以十数"云

---

① 据唐欧阳询辑《艺文类聚》（上海古籍出版社 1982 年版）卷五十一所载，此处文字有所省略，在"敢叨田功"后有"狱讼讴歌，示民同志"——本书选编者注。

云，愚谓此非美政，玄引之，过也。

贺松坡所读《晋书》，吾尝逐录所藏《晋书》中，又由松坡略举其所选数篇，曰：羊祜、杜预、刘琨、谢安、赵王伦、李特起事时、荀勖、温峤。兹附记于此。

——戊戌年

《项羽本纪》"汉王部五诸侯兵"，少时尝为之考，先征君谓有"辨才"，今失其稿，亦全不记当时所说。李生景濂问："五诸侯宜从何说？"告之曰：三秦、九江、临江，皆项氏党，齐方与项战，常山、河南、殷皆已降，国除为郡。此五诸侯谓韩王信、魏王豹、赵王歇、代王陈馀、燕王臧荼也。识于此，以俟复考。

《御览》荀勖奏对有云："魏文帝用贾诩为公，孙权笑之。"

——庚子年

杜预表论伐吴云：羊祜与朝臣多不同，不先博画，而密与陛下共施此计，故益令多异。又云："自顷朝廷，事无大小，异议锋起，虽人心不同，亦繇恃恩，不虑后难，故轻相同异也。昔汉宣帝议赵充国所上，事效之后，诘责诸议者，皆叩头而谢，所以塞异端也。"

朱子言："新法之行，诸公实共谋之，虽明道先生，不以为不是。后来人情汹汹，王氏排众议，行之甚力，而诸公始退散。"又云："东坡初年论甚生财，后来见青苗之法行得狼狈，便不言生财。初年论甚用兵，后来见荆公用兵狼狈，更不复言兵。他分明有两截议论。"

——辛丑三月

去年所阅宋、齐、梁、陈诸史，取其文字佳者，录目次藏之。儿出游，检出与我，今列之日记中。文帝袁皇后、王镇恶、刘敬宣、张兴世、蔡廓、谢弘微、张畅、此篇《宋书》重出，《张劭传》又见。羊欣、王华、殷景仁、彭城王义康、范晔、沈攸之、朱修之、宗悫、柳元景、沈庆之、萧惠开、袁粲、杜慧度《良史》、王歆之、王弘之《隐逸》。以上《宋书》。

沈公撰《晋书》，廿年始成，惜今已佚。其撰《宋书》，一年而成，盖奉敕所撰，多因徐爰之旧也。

褚渊、王俭、王玄载弟玄邈、周盘龙、张绪、庾杲之、武陵王晔、刘瓛、巴陵王子伦、临贺王子岳、周颙、谢瀹、始安王子遥昌、谢朓、袁彖、张冲、《文学传论》、《魏虏传论》。以上《齐书》。

魏徵《本纪后论》、曹景宗并《后赞》、蔡道恭并《后赞》、张弘策、韦睿、谢朏、康绚、王志、邵陵携王纶、陈庆之、王筠、萧子恪、江革、何敬容并《后赞》、朱异、羊侃、傅岐、韦桀全卷。王僧辨、胡僧裕、徐文盛、吉翂、《儒林传序》、《文学传序》、侯景。以上《梁书》。

《梁书》似胜于宋齐二史，姚察所著，又胜于厥嗣，今所录亦稍滥，他日当更审之。

太宗《世祖诸王传》云"自余诸子，本书不载"，云"自余诸子"，并"本书无传"，所称"本书"，盖乃所采谢吴等记载者。《刘孝绰传》"众好必监"，顾亭林谓避梁宣帝讳詧，盖襄阳以来国史之元文。余谓讳改"察"字，或是思廉自避父讳，如太史讳谈之例，此与《后赞》称父名自异也。独所云"本书不载""本书无传"，当是指谓旧史耳，要是辞不别白。

魏徵所著《本纪后论》《后主本纪赞》、魏徵《后主妃嫔传论》、侯安都、侯瑱、吴明彻、袁宪、孙玚、岳阳王叔慎、皇太子深、顾野王、萧摩诃、张讥、何之元。以上《陈书》。

《陈书》简短，又似不及《梁书》，岂陈代纪载少所依据邪？《陈氏祖诸子传》亦云"二男蚤卒，本书无名"。与《梁书》同。《陈书》不为王琳立传，是一失也。《徐世谱传》云："世谱性机巧，所造器械并随机损益，妙思出人。"自古攻战之具，无不以机巧为贵，所谓智者，创物也，特中国无师弟传授之业，率由其人自悟，亡则其传亦息，故不如外国今世之精微耳。

任城王子顺、广陵王羽，彭城王勰、清河王怿、崔徽附《崔玄伯传》中、古弼、叔孙达、刘尼。以上《魏书》，读至卅卷止，俟他日续之。

——五月十六日

读《史记·张丞相传》，其后续诸丞相，至匡衡，疑非褚少孙补者，其云于丞相已有廷尉传，在张廷尉语中，褚无张廷尉传也，其冯商、孟、柳等所续与？

——六月一日

近得旧本《隋书》，嘉靖、正德时补板，殆元时刻本，惜无刻书年月序，然甚爱之。世知《唐书》欧阳与宋分著姓名，以为欧公恐人以宋文为己作，其实非也。《隋书》纪、传，著明"魏徵上"，诸志，著明"长孙无忌等上"，《唐书》盖本此。

——二日

《隋书》诸志，皆题"长孙无忌等奉敕撰"，独《地理志》无"等"字，盖成于一手。

——五日

读《隋书》已竟，录其文字佳者如左方：

《食货志序》、《地理志》、《经籍志》、豆卢毓、虞庆则、牛弘《开献书之路表》、宇文庆、长孙晟、韩擒①、贺若弼、史万岁、刘方、李文博、刘行本、麦铁杖、沈光、陈稜、高构、裴矩、李密并《后赞》、《儒林传序》、刘焯、《文学传序》、谯国夫人、《突厥传赞》。右都廿五篇。外《太子勇传》叙晋王与独孤后相语，极有态，近《史记·外戚世家》。《文学传》序刘臻，亦诙诡。《隋书》往往喜用俚语入文，李习之《韩文公碑》"若犹记得乃大好，卿直向伊如此道"等句，用此体也。魏徵等所撰《隋书》，止纪、传，其长孙无忌等所撰十志，本《五代史》志，非为隋一代作，后乃编第入《隋书》耳。与魏郑公同修隋史者，颜师古、孔颖达、许恭宗，而郑公多所损益。其《五代史》志，则于志宁、李淳风、韦安仁、李延寿同修。《经籍志》旧题魏徵撰，天圣二年，改题长孙无忌。纪、传旧有题太子少师许恭宗撰，《天文》《律历》《五行》三志，皆淳风独作。其《五行志序》，诸本云褚遂良作，天

---

① 韩擒，实为韩擒虎，唐时，为避讳夺虎字，宋以后仍复其旧。

圣勘校并删去所题名氏。余谓颜师古、孔颖达皆不长于叙事，纪、传中盖多许恭宗作者，未宜以官位年月未合而疑之也。

——七月三日

《晋书·天文志》与《隋书·天文志》大同小异，《隋书》但增五代变占耳。其《妖星篇》中，"史臣案"云云，《隋》亦袭《晋》，尤可笑。

——九日

《晋书·地志》云：周之盛也，民口千三百七十一万四千九百卅三，地自王城外面五千里为界。汉平帝元始二年，民户千二百廿三万三千六十二，口五千九百五十九万四千九百七十八，地东西九千三百二里，南北万三千三百六十八里。此据《汉志》。东汉桓帝永寿三年，户千六十七万七千九百六十，口五千六百四十八万六千八百五十六。蜀汉户廿万，口九十万。吴户五十二万三千，口二百四十万。晋太康元年，户二百四十五万九千八百四十，《隋志》云二百六十余万。今依《晋志》诸州所载户数合计之，止二百四十余万，《隋志》字误也。口一千六百十六万三千八百六十三。《隋志》大业五年，户八百九十万七千五百四十六，口四千六百一万九千九百五十六。自隋以前，惟西汉为极盛，其后每兵乱则户口耗减，至隋文帝，颇休息，而不能复汉之旧，则五代战争久也。

——十日

《晋书·五行志》称伏生为宓生，伏、宓同字也。

——十七日

《晋书》记洛南盗、尉部小吏及韩寿事，皆类小说，与《司马相如传》叙文君事异矣，此熙甫所云"《晋书》以下，其气轻者"也。

刘毅《论九品中正疏》云"恨结于亲亲，猜生于骨肉"，晋人用"亲亲"字，犹今云亲戚也，《河南王顒传》云"石函之制，非亲亲不得都督关中"，《儒林·刘兆传》云"亲亲在此营葬，宜赴之"。

——八月二日

《晋书·和峤传》云："太傅从事中郎庾顗见而叹曰：'峤，森森如千丈松，虽磥砢多节目，施之大厦，有栋梁之用。'"《庾敳传》又以此语为颙目温峤之言，二传乖异如此，纂修失检，不惟和温自各异姓，即敳颙名亦异文。

——八月四日

《嵇阮传》皆极意摹写，《阮传》尤胜，然《劝进表》不载《阮传》，载在《帝纪》，是其识暗也。嵇阮乃心曹氏，不附典午，《晋书》亦未能发明此意。刘琨《劝进表》亦应入琨传，不当入《元帝纪》。

——五日

《晋书·温峤传》云："江左草创，纲维未举，峤殊以为忧。及见王导，共谈欢然，曰：'江左自有管夷吾，吾复何虑！'"《王导传》云"桓彝初过江，见朝廷微弱"，"忧惧不乐，往见王导，极谈世事，还，曰：'向见管夷吾，吾无①忧矣。'"二事相类，盖纪述者各据所闻，一以为温峤，一以为桓彝，而史家并采之，以夷吾许导，乃当时特识，不应二人雷同。《王导传》，史家精心结撰之文，然纪述散乱，无意脉贯输，此退之所云"乱杂无章"者也。

——十五日

《晋书·庾翼传》首云："京兆杜乂、陈郡殷浩，并才名冠世，而翼弗之重也。每语人曰：'此辈宜束之高阁，俟天下太平，然后议其任耳。'"后又云"殷浩征命无所就，翼请为司马及军司，并不肯赴。翼遗浩书，因致其意"。又载翼报兄冰书，自言与浩亲善，皆与《传》首所言矛盾。

——十七日

《晋书》桓伊弄笛事，当入《谢安传》。孙盛对庾亮，解王导之谗，当入

---

① 据唐房玄龄辑《晋书·干导传》（中华书局，1975 年版）卷六十五所载，"吾无忧矣"作"无复忧矣"——本书选编者注。

《王导传》。

——十九日

《晋书·忠义传》王育为刘渊太傅，韦忠为刘聪镇西大将军，刘敏元为刘曜中书侍郎、太尉长史。育忠始皆晋臣吏，敏元未仕，亦晋人，此三人皆入《忠义传》，不以事二姓为耻。盖忠节之行，至宋贤而论始精也。

——廿七日

吾尝谓殷浩虽虚名过实，要志在尊朝廷、抑僭乱，一出不效，遂为桓温所陷，史文讥谤多失实。今读《晋书·儒林传》，范弘之论殷浩宜加赠谥，不得因桓温之黜以为国典。斯殆当时笃论，然弘之竟坐是废黜。弘之与会稽王笺及与王珣书，复再四申辨，其与会稽王道子笺云"殷浩忠贞，宜蒙褒显"，下官"与浩年时邈绝，世不相及，徒借闻故老语其遗事耳，于下官之身，有何痛痒，而当为之犯时干主邪"！又与珣书云："殷侯忠贞居正，心贯人神。加①与先帝隆布衣之好，著莫逆之契，契阔艰难，夷险以之，虽受屈奸雄，志达千载，此忠良之徒所以义干其心，不获以已者也。既当时贞烈之徒所究见，亦后生所备闻，吾亦何敢苟避狂狡，以欺圣明"云云。弘之之黜，由王珣党桓，其言如是，足见当时公议皆敬殷浩，又足见温之黜浩，正所以剪晋帝之羽翼，后世史裁，竟祖温议浩，非其实矣。

——九月十日

---

① 加，原作"如"，刻误，据《晋书》改。

文　艺

近读《瀛奎律髓》，知文字佳恶，全于骨气辨之。作家必沉雄，其未至者率浮弱。因识曾文正所称"当者立碎"之意。

——己丑年以后

曹子建谓"刘季绪才不逮于作者，而好诋诃文章，掎摭利病"，其言最足警人。季绪有诗赋颂六篇，见纪于挚虞《文章志》，今不传，不知其何如，虽为子建所轻，未必不贤于今世文士。若著述并无可纪，而徒能诋诃，是又季绪所不齿矣。可不戒哉！

《子虚赋》"若此辈者数十百处"，"辈"，类也。《三国志》注引《典略》载路粹奏孔融罪状"诸如此辈，词语甚多"，此二"辈"字，后人未达，《子虚》则妄删之，《典略》则妄改之。

久不作诗，偶作诗殊不成章，《和姚》与《答程》相去未久，而"兄弟"一联与"徂岁"一联便自同调，而不自知，殊可笑也。

归震川评《国策》"梁王觞诸侯范台"章云："凡文章前立数柱议论，后宜铺应，或意思未尽，虽再言亦可，只要转换得好，如此非惟文字有情，而章法亦觉整齐。鲁共公此论，可以为式。"

赵菁衫观察国华赠余诗，有佳句学杜公，余勉酬之，用元韵，深惭其浅劣。赵公久病，顷始得其复书，颇赏吾诗，以为清隽，益滋惭也。

——甲午年

抄五言诗，自汉魏迄于李、杜、韩、柳，备于阮亭，视曾公断以九家者亦稍广，而为诗殊约，恐有遗美，则识力故未至也，要亦自适吾好而已。

《唐诗鼓吹》，元遗山所选。遗山友人曹之谦有《读唐诗鼓吹》七律一首。后人因遗山集中未尝言及此书，郝经所为墓志及《元史》本传亦皆不及，疑非遗山所选。杨升庵又以是书中阑入胡宿，决其非遗山之书。余考其卷首柳子厚诗中即杂有刘梦得再授连州之作，不仅胡武平杂入唐诗为可疑。但此等乃后人窜乱，非必元书本然。观郝天挺于诸诗人各立小传，独胡宿无有，知郝作注时尚无胡诗阑入也。遗山《题中州集后》绝句云："陶谢风流到《百家》，半山老眼净无花"，此选大率亦以《百家》为蓝本。又所选诗多慷慨激昂豪迈沉著之篇，与遗山所为诗同条共贯。以此推之，其为遗山所选，决非妄托，况有赵孟頫、武乙昌、姚端父诸人为序，岂得尽目为伪撰者哉！其诗初盖分类，大约柳子厚至韩致光五人为一类，王右丞至陆鲁望六人为一类，包佶至杜荀鹤十五人为一类，崔颢至罗邺十七人为一类，钱起至姚鹄七人为一类，杜牧之、高骈二人为一类，王初至吴子华五人为一类，李义山、温飞卿为一类，刘长卿至郑准七人为一类，章八元至李山甫五人为一类，武元衡至李远三人为一类，权德舆至卢弼三人为一类，独孤及、苏广文中附胡宿为一类，王建至司空图三人为一类，袁不约至胡曾为一类，王表至徐铉为一类。凡为类十有六，今不知其所以分类之故，以温李考之，盖犹可窥见涯略。李颀与崔颢为类，而不附于右丞，则识过李于鳞远矣。遗山《论诗绝句》以柳州为发源谢客，此选以柳为首，固无足怪，至刘梦得则《论诗绝句》"刘郎亦是人间客"，殆不甚推服；而此选以继柳后者，昔人论刘为豪放，其体为东坡七律所自出，固不得而轻议之也。

抄七言古诗，起汉武帝《秋风词》，以阮亭选周秦诸诗多出传记难信，诗亦未工；李杜前名作殊少，独鲍诗惊矫；苏黄前欧王卓然成宗；元白亦别成一队，亦依阮亭不入选，恐学之人滑易也。下至虞伯生而止。

曾公《日记》云："余昔年钞古文，分气势、识度、情韵、趣味为四属，拟再钞古近体诗亦为四属，而别增一机神之属"云云。所钞古文即"四象"也。黎莼斋为编年谱，不知此书。余藏其文目，惟《庄子》多节钞，未载其起止。今遍求元书而不能得。曾公古文之学，今真《广陵散》矣。古近体诗后未成书，惟五古尝用四类标记，则气势、识度、情韵、工律，而无机神一类，盖仍用"四象"也。

——丁酉年

《家书》中同治五年致澄沅两弟云："《古文四象》目录钞付查收。所谓四象者，气势即太阳之属，识度即太阴之属，情韵即少阴之属，趣味即少阳之属。其中所选之文，颇失之高古。弟若依此四门而另选稍低，为平日所嗜者钞读之，必有进益。但趣味一门，除我所钞者外，难再多选耳。"

《九歌》"猋远举兮云中"，《九辨》"猋雍被此明月"，《大人赋》"猋风涌而云浮"，此诸"猋"字，疑皆当作"倏"字。

吾昔撰《保定曾文正公祠堂碑》，其铭诗已刻石，而范肯堂尚有纠弹，吾因自改数语云："士昔失学，民亦不泽，有娭有朴，有襦不复。孰师孰父，孰觉以煦。公既莅止，乃塾乃庚"云云。书示肯堂，肯堂以为善，而原本未改，今附记于此。

傅玄《晋鼓吹曲·咏伯益》云："智理周万物，下知众鸟言"，此必有本。

——戊戌年

唐孟云卿《古别离》诗云："结发年已迟，征行去何早"，姚郎中云："结发，犹束发也，解为结昏，殊谬。乃唐人已有此误。"余按傅玄《董逃行·历九秋篇》云："长保初醮发结，何忧坐成胡越"，则晋人已用为结昏矣。孟诗自有所本，不为失也。揆以"友于贻厥"等歇后语，则"结发"以言"结昏"，亦魏晋时语例矣。

贾山《至言》"但谏猎耳，而其词危悚乃尔"。

晁错《贵粟书》"急政暴虐，赋敛不时，朝令而暮改当具，有者半贾而卖，无者取倍称之息"，王怀祖依景祐本《汉书》，"暴虐"作"暴赋"，是已，其下"改"字作"得"则非。黎莼斋所刻日本唐写本《食货志》云"朝令而暮当具"，最善。"改"字"得"字，皆后人妄增。"当具"本作"当其"者，亦妄改。唐写本后文"莫若使民农而已矣"，"农"上无"务"字，亦善。

《栾城集·书传灯录后》引德谦禅师云"一切贤圣皆以无为法而有差别"，说之云："经所谓以无为法者，谓以无而为法耳，非谓有无为之法也。然自六祖以来，皆读作'无为之法'，盖僧家拙于文义耳。"汝纶按：此经下云"既以无为法为极，则又安有差别"云云，据此，则经自以无为连读，子由说之不审，非僧家不识文义也。

钱氏《养新录》论王者禘其祖之所自出引董生之言曰："天者，祖之所自出也。"余检《繁露》无此语，其《观德篇》有云："天地者，万物之本，先祖之所出也。"岂钱氏偶未检而误记乎？

文家用虚字有法，不可率意。《汲黯传》"黯弃居郡，不得与朝廷议也"。韩公《罗池碑》"吾弃于时而寄于此，与若等好也"。此二"也"字用法略同，乃韩公学《史记》处。

阅唐人张登诗"平生推久要，留滞共三年"，读"要"为去声，平仄两收之字，古人多两用。昨见范肯堂门人王宾基诗用"老妪"，"妪"读平声，又于报纸中见启儿诗用"冥"，"冥"字读为仄声，皆误读耳。又医家多劝儿勿用心为诗文，儿好作诗，结习竟不改。

——辛丑五月廿三日

日本东京大学文科助教授兼学习院教授市村瓒次郎字圭卿者，写所作《居庸关》一绝见示，其诗云："绝塞连天尽乱峰，关门何处访居庸？汉家不用防秋事，付与闲云自在封。"诗才甚可观。

——六月三日

茂木少佐来谈，写其所作诗，甚佳。诗云："林树模糊带暮云，归栖小鸟不成群。路旁曾是战争地，秋草花间见古坟。"此君可谓儒将矣。

——七月十三日

陈惟庚兄弟以郑子尹诗文及《经说》见惠。张廉卿谓子尹七言古诗为国朝第一家，吾以未见为憾，今获读之，甚喜。

——廿九日

古人用"且"字与今时文家不同。柳州《封建论》"且汉知孟舒于田叔"，《读论语》①"且是书载弟子必以字"，欧公《为君难论》"且听计于人者宜如何"，老苏《孙武论》"且武以九年冬伐楚"，此诸"且"字皆古法。

——九月十日

吾尝谓《通鉴》引太史公《韩信传赞》以为"正论"，坐不知文。温公于文故未深入，盖不足怪。《东坡志林》："海外之文，知言者众推高之，非温公比也。"今读其书，谓史迁二大罪，则论商鞅、桑弘羊之功也，意纵有激，然于史公论鞅、弘羊之旨，失之远矣。史公传殃，功罪分明，而《平准书》所称"民不益赋而天下用饶"，其微文刺讥，可谓深切。而苏氏以为论弘羊之功，甚矣，史公之书之不易读也。

——十一日

曾重伯来，并示所作无题七律十章。珍妃去年死于井，今遣人取出，尸不坏，面如生，重伯感赋此诗，甚得玉溪生风调。其诗云：

甄官一夕沦秦玺，疏勒千年出汉泉。凤尾檀槽陪玉碗，龙香璎珞护金钿。文鸾去日红为泪，轻凤仙时紫作烟。十月帝城飞木叶，更于何处听哀蝉！

赤槛回合翠沦漪，帝子精灵化鸟归。重璧招魂伤穆满，渐台持节召真妃。清明寒食年年恨，城郭人民事事非。湘瑟流哀弹别凤，寒鱼哀雁尽惊飞。

银床玉露冷金凫，碧化长虹转辘轳。姑恶声声啼苦竹，子规夜夜叫苍梧。破家叵耐云昭训，殉国争怜郑宝符。料得珮环归月下，满身星斗泣红蕖。

横汾天子家何在？姑射仙人雪未消。恨海千龄犹化石，柔乡三尺不通潮。薛虹垂处怜华绶，汉月圆时照翠翘。八节四时佳丽夕，倩魂应上绣漪桥。

朱雀乌衣巷战场，白龙鱼服出边墙。鸥波亭畔佳期尽，鱼藻宫中岁月长。水殿可怜珠宛转，冰绡赢得玉凄凉。君王若问三生果，满驿梨花绕佛堂。

王母传筹拥桂旗，阊门宣谢肯教迟。汉家法度天难问，敌国文明佛不知。十宅少人簪白柰，六宫同日策青骊。玉娘湖上粘天草，只托微波杀卷施。

天文东策王良马，地络西摧蜀后蛇。苔荠自来涵圣泽，桂纶今日网名家。

---

① 《柳集》原题作《论语辨二篇》。

蕙兰吊影伤琼树，河汉回心湿绛纱。浣局也怜人薄命，停砧争拾像生花。

小海停歌山罢舞，芙蓉猎猎鲤鱼风。璇台战鼓惊朱鹭，瑶席新香割绿熊。魂魄黯依秦凤辇，圣明终属晋鲛宫。景阳楼下胭脂水，神岳秋毫事不同。

帘外晚风吹碧桃，未央前殿咽秦箫。石华广袤谁曾揽？沉水奇香定未烧。荷露有情抛粉泪，菱波无赖学纤腰。蝶裙枉绣留仙褶，旗人不著裙，此句未安。碧海清流任寂寥。

姊弟双飞入望仙，凤闱元自伺恩偏。赏花夕夕随铜辇，斗草朝朝费玉钱。束蕴渐逢投杼惑，细荆曾感脱簪贤。身名只合埋青史，何水何山认墓田。

——十月廿四日

考　证

十七日考晋地四十事。二十日考晋地四十八事。廿二日考晋地卅四事。廿三日考宋地五十六事。廿六日考郑地十余事。八月廿六日考《春秋》曹、陈、许三国地。

附记汉法：事国人过律，与父御婢奸，略人妻弃市，为太常牺牲不如令，咒诅大逆，酎金，行赇，为太常南陵桥坏衣冠车不得度，杀人弃市，伤人，为太守知民不用赤侧钱为赋，不偿人责过六月，从射擅罢不敬，伤人二旬内死弃市，出入属车间，侯出国界，临诸侯丧后不敬，教人上书枉法，葬过律，买塞外禁物，人上林谋盗鹿，为太常不缮治园林不敬，为太常乏祠，铸白金弃市，擅繇不如令阑出函谷关，与人妻奸，为太常酒酸不敬，挟诏书，行驰道中更呵驰去，卖宅县官故贵，侵神道墙不敬，行过不请擅发卒兵为卫当斩，谋杀季父弃市，买田宅不法又请求吏，与奴阑入上林苑，坚不出持马斩，诈病不从不敬，谋杀人未杀，为宗正听谒不具宗室不敬，为太常程博士子弟故不以实，行来不请长信，矫制害，衣襜褕入宫廷中不敬，当归与人宅不与，将军败独身脱来归当斩赎，畏愞当斩赎，为都尉匈奴败太守以闻非实谩，为太守发兵击匈奴不以闻谩，矫制不害，为太守入戍卒财物上计谩，军功增首不以实当斩赎，击匈奴不至质，祠庙骑，盗都内钱，坐诸侯王金钱财漏泄中事，作为妖言大逆、腰斩，祠宗庙乘小车，杀弟弃市，不朝不敬，与姊妹奸，不使人为秋请，弃印绶出国不敬。

——壬申（1872 年）九月朔

抄《畿辅通志》，并将《大清一统志》所载汉县道里以朱笔注于胡刻《一统图》中。往年曾文正劝余将《一统图》多购数本，以朱笔注历朝舆图，一朝一部，未暇为也。将来拟成此志。

——癸酉正月二十三日

成《兖青表》。考订《锥指》、《今释》、乾隆州县志各书，定冀州北界。

——甲申

丧服过礼 附出后服制

《北史·节义传》：门文爱抄本误作"文门"，依《北史》改。汲郡山阳人，早孤，供养伯父母，以孝谨闻。伯父亡，服未终，伯母又亡，文爱居丧持服六年，哀毁骨立，乡人相与标其孝义。

《湘山野录》：宋真宗西祀，次河中，召种司谏放决雍都之策，时种持兄丧，上欲邀放至京，辞曰："臣幼父亡，伯父鞠育，誓持三年之丧，以报其德，乞终其制。"

《通典》："晋王廙议：凡既受命出为人后，而不为所后者之父制服，固非礼也，还为其亲斩，亦非礼也，均其失，宁居过重，无居过轻。"愚谓凡为后之子，宜如礼降其所生，若不为其所后制服，则宜还为其亲服斩，考之义例，即知人心在可通矣。

《后周书·柳庆传》：庆出后第四叔，及遭父忧，议者不许为服重，庆泣而言曰："礼缘人情，若出于后之家更有苴斩之服，可夺此以从彼，今四叔薨背已久，情事不追，岂容夺礼，乖违天性！"时论不能抑，遂苦终丧。

《隋书·刘子翊传》：永宁令李公孝，四岁丧母，九岁外继。其后父更别娶，后妻至是而亡。河间刘炫以无抚育之恩，议不解任。刘子翊驳之云："父虽自处旁尊之地，于子之情，犹须隆其本重。是以令云：为人后者，为其父母并解官，申其心丧。""且后人者，为其父母期，未有变隔以亲继，亲继既等，故知心丧不殊。""今炫敢违礼乖令，侮圣干法，使出后之子，无情于本生，名义之分，有亏于风俗，徇饰非于明世，强媒蘖于《礼经》，虽欲扬己露才，不觉言之伤理。"事奏，竟从子翊之议。按：此出继后尚为本生继母持服。

《宋史》中丞何澹所生父继室周氏死，澹欲服伯母服，下太常百官杂役，吕祖俭遗书宰相约："《礼》曰'为伋也妻者是为白也母'，今周氏非中丞父之妻乎？将不谓之母而谓之何？中丞为风宪首，而以不孝令，百僚何观焉！"据此则《濮议》未可径称皇伯矣。

《唐书·毕构传》：始构丧继母，而二妹褓襁，身鞠育至成人，妹为构服三年。

《梁书·袁昂传》：昂丁内忧，服未除而从兄象卒。昂幼孤，为象所养，乃制期服。人有怪而问之者，昂致书以喻之曰："窃闻礼由恩断，服以情申，故小功他邦加制一等，同爨有缌，明之典籍。孤子夙以不天，幼倾乾荫，资敬未奉，过庭莫承，藐藐冲人，未达朱紫。从兄提养训教，示以义方，每假其谈价，虚其声誉，得及人次，实亦有由。兼开拓房宇，处以华旷，同财共有，恣其取足，尔来卅余年，怜爱之至，无异于己，姊妹孤侄，成就一时，笃念之深，在终弥固，此恩此爱，毕壤不追。既情若同生，而服为诸从，言心即事，实未忍安。昔马棱与弟毅同居，毅亡，棱为心服三年；由也之不除丧，亦缘情而致制；虽识不及古，诚怀感慕，常愿千秋之后，从服期齐。不图门衰，祸集一旦，草土残息，复罹今酷，寻惟恸绝，弥剧弥深！今以余喘，欲遂素志，庶寄其罔慕之痛，少申无已之情，虽礼无明据，乃事有先例，率迷而至，必欲行之！君问礼所归，谨以咨白，临纸号哽，言不识次。"

《唐书·李愬传》：愬早丧所生，为晋国王夫人所鞠。王卒，父晟以非适，敕诸子服缌，愬独号恸不忍，晟乃许服衰。按：《礼》为庶母慈己者小功。

韩公《祭郑夫人文》云：昔在韶州之行，受命于元兄曰："尔幼养于嫂，丧服必以期。"今其敢忘，天实临之！按：唐律为兄弟妻小功五月。

《通典》：东晋成帝咸和五年，散骑侍郎贺侨妻于氏表云：妾妇贺氏，胤嗣不殖，妾姑薄氏，使夫侨多立侧媵。侨仲兄群数谓亲属曰："于新妇不幸无子，群当以一子与之。"其后子辉在孕，群即白薄，以乞新妇。辉百余日不育，群复以子率重见镇抚。率生过周，侨妾始生子纂。或以侨既有纂，率若不去，则是与为人后，率即归还陶氏群妻。谨备论"六不解""十疑"如左，云云。尚书张闿议：率以若子之轻义，夺至亲之重恩，是不可之甚也。

《通典》：司马操难曰："为人子者，奉亡事存，如所生不异，尽礼如彼而致降于此！"荀伯子答曰："同所生者，谓出后及所养尔，不谓垂除而追责使同也，故知及丧则同，已死则异，出后之子，在三年之外便不为继父追服，明既往不可得同也。"

《隋书》：刘子翊曰："晋镇南将军羊祜无子，取弟子伊为子，祜薨，伊不服重。"

《通典》：范宁以为，大宗义诚重矣，方之祖考，于斯为薄。若令舍重适轻，违亲就疏，则是生不敬养，没不敬享，生人之本不尽，孝子之事靡终，非以通人子之情，为轻当代之典。

《通典》：晋博士曹述初曰："《礼》：大宗无子，族人以支子后之，不为小宗立后。甲有子丙，后叔父乙，叔非大宗，甲以丙后，非礼也；子从父此命，不得为孝。"

何休《公羊》注云：小宗无子则绝，大宗无子则不绝。

冯善云："《射礼》：败军之将、亡国之大夫与为人后者，不得入。射本观德，德以孝为先，既为人后，则本生父母不得执三年丧，人子之心何安，而敢上观德之场乎！先王盖以教孝也。"由是观之，为人后者当列不幸之科矣。

又曰："非大宗，非贤、非德而后之，皆曰妄，弃其亲而亲人，几于禽兽。"冯字文所，宣德时人。

胡寅不为本生母持服，为右正言章夏所劾，后著《读史管见》数千万言，论汉宣帝皇考庙、哀帝立定陶王及晋出帝追封敬儒为宋王，皆欲借以自解。然持论太过，所谓欲盖弥章，前辈盖尝评之，固非敢轻议先儒也。此条录《齐东野语》。

丘濬曰："古人大宗无子，则以族人之子后之，而不及小宗。我朝亲藩初封而国绝，则不为立后，盖古礼也。亲藩且然，况庶民乎？"按《大明律》虽许同宗立嗣，然皆谓其人生前自立，而无死后追立之文。

田汝成曰："《礼》曰：'为人后者孰后？后大宗也。'非大宗而立后，古未有也。夫立后者，将以抑人本生之爱而他属之，非人情所乐与也，必甚不得已而后为之。近世立后之义不明，而泥于其说，一父数子，一有短折，即割兄弟之子以子之，名为立后，何其狃闻见而昧本始也！甚者惑于为人后者为之子，而曰为人后者不得顾其私亲，谓所后曰父母，谓本生曰伯叔父母，呜乎！父子天性也，而可以假借为哉！在礼为人后者服斩衰三年，为其父母期；是易服以明大宗则有之矣，易父母之名以为亲，于礼未之有也。女子适人，父母之名犹存，今去父母之名，反女子之不若矣。"

《通典》：晋张湛曰："《礼》所称为人后，后大宗，所以承正统。若非大宗之主所继，非正统之重，无相后之义。甲有子丙，后叔父乙，乙虽无子，于礼不应取后于甲，甲之命丙，丙之后乙，皆为违礼。然兄弟以子相养者代代有之，此辈甚众，时无讥议，盖同系一祖，兄弟所生，犹如己子，非犯礼违义故也，虽非《礼》之正义，亦是一代成制，由来故事，岂可以甲命独为非礼，丙从便为失道！此之得失，自当与世人共之尔。"此答曹述初前说。

罗虞臣曰："宗之适死而无子，然后得为置后，庶子不置后，不继祖与祢也。非所后而后焉，是曰诬礼，舍天性之爱而父他人，是曰抑本，皆自叛于先王之教者也。曰：'人有抱其同宗之子而育者，则亦可以为后乎？'曰：可。养育之恩大矣，岂若今立继者之比欤？曰：'然则其于本生也，其名之也如之何？'曰：父母之名，何可废也！昔宋崔凯曰：本亲有自然之恩，降一等亦足以明所后者为重，无缘乃绝之矣，未可绝其亲而绝其名，是惑也！曰：'不几于二本乎？'曰：《礼》不有继父慈母之名乎？"

柴绍炳曰："父子之伦，天性也。故曰'父母生之，续莫大焉'。乃世有无子而立后者，非其子而强为之子，非其父母而强为之父母，则已借矣。古者支子后大宗，系以父子之名，实承祖宗之重，虽欲逡巡顾其私亲而不得，继体隆重，本生降杀，先王揆之大小轻重，而礼由义起。若以小宗后小宗，以支子后支子，彼无不可绝之道，此无不得已之情，忽然捐本生、称继嗣，于情也拂，于礼也过，君子深非之。士君子讲明礼义，笃于天性，有身为小宗支子，固不可徇俗而强为人后，亦不可挟私而强人为之后也。《礼》称'殇与无后者从祖附食'，正为小宗支子之绝嗣者设耳。《礼》于为人后者借曰持重大宗，而原据天性，未尝没其本生之实，夺其父母之名也。自汉儒执《公羊传》'为人后者为之子'之说，后人则又附而益甚焉，如宋之议濮，本朝之议兴献，皆欲易为伯叔、不得称考，此尚谓之有天性也邪？"

《宋史》：神宗时知太常礼院苏颂疏曰：嘉祐中刘辉祖母卒，自言幼孤，鞠于祖母，虽有诸父，亦乞解官行服。礼官议辉是长孙，自当承重；臣窃谓辉乃庶官，世又非显，若云鞠于祖母，报以三年可也。有诸父在，而令承长孙重，非也。故熙宁八年六月诏书："适子死无众子者然后适孙承重，袭封爵者虽有众子犹承重。"此明宗子传重，正合古礼。

《咫闻录》：明臧应奎为南京车驾主事，以祖庶母丧求去，例不得持重，犹执私丧三年以重所自出。按：《孝慈录》祖庶母齐衰不杖期；《咫闻录》顾湄著。

《北史》：北齐南汾州刺史刘丰八子，俱非适妻所生，每一子所生丧，诸子皆为制服三年。

《通典》：唐刑部郎中田再恩疏云："阮嗣宗晋代之英才，方外之高士，为母重于父。"

《魏书·冯熙传》："熙父辽西公坐事诛，熙生于长安，为姚氏魏母所养，熙事魏母孝谨，魏母卒，诏，不听，服，熙表求依赵氏之孤，高祖以熙情难夺，听服齐衰期。"此养母不见经传。

胡翰曰：唐贾氏谓，子于母屈而从期，心丧三年，若丧父而无服，由子贡以义起之也。子贡以孤之施于门人者还以报之，苟施于母子之间，则疏衰齐裳，非若师之无服也。服断以期而犹心丧，其服何以表衰也？后世使子得申其尊，诚非过矣。

晋许猛曰：为人后者若子，继母如母，言若言如明其制如亲、其情则异也。"继母如母"则异亲母，"为人后者若子"，则亦当异亲子矣。

《宋史》：王博文母张改适韩氏，母死，谓古之为父后者不为出母服，以废宗庙之祭也，今丧者皆祭，无害于行服。乃请解官持服。

杜衍尝为出嫁母解官行丧。按：礼无嫁母之服，宋律令服周心丧三年。

《朱子语类》："为人后者，为其父母服期年，有父母之称。"濮议引此为证，欲称皇考，当时虽以众人争之得止，而至今犹以为未然。盖不知《礼经》中若不称为其父母，别无称谓，止得如此。

又曰："且如此，今人为所生父母齐衰不杖期，为所养父母斩衰三年。"以理观之，自是不安。然圣人有存亡继绝之道，又不容不安。

又曰："今法为所生父母心丧三年。"此意甚善。

吕枏曰：为人后者为其父母者何？曰重生我也，虽后于人，生身之恩，不可忘也。

汪德辅曰：或谓为人后者，当易其父母之名，从所后者为属，而使之无二。是未考于《礼》也，盖父母之服当降，使明所后者重而已，非遂以为当变其亲也。亲不当变，则名可得而易乎？名不可得而易，则期服虽除，心丧三年礼不可变也，而谓辄以绝其亲乎？不绝其亲，而能使其属之疏者相与为重，亲之厚者相与为轻，在以礼义名其内，而不在于恶其为二而强易其名于外也。经曰："为人后者，为其父母报"，此其名之见于经，未尝易也。经既不易，则凡为人后者生曰本亲，没曰考妣，礼之正也。

《梁书·沈嵩傃传》：母卒，家贫，经年始获葬，自以初行丧礼不备，复以葬后更行服三年。

《晋书·郤诜传》：母亡，于所居堂北壁外假葬，丧过三年。

《庾阐传》：石勒陷安乐郡，阐母亦没，阐不栉沐、不昏宦、绝酒肉垂廿年。

孟陋丧母，不饮酒食肉十有余年。

《陈书·殷不佞传》：江陵陷而母卒，道路隔绝，不得奔赴，四载之中，常为居丧之礼。兄不齐迎丧归葬，不佞居处之节，如始闻问，若此者又三年。

《宋史》：徐积母亡，终丧不彻几筵。

《后汉书·谯玄传》：玄为太常丞，以弟服去职。

《杜林传》：弟成物故，魁嚣乃听林持丧东归。

《楚国先贤传》：阴嵩以叔父忧，弃官张掖。

《儒林传》：杨仁为什邡令，兄丧去官。

《韦彪传》：族子义为陈令，以兄顺丧去官。

《戴封传》：道伯父丧去官。

《陈重传》：遭姊忧去官。

《孔昱传》：以师丧弃官。

《陈宴传》：以期丧去官。

汉《繁阳令杨君碑》：遭叔父太尉薨，委荣轻举。太尉者秉也。

《三国志·贾逵传》：以丧祖父去官。

《刘焉传》：以师祝公丧去官。徐乾学云：顺帝时左雄议非父母丧不得去官，安帝时制：长吏被考未报者自非父母不得无故去职；是轻丧解官，固有禁也。乃其时期功解官，史不绝书。

晋《谢尚传》：丧兄哀恸过礼。

《北史·崔孝芬传》：兄孝政亡，绝肉蔬食。

裴庄伯闻兄敬宪疾，求假不许，遂径自还。

房景伯弟亡，蔬食，终丧不内御。弟景远丧兄同。

齐谢宏微兄曜历卒，除丧不啖鱼肉。

《南史·傅昭传》：昭卒，弟映丧之如父。

何点兄求卒，菜食不饮酒三年。

颜延之丧弟三年，有《除弟服》诗。

陶潜《归去来辞自序》：寻程氏妹丧于武昌，情在骏奔，自免去职。

唐《卢迈传》：奏请哭从父弟起之丧。

赵弘智兄弘安亡，哀毁过礼。

李元素姊没辞职。

《宋史》：皇祐四年，吉州司理参军祝绅幼孤，鞠于兄嫂，已尝为嫂持服，兄丧，又请解官，仁宗口："近世盖有匿亲丧而干进者，绅虽所服非礼，然不忘鞠养恩，亦可劝也。"俟服阕日，与幕职知县。

《魏了翁传》：丁生父忧，解官心丧。

《叶梦鼎传》：丁本生母忧，免丧始拜官。

《吕祖俭传》：祖俭监明州仓，将上，兄祖谦卒，部文本年不上者为违年，祖俭必欲终期丧，朝廷从之，诏"违年者以一年为限"，自祖俭始。

汉碑：刘衡以兄忧，即日轻举。

圉令淑君，司徒辟，以兄忧不至。

曹全遭同产弟忧去官。

度尚以从父忧去官。

杨著遭从父忧，飘然轻举。

王纯失妹，释印绶。按《通典》：安帝初，长吏多避事弃官，此等恐皆有托而为。

大清制《会典》"齐衰"条下：为人后者，为其本生父母仕者解任，士子辍考，丁忧一年；一子承祀两祧，为其本生父母同。按：此乃他期丧所未有。

《会典·事例》：乾隆二年谕在京八旗文武各官，遇有亲丧，例于持服百日之后，即入署办事。原以旗员人少，若令离任守制，恐致误公，而伊等在廿七月之内仍各于私居持服，以自尽其心。惟是朝会祭祀之期，或有执事，或应陪祀之处，仍皆一例行走，未加分别，俾尽孝思，嗣后在京旗员有心丧者，廿七月之内，凡遇朝会祭祀之礼，应一概免其行走。按：此即许申心丧之义。

又《吏部·守制门》"为本生父母治丧"条：康熙三年题准，内外官员出继为人后者，遇本生父母之丧，自愿回籍治丧者，京官具呈到部具题，外官督抚具题。十二年题准：官员为人后者，遇本生继母之丧情愿治丧者，亦照生母例准其给假。乾隆二年覆准：内外大小官员出继为人后者，遇本生父母之丧，概令回籍治丧。又，在京候补候选、在外试用等官，遇有本生父母之丧，亦令取结具呈，回籍治丧。如有匿丧不报者，照匿丧例革职。

又，《礼部·学校门》"丁忧告假"条：雍正十三年议准：凡为人后者，遭本生父母之丧，服虽降，期仍心丧三年，若出应试，实非情理所安，嗣后有隐匿干进者，照匿丧治罪。

又，《刑部》"匿父母夫丧"条：乾隆二年议准：查定例内外官员出继为人后者，遇本生父母亡故，例不丁忧，自愿回籍治丧者，京官具呈到部、外官督抚具题，遵行在案。盖以父母之恩，昊天罔极，凡在任官员为人后者，遇本生父母亡故，既不得终三年之丧，以尽自致之情，若不令其回籍治丧，以少尽其哀痛迫切，诚于心不安，亦于理不合，是以自愿回籍治丧者，除路程外，定限一年，原非谓既为人后，竟可听其自便，不必治丧也。其本生父母之丧，降服期年，迥非祖父母、伯叔兄弟之期年可比。其儳然不能终日之情自不容已，倘仍晏然居官，久于其位，亦非移孝作忠之道。今直省官员，有出继而闻本生父母之丧、情实迫切愿回籍治丧者，间亦有闻之漠然、而于本生父母既没之时毫无哀痛之情、反以不丁忧为幸者，总由例载"自愿回籍治丧"，似非必自回籍故也。请嗣后内外大小官员出继为人后者，遇本生父母亡故，概令回籍治丧，在京候补、在外试用等官，遇有本生父母之丧，亦令取结具呈，回籍治丧。又例开文武生员举贡监生，遇本生父母之丧，不许应试，其隐匿不报、蒙混干进者，发觉照匿丧例治罪。是未经服官之人，于本生父母身故，尚不许违例应试，况身居民上，岂容贪禄忘亲，嗣后如有匿丧不报，请照例分别治罪。

——光绪乙亥八月

西晋裴秀《禹贡九州地域图论》：图书之设，由来尚矣，自古垂象立制，而赖其用。三代置其史掌其职，暨汉祖屠咸阳，丞相萧何尽收秦图籍。今秘书既无古今地图，又无萧何所得秦图，唯有汉氏所画舆地及诸杂图，各不设分率，又不考正准望，不备载名山大川，其所载列，虽有粗形，皆不精审，不可依据；或称外荒迂诞之言，不合事实，于义无取。今制地图之体有六：一曰分率，所以辨轮广之度也；二曰准望，所以正彼此之体也；三曰道里，所以定所由之数也；四曰高下，五曰方邪，六曰迂直，此三者各因地而制、行校夷险之故也。有图象而无分率，则无以审远近之差；有分率而无准望，虽得之一隅必失之他方；虽有准望而无道里，则于山海绝隔之地不能相通；有道里无高下、方邪、迂直之校，则径路之数必与远近之实相违矣。此六者参而考之，然后远近之实定于分率，彼此之实定于准望，径道之实定于道里，度数之实定于高下，故虽有峻山巨海之隔，绝域殊方之迥，登降诡曲之回，皆可得举而定者也。

右裴秀《地域图论》。予儿时读胡东樵《禹贡锥指》谓画地图当依裴此说，顾未见秀《论》，《锥指》亦未载是篇，遍求其书而未得也，兹检《初学记》得之。弟徐氏多割裂，恐非全文，又间有误字，不可考校。然可见古人于绘图之学致为精审，近时李申耆颇得其法。自西洋人传其所绘图入中国，则精绝一时，非前代儒生以意测绘之可比矣。

南江 郦注《地理志》曰：江水自石城东出，迳吴国南为南江。江水自石城东入为贵口，东迳，石城县北，_{晋太康元年立，隶宣城都。}东合大溪，_{溪水首受江，北迳其县故城东，又北入南江。汝纶按："北迳""北入'二北字疑有误。}又东与贵长池水合，_{水出县南郎山，北流。}又东迳宣城之临城县南，又东合泾水，又东与桐水合，又东迳安吴县，号曰安吴溪，又东旋溪水注之_{水出陵阳山下，此合东溪水。南江之北，即宛陵县界也。晋太康元年，分宛陵立安吴县。}又东迳宁国县南，_{晋太康元年，分宛陵置。}又东迳故漳县南、安吉县北，_{汉中平二年，分故鄣之南乡以为安吉县。}又东北为长渎，历湖口东注于具区，谓之五湖口。谢灵运云：具区在余暨，今余暨之南，余姚西北，浙江与浦阳江同会归海，但水名已殊，非班固所谓"南江"也。郭景纯云：三江者，岷江、松江、浙江也。然浙江出南蛮中，不与岷江同，作者述志，多言江水至山阴为浙江，今南江枝分，历乌程县南，通余杭县，则与浙江合。故阚骃《十三州志》曰：江水至会稽与浙江合，江水又东迳余姚县故城南，_{县城是吴将朱然所筑。}又东迳穴湖塘，又东注于海，是所谓三江者也。故子胥曰：吴越之国，三江环之，民无所移矣。但东南地卑，万流所凑，涛湖泛决，触地成川，枝津交渠，世家分畛，故川旧渎，难以取悉，虽粗依县地缂综所缠，亦未必一一得其实也。

《水经》："沔水与江合流，又东过彭蠡泽，又东北出居巢县南，又东过牛渚县南，又东至石城县分为二，其一东北流，其一又过毗陵县北为北江，又东至会稽余姚县，东入于海。"郦注谓经有谬误，汝纶定正其文如左："沔水与江合流，又东过彭蠡泽，又东至石城县分为二，其一东北流，出居巢县南，又东过牛渚县南，又东过毗陵县北为北江，其一东至会稽余姚县，东入于海。"

附记：江南今水

黄湓河合建德之石门溪东流之大清湖，贵池之西溪至黄湓口入江，黄湓口疑即贵口。石城县，晋太康立者，在贵池西七十里，南江自贵口流经石城县北，在今县西，而秋浦在今县西南七十里；而黄湓河流过张家滩，与贵池西南鲁祖山之水会于沙山，是必与秋浦会矣。

池口河五源，二源出洿溪、石岭，上清溪亦有二源出洿溪、石岭，池口河五源会于秋浦而汇于玉镜潭，潭在郎山，《水经》所谓"水出县南郎山北流为贵长池"者也。

上清溪源亦出洿溪、石岭，而汇于江祖潭；二潭相去数里，则上清溪必与池口河合矣。下清溪与上清溪合，而源出于太朴山，九华之支麓也。

五溪河在青阳，亦出太朴山，北流绕五溪山下，为大通河。

梅根河出九华，由五溪山折流注于五溪河。

临城河，大通河之别源也，郦注南江至临城县南又东合注泾水；解者以泾水为赏溪，在泾县南一里；余谓赏溪上流为舒溪，乃陵阳之旋溪，水出陵阳下者也，非此文之泾水矣。盖汉泾县所有之境今不详其所在，疑今之临城河发源分流岭，岭属汉泾县，故名之为泾水也。

南陵、泾县与青阳之间，皆黄山、九华之支麓，不知南江于何经由，殆非目验不足以定之。意者当如青乌家所谓"奔洪"者乎？

舒溪源出陵阳山下，《续文献通考》谓之旋溪，入泾县界为赏溪，汇于芜湖之石硊渡，入青弋江。

青弋江出泾县，石埭、宁国府西南诸川皆汇入焉，经宣城，行廊山、方山下，出扬青口，会太平府之黄池河。

黄池河在太平府南六十里，与宣城以河为界，东接固城湖、丹阳湖及宣城之南崎、北崎二湖，东连绥溪。

绥溪一名白沙溪，会广德建平诸水，杜预所云"宣城、广德县西南有桐水西北入丹阳湖"者也。此水在宣城之东，安吴在泾县，郦注叙南江先过桐水而后至安吴者，文有倒误也，当在"过宁国"句下。

故章，《方舆纪要》"在广德州东北九十里，入湖州府长兴县界"。

黄溢河　池河口　上清溪　下清溪　五溪河即大通河　梅根河　临城河天门河　荻港河　黄浒河　清弋江　漳水　淮水　黄池河　绥溪

贵池：黄溢湖　玉镜潭　秋浦　铜陵：天井湖　东西二湖　栖凤湖　青阳：廿四湖　繁昌：浓湖即官庄湖南陵：舒溪　赏溪　三港　当涂：慈湖吴笮融屯兵于此，晋陶侃败苏峻侯景兵亦经此，今湮。宣城：青溪　白洋溪　宛溪　句溪　南崎湖　北崎湖　丹阳湖　固城湖　石臼湖。

张铉《金陵志》：芜湖县河东接太平府南六十里之黄池河，又东接溧水县西南之固城湖、丹阳湖，及县南之石臼湖，会长荡湖而入太湖，自东坝筑而丹阳、石臼诸水俱西流入大江，与长荡湖相隔矣。

《方舆纪要》：宋元嘉、梁大通之间，议者尝以松江壅塞，欲导吴郡之水从浙江入海，不果。

《文选·江赋》注引《水经注》云：中江东南左会涠湖。

吕祖谦云：岷山之脉，其一支为衡山者，已尽于洞庭之西，其一支又南而东度桂岭者，则包潇湘之原而北经袁筠之境，以尽于庐阜，其一支又南而东度庾岭者，则包彭蠡之源以北尽于建康，其一支则又包浙江之源而北其首以尽于会稽，南其尾以尽于闽越也。

顾氏《郡国利病书》谓，南龙五枝，皆与岷山相连。

《能改斋漫录》云：《琴书》，蔡邕嘉平[①]初入青溪访鬼谷先生，所居山有五曲，一曲制一弄，成示马融，甚异。然苏武诗"幸有弦歌曲"，则音韵称

---

①　嘉平，疑系"熹平"之误。

曲，其来久矣。又按《韩诗》"有章曲曰歌，无章曲曰谣"；《古今质疑》：《诗·毛传》云"曲合乐曰歌；徒歌曰谣"；宋玉《对问》："其曲弥高，其和弥寡"，《列子》："伯牙鼓琴，曲奏，子期辄穷其趣"；又宋玉《笛赋》："师旷将为《阳春·白雪》之曲"；《庄子》："孔子坐乎杏坛，奏曲未半"，《家语》：孔子和子路弹琴曲三终；《史记》：孔子学琴于师襄，子曰："丘已习其典矣"；《乐府解题》：武王伐纣，作歌使工习之，号曰《巴渝之曲》。据此，则曲之名已先见于武王之时。

《石林燕语》谓"初未有称殿，皆起于秦"。高承《事物起原》：《商君书》有言："天子之殿"，则自孝公已然矣。盖秦始曰殿也。《古今质疑》：《通鉴外记》："晋平公布蒺藜于殿下"，"齐景公怒有罪者，缚而至殿下"，又"齐有一足鸟下止于殿前"；《史记·优孟传》："优孟入殿门"；《六韬·五将篇》："太公曰：凡国有难，君避正殿。"此其来也远矣。

《事始》：后汉钟离意谏明帝："陛下躬自克责，降避正殿"，此"避殿"之始。《纪原》云：《史记·吴王濞传》景帝曰："朕素服避正殿"，则其事始景帝也。《古今质疑》：《说苑》："魏御廪灾，文侯素服避正殿"，又"齐大旱，晏子曰：君诚避殿暴露，与山灵河伯同忧，其幸而雨乎？"又《太公六韬》曰："凡国有难，君避正殿，召将曰：社稷安危，一在将军。"然则景帝以七国反"避殿命将"，正同此故事也，而谓始于景帝，可乎？

郭棻《郡城图说》云：从胜楼，元平章张柔横翠楼故址。莲花池，元张弘范凿渠引水由西城而绕其第，放之使从南北水门出者，此其渟滀处也。池之北有轩曰娱清轩，轩后有万卷楼，池之南有临漪亭。郝经《横翠楼记》云，郭仲伟建。万卷楼，元守帅贾辅建，筑堂其侧，曰中和堂，聘郝经居之，经有《万卷楼记》。君子亭，元张柔凿莲花池，建亭其中。临漪亭，张柔建。郝经有记则云"千户乔侯之别第，侯子德玉请为记"，云"张柔建"者雍正《畿辅志》，殆是误耳。《李卫碑记》又云：临漪亭肇自唐上元间。

——己丑年以后

作《禹贡疆域表》。以《禹贡锥指》为主，参之《地理今释》、《方舆纪要》各书。《禹贡》以山川纪疆域，说者以为地理之善例，故表《禹贡》不得不兼载山川。《冀州表》《直隶省》成。

——壬午

张伯行作《冉觐祖传》云："汶上袁生，深于等韵之学，君与之讲论五日，尽得其传，其性敏而力专如此。"冉公字永光，号蟬庵，汤潜庵、耿逸庵之友也。

协韵之说，起于李善。

——甲午年

改冀、兖、青作表体例。唐孔氏从马郑以来旧说，谓青州跨海，蔡传以为据海，余谓蔡传是也。《九州》凡言海者三，青、徐、扬是也。徐扬言海，皆属据海，青独"跨海"，何从而知之耶？河自碣石入海，碣石以南为兖州，济入海即金大、小清河，济南为青州，自登莱至辽东隔兖州一州境，青乃越兖而有辽东，果何由而知之？余意碣石以北辽东之地皆冀州域，《尔雅》幽州之"医无闾"，分冀域也，必执"医无闾"[①]为青域，于是不得不强经就传矣。

——乙酉

祭昭忠、忠烈二祠。忠烈祠国初敕建，以祀明殉难知州孙士美者。游子岱访州境近年被兵各义民附之，而不入昭忠祠，失考。

——二月十日

汉功臣侯第

萧何一 曹参二 张敖三 周勃四 樊哙五 郦商六 奚娟七《汉表》夏侯婴八 灌婴九 傅宽十 靳歙十一 王陵十二 陈武十三 王吸十四 薛欧十五 周昌十六 丁复十七 虫达十八 陈濞十九 武儒廿 周緤廿二

---

① 医无闾，亦作"医巫闾"。

朱轸廿三　元顷廿四爱类　董渫廿五　尹恢廿六《汉表》　郭亭廿七　召欧廿八　陈涓廿九　孔藂卅　陈贺卅一《汉表》　沛嘉卅二工师喜　庄不识卅三　周灶卅四　戴野卅五　吕博国卅六傅胡害　摇毋余卅七　戎赐卅九　唐厉四十　郭蒙四十一　丙倩四十一　丁礼四十二　丁义四十三　周定四十四　单宁四十五　华无害四十六　陈平四十七　刘钊四十八　张平四十八　陈胥四十九　陈遬五十　缯贺五十一　朱濞五十二　周聚五十三　齐受五十四《汉表补》　阎泽赤五十五　雍齿五十七　许温五十八　审食其五十九　周成六十　谔千秋六十一　张良六十二　宣虎六十三　林挚六十四《汉表》　张苍六十五　蔡寅六十六　郦疥六十六　纪通六十六《汉表》　张说六十七《汉表》　华寄六十九　秦同七十　空中七十一室中同　留胜七十二　吕臣七十三　公孙耳七十四　革朱七十五《汉表》　阳城延七十六《汉表补》　孙赤七十七　魏遬七十八《汉表》　毛泽七十九　陈仓八十　杜得臣八十一　陈夫乞八十二　其石八十三《汉表》　陈署八十四　冷耳八十五　陈婴八十六　吕清八十七《汉表》　刘泽八十八　任敖八十九　李必九十　温疥九十一　程黑九十二　王周九十二王虞人　卫胠九十三　杨武九十四　疆瞻九十五张瞻师　靳疆九十六　赵将夜九十八　许廉九十九　冯解散一百《汉表》　吕马童百一　王翳百二　杨嘉百三　吕胜百四　冯溪百五　王竟百六　赵衍百七　杜恬百八　卢卿百九　奚意百十《汉表》　昭涉掉尾百十一《汉表》　朱仓百十一《汉表补》　刘到百十一《汉表补》　许倩百十二　黄极忠百十三　卢罢师百十四　陶舍百十五　戚鰓百十六　高邑百十七　张相如百十八　灵常百十九　刘它百廿一　宣义百廿二　公上不害百廿三　陈锴百廿四《汉表》　单父圣百廿五　秋彭祖百廿六《汉表》　刘广百廿七　刘郢客百廿八《汉表补》　刘章百廿九《汉表补》　翟盱百卅　栾说百卅一　贲赫百卅二　吴浅百卅二《汉表补》　吴程百卅四　刘襄百卅五　吴阳百卅六《汉表补》　须毋百卅七

　　《索隐》载姚氏说：表凡百四十三人，今止百卅七人，据《汉表补》者八人，重者九人，《汉表补》重者二人，阙者六人。班氏《表序》云：高祖作十八侯之位次，高后二年，复诏丞相陈平尽差列侯之功，录第下竟。然则此百四十三人功第，皆高后时定，故得以孝惠高后间侯者杂入之。高帝始定十八侯耳，考班氏所为《十八侯铭》，萧何第一，樊哙二，张良三，周勃四，曹参五，陈平六，张敖七，郦商八，灌婴九，夏侯婴十，傅宽十一，靳歙十二，王陵十三，韩信十四，陈武十五，虫达十六，周昌十七，王吸十八；与《史表》十八侯第绝异。姚氏又言：《楚汉》《春秋》与《史》《汉》不同，或者班所列为陆贾所第欤？抑孟坚自以意升降之欤？《萧何传》明言"萧何第一，曹参次之"，似表所列者封爵旧次，铭殆失之。铭又称韩信为"右将军襄平侯"，《史记》不载。其云："奉使全璧"，亦非韩信事，《史表》襄平初封纪通，在高祖八年，而韩信以二年王代，五年降匈奴，其前王韩自韩徙代，无侯襄平之事，铭误决也。张敖功第三，即班铭亦在第七，此徒以姻娅故耳，何足服诸将哉！且使汉无韩、彭、黥布诸公，但得萧、曹、绛、灌，安能与项羽争天下？"鸟尽弓藏"，而论功定次乃在向时羞与为伍之人，赏罚之不公，盖自古已然，不足为怪。凡侯功以野战攻城为主，萧何上所特优，他如良平之徒，乃皆退处数十人之后，此又其风气之近古者矣。

——丁酉年

近见新报，有据《货殖传》"蹑利屣"谓为妇人缠足始自汉时者，此谬说也。余见武梁祠画妇人之足与男子同；《北齐书》任城王湝为并州刺史，有妇人临汾水浣衣，有乘马人换其新靴而去，妇人持故靴诣州言之，湝召城外诸妪以靴示之，绐曰："有乘马人于路被劫遗此靴。"一妪抚膺哭曰："儿昨著此靴向妻家。"如其语捕获，时称明察。据此则男子与妇人换靴，其为未缠足明矣。李太白诗"青黛蛾眉红锦靴"，欧阳公诗"红靴玉带奉君王"，靴之制似不宜于已缠之足。《诚斋杂记》引杜牧之诗云："钿尺裁量减四分，纤纤玉笋裹轻云。"云此时似已裹足；而《辍耕录》据《道山新闻》谓始于李后主宫嫔窅娘以帛绕脚，令纤小，作新月状，唐镐诗"莲中花更好，云里月常新"，为窅娘作也，以为缠足近起五代。然欧公"红靴玉带"之诗，尚是宫制，或与民间不同，苏子瞻赠龙丘子词云："细马远驼双侍女，青巾玉带红靴"，则北宋妇人仍著靴，至元时萨都剌《咏绣鞋诗》有云："双尖不露行复顾"，则为裹足明证矣。又按白乐天诗云"小头鞋履窄衣裳"，云"小头鞋履"，则是已裹足矣。然疑唐时已有裹足者，宋世尚有未裹足者，故欧苏尚咏

"红靴"，而白杜已有"小头鞋履""玉笋纤纤"之什也。至《辍耕录》据《道山新闻》谓起李后主，今按李后主词云："刬袜步香阶，手提金缕鞋"，脱足步行，履提在手，则亦未裹足之证，岂后主时但窅娘一人裹足，而余人尚未放行欤？毛熙震词"缓移弓底绣罗鞋"，郭钰诗"草根露湿弓鞋绣"，此皆元人，而王维诗云："试穿金缕凤头鞋"，凤头鞋或是绣凤鞋头，未必即是弓鞋也。《辽史·礼志》："皇帝皇后皆乌靴。"此辽不裹足之证。

——戊戌（1898 年）

洪兴祖《楚辞考异》往往引《文苑》。按《文苑英华》意续《文选》，不载梁以前之文；考《直斋书录》云：《中兴书目》有孔逭《文苑》，逭，晋人。元书百卷，存十九卷。洪氏所云《文苑》，殆逭书也。

归震川官太仆，不知何职。顷阅《野获编》，则入为太仆寺丞供事也。又云："两殿各有侍直房，内阁又有制诰，两房所司，不过笔墨，今两房久次者忽尊其衔曰'掌房事'，其次曰'办事'，至效劳者亦称'供事'，以自别于'书办'，而'书办'之名，专属之掌案胥吏；今胥吏书办之权，已超本官之上"云云。又云："两房诸寮，间有甲科名士居之，徐学谟以吏部主事入供事，归有光入为太仆寺丞供事，吴国纶则出拜吏科给事中，严杰出为御史。"

——辛丑二月

《野获编》云："京官自政事之外，惟有拜客赴席为日课，一入衙门，则前后左右皆绍兴人，坐堂皇如傀儡在牵丝之手。"据此，则绍兴人为胥吏，自明已然。

《野获编》云：妇人缠足，不知始自何时。余向观唐文皇长孙后绣履图，则与男子无异。又见则天后画像，其芳趺亦不下长孙，可见唐初大氐俱然。惟大历中夏侯审《咏被中睡鞋》云"云里蟾钩落凤窠，玉郎沉醉也摩挲"，盖弓足始见此。至杜牧诗云"钿尺才量减四分，纤纤玉笋裹轻云"，韩偓诗"六寸肤圆光致致"，唐尺止抵今制七寸，则六寸当为今四寸二分。唐尺抵明尺七寸未知信否，俟考。今禁掖中被选之女，一登籍入内，即解去足纨，盖取便御

650

前奔趋，无颠蹶之患；有扫雪军士从内出，拾得宫婢敝履相示，信然。据此，则明宫掖不缠足。

《野获编补遗》云：今宇内岁入不及千万，正供入太仓者不满四百万。前元取民最轻，固不可法，宋太宗至道中，岁入一千二百余万，南渡以后，宪宗朝岁入乃至六千余万，以此支方强之蒙古，苦战五十余年而后亡，而民尚不告病，当时主计者胜今万万矣。

《野获编补遗》载缅甸盛衰始末云：缅甸，古朱波地，汉谓之掸国，和帝永元中，其王献新乐及幻人，能变化、吐火、自支解、易牛马头。唐谓之骠国，贞元中，亦来朝献。宋谓之缅国。元世祖征服之，大德中封缅国王。其地有江头太公马来安正国蒲甘，所谓缅中五城也，地在腾冲西南千余里。其夷柔而诈。屋庐，象、马、舟楫之类俱备。又制缅铃为媚药，上者值数百金，中国珍为异宝。男子善浮水，绾髻于顶，以青白布缠之。妇人髻绾于后，不施脂粉。谨事佛，其文字用金叶书之，次则用贝叶，谓之"缅书"，通行西南诸夷。洪武间遣使往谕，廿九年始入贡。永乐元年，缅甸头目那罗答遣使郎寻塞来朝，贡方物，上言"木邦、孟养阻遏贡道"，上为开立缅甸宣慰司，以罗答为宣慰使。未几罗答加兵孟养，杀其宣慰刀木旦。事闻，上严谕之，始以地归孟养。既而木邦宣慰兴兵为孟养报仇，破缅城寨廿余，获其象马以献，上受之，永乐十一年也。未几，缅甸宣慰新斯加又为木邦所杀。宣德五年，斯加子莽德剌贡方物。八年，莽德剌奏"木邦宣慰罕门法入境"，朝廷两解之。正统元年，麓川宣慰思任发侵孟养及缅甸，云南总兵沐晟以闻。三年，征麓川；至七年，任发败走，过金沙江，缅甸宣慰男卜剌浪马哈省速剌以兵夹攻，任发走入缅，莽德剌囚之阿瓦城，奏请并其子思机法械送中国，愿得麓川故地。云南屡檄往取，不能得。十年十二月，以兵临缅，而赂以地，缅始杀任发函首入献。寻机法又叛。景泰二年，缅人入麓川，执机法以去。五年三月，献俘于朝。自是，麓川与缅世为血仇。思陆发者，思任少子也，成化中以兵入孟养，据其地，又取缅之听盏等城，缅遂微弱不振。弘治元年，缅甸宣慰卜剌浪遣头目入贡，且言成化间所给金牌信符不戒于火，请续给，许之。其归，经孟养，恐为思陆发所阻，乞官兵护行，又许之。嘉靖五年，孟养酋思伦攻阿瓦城，虏其宣慰莽纪岁，遂与木邦酋罕列瓜分其地。诏永昌知府严时泰往谕，不听，纪岁竟为孟养及孟密土酋思真所杀。幼子曰瑞体，避思伦之难奔洞吾，居廿余年。洞吾者，与古喇近，古喇酋兄弟相攻，瑞体和解之，已而并有古喇之地，因以兵胁服邻国，缅自此复盛。卅年，遂入孟养，旁侵八百、老挝，于是木邦亦臣服于缅，反为向导以窥中国矣。卅九年，孟密酋思真与子思汉相继死，瑞体纳思汉之次子思琢以女妻之，遣还孟密，教以篡国，夺其兄思宋印，因假道以攻孟养迤西诸夷，于是瑞体威势大振，陇川、千崖、南甸三土司亦役属缅甸矣。隆庆六年，陇川宣抚司目把岳凤杀其主多士宁投缅。万历四年，缅遂大举入寇，云南副使罗汝芳拒之。七年，缅兵破迤西，据之。十年，缅兵破千崖宣抚司，执土妇罕氏以去。未几，瑞体病死。瑞体沉鸷狡谲，善用兵，信赏必罚，故以亡命孤童，拓地万里，滇为之敝。既死，子应里嗣，尤险诈，有谋略，瑞体拓土开疆，多赖应里力。十一年，应里纠陇川贼岳凤寇顺宁，破施甸、猛淋、盏达诸寨。诏以刘綎为游击将军，邓子龙为参将，会诸夷兵共击，大破之，俘岳凤至京，磔之。应里遁。十五年，复攻迤西，陷密堵、送速二城；金腾兵备李材击走之，复二城。十八年，缅入孟养。廿年，入蛮莫，邓子龙击却之。是年，再入蛮莫，破等练城；与叛夷猛卯多俺诸酋分道入寇。巡抚陈用宾、广南知府潘文昌议于腾冲筑八城以防缅。廿一年，擒多俺，斩之。用宾檄暹罗会兵攻缅，暹罗阳诺，然畏缅不敢进。廿三年，应里因孟琏、孟艮二土司请纳款，朝议许之。比差官赍银币往入境，复辞不受。廿七年，攻孟养。卅年，攻蛮莫，土官思政败奔内地，缅以兵入滇索之，抚臣惧，斩思政首畀之，缅益骄。卅一年，缅酋雍罕遣使款贡，雍罕盖应里子。某年，缅酋阿瓦攻木邦，我军不能救，于是五宣慰司尽为缅所陷，朝廷置不问。凡滇、黔、粤西诸边裔，相率叛入缅甸。云南所统，凡九宣慰司，其底马撒与大古喇、靖安三慰久为缅夺，滇中可调遣者惟车里等五宣慰司，并缅甸为六慰与南甸等三宣抚而已。今三宣六慰尽入缅舆图，他时南中倘有征发，则蜀汉之张裔被缚送吴、天宝之李泌全军俱覆，非前车邪？迤西者，盖俗名，实孟养宣慰司也，世为刀姓，正统间为麓川侵夺，诉于朝，王骥三出师，其后以孟养赂缅，缅始献思任首级，未几，思陆复取孟养据之。麓川故封虽失，而取偿于孟养，再领民社又二百年，思氏之有后，亦何减莽瑞体哉！

吴平斋谓印用朱文，相传自六朝始。

——辛丑六月六日

《楞严经》云："若诸众生，欲为天主统领诸天，我于彼前现帝释身，而为说法，令其成就。"今邪稣书称"天主"字始《楞严》。又《楞严》所称"摩醯首罗"，即《旧约》之"摩西"也。佛说"生大慢天"即摩醯也，不能谓"能"，故名"大慢"，盖摩西尔称"与天语"，佛所不取也。

——十一月廿四日

时　政

　　谒伯相致曾相意，言张翰泉事。伯相谓"此时不能为力：俄国三万金尚未领给，亦未抵偿，法国教堂亦未修成，去年之案尚未结清，此时翰泉等安能即赦？前德将军奏捐马事，正折发抄，另片未发，想总署畏洋人饶舌，不肯遽准。至欲刘省三奏调，省三何人，敢任此邪！翰泉甚著循声，又属同乡，苟可援手，岂复爱力，实知其势不可行耳。有信寄翰泉时，可劝令耐心守候，勿遽望赐环也"。

——辛未四月二十二日

　　同马松圃、萧廉甫偕谒伯相。伯相谓"天津城最为无取，有事必不可守。此城北宋时所筑，以限契丹者。今国家建都燕京，舍天险而不守，乃为城于河南，自处于背水之地，何其缪耶！"然闻所相城基地势洼下，府、县皆谓不可城云。

——二十三日

　　初一日，钦天监奏"风从艮地起，主人寿年丰"。余谓休祥在政。此等非盛世所宜有。

——壬申正月八日

　　乾隆以后，每登极之十一年必下诏恤狱，罪囚减等。初时不过下诏适遇十一年耳，其后遂沿为成例，此国家忠厚之政，亦故事也。

——同日

　　乾隆四十八年，上谕"《通鉴纲目续编》签明广议各条，于辽、金、元三朝时事，多有议论偏谬及肆行诋毁之处，特交诸皇子及军机大臣量为删润改补，粘签呈览；并遇便交直省督抚各一部，令其照本抽改，务须实力妥办，总在不动声色，使外间流传之本，一体更正，不致遗漏滋扰；至各省抽改若干本，著于年终汇奏一次"。是年又奉上谕"《通鉴纲目续编》，外间有翻刻之本，著谕各督抚全行查出，一律更正其书内违背字样，无论一两页及两三行或数字，均著收存，汇送京师销毁，不致外间稍有流传，使无知诞妄之徒又行抄翻，方为妥善"。乾隆五十一年，直隶各属先后缴到《通鉴纲目》一百七十八部，均已挖改给还，将挖出字片，委员解送军机处。

——十八日

曾相办理清讼，自八年四月起，至十一月止，结销新旧各案四万一百九十一起。自八年十二月起，至十年十月止，连闰计二十四月，又结各案九万一百五十五起。

——同日

上海、福建轮船局奉旨停工，已成之船转赁商人。曾文正曾言赁船一节甚难，富者未必肯赁，赁者未必可靠。

——四月一日

文正前奏遴员携带幼孩出洋肄习，请以陈兰彬为正委员、容闳为副委员，常川驻扎美国，知府刘瀚清总理沪局事宜，监生曾恒忠充翻译事务，典簿叶源濬充出洋教习。

——同日

阅公牍，见藩宪议修义仓十条，其"捐谷照旧例给奖"及"三十亩以上方准借两石"两条，殊无道理。近来捐例减成，安能照旧例给奖；义仓原为贫民，何得专借与富户！此皆难行之事也。

——九月九日

今岁滹沱涨发时，由献县城北将釜河北岸冲开数十丈，其地名高照洼，现已断流，其地比滹沱旧路较高，又有冯家河可以疏浚入釜。

——十一日

于合肥公所见今上御笔批答，字体端谨。

——癸酉二月二十二日

合肥公谈及谒陵之役，辄唧蹙，唯恐不得一当。又言日内温《大学》，盖设默计职分内事，以备召对也。事君之礼，勤谨如此，绝不以功臣自待，此可为法。

——同日

见都下某官与某中丞书，言停罢园工之事云：七月十八日，政府亲臣闻大内将于二十日园中演戏，十余人联衔陈疏，复虑阅之不尽，乃先请召见，不许，再三而后可。疏上，阅未数行便云："我停工何如？尔等尚可哓舌！"恭邸云："臣某所奏尚多，不止停工一事，请容臣宣诵。"遂将折中所陈，逐条读讲，反复指陈。上大怒曰："此位让尔何如？"文相伏地一恸，喘急几绝，乃命先行扶出。醇邸继复泣谏，至微行一条，坚问何从传闻，醇邸指实时地，乃怫然语塞，传旨停工。至二十七日，召见醇邸，适赴南苑验炮，遂召恭邸，复询微行一事，闻自何人，恭邸以"臣子载澂"对，故迁怒恭邸，并罪载澂也。又某枢直言：二十七日原旨中，有"跋扈弄权，欺朕年幼，著革去一切差使，降为庶人，交宗人府严行管束"等语。文相接旨，即陈片奏将朱谕缴回，奉旨著不准行复奏，请暂阁一日，明日臣等有面奏要件。比入，犯颜力争，故谕中有"加恩改为"字样。逾日复草革醇王谕，不知何人驰诉，忽传旨召见王大臣，不及阁学。时已过午，九卿皆已退直，惟御前及翁傅直入弘德殿，见两宫垂涕于上，皇上长跪于下，谓"十年已来，无恭邸何以有今日！皇上少未更事，昨谕著即撤销"云云。

——九月五日

见总署与日本议定条规，其文云："各国人民有应保护不致受害之处，应由各国自行设法保全，如在何国有事，应由何国自行查办，兹以台湾生番曾将日本国属民等妄为加害，日本国本意惟该番是问，遂遣兵往彼，向该生番等诘责，今与中国议明退兵并善后办法，开列数条于后：一、日本国此次所办，原为保民义举起见，中国不指以为不是。二、前次所有遇害难民之家，中国定给抚恤银两；日本所有在该处修道建房等件，中国愿留自用，先行议定；筹补银两，另有议办之据。三、所有此事两国一切来往公文，彼此收回注销，永为罢论。至于该处生番，中国自宜设法妥为约束，以期永保航客不能再受凶害。"

又见其会议凭单云：为会议凭单事。台番一事，现在业经英国威大臣同两国议明，并本日互定办法。又据日本国从前被害难民之家，中国先准给抚恤银十万两；又日本退兵，在台地所有修道建房等件，中国愿留自用，准给费银四十万两，亦经议定，准于中国同治十三年十一月十二日中国全数付给，日本明治七年十二月二十日日本国全行退兵，均不得愆期；日本兵未经全数退尽之时，中国银两亦不全数付给。立此为据，彼此各执一纸存照。

——十月二日

见公牍，知捻匪自陕西渡冰桥至山西，东股甫平，而西股复盛。

——丙申

洋商议换和约数条：一、进内地，谓和约第十二条原准进内地，又俄人已在内地居住贸易，何以西洋不许？如准，则沿海可无更设马头。一、保护洋人利益，如讨取账目等事。一、拟将进出口税则扯匀改减至二分半；又茶末与茶叶一例抽税，岂知税则与茶末兑价按算对折有余，甚属不公；又火船用煤，应准免税。一、内地厘捐太重，拟不拘中外货物，按照税则捐其一半；税已完清，当给完单付该商收执，不拘何处子口，均无阻碍。一、船钞应专为修理港道、设立浮桩、灯船之用。一、海关收税章程不一，拟请照刻下交易平式一例而行。一、存票以一年为限似太促，应展限，不拘何时该货如运往别口，均可领回现银，不得如前扣留作抵。

——同日

是日见甘肃军报，谓甘州回匪已歼，洮州回有降意，方谋招抚。

——丙戌

是日闻寿光大捷，逆首尽死，余党溃逃者仅数百人，捻患遂平。

——戊子

尼坡尔国将兴兵犯西藏，其国在印度北，其臣为让巴哈罗亚。

——同日

西商于伦敦设一公司，曰"上江轮船"，船浅而能行驶滩峡急流，将自宜昌通重庆也。刘仲良制军止不许，以银二十万买其船，船之值可四万耳。

俄人将造西比里阿铁路，西自叨母司克，东抵珲春，中途所经之地十有二，皆在中国之北云。

英人攻西藏，俄遣兵官曰潘什伐尔司克者以游历为名至拉萨；拉萨者，西藏都会也。西藏倚俄抗英，英俄争藏，藏益危矣。

——己丑年以后

入觐一事，马中丞谓恐其不得于大臣者，皆将面请于天子。似亦不可不防，然此在办事者如何耳。若我处置得理，渠虽面请，亦何益哉！

——庚寅

是日闻捻匪窜过六塘河，扰及扬州各属。侯相调度，以彭宫保守上游江面，娄镇云庆自湖北移安庆，李提督朝斌驻守瓜州。余谓贼自山东败窜而来，其势未盛，报者率称万余人，此未必然。六塘守者言百余匹，此亦未然。大约则守者之言，较报者为近理，其无万余人可决也。法宜急调水师入运河，防其渡运西窜皖鄂，而六塘则反守之。扬多支河，如此侯追兵至可成擒矣。

——辛卯（1891 年）

是日闻吴观察毓兰截击败匪，颇有擒斩，私幸料事颇合。及夜，则吴报生擒贼首赖汶洸矣。

——壬辰

《巴黎辨论日报》云：亚细亚人民繁庶，物产丰饶，艺事精好，丝茶之利，遍给欧洲，而煤金诸产，挹注海外。自英得印度，创机制货，占埠通商，经营百载，遂成工商都会，骎骎与中国地接矣。初，法前王鲁易第十五时，印度巡抚法人豆皁雷以印归法，会法衰弱，竟夺于英，乃今始得。越南与印度相当，去中国尤近，商情税利，筹之宜汲汲矣。

中国海禁既开，欧美诸国船交海中。法之黎雍，英之朗加希，产布之地，先后遣人至中国南境游历，领事蒲而司为之向导；而德国克雷恢而夺_{疑即克鲁}伯等机厂遣人至天津、汉阳，美国则至浙江，日本则至重庆。中国至是为梯航辐凑之地，虽欲闭关谢客而不能矣。亚洲于古开化最先，政治修举，其民通文学，识天文，工艺并兴。夏禹铸鼎象九州土物镌其上，欧洲教士阿米育著《中国古事记要》，亦图其一鼎。是时中国疆域尚小，其后幅员渐广，南至越南之北圻，西至西域回部，至汉武时，中国与回部主_{是时尚无回教，此盖据}_{回部所踞地言之}。征一波斯之别种曰匈奴者，又遣使张骞通西域，中国之丝，遂由回部传至俄国，浸淫于欧洲矣。是时中国与于阗、身毒及科尔力士丹等国往来贸易，中外通商于是始也。

罗马人之入中国贸丝也，取道小亚细亚。波斯谓丝为"堆克斯低里崖率里加"，故称中国产丝之地为"堆克斯低里崖率里加"，今考其地，盖即四川省云。当桓灵时，罗马人由埃及、小亚细亚传闻中国，呼中国曰"奢尔"，一曰"撕纳"_{即支那}，中国人称罗马为大秦，诏书往还，皆由其邻安息转达。邪苏生后百六十六年_{魏文帝黄初五年}，大秦国王安东遣使入中国，事载中国史，考其时盖在罗马王麦谷孩而之朝。其人来中国行商者，皆自称麦谷孩而之民。后六百年，唐高宗显庆四年，埃及国丝商曰谷斯墨斯者，得东方海道至中国，

659

是为西人航海东来之始，语见蒙得佛贡所著《中外辑要》中。罗马既亡，阿拉伯相继来中国行贾，有《时事书》一册，传至康熙五十七年，有法国教士曰翰那徒始译其书，云在中国潋浦行贾，岁有回教二人赍土物来售，购布帛以归。潋浦在钱塘江口，南界宁波，北为上海，距杭州五十启罗迈当，其地当纬线第三十度，欧人麦卦巴陆《日记》亦载之。麦卦巴陆者，从大元皇帝忽必烈原本云：一千二百二十七年，则是元顺帝至元三年也。若元世祖之至元三年，当为一千二百六年。此误。入关游中国，传基督教，至元十五年始西归，原本云"一千二百九十五年"，若在世祖时则当云一千二百一十八年。居中国凡十七年，欧人传教中国始于此。其《日记》西人传宝之。由元至明，西人来中国者日众。万历中，利玛窦之徒先后传教；至康熙中，奉敕设礼拜堂。其西人立市于广东之澳门，始于明万历中十一年，而荷兰人之商贾于吕宋与斐利宾群岛者，亦相率麋至。

当崇祯九年，印度东境之英公司入中国，于广州立市。是时中国方严海禁，不欲与外国通市。西国在华之教士与使臣麦加脱、南埃、梅尔斯克等，均不能破中国之成见。逮嘉庆五年后，中国始开关与西人互市。道光十四年，东印度雅片公司在中国贸易利权尽失，英人岁入顿少一百五十兆佛郎，与中国争持不决。道光十九年，广东烧烟原本云"尽投诸海"启衅，中国缘海骚动，于是始开商埠五区。是时法国执政曰奇渣，尤留意东方，而商部大臣车宁克利台纳为之决策，遣拉格尔南与英协谋。拉格尔南，智略士也，挈参赞三人、随员五人、医士一人、翻译一人东来，会议通商关税及传教等事，别选五人，由制造羊毛布商局选者曰那德黑龙图，由出丝商局选者曰伊齐图尔爱特，由产绵之县商局选者曰华司蛮痕，由巴黎商局选者曰翰那而。巴黎土货销售责成沿海商务，其经画者曰白罗冈，经费官给之，自是遂与英平分中国利益矣。

凡法官来中国所办者二事：一为通商条约、纳税数目、审定所用银钱、丈尺通用物事；一为考察商情、进出货物之数，采办土货等事。道光二十四年八月，拉格尔南至澳门，与中国大臣耆英议成《黄浦之约》，上海租界商务由此起也。至同治四年，而法国游历人曰加尼贤者，筹度中国、越南局势，著《越南开埠记》，论中国、越南商务，因及缅甸、暹罗、交趾、南掌诸国。是时越南巡抚刚低贤与海部大臣哈师罗鹿倍意见不合，然皆遣人游中国南境，此诸游人均归拉克爱节制，加尼贤其一人也，有名士三人、随员一人、翻译一人，由西贡、交趾、南掌、缅甸行抵云南，居一年，拉克爱卒于东川旅次，同治七年三月也。是时加尼贤自大理府驰往，取拉克爱之丧，顺扬子江出海还西贡。西人通商中国，取道云南，径便易达，开自加尼贤。于是英法二国各以金功牌赏加尼贤。加尼贤著《游滇日记》，详滇越之水道。

同治十二年，加尼贤探扬子江源流，还西贡，水师提督宇白埃命游北圻，为黑旗兵所杀。其明年，髦士麦尔加里即马加利由汉口至缅甸，行抵伊拉乌底江遇害。光绪二年，遂有《烟台之约》。嗣后游历人循麦尔加里故道而往者十有三人。盖缅甸通中国有两道：一红河，一西江。西江水道既便，谅龙铁路又成，则商务之大利也。铁路筑入云南内地，不宜稍缓矣。

——丁酉年

咸丰御极，下诏求言，王晓林中丞植所陈八事。一曰勤典学；二曰崇体要；三曰急先务；四曰节冗用；五曰崇本计；六曰禁浮奢；七曰恤牧令；八曰饬法纪。其"崇体要"云："一代之兴，宏纲巨典，定于开创之初，使天下持而循之，贤智观其会通，在中材亦得所遵守，法至善也。时异淳古，而言任人不任法，此书生之见，势所不能。然何以同此一法，同此用法之人，而积久相沿，每多流弊，驰纵之后，振作为难？臣愚以谓，其故有以人病法者，患在过于求详也。承平日久，法令修明，随事而为之防，遇物而为之制，必求其尽善也，而条目滋多，动有牵制，久或渐失其本，但言守法而不求法中之意，遇有更革，亦只就事论事，计校于一枝一节之间，不知事有患在此而病原于彼者，有言之易行之难者。血脉不尽流通，则举动易致扞格，即如今日各弊端，中外知而能言之者多矣，奉明旨督率教厉，亦非一日矣，州县流品较杂，姑置勿论，司道以上，多持简之员，受恩深重，其人亦稍求树立，非尽以不肖居心，而何以终日补苴，迄无成效？沿流溯源，必当先求其受弊之故。伏愿皇上深求治本，总持大纲，于用人行政之宜，执简御繁，阔略细故；内外诸臣，联为一体，只求事之有济而勿以彼此功过之念淆于中，遇有应办机宜，弗仅奉簿书从事，则人与法无偏重之弊矣。"其"急先务"言："漕务弊端难革，宜讲求海运。而于近畿，就丰和槀，以裕京仓，并办关东屯垦。"其"节冗用"云："国家岁入四千万有余，核计用费，约在三千八九百万，减缓亏欠，岁计常虞不足。近日银价日昂，民力日困，计臣束手。臣曩备员吏部，蒙恩召对，会捐输奏上，先皇帝谕臣曰：'经费支绌，不得已而出此，开财源则源无可开，言节用则朕何者不节。'臣当时跪奏：'皇上躬行节俭，薄海共钦，然国家不得已之用，而无名之费即在其中，仰食者多，一经裁损，众怨所归，故未易厘剔。'先皇帝首肯曰：'积重难返，朕亦无可如何。'臣未历户、工各部，然风闻绒绳一项，岁费至数十万金，即此类推，岂其尽无可节？愿皇上心知其故，可减者减，可裁者裁。"其"崇本计"云："臣壮时闻父老所传，谓'往昔一乡一集，游惰无业者不过数人，今则数百家之聚，游惰辄至数十'；此语已逾二十年，今当更甚。臣尝阅《桐城县志》，顺治初县民五千余户，二万五千余丁，至道光五年，户二十七万，口至二百四十余万；他处即不及是，计其通率，溢原额者何止十倍。求皇上饬下中外，思所以厚民生、惩游惰，亦当今急务也。"其"恤牧令"云："州县责任綦重，除选之初，人不必皆贤，事不必尽习，而地方之繁简异宜，材质之短长异禀，故升调剧要，大吏可声明奏请，近又有不准奏请之条，虽周防之法不得不然，然既重在得人，似不宜过绳以法。臣愿稍去繁苛，归于简要。处分则例，州县事多，自罚俸以至降革，岁不知几何，例案纷歧，权归部吏，一经罣议，或致去官，人情自爱功名，百计斡旋，以求复用，其弊乃不可胜言。先皇帝御极之初，饬部臣省减条例，因公处分。无庸核计，远年旧案，不准援引，所以体恤州县者甚厚。臣愚以谓，宜仿此意，将歧出各条删汰简约，使易知易从，于爱惜人才，不无裨益。州县公事猥多，如命盗之解审，钱漕之起运、缉扑差盘，驿途供应，无财不可以集事，耗羡既已归公，养廉又多摊扣，近凡州县再升再调者，须缴完罚俸银，否则不准，朝廷所得无多，而历官久者即缴完不易。咎止罚俸，其过微矣，而反至罣升，政体似亦未惬。且驳查展转，得人益难，迁就之弊，恐亦不免。国家制禄有常，岂容更议，惟体其难言之隐，恤其必至之情，臣愚区区，窃望圣主垂鉴。"其"饬法纪"云："我列圣于刑狱最为详慎，承平日久，比例渐宽。臣愚以为，平恕则可，纵驰则不可。求生不得，谓情有可生耳。当其罪而曲为之宽，则民不畏法矣。揆其致此之由，大抵因例案歧多，恐干失入，内外互透，明知其非也而姑仍之。臣往备员刑部，闻嘉庆初各省岁谳大辟之案到部者率二千起，今则加倍有余，固由生齿日众，亦岂不因禁网太宽之故！今天下狱系岁尝数千人，不过二年，即在万人以上。查办减等，拟以军流，牍墨未干，逃者接踵，原拟军遣流徒，又数倍于此。此辈凶暴游惰，既为众所不齿，又别无生产，不为匪盗，计将何之？以十年计之，常有数十万人散在闾里，良善何以能安！臣非敢以申韩之术上渎圣聪，但愿饬中外问刑衙门，毋得一味从宽。至服制案件，或于黄册上时，命刑部分别尤重次重，进呈御览，亦详慎之一端。其军流人犯，何以渐次安插不为异日之患，并请饬下中外详议。又近日上控、京控之件益多，刁民借事生风，择肥而噬，请饬下中外诸臣察其情理支离者，分别准驳，庶莠民知警，平民不受拖累矣。"

公此疏所言，切中时弊，近时疆吏未能逮也。

——戊戌

江海关雷税务司请设蚕桑学堂禀牍略云：本税司前年十月拟整顿中华蚕务，以华蚕患病，逐年加甚，须设法整顿。前西历一千八百八十九年，浙海康税务司曾访查筹办，事不果成。斯时江浙养蚕地方尚多未经染病之处，今则传染已遍，几无不病之蚕，再不设法，势必不可收拾，国家税厘来源将从此绝，两省之富从此反穷。法国前四十年蚕务之坏，几至绝种，幸有名巴司得者得一善法，用显微镜察蛾病否，无病始留。盖蛾无病子必无病，子无病蚕必无病，自然之理。今江浙蚕病，各缫丝厂无不亏本，十数年前，每干茧三石可缫净丝一石，去年须干茧五石，今年须六石又五十斤矣。现在外洋出丝之国甚多，中华丝权渐失，竭力整顿，尚可挽回。发端先务有二，一须查看养蚕各处染病之情形如何，一须教导养蚕之人皆用巴斯得拣蛾留种之法。江浙两省应各先设养蚕公院一所，每院各请一专门名家外洋蚕师，另请一蚕务著名之洋员为两院总办，应需房屋，可借适用之庙宇。两院所教之学生及养蚕人等，三年后即可自行经理。拟每省每年各捐银六千两，共一万二千两，本税务司当详请总税务司力助，并派人以应两院之用。一俟饬遵之后，即可详拟章程，再行呈览云云。南洋大臣批饬苏沪厘局设法筹垫，事在必行，并咨浙抚一体仿办。

——己亥

中国人款共计八十八兆九十七万九千两，共开销京俸、内务府、旗饷三项十九兆四十七万八千，北洋海军五兆，南洋闽广海军共五兆，海防炮台及洋操练军八兆，东三省防饷一兆八十四万八千，各省协甘肃、新疆防务四兆八十万，外洋债款摊还本利二兆五十万，铁路五十万，黄河、海塘并杂项工程一兆五十万，海关开销二兆四十七万八千，各省开销并各省兵饷三十六兆二十二万。

——庚子

沈相与阿恩德言："税厘已允相商，厘票咨行设法平水一节，津关亦已商办，尚谓中国办事不相让耶？"阿恩德言："此等皆巴大臣有意挑剔，其注意实在大孤多开一口。"此四月二十日事。

巴兰德云："有信回国，望勿过迟。"此二十八日催总署商办之言。

去年十月二十九日，巴使照会所有德国愿改愿添各节，并无与中国自主之权略有妨碍，早由德国国家知会各国国家，各国均以为是。又云：德国修约若如此全行拒去，则旧约不符各节，如洋货征抽等事，不能均不过问。

十二月二十六日，德国阿翻译面递十五条。一、开口：宜昌、芜湖、温州、北海光绪三年二月十八日开办、大孤山。光绪四年二月二十九日开办，前约三年开办，后改。二、大孤山试开五年，试期满，无益，准其停止。三、上下货物：吴淞、大通、安庆、湖口、武穴、陆溪口、沙市。光绪三年二月十八日开办，前有荆河口一处，后删。四、吴淞自上海来或向上海去，方准上下，其余一概不准。五、预备拖带轮船或一只或数只，每由新关，或由中国公司，或商民，均由中国自定。鄱阳湖、北运河。自津至通。前有洞庭湖一处，已自删。光绪三年十一月二十八日至四年十二月初八日期内开办。六、船只前往未开之口岸，请领专单自光绪三年六月十八日开办。七、铸银钱。八、船钞：四月限内，均不重征光绪三年二月十八日开办。九、各口设立免税官栈。前有荆河口税局栈房准德商存货，租银从减，后删。又有德商自置中国船前往内地，后删。十、土煤减税。十一、修理船只日期，扣在免钞期内。十二、拆毁船只，拆卖木料，不征税银。十三、船坞应用各物免税光绪三年二月十八日开办。十四、保护德国身家产业。十五、审办案件、洋货征抽、采买土货征抽、官员往来事宜。较十月二十九日巴使面递十七条内，改缓大孤山，删去荆河口寄存官栈，又删去洞庭湖，又删德国自置中国船往内地。

本年正月二十五日，总署议改十条：一、进口货加税：布匹、丝线、铜、铁、糖。二、出口货加税：茶叶、丝绸、棉花、糖。三、领单十二个月为限缴销，不缴不准再领。四、领单入内地，不准由不应行走之路绕越，不论水陆。五、租界既定，不准界外私租；约上未载之他项兴筑，须先与地方商允。六、洋商不得包揽华货代为报关，不得给与外国旗号。七、游历执照随时呈验，无照游历，致被欺凌伤害，地方官不能管理。八、所雇华人有犯，查提立交，不得护庇藏匿，出头干与。九、别国条约防弊之法，一体遵守。十、所有旧约，查照汉文改易增删，彼此均照此文为正。

——辛丑年

杨凤阿来谈，谓外务部当立学堂，教司员语言文字政治之学。似为要政。

——辛丑六月廿七日

与李季高、杨莲府、刘健之诸君商请傅相提北洋前存上海纱厂款内二万两，电达盛大臣并电张楚宝守提前赴皖赈灾。傅相既允此请，因笑言"此区区者何能济事"。傅相老于事者，知二万金散在全省，毫无益也。

——七月十九日

王绎如来书谓：汴中供给乘舆，自筹十八万，截留京饷四十万，终事恐须百万。又云：河南英法二国教案议定十四万，署南汝光道许星翼在汉口议结。

——卅日

直隶预备踌路经费电商各省，广东、浙江、江苏、江西、湖北五省各十万两，安徽、四川、湖南三省各五万两，山东三万两。

——八月十七日

驳议两湖张制军变法三疏

张奏设文武学堂，其说云"唐宋至明，考试为主，亦参用选举，要皆就已有之人才而甄拔之，未尝就未成之人才而教成之，故家塾则有课程，官学但凭考校"。

此似考之未详。张奏后文所称"北宋国学积分升舍之法"，便是教育未成之才，有课程而不专凭考校。不独北宋然也，自唐已来，有国子太学等养士之法，唐制诸生治《孝经》《论语》共限一岁，《尚书》《公羊》《穀梁传》各一岁半，《易》《诗》《周礼》《仪礼》各二岁，《礼记》《左氏传》各三岁，学书日纸一幅，间习时务策，读《国语》《说文》《字林》《三苍》《尔雅》，凡书学《石经》三体限三岁，《说文》二岁，《字林》一岁，凡算学《孙子》《五曹》共限一岁，《九章》《海岛》共三岁，张丘建、夏侯阳各一岁，《周髀五经算》共一岁，缀术四岁，缉古三岁，记遗三等数皆兼习之。太宗时天下增筑学舍至千二百区，博士弟子至八千余人。代宗广德二年，以戎车屡驾，诸生辍讲，诏追学生在馆习业，度支给厨米，唐世学课程，其详如此。《宋史》于学校但详考试，而略于教法，其尤著者则庆历用湖学经义、治事二斋，神宗时用王氏经义，徽宗时用孝、弟、睦、姻、任、恤、忠、和八行，其大略也。明洪武时学校格式碑，今尚有存者，生员年及十五，已读《论》《孟》四书，方许入学，选官分科教授，礼、律、书共为一科，乐、射、算共为一科，教官讲明经史，务使生员知孝悌忠信礼义廉耻，通晓古今，识达时务，侵晨讲明经史，学律，饭后学书、学礼、学乐、学算，未时习射弓弩、教使器棒、举演重石，有余暇学诏诰、表笺、疏议、碑铭、传志；每人日支米二升、柴、油、盐、酱在内；子弟习学各科，限三年有成；洪武时格式，大略如此。其"讲明经史"，不著何书，《明史》云"自四子本经外，兼及刘向《说苑》，每日习书二百余字，以二王、智永、欧、虞、颜、柳诸帖为法"。此明代程课之可考者也。张公谓唐至明皆未教、无课程，则所谓考校者果考何事乎？其亦疏于考古矣。

张奏"童子八岁以上入蒙学，读蒙学歌诀诸书"。

蒙学歌诀尚无可用之书，南中新出之歌诀虽颇讲西学，其辞义皆非童子所能解。

张奏"家塾义塾，官劝导而稽其数，每年报闻上司"。

官稽其数，报明上司，徒有查造册籍之烦，无益实事。义塾可行，家塾恐烦扰。《史》《汉》中凡言"报闻"者，皆言事不见采纳之谓也。今呈报上官而用"报闻"字，殊失本义。

张奏"十二岁以上入小学校，习普通学，兼习五经，先讲解后记诵，但解经书浅显义理"。

五经深奥，与西文不同，不能记诵，则讲解无益，似不得以记诵为后。童子读经，深文浅义，依次并读，一节不解，即全篇不明，碍难弃阁深文，专解浅义。

张奏"小学校习普通学，习五经，看中外简略地图；学粗浅算法，至开立方而止；学粗浅绘图法，至画出地面平形而止；习中国历代史事大略，本朝制度大略；三年而毕业"。

以上所业，三年未能遽毕。又本朝制度大略，尚无成书。

张奏"十五岁以上入高等小学校，解经书较深之义理，学行文法、学为策论词章，看中外详细地图，学较深算法至代数几何而止，学较深绘图法至画出地上平剖面立剖面、水底平剖面止，习中国历史大事、外国政治学术大略，习器具体操，兼习外国一国语言文字之较浅者。此学必设兵队操场，三年而毕业"。

此上所业，亦非三年可毕。经书中浅理深理，不能分为两学功课。又十五方学行文，似嫌过迟。既云"学行文"矣，又云"学为策论词章"，岂行文之外，别有所谓策论词章乎？算学中代数几何，皆有浅有深，深者非小学所解，今云"学至代数几何而止"，语未分明。学堂中练习体操乃必需之功，至"兵队操场"，似可不必。

张奏"府设中学校，十八岁高等小学校毕业，取为附生者入之；其有监生世职职衔愿入者听，但须酌捐学费，与附生一律教课；营弁营兵文理通畅能算能绘图者，亦准收入"。

监生世职、营弁营兵等未入小学校，无小学中本领，不能躐等遽入中学。

方议停捐，小学功课安能捐免？营弁兵能通文理解图算，恐未易得。有此两等，即功课决不能实办矣。

张奏"此学温习经史地理，仍兼习策论词章，并公牍书记文字"。

十八以前，经书未必尽通，史则更未卒业，此时仍应加读生者，不仅温习已也。公牍书记文字，并不深于策论，其款式则一览可知，已能策论词章，未有不能为公牍书记者；此于文字阶级，殊失次序。且所谓词章，果何等文字？若兼包古文各体，则传状碑版与骚赋铭颂之文，皆非小才浅学所能遽入。策论乃考试之文，八股未兴，称策论为时文，初学执笔皆能成篇，此殊不足为学。若如贾晁之策，韩苏之论，则又非考试中所能仿拟。其文体亦词章中之一端，不能与词章并列。

张奏"习中国历史兵事"。

中国历史有详简不同，小学、中学，由简而详可也。今谓小学习"历史大略"，再进则习"历史大事"，又进则习"历史兵事"，既未另编此三种史书，势亦不能于一史中分其大事为一学堂之本，又分其兵事为一学堂之本。

张奏"词章一门，亦设教习，愿习与否均听其便"。

词章若无用处，便无人肯学矣！

张奏"三年而毕业，学政考之，作为廪生"。

文内所列之事，亦三年难毕。又中学校功课较高等小学校远胜，而附生、廪生，等级相去无几，似是失平。

张奏"高等学校分七专门，其格致学有中外天文学"。

中国天文学不足复存，欲知其崖略，则《史记·天官书》为最善，《隋书·天文志》与今世为近，星名皆无改易。然二书皆入史学家，不足与外国天学同列格致门中。

张奏"五兵学，六农学，七工学"。

兵学宜专设武备学堂，不宜列入此学校分门。农学、工学，皆揉合格致诸学而成，今格致学如物理、化、电、光、力等学，方分门教肄，尚未能供农工二学之用，当俟格致专门学成，再另立农、工学堂。又张奏后文言"另设农工商矿四学，并专设武备学校"，则此高等学校中似不必列兵农工三专门。

张奏"医学一门，西医不习风土，中医又鲜真传。止可从缓，惟军医必不可缓，故附兵学之内"。

此殊未明医理。今西医在中国行术者六十余年矣，何尝有"不习风土"之患？中医自古无术，今存于世者，以《史记·仓公传》为最古，其言经络藏府血脉，皆未得其真。其他如《素问》《灵枢》等，皆出《仓公》之后，中多妄语。中国所最尊信者张仲景《伤寒》《金匮》，然其书言淋病中有所谓气淋及卫行脉外等说，西医已斥为妄；而五藏脉法分配五行，尽失藏府部位；所分六经，以西法考之，皆莫须有之类。此即得其真传，亦何能施治哉！且张公于中西二说既皆不信，则所谓"军医"中乎？西乎？抑非中非西乎？医学无论中西，必为专门，又岂可附入兵学？此议殊失伦类。

张奏"四书、中国历史、策论，人人兼习"。

《中庸》意蕴精微，不必人人兼习。历史若《史记》、班《书》，文法高深，《通鉴》采取博赡，皆成学之士所宜研究，非浅人所能窥，亦不必人人兼习。晋以下史书，自《新唐》《新五代》外，虽成学亦无暇遍习。策论则但为应试文字，并不足为学，何用人人兼习！此条殊无谓。

张奏"或仿日本设一炮工学校，均三年而毕业"。

武备、炮工等学，均以得师传法为难，以学成能用为贵，不能预立年限。

张奏"高等专门学校学成，先由督、抚、学政考之，再由主考考之，取中者或即授以官职；京师大学校学成会试，总裁考之，取中者授官"。

学校考官，当聘西士与教习会考，不得用学政主考、会试总裁等旧例。小学堂亦不得凭府县考取。其中国学问考官，应由内外大臣保荐，仍与教习会考。至取中各生若即授官职，天下安得如许多官？但令有出身之路，便足鼓励人才矣。

张奏"高等专门学成，考取者作为优贡"。

据后文称"优贡由钦派考官会同督、抚、学政考之，考中者即作举人"，是优贡之为举人，并非有学堂造就等级，但凭钦派考官会考而定，正犯本奏所讥"无课程但凭考校"之弊。愚谓此高等专门学校，乃省城所立，此学取中，自应作为举人，前之高等小学校取中者应作为生员，中学校取中者应作为贡生，如此则生员、贡、举，等级分明。生员皆应给廪，不必分附生、廪

669

生等名，贡生亦不必分优、拔等名。贡生必由中学校入省城高等专门学校，学成考取，乃为举人，不宜如张奏之一考而得，乱学堂积分考升之例。

张奏"其非由生员出身及非由高等出身者，作为副榜"。

正榜、副榜，宜以学业高下为凭，不宜以出身为限。

张奏"举人就职者，文授以七品小京官及六七品佐贰首领，或充各局委员；武授以守备、千总等官"。

举人就职，当授新学效用之官，若七品小京官及六七品佐贰、守备、千总，皆在应裁之列，不宜令新学已成之人，受此无用之职。

张奏"考官照学政例，准带幕友二三人"。

此乃科举之制，若学校则西学考官应用西士，中学考官应聘用学优之人，皆与教习会考，诸生皆由学校积分而送考，则应考者不能多，不似科举之动辄数万人也。考官皆应自考，不得携带幕友相助。

张奏"京师大学校学成者，钦派总裁大臣考之，作为进士，廷试后文授部属、知县等官，武授都司、守备等官；应奉文字之词臣，宿卫禁廷之侍卫，应随时考选，不在科举常例之内"。

考官应通西学，不在钦派大臣。学校成才，即官制应改，文武授官，宜有专门职业，若用为部属、知县等官，则所学非所用，两失之道也。张公以中国文学但备应奉文字之用，故视之甚轻，实则文学不讲，即孔教将亡，翰林可笑之文字何关轻重哉！武进士既由学校，何以不能用为宿卫而必另行考选乎？张既用科举于学校之中，科举最贵者，文则翰林，武则侍卫，而学校之进士，独靳翰林、侍卫而不与，何以鼓励人才！又举人用守备，进士亦用守备，殊无等差。

张奏"即分旧日学额为学堂生员之额，分乡、会中额为学堂举人、进士之额"。

学堂取人，以少为贵，且应以学业为凭，岂宜拘守旧时额数！张谓"日久才多，可不拘定额"，是意在多取，不知学堂所取成才，不能多也。

张奏"三科十年不能中式，断非有才有志之人，取之何用！此辈仍可为小学、中学经书词章之师"。

经书词章，无才无志者能通其业乎？新学开后，倘议论尽如此，则孔教必亡。

张奏"请饬出使大臣，切托日本文部、参谋部、陆军省代我筹拟大中小各种速成教法"。

此事他人岂能代谋！今日国势，若专倚一国，他国必且阻挠。

张奏"宋胡瑗湖学不名书院，今必正其名曰学①，乃可鼓舞人心"。

宋既有四大书院，元遗山诗称"密公书院"，私家学舍且称为书院，并以入之诗歌，安见书院之名不如学堂？新政行否，岂关改换名目！

张奏"何得以唐人专考词章之下策，视为儒者正宗"。

唐永隆时，考功员外郎刘思立上言"明经多抄义条，进士唯诵旧策"，今张公奏用策论经义试士，正犯刘思立所讥。又唐之科目，如"贤良方正，直言极谏；博通坟典，达于教化；军谋宏远，堪任将帅；详明政术，可以理人"之类，皆非专考词章。

张奏酌改文科云"拟照光绪二十四年所奏，交通科举，奉旨允准之案酌办，头场试中国政治、史事，二场试各国政治、地理、武备、农工、算法之类，三场试四书五经经义；惟声、光、电、化等学，场内不能试验，拟请删去"。

头场中国政治、史事，应指定何书，不然中国政治无专书，史书又浩繁，皆非诸生三年中所能卒业。二场如武备、农工，皆当别立一学，非可试以文字，谕旨改为"艺学"，善矣，但艺学皆专门之业，亦难试以文字；必试以文字，则皆抄袭已译诸书以塞责而已，不能得真才也。三场试四书五经义，则小儿初执笔者皆能为之矣，经义乃八股之椎轮大辂，体久变而失本，今欲返本复始，改八股为经义，正如韩公所讥"责裘使葛，责饥使饮"也。况八股既已废而不用，而仍用经义，是废其子孙而犹奉其宗祖，亦何为哉！与其试经义，不如用经论经说，既可觇其学识，体裁亦复近雅。又声、光、化、电，诚不可场内试验，今试武备农工，此诸学必兼声、光、化、电揉而合之，乃能成学，又岂场内所可试验哉！

张奏"科举与学堂并行不悖，俟学堂人才渐多，即按科递减科举取士之

---

① 审上下文"学"下当有"堂"字。

额，为学堂取士之额"。

科举之法，经去年之乱，乡间秀、孝皆知时文之当废，此时专设学堂教士，乃所谓因势利导，改革至易。又况去年滋事之处，各国议定停考五年，今一律普停，无外国勒停之迹，何惮不为？武科既停，文科乃长虑却顾而不敢发，若为激变，则武生尚恐为变，时文先生决无谋变之才；若为京官得考差者计，则所全甚小，所失过大；非计也。张公知唐人专考词章为下策，乃独取下策为法，此何为也？事有当旷然大变与天下更始者，学堂是也。今与科举并行，科举易，学堂难，谁肯舍易从难，此安能"并行不悖"哉！

张奏"不可使空疏无具者永占科目之名"。

如张所请用策论经义，吾决其所取必皆"空疏无具"之人；且考试得人与否，岂法制所能为役！

张奏劝奖游学云"学成后得有凭照回华，加以复试，作为进士、举、贡"。

回华复考，考官何人？若用不知学者考之，则不过具文而已，不能定人才高下也。

此上，五月廿七日所上之第一疏，凡四条，停武科一条未议。

张奏崇节俭云"请饬内外大小臣工，务从节俭"。

奏内所列宫室舆服、应酬燕会、供亿上官、厨传供张等事，欲禁绝华侈，殆皆徒托空言，所谓虽令不从者也。

张奏破常格云"略仿宋人外吏转官须有十人荐举之例，如有四五人保荐，即破格用之，如止一人保奏，则必试之以事"。

四五人保荐，亦岂可不试之以事？且荐贤但问识见何如耳，如举主知人，即一言已足，如其以耳代目、随声是非，虽四五人言之，亦不足信。

张奏停捐纳云"节孝旌表准捐年限从宽"。

节孝旌表，近已失之过滥，年限不宜再宽。此事名节所系，不可开捐。

张奏课官重禄云"州县办公不敷者，拟给职田"。

"职田"之说，似今时难行。奏所称充公之田、私垦未升科之田、原主久亡因冒认涉讼之田，此诸田止可为学堂之用，若归本官私养，其蔽无穷。

略举数端：官租重征一也；佃民弃业逃亡二也；责成村众交租三也；荒废减租四也；借业侵邻五也；租入不便出粜六也；改征折色中多勒抑七也；田入甚微无济官用八也；差催苛扰九也；丁胥私索规费十也；前后任交代胶葛十一也。

张奏去书吏云"额设办稿经承，督、抚、司道、知府、直隶州衙门用本省候补佐贰杂职为之，称为稿委；缮写清书，用本省生员为之，称为写生；写生不足数则就清书中挑选书手，称为贴写生；同、通、州、县首领佐贰教职衙门，则稿书用生员，不敷则监生童生亦可，均称为稿生；清书另雇书手为之，亦称写生"。

佐杂通文识事者少，用充稿生，安能胜任？必改用士人，则贡生可也。清书改名贴写生，是专去办稿经承，不去清书，清书舞弊，岂必逊于稿书！同、通以下之清书，则另雇书手，凡识字之夫，不为监生童生，则为清书，此数等人外别雇书手，此书手当是何等人？前奏疑学堂名称不古，今创为"稿委""稿生""写生"等名，古乎？不古乎？

张奏"书吏为世诟病，今改用士人，优其名目，则皆有顾惜廉耻之心"。

书吏之为世诟病者，持权久而窟穴弊窦中也，稿生、写生初换则办事生疏，历年稍久，事渐熟，则弊窦又起，世又诟病之矣。权利所在，弊即丛生，岂问名目优不优哉！况"稿委""稿生"等名，固亦未为优也。

张奏"臣等所到各省，候补佐杂文理通畅者甚多，足敷稿委之用"。

佐杂未必敷用，无已则兼用教职，当仿汉人用曹掾之例，可以察廉举孝，欲优其名礼，则依曾文正称为"文案"，庶乎可也。

张奏"如虑新换稿生等未能熟习，或分两年裁汰。各州县户粮房藏匿底册，甚且别造伪册，拟将州县户粮房分数年裁汰"。

以上诸弊，分年何益！张议"两年裁汰"，岂谓旧吏可指授稿生乎？户粮吏"分数年裁汰"者，岂谓可徐徐追取抗匿之册籍乎？此皆必不可得之事也。

张奏"如该吏敢抗匿销毁，即行奏请正法"。

一吏正法，他吏仍未必惧而改行。

张奏"各部则例，亦拟请敕删繁就简"。

不删例不能去吏，此宜详晰言之，非可略一涉及。惟删例必有思虑缜密综核名实之才乃能为之，非庸人所能胜任。

张奏去差役云"拟令州县自行募勇以供驱遣。勇由官募，必择妥实可信之人，用勇与用差利害悬绝。养勇之费，就地筹办"。

差役能作弊，勇丁岂不能作弊？谓官募必择可信之人，谓勇役利害悬绝，皆未必然。北方之分巡兵勇，南方之长江水师，其弊与差役略同。养勇就地筹费，又未易办。

张奏"民间词讼有费，久已视为成例。应令州县照旧规量为裁减，定一数目，以示限制。如不敷养勇之费，再行就地劝筹，民必乐从"。

书役私索陋规，尚恐官知，今定成数目则将明目张胆，无所顾忌。且定数之外又复私索，谁得察而禁之？至谓"就地劝筹，民必乐从"，此等民正难多得！

张奏"差役骤革，虑其为盗，请限五年次第裁革，并给三年役食，令谋生计"。

差役革卯，不过改为白役，白役本无卯册，无可革也。改用勇丁，此辈即改名充勇，勇役异名，其实一也。即使不复充勇，此辈散在乡里，仍乡里之害，虽次第裁革，即次第为害，其游食已久，岂肯勤苦谋生！"三年役食"，为数几何，何能济事？

张奏"州县用勇，与用巡捕兵之意相近"。

外国巡捕兵皆有学问，先须入巡捕学堂学此巡捕术业，虽名为兵，与战兵绝异，彼此不能相通，与中国之勇全不"相近"。

张奏恤刑狱云"州甚有司政事过繁，文法过密"。

文法之密，弊由律例，岂州县有司之过！

张奏"差役家丁索费，不满其欲，则诡曰'案未传齐'，致官不能过堂"。

此坐官无能耳。

张奏"传案株累，亦有吏役怂恿者，必须裁去吏役，方能杜绝"。

裁吏用稿生，裁役用勇，亦未必能杜此弊。

张奏"笞杖等罪，酌量改为羁禁"。

中国羁禁之害，过于笞杖百倍。

张奏"众证既确，即无须本犯之供，果系众证确凿，即按律问拟"。

例文虽有"众证确凿即同狱成"之条，究竟定案总宜以本犯自供为凭，若不取本犯自供而援众证定案，则众小人可以诬证一君子，冤狱多矣！凡讯案得情，本犯未有不输服者。张奏又谓"外国问官时刻闲暇，可从容研求，中国州县事繁"云云，公事虽繁，至于问案亦岂可不"闲暇"、不"从容"乎？且安见外国办事简于中国也？

张奏"曲者酌令罚赎，举贡生监职员封职犯事亦罚赎；流徒两项，酌量详报罚赎"。

此恐开借端苛罚之渐，罚数多寡及入己与否未易查察。流徒有必应实坐者，不能概予收赎，令地方官酌量，恐轻重多失平。

张奏"吏目、典史卑于州县，不能考察，请派同、通稽查监狱，准据实禀督抚臬司"。

同、通官虽高于吏目、典史，其扶同欺饰则有同情，准其实禀，未必尽能遵办，徒开告讦之风，久则又成虚文。上司用州县不能识别贤否，欲凭人告讦，无一而可。

张奏改选法云"拟州、县、同、通，统归外补，道、府咨部归选之缺，应用候选人员则改归外补，应选实缺人员则改为请旨简放"。

经裁去缺，恐部臣执简而争。但部用挨轮及掣签等，殊非政体，应改铨法。

张奏"外省请补部臣，视其合例者准，不合例者驳"。

夺部中选缺之权，仍奉以准驳之权，为需索之地，非法也。且以例用人，非为国求才本意也。选法既改，例章尚必拘守乎？

张奏筹八旗生计云"请将京外八旗饷项，仍照旧额开支"。

旗饷照旧，即无他事可筹。

张奏"惟出京寄籍、自谋生理之人，其钱粮即行开除，不必另补"。

如此则无人自谋生理矣。

张奏裁绿营云"每年裁廿分之一，计百人裁五，统限廿年裁竣"。

此须径裁，何必如此展缓！廿年之间，历督抚多任，必难首尾一律，前任议裁，后任未必遵照办理。

张奏"酌设缉捕勇营，并设警察之勇"。

警察勇若虚应故事，则不必设。若实事求是，则警察之勇即能缉捕，无须缉勇。

张奏"武职大小各员缺，拟请概勿裁汰"。

武职应裁。张奏所列各项用武官之事，应别设额缺。不改革不能变无用为有用。

张奏"绿营将弁平庸无能者，亦可加以升衔，量给薪水"。

既"平庸无能"，何用如此滥恩！

张奏"绿营兵之不能裁，皆由武官之把持鼓动"。

今之武官，其才不足把持今之营兵，虽鼓动亦无能为，乃文官选懦，疑其能为变而不敢动。

张奏简文法云"凡部院文移外省公牍，陈陈相因无益实政者，请酌量省罢"。

此等非删除例案，不能省改。

张奏"无谓仪节，请酌改从简"。

此则必改移习俗，乃能改简。

以上六月四日第二疏，十二条，其裁屯卫一条未议。

张奏广派游历云"出洋游历，多选数十员或数百员"。

游历惟宗室王公部院大臣为宜，余人则无大益，以其既不通语言，又不入学校，则所得殊少。有西士告余谓：中国今日当选才俊千人或二千人，往欧美各国学校游学，学成当以十年为限，归则分散各省，庶乎有益也。

张奏练外国操云"宿将不能改悟者，止可任以绿营缉捕弹压之事"。

"不能改悟"之"宿将"，亦不可任缉捕弹压，近时盗贼皆有外国新器，一不得手，则威褻矣。

张奏"外国都城皆设专管兵事之大臣，中国欲练精兵，非设此衙门不可"。

中国无知兵大臣，此衙门不可设。

张奏"拟请在京先设一参谋馆，访求各国兵书，选四五品以下官编纂成书"。

编书无益，止可为学堂讲习之用，亦须有师长指授，不专在书。

张奏修农政云"汉人有'天下大利必归农'之说"。

此明人八股中语，非汉人之说。

张奏"请在京专设一农政大臣，立衙门，颁印信"。

张公往往喜添京城衙门，何也？

张奏"每县设一劝农局，邀集绅董讲求"。

非有学堂师授，不能有效。

张奏劝工艺云"《考工记》曰：'百工之事皆圣人之所作。'"

《考工》无"所"字。

张奏"择读书通文理之文士，教以物理学、化学、算学、机器学、绘图学，学成使为工师"。

中国工艺不为国所重，有此诸学，必不愿为"工师"。

张奏定商律、矿律、交涉律云"无论已允未允之矿路，统行核定，务使界址有眼，洋人有范围则稍知敛戢。至滋生事端，公司受累，须分别有因无因，办犯赔偿，预定限制"。

矿路已允者，似已默定界址，岂能别为定限？未允者，则视议允时人才力量何如。欲洋人受范敛戢，在人才不在定制。滋事赔偿，尤难预限。

张奏"拟请电致各国驻使，访求著名律师，每大国一名，充当编纂律法教习，为中国编纂，限一年内纂成"。

访求律师，若充教习，须设律学堂；既充教习，即难又为编纂；若请来编纂，又未肯兼充教习。著名律师可兼通数国，不必每国一名。又必吾国有精通法律之人，乃能相与有成。其成书迟速，似难预定年限。

张奏推行邮政云"拟各州县遍设邮政局，即令州县管理"。

初时止能当孔道之州县立局，不能遍立僻左州县，又不宜专委州县管理。

张奏"各省邮局应名曰'驲政局'，以免与税司之邮政局相混"。

张公好改易名目，为"朝三暮四"之术。

张奏"事归州县则费不另筹，若委员设局，则廷寄奉报要件迟误，必多推诿"。

州县事繁，必不亲理邮政。不过委任丁胥，终归怠废，邮政必应有人专管，非州县所能兼。廷寄奏报，责局承递，不致迟误，亦无从推诿。

张奏官收洋药云"洋药拟以后由官设局，在各关进口时全行收买，发商分销，照实价加三成，每年包销六万石，不准多运来华。私运，非英国力助断难杜绝，应与英定议，止有各口官收，不准英商丝毫私售华商，若英肯实办，有益巨饷"。

洋商之货，若加价三成，岂肯听我收买转售，从中渔利？"每年包销六万石"，不准多运，不准丝毫私售，虽我强英弱尚难办到，况今日乎？英亦安肯用力助我，自损商利？此事欲英"实办"，此却行而求及前之类也。

张奏"拟派总理药务大臣，止须操守廉正、于外国情形不隔阂者即可胜任"。

操守既廉，又能明于外交，此才正不易得。

以上六月五日第三疏，十一条，平议七条，其广军实、用银圆、行印花税、译东西书四条未议。

——二十八日

赫税司条议：旧债每年约需二千五百万，新债又需一千八百余万两，议每年由盐课拨一千一百万、由新税拨二三百万、由常关拨四五百万，新债又有半年利息九百万两，分三年补还，初办三年，于一千八百万外，尚有应付银三百万。

——九月七日

此次条约第六款所载海关银一两即：德国三马路克零五五，奥国三克勒尼五九五，美国一圆零七四二，法国三佛郎克五，英国三先零，日本一圆四零七，荷兰一弗乐零七九六，俄国一鲁布四一二。俄国鲁布按金平算，即十七多理亚四二四。

赔款四百五十兆，按海关银两市价易为金。此市价按诸国各金钱之价易金如右。

——十五日

户部奏通筹分摊赔款，计裁虎神营、护军营津贴银二百四十余万两，神机营经费步军营练饷一百廿余万，满汉官旗兵米折一百余万，南洋经费、沿海、沿江防费、各省水陆营、练营、绿营酌加裁汰，试办房间税、地丁盈余，盐斤再加四文，土药茶糖烟酒加厘三成，统计部库裁减可三百余万，各省裁减增加当有一千数百万，拟提各省三百余万外，派江苏二百五十万，四川二百廿万，广东二百万，浙江一百四十万，江西二百四十万，湖北一百廿万，安徽一百万，山东九十万，河南、山西各九十万，福建八十万，直隶八十万，湖南七十万，陕西六十万，新疆四十万，甘肃卅万，广西、云南各卅万，计共一千八百八十万。

——廿四日

同治十三年十一月，李文忠议海防奏云"目前固须力保和局，即将来器精防固，亦不宜自我开衅"。此可谓老成之见。

——十月七日

中国关税新章

第一条：自本月十一日新章颁发之后本月当是九月，凡从前进口税则及例外货物税册，一概作废。以后所有进口货，除例外货物，余均照新章值百抽五征税。

第二条：各项例外货物如左：一、外国米、五谷、麦粉、金银无论已铸未铸，概不征课。二、洋药进口，仍遵从前旧例征收，并不更易。凡进口洋药一石，征税卅两及厘金八十两，合计一百十两。三、新约定议签字之后六日——即九月十三日以前已在各国出口之洋货，仍照旧章纳税，惟须载明从前税则著有一定，若从前税则未载明之项，均照新章，值百抽五征收。至九月十三日以后在各国运出之洋货，概照新章办理。四、海关栈房寄存之货，其报税按日核算，即现已报税或将来报税，倘是九月十三日以前运出之巨货均遵旧章。除此之外，均照值百抽五新章办理。五、各国驻京公使署应用之物，概不征税，惟此项须有各本国领事盖印之免税单，方可为凭。六、各国海陆军应用之品，概不征税。惟亦须加各本国领事处领免税单，方可为凭。

第三条：新章议定之税额准则，原照一千八百九十七、八、九三年价目平均核算，惟查核繁杂，姑就简便办法，照海关统计局所订九十七年价格表征收，此表每册价洋五角，上海利务儿秀商会及他埠海关均便购取。——以上价格表倘有争论，可照市价格表征收，倘该商等嫌费周折，情愿遵九十七年之价格表完纳者听便。

第四条：凡出口货仍遵旧章征纳，并不更换。

第五条：各内地口岸均照从前内地贸易旧章办理，与现行值百抽五之进口税不相干涉。

——十一月廿七口

附　国债表

甲午前一千四百万两；

甲午南洋借五百万金磅，本年谓甲午五百五十万两；

至光绪卅一年后年少一年，至四十年仅用二百七十五万两，四十一年还清；

日本：赔款二万三千万两并日本兵驻威海之费借四千七百八十二万金磅，每年还本付息须千九百余万两，至光绪五十八年俄法借款还清，仅用一千三百十一万两。

光绪五十九年，英德初次借款还清，减至六百十万两至六十九年概行还清。

按年应筹银数附后

光绪廿七年至卅四年每年二千四百五十万两；

卅五年至卅八年每年二千三百五十万两少一百万两；

卅九年四十年每年二千三百万两少五十万两；

四十一年二千五十万两少二百五十万两；

四十二年至五十七年每年一千九百廿万两少一百舟万两；

五十八年一千三百十万两少六百十万两；

五十九年至六十八年每年六百十万两少七百万两；

六十九年一百万两。所有借款悉数还清。

　　闻袁慰帅有条奏，欲聘六国外人入政务处，吾以谓此非计也，客强主弱，太阿倒持，是自求瓜分也。

——十二月十五日

外 事

附记西国国债：

法——英洋六千二百五十万万；

俄——三千六百万万；

英——三千五百六十万万；

奥斯玛加——二千四百八十五万万；

意大利——二千二百廿五万万；

日斯巴尼亚——一千二百七万万；

德——一千万万；

惟美国去年出入相抵，余金洋二千万，此西国所无者。

——己丑年以后

德王威廉姆之母，英君主之女也。俄王之后，英世子妃之妹也，皆丹国之婿也。德国行营征战各兵廿七万三千三百四十六人、守卫经制各兵四十一万二千七百六十六人，属地七屯，每屯约二万五千人，现增至一百廿六万一千。法国守兵四十万四千一百九十二人，行营战兵七十五万七千七百廿七人，现增至九十七万七千。英国本兵十九万一千八百七十二人，后增至四十七万八千，去年清单：食饷马兵一万八千八百九十五，步兵十三万三千五百七十七，马炮兵三万七百八十七，车炮兵三万一千七百七十，守境兵五千五百十七，工作兵八千三百五十一，共计廿二万八千八百七十七名，此外又有在中国者十万四千五百九十一，在印度者七万二千一百九十六，在埃及者三千二百四十，在各属土者二万八千八百十九。俄国步兵七十三万二千八百廿九人，出征各营步兵一百十七万三千八百七十九人，近增至一百四十六万有奇。奥国陆路守兵廿七万八千四百七十，备御兵八十三万八千七百，炮队守兵二万五千六百五十八，炮队战兵六万二千七百七十四，马队守兵三万五千七百九十三，马队战兵五万八千七百九十四，步守兵十五万五千五百七十八，步战兵五十九万七千六百二。意国向时各屯战兵十九万九千五百五十七，留兵廿四万四千九百五十二，设事仓卒可征至四十四万五千五百九人，近增至六十万五千。荷兰国兵五万九千四百九十一，属地额兵二万七千四百七十五。葡萄牙国定议，平时兵额三万一百廿八人，有事召至六万八千四百五十人，历来陆兵实止一万六千六百。比利时步兵七万四千人，马兵七千九百三人，炮兵一万四千五百十三人，团练兵十二万五千。丹麦国平时额兵三万六千七百八十一一，留守备调之兵四万七千九百廿五。西班牙国平时炮兵九千八百九十九，步兵六万一百八十三，马兵一万一千八百四十，工程兵三千三百六十八，各省标兵四万四千九百廿六，枪队兵一万二千六十二，宿卫兵一万三百九十。瑞士国兵廿万一千二百五十七。挪威国兵四万三千。希腊国陆兵一万一千。巴西国兵六万，有事可征至十数万。

——癸巳年

英国前年内地税课共入七千一百五十万六千八百十磅。

——丁酉年

万国币制考 《彼得堡报》，光绪廿三年十二月

乾隆五十二年西历一千七百八十七年[1]，金一两换银十四两九钱六分。是年美国改币制，金银并用，定明金银比价，金一两换银十五两二钱五分，其一打拉一枚之银钱重三百七十五噶来印又百分之六十五，其五打拉一枚之金钱重一百廿三噶来印又百分之十三分四，然其实未铸五打拉之金钱也。

乾隆五十七年西历千七百九十一年[2]，金一两换银十四两零五分，是年美国改订向章，定明金银比价，金十[3]银十五，免征铸币费任民自铸，其银钱一打

---

① 一千七百八十七年，原作"一千七百八十四年"，误。
② 西历千七百九十一年，"七"原作"八"，误。
③ 金十，"十"当疑作"一"。

拉重三百七十一噶来印又百分之廿五，其金钱五打拉者重一百廿三噶来印又百分之七十五。

嘉庆八年_{西历千八百零三年}，金一两换银十五两四钱一分。是年法国定金银币并用之制，市价金一银十五，而铸造货币则十五换五。

嘉庆十五年_{西历千八百十一年}，金一两换银十五两七钱七分。是年俄国用银币名卢布，重十七喀拉母又百分之九十九，嗣又于千八百十七年铸金币，名印白利亚，重五喀拉母又百分之九十九分八，以银币卢布五枚换印白利亚一枚，初行时金银比价十五换，后印白利亚涨价，一枚换银卢布五枚零十五戈比，金一两遂抵银十五两四钱五分。

嘉庆十九年_{西历千八百十五年}，金一两换银十五两二钱六分。是年英钞票价暴落，与金币竟差百分之廿五分五，金一昂士市价五磅六先令，银一昂士价七十一片士半，至十二月中，金币与钞票仅差百分之六分，而金价遂低至四磅六先令，银价低至四十六片士矣。

嘉庆廿年_{西历千八百十六年}，金一两换银十五两二钱八分。是年英国废金银币并用之制，改为专用金币，按向时金一两换银十五两二钱一分，至此次改用金币，即见今通用之金磅，重七喀拉母又百分之卅二分二，其零用钱以银一昂士铸为六十六片士。查是年正月，金一昂士价四磅二先令，银一昂士价六十四片士，至十二月，金价低至三磅十八先令六片士，银价低至五十九片士零四分之一。和兰国于是年亦将向用之金一两抵银十五两五钱之币制，改为金一两抵银十五两零八分之七，并废去铸造杂币。

嘉庆廿四年_{西历千八百十九年}，金一两换银十五两三钱三分。是年英国废去永用钞票，二月中金价四磅一先令六片士，银价六十七片士，至八月定明，金一昂士价三磅十七先林十片士半，此即至今通行之铸币也。其银行仍照上年市价，每一昂士值六十二片士。

道光十二年_{西历千八百卅二年}，金一两换银十五两七钱三分。是年比利时欲仿照法国币制廿佛朗一枚及四十佛朗一枚之金币，后不果铸。

道光十四年_{西历千八百卅四年}，金一两换银十五两七钱三分。是年美国将向来金一银十五之币，改为金一银十六，铸金币名雁格耳，重二百五十八噶来印，每十打拉银币重四百十二噶来印又百分之五。

道光十五年西历千八百卅五年，金一两换银十五两八钱。是年印度废西哥罗批，使用东印度公同之罗批，即重百六十五噶来印之罗批银币也，又铸金币名莫西犹，重百六十五噶来印，抵十五枚银罗批，专充商家使用。

道光廿四年西历千八百四十四年，金一两换银十五两八钱五分。是年土耳其行使金银并用之币，定明金一两抵银十五两一钱。

道光廿七年西历千八百四十七年，金一两换银十五两八钱。是年和兰国废去金银并用之币，改为专用银币，名曰布路令，重百分喀拉母之九十四分五。

道光廿八年西历千八有四十八年，金一两换银十五两八钱五分。是年比利时铸十五佛朗一枚及廿五佛朗一枚之金币。西班牙将向时定明金一银十六之币制改为金一两银十五两七钱七分。

道光卅年西历千八百五十年，金一两换银十五两七钱。是年瑞士国仿用法国币制，然亦未实铸金钱。

咸丰元年西历千八百五十一年，金一两换银十五两四钱六分。是年在澳洲觅得金矿。

咸丰三年西历千八百五十三年，金一两换银十五两三钱三分。是年喀利和尼亚金厂约出金六千五百万打拉。

咸丰四年西历千八百五十四年，金一两换银十五两三钱三分。是年葡萄牙国改用金币，名曰格拉维，重十六喀拉母又百分之廿五七，该国向系用银币，而于千八百卅五年以金一两换银十五两五钱之比价，铸金币甚巨，又于千八百四十七年以金一两换银十六两五钱之比价，亦曾多铸金币，是以国中金币充溢也。

咸丰七年西历千八百五十七年，金一两换银十五两二钱七分。是年德奥两国订钱币条约，定明以银一封度铸卅打来尔，抵用德国布路令币五十二个半，抵用奥国布路令币四十五个，即每一打来尔与德国布路令币一个零四分之三相等，与奥国布路令币一个半相同。

咸丰十一年西历千八百六十一年，金一两换银十五两五钱。比利时于是年明定章程，效法国铸造十佛朗及廿佛朗之金币。

同治元年西历千八百六十二年，金一两换银十五两三钱五分。是年意大利仿用法国币制。又美国于三月、七月，两次发出永用钞票。

同治四年_{西历千八百六十五年}，金一两换银十五两四钱五分。是年法国、比利时、瑞士、意大利四国订《拉丁条约》，定明金一两换银十五两五钱。

同治五年_{西历千八百六十六年}，金一两换银十五两四钱三分。意大利于是年五月发出永用钞票。

同治七年_{西历千八百八十八年}，金一两换银十五两五钱九分。是年罗马尼亚仿用法国币制，惟未铸五佛朗之银币，后于千八百八十三年遂开铸。希腊国亦加入《拉丁条约》，国中概仿用法国币制。西班牙仿用法画币制，其币名曰白塞达，仅于千八百七十六年铸一次。

同治十年_{西历千八百七十一年}，金一两换银十五两五钱七分。德国废去银币，主用金币之制，后于千八百七十三年铸五麻克、十麻克、廿麻克之金币，其廿麻克之金币重七喀拉母又百分之十六分八。日本国于是年改用金银新币，以金一银十六之比价开铸新币，并辅以新钞票，期于十年之后变为主用金币，而事与规划相违，其实竟金银并用，其金银币之定章：金币一圆重一喀拉母又百分之六十六分七，银币一圆重廿喀拉母又百分之九十五分六。

同治十二年_{西历千八百七十三年}，金一两换银十五两九钱二分。是年美国零用币涨价，废去金银并用之制，改为主用金币；又限定银币打拉，止准使用五打拉为度，减轻铸银费为千分之二，又开铸通商银打拉，重四百廿喀来印。比利时国停铸五佛朗银币。法国铸造五佛朗银币，亦明定限制。《土港梯那比亚条约》成。丁抹、瑞典、那威三国废去金银并用之制，主用金币，其币名曰古路那，分为十古路那、廿古路那两种。

同治十三年_{西历千八百十四年}，金一两换银十六两一钱七分。是年《拉丁条约》同盟各国意在禁铸银币，另立约章，定明如有铸造五佛朗银币者，其币若流出他国，他国即可以之索换金币。法兰西银行蓄存金币至十万万。

光绪元年_{西历千八百七十五年}，金一两换银十六两五钱九分。意大利及和兰国属地停铸银币，和兰本国开铸十布路令金币，重五喀拉母零百分之五分八厘。

光绪二年_{西历千八百七十六年}，金一两换银十七两八钱八分。是年金价低昂无定，七月中金一银廿两一钱七分，至十二月复低至银十七两左右。

光绪三年_{西历千八百七十七年}，金一两换银十七两二钱二分。是年银价虽跌，西班牙仍铸五佛朗银币。芬兰国废去主用银币，改为主用金币，名曰码克，亦曰佛朗。法国废去永用钞票。

光绪四年西历千八百七十八年，金一两换银十七两九钱四分。美国于二月廿八日颁定《布朗德章程》，盖因金价太涨，思为换回，复改为金银币并用，铸昔时银打拉，每月限定铸二百万打拉以上至四百万为止。万国在巴里开第一次货币会议，又《拉丁条约》改为千八百八十六年正月为期满。日本国颁定金银币并用之制，盖自千八百七十一年开铸新币以来，名虽主用金币，实则金银并用，今虽改为金银币并用之制，实则主用银市。

光绪五年西历千八百七十九年，金一两换银十八两四钱。是年德国停止买卖银块。

光绪七年西历千八百八十一年，金一两换银十八两一钱六分。万国在巴里开第二次货币会议。

光绪九年西历千八百八十三年，金一两换银十八两一钱六分。是年四月，意大利废去自千八百六十六年以来发出之永用钞票。是年十一月，日本国改革币制，竭力收回向用之钞票，立意使钱币与钞票权衡相符，竟于次年正月准以钞票换付银币，于是名实皆为主用银币之国矣。

光绪十二年西历千八百八十六年，金一两换银廿两七钱八分。是年金价奇涨，八九月之交，金银比价金一两换银廿二两五钱，及至十二月复低至廿两左右。是年正月，俄国改铸金银币，使新铸之露布银币专充商务使用，以图渐成主用金币国，按新章积哥比百枚为银露布一枚，重十八喀拉母；金露布分为两种，十露布五露布是也，十露布金币重十一喀拉母又百分之六十一分五；其零用钱及铜钱，悉仍旧章。

光绪十一年西历千八百八十五年，金一两换银十九两四钱一分。是年埃及主用金币。又千八百六十五年所订《拉丁条约》改为千八百九十一年正月为期满。

光绪十三年西历千八百八十七年，金一两换银廿一两一钱三分。是年美国设法收回贸易所用之打拉。英国派员详查金银事务。

光绪十五年西历千八百八十九年，金一两换银廿二两一钱二分。自本年至次年，产银之额遽见增旺。

光绪十六年西历千八百九十年，金一两换银十九两七钱六分。美国自千八百七十八年颁定《布朗德章程》，复须于是年七月十四日颁定《挟曼章程》，定明每月购买银块四百五十万昂士，盖欲竭力维持银价也。

光绪十七年西历千八百九十一年，金一两换银廿两九钱二分。是年西国各大银行皆盛蓄金币。

光绪十八年西历千八百九十二年，金一两换银廿三两七钱一分。是年八月，澳国颁定章程，废去银币，改为主用金币，其金币廿格拉维重六喀拉母零百喀拉母之九分八。万国在布利佑尔城开第三次货币会议。

光绪十九年西历千八百九十三年，金一两换银廿六两七钱四分。印度铸钱局停工。法国亦停铸贸易所用之银币。美国又废去《挟曼章程》，停止购买银块，以致银价暴落，七八月之交，金一两换银卅一两四钱三分。

光绪廿年西历千八百九十四年，金一两换银卅二两五钱九分。是年运进印度银块，征收五厘关税，以致银价益跌。

光绪廿一年西历千八百九十五年，金一两换银卅一两五钱六分。是年英国颁定章程，开铸银圆。南阿非利加觅得特兰斯维尔金矿。

光绪廿二年西历千八百九十六年，金一两换银卅一两七钱。美国因选统领，金银两党相争甚力，银党多收买银，以致银价涨至卅一片，后金党得胜，银价复跌。

光绪廿三年西历千八百九十七年，金一两换银卅三两九钱一分。是年三月，日本国颁定章程，废去银币，改为主用金币，定明金银比价；金一两换银卅二两三钱四分八厘；其金币分为廿圆、十圆、五圆共三种，其廿圆金币重四钱四分四厘四毫四；八九月之交，银价暴落，每金一两换银卅九两七钱一分，盖缘日本改用金币，与美国银党出卖所蓄之银故也。

右用中国年号权衡，而所记盖皆五洲价比，非据中国一国也。

——丁酉

德《七日报》载柏林来电云：德君主五月十八日谕群臣云："近日施行之政，尔议员其各抒所见，勿党勿偏，申论利弊，务尽美善。"

——戊戌

欧洲百年以来大事记

欧洲大势迁变，自拿波仑始。拿波仑内集国中贤哲定律令，外持革命之指，使诸国臣民舍其君主专制之权以归法国。当大清嘉庆九年，拿波仑始登帝位，嘉庆十七年，欧洲大陆悉威服焉，独英吉利、俄罗斯二国不顺，奥大利、普鲁士以脱法盟，合兵以抗拿波仑，大败之，拿波仑释位，而流于夜来巴岛，嘉庆十九年也。于是四国君相会于维冶纳，谋改拿波仑革命之义，而拿波仑逃归，四国闻而罢会；逾年复会，定约而退。维冶纳之约，恢复旧时主权者二事：一曰正统主权，一曰专制主权。其后，先破专制之说，久之，又破正统之说，而卒成其东渐之外交，此百年变迁之大要也。

拿波仑盛时，传播革命宗指，列国君主辟易而风靡，不得已而相约以开设议院，非其本愿。及拿波仑败，于是列国君主会盟，而复其专制之势。其时奥大利之宰相蔑爹路贰者，著名之专制家也，于维冶纳会议后联奥、俄、普三国之盟，约为兄弟，以相援助，以破拿波仑革命之议，独英国不与。奥、俄、普乘战胜之威，屯兵法国境内，迎立鲁意第十八为法王，别立密约以干涉法国之内政。英国虽主革命之议，亦与拿波仑为仇。法之新王，乐列国之援助也，于是五国联盟，而奥相蔑爹路贰为约长，以国家权力归之君主。是后，西班牙、葡萄牙、尼波罗士及沙颠尼亚舟有革命之议，同盟五国，皆起而沮格之。

鲁意第十八既立，渐与议院不和。及查利士第十即位，不和益甚。当道光九年，查利士谕限印行新闻书籍，不得自由，国人不遵，于是革命党人以三色旗与巴黎官兵决战，胜之，而迎立鲁意非猎为王。鲁意第十八者，布罗宾之族也，鲁意非猎者，布罗宾之别派也，本柯路兰之爵主，持民权自由之议；三色旗党既胜查利士，于是其渠率曰喇弗者、奢路者、结字者相与议曰：查里第十无道，人民流血，已逐出巴黎，有鲁意非猎为人忠实，其迎立为王。鲁意非猎立，始主共和之制，而使告于列国曰："吾受王位者，恐法国再陷革命之乱也。"是时列国兵不足，不能干涉法国内政，独俄国闻而起兵，以他国无应者亦止。英国先定鲁意非猎王位，列国从之，维冶纳之议约于是始破也。

鲁意非猎之为王，非其祖宗世传，乃民人所立，各国卑之，不与相等。夷尼哥喇帝贻书鲁意非猎，词颇倨侮，法人不平。比利时者，本与法同种，维冶纳之约，隶荷兰国王权下，荷屯兵其国以抑制之，会法国内讧，比人乘机逐荷兵出之境外，荷请援于俄、普、英、法，普出兵助荷，法出兵助比，普军由东入，法军由西入，扬言且战。俄有波兰之忧，兵不能出，而请英主议。道光九年十二月开议于伦敦，许比为独立之国。维冶纳之议于是再破也。

鲁意非猎虽由民所迎立，其政治不纯由民主持，限民纳税二百佛郎者始得有选举之权，纳五百佛郎者始有中选之权；即位十年，十易宰相，独羁佐为相八年，以术贿买议员，使赞助政府。于是众怨竞起，有改正选举之议，群党大会，多议毁王政，政府由是禁会。创会者传檄学徒百工并来，卒以国禁难犯中罢。而学徒百工已云集而不可散，遂劫工厂枪械，夜入王宫，积几案于宫门，燃之以火，巡捕不能禁，如是二日不止。鲁意非猎为之罢羁佐，欲用奢路，乱犹不止。民党与卫兵战，破之，闯入王宫，鲁意非猎禅位于其幼孙，孑身而逃。于是国民会议始纯用民主之制。而拿波仑第一之弟曰鲁意拿拨者，遂被选为民主矣。

法国再革命，其关系欧洲全势甚巨。自拿波仑倡民权自由之议，嘉庆十七、八两年，各国皆振民权。及维冶纳之会而民权复抑，法国再乱，卒归民主。由是自英俄大国外，多闻风骚动。于丹麦、比利时、荷兰，则有改正选举之盟会；于奥大利、普鲁士诸邦，则有迫逼政府改定宪法之事，于匈牙利及意大利之北部林拔地及维尼诗亚，则酿为争求独立之战。及其终也，改正曩昔之宪法、扩张议院之权势、展发人民之自由，而国家非君主所得而私擅。由是维冶纳之议欲以维持专制之权者尽破，无复留遗焉。然而正统主权，犹自若也。自英俄争土耳其战于忌廉美亚而后，正统之权一变。

夫国家之大分，种族同、言语同、风俗同、教同，互结而成一国，此定势也，不限于数者之同不同，惟祖宗开创统业，子孙世守而领属之，此所谓正统主权也。列国之会于维冶纳也，以拿波仑蹂躏之后，各以恢复国土为务，其势归于正统，故俄主兼波兰及芬兰之王权，奥主兼意大利北部之伦拔地及威尼诗亚之王权。其后，比人脱荷属而自立，正统之制始变，犹未甚行也。及忌廉美亚战后，焕然大变矣。法国三色旗之乱，民主之任，四年为期，不得再任，及鲁意拿波仑之立也，欲永其权，议院不许。咸丰元年，废议院，新定宪法，改民主之期为十年。逾年，拿波仑第三即位，告于列国。列国以拿波仑之虐也，约曰"拿波仑及其子孙倘君临法国，各国不许"。及是，各国皆拒拿波仑第三，不以为君。俄主尼哥拉贻书不称兄弟，但称之亲友，以待共和国主之礼待之。英女王维多利亚首许为法君，其相巴马士顿至辞相位，不顾也。及俄伐土耳其，扼君士丹丁，且出地中海，英人恐俄之侵印度也，欲制止之，而恐不胜。拿波仑第三于是决计助英以击俄，以为欧洲外交之大政，于是有忌廉美亚之战，连兵三年，英俄相持，而法收其利，开巴黎公会，执牛耳以平其争。由是拿波仑第三威名大振欧洲，而君位遂定。

拿波仑第三欲效法先业，先治内政，迁宫室于吹鑵利，改巴黎市于柯士万，开万国博览会，营缮宫室，以劝兴百工。拿波仑倡民权自由之议，逐列国专制之君，以振法国威权；拿波仑第三以为祖述前事不足骎列国，因别倡民主宗旨，以倾动欧洲，而先试之意大利。意大利自维冶纳会后，最失显利，北部伦拔地及威尼诗亚则附于奥，若毛地拿、若巴路马、若他士加尼亚，则奥主立其亲族为王，中部四分国之一尽隶于罗马教主，南部有尼布路士之王国，意主所抚有者独接法境之沙支尼亚而已。沙支尼亚之宰相曰加乌路者，毕生以恢复全国为意，拿波仑第三因深与结交，助意与奥战，大胜，事在咸丰九年，意以沙回及尼士两地酬法。当是时，拿波仑第三倘能乘势趋便，不难成大志于全欧，惜其无前人之方略，又优柔寡断，终归失败。意大利既独立，波兰亦叛俄，拿波仑出助波兰，与俄构怨，结德为援。拿波仑倡民主宗旨而不能成其业，有起而袭其智而利用之者，德相卑士麦也。先是普鲁士联群小部为国，而奥大利最为大国，能纠合众小国，奥又兼辖匈加利及波西美亚，皆与普鲁士异种，普鲁欲奥弃匈加利、波西美亚，而纯用普鲁士一族为国，奥人不从，普人皆欲散，卑士麦因而用之，欧洲自此多事矣。

舍利士域及苟路士丹者，界于丹麦、普鲁士之间，独立小国也，维冶纳之会置之丹麦权下，此两部本普同种，见意大利独立，亦欲仿效之。同治元年，卑士麦与奥议率此两部征丹麦，已而奥欲据此两部。同治五年，普遂与奥战于沙多华，大捷，于是普之种族联为一邦，而普王为盟主。其后，同治九年，普王与拿波仑士尔争霸，大战，虏拿波仑士尔，割法之亚路沙士及鹿林，此两地皆法种，非普种，普自是改为德意志。自是后德法猜忌日甚。及光绪二年，巴路间半岛战争又起。巴路间半岛曰波士尼亚，曰希路仄干威拿，曰舍路威亚，曰门颠尼哥路，曰波加利亚，皆俄同种，而属土耳其，俄煽动此诸国背土独立，诸国叛土，俄起兵助之，战于夫利威拿，土败，为城下之盟，舍路威亚与门颠尼哥路为独立之国，割波士尼亚、希路仄干威拿以与奥大利，而波路加利亚归俄保护。后会议于伯林，英国不善是也，削波路加利亚之半还土，隶东部美利亚。光绪十一年，美利亚与波路加利亚合谋叛土自立，俄梗其议，逐波之渠帅八颠卑雷。英主美波自立，立亲王非路知难为主，以波美同种，分之不利。及光绪二十二年，希腊与土战而争几列岛，几列岛与希腊同种，希腊欲得之，战败，列国居间，仍以几列还土，而立希腊王子为几列主。盖同种为一国，于义为便，欧洲近势，趋于同种为国矣。尚有未合者，俄之据芬兰及波兰也，英之据爱兰也，奥据波希美亚及波士尼亚、希路仄干威拿也，德据亚路沙士及鹿林也，土据马些多尼亚也，后当变而合于同种，乃为得所安耳。

同种为国，既一成而不可易，则欧洲诸国不能于同洲肆其吞并，于是有驰骋海外之事。英国商业遍五洲，德人亦步趋之，卑士麦用其术拓地于非洲，移民以与法和解。当光绪六年，卑相说非利以刁尼士归法国保护。光绪九年，法遂移民于印度支那、安南，骎骎东驰矣。盖吞并之策，始于非洲，终于亚洲，其事多费兵力，故近乃借为口实以避其名，有曰"永代租借"，有曰"保护"，曰"权力所及之域"，曰"承筑铁路之地"，曰"不许让于他国"，种种名目，皆所以行其吞并之谋者也。

——庚子

上海金粟斋新译《地学讲义》云：辣丁民族为先锋，意大利、法兰西、西班牙、葡萄牙等国是也。鸠督尼苦为中坚，英吉利、德意志、荷兰、丹马、瑞典、挪威等国是也。苏拉扶尼为后劲，俄罗斯及欧北诸族是也。此废则彼兴。

——辛丑六月五日

日本书记生斋藤和、《时事新报》社池田常太郎自京来访。斋藤言：日本史学家有竹越与三郎著《二千五百年史》，又重野安绎著《国史眼》，皆简洁。其国人能汉文者为重野安绎、三岛中洲、南摩纲记、西薇山诸人。能诗者为森大来、野口宁斋、国分青崖、股野蓝田诸人。其通西学兼能汉文者为末松谦证，前为内务大臣，又为邮政大臣，今致仕；又有井上咨次郎，现充大学教授；有加藤弘之，现为贵族院议员。其国少牛，牛多从韩国往。余与言中国民智未开，不能遽立议院，当俟学校人才足用之后，再行他政。斋藤以为然。池田则言议院精选议员，非执途人使与议也；中国养人才之外，又须强兵；内则教育以养根本，外则强兵以防外侮。余谓学未兴则无将才，兵亦难强。池田曰：“固也，但使中国有兵船廿艘，精锐陆军廿万，则外国不敢复窥中国矣。学校未兴，训兵尚有捷径也。”语未终，戴氏子催出游而散。所谓“捷径”，疑欲使倭将为吾训兵耳。

——八月十五日

西 学 上

　　阅西报，英人有麦克雪者，新制气枪，谓前时美人钱令司克欲为气枪，所用空气，不知空气之外复有他气胜于空气，故不成；今以轻炭类质之气合于空气，蓄之药弹之后，压弹而出，出而炸，力更增他枪八倍，以炸时更得养气故也。所用压力，每方寸约四千磅，射力方寸四百磅。英又有水师官新制气水雷，以压气运机而行，每方寸气力一千二百磅，其下水极易，压以空气，或鼓水汽，或燃火药，皆可行；水雷长十九英尺有奇，径自十六英寸至十九寸。西人精于化学，渐能用之于行军资仗，可谓日新月异矣。

——己丑年

　　外国新法甚盛益兴，纺线有机器，霎时可数百缕；缝纫有机器，一人可兼数人之工，俗号之曰"铁裁缝"；织布有火轮机器；炊爨用煤气，或用火油，或用电火；收储熟食用光铁瓴，数年不变。欧洲少肉食，皆取之阿美利加、澳大利亚二洲，杀牲而运其肉，渡海数万里，经赤道之热，用机器作冰，封肉于冰坞，数月不变。耕种不用马牛驴，用火轮机器，一行可耕数垅；收获以马曳刀，谓之自来刀。日行轨道，有热，有温，有凉，凉道之地，禾稼岁一熟，今借火力使一岁数熟。碾稼有轧场机器，视用碌碡者可速十倍。磨谷机器，出米面亦速十倍。作小食有机器，若面若水若糖若油，为物具备，机器一动则自调、自作，自用模、自烤，至其物出，则已熟矣。播种粪不足，用化学制物入田，使田加肥沃。作油，用化学，油出不待榨而速十倍。作屋，有木屋、铁屋、玻离屋。作钢，有白司嘎者，能借空气以吹生铁，顷刻为钢。各国铁路旧皆铁轨，今用白司嘎钢轨，岁省银三千万两。起重机器用轮盘滑车螺蛳。作电匣曰佛哪加，能封闭人言语于匣，远道远年欲听此语，用钥小转，则言从匣出。又有德律风，能千里传语。

——甲午年

《纽约格致报》云：食物入身能生热之料，以炭质为最。油类每磅能生热四千二百廿卡罗利，卡罗利者，量热之尺度也。普律天每磅能生热一千八百六十卡罗利。干肉去其不合食者，内含水湿十七分八，普律天九分八，肥油六十八分，灰质四分四，共一百分。又此各料每磅能生热三千零五十卡罗利。火鸡内含水湿五十五分五，普律天廿六分，肥膏廿二分九，灰质一分，共一百分，生热之料，每磅得一千三百五十卡罗利。鲜鳖鱼内含水湿八十二分六，普律天十五分八，肥膏四分，灰一分二，每磅能生热三百一十卡罗利。曾验一家，十日中一人所用者：肉食十三磅二，糖、油、米、粉之类九磅六，菜蔬十一磅一，果子二磅，共价一圆六毫三仙，内含普律天二四一磅、肥膏二二四磅、炭料九五九磅，其生热之料共得三万一千七百六十卡罗利；计每人每日肉食银一毫，米、面、瓜、菜银六仙；肉食内含普律天五十九加蓝，每加蓝约合华权二分六厘，油腻九十四加蓝，炭料十五加蓝，能生热一千一百七十五卡罗利；米、面、菜、蔬内含普律天五十加蓝，油腻八加蓝，炭料四百廿加蓝，能生热二千卡罗利，弃去普律天一加蓝、油料二加蓝、炭料二加蓝不计，实共普律天一百零八加蓝，油腻一百加蓝，炭料四百卅三加蓝，能生热三千一百六十五卡罗利。又于夏日考察少壮掉船操炮之男子，每人每日肉食内含普律天一百零六加蓝，油腻二百卅八加蓝，炭料廿加蓝，能生热二千七百卅卡罗利，米、面、瓜、菜内含普律天六十六加蓝，油腻廿三加蓝，炭料五百一十三加蓝，能生热二千五百九十卡罗利，共食普律天一百七十二加蓝，油腻二百六十一加蓝，炭料五百卅三加蓝，能生热五千三百廿卡罗利。又经医官查察，每人每日食物之中数，如买得食物内含普律天一百一十一加蓝，油腻一百四十加蓝，炭料四百四十七加蓝，弃去普律天七加蓝、油腻十一加蓝、炭料十三加蓝不计，实食得普律天一百零四加蓝，油腻一百廿九加蓝，炭料四百卅四加蓝，能生热三千四百一十卡罗利；所食之物不能全消化，能消化者普律天九十六加蓝，油腻一百廿四加蓝，炭料四百廿三加蓝，能生热三千二百八十五卡罗利。又考华盛顿肥壮一人曰夭毡山豆，每日所食普律天二百四十四加蓝，油腻一百五十一加蓝，炭料五百零二加蓝，能生热四千四百六十二卡罗利，验其所用，普律天甚多。考普律天惟作粗重工役之人能消受之，今因其食普律天既多，格致家又疑劳心劳力之人可以普律天而生热也。医官又考究无病之人能消化若何，考得肉食所含之质能消化者，普律天得九成八，油腻得九成七；米面之类所含之质能消化者，普律天得八成五，油腻得九成；瓜、菜、生果所含之质能消化者，普律天八成，油腻九成。可见消化之事，以肉为易，瓜菜为难也。考察之法，工人所需养身之料为十成，女工所需养身之料为八成；十四岁至十六岁之男子需料八成，女则七成；十岁至十三岁之童子需料六成，六岁至九岁需料五成，两岁至五岁需料四成，两岁以下需料三成。

——丁酉年

几何始于伊及，代数始于希腊。伊及少雨，每岁江涨则全境被水，水退则沙淤民田，阡陌莫辨，乃以几何之术推算田界。伊及几何家之书，唯欧几里得所著书至今尚存。欧氏希腊人，迁居伊及。欧氏之前，创论几何要理者曰毕他固拉。弦方等于勾股两方之和、地即行星旋绕日轮诸说，皆自毕氏发之。毕氏当中国周襄王时。欧氏之前，算学家又有亚奇默德者，亦希腊人，创论圆球体等于圆桶体三分之二，亦几何之要理也。亚氏既得此理，使人镌其图于墓碣，后人见墓上有此图，即知为亚氏之墓。几何算法繁重，又以数推算其未知之数及不得以数论者皆不得而算，于是有代数之学。

——戊戌年

停战议和公法。果鲁西亚士云：现在事体如何，仍旧存之。交涉公法云：各存其局势。论云：为此国全服彼国言之也。古时多有此，近则偶有之。弱国全服强国，强国待弱国亦必合乎道理。两国争战以后，彼此立约议和，则该二国不可再行加害，所以立约后倘有不知而拿敌国之物产，既闻立约，即当退还。

如有人不知和议仍谋击敌之策者，其人所受害该本国必当体恤赔补。上言该国家应即宣示本国人民，此"该本国"当指此害人之国。凡有妄作之人，其过必归其本人承当。敢德与伊墨里哥二人皆云：约定停战时日未到期拿取敌人之物，此事与例不合；以不知立约之事而捕拿敌人物件者，既经闻知立约尚即送还，况既知议和，尚可复行拿取乎？占据年久而无阻挠，则为暗许。不能迁移之田产，虽胜者取之，其地亦不能属于其国，盖胜者退兵之后，则其产业仍归原主收回。交战所争之地，而战败者让之，必明载和约，否则必归原主。不能移动之产业，不能因战胜而得之，必定有和约，或国家有明文允让，乃可得也。罢战议和，出示宽赦一切威逼之事，此为排难解纷之义。地一收复，则所用一切情形皆复其旧。产业收复后与未失相同。开战之后，产业未经没入，和局一定，本人即可收回。

二国争战，至于废其君而据其国，民之私业私权无所增减。城郭营堡为战时所毁，交还时不必认赔其他物业交还则权利仍如旧，如未还之先业经修好，则不能于交还时毁而与之。两国交战，则彼此动业皆在，可以没入之，例如当时未经没入，则战后仍可取还。罗马士托厄乐谓此本公法之理，后经纂入英国常律。公法之理，以民人未与战事者之业不得擅取，不得没入。君臣之义常也，恃兵力而取者暂也，和议未定，虽彼此互争，即互有其权。秉公二字，为公法之精义。万国之公利，恃兵力而不讲信义，不特败者有危亡之机，即胜者亦有倾覆之患。

——庚子（1900 年）十二月

希腊盛时，当中国成周之季，哲学则取之印度，商学则取之腓尼基，政学则取之弗利家，天算则取之迦勒底，工艺则取之埃及，及罗马一统，风流阒寂者一千五百年。

——辛丑十一月十四日

阅东文学社分教西山荣久所译《新学讲义》，摘其精要如左：

学不外乎智识，智识有三等：一常识，二科学智识，三哲学智识。

今世硕学，如德国博士瓮特、美国博士克丁极司、日本大学教授之中岛博士，皆分科学为三种：一、自然科学，二、社会科学，三、心理科学。自然科学分为二类：一、形式科学，二、材料科学。材料科学又分二类：一天然，二性态。

自然科学，其总为生物学。其别为人类学、动物学、植物学、矿学；此诸学总称为博物学。博物学之外，有物理学：如力学、声学、光学、热学、电学，皆物理学也。博物学、物理学、化学、地质学、天文学、地文学，皆属天然科学。其生理学、组织学、凡人物身体之构造，骨格之结合，研其效用，谓之组织学。病理学、卫生学，此诸学皆属性态科学。所谓形式者，数理学也，分为数种，曰代数学、几何学、微分学、积分学，此数者皆谓之形式科学。

社会科学，其别有法理学、经济学、财政学、计学、政治学、历史学。

心理科学，其别有伦理学、论理学、教育学、宗教学、言语学、审美学。

以上自然、社会、心理，所谓科学，略尽于此。

此三科外，又分三种：一、记述科学，如动物、植物、矿学、地理学是；二、发明科学，如物理学、心理学、社会学、经济学是；三、轨范科学，如政治学、伦理学、教育学、论理学是。三种外又分二种：一、理学，凡物理学、化学、心理学、社会学皆是；二、智学，论理学是。

哲学种类凡九：一、宗教，二、审美，三、道德，四、法理，五、社会，六、心理，七、天然，八、认识，九、纯正。

人生六岁入小学，每日四五时，先习本国文字，次则学地理、历史、博物、算术，是为自然科学之始基。八年而卒业，乃入中学，每日以六时习本国高等文典及外国语、算术、代数、几何、三角术、动物学、植物学、矿学、物理学、化学、地文学，加以音乐、绘画、体操。五年而卒业，乃入高等学校，渐究自然科学之奥蕴。三年卒业，乃入大学，于是究社会科学者必入法科，究心理科学、哲学者必入文科，究天然科学者必入理科，究医术药学者入医科，其工科、农科，皆有分门。有社会学者可出仕，有心理学者可为人师。于是有三科讲义：一、普通学自然科学，二、法政经济社会科学，三、文科心理科学、哲学。

西国学术，肇源埃及，三千年前，数学、天文学、文学、工艺皆甚盛，大学生徒数万，图书馆藏书数百万卷。其后入于希腊，为西国文明之星宿海。希腊文明在二千五百年前，诗歌有赫马氏，哲学有塔列司、呵拿其西、满爹尔截讷、巴耳戫观爹司、黑拉库里塔司诸大家，法律政治有索龙氏，历史学有黑罗夺塔司氏，为史学鼻祖。当时尚未有科学，后二千年诸家鼎起，索库拉贴司氏尤杰出，于哲学、伦理学有盛名。伦理学中所谓归纳法，实萌芽于此君。其弟子为扑拉夺氏，扑拉夺弟子呵里斯头陀耳氏，哲学名家，又为科学鼻祖。近世伦理学尤与呵里斯头陀耳氏之说暗合。呵里氏于动物学、植物学、物理学、政治学、心理学、审美学无不究通，盖呵里氏受学扑拉夺，扑拉夺受学索库拉贴司，此三君学术，为希腊文明之骨，于治世经济尤深。是后名家迭出，自斯拖呵、批库耳两学派外，皆不著声誉。此两学一主克己，一主愉乐，皆以实行为本。其后希腊为罗马所兼并，其文明亦移之罗马。上下一千一二百年，独呵里斯头陀耳之学冠绝一时。是后文明稍衰，而伦理学、科学、民权、自由之义，承传不绝，遂启今日各国之文明。

罗马虽移希腊之文明，而学术未进，独法律之学最精，加斯吉泥吭帝之《罗马法》，为完备法典，为法律家必读之书。其他工艺美术，罗马亦有名。后罗马为蛮民所灭，文明扫地尽矣。蛮民既灭罗马，风教蔑裂，学术衰坏，基督之教盛行，王侯贵族，听命唯谨。当时用呵里头陀耳及扑泥拖二氏之学说，取证基督之经典，一时硕学如拖玛斯呵其奴司氏、洞斯丝阔塔斯氏，类皆崇信神学，至谓"一针之顶，有几许上帝"。如此者七八百年。其后久之，人民始渐知神学之非，基督神教声价乃浸衰微，于是始有主持新学以排经典之诬。然罗马法皇犹且力护其教，不肯稍变也。哈里列俄氏研究天文，始为天静地动之说；罗迦别匡氏讲实验科学，发明制造火药之法；吉俄耳达诺布耳讷氏大反基督真神惟一之说，倡万有神教；马西亚别里氏、墨呵氏、孤罗臼氏研究政治法律，各出新说，以为论战。此四百年以前，学术之大略也。

至近世学术，乃希腊学问之再兴。独实验科学则英国之硕学别匡实开明之，而物理化学，借以研究，而至今日之盛。其哲学，则自法国之爹哈拖立自由之说，而学派一新，近世则德国哲学为盛。中古学术，崇信基督经典，尊之为"圣权"。近世始脱"圣权"之羁绊，宗教、学术划为二事，科学始兴，以脱弃先入之偏见为主义。别匡氏有曰："恒人以己说为是，以他说为非，幼学所入，至老而不变，皆偏见之弊。"爹哈拖氏有曰："疑者，学术之母也。"此两家卓然自脱于宗教之域。别匡氏有新学研究法，斥古闻而标新理。自上古时阿里斯头陀耳创归纳、演绎二法，迄于中古，湮没无闻，别匡氏乃起而发明之，遂为近世学术之初祖。

盖古之论理学，从一大原理以演众小原理者也；别匡新法，从众原理以纳一原理者也，所谓归纳法也。爹哈拖氏之学，亦多研究新理，与别匡相次云。自别匡氏新学出，天下靡然从之，如物理学之有牛洞，化学之有佛拉爹，伦理学、心理学、教育有罗兹库，哲学家斯皮诺撤、箔斯哈耳、拉衣布泥兹等，类皆一时杰出，至今不能易其说。始时英法文化先开，德国犹为蛮民，盖别匡氏生于英国，故英国冠绝欧洲。法不及英，亦硕学辈出，其大儒有卢梭氏，与英国达因氏、德国韩图氏三君者并为近世开宗之选。卢梭氏当法国革命以前，唱"民约"之说，谓国家者，人人公共之法律所成，故人人有平等之权利，不必听官吏之指挥，此自由之义也。其后路易王十六世，亲见法国革命，以君主之尊，身首异处。自是各国帝王尽改定法律，听民自由，欧洲全局一变，此卢梭所开之化也。韩图精于哲学、伦理学，德国学术始盛；其后斐钿贴氏、挟龄孤氏、黑该耳氏、穴骈毫野耳氏、黑尔把耳拖氏接踵而起，而黑该耳尤绝伦，至今哈尔托满瓮特氏，皆哲学名家，故言哲学者推德国称首云。

达因氏之说曰：天下生物皆一系，虽迹有亲疏，而其类一也，此生物学之最大原理也。此三君后，法国有匡拖氏创社会学，英国有骈撒氏，科学有名，今尚在，而心理学、教育学，法之黑尔巴耳拖氏称最。同时，德之撒斯塔露吉氏，亦以教育学为一代师表。经济学则英之呵达母斯米司氏，有《富国论》，源流古典。米耳氏、截棒氏皆有名，而米耳尤长于伦理，谓人生以愉快为要，不以一己愉乐为愉乐，惟率天下同进幸福为最大之愉乐；其宗旨如此。

——十二月二日

教 育

去年西十一月，日本报中有日本教育沿革，其略云：日本当唐中宗时撰律令，兴学校，立官制。降及列侯分治之世，权归大将军，文治武备亦加意整顿，若农、若工、若商、若兵、若医、若纺织诸政，固未能尽一国之士女而教之，使无不受学也。其广建学堂，变通教法，振国势而臻富强，自明治维新始。教育之道三：曰政、曰学、曰艺。其始，非世爵大臣、公卿大夫之在朝者不得闻政，非通儒宿学、聪明精进者不得言学，非箕裘工冶不得言艺。政与学、艺分，而权归于上，彼此之情不通。明治初元，力图自振，凡横滨、大阪各教堂，为德川氏创立者均复其旧。迨东方军务渐定，更建昌平黉、医学所、开成所于东京，旋设学部以总教事，而以昌平黉为大学校，其时依然古法耳。明治四年，改学部为学务局，以伯爵大木乔任为总理大臣，旋命田中不二麿往欧美两洲，为采访教务大臣。遂设女学校、师范学校、藏书楼、博物院。略采英美教法，译为律例一百九条。明年八月，颁学律，诏改习新学，务使一乡之内，无不学之家，一家之内，无不学之人。新学行而国人咸喜，以为人人有自由之权也。是时美教习莫烈为学务参赞。各学校皆官为创建，经费筹自政府，未克人各为学。于是劝捐给用，奏停官学，而师范、洋文两学校先各七所，至是仅留二所，开成所、医学所亦并入东京大学校，分为法律、格致、医道、文学诸门。所颁学律，明治十二年尽废之，而教法又变。是时游历欧美之大臣学生等新归，于是以田中不二麿为学务帮办大臣，采欧美善法，参以本国之制，重定学律，尤注意于水陆操防，兵学大兴。后五年，教法又稍改易，以子爵森有礼为学务大臣。于是通国大小学校生员皆兼习武备，遇有军事，均编入伍，大旨以寓兵于学为本。而大学校增机器一门，设高等中学校五，扩充师范学校；师范学已成者，责充官学教习，以省延外教习经费。二十二年，森有礼被刺卒，继之者皆小有变置，不大更。二十六年，子爵井上毅复增定工艺教法。凡明治维新以来教法变革具如此。

——丁酉年

法国预定一千九百年光绪二十六年赛会章程，分物类为十八门：一、教育，凡六种；二、技艺工作，凡四种；三、文学与各西艺之器具及试验之法之大宗，凡八种；四、制造机器与行动要法，凡四种；五、电气，凡五种；六、营造与转运之法，凡七种；七、农务，凡八种；八、栽治花园，凡六种；九、囿林猎务渔务与采摘花果茶叶等事，凡六种；十、食粮，凡七种；十一、矿苗与五金制炼法，凡三种；十二、公所居处焕饰器物，凡十种；十三、纺织丝纱绸布与衣饰，凡十一种；十四、化学功用，凡五种；十五、各种造作，凡九种；十六、社会章程、医道与施济贫病等，凡十二种；十七、招工垦荒之法，凡三种；十八、水陆军务，凡六种。所分门类，能骥括新学大要，中国立学，可略依之。

——戊戌

官书局报载：英国学校规制分三等，凡男女幼童初学入小学堂，继入中学堂，业成则入大学堂。凡自大学堂出身者，国人无不敬之。通国以敖斯佛、堪比立二大学堂为首，肄业者岁各二三千人，经费岁各三百六十万圆左右。敖斯佛学堂在伦敦西北二百有八里，中分二十一院，有大臣为之总理，大小学官五十二员，考试时考官二十六员，监试官十三员，巡学官六员，教习四十八员。堪比立学堂分十七院，官员、教习与敖斯佛略同。二学堂所教者为英文、华文、英萨森文、阿剌伯文、赛拉的文、希伯来文、希腊文、赖丁文、印度文、日本文、天竺梵文、西班牙文、法文、德文、俄文、意大利文、象纬、舆图、重学、化学、格物学、算学、光学、性理学、声学、气力学、测量学、画学、诗歌学、书法学、金石学、草木学、机器学、生物学、治术学、武备学、律例学、古例、今例、印度律、万国律、罗马律学、史学、万国公法学、出使学、师范学、医学、药性学、教学文字减笔学。人非一学，学非一事，必贯通天地人者方为通材，必专门名家，方为成材。大要敖斯佛以各国语言文字为主，堪比立以光化电学为主。通国大学堂二十九所，中学堂五百十七所，小学堂一万八千七百四十五所，皆国家所设。此外更有公会之学，如天文会、地理会、算学会、格物会、化学会、花木会、丹青会、医学会、救生会等，通伦敦城凡一百三十九所。每会皆有公社，崇阶广厦、宏敞壮丽，入会者尝数千人，各会主多世爵富绅。每天文有新星，地理有新地，格物化学有新理，花木有新种，或思得新法，或拟得新章，或创得新工，则约期入会辩论。会中按年分捐公款。其余民间自立之学及教会之学，不可胜计。而农政、水陆武备，又别有专学堂，不在此列。凡亲王太子，皆肄业敖斯佛学堂，故敖斯佛之名尤著。总计小学堂二万八千所，师五万七千人，生二百二十五万人；中学堂一千四百三十所，生二十一万人师失其数；大学堂十一所，师三百四十四人，生一万三千四百人。小学费每年洋银三十三兆圆，中学费每年洋银二百万圆。又专门机艺学一所，每年十一万七千圆，造房略须五十万圆。大学堂最著者七，计每岁费六百万圆。

《四国志略》载：法国学校以文部大臣掌之。国中蒙塾八万二千一百三十五处，小学生三百七十七万一千五百九十七人；义塾四万一千四百三十五处，学生二百六十二万七千四百二十八人，内贫不自出资由国家发帑延师者九十二万二千八百二十人。女塾十二万六千二百九十二处，女师一万三千一百有奇，女学生一百六十万九千二百十三人，内贫无资由国给帑者六十二万三百四人。军民读书者，十居其七。

《盛世危言》载法国学校规制曰：法国学校有三等，小学堂设于乡，中学堂设于郡，大学堂设于京师。小学堂按年考试，中学堂主之，中学堂则四年一考，大学堂主之。岁终，各学堂将课程教法造册报文部大臣。通国为乡三万七千五百有十七，为郡二十有六。一乡民数满六千人以上者，其学堂规模加拓，堂宇加广。设学经费，半出国帑，半出民捐。定例：地方户口至四百五十人，即须设一学堂，男女有六人以上，须设一塾。计小学堂为民间设立者三千九百三十六所，为教会立者九千五百六十五所。总计小学堂七万四千所，师十一万九千人，生四百九十五万人，每年费十四兆圆；中学堂一千五十四所，生十六万二千人师失其数每年费二千五百万圆；大学堂一所，师一百八十人，生九千三百人，每年费五百万圆。

《法政概》云：光绪丙戌年，浅近文理学堂共经费六百九十万磅，每一童子自四岁至十六岁，计费十七先令六本士。此学堂不收束脩，勒令读书，违者有罚。由此而上，则为康缪恩学堂，男女皆可入。有教习学堂九十，女学堂七十，医学六，律学十四，技艺学十四，兼学文理。其专学文理技艺者各一，皆国学，由学部经理。学堂在巴黎者居三分之二，有生徒八千五百。巴黎学堂之最著者凡十八所，其最先创建之学名柔呢滑塞，闳丽冠于欧洲，选大臣十人总司其事，十人中以一人为首，余为辅，此外复择九十二人赞佐之。教授学业分五等：一、技艺，二、经史，三、教理，四、律令，五、辨识药性。巴黎设立总会，会中为首者二百人薄给禄糈外，四十余人不受俸，为之襄办。其躬细务者二百二十人。会分汇有五，一曰亚格得尼，专习词令；二曰亚格得尼别列达，习文辞兼攻考据；三曰亚格得尼得赛恩士，专习技艺，其中区分十有二门，为数学、格致学、机器学、医学等；四曰亚格得尼特布遏士，专习匠事、丹漆、雕镂、制作、音乐；五曰亚格得尼德塞恩士摩拉黎士抑波黎特，讲求治术，考察律令，以通制度典章之要。此五者，其大端也。其余以考求遗闻往事，则有安特瓜里恩之会；崇尚博学广问，则有飞罗麻狄之会；讲明格物致知，则有拿查辣耳希式多黎之会；详究地理舆图，则有依阿格拉飞格尔之会；审察各国风土民情山川人物，则有式达特士特尔之会；攻治百工材艺，则有飞罗德取匿之会；专讲亚细亚洲事会繁变之数，则有亚细亚特之会；辨别耕种播植，则有亚格黎亚尔查拉尔之会。至若赛画、赛花、赛马、无不各有会场，以讲求良楛。其优者例得奖赏，载之新闻纸，以资鼓励。

美例：通国男子，凡十八岁以上、四十五岁以下，皆隶军籍。充步兵者自备号衣，马队则自备马。平日国家无军衣马干之费，临事止颁给军械，即成劲旅。通国止安纳城有水师学堂一区，然轮船数千，遇变皆可改为兵船，其水手亦可充当海军，是不啻数千学堂也。通国止卫思坡有陆军学堂一区，其意不在练兵，而在练将，百年以来，陆军将弁，多出斯堂。其余各省，大书院数百，设武备其中者过半。由卫思坡延师教授者已百余院，皆按斯操演列阵而练械焉。

《四国志略》云：俄国文教部掌理有格致大书院八处，学生七千二百七十五人；赖细恒书院二处，学生二百六十二人，兽医院二处，学生一百五十四人；文理格物书馆，男一百五十三所，女一百七十三所，男女学生五万八千四百七十八人，师范书馆三十九处，学生二千二百七十四人，县堂四百十九处，学生二万七千五百八人；初学塾二万二千八百二十七处，学生八十三万一千四百二人。总计书院、馆、塾二万三千一百二十三处，学生九十二万四千三百五十三人。幼童先入初学塾，次县堂，次文理格物书馆，次大书院。国中文学经费由国库拨给英金一百五十四万一千八百六十三磅，内给大书院、赖细恒二项三十二万一千七百三十九磅，文理格致书馆五十八万六千六百五十磅，县堂、初学二项三十四万九千三百十七磅，师修及修葺诸费十七万七千二百六十一磅，杂费八万七百八十一磅。初，俄读书人少，咸丰十年，兵籍内读书者百中二人；同治九年，百得十一人。今俄官率由大书院出身也。

《盛世危言》云：俄国近百年振兴文教，至尼哥拉士而学大明，通国分十三道，道设学官一员文教。俄字母三十有六。其国小书院三万余，大书院十余所。农政、工艺、矿务等学堂共四百四十六所。大武备学堂三所，小武备学堂五十五所，水师学堂三千九百六十三所，税务学堂八十所。总计初学学校三万二千所，师四万人，生一百二十四万人，每年经费洋银五兆圆。中学校一千二百四十所，生二十三万九千余人；上学校八所，师六百八十六人，生一万三千九百八十四人；每年经费银三百万圆。

《使俄草》：俄书库数十橱，其书最古者为赖丁、犹太文，用牛革录成大卷，已朽败，不能复开视。据西史，犹太开国当有夏之时，厥后遂启希腊，有商中叶，洒哥落从厄日多来立国，始以文字传其国人，欧人通文学自希腊始。其次则麻哈墨特之经文，乃得于突厥者。至俄主彼得罗及喀特林所自手录之书，尤珍贵异常。又有蒙古文，西藏经典，若英、法、荷兰、中国书籍。其国主自鲁立克以下，以次皆范铅像列书厨之顶；国内宿儒亦图其像以矜式后学。好学者许就取观书，不得携之外出。

《四国志略》云：德人通国男女，无论贫富，自七八岁入学，至十五岁为小成。乡学费七日一本土合中国银二分，城学费月一先令，不敷由官捐备。大学院费每一季十五先令。女学兼教组纂女红。乡塾以上有郡学院，专教格致、重学、史学，各国语言文字，算历。有实学院，有仕学院。实学院师二十人，教数学、地理、格物、化学、国史、绘画、腊丁、英、法文字。上院生徒每年试本国文十七道，法文十四道，英文十四道，入选送大学院肄业，免军籍三年。其下院考入技艺院仍充军籍三年。仕学院以腊丁、希利尼语言文字为主，学英法语言文字，大抵十八岁以上乃就学。每考仅十余人，防弊甚严，入选则赐文凭入大学院，次者入师道、格物、武学各院。大学院：一、经学，讲《旧约》文，以犹太文义为本，《新约》以希利尼文义为本；二、法学，分教与政为二事，凡出使、商务、律例之类，必讨论精审；三、智学，分八门：一语言，二性理，三灵魂真幻，四格物，五正教妙谛，六行为，七论美形各物，八书理名家言；四、医学，分六门：一核全体骨窍肉筋血络液管脑气，二论各经功用，三论病源，四论药品，五论配制，六论胎产。又技艺院学习汽机、电报、采矿、陶冶、制炼、织造、屠解之法。格物院发源算学，以几何为宗；几何之学言度数形理，究方圆平直之情，尽规矩准绳之用；算法以《阿而立德密铁》为入门之书，即数学理论；次即代数，西书名《爱而其字拉》；三即几何，西书名《期奥密士而律》，希腊人欧几里所著也；又有力学、化学、格物、金石、植物、胎卵湿化各生物，观天测步，俱为算学之要；此皆格物院之功课也。船政院：为行船之学，先通各国语言文字，并习几何、天文、算法、地理，涉海知船在经纬线何度何分，各国海口浅深、礁石有无，各处风信潮汐如何、遇大风雨作何趋避，至于炮船战舰战攻进退之法，讲求极为周密。武学院：课程如实学院，加以武艺、兵法、御马诸务，如才识可当大任，调诣京师大学院再习上乘兵法与各国水陆战法；水师营以测风防飓、量星探石、辨认各国兵船、操练水面阵图、临阵先择地势要害、必能攻能守、人有固志、炮无虚施，方为上等。通商院：以数学、银学、文字三者为尚。更有农政、丹青、乐律、师道、女子、训瞽、训聋瘖、训孤子、养废疾、训罪童诸院。又有文会、夜学、印书会。故国中人无弃才。初学馆二万五千四百八十所，师三万一千三人，学生二百九十八万五千八百七十人。大书院九处。

《盛世危言》云：美国幼童，八九岁不就学者有重罚。学制分三等，小学院以四年为期，考选头班拔入中学院。资秉鲁钝，考试不得升，至再至三，必令学有成就，然后他习，非一读不成即行改业也。亦有在家塾读书学成后，经出家塾送入中学院考选者。中学院亦以四年为期。小学院试事，三日而毕，中学院试事，十四日始毕。所试为欧洲各国史论、美国史论、罗马腊丁史记、希腊文字、几何、测量各算法、天文、地理、文章、诗歌，各题全作无错误为正取，有三题错误者为备取，题未全作，错误又多者不取。正取当年入大学院，备取逾年入院。正取不足，则以备取补额。补时集备取考生，将前时差误各门另行命题，考试无误，乃得补，误者下期听补。考时，约考生十五人即有监视者一人。亦有搜检之例，只字不许携入。大学院亦以四年为期，功课以腊丁希腊古文、算法为最要；四年学成，可以自择专门，如欲学律，须在律师处学习三年，医学教士亦然，三年无过，始由国家给予文凭，可以游行各国，此大学院之制也。其农工武备学院，各有专设。民间自立学塾尤多。

德《三日军报》载：法国估定一千八百九十八年武备各学堂经费。一、巴黎武备学院，学生五百又八名，每年需一千二百五十四佛郎。一、波律武备技艺学堂，学生四百五十名，每名年需二千四百六十七佛郎。一、桑须尔武备大学堂，学生一千又七十五名，每名年需一千七百九十一佛郎。一、丰太尼布罗格致学堂。学生三百四十名，每名年需二千九百三十佛郎。一、武备大学堂，学生一百六十名，每名年需三千五百八十佛郎。一、早木尔马队学堂，学生四百八十名，每名年需二千二百八十佛郎。一、军医学堂，学生六十名，每名年需一千一百六十七佛郎。一、营务学堂，学生三十六名，每名年需九百八十三佛郎。一、拳勇学堂，学生二百三十三名，每名年需七百九十八佛郎。一、演放枪炮学堂，学生一百三十四名，每名年需五百七十六佛郎。一、步队演枪学堂，学生八百七十名，每名年需一百四十四佛郎。一、桑麦岑得步队学堂，学生三百二十五名，每名年需一千又三十佛郎。一、匪尔塞乐司马队工程学堂，学生一百一十名，每名年需九百四十六佛郎。一、步队二等学堂，学生二千名，每名年需五百四十四佛郎。一、马队二等学堂，学生五百名，每名年需五百九十八佛郎。一、恤孤小学堂，学生一百六十名，每名年需五百九十九佛郎。一、医学堂，学生一百九十六名，每名年需二千二百一十九佛郎。

德《三日军报》载：美国水陆军学堂章程约分二端，一曰学堂功课，一曰学营功课。学堂功课自九月初一日起，至次年六月中旬止，专讲阵法、韬略、天算、测绘诸学，及各国语言文字。五点钟四十五分，诸生齐集，揩拭枪炮，整备器械，装束齐楚；六点钟十五分，早餐毕，随意散步；八点钟至午一点钟，作功课；一点钟，午餐；二点至四点钟，作功课；四点钟至五点钟，操演步伐，演毕少息，六点钟前后，晚餐，餐后闲玩；七点钟三十分至九点钟三十分，夜课毕，就寝。学营功课，自六月中旬起至九月初一日止，共七十日，于郊外营中操练，仍肄习各项功课。诸生分四班，学期以四年为限。初入学堂在四班，次年升三班，三年升二班，四年升头班。第一年学习算法，如几何、代数、勾股测量诸学，英国语言文字、法国浅近语言、操演步伐、演放枪炮，此外尚兼习拳勇暨刀矛诸艺。第二年学习算法，如三角图解、三角测量、微分积分，讲习法国语言文字、西班牙文，绘图测量山川高深，习照相之法，马步炮队打靶，工程学如造桥修路事。第三年，此时法文暨算学均已毕业，惟班文一年停止，是年学习测绘、学徒手绘画写不用画图机器、操演阵法、工程学、军营条例、格致、化学、天文、矿学、舆地学、动物学。第四年学习筑造炮台，学攻守秘诀、万国公法、美国律例、万国史记、天文、操演阵法，复习班文。此四年中，又有体操之学，逐日演习，以养身体。

《国闻报》论：治学治事，恒不能相兼，尝有宏通渊粹之材，授之以事，未必胜任。任事之人，乘时设施，不必皆由学问，使强奈端以治兵，不必能及拿破仑，使毕士马治学，未必及达尔文也。惟其两不相侵，故能彼此相助。汝纶按：张陈所议科举欲取通材，亦如学堂议章合治学治事为一条之意，但其元奏亦称，名臣之学识阅历，率皆自通籍任事以后，始能大进，则当考试之初，亦不必过求全才矣。

六月十日，总署派章京顾肇新、徐承煜往问日本使臣以学堂章程，日本署使臣林权助云：学堂初开，章程不能美备，将来应随时酌改。现章以中国学问为根本，最为扼要，断无抛荒本国学问、专习外国学问之理。学生应令统习英文，无论何国教习皆通英文，未必能通中文，若学生不习英文，彼此隔膜，难以教授。各种学问，以政治、矿学、工程三项为要，中国现在急需此三项人才。卫生学亦要务。至于兵学，与文学不同，须另立学堂，不应列入大学堂之内。学生学有成效，要与正途出身之进士并重，似应明降谕旨，令人周知，方能踊跃。专门教习每月三百两，恐外国上等教习不肯来，约须六百两方可。如中国有精通专门者，亦可令作教习；日本始皆用西人，今三十余年，均换日本人。日本现有学成之人，中国如愿延请最好。日本学例，学生自备资斧，有极贫者，学堂始量为津贴。其上等学生，例有奖赏，从无概给膏火之事。因学成终身受益，不比武备学堂专为国出力应给膏火也。以上林使臣所言，曾进呈御览，交管学大臣阅看。

天津法工部局设立法文学堂章程：法外部大臣筹定五千佛郎克为学堂经费。管教二人。总董事为法国领事官或简派之人。法国学社委官一员，法工部局简派董事二员，总查一员。学生两班，每班以二十名至二十五名为度。除礼拜日、瞻礼日与礼拜六不计外，余日皆有功课。上午自九点半钟至十一点半钟，下午自两点钟至四点钟。放学之期，中国新年放两礼拜，复活赠礼放一礼拜，自西六月底至八月十六日为放学歇伏之期；此外有须放假之日，由总董事与总教习酌夺给假。凡生徒革退，由众董事查照教习所报各节议革。各生每年津贴学堂洋银十二圆，正月、五月、九月分三次预交，届时由本局管捐人备具收单发给照付。凡革退与自愿出馆者，其预交之一季津贴分文不还。其家贫无力者，由众董事酌准免交津贴。各生应须纸张笔墨册本、板上写字之粉煤炭等项，均在此津贴款内。学馆应如何扩充，教授应如何加功之处，均由教习酌核议办。每三个月由总董邀集众董事会议一次，每年末季会同议定来年应用之款，并将本年账目交给查验。法国驻京大臣毕批准，法国驻津总领事官杜等随阅。

日户先生闻吾将办保定学堂，贻书极言学堂以造就人才为主，勿兢兢一工一艺。

——辛丑六月二十二日

请常济生、邓和甫选万首绝句中之白道者，将传之小学。

——二十四日

学堂课程　学堂宜以蒙学始。近年南方新出诸哥括以为便于启蒙，走独以谓意义文词皆非童蒙所解，又始学当授以本国文字，未可遽及西学。今拟数法如左方：

童蒙六岁，教之识字，先择童子口中所尝言、心中所已知之事教之，如天、地、日、月、山、水、火、土、头、尾、手、口、衣、饭、哭、笑之类，皆不待解说而明。此等字尽识，然后教以待解说而明之字，如父、母、师、长、饮、食、首、足、川、陆等类之字。此等既识，再令识学习、教训、孝弟、忠信、爱恶、善恶等字。又后渐及半虚半实之字：动、静、安、危、治、乱、顺、逆、转、变、移、易、推、挽等类。末乃教以虚字，为之揣合语助之神理而示谕之。如此则识一字即解一字，心灵易启矣。

识字三四千后，授以浅文。村塾用《三字经》《千字文》等，皆非童子所解，今改用唐人五七言绝句之明浅者，五言如"床前明月光""松下问童子"之类，七言如"少小离乡老大回""独在异乡为异客"之类。绝句读竟，再授汉魏乐府，如《日出东南隅》《孔雀东南飞》之类，及唐人元白歌行、张王乐府，皆可使讽读。此时可令其学作绝句及短古诗，暇时授以狄考文心算法。

蒙学两年，学童八岁，可入小学。小学先授《论语》。学童既读绝句乐府，文义略可通解，授《论语》时随读随讲，使知贯穿虚字。《论语》卒业，便读《孟子》，使知文字气味章法，便可教之开笔学文，或作小书信寄父母、兄弟、姻亲等，始时一二句，渐可五七句，渐可十句二十句。其《大学》《中庸》等皆暂勿读，另选《国策》中之小品，每章百余字或数十字者读之。《国策》及绝句乐府，皆宜选定一本发给各学堂。暇时可授狄考文笔算法。

小学四年卒业，十二岁入中学堂。中学堂应有西师，教以粗浅图算、格致等学。经书《孟子》卒业，即读《左传》《礼记》；资性稍钝者选读《左传》，或用曾文正《经史百家》叙记类中所录诸篇，凡《左氏》高文大篇，粗备曾选。又曾公所录《通鉴》，通篇可并读之，此史学也，至于全史，未易骤读，中学讲授，宜用陈文恭《纲鉴正史约》，此皆简而不陋。它如王凤洲、袁了凡《纲鉴》及《纲鉴易知录》等书皆俗本，不可用。国朝政治，则用日本人所编《清国史略》。经史之外，应读诗文。文以姚姬传氏《古文辞类纂》为主，先读论辩类中苏氏父子诸论，奏议下篇、两苏诸策，后读贾、马、韩、柳诸论、汉人奏疏对策诸篇。诗以王阮亭氏古诗以及姚氏今体诗选为主。王选用闻人氏《古诗笺》本，虽注释未精，要便初学。五古读曹、阮、陶，七古读李、杜、韩、苏，五律读王孟，七律读杜诗，为中学一大宗。李、杜、苏、黄诸作，乃古今之至文，不得以考试不用而废弃之也。但王选稍详，尚宜约选，乃易卒业。

中学四年卒业，十六岁入大学堂。大学堂西学渐精渐多。经书读《诗》《书》《易》《周礼》《仪礼》诸经，资性钝者去《易》《仪礼》，更钝则去《周礼》。史学选读《史记》《汉书》，性钝者略读数十篇或数篇，讲授《通鉴辑览》，辅以胡文忠《读史兵略》。国朝政治讲《圣武记》《先正事略》《大清通礼》及简本《会典》，选阅《经世文编》，外国历史。古文读《姚选》序跋书说赠序杂记诸类。诗仍读王姚二选，五古读二谢、陈、李，七古读黄陆以下诸公，五律读杜，七律读小李杜并宋诗。

二十岁以后，西学专门应各聘专门教习。中学专门，则熟读之书六经外为《史记》、《汉书》、《庄子》、《楚辞》、《文选》、韩文、曾选、《经史百家杂抄》、《十八家诗抄》。流览之书则《通典》、《通考》、温公《通鉴》、秦氏《五礼通考》，国朝官修之书，外国已译政治法律之书。备考之书则《艺文类聚》、《初学记》、《北堂书抄》、《太平御览》、《文苑英华》、《文粹》、《文鉴》、唐宋大家文集、国朝名家文集、《碑传集》、《耆献类征》等书。理学则程、朱、陆、王之书。考证则顾、江、戴、段之书。各取性所近者。中学门径甚多，要以文学为主，不能文则不能得古文奥义，无以达胸臆所得，言皆俚浅，中学必亡。

——辛丑秋作寄深冀诸友

山根少将来谈，问吾儿欲专何学，告以将学政治法律，山根笑曰："贵国人喜学宰相之学，满国皆李傅相也。"其言切多讽，记以示儿。

——九月三十日

樊国梁为周方伯议小学堂章程，其略云：小学堂先习洋语及西学之初阶，如天文、地理、西国史记等类。凡人欲通西学，非先习洋语，洞明西书，不能奏绩。华人入学，半日西学，半日儒学，不可偏废。学生分三等：一、终年在学堂饮食寝处；一、每日在学午餐，晚则还家食寝，一、不在学堂寝食。学堂容学生百人，用西教习五人，中教习五人，每一教习可教学生廿名。华、洋总管各一人，洋总管每月薪水五十金，一年共六百金。华总管即用本地官总理。每西教习一名薪水月三十金，五人岁需一千八百金。华教习五名，月给十五金，五人岁需九百金。凡洋总管、华洋教习共需银岁三千三百两。学生百名中终年在学寝食者二十人，在学午餐者三十人，不在学寝食者五十人。终年在学者岁出修金百金，在学午餐者岁出五十金，不在学寝食者岁出二十五金。凡学生所出修金，足供学堂一岁之用。学堂应用之物，如天地球图、西学书籍及家具器用，约须银三千两。学生自置书、笔、纸、墨等，每年不过三四金。凡学生所出修金，当交洋总管收存，倘入不敷出，洋总管当自行垫赔。年终大考一次，优者给据。二三年后始终奋勉，学业有成，即升中学堂肄业。直省各府，俱可立此学堂。该教士甘愿帮办。

——十月二十日

伊藤来谈教育之法，谓有德育、智育、体育，今中国志在智育，似未善，无德育则乱，无体育则弱。吾谓"智开然后知德教"。

——十二月二十八日

制　行

初一日为吾父寿辰。盖自甲子以后，父母寿辰，余皆奔走于外，不及奉觞上寿。今年诸儿诸妇乃群聚舟中，虽无以为寿，吾亲颇为意适也。

——辛未（1871年）三月

谒曾相作辞金陵，盘桓十有四日，数见曾相，泛论今古，所言多可牖启人志气者。二月二十九日以后，率以间日一谈。其言居官之法，不外"勤慎"。教余事事学游子岱，谓余公牍过子岱，而察言观色虑以下人之道，不如子岱。又言在北时有谤余为傲者，宜少加意。又虑余于逸盗未获及监犯越狱诸事不肯耐烦。皆甚切至者。

——九日

由清江陆至王营。大人不肯乘舆，试行数里，不胜顿撼之苦，仍遣人回清江雇夫，改用肩舆。

——四月一日

见何骏生。谓治家求节浮费，须勿令妇女应酬。渠等独居一室，耳目无所闻知，一出应酬，则相形见绌，势必侈靡相师，不可禁止矣。

——二十二日

萧廉甫教余约束家丁，谓无事时常令其随侍吾侧，则不敢出而为非。至书吏则若辈自有应得之利，官可不必过问，但防检之不使枉法奸利耳。若必以刻核临之，则水清无鱼，书役与官格格不入，诸事不能办理矣。

——二十三日

骏生告余：票签须另立簿，稽核期限。前在途间接某所上条陈：一条，三八告期坐大堂亲收呈词；逢三告期呈词，逢六定须出批，逢八告期呈词，逢一定须出批；拦舆喊禀，不可不收。第二条，勤坐堂断案，勿轻令乡邻调处。第三条，宾朋过访，属员接见，宜加礼待之；绅士晋谒，勿拒而不纳。第四条，帐房为银钱汇总之地，宜立定限期几日一阅帐，划清出入数目；上房杂用，宜另立一簿，稍分条理；帐存银至五百两者，宜防移挪之弊，甚或假立收帐，与钱店经书私自通融。第五条，署内油烛宜酌定准数，其家丁油烛照数发钱，不办公者有油无烛；幕友月费束脩宜按月致送；厨房伙食宜包其菜饭，须有上中下三等区别，此照人数之说，抑或菜分三则，米由上发，此认定桌数之说；煤火均在包菜之内；厨内定用几人，酌给工资；凡包饭者宜另立小厨房，抑或在大厨房菜内酌增钱文，以奉亲闱；把门听事以及看役人等，大略均有饭食钱文，宜照前任旧章；驿站兵役、槽头马夫，均有饭食，均循旧章；喂养尤须择人而任；僻隅邮传，不宜轻忽。第六条，六房书吏，宜加礼优待，有不轨者，用戒尺以警自新，惟作奸犯科、罪无可逭，必须严惩；州县最重户、刑两房，须慎选老吏点充经承，户经兼择家计殷实者；谕各书吏自呈所长；凡新收呈词，均注明某房承办；吏、礼、兵、工、承发等房，较户房为苦，宜分案注令承办，以分润枯枝，且杜钻求私卖之弊。第七条，差役三弊，曰恐吓，曰私押，曰拘票；快役带捕，比壮皂尤甚，安良弭盗，严比为先。第八条，监禁班房，宜时亲自抽查。

——二十四日

步至廉甫署中，稍问初任办法。廉甫云：到任先派定何人执何事，人定则百事就理，不必预立章程，随时体察行之。又官所不知者，门下熟习，能为陈述旧例，无忧头绪不清也。

——二十六日

见博孟樵观察。观察言：深境甚属难治，饶阳、武强、献县交界，有廉颇庙，向为盗贼出没之处，夜聚昼散，官将捕治，则闻风远扬，地当三县之交，此拿则彼窜，东捕则西逃，近日武强、献县尚有盗案为两令互讦者。又明岁大婚后必有谒陵皇差，皇差向系借资民力，若循姑息之爱，必致公事竭蹶。深境自经兵燹之后，诸务未及整顿，有前时所入而今尚未复者，游君裁减，愈形棘手，今欲骤复，事自难行。然有官所已裁而民仍照旧上供者，此中必有中饱之人，若访察得之，勿令中饱，则民不怨而事易举矣。

——同

沧州项少琴及徐继贤本衡谈最久。少琴谓游所裁革陋规，尽可渐复；刘昆圃官声在游之上，吾事事问刘任旧章，百姓自无异词。继贤谓深州本境与安平县民情醇善，饶阳、武强稍黠，盗贼甚多，武强之小范、廉颇庙，饶阳之西与河间连界者，皆向不安静之处。

——二十七日

项少琴刺史前日告余：接篆日将时宪书倒插怀中，勿令一人知，然后出接印，可以使书差不敢舞弊。其言甚迂怪难信。本日谓余：稿案门可兼钱漕，值堂可兼用印，差门可兼执帖，及稽查监狱、班管，大约内外家丁以二十人为率。初到略宜多带，乃可敷用，且备甄别去留之用。今七月即办考差，尤须人足敷用。廉甫谓稽查监狱班管须专派二人为之，不可使兼他务；书启家人，宜令兼一差，以资体恤；学院按临，则办差须有的当家人，亦难兼他事，约算当用十五六人。

——二十九日

少琴为言：捕务以信赏必罚为要。深州枭匪甚多，前任传有捕役见贼逃散惟余本官一人之事，到任时尤须加意。少琴又言曾相清讼章程数弊，"如稽查悬牌以禁私押一层善矣，然私押者必不在班管，又多在未经禀到之先，此虽本官尚难稽查，岂上司查牌所能杜绝者。又如旧管多于新收则记过；州县才力不及者每因此不受呈词，是教人不了事也。劫案一月二起记过一次，三起记大过一次，大过三次、小过六次，立予撤任；官苟避处分，不得不讳盗，一也；百姓刁猾，或捏报盗案挟制官长，二也。又每月招解案件，应结二案，结多者记功，少者记过，州县希功避过，于是有草率完案者矣。凡此皆立法

715

之弊也。"

——五月十三日

入城见运台，运台为言：做官与幕府办事不同。言甚恳切。

——同

博孟樵观察言：比销一事，防弊端宜令身旁家人轮流核算；税契之大头小尾与比销之弊相类。见丁观察，略道吏治好名者之无益。余性不喜饰虚名者，嫉之过甚，转似忌克，宜以为戒。

——十四日

马允斋来谈，谓上官应有之规不可减，委员过境不可慢，酒食须丰洁，尤以请入署内为妙。二者虽无深义，而甚中余病。又言，合署皆窥伺官者，合署皆逢迎官者。此则最为警切。又言：惠甫在磁，帐房立簿名目最多，极可法，宜访求之。

——十五日

项少琴来谈。其言治书吏衙役尝试之法，皆可效法：要事勿经门签之手，不许渠等言公事；出批先悬牌而后腾批，以取迅速；核批由幕友径送本官，以减弊窦；至传呈传和息等事不必拘执，即卖票一事亦难禁止，但去其太甚而已；衙役好体面者勿轻责，宜以黜辱示罚；监犯宜少加恩纪，遇时节庆贺事赐以肉面，使知感恩。书吏迎新官，有旧传谑语云："两手垂下者下等官，以手柱腰者中等官，负手于后而挺胸者上等官。"此言极有趣，亦极中理，可谓善戏谑矣。初见书史，勿先问钱粮平余，彼且笑官为要钱来也。

——十六日

前收家人令其条陈数事，乃皆自夺其利以求有益于官声者。单存记。

——十七日

杜滨所上条陈：不许绅董擅自出入往来。出示严禁娼赌并家人在外宿娼招摇等事。少用家人，多则乱，生蔽。随时到幕，商酌公事。监押各犯，亲自抽查，不可尽靠家丁书役。上宪来文，并各属详转，不准积压。认真缉捕。编查保甲，刷印门牌。建立书院，有罚款充入膏火。大堂牧呈，不准传递。粮租征比，分别赏罚。考各属观风。和息当堂取结画押，以杜捏写。不准卖票。问按：户、婚、田土大堂问，命、盗案二堂问，奸情花厅问。

司详考语："年力正富，干练有为。"题补考语："才明识练，勤恳爱民。"

初六日出省，沿途阻水；初九日四更后抵治所。初十日接篆视事。

——六月

数日官、幕一身兼办，尚不嫌难。昨刑友王少村来此，大喜过望，然不敢遽送公事，初来匆匆，不欲奉烦也。昨夜作天津信四函，就寝已二点三刻钟，今晨四点后即起，疲矣。

——十五日

久不读书，心放肆不能入，途中翻阅古人诗文，了无所得，殊自愧也。

——壬申正月三日

五更起，赴起凤庄相验命案，鞫得奸情，村民环观者皆欢呼好官。验尸后登车，往返八十里，薄暮还署。是日心颇畅然自适，大类应试作得意文字出场时光景。

——十七日

去冬，齐澹斋劝我学曾相，每日治事读书须立有定程，细事不必躬亲，留精神以备大用。所言极中余病，惟不亲细事，似为未然。余自知疏阔，不能条理缜密，昨岁曾相书来，亦劝以"检察细务"，尚当三复此四言。

——十八日

两年日记，忽作忽辍，无恒至此，可恨。自来深州，学日荒废，又未尽职，自今日为始，每日仍严立程课，庶自督其昏惰之气。

——八月二十七日

饭后坐堂审贼犯，识其自承假案，颇惬心。

——九月朔

是日，先祖百岁生辰。吾桐城旧俗，有所谓"冥寿"之说，方植之尝斥为非礼；谓金陵人谓寿考而终者为"喜丧"，喜丧与冥寿可为两对。家大人深然其说。酌用家祭，临祭，家大人哀慕之容感动左右。

——三日

读《封禅书》一文而三日始读竟，吏事之夺学力如此！

——五日

晨起查验行馆，厨传将饭矣；忽报学使且至，出候道左，良久，先驱至，已而传呼"学使至矣"，吾与星阶各上手版，自顾殊不能堪。陶公不肯束带折腰，真乃解人。至馆进谒，论佾生事不合。旋辞出，饬仆从检料酒食，先归，候于贡院。路过一村，民男妇相率作纸，询之随从诸人，皆云他村无此。

——十月二十九日

昨日，学使至，又与畅论孔庙乐舞事。学使欲裁减人数，不知六僧系国家定例，此外歌工、乐师，有一人必有一事，实不可裁。归署作说帖上之。
男阎生谨按：先公在深州兴复孔庙乐舞，详见《深州风土记》。

——三十日

学使考试选拔，开场甚早。余应点验名册，到已稍迟，缘昨夜部分捕贼，倦卧失误故也。

——十一月十三日

至两弟书屋稽查功课，近日限两弟课程。顾余近年来学日荒废，自恨不能学曾文正事有定程，仕、学兼进，觍颜教人，殊以为愧。

——十五日

理所买书籍。余所留者，《四库全书提要》及《玉海》而已，其余尽归深州书院，以此间文风鄙陋，无书可读，学者时文而外，目未尝见他书，故急置之。

——十九日

星阶来谈，余因识学使器局之小。

——二十一日

李起韩来报书院帐目，明年可得六千余串，拟加考生膏火，酌改章程。

——十二月二十四日

某十二岁始为论说之文，家大人命题以《赵苞论》，某力辨程子之说；引《戴记》"战陈无勇非孝"之文为断，又谓苞以身殉母，为忠孝两得。今十五年矣，日月不居，便已壮大，学业未加，回忆当时志向，岂欲止于如此。今阅《通鉴》赵苞事，不胜感慨今昔矣。

——癸酉

黎明拜牌谒庙，遂与同官团拜。入随二亲祀先，遂与兄弟家人上二亲寿。出贺亲朋，老父亦出遍贺亲朋，脚软，余与家仆扶掖而往，五弟扶掖而还。微窥慈旨，颇以不似去年之健为憾。

——癸酉正月元旦

行至小堤。小堤，饶阳村也，绕村皆有河。询之居民，言去年饶阳修河，每亩费钱百文，不过略略修治，并未真切办理，故至今河仍浅狭，两岸未见堤埝，冬春水涸，河流尚与地平，一经汛涨，安能无水患耶？行过数河均如此。

至支洼村宿旅店，僻陋村庄受水甚苦。村南为滹沱正流，自安平流入者。询之居民，谓去年并未修河，惟春间曾小挑堤埝，水发旋即冲去，故至今并未见堤也。

——二日

昨夜梦曾文正公。自公薨后，见者三次矣。又梦城隍之神人八蜡庙内，城隍庙门闭，不知何解。以古人八蜡祭坊与水庸考之，毋乃城隍之神固在八蜡庙中乎？又梦有人持书牍，记是上长官禀贴，忘其全文，惟记有"白鹇首饰自白于人"八字，亦不得其解。

——二十二日

查《会典》所载文庙乐舞生人数，乐部门有佾生三十六人，乐舞生五十二人之说，与余所募八十八人者暗合。

——二十三日

五更入孔庙，率诸生校验佾生乐器，黎明行礼，约一时之久，即卒祭。

——二月八日

至范家屯食，民有言新旧二令优劣及差徭之累民者，闻之惕然于怀。

——十七日

随方伯查道，首段朱滦州敏斋工程极如法；次段完县叶介之祖茔地有潮湿，大约地下积冰未去，近日春融，故泉发也。谒方伯请令地面官为办道官照料雇夫，以客官雇夫，其价十倍，而行幸在即，道尚多水，非添夫役不能集事，而夫价过贵，则承办者决不肯添故也。方伯末见许。又闻蓟州城外道尤渗水，请方伯先发委员督修。许之。

——二十四日

与方伯谈，颇及存之，且于傲吏多微辞，似是"项庄舞剑"。

——二十五日

初一日为大人生辰，仆仆道路，不获称觞上寿，并不获叩头遥祝，罪戾无穷。

——三月

余弃官作客，固将以求吾志也。数月以来，竟无所以自立者，兹复为日录，以策顽懦。

——己丑

十二日电信：汪宜人亡于正月初十日，二女失母，甚思之。

——庚寅

先祖母左太淑人，读书通大义，汝纶幼时见伯祖逸斋府君为太淑人传云："太淑人右手拂菜根，左手翻阅《通鉴》。太淑人父为直隶邢台县知县，循吏也，以不获上去官。"顷读国史《梁肯堂传》，肯堂为直隶总督，乾隆六十年，大计劾州县，左为鑨才力不及，奉旨："该员经梁肯堂调繁，何仅阅三年，又以才力不及填劾？左为鑨著照部议降调；该员忽行调繁，忽行参劾，并未据实声明，既于政体不协，且易启督抚任意轩轾之渐；及经饬令明白回奏，反含混其词，不自引咎，殊属非是。钦此。"此可见圣主明见万里，当时大吏安敢自行其私意哉。所劾左公，即太淑人之显考也。本传又称：肯堂乾隆四十年自蓟州知州升深州，四十二年补保定府知府。吾修《深州志》时失载。

十一月二十六日，五弟闻解任之信。十二月二十一日，举一子，吾以其祷于张仙而得，有类苏老泉，遂名之曰苏官，字之曰似瞻，吾弟于是四十三矣，始得一男子，此大喜也。此年闻南中人来言，六弟桂芬得一子一孙，先祖支下添三丁矣，亦门祚之幸事也。

——辛卯

吾族在明代登仕籍者二人，一侍御公，一平川公。侍御公奏议载家谱，正道直言，《明史》不载，盖修史时无人为之上通于史馆也。平川公则家谱亦无事绩，今览《明诗综》，宗室沈藩朱恬烁有《送吴平川判府致政归桐城》诗一首，其诗曰："归路东风晚，凄心向夕烟。青山相送日，白首倦游羊。人渡春江上，帆飞暮雨前。知君投老去，生事在林泉。" 观此诗可以想见公之高致，又足见当时必有文誉，与知名贤士大夫往还，故致政而王孙赋诗以赠行也。子孙陵替，先德隐则不曜，大氐如此，可胜慨哉！恬烁号振莘，沁水庄和王之仲子，封镇国将军。

五弟于二十年正月十四日得一子。

——甲午（1894 年）

阳信百姓送吾弟，于城门置一镜，水一盂，言其明且清也。此颇近古。去年六乡公送一扁云："爱民民爱"，四字亦不俗。

儿子阿启从中岛伯成游日本。晨起小雨，雨止送之至火车旁，同行者东文师生十六人，南宫刑赞廷之襄、深州李省之检与焉，皆与启儿相善，途中有朋友可乐。吾与儿约，别后父子邮寄日记。

——辛丑五月十五日

与大和等议报馆事。先事约郭应岐、李子周及冀州刘生同来会议。大和等坚请吾应"总办"及"主笔"之名。吾欲事成，姑应之。子翔、启儿皆为创立社员。吾意先节约，而大和等所议，每月薪工已五百圆，他杂用月需二千圆。恐不能持久。

——二十七日

吾今年读书又不如去年，甚矣其衰也。

——三十日

过李季高。近数月傅相时以荐举相戏，吾亦以戏言却之。今季高为言："人有欲荐君为内庭师傅者，于君何如？"吾答以："大阿哥恐终不得立，何用求师为！"高云："为今上求讲读之师耳。"答曰："此又康有为之续也。"高云："不干与政事，但日侍讲读，使上知外事。"答曰："上本研求外事。"

高云："恨无正人左右。"答曰："天子从师，当取之宰辅卿贰，非草茆所得与。"高曰："时应破格，处师友之间可也。"答曰："此不可为也。"高曰："君自论病耳，今将勒君使下药，当奈何？"答曰："庸医安能下药！今代高医无若师相，今请师相下药，亦不能起此疾也。"高曰："严君已笃老。"答曰："办事自嫌老，若下药则老非所恤。以师相所不能而谓下走能之乎？吾以太平时辞官，若以危乱时起复，何颠悖若是！师相爱我，使我处一讲席，或南或北，当可使诸生略涉西学，灼然知吾八股试帖之不足恃，而相与研穷有用之学，万一为国家所录用，不致泥旧法败国家大事，是我所庶几，出仕非所能也。"

——六月七日

惠卿觞客坐上，见日本画上美人，荒川言："愿贵息勿为此辈所惑。"西先生继言之，尤恳到，并欲令吾儿与伊弟同宿。此二君可谓益友能忠告者矣。

——九日

惠卿召大和、稻叶、日户同饮，吾与稻叶、和甫皆大醉，十余年来末有之事也。

——二十八日

是日无外客，颇能读书。

——二十九日

昨夜雨至今夜始止，天气渐凉。吾儿素不知自检寒温，在倭无人照料，未知能慎起居否。吾屡劝勿读书，昨又送《史记》予之，殊自乱其说。但此父子相爱之意，儿所读《史记》乃吾案头归氏本，不能与之，今购得归本交付儿，非劝使学也，未知吾儿能善会斯旨否耳。

——七月十日

儿寄牛肉汁，书词恳切，吾当服食，以慰其意，实则吾不须此也，还书院后，吾仍用外国蒸牛肉汤法，应作书寄儿，后勿再寄。

答矢律之拜，以《深州志》赠之。其同来诸武官有陆军炮兵大尉土方久路、步兵大尉白川义，则皆士官学校之教官，又有骑兵少尉三轮好政、步兵少尉寺内寿一、井染禄朗诸人，围绕绪谈，各以葡萄酒、麦酒相奉，谓皆早闻余名。余无实而浪得虚声，真可愧恨。

——二十一日

往晤路牧师，问及小儿，告以去冬有咳血之疾，医家劝令废学远游，故遣往日本，便访名医。牧师言渠往年在中国得肺疾，肺体已有处见坏，医生劝令回国，皆恐无望，渠归国后，每日自在野田锄地，未及一年，遂将坏处养好，缘野外空气洁净，最养肺，而锄地则两肘时举时落，肺家为之歙张生力，故日起有功。此病不在服药，但须好气养之。属转告启儿。此意吾亦深知，但不如路君之身亲其事耳。吾欲儿问医者，亦谓医必教以养病之法，儿可依医言而行也。若全不理会，仍好用心，竟忘其身之有疾，则大不可，然又不宜时时以有疾为忧，当以时消息。

——二十八日

路牧师来谈，并属"有书寄日本，幸以昨言告辟疆"云云。据路所说，养肺以好空气为要，东京人烟稠密，恐不如近海或近山之地为佳。锄地两手动转，使肺多受气；若得其意，不必锄地，但时时两手翕张转运，即于肺家有益。路又云：冬令宜居温带以南之地为要。路君盛意，吾儿不可忽之。

——二十九日

作书寄陆学使，学使前属开学堂书目，今略陈梗概，并论部议用《九通》试士之非。

——九月十七日

启儿《挽文忠公诗》，李仲彭、季高公子请写素屏张之几筵，因买绢书

724

之。乃翁为儿写诗，故事无有也。

——十月二十二日

廉氏兄女得其母张宜人书，谓近亲欺凌，欲定嗣子，遂遣人招余往，跪泣求助，意在索余第二孙为其父母嗣孙，燊兄从旁言之尤切。余谓当议用阿驹第二子，吾孙不能垄断郓城公田产，使近支不平。且定嗣亦不能骤绝欺侮也。张宜人有见寄书未到，俟到后裁复。

——二十三日

过廉氏兄女，示以所得张宜人书，且告以吾孙不能承嗣者有三：张宜人薄有田业，吾不可笼而有之，贻他兄弟口实，一也；吾前心许得二子即以一子继先兄，今得两孙，自应以一孙继兄，不能越次而继张宜人，二也；张宜人立嗣，宜亲抚养，今吾孙在外未归，三也。

——二十七日

得袁清河观察来书，袁慰亭宫保改书院为校士馆，改山长为监督，仍聘下走，聘书已交提调。

——十一月九日

杨濂甫观察传述，李氏兄弟要吾南归收束文忠遗集，已面许之。

——十日

斋长李佑周、王古愚与提调宋弼臣同赴京，意在谋留吾主讲。吾意已决，不愿留也。本日袁行南观察来为袁制军留行，为说亦不坚决。盖制军山东学章，教习均归督抚管辖，今此章已奉旨颁行，而直隶为己所莅治，独为我特置监课一席，用聘书礼请，与其定章不符，吾去则事可一律也。

——二十九日

佑周以留我来京，本日又面求留北。吾以思归，不能再误，已定计与李氏昆仲南归，不愿留也。汪剑斋大令立元来言：张冶秋尚书欲聘吾为京师大学堂教习，吾亦辞之。

——十二月五日

袁慰帅先施。盖书院诸生转求直隶京官，函请袁慰帅谆留主讲。张冶秋尚书亦先施，执礼甚谦，而请余为教习，余面辞之。晚过慰帅，慰帅留宾甚恳，至坐客皆为留行。余以归志已决，不敢从也。

——七日

张冶秋尚书又来见过，谈及学堂，仍坚请。吾固辞，则拜跪以请。吾无实而窃虚名，愧恧无似。公卿不下士久矣，尚书之折节下交，近古未尝有也。顾吾退已久，势难为尚书再出耳。

——九日

答张冶秋之拜，并申辞聘之意。

——十一日

闻肃王见吾莲池诸生，将代张尚书劝驾，必以学堂事见委。吾老矣，实不能胜京师大学堂之任，仍守吾志可也。

——十七日

胡云楣侍郎见过，为张尚书劝驾，再三譬说，终不敢许。告以稍有自知之明，非敢故作声价也。侍郎亦面称曰："吾素知君有牢不可破之见。"

——十八日

周玉山方伯来书，仍为袁参政留行。晚赴杨濂甫之招，濂甫为袁留客，其意甚挚，言甚苦。吾归志已决，不可复改，但恐南行需时，未行之先，时有絮聒耳。

——十九日

胡云楣来书，谓已代辞，张尚书恐尚须奏请。河南锡中丞又令胡侍郎令嗣寄电，转托侍郎聘吾主讲，复书请侍郎代辞。

——二十五日

游　　览

过邹县，谒孟庙，读庙碑，其赵鼎诗一首最佳。

——辛未四月九日

苏州白塔寺前有宝鼎，字迹不可辨。其旁有一石片，倚树根，字迹亦模糊。日暮未及细阅，大约千年以前物也。塔东有明碑，碑趺系一方石，上有字迹，亦不可识。

——癸酉二月二十五日

至桃龙寺行宫，寺僧引入禅房小坐。旋至行宫内，纵观宫室之富丽，泉石之幽闲，及历圣御笔之题咏。再行十七里，至马神店，食。食后随方伯至朱华山端慧太子园寝。过岭至隆福寺，国朝所敕建也。旋与刘纶轩世恩同游行宫，导者先引至皇后行宫，云皇上行宫在中，太后宫在西，皇后宫在东。本年先帝妃主并出谒陵，行宫屋少，皇后以行宫奉东太后，而自与先帝妃主同居一小室，此后德之盛也。从东宫入至中宫，登楼小憩。导者云：此圣上召见群臣之所也。至后园，有翼然亭，历圣题咏，谓仿欧公醉翁亭之制。又西有一亭，后宫纳凉之所。其下即太后宫。由皇上行宫西来有一门，曰问安门。太后之宫，制度略如后宫，本年西太后居此。导者云：西太后好洁清，故修饰有加。其北则妃主等聚居之室，疑慧贵妃当与妃主同居此间矣。慧贵妃者，慧丽多才，西太后爱之，欲册为皇后，东太后以为正位中宫宜取端厚有德者，乃册立今后，而封妃为慧皇贵妃。国家旧制，妃嫔从行用辇，不乘銮舆，本年谒陵，慧妃拟用銮舆，群臣以旧制所无，不敢定，妃请于西太后，太后许之。銮仪之制，一銮舆前后须四百人，往岁不过二舆或三舆，今则五舆，皇上、皇后、两太后及慧妃并用銮舆，故校尉马匹须加数倍。妃嫔之用銮舆，自慧贵妃始矣。

———二十七日

晨起，赴飞霞阁，同人小集，是日为东坡生日，周缦云侍御招集。

———戊戌十二月

品　　藻

入城见莫子偲，为渠代抄《通典》阙页检交，并请莫氏奴为吾抄《通典》页也。

——辛未四月十四日

宿定州东湖村人王培膏家。培膏为此村绅户，留宿出肴进酒，兄弟怡怡。问之，则五代不分居，盖义门也。其长兄培恩字泽施，培膏字雨卿，幼弟培勋字敏卿，其一人忘其名字，凡兄弟四人，长兄已死，第二兄主持家政；雨卿第三，定州生员，教子弟读书；幼弟经理赴集入市等事。问其内政何人主持，据称妇人异姓同居，人各一心，不能持事，内外皆系第二兄一人为主。其言颇知道者。

——壬申正月十三日

将王怀祖所校《史记》记于书眉。怀祖之书，曾文公所深佩服者，今见其于《史记》则校订之功多，而诂释之事少，其于义义亦间有未合者，大氐搜引证之碎言，忽现行之常本，此汉学家之偏弊也。

——九月七日

阅沈涛《常山贞石志》。涛号匏庐，尝官正定知府，撰此书以拟弇山制府、仪真相国《关中》《山左》诸金石志，其考证史书，颇为详审。书成于道光二十二年。

——十一月五日

阅《证类本草》。此书贾所携示者，索价甚高。余考之，盖金源时刻本，殊可珍惜也。

——十日

是日选拔复试，深州刘仲楷、武强贺家杰皆惬人望，惟饶阳常司直之子常熙廉未得，而其侄常熙敬获选，安平弓汝昌、张毓英皆未得，而门以台以老而获选，皆失人意。常熙廉字让卿，熙敬字冠卿，其弟熙庸，今年县试第一者，字俊卿，门以台字延阁。

——十六日

李相寄到曾文正小像，洋人所照也，以镜窥之毕肖，一幕传观。

——十二月三日

史光圃来谈，与约至武邑境内访唐碑。

——二十日

晨起，与史光圃拥骑十余，步兵五十人，至武邑孙家村访唐碑。碑为唐仪凤四年武邑人马君起《造石浮图记》，咸丰五年新出于水，阅今且二十年矣，无过问者，余令军士运归深州孔庙。孙家村与州接境，唐时已属武邑矣，其旁尚有残石十余片，无字。

——二十一日

军人将石至，与肺甫同至孔庙相度安置，遂移存东厢孝子庙中，余所置乐器亦在此。

——二十二日

阅椒岑所作诗，大约七言律高于他体，其七言短幅亦往往英发，惟选字琢句尚未坚老，此则伏案日少之故耳。

——癸酉二月九日

见步以绅之弟以庄所为闱作，笔端有清气，俊才也。

——辛卯年

吴少堂，名汝舟，馆吴桥令劳裕初所，与邵班卿相善也。去年在此考古课，其人温雅，当为佳士。

有残经石峪字集为李相寿联，得二联，一曰"我国有大老，是身得长生"；一曰"名德空千岁，声施满四维"。拟以木刻之。

宿松人朱绍文著《三大变论》，皖人能此，为之一慰。

——丁酉

桐城好古者：史推恩字恕卿、杨以真字鹤岩_{地舆}、周侯祎字介臣_{有病}、张润霖字雨生_{骈文}、方彦恂字伯恺、方彦忱字仲棐。

——戊戌

泌阳薛府君事略

府君由供事议叙县丞，道光二十四年分发南河，二十八年改发湖北，咸丰四年保升知县，补黄冈知县，加同知衔，十一年黄州失守，革职。同治元年三月，曾文正公、李勇毅公两次会保，以知县留于安徽补用，六年委署涡阳，七年英果敏公密保送部引见，八年丁生母忧，十年服满，代理霍丘县、保运同衔花翎、补涡阳县。始以县丞到鄂，分襄阳府候补，入襄阳县谳局，有木商讼久不得直，以二百金饷公，公视其狱直，结正其事而还其金；有恶绅强占人田三百亩，府遣公往验，绅以四百金饷公，还以实报府，并呈所饷金，直声大震。咸丰元年摄襄阳丞，二年，遂以县丞摄谷城知县，疏积潦入汉水，惩蠹役一人而县大治；谷城，湖北提督驻军处，兵校骄悍，公至，皆缩手奉法；去官时，民扶老携幼送行，兵用送迎督抚大阅仪注护送公境上。时有钦帅罗苏溪驻襄阳，颇以贿赂荣辱人，有欲为公道地者，公不可。三年，摄襄阳府经历，是时襄阳兵备为宿松罗澹村先生，赏公治行，招入官廨，昕夕相对，以得人自贺，尝谓公曰："人不可一日不读书。"公自是手不释卷。

四年，罗公遣公率襄勇赴安陆防剿粤盗，勤于训练，与兵勇同甘苦，所向克捷。襄勇数千人支发口粮，一自公手，凡三年，丝粟不苟，且斥私财三百金助军。五年，以克复安陆府及京山等五州县奏保知县，加六品衔蓝翎，摄宜城县事。先是宜城人闻公威声，士民赴襄阳恳总督行辕，求公莅宜城，为朱牌迎公，其文曰"救民水火"、曰"望若云霓"。至是，命公往，从民望也。在宜城，振兴书院，宜城人立石颂德。是时官文忠公为总督，公与文忠也有旧，文忠欲屈公为门生，公不可。六年，摄枣阳县事，县刚悍难治，公至，剪除奸吏豪民，境内肃然。是年九月，襄阳乱民围城，募勇往援。时湖北移省治襄阳，山东马艺林为布政使，以守城功自喜，公折之曰："明使何必沾沾于是，当俟千载公论耳。"马公肃然起敬，恨获交之晚。七年，乱民围攻枣阳，拒守半月，危屡矣，卒获安全。自枣阳移摄光化，老河口。光化巨镇，向有陋规三千余贯，公到任即禁革，严治黠滑，镇市一清，去任之日，民饯送数十里，路饯之酒不能悉饮，众以瓶盛之，每筵三杯，积至五十余斤，男女哭送如狂。九年，赴黄冈任，至即杖毙一蠹役，又治大户抗粮者一人，后遂清宴无事；捐加同知衔，以枣阳任内捐穷民棉衣奖随带二级记录四次，以修省会城工加运同衔。十一年二月，黄州失守，遂督率团练，筹勇粮，支应水陆大军，昼夜不懈；又收降人刘维祯，黄州因是克复。强有力者攘其功，公功不得论。始胡文忠公知人善任，以藩道密保，特加委任，后有构陷公者，文忠将劾公，马罗诸公为之解救，乃免。及到黄冈，钦使驻节于是，军书旁午，奔走水陆，乘舟迎送之时，即视事之时，自公退食之时，即决狱之时。文忠疑公未释，日使人检察公行政治事，越两月始信不疑，而叹马罗二公真知人也。于是忌公者纷纷请他调，调江夏，调襄阳，调汉阳，请者不已，文忠一不听，曰："湘勇数百营，惟薛令处之无间，东征方急，不能改换生手。"及文忠移节太湖，藩司又以调江夏请，文忠许之，以书告公曰："今若仍不许调，人必谓我不公，调江夏即提补荆门，决不汝负也。"未几，昌营乐儿岭失利，黄州无兵无饷，先欲招勇，执事者尼之，调团又未到，城仓卒陷。公方以事出，不及归。文忠闻警，檄云"能三日之守则救兵必到"，既不及事，又由六百里递手书招公到蓝蕲面言："城破，无兵勇不能罪尔，尔好为之，我当洗白尔。"及公招降人复黄州，而文忠已故矣。后抚李勇毅公驻节黄州，知公治状，不令公去官，与官文恭争，不得，遂自请还安徽巡抚本任，奏调公至皖。同治元年，曾文正、李勇毅会奏云："查其人尚朴实，历著循声"，奉旨准以知县留于安徽补用。是年八月，署桐城县，始至，杖一讼师，而县遂无讼师，被杖者后亦改行为善。桐城县试，向多传递、贿赂、枪替诸弊，公来试士，则十余年陷贼未行之典，又无考棚，及试，乃诸弊尽绝，所得士多取科第以去，前后所未有也。公在桐城，桐城人多为公设牌供养，名曰"长生禄位"。既去，县人思之，数十年如一日。三年正月，曾文正檄公稽查大胜关盐务。先是奏留安徽，旋奉部驳准以知县衔随营差委。六月，金陵克复，督抚会奏，称公"久历戎行，功绩甚著"，始准以知县留于安徽补用。十月，假归定省。四年七月，委查亳州圩寨，以不欲多杀人撤差，抚部委清厘安庆府属积案。六年，摄涡阳事，涡阳新设之县，百度未张，公为草创规模，讲求利病所宜，农桑学校，赋税仓储以次修建，焕然一新。十二年，英果敏公奏补涡阳，略云："新设之涡阳县，即张逆老巢雉河集也，介阜、蒙、宿、亳四州县中，为皖北第一要地，臣擒张洛刑后，议请增设县治，经前抚臣乔松年会同督臣奏明新设，定为冲烦难题调要缺，由外拣补，原因大乱初平，伏莽未净，拊循控制，必须才能出众之大员，方足胜兹剧任。自设缺以来，阅时九载，请补三人，均经部议与例未符，屡奏屡驳，至今县缺未补，若仍拘守成例，安省终无应补之员，自应斟酌变通，慎选贤才，请旨简用。查有运同衔补用知县薛元启，现年五十七岁，河南南阳府泌阳县人；由供事议叙县丞，分发湖北，道光二十八年到省，咸丰四年保升知县，补黄冈知县，十一年黄州失守，革职；同治元年、三年，前抚臣李续宜、前督臣曾国藩两次会保，乃以知县留于安徽补用；六年，委署涡阳；七年，举劾案内经臣密保，奉旨送部引见；八年，闻讣丁生母忧；十年，服满回省，委署霍丘县事；并历保运同衔花翎。该员廉干勤明，朴诚老练，在涡阳署任两年，俭以治己，惠以养民，禁暴安良，百废具举，至今颂声播于道路，涡阳人老幼男女无不盼其复来；以之请补，洵属人地相须。该员曾经实任，例得请补要缺，惟尚未赴部引见，与例未符；再四思维，与其久旷要缺，贻误地方，莫如破格陈求，使循吏收任官之效。仰恳天恩，俯念涡阳新设之缺，地方紧要，非贤员不能为理，特颁恩命，准以薛元启补授涡阳知县，出自逾格鸿施，无任惶悚待命之至！臣为地方亟待贤才起见，谨会同两江督臣李宗羲恭折具陈，优乞圣鉴训示，谨奏。"奉朱批："薛元启准其补授，钦此。"此奏同治十二年闰六月所上，命下而公已卒矣。公卒后，善化韩崶申甫作《云锦石》，记其略曰："泌阳薛公。以同治十一年春来摄霍丘，明年六月卒于位，贫无以殓，阖县士民为之涕泣治丧，榇既归，咸念公德，思所以志遗爱者，谋于余，余曰：署有假山石，公甚爱之，尝语人曰：'此他日郁林石也。'今此石尚存，盍即以志公遗爱乎？众曰然，于是移石置翠峰书院，属余记其事。余闻公幼时尝梦至一古刹，壁有'云锦青霞'四字，后遂以云锦为字，今请题此石曰云锦石，庶后之人睹石思公，知公之垂于不朽者，其来有自，即士民之所以爱公者亦将与石俱永，不亦可乎？众又曰然，遂书其事于石。"公笃于友弟，为弟菊村名元钊捐纳山西知县费三千余金，菊村后为县山西，亦有名。又为兄善舟绍仁、问樵绍能等各捐纳巡检。卸黄冈时，以万金置田二十顷，为兄弟七人公产。

——庚子

姚郎中与程鱼门相善，今于沈云巢《蓬窗随录》中读鱼门文数篇，皆雅洁成体，过于当时诸贤。

——辛丑二月

《说苑》："有鄙心者不可授便势，有愚质者不可予利器。"

游厂肆，得南监嘉靖本《史记》，残缺数卷，此《史记》善本也。又万历冯刻《史记》亦佳，惜用纸裱背。又明本《大学衍义》，惜少丘氏补者。又得李药农《元史地名考》稿本。

——五月十五日

武子瞻孝廉光济来谈。武君游肃王之门，去年在肃府危身以救十余人于死，侠客也。

——十七日

　　贺松坡书示新河韩殿琦文二篇，甚有笔势。新河小邑，有士如此，松坡教育之功也。

　　松坡又言：有枣强人齐立震者，未应童试而文颇杰出，亦招入书院。且曰："人才难得，苟异于众，不可不保爱也。"

——十八日

　　过隆福寺街一游书肆，肆中人言：咸丰庚申之变，多有宋明旧本书出散在市，今兹则无有。此是京朝贵人近数十年无有知书者，不如咸丰时又远矣！

——十九日

　　桂玉晖来言：其幼子已殇，其夫人不欲久居南，将往迎之北还。恐其东学将废，力阻之。中国少年有坚志者少，所以成材甚难。

——二十一日

　　惠卿等好买帖，吾告以买帖不如买碑，因同阅马君起《浮图记》。

——二十三日

　　读《惜抱轩文》。廉惠卿家有梅伯言圈识本，市中得姚集逐录之。

——二十六日

　　冀州李凯义独学英文，已入骡马市越中先贤祠所立英文学舍，其志甚壮。

——二十九日

　　观《国民报》哲学，其论治法甚精。

——三十日

　　古印著录自宋宣和始，宣和谱不传于世，今可考者宋有王子弁，元明有赵子昂、王顺伯、吾子行、杨宗道、吴孟思、叶景修、钱舜举、郎仁宝、沈润卿、顾汝修诸谱。近人瞿中溶有《集古官印考证》一书，搜讨颇备。同治三年，归安吴云刻《古印考藏》，摹钮制印式于前，而印元印于后，最为精好，其所考定亦可观。昔王子弁《啸堂集古录载》古印止三十有七，郎仁宝《七修类稿》古印止五十有六，近日阮氏《山左金石志》、翁氏《两汉金石记》所载，亦仅数十枚；吴氏所载官印七十有八，其私印则未刻传也。吴自言六朝以后之印不羼入。

——六月五日

赵氏《金石录》伪赵健武元年西门豹殿记有"巧工司马吴氏录"、有"巧工司马"印云。遍考史传无此官，余谓巧考通借，巧工即考工，此可证《尚书》"予仁若考能"，考为巧之假字也。

——同

子翔前日言已借某某赀捐官，吾力阻之。今弼臣为言，子翔捐事已定，不可止矣。渠等羡慕官职，不用吾言，可憾也。

——十一日

闻吕秋樵亡，伤尽之至。

——同

刘中鲁来谈，以宋本晁具茨诗见示，乃书贾伪为，非真宋本也。萧敬甫昨来书，称费念慈得北宋本《史记》；若真得此，诚中国之至宝，但恐亦未必真耳。真宋本流传甚稀，吾以为凡没去刻书年月者，皆书贾以伪乱真者也。

——十六日

近见书肆中有《庄子评注》，题云"归震川批阅、文震孟定正"，而眉间所列，杂明人他家评语，又伪托韩、柳、曾、王诸家论文语，其圈点意例颇猥琐，非归氏之旧。然前有秦继宗序跋，谓初得归公《庄子》本，录而箧藏之，后闻文太史已刻此书，甚喜；而文序又称杂列古人名为书贾所为，而不能禁。则元本实出归氏。今传录归氏平点于《老》《庄》翼本中，略存其可信者而已。是日卒业。

——十七日

高德持一《五代史》来云：售者需五十金。有季沧苇印，不见首卷，未知何时刻；其圈识亦颇知文事。近见《三国志》为荆溪刘铿、彭甫平点，尝引恽子居说，其于文事，亦时有得。是日阅竟。

——二十一日

稻叶偕五十岚君来谈，师范学堂卒业生也。自云学孔、孟、老、庄。问其孔老异同，再三不肯言。

——二十二日

稻叶来谈，前随近卫公来游之陆实最有学，学精法律，好读法国书，亦通汉文，好《韩非子》，本姓中田，读陆宣公奏疏，敬其人，因改姓陆。吾见其人英鸷见于面，知非常人，当令吾儿往访之。

——二十六日

有本愿寺僧藏田得能来谈，不能汉语，而佛理甚精。吾问谢康乐所译何经，答云《涅槃经》。问此经何如，答云："远法师开白莲社，不纳谢客，传记言谢公译经好搀入己意，后得恶疾而死。"余谓："谢公被杀死非病死。"答云："公所称乃正史，吾所述乃传记。"余云："传记殆不足据，所译经究如何？"答云："《涅槃》有南北二本，谢所译为南本，今禅家所习皆北本。"吾问二本异同。答云："南本三十六卷，北本四十卷，大意不谬，但南本少略耳。"吾谓："中国译经，谢公文学最高，恐北本不及南本。"答云："儒家文学高者，以佛眼观则释理或不逮。"吾谓："文高则译义亦深。"答云："不尽然。"吾劝其著《南北二本异同考》一书。答云"归当为之"。吾谓："《四十二章经》《佛遗教经》，文皆质健，后来译手乃别是一种文字，与此二经不同。"答以为然。藏田又言："唐有李卓吾《华严经合论》一百卷，唐经之最善者。"吾谓："李卓吾明人，非唐人。"藏田言："唐自有一李卓吾。"此恐妄记强词应客也。

——七月二日

陶杏南族子立勋来谈。此君初从吕君止，颇闻吕绪论，又能道吕为人，闻吕四子均幼，第三子最慧。

——五日

有以书来求见者，书词甚可观。见之，问其名，为文检字子束，齐襖亭之门人也，其父为甘肃道。

——同

王宾基以其弟俊基诗来，请阅定。前日以其女弟诗册来乞定正。此君一家能诗，母善画。

——七日

陶书常日来问学，甚有见。

——十六日

见孙问清太史，果杰出。

——十九日

阅《胶州报》，甚可观。

——八月十九日

刑部主事李希圣所讥政务处条规，多中肯之言，惟谓中国地势非中，不应以中国自尊，此殊非是。中国非自尊之名，其称著自古昔，犹中林、中逵、中唐、中原之词，如云国中也云尔，乃本国人自称其国之文，岂以为中央也哉！中外之名，并无尊卑之见，政务处条议至谓日本学欧美为"以外国学外

739

国"，茫不知东西国界域远近，此殊可笑耳。

——九月十二日

刘铁云记裴刻《文选》卷首云：世号此书为裴刻，非也。嘉靖间吴郡袁氏仿宋裴刻翻雕者序后有"此集精加校正"云云，五十二卷末有"母昭裔贫时"云云，皆宋刻之旧；其六十卷末有吴都袁氏善本新雕隶书木记，则袁褧所自标矣；其四十卷末标丁未六月初八日李宗信雕，五十六卷标本标戊申孟夏十三日李清雕，皆剞劂高手，故自署名。刻经十六载，则袁氏择工选艺，以求毫发无憾，亦可概见。世传此本多割去标题，以充宋本，内府所藏亦然。

——十月二十一日

《苏报》纪文忠轶事云：公攻常州，尝著半臂驰马巡视营栅，过城外贼垒，谈笑指麾，若无所见。英将戈登骑从，深服公胆略。又云：戈登服公，甚至谓中国大臣无与公比，尝从容谓公曰："公有君人之度，麾下愿为公效死。"公阳不闻。他日戈又言，公愕谢曰："受国恩重，君胡出此言？"戈乃止。然公知戈实心助中国，不以一言之失相督过也。戈尝举此告人，故外国颇有知此事者。又云：公长吟咏，在军此调不弹，有友为诵其《咏雪》诗一联云："银海翻腾销减易，玉龙飞舞转旋多"，其气概自是不凡也。又云：任直督时，阅操于塘沽，炮车炸裂，近侍多被毁伤，公兀坐如未觉。公生平多此等奇幸，大难不死，公亦喜以自负。谤公者多谓公有异志，盖棺论定，可免群疑矣。

——二十二日

阅曾公与李文忠书，摘录其略：

法提督卜公殉节，宜厚为赙恤。西兵危险之际，我兵亦宜妥为救护。进剿则邀约而不会，救护则不约而往会，西人必渐亮我之信义。

咨到奏稿均妥善，惟责成吴方伯支应全军一片，犹不脱官场远患防身之习，匪贤者全纲独揽之道。

与他军相处，惟胜则让功、败则救急二事，最足结人欢心，处洋兵尤宜在此等处加意。会防局费可减，而不可损其体面，杜公诗云："高马勿唾面，长鱼勿损鳞"，旨哉言乎！

阁下初当大任，宜学胡文忠五六年初任鄂抚、左季翁初任浙抚规模，从学习战事、身先士卒处下手，不宜从牢笼将领、敷衍浮文处下手。大难未平，吾辈当为餐冰茹蘖之劳臣，不为肠肥脑满之达官也。

阁下向与敌以下交接颇近傲慢，一居高位，则宜时时检点，与外国人相交际尤宜和顺，不可误认简傲为风骨，风骨者内足自立，外无所求之谓，非傲慢之谓也。

夷务本难措置，然根本不外"忠信笃敬"四字，笃者厚也，敬者慎也，信止是不说假话耳，然却极难，吾辈当从此一字下手，今日说定之话，明日勿因小利害而变。

筱公芬芳悱恻，然著述之才，非繁剧之才也。阁下与筱公别十六年，若但凭人言，冒昧一奏，将来多般棘手，既误筱公，又误公事，亦何及哉！

为将帅者，虽内怀勾践栖会稽、田单守即墨之志，而外却十分和让，为中国军民者，则但有和让，更无别义。

与洋人交际，孔子忠敬以行蛮貊，勾践卑逊以骄吴人，二义均不可少，形迹总以疏淡为妙。

阁下既以鄙人不分兵、不兼顾之说为然，则青浦亦在兼顾之列，必有所弃而后能有所守也。

用兵之道，最重自立，不贵求人；驭将之道，最贵推诚，不贵权术。以自立为体，以推诚为用，华尔当可渐为我用。

接九月两次惠缄，知二十二日之战擒斩逾万，无坚不摧。五月、九月两次，皆当极危之候，贤帅亲临督战，奏此奇捷，化险为夷，伟哉君侯，足为吾党生色。鄙人从军十载，未尝临阵手歼一贼，读来书为之大愧，已而大快，遥对江天，浮一大白也。

承示复总理衙门函稿，精到刚大，良为经世不朽之作，其"与若类思相要约"一节，尤足折远人之心，而作忠正之气，以忠刚慑泰西之魄，而以精思窃制作之术，国耻足兴，于公是望。

昆太并得，淞沪与福山、常、昭联为一气，即苏州亦有文武兼资之才，敝处欲用之为统领，以储他日栋梁之用。

尊处与总理衙门书，于诸夷酋之性情心术，与中外相处之曲折本末，殆如水银泻地，无孔不入。伸戈登以抑白齐文，伸赫德以抑李泰国，解此抑扬操纵，节皆有闲，刃皆无厚，特非明眼人不察耳。

昆新之捷，擒斩实二三万人，伟矣哉！近古所未有也。向尝疑上海非用武之地，又颇疑左右力薄而邃远谋或非所宜，定至今日，乃知胜负非碌碌者可及耳。

号令者，吾辈所当共守而共惜之者也。敝处号令不行亦行及尊处矣。临淮危如垒卵，昌岐往援义渠，即所以救鄙人。

闻贵处各统领骄气日深，士卒搔扰，声望远逊去年，尚祈反复申诫，保全令问。

闻宜溧克复，威棱所指，无坚不摧，而驾驭洋将，禽纵在手，有鞭挞龙蛇视若婴儿之风，尤以为佩。

顷读大咨，知常州克复，全股剿灭，奇功伟烈，不独当世无双，即古人亦罕伦比。自阁下入沪，屡濒危险，皆躬率诸将决战，出死入生，得保全于呼吸之顷。数役之后，贼萃各路悍党，专与尊处为仇，故皖、浙、金陵诸军皆得少省气力。尊处出奇制胜，如塞洪水，如捕恶蛇，始终无一隙之暇，无一著之懈，不特全吴生灵出水火而登衽席，即东南大局，胥借余威以臻底定，壮哉！儒生事业近古未尝有也。

——二十六日

杨凤阿来谈，为言世彩堂韩文，凤阿属为致书萧敬甫，托代购是书，索价银币千圆，惠卿已借得价将购定，会南归，改议不果，吾甚惜之。凤阿家多宋元旧本，若果归凤阿，犹不失所也。

——十一月四日

英人马抗美克去年曾居莲池书院，今寄莲池影本，令人起怀旧之感。

——十二日

过汪剑斋立元，汪能知世彩堂韩文，为杨凤阿外部一访，缘惠卿不购此书，劝凤阿购之。此等尤物，恐不能久存世间矣。

——十六日

袁慰帅嗣君云台名克定来访，前闻裴大夫称其人，果诚静。

——十二月十二日

伊藤问汉文高师，告以林琴南廉纾。

——二十三日

纂　录　中

采访志书条例

一、应采书目。国朝官书，如《大清会典》、《大清一统志》、皇朝"三通"等书，必应详考。其他古书，则廿四史、《通鉴》、"三通"为纲，而唐、宋、元、明各家诗文集，及畿辅名贤所著书为辅。前志搜采简略，往往挂一遗万，此宜急补者也。又如《太平御览》《事文类聚》《渊鉴类函》及一切类书、丛书，苟有一事足资考证，皆应广为搜辑，冀免贻讥疏陋。

一、采本境名贤著述。大凡名人诗文，多载乡里故事，信而有征，即文理未优，而苟有纂述，亦皆一乡俊杰。如诗集，则倡和何人，游历何地，文集，则传、状、碑、铭、记事之作，送序、集序酬应之篇，均应详考。又或笔记、日记等书所记耳目见闻，亦多乡邦文献。诸若此类，即可补志书之阙，亦应将所著之书，采入《艺文志》者，不可忽也。

一、采传状碑志。诗书旧家必有家传、墓志、行述等作流传子孙。其各姓谱牒，虽或但纪族系，绝少传述。究之既有成书，亦必偶可采。

一、采金石碑刻。北方多有魏唐旧碑，此乃希世之宝，不可多见。然物聚所好，若搜苔剔藓，掘土披沙，亦未必不可侥幸一得，虽或断砖残石，愈可珍惜，此缀学嗜古之士所以访碑寰宇也。汴宋以后，碑稍易矣，深属俗多祠庙，一庙必有数碑，若得文字精妙之碑，固属深幸，即村民琐事、土音俚语，既经刻石，亦必有事可考。今无论何项碑刻，但金石上一字均应广为搜寻，大者摹拓，小者抄录。

一、采旧志。查乾隆时，三县合修，道光时，又复专修州属，最为疏陋，今应仍兼修三县。惟近来各处志书，每增修一次，辄删去地方旧事，益以无益繁文。现查得深州雍正、乾隆两旧志，皆比道光时志书为详备，应仍访求万历、康熙两次旧志。其三县志书，惟《饶阳新志》多载旧事，《安平新志》系康熙时所修，历年过久，如赋役一门，不载明时事迹，不知国朝赋役皆依明万历时旧例，此不可不循流溯源者也。至如《武强新志》，则多从乾隆时州志内抄出，殊无足观。应访求三县旧志，以搜前代故实。

一、应采邻县志书。查《畿辅通志》，雍正时所修，南北文献大约略备于此，不可不考。至如邻境志书，亦往往能补本处志书之缺，如张杰兴修书院，松相列之奏牍，《深志》不载，而《南宫县志》载之。明深州知州钱楩论滹沱为"九河"之徒骇，说其本于《汉书》，今《深州志》不载，而灵寿、献县志书皆载之，此不可不采者。又况国初时，深州属正定，武、饶、安三线属晋州，而衡水则属深州，此皆有彼此互备之事，若能得此数处未改隶时旧志尤佳。其余则滹沱河水经过各州县者，其志书宜兼考矣。

一、考州庄道里。一统之志，详载州县。一州一县之志，必应详载村庄。《定州志》有乡社一门，其意最善。然不知绘图之法，其摹画各村室庐树木，一一设色，类画家所为，识者讥之。今不复为图，但记一村之四至八到，行通何处，其小道几道，可通何村，其村人几户几口，地几顷几亩，人则分注男女，地则详记沙碱。览其大势，而人民之多寡，土地之广狭，皆可考焉，亦纂志者之要端也。

一、采河道迁徙。滹沱一河为四属巨患，自古迁徙不常，记载阙漏。吾堂听断狱讼，检康熙、乾隆时地契，内称因河水经过之后，复行丈清立界，又有一村之中，谓村东为河东、村西为河西者，此皆往时河水所经过者也。应将此河查访，某时在某处，经过某村，若干里数，一一考证明晰。至于昔有今无之河，其故道在今何处，经过何处，亦应详加考核。

一、采民间习俗。旧志多采摭史书，略论风俗，寥寥数语，既嫌简少，且史氏所言多一方大概，不仅为一州一县而言，此不切之陈言也。至如冠昏丧祭日用饮食等事，往往此县所载与彼略同。今应详加访问：某事为此处所有而他处所无者，如初丧至土地庙祭神之类，某事此处独为俭啬，某事此处独为繁费，如赛会酬神不惜重资，而日食疏恶之类。虽俚鄙不经，究系俗尚所系，皆应胪列志书，以为观风问俗之助。略举一隅，尚望三反。

一、采物产货殖。旧志多载谷果花木，往往天下所同，此不可胜载者，今宜采他处所无而此独有，或他处不如此处之佳者，始行详载，如深州之桃、饶阳之紬之类。其土产所生，应查明某物最多，某物较少。又宜记耕种禾稼之功，以考民力之勤惰；记栽植树木之法，以考物产之兴耗。又如饶阳，好为商贾，以何业为最多。安平好为工匠，以何事为最盛。深武之民，农业之外，兼营何事以谋衣食。盖四民为天下所同，但举其最多者，以见风会所趋而已。至何处庙会，何物最为行销，皆足验物力之盈缩，民用之丰俭，在士君子，生长里间，此等皆其责任，不独守土之吏所宜详察也。

一、采族姓迁流所自。北人不重氏族，往往宗性蕃衍，家无谱牒，族无祠堂，数典忘祖，君子耻之。今宜查境内各村，某村共有几姓，某姓何时始迁，其迁来自何所，其族有官宦几人，有进士、举人、秀才若干人，各载源流，以备考览。其源流难知，则从盖阙，以示疑事毋质之义。欧阳公修《唐书》，特为《宰相世系》一表，郑樵《通志》，氏族特立一门，名贤用意深远，宜略师之。

一、考核舆图。自开方法行，而舆图之学始精。历来志书舆图，极鲜精本，言地理者病之。《方舆纪要》为地理家最善之书，而图独疏简。《乾隆府厅州县图》藏在内府，称为绝精。自后李申耆氏特善舆图之学，近来胡文忠《一统图》依据而扩充之。然舆图之学，最重目验，足迹未经，据载籍而摹绘之，其合于旧说而背于今地者多矣。今以一州之人，考一州之土地，四至八到，皆平生熟游之处，形势了然，必使图之广轮方罫与地形长短巑锐，一一符合，无任彼此龃龉，俾览者有考焉。

一、采方言。地方风气，百里不同，大率随山川而变，而语言声音为尤甚。宦游其地，必宜审知。昔韩退之到阳山①，谓言语不通，画地为字。郊甸近土，决无虑此，然方音之异者，不能以意会而得也。自扬子云著《方言》一书，小学家宗之。近时陆稼书著《灵寿志》立方音一门，最为善法，然尚病其过略也。深州去灵寿不远，间有同者，蒙欲就陆书而扩充之，凡土音之异，皆详载焉。每接语州人，或听断狱，一字一语，必籍记之，其四属之自为异者，则士大夫当能周知而详辨也。愿各操觚，佐吾不逮。

---

① 阳山，次当时为山阳刻误，盖韩曾贬仁连州上阳令。

一、采人物。四属人文，在古极盛，明以来稍凌夷矣。其见于旧志者不采，旧志遗漏事实亦间补缀焉。近百年来，荐绅之族，耆宿之士，隐逸独行之流，豪杰任侠孝义奇伟之节，苟有一善足书，皆宜详加搜访。文武科第选举，例得特书，其乡、会何科，均应考核明白，不得岐误。至如贞女烈妇，前州亦已广采，有遗逸未报者，亦续以闻。此外则百余年间官斯土者，有何政绩可入名宦，去后之思，亦士大夫所乐道者，望毋稍略焉。

一、采旧事。史册所载尚矣，国朝已来，有逸事旧闻传于耆老而事无载者，虽或语奇事诞，亦应胪列，以备采择。左氏、太史公之书，其荒邈不根者多矣，苟有资于故实，好奇之士所不废也。

一、采古迹。方志必载古迹，浅者为之，辄多附会。光武一过滹沱，而沿河各州县，皆附会光武遗迹，此等适足贻讥大雅耳。且如州境之冯家营、大冯营、小冯营，大抵皆昔时营田之所，配姓为名。今独谓大冯营为冯异故址，则他村所称宋家营、蔡家营者，更欲附会何人耶？又如安平之刘光营，乃谓为光武旧营，从古不闻有称光武为刘光者，何其陋也。至古迹之确在此地者，往往无从稽考，如陆泽故城祭遵垒、李晏镇、博陵桥等地，皆见正史，今皆不知何处，自非博问周咨，何以传信来者？

——壬申年

张裕钊寓冀诗文选

前　　言

张裕钊（1823—1894），字方侯，又字廉卿，清湖北鄂州人，出生于诗书之家，"少染家学，竟勤不倦"。道光二十六年（1846）举人，官至内阁中书，与黎庶昌、吴汝纶、薛福成并称"曾门四弟子"。淡于仕宦，中年以后主讲金陵、文正、江汉、经心等书院。1883 年 4 月至 1888 年 10 月主讲保定莲池书院，历时六载。一时间，海内外崇拜者纷至沓来，弟子达三千之众。

张裕钊有很高的文学修养。其文，推尊桐城文法，"不信桐城诸老绪论，必堕庞杂叫嚣之习"。又师承曾国藩，力救桐城派古文气弱之失，强调文章之道，"莫要于雅健"，"洞见本原"，"设心措意"，"以文自见"，"知乎圣人之道，而达乎天地万物之原"，故其行文思力精深。张裕钊也能作诗，多牢骚抑郁语，如《读史》等；亦有忧愤国事之作，如《孤愤》《与友人夜话》等。对于经学其思想认识十分独到，认为汉学"枝辞碎义"，"穷末而置其本，识小而遗其大"；宋学"专从事于义理，而一切屏弃考证为不足道"，主张"学问之道，义理尚已。其次若考据、词章，皆学者所不可不究心。斯二者固相须为用，然必以其一者为主而专精焉，更取其一以为辅，斯乃为善学者"。

张裕钊还具有极深的书法艺术造诣，其书法源于魏晋，突越唐人，集刚柔俊逸于毫端，独创出一种内圆外方、疏密相间的风格，具有劲拔雄奇、气骨兼备的特色。张裕钊以书法施教于莲池书院，发起成立了课外研究书法艺术的团体倚云社，莲池书院的南楼壁间嵌有法帖多种，书院诸生平日在学习之余都纷纷进行观摩学习。他还将自己临书的字帖和自己写的诗分送给学生作为摹本。其书法作品流传日本，日本学者宫岛勖斋、冈千仞等曾慕名渡海就学，后成为日本书法一大流派。1986 年 8 月 20 日日本书法访华团于保定莲池参加"张裕钊宫岛师生纪念碑"落成典礼。

张裕钊更是清末一位出色的教育家。他一生在湖北、江苏及河北等地众多书院讲学，成效显著。他在保定莲池书院讲学时，曾写有《南宫县学记》一篇，强调"天下之治在人才，而人才必出于学"，充分表达了他的人才观和对学校教育在人才培养中所发挥作用的高度认识。光绪十三年（1887）闰四月初一日，在写给吴汝纶的信中说："闻都中至天津拟试办铁路，乡举及童试当增算学一门，风气自此将日开矣。"由此可见张裕钊对新事物的认识是准确而且前驱的。张裕钊主张革除"八股"，并愿"以身为天下倡"，任职莲池书院期间，积极整顿旧学，设计课程，组织教学，循循善诱，言传身教，体现了榜样表率、关怀学生的名师风范及育人情怀。他选择编辑莲池学子课业练习及其他文论——《学古堂文集》一书，刻印典藏，并作为莲池书院入院学生的参考教材及课外读本，其中就涉及世界地理、数学、天文、经济、时政等诸多问题，并附有不同学生的回答及思索体会，体现了张裕钊主动顺应西学东渐这一时代潮流的先进思想。张裕钊主讲莲池书院六年，注重继承前人书院山长黄彭年经世致用的学风，引导学生接触并理解西方科学技术的知识内容，促进了莲池书院在西学东渐教育转型、改制的背景下承前启后的变革，出现了"一时才俊之辈，奋起朋兴，标英声而腾茂实者，先后相继不绝"的现象。同时，张裕钊经李鸿章的允准开始接收外国留学生，先后有日本人富岛勘斋、冈千仞从学书法、古文法，使莲池书院成为对外开放的书院。

本文选收录了张裕钊在1883年4月至1888年10月主讲保定莲池书院时的诗文作品。编者以张裕钊著，王达敏校点，上海古籍出版社2012年12月出版的《张裕钊诗文集》为工作本，同时收录了其他相关的作品，例如他在主讲莲池书院期间的九封家书。由此更加丰富了张裕钊在河北的作品。需特别说明的是，由《张裕钊诗文集》中选入的作品有关注释及评论均源于该书，极少量字词或标点与当代汉语表述有出入者，在文中改订，未专门注出；对读音及字词语义难解者，以注释方式标注并简略释义。

本书对张裕钊在河北时期作品的编选主要集中在莲池书院的办学及相关的活动范围之内。通过对张裕钊在莲池书院创作的诗文的整理，便利读者系统理解其书院教育思想和组织管理方略，同时，使读者感知张裕钊思力精深的行文技巧、浓郁的人文书法气息，丰富地方的教育文化研究，所有这些都表明该书的编选是很有意义的。

当然，编者的学术专业背景是教育学，只是由于研究书院史涉及了有关保定莲池书院的内容及人物，但于文学历史或古典文献有相当大的距离，认识难免有所局限。更由于编者水平有限，诸事忙碌，本书编选中所存在问题肯定不少，祈获专家及读者不吝赐教，或给予充分指正为盼。本次编选任务的开展自始至终得到陈旭霞老师的指导与帮助，对她付出的辛劳及其认真负责、宽怀无私的精神深表钦佩，并致以由衷谢意。

本书是 2023 年度河北省引才引智创新平台项目"基于深度学习的实体关系抽取及应用"（项目编号：606080123003）的研究成果。

吴洪成

2024 年 5 月 3 日于河北大学教育学院

目　　录

日本冈鹿门千仞藏名山房文钞序

自泰西人创兴轮舟，驰骤大瀛海之上，上天下地，日星所烛，霜露所濡，穷幽极遐，靡不洞辟。我国家长驾远抚，柔服怀冒，交通市易，申结盟约者，殆数十国。而日本与中国同处亚细亚洲，相去万里而近，唇齿辅车，依倚比附，其壤地于诸国为最迩。且自隋唐以还，使命往来，至于今不绝，其好睦于诸国为最夙。又其人皆好文学，敦诗书，服习周孔秩叙彝伦，其俗尚又于诸国为最相类。夫以密迩之邦，重以久旧之睦，与大同之俗，然则国家辨通好四方万国五大洲之地，而于日本宜为尤亲，岂不然哉？

往岁，朝廷命黎君莼斋使于日本，长子沆实从久之，从其国人冈君鹿门游甚欢。冈君从长子沆所见余所为文而嗜之。君固将来游中土，因属长子沆以书为之导，航海西来；道沪上，至吴门，历杭州，以达四明，北抵京师。今又将南行，穷闽粤，溯江汉。乃迂道过保阳，访余于莲池讲舍，猥欲以师事相推。且携所为书曰《尊攘纪事本末》《米利坚志》《法兰西志》者相诒，又出其所为文请是正。

余闻君负绝人之姿，而有高世之志，于其国及吾中国振古以来治乱得失之故无不窥。于今日西北以往殊邻绝党，舟车兵械技巧之制，会盟战攻之事，无所不究切，慨然将欲有所振于其国者也。噤不得施，戢敛奇特，抱独而处，故其文深思长计，目营四海，才气横出，杂遝并集，无所禁圉。虽其间时亦纵横旁轶，或不可以绳尺批抿。方属余引以纆徽，而君顾迫欲行不及待。且以君之才与志若是，亦非可以区区之绳尺施其间。抑余独有取于君之用心，有慨于余之志者也。乃为序其首，以归诸君。它日，君持归以示邦之人，宜益知君之足以有为。又憬然于余之言，深喻乎辅车唇齿之谊，而愈益相固结，患则相恤，败则相救，安同其福，危同其忧。然则余之与君，岂徒以文字相尚云尔哉？其所期有进于是者矣。

黎莼斋夫妇双寿序

咸同以来，国家肇与海外诸国结约通互市。其后益遣重臣出使诸国，轺传旌节，纷驰海上。盖自道光中叶，海疆俶扰，祸衅迭起循生，山海悬隔，罔①参彼己，张弛竞绐，不中节度，变益繁滋，积岁逾时，日愈延蔓。朝廷忧劳旰食，痺想长策，以谓天下之故，无大小远迩，未有不得其情能理者也。乃欲使使者周知诸国山川风土，民俗国势，政治情伪之倪，强弱之形，缓急之候，解纷伐谋，洞烛机要，衅兆而先之谋，事至而备已具，用意至深远也。

然能副朝廷之意，以克有成功，而诚利于国者，则曾袭侯侍郎之于俄罗斯，吾友遵义黎君之于日本二事最。俄罗斯之隙也，以中国之索还伊犁也。前者使臣既与成言矣，天子复弗俞，乃复命曾侍郎往。侍郎开示曲直，落彼角牙，卒更其约，俄人弭平。日本之役，则以朝鲜故。朝鲜民作乱，燔日本使馆。日本既有辞，谋以兵攻朝鲜，事且岌岌。黎君方以使命，驻日本东京，再假电邮，趣中国疾以兵往，先日人至，卒平朝鲜乱党，执其倡乱者以归，二国帖然。微侍郎，西北且大扰；微黎君，朝鲜殆矣。定变之功，侯其伟哉！俄事已，天子嘉侍郎之绩，自某官骤擢某官，累迁户部侍郎。而日本之役，中国有事于朝鲜者，亦咸膺棽赏。独黎君不言功，功亦卒不录。当世持公议者，皆称道其事，归美于君，以其功不录为惜。然君之无负在君国，君之功在天下，君固无憾已。既君自日本奉讳归，服阕，天子乃复命君为出使日本大臣。于是，人皆晓然于君之贤，天子故终知之，而天下之公之不可泯也。

君再使日本之三年，实光绪十五年。其年八月，为君览揆之辰。而君配莫夫人，亦以九月登寿六十。人吏之从君使日本者，谋执爵为君与夫人寿，书来属裕钊为一言，以裕钊故知君稔也。

先是，君以诸生上书言当世事，为天子所嘉。既出仕，以文学志节，为曾文正公所重，为海内名贤所推。官于江南，所至有治绩，为民氓所慕思。

---

① 罔，原作"冈"，径改。

以参赞使欧美诸国者再，又再为出使日本大臣。守义达变，不激不屈，无失国体，其事为中外所悦服。又广搜唐宋以来佚文秘笈之存于日本者，殚精校刊，成《古逸丛书》若干卷，流布中土，为艺林所葆贵。其盛烈满衍，固诗人所谓"乐只君子，邦家之光"，宜祝其"眉寿""黄耇"，"保艾尔后"者。然裕钊独伟君之策朝鲜，以解日本，其事虽奄阕于一时，而固当昭显于后禩，足以为永世无穷之寿。惟余之寿君，其言乃欲假是以增重也，故尤乐为道之。

始君之使日本也，莫夫人独奉太夫人居沪上。及再使，夫人始从至日本。夫人事舅姑称孝，于族姻有礼，于婢侍有恩，士大夫之家称贤媛，必曰莫夫人。君宣力王事，无内顾忧，繄夫人之力居多。今君以伟抱鸿誉，照耀海东，远使万里，而有室家琴瑟静好之乐。遭值吉日令辰，以偕老之庆，称觥于室，而吾中土暨东国之英彦豪俊，邕容愉扬，捧斝于庭。允矣哉，一时之盛事，千秋之美谭也。敢敬述君之绩著于日本，宜为天下后世所知者，以为侑觞之助！

夏润之孙桐之母姚宜人六十寿序

永年孟生庆荣，暇日为裕钊言其尝所受知夏范卿明府之贤，令永年，有治行可纪。余闻，独心善之。因问孟生，明府里居家世何也。生具以实对，乃益述夏氏世德之懿，家法之善。且称明府之配姚宜人，尤以淑懿著称族郇。其母家桐城姚氏也。其高祖，姚惜抱所为《汇香七叔父寿序》"贯一弟作令有声"者也。宜人生长名族，渐渍诗礼，婤凤若性成。父母以孝称，尝刲臂以疗母病。既归明府，克勤克俭，明辨大体，内外称宜。又自少娴吟咏，益与其兄同受画法于外家金陵张氏。绘事之工，擅绝一时。论者谓姚氏女士，固宜其异于人者。有子孙桐润之，恂恂孝谨，力于学行，为光绪壬午举人。明府既殚心民事，阃以内一委宜人。润之之贤，抑亦其母教也。余闻，益善之。

顷之，孟生告余："以今兹光绪乙酉正月，为宜人诞日，寿六十矣。润之谋于庆荣：'孙桐之族及外族，故皆世仕宦。然吾母毕生一以朴素自将，视人世奢靡汰侈泊如也。乃愈益淡于荣利，虽对荣观，燕处超然。往居官舍，常与吾父商约归隐，图绘诗歌，时时一寄意焉。今吾母之寿，凡世俗之所炫荧，纷华烜赫，皆不足称吾母。独其生平故好风雅，子能为孙桐得武昌张先生一言以寿吾母者，则吾心慊矣！'先生能许之乎？"

裕钊闻良久，乃谓孟生："寿序非古也。且余言何足以重宜人？虽然，裕钊往故尝闻湘乡曾文正公讴讥寿序之失，以谓无书而名曰序，无故而谀人以言，皆文体之论，不可不辨。顾文正公论文，最服膺姚惜抱氏。裕钊亦旧从文正公为姚氏学。姚氏之集，则有寿序矣。且虽以文正公之言若是，然其生平所为寿序，乃不下数十篇。裕钊则以谓吾友为人子，而欲以是娱其亲，而必却之，亦人情之所不得也。无已，独称其父母之贤，以勖其子，使持以寿其亲。因益勉为贤，以为亲娱。其体虽非古，其义则不为无取耳。观文正公之作，每每多劝励其子之言，犹此志也。然则润之欲寿其母，裕钊将何以答其意哉？盖俗之溺于利也久矣。子之所以顺亲悦亲者，曰富贵利达也；亲之所愿于其子者，曰富贵利达也。推而至于夫妇之间，夫之所以庇其妻，妻之所以仰于其夫，亦莫不曰富贵利达也。当世之士大夫，一沉于室家之累。身之不显，则内愧其妻子，而若不可为人。为子者，亦若惟是可以奉承其亲，非是则危不可以为子。悉家人父子，恤乎惟一官之得失为愉戚。若奉棨水执重器，竞竞群奔命于其中，惴若怀万镒之重以涉重渊，而悲其失坠。嗟乎！彼将何所不至欤！夫俗之日坏，而人才之所以不振，职是故而已。今润之称宜人淡于荣利，常与明府有偕隐之志，宜明府之为贤吏也。抑其所以教润之者，盖不问而可知。润之不敢以世俗之荣为宜人称觞，而独有取于裕钊之一言，则其能率宜人之教，又可知也。充是以往，他日之所以立乎其位可知耳矣。异日者，宜人年考益高，亲见润之能于其官，以无忝前烈，其为祉福欢欣，岂可意计，复何待裕钊之言为重轻也哉？"

故裕钊于孟生所述宜人之懿不具论，独以是褒润之，颂祝宜人。且持此义以质之惜抱氏及文正公，其亦以为知言者邪？宜人故好文，且文姚氏族，润之持是以为宜人寿，宜人闻之，倪亦以斯言为不可弃者邪？

策莲池书院诸生

问：《史记》有《礼书》，有《封禅书》；《汉书》有《礼乐志》，又有《郊祀志》。祀典于五，礼为吉礼，宜与礼不得析而为二，后世史家犹能知之。司马迁、班固氏之书，为百代祖述，智故皆不足以及此欤？不然，其义类各有所取，而不可以此义裁之欤？抑此二家者固不免或得或失欤？夫博甄制度，亭决疑异，读史者之所宜先事也。有得有失而莫之辨，考古而不能知其意，学欲以自慊何由？其各悉意精思以对。

问：自朱子作《诗集传》专攻《小序》，说《诗》乃颇与毛、郑歧异。元明以来，学者宗之。国朝诸儒，祖述汉氏，薄弃宋贤。陈启源氏始力诋朱子，一返毛、郑之旧。乾嘉以后，曼衍益甚。于是，《集传》一书，仅为习帖括者之所循习；耆儒硕老，及稍有志于古者，一深摈而不之及矣。夫异毛、郑不自朱子始也，欧阳氏固已启之矣。彼岂好为异论，抑实于志有所不能安者欤？或谓汉儒之学长于考证，宋儒之学长于辞义，毛、郑及朱子互有得失，不可偏废似已。然毛公《训故传》，岂果举义理，文辞而一不之及欤？朱子《集传》固时不免臆断，亦岂无确有依据，为前人所不逮者欤？且毛、郑得者谓何，失者谓何，朱子之所得所失谓何，能洞见其窾要，一一指实言之而不谬欤？世皆谓毛公遵《小序》，然即篇首《关雎》一诗，其说与《小序》固已龃龉而不合矣，世顾弗之察耳。苏子由氏于《小序》独采首一语，而其余则无取焉。其说果然欤？否欤？郑康成依《毛传》作笺，然其与毛公异者抑何多也。即其同者，亦岂能悉得毛公之意欤？郑与毛且不能尽同，况能胥强后之人而同之欤？孔子论《诗》之言，著在《论语》。孟子之说《诗》也，曰："不以文害辞，不以辞害志。以意逆志，斯为得之。"秉孔孟之指，以进退百代后儒之说，孰得孰失，必有能辨之者。

问：古称舜总大麓，禹宅百揆，伊尹、莱朱为汤左右相，同召公为保、周公为师。然殷周之世，任保衡、位冢宰者，伊、周而已。汉承秦，置丞相一人，或左右并建。三公之职，轶轻轶重。其得失可得而言欤？魏晋以降，历代因时变袭，宰臣尤为定制，或身居宰相之官，而不与闻机务；或名非宰相，而实为秉钧之真官者。名实舛连，上下眩瞀。以孔子正名之义推之，设官之失，莫此为甚矣。能具别条流本始，以究其所终极欤？昔汉何武谓："今丞相独兼三公之事。宜建三公官，分职分政，以考功效。"而宋王华又谓："宰相顿有数人，天下何由得理！"夫宰相之职，所以毗辅天子，总万几，正百官，治兆民也。兼任则患事权之不一，专任则违众独断之弊生，甚者启权臣擅政之渐。然天下穷万事万物，未有不贞于一而不乱者也。今欲斟酌古今，权度时宜，穷敝极变，而择取其衷。于斯二者奚从？其各悉意以对。

问：近日治《尚书》者，谓古文家说必本《史记》，今文家说必本《尚书大传》是已。然《禹贡》一篇，史迁《夏本纪》仅易训诂；《尚书大传》初无可搜讨。其西汉古今文家说，尚有见于他书可考求者欤？且孰为古文家，孰为今文家，能分晰^①言之欤？自西汉师说既微，马、郑以下诸儒说此篇尤乖异。今姑举一二事言之。若扬州之彭蠡，说者以为湖汉水。然湖汉水自北入江，非汉水所汇，与经不合，且与桑钦谓"在彭泽县北"者尤相违。雍州之终南、惇物，旧说以终南为太一山，惇物为武功山，是二山已。而汉《无极山碑》云："有终南之惇物，岱宗之松杨，越之篠荡。"以惇物属终南，与松杨、篠荡并称。此又何说欤？夫古今水道，迁徙无常。山岳虽终古不迁，而今昔主名，因时互异。执今之山川以考古之地理，墨守后儒之说以释虞夏之书，而不顾其安，宜其牴牾而不合矣。今诸生能博学详说，剖晰然疑，以定一是，诚善之善者已。不然，遍观众说而得其间，精心钩考而微窥其端绪，亦因疑生悟，缘滞求通之一机也。是所望于有志笃学者。

问：杜氏《通典》为历代制度渊薮，其尤卓绝古今者何事？马氏《文献通考》视《通典》稍不逮已，然固自有高出世俗、不可磨灭者，能具言其得失欤？郑夹漈《通志》，说者谓不可以并杜、马。然其二十略覃精极思，亦岂无卓识宏议、非人所能及者欤？国朝乾隆中，《通典》《通志》《通考》皆有钦定续编。又《钦定皇朝通典》《通志》《通考》及《大清会典》诸书，云汉天章，超越百代，一辞莫赞已。其杜、马而外，则又有宋白之《续通

---

① 能分晰，殷本、陶本作"能分明"。

典》、王圻之《续文献通考》。宋书已亡佚，然时有见于他书者，能考求其所长欤？王氏《续通考》，世或以明人之书少之。然昭代巨儒，博稽典礼，往往征引其书。则是书其果可废欤？又此外典志之书，有可与杜、马诸书相辅而行者，能举其最要者欤？儒者读书稽古，虽一介之士，皆与有天下之责焉。将欲通知古今，讲求经世之大法，稽诸古而不悖，施之今而可行，其必自诸书始矣。然其孰得孰失，孰先孰后，异同之迹，长短之数，浅深博狭之量，神明通变之宜，不先昭然于其心，则亦未有能与于此者也。其各极意言之，将以觇诸生之所志焉。

问：子思作《中庸》，昭明圣祖之德。然孔子曰"中庸"，而子思曰"中和"者，释孔子之言也。"中和"即"中庸"也。六经著天下万事万理，不可纪极，要其归，则"中和"二言足以蔽之矣。故曰："中庸之为德也，其至矣乎！"《中庸》一书，言"性道教"，言"戒慎恐惧"，言"慎独"，言"费隐"，言"微显"，言"诚明"，言"至圣至诚"，言"尊德性，道问学"，言"小德川流，大德敦化"，一皆"中和"之义而已。《中庸》与《易》相表里，《易·系辞传》言"显仁藏用，盛德大业"，言"专直翕辟"，言"智崇礼卑，文言传于乾之九二"，言"庸言之信，庸行之谨"，言"闲邪存其诚于九三"，言"忠信"，言"修辞立其诚于坤之六二"，言"敬以直内，养以方外于六五"，言"黄中通理，正位居体"，并与"中和"之言若合符节。推而至于《论语》之"一贯忠恕，文章性道"，《大学》之"格致诚正"，《孟子》之"知天事天"，亦莫不同斯恉。曾子固有言："《诗》《书》之文，历世数十，作者非一，而其言未始不相为终始。"诸子之言，亦若是焉尔。此固先圣之至道，义理之大宗，洙泗邹鲁之所以觉牖乎百世，而有宋诸贤之所以奋起乎千载之后，绍圣而作儒者也。然诸子之书，皆兼"中和"二者言之。尧之命舜，惟曰"允执厥中"而已，则益高远精邃，夐乎不可尚也。其诸仲尼所谓"君子之中庸，君子而时中"者欤？学者束发受书，四子、六经，童而习之。有能悉取以上所举诸书之言，条分缕晰，句栉字比，辨其孰为"中"之属，孰为"和"之属，同条共贯，涣然冰释，而恰然理顺者乎？斯可谓善学者已。

问：《周官》大司徒及职方氏，皆掌天下图舆。图所从来尚已。后世晋裴秀、唐贾耽、明朱思本所为地图，并见称于世，今或佚不传。然裴氏所云"分率""准望"诸法，实制图之轨则。能言其所以然欤？国朝内府舆图，为武进李氏所本，胡文忠公《皇朝中外一统舆图》益恢而大之。顾其间亦有得有失，有详有略。且以目验证之，亦时有舛误。能言其大要欤？近者诸行省，及南之长江，东南之海道，北界俄罗斯之地，旁及诸地志，或往往有图。亦颇有精善可称者欤？

夫史学莫要于地理，而山川厄塞，河渠水利，原隰土宜，疆域远近，尤经世者之所必知。是故有考古之学，有知今之学。考古以何者为先，知今以何者为要，二者固相须为用。然果孰在所缓，孰在所急欤？今世之士，问以郡邑而不能举其名，东西朔南不辨其为何方。即间有从事图绘者，亦多择焉不精，语焉不详。盖图谱之学亡，而后世之治，与三代两汉之不相及也久矣。自泰西人入中国，其所绘舆图详尽精确，无毫发差失，殆所谓"礼失而求诸野"者。吾中土之人，亦颇能言其所长乎？今日之事，有心者其必以舆图为当务之急矣。将欲差量远迩，周知险易，使览者不出户，而知天下果操何术以致之。其极意详悉言之，无有所隐。

问：班氏《汉书·地理志》推本山川国邑，以缀《诗》《书》《周官》《春秋》，详哉其言之也！然其言《诗》地理，与《毛诗》或异，说《禹贡》与诸家尤多舛迕。其所用者，果谁氏之说欤？又其所载桑钦说与《水经》有不同，何欤？班氏所志，诚号称精核，然亦间有谬误，为后人所纠正者。能约举数事以实之，且言其谬误之所由致欤？后世治舆地，扬榷班氏者众矣，然往往乖错瞀乱，与班氏不合。能言其所以然之故与？考史者必先明地理。班氏《志》上稽圣籍，下开历代诸史志郡国舆地者之先，固地理之钤键，而学者之所宜尽心也。其究之切之，具著于篇。

问：自有明陈季立、国朝顾宁人、江慎修之徒阐明古音，而唐以来所谓"叶韵"之非。人能知之已。然古书之韵，尚间有错迕岐出而不合者。段若膺撰《六书音均表》，于所不谐仍以合韵概之。其诚然邪？抑更有说以处此邪？六书惟假借为难明，亦惟假借为最要。假借多原于音声，必明乎此，而假借之说乃益以明。能一一推阐之欤？且许君以本无其字、依声托事说假借，而焦里堂有云："'麓''録'二字本皆有者也，何必借'録'为'麓'？

"'壶''瓠'二字本皆有者也，何必借'瓠'为'壶'？"疑之最久，叩诸深通六书之人，说之皆不能了。番禺陈氏谓："实因东汉以前，无分部字书，故至歧异。"其说颇为近是。切究之，实不尽然。能具言其故欤？昭代诸儒，其于小学诚深博矣，而于此二端，尚未有灼见其所以然者。是所望于好学深思之士焉。

问：自欧阳公为《集古录》，厥后赵明诚、洪适之属继之，递有纂录。论者谓欧公考证疏略，不逮洪适诸人。然以其书与后之金石家校，果孰为优劣欤？国朝诸儒，崇尚考证，金石专家尤夥。其最为精善者何人，其各有专长者何在，能约略言之欤？夫搜考金石，固亦好古之征，游艺之一事。其最资于学问者，盖莫先于小学，然要惟三代两汉之金石而已。能具言其所以然之故欤？又其次，则参考史事。然司马温公作《通鉴》，惟王胜之能读一过，况重以历代诸史。又其外杂史传记谱录之属，殆不可数。学者童而习之，白首而不能究，复欲参稽以金石，其无乃骛其近小而不急者，而转遗其大且远者欤？又其甚者，旁罗古刻，校其年岁之远近，字数之多寡，乃至一点画、一波磔之间，排比钩稽，不遗余力，颙颙以自旌异，号为专门名家之学，而夸于世。致远之君子，则奚取于是？抑以欧阳子大贤，而亦且留意于是，则又若未可以厚非也。其无乃更有说以处此欤？其悉意言之，无有所隐。

问：《周官》晚出，其置博士又自刘歆始。东汉以后，儒者往往疑之。自有宋程、朱二子论定，学者乃益尊信其书。然其中实有繁碎支离，非古之制者。程子以为汉儒之所撰入。其信然欤？抑亦更有说欤？至其决为周公致太平之书，而非后世一切之治所能及者，果何在欤？大纲闳恉，能举其要最，而灼见其所以然欤？自周衰而圣人之道不明于世，古今世变，日益悬绝，生民不与被仁圣之泽，而成周之盛，不可复见于后世者，数千年于兹矣。后世臣主知道者鲜。虽颇瘝周公创制之善，然睹其法而不知其意，不能化裁通变，以尽利而宜民。若新莽之诵六艺以文奸言，王安石之以经术祸天下无论已。唐太宗英主，而承膳夫酒正王及后世子不会之文，以启承乾骄纵之失。其他若宇文氏师放周制，建设六官，特亦粗迹而已。其有能修冢宰宫府之治以匡其君，祖小司徒会卒伍、大司马制军之法以用其民，具得《周官》之精意，确然见诸施行而收其成效者，信可谓卓然者欤！盖秦汉以降，一人而已。能举其人而言其设施运量之详，与其深谋远虑之所在欤？诸生通经致用，坐而言者，将以起而行也。苟有智足以及此者，其说《周官》，必有超然独得、异于经生之为之者矣！其具著于篇。

问：兵者，有国之重寄。废兴存亡，恒必由之。自汉以来，诸史断代为书，所纪兵事，或详或略。杜氏《通典》、马氏《文献通考》，始兼总言之。而陈氏《历代兵制》，又为马氏之所本，然杜、马二书，言兵义例乃颇殊异。抑孰得而孰失欤？古者寓兵于农，后世专用召募，而兵与民始分。若汉之更卒，唐之府兵，犹有三代遗意。数传而后，亦颇有募兵以从事者欤？其举天下之兵，尽出于召募之众，始于何时？能言其事势流极之所由致欤？自兵民分而区内财赋耗于养兵者泰半。议者或欲复古者兵农合一之制。其说果可行欤？夫古今时势异宜，契舟求剑，胶柱鼓瑟，适足以乱天下。虽然，近代以还，固时有用民兵而收其效者。其张弛变通，抑亦有微权以寓其间者欤？小不可以敌大，寡不可以敌众，用兵之常也。然宋、明自中叶以来，兵额皆百有余万，而卒以乱亡。其故安在？有国者欲为强兵之计，其道果何由欤？且自古内外强弱之势，一视兵为轻重。内重则有奸臣指鹿之患，外重则有大国问鼎之忧。此尤治兵之要，而国家之所以为安危者也。将欲使内外相制，轻重相权，有二者之利而无其害，其于兵势分合、文武左右之际，宜必有善所处者矣。其各精思以对。

【评论】

徐世昌曰：所问各条，学术门类略备，亦多心得之言。（徐选本卷下，第九页）

答吴挚甫论三江书①

前辱教②，以《禹贡》三江必宜③从班《志》。博辩闳肆，笃信好古，甚

---

① 此文手稿收入《张廉卿先生论学手札》（九思堂书屋据手稿影印）。
② 前辱教，《手札》作"前承教"。
③ 宜，《手札》作"当"。

盛，甚盛！顾鄙志犹有不敢安者。

天下地势，凡山脉经过之处[①]，其水皆左右分流，判不相入。虽行至平地中断，其中亦有微有冈阜隆起[②]，以为之障。然故可以人力疏凿，如班《志》之中江，经由银林、邓步之间[③]，说者以为禹迹，此自可信者。若其南徽、宁、池诸郡，万山复沓，峻极于天，旁魄绵亘数百里，绝无平地中断之所，虽神禹无所施其开凿之功，其左右诸水，并各自分注。且其上游，亦皆山溪涧谷，湍激峻悍之流，舟楫之所不至。问之行旅商贾，皆能言之。而谓大江洪流，径行于其间，此万无一可通之说也。吾意足下虽笃信班氏，曲为之辞，而固亦心知其不可通乎？足下且以我非考之本经，徒以其不可通[④]，避就而为之辞。不知裕钊正以班氏之不合于经，而后乃悟其非耳。经于导江曰[⑤]："东为中江。"此南江[⑥]之别为一江，居然可知者也。今乃以禹厮二河不见《禹贡》为解。夫《禹贡》之所略者固多矣。漯川之流于大河，特为枝津，固不可以耦北行之经流。《禹贡》但以兖州之漯贱之，于导河略而不述，自固其所。若夫南江、中江，同为江之所分，势均力敌，乃仅举其一，而其一顾置而不言邪，则其义果何居邪？[⑦]

足下又据郑康成之说，谓东迆者为南江，《禹贡》既言之矣。蒙又非之。《禹贡》导山水，曰"至于某"，曰"会于某"，曰"过某"，曰"为某"，皆实指其地，无虚言之者。南江为江所分，则质实言之曰"东为南江"，宜也。顾乃迁其辞曰"东迆"，为此孤悬隐射之语，以疑后世。此何为者邪？且迆，邪行也。大江下流，自东邪行而北，适与《禹贡》"东迆北"之文合，其严于辞也若是。许叔重说"迆"文[⑧]，亦即引《夏书》"东迆北，会于汇"以

---

① 黎本"处"前原有"地"字，据《手札》删。

② "其中"句，《手札》作"形家所谓龙峡者，亦必微有冈阜隆起"。

③ "经由"句，《手札》无。

④ "徒以"句，《手札》作"特以不可通之故"。

⑤ "经于"句，《手札》作"《禹贡》于海江仅曰"。

⑥ 黎本无"江"字。据《手札》补。

⑦ "漯川之流"至"果何居邪"，《手札》作"至其水之所入之委，则未有略之者。导河曰：'又北播为九河，同为逆河，入于海。'其委即详著之，则中流施工之二河，不言之可也。若南江、中江同为江之所分，而各自入海。既云'东为中江'，入于海矣，而其更为南江以入于海，乃遗之邪？则孰从而明之邪？此乌得援酾二河以为解乎？"

⑧ 许叔重说"迆"文，《手札》作"《说文》'迆'下"。

释之，正其明征。今曰"东迤者"为南江，则江本东注，且如班、郦之说，其下亦自石城直东指吴，何"迤"之？所称郑康成及国朝汉学家故皆不知文者，为此说诚无足怪。知文如姚惜抱及足下，亦从而和之，诚愚之所未解也。

足下又谓："江河各有主名，非河不得名河，非江不得名江。"是说也，于古未之闻也。盖程泰之始倡之，而胡朏明实坚持之。胡氏特以①此镇压他人之口，以自伸其说耳。且汉非江也，而曰"东为北江"者，何也？则将曰："汉入于江②，即谓之江"云尔。然则导漾之文，宜至"南入于江"已。而其下三语，诚③当为衍文，有如④郑夹漈之说者矣。则又曰："汉自为一渎入海，故不可以附于江也。"若然，胡又被⑤以江之名也？吾故曰："胡氏之说，进退无据之说也。"夫非独汉而已，九江亦非江也。《禹贡》导水，凡即是水而异其名者，则曰"为"，若"北播为九河""东流为汉，又东，为沧浪之水"之类是也。其所过他水，则曰"过"，若"东过洛汭""北过洚水""过三澨""过漆沮"之类是也。今曰"过九江"，他水而非江也明矣。江之可为通称，不待辩而晰矣⑥。

夫诚释然于"东迤"之说之疏舛不足据，与浙之可通名为江，则更取《禹贡》之文，夷怿以善，虚志而读之，将以班氏之以南江为江所分者之合于经乎？抑将以南江自为一江者之合于经乎？且班氏之说，其失尤未可以一二数也。彼所谓⑦"分江水，至余姚入海"者，诚即⑧南江也。则吴特南江中途所经之一县耳，奚独以系之吴也⑨？况自吴历由拳、海盐、乌程、余杭、钱塘诸县，以达余姚，相距且数百里，而云"在吴南东入海"，自昔纪水道，未闻有若是者。钱氏塘亦知其不可通也，从而为之说曰："由拳以往诸县⑩，

---

① "是说也"至"特以此"，《手札》作"其说盖出于胡朏明氏。胡氏之为此，特以"。
② 汉入于江，《手札》作"汉既入江"。
③ 《手札》无"诚"字。
④ 黎本原无"如"字。据《手札》补。"有"《手札》前有"诚"字。
⑤ 胡又被，《手札》作"胡又蒙"。
⑥ "夫非独汉而已"至"不待辩而晰矣"，《手札》作"汉可冒江之名，而于而于浙则靳之，吾不敢知之矣"。
⑦ 彼所谓，《手札》作"以谓"。
⑧ 诚即，《手札》作"即"。
⑨ "奚独"句，《手札》作"而南江独于吴言之，此何义也"。
⑩ "由拳"句，《手札》作"由拳以至余姚诸县"。

故皆居吴国南①，国后为县，是以南江入海，于余姚言之，又于吴言之②。"
且③班《志》之"吴"，国邪？县邪？曰吴国南东入海则可，曰吴县南则不
可，人能知之矣。

即若班《志》湔氐道、毗陵，所纪皆江水。然北江于毗陵言之者，以湔
氐非扬州之境，必毗陵④可言北江也，非若石城、吴之皆在扬州也。其入海，
毗陵之北，即江都之南，非若吴、余姚之相去悬绝也。虽若歧为二，其为一
水，读者可以立喻。诚有如来书所云，《志》文简核，彼此相备者⑤，若所云
"分江水与⑥南江"者，辞不别白，指不分明，求之而邈不得其所归。足下乃
援湔氐言岷江、毗陵言北江以例之，岂其伦哉？岂其伦哉？抑其所谓中江者，
其上由今之当涂、高淳⑦、溧阳至荆溪县东南，经东汌以入太湖，中仅⑧一东
坝为之限。自东坝而东，为胥溪，为永阳江，为荆溪，故道历历。中江左会
溧湖以入太湖，不入溧湖。且虽溧湖亦入太湖⑨，由太湖入海莫大松江。中江
经太湖以入于海⑩，而南江固亦在吴南东入海者也⑪，则适皆⑫松江而已。

足下引郦书佚文，谓⑬："班氏未以松江为中江，中江乃自溧湖东出，直
吴淞之⑭口。"知足下何从更此水道，诚蒙之所未喻者。夫班氏《志》⑮之中
江即松江，非独景纯一人言之，自昔说班《志》者亦皆言之。虽以钱溉亭墨

---

① "故皆"句，《手札》作"固在吴国之南"。

② "于余姚"二句，两"言"字，《手札》均作"系"。

③ 且，《手札》作"然"。

④ "必毗陵"句，《手札》作"必毗陵乃"。

⑤ "诚有如"至"彼此相备者"，《手札》无。

⑥ 与，《手札》作"及"。

⑦ 抑其所谓中江者，其上由今之当涂、高淳，《手札》作"今以班氏之言与其地求之，彼所谓在吴
南东入海者，故始为松江。此无可置辩者。欲强为之辩则皆枝词遁说，还以班氏之言讯之而立讪者耳。然
其所谓中江者，其上游即荆溪，水由今之高淳"。

⑧ "中仅"，《手札》作"其上仅"。

⑨ "且虽"句，《手札》前有"郦书佚文，无关得失"。

⑩ "中江经太湖"句，《手札》无"以""于"二字。

⑪ "而南江"句，《手札》无。

⑫ 则适皆，《手札》作"则固亦"。

⑬ 足下引郦书佚文，谓，《手札》作"足下乃谓"。

⑭ 《手札》无"之"字。

⑮ 夫班氏《志》，《手札》作"夫班《志》"。

守班氏，然生长是邦，目验较确①，亦以庾仲初所云"松江即《汉志》之中江"，初无异辞。此诚所谓不能更创一说以易之者也。班氏之②混南江于中江，更无能为之解者也。裕钊亦岂不知而妄言者哉！

夫裕钊③非故欲异于班氏也，以从班氏不若从景纯之于事理为协耳。景纯所注《水经》久佚，不可知其详。其与班氏异同，盖无由考定。然即果与班同者，则吾亦但取其岷江、松江、浙江之一言而已矣。班氏推表山川，以缀《禹贡》《周官》，立言矜慎，诚如尊论。然亦安知非传写讹误，以至是邪？若郑康成之说"三江"，单词孤义，仅佚而见于《兼明书》《初学记》及孔疏之所引④。其谓⑤江至彭蠡分为三，孔之说⑥亦未必果与班氏符合。且班氏⑦合岷江、北江而一之，郑康成⑧乃以岷江为中江，尤其乖戾之显然者。至《说文》称："江水至会稽山阴为浙江。"王凤喈谓："江水当作渐江水"，其说浙、渐二水与尊说乃若两己之相背。王氏祖⑨胐明之说，谓"三江实一江"者⑩，固不可从。其以江不可通⑪于浙江，说不可易也。

年代遐邈，古书旧说残讹舛错，往往有之。重以经师儒生纷厖岐异，不可究诘，独以为但当据经辞⑫及事理以断之耳。足下或谓我师心背古，果于自用，固所甘之，不敢辞也。惟亮察⑬。不宣。

---

① 确，《手札》作"然"。
② 《手孔》无"之"字。
③ 夫裕钊，《手札》作"且裕钊"。
④ "仅佚"句，《手札》作"仅轶而见于《孔疏》《初学记》诸书"。
⑤ 黎本原无"谓"字。据《手札》补。
⑥ 孔之说，《手札》作"孔者"。
⑦ 且班氏，《手札》作"且孟坚"。
⑧ 《手札》无"郑"字。
⑨ "祖"《手札》后多一"胡"字。
⑩ 谓三江实一江者，"谓"，《手札》作"以"；"者"，《手札》无。
⑪ "通"《手札》作"合"。
⑫ 经辞，《手札》作"本经"。
⑬ "惟亮察"句，《手札》前有"手颂大安"；后有"弟裕钊顿首。五月十二日"。

定州王君墓表

君定州王氏，讳灏，字文泉，号坦圃。生而英亮开敏，勇于有为，能急人之困厄。疏于财利，泊如也。独好读书，百氏群籍，浏览博涉，夜以继日。才资意量，益倜乎轶于众矣。

道光丁酉，以优行贡太学，壬子举于乡。明年，粤贼自山西犯临洺关，畿甸戒严。君奉檄练义勇，破贼无极，州境以宁。其后畿南土寇、枭寇继起，最后捻贼复自山西东犯，四境羹沸，而定独屹若，君实有力焉。君家故以资雄也。君又益无所顾籍，往往捐千金如脱屣然。其练勇御贼，皆出私财济之。他若更立定武书院规制，以严程课，广饩禀，宾兴之资，以惠多士。同治、光绪之际；燕晋壤接，寇乱，饥馑荐臻，饮食饿者、资遣流民所需，大者万缗，小者千缗，若数千缗，君一曰"于我乎取"。又益倾诚殚智，区处擘画，躬其劳剧，间值盘错艰阻，危疑震撼，君临一是辨治。故自定州有君，有废辄举，有难立夷，义声仁闻，既翔于遐迩矣。

顾君常独居，深念功所及犹未云博，事所就犹未云远。以谓幽冀之邦，上古帝王之所治，千载豪杰大儒之所薮萃也，高文懿典，纷纶往昔，而亡佚滋多，心窃悼焉。于是，穷搜境以内前古以来下至于兹二千余祀名贤遗籍，博延方闻缀学之士，校雠编订，为《畿辅丛书》若干卷，都百有十种。先后经营十载，縻白金一万有奇。剞劂且竣，而君遽以疾卒，遗命其子"必终吾事"。于是卒刻期葳功，以竟君志。惜君不及见其成也。

尝以谓天之生斯人也，于千万不可纪极群丑类之中，特畀以聪明才智，崇高厚实而独丰之。岂徒使私自厚而已？盖隐命之，因所凭依，以辅人之不足焉耳。其在通贵尊显义职济物者无论已，下至闾里阡陌，高资富室，以及智过十人、智过百人者，并得因其势与力以自效。利济之事，皆与有责焉。自世之衰，则人知自营，以利其躬已耳。君独喜施豁如，周人之急，拯时之危，宏功渥泽，周洽旁流。既施之并世，益推以及古之人，使此邦之闳册巨制，逸文坠简，遍昭布于海内。往者通人哲士幽潜遗佚之所托命，后者新学英彦之所沾溉于无穷。盛矣哉，君之为功于一方也，不可泯也已！

君以举人议叙同知衔，以团防功赏四品顶戴。其卒以光绪十四年八月六日，春秋六十有六，以某年月日葬于某所之原。曾祖义曾；祖万年，乾隆戊子举人；考宝华，嘉庆丁卯举人。皆赠通奉大夫。妣皆赠夫人。配许恭人，继配何恭人。生子二：长延经，早卒；次延纶，光绪乙酉优贡生，候选训导。女一，适行唐中书科中书李鹿鸣。孙一人，思范。武昌张裕钊表。

重修南宫县学记①

南宫县学，自明成化十七年移建今邑治。其后历弘治，迄国朝嘉庆中，重修者十有二。今又近百年，稍稍圮坏。摄县事李君与邑人复谋葺而新之，期年而工竣，乃走书属裕钊记其事。

裕钊惟天下之治在人才，而人才必出于学。然今之学者，则学为科举之文而已。自明太祖以制艺取士，历数百年，而其弊已极。士方其束发受书，则一意致力于此。稍长则颛取隽于有司者之作，朝夕伏而诵之，所以猎高第、跻显仕者，取诸此而已无不足。经史百家，自古著录者，芒不知为何书，历代帝王卿相、名贤大儒，至不能举其人，国家典礼、赋役、兵制、刑法，问之百而不能对一，诸行省郡县疆域，不辨为何方，四裔朝贡、会盟之国，不知其何名。卑陋苟且成于俗，而庸鄙著于其心。其人能瞋目攘臂而道者，则所谓仁义道德，腐熟无可比似之言而已矣。乌乎！以彼其人服中外官，膺社稷人民之寄，生民何由而乂安？内忧外患何恃而无惧哉？

且朝廷取士，其立法之始，盖亦欲群天下之士，范之孔孟之道，以端其趋；又益试之诸经艺策问之属，以觇其所蕴蓄。其所以博士于学问之涂者，不可谓不备。士诚一一求其实而践之，其学之成固自足出而为天下用，即其试于有司，亦未必不角出于庸鄙之人②，然而相习而靡者，苟得之弊，中于人

---

① 题目殷本、陶本均无"重修"二字。
② 庸鄙之人，《张裕钊书〈南宫县学记〉》（上海有正书局，1915 版。以下简称"有止书局本"）作"庸俗之人"。

心，而莫有能振拔于其间者也。士莫先于尚志，而风俗之移易，莫大乎君子之以身为天下倡。今天下师儒学子，诚得一有志之士，闵俗之可恫，耻庸陋污下之不可以居，毅然抗为明体达用之学，以倡其徒，同明相照，同类相求。水流湿，火就燥①，志气所动，人蹶而兴。由一人达之一邑，由一邑达之天下。风会之变，人才之奋，未可以意量也②。嗟乎！九州之大，独无一二豪杰之士，有意于此者哉③？今南宫近在畿甸，沐泽游原。且又南宫子所生之邦也④。流风遗烈，宜有未泯者。有能闻斯言而皇然兴起者乎！则李君是役诚不为无裨也已。光绪十二年五月记。

舟中杂咏 以下癸未至戊子，时主讲保定莲池书院。

丛蓼经秋江，惨澹自交午。不知芸生民，与汝谁辛苦。
容与漾轻舟，菱叶何泛泛。自可任波流，不堪持作鉴。
败苇倒清波，枯荷堆寒浦。秋风一以动，漂泊谁为主？
迅羽薄层霄，潜鳞依寒步。浮沉各天机，终古不相喻。
苇荡中唅呀，凫鹥争泛滥。宁识江海宽，随波自澹淡。

安 州 道 中

孤艇苍茫去，平湖自在流。人家烟树际，县郭水边楼。寒苇澹将夕，疏林飒已秋。飞飞双白鹭，故向远村投。

菰蒲深处住人家，杨柳阴阴四面遮。白板扉前孤艇系，一湾流水浴雏鸦。

断霞明处白鸥飞，浦溆纵横迷所之。葭苇苍茫烟水阔，望中何处一帆迟。

---

① "同明相照"至"火就燥"，殷本、陶本作"同门从学辈，类蓄其品流，置炙就燥"。
② 人才之奋，未可以意量也，殷本、陶本作"人才之靡，未有如斯之极"。
③ 有意于此者哉，有正书局本作"有意乎此者哉"，殷本、陶本作"有意于学者乎"。
④ 所生之邦也，殷本、陶本作"所生长者也"。

当时走马长安道，历历莲桥记旧游。今日扁舟桥下过，回头三十二年秋。
芦汀苇荡碧无际，云影天光静与涵。今日风帆何处所，烟波满目似江南。

舟赴天津计日与至甫相见

淀水东流去，羁愁相与长。夙心怀旧侣，暮气动新凉。一鸟飞寒水，数家①明夕阳。晚来无限思，葭菼自苍苍。

读陈琏哀洸口诗

霸气东南事已休，况缘贝锦弃良谋。信陵忧死大梁陷，李牧谗诛全赵收。吴下新谣黄菜叶，秣陵遗恨白浮鸠。败亡覆辙一丘貉，江水千秋东北流。

歌风台

汉皇东破布军还，游子悲乡泪自潸。芒砀风云怀猛士，枌榆父老识龙颜。千年魂魄犹思沛，一代规模想入关。终古长陵原上水，故应流绕兖徐间。

春感

何处春风叫紫鹃，深宵愁剧不成眠。乡心与月同千里，客舍看花又一年。箕斗簸扬天汉上，祲氛离合海云边。便须拨弃人间世，径向蓬莱访偓佺。

---

① 数家，陶本作"数年"。

776

春 日 登 楼

楼高出万井，春至一登临。草树观生意，关河动苦心。倚栏天地阔，漂梗岁年深。浩荡怀今古，余生独抚襟。

无 题

太行西来俯全燕，千峰万峰青镜天。左出居庸走东海，横掖有若龙蛇蜒。

孤 愤

议和议战国如狂，目论纷纷实可伤。万事总为浮伪败①，一言无过得人强。尽焚刍狗收真效，宁要束蠡②列众芳。独把《罪言》欹枕读，一声白雁③泪千行。

百 年

百年伊洛此其戎，辛有谁今擅达聪？万事悠悠无可说，一心耿耿有谁同？乾坤不奈天胡醉，今古宁闻日再中。千载乘除尽如此，湘累枉用悲回风。

---

① 浮伪败，稿本作"浮伪坏"。
② 束蠡，稿本作"怀羊"。
③ 白雁，稿本作"鶗鴂"。

寻 梅

老夫衰懒终朝卧，端为梅花发兴赊。江上正思双屐去，篱边忽放一枝斜。薄云微月澹无影，野店断桥寒未涯。帽影翩翩何所住，一尊判醉野人家。

前溪月上见清影，野寺钟残闻暗香。如此风标真旷绝，为渠惆怅端相①望。百昌在地犹潜伏，孤植先天独自芳。始信霜中杰出②者，不偕群卉共行藏。

遣 兴

奸雄恶少皆封侯，乡里小儿貂鼠③裘。志士掉头颍水去，可怜浊酒④浣清流。

佳 人⑤

西方有佳人，朝霞⑥耀秾李。楼阁⑦上紫霄，琅玕被玉体⑧。俯仰若神仙，

---

① 端相，稿本一作"一相"。
② 霜中杰出，稿本一作"人间特立"。
③ 貂鼠，陶本作"鼅鼠"。
④ 浊酒，稿本作"浊耳"。
⑤ 按：稿本以《杂兴》为题者有两组。第一组五首：《西方有佳人》《西方画白马》《大德》《昔闻》《飨帝》；第二组四首：《蛞蜣》《芸芸》《开第》《传闻》。后作者将两组诗重新写定，并作了拆分、编排。其中《西方有佳人》题《佳人》，《传闻》题《龙宫篇》，《芸芸》题《艳歌》，《大德》题《客去》；其余五首题《拟古五首》。《佳人》有初稿、二稿之别。
⑥ 朝霞，初稿作"朝辉"。
⑦ 楼阁，初稿作"楼台"。
⑧ 被玉体，初稿作"交玉体"。

贵盛谁能拟①？霜露岁忽晚，二竖巧相抵。辗转衾帱间，晻晻日西靡②。睹此为心凄，裹裹不能已。我有紫金丹，可以起人死。愿言持相赠，重门深万里。恻怆无由施，泪下如流水。缄之箧笥中，湮阏至没齿。

龙 宫 篇③

传闻大海底，乃是古龙宫。万宝装楼台④，突兀上层空⑤。蹉跎岁月淹，颇受涛浪冲。箕踵稍啮蚀，楹桷剥髤彤⑥。龙伯喟然兴⑦，畴哉若予工。巨鱼首腾出⑧，金木⑨臣能攻。喷沫呼其朋，鮔鳝鳢鳁鲖。大者鲸与鲧，小者乃恬东。鳍鲭扬其斧⑩，当鲍负其杠。蟛蚑及詹诸，蹒跚而相从⑪。曾不⑫知海大，乃云与天通。长鲸睨其旁，箕眼射波红。修尾悦一掉，咄哉怖杀侬。

【评论】

贺培新曰：诙诡。

拟 古 五 首

飨帝奏钧天⑬，荒哉鹑首赐。勋华姒子姬⑭，一朝俱扫地⑮。宁知二千载，

---

① 谁能拟，初稿作"谁敢拟"。陶本作"谁为拟"。
② 晻晻日西靡，初稿作"冉冉义轮靡"，又作"冉冉咸池靡"。
③ 此题有初稿、二稿之别。
④ 装楼台，初稿作"装殿阁"，又作"饰栏楯"，又作"装岵巇"；二稿一作"作楼台"。
⑤ 突兀上层空，初稿作"上无穷层空"。
⑥ "箕踵"一联，初稿作"楹栋稍啮蚀，剥落雕髤彤"。
⑦ 然兴，初稿作"高起"。
⑧ 首腾出，初稿作"忽腾出"。
⑨ 金木，初稿一作"金石"。
⑩ 扬其斧，二稿作"挥其斧"。
⑪ 而相从，初稿作"奔相从"。
⑫ 曾不，初稿作"初不"；二稿先作"曾不"，后抹去"曾"，改为"初"。
⑬ 第一首《飨帝》有初稿、二稿之别。
⑭ 勋华姒子姬，初稿一作"伊祁及（或'与'）翠妫"。
⑮ 俱扫地，初稿一作"顿扫地"。

苍天复此醉。酒星耀光芒，北斗扬其觯。倾沥洒八纮，四海皆鼎沸。巨鳌摆足摇①，共工触柱碎。骖马②趺浪出，百怪腾自恣。大瀛一簸荡，两仪危欲踬。即之耳目震，念之心胆悸。来者方万年③，茫茫将何至。

蛣蜣工转圌④，粪壤则丛之⑤。天地所赋予，逐臭情不移。青蝇实同德，臭味⑥无差池。骈头并竞入⑦，唼咋甘如饴。烧剃倏一炬，焦没无复遗。鸣蝉在高树，愔愔弹朱丝⑧。

开第康庄衢⑨，稷下乃谈薮。雕龙炙毂輠，一哄相聚处。衍也工谈天，群吠推为主。远穷九瀛海，上极万万古。一一指诸掌，偻指⑩皆可数。高论振暗聋，牛龙亦首俯。曾未能知十，荒哉说二五。谬误实多涂，咄咤谁敢侮。雷同相附和⑪，万窍并一鼓。翩翩桃李花，寂寂无一语。

昔闻广成子⑫，乃在昆仑丘。呼吸天地精，百体坚且柔。晏然合溟涬，万岁犹一周。愿往求其术，相去已千秋。寥哉⑬不可接，海风吹九州。大明忽西倾，怪鸥⑭鸣啾啾。如何仰俯⑮间，乾坤邈已幽。长啸激悲风，逝欲乘桴浮。

西方尽白马⑯，东方青骢马。北方乌骊马，南方尽骍马。马一百万匹，腾骧纷在野。我马既已闲，我车又已坚。黄金为马勒，珊瑚为马鞭。车轮转百宝，眩若流波旋。王良策其后，大丙御其前。放意即长路⑰，四顾忽茫然。东

---

① 摆足摇，一稿一作"摆足起"。
② 骖马，初稿原与二稿同，后抹去，改作"蛟鲸"。
③ 方万年，初稿一作"有万年"。
④ 第二首《蛣蜣》有初稿、二稿之别。
⑤ 则丛之，初稿一作"辄丛之"。
⑥ 臭味，初稿一作"嗜好"。
⑦ 并竞入，初稿一作"相竞进"。
⑧ 愔愔弹朱丝，初稿一作"嘒嘒方未希"。
⑨ 第三首《开第》只有一稿。
⑩ 偻指，稿本一作"织毫"。
⑪ 附和，稿本作"和附"。
⑫ 第四首，《昔闻》有初稿、二稿之别。
⑬ 寥哉，稿本一作"茫茫"。
⑭ 怪鸥，初稿、二稿原作"螮蝀"。二稿一作"怪鸥"。
⑮ 仰俯，初稿、二稿作"俯仰"。
⑯ 第五首《西方》有初稿、二稿之别。
⑰ 长路，初稿作"长道"。

出有东海，群水浩飞翻①。西去②阻大河，盘涡千雷渊。太行塞我门，岞崿③
而巑岏。投鞭坐叹息，泪下如流泉。

【评论】

贺培新于第一首"宁知两千载"眉批：读此诗，知此老胸中感慨独异。

艳　　歌④

芸芸蕙兰花，盈盈中闺女。绝艳两值遇，静对默无语。微风散幽馨，菲
菲自袭予。恍焉不自知，心醉入肺腑。形神两俱释，梦寐⑤魂相与。可待双玉
佩，相要彼洛浦。太息谁与言，脉脉此终古。

客　　去⑥

大德固包荒，贤愚何算焉？颛颛独不化，难与⑦俗为缘。独处恒自芳，有
遵乃不蠲。蹙如苏粪壤，畀以置我前。日稷来客去，开轩望青天。长空一何
寥，白云澹若仙⑧。前山气佳哉，流水复悠然。

---

① 浩飞翻，初稿作"争飞翻"。
② 西去，初稿作"西出"。
③ 岞崿，初稿作"撍屼"，二稿作"峍郁"。
④ 此题有初稿、二稿之别。
⑤ 梦寐，初稿作"意授"，一作"色授"。
⑥ 此题有初稿、二稿之别。
⑦ 难与，初稿、二稿均作"艰与"。
⑧ 澹若仙，初稿作"孤若仙"。

连日晴霁，中秋忽雨，苦闷戏为长句①

嫦娥狡狯故相恼，不放今朝②一寸呆。连宵潋滟委金波③，满意明朝好怀抱。晨起搴帷忽惆怅④，泱济⑤游氛塞晴昊。空堂冉冉渐黄昏，淅淅繁声⑥响梧槁⑦。旦暮佳恶工舛错，何况万事苦颠倒。汉文心歉冯唐少，武谓少优臣已老。鸱鸮刺天凤凰囚，蹇驴膄路骥伏皂。鼎彝销冶作釜鬲，杞柳戕贼成桮棬。伏波冤愤南海珠，卞和痛哭荆人⑧宝。人生能得几中秋，况复中秋⑨不常好。盈缺三与五相推，成亏⑩百宁一可保。念此⑪侘傺增悲伤，谓天盖高无所祷。浮生诚复困乖互，造物无乃实忌妒⑫。万古浮云蔽天地，唤取清风快一扫⑬。

伤　　春

南飞燕燕北飞雁，青青又遍江南岸。江南二月好春光，可惜流年暗中换。春光岁岁复年年，愁人夜夜达旦旦。空外北斗转回环，蟋蟀鸣罢鹡鸰唤。昨日鹂黄今鹢鸥，秋天吹堕扶桑枝⑭。漆室孤嫠起长叹，湛湛江水青枫寒，眼看海枯石亦烂。

---

① 此题有初稿、二稿之别。
② 今朝，稿本作"今晨"。
③ 委金波，初稿作"漾金波"。
④ 忽惆怅，稿本作"顿惆怅"。
⑤ 泱济，稿本作"泱浡"。
⑥ 淅淅繁声，二稿作"繁声淅淅"。
⑦ "空堂"一联，初稿无。
⑧ 荆人，稿本作"荆山"。
⑨ 中秋，黎本原作"千秋"，据稿本改。
⑩ 成亏，初稿作"忧乐"。
⑪ 念此，初稿作"感此"。
⑫ 实忌妒，初稿作"太忌妒"。
⑬ 唤取清风快一扫，初稿一作"坐听残雨滴芭蕉"。
⑭ 秋天吹堕扶桑枝，稿本一作"秋风吹落紫桐花"。

威 凤 篇

威凤下丹霄，飘飘来紫庭。光色烛宇宙，再抚周八溟。音响一何远，雍雍谐咸韺。白日忽再中，天地穆且清。一朝增翮去，旷世不再鸣。仰视羲和车，冉冉复西倾。恍惚闻空外，乃复有鷯鹏。虽乏抟风翼，颇能继其声。后夔去已久，顾视莫谁听。徘徊无所止，高厉浮云征。西游阆与昆，东翔蓬与瀛。

放 歌 行①

今日忽不乐，杖策登南山。灌木翳广谷②，荆榛蔽平原。羲轩尧禹尽尘土，伯翳庭坚不可攀。矫首东西南北望，但见昔时丘与坟。前有万万古，后有千亿年，我生胡独于此间？苍天苍天高高上无极，使我心悲抑塞侘傺不能言。

无 题③

盲风断天地，日月寖已驰。群芳尽凋落，繁华复几时。馨香空抱独，出门安所之？鹑鷃盈山樊，孤凤能尔为？是以商山翁，一往不复疑。

---

① 此题有初稿、二稿之别。题目黎本原作"放行歌"，据稿本改。
② 灌木翳广谷，初稿作"梗枫翳山谷"。
③ 题目稿本为空白。

步王晋卿见赠原韵

我属闻君语，当仁不让师。嗜痂偏有癖，送裒更多奇。鹏鷃诚县矣，云龙忽媾之。衰羸惭角逐，几欲去其旗。

偶　书

向日交游断雁分，匡居终日对炉薰。曳藤闲倚庭前树，岸帻时看天际云。苦爱林泉虚报国，恨难簪盍日论文。晚来更向池边立，静受清风漾縠纹。

春 日 杂 兴

东风吹庭树，数日萋已绿①。离离阶下草，亦复丰且缛。郊外更纷繁，青红争簇簇。山容换春姿，池波动新渌。天地②本无心，时哉妙轇辘。大钧一回斡，霍若置邮速③。人道亦如斯，玄风嗟已邈。仁皇穆垂衣，生民何其福。

夜　坐

耿耿明河转屋隅，娟娟凉露湿阶除。风声满院鸦翻树，灯影小楼人读书。终夜有声闻络纬，衰年无寐似鳏鱼。似闻雨足秋成稔，明踏城东看艺蔬。

---

① 萋已绿，稿本一作"纷已绿"。
② 天地，稿本作"昊天"。
③ "大钧"一联，黎本无。据稿本补。

夜　霁

晚雨过高城，青天万里晴。端居恒不乐，骋望若为情？海气缠秋杀，乡心悬月明。清砧与画角①，一并作秋声②。

读 鬼 谷 子

赤文绿字万万古，天遣祖龙付一炬。圣籍燔弃诚可伤③，百家屏绝良亦愈。雕龙谈天炙毂輠，岂不与世为大蠹④。炎精荡涤地天开，稍求遗书褒邹鲁。诗书掇拾出秦余，千百尚未能十五。爝火萤焰⑤翻有灵，争苴有似禾生稊。鬼谷晚出尤怪谬，七术纵横安可语？仪秦挟持游诸侯，赤舌烧城焦九土。原野脂膏川流血，伤哉此毒何太苦。自从西京更百代，朱紫玄黄⑥益难数。圣伏神徂两仪幽，虎逝龙亡百怪舞。家事铅椠人笔札，是非起灭纷如雨⑦。学术纷歧道亡羊，奸邪依附翼傅虎。安得咸阳然死灰，更与一烛图书府。留取六经作菽粟，尽焚茶蓼剃榛莽。宇宙清穆返结绳，大庭赫胥快一睹。

崇　秩

崇秩冠三辅⑧，强宗压五陵。风雷生謦欬，燕雀尽骞腾。流水门前骑，明

---

① 与画角，稿本作"将画角"。
② 一并作秋声，稿本作"并与作商声"。
③ 可伤，稿本作"可痛"。
④ 大蠹，稿本作"巨蠹"。
⑤ 荧焰，稿本作"荧荧"。
⑥ 朱紫玄黄，稿本一作"汗牛充栋"。
⑦ "家事"一联，黎本无，据稿本补。
⑧ 三辅，稿本将"辅"抹去，改为"府"。

珠海外琛。一朝身死后，吊客有青蝇。

逝　影

轮转梭飞不可留，滔滔江海日东流。世谁与我复青眼，少不如人况白头。凤鸟河图千岁邈，荒台老树一时秋。座中佳客尊中酒，了却残年万事休①。

罪　言

竟触鲸牙捋虎须，咄哉此举谓良图。积薪不解先移突，发弩能禁后脱弧②。岂有疗饥餐毒药，可怜从瞽问迷途。噬脐它日宁堪说，十万横磨一掷输。

不　眠

耿耿寒灯人未眠，中宵百感忽茫然③。芸生大抵裈中处④，尘世宁闻地卜仙。满眼风霜侵暮景，回头哀乐怆中年。白衣苍狗终何许，怪底三闾欲问天。

夜　饮

霜雪盈颠已懒搔，一瓢政可手亲操。清风乍起⑤楸槐响，缺月已低星斗

---

① 稿本尾联一作"但期日逐同心侣，醉倒花前万事休"。
② 脱弧，稿本作"说弧"。
③ 忽茫然，稿本一作"自茫然"。
④ 裈中处，殷本、陶本作"裈中虱"。
⑤ 乍起，稿本一作"初起"。

高。世上几人悲晓鬓，尊前万事渺秋毫。君看徐傅同时尽，争似柴桑醉浊醪。

天　末

天末人何处，堂西月渐低。老人愁不寐，夜夜野乌啼。楚北断消息，海东无鼓鼙①。离忧一万斛，应与太行齐。

缓　步

兀坐终朝静掩扉，偶从食饱步余晖。寒波微漾鱼争出，夕日初沉鸦乱飞。闲日偏宜笼醉帽，秋来渐欲授寒衣。白头久厌人间世，何处一庵眠翠微②。

雨　后

门馆萧条杨子居，微凉新喜晚晴初③。霜天橘柚寒初熟，夕照园林画不如。生计但须三亩秫，穷年安用五车书。园丁旧买金鸦嘴，已办荒畦雨后锄。

感　秋

浮云起西极，奄忽东北驰。商飚振大野，颓阳倾逝波④。重阴黯天地，时

---

① 无鼓鼙，稿本作"多鼓鼙"。
② 眠翠微，稿本一作"著翠微"。
③ 晚晴初，稿本将"初"字抹去，改为"余"。
④ 颓阳倾逝波，稿本作"倾阳颓逝波"。

节忽蹉跎①。依依堂前柳，青青石上②萝。婉变复几时，坐见丛枯柯，飞飞黄蛱蝶，尚尔相婆娑。天运不可违，尔能如命何？

古　意

南国佳人悲晓霜，水精眠梦残沉香。通犀宛转复宛转，金塘飞去双鸳鸯。排云拂雾上高阁③，五城十二楼相望。琚佩瑶珰凝且翔，回身顾影步生光。东家有女年十六，独坐空房蹙蛾睩。金鞭宝马谁家郎，往来蹀躞空游目。君知怜妾颜如花，君不念妾身如玉，蓝田寂寞玉烟荒，盘龙牢锁银屏曲。

血书图歌为宜兴崔节妇作④

　　节妇，今京兆周君某之女弟，为同邑崔某妻。崔应礼部试，居周京兆所，节妇从焉。顷之，崔病死，节妇誓以身殉。其母与兄以姑在，义不得死沮之。节妇乃刺血作书寄姑，具言状。越数年，节妇亦病死⑤。京兆令画者作血书图纪其事。

青枫惨惨蜀鹃唤，银瓶素绠中分判。妾谁为生夫已亡，妾欲死夫姑可惋。可怜刬薙复治丝，妾心更比丝纷乱。刺血写书附与姑，血缕著心分注碗。二千二百二十字，一字一缕血痕漫。素娥魄死青天泣，湘竹夜裂苍梧断。海水可枯石可烂，此血千年不可磨，碧影迢迢在河汉。

① 忽蹉跎，稿本作"倏蹉跎"。
② 石上，稿本一作"石间"。
③ 高阁，稿本作"椒阁"。
④ 题目"宜兴"二字，稿本为空白。
⑤ 亦病死，稿本作"亦卒病死"。

788

塞 北 花

塞北之花江南雪，两者一例易销歇。今雪在北花在南，终能几日相恋贪①。本来抱质不牢固，生纵得地时难淹。繁华烂熳徒为尔，大造②终古自温严。君不见高冈松，君不见古井水，无冬无夏长如此，物之生贵自立耳。

秋 风 叹

庭前秋风响飕飕，大地一夕移壑舟。清扬婉娈者谁子，昨日绿鬓今白头。白日西驰江东逝③，居其间者谁久留？君不见西指④咸秦东伊洛，大梁建业皆王都⑤。百代过眼如飞鸟，惊波一瞥千浮沤。挥斥风雷劙日月，万仞骕坠何其遒⑥。山川城郭阅帝后⑦，宁异过客更星邮。繁华歌舞今谁在⑧，千年惟见水空流。

无 题⑨

昔时霍嫖姚，威棱何壮哉！百万驰大漠，北上单于台。归来□□□⑩，甲

---

① 终能几日相恋贪，稿本一作"摧残终能几日勘"。
② 大造，稿本作"大化"。
③ 东逝，稿本作"东注"。
④ 西指，稿本一作"西京"。
⑤ 王都，稿本作"王州"。
⑥ "挥斥"一联，黎本原在"宁异过客更星邮"句后，据稿本改。挥斥，稿本一作"訇隐"。
⑦ 阅帝后，稿本一作"几换王"。
⑧ 今谁在，稿本作"一朝尽"。
⑨ 题目稿本作空白。
⑩ 黎本"归来"下原注："缺三字。"稿本亦缺三字。

第自天开。蹴鞠咸阳市，万人为奔摧①。徒凭汉皇宠，路人谁敢咍。封狐得猛虎，掉尾干风雷。浮云改朝市，昆明换劫灰。得问骠骑宅，柏梁久蒿莱。绮角独了此，高枕商山隈。

无　题②

自少耽寂寞，所慕非华轩。沉溺③坟索中，才屡好弥敦。冉冉历星霜，鬓雪忽已繁。有时块独居，中愉口难言。顾彼尘俗虑，偶亦侵灵源。虽复旋挥去，未能芟其根。余年倘我假，庶哉内能鞭。慨焉怀古贤，高风一何骞。

姚惜抱《论书绝句》第三首云："雄才或避古人锋，真脉④相传便继踪。太仆文章宗伯字，正如得髓自南宗。"余谓太仆于史公诚可谓具体而微，若宗伯书以右军笔法绳之，正乃同床异梦耳

真脉从来几辈知，虚名休被古人欺。南宗自有麒麟髓，其奈华亭证解支。

次袁爽秋郎中昶见赠原韵

别来不记几寒暑，憔悴时危一老翁。旧雨偶同云会合，真愁能与雪消融。王城浩浩著君隐，世路悠悠谁我同。百感纷纭从扫却，且抻烂醉荔枝红。

---

① 奔摧，稿本作"崩摧"。
② 题后稿本作空白。
③ 沉溺，稿本作"沉冥"。
④ 题中"真脉"黎本原作"真豚"，据稿本和《惜抱轩诗集》改。

杂 兴

品庶斗隙中，达人邈天外。有生同扰扰？宙合一何隘。晓钟群动作，扶桑开天霭。贱者营甑罂，贵者耀冠盖。寸心各有营，惟①力所能届。当其互相竞，锱铢宁少贷。鸡鹜争黍粒，蛮触战织芥。骄傝成毒螫，奔驰吁可畏②。严陵揖光武，把钓七里濑。高风薄九霄，俯首视嵩岱。

雪

推枕窗光眩两目，起惊庭树千枝玉。连朝醖酿尚透迤，一夕严霜③何催促。广庭萧索群动静，时有寒声闻折竹。倚楹浑忘冷侵肤，一片莹净看不足。却思野外真琼海，高下川原万珠琲。若为扶杖最高峰，缥缈荒寒出人代。漱涤沆瀣凌太清，一洗肠胃荡肝肺。姑射仙人若可招④，玉宇琼楼直宛在。谁能与此尘俗侣⑤，终日蛣蜣转粪土。

张季直尊人七十生日

海上狎鸥客，翛然鹤骨寒。金经传夜篆，玉札醖晨餐。一老真松桧，盈庭茁蕙兰。举觞千里外，南极独长看。

---

① 稿本将"惟"抹去，改为"并"。
② 可畏，稿本作"可喟"。
③ 严霜，稿本作"严威"。
④ 若可招，稿本作"如可招"。
⑤ 尘俗侣，陶本作"尘俗语"。

留别莲池书院诸生

自我来畿南，奄忽今六载。顾惟颠木蘖，谬当挈菲采。我诚惭朽株，君等竞蓓蕾。枝蔓相萦结，恋嫪不可改。乖合苦不常，归缆忽将改①。征鸿念畴侣，欲去犹回睐。矧与二三子，别泪忍一洒。离肠奔九回，纠若淮渊汇。万古圣与贤，旷世不相待。神合形终睽，志士涕如霣。幸得并世生，在远亦何喟？人生天地间，有若桴浮海。波涛一冲激，谁能知定在？努力追前修，九州犹庭内。

书莲池书院安生文澜课卷后

此卷《书张河间集后》以班张并论，谓平子可步孟坚之后，此殆非笃论也。平子之文，其才思大于孟坚，而功力之深纯或逊之。《两都》《二京》，姚惜抱氏谓《西京》宏丽，得掩孟坚；而《东京》不及《东都》之简当，此定论也。若《思元》后，间乃出《幽通》《答宾戏》之上，而《思元》尤为杰作。所以然者，孟坚明志，亦欲遗外世俗，归命于诗书道德之林，与贾谊、相如相追逐，而卓为命世之英。乏介石之贞，卒用败丧。平子则萧然荣利之外，厉节守素，乐以解身。其中所自得，视孟坚固已远矣。今取二子之词读之，一则遐慕圣涯，一则互据己意，其立词之诚与不诚，隐然可见。而味之醇漓，漫于齿颊而判矣。本原之地不可伪为，岂不亮哉？故学问文章之事，微志趣卓远、风节高峻者，必不芘以与于斯。区区之心，所愿与诸生共勉之者也。

（录自孙莹莹撰《张裕钊佚文考》，见《古典文献研究》第十二辑。原载《濂亭草稿》，藏南京图书馆）

---

① 忽将改，稿本作"忽将解"。

与吴汝纶五十八首

挚甫仁兄大人阁下：

永年使来，接奉惠函，具聆种种。比告纪生，乃言其家距永年且七百里，家有老亲，未敢远离，且此外更有隐情，其势颇难相强。有孤高谊，愧愧。希以转告杨君也。前呈拙稿中有舛谬，必望极意抉摘，以觉痼昏蔽，仍将原稿掷还，无任盼祷之至。闻都中至天津，拟试办铁路，乡举及童试当增算学一门，风气自此将日开矣。贺松坡调署之议，已有绪否？此事若成，不独阁下乐之，裕钊亦深用喜幸耳。附呈通州范如松一函，殆系肯堂家书也。杨明府书并以奉缴，其关聘等亦均交来使携还矣。复颂升安。惟谅察。不宣。弟裕钊顿首。闰月朔。

挚老仁兄大人阁下：

前奉惠函，比于朔日奉覆，具道纪海帆以亲老不能至永年状，交永年仆人携呈台览，未知达否？顷续奉手书，具晓一是。张化臣于前月归去，拟即属刘仲鲁寓书告以阁下，为荐馆地，届期当能往也。化臣特耿介，不能俯仰随人，处教读书启之类，恐难谐俗。然能辨文字佳恶，尤严于义利之际。勘校一席，乃正相宜耳。承假之项，已如数收到，甚感。蒙示"三江当主班《志》"，所论具有依据，劬佩无已。然窃意分江水绝难信必如来书所云，果有求得故迹崖略者乃可，顾此亦必不可得之事。至"东迤者为南江"，阁下以为不易，适乃鄙心之所甚不安者。以此未敢苟同，抑裕钊之考证经说，不过偶遇一孔之见，强作解事，生平实未尝抟心揖志于此。前以拙稿呈教，特欲问其文之可存以否，而所论之是非，盖犹其次焉者。今阁下既谬许之，以其文为可，如果不我欺者，则志愿已足。若欲相与辩论所说之是非，深恐烦劳翰墨，彼此皆为神疲，而是非卒不可定。且留此一段公案，俟它日晤见，借佐谈资，当彼此往复，与君角逐马上。想阁下决无降北之理。即不肖亦必不为强敌屈也。有日本某官曰宫岛诚一者，颇好为诗。前与大小儿相善。渠闻黎莼斋及吾中土出使者暨彼国冈千仞诸人言，谬相推重，今乃遣其子航海西来，从游于裕钊之门。寓书小儿，情辞肫挚，又求得吾中土诸人书，为之介绍，并携有译署护照，且径欲与肄业诸生同处院中。弟恐俗间少见多怪，弟令其外间僦居，仍虑或有浮言，拟寓书傅相时，并一微及之。此子性识乃颇聪颖，年甫十九，而甚有志向学。阁下异日至省门，尚可进而教之也。《昭昧詹言》《吕氏春秋》二书，谨以奉还，敬请察入。《淮南子》尚欲留此，五六月中，亦可奉还矣。手此，复颂升安。惟亮察。不宣。弟裕钊顿首。闰月初八日。

挚老仁兄大人阁下：

顷奉手翰，具聆种种。张化臣须月杪乃至，而枣强当于廿七日开考，势不能待，已荐书院中白生名钟元者往矣。此生文义颇优，人亦甚历练，或当不辱尊命邪！"三江"公案，弟以孏慢，又校阅乏暇晷，颇以连篇累牍之书为苦，且亦诚如尊旨，谓此等于经义不甚关得失，故欲且置，俟它日面论。今阁下未见麾幢，遽盈其气，谓我外托高言，中实怯懦，何乃轻敌若是？少暇，必当建大将之鼓旗，回车角逐，即看斫树收穷庞也。阁下乃谓齐城遂已下，公然坐大乎？又姚惜抱讥退之《韩弘碑》诔墓已甚。以今观之，其中似颇寓讥刺，不尽贡谀也。即《董晋行状》用意似亦若是。更质之阁下，以为然否？复颂升安。不宣。弟裕钊顿首。闰月廿二日。

挚甫仁兄大人阁下：

顷奉手示，具悉。张化臣已于前月廿七日来此，新河勷校可无负约之责矣。永年之役，海帆以亲老不往。枣强之役，化臣以归省未至。能使门人不以利遗其亲，适足见山长教泽之美。来书讥我威令不行，夫山长岂尚威令者哉？肯堂婿于姚慕庭，甚善，闻之喜慰无已。此自有潜移密运于其际者，而阁下自以为功，甚矣我公之好夸也！《韩弘碑》如尊论所云，鄙意尚未敢遽安。"三江"之事，且听下文分解。今阁下乃偷欲休邪？南宫廿五金，谨已收到，当转交。费神，甚感。复颂升安，并贺午禧。不宣。弟裕钊顿首。五月三日。

廿四日付敝同乡张楚卿携去一函，日内亦行当达矣。

挚甫仁兄大人阁下：

前月奉去一函，论《禹贡》"三江"，计已达。寻念其中尚未及翔实，且间有脱漏，乃复加改定，兹缮写呈请是正。它日仍望掷还也。说此事，与阁下恐遽难合并，俟异时尊酒细论。我两人或当有涣然怡然之一日邪。附去范肯堂家书一函，希转交。手颂升安。不宣。弟裕钊顿首。六月十日。

挚甫仁兄大人阁下：

望日奉去一函，内有代寄肯堂三函，计达左右。昨得黎莼斋书，日前已抵都中。而长安居大不易，欲恳阁下以二百金相假，属弟为转达，谨以奉告，伏俟尊裁。顷晤朱敏斋，知令弟已调补汶上。闻此至为喜慰。今岁当可抵任邪？手颂升安。不宣。弟裕钊顿首。七月廿五日。

挚甫仁兄大人阁下：

七月望日、廿五日续寄二函，未知达否？望日一函，有代寄肯堂三函在内；廿五日一函，则黎莼斋欲与阁下通挪二百金，属为转达者也。今日午间，奉到廿五日惠函，并承大作二篇，识解迥出古今诸儒之上。其辞亦深邃古懿，使人往复不厌，钦佩无已。顾乃命为改定，弟之庸谫，何敢任此？既又以阁下以能问于不能，其虚怀若谷，肫笃恳挚，诚恐有孤盛意，乃妄为商酌数事，僭注之行间，以备作家之甄择。但思勉竭愚诚于万一，极知其无当也。

"三江"一案，尔时且无暇极论。阁下说经，闳识博通，自谓不于乾嘉诸儒门下乞生活，诚然。若此次说"三江"，其所引证，诚有过于诸儒者。至其祖述班、郑，则固犹是乾嘉诸儒之说。惟弟之以南江自为一江，与据过九江之文，以断九江之非江，而江之可为通称，乃真不于乾嘉诸儒门下乞生活者耳。此确凿不可易之铁案。阁下谓三澨即汉水，所为似不免强辩求胜，及诬弟谓分江水经徽州，且以为阴据全谢山、魏默深诸人，皆未尝深察鄙说，而故入人罪。弟前说及诸家之说具在，此不待辩而明者也。

阁下此书，论《韩碑》《董状》，与鄙说皆无甚异同。其谓韩弘不和蔡、郓，亦未必乃心王室。碑内得失，皆见于篇者胥是也。夫著其得者于篇，是美之也；其失者亦著于篇，非讥之乎？其论《董状》，谓于其好祥瑞，不知兵而酿乱，初不稍为阿私。既不稍阿私，则篇中所述，固寓刺讥之意矣。退之虽尝依董晋，然君子立言，是是非非，无所假借。其上若孔子之修《春秋》，次若马迁之作《史记》，虽君上犹不免刺讥及之，况其在旧将府主之属乎？铭之义，称美而不称恶，自不能如史家之直斥其非，则微言以寄意，自固其所。故无嫌于用心之不厚也。裴晋公与宪宗言韩弘舆疾讨贼，承宗敛手削地，岂朝廷之力能制其死命哉？良以处置得宜，能服其心耳。此言最得当时情事。则史所载，弘以絮问挠光颜，亦未必尽出诬妄。退之但于其初起稍寓微词，而其后功绩，惟据其迹之襮著者书之，分量乃为适合。前书所论，独于惜抱氏"谀墓已甚"之说，未安于心耳。贺松坡调署之事，晤前途，当为询之。复颂升安。不宣。弟裕钊顿首。八月朔。

挚甫仁兄大人阁下：

奉手示，具聆种种。所寄莼斋二百金已收到，当即为转致。莼斋仍出使日本，足为吾党喜幸。以李勉林病不能往故也。尊处已闻之否？令弟即日履新，闻此喜慰无已，此天所以相足下，将纵其心之所欲至而益昌之也。居旁者犹为额手，况其在身之者乎？敝同乡张楚卿诸蒙照拂，甚感。承寄施集，匆匆披阅一二卷，其意格殊不凡近，下字造句，亦具有工力。今世诗家似尚未见有及此者。弟故驽劣，又重衰颓，睹此便已瑟缩退避。阁下高视人表，未识以为何如？更祈明以教我。贺松坡事，已曾询之。据云但督署批到，便当遵办也。复颂升安。不宣。弟裕钊顿首。中秋后一日。

挚公仁兄大人阁下：

中秋后一日奉覆一函，计不日当达。顷莼斋有一函嘱转寄，发而视之，则谓渠已陡然富贵，嘱筹之款，请作罢论。而此项已于前二日汇去矣。敬以奉告。莼斋函并附呈，希察入。手颂升安。不宣。弟裕钊顿首。八月十九日。

796

挚老仁兄大人阁下：

中秋后一日奉覆一函，寻又附去莼斋一函，计均当达。顷复承惠书，并赐示尊作，盥诵一过，叹服无已。足下精进猛锐若是，真乃怖杀侬也。篇中仅一语稍若可商，余乃无懈可击，已妄加评点其上矣。来书谓"以刺讥论文，流弊甚多"，诚为正论。然此中是非得失、浅深高下，正非一言可尽。若夫薄才小慧，微文谤讪，借此以自快其私，则固当屏之斯道之外，不在此论者耳。"三江"一案，弟非敢故与古人立异，但如诸说，私心实所未安，其胸中所欲言者尚多。今既不欲涉经生头巾习气，则且置之而已。贺松坡不日当到冀，我公徒友之乐，令人羡杀。莼斋系使日本，前书中已言之矣。复颂升安。不宣。弟裕钊顿首。八月二十九日。

挚甫仁兄大人阁下：

顷奉惠函，领悉。孔夫人诗序实佳，弟故称心而言。阁下乃谓我"虚与委蛇，时杂嘲弄"，此岂裕钊之所施于阁下者哉？复承示李君寿文，甚奇。纵然颇似有意求奇，不若前一首之恰到好处。盲论未知有当以否，惟作家更一审之。大抵阁下迩岁多读周、秦、盛汉之文，其意所追取者过允，故其高者直已突过贵邑诸老。其次或力不从心，恐不免更滋流弊。窃独谓阁下之文，其意格之高，笔力之雄，已不懈而及于古。所微不足者，音节气韵未能顺成和动，自然入妙耳。鄙意宜取欧阳公、苏子瞻及姚惜抱、曾文止诸家最高之文，降心求之，寻其自然之妙，不过二三年，便当径造圣处，罔有敌于我公者矣。此言字字从肺腑流出，阁下幸勿更英雄欺人，故作偏宕之词，以眩我而谩我也。泽雅堂诗，诗外无余蕴，亦少跌荡纵横之气，诚如尊论。然其工力颇深，且时有清新可喜处。谓其徒能安稳，持论似亦过严。阁下以为何如？贺松坡已到冀，甚善。松坡精进不懈，今更朝夕从我公游，古文定可必其有成，此乃一极快意事。大小儿颇有意东游，弟乃不听其去，阁下当亦以为不谬邪？十四、十五两日，连接肯堂家书二函，兹并附来差将去矣。复颂升安，并询著福。惟亮察。不宣。弟裕钊顿首。九月十七日。

挚甫仁兄大人阁下：

读来书，论《易传》娓娓千言，伟识玄解，为自昔诸儒所未及，盖不独高出国朝为汉、宋二家之学者而已。然弟于尊论，信者十之七，未敢遽从者亦十之三。诚以《易》之为书，精深广大，若裕钊之庸谫，千百尚未能窥其一二，况去圣久远，经籍放佚残缺，不醇不备，今欲从数千岁以后，悬断数千岁以前惝恍疑似一无左证之案，此亦谈何容易邪？所以屡承下问，逡循迟回而不敢质言者此也。且即阁下所论"彖""象"，诚为卓然。往者鄙意尝疑"十翼"惟大象或当出孔子手定，其余则后人因孔子绪论，缀辑附益以成文者。自惟浅薄，尚欲细意寻究，故迄未敢昌言。若欲定其孰为孔氏之旨，孰非孔氏之旨，则更非愚极所敢赞一辞矣。至论小象不当改名爻传，弟前者固已自窳其非。今承开示，乃益昭然若发蒙耳。承哲弟偶患微疴，自当占勿药之喜，但少平复，仍望命驾一来为妙。弟所欲奉告之言，必须面谈，万不可形诸笔墨。如阁下必不能来，且又苦以缄默望我者，俟月之下旬，或来月中旬，倘能一奉诣，但尚未敢自必云。复颂升安，并贺新禧。不宣。弟裕钊顿首。初六日。

挚甫仁兄大人阁下：

昨所云荐士一节，此人不能写公事信，希以告之前途也。今日固必行邪？知方倥偬就道，不更走送矣。此颂行安。弟裕钊顿首。

挚甫仁兄大人阁下：

九月十七日奉覆一函，计早达。顷书院提调宋弼臣来，言接得渠邑中绅士书，南宫书院欲另延山长，属渠在外物色，问弟意中有人以否。适敝县柯逊庵编修属弟谋·寄卷书院，而南宫书院向须到馆，因与宋弼臣谋，即函商柯逊庵，已发函矣。令其其岁再三至，亮无不可。宋弼臣深以为然，比已函复，渠邑人士必当欣然乐从。据渠云：更须官绅一气，自可立时定议。欲恳阁下函告陆培亭大令，极力玉成其事，是所深感。柯逊庵行己之正，文学之懿，世事之明练，于敝乡中故为崛出。往在湖北通志局，曾与肯堂同事。肯堂亦必能言之。宋弼臣又以南宫距都门道路阻修，而书院脩金只京钱八百缗，岁再三至，恐柯逊庵或以为难。闻新河山长系李生以绅尊翁已捐广文，明岁计可选缺，亦有辞去之说，已函商邢生瑞龙。如李君仍旧蝉联，断无容议；若决计辞去，便可令逊庵兼主二席。并恳阁下与孔亦愚大令言之。亦愚大令日前晋省，曾至弟处，求为其先人铭幽之文。观其人颇非俗吏。此事倘有更动，想亦必力为赞成也。两处能成与否，即祈示知。其复函可专差送交南宫县城内顺义成钱店，趣令速寄，必可早到。附呈名条一纸，并希察入。松坡屡有讯至，匆匆未及作答。又所寄来文字，亦未暇评阅。并希为道歉是荷！手颂升安。不宣。弟裕钊顿首。十一月三日。

挚老仁兄大人阁下：

顷奉手书，敬悉。前者谬谓请从事欧、苏之文，私心方未知有当以否。曾几日耳，阁下遽已取诸家之书，行且读竟，虚受之怀，锐进之力，岂复今世人所有邪？钦佩无已。顾裕钊以阁下所追取者过允，欲由周、汉而降至宋人，正复每下愈况。而阁下反以为躐等，不知此何谓也。尊论《离骚》《哀郢》，疑其为顷襄迁陈时作，似颇近之。但须细加寻绎，方敢作断语耳。李佛笙竟抑塞以终，使人于邑。莼斋此去，适当换约之年，恐不复能优游文史矣。且彼从往诸君，亦无复有如杨惺吾其人者，能相助为理也。郑州河决，非常之变，天时人事，两者均属可危。有心人惟有浩叹而已。复颂升安，并贺年禧。不宣。弟裕钊顿首。十二月十九日。

挚老仁兄大人阁下：

一昔奉覆一函，计日内当达。顷承寄到舍弟秋冬二季脩金，甚感。示及屈子词赋多为后人所乱，可谓深识玄解。所论《九辩》为屈子书，寻其词义，与《离骚》《九章》诸赋实出一手，殆为笃论。其论《远游》《悲回风》二篇非屈子之作，尚未能灼见其所以然，故不敢遽定耳。闻令弟复患肿胀，甚念。名医殊不可求，不若仍以调息导引诸事加意珍摄为妙。催信人急，匆匆泐此。复颂升安。弟裕钊顿首。十八日。

挚甫仁兄大人阁下：

十月廿七日奉上一函，由李梅生转递，计当达。顷奉到廿九日惠函，具聆种种。盗案已破，闻之喜慰无已。范铜士消息，前寄去书已具。属寄之五十金，除信局无他处可托。尔时河冻，已不能寄，且暂存此。有便，则先将尊函寄去耳。李梅生书来，谓阁下日间当由津来此，其信然邪？两哲弟屏各四幅，联各一幅，均书就，即附来差呈上，希察入。黎莼斋初拟遄归，朝旨必俟新任到倭交卸，而新任徐公须此月乃能赴倭。渠归黔恐在明春矣。大小儿北来，亦必须明春冻解，今冬不能来也。台事近亦无确耗，前闻北台诸口皆为法人所杜，刘中丞在彼孤军无援，颇为可忧。惟近闻南台尚可托外国商船稍稍接济耳。顷又有朝鲜内乱，拟令吴清卿往办之说。时事多虞，如何！手此，复颂大安。不宣。弟裕钊顿首。长至日。

挚甫仁兄大人阁下：

至日奉覆一函，计早达。顷得梅生书，称台从当以正初来此，即由此赴津。窃计方伯必以正初至津门，倘阁下来，适与相左。弟意不若弟正初即诣尊处，便可同为津门之行，或并邀梅生同往，再由津返至省门。如此，我辈几可得为一月聚。阁下以为何如？惟裕钊散人，阁下则有官守，恐于情事未便，则仍如尊指，弟俟阁下来至，再相约一同往津。贵治之行便可作罢论矣。专俟尊处信到取进止，希即飞函赐覆为盼。手颂升安，并贺年禧。余惟晤罄。不宣。弟裕钊顿首。十二月十六日。

挚甫仁兄大人阁下：

顷奉惠函，具聆种种。弟于十六日奉去一缄，专为新正之约，托李梅生转递，恐其未达，兹谨更录呈览，立望赐覆！昨晤方伯，云廿日便当启行，期以元日抵津，归来计在灯节前后。阁下早来，适相左矣。承体中小小违和，顷已平复否？念念。闻朝鲜议赔倭人洋蚨十四万，大约可了，暂足纾东顾之忧。法事则恐来日大难耳。黎莼斋当俟新任之至。然新任尔时想亦当到。劼侯闻有返国之说，归来恐当大用也。大著《尚书说》尚须稍迟奉缴。王晋卿自定州归，今日过此，尊函已面交矣。复颂升安。余一切惟晤罄，不复覼缕。

弟张裕钊顿首。立春后一日。

挚甫仁兄大人阁下：

价至，奉手翰，领悉。廿六日得梅生书，知令弟属有疾，尊处行期尚未可定，甚以为念。比覆梅生，告以新正初六日便当凫驾诣冀，属其转致，想当函告。今读来书，乃不谋而合，并承令弟已稍平复，尤为快慰。旬日便当相见，挥鞭南顾，此心已跃跃飞动矣。方伯初拟廿七日赴津，顷又改期元辰，则旋省当更须时日也。复颂年禧。余惟晤馨。不言。弟裕钊顿首。十二月廿九日。

挚甫仁兄大人阁下：

欢聚连旬，极快。闻阁下论古抉摘杳微处，使人智识增倍，尤为得未曾有。阁下来此，当更一极论也。顷得李梅生书，知熙甫疾已有损，至为喜慰。鄙意此后但一意固本为主，其药物只用中和酰粹之品徐徐调治，勿求速效奇功，是为胜算。阁下以谓然乎？南中边事日棘，滇粤失利，台军亦退至淡水，惟吴淞封口为传闻之讹。然南漕竟不能北来。近闻任事者颇悔于厥心，或可从此放下。而倭人间我之衅，诸所要求，并出人情之外，未知又当如何发付。时局若此，惟有长叹息而已。戴厚畬遽尔物故，诚非意计所及，祸福无常，固若是哉！且阁下属吏此番殆于一空，造物者岂以公文学、政事故皆独立不惧，乃益以是表其孤特邪？津门之行有日否？幸告我。裕钊以初八日返至保定，甫归，酬应旁午，数日来使人不可耐。匆匆泐此，顺颂政祉。不宣。弟裕钊顿首。二月十三日。

挚甫仁兄大人阁下：

顷奉手书，云前有一函奉覆，为之深诧。当询家人，知此函为儿辈所匿，未以示乃翁，比痛斥，责令其取出。读之，具聆种种。此事弟在尊处时早已虑及，曾与阁下言之。今乃果如所虑，非吾兄骨肉之爱，谁能告我者？愤叹之余，感激无地。顷细加访察，闻自弟归至书院，颇复敛迹之。如若果如此，尚足少慰廑系，但未知其信否耳。示知台从不来，使人惘惘。法事尚微有波澜，然要可终归无事。日本事亦已了，其使臣业已返国。闻其所要挟诸事，均作罢论，但彼此俱将朝鲜防兵撤还而已此言尚未知确否。李梅生事诚如尊论，天下事固无一之非命也。范铜士乃久无讯，殊不可解。大小儿已于二月望来此，来时莼斋已西上矣。手此，复颂升安。不宣。弟裕钊顿首。四月三日。

挚甫仁兄大人阁下：

读手书，知范肯堂已至，甚喜。肯堂天亮诚为过人，而来书遽谓其胜足下，抑何挢谦过自贬损至此？但以肯堂之才，得大君子以为依归，固当一日千里耳。往者刘生兆兰逸才苦学，锐进不懈，弟尝期其必成。天夺之算，使人痛惜至今。倘假之年，当已卓然成就矣。近所得海内英俊之士，惟肯堂及贺松坡最所厚期。松坡，深感阁下遗我奇宝。今肯堂复得亲承教益，尤为喜幸。伏望铲去宾主形迹，勖励而教诲之，俾得有成，亦我公一大功德也。大小儿归来，仍督令温习旧业，为科举之学。六月初旬，便拟携之入都。前议承已函达，良以为感。哲弟日益平复，闻之深慰。私系其将养自非一朝一夕之功，服药之余，更须加意珍摄。春秋鼎盛之人，久之自能复故也。至服药仍系温补之剂，益足征黄氏之说为不谬矣。笺末夫子自道，挢谦尤甚。窃怪阁下学问文章，殆欲为文正公以后一人，而往往自抑若是，倘怵他人之我先，有若所请西伯阴行善者邪？弟年老志衰，有日退，无日进。自二月归来，都未握管作一字。猥承垂问，乃诚以为愧耳。有覆肯堂一书，敬祈转交为荷。复颂升安，并贺午禧。不宣。弟裕钊顿首。四月晦。

挚甫仁兄大人执事：

四月晦奉覆一函，计早达。兹有张季直奉讯一书，附便寄呈，希察人。其《仪礼正义》尚留此间，入都当携交耳。弟拟六月初八日入都。肯堂何久不至邪？私心盼望甚至，希转告之，趣其遣来为感。有江苏学使署中寄肯堂一函，暂留此，俟其来与之。恐寄去，肯堂又已发也。望并告之。手颂大安。不宣。弟裕钊顿首。五月廿七日。

挚甫仁兄大人阁下：

肯堂来，接读手书，往复数过，乃知阁下一切挹损之语，非必尽系英雄欺人，良由抗心希古，所期甚高，而所志甚锐，遂不觉自视歉然。文王望道未见，孔子何有于我，恰有此种意境。弟亦不与阁下辩此矣。连日与肯堂谈，极乐。惟从我之日短，而从公之日长，中心不能无不平耳。令弟所患尚未全体平复，总以加意珍卫为要。药物犹为次之。且西医之说，尤好任剽悍之品。体弱之人，恐未可久试。幸留意此言。属书"信都书院"扁榜，日间实属无暇，其倥偬情形，乃肯堂所亲见。拟至都中书之，或有暇可以报命。书就即交李、吴诸生寄呈也。弟不至京华三十四载，此番更入国门，自顾乃怳若辽海鹤矣。手此奉覆，顺颂大安。不宣。弟裕钊顿首。六月初七日。

大著《尚书》二册附肯堂呈上，即请察入。

挚甫仁兄大人阁下：

七月廿九日奉到惠书，敬聆种种。肯堂返冀，携两小儿所为课文，呈请长者教益。而阁下过听肯堂浮说，奖饰已甚，渠辈则何足以副此。且此番携之应试，不过令其稍识场屋辛苦，岂敢更作它望。顷试事已毕，幸得三场无过，于愿足矣。拟二十以后，便返保阳。在都下，为应酬及作书二者所苦。其"信都书院"额竟未能写。抵书院后，必当写就，付便寄呈，决不负诺。李佛笙有三子入都乡试，适值杨蓉初入帘回避。天之厄人，乃至于此，吁可怪哉！闻贵治又复水潦为患，殊以为念。何恢恢利器，乃独屡遇此盘根错节邪？哲弟服药之余，兼事导引，已颇有效，闻之甚喜甚慰。王逸梧祭酒处，得手书后本拟往拜，而祭酒旋得学差，恐涉附热之嫌，因遂辍止。已取拙集一部，托张监生转交矣。拙集第七卷承许更为曬点，甚惬私愿，深以为感。此事今日几成绝学，求可与商榷者殊难其人。独赖一二同志披豁相对者，往复以求一是耳。曹子建有言："后世谁知定吾文者邪？"有味哉！有味哉！复颂大安。不宣。弟裕钊顿首。八月十六日。

挚甫仁兄大人阁下：

价至，得惠书并大著二篇，疾读一过，使人变色失步，其高奇殆非近世人所有。此等文未敢轻易著笔，暇日容更细读数过，再行寄上。阁下前书谓肯堂有万夫不当之勇，吾于公亦云。吁，可畏哉！贵治水灾尚非甚剧，闻之甚惬私愿。佛生第二子尚留杨蓉初处。杨蓉初出闱后，拟一归省，想与之同行也。小儿辈被黜固然，其无足怪。而张季直褒然为南士举首，足张吾军，殊足快意。惟渠此时妙手空空，情形甚为窘迫，颇有求助于公之意，属弟为之先容。渠续当有书奉恳也。南榜此间亦尚无消息，俟有所闻，当以奉告。李梅生所云三数计必不至爽约，迟日必更一为力言。大小儿昨已南归，前此奉托之语，且可暂阁，俟明正晤见，更与阁下商之。书院扁已书就，附来价呈上，请察入。复颂升安。不宣。弟裕钊顿首。十月三日。

挚甫仁兄大人阁下：

初三日奉覆一函，计早达。数日前，王晋卿过此，云阁下将有天津之行，其信然邪？大著二篇，已妄缀数语于后，今附去，请察入。李刚介诔，自曾文主外，无能为之者。公于此体，益专长独擅矣。《书后》一首，尚未甚快意，然略加删润，则亦一篇绝奇文字矣。弟懒慢无可比似，乃至终岁不作一文，一昨始撰得《南宫学记》一篇，寄呈阁下为是正。年老才竭，于此事已无能为役，请即加批，掷付送信人领下。此乃将勒石垂示后世之文，幸直言相告，万不得客气也。江南榜发，范肯堂竟被放，此亦人意中事。而为弟刊文集之查生燕绪乃获隽，差足慰意耳。手颂刀安。弟裕钊顿首。十月廿一日。

挚甫仁兄大人左右：

顷奉手书，知令弟已平复，极喜慰。此特造物妒我两人，不欲使久欢聚耳。不知我辈何所开罪，而造化小儿乃颠倒之若此。得肯堂书，知已为我致顾延卿，又似彼苍非薄待我者。天道固神而莫测邪！肯堂本吾药笼中物，而为大力者挟之以走。今得延卿，足以亢我公矣。肯堂不欲续娶，弟初不知，今乃闻之。此适符韩退之之言："《易》所谓恒其德贞而夫子凶者也。"它日当相与力破此惑，不患不听从也。大稿妄为删窜，实不敢自信，故于足下原稿未著一字，不谓虚怀若谷，谬信若此。前月王晋卿过保定，谈次及之，欲索一观。因遂将大稿携之以去，云明春必当缴还。俟缴到，谨以奉呈。拙作

《南宫学记》甚浮浅，不足观，足下誉之过矣。南宫子一语，谨受教，异日必当削去。弟疏于考证乃若此，奈何！其碑已与李梅生及南宫绅士宋弼臣朝桢有约：刻成，当为我拓五百纸，并属任事者督令工人精刻为要。敬祈足下更与新任陆公、绅董孙公言之是荷。日本《左传》，前者大小儿似曾言之。弟衰老，更不复措意，此等事都不省记，殊自笑。俟大小儿来问明，再以奉告也。复颂年祺。不宣。弟裕钊顿首。小除日。

　　附呈张季直一函，并珠卷一本，希察入。

挚甫仁兄大人足下：

　　两奉手书，具聆种种。肯堂之不再娶，循来书所云，其蔽甚深。欲破其惑，须面谈乃能往复尽意，必非书疏所能为功。且顾延卿至今未来，亦无由询得其中情实委折，为解惑之地，故尔时不作书与之。但肯堂之不娶，其谬已甚，而必宜再娶之理亦复甚明，以肯堂之英亮，此乃至竟执迷不返，想亦天下必无之事。但一时为情所蔽，未能遽瘳耳。主晋卿携去大稿，尚未缴还，当俟礼闱榜后矣。写《史记》人无由踪迹，且其人疲玩非常，亦必不可用。足下不若径属萧敬甫物色一写手，想必可得也。往刻《史记》，合刻工写工，书板每字大钱二文，敬以奉闻。弟以初四日赴津，十七日返至保定，月内便当开课，又须入时文魔障，言之使人攒眉。大小儿尚未来至，二小儿驽钝不长进，乃辱长者垂意，甚以为愧。手此，复颂升安。弟裕钊顿首。二月廿五日。

挚甫仁兄大人左右：

　　二月廿五日奉覆一函，计早达。顾延卿一昨来此，肯堂不欲续娶一节，曾约略叩之，尚未得其真际。尊处州考想已蒇事矣。闻新方伯于廿四日出都，此间有四月四日接印之说，未知信不？足下能邀肯堂一同来此剧谭数日，一弥去年之憾，何乐如之？早夜一意，千企万盼。我挚公独非人情乎？比来志气衰耗，学殖荒落，日退无疆，无足言者。惟拙书乃颇益长进，独以此沾沾自喜且自笑。足下闻之，当更为之大笑也。手颂升安。不宣。弟裕钊顿首。三月廿九日。

挚甫仁兄大人阁下：

顷奉手书，知台从竟未能来，为之惘惘。自弟由南而北，我两人可谓天假之缘。然年来偶欲谋一会合，往往千艰万阻，乃卒不能如人意，何邪？弟及延卿皆有与肯堂书，此次尊处人来，乃无肯堂一字，为之怅望。足下此时不能来，诚无可如何，弟与延卿皆盼切肯堂来此，祈足下更一敦促之。弟此间课卷云属波委，欲谋就教，恐未必能得暇也。尊处州考，乃得圣童，闻之喜忭无已。我公龙虎精气之所感召，固宜有是耳。范秋门之所写《尚书》，延卿初未赏到，想尚未写毕也。手颂大安。不宣。弟裕钊顿首。四月十三日。

昨函未发，今晨阅会试榜录，知王晋卿暨贺松坡兄弟同时获隽，敬以奉告。弟门下若张季直、朱曼君、查翼甫均报罢。榜后十九当来弟处。又敝门人孙佩南之弟叔谦有讯，榜发即来此，亦佳士也。此数人数日内计均可到，万恳足下趣肯堂必宜遄至。盼切，盼切！十四日，裕钊再顿首白。

挚甫仁兄大人足下：

二月廿二日奉去一函，计早达。前月王晋卿来，询悉近祉绥愉，至以为慰。贵治盗案已颇有绪否？然鄙意窃以兹事殊不足为轻重，惟尊处浚河建闸一事，期在必成为妙。日间未知工程何若，甚以为念也。范铜士闻尚未来，殊不可解。数月来，为校阅所昔，殆于束书不观，不殖将落，奈何？匆匆泐此，顺颂台安。不宣。弟张裕钊顿首。四月廿一日。

挚甫仁兄大人足下：

前月十日，接奉赐覆一函，具聆种种。尊处河工知已颇有绪，甚慰私系。梅生业经藩署牌示，委署南宫。足下得此贤能为属吏，相得益彰，想喜可知也。弟比粗适，但苦校阅为劳，计此生乃不能脱去此故纸堆中矣。贵邑张君名璘者，前曾有书至弟处，以所为文相质。顷欲作书答之，而不知其字。前者仿佛闻系"鲁生"二字，是否？祈示为荷。再闻贵治颇有蝗灾，近稍衰否？日来已得大雨否？去秋留纸一卷此间，不知系写屏写联，并署何款？前书曾一及之，未蒙赐示。仍望一示知也。手颂升安。惟亮察。不宣。弟裕钊顿首。八月十三日。

黎莼斋奉赠之书，前交王晋卿携去，想察入矣。

挚甫仁兄大人阁下：

十三日奉寄一函，计当达。中秋，王晋卿过此，询知河工业已开通，为之喜慰无极。乃极似光武之语耿弇："始常谓落落难合，有志者事竟成也。"有覆马通白一函，敬祈觅便寄去为荷。前书询贵县张君嶙①其字似是"鲁生"者，其尊人即系天津营务处张观察名清华、号小船者邪？去腊曾有书来，并寄所为文数首见示，以不知其号，至今未答，故欲阁下告我。此虽琐事，甚以为盼，幸勿忽忘是祷。手颂大安。惟亮察。不宣。弟裕钊顿首。

再贵属南宫一缺，方伯已函禀傅相，商定以梅生委署，刻下专俟尊处查覆严君事迹，详到即行挂牌。此事自弟而外，无一人知者，千万②秘之。必祈阁下赶紧详上，万勿迟延为要。

此一纸，阅后祈即付掌烜氏，切切。又，武邑赈务，奉旨查办。现值功令森严之际，禀复时务须留意，万勿代人受过，至以为属。

挚甫仁兄大人阁下：

十一日接奉惠书，即于十三日肃函奉覆。而来差径自归去，至十九日始交听差人转递，未知能早达否？前书恳阁下趣范肯堂即日一来。顷敝门人查翼甫自都来保定，据云张季直、朱曼君日内均当来至。以此企盼肯堂不可言。恐前书未达，因复言之。再此间提调宋弼臣广文朝桢，计今岁当可选缺。去岁王晋卿荐贵治黄来庭孝廉凤翔为之承乏。前数日，黄孝廉下第归来，由此经过，与宋广文相约，五月半来此瓜代。顷弟言之刘观察，观察谓必须宋广文选缺后方能更替，不然，殊不合事宜。其言甚有理由，用敢敬祈阁下专差告知黄孝廉，一时切不必来，俟宋广文选缺后，当再有讯也。手颂升安，并贺午禧。不宣。弟裕钊顿首。四月廿九日。

---

① 张君嶙，"嶙"前书作"璘"。
② 万，原作"外"，疑笔误，径改。

挚甫仁兄大人阁下：

读手示，知患咽喉。日内未知平复否？甚念。阁下每语及文事，辄谦让未遑，深所不解。以为客气邪？则阁下之于不肖，决无所事此。以为诚然邪？则阁下之于此事，早夜矻矻孳孳，方且什佰于不肖。且如昔岁所作《李刚介诔》《书符命后》二篇，盖已轶姚、梅而上之。此岂甘让人者之所为欤？良由志意高厉，过欲争胜于古人，每构一篇，必欲其卓绝古今而后出之，如杜公所谓"语不惊人死不休"者，无亦贤智之过欤？裕钊近看惜抱文集及《古文辞类纂》，似姚氏于声音之道，尚未能究极其妙。昔朱子谓韩退之用尽一生精力，全在声响上著工夫。匪独退之，自六经、诸子、《史》、《汉》，以至唐、宋诸大家，无不皆然。近惟我文正师深识此秘耳。又往读《汉·郊祀歌》，既苦其诘难通，且甚不知其妙处。近以意寻求其辞，固皆司马长卿等之所为也，窃意亦皆讽刺之旨耳。以此意读之，乃觉义味甚深远。此二者皆近日凭臆推测，妄为此谬论，敬质之阁下，以为然否？并可与肯堂言之。且以此益盼阁下之来。六七两月内决能来否？且阁下来，必与肯堂俱。但一人来者，不能极乐尽欢也。弟八月初旬将有所适。阁下过七月来，则相左矣。贵治当已得大雨，飞蝗必不能为害也。手此，复颂升安，并询著福。惟亮察。不宣。弟裕钊顿首。六月九日。

挚甫仁兄大人侍史：

读来书，述向所闻于文正公者以证鄙说，傥所谓"赐不幸而言中"者邪？足下所谓："才无论刚柔，气之既昌，则无之而不合。"此诚洞微之论。然果尽得古人音节抗坠抑扬之妙，则其气亦未有不昌者也。又承示《郊祀歌》非长卿一人所为。裕钊前书固亦以为相如等，非谓一人之作也。所欲与足下印可者，谓其果为讽刺之词以否耳。汉人词赋大氐皆原于诗之讽谏，亦不独长卿为然也。且班氏固明言，多举司马相如等数十人矣。今足下论《练时日》诸篇，乃正与鄙意适合，则盲论或当不甚谬。惟以《天马》诸篇皆武帝自造，似与班氏之言不合，容更细加寻绎耳。承体中小不快，计不日当平复。月内必偕肯堂一来，至祷，盼切！复颂升安。不宣。弟裕钊顿首。初十日。

挚甫仁兄大人阁下：

体中想早平复矣。即辰惟眠食安善为颂。弟以敝门人刘生炳燮主鹿泉讲席，有约秋中为获鹿之游。顷因校阅鲜暇，已作罢论矣。阁下及肯堂何久不来邪？此间日日引领以望也。大小儿于前月十一日来至保定，舍间葬事亦已办毕。知厪，并以附闻。手颂升安。余惟晤罄。不宣。弟裕钊顿首。八月初八日。

挚甫仁兄大人阁下：

初八日奉寄一函，未知达否？顷奉手翰，具聆种种。弟初以敝门人刘子钦主鹿泉讲席，有约秋中为获鹿之游。属因校阅少暇，遂作罢论。此已具前书中，恐前书未到，故复及。计中秋后颇得余闲，阁下及肯堂务即脂车遄来，无任盼切之至。《易经》向日本拟写定一书，因循未果，俟阁下来此，当更一纵论之。匆匆泐此。复颂升安。余惟晤馨。不宣。弟裕钊顿首。中秋前一日。

挚老仁兄大人阁下：

日者快接名论，一豁素襟，然终恨匆匆判襻，未能极畅耳。顷得肯堂书，知已于十二日返冀，并承近祉绥吉为慰。比寻绎《系辞传》，似李安溪之分章，十得六七，弟尚不免枝枝节节之病。裕钊意仍以鄙说《中庸》体用一贯之义求之，觉微有端绪。然圣言精微广大，断非浅人肤学一时所能贯彻，决不敢妄下断语也。月之初旬，吴兰石仍欲于奎画楼开南出门，而闭东户，使何委员督率人徒盛气而至，其情状殊复不逊。乃言之刘景韩观察，始理谕而止。弟旋致书傅相，笺末并微及之。傅相覆函，亦深为怪骇。人之无礼，乃至于此，诚非人意计所及也。刘仲鲁孝廉加课卷，洵为杰出，遂拔冠其曹。得此懿才，为之极快。肯堂、延卿当已言之矣。手颂升安。不宣。弟裕钊顿首。十月十六日。

挚甫仁兄大人阁下：

顷奉惠函，敬聆种种。奉恳之事费神，甚感。此后但听其自然为佳。李安溪《观象》，其《易系》分章，与《折中》无异。但《折中》云第几章，而《观象》则云第几股。李氏之意，盖以上下《系》各自为一篇文字，与鄙见最合。前书谓其分章十得六七，以今观之，恐尚未及此。比仍以鄙说体用一贯之指求之，又觉稍有入处。大要所谓乾坤易简者，德也，易之体也。所谓卦爻，所谓辞变象占者，业也，易之用也。极知其无当，而妄臆私测，以为似觉大体如此。因拟分上篇为五股：自"天地定位"至"而天下之理得矣"为第一股；自"圣人设卦观象"至"各指其所之"为第二股；自"易与天地"至"易简之善配至德"为第三股；自"子曰：易其至矣乎"至"圣人则之"为第四股；自"易有四象"至末，为第五股。下篇则分六股：自"八卦成列"至"圣人之情见乎辞"为第一股；自"天地之大德曰生"至"象也者象也"为第二股；自"象者材也"至"立心勿恒凶"为第三股；自"子曰：乾坤其易之门邪"至"巽以行权"为第四股；自"易之书也不可远"至"故吉凶生焉"为第五股；自"易之兴也"至末，为第六股。承询，姑贡此，请是正。至求其所以然之故，则仍是惝恍仿佛，尚未了然于心，欲求其了然于口，更不必问矣。但望阁下明正。能命驾一来，以旬日之间，穷朝暮讲习辩难，收丽泽之益，当使鄙心更益开悟，乃大妙耳。以是书之幽深广远，繁复奥赜，口说或稍能推测一二，若书问往还，岂一覆能尽意邪？此覆。顺颂升安。不宣。弟裕钊顿首。十月廿九日。

挚甫仁兄大人阁下：

顷奉手翰，所论《易系》，钦佩无已。易道精深，裕钊臆说，本不敢自信。然窃意上《系》由德而推之业，下《系》由业而反之德，似亦有脉络可寻，未寀高明以为然不？阁下谓易简分属德业，不应专属之德。然上《系》言易简之善配至德，下《系》言德行恒简以知阻，义各有当，自不相妨。如以乾坤论，乾知大始，坤作成物。乾知坤能，自以乾为体，坤为用。以全《易》论，则又以乾坤为体，而六子及六十四卦为用矣。阁下又颇疑《大衍》一篇词近鄙陋，诚亦有理。然窃恐启疑古惑经之弊。鄙意说经如此等处，似宜矜慎为主。即如《大有》上九之词凡三见，固亦不无可疑，顾遽以为断烂误衍，则亦鄙衷所不能不为迟回者也。要而论之，六经中若此之类，诚为难明。必不得已，则须彼此面相往复诘难，或稍能尽意耳。此番计典，阁下荣膺上考，至为喜贺！知贤者必不以此为意，然私觊它日遂得擢任首郡，可以朝夕聚处，斯则所为至快者也。晤官场诸公，皆满拟阁下必来谢大府，此等似亦不能不稍从俗。且新岁无事，冀州至此，三日可达，又可免异时天津、保阳两地奔走之劳，于计似亦良得。而弟于阁下又可收讲《易》论文之益，即君子倪亦有乐乎此邪？再，弟颇闻外间浮言，于义决不可不相告。然非相见，则必不可以言。此尤切肸一来者也。《史记》毛太纸印本无佳者，附去杭连纸印者二部，又拙集二部，并希察入。手覆布贺。顺颂升安，并贺年禧。惟谅察。不宣。弟裕钊顿首。小除日。

至甫仁兄大人阁下：

顷奉惠函，具聆种种。令弟已渐平复，闻之至为喜慰。此后果能一意调息，必当霍然病已。至洋医所用，多系剽悍之剂，殊不可轻信也。前月以"《禹贡》三江考"课诸生，颇乏称意者。乃遂自作一篇，今寄呈，希即削正掷还为盼。郑明府属书二扁及纪生文稿并附去，请察入。张生化臣索居甚窘。有州县开考者，阁下能为荐一勘校馆否？望留意是荷。定州想当开考矣。前询薛抚屏所求之文，俟有暇当为撰就。抚屏，弟去春曾有书与之，并寄去拙集一部，托张筱傅转递，而至今未得覆书，不知已寄到否？祈便中一询之。姚慕公联已书就数年，苦无便可寄耳。手此，复颂升安。不宣。弟裕钊顿首。四月初十日。

挚甫仁兄大人足下：

顷得初三日手书，承勤民劳勋，深以为念。河工见已集事，盗案亦有端倪，闻之喜慰无极。承示贵邑张君父子名字，敬悉。属书令弟屏联，稍暇必书就寄呈。弟块独居此，孤陋寡闻，寂寥少欢。足下又不得一来，明岁新正无事，拟灯节前后膏车秣马，径诣尊处，为一握手之欢，借得尽豁积悃，如奉赠拙诗所谓"剧饮狂谈碎百忧"者。足下闻之，当为大快邪！有恳代求拙书者，可属其先备佳纸，俟至尊署，当为快书以塞众望。其宣纸必玉版宣。杂色纸惟冷金笺、雨雪宣、大红蜡笺三者差可，他色者不能写。其余诸纸，必不敢书也，幸豫告之。莼斋业已奉讳，不日即返至沪上，稍稍摒挡，便回黔中也。张季直计与吴筱轩之丧同归，亦未得其确耗。足下前所托寄函件，尚未能寄去，恐须它日转托范铜士耳。前月得鄂中友人书，知铜士尚在鄂局，弟已有书趣其遄来。足下欲觅写手，此人是否尚在金陵，及能来以否，均未可知。但其人烟瘾颇重，疲玩尤属非常，恐难任驱使，俟作书一往询之。今岁终年未作一文字，但有诗十余首，匆匆不及录请是正，亦以足下秘惜教言，弟故亦颇靳之。惟所闻近事，使人愤懑，幽忧无憀，偶成七律一首，录在别纸。幸万勿示人，至以为属。知足下亦有同情，见此当如麻姑爪搔着痒处邪。手颂政祉。惟亮察。不宣。弟裕钊顿首。九月十一日。

竟触鲸牙捋虎须，咄哉此举谓良图。积薪不解先移突，发弩能禁后说弧？岂有疗饥餐毒药，可怜从瞽问迷途。噬脐它日宁堪说，十万横磨一掷输。

近作一首，录奉挚甫仁兄吟定。弟裕钊呈稿。

挚甫仁兄大人足下：

前月奉覆一函，托李梅生转递，计达左右。顷得梅生书，知足下来月当由津至此，私为欢喜，行当日日扫门以待也。范铜士顷有书来，敬附呈览。它日仍望掷还是荷。令弟屏联均已书就，足下来此，当以奉缴。有与王晋卿一纸，敬请转交。二小儿已买一妾，其详具晋卿书中。知廑，并以奉闻。手颂大安。不宣。弟裕钊顿首。十月廿七日。

挚甫仁兄大人阁下：

去腊奉覆两函，计均当达。新岁，伏惟兴居多福为颂。令弟想占勿药，甚念。昨谒傅相，语次询及阁下晋省与否。弟以令弟病告，云来否尚未可知。然以鄙意测之，台从似宜一来为妙。日来颇为酬应所苦。草草泐此。敬颂升安，并贺新禧。余惟晤罄。不宣。弟裕钊顿首。新正十日。

挚老仁兄大人阁下：

别来弦朔已再更矣。每与阁下聚则至喜，然不数日辄旋别，终不得一长聚，以此只益怊怅耳。阁下近日读书，更有创获否？大文但降心下气，遏抑雄怪，归之平淡，一意务为顺成和动之音，则与道大适矣。此区区之私所日夜以冀者，幸深念鄙言，勿以为刍荛而弃之也。日来课卷山积，匆匆泐此。顺颂升安。不尽百一。弟裕钊顿首。附寄肯堂四函，希转交为荷。三月九日。

挚老仁兄大人阁下：

顷奉手示，领悉。弟谓"尊文但降心相从，便当与道大适"，乃中心灼见其然，而后为此言。今来书乃谓偶欲缀辞，辄生二患。夫子自道，固应尔尔，吾亦姑妄听之而已。至讽诵之功，必不可少。此实扼要之言，吾故无以易之。肯堂、松坡并述作斐然，我公徒友之乐，真乃使人生妒也。尊论"文正《金陵水师昭忠祠记》，识解超绝，其不忘艰苦"云云，亦非必恢诡偏宕之词，但以前幅为宾，而后幅为主，则自可无疑矣。此间有安生文澜者，近益长进，颇足为喜。张化臣、刘仲鲁而外，可人意独此生耳。化臣景况甚苦，秋冬之交，贵属县试，欲恳更为谋一勷校馆，至以为感。无厌之求，想不罪也。司道迁调尊处，当已闻之。顷又闻方观察署臬篆，金观察署永定河道，并闻刘芗林观察署津关道，未知信否？省垣局面复为一变，而弟以散人居旁，迎新送旧，其亦有如烟云之起减灭百变于吾前者乎！承掷还日本《左传》，已收到。手此，复颂升安。惟谅察。不宣。弟裕钊顿首。四月十二日。

挚老仁兄大人阁下：

顷奉手翰，领悉。承示大著，取径立义，曲得窾会，而言之短长，声之高下，似尚未能悉合。窃以鄙意推测，阁下之文，往者抗意务为雄奇。顷果纳鄙说，乃抑而为平淡，而掺之未熟，故气不足以御其词而副其意。此亦自然之势。大抵雄奇、平淡，二者本自相合。而骤为之，常若相反。凡为文最苦此关难过。以公之高才孤诣，终不难透过此一关。过此，则自尔从心所欲，从容中道。要而言之，曰声调而已矣，熟读而已矣。感阁下虚怀下问，不揣谬妄，辄竭尽其愚。其言之是否，诚不自知，阁下甄而择之可耳。署臬方君已于前月廿六日视事，闻周廉访今岁不莅莅任，并有它日终不莅任之说。朱敏斋尚未返省垣，其回任亦绝无息耗。邹岱东不久便当开考也。真定太守萧廉甫遽尔物故，署事者为格晓峰，已于前数日赴任矣。津关道有盛杏荪调补之说，未知信否。傅相前者体中颇不佳，近当稍平复邪？黄河顷经停工，已成不可收拾之局。来日大难，如何，如何！手此，复颂升安。惟谅察。不宣。弟裕钊顿首。端午日。

挚公仁兄大人足下：

　　前承教，以《禹贡》三江必当从班氏《志》……惟亮察。不宣。弟裕钊顿首。五月十二日。①

挚甫仁兄大人阁下：

　　顷奉手示，领悉。前读大著，过不自度，辄复班其愚妄。阁下果及刍荛，乃笃信而勇从之。今又寄示所撰《祭萧太守文》，盥诵再四，钦佩无已。谨识数语于后，其有献疑，亦敬笺于其眉。以阁下虚衷若谷，殷殷垂询，凡心所谓违不敢不告。然兹事大难，其所言然否，实不能自信。要在作家精心抉择，吾言不必尽可用也。方存之遂已物故。此君至竟贤于众人，亦殊可惜。所谓合肥县官与李宅为难者，即敝门人孙生。此亦好名之过，诚有如来书所云耳。傅相办理郑工，都下颇有此言。夏初即有此言，今亦渐息矣。并有筱荃制军署直督、劼侯署北洋大臣之说，其实皆士大夫外间浮议，非朝廷有此意也。筱帅入都后，尚无新命。闻周玉山当以冬初履任，未知果能至否。前日地震，保定尚不甚剧。贵治一带未知若何？闻自京师、天津遵海而南，皆大震动。乐亭、庆云诸县，乃至地裂。而天久不雨，实深隐忧。肯堂议婚姚氏，已定约，闻之至为喜慰。公可谓有功于肯堂矣。两小儿时文工力皆至浅薄，长者不加之教诲，又从而奖饰之，乃益令渠辈不上进耳。承寄舍弟脩金已收到，良以为感。莼斋书当付便寄往，附去王晋卿一函，希察入。此函春日便到，乃忘却，久未寄也。手此，复颂升安。不宣。弟裕钊顿首。六月三日。

挚甫仁兄大人阁下：

　　七月廿日奉复一函，计达左右。弟以前月廿八日返至保阳，卒卒摒挡行

---

　　① 此札已收入《濂亭遗文》卷三，题目作《答吴挚甫论三江书》。此不备录。

篋，计九月杪便当南返。此番与阁下必不可不一面别，且胸中觉尚有千言万语，欲与阁下言者。想当惠来肯来，故无俟裕钊之哼哼。来时便可约贺松坡同来，度松坡亦必不靳此一行也。张幼樵已为傅相乘龙之选，曾闻之否？外间咸称莲池一席，渠已改计不就，此言虽无确据，然十八九其信。今岁直隶士子入都乡试者，皆言张某来主此席，相约决不应课。人言纷纷，想彼或有所闻。又传有王纫秋主讲莲池之说，此语或亦不妄耳。高秋气爽，菊酒盈樽，延颈故人，企盼何极！手颂升安。余惟晤罄。不宣。弟裕钊顿首。九月二日。

挚甫仁兄大人阁下：

前者寄示大著，谬加评论，私心殊未敢自信。顷奉惠函，乃深赧之。甚矣，君子之以虚受人也！书中所云，具聆种种。既深感阁下及二州人士拳拳衰朽之至意，又得与良友朝夕聚处，中心悦豫，岂复可言？惟前日已得鄂中督抚来函，并寄到关聘川资，当经函覆，许以今岁南返，未便旋又辞谢，为此反覆。缘悭福薄，怅也何如！且天下滔滔，吾辈持方枘以内圆凿，故自无入而可。此后在鄂，傥有龃龉，或仍可回辙北辕，依我故人，姑留此息壤，以俟异日耳。前者微闻莲池诸生，拟具状大府，合词请留。询之果然，当力为谕止。复闻此议似尚未衰息，它日傥竟冒昧出此，则亦无可如何者也。弟俟两小儿场毕，即遄返保阳，计重九后便当摒挡行篋，为南归之计。以我两人，临当违离，岂可不一为面别？顷闻醇邸奏留周玉山廉访厘定海军章程，且缓到任，署臬盖系久局。八、九月之间，阁下正可借谒见署臬为名，一诣省门，并邀松坡同来，畅聚数日，无任企盼！范肯堂寄来诸君唱和之作，内有令弟熙甫诗一首，又寄示熙甫《吊李佛笙文》一篇，读之大诧。熙甫养疴连年，未尝伏案，而所为诗文，虽穷年累月专精学古者，或未遽至是。此才岂复可以意量邪？有弟如此，人生至乐，何以加兹？其文稿已谬加墨其上，即以附还，希察入。张孝廉想系佳士。据送信人云，体中小不佳，尚未晤见也。复颂升安。临纸惘惘，不尽欲言。弟裕钊顿首。七月廿日。

挚甫仁兄大人阁下：

暌违数载，相思为劳。去岁早春，得张筱传书，云附寄阁下一函。检函内乃无尊书，为之怅惘累日。盖缄封时遗之也。阁下退处连年，心远神逸，述作想益隆富，使人且畏且羡。而莲池诸生，游大匠之门，亦当复蒸蒸日上。近更新得佳士否？弟以狷狭之性，不能如桔槔俯仰，遂舍去江汉，改就鹿门讲席。晤范肯堂，必能具道其详。去春归家，迁改先墓。寻复料检行箧，日夕倥偬，以四月来至襄阳。与阁下相去益远，遂致书问阙然，然恋嫪之私，何日忘之？此间课卷颇少，且远郡穷僻，无多酬应，与拙者殊复相宜。惟是精力衰颓，日甚一日，向日心期，一皆无能为役。少不努力，老大徒伤，念之可为慨然。令弟在山左宦况若何？良以为念。大小儿于去秋得一厘差，差足补苴目前。但秦中章程，一岁即当瓜代，苦不能久耳。知厪，并以奉闻。有覆书，请寄交都中前门内南御河桥东首武郡试馆小儿沧处，是幸！手颂著安。不宣。弟裕钊顿首。立春后四日。

（录自《张廉卿先生论学手札》，民国间北京九思堂书屋据手稿影印梓世）

与吴汝纶：

初二日，张季直、朱曼君来此，大家举手跂踵，以望肯堂之至。此番阁下不能来，诚无可如何，乃肯堂亦留之不遣，使人不能不生怨望心。季直又与其同年生刘仲鲁解元若曾偕来，云欲问道于盲，弟诚以自恶。然此君至行纯笃，抗心希古，实可爱敬。尤恨阁下及肯堂不得来此一相见也。尊处州试得李童子，王君又捷南宫，洵属快事。李童子自是殊儿之姿，然窃意阁下及肯堂所以许之者，其辞恐不免稍过。似宜于奖进之中，微寓裁抑之意，庶几琢磨，使成令器。大抵人才生之难，成之尤难，故弟不惮言之若此，阁下以为然否？

（录自李松荣撰《张裕钊书牍辑补》，见《古典文献研究》第十二辑，原载江瀚《张廉卿先生论文书牍摘钞》，《中国学报》一九一二年十二月第二期）

读手书，具承一一。弟于阁下所论《易传》，亦非不以为然，但未敢遽定耳，迟数日必当奉诣，俟尔时再畅论之。大作寿序，词义深美，岂复能增损一字。惟命题及前二行，似不甚合款式，已妄为增易数字，交纸店界尽乌丝矣。弟初亦拟作寿序一篇，而构思迄未能就，今见大文，乃益瑟缩而不敢出。承命附骥，甚善，甚善。但既不摊分，而又受润笔，诚有如阁下往岁书中所谓此廉卿之所以为廉者乎。且如此佳文，而以拙书专之，阁下比我夷王，弟则自觉如秦舞阳北番蛮夷之鄙人，见天子而色变震恐耳。纸店画乌丝，约须数日，俟画毕即携至尊处书之。请先饬从者磨浓墨数升，贮之瓶中，宜固封勿令泄气为佳，泄气则败坏不可书矣。

（录自李松荣撰《张裕钊书牍辑补》，见《古典文献研究》第十二辑，原载江瀚《张廉卿先生论文书牍摘钞》，《中国学报》一九一三年一月第三期）

与李鸿章二首

受业张裕钊顿首谨启傅相夫子钧座：仲春拜别，倏已四度蟾圆。引领德晖，想慕何极。顷奉钧函，敬审起居曼祜，珍卫咸宜，慰符私祝。承示奎乐山中丞以鄂垣江汉书院主讲需人，欲裕钊承乏其间，函请垂询。裕钊衰年久客，倦飞知还，久有故山之思。且数十年来奔走四方，幸得与海内英俊奉手游处，而于奋圃人士切磋讲论之日，转复阔疏。往者微闻众论，颇以为憾。只以夫子眄睐逾恒，礼数优渥，迟洄审顾，含意未伸。今承奎中丞雅意相招，重以彼都官师徒友眷言衰朽虚仡为劳，拳拳之雅，似未可负。而夫子深鉴鄂中知友念旧之勤，复曲体裕钊游子思乡之隐，实为感荷无既。敬请函告乐山中丞，即与定约，此后鄂人得邑其师友游处之乐，裕钊亦得遂其蓬庐息影之志，皆夫子之赐也。此邦自雅化熏陶，皆益兴起于学。闻拟延张幼樵学士接主此席，可谓得人。莲池诸生亦皆有所依归矣。书院向遇科举之岁，例得停课数月。而此月系夫子官课，裕钊俟校阅事竣，即携两小儿入都应京试，此后倘蒙赐书，虔请赐寄都中正阳门内南御河桥武郡试馆，令得祗领。谨以奉闻。

（录自孙莹莹撰《张裕钊佚文考》，见《古典文献研究》第十二辑，原载《沔阳陆和九氏藏原函手卷》，湖北省文史馆、湖北省博物馆编：《湖北文征》第十卷，湖北人民出版社二〇〇〇年版，第三八六页）

承命代撰《蒯子范太守墓碑》，自惟谫劣，何以此任。惟念子范太守政绩炳著，卓然可传，而裕钊与蒯氏，复辱有再世之好，况又重以夫子之命，义不敢辞，谨竭驽顽，勉为纂就，缮呈钧览。窃闻金石之文，与传状异体。自昔推蔡中郎、韩吏部为正宗，类皆以典重素括、简古核练见长，不尚繁词碎义。裕钊曩日颇复服膺此指，今撰兹篇，犹仍前志。重以冯梦华编修所为墓志，已具道其详，若更重袭复述，依样葫芦，颇嫌附赘。且撮要言之，振裘挈领，更于文外渲染写照，似太守声烈晖光，乃益郁然纸上。而于夫子与太守故奋之谊，亦弥复相宜，敢求夫子加之训诲，正其然否。礼卿检讨，高才朴学，深明著述体例，或亦有取于斯言也。原状及冯编修墓志，并谨以奉缴，伏祈登入。

（录自李松荣撰《张裕钊书牍辑补》，见《古典文献研究》第十二辑，原载江瀚《张廉卿先生论文书牍摘钞》，《中国学报》一九一二年十二月第二期）

与袁昶二首

日者奉到惠函，猥蒙齿及拙书，且所以奖许之者，逾分溢量，使人愧恧无已。然往者尝妄论宋元以来与汉唐笔法，判不相入，私究其故，汉唐人专从朴拙一路入，宋元明诸家则皆从其取巧失之耳。因是以推论中国之治，所以大逮于古者，其弊亦正坐此。区内万事万物，必得大拙，乃得大巧，而巧者莫不终归于拙。今海外诸国，所挟以陵轹我者，一皆以朴拙得之，其实则皆古先圣哲之绪余也。我蔑弃古圣之制，一切为孤悬善遁、缚风匿景之术以相尚；而彼则脚踏实地，操必胜之道以制我，以实击虚，焉往而不靡乎？来教沉几观变，谓不若善刀而藏，诚亦有心人语。然相率引去，揆诸志士仁人之用心，盖亦未免悊然。圣人者不凝滞于物，而能与世推移。君子之道，或出或处，或默或语，神而明之，存乎其人耳。

（录自李松荣撰《张裕钊书牍辑补》，见《古典文献研究》第十二辑，原载江瀚《张廉卿先生论文书牍摘钞》，《中国学报》一九一二年十二月第二期）

顷奉手函，并赐示大稿，伟论越世，广学甄微，洛诵之余，钦佩无极。承别无副墨，不敢久留，谨识数语简端，敬以奉缴，伏祈督入。所论极知无当于万一，顾不敢孤阁下虚怀下问之盛指，辄勉狃其愚，觊有千虑之一得而已。来教综论世变，颇有采于瞽言，窃自幸其不谬，然阁下究极言之，乃更恢之弥广，按之愈深。今日之事，有能悬阁下之言以为的，举一世之积弊而尽易其故者，天下事何遽不可为哉？

（录自李松荣撰《张裕钊书牍辑补》，见《古典文献研究》第十二辑，原载江瀚《张廉卿先生论文书牍摘钞》，《中国学报》一九一三年一月第三期）

与张謇一首

北方风气朴僿，然亦时有一二有志于学之士。惟古文一事，可许问津者殊难其人。乃知学问之道，惟此事正复大难。依古以来，代不数人，人不数篇，有以哉！足下往所为文都彬雅，然不免时有客气。古人难极雄奇之作，要只如道家常，必须刻意参透此一关，乃为得之。又窃意足下之才，似以骈文为优，或遂一意致力于骈文，固亦自足名家。吾人择术，但以能成熟者为贵耳。

（录自李松荣撰《张裕钊书牍辑补》，见《古典文献研究》第十二辑，原载江瀚《张廉卿先生论文书牍摘钞》，《中国学报》一九一二年十二月第二期）

与查燕绪一首

承示大著数首，大体彬雅，所不足者，气格尚未极苍劲耳。此间肄业诸生，有崔栋上之、孟庆荣苕臣、刘肜儒翼文、张殿士丹卿，皆硉硉雅才。经学以崔生为最，其余颇识考证涂辙，文笔亦并可早就。此外不在书院中者，有王晋卿树枏、贺松坡涛两孝廉，尤为北方学者之冠。王晋卿于许、郑之学，已得要领，它日当以经学名家，见为吴至甫邀主冀州讲席。贺松坡甫选得大名教谕，日建赴省考验，因以弟子之礼来见。其文由曾文正以上窥昌黎，创意造言，已卓然远绝流俗，十八九可望有成。得此士尤以为快也。

（录自李松荣撰《张裕钊书牍辑补》，见《古典文献研究》第十二辑，原载江瀚《张廉卿先生论文书牍摘钞》，《中国学报》一九一二年十二月第二期）

与崔栋一首

书中综论古人所语文法，深得要领，足征精心参悟之效。大抵文章之妙，纯在空曲处，不可捉摸，故必须从悟入。贤天亮英颖，更能专心毕虑，究极古人用意之所在，循是不已，何难日进于古邪！

（录自李松荣撰《张裕钊书牍辑补》，见《古典文献研究》第十二辑，原载江瀚《张廉卿先生论文书牍摘钞》，《中国学报》一九一二年十二月第二期）

与朱菜香一首

裕钊学殖谫薄，不足以为人师，足下谬相引重，乃请列弟子之座而受业。往者舍侄泌已当代致盛意，今奉手翰，遽践前言，私心彷徨悚惧，而义不敢却，不得已靦然受之，只增惭恶。来书盛相推许，甚非所敢当。惟裕钊往者时从当世多闻长者，与闻绪论，大抵古文之道，必先能辨真伪雅俗。至于用功节次，则韩退之《答李翊》一书实已尽之。其致功之始，莫要于培根竣实，加膏希光，陈言务去，戛戛其难数语。其自立之本，则无望其速成，无诱于势利，不知非笑之为非笑，为透宗之论。穷古及今，盖未有惑于速成，诱于势利，而可与于此者。其究极之妙，则存于气盛则言之短长与声之高下者皆宜之一言。夫言之长短，声之高下，声调而已矣。声调一事，世俗人以为至浅，不知文之精微要眇，悉寓于其中。姚惜抱谓诗文必从声音证入；曾文正谓词章以声调为本。而桐城诸老，尤必贵人以熟读，胥是义也，此可为知者道耳。以吾贤之才，由是而求之有余师矣，抑又有进于是者。曩曾文正谓欲为古文，先须视其胸襟志节若何。自唐宋以来，古文名家者，其人皆超出流俗。王荆公虽以新法祸宋，然只坐执拗不晓事，其意实以五百年名世自命，非世俗庸鄙小人所能望其万一。盖有诸内者形诸外，趣高而行卓，则直抒发胸臆，自有吐气如虹之观，裕钊终身服膺此言，以为不易。不独贪鄙奸伪者不足与此，即稍有复归荣利之见，萦绕于其中，则发诸词气，必不能高出于一世之人。此尤探本之论，所欲与吾贤共勉之者也。

（录自李松荣撰《张裕钊书牍辑补》，见《古典文献研究》第十二辑，原载江瀚《张廉卿先生论文书牍摘钞》，《中国学报》一九一二年十二月第二期）

与范当世二首

呈示《南菁书院记》，词义甚高，足称佳制。而自"人才之兴"至篇末，气势节奏，尚未极动合自然之妙。欲稍稍酌易，然殊非仓猝所能遽定，故且将原稿留此。惟"奉恩命""恩"字，"日营于吾心中""中"字，并拟删去。"与同官出资"，拟易"捐资"。后幅所称立功之曾、左二人，左文襄拟易以胡文忠，彼已其人，不足称也。此时以我辈见当代巨公，何啻霄壤；异时则文人之笔，重于邱山。虽王侯将相，皆将听命进退于吾之毫端，不可不慎也。

承惠书并刚己字词，已读过。足下之文创意造言皆绝奇，非凡俗所有。惟声音节奏，时或未及自然之妙。大抵瑰纬之文，仍须归之平易。曾文正所谓觑幽刺怪，遏之使平者也。其告劼侯谓司马氏之文最奇崛，而实皆珠圆玉润。此言至为精确。今取司马氏之文读之，真乃字字炙毂輠也。裕钊尝谓能知扬、马之平淡，欧、曾之奇特者，可与言文矣。以足下之智，终必深契此旨耳。

（录自李松荣撰《张裕钊书牍辑补》，见《古典文献研究》第十二辑，原载江瀚《张廉卿先生论文书牍摘钞》，《中国学报》一九一二年十二月第二期）

与王树枏一首

赐示大作《武君墓表》，浣诵数过，峭硬近昌黎，奥劲近介甫，使人咄咄生畏。足下果势壮勇若是，它日儒林文苑，将以一身兼之，甚矣，其不让也。惟篇中颇喜用僻字，似非古文所宜，心所谓违，不敢不告，未知果有当否？

（录自李松荣撰《张裕钊书牍辑补》，见《古典文献研究》第十二辑，原载江瀚《张廉卿先生论文书牍摘钞》，《中国学报》一九一二年十二月第二期）

与朱琛一首

承示通政公近始卜吉，大事即葬，其往岁拙撰墓碑，属更为一一叙实，且增入近事，此诚仁人孝子，显扬褒大，传示无极之至意。闻命之下，细意营度，窃以历时既久，前后情事，颇有差互，必须多所审易，而文体文律，或至龃龉而不安。鄙意不若拙稿一字一句悉仍其旧，执事更自为之记，举先后情事，详尽述之，附于其后，似尤合征实传信之义。往者曾文正公葬其先人光禄公于周璧冲，既自为之志铭矣，阙后改葬台州，志铭乃一仍其旧，而介弟沅帅，别为记附后，具载文正集中。此亦近事之可援以为例者也，惟高明裁之。

（录自李松荣撰《张裕钊书牍辑补》，见《古典文献研究》第十二辑，原载江瀚《张廉卿先生论文书牍摘抄》，《中国学报》一九一二年十二月第二期）

与沈曾植一首

前属书斋额，顾蒙齿及，且被以溢分之褒，良用汗颜。弟于兹事，本无能为役，惟数十年来窥寻汉、唐、南北朝人笔法，似稍有悟入处。而巧力不足以副志之所趣，蹉跎白首，欲从末由。阁下昆季，天亮绝人，重以年力富盛，意量倬远。即以书法一事言之，它日亦决为辀宋轹元，踔唐攀汉，为千余年来别开生面。倘录其先驱之效，比之夥涉之启沛公者，其为荣幸多矣。

（录自李松荣撰《张裕钊书牍辑补》，见《古典文献研究》第十二辑，原载江瀚《张廉卿先生论文书牍摘钞》，《中国学报》一九一二年十二月第二期）

与贺涛三首

承代作寿序，甚古雅，篇末尤合古义。大抵赠序以寓箴规之意为最善，一意贡谀，则其文不足存也。《送裴君序》，气格亦古健，篇末略缀数语，未知有当否？承询作诗涂辙，大抵与文略同。立意取径，先须脱去凡近，而琢句捶字，尤其戛戛独造，无一字轻下，二者须从声响证入，乃能得之。自来选本，以王渔洋《古诗选》《唐人万首绝句选》，姚惜抱《今诗选》，曾文正《十八家诗钞》四者为最，皆不可不看。而文正诗钞，鄙意尤所服膺。十八家中，韩、黄二家，专取一家入手，最佳。否则，放翁、遗山，皆可由一家以渐及各家，久之自能熔铸古人矣。

（录自李松荣撰《张裕钊书牍辑补》，见《古典文献研究》第十二辑，原载江瀚《张廉卿先生论文书牍摘钞》，《中国学报》一九一二年十二月第二期）

顷奉手函，并寄示大著六首，抗心希古，日起有功，甚盛，甚盛。裕钊老态日增，而校阅课卷，终岁常无暇晷。前后所寄大稿，都未能点定奉还，愧负殆不可说。缘此屡次惠书，亦无词以答，阒然至今，衰朽顽钝，夫复何言。大文猗读一过，书后一首甚奇肆，而声调节奏，间未极应弦赴节之妙。余五首奇致少逊，而惬适过之。大抵足下之文，已渐近自然，由此益臻纯熟，久之必当名家。若更进之闳肆之境，则尤为佳胜，但此境殊非易易，姚惜抱所谓骤以几乎合之则愈离者也。第取古人最上之境，时时悬之心目之间，益多读书积理，从容涵咏，日引月长，以俟其自至，必勿助长以害之。足下勉之而已。

（录自李松荣撰《张裕钊书牍辑补》，见《古典文献研究》第十二辑，原载江瀚《张廉卿先生论文书牍摘钞》，《中国学报》一九一三年一月第三期）

读手书，具悉文祉佳曾为慰。寄示大著一首，深惬鄙衷，即点定奉还，并寄去钞本韩文一册，均希詧入。大抵文章之事，其所立意义，必皆其平日所洞然于心，一旦随境感触，伸纸奉笔，直摅其胸臆之所欲出，则其文无不工者。足下是篇之佳，正以此耳。若中不足而强言，虽极意务为奇特，而安排造作，探讨揣测，张皇补苴，种种痕迹，终不能以自掩。即如《史记》述唐虞三代之事，终不如其述秦汉以后之事，虽太史公之圣于文，犹当以此绳之，它可知已。且即前书所云闳肆之境，亦宜以此意求之，积而满，满而发，斯为天下之至文。东坡《日喻》《稼说》二篇，所谓道可致而不可求，所谓信于久屈之中，而用于至足之后，流于既溢之余，而发于持满之末，胥谓是也。

（录自李松荣撰《张裕钊书牍辑补》，见《古典文献研究》第十二辑，原载江瀚《张廉卿先生论文书牍摘钞》，《中国学报》一九一三年一月第三期）

与蒯光典一首

顷奉手翰，狠以代撰尊公碑铭，远劳致谢，且推挹逾量，甚不敢当。裕钊于文事本无能为役，惟向日时从名德硕学，与闻绪论，苦志钻仰殆四十年，于此中关键，稍稍窥其一二。窃尝谓自乾隆中叶以来，海内言文章者，宗仰桐城，树立标帜，群天下而趋之；而高才广学，更相訾议者，亦复不少。究而论之，桐城实有不可磨灭之处，亦实有不满人意之处。世人不察，菲薄桐城者，其所为文但有假像；效法桐城者，则但有空腔。大氐百变而不出此二端，其无当则一而已。不知姚惜抱氏，究心选学，兼通古训，其纂古文辞列入词赋一类，所见已远出望溪方氏之上。特自度才力不足以副之，是以事俭毋侈，免蹈伪体之弊，然已为曾文正导启先路，遂由是扩而大之，乃卓然为北宋以后七百年来之一人。裕钊虽取涂与文正各有所自，而区区微惜，欲取桐城之所长，而弃其所短，则颇与曾文正同。阁下明识慧眼，一语道破，使人倾倒无极。惟自苦才质驽下，不足以副其心之所趣，而自癸未北来，益复颓老，有日退，无日进，独以是且惭且惧耳。

（录自李松荣撰《张裕钊书牍辑补》，见《古典文献研究》第十二辑，原载江瀚《张廉卿先生论文书牍摘钞》，《中国学报》一九一三年一月第三期）

与黎庶昌一首

前奉至三月二十六日手书并大著数首，盥手洛诵，其树义选言，并笃雅有法度，惟音节声响，尚未能一一中律。大抵文章之道，音声最要，必令应节合度，无铢两秒忽之不叶，然后词足而气昌。阁下述姚氏语称为古文之难，其人信然。且以今之世，其才能为之，而心知其意者，自阁下及吴至甫两人而外，殆云罕觏。至甫亦屡以文相质，其所不足者，亦是声响不能尽和，弟每报书以为，盖坐讽送之功未至，但多熟读，久之自尔动合自然。以所见如曾文正，所闻如刘海峰、姚惜抱、梅伯言，盖莫不专精讽诵，是其明征。今所以贡于左右者，亦若是焉而已。

（录自李松荣撰《张裕钊书牍辑补》，见《古典文献研究》第十二辑，原载江瀚《张廉卿先生论文书牍摘钞》，《中国学报》一九一三年一月第三期）

与施补华一首

夙耳魁硕，积岁倾心，相望关河，无缘奉手。昔岁王晋卿大令，归自山左，具道雅怀冲襟，益令人想慕无已。顷吴挚甫刺史递到所赐大集，锡我百朋，覆狂以喜。盥手洛诵，目眩神骇，把卷开阖，觉创意造言，结韵练格，揣色结响，无一涉近人藩篱。其自汉魏以逮唐宋诸作者，莫不轹其庭而闯其室，而熔铸众长，自成一家。往尝妄论，自古论诗，惟杜工部"应手看捶钩，清心听鸣镝，精微穿溟滓，飞动摧霹雳"四语最为微至，今乃于阁下见之。固当与古人联镳并辔，匪独高出并世之人而已，钦佩何极！

（录自李松荣撰《张裕钊书牍辑补》，见《古典文献研究》第十二辑，原载江瀚《张廉卿先生论文书牍摘钞》，《中国学报》一九一三年一月第三期）

张裕钊课卷批语

"赋"寄寓颇深，足征襟抱。"论"词雅而气动，骎骎入古，俗手不能道其一字。似此懿才，何处得来？青眼高歌，望吾子勉之勉之。

拟诗及试律，亦均无俗气。

精意推测，颇能剖决。然想此策，自安文澜、刘若曾二卷外，惟此卷最为得之。所不逮二生者，文笔之古雅与意境之深造耳。然要可谓真能用心者矣。所说虽每本之前人，然别白分明，具有条理，且于声音训故之学，亦颇能窥见涯涘。

郑氏经注考，虽未能自具特识，而尚属平允。《书后》未得窾要，而收处笔意颇佳。

虽未能洞见至极，昭晰无疑，然于其中要旨，大抵已具得关键。用心之精，固自可喜。

史策宋辑旧说，尚无谬误。弟全无自撼己意处耳。拟序殊未窥作家藩篱。

驳正刘子玄处，虽其说亦或本诸前人，而采择颇为精当。盖史公用意深远，文体高妙，俶傥穷变，后人未易窥测。即兰台之淹贯博通，文章尔雅，亦远出子玄之上。后之人或执《史通》所讥，以绳二史者缤矣。

虽未能十分了澈，然已粗识说经径途，且颇有允当之处。

"书后"所见甚是，而文笔不能入古，亦尚未阐发尽致。"拟表"优游影蔚，其分晰条流处，亦颇征学有根柢。

辨证处精心考核，十得八九。前人误说，赖此廓清，为之一快。

篇中有一二道著处。余虽多本之前人旧说，而尚不甚谬。

虽未能一一贯澈无遗，而颇有深中肯綮语。二艺识解，俱超用心，尤能深入。文笔亦时有入古处。

"说"粗得崖略。"拟序"庄雅可诵。

"策"持论未能破敌。"拟诗"颇有句法。

二作虽未极精，而差有书卷气。"盉""闻"二韵工切。

"拟赋"虽不甚瑰古，而差有意致。"拟论"蔽罪商鞅，洵探本之论，文笔亦复不平。"诗"间有佳句。

"拟体"二篇，差能近古。"论"平。"诗"具超妙。

"汉学"二字，肇自元和惠氏。国初尚无此名目也。二人初无此等门户之见，所以高出以后诸儒。大抵亭林、船山于许、郑、杜、马、程、朱之书，无所不究切，兼综考据、义理之长，精深宏博邈焉，而持论均不免有近于偏且激者。此其所同也。然亭林讲求经世之学，而其说多可行。船山则深达治体。篇中后幅所论，最为得之。至船山沉潜义理，其言皆理足以见极，词足以指实。较之亭林，尤为所入邃而所得深。谓王氏之学湛深于顾氏，可谓知言矣。

船山考据之学，较逊于亭林，而义理之学、经世之学，固为过之。

此不可以议亭林，而数语文境致佳。引史公语以说史公之书，可谓片言居要。

（录自张裕钊的弟子齐令辰所辑《张裕钊批语》。齐氏跋云："令辰在莲池书院肄业七年。吾师主讲席，课以经史诗古文辞。右若干页，皆其批语。自庚子后，存者少矣。盖自束发从师，皆言帖括。其教我以古今成败之原、中外强弱之故，与夫时艺之宜、政学之的，厥惟庭训与廉卿师课卷钻研之余也。令辰谨识。"）

散佚文献辑补·家书①

示沇儿：三月二十九日寄汝一函，并文集五部，计日内当达。我以月之初五日登保大轮船，初六日寅刻开行，于今日午刻安抵天津。途中惟初六、

---

① 此所录九封家书，皆出自王金科：《张裕钊主讲莲池书院时的几封家书》，《文物春秋》1996 年第 3 期。

初八两日微有风浪，亦未至摇撼，殊不足为意。初七日渡黑水洋，则天朗气清，风恬浪静，同行者皆以为此最不易得之事，殊可喜也。恐汝悬望，因先寄此数行，俟到保定，当再有信与汝。四月初九日，廉卿手书。

　　弟裕钊谨禀二兄大人侍前：六月二十二日寄归一函，并以前寄归五函，未知一一收到否？家中想具平安，久不得家信，想因中途迟滞之故。弟书院中均好，北方向日不甚炎热，今岁又复多雨，凉爽异常，入伏以后，夜间尚盖棉被则可知已。闻南中亦甚苦雨，今岁想又不免大水耶。弟以初六日由保定至天津见李中堂，于初九日抵津，少留一二日即仍回保定。《庐州府志》已与李中堂披露情愫，婉言辞却，李中堂亦深相谅，乃如释重负也。七月十四日，弟裕钊谨禀。天津舟中发。

　　示沇儿：九月初三、廿七寄汝二函，计当达。昨廿一日接汝九月廿四日书，具悉种种。此间均安好，可无悬念。北方虽复早寒，然以我往岁在都时较之，则保定愈于都中多矣。孟莆臣来此专为锐意学古，必不为人授读，此无容议。杨星吾存书在金陵，曾售去数部均作八折，余均携来此，汝便可与杨星吾结帐，只算此书全行售出亦均照原议，作八折扣算。去岁秋闱时渠世兄在陶子麟处取去《课艺汇海》数部，陶子麟记孙玉堂函告杨星吾，已与我言之矣。我在此只看《京报》，未看《申报》，越南一事，都中秘密非常，外间渐闻中朝颇有主战之意，汝在彼或有所闻，信中可时一及之；然切须慎密，不可言者勿言，亦且勿发议论，恐途中信或遗失也。此间有沈子枚观察能虎者，欲得《玉篇》一部，我一再婉辞之，而渠苦求不已，此人颇不可得罪，汝可向汝外舅更求一部，当不以为无厌之求耳。伯父与汝一纸书并附去，可捡入。十月廿二日，廉卿手书。
　　前所寄书二箱已如数收到矣。

　　弟裕钊谨禀二兄大人侍前：十月初三日寄归一函，计当达。月之十三日奉到十月望日手谕，知家中具平安，并兄已送潭侄赴省府试为慰。潭侄此番原不过学习考试规矩，然或者赖先人遗泽，竟尔侥幸入学，亦事之未可知者。

惟绮岁早隽，固自可喜，亦恐误人，若果有此事，宜时时教之以远大深沉，使知抑然自下，则善之善者耳。此间均极安好，可无悬念。弟在书院，卧榻仍均是木床，薰炉一概不用，房中只用火盆烧板炭，临卧则熄火，一如南中之日。且尔年北方地气稍变，不似向日之苦寒，与弟早岁在都中时相去悬绝。今岁入冬以来，连月晴霁，尤为和暖，乃与南中不相远也。田地水程亦不必十分汲汲，至阳基一事，虽不能刻期办就，要须时常留意，期于必成耳。继发工值稍昂，殊不要紧，但以人颇非良粹，宜存心防之。寄归横幅一纸，以后书就当再陆续寄归。十一月廿日，弟裕钊谨禀。

弟裕钊谨禀二兄大人侍前：前月十八日寄归一函，并□公法平银八十两，由殷亲家处转交，计腊底当达。今岁荒歉，刻下各乡中景象若何？闻南中秋冬仍复枯旱，不知二麦已种否？潭侄、濂侄等考试若何？种种深以为念。得刘子钦书，云渠明年当来保定，正月即当启行，请买银鱼及山薯粉各若干斤，付子钦带来，看子钦能带多少便买多少。子钦由家启行必早，宜早与言之。若信到子钦已行，则作罢论矣。十二月初五日，弟裕钊谨禀。

弟裕钊谨禀二兄大人侍前：去腊廿一日寄归一函，计是月下旬当达。腊月廿九日复接到十一月廿九日手谕，并查冀甫书，知不日便当由省归家，并潭侄已终场，甚慰。分单项并誊毕，今将前所寄十一纸一并寄归，请察入。小山乾修已略有成议，其数目尚属未定，或者一岁可四十金，果能如此，亦复不无小补，然已费尽五牛二虎之力矣。大抵谋馆难，而乾修则尤属万难，必大有力、大情面乃侥幸可以办到，然荐者及主者稍有移易，即立时辍止，只是取得一年算一年，断断不可长恃往年为姬辅所谋乾修一分，为时颇久，此亦幸值机缘，乃绝少之事，所恨惜者，姬辅之不自立耳，宜与小山切实言之，且恐他人闻此或起冀幸之心，便须一概立时谢却，此等事如登天之难，可一而决不可再也。官军在越南与法人两战皆捷，其在台湾者，近日彼此相持未战，今春冻解，恐不免北来，至长江以内，想可无虞耳。正月初四日弟裕钊谨禀。

弟裕钊谨禀二兄大人侍前：三月初七日寄归一函，计当达。前日得三月廿四日手谕，具聆家中平安为慰。所论查冀甫、范肯堂，恰得两人分际，此间如孟赦臣者，其教笃似查冀甫，学问少逊，而晓畅世事过之。崔上之天资英敏，志趣不俗，是范背堂一路，其经学胜范肯堂，而文笔与识解之高明，则尚不及也。弟窃计生平徒友所得海内俊异之士，颇为不乏，此一事差足自娱耳。黄韵丈所言须成功方算得事，且可听其自然，至葬坟且俟事成再作计议。书中语及家中事颇多难处，总须以宽绰之心御之。祖送读书有进益，是最可喜之事，至因此颇以自负，此亦最易犯之病，但时时教以自期远大，久之自不以尺寸之长自喜。《易》"崇效天，卑法地"二语，看似相反，实则相成。曾文正所以自视歉然者，正以其胸襟意量超出寻常万万也。世人动辄矜夸，岂足为高？适形其卑云耳。联句甚好，惟第二句似尚未十分合拍，弟拟易云："沉毅专精但求切实为已"，兄如以为可，即当写就寄归。沆儿常有信，在彼安好如常。越南竟为法人所据，顷闻和议已妥，越南仍为我属国，朝贡如故，而一切之利尽归于彼，大概我受其名，彼取其实，如是而已。四月廿八日，弟裕钊谨禀。

弟裕钊谨禀二兄大人侍前：三月望寄归一函，计已达。兄近日尚安健否？潭侄读书进益如何？但能常如弟正月书中所言，久久当自化也。此间均好，弟比来身体精神甚佳，可无悬念。绵喜弟近为定一定课程，事不甚多，而每日必令中程，数月以来颇能无旷。两孙自从宋姓号秋潭授读经书，大致均已温熟，孝沐颇字义亦尚能解，孝移亦渐能属对矣。直隶自入春以来，雨旸时若，二麦颇佳。吾乡春季若何？水势尚不甚涨耶？植臣事前又托汤小秋观察江苏后补道，璞丞知此人，汤已有书与督销局杨观察，或能有济也。四月望日，弟裕钊谨禀。

弟裕钊谨禀二兄大人侍前：十一日沆儿来此，接奉手谕，知兄体中康愉为慰。惟精神微觉少衰，颇以为念。望七之年，务宜加意颐养，一切事总以松淡处之。尝静观世间万事万物，皆有自然而然之理，但胸中时时会悟此意，则自尔泰定矣。至老年人全资膳羞补益，饮食尤不宜俭薄，至要至要。柯家山据沆儿所言，似属可靠，若果属吉穴，则成先人遗泽之所致耳。潭侄已择定十一月初二日完娶，此亦一时权宜之计，诚势之不得不然者。但完娶之后，便须照常办理，听其自然，如前谕谓完婚之次日，即令往岳家，归后即带往学中，此万不可行之事，切宜慎之。范中木在吴礼园处，闻其事甚烦，且又有病，改文恐未必能尽心，不若令潭仍一意皈依植臣，凡植臣所改，兄亦不必再为更易。天下无论何事，主于一则有成功，纷歧则必致惑乱，非徒无益，而又害之。纵植臣所改稍有不合，亦自不妨，但将潭侄读过之文，精选五六十篇，或明读，或默诵，时在胸中涵咏，终岁不离，久之自有水到渠成之一日耳。二嫂葬事未办，诚不可缓，然于赶紧经营之中，仍须寓虚与委蛇之意。凡事皆有一定，不尽关人力也。沆儿云找张吉甫必托张古亭乃妙，张古亭在坛角宋军门营内，问陶子麟便知。张吉甫寓汉口夹街陶家巷口外叶开泰住宅，他日事竣，酬之十金可矣。弟前书中谓章姨可葬骆姓背后山，俟张吉甫来，可令将向看定弟往年看是癸丁向，其择期仍以张古亭为妥。弟意柯家山若果系一结，他日恐有风水偏重之势。我家先葬鸡公林，后葬小塘墒，而其气遂独钟于立公一房，此其明验。二嫂葬事一切尚未可知，下此一著，则先有把握，弟所以劝兄决计行之，更无所用其一毫狐疑者也。沆儿与兄所言带归之二百金，保定无处可寄，俟沆儿至天津再觅妥便寄归。其殷亲家垫出之项，兄即将弟家中以后租课所入，分年付还，弟他日当有信与殷亲家言之。七月廿一日弟裕钊谨禀。

子钦、裕强家信各一函，请并交渠家中，又沆儿寄柯玉山一函，请封口着人送去。

散佚文献辑补·书札①

复 张 笃 生

足下之文，已具有贵邑诸老矩镬，由是深造自得，不难上追古人。裕钊

---

① 此书札二首，选自李松荣：《张裕钊书札辑补——〈中国学报〉上的〈张廉卿先生论文书牍摘抄〉》，《中山大学研究生学刊（社会科学版）》2008 年第 3 期。

往者尝私谓近日为古文者，厥弊有二：其不知文者，往往心薄桐城，自谓效法秦汉，然满纸客气假象，与秦汉乃去而万里，此一弊也；其颇知服膺桐城者，又或专事空腔，非冗则弱，此又一弊也。近武强有贺松坡孝廉涛者，其文由曾文正以上窥昌黎，已颇有可观，鄙意独以此君为善觅蹊径。由此途入，庶其无向所云二者之弊乎。

复赵桐孙

拙撰《南宫学记》，文义谫薄，阁下不为是正，乃更益之藻饰，使人汗颜。来书谓韩、欧诸公，叙事引古，时有舛迕，诚为确论。窃意不独韩、欧，即太史公已多抵牾，古人固时有辨正，而梁枢北《史记志疑》，条举尤夥，盖百密一疏，虽闳材亦所不免。阁下精意钩考，匡正昔贤，启牖来学，甚盛，甚盛。弟尝谓姚氏《古文辞类纂》一书，为萧选以后仅见之作，以阁下之淹雅，傥采集旧说，断以己意，为之笺注，误者正之，阙者补之，洵足为姚氏功臣，不朽之业，不在李崇贤之后已。承垂询诸事，属课卷山积，校阅日无暇暑，请以异日更加寻讨，顾以阁下所疑，弇陋如下走，恐更不足以知之也。